O espelho e a luz

Hilary Mantel

O espelho e a luz

tradução
Ana Ban
Heloísa Mourão

todavia

*Para Mary Robertson,
em honra da duradoura amizade*

Lista de personagens 9
Árvores genealógicas 14

Parte 1
1. Destroços (I): Londres, maio de 1536 **21**
2. Salvação: Londres, verão de 1536 **40**
3. Destroços (II): Londres, verão de 1536 **157**

Parte 2
1. Espólios: Londres, outono de 1536 **231**
2. As cinco chagas: Londres, outono de 1536 **250**
3. Sangue vil: Londres, outono — inverno de 1536 **285**

Parte 3
1. Os campos de quarar: Primavera de 1537 **351**
2. A imagem do rei: Primavera — verão de 1537 **383**
3. Corpo arruinado: Londres, outono de 1537 **442**

Parte 4
1. Nonsuch: Inverno de 1537 — primavera de 1538 **457**
2. Corpus Christi: Junho — dezembro de 1538 **492**
3. Herança: Dezembro de 1538 **539**

Parte 5
1. Dia da Ascensão: Primavera — verão de 1539 **547**
2. Véspera da Epifania: Outono de 1539 **593**
3. Magnificência: Janeiro — junho de 1540 **623**

Parte 6
1. Espelho: Junho — julho de 1540 **701**
2. Luz: 28 de julho de 1540 **751**

Nota da autora **761**
Agradecimentos **765**

Lista de personagens

OS RECÉM-FALECIDOS
Ana Bolena, rainha da Inglaterra
Seus supostos amantes:
George Bolena, visconde de Rochford, irmão de Ana
Henry Norris, chefe da câmara privada do rei
Francis Weston e William Brereton, cavalheiros do círculo do rei
Mark Smeaton, músico

A CASA CROMWELL
Thomas Cromwell, posteriormente lorde Cromwell, secretário-mor do rei, lorde do selo privado e vice-regente para assuntos espirituais: ou seja, o vice do rei na Igreja inglesa
Gregory, único filho sobrevivente de seu casamento com Elizabeth Wykys
Mercy Prior, sogra de Cromwell
Rafe Sadler, secretário-geral de Cromwell, criado dentro da família: mais tarde a serviço do rei
Helen, esposa de Rafe
Richard Cromwell, sobrinho, casado com Frances Murfyn
Thomas Avery, contador doméstico
Thurston, cozinheiro-chefe
Dick Purser, tratador dos cães de guarda
Jenneke, filha de Cromwell (personagem fictício)
Christophe, criado (personagem fictício)
Mathew, criado, anteriormente de Wolf Hall (personagem fictício)
Bastings, mestre barqueiro (personagem fictício)

A FAMÍLIA E A CASA DO REI
Henrique VIII
Jane Seymour, sua terceira esposa

Eduardo, seu filho pequeno, nascido em 1537: herdeiro do trono
Henry Fitzroy, duque de Richmond: filho ilegítimo de Henrique com Elizabeth Blount; casado com Mary Howard, filha do duque de Norfolk
Maria, filha de Henrique com Catarina de Aragão: excluída da sucessão depois que o casamento de seus pais é declarado inválido
Elizabeth, filha de Henrique com Ana Bolena: excluída da sucessão depois que o segundo casamento do rei é declarado inválido
Ana, irmã do duque Guilherme de Cleves: quarta esposa de Henrique
Katherine Howard, dama de companhia de Ana: quinta esposa de Henrique
Margaret Douglas, sobrinha de Henrique: filha de Margaret, irmã do rei, com seu segundo marido, Archibald Douglas, conde de Angus; criada na corte de Henrique
William Butts, médico
Walter Cromer, médico
John Chambers, médico
Hans Holbein, artista
Sexton, conhecido como "Patch": bufão, anteriormente na casa de Wolsey

A FAMÍLIA SEYMOUR
Lady Margery Seymour, matriarca
Edward Seymour, filho mais velho, casado com Anne (Nan) Stanhope
Thomas Seymour, um dos filhos mais novos
Elizabeth, filha, viúva de Sir Anthony Oughtred, mais tarde casada com Gregory Cromwell

POLÍTICOS E CLÉRIGOS
Thomas Wriothesley, conhecido como Me-Chame-Risley, secretário do sinete: ex-protegido de Gardiner, mais tarde associado a Cromwell
Stephen Gardiner, bispo de Winchester, embaixador na França: ex-secretário do cardeal Wolsey, posteriormente secretário do rei, substituído por Cromwell
Richard Riche, presidente da Câmara dos Comuns, chanceler do Tribunal de Espólios
Thomas Audley, lorde chanceler
Thomas Cranmer, arcebispo da Cantuária
Robert Barnes, clérigo luterano
Hugh Latimer, bispo reformista de Worcester
Richard Sampson, bispo de Chichester, advogado canônico e conservador
Cuthbert Tunstall, bispo de Durham, anteriormente bispo de Londres

John Stokesley, bispo conservador de Londres, associado ao executado Thomas More

Edmund Bonner, embaixador na França, sucedendo Gardiner, bispo de Londres, sucedendo Stokesley

John Lambert, padre reformista, condenado por heresia e queimado em 1538

CORTESÃOS E NOBRES
Thomas Howard, duque de Norfolk
Henry Howard, conde de Surrey, filho de Norfolk
Mary Howard, filha de Norfolk, casada com Fitzroy, o filho ilegítimo do rei
Thomas Howard, meio-irmão de Norfolk, conhecido como Tom Verdadeiro
Charles Brandon, duque de Suffolk, velho amigo do rei, viúvo da irmã de Henrique, Maria
Thomas Wyatt, amigo de Cromwell: poeta, diplomata, suposto amante de Ana Bolena
Henry Wyatt, idoso pai de Thomas Wyatt, um dos primeiros apoiadores do regime Tudor
Bess Darrell, amante de Thomas Wyatt, antiga dama de companhia de Catarina de Aragão
William Fitzwilliam, posteriormente lorde almirante e conde de Southampton: de início aliado de Cromwell
Nicholas Carew, cortesão proeminente e apoiador de Maria, filha do rei
Eliza Carew, esposa de Nicholas Carew, irmã de Francis Bryan
Francis Bryan, conhecido como "o Vigário do Inferno", um jogador inveterado e diplomata não diplomático: cunhado de Nicholas Carew
Thomas Culpeper, cavalheiro a serviço do rei
Philip Hoby, cavalheiro a serviço do rei
Jane Rochford, dama de companhia, viúva do executado George Bolena
Thomas Bolena, conde de Wiltshire, pai de Ana e George Bolena
Mary Shelton, prima de Ana Bolena e antiga dama de companhia
Mary Mounteagle, dama de companhia
Nan Zouche, dama de companhia
Katherine, Lady Latimer, nascida Katherine Parr
Henry Bouchier, conde de Essex

A CASA DOS FILHOS DO REI
John Shelton, governador da casa das duas filhas do rei
Anne Shelton, esposa de John, tia de Ana Bolena

Lady Bryan, mãe de Francis Bryan e Eliza Carew: cria as filhas do rei, Maria e Elizabeth, e mais tarde o filho Eduardo

NO CONVENTO DE SHAFTESBURY
Elizabeth Zouche, abadessa
Doroteia Wolsey, conhecida como Doroteia Clancey, filha ilegítima do cardeal

OS RIVAIS DINÁSTICOS DE HENRIQUE
Henry Courtenay, marquês de Exeter, descende de uma das filhas de Eduardo IV
Gertrude, esposa de Henry
Margaret Pole, condessa de Salisbury, sobrinha de Eduardo IV
Henry, lorde Montague, filho mais velho de Margaret
Reginald Pole, filho de Margaret, no exterior: líder proposto de uma cruzada para trazer a Inglaterra de volta ao controle papal
Geoffrey Pole, filho de Margaret
Constance, esposa de Geoffrey

DIPLOMATAS
Eustache Chapuys, embaixador do imperador Carlos V em Londres: saboiano fluente em francês
Diego Hurtado de Mendoza, enviado do imperador
Jean de Dinteville, enviado francês
Louis de Perreau, sieur de Castillon, embaixador francês
Antoine de Castelnau, bispo de Tarbes, embaixador francês
Charles de Marillac, embaixador francês
Hochsteden, enviado de Cleves
Olisleger, enviado de Cleves
Harst, enviado de Cleves

EM CALAIS
Lorde Lisle, lorde deputado, governador, tio do rei
Honor, esposa de lorde Lisle
Anne Bassett, uma das filhas do primeiro casamento de Honor
John Husee, membro da guarnição de Calais, homem de negócios dos Lisle

NA TORRE DE LONDRES
Sir William Kingston, conselheiro do rei, condestável da Torre

Edmund Walsingham, tenente da Torre, vice de Kingston
Martin, carcereiro (personagem fictício)

OS AMIGOS DE CROMWELL
Humphrey Monmouth, comerciante de Londres: anteriormente preso por
 abrigar William Tyndale, tradutor da Bíblia para o inglês
Robert Packington, comerciante e membro do Parlamento
Stephen Vaughan, comerciante com base na Antuérpia
Margaret Vernon, abadessa, antiga tutora de Gregory
John Bale, monge renegado e dramaturgo

Os Tudor (simplificada)

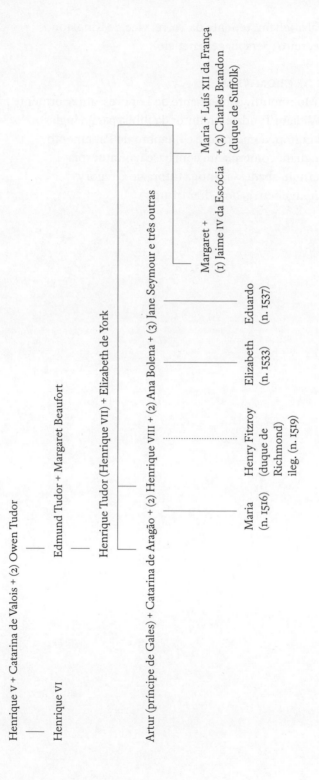

Henrique V + Catarina de Valois + (2) Owen Tudor
|
Edmund Tudor + Margaret Beaufort
|
Henrique Tudor (Henrique VII) + Elizabeth de York
|
Artur (príncipe de Gales) + Catarina de Aragão + (2) Henrique VIII + (2) Ana Bolena + (3) Jane Seymour e três outras

Henrique VI

Maria (n. 1516)
Henry Fitzroy (duque de Richmond) ileg. (n. 1519)
Elizabeth (n. 1533)
Eduardo (n. 1537)

Margaret + (1) Jaime IV da Escócia
Maria + Luís XII da França + (2) Charles Brandon (duque de Suffolk)

Henrique Tudor (Henrique VII) herdou o direito ao trono de sua mãe, Margaret Beaufort, tataraneta de Eduardo III. O casamento de Henrique Tudor com Elizabeth de York uniu as Casas Tudor e York.

Os rivais de Henrique VIII da Casa de York (simplificada)

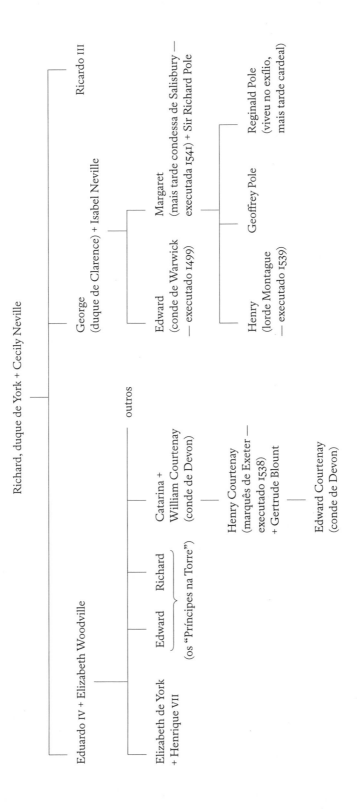

Irmãos humanos, que depois de nós vivem,
Não tenham contra nós seus corações endurecidos

François Villon

Erga os olhos e veja o vento,
Pois estamos prontos para zarpar

A Miracle Play, *Noah's Flood*

Parte 1

I.
Destroços (I)

Londres, maio de 1536

Assim que a cabeça da rainha é decepada, ele se afasta. Uma pontada aguda no estômago lembra a ele de que está na hora de um segundo desjejum, ou talvez de um almoço prematuro. Os acontecimentos da manhã são inéditos, e não há regras que nos guiem. As testemunhas, que se ajoelharam para a passagem da alma, se levantam e põem os chapéus. Sob os chapéus, os rostos perplexos.

Mas ele então volta para dizer uma palavra de agradecimento ao carrasco. O homem executou seu ofício com estilo; e embora o rei esteja pagando bem, é importante recompensar um bom serviço com encorajamento, além de moeda. Tendo sido um homem pobre outrora, ele sabe disso por experiência.

O pequeno corpo jaz no cadafalso onde caiu: de bruços, as mãos estendidas, ele nada numa poça carmim, o sangue penetrando entre as tábuas. O francês — eles mandaram convocar o executor de Calais — havia recolhido a cabeça, enfaixando-a em linho para em seguida entregá-la a uma das mulheres veladas que atenderam Ana em seus últimos momentos. Quando a mulher recebeu o embrulho, ele a viu estremecer dos pés à cabeça. Mesmo assim segurou com firmeza, e uma cabeça é mais pesada do que se imagina. Tendo passado por um campo de batalha, ele também sabe disso por experiência.

As mulheres fizeram um bom trabalho. Ana teria ficado orgulhosa delas. Elas não permitem que nenhum homem a toque; com as mãos espalmadas, repelem aqueles que tentam ajudá-las. Deslizam no sangue e se inclinam sobre a carcaça estreita. Ele ouve a respiração delas quando erguem o que resta de Ana, segurando-a pelas roupas; elas temem que o tecido se rasgue e que seus dedos toquem a pele fria. Todas se desviam da almofada onde ela se ajoelhou, agora ensopada de sangue. Com o canto do olho, ele avista uma presença que escapa, um homem esguio num gibão de couro correndo para longe como um fugitivo. É Francis Bryan, um ágil cortesão que parte para dizer a Henrique que ele é um homem livre. Confie em Francis, ele pensa: Francis é primo da rainha morta, mas ele se lembra de que Francis também é primo da rainha que virá.

Em vez de caixão, os guardas da Torre encontram um baú de flechas. O corpo estreito cabe nele. A mulher que segura a cabeça se ajoelha com seu embrulho molhado. Como não há outro espaço, ela a deposita aos pés do cadáver.

A mulher se levanta, benzendo-se. As mãos dos espectadores se movimentam para imitá-la, e ele move a própria mão; mas logo se contém e a recolhe num punho frouxo.

As mulheres a veem pela última vez. Depois elas recuam, as mãos afastadas do próprio corpo para não conspurcar suas vestes. Um dos homens do condestável Kingston oferece toalhas de linho — tarde demais para serem úteis. Essas pessoas são inacreditáveis, diz ele ao francês. Nenhum caixão, quando tiveram dias para se preparar? Eles sabiam que ela morreria. Não era como se estivessem em dúvida.

"Mas talvez estivessem, maître Cremuel." (Nenhum francês consegue pronunciar seu nome.) "Talvez estivessem, pois acredito que a própria dama pensava que o rei mandaria um mensageiro para impedir a execução. Até mesmo quando ela subiu os degraus, ainda olhava por cima do ombro, o senhor viu?"

"Ele não estava pensando nela. Sua mente está inteiramente voltada para sua noiva atual."

"*Alors*, talvez tenha mais sorte dessa vez", diz o francês. "O senhor deveria torcer por isso. Se eu tiver que voltar, aumentarei meu preço."

O homem se afasta e começa a limpar a espada. Ele o faz com carinho, como se a arma fosse sua amiga. "Aço de Toledo." Ele expressa sua admiração. "Ainda é preciso recorrer aos espanhóis para conseguir uma lâmina como essa."

Ele, Cromwell, encosta um dedo no metal. Ninguém imaginaria ao vê-lo agora, mas seu pai foi ferreiro e ele tem afinidade com ferro, aço, com tudo o que é extraído da terra ou forjado, tudo que é levado a se fundir, ou que é lavrado, ou que recebe um fio cortante. Gravadas na lâmina do executor, há uma coroa de espinhos e as palavras de uma oração.

Agora, os espectadores se retiram, os cortesãos e conselheiros e os oficiais da cidade, emaranhados de homens de seda e correntes de ouro, com as librés dos Tudor e as insígnias das guildas de Londres. Dezenas de testemunhas, nenhuma delas muito certa do que acabava de ver; elas entendem que a rainha está morta, mas tudo aconteceu rápido demais para que as mentes absorvam os fatos. "Ela não sofreu, Cromwell", diz Charles Brandon.

"Lorde Suffolk, pode estar certo de que ela sofreu."

Brandon o enoja. Quando as outras testemunhas se ajoelharam, o duque se manteve rigidamente de pé; ele odiava tanto a rainha que não lhe dedicou sequer essa mínima cortesia. Ele se lembra do vacilante avanço dela ao cadafalso: seu olhar, como diz o francês, estava voltado para trás. Até mesmo quando ela disse suas últimas palavras, pedindo ao povo que orasse pelo rei, ela ainda lançava o olhar por cima da multidão. Mesmo assim, não se deixou enfraquecer pela esperança. Poucas mulheres, e não muitos homens, são capazes de enfrentar a morte com tanta resolução. Ele a viu começar a tremer, mas apenas depois de sua oração final. Não havia bloco, o homem de Calais não usava. Ela foi instada a se ajoelhar com as costas retas, sem apoio para a cabeça. Uma de suas acompanhantes amarrou uma venda em seus olhos. Ela não viu a espada, nem mesmo sua sombra, e a lâmina lhe atravessou o pescoço com um cicio, mais fácil que uma tesoura através da seda. Todos nós — bem, a maioria de nós, não Brandon — lamentamos que as coisas tenham chegado a esse ponto.

Agora o baú de olmo é carregado em direção à capela, onde as pedras foram erguidas para que ela possa ficar ao lado do cadáver de seu irmão, George Bolena. "Eles partilharam uma cama quando vivos", diz Brandon, "então é apropriado que partilhem uma tumba. Veremos o quanto gostam um do outro agora."

"Venha, secretário-mor", diz o condestável da Torre. "Organizei um repasto, se me permite a honra. Todos nos levantamos muito cedo hoje."

"Consegue comer, senhor?" Seu filho Gregory nunca tinha visto ninguém morrer.

"Temos que trabalhar para comer e comer para trabalhar", diz Kingston. "Que utilidade tem para o rei um servo distraído, apenas por falta de um pedaço de pão?"

"Distraído", repete Gregory. Recentemente, seu filho foi enviado para aprender a arte da oratória pública, e o resultado é que, embora ainda não detenha o domínio necessário ao ímpeto retórico, tornou-se mais interessado pelas palavras quando consideradas separadamente. Às vezes, parece segurá-las como se as examinasse. Às vezes, parece cutucá-las com um graveto. Às vezes, e a comparação é inevitável, ele parece se aproximar delas com o animado interesse de um cão que fareja os excrementos de outro. Ele pergunta ao condestável: "Sir William, alguma rainha da Inglaterra já foi executada antes?".

"Não que eu tenha conhecimento", diz o condestável. "Ou pelo menos, meu jovem, não sob a minha guarda."

"Entendo", ele diz: ele, Cromwell. "Então os erros dos últimos dias aconteceram apenas porque lhe falta prática? Não pode fazer nada pela primeira vez e fazê-lo bem?"

Kingston ri com vontade. Talvez por achar que o outro está fazendo uma piada. "Ouça, lorde Suffolk", ele diz a Charles Brandon. "Cromwell diz que preciso de mais prática em cortar cabeças."

Eu não disse isso, ele pensa. "Tiveram sorte em achar o baú de flechas."

"Eu a depositaria num monte de esterco", diz Brandon. "E o irmão embaixo dela. E obrigaria o pai deles a testemunhar tudo. Não sei o que pretende, Cromwell. Por que o deixou vivo para fazer tramoias?"

Ele se volta para Brandon, irado; com frequência, ira é o que ele finge estar sentindo. "Meu lorde Suffolk, muitas vezes o senhor mesmo ofendeu o próprio rei e lhe pediu perdão de joelhos. E, sendo o que é, não tenho dúvidas de que o ofenderá de novo. E então? Deseja ter um rei alheio à noção de misericórdia? Se ama o rei, como diz que ama, dê um pouco de atenção à alma dele. Um dia ele estará diante de Deus e responderá por cada súdito. Se digo que Thomas Bolena não é um perigo para o reino, ele não é um perigo. Se digo que ele viverá de forma discreta e pacífica, é isso que ele fará."

Os cortesãos atravessando o gramado olham para eles: Suffolk com sua grande barba, seu olho cintilante, seu grande tórax, e o secretário-mor, crepuscular, de estatura baixa, quadrado. Com cautela, os cortesãos se separam e contornam a altercação, reunindo-se em grupos tagarelas do outro lado.

"Por Deus", diz Brandon. "Você pretende me dar uma lição? A mim? Um nobre do reino? E você, vindo do lugar de onde vem?"

"Eu me ponho exatamente onde o rei me pôs. Eu lhe darei qualquer lição que o senhor deva aprender."

Ele pensa, Cromwell, o que está fazendo? Geralmente ele é a alma da cortesia. Contudo, se não se pode dizer a verdade numa decapitação, quando se poderá?

Ele olha de soslaio para o filho. Estamos três anos mais velhos, menos um mês, do que na coroação de Ana. Alguns de nós estamos mais sábios; alguns, mais altos. Quando lhe disseram que deveria testemunhar a morte dela, Gregory respondera que não seria capaz de fazê-lo: "Não consigo. Uma mulher, não consigo". Mas seu filho compôs o rosto e controlou a língua. Toda vez que estiver em público, ele disse a Gregory, saiba que as pessoas vão observá-lo para ver se você está apto a me suceder no serviço do rei.

Eles abrem caminho para se curvar ao duque de Richmond: Henry Fitzroy, filho bastardo do rei. É um bonito rapaz com a bela pele rosada e o cabelo louro-avermelhado do pai: uma planta tenra, esguia e comprida, um menino que ainda não se encorpou o bastante para preencher sua alta estatura. Ele assoma sobre ambos. "Secretário-mor? A Inglaterra é um lugar melhor esta manhã."

Gregory diz: "Meu amo, o senhor também não se ajoelhou. Como pode ser?".

Richmond cora. Ele sabe que está errado e o demonstra da mesma maneira que o pai sempre faz; mas, assim como o pai, ele se defenderá com inflexível autojustificação. "Não quis me comportar como um hipócrita, Gregory. O senhor meu pai me explicou como Bolena planejou me envenenar. Ele diz que ela se gabava de que ia fazê-lo. Bem, agora todos os seus monstruosos adultérios estão descobertos e ela foi devidamente punida."

"Por acaso está enjoado, meu amo?" Ele pensa, tomou muito vinho ontem à noite: brindando pelo seu futuro, sem dúvida.

"Estou apenas cansado. Vou dormir. Deixar esse espetáculo para trás."

Os olhos de Gregory seguem Richmond. "Acha que ele poderá ser rei um dia?"

"Se for, vai se lembrar de você", responde ele, rindo.

"Oh, ele já me conhece", Gregory comenta. "Eu fiz mal?"

"Não é errado dizer o que se pensa. Em ocasiões específicas. Eles fazem com que seja doloroso para você. Mas é necessário."

"Acho que nunca serei conselheiro", diz Gregory. "Creio que nunca poderei aprender — quando falar e quando guardar silêncio, quando olhar e quando não olhar. O senhor me disse, no momento em que vir a lâmina no ar, ela estará morrendo — naquele momento, o senhor disse, abaixe a cabeça e feche os olhos. Mas eu vi... o senhor estava olhando."

"É claro que estava." Ele toma o braço do filho. "Seria bem do feitio da falecida rainha: espetar a cabeça de volta no lugar, pegar a espada e me perseguir até Whitehall." Ela pode estar morta, ele pensa, mas ainda consegue me arruinar.

Desjejum. Finos pães brancos, vinho forte de virar a cabeça. O duque de Norfolk, tio da mulher morta, cumprimenta-o com um aceno de cabeça. "A maioria dos cadáveres não caberia num baú de flechas, não? Seria preciso cortar fora os braços. Acha que Kingston está ficando velho para isso?"

Gregory está surpreso. "Sir William não é mais velho que o senhor, meu amo."

Uma gargalhada esganiçada: "Acha que os homens de sessenta só servem para o repouso?".

"Ele acha que eles deveriam ser fervidos para fazer cola." Ele envolve os ombros do filho com um braço. "Logo estará cozinhando o próprio pai, não é?"

"Mas o senhor é muito mais jovem que meu lorde Norfolk." Gregory se volta para o duque, para explicar melhor. "Meu pai goza de ótima saúde, à exceção da sua febre especial, que ele contraiu quando estava na Itália. É verdade que ele trabalha por muitas horas, mas acredita que muitas horas nunca mataram ninguém, sempre repete isso. O médico diz que não poderiam derrubá-lo nem com uma bala de canhão."

A essa altura, as testemunhas já viram o caixão da falecida rainha sendo martelado e se aglomeram junto às portas abertas. Os oficiais da cidade se acotovelam, ansiosos por uma palavra com ele. Uma pergunta na boca deles: Secretário-mor, quando veremos a nova rainha? Quando Jane nos dará a honra? Ela virá cavalgando pelas ruas ou aportará na barcaça real? Quais armas e emblemas tomará como rainha e qual lema? Quando podemos notificar os pintores e artesãos e botá-los para trabalhar? Haverá uma coroação em breve? Quais presentes podemos dar a ela, que agradarão seus olhos?"

"Uma bolsa de dinheiro é sempre aceitável", ele responde. "Não creio que vamos vê-la em público até que ela e o rei estejam casados, mas isso não tardará. Ela é religiosa no estilo antigo, e quaisquer estandartes ou tecidos pintados representando os anjos e santos, e a Virgem Santíssima, serão bem-aceitos por ela."

"Então", pergunta o lorde prefeito, "podemos buscar entre o que tínhamos guardado desde a época da rainha Catarina?"

"Isso seria prudente, Sir John, e economizaria os cofres da cidade."

"Temos uma série de painéis sobre a vida de santa Verônica", diz um idoso membro da guilda. "No primeiro, ela está chorando no caminho para o Calvário, enquanto Cristo carrega sua cruz. No segundo…"

"É claro", ele murmura.

"… no segundo, a santa enxuga o rosto do nosso Salvador. No terceiro, ela segura o tecido ensanguentado, e nele podemos ver a imagem de Cristo impressa claramente no seu precioso sangue."

"Minha esposa observou", diz o condestável Kingston, "que esta manhã a dama deixou de lado seu toucado habitual e escolheu o estilo favorito da falecida Catarina. Ela se pergunta o que Ana quis transmitir com isso."

Talvez tenha sido uma cortesia, ele pensa, de uma rainha moribunda a uma rainha morta. Elas se encontrarão esta manhã em outro país, onde sem dúvida terão muito a dizer.

"Gostaria que minha sobrinha houvesse imitado Catarina em outros detalhes", diz Norfolk. "Se ela tivesse sido obediente, casta e modesta, talvez sua cabeça ainda estivesse sobre os ombros."

Gregory fica tão surpreso que dá um passo para trás, trombando com o lorde prefeito. "Mas, meu amo, Catarina não era obediente! Ela não desafiou a vontade do rei ano após ano, quando ele lhe dizia para ir embora e se divorciar? O senhor mesmo não viajou ao campo para dobrá-la, e ela bateu a porta do quarto e girou a chave, e então o senhor foi obrigado a passar os doze dias do Natal gritando pela porta?"

"Puxe pela memória, e recordará que isso aconteceu com lorde Suffolk", o duque responde laconicamente. "Dois velhotes inúteis, hein, Gregory? Foi Charles Brandon, aquele ali — o sujeito enorme com a grande barba. Eu sou o sujeito magrelo com o mau temperamento. Vê a diferença?"

"Ah", responde Gregory, "eu me lembro agora. Meu pai gostou tanto daquela história que a interpretamos como uma peça na Noite de Reis. Meu primo Richard interpretou lorde Suffolk, usando uma barba de lã até a cintura. E mestre Rafe Sadler vestiu uma saia e interpretou a rainha, insultando o duque na língua espanhola. E meu pai fez o papel de porta."

"Gostaria de ter visto isso." Norfolk esfrega a ponta do nariz. "Não, estou falando sério, Gregory, eu sinceramente gostaria." Ele e Charles Brandon são velhos rivais e desfrutam dos constrangimentos um do outro. "Fico me perguntando o que vão interpretar neste Natal..."

Gregory abre a boca e volta a fechá-la. O futuro é uma curiosa lacuna. Ele, Cromwell, intervém antes que o filho tente preenchê-la. "Cavalheiros, posso lhes dizer o que a nova rainha adotará como lema. Será *Destinada a obedecer e servir*."

Ouve-se um murmúrio de aprovação que corre em torno da sala. A grande risada de Brandon retumba: "Melhor prevenir que remediar, hein?".

"Nisso todos concordamos." Norfolk engole seu vinho canário. "Quem quer que venha a atravessar o caminho do rei nos próximos anos, senhores, não será este Thomas Howard aqui." O duque enterra o dedo no próprio peito, como se, sem isso, eles talvez não soubessem quem ele é. Em seguida, dá um tapa no ombro do secretário-mor, com todos os sinais de camaradagem. "E agora, Cromwell?"

Não se deixe enganar. Tio Norfolk não é nosso camarada, nem nosso aliado, nem nosso amigo. Ele nos dá tapinhas para avaliar o quanto somos sólidos. Está examinando o pescoço de touro de Cromwell. Está imaginando que tipo de lâmina você precisaria usar para cortá-lo.

São dez horas quando eles se separam da comitiva. Lá fora, a luz do sol está salpicando a grama. Ele penetra na sombra com o sobrinho Richard Cromwell a seu lado. "Melhor ir ver Wyatt."

"Está bem, senhor?"

"Nunca estive melhor", ele diz categoricamente.

Havia sido o próprio Richard quem, alguns dias antes, conduzira Thomas Wyatt para a Torre, sem nenhuma demonstração de força, sem homens armados: levando-o sob custódia com a mesma facilidade com que fariam uma caminhada à margem do rio. Ele solicitou que o prisioneiro recebesse todas as cortesias e que fosse mantido numa agradável câmara da torre da guarita: é para onde seguem agora, o carcereiro Martin liderando o caminho.

"Como está esse prisioneiro?", ele pergunta.

Como se esse prisioneiro fosse qualquer um, em vez de Wyatt — uma das pessoas que mais estima, entre todos os vivos.

Martin responde: "Parece-me, senhor, que ele está muito inquieto por causa dos cinco cavalheiros que perderam a cabeça no outro dia".

O carcereiro faz aquelas decapitações parecerem casuais, como a perda de um chapéu. "Ouso dizer que mestre Wyatt se pergunta por que não estava entre eles. E então ele começa a caminhar em círculos, senhor. Depois ele se senta, com um papel diante de si. Parece que vai escrever, mas não rabisca nenhuma palavra. Não dorme. Desperta na primeira hora, pedindo velas. Puxa o banco para a mesa, afia a pluma; seis da manhã, o dia começa, levamos o pão e a cerveja dele e está lá o papel em branco e a vela ainda acesa. Um desperdício, isso."

"Deixem que ele ilumine a cela. Pagarei pelo que for necessário."

"Mas uma coisa eu tenho que dizer — ele é muito cavalheiro. Não é soberbo como aqueles que tínhamos do outro lado. Henry Norris — 'o Gentil Norris', era assim que o chamavam, mas ele falava conosco como se fôssemos cães. É dessa maneira que podemos identificar um verdadeiro cavalheiro — quando está em perigo de vida e ainda se dirige a nós com educação."

"Eu me lembrarei disso, Martin", ele diz num tom sério. "Como está minha afilhada?"

"Com quase dois anos… pode acreditar?"

Na semana em que a filha de Martin nasceu, ele esteve na Torre para visitar Thomas More. Eram ainda os primeiros dias de seu embate; ele ainda tinha esperança de que More fizesse alguma concessão ao rei e salvasse a própria vida. "O senhor aceita ser o padrinho?", Martin lhe perguntara. Ele já havia escolhido o nome Grace: como a filha mais nova de Cromwell, morta havia alguns anos.

Martin diz: "Não podemos vigiar um prisioneiro a cada minuto. Temo que mestre Wyatt acabe destruindo a si mesmo".

Richard ri com vontade. "Como assim, Martin, você nunca teve um poeta na sua prisão? Alguém que suspira forte e dorme poucas horas e que, quando ora, ora em versos? Um poeta pode ser melancólico, mas uma coisa eu lhe garanto: ele cuidará de si mesmo como qualquer homem. Ele deve ter comida e bebida para tentar o apetite, e, se tiver uma dor ou pontada, você vai ouvir a respeito."

"Wyatt escreve um soneto até quando bate um dedo do pé", ele diz.

"Os poetas prosperam", comenta Richard. "São os amigos deles que suportam a dor."

Martin os anuncia com um toque discreto, como se estivessem nos aposentos particulares de um lorde. "Visitantes, mestre Wyatt?"

A sala está cheia de luzes agitadas e o jovem está sentado à mesa em pleno sol. "Saia daí, Wyatt", diz Richard. "Os raios estão iluminando seu couro cabeludo."

Ele esquece como os jovens são grosseiros. Quando o rei diz: "Estou ficando careca, Crumb?", ele responde: "O formato da cabeça de vossa majestade agradaria a qualquer artista".

Wyatt passa a palma da mão por seus finos cabelos louros. "Estão sumindo rápido, Rich. Quando eu tiver quarenta anos, nenhuma mulher olhará para mim, exceto para tentar quebrar meu crânio com uma colher de ovo."

Wyatt poderia rir tão facilmente quanto chorar esta manhã, e não significaria nada em ambos os casos. Ainda vivo quando cinco outros homens estão mortos, ainda vivo e pasmo por isso, ele está plantado à beira de uma dor devastadora — feito um homem que se equilibra numa estaca, tendo por único apoio os dedos do pé. Ele, Cromwell, já ouviu falar desse método de interrogatório, embora nunca tenha precisado usá-lo. Você amarra o prisioneiro a uma viga, os braços cruzados às costas: seu corpo pende no espaço, sustentado por um palmo exato. Se ele se mover, ou se você empurrar o pé dele com um safanão, todo o seu peso cai sobre os braços, e os ombros são deslocados. Essa parte do procedimento deve ser desnecessária. A ideia não é incapacitá-lo, mas apenas mantê-lo ali, equilibrado, até que ele tenha dado respostas satisfatórias.

"Conseguimos tomar nosso desjejum, em todo caso", ele diz. "O condestável Kingston é tão atrapalhado que esperávamos pão mofado."

"É uma novidade para ele", diz Wyatt. "Uma rainha da Inglaterra para decapitar e cinco dos seus amantes. Um homem não faz isso toda semana."

Ele está balançando, balançando na estaca: logo escorregará e gritará. "Então está feito, suponho? Caso contrário, não estariam aqui comigo."

Richard atravessa a sala. Ele assoma sobre Wyatt e baixa os olhos para sua nuca curvada; ele lhe afaga o ombro, amigável e firme como um homem com seu cão favorito. Wyatt está imóvel, o rosto nas mãos. Richard ergue os olhos: vai contar, senhor?

Ele inclina a cabeça para o sobrinho: você conta.

"Ela teve um final corajoso", diz Richard. "Falou pouco e foi direto ao ponto, pedindo perdão, elogiando a misericórdia do rei, e sem tentar se justificar."

Wyatt ergue os olhos. Seu rosto está atordoado. "Ela não acusou ninguém?"

"Não cabia a ela acusar", responde Richard tranquilamente.

"Mas vocês conhecem o espírito de Ana. E ela foi mantida aqui por tempo suficiente, teve tempo para pensar e planejar. Ela deve ter pensado", os olhos azuis correm para os lados, "aqui estou eu, prisioneira, e onde está a prova contra mim? Ela deve ter orado pelos cinco homens que saíram para morrer e deve ter se perguntado: por que Wyatt não é um deles?"

"Certamente", ele responde, "ela não teria gostado de ver sua cabeça na rua. Sei que o amor se perdeu entre ambos e sei que ela era uma criatura de suprema malícia, mas imagino que não desejasse aumentar o número de homens que arruinou."

"Eu não estava supondo isso", responde Wyatt. "Ela poderia ter pensado que era justiça."

Ele gostaria que Richard se inclinasse à frente, que plantasse a mão firmemente sobre a boca de Wyatt.

"Tom Wyatt", ele continua, "vamos pôr um fim nisso. Talvez acredite que a confissão possa aliviar sua mente, e se é isso que pensa, mande buscar um padre, diga o que precisa, obtenha sua absolvição e pague a ele pelo seu silêncio. Mas, pelo amor de Deus, não se confesse para mim." Ele acrescenta em voz baixa: "Você chegou muito longe. Fez a coisa mais difícil. Falou quando deveria falar. Agora não fale mais".

"Não seja caprichoso", diz Richard. "Seria às nossas custas. Meu tio caminhou no fio da navalha em seu favor. A suspeita do rei sobre você era tal que ninguém além do meu tio poderia tê-la dissipado, pois o rei não teria dado ouvidos a nenhuma outra pessoa que o defendesse, e o teria matado com o resto. Além do mais..." Ele ergue os olhos. "Senhor, posso contar a ele? O tribunal não usou as provas que você nos deu. Seu nome não foi mencionado. O irmão da dama se condenou pela própria boca, zombando do rei bem na cara da corte e dizendo que, apesar da bravura que afirma, Henrique carece de toda habilidade e *vertu* para cumprir o ato com uma mulher."

"Sim", ele diz, diante do rosto incrédulo de Wyatt, "veja como George Bolena era tolo, e eu tive que lidar com ele por anos."

"E a esposa de George", prossegue Richard, "fez um depoimento por escrito contra ele, testemunhando que o vira beijando a irmã, com a língua na boca dela. Descrevendo as horas em que eles ficavam sozinhos, atrás de uma porta fechada."

Wyatt afastou o banco da mesa. Ele ergue o rosto para o sol e a luz apaga toda a expressão.

"E as damas de companhia de Ana", diz Richard, "deram declarações contra ela. Todas as idas e vindas no escuro. Então isso foi o suficiente, sem sua ajuda. As damas foram testemunhas dos truques dela nesses mais de dois anos."

Oh, Jesus, ele pensa, vamos acabar logo com isso. Ele tira um maço de papéis dobrados da casaca e os atira sobre a mesa. "Aqui está seu testemunho. Quer destruí-lo em pessoa, ou eu devo fazê-lo?"

"Eu faço", Wyatt responde.

Ele pensa, Wyatt não confia em mim: ainda, até agora. Deus sabe, não fui falso com ele. Na última semana, hora após hora, ele negociou a vida de Wyatt. O que ele ofereceu a Henrique foi o conhecimento de Wyatt sobre a rainha acusada. Se o conhecimento era carnal — ele nunca perguntou a Wyatt e nunca o fará. Ele garantiu ao rei que não era — embora não nessas palavras. Se ele enganou Henrique, é melhor não saber. Ele diz a Wyatt: "Eu disse ao seu pai que cuidaria de você. Eu cuidei".

"Grato", responde Wyatt.

Lá fora, os milhafres dão rasantes sobre as muralhas da torre. O rei escolheu não exibir a cabeça dos amantes de Ana na ponte de Londres; quer manter a capital em ordem, caso decida cruzá-la com a nova esposa. Os milhafres, portanto, foram privados de sua presa; sem dúvida, ele diz a Richard, é por isso que anseiam por Tom Wyatt.

Richard diz: "Veja como são as coisas. Um homem muito decente, Wyatt. Até seus carcereiros estão encantados com ele. Até seu penico o admira por se dignar a usá-lo".

"Martin estava sondando para saber o que acontecerá com ele."

"Sim", diz Richard, "antes que ele se apegue demais. E o que acontecerá?"

"Ele está seguro onde está por enquanto."

"Terminaram as prisões? Ele foi o último?"

"Sim, creio que sim."

"Está acabado, então?"

"Acabado? Ah, não."

Thomas Cromwell tem agora cinquenta anos. Os mesmos olhinhos rápidos, o mesmo corpo imperturbável e atarracado; os mesmos itinerários. Onde quer que acorde, ele está em casa: na Rolls House em Chancery Lane, ou em sua casa citadina de Austin Friars, ou em Whitehall com o rei, ou em qualquer outro lugar onde Henrique por acaso esteja. Ele se levanta às cinco, faz suas orações, cuida das abluções e quebra o jejum. Às seis horas, ele recebe peticionários, com seu sobrinho Richard Cromwell a seu lado. A barcaça do secretário-mor o leva e traz de Greenwich, de Hampton Court, da Casa da Moeda e dos arsenais da Torre de Londres. Embora ainda seja um plebeu, a maioria concorda que ele é o segundo homem na Inglaterra. É o substituto do rei nos assuntos da Igreja. Tem licença para investigar qualquer ramo do governo ou da casa real. Ele leva em sua cabeça os estatutos da Inglaterra, os salmos e as palavras dos Profetas, as colunas dos livros de contabilidade do rei e a linhagem, os acres e a renda de cada pessoa de substância na Inglaterra. É famoso por sua memória, e o rei gosta de testá-la, pedindo detalhes de disputas obscuras de vinte anos atrás. Ele às vezes leva consigo um ramo seco de alecrim ou arruda e o esmaga na palma da mão, como se inalar o perfume fosse ajudá-lo. Mas todos sabem que é apenas uma performance. As únicas coisas que ele não consegue lembrar são as que ele nunca soube.

Seu principal dever (ao que parece agora) é conseguir novas esposas para o rei e se desfazer das velhas. Seus dias são longos e árduos, repletos de leis a serem redigidas e embaixadores para seduzir. Ele segue trabalhando à luz de velas nas auroras do verão e nos crepúsculos do inverno, quando escurece às três e meia. Nem mesmo as noites são suas para que possa desperdiçá-las. Muitas vezes ele dorme num aposento perto do rei, e Henrique o acorda às primeiras horas e faz perguntas sobre recibos do Tesouro, ou lhe conta seus sonhos e pergunta o que eles significam.

Às vezes ele pensa que gostaria de se casar de novo, pois faz sete anos que perdeu Elizabeth e as filhas. Mas nenhuma mulher toleraria esse tipo de vida.

Quando ele chega em casa, o jovem Rafe Sadler o está esperando. Ele tira a boina diante de seu amo. "Senhor?"

"Feito", diz ele.

Rafe espera, os olhos fixos em seu rosto.

"Nada a dizer. Um fim muito religioso. O rei?"

"Mal o vimos. Ele andava entre a câmara e o oratório e conversava com seu capelão." Rafe agora está na câmara privada do rei, é seu contato lá dentro. "Pensei em vir, caso o senhor tenha alguma mensagem para ele."

Mensagem verbal, ele quer dizer. Algo que é melhor não confiar à tinta. Ele pensa. O que dizer a um homem que acabou de matar a esposa? "Nenhuma mensagem. Vá para casa ver sua esposa."

"Helen ficará feliz em saber que a dama descansou de seus infortúnios."

Ele se surpreende. "Helen não tem pena dela, tem?"

Rafe parece embaraçado. "Ela pensava que Ana era uma protetora do Evangelho, e essa causa é, como o senhor sabe, muito cara ao coração da minha esposa."

"Oh, bem, sim", diz ele. "Mas eu posso protegê-lo melhor."

"Além do mais, acho que, com as mulheres, quando algo acontece com uma delas, todas sentem. Elas são mais misericordiosas que nós, e seria um mundo cruel se não fosse por elas."

"Ana não era digna de pena", diz ele. "Não contou a Helen sobre como ela ameaçou me decapitar? E ela planejava, como agora sabemos, interromper a vida do próprio rei."

"Sim, senhor", responde Rafe, como se para agradá-lo. "Isso foi declarado no tribunal, não foi? Mas Helen me perguntará — perdão, vindo de uma mulher, é uma pergunta natural — o que acontecerá com a filhinha de Ana Bolena? O rei a deserdará? Ele não pode ter certeza de ser o pai, mas não pode ter certeza de não ser."

"Isso não importa", ele responde. "Mesmo que Eliza seja filha de Henrique, ela ainda é uma bastarda. Como sabemos agora, o casamento com Ana nunca foi válido."

Rafe coça o alto da cabeça de modo que seus cabelos ruivos se erguem num tufo. "Ou seja, como a união com Catarina também não foi válida, ele nunca foi casado na vida. Duas vezes noivo e jamais esposo — isso já aconteceu com algum rei antes? Mesmo no Antigo Testamento? Por favor, Deus, que a srta.

Seymour trabalhe e lhe dê um filho. Parece que não conseguimos manter um herdeiro. A filha do rei com Catarina, ela é uma bastarda. A filha de Ana é uma bastarda. O que resta é seu filho Richmond, que obviamente sempre foi um bastardo." Ele aperta o chapéu contra a cabeça. "Estou indo."

Rafe desliza para fora, deixando a porta aberta. Das escadas, ele fala: "Vejo o senhor amanhã".

Ele se levanta, fecha a porta; mas se demora, a mão na madeira. Rafe cresceu em sua casa, e ele sente falta de sua presença constante; hoje Rafe tem sua própria casa, sua própria e jovem família, novos deveres na corte. É um prazer para ele fazer a carreira de Rafe, que lhe é tão querido quanto um filho poderia ser; obediente, obstinado, atencioso e — o ponto vital — tem o apreço e a confiança do rei.

Ele volta à sua escrivaninha. Ainda é maio, ele pensa, e duas rainhas da Inglaterra já estão mortas. Diante dele há uma carta de Eustache Chapuys, o embaixador imperial; embora não seja uma carta que Eustache pretendesse enviar à mesa dele, e as notícias já devam estar desatualizadas. O embaixador está usando um novo código, mas deve ser possível ver o que ele está dizendo. Ele deve estar festejando, contando ao imperador Carlos que a concubina do rei está vivendo suas últimas horas.

Ele trabalha na carta até desvendar os nomes próprios, inclusive o seu, e depois se volta para outros assuntos. Deixemos isso para mestre Wriothesley, o príncipe dos decifradores.

Quando os sinos tocam para a oração noturna da cidade, ele ouve mestre Wriothesley lá embaixo, rindo com Gregory. "Suba, Me-Chame", ele fala; e o jovem sobe dois degraus de cada vez e marcha para dentro, uma carta na mão. "Da França, senhor, do bispo Gardiner." Para ser útil, ele já abriu.

Me-Chame-Risley? É uma piada que vem da época em que Tom Wyatt ainda tinha cabelos em toda a cabeça; de quando Catarina era rainha e Thomas Wolsey governava a Inglaterra, e ele, Thomas Cromwell, costumava dormir à noite. Me-Chame chegou um dia a Austin Friars — um jovem bem-apessoado, vivaz e nervoso como uma lebre. Demos uma olhada em seu gibão cortado, a boina com plumas e a adaga dourada na cintura; como rimos. Ele era bonito, hábil, argumentativo e pronto para ser admirado. Em Cambridge, Stephen Gardiner fora seu tutor, e Stephen tem muito a ensinar; mas o bispo não tem paciência, e há algo em Me-Chame que anseia por isso. Ele quer ser ouvido, ele quer conversar; como uma lebre, ele parece alerta ao que está acontecendo às suas costas, meio sabendo, meio adivinhando, os nervos sempre à flor da pele.

"Gardiner diz que a corte francesa está fervilhando, senhor. O boato é que a falecida rainha tinha uma centena de amantes. O rei Francisco se diverte."

"Tenho certeza disso."

"E então Gardiner pergunta — como embaixador da Inglaterra — o que devo dizer a eles?"

"Pode lhe escrever. Diga o que ele precisa saber." Ele pondera. "Ou talvez um pouco menos."

A imaginação francesa logo fornecerá todos os detalhes que Stephen não tem: o que a falecida rainha fazia, e com quem, e quantas vezes e em que posições. Ele diz: "Não é bom para um celibatário ficar excitado com esses assuntos. Cabe a nós, mestre Wriothesley, salvar o bispo do pecado".

Wriothesley encontra seus olhos e ri. Agora que está fora do reino, Gardiner depende de Me-Chame para obter informações. O amo precisa aguardar a boa vontade de seu pupilo. Wriothesley tem uma posição, secretário do sinete. Ele tem uma renda e uma bela esposa, e se aquece nas boas graças do rei; nesse momento, ele tem a atenção do secretário-mor. "Gregory parece feliz", ele comenta.

"Gregory está feliz por ter vencido esse dia. Ele nunca havia testemunhado um evento como esse. Não que algum de nós tenha testemunhado, é claro."

"Nosso pobre monarca", Me-Chame diz. "Sua natureza bondosa sofreu muitos abusos. Nenhum homem jamais suportou duas mulheres assim, como a princesa de Aragão e Ana Bolena. Que línguas tão amargas. Que corações tão endurecidos." Ele senta-se, mas na beira do banco. "A corte está ansiosa, senhor. As pessoas se perguntam se acabou. Elas se perguntam o que Wyatt lhe disse que não foi registrado."

"Elas podem especular à vontade."

"Perguntam se haverá mais prisões."

"É uma pergunta."

Wriothesley sorri. "O senhor é mestre nisso."

"Ah, eu não sei." Ele se sente cansado. Sete anos para o rei conseguir Ana. Três anos para reinar. Três semanas para levá-la a julgamento. Três batidas do coração para terminar. Mas, ainda assim, são as batidas do coração dele, tanto quanto as dela. O esforço dessas três batidas deve ser acrescentado a todo o resto.

"Senhor", Me-Chame se inclina para a frente. "Deveria agir contra o duque de Norfolk. Trabalhar para desacreditá-lo junto ao rei. Faça isso agora, enquanto ele está em desvantagem. Talvez a oportunidade não apareça novamente."

"Achei que o duque foi muito agradável comigo esta manhã. Se considerarmos que estávamos matando sua sobrinha."

"Thomas Howard fala tão agradavelmente ao seu inimigo quanto ao seu amigo."

"Verdade." A duquesa de Norfolk, de quem o duque está afastado, costuma usar as mesmas palavras: ou piores.

"É de imaginar", diz Me-Chame, "que com Ana e seu sobrinho George caídos em desgraça, ele se recolheria às suas próprias terras no campo, envergonhado."

"A vergonha e tio Norfolk não foram apresentados."

"Ouvi dizer que ele está pressionando para que Richmond seja nomeado herdeiro. Ele argumenta, se meu genro se tornar rei e minha filha se sentar no trono ao lado dele, toda a Inglaterra estará sob minha mão Howard. Ele diz: 'Já que todos os três filhos de Henrique agora são bastardos, é melhor dar preferência ao varão — pelo menos Richmond pode domar um cavalo e desembainhar uma espada, o que é melhor do que Lady Maria, que é anã e adoentada, e Eliza, que ainda está na idade de se sujar em público'."

Ele diz: "Sem dúvida, Richmond seria um belo rei. Mas não gosto da ideia dessa mão Howard".

Os olhos de mestre Wriothesley pousam sobre ele. "Os amigos de Lady Maria estão prontos para trazê-la de volta à corte. Quando o Parlamento for convocado, eles esperam que ela seja nomeada herdeira. Esperam que o senhor cumpra sua promessa. Esperam que influencie o rei, a favor dela."

"Esperam?", ele pergunta. "Isso me espanta. Se já fiz alguma promessa, não foi essa."

Me-Chame parece confuso. "Senhor, as famílias antigas se uniram ao senhor e o ajudaram a derrubar os Bolena. Elas não fizeram isso à toa. Não fizeram isso para Richmond se tornar rei e Norfolk governar tudo."

"Então eu devo escolher entre elas?", ele pergunta. "Pelo que está dizendo, parece que elas vão lutar entre si e só um lado terminará de pé, os amigos de Maria ou os de Norfolk. E quem quer que vença, depois eles virão atrás de mim, não acha?"

A porta se abre. Me-Chame tem um sobressalto. É Richard Cromwell. "Quem estava esperando, Me-Chame? O bispo de Winchester?"

Imagine Gardiner emergindo do chão numa névoa de enxofre; escoiceando com seus cascos fendidos, fazendo a tinta voar. Imagine a saliva escorrendo de seu queixo enquanto ele vasculha os cofres e fareja seus conteúdos com olhos de fogo, revirados. "Carta de Nicholas Carew", anuncia Richard.

"Eu avisei", diz Me-Chame. "Gente de Maria. Já."

"E, a propósito", diz Richard, "a gata fugiu de novo."

Ele corre para a janela, a carta na mão. "Onde ela está?"

Me-Chame a seu lado: "O que devo procurar?".

Ele quebra o selo. "Lá! Ela está subindo na árvore."

Ele baixa os olhos para a carta. Sir Nicholas deseja uma reunião.

"Aquilo é um gato?" Wriothesley está surpreso. "Aquele animal listrado?"

"Ela veio de Damasco até aqui dentro de uma caixa. Eu a comprei de um comerciante italiano por um preço que você não acreditaria. Ela deveria ficar dentro de casa, senão cruzará com os gatos de Londres. Tenho que procurar um marido listrado para ela." Ele abre a janela. "Christophe! Ela está em cima da árvore!"

O que Carew propõe é uma reunião das dinastias: a família Courtenay, liderada pelo marquês de Exeter, e a família Pole, com lorde Montague representando seu clã. Essas são as famílias mais próximas do trono, descendentes do velho rei Eduardo e de seus irmãos. Elas afirmam falar pela filha do rei, Maria, e representar seus interesses. Se não podem governar a Inglaterra diretamente, como outrora fizeram os Plantageneta, pretendem governar através da filha do rei. O que admiram é a estirpe de Maria, a herança de sua mãe espanhola, Catarina. Dão muito menos importância à própria pessoa da menina tristonha; e quando eu encontrar Maria, ele pensa, direi isso a ela. A segurança dela não está naquela direção, com homens que vivem de fantasias do passado.

Carew, os Courtenay, os Pole, eles são papistas, cada um deles. Carew foi o antigo companheiro de armas do rei e também amigo da rainha Catarina, no tempo em que essas posições eram compatíveis. Ele se vê como o espelho da fidalguia e um favorito da fortuna. Para Carew, para os Pole, para os Courtenay e seus apoiadores, os Bolena foram um crasso equívoco, um erro agora anulado pelo carrasco. Sem dúvida, eles supõem que Thomas Cromwell também pode ser anulado, reduzido ao secretário que fora outrora: um homem útil para conseguir dinheiro, mas dispensável, um escravo a ser atropelado enquanto eles sobem a escadaria para a glória.

"Me-Chame tem razão", ele diz a Richard. "Sir Nicholas está assumindo um tom altivo comigo." Ele ergue a carta. "Essas pessoas, elas esperam que eu apareça quando me assobiam."

Wriothesley diz: "Elas esperam seu serviço. Ou vão destruí-lo".

Abaixo da janela, todos os jovens de Austin Friars estão envolvidos na caçada: cozinheiros, secretários e garotos de todo tipo. Ele diz: "Acho que meu filho abandonou todo o bom senso. Gregory", ele fala, olhando para baixo, "você não pode pegar um gato com uma rede. Agora ela já viu você. Afaste-se".

"Veja Christophe sacudindo a árvore", diz Richard. "Mas que filhinha da puta."

"Cuidado com isso, senhor", implora Me-Chame. "Porque nesta última semana..."

"É natural que ela sempre fuja", diz ele a Richard. "Ela está cansada da sua vida celibatária. Ela quer encontrar um príncipe. Sim, Me-Chame? Nesta última semana, o quê?"

"As pessoas têm falado do cardeal. Elas dizem, veja o que Cromwell causou, em dois anos, aos inimigos de Wolsey. Thomas More está morto. A rainha Ana está morta. Eles veem aqueles que ofenderam o cardeal quando ele estava vivo — Brereton, Norris —, embora Norris não tenha sido o pior...".

Norris, ele pensa, era bom para meu amo — na frente dele. Falso e interesseiro era o Gentil Norris: um hipócrita. Ele diz: "Se eu quisesse me vingar dos inimigos de Wolsey, teria que derrubar metade da nação".

"Só repito o que as pessoas estão dizendo."

"O jovem Dick Purser está aqui", diz Richard. Ele se inclina para fora da janela. "Agarre-a, rapaz, antes que ela suma no escuro."

"Eles perguntam", continua Wriothesley, "quem foi o maior dos inimigos do cardeal? Eles respondem, o rei. Então eles perguntam — quando a chance surgir, que vingança Thomas Cromwell cobrará do seu soberano, seu príncipe?"

No jardim escuro abaixo, os caçadores da gata levantam os braços como se implorassem à lua. No alto da árvore, a gata é uma forma suave, visível apenas para olhos bem treinados: os membros pendentes, ela está em perfeita harmonia com o galho em que repousa. Ele pensa em Marlinspike, o gato do cardeal. Ele o trouxera para Austin Friars quando o gato ainda era tão pequeno que podia ser carregado no bolso. Mas quando Marlinspike atingiu a maioridade, fugiu para fazer sua fortuna.

Eu me elevei acima disso, ele pensa: esse dia, essa luz minguante, essas armadilhas. Eu sou o gato damasceno. Eu viajei de longe para chegar até aqui, e nada que façam me perturba agora, nem me inquieta, no alto do meu galho.

E, no entanto, a pergunta de Wriothesley se infiltra nele e deixa em sua mente um frio filete de desalento, como a água que penetra num porão. Ele está em choque: primeiro, porque a pergunta pode ser feita. Segundo, por quem a faz. Terceiro, porque ele não sabe a resposta.

Richard volta para a sala: "Senhor, o que Christophe está dizendo lá embaixo?".

Ele traduz: o jargão do rapaz não é fácil. "Christophe jura que, na França, eles sempre pegam gatos com uma rede, que qualquer criança faz isso, ele terá prazer em demonstrar se lhe dermos total atenção." Ele diz a Wriothesley: "Essa sua pergunta...".

"Não tome como insulto..."

"... ela vem de Gardiner?"

"Afinal", acrescenta Richard, "quem, a não ser aquela peste maldita do bispo de Winchester, sairia com uma pergunta como essa?"

Me-Chame responde: "Se relato as palavras de Winchester, isso é tudo o que faço. Eu não falo por ele, nem para favorecê-lo".

"Ótimo", diz Richard, "porque, caso contrário, eu teria que arrancar sua cabeça e atirá-la para o alto da árvore junto com a gata."

"Richard, acredite", diz Wriothesley, "se eu fosse partidário do bispo, estaria com ele na sua embaixada, não aqui com você." Lágrimas se acumulam em seus olhos. "Estou tentando entender o que o secretário-mor pretende. Mas tudo que lhes importa é essa gata, além de tentar me assustar. Vocês me obrigam a abrir meu caminho entre espinhos."

"Estou vendo suas feridas", ele diz gentilmente. "Quando for escrever para Stephen Gardiner, diga-lhe que vou averiguar o que posso conseguir para ele em termos de espólio. George Bolena recebia uma pensão de duzentas libras por ano das receitas de Winchester. Para começar, ele pode recuperar isso."

Ele pensa, isso não aplacará o bispo. É apenas um sinal de boa vontade para um homem decepcionado. Stephen esperava que, quando Ana Bolena caísse, ela me levasse junto.

"Você fala dos inimigos do cardeal", prossegue Richard. "Pois eu colocaria o bispo Gardiner entre eles. No entanto, ele não foi prejudicado, foi?"

"Ele acha que foi", diz Wriothesley. "Afinal, ele era o confidente do cardeal, até que mestre Cromwell o deixou de lado. Ele foi secretário do rei, até que mestre Cromwell arrancou seu cargo de sob seus pés. O rei o enviou para fora do reino e ele sabe que mestre Cromwell arquitetou isso."

Verdade. Tudo verdade. Gardiner sabe como causar danos, mesmo da França. Ele sabe como arranhar a pele e envenenar o corpo político. Ele diz: "Qualquer ideia de que guardo rancor contra meu soberano — é uma fantasia do cérebro doente do bispo. O que tenho eu além daquilo que meu rei me dá? Quem sou eu além daquilo que ele me tornou? Toda a minha confiança está com ele".

Wriothesley diz: "Mas devo levar uma mensagem a Nicholas Carew? O senhor o encontrará? Acho que deveria".

"Aplacá-lo?", diz Richard. "Não." Ele fecha a janela. "Aposto que Purser é quem vai pegar a gata."

"Já eu aposto na gata." Ele imagina o mundo abaixo dela: através do prisma de seu grande olho, membros de homens agitados se desenrolam como fitas, alçando-se através da escuridão. Talvez ela pense que estão rezando para ela. Talvez ela pense que subiu até as estrelas. Talvez a escuridão se afaste dela em flocos e centelhas de luz, telhados e beirais como sombras na água; e quando ela estuda a rede, não há rede, apenas os espaços intermediários.

"Acho que deveríamos beber algo", diz ele a Wriothesley. "Teremos velas. E uma lareira, aliás. Chamem Christophe, quando ele vier do jardim. Ele nos mostrará como os franceses fazem uma fogueira. Talvez queimemos a carta de Carew, mestre Wriothesley, o que acha?"

"O que eu acho?" É quase um rosnado digno do próprio Gardiner. "Acho que Norfolk está contra o senhor, o bispo está contra o senhor, e agora o senhor também enfrentará as antigas famílias. Deus o ajude. O senhor é meu amo. Tem meu serviço e minhas orações. Mas pelos santos ossos! Acha que essa gente derrubou os Bolena para o senhor virar o rei do galinheiro?"

"Sim", responde Richard. "É exatamente o que achamos. Talvez não tenha sido a intenção deles. Mas pretendemos que esse seja o resultado."

Que firme é o braço de Richard, estendendo-se para lhe entregar a taça. Que firme é seu próprio braço, ao aceitá-la. "Lorde Lisle envia este vinho de Calais", ele comenta.

"Confusão para nossos inimigos", diz Richard. "Sorte para nossos amigos."

Wriothesley responde: "Espero que saibam diferenciá-los".

"Me-Chame, aqueça esse seu pobre coração trêmulo." Ele lança um olhar para a janela, vê o contorno vago e enevoado de si mesmo. "Pode escrever para Gardiner e dizer que ele tem dinheiro a receber. Depois temos códigos para decifrar."

Alguém trouxe uma tocha para o jardim abaixo. Uma trêmula cintilação penetra as vidraças. Sua sombra na janela ergue uma mão; ele inclina a cabeça para ela. "À minha saúde."

Naquela noite, ele sonha com a morte de Ana Bolena, em painéis. No primeiro, ele assiste enquanto ela caminha para o cadafalso, usando seu desajeitado toucado. No segundo, ela se ajoelha de touca branca enquanto o francês ergue sua espada. No último, a cabeça decepada, sufocada em linho, sangra sua imagem no tecido.

Ele acorda quando sacodem o pano. Se o rosto dela está impresso, ele está atordoado demais para ver. É 20 de maio de 1536.

2.
Salvação

Londres, verão de 1536

"Onde está meu casaco laranja?", ele diz. "Eu tinha um casaco laranja."

"Eu não vi", responde o jovem Christophe. Diz isso com ar cético, como se estivesse falando de um cometa.

"Eu o guardei. Antes de trazer você para cá. Enquanto você ainda estava do outro lado do mar, abençoando um monte de esterco de Calais com sua presença."

"O senhor zomba de mim." Christophe está ofendido. "No entanto, fui eu quem pegou a gata."

"Não pegou, não!", Gregory responde. "Foi Dick Purser quem pegou a gata. Tudo o que Christophe fez foi ficar de lado dando gritos de caça. Agora tenta ganhar o crédito!"

Seu sobrinho Richard diz: "O senhor guardou o casaco quando o cardeal caiu. Não tinha ânimo para usá-lo".

"Sim, mas agora eu me sinto alegre. Não vou aparecer diante do noivo como se estivesse de luto."

"Não?", pergunta Christophe. "Com este rei, é preciso uma roupa reversível. Nunca se sabe, vai ter morte ou dança?"

"Seu inglês está melhorando, Christophe."

"Seu francês continua no mesmo lugar."

"O que espera de um velho soldado? Não sou propenso a escrever versos."

"Mas sabe xingar bem", diz Christophe, encorajador. "Talvez o melhor que já ouvi. Melhor que meu pai, que, como sabem, foi um grande ladrão, temido em toda a sua província."

"Seu pai reconheceria você?", pergunta Richard Cromwell. "Digo, se ele o visse agora? Metade inglês e com as librés do meu tio?"

Christophe se aborrece. "A essa altura, ele provavelmente foi enforcado."

"Você não se importa?"

"Eu cuspo nele."

"Não há necessidade disso", ele diz, tranquilizador. "Casaco, Christophe? Vá procurar, sim?"

Gregory diz: "Na última vez em que saímos todos juntos...".

Richard responde: "Não. Não diga isso. Nem pense na outra vez".

"Eu sei", Gregory diz, cordial. "Meus tutores me aconselharam quanto a isso, em outros tempos. Não fale de cabeças decepadas num casamento."

O casamento do rei na verdade foi ontem, uma cerimônia pequena e privada; hoje eles formam uma delegação leal, pronta para felicitar a nova rainha. As cores de seu guarda-roupa de trabalho são naqueles tons fechados e caros que os italianos chamam de *berettino*: o marrom-acinzentado das folhas perto do feriado de santa Cecília, o cinza-azulado da luz do Advento. Hoje, porém, um esforço se faz necessário, e Christophe o ajuda a vestir seu traje festivo, maravilhando-se com ele, quando Me-Chame-Risley entra. "Não estou atrasado, estou?" Ele dá um passo para trás. "Senhor, vai usar isso?"

"Claro que vai!" Christophe está ofendido. "Sua opinião não foi solicitada."

"É só que a gente do cardeal usava um tom laranja-acastanhado, e se isso lembrar ao rei… ele talvez não goste de ser lembrado…" Me-Chame hesita. A conversa da noite passada é como uma mancha em sua própria roupa, algo que ele não consegue escovar. Ele diz com humildade: "É claro, talvez o rei goste".

"Se não gostar, ele pode me mandar tirar. Cuide para que ele não faça o mesmo com sua cabeça."

Me-Chame estremece. É sensível demais, mesmo para um ruivo. Encolhe-se um pouco quando eles saem ao sol. "Me-Chame", Gregory diz, "viu? Dick Purser subiu na árvore e pegou a gata. Pai, ele pode ganhar algum acréscimo no salário?"

Christophe murmura algo. Soa como *herege*.

"O quê?", ele pergunta.

"Deek Purser, herege", diz Christophe. "Acredita que a hóstia não passa de pão."

"Mas nós também!", Gregory diz. "Certamente, ou… espere…" A dúvida perpassa pelo seu rosto.

"Gregory", diz Richard, "o que queremos de você é menos teologia e mais garbo. Prepare-se para os novos irmãos do rei — os Seymour estarão em glória hoje. Se Jane der um filho ao rei, eles serão grandes homens, Ned e Tom. Mas lembre-se, nós também."

Pois esta é a Inglaterra, um país feliz, uma terra de milagres, onde as pedras sob nossos pés são pepitas de ouro e os riachos vertem clarete. O falcão branco dos Bolena paira como um pardal triste numa cerca, ao passo que a fênix dos Seymour se eleva. Cavalheiros de uma raça antiga das florestas, senhores de Wolf Hall, a nova família do rei agora se equipara aos Howard, aos Talbot, aos Percy e aos Courtenay. Os Cromwell — pai, filho e sobrinho — também são de uma raça antiga. Não fomos todos concebidos no Éden? *Quando Adão arava e Eva cosia/ Quem era então a fidalguia?* Nesta semana, quando os Cromwell passam, os nobres da Inglaterra saem de seu caminho.

O rei usa veludo verde: é um gramado verdejante, estrelado de diamantes. Afastando-se de seu velho amigo William Fitzwilliam, seu tesoureiro, ele toma o braço do secretário-mor, leva-o para uma fresta da janela e se detém, piscando à luz do sol. É o último dia de maio.

Pois bem, a noite de núpcias: como perguntar? A nova noiva tem um aspecto tão virginal que ele não ficaria surpreso se ela tivesse se escondido embaixo da cama e passado a noite deitada rigidamente, rezando. E Henrique, como várias mulheres já lhe contaram, precisa de muito incentivo.

O rei sussurra: "Que frescor. Que delicadeza. Que *pudeur* donzelesco".

"Eu me alegro por vossa majestade." Ele pensa, sim, sim: mas você conseguiu?

"Eu saí do inferno para o céu, e tudo numa só noite."

Essa é a resposta de que ele precisava.

O rei continua: "Todo esse assunto tem sido, como sabemos, difícil e delicado... e você mostrou, Thomas, tanto diligência quanto firmeza". Ele olha em torno da sala. "Cavalheiros — e também damas, devo dizer — indagaram de mim: majestade, não é hora de mestre Cromwell colher o que plantou? Você sabe que hesitei em promovê-lo, apenas porque seu punho é necessário na Câmara dos Comuns. Mas", ele sorri, "a Câmara dos Lordes está igualmente indisciplinada e necessita de um amo. Assim, você irá para os Lordes."

Ele se curva. Pequenos arco-íris surgem e dançam nas pedras do piso.

"A rainha está com suas damas", diz Henrique. "Ela está reunindo sua coragem. Pedi que se mostre à corte. Vá até ela e diga algumas palavras de conforto. Conduza-a para fora, se puder."

Ele se vira e dá de cara com o embaixador Chapuys. É um dos súditos de língua francesa do imperador, não um espanhol, mas um saboiano. Apesar de estar na Inglaterra há alguns anos, não se atreve a conversar em nosso idioma; suas habilidades não são afiadas o bastante para o tipo de conversa que um embaixador precisa sustentar. Seus ouvidos aguçados identificaram a palavra "*pudeur*" e, sorrindo, ele pergunta: "Bem, secretário-mor, de quem é a vergonha?".

"Não é vergonha. É modéstia. Uma modéstia apropriada, por parte da noiva."

"Ah. Pensei que seu rei talvez estivesse envergonhado. Considerando os eventos dos dias recentes. E o que se revelou no tribunal, sobre sua falta de habilidade e vigor com a outra."

"Temos apenas a palavra de George Bolena sobre isso."

"Bem, se a dama dormiu com George, como alegam — com o próprio irmão —, podemos imaginar que haveria conversa de alcova, e o que pode ser mais natural do que ela se queixar da incapacidade do marido? Mas percebo que lorde Rochford não pode defender sua versão, agora que sua cabeça foi cortada." O embaixador é acometido por um brilho nos olhos, uma contração dos lábios: que ele controla. "Então o noivo real acertou o alvo. E ele acha que madame Jane era virgem até a noite passada? Mas é claro que ele não sabe discernir. Ele pensava que Ana Bolena era virgem, e isso, acredite, desafiava a credulidade de toda a Europa."

O embaixador está certo. Quando se trata de donzelas, é mais fácil enganar Henrique que tocar uma flautinha irlandesa.

"Suponho que ele ficará satisfeito com madame Jane por um mês ou dois", continua Chapuys, "até que seus olhos pousem em outra dama. Depois, será revelado que Jane o enganou — ela não estava livre para se casar, afinal, pois tinha algum contrato prévio com outro cavalheiro. Sim?"

Eustache está tateando. Ele sabe que a cabeça de Ana Bolena rolou, mas quer descobrir sob que fundamentos o casamento foi dissolvido. Pois foi necessário dissolvê-lo: a morte não era o bastante para tirar sua filha Eliza da sucessão, era preciso demonstrar que o casamento não era casamento nenhum, que era defeituoso desde o início. E como os clérigos do rei conseguiram lhe prestar esse serviço? Ele, Thomas Cromwell, não está disposto a dizer. Ele simplesmente inclina a cabeça e abre caminho entre a aglomeração, mudando de idioma enquanto avança. A nova rainha fala apenas sua língua materna: e mesmo isso, não com muita frequência. Seu irmão Edward fala bem o francês. O irmão mais novo, Tom Seymour — ele não sabe o que Tom fala. Ele só sabe que Tom nunca escuta.

As mulheres em torno de Jane se vestem com requinte e, no calor do meio da manhã, o aroma de lavanda ondula no ar como borbulhas de risos. É uma pena que as ervas conservantes não possam fazer nada pelas viúvas das antigas famílias da Inglaterra, que agora se postam em torno de seu prêmio como sentinelas em brocados. As mulheres Bolena desapareceram das vistas: a pobre Mary Shelton, que pensava que Henry Norris se casaria com ela, e a vigilante Jane Rochford, viúva de George. O salão está repleto de rostos que não se viam na corte desde os dias da rainha Catarina: e Jane, lamentavelmente pálida e, como sempre, silenciosa, é uma figura de massinha no meio deles. Henrique a dotou generosamente com uma seleção das joias da morta, e seu vestido foi costurado às pressas com ourivesaria, corações e nós do amante. Quando Jane se move para cumprimentá-lo, um dos nós cai; ela se curva, porém uma de suas damas é mais rápida. Jane sussurra: "Obrigada, madame, pela sua cortesia".

Jane tem uma expressão consternada. Ela não pode acreditar que Margaret Douglas — sobrinha do rei, filha da rainha da Escócia — está aqui para recolher suas coisas. Meg Douglas é uma bela moça, dezenove ou vinte anos agora. Ela se levanta com um fulgor de cabelos vermelhos e volta a seu lugar. Seu toucado é do estilo francês preferido por Bolena, mas a maioria das mulheres voltou ao tipo mais antigo, ocultando os cabelos. Ao lado de Meg está sua melhor amiga, Mary Fitzroy, esposa do jovem Richmond; seu esposo veio e já se foi, supõe-se, depois de felicitar o pai pelo novo casamento. Ela é uma esposa muito jovem, nem completou dezessete anos; o toucado grande lhe dá um aspecto temeroso e severo, e seus olhos viajam ao redor. Ela o vê; cutuca Meg; baixa os olhos, sussurra: "Cromwell".

A um só tempo, as duas jovens desviam o olhar, como se para fazê-lo desaparecer. As damas de Ana não gostam de admitir como o inundaram de mexericos, uma vez que souberam que os dias da rainha estavam contados. Elas não gostam de admitir a rapidez com que falaram, quais provas deram contra ela. Cromwell nos engana, dizem elas. Ele põe palavras na nossa boca. Com suas maneiras tão suaves, ele nos faz dizer coisas que não queremos dizer.

Antes que ele possa chegar à nova rainha, a família dela entra em cena: sua mãe, Lady Margery, os dois irmãos. Edward Seymour parece discretamente alegre. Tom Seymour está se pavoneando e se veste com uma opulência que até George Bolena talvez considerasse *de trop*. O olhar de Lady Margery apunhala as antigas *dames*. Nenhuma delas preservou a boa aparência, como ela, tampouco as filhas delas se tornaram rainhas. Ela faz uma reverência profunda, de costas eretas, para a filha, e depois se ergue com um audível estalo dos joelhos. O poeta Skelton certa vez a comparou a uma prímula. Mas agora ela tem sessenta anos.

O olhar pálido de Jane se derrama sobre sua família. Ela então vira a cabeça e o olhar se derrama sobre ele. "Secretário-mor", diz ela. Há uma longa pausa, enquanto a rainha domina sua desconfiança. Por fim, ela sussurra: "Gostaria de… beijar minha mão? Ou… ou qualquer coisa… assim?".

Ele se vê ajoelhado, os lábios tocando uma esmeralda que ele beijara na mão estreita da falecida Ana. Com a outra mão, com seus dedinhos grossos, Jane lhe toca o ombro; como se para dizer, ah, querido, é difícil para nós dois, mas de alguma forma vamos atravessar esta manhã.

"A senhora sua irmã não está conosco?", ele pergunta a Jane.

"Bess está a caminho", responde Lady Margery.

"Acontece que tudo foi tão repentino", Jane diz. "Bess nunca pensou que eu me casaria. Ela ainda está de luto pelo marido."

"Creio que ela deveria parar de usar preto. Permita-me auxiliá-la com seu vestuário. Conheço os modistas italianos."

Lady Margery o submete a um agudo escrutínio. Ela então se vira e meneia a mão desdenhosamente para as viúvas. Por um momento, essas grandes damas encontram os olhos dela. Suspiram, como se sofressem. Erguem as barras das saias e recuam alguns passos. Percebem que devem permitir que os parentes próximos da noiva a rodeiem e façam as perguntas indelicadas que devem ser feitas no dia seguinte a um casamento.

"Então, irmã?", pergunta Tom Seymour.

"Baixe a voz, Tom", diz o irmão Edward. Ele olha por cima do ombro; ele, Cromwell, permanece como uma barreira intransponível entre a família e a corte.

"Então", diz a nova rainha.

"Nós pedimos apenas", diz a mãe, "uma breve palavra para nos tranquilizar. Sobre como se sente esta manhã."

Jane pondera. Por um longo tempo, ela olha para os sapatos. Tom Seymour está inquieto. Quase se pode pensar que ele vai beliscar a irmã, como se ainda estivessem no quarto das crianças. Jane respira fundo. "Sim?", Tom interroga.

Jane sussurra: "Irmãos, senhora minha mãe... mestre Cromwell... Só posso dizer que me sinto totalmente despreparada para o que o rei requer de mim".

Os irmãos encaram Lady Margery. Decerto a moça sabe como um homem e uma mulher copulam, não? Além disso, ela não é uma menina, não é esse o ponto?

"Certamente", diz Lady Margery. "Você tem vinte e sete anos, Jane. Quero dizer, vossa alteza."

"Sim, tenho", Jane concorda.

"O rei não deveria ter que mimá-la como a uma menina de treze", diz a mãe. "Se ele se mostrou impaciente, bem, é assim que os homens são."

"Vossa alteza se acostumará", Tom a encoraja. "Há um preço a ser pago por tudo, como sabe."

Jane aquiesce miseravelmente.

"Tenho certeza de que o rei não foi rude", diz Lady Margery com firmeza.

"Não, rude não." Jane olha para cima. "Mas minha dificuldade é, ele quer que eu faça coisas muito estranhas. Coisas que nunca imaginei que uma esposa tivesse que fazer."

Elas olham uma para a outra. Os lábios de Jane se movem: como se ela estivesse experimentando suas palavras, antes de ousar expô-las ao ar. "Mas suponho... bem, eu mal sei... suponho que há coisas de que os homens gostam."

Edward parece desesperado. Tom implora: "Secretário-mor?".

Como ele deveria intervir? Ele é responsável pelos gostos do rei?

O rosto de Lady Margery está rijo. "Coisas desagradáveis, Jane?"

"Acho que sim", responde a rainha. "Embora eu não tenha experiência nelas, é claro."

Tom parece furioso. "Meu conselho", ele diz. "Satisfaça-o, irmã."

"O ponto é", diz Edward, "isso... o que quer que seja, o desejo dele, sua ordem... isso conduz a conceber um filho?"

"Eu não creio", diz Jane.

"Você terá que falar com ele", diz Edward. "Cromwell, você terá que lembrá-lo de como um cristão se comporta."

Ele toma as mãos de Jane entre as suas. É um movimento ousado, mas ele não vê alternativa. "Alteza, deixe de lado a modéstia e me diga o que o rei requer da senhora."

Jane recolhe as mãos. Ela desliza sua pessoinha pálida para longe e empurra os irmãos para o lado: ela cambaleia na direção de seu rei, sua corte, seu futuro. Ela sussurra enquanto caminha: "Ele quer que eu viaje com ele até Dover e veja as fortificações".

Impassível, Jane atravessa a extensão da grande câmara. Cada olho está pousado nela; ela parece orgulhosa, alguém sussurra. E se não soubéssemos nada dela, poderíamos pensar isso. Henrique estende os braços, como se faz com uma criança que está aprendendo a andar e, quando a toma entre as mãos, ele a beija diretamente na boca. Seus lábios formam uma pergunta; ela murmura uma resposta; ele abaixa a cabeça para escutá-la, o rosto cheio de solicitude e orgulho. Chapuys está num círculo com as velhas *dames* e seus acompanhantes. Como se ele fosse o enviado — como enviado deles a Cromwell —, o embaixador se afasta e diz: "Ela parece estar usando todas as suas joias de uma só vez, como uma noiva florentina. Ainda assim, ela está bastante elegante, para uma mulher tão simples. Ao passo que a outra, quanto mais se ornava, pior ficava".

"No fim. Talvez."

Ele se lembra dos dias em que o cardeal ainda estava vivo, quando Ana não precisava de nenhum ornamento além de seus olhos. Ela desvaneceu naqueles meses finais, o rosto encovado. Quando estava indo para a Torre e escorregou das mãos dele e caiu a seus pés nas pedras do piso, ele a ergueu e ela não pesava nada; era como segurar o ar.

"E então", diz Chapuys. "Enquanto seu rei está assim de bom humor, pressione-o a nomear a princesa Maria como sua herdeira."

"A menos, é claro, que tenha um filho com sua nova esposa."

Chapuys se curva.

"Pressione seu amo a falar com o papa", ele diz ao embaixador. "Há uma bula de excomunhão pairando sobre meu amo. Nenhum rei pode viver assim, ameaçado no seu próprio reino."

"Toda a Europa anseia por curar essa ruptura. Que o rei se aproxime de Roma em espírito de penitência e desfaça a legislação que separou seu país da

Igreja universal. Assim que isso estiver feito, sua santidade terá o prazer de receber sua ovelha perdida e aceitará a restituição das suas receitas da Inglaterra."

"Com juros pagos, suponho, pelos anos perdidos?"

"Imagino que as regras bancárias normais se apliquem. E também..."

"Tem mais?"

"O rei Henrique deve convocar os emissários que enviou aos príncipes luteranos. Sabemos que estão em conversas. Queremos que as interrompam."

Ele assente. Em suma, Chapuys lhe pede que ele destrua o trabalho de quatro anos. Que leve a Inglaterra de volta a Roma. Que reconheça o primeiro casamento de Henrique como válido e a filha daquele casamento como sua herdeira. Que rompa os contatos diplomáticos com os Estados germânicos. Que rejeite o Evangelho, abrace o papa e dobre os joelhos para os ídolos.

"Então, o que devo fazer", ele pergunta, "nesses admiráveis dias novos? Digo, eu pessoalmente? Thomas Cromwell?"

"De volta à forja?"

"Acho que esqueci a arte do ferreiro. Terei que cair na estrada como fiz quando rapaz. Atravessar o mar e me oferecer como soldado para o rei da França. Acha que ele ficaria feliz em me ver?"

"Esse é um destino", diz Chapuys. "Por outro lado, você poderia permanecer no cargo e aceitar uma generosa comissão do imperador. Ele compreende o trabalho envolvido em devolver seu país ao status quo ante." O embaixador sorri para ele; depois gira nos calcanhares, os braços estendidos em saudação. "Cara-vey!"

Aquele frontão aveludado, aquele profundo peitoral blasonado em ouro: quem poderia ser, se não Sir Nicholas Carew? O grande nobre, em tom melífluo, corrige a pronúncia do embaixador: "Car-ew". Ele espera que o outro repita.

Chapuys faz um gesto de pesar. "Está além da minha capacidade, senhor."

Carew deixa passar. Fixa sua atenção no secretário-mor. "Deveríamos nos reunir."

"Seria uma honra, Sir Nicholas."

"Precisamos organizar uma escolta para trazer a princesa Maria de volta à corte. Vamos para minha casa em Beddington."

"Venha até mim. Estou ocupado."

Sir Nicholas se irrita. "Meus amigos esperam..."

"Pode trazer seus amigos."

Agora Sir Nicholas se engrandece, aproximando-se. "Fizemos um trato, Cromwell. Esperamos que seja honrado."

Ele não responde a Carew, apenas se desvia dele para abrir caminho. Passando por Carew, ele leva a mão ao coração. Parece o gesto de um homem subitamente ansioso. Mas não é isso e não é isso que ele está fazendo.

Seus rapazes surgem no mesmo instante ao seu lado.

Richard pergunta: "O que Carew queria?".

"Que sua barganha seja respeitada."

É verdade o que Wriothesley diz: houve uma barganha. Na versão de Carew: nós, amigos da princesa Maria, vamos ajudá-lo a remover Ana Bolena e, posteriormente, se você nos bajular e nos servir, nós nos absteremos de arruiná-lo. A versão do secretário-mor é diferente. Vocês me ajudam a remover Ana e... e nada.

Richard diz: "Sabia que o rei teve a esposa de Carew na sua cama? Antes de Carew se casar com ela e também depois?".

"Não!", Gregory exclama. "Tenho idade suficiente para saber? Todo mundo sabe? Carew sabe que eles sabem?"

Richard sorri. "Ele sabe que sabemos."

Isso é melhor que mexerico. Isso é poder: são notícias da economia interna da corte, da casa contábil onde as unidades de favor são fixadas e as moedas da vergonha são pesadas. Richard diz: "Eu também poderia gostar dela, Eliza Carew. Se um homem não está casado...".

"Fora da nossa esfera", ele responde.

"Desde quando isso o deteve? Faz apenas quinze dias que o senhor e a esposa do conde de Worcester se trancaram juntos num quarto."

Juntando provas.

"E ela saiu sorrindo", diz Richard.

Porque eu paguei suas dívidas.

Gregory diz: "E ela está esperando uma criança. Da qual as pessoas já falam".

"Vamos", diz Richard, "antes que o Care-Ta volte. Senão vamos acabar rindo na frente dele."

Mas seus nomes são chamados: é Rafe, que dobra a esquina. Ele vem em nome do rei, e sua expressão — se é possível decifrá-la — é um misto de reverência, cautela e incredulidade. "Ele quer o senhor."

Ele assente. "Vocês, rapazes, vão para casa." E então um pensamento o atinge. "Mas Richard..."

O sobrinho se vira. Ele sussurra. "Visite Sir William Fitzwilliam. Verifique se ele será meu aliado no conselho do rei. Ele conhece a mente de Henrique. Ele o conhece melhor que qualquer homem."

Foi Fitzwilliam quem o procurou, em março passado, para descrever como os Bolena eram odiados e como esse ódio poderia unir inimigos naturais, proporcionando-lhes um interesse comum. Foi Fitzwilliam quem sugeriu ao rei sua própria necessidade de mudança: e o fez com a calma autoridade de um homem que conhece Henrique desde a juventude.

Richard diz: "Creio que ele seguirá sua estrela, senhor".
"Descubra quais são as esperanças dele", ele pede. "E ofereça mais."
"Senhor...", Rafe interrompe.

Ele toma o braço de Rafe. Um grupo de cavalheiros vira o rosto e observa sua passagem. Rafe olha por cima do ombro enquanto os cavalheiros ficam para trás, organizados como se aguardassem que Hans os pintasse: meias de seda, barbas sedosas, seus punhais em bainhas de veludo preto, livros de veludo vermelho nas mãos. Todos eles são Howard, ou parentes dos Howard, e um deles é o jovem meio-irmão do duque de Norfolk, que partilha do mesmo nome: Thomas Howard, o Menor. Não há risco de confundir os dois. O Menor é o pior poeta da corte. O Maior nunca rimou em toda a sua vida.

Rafe diz: "O rei não está tão confiante quanto parece. Agora já não tem mais certeza sobre aquilo em que acreditava ontem. Ele diz: a justiça está feita? Ele não duvida da culpa de Ana, mas diz, e quanto aos cavalheiros? O senhor se lembra do trabalho que tivemos para fazê-lo assinar os mandados? Como ficamos em cima dele? Agora ele recaiu nas suas dúvidas. 'Harry Norris era meu velho amigo', ele diz. 'Como é possível que tenha me traído com minha esposa? E Mark — um alaudista, um simples menino —, é possível que ela tenha pecado com ele?'"

Houve um tempo em que os reis viviam sob os olhos da corte. Comiam no grande salão, expressavam todos os seus pensamentos, defecavam atrás de uma mísera cortina e copulavam atrás de outra. Agora os governantes desfrutam de solidão: servos de sapatilhas macias cuidam deles e, em seus aposentos isolados, o ruído silencia. Enquanto se dirige às câmaras internas, o chapéu na mão, o ministro realiza um processo interno pelo qual se torna flexível, infinitamente paciente. Em geral, quando há alguma perturbação em sua paz de espírito, o rei chama o arcebispo. Mas não nesse caso. Desde que a antiga rainha foi levada a julgamento, já não sobra a Cranmer nenhuma paz de espírito.

À porta da câmara privada, ele é anunciado. Nos velhos tempos — ou seja, um mês atrás —, os cavalheiros do rei estariam em alerta para interceptá-lo. Esperava-se que Harry Norris deslizasse para fora: *Lamento, secretário-mor, sua majestade está em oração.* E por quanto tempo ele rezará, Harry? *Ah, por toda a manhã, eu não duvido...* Norris desaparecia com um sorriso encantador de desculpas; e atrás da porta que se fechava, ele ouvia uma risadinha daquele pequeno macaco, Francis Weston.

Os cortesãos perguntam: é possível, mesmo, que a rainha tenha se deitado com um bichinho sorridente como Weston?

O que fazer além de dar de ombros?

O rei está sentado, curvo, cotovelos nos joelhos. Faz uma hora desde que saiu das vistas públicas e, nesse meio-tempo, seu lustro verdejante desbotou. Charles Brandon está com ele, plantado a seu lado como uma sentinela.

Ele faz sua reverência: "Majestade". E um murmúrio educado, enquanto ele se levanta: "Lorde Suffolk".

O duque faz um cauteloso cumprimento de cabeça. Henrique diz: "Crumb, já ouviu a história sobre o túmulo de Catarina?".

Suffolk diz: "Está por todas as tabernas e mercados. No instante mesmo em que a cabeça de Ana saltou do corpo, as velas no túmulo de Catarina se acenderam — sem o toque de uma mão viva". O duque parece ansioso por contar a história direito, em cada detalhe. "Você não precisa acreditar, Cromwell. Eu não acredito."

Henrique está irritado. "Claro que não. É um boato. Onde começou, Crumb?"

"Dover."

"Oh." Henrique não esperava uma resposta. "Ela está enterrada em Peterborough. O que sabem disso em Dover?"

"Nada, majestade."

Ele continuará dessa maneira até que Henrique mande Brandon para fora.

"Bem, então", diz Brandon. "Se o boato começou em Dover, pode ter certeza de que veio da França."

"Você difama os franceses", diz Henrique, "e, no entanto, recebe dinheiro deles, Charles."

O duque parece mortificado. "Mas o senhor já sabia disso."

"É claro, majestade", ele diz, "lorde Suffolk também recebe certas quantias do imperador. Assim tudo se equilibra."

"Eu conheço os arranjos", diz Henrique. "Deus sabe, Charles, que se meus conselheiros não aceitassem comissões e pensões, eu mesmo teria que pagar, e o Crumb aqui teria que encontrar o dinheiro."

"Senhor", diz ele, "o que acontecerá a Thomas Bolena? Não vejo necessidade de perturbá-lo no seu condado."

"Bolena não era um homem rico, antes que eu o elevasse", diz Henrique. "Mas ele prestou algum serviço ao Estado."

"E ele está sinceramente envergonhado, senhor, dos crimes da sua filha e do seu filho."

Henrique assente. "Muito bem. Mas contanto que ele não empregue aquele título estúpido, *Monseigneur*. E contanto que fique longe de mim. Ele deveria partir para suas próprias terras, onde não preciso vê-lo. O mesmo deveria acontecer com o duque de Norfolk. Não quero ver rostos dos Bolena, dos Howard nem de nenhum parente deles."

O rei quer dizer, a menos que os franceses ou o imperador enfiem na cabeça que vão invadir; ou que os escoceses atravessem a fronteira. Se a guerra explodir, os Howard são as pessoas certas a convocar.

"Então Bolena continuará conde de Wiltshire", diz ele. "Mas seu cargo como guardião do selo privado..."

"Pode ficar com ele, Crumb."

Ele se curva. "E se é do agrado de vossa majestade, continuarei como secretário."

Stephen Gardiner foi secretário-mor, até que — como aponta mestre Wriothesley — foi substituído. Ele não quer que Stephen irrompa na mente do rei, derramando suas pútridas bajulações na esperança de ser reempossado. A maneira de impedir isso é que ele mesmo se ofereça para fazer todos os trabalhos.

Mas Henrique não está ouvindo. Na mesa diante dele há uma pilha de três pequenos livros encadernados em couro escarlate e atados com fitas verdes. Junto deles, aberto, seu estojo de escrita de nogueira: uma relíquia da época de Catarina, ornamentada com a inicial dela e com o emblema da romã. Henrique diz: "Minha filha Maria enviou uma carta. Não me lembro de ter dado a ela permissão para me escrever. Você deu?".

"Eu não ousaria." Ele gostaria de poder pegar a carta do estojo.

"Ela parece acalentar expectativas sobre seu futuro como minha herdeira. Como se ela acreditasse que Jane falhará em me dar um filho."

"Ela não falhará, senhor."

"É fácil dizer, mas a outra fez promessas que não pôde cumprir. Nosso casamento é limpo, ela dizia: Deus o recompensará. Mas ontem à noite, num sonho..."

Ah, ele pensa, então você também a vê: Ana Bolena com seu colar de sangue.

Henrique pergunta: "Eu fiz certo?".

Certo? A magnitude da pergunta o detém, como uma mão em seu braço. Eu fui justo? Não. Fui prudente? Não. Fiz a melhor coisa pelo meu país? Sim.

"Está feito", ele responde.

"Mas como pode dizer 'Está feito'? Como se não houvesse pecado? Como se não houvesse arrependimento?"

"Olhe para a frente, meu amo. É a única direção que Deus permite. A rainha lhe dará um filho. Seu tesouro está aumentando. Suas leis são observadas. Toda a Europa vê e admira a posição que o senhor tomou contra a pretensa autoridade de Roma."

"Eles veem", responde Henrique. "Eles não admiram."

É verdade. Eles acham que a Inglaterra é uma fruta ao alcance da mão. Uma presa esgotada. Um troféu para príncipes e seus caçadores. "Nossas muralhas estão cada vez mais altas", diz ele. "Fortalezas. Eles não se atreverão."

"Se o papa me excomungar, a França e o imperador terão uma bênção para nos invadir. Ou é o que o papa lhes dirá."

"Eles não farão guerra por uma bênção, senhor. Pense em como eles sempre dizem: 'Partiremos em cruzada contra o Turco'. Mas nunca partem."

"Aqueles que conquistarem a Inglaterra terão seus pecados redimidos. O que equivale a um grande espólio."

"Eles cometerão novos pecados o tempo todo." Ele assoma sobre Henrique: é hora de lembrá-lo para que todo o sangue foi derramado. "Tenho conversado todos os dias com o homem do imperador. O senhor sabe que o amo dele está pronto para fazer uma aliança. Enquanto Ana Bolena estava viva, ele se sentia obrigado a manter uma disputa com o senhor. Mas agora o senhor removeu a causa dessa disputa. Com o imperador ao nosso lado, não precisamos temer o rei Francisco." (Embora, ele pensa, eu também esteja conversando com ele: conversando intensamente.) "E se o imperador falhar conosco, há amizades a serem consolidadas entre os príncipes da Germânia."

"Hereges", diz Charles Brandon. "O que vem agora, Crumb? Um pacto com o diabo?"

Ele está impaciente. "Meu amo, os príncipes germânicos não são hereges — são como nosso príncipe —, eles lideram os povos dos seus territórios e se recusam a entregá-los de corpo e alma a Roma."

Henrique diz: "Lorde Suffolk, pode nos deixar?".

Charles parece revoltado. "Se é do seu desejo. Mas lembre-se do que eu digo e erga seu queixo, Harry. Fiz um belo filho com minha esposa no ano passado e sou mais velho que você."

Ele marcha para fora. O rei observa sua saída: saudosamente, como se o duque fosse partir numa viagem. "*Harry*", ele repete. Seu próprio apelido soa terno em sua boca. "Suffolk passa dos limites. Mas eu sempre serei um menino para ele. Não consigo convencê-lo de que nós dois não somos mais jovens." Sua mão se prolonga, furtiva, e acaricia os livros, suas suaves capas escarlate. "Sabia que Jane não possui nenhum livro próprio? Nenhum, exceto um livro de cinta com uma joia, e é de pouco valor. Eu darei estes a ela."

"Ela ficará muito feliz, senhor."

"Eles eram de Catarina. São de natureza devocional. Jane reza bastante." O rei está inquieto; parece pensar que as orações são sua maior esperança. "Crumb, e se algum acidente acontecer? Eu poderia morrer amanhã. Não posso deixar meu reino para minhas filhas, uma delas truculenta e meio espanhola; a outra, um bebê — e nenhuma delas nascida sob o laço do casamento. Minha próxima herdeira seria a filha da rainha da Escócia, mas minha irmã, sendo o que ela é", ele suspira, "não podemos ter absoluta certeza de que Meg também nasceu sob o laço do casamento. E eu lhe pergunto — uma mulher, fraca de corpo, fraca de vontade —, ela pode governar, com toda a fragilidade do seu sexo? Não importa se ela é abençoada com firmeza, com uma inteligência ágil — mesmo assim chega o dia em que ela deve se casar e trazer um estrangeiro para partilhar seu trono — ou então elevar um súdito, e em quem ela poderia confiar? Uma mulher governante, isso não passa de um acúmulo de problemas — podemos evitá-los por dez anos, por vinte, mas os problemas virão. Há apenas um caminho. Teremos que promover o jovem Richmond a meu herdeiro. Assim, eu lhe pergunto: como o Parlamento receberá isso?"

Muito mal, ele pensa. "Acredito que exortarão vossa majestade a confiar em Deus e a dedicar seus melhores esforços a conseguir um filho no seu casamento. Nesse ínterim, podemos criar um instrumento que permita a vossa majestade nomear um sucessor a seu gosto. E o senhor não precisa revelar sua escolha. Uma pessoa em tal posição poderia se tornar demasiado ousada."

Henrique parece escutar apenas pela metade; o que significa que ele está escutando com todas as forças. "Eu mandei inventariar a biblioteca dela." Da falecida Ana, ele quer dizer. "Havia material sedicioso e muitos que beiravam a heresia. E nos livros do irmão dela também."

Aqueles belos volumes franceses: os nomes de George e Ana dispostos lado a lado, com o leão negro dos Rochford e o falcão coroado: sua letra delineada em tinta escura, *Este livro é meu, George Rochford*. Ele espera. O rei está apaziguando sua consciência: ele está garantindo a si mesmo que os Bolena e seus amigos eram inimigos de Deus. Ele, Cromwell, duvida que qualquer livro dos irmãos Bolena fosse questionável aos seus olhos; ou mesmo aos olhos do próprio Henrique, se sua mente fosse mais resoluta. O rei toma um dos volumes vermelhos. Ele o observa, enquanto aborda sua real preocupação: "Os Comuns me dirão, a coroa não é sua para fazer dela o que quiser". Um breve riso soluçado: "Eles me colocarão no meu lugar, Crumb".

"É verdade." Ele sorri. "Talvez até o chamem de Harry. Mas tenho maneiras de contorná-los, senhor."

"Quem será o presidente dessa sessão?"

"Richard Riche."

"Entendo", diz Henrique. "Consegue dormir à noite, Crumb?"

A pergunta não vem com farpas: o rei não pretende dizer algo além do que disse. "Acontece que", Henrique acrescenta, "o selo privado é um grande cargo de Estado, e como você já é meu substituto nos assuntos da Igreja, e os bispos em breve se reunirão em convocação — e se você permanecer como secretário-mor, como me agradaria que fizesse —, trata-se de um fardo de trabalho que nenhum homem jamais carregou. Porém, você é como o cardeal, pode fazer o trabalho de dez. Muitas vezes me pergunto de onde veio."

"De Putney, majestade."

"Eu sei disso. Quero dizer, não sei o que faz de você o que é. O mistério de Deus, suponho", completa Henrique, e deixa por isso mesmo.

Na sala da guarda, Charles Brandon espera por ele. "Escute aqui, Crumb, sei que está com raiva de mim. Isso porque não me ajoelhei quando a cabeça daquela prostituta foi decepada."

Ele ergue a mão, mas não é possível deter Charles, assim como não é possível parar um touro desembestado. "Lembre-se de como ela me perseguiu!", vocifera o duque. "Ela me acusou de deitar com minha própria filha!"

Todas as cabeças no salão lotado se viram. Sua mente percorre a lista da prole de Charles, os nascidos dentro e fora do casamento.

"Como se fosse Wolf Hall!", berra Charles. "Não que eu creia", acrescenta ele às pressas, "naquelas calúnias sobre o velho Sir John. Ana Bolena dizia que ele estava se deitando com a própria nora. Ela só dizia isso para desviar as atenções do seu próprio pecado com o irmão."

"É possível, meu amo, mas o senhor se espanta pelo rancor que ela lhe devotava? O senhor disse ao rei que ela se envolveu com Tom Wyatt."

"Sim, eu disse — e admito! Mas quem pode ficar de lado, assistindo, enquanto seu amigo é feito de corno? Não que Henrique tenha gostado da notícia — ele me chutou para fora como um cão. Bem, ele é o rei, ele mata o mensageiro." Charles abaixa a voz. "Mas eu sempre direi, porque sou amigo dele, sempre direi o que ele precisa saber, mesmo que ele me destrua por isso. Eu o ajudei a montar, Crumb, quando ele era um menino iniciando nas justas. Eu o segurei firme quando ele equilibrou sua primeira lança, para bater-se contra um cavaleiro, e não um inimigo de tábua pintada — eu vi seu pulso tremer na luva e não disse nada além de '*Courage, mon brave!*' — que aprendi do francês, como sabe. Após disputar um ou dois torneios, Harry se tornou o mais bravo combatente que já se viu. Eu o ajudei, porque já era um guerreiro experiente — eu era mais velho, vê? E ainda sou." O rosto do duque se acalma. "Seu menino Gregory, ele é bem talhado para a liça. Uma apresentação muito boa, faz uma bela figura, não falta nada em termos de equipamento, armamento, ele é muito seguro, muito galante. Seu sobrinho Richard, aí está um sujeito robusto — talvez com um toque rústico —, ele chegou tarde, como todos sabemos, mas é bastante encorpado — não, eu lhe digo, ele e Gregory, eles são daquela raça, sempre Adiante, Adiante! — eles não mostram medo. Deve estar no sangue." O duque baixa os olhos, de sua altura imponente. "Você *deve* ter sangue, não é? Creio que um homem poderia ter pior sorte que nascer de um ferreiro. É melhor que um secretário que mordisca uma pena e tem pernas moles. Ferro no sangue, não tinta."

O pai de Charles morreu em Bosworth, próximo à pessoa de Henrique Tudor. Alguns dizem que ele estava portando o estandarte dos Tudor, embora seja difícil colher a verdade num campo de batalha. Se ele caiu sob aquele estandarte, uma mão viva o apanhou; os Tudor ascenderam e, com eles, os Brandon.

Ele responde: "Meu pai era cervejeiro, além de ferreiro. Ele produzia uma cerveja muito ruim".

"Lamento ouvir isso", responde Charles com sinceridade. "Agora veja — o que desejo transmitir é isto. Henrique sabe que errou. Primeiro ele se casou com a esposa do irmão, depois teve a infelicidade de se casar com uma bruxa. Ele diz: por quanto tempo devo ser punido? Ele sabe muito bem o que as bruxas fazem — elas tiram sua masculinidade. Elas encolhem seu membro e depois você morre. Pois eu disse a ele, majestade, não se preocupe com isso. Mande chamar o arcebispo, alivie sua consciência e comece de novo. Não quero que ele fique com isso na cabeça — perseguindo-o, como uma maldição. Diga-lhe para seguir em frente e nunca olhar para trás. Ele vai aceitar vindo de você, sabe? Ao passo que eu... ele pensa que sou um tolo." O duque oferece sua vasta mão. "Então... amigos?"

Aliados, ele pensa. O que dirá o duque de Norfolk?

Em Austin Friars, sempre há multidões em seu portão, gritando seu nome e empurrando papéis para ele. "Abram caminho, abram caminho!" Christophe recebe uma braçada de petições: "Afastem-se, ratos! Não perturbem o secretário-mor!".

"Ei, Cromwell!", grita um homem. "Por que mantém esse palhaço francês, não há ingleses para servi-lo?"

Isso causa uma gritaria: metade de Londres quer entrar por aqueles portões e conseguir um cargo com ele, e agora eles gritam seus nomes, ou os nomes de seus sobrinhos e filhos. "Paciência, amigos." Sua voz corre acima da multidão. "Talvez o rei faça de mim um grande homem, e assim todos vocês poderão entrar e se aquecer ao meu fogo."

Eles riem. Ele já é um grande homem, e Londres sabe disso. Sua propriedade é murada e vigiada, a guarita é guardada dia e noite. As sentinelas o saúdam; ele passa pelo pátio e entra por uma porta em cujas laterais há duas fendas pelas quais alguém poderia deslizar uma lâmina ou encaixar o cano de uma arma; elas são alinhadas para que qualquer malfeitor possa ser atravessado ou baleado de ambos os lados ao mesmo tempo. Seu chefe de cozinha, Thurston, lhe dissera: "Senhor, não sou militar, mas me parece excessivo. Depois que seu inimigo fosse morto no portão, ele seria abatido de novo na porta?".

"Não negligencio nenhuma precaução", ele respondera. "Nos tempos de hoje, um homem pode entrar pelo portão como seu amigo e mudar de lado enquanto atravessa o pátio."

Outrora, Austin Friars era um lugar pequeno: doze quartos na época em que ele o arrendou para si e seus funcionários, para Lizzie e as meninas, para a mãe de Lizzie, Mercy Prior. Mercy agora entrou na velhice. Ela é a senhora da casa, mas em geral vive tranquila, com um livro aberto sobre os joelhos. Ela faz lembrar uma imagem de santa Bárbara que ele viu certa vez na Antuérpia, uma santa lendo junto ao burburinho de um canteiro de obras, apoiada em andaimes e tijolos brutos. Todo mundo reclama dos construtores, do tempo que levam, das despesas crescentes, do barulho e da poeira, mas ele gosta das marteladas e dos estrondos, das canções e das conversas, dos atalhos e das histórias secretas. Quando menino, ele vivia subindo em telhados, muitas vezes sem que o dono da casa soubesse. Bastava avistar uma escada que logo subia, buscando uma vista mais ampla. Mas quando ele chegava no alto, o que via? Apenas Putney.

No grande salão, seu sobrinho Richard está esperando por ele. Parado abaixo da tapeçaria que o rei lhe deu, ele abre uma carta da filha de Henrique, escrita de próprio punho.

Richard diz: "Suponho que Lady Maria pensa que em breve voltará para casa".

Ele se dirige a seus próprios aposentos, dispensando os secretários que cambaleiam em seu rastro, carregados de arquivos de papéis, livros cheios de estatutos e precedentes, de pergaminhos e rolos. "Mais tarde, rapazes…"

Em seu quarto, o ar tem um aroma penetrante: zimbro, canela. Ele tira o casaco laranja. Na penumbra do aposento, cujas janelas trancadas bloqueiam a luz do entardecer, o casaco flameja, como se houvesse fogo em suas mãos. Em dias mais obscuros que esses, houve miseráveis fanáticos que diziam que se Deus quisesse que usássemos roupas coloridas, teria criado ovelhas coloridas. Porém, em vez disso, sua providência nos deu tintureiros e os materiais para seu ofício. Aqui na cidade, em meio ao esterco e ao granito, aos lombos dos burros e ratos, o dourado acelera o coração; naqueles dias de chuva cinza e torrencial que afligem Londres em todas as estações, somos lembrados dos céus por um vislumbre de azul-celeste. Assim como o soldado ergue os olhos para o tremular de vívidos estandartes, o trabalhador em sua lida diária se alegra ao ver seus senhores luzindo acima dele em púrpura imperial, em argênteo, fogo e azul-prata, em contraste com a água servida do céu inglês.

Richard o seguiu. Ele fecha a porta atrás de si. Os sons da casa recuam. Ele põe a mão no peito — aquele movimento costumeiro — e, do bolso interior da casaca, tira um punhal.

"Ainda?", pergunta Richard. "Até hoje?"

"Especialmente hoje." Sem aquele peso junto ao coração, ele mal reconheceria a si mesmo.

"Levá-lo para a rua, sim", diz Richard. "Mas na corte, senhor? Não consigo imaginar a circunstância em que viria a usá-lo."

Eu tampouco consigo, ele pensa. É por não conseguir imaginar a circunstância que preciso dele. Ele testa a lâmina contra o polegar. Fez o primeiro punhal para si mesmo ainda quando menino. Era uma boa lâmina, e ele sente sua falta todos os dias.

"Vá e chame Chapuys", ele diz a Richard. "Mande meus cumprimentos e veja se posso convidá-lo para a ceia. Se ele recusar, diga-lhe que anseio por diplomacia — diga que devo firmar um tratado antes do pôr do sol e, se ele não vier, vou buscar o embaixador francês no seu lugar."

"Está certíssimo." Richard sai. E ele, mais leve sem o casaco laranja, mais leve sem o punhal, desce as escadas correndo, penetra no ar fresco de um pátio interno e o atravessa para ver Thurston nas cozinhas.

Ele ouve Thurston antes de vê-lo: naquele momento, algum de seus ajudantes deseja jamais haver nascido. "Eu já disse uma vez", Thurston ruge, "já disse duas vezes, e da próxima vez, rapaz, que você usar esse pilão para o alho, vou arrancar seu cérebro pessoalmente, enfiá-lo no dito pilão, vou batê-lo numa pasta fina e dar a Dick Purser para alimentar os cães."

Ele passa pela câmara fria onde dois pavões estão pendurados numa prateleira, as gargantas cortadas, com pesos nas patas. Ele vira na esquina, encontra o rosto do menino repreendido: "Mathew? Mathew, de Wolf Hall?".

Thurston bufa. "Vem de Wolf Hall! Ele vem do inferno!"

Ele está pasmo em ver o garoto. "Eu o trouxe aqui para ser meu secretário, não para trabalho de cozinha."

"Sim, senhor, eu disse isso a eles." Um jovem pálido e modesto, era Mathew quem levava suas cartas educadamente todas as manhãs, quando o rei visitara os Seymour no ano anterior. Ele o considerara simpático e hábil demais para ser deixado no campo; o rosto do garoto havia se iluminado quando ele perguntara, gostaria de ir embora e ver o mundo?

"Aqui não é o lugar certo para esse garoto", ele diz a Thurston. "Houve um engano."

"Ótimo. Leve-o. Leve-o embora antes que eu faça alguma maldade."

"Tire isso." Ele aponta para o avental respingado do rapaz.

"De verdade, senhor?"

"Seu dia chegou." Ele ajuda o garoto a se libertar e a emergir mais esbelto, de camisa e calções. "Como está seu amigo Rob? Tem notícias dele?"

"Sim, meu amo. E ele faz o que o senhor mandou, fica de olho em quem visita Wolf Hall e escreve fielmente cada nome. Só que eu não pude ir até o senhor para transmitir as notícias dele."

"Sinto muito por esse tratamento rude. Atravesse o pátio e pergunte por Thomas Avery — diga que o enviei para aprender as contas domésticas. Quando estiver dominando esse ofício, talvez possa servir outra família por algum tempo."

O garoto parece magoado. "Eu gosto daqui."

"Apesar desse brutamontes?" Ele aponta para Thurston. "Se eu mandá-lo para longe, você ainda estará ao meu serviço."

"Eu iria com outro nome?" O garoto ergue um casaco imaginário nos ombros. "Eu o compreendo, senhor."

Thurston diz: "Fico feliz que alguém consiga".

Ao redor deles, duas dúzias de meninos arrastam cestos pelo chão de pedras, afiam seus facões, contam ovos, fazem marcas num inventário e depenam aves. A casa segue sem ele, em seus arranjos completos. Aqui, o recheio das morcelas é mexido, os peixes são limpos; do outro lado do pátio, secretários de olhos vivos se sentam em seus bancos, ávidos por começar. Aqui, a chapa e a caçarola de folha de flandres, ali, o estilete e a cera do lacre, as fitas e etiquetas de seda, as palavras negras que se esgueiram pelo pergaminho, as penas. Ele se lembra de um dia em Florença, quando vieram chamá-lo durante seu turno na cozinha. "Inglês, querem você na casa contábil." E como, sem pressa, ele desamarrou e pendurou seu avental num gancho e deixou para trás as panelas e bacias de cobre, a fileira de jarros rotundos para azeite e vinho que viviam juntos numa alcova, cada um tão alto quanto uma criança de sete anos. Ele subiu as escadas de dois em dois degraus e, ao passar pelo salão, ouviu as gotas caindo da fonte da cascata do muro na bacia de mármore, um pequeno tamborilar errático, *tip-tap... tip... tap-tip*. O garoto que esfregava os degraus saiu de seu caminho. Ele cantava: *Scaramella vai à guerra...*

Ele diz a Thurston: "Jantar com Chapuys. Seremos só nós dois".

"Claro que sim", responde Thurston. Ele peneira sua farinha, permitindo que pequenas nuvens e brumas se ergam entre os dois. "Alguém me disse que esse sujeito espanhol, esse que está sempre na sua casa — ele e seu amo planejaram tudo entre si para matar a rainha, pois ela estava no caminho da amizade deles."

"Chapuys não é espanhol. Você sabe disso."

Thurston lhe prega um olhar que diz: é degradante e fútil diferenciar os estrangeiros. "Sei que o imperador é o rei da Espanha e senhor de meio mundo. Não surpreende que queira se meter na cama com ele."

"Eu tenho que me meter", ele responde. "Eu o levo junto ao meu coração."

"Quando o rei virá para jantar outra vez?", Thurston pergunta. "Embora eu imagine que ele tenha perdido o apetite. O senhor também não perderia, se seus colhões fossem insultados em um tribunal público?"

"Eu perderia? Não sei. Isso nunca aconteceu comigo."

"Toda Londres escutando", continua Thurston com gosto. "Claro, não sabemos ao certo o que George disse, pois foi em francês. Especulamos que foi algo nesse sentido, de que o rei consegue levantar, ele consegue pôr para dentro, mas não dura o suficiente para agradar a uma dama."

"Veja só", ele diz, "agora você gostaria de ter aprendido francês."

"Mas a essência da coisa era essa", diz Thurston, à vontade. "Se você não consegue agradar a uma dama, ela não concebe um filho, ou, se concebe, é uma coisa ínfima que não viverá para ser batizado. O senhor se lembra da rainha espanhola. Quando era jovem, ela paria às dúzias. Mas de todos eles, nenhum viveu, exceto aquela mocinha Maria, e ela é do tamanho de um rato."

A seus pés, algumas enguias nadam num balde, circulando e deslizando; entrelaçando-se em seus fúteis esforços enquanto esperam para ser mortas e temperadas. Ele pergunta a Thurston: "O que estão dizendo na rua? Sobre Ana?".

Thurston franze a testa. "Ela nunca teve amigos. Nem mesmo entre as mulheres. Dizem que, se ela se deitou mesmo com o irmão, isso explica por que nenhum filho que ela concebia ficava lá dentro. O filho de um irmão, ou um filho concebido na sexta-feira, ou um filho feito quando metemos por trás — são contra a natureza. Eles mesmos se derramam, pobres criaturas pecaminosas. Pois qual o sentido de nascer só para morrer?"

Thurston acredita nisso. O incesto é um pecado, todos reconhecemos; mas também toda cópula em qualquer posição além da aprovada pelos padres. Assim como a cópula na sexta-feira, o dia da crucificação de Cristo; ou aos domingos, sábados e quartas-feiras. Se você der ouvidos aos clérigos, é pecado penetrar uma mulher durante a Quaresma e o Advento — ou em dias santos, embora o calendário esteja repleto de feriados. Mais da metade do ano é maldita, de um jeito ou de outro. É um espanto que alguém nasça.

"Algumas mulheres gostam de ficar por cima", diz Thurston. "Isso não é santificado, é? Imagine o tipo de criatura débil que resultaria dessa imprudência. Não dura uma semana."

Thurston fala como se uma criança fosse um bolo que azedou, uma flor que murcha: não dura uma semana. Ele e Lizzie perderam um filho certa vez. Thurston fez um caldo de galinha para fortalecê-la e orou por ela enquanto picava os legumes. Isso aconteceu na Fenchurch Street. Ele era apenas um advogado naqueles tempos, e Gregory ainda estava nas fraldas, sua filha Anne ainda não desmamara e sua pequena Grace nem sequer havia sido pensada; e o próprio Thurston era só um cozinheiro de família, e não o mestre culinário que é agora, com uma brigada sob seu comando. Ele se lembra de como Lizzie chorou em cima do caldo que foi posto diante dela, e eles o recolheram, intocado.

"Só vai ficar parado aí falando", pergunta Thurston, "ou vai matar essas enguias para mim?"

Ele baixa os olhos para o balde. Quando era cozinheiro, ele mantinha as enguias em seu mundo aquático até que as frigideiras estivessem quentes. Mesmo assim, não vale a pena discutir. Ele arregaça as mangas. "Aproveite e tire as escamas também", diz Thurston.

"Nos meus dias na Itália, quando estudante", comenta o embaixador Chapuys, "eu nunca tinha mais que pão e azeitonas para jantar."

"Nada mais saudável", ele responde. "Infelizmente, nosso clima inglês não permite."

"Talvez um punhado de favas tenras, ainda na vagem. Uma taça pequena de *vin santo*."

É Gregory que, para homenagear o convidado, traz as toalhas de linho e a vasilha. Os dedos do embaixador ondulam entre ramos de lavanda seca. "Sairá para caçar neste verão, mestre Gregory?"

"Espero que sim", responde Gregory. Ele abaixa a cabeça; o embaixador benze a si mesmo e dá graças. Ele se esquece de que Chapuys pertence às ordens sagradas. Como ele se vira com as mulheres? Ou ele é celibatário ou, como seu anfitrião, discreto.

Entram as enguias, apresentadas de dois jeitos: salgadas em molho de amêndoas e assadas ao suco de laranja. Há uma torta de espinafre, verde como o entardecer de verão, temperada com noz-moscada e um toque de água de rosas. A prataria resplandece; os guardanapos estão dobrados na forma de rosas de Tudor; as tampas de cada baixela são gravadas com guirlandas de prata. "*Bon appetit*", diz ele ao embaixador. "Recebi uma carta."

"Ah, sim, da princesa Maria. E o que ela diz?"

"Você sabe o que ela diz. Agora ouça o que eu digo." Ele se inclina à frente. "A princesa, como a chama — Lady Maria —, acredita que seu pai a receberá de volta na corte. Ela acha que, com a mudança de esposa, seus problemas acabaram. Você deve desiludi-la, ou eu o farei."

Chapuys pinça uma porção de enguia entre o dedo e o polegar. "Ela culpa Ana Bolena por todas as suas aflições dos últimos anos. Está convencida de que foi a concubina quem mandou separá-la da sua mãe e trancafiá-la no campo. Ela reverencia o pai e acredita nele em todos os momentos. Como uma filha deveria, claro."

"Então ela deve prestar o juramento. Ela evitou fazê-lo, mas agora não vejo alternativa. Todos os súditos devem prestá-lo, quando o rei exigir."

"Deixe-me ver se entendo o que está pedindo a ela. Ela deve reconhecer que o casamento da sua mãe não teve efeito e que ela, embora seja a filha mais velha do rei, não é a herdeira. Ela deve jurar defender, como sucessora do rei, a pequena filha de Bolena, a quem ele acabou de matar."

"O juramento será atualizado. Eliza será excluída."

"Ótimo. Porque ela é bastarda de Henry Norris, pelo que entendi. Ou do alaudista? Isso está excelente", ele comenta, falando da enguia. "Então, o que Henrique pretende agora? Meu amo não aceitará o jovem Richmond no lugar de Maria. E, creio eu, o rei da França também não."

"O Parlamento decidirá a sucessão."

"O Parlamento, e não os caprichos de Henrique, então?" O embaixador ri. "Já contou a ele?"

"Maria afirma que não deseja ser rainha. Ela diz que apoiará qualquer sucessor que seu pai escolher. Mas ela não pode aceitar o pai como chefe da Igreja."

"Isso também é uma dificuldade", admite o embaixador.

O velho bispo Fisher recusou o juramento e, no ano passado, Henrique o executou. Thomas More recusou e também ficou uma cabeça mais baixo. Ele comenta: "Maria está vivendo no paraíso dos tolos. Acha que vamos voltar para Roma só porque Ana Bolena está morta?".

Chapuys suspira. "Lamento, Thomas, que não tenhamos nos conhecido em Roma, nos velhos tempos, embora ambos estivéssemos lá. Que agradável teria sido poder fazer uma ceia juntos! Já experimentou aqueles pequenos raviólis recheados com queijo e ervas? Eram leves como o ar, se o cozinheiro conhecia seu ofício." O embaixador ajeita o guardanapo por cima do ombro. "O imperador deseja sucesso ao rei, claro, no seu novo casamento. Ele lamenta que seu amo não tenha nem considerado uma noiva da escolha do imperador. Sem grandes complicações, ele poderia ter desposado a duquesa de Milão, uma delicada viúva de dezesseis anos. Mas está feito agora, e precisamos tirar o melhor disso — o imperador acredita que se madame Jane tiver um filho, isso nos conduzirá à paz e à estabilidade. E do seu ponto de vista, *mon cher*, tornará

Henrique mais...", seus olhos se tornam oblíquos, "tratável. Assim, apesar do que o irmão da outra dama disse sobre sua impotência, devemos desejar ao rei — como Boccaccio dizia? — 'uma ressurreição da carne'."

Um jovem traz a vitela; ele mesmo, Cromwell, pega o facão.

"Eu acredito..." Chapuys faz uma pausa, esperando o criado sair, "... acredito que há um espanto geral na Germânia. Seus amigos hereges sabem que madame Jane era dama de companhia da rainha Catarina. Eles perguntam: Cremuel perdeu o juízo? Por que ele destruiria a concubina, que era uma herege como ele, e a substituiria por uma boa filha de Roma?" Ele toca a boca com o guardanapo. "A menos que Cremuel tenha um plano. De fato, eu digo ao imperador, Cremuel sempre tem um plano. E como as evidências da última quinzena nos mostram, seus planos têm êxito."

"Não fui responsável pela morte de Ana", ele diz. "Ela mesma a engendrou, ela e seus cavalheiros."

"Mas no momento que você escolheu."

Ele baixa a faca. O cabo reluz, madrepérola. "Decerto não era eu quem ditava o momento das brigas deles."

"Você me disse que não sabia como dar fim a ela, mas que precisava fazê-lo, ou ela o mataria. Disse que iria para casa e lá ficaria imaginando como poderia fazê-lo. Parece que sua imaginação é a mais poderosa da Inglaterra. Acho que Henrique ficou horrorizado com o que veio à tona, uma vez que a investigação começou." Chapuys limpa os dedos. "Que quadro você pintou na mente de todos os homens cristãos! A rainha da Inglaterra deitada, com as saias pra cima, 'Venha um, venham todos!'."

"Imagino que você se revire de noite, pensando nisso."

"Henry Norris, o grande amigo do rei. Francis Weston, um jovem vaidoso que estava passando quando ela por acaso estava nua. Aquele rufião do Norte, Will Brereton. O garoto Smeaton... o orgulho dela não a impediu de se deitar com o pobre menino contratado para tocar alaúde. Mas por que impediria? Se ela se satisfazia em copular com o próprio irmão." Chapuys pousa o guardanapo. "Eu entendo como foi — Henrique está cansado dela, ele quer a pequena Jane; ele diz, 'Cremuel, encontre um motivo para eu me livrar dela'. Mas ele não podia estar preparado para o que você descobriu. Talvez ele não o perdoe, *mon cher*, por expô-lo ao ridículo."

"Pelo contrário. Ele me promoveu."

"E mesmo assim o assunto deve amargá-lo. Talvez venha a pensar nisso mais tarde. Mas é verdade — eu deveria parabenizá-lo. Você se tornará um milorde. Barão Cromwell de..."

"Wimbledon."

"Não", diz Chapuys. "Escolha outro lugar. Algum que eu possa pronunciar."

"E eu serei o lorde guardião do selo privado."

"Ah. O selo privado é maior?"

"O selo privado é tudo que eu poderia desejar."

O embaixador ergue uma isca de vitela. "Sabe, isto está muito bom."

"Eu o advirto", ele diz. "Se Maria enfurecer o pai, isso chegará à sua porta."

"Se seu cozinheiro um dia quiser um novo posto, mande-o para minha porta também." Chapuys pega o garfo de trinchar e admira seus dentes. "Sabemos que a princesa não fará um juramento que declara seu pai como chefe da Igreja. Ela não poderia jurar por algo que considera uma impossibilidade. Quem sabe, em lugar de persegui-la, Henrique não poderia deixá-la ingressar num convento? Assim ela não seria suspeita de querer o trono. Seria um retiro honroso do mundo. Ela poderia entrar numa das grandes casas, onde, com o tempo, poderia se tornar abadessa."

"Sim. Shaftesbury talvez? Wilton?" Ele baixa a taça. "Oh, poupe-me, embaixador! Ela não deseja entrar num convento, não mais que você. Se ela se importa tão pouco com o mundo e com tudo que há nele, por que não presta o juramento e acaba com isso? Ninguém a incomodará depois."

"Maria pode concordar em desistir das suas reivindicações quanto ao futuro, mas não quanto ao passado. Ela não acreditará que sua mãe e seu pai não foram casados. Ela não concorda com o fato de que a mãe seja chamada de prostituta."

"Ela não era chamada de prostituta. Ela era chamada de princesa viúva. E você sabe que, depois que eles se separaram, Henrique a sustentou de maneira honrada e com certo custo."

"Ouça, Catarina está morta." O embaixador fala com furor. "Deixe-a descansar, sim?"

Porém ela não descansa. Catarina puxa e arrasta a filha. Ela caminha à noite, junto a seu esquálido e vetusto conselheiro, o bispo Fisher, e, nas mãos, um pergaminho defendendo sua causa. Quando a notícia da morte de Catarina chegou, houve bailes na corte. Mas no dia de seu funeral, Ana Bolena abortou um filho. O cadáver se ergueu do ataúde e sacudiu sua suplantadora até fazer trepidar seus dentes; até que o filho do rei se desprendesse do ventre.

"Embaixador", ele junta a ponta dos dedos, "permita-me assegurar de que Henrique ama a filha. Mas ele espera obediência, como pai e como rei."

"Para Maria, em primeiro lugar vem seu Pai celestial."

"Mas e se ela morresse, com o pecado da desobediência manchando sua alma?"

"Você é um rufião, Cremuel", retruca Chapuys. "Não consegue evitar. Você ameaça, quando deveria conciliar. Henrique não matará a filha."

"Quem sabe o que Henrique fará? Eu não."

"É isso que digo ao imperador. Os súditos de Henrique vivem com medo. Eu exorto meu amo: é seu dever cristão libertar a Inglaterra. Nem o usurpador Ricardo, o Escorpião, foi abominável como é esse rei atual."

"Eu não usaria esta frase, o 'rei atual'. Ela beira a traição. Quem a usa deve ter outro rei em vista."

"Traição só é um crime para aqueles que devem lealdade. Não devo nada a Henrique, exceto, talvez, um agradecimento formal pela sua hospitalidade — que é, no máximo, superficial, e muito inferior" — o embaixador faz uma mesura — "à sua própria. Toda a Europa sabe quão frágil é o domínio dele sobre o futuro. Há pouco, em janeiro passado..."

Baixe o garfo, ele pensa; pare de me apunhalar. A memória é nítida: um dia de frio arrebatador e confusão, e ele, arrastado de sua escrivaninha para testemunhar uma catástrofe. O cavalo do rei caiu na arena das justas. Henrique recebeu um golpe na cabeça e foi levado para uma tenda. Parecia morto; pensávamos que estivesse morto, jazendo ali como uma efígie, sem sangue, sem respiração, sem pulso. Ele lembra como pousou a mão no peito de Henrique e buscou o mais frágil fio de vida — mas o que os espectadores lhe disseram, mais tarde, foi que ele clamou por Deus e depois golpeou o peito do rei com força suficiente para lhe quebrar as costelas. O que ele tinha a perder? Estremecendo, chiando, vomitando, o rei se ergueu — de volta à terra dos vivos. "Cromwell?", ele disse. "Pensei que veria anjos."

"Muito bem", diz Chapuys. "Não mencionaremos o acidente se isso atrapalha sua ceia. Mas é preciso reconhecer que há homens na Inglaterra, o melhor sangue da sua nação, que continuam sendo fiéis filhos de Roma."

"Continuam?", ele pergunta. "Como pode ser? Porque todos prestaram juramento a Henrique. Os Courtenay juraram. Os Pole. Eles o reconheceram não apenas como seu rei, a quem prestam seus deveres, mas como líder da Igreja."

"É claro", diz Chapuys. "O que mais podiam fazer? Que escolha lhes deram?"

"Você acha que juramentos não significam nada para eles, talvez. E espera que eles quebrem sua palavra."

"Nem um pouco", diz o embaixador, suavemente. "Tenho certeza de que eles não agiriam contra seu rei ungido. Minha angústia é que, inflamado pela justiça da antiga causa, algum defensor renegado daquelas famílias venha a dar ao rei seu golpe de misericórdia. Um golpe de adaga é fácil de aplicar. Pode ser até que não precise de mão humana para atacar. Há uma praga que mata em um dia. Há a doença do suor que mata em uma hora. Você sabe que é verdade, e mesmo que eu berrasse tudo isso para o populacho na praça da Cruz de São Paulo, não poderiam me enforcar."

"Não." Ele sorri. "Mas embaixadores já foram assassinados na rua em outros tempos. Só estou mencionando."

O embaixador baixa a cabeça. Remexe sua salada com o talher. Uma folha de alface doce, uma lança de endívia amarga. O garoto Mathew entra com frutas.

"Receio, uma vez mais, que tenhamos falhado com nossos abricós", diz ele. "Parece que faz anos desde que os comi pela última vez. Talvez o bispo Gardiner me traga alguns, se ele vier."

Chapuys ri. "Acho que viriam mergulhados em ácido. Sabia que ele anda dizendo aos cortesãos franceses que Henrique tem planos de levar seu país de volta a Roma?"

Ele não sabia, mas suspeitava. "Na falta dos abricós, fizemos conservas de pêssegos."

Chapuys aprova. "Preparados à moda veneziana." Ele apanha uma colherada e ergue os olhos, cheios de malícia. "O que acontecerá com Guiett?"

"Com quem? Oh, Wyatt. Ele está na Torre."

"Eu sei bem onde ele está. Ele está onde podem vigiá-lo, enquanto escreve seus versos e enigmas desconcertantes. Por que o protege? Ele deveria estar morto."

"O pai dele era amigo do meu antigo amo, o cardeal."

"E ele lhe pediu para encobrir as delinquências do filho?", Chapuys ri.

"Eu dei minha palavra", ele responde em tom rígido.

"Percebo que essa promessa lhe é sagrada. Por quê? Se nada mais é sagrado? Não o entendo, Cremuel. Você não tem medo, quando deveria ter. É como alguém que pôs peso nos dados."

"Pesos nos dados?", repete ele. "É isso que as pessoas fazem?"

"Está jogando com os maiores homens da terra."

"Quem? Care-Ta e aquela gente?"

"Eles sabem que você precisa deles. Não pode se sustentar sozinho. Porque se o novo casamento não durar, o que lhe resta? Resta o favor de Henrique. Mas se ele o retirar? Você sabe o destino do cardeal. Todas as suas dignidades como clérigo não puderam salvá-lo. Se ele não tivesse morrido na estrada para Londres, Henrique lhe teria decepado a cabeça, com o chapéu de cardeal e tudo. E não há ninguém para proteger você. Tem alguns amigos, sem dúvida. Os Seymour são gratos a você. O conselheiro Fitzwilliam foi um intermediário, ajudando a eliminar a concubina. Mas você não tem conexões próprias nem uma grande família na sua retaguarda. Pois, no fim das contas, você é filho de um ferreiro. Toda a sua vida depende da próxima batida do coração de Henrique; seu futuro depende do seu sorriso ou da sua carranca."

Em janeiro, quando achei que o rei estava morto, ele pensa, quando eles entraram gritando, eu saltei e disse: "Estou indo, estou bem atrás de vocês" — mas antes de sair da sala, polvilhei o papel e sequei a tinta, e peguei da escrivaninha a adaga turca com o cabo de girassol, que fica lá como um ornamento:

para que tivesse um punhal na casaca e uma adaga extra; depois fui encontrar Henrique e o levantei dos mortos.

"Eu me lembro daqueles pequenos raviólis", diz ele. "Na casa de Frescobaldi, quando a Quaresma terminava, nós os recheávamos com picadinho de porco. À mesa da família, eles gostavam de polvilhá-los com açúcar."

"Tão típico dos banqueiros", diz Chapuys, fungando. "Mais dinheiro que bom gosto."

Wriothesley entra em Austin Friars quando eles estão voltando das orações noturnas. Richard diz: "Me-Chame está aqui, mas o senhor já teve o suficiente por hoje — devo enxotá-lo?".

"Não. Quero que ele vá ver Maria."

"Confia nele para isso?"

"Também enviarei Rafe, se o rei liberá-lo. Mas Maria é sensível ao seu status e pode achar que Rafe está muito associado a..."

"A nós", responde Richard.

Mestre Wriothesley, por outro lado, descende de uma família de arautos. Os arautos têm um status próprio, e são hábeis em conceder aos outros aquilo que lhes é devido e nada mais. Me-Chame chega com pergaminhos nas mãos: "Quando começaremos a nos dirigir ao senhor como lorde Cromwell?".

"Quando quiserem."

"Eu me pergunto... agora que o senhor foi promovido, será que eu poderia examinar novamente suas origens?" Ele desenrola os pergaminhos coloridos. "Aqui vemos as armas de Ralph Cromwell, de Tattershall Castle, que foi lorde tesoureiro do grande Henrique que conquistou a França."

Já passamos por isso antes. "Eu não sou ninguém para a gente de lorde Ralph, nem eles para mim. Já sabe quem foi meu pai e de onde eu venho. Se não sabe, pode perguntar a Stephen Gardiner. Ele enviou um homem a Putney para desencavar meus segredos."

Me-Chame anseia por perguntar, e ele conseguiu? Mas se atém a seu ponto. "O senhor deveria revisitar o assunto. O rei se sentiria mais à vontade com o senhor."

Richard diz: "Ele não poderia estar mais à vontade do que já está".

"Mas o senhor seria mais estimado se tivesse um nome antigo. Não apenas pelos seus pares, mas por toda a gente comum e também em cortes estrangeiras. Eles o desprezam, no exterior — andam dizendo que Henrique o despediu e nomeou dois bispos para governar."

"Eu apostaria que um deles é o bispo Stephen." Ele admira esses mundos especulativos, que crescem nas brechas entre as verdades. "O que mais andam dizendo?"

"Que os amantes da concubina foram esquartejados, e ela, forçada a assistir antes de ser queimada. Eles nos tomam por bárbaros como eles próprios. Dizem que toda a família dela está presa. Vejo que o pai da dama terá trabalho para convencer as pessoas de que também não está morto. Suponho que o senhor o tenha poupado porque...", Me-Chame hesita. "Suponho que ele tenha se curvado aos seus desejos, e o senhor precisa mostrar às pessoas que pode recompensá-las por isso."

Se é que se pode chamar de recompensa a vida que Thomas Bolena levará agora. Ele responde: "Acredito em economia de meios. O verdugo tem que ser pago, sabia, Wriothesley? Acha que ele pratica seu ofício de graça?".

Me-Chame se detém e pisca e respira fundo: compenetrado, ele se concentra em sua tarefa. "Estão dizendo que Lady Maria já está de volta à corte e usando as joias da falecida rainha. Dizem que o rei está pensando em casá-la com o filho do monarca francês, o duque de Angoulême, e que o príncipe virá morar na Inglaterra para ser treinado como rei."

"Ouvi dizer que ela não se inclina ao matrimônio."

"Já abordou o tema, então?"

"É preciso manter vivas as esperanças francesas."

Me-Chame não sabe bem se está sendo provocado. Ele — lorde Cromwell — examina o outro brasão de lorde Cromwell. "Prefiro os corvos da Cornualha que recebi do cardeal. Alguma notícia de Calais?"

Em Calais, as disputas e rixas das principais famílias são cercadas pelas muralhas da cidade: aquelas muralhas em ruínas, a defesa da Inglaterra, são um poço de gastos, infestadas de boatos, minadas pela intriga. Calais é uma espécie de purgatório; sofrendo, ali se espera sem trégua, não por perdão, mas por um vento favorável. O que é dito na cidadela é transportado através do mar, sibilando, sussurrando, amplificado pelas ondas; e se quebra contra a atenção do rei em Whitehall. Calais é nosso último bastião no continente. Sua fortaleza é nosso último território. Deveria ser governada pelo homem mais forte e firme que o rei possui. Em vez disso, é governada por lorde Lisle. Lisle é tio do rei — um dos bastardos do velho rei Eduardo — e Henrique gosta dele, pois ainda se recorda dele como um simpático companheiro de brincadeiras em sua infância. Lisle já está importunando para tirar alguma vantagem dos eventos recentes. Sabendo da necessidade de estar constantemente nos pensamentos do rei, ele mantinha Harry Norris no bolso, fazendo seu nome avançar por sinecuras e promoções. É tudo passado agora, pois Norris virou comida de vermes.

Me-Chame diz: "É a esposa de Lisle quem causa o problema. Ela é uma megera e ouvi dizer que é papista. Sabia que ela tem filhas do primeiro casamento?

Vivia tentando pôr uma delas a serviço de Ana. Vai tentar outra vez com nossa nova rainha".

"Acho que Jane está bem suprida", responde ele. "Me-Chame, quero que você e Rafe subam a Hunsdon e tentem convencer Maria a tomar juízo. Mas sejam delicados. Ela não está bem."

A carta de Maria está em seu bolso. Mesmo em sua própria casa, ele não ousa se separar dela. Maria diz que tem catarro na cabeça. Não consegue dormir. Seus dentes doem. Seria um conforto para ela ver seu pai. Amigos falsos os mantêm separados. Quando os falsos amigos forem deixados de lado ou golpeados pela espada da justiça, quando os falsos conselheiros forem atirados ao Tâmisa, ela diz, o rei seu pai se voltará para ela — as escamas caindo de seus olhos — e a verá pelo que ela é, sua verdadeira herdeira e filha.

Mas primeiro o rei deve chamá-la. Trazê-la para a luz de sua presença. Até lá, ela é a donzela oculta. Ela senta-se em seu jardim fechado, pronta para ser descoberta. Está sob um feitiço, dentro de um arbusto de espinhos, à espera de alguém que se comprometa a atravessá-lo.

"Vá em pessoa, senhor", diz Wriothesley.

Ele balança a cabeça.

"Talvez o senhor não deseje entregar pessoalmente essa mensagem a ela."

"Ela ama o pai", diz ele. "Ela não consegue acreditar — bem —, mas precisa ser levada a acreditar. Ele não tolerará a desobediência. Não de uma criança a quem ele deu a vida."

O sol está baixando: um último raio de calor ilumina os livros em sua mesa: os *Decretos* do papa Gregório, uma cópia bastante anotada e marcada com o monograma "TC" — *Thomas Cardinalis*. À luz fugidia do crepúsculo, turva como água, ele vê uma imagem da filha do rei: encolhida em si mesma, o rosto pálido e resoluto. Isto o fascina, o movimento furtivo da luz no ponto onde Maria toma forma, um fantasma vivo. Ela não olha para ele; ele olha para ela. "Precisa lhe dizer, Wriothesley: 'Obediência, madame, é a virtude que a salvará. Obediência não é servilismo, nem da sua pessoa nem da sua consciência. Pelo contrário, é lealdade'."

"Bem", diz Me-Chame, "sim... se o senhor pensa que eu devo falar com ela como alguém que se dirige à Câmara dos Comuns. Suponho que posso sugerir que, com obediência, venha alguma diminuição da responsabilidade."

"Talvez isso tranquilize a mente dela. Mas, Me-Chame, não fale com Maria como se ela fosse uma menininha. E não tente assustá-la. Ela é destemida como a mãe e vai atacar, é teimosa como a mãe e vai confrontar. Se ela irritá-lo, recue um passo e deixe Rafe falar. Apele à sua natureza feminina. Ao seu amor de filha. Diga-lhe o quanto dói no seu pai", ele põe a mão no coração, "diga a ela que lhe dói muito, aqui, que ela ponha os mortos à frente dos vivos."

Os contornos de Wriothesley se borram; ele afunda em indistinção, como se enevoado pela noite. Ele, Cromwell, gostaria que a princesa perdurasse, até derreter no calor de sua vontade: até que ela se dissolva em aquiescência — coisa que ela fará, se ele puder encontrar as frases certas para dobrar sua resolução.

"Meu amo", diz Wriothesley, "acho que o senhor sabe algo que ninguém mais sabe."

"Eu? Eu não sei de nada. Ninguém me conta nada."

"Tem algo a ver com Wyatt?"

Rafe lhe contou que andam escrevendo versos contra Wyatt, acusações codificadas e piadas maldosas, que os cortesãos fazem circular a menos de um palmo da pessoa do rei. Um papel é inserido em algum livro de orações, ou enfiado numa luva, ou jogado no lugar do rei de espadas. "Todos estão com medo", diz Me-Chame. "Eles vigiam por cima dos ombros. Não sabem se haverá mais acusações. Eu estava conversando com Francis Bryan e, quando o nome de Wyatt surgiu, ele perdeu o fio do que estava dizendo e olhou para mim como se me visse pela primeira vez."

"Francis?" Ele ri. "Provavelmente estava bêbado."

"As mulheres também têm medo, acho. Quando levei uma mensagem a Jane, a rainha, houve olhares — silêncios, movimentos e sinais entre elas..."

"Meu pobre rapaz! Você entra e as mulheres fazem sinais umas para as outras? Isso já aconteceu antes? Diga-me quais eram os sinais e eu tentarei interpretá-los."

Me-Chame enrubesce. "Senhor, não é uma piada. A rainha — quero dizer, a outra — pagou pelos seus feitos malignos, porém há algo mais. Há outra coisa. Você entra numa sala e ouve uma porta que se bate, sente que alguém fugiu da sua aproximação. Mas, ao mesmo tempo, parece que há alguém vigiando você."

Há alguém, ele pensa.

"Todo mundo acredita", prossegue Me-Chame, "que foi o testemunho de Wyatt que condenou Ana — mas eles não sabem por que ele testemunhou, pois o consideram bravo e temerário e..."

"Desmiolado?"

"Não isso, mas ele é muito galante — e eles pensam, o que Ana fez contra ele, para transformar o mel em fel? Eles imaginavam que ele seria enterrado no túmulo junto com ela, em vez de..."

Não surpreende que ele se interrompa. Às vezes, nossas fantasias dão um salto, repentino e preciso, como bailarinas numa fileira. Vemos a arca de flechas, quase estreita demais para um só corpo. "Eles acham que Wyatt deveria ter morrido por amor? Quando eles nem sequer atravessam a rua por isso?"

Ele pensa em Wyatt em sua prisão, enquanto o crepúsculo atravessa os passadiços e estuários do Tâmisa, onde a última luz desliza como seda, flutuando, afundando; é a luz que se move quando o fluxo está quieto. Wyatt parece distante para ele, como se preso num espelho; ou como se tivesse vivido há muito tempo. Ele diz: "Faça uma boa viagem amanhã. Lembre-se de tudo o que Maria disser. Assim que sair da sua presença, passe tudo para o papel".

Ele vai para seu quarto, Christophe marchando em seu rastro. "O ridículo Mathew", diz Christophe. "Ouvi dizer que ele foi promovido. O senhor deveria mandá-lo de volta a Wolf Hall. Ele é mais apto para cuidar de porcos do que para ser criado de um lorde."

"Eu poderia viajar e ver Maria em pessoa", ele diz. "Poderia ir e voltar antes que qualquer um soubesse que fui."

Ele fecha a porta do quarto, trancando o dia do lado de fora. Christophe diz: "Como quando fomos a Kimbolton, em segredo, para ver a antiga rainha. Quando paramos na estalagem e a esposa atrevida do estalajadeiro...".

"Sim. Basta."

"... pulou na sua cama. E na manhã seguinte, o senhor me disse: 'Christophe, pague a conta', e me deu sua bolsa. E depois, quando chegamos a Kimbolton, fomos à igreja. Lembra que eu assobiei e o padre apareceu?"

Ele se lembra do diabo de pedra, com suas mechas serpentinas; o arcanjo Miguel, com suas asas de penas verde-água, a espada erguida para o abate.

"Todos pensamos que o senhor faria a confissão. Estávamos esperançosos. Mas o senhor não se confessou. Além disso, mesmo que estejamos arrependidos, não podemos ser perdoados se temos toda a intenção de pecar de novo."

Ele se vê no espelho, despido até as camisas, um impactante clarão branco. Fora de seus brocados e veludos, sua pessoa é larga, uma desajeitada laje de músculos e ossos. Seus cabelos grisalhos estão aparados e, assim, nada suaviza os traços com os quais Deus o castigou — boca pequena, olhos pequenos, nariz grande. Ele veste camisas de linho tão finas que é possível ler as leis da Inglaterra através delas. Usa uma casaca de veludo verde que foi feita para ele no ano passado e enviada a Wolf Hall; ele tem um casaco de montaria de um roxo profundo; tem o manto da última coroação, um carmim escuro no qual, segundo uma das damas de companhia de Ana, ele parecia um hematoma ambulante. Se as roupas fazem o homem, ele está feito; mas ninguém jamais disse, mesmo quando ele era jovem: "Tommaso está bonito hoje". Apenas diziam: "É preciso acordar cedo para se adiantar àquele maldito inglês troncudo". Nem sequer se pode dizer que ele fica bem em cima de um cavalo. Ele parece apenas útil num cavalo. Ele sobe na sela e vai a algum lugar. Cavalga num passo lento e confortável, mas chega lá antes de todos os outros.

A noite está quente, porém Christophe acendeu um pequeno fogo crepitante e pôs a panela de perfume para ferver. Ervas doces, incenso: elas afastam o contágio em qualquer estação. Um estoque de velas de cera de abelha, prontas para o toque de uma chama; tinta à mão, o diário pronto sobre a mesa, aberto numa folha em branco caso ele acorde e se lembre de algo para a lista de amanhã. Acho que devo descansar esta noite, ele diz a Christophe, e Christophe responde: o embaixador já partiu há muito tempo, até Me-Chame foi despachado, mestre Richard está em casa com sua esposa, o rei está fazendo suas orações, ou talvez esteja trabalhando com a rainha para agradá-la; os pássaros guardaram a cabeça sob as asas, os prisioneiros de Londres estão roncando na Torre e nas prisões de Marshalsea, de Clink e de Fleet. Nos pátios de Austin Friars, Dick Purser soltou os cães de guarda. Deus está em seu céu. As trancas estão nos portões.

"E eu", ele responde, "estou em casa, no meu próprio aposento, uma vez na vida." Sete anos atrás, quando Florença estava sitiada pelo imperador e implorando por ajuda francesa, os burgueses foram à casa do comerciante Borgherini: "Queremos comprar seu quarto". Havia belos painéis pintados, ricas tapeçarias e outras mobílias que eles pensavam em usar para subornar o rei Francisco. Mas Margherita, a esposa do comerciante, manteve sua posição e devolveu a proposta na cara deles. Nem tudo na vida está à venda, disse ela. Este quarto é o coração da minha família. Fora daqui! Se querem levar meu quarto, terão que carregar seu butim por cima do meu cadáver.

Ele não morreria por seus móveis. Mas compreende Margherita — sempre supondo que a história seja verdadeira. Nossas posses duram mais do que nós, sobrevivendo a choques que não superamos; temos de fazer jus a elas, pois serão nossas testemunhas quando partirmos. Neste quarto estão os bens de pessoas que já não podem mais usá-los. Há livros que seu amo Wolsey lhe deu. Na cama, a colcha de cetim turco amarelo sob a qual ele dormia com Elizabeth, sua esposa. Num baú, a imagem esculpida da Virgem que pertencia a ela está envolvida numa capa acolchoada. As contas negras do rosário dela estão enroladas dentro de sua antiga bolsa de veludo. Há uma capa de almofada que ela vinha bordando, um cervo correndo entre a folhagem. Ou porque a morte a interrompeu ou apenas por não gostar do resultado, ela deixou a agulha no tecido. Mais tarde, alguma outra mão — de sua mãe ou de uma das filhas — sacou a agulha; mas, em torno dos buracos gêmeos que ela deixou, o tecido se endureceu em picos ressequidos, e portanto, se passamos o dedo pela trilha dos pontos dela — o caminho que eles teriam seguido —, podemos sentir os relevos, como nódulos na trama. Ele mandou trazer o pequeno baú de Flandres do quarto ao lado, e o vestido de pele castanha de Elizabeth está guardado entre ervas aromáticas, junto com as mangas, a coifa dourada, as casacas e os toucados, o anel de ametista e um anel com uma rosa de diamantes engastados. Ela poderia entrar e se vestir. Mas você não pode montar uma esposa com toucados e mangas; mesmo pondo todos os anéis juntos, não estará segurando sua mão.

Christophe pergunta: "Não fica triste, senhor?".

"Não. Não fico triste. Não tenho permissão para ficar. Sou útil demais para ficar triste."

Meu primeiro pensamento estava correto, ele diz: eu não devo ir até Maria, ou ainda não. Deixe o barco correr... veja o que Rafe e Me-Chame trazem de volta. Ele pensa, o cardeal saberia como administrar isso de forma satisfatória. Wolsey sempre dizia, decifre o que as pessoas querem e talvez possa oferecer isso a elas; nem sempre é o que você pensa, e pode ser barato de fornecer. Isso não funcionou com Thomas More. Ele era um homem que estava se afogando e estapeava as mãos que se estendiam para salvá-lo. Fizeram-lhe oferta após oferta, e More não aceitou nenhuma. A era da persuasão terminou, no que depender de Henrique; ela acabou no dia em que More cambaleou para o cadafalso, para se afogar em sangue e água da chuva. Agora vivemos numa era de coerção, onde a vontade do rei é uma ferramenta remodelada a cada manhã, como se por um mestre da forja: pontiaguda, cortante, ela espirala às profundezas de nossa era tortuosa. Veremos Henrique, absorto na enganação, tomando o braço de um embaixador para encantá-lo. A mentira lhe proporciona um prazer profundo e sutil, tão profundo e sutil que ele nem sequer sabe que está mentindo; acha que é o mais verdadeiro dos príncipes. Henrique diz que ele, Cromwell, é um homem humilde demais para lidar com os grandes de terras estrangeiras, então ele permanece de pé junto à parede ao longo da audiência, com os olhos no rosto de Henrique. Mais tarde, ele terá sua própria conversa às pressas com o embaixador: *Cremuel, devo acreditar nele dessa vez?* E ele dirá sinceramente, você deveria, embaixador, deveria. *Acha que eu nasci ontem? Ele me diz isso agora, mas o que ele dirá na próxima semana?* Confie em mim, embaixador, juro que eu o manterei fiel à sua palavra. *Sim, mas em nome de que você jura, agora que jogou fora os sagrados relicários?*

Nisso, ele pousa a mão no coração. Pela minha fé, ele responde. "Ah, secretário", dirá o embaixador, "sua mão pousa no coração com demasiada frequência. E sua fé, creio, é matéria muito tênue e mutável dia após dia."

E depois o embaixador olha por cima do ombro e se aproxima dele. "Reúna-se comigo, Cremuel. Vamos jantar."

E assim os dados giram no copo de osso — e não importam as origens humildes. Ele negociará e negociará e, ansioso por confidenciar, o embaixador desvelará suas queixas. *Meu amo, meu amo o imperador, meu amo o rei... ele é muito parecido com seu amo de certas formas... e eu me arrisco a dizer, meu querido*

Cremuel, que suas angústias, no dia a dia, não são diferentes das minhas. O enviado então oferecerá pequenos blefes e contrablefes, observando atentamente para ver como são recebidos; e quando Cremuel assente e responde, "Entendo", eles estão entrando em terreno mais firme; com uma sobrancelha erguida, o vislumbre de um sorriso, eles prosseguem, negociando as falsidades necessárias com a facilidade de homens que saltitam sobre poças d'água. Seu novo amigo entenderá que os príncipes não são como os outros homens. Eles têm de se esconder de si mesmos, ou seriam ofuscados por sua própria luz. Uma vez que você compreende isso, poderá começar a atravessar a barreira das fachadas, as treliças por trás das quais os ajustes podem ser feitos, os cantos para recolhimento, os espaços abertos onde é possível dar meia-volta e reverter. Há um prazer deslizante no processo, uma gratificante maestria, mas há também um preço: um gosto bilioso perene, uma fadiga amarga. Jean de Dinteville lhe dissera certa vez: já considerou, Cremuel, por que não paramos de mentir? E quando fizermos nossa confissão no leito de morte, a força do hábito nos levará ao inferno?

Mas aquilo também era uma manobra; apenas algo que o francês estava experimentando com ele. Na câmara do próprio conselho de Henrique, com ou sem a presença do rei, há uma conspiração de gestos, de suspiros, um contraponto ao que pode ser dito em voz alta; mas quando um mensageiro da câmara privada chega para dizer "Sua majestade demorará", há uma agitação e um alívio secreto. Os conselheiros podem especular sobre o porquê: foi cavalgar, talvez, ou está com os intestinos revirados, ou apenas tem preguiça — ou está cansado, quem sabe, de ver nossa cara? Alguém dirá: "Secretário-mor, poderia começar?". E conduzidos por ele ao longo da agenda, eles começarão suas rusgas e cavilações, mas com uma camaradagem furtiva que não gostariam que Henrique testemunhasse, pois ele prefere seus conselheiros divididos. Se os conselheiros fecham o cenho para o inimigo, o rei pode abrir um sorriso — o príncipe sempre gracioso. Se eles ameaçam, ele pode recompensar. Se eles pressionam, ele conforta, persuade, seduz. São seus conselheiros, um dos bandos mais cruéis que já caminhou sobre a terra, que carregam seus pecados para ele: que concordam em ser pessoas piores, para que Henrique possa ser melhor.

É junho e as noites estão curtas; mas quando os portões da cidade são fechados e o fogo é abafado, então ele, Cremuel, fecha os cortinados da cama e se encerra com os assuntos da Inglaterra. Do lado de fora deste quarto, desta cama, uma longa escuridão se estende, à beira-mar e para além das ondas: até as muralhas de Calais, pelos campos adormecidos da França, além dos escuros picos nevados e através da Itália até os sultanatos. A noite cobre Londres como uma manta, como se já tivéssemos partido, deitados em nossa mortalha, sob um pedaço de veludo preto e uma fria cruz de prata. Quantas vidas vivemos quando dormimos e sonhamos, quando línguas perdidas fluem de volta à nossa boca? Todos conheciam Cromwell, quando ele era criança. Põe-fio-nisso, era como o chamavam — pois seu pai afiava facas. Antes dos doze anos, ele era o pequeno cobrador de dívidas de seu pai: amável, sorridente, tenaz. Aos quinze, estava na estrada com sua trouxa, ferido e fugindo, rumo a outra surra e outra guerra; mas, como soldado do rei Luís, pelo menos ele era pago para receber golpes. Ele então já falava francês, o jargão da guerra. Não importava qual fosse o idioma necessário para negociar e pechinchar, ele o falava — qualquer coisa, desde um saco de lona à imagem de uma santa, diga o que você quer, eu conseguirei. Aos dezoito, duas de suas vidas já haviam ficado para trás. Sua terceira vida começou em Florença, no pátio da casa de Frescobaldi, quando chegou se arrastando do campo de batalha; apoiando-se contra a parede, ele viu com olhos vidrados seu novo campo de empreendimento. Com o tempo, o amo o chamou para o andar de cima: o jovem inglês, capaz de desenredar os assuntos de seus compatriotas e que se tornaria perfeito nos negócios de seus novos senhores, confiável, discreto, reverente aos mais velhos, que jamais ficava cansado, jamais perdia o ânimo, jamais era derrubado por qualquer demanda. Ele não é como os outros ingleses, diziam seus amos quando o enviavam aos amigos: ele não briga na rua, não cospe como um demônio, ele leva um punhal, mas o mantém no seu casaco. Na Antuérpia, ele começou outra vez, funcionário dos comerciantes ingleses. Ele é italiano, exclamavam, cheio de truques e astúcia — tirando lucro do puro ar. Esta foi sua quarta vida: *pays bas*. Ele falava o útil espanhol e a língua da Antuérpia. Ele partiu — deixou a viúva Anselma em sua casa à beira d'água cheia de sombras; você deve voltar para casa, dizia ela, e conhecer uma jovem inglesa de boa fortuna, e espero que ela o faça feliz na cama e na mesa. No final, ela disse, Thomas, se você não for agora, eu vou arrumar suas trouxas e atirá-lo no Scheldt — *tome esse barco*, ela dissera, como se pensasse que talvez não viesse outro.

Sua vida seguinte foi com sua esposa, suas filhas, com seu amo, o grande cardeal. Essa é minha vida real, ele pensava, finalmente cheguei a ela: mas, no momento em que você pensa isso, está na hora de arrumar suas trouxas uma vez mais. Seu coração e sua mente viajaram para o Norte, com o cardeal no exílio; tudo terminou na estrada, e eles o enterraram em Leicester, sepultado com Wolsey. Sua sexta vida era como secretário-mor, o servo do rei. A sétima, lorde Cromwell, começa agora.

Primeiro, ele pensa, precisamos fazer uma cerimônia: coroar a rainha Jane. Para Ana Bolena, eu enchi as ruas de santos declamantes, de falcões do tamanho de homens. Desenrolei uma milha de azul, como um caminho para o céu, desde a porta da abadia até o trono da coroação: paguei por jarda e, madame, como você caminhou. Agora devo recomeçar: novos estandartes, tecidos pintados com o emblema da fênix; com a estrela da manhã, os portões do céu, o cedro e o lírio entre os espinhos.

Ele se agita em seu sono. Está caminhando no azul, nas ondas. Na Irlanda, pedem arcos longos, e bons arcos são comprados a cinco marcos a vintena. Em Dover, precisam de dinheiro para pagar as comissões das obras do rei nas muralhas. Precisam de pás quadradas, enxadas e quarenta dúzias de pás redondas, e para ontem. Eu devo anotar, ele pensa, uma linha para cada, e preciso descobrir o que aflige as mulheres da corte. Me-Chame já viu, eu já vi. Há uma história por baixo da história. Elas têm segredos que ainda não revelaram.

A viúva de George Bolena, Jane, está em Kent, tentando ordenar seus negócios e enfrentar seu futuro; ela lhe escreveu sobre sua falta de dinheiro. A esposa do conde de Worcester, Beth, partiu para o campo levando consigo a barriga crescida. O filho não é dele, apesar do que dizem os mexericos. Se for um menino, o conde talvez duvide de sua procedência. Se for menina, ele talvez dê de ombros e concorde em assumi-la. As mulheres podem errar em suas contas. Suas parteiras podem enganá-las.

Certa vez, em Veneza, ele pensa, vi uma mulher pintada numa parede que se elevava acima do canal, as estrelas e a lua às suas costas. "Erga essa tocha", dissera seu amigo Karl Heinz. "Tommaso, você a vê?" E, por um instante, ele viu; da parede da Casa Germânica, ela baixava os olhos para Cremuello, vindo da longínqua Putney. Ele era seu peregrino, ela, seu santuário; nua, coroada de flores, ela tocava seu coração em chamas.

Durante a execução de Ana, quatro mulheres a serviram. Pisaram em seu sangue. Seus rostos estavam velados e ele não acredita que fossem as mesmas mulheres que a auxiliaram e esperaram com ela na semana final, mulheres que ele plantou em torno de Ana para registrar tudo o que ela dizia. Ele acredita que o rei, perturbado por Deus sabe quem, permitira que ela escolhesse suas próprias companhias para a última caminhada pelo chão áspero, o vento puxando suas roupas e a cabeça girando, girando, buscando notícias que nunca chegariam.

Lady Kingston me diria, ele pensa, quem eram aquelas mulheres. Mas eu devo saber? Elas têm lembranças do dia. Talvez tentem partilhá-las.

Deixem-me, ele diz a elas, preciso dormir. Fiquem nos cantos da cama, sob seus drapeados. Enfaixem aquela cabeça boquiaberta e deem muitas e muitas voltas no pano. Vocês sabem o que a Medusa faz. Não podem olhar para seu rosto. Devem aprisionar a imagem dela em aço polido. Vejam no espelho do futuro: o vidro imaculado, *specula sine macula*. Adornaremos a cidade para

Jane. Em cada esquina, um paraíso, com uma donzela sentada numa pérgula de rosas, sendo as rosas rajadas, prata, escarlate; uma serpente enroscada na macieira, e pássaros trinando, presos por Adão, pendurados em gaiolas nos ramos.

Amanhã ele responderá à carta da viúva de George Bolena. Jane quer recuperar a prataria e os bens do falecido marido. Ela não tem nada além de cem marcos ao ano, e não é o suficiente para uma mulher da nobreza que jamais se casará de novo: pois quem aceitará uma mulher que correu para Thomas Cromwell e acusou o próprio marido de dormir com a irmã e planejar o assassinato do rei?

Jamais escaparemos daquelas semanas. Elas se repetem, sempre variadas e sempre novas, sempre acontecendo, jamais terminadas. Após a prisão de Ana, ele recebia cartas de hora em hora, enviadas por Kingston, o condestável da Torre. Rafe as examinava, marcando algumas, arquivando outras. "Sir William diz que a rainha ainda fala de como o rei a mandará para um convento. Depois, no fôlego seguinte, ela diz que irá para o céu, por todas as boas ações que fez. Ele diz que ela não para de rir. Ela faz piadas. Diz que doravante será lembrada como Ana, a Sem Cabeça."

"Pobre mulher", disse Wriothesley. "Duvido que ela seja lembrada de alguma maneira."

Rafe baixou os olhos para a carta. "Vou reproduzir a frase de Kingston. 'Esta senhora tem muita alegria e prazer na morte.'"

"A mim me parece que ela está aterrorizada", disse Richard Cromwell.

"Se é assim", respondeu Me-Chame-Risley, "seus capelães deveriam cuidar disso."

"Além do mais", Rafe leu, "ela deseja que o secretário-mor saiba que, sete anos depois da sua morte, um grande castigo — cuja natureza ela não especifica — cairá sobre a terra."

"Que bom que ela preferiu não contar", ele comentou.

"Ana talvez descubra", disse Rafe, "que Deus não correrá para cumprir suas vontades, como os homens faziam." Ele abriu outra carta, passou os olhos por ela: "George Bolena quer vê-lo, senhor. Um assunto que perturba sua consciência".

"Ele quer confessar?" Wriothesley ergueu uma sobrancelha. "Por que ele faria isso agora, quando a sentença já foi promulgada, e com seus comprovados delitos sendo tão imundos que o mais misericordioso dos príncipes que já reinaram não retirou sua punição? Pois eu penso que, se ele fosse absolvido da sua pena, o povo o apedrejaria nas ruas; ou, na falta disso, que Deus o fulminaria."

"E deveríamos poupar Deus desse trabalho", disse Richard. "Ele tem muito a fazer."

Ele notou o olhar penetrante de Wriothesley. Os rapazes estão começando a passar por cima dele, que controla o acesso. "Lorde Rochford deixa dívidas", disse ele, erguendo a carta. "Ele quer que eu ponha seus assuntos em ordem."

"Nunca pensei que George se importaria com isso", disse Rafe. "Parece que estou falhando na minha misericórdia. Eu irei no seu lugar, senhor, posso?"

Ele balançou a cabeça. O que é George Bolena, além de um homem que se elevou à glória porque suas duas irmãs trabalharam por ele, deitadas de costas? Primeiro Maria na cama do rei, depois Ana. Mas, quando os condenados nos chamam, é preciso aparecer pessoalmente.

Mais tarde, conduzindo-o à Torre de Martin, Kingston disse: "Parece que ele só aceita o senhor, secretário-mor. Eu imaginava que ele teria algum amigo. No entanto", ele olhou em volta, "seus amigos estão na mesma situação, suponho."

George estava lendo um livro de orações. "Senhor, eu sabia que me ajudaria." Pondo-se de pé às pressas, suas palavras transbordando: "Há somas que devo e somas devidas a mim…".

"Espere, senhor." Ele ergueu a mão. "Devo mandar chamar um contador?"

"Não, está tudo aqui." Uma pilha de papéis sobre a mesa; George a revirava. "Além disso, tenho uma companhia de atores. Pode dar emprego a eles? Eu não gostaria de vê-los jogados na estrada."

Ele pode. Ele pretende divertir os londrinos com certos espetáculos. "Os monges e suas imposturas", diz ele. "Farnese na sua corte em Roma, entre seus bajuladores."

George ficou entusiasmado. "Temos tudo o que é necessário. Temos um chapéu de papa, e báculos e estolas, temos sinos, pergaminhos e orelhas de burro para os monges usarem. Um ator da minha companhia, ele interpreta o duende Robin Goodfellow, entra com uma vassoura e passa varrendo na frente dos atores. Depois ele entra de novo com uma vela, para indicar que a peça acabou. Tome, senhor." George empurra papéis para as mãos dele. "O rei fica com tudo, inclusive minhas dívidas — mas essas pessoas menores que me devem, não quero que sejam importunadas."

Ele pegou os papéis. "Nunca é tarde para considerar o próximo."

George corou. "Sei que me considera um grande pecador. E é o que sou."

George, ele viu, não estava bem. A pele sob os olhos estava ferida e ele estava mal barbeado, como se não pudesse ficar quieto para o barbeiro. Ele afundou na cadeira; sua mão agarrou o braço da cadeira para controlar o tremor, e ele olhou para a mão como se ela lhe fosse estranha, e de fato ela parecia chocantemente nua. "Mandei meus anéis para os cofres." Ele ergueu a outra mão. "Mas minha aliança de casamento, eu não consegui…"

Ela sairá mais tarde, quando suas mãos estiverem frias. Quem usará as joias de George? Sua esposa as venderá. "Deseja algo, senhor? Kingston está fazendo tudo como deveria?"

"Eu gostaria de ver minha irmã, mas imagino que você não permitiria. É melhor que ela acalme seu pensamento e se prepare para o encontro com Deus. A verdade é, secretário-mor" — ele soltou uma risadinha —, "que não consigo me imaginar encontrando Deus. Já estou morto pela lei, mas parece que não sei disso. Eu me pergunto como ainda estou respirando. Preciso escrever uma carta a mim mesmo, talvez, para explicar, ou... pode me explicar, mestre Cromwell? Como posso estar vivo e morto ao mesmo tempo?"

"Leia seu Evangelho", ele respondeu. E pensou: eu deveria ter enviado Rafe, no fim das contas. Por uma questão de orgulho, George não teria desmoronado na frente de Rafe.

"Já li o Evangelho, mas não o segui", disse George. "Acho que mal o compreendi. Se eu tivesse compreendido, seria um homem vivo como você. Eu deveria ter vivido quieto, longe da corte. E desdenhado do mundo, das suas lisonjas. Deveria ter evitado toda vaidade e deixado de lado a ambição."

"Sim", ele respondeu, "mas nunca fazemos isso. Nenhum de nós. Todos lemos os sermões. Poderíamos escrevê-los de próprio punho. Porém, mesmo assim somos vaidosos e ambiciosos, e nunca vivemos com modéstia, porque levantamos de manhã e sentimos o sangue correndo nas nossas veias e pensamos, pela Santíssima Trindade, em que cabeça posso pisar hoje? Quais mundos estão à mão, para que eu os conquiste? Ou no mínimo pensamos, se Deus fez de mim um tripulante no seu navio de tolos, como posso matar o capitão bêbado e conduzi-lo ao porto e não ser destroçado?"

Ele não percebeu se tinha dito aquilo em voz alta. George não parecia pensar assim. George fizera uma pergunta e esperava uma resposta, inclinando-se à frente, as mãos unidas na mesa. "Tom Wyatt alegou que se deitou com minha irmã?"

"A prova dele era particular. Não foi apresentada em tribunal."

"Mas ela chegou ao rei. Não sei como Wyatt pode fazer tais alegações e continuar vivo. Por que Henrique não o mata agora mesmo?"

"Houve um ponto em que o rei parou de se preocupar com a castidade dela."

"Ou seja, o que importa um homem mais?" George corou. "Secretário, não sei como chama a isso, mas não pode chamar de justiça."

"Eu não chamo de nada, George. Ou, se preciso fazê-lo, chamo de *necessità*."

Ele se deu conta do penico de George no canto. Talvez notando algum sutil indício de sua atenção àquele objeto — como se suas narinas houvessem se contraído —, George disse: "Eu mesmo o esvaziaria, mas eles não me deixam sair". Ele abriu as mãos. "Secretário-mor, não vou discutir com você. Nem pelo veredicto, nem pela sentença. Eu sei por que estamos morrendo. Não sou o tolo que sempre pensou que eu fosse."

A isso, ele não disse nada. Mas George afastou a cadeira e o seguiu até a porta: "Mestre, ore a Deus para me fortalecer no cadafalso. Se, como imagino, formos observar a ordem hierárquica, então preciso dar o exemplo...".

"Sim, meu amo, o senhor será o primeiro."

O visconde de Rochford. Depois, os cavalheiros. Depois, o alaudista. "Teria sido melhor enviar Mark antes de nós", disse George. "Sendo um homem comum, é mais provável que ele desmaie. Mas suponho que o rei não romperia a ordem."

E, com isso, ele caiu em prantos. Estendeu os braços, os braços de um espadachim, jovens, fortes, transbordando de vida, e os fechou em torno de Thomas Cromwell como se agarrasse a Morte. Seu corpo tremia, seus membros inferiores se sacudiam, e ele vacilou e cambaleou ao encontrar aquilo que jamais deixaria que o mundo visse, seu medo, sua incredulidade, sua esperança de que isso fosse um sonho do qual ele pudesse acordar: seus olhos se fendiam de lágrimas, os dentes trepidavam, as mãos tateando às cegas, a cabeça procurando um ombro onde descansar.

"Deus o abençoe", ele dissera. E beijara lorde Rochford, como um cavalheiro faria ao deixar outro. "Logo o senhor ultrapassará sua dor." Ao sair, ele dissera aos guardas: "Esvaziem o penico dele, pelo amor de Deus".

E agora ele está acordado, em sua própria casa. George se esvanece, junto ao gosto de suas lágrimas. Há passos no quarto. Ele puxa de lado os cortinados da cama: um brocado espesso, bordado com folhas de acanto. É a hora do lusco-fusco. Mal dormi, ele pensa. Às vezes, se você pensa no dinheiro entrando e saindo, acaba cochilando; o rio o traz, você o peneira na margem. Mas depois entram pessoas em seu sonho: *Senhor, o novo empreendimento do rei precisa de contadores, meu sobrinho é bom com números...* Não é assunto fácil, contabilizar os mosteiros. São apenas as casas pequenas, e mesmo assim. Alguns deles têm terras em dez condados. Bens imóveis e móveis se somam, ativos para o tesouro do rei... porém, dessas quantias, subtrair as dívidas e os passivos dos monges, as pensões, acordos, anuidades. Ele teve de instituir um novo departamento para lidar com o trabalho de pesquisa e auditoria, coleta e desembolso. *Senhor, meu filho está aprendendo hebraico e procura um cargo onde também possa empregar seu grego...* Ele tem trinta e quatro caixas cheias de papéis, um resquício dos tempos em que fazia esse trabalho para Wolsey. Ele precisa organizar seu transporte. *Seu filho consegue levantar cargas pesadas?* Talvez Richard Riche deva guardar as caixas na sua casa. Recém-nomeado, ele é chanceler de emolumentos, e ainda não há locais para a nova corte, apenas um espaço no palácio de Westminster que ele deve disputar com os ratos. Não vai dar certo, ele pensa. Construirei uma casa para nós.

Na espada do carrasco de Calais havia uma oração inscrita. "Mostre-me", dissera ele. Ele se lembrou das palavras gravadas, a sensação de tocá-las com os dedos. Os amantes de Ana morreram pelo machado e, depois de mortos, foram despidos. Cinco mortalhas de linho. Cinco corpos dentro delas. Cinco cabeças decepadas. No dia em que os mortos ressuscitam, eles desejam reconhecer a si mesmos. Que tipo de blasfêmia seria essa, descasar cabeças e corpos? A total inépcia desse pessoal da Torre, não dá para acreditar. Quando a carga ensanguentada foi descarregada da carroça, desprovida de qualquer distintivo de hierarquia, perceberam que não havia nenhum sinal de quem era quem. Ele não estava lá — estava em Lambeth, com o arcebispo —, e então eles se viraram para seu sobrinho, Richard: "O que fazemos agora, senhor?".

Ele pensa: eu teria aberto as mortalhas e examinado as mãos. Norris tinha uma cicatriz na palma da mão. Os dedos de Mark eram calejados pelas cordas do alaúde. Weston tinha unhas roídas, como a criança que ele era. George Rochford... George ainda usava sua aliança de casamento. E o que restasse, tinha de ser Brereton — a menos que, por engano, eles tenham cortado a cabeça de algum transeunte?

O que eu preciso, ele pensa, são de homens capazes de contar. Que mantenham o controle de cinco cabeças e cinco corpos, trinta e quatro caixas de papéis. *Seu filho sabe contar? Ele se importa de sair em qualquer tipo de clima? Ele viajará pelas estradas no inverno?* Alguns oficiais foram nomeados para espólios, homens honestos e capazes: Danaster e Freeman, Jobson e Gifford, Richard Paulet, Scudamore, Arundell, Green. Ele nomeou Waters para poder apresentá-lo a Spillman? Depois seu amigo Robert Southwell, e Bolles e Morice e... quem? Quem está faltando?

Após cortar Ana em dois pedaços, o homem de Calais mostrou-lhe a espada e ele passou os dedos sobre a oração. O aço está frio e seus dedos, dormentes; quando eu estiver frio, vou tirar essa aliança de casamento. Ele caminha adiante, sempre na direção do rei, as mãos nuas estendidas, sem armas. Três homens de seda, em seu sonho, viraram-se para vê-lo passar, rostos da família Howard estampados com o escárnio dos Howard. Thomas Howard, o Maior, Thomas Howard, o Menor. Meio desperto, ele se pergunta: para que *serve* o Menor? O que ele faz com seu tempo? Ele é o mau poeta. Seus versos caem e desfalecem. Eu/leu. Também/vintém. Fazer/trazer. *Blá-blé*, eles soam, *tip-tap*.

Não conte os Howard, ele pensa. Conte os contadores. Beckwith, eu me esqueci de Beckwith. Southwell e Green. Gifford e Freeman, Jobson e Stump — William Stump. Quem poderia esquecer Stump?

Eu. Evidentemente.

É preciso anotar tudo, ele diz a seu pessoal. Desconfiem de si mesmos. A memória humana é falível. Vocês são homens dos espólios. Vinte libras por ano, mais generosas despesas. Vocês nunca estarão em casa, sempre dividindo, fatiando o reino; vocês matarão cavalos sob a sela, quando o assunto for urgente. Cada mosteiro tem obrigações, costumes e funcionários diferentes. Certos abades dizem "Poupem-nos"; ele responde, talvez. Paguem a renda de dois anos ao Tesouro e podemos conceder sua permanência. Ele precisa manter o ritmo dos fechamentos, porque os monges — aqueles que desejam — precisam ser alocados em casas maiores. Auditores têm de ser nomeados. Vários já estão a postos e três se chamam William. E há Mildmay e Wiseman, Rokeby e Burgoyne. Mas não Stump. Saia do meu sonho, Stump. Nos tempos de Cristo não havia monges, e nem Stump. A corte deve ter mensageiros, deve ter um cicerone; deve haver alguém para conter a maré de peticionários, mas que abra a porta. Coloque o cicerone num *per diem*, ele ganhará o bastante com gorjetas; você não gostaria que a porta lhe fosse aberta, quando estivesse prestes a fazer seu caminho no mundo? Fortuna, seu portão está destrancado: Thomas, lorde Cromwell, pode passar.

Agora, Austin Friars começa a assumir a forma da casa de um grande homem, sua fachada iluminada pelas janelas das sacadas e seu pequeno jardim urbano se prolongando em pomares. Ele comprou as partes de terra que o circundam, algumas dos frades e outras dos comerciantes italianos que são seus amigos e moram nesse quarteirão. Ele é dono da vizinhança, e em seus baús — num baú de nogueira esculpido com coroas de louros, num armário mais alto que Charles Brandon — ele guarda as atas que as dividiram, avaliaram e nomearam. Aqui estão suas liberdades e seus títulos, os selos e as assinaturas ancestrais dos mortos, testemunhados por oficiais e sargentos da cidade, por conselheiros e delegados cujos colares de ofício são derretidos para cunhar moedas, cujos cadáveres descansam sob as lápides. Cidadãos alfaiates, cidadãos curtidores empreenderam aqui seus ofícios, em Broad Street, em Swan Alley e no Muro de Londres. Duas irmãs herdaram um jardim; antes que seus maridos os vendessem aos frades, elas passeavam juntas sob os pomares, as peles frescas na noite perfumada de maçãs, os dedos de Isabella descansando no braço de Margaret: através do desenho trançado dos galhos, elas olham para o céu, e seus pés em tamancos deixam marcas na grama. Um comerciante de vinhos vende um armazém, um comerciante de utensílios entrega uma loja: o armazém e a loja vão para o pároco, um século se passa e depois — seu dedo os rastreia — eles vêm para mim. Cuidado, não os borre, seus nomes ainda não estão secos, Salomon le Cotiller e Fulke St. Edmund. Aqui estão seus selos, mostrando coelhos, leões, flores e santos, um pássaro com filhotes no ninho; as armas da cidade, uma ferradura, um porco-espinho e o Sagrado Coração. A história tinge a pele: ela escreve no couro de ovelhas abatidas há muito, ou bezerros que nunca respiraram; os mortos cortam o chão abaixo de nós, de modo que, quando ele desce uma escada em Austin Friars, o passo se perde sob seus pés, e abaixo dele há outra escada, não mais visível, exceto nos olhos da mente; e para baixo ela vai, até a cidade onde as legiões de Roma deixaram suas cinzas sob a terra, suas taças no solo, seus ossos no rio. E mais baixo ele penetra e afunda, no subsolo de si mesmo, através da França e da Itália e do *pays bas*, pelas baixadas e areias movediças, correndo pelos pântanos e prados dos estuários, pelas planícies alagadas de seus sonhos até o lugar onde ele acorda, num sobressalto que o empurra ao novo dia: o clangor da bigorna do ferreiro sacode a luz do sol num quarto onde, como criança desamparada, ele está deitado, embalado, arrancado do sono, sentindo, como que pela primeira vez, a batida do próprio coração.

Em seu quarto na Torre, Thomas Wyatt está sentado à mesa onde ele o deixou, sob a mesma luz brilhante, como se não tivesse se mexido desde o dia da morte de Ana. Wyatt tem um livro diante de si e não tira os olhos do objeto, muito menos se levanta ou os cumprimenta; simplesmente diz: "Você gostaria deste, secretário-mor. É novo".

Ele pega o livro. Versos de Petrarca; ele folheia. Wyatt diz: "Nesta edição, os versos estão organizados numa ordem que corresponde à vida do poeta. Eles contam uma história. Ou parecem contar. Eu sempre anseio por uma história, você não?". Quando ele ergue a cabeça, seus olhos azuis são deslumbrantes. "Deixe-me sair. Não posso passar nem mais um dia aqui."

"Há pouco, o rei concluiu que foi na corte da França que Ana foi seduzida a perder a virgindade. Eu quero que ele absorva essa ideia, e que não seja lembrado de nenhum inglês que possa ter estado perto dela. Você está mais seguro aqui."

"Eu partirei para Kent. Não vou me demorar sob as vistas dele. Irei a qualquer lugar que você me ofereça."

"Você gosta de estar na estrada", diz ele. "Não importa o destino."

Wyatt diz: "Venho contabilizando minha vida... este ano faz uma década que fui para a França, com Cheney na embaixada. Eles diziam que minhas pernas eram jovens e meu estômago forte, então eu era o menino de recados, um barco atirado nas ondas. Eu chegava suado e desesperado cavalgando um cavalo quase morto, e Wolsey dizia, 'Em nome de Deus, onde esteve, menino — colhendo flores?'. O lorde cardeal era um grande homem no que diz respeito à velocidade".

"Ele era um grande homem no que diz respeito a todas as coisas."

"Agora que os Bolena e seus amigos se foram, você abriu espaço para si mesmo. Pode dispor sua própria gente ao redor do rei. Harry Norris, eu entendo por que queria que ele desaparecesse. Brereton, George Bolena — vejo o benefício que isso lhe traz. Mas Weston era um menino. E Mark podia até ter uma joia na boina, mas garanto que ele não tinha nem vinte centavos para comprar sua mortalha."

"Pobre Mark", diz ele. "Ele se ajoelhou aos pés de Ana e ela riu dele."

Ele imagina a carroça, a pilha de cadáveres, uma lona sobre eles, manchada e salpicada de sangue; a mão do garoto pendendo para fora, como se quisesse ser segurada. Ele diz: "Eu só queria Mark como testemunha. Mas ele acusou a si mesmo. Eu não o machuquei".

"Eu acredito em você. Embora ninguém mais acredite."

"Dê-me alguns dias. Uma semana, no máximo. Quando você sair, terá cem libras do Tesouro."

"Eu não quero."

"Acredite em mim, você quer."

"Dirão que é uma recompensa por trair meus amigos."

"Jesus Cristo!" Ele dá um tapa no Petrarca em cima da mesa. "Seus amigos? Que amizade eles já lhe mostraram? O que era Weston — um títere sorridente que não conseguia manter o pau dentro das calças. Ou Brereton, aquele fanfarrão — eu lhe digo uma coisa, a família dele no Norte está bem avisada. Eles acham que escrevem a lei. Mas aqueles dias terminaram. Não há reinos particulares agora. Há uma lei, e é a do rei."

"Cuidado", diz Wyatt. "Você está prestes a se justificar."

Ou estou mais que prestes, ele pensa. "Suei sangue para salvá-lo, Tom. Sua vida estava pendendo por um fio de cabelo."

Wyatt ergue os olhos. "Eu lhe direi por que ainda estou vivo. Não é porque tenho medo da morte ou porque aceito viver na vergonha. É porque uma mulher terá meu filho. Se não fosse por isso, você teria de fazer outras tramas para conseguir a morte de Ana."

Ele o encara. "Quem é ela?" Ele senta-se num banquinho de três pernas. "Você sabe que me dirá mais cedo ou mais tarde." Um pensamento o atinge. "Diga-me que não é a filha de Edward Darrell. Aquela que seguiu Catarina quando o rei a baniu?"

Wyatt inclina a cabeça.

"Você só consegue amar uma mulher se ela tem tudo para prejudicá-lo?"

"Eu sou como sou. É uma desculpa ruim."

Ele diz: "Lembro-me de Bess Darrell quando criança, quando ela estava na casa dos Dorset. Eu fazia negócios para eles. Sei que o pai dela tinha um juramento de lealdade — era camareiro de Catarina. Mas agora está morto, e a moça nunca fez um juramento".

"Acha que ela teria ficado melhor com Ana Bolena?"

Bom ponto. "Melhor num convento. Mas suponho que você tenha suas maneiras."

"Acho que sim", Wyatt diz tristemente. "Eu a amo, e a amo há muito tempo. Foi só porque ela estava longe da corte que pudemos manter isso em segredo."

Quando viajei para Kimbolton, ele pensa, para ver Catarina — Bess estava lá nas sombras? Ele se lembra das velhas damas espanholas; elas não confiavam nas cozinheiras e por isso cozinhavam para Catarina em seu próprio aposento, e o cheiro de fumaça e legumes cozidos ficava impregnado em suas roupas. Elas o insultavam em sua própria língua, perguntando-se em voz alta se ele tinha um corpo peludo como Satã. Ele se vê entrando na presença de Catarina, ele a vê embalada em suas peles; o cheiro enfermo o envolve e, pelo canto do olho, vê uma forma ligeira deslizando para longe com uma tigela. Naquele momento, ele pensou: a aia leva o vômito da rainha coberto como se fosse a hóstia sagrada. Aquela devia ser a filha de Edward Darrell, os cabelos dourados sob uma touca de criada.

"Eu lhe implorei", diz Wyatt, "se ela não queria deixar Catarina, que pelo menos prestasse o juramento quando lhe fosse apresentado. Que importância tem isso para você, Bess, eu disse, se o rei quer chamar a si mesmo de líder da sua Igreja? Citei os precedentes. Argumentei o melhor que pude. O bispo Gardiner não teve mais força. Mas ela não deixou Henrique vencer a discussão. Bess estava com Catarina quando ela morreu."

"Dinheiro?", ele pergunta.

"Ela não tinha nada. O que Catarina deixou para ela jamais foi pago. Ela não terá protetor se eu me for. Bess sabe que sou casado e não há nada a fazer com relação a isso. Ela não pode voltar para sua família, carregando meu filho. Não posso mandá-la para casa em Allington, meu pai não a receberá. Não sei quem a acolherá, porque a família da minha esposa virou todos contra mim. Isso lhes dará a oportunidade de se regozijar. Não há nada que eles amem mais que me ver abrindo caminho entre espinhos."

Wyatt jamais diz o nome da esposa, a menos que não possa evitar. Ele tem um filho com ela, um menino, mas só Deus sabe como ele o concebeu.

"Allington é sua melhor esperança. Devo falar com seu pai?"

"Ele está doente, quero poupá-lo. Eu temo o desprezo dele. E sei que o mereci."

Ele, Cromwell, deseja dizer: não é desprezo, é o contrário, ele o ama e o admira, mas o destino o enrijeceu. Quando Henry Wyatt esteve nessa fortaleza, não foi numa câmara arejada, mas acorrentado numa cela, lutando para ouvir alguma coisa, esperando os passos de seus torturadores e o tilintar de suas chaves. Os torturadores não precisam de meios extraordinários ou instrumentos especiais. As oportunidades para a dor estão por toda parte, em itens de uso comum. Os carcereiros puxaram a cabeça de Wyatt para trás e enfiaram um freio de cavalo em sua boca. Derramaram mostarda e vinagre em suas narinas e ele quase se afogou na mistura acre, vomitando o que podia, inalando o resto. Ricardo, o usurpador, veio para vê-lo sofrer e o instou a renunciar à lealdade ao Tudor, que então estava fora do reino, um homem sem esperança ou recursos. "Wyatt, por que sois tão tolo? Servistes a um fugitivo mendicante por nada mais que um luar sobre as águas. Abandonai-o e tornai-vos meu, que vos posso recompensar."

Ele não abandonaria. Eles o deixaram sangrando sobre as palhas, no escuro. Seus dentes foram quebrados e ele esvaziou as entranhas no chão imundo. Sua barriga estava oca, o corrosivo trabalhando na garganta; ele não tinha água limpa e, mesmo quando se sentia capaz de comer, não lhe traziam pão. Wyatt diz: "Há uma história bonita, de como um gato trouxe comida para meu pai. Eu nunca acreditei, nem quando era criança. Eu pensava: é um conto para crianças que são mais simplórias que eu. Mas agora vejo o que é estar trancado. Os prisioneiros acreditam em todo tipo de coisa. Um gato virá e nos salvará. Thomas Cromwell virá com a chave".

"Eu me pergunto: será que Bess faria o juramento agora? Catarina está morta e isso não pode ofendê-la."

"Não perguntei a ela", responde Wyatt. "Nem perguntaria. Será que Henrique a perseguirá? Ele tem pessoas suficientes para lhe dizer que ele é o líder da Igreja e que se senta ao lado de Deus. E esperamos que Lady Maria nos ajude, quando estiver de volta à corte. Ela deve ter carinho por Bess — uma jovem sozinha no mundo, que segurou a mão da sua mãe quando ela estava morrendo."

"Sem dúvida", ele diz. "Mas enquanto você está aqui com Petrarca, o mundo segue em frente. O rei exigirá que a própria Maria faça o juramento. Se ela disser não, ela virá para cá com você."

Wyatt desvia o olhar. "Então você tem que nos ajudar. É minha honra que está em jogo."

Ele pensa, onde estava sua honra quando você levantou as saias de Bess Darrell? Ele se ergue do banco e o empurra com o pé. É um assento miserável para um conselheiro do rei. "Vou conversar com Bess. Deve haver um espaço para ela em algum lugar. Aceite o dinheiro do rei, Tom. Você precisa dele."

"Eu vou obedecer a você", responde Wyatt, "como meu pai disse que eu deveria. Suponho que você pode errar como outros homens, e Deus sabe que talvez esteja caminhando para o desastre. Mas, quanto a mim, é para onde levam todas as estradas. Eu chego à encruzilhada e lanço os dados, e o que quer que saia, dá no mesmo — é o pântano, ou o abismo, ou o gelo. Então eu vou segui-lo como o ganso segue sua mãe. Ou como Dante seguiu Virgílio. Mesmo para o submundo."

"Duvido que eu vá mais longe que a costa sul neste verão. Talvez até a ilha de Wight." Ele pega o livro de versos. Está muito bem cuidado, sem vincos ou arranhões, embora a encadernação seja fina como a pele de uma mulher: a impressão é veneziana, o título está emoldurado por uma xilogravura de querubins dando cambalhotas, e a marca do impressor é um monstro marinho. Suponhamos que alguém tenha guardado os rascunhos dos versos de Wyatt — um pastoril rabiscado no verso da conta de um armeiro, a cantiga que uma mulher guarda contra o peito nu? Se um editor se dedicasse à vida desse escritor, encontraria uma história para superar muitas. Wyatt diz: "Ela nunca me deixa, Ana Bolena. Eu a vejo como a vi pela última vez, aqui neste lugar".

Ele pensa, eu também a vejo, com seu chapeuzinho com a pluma. Com seus olhos cansados.

Ele sai: "Martin! Quem deu a Wyatt um mobiliário tão miserável?".

"Ele não reclamou, senhor. Veja, é um cavalheiro — ele não faz isso."

"Mas eu sou um lorde", ele diz. "E estou reclamando."

Ele pensa, eu não tinha notado aquele banquinho filho da puta na primeira vez em que visitei o prisioneiro. Mas mereço ser perdoado, porque eu acabava de assistir ao carrasco de Calais fazer seu truque.

Em Austin Friars, Gregory está esperando: "O senhor foi convocado por Fitzroy".

"Eu vi Wyatt", diz ele.

"E?" Gregory está nervoso.

"Eu conto depois." Não podemos deixar o filho do rei esperando.

"Rafe acha que Fitzroy perguntará se o senhor vai fazê-lo rei."

"Silêncio."

"Quero dizer, um dia desses", Gregory continua. "Não é traição dizer que todos os homens são mortais."

"Não, mas tampouco é uma ideia brilhante." Ele pensa, esse foi o erro de Ana Bolena. Ela tomou Henrique por um homem igual aos outros. E não pelo que ele é e pelo que todos os príncipes são: metade deus, metade fera.

Gregory diz: "Richard Riche está aqui. Está escrevendo um discurso de lealdade. Podemos dar uma olhada? Adoro vê-lo trabalhando".

Sir Richard vasculha uma papelada como um corvo numa pilha de lixo. Bica, bica, bica — com a pena, não um bico — até que tudo diante dele fique fatiado, esmagado ou despedaçado, como uma concha de caracol que estourou contra uma pedra.

"Olá, mestre presidente", diz Gregory.

"Olá, pequeno Crumb", Riche responde distraidamente.

Bonito e descontraído, seu garoto baixa os olhos para Sir Richard enquanto ele trabalha. "Riche considera que seu nome é seu destino", diz Gregory. "Ele pode transformar tinta em dinheiro. Sua mente é muito boa, não é, Ricardo?"

"Engenhosa", diz Riche. "Retentiva. Eu não diria mais que isso."

O dever de Riche é dar as boas-vindas ao rei quando ele abrir o Parlamento. "Posso ler para você? Consegui avançar um pouco com isso."

Ele se senta. "Finja que sou o rei."

"Deixe-me trazer um chapéu melhor", sugere Gregory.

Riche diz: "À sua ordem, estou pronto para começar".

Ele lê. Gregory se remexe inquieto: "Lembra-se do chapéu que o embaixador Chapuys tinha? Que queríamos pegar emprestado para nosso boneco de neve?".

"Silêncio", ele diz. "Preste atenção no mestre presidente."

"Eu me pergunto o que teria acontecido com ele."

Riche interrompe, franzindo a testa. "Não gostam do meu começo?"

"Acho que o rei vai gostar."

"Em seguida, eu o comparo a Salomão pela sabedoria..."

"Salomão sempre dá certo."

"... depois a Sansão pela força, e a Absalão pela beleza."

"Espere", diz Gregory, "Absalão tinha cabelos exuberantes, caso contrário não poderia ter ficado preso por ele nos galhos de uma árvore. O cabelo do rei é... bem... é menos profuso. Talvez ele pense que está zombando dele."

"Ninguém erguerá uma suspeita de zombaria contra o mestre presidente", diz ele com firmeza.

"Mesmo assim", continua Gregory. "A conduta de Absalão muitas vezes foi deplorável."

"Deixe seu discurso para depois", ele diz a Riche. "Venha ver Fitzroy comigo."

Riche está mais que pronto. Christophe chega correndo quando eles estão saindo. "Não vá sem mim, senhor. E se algum rufião abordá-lo? Agora o senhor é um lorde, deve estar sempre acompanhado pela força."

"E você é a força, sim?" Riche se diverte.

"Deixe que ele venha conosco, ele gosta de ser útil."

Cada vez mais, ele considera a aparência estúpida de Christophe uma vantagem. Ninguém seria cauteloso diante de tamanho parvo. Quando saem, ele o pega pela frente da casaca de libré, endireitando-o, espanando-o. "É você quem deveria fazer isso por mim", ele diz. "Andou zanzando no meu quarto à noite?"

"À noite eu estava dormindo", responde Christophe. "Foi algum velho fantasma, suponho."

"Certamente que não", diz Riche. "Nunca ouvi falar de fantasmas que andam em junho."

Há alguma verdade nisso. Foram as damas veladas — mulheres vivas, até onde se sabe — que o visitaram, até que a manhã chegou e elas desapareceram através da parede. Ele se lembra das manchas de suas roupas, as manchas escuras onde elas limparam o sangue da rainha em suas vestes.

O rei saiu para caçar; porém, em virtude de certa apreensão demonstrada por seus médicos, seu filho ficou em Londres, em St. James, o palácio que eles desencavaram no local do antigo hospital. Eles limparam e drenaram o terreno, que tinha sido inundado pelo Tyburn, e agora um agradável parque cresce em toda a volta. É um retiro para o rei e sua família, longe das multidões que circulam em torno de Whitehall.

Dentro dos portões, o pátio está cheio de andaimes, e quando eles entram, os gritos dos trabalhadores os cumprimentam, assim como o barulho de lixas e marteladas. Diante dos lordes, o clamor se cala, mas o espaço ainda ecoa com os sons de metal contra pedra. Um trabalhador desliza de uma escada e tira o gorro. "Estamos derrubando os HA-HAs, senhor."

As iniciais, ele quer dizer, de Henrique e da falecida rainha: entrelaçadas com tanto carinho, como cobras copulando.

"Quero que folguem por uma hora, enquanto falo com meu amo Richmond."

O homem bate a poeira do gorro. "Não podemos, senhor."

"Obedeça a este homem", diz Christophe.

"Vocês serão pagos por esse tempo", ele insiste.

"O mestre de obras precisará disso por escrito."

Ele põe a mão espalmada na cabeça do homem e o aproxima, nariz a nariz. "Que tal se eu escrever uma carta de amor para seu contramestre? Diga o nome dele e eu porei suas iniciais dentro de um coração." Ele sente o cheiro do suor do homem. "Christophe, vá até a cozinha e peça pão, cerveja e queijo para esses camaradas. Diga a eles que Cromwell ordenou."

O homem põe o gorro de volta. "Já está mesmo na hora do almoço. Quando o senhor vir o rei Harry, diga a ele que estamos brindando à saúde da nova noiva."

Atrás da câmara de presença, num pequeno gabinete com painéis, o jovem duque de Richmond os recebe como um inválido, usando um camisolão longo e uma touca de dormir. "Tive febre ontem à noite. Então, mais uma vez, meus médicos não me deixam sair daqui."

Algumas gotas de chuva respingam na vidraça. "O dia não está para isso, senhor. É melhor ficar dentro de casa."

"Não é a doença do suor", diz Riche para tranquilizar.

"Não", o garoto repete. "Caso contrário, para evitar contaminá-los, eu teria desistido de convocá-los aqui, cavalheiros."

Eles se curvam, agradecidos por terem a vida deles considerada: homens comuns, como são.

"Tampouco é a praga", acrescenta Riche. "Não há nenhum caso em cinquenta milhas. Pelo menos ainda não."

Ele ri alto. "Se algum dia eu ficar doente, Riche, lembre-me de manter você bem longe do meu leito. É assim que pretende levantar o espírito do meu amo?"

Rigidamente, Riche pede perdão ao duque. Mas ele está intrigado: qual era a piada?

O rapaz diz: "Riche, agradeço sua gentil visita, mas agora desejo tratar com o secretário-mor".

Riche está inclinado a defender seu terreno. "Com todo o respeito, meu amo, o secretário-mor não tem segredos para mim."

Ele pensa, quão profundamente enganado você está. Riche vacila, demora, faz uma mesura para sair. Fitzroy diz: "As marteladas pararam".

"Eu os subornei com pão e queijo."

"Por mim, eles podem trabalhar ainda mais rápido. Quero que ela desapareça, aquela mulher. Todos os traços. Pelo menos, tudo o que for visível." O menino lança um olhar para a janela, como se alguém acenasse para ele do lado de fora. "Cromwell, já ouviu falar de venenos de ação lenta? Sabe se algo assim existe"

Ele tem um sobressalto. "Deus guarde vossa senhoria."

"Pensei que talvez, tendo estado na Itália…"

"O senhor suspeita de que a falecida rainha o tenha envenenado?"

"Meu pai disse que ela teria feito isso, se pudesse."

"Mas o senhor seu pai estava num estado de…" De quê? "Ele estava em choque pela descoberta dos crimes da falecida rainha."

"E esses crimes são maiores, não são, que o relatório? Lorde Surrey me disse que foi informado sobre provas que nunca foram apresentadas em tribunal. Coisas piores foram feitas, mais do que foi admitido. Eu a teria punido com mais rigor."

Como?, ele se pergunta. O que teria feito, senhor? Teria cortado a cabeça dela com uma faca de cozinha enferrujada? Teria queimado a rainha com lenha verde?

"E", prossegue Richmond, "ela era uma bruxa." Seus dedos, inquietos, puxam a cordinha de sua touca. "Algumas pessoas não acreditam em bruxas. Mas são Tomás de Aquino faz menção a elas. Ouvi dizer que elas podem azedar o leite e fazer o gado abortar. Elas podem fazer um cavalo empacar no caminho — sempre no mesmo lugar, para prejudicar o cavaleiro."

Ele pensa, se é sempre no mesmo lugar, o cavaleiro que firme as rédeas.

"Elas podem murchar o braço de um homem. O usurpador Ricardo não sofreu esse destino?"

"É o que ele alegava, embora, depois da maldição, seu braço parecesse tão bom quanto antes."

"Às vezes elas machucam crianças. Elas podem fazer isso com orações, que recitam ao contrário. Ou com veneno. O senhor não acha que foi Ana Bolena quem envenenou o lorde cardeal?"

Ele não estava esperando por isso. Sinceramente, ele responde: "Não".

"No entanto, o fim dele não foi natural. Foi o que me disseram alguns cavalheiros sábios e discretos."

"Pode ser que alguém tenha subornado os médicos dele." Ele pensa no dr. Agostino, levado de Cawood como prisioneiro, com os pés amarrados sob o cavalo. Onde ele foi parar? Diretamente sob a custódia de Norfolk. Ele não pode dizer ao rapaz que, se há um envenenador no caso, é provável que seja seu próprio sogro.

Fitzroy diz: "Quando eu era uma criança pequena — creio que já lhe contei uma vez —, o cardeal me trouxe um boneco. Era uma imagem minha, com uma túnica toda bordada com as armas da Inglaterra e da França. Não sei onde ele está agora".

"Posso fazer uma busca, senhor. Não acha que a senhora sua mãe está com ele?"

O rapaz não tinha pensado nisso. "Acredito que não. Foi depois que nos separamos. Ela tem outros filhos agora e acho que nunca pensa em mim."

"Pelo contrário, o senhor é a origem da fortuna dela, do seu atual casamento e da sua posição honrosa. Tenho certeza de que ela se lembra do senhor todos os dias nas suas orações."

Por seis ou sete anos, as crianças do sexo masculino vivem com as mulheres. Depois, sem escolha ou discussão, um dia elas são arrancadas delas, seus cabelos cortados de tal forma que suas orelhas ficam sempre frias, e são empurradas ao mundo lúgubre onde todos apontam erros e aplicam punições, e até que o jovem se case, não existe bondade a menos que se pague por ela. Não foi assim que ele, Cromwell, foi criado, é claro. Quando tinha cinco anos, ele garimpava itens para a pilha de sucata do ferreiro. Aos seis, ele ficava com os aprendizes de seu pai, aos pés deles, acostumando-se às faíscas incandescentes que saltam e arqueiam, ao som agudo da bigorna e do baque, o baque que continua em seu cérebro quando o trabalho do dia termina. Aos sete, capaz de praguejar mas mal sabendo ler, ele vivia à solta como o filho de um latoeiro.

Richmond diz: "Eu não sabia, quando criança, que Wolsey vinha de nascimento baixo. Ele me parecia um homem muito esplêndido. Bem, seu fim foi miserável. Ele teve a sorte de não morrer pelo machado. Dizem que seu coração se partiu na estrada e que foi isso que o matou".

Existe essa possibilidade. Aqueles que pensam que um coração não pode se romper levam a vida de forma abençoada e protegida. O rapaz se mexe na cadeira. "Acha que Jane, a rainha, dará à luz um filho?"

"Toda a Inglaterra sabe, meu amo, que ela vem de ascendência fértil."

"Sim, mas se é verdade o que foi mencionado no tribunal, que o rei não pode agradar a uma mulher ou servi-la como deveria..."

"Eu recomendo, senhor — recomendo sinceramente —, que abandone esse assunto."

Mas Richmond é filho de um rei, e ele segue em frente. "Meu irmão Surrey me disse" — ele quer dizer o cunhado —, "meu irmão Surrey disse que o Parlamento fez mal ao elaborar a nova lei de sucessão. Permitiram que o rei escolha seu próprio herdeiro, quando deveriam ter nomeado a mim em primeiro lugar."

Graças a Deus o garoto teve o bom senso de mandar Riche para fora da sala. Se ele ouvisse isso, correria direto para Henrique com aquela história.

"Quero ser rei", diz Richmond. "Sou adequado para governar. Surrey diz que meu pai deveria reconhecer isso. Se ele morrer agora, não tenho medo da fedelha Eliza, pois ela é apenas a filha da concubina — a menos que, como dizem, ela seja uma órfã apanhada na rua. Não há um homem na nação que vá levantar um dedo em nome das pretensões dela."

Ele concorda; ao menos isso é verdade.

"Quanto a Lady Maria, se eu sou um bastardo, ela também é, e eu sou um verdadeiro inglês, enquanto ela é meio espanhola, e eu sou homem. Além disso, eles dizem que ela não fará o juramento aos títulos do meu pai como líder da Igreja. E se não fizer, ela não passa de uma traidora."

"Maria vai jurar", ele responde.

"Ela pode dizer as palavras. Pode assinar um papel, se for obrigada. Mas o senhor meu pai vai descobrir quem ela é. Maria não pode triunfar e não triunfará."

Quando ele falou pela última vez com Richmond, o rapaz estava satisfeito com sua situação. Então quem pode estar por trás dessa diabólica onda de ambição? O sogro, Norfolk? O duque pode tramar, mas ele o faz em silêncio. Não, isso vem do filho de Norfolk, aquele jovem tolo e cabeça-dura, empurrando seu amigo para um trono que não está vazio. Ele diz: "Lorde Surrey lhe sugeriu...".

"Eu sou meu próprio amo." O garoto o interrompe. "Surrey é meu amigo e ele me dá bons conselhos, mas nenhum homem ditará minhas ações quando eu for rei, nem me pressionará da maneira que meu pai é pressionado. Não aceitarei que mulheres me dirijam."

Ele inclina a cabeça. "Meu amo, não posso refazer a sucessão. O novo arranjo reflete a vontade do rei. Não vejo o que posso fazer pelo seu caso."

"O senhor encontrará uma maneira. Todo mundo diz que o senhor é o mestre do Parlamento. Quando eu for rei, o recompensarei."

Quando você for rei? "Eu dificilmente viverei por tanto tempo."

"Acho que viverá", replica Richmond. "A perna do meu pai está ferida, desde que ele sofreu a queda em janeiro. Fui avisado de que uma ferida antiga tornou a se abrir e há um canal na sua carne que está aberto até o osso."

"Se isso é verdade, então ele suporta a dor com grande fortaleza."

"Se isso é verdade, ela não pode permanecer limpa. Ela vai apodrecer e ele vai morrer."

A cada fôlego, Richmond comete traição, e não consegue ouvi-la. Ele vê a vontade se agitando dentro do corpo que se tornará o de um homem. A mecha de cabelo que escapa de sua touca é vermelha, a cor dos Plantageneta. Seu bisavô Eduardo o reconheceria; a casa de York o reivindicaria; os filhos falecidos do rei Eduardo, se tivessem vivido, seriam parecidos com ele, o brilho nos olhos como a luz na lâmina de uma espada; a pele fina onde a cor vem e vai, traindo cada paixão. Richmond diz: "Se o lorde cardeal ainda estivesse vivo, ele me faria rei. Ele alegava que eu deveria ser o rei da Irlanda, não é? Neste momento, ele teria desejado que eu fosse rei da Inglaterra também".

Ele vira o rosto. "Deveria descansar, senhor, e deixar sua indisposição passar."

Ele pensa, os leões às vezes comem seus filhotes. É alguma surpresa?

O rapaz fala às suas costas: "Faça o que eu lhe pedi, Cromwell".

Ele se encontra num estado de puro espanto, como um homem que leva um golpe de ar. Deus me ajude, o que são os príncipes? Eles pensam em assassinato o dia inteiro. E agora um parricida: como se a temporada já não tivesse surpresas suficientes.

Riche está encostado à parede, jogando conversa fora com Francis Bryan. Eles se endireitam quando o veem. O tapa-olho cravejado de joias de Bryan emite um brilho cúmplice. "Saudações da França. O bispo Gardiner lhe envia seu amor especial, beijo-beijo. Só fico aqui até a virada da maré. Para coletar despachos. Para sussurrar no ouvido do rei. Para ver em que pé o senhor está. Gardiner não acredita nisso, que o senhor está prestes a se tornar barão. Ele diz que sua sorte não pode durar."

"Ele diz? Mande-lhe um beijo de volta por mim."

"Oh, pode deixar", diz Francis. "Ele se pergunta por que o senhor gosta tanto da cria de Catarina. Ele alega que o senhor está protegendo Maria e que isso o derrubará. Ele diz — marque isto: 'Que a filha de Henrique negue que ele é o líder da Igreja é uma traição tão grande quanto negar que ele é rei'. Ele diz, 'Acredite, Francis, Cromwell irá longe demais, esse caso o derrubará'."

"Obrigado", ele responde. "Você é de grande ajuda para mim, Francis."

Riche parece desconfortável. O secretário-mor está sendo irônico? Riche não sabe dizer. Ele pergunta: "O que Fitzroy queria, senhor? Imagino que ele tenha dívidas?".

"Quanto?" Um perdulário veterano, Bryan se interessa por um jovem promissor.

"Ele falou do cardeal. Está num acesso de melancolia, acho."

Riche diz: "Se o senhor está apreensivo com a saúde dele, não deveríamos contar ao rei?".

"Ele tem bons conselheiros. E o rei não chegará perto dele, já sabem como ele é com qualquer doença."

"Mas, quando o senhor pegou aquela febre, o rei veio visitá-lo."

"Só veio quando eu já havia sarado. Além disso, era uma febre italiana especial."

Uma verdadeira febre terçã de sacudir os ossos: não como os pequenos episódios de suores e tremores que afligem aqueles que nunca estiveram ao sul dos pântanos de Kent.

"Foi um sinal de favor." Riche soa invejoso.

A febre voltará, ele pensa. E muito provavelmente, Henrique voltará também. Ele não acredita que o rei vá morrer em breve — embora talvez seja melhor estar morto que ter seu único filho se voltando contra ele. O pai ama o filho, mas o filho não ama o pai. O filho deseja que ele desapareça. Ele quer tomar seu lugar. Assim são as coisas. Claro. Tem que ser assim.

Ele pensa no cardeal, no dia de sua prisão, os homens de Harry Percy irrompendo onde ele se alojava: a mão que ele pôs nas costas. "Tenho uma dor", disse ele. "Uma dor tão fria quanto uma pedra de amolar." Se seu coração se partiu, quem o partiu? Ninguém além do próprio rei.

"Devo mandar os homens voltarem ao trabalho?", Riche pergunta.

Francis comenta: "Eu soube que uma das romãs de Catarina ainda está gravada nas vigas do teto em Hampton Court. Eu pessoalmente não consigo vê-la. Os cirurgiões dizem que, quando perdemos um olho, a visão do outro olho começa a falhar. Serei um cego implorando por esmolas na estrada, e o bondoso bispo Gardiner me conduzirá".

Rafe Sadler e Thomas Wriothesley voltam de seu encontro com Maria em Hunsdon sem um papel em mãos, sem o juramento dela. Wriothesley diz: "Por que nos enviou, senhor? Certamente sabia que não poderíamos ter sucesso".

"Como ela estava?"

"Doente", diz Rafe.

"O rei está furioso com os conselheiros dela", diz ele.

"Com toda a honestidade", diz Rafe, "não acho que sejam os conselheiros. É o próprio orgulho obstinado que ela tem."

"Que seja." Para ele, é indiferente.

Wriothesley diz: "Senhor, nunca mais me envie para lá". Veemente, ele enrubesce. "Se mestre Sadler não pretende dizer como foi, então eu lhe direi. A casa estava cheia de gente de Nicholas Carew, e criados da família Courtenay e outros com libré de lorde Montague. Eles não tinham sua permissão para estar lá, e se gabavam, não importa agora, Cromwell não é nada — Maria está voltando à corte, e o papa será restaurado, e o mundo entrará nos eixos novamente."

"Eles a tratavam pelo título de 'princesa'", diz Rafe, "e não lhes importava quem estava ouvindo."

"Nós a cumprimentamos como Lady Maria", diz Me-Chame. "Ela parecia furiosa. Esperava que a tratássemos por princesa e que nos ajoelhássemos para ela. Então, quando apresentamos seus cumprimentos, ela começou: 'Digam-me como ela morreu'. Tudo o que ela queria era amaldiçoar Ana Bolena. Nós respondemos: ela morreu calmamente, e Rafe disse..."

"'Um exemplo de resignação cristã.'" Rafe desvia o olhar, espantado com sua própria frase: ele nem estava lá.

"Mas ela não queria ouvir isso. Ela chamava Ana de 'a criatura' e disse que ela deveria ter sido queimada viva. Ela perguntou quais preces Ana fez, se estava pálida, se tremeu... Eu não imaginava que uma menina podia ser tão cruel, ou que uma pessoa do sexo feminino pudesse odiar tanto uma semelhante. Quase vomitei, mas me contive. Ela tem um coração escuro e mostrou isso."

Rafe está observando Me-Chame. "Silêncio", ele diz. "Foi difícil, mas está acabado agora. E além disso, senhor, Maria não está tão forte na sua determinação quanto sua gente pensa. Ela nos perguntou, 'O quê, o secretário-mor não veio em pessoa?'. É quase como se ela estivesse esperando sua presença. Para que ela possa prestar o juramento e não levar a culpa. Ela dirá ao mundo que o senhor a ameaçou, que a obrigou. Roma e toda a Europa acreditarão nisso."

"Eu preferia que ela obedecesse de vontade própria. Não importa o que o mundo diz."

"Obedecer?", repete Wriothesley. "Nunca vi alguém menos propenso a ceder ou obedecer. O que ela pensa, na cama à noite? Ela fica acordada, inventando tormentos? O senhor sabe que eu não vacilo. Sei do tipo de coisa que se faz. Eu estava na Torre, quando o senhor pendurou o frade pelas mãos..."

"Eu não fiz isso", diz ele.

"... e eu não hesitei. Entendi que os gritos dele eram de um patife traiçoeiro que ainda podia ter cumprido seu dever e salvado a si..."

"Eu não fiz isso", diz ele. "Rafe? Conte a Me-Chame."

"Está lembrando mal", diz Rafe gentilmente. "Houve boatos de que ele foi pendurado. Mas só aconteceu na sua imaginação."

"Aconteceu na imaginação do frade", diz ele. "Esse foi o ponto. Eu pus a fantasia dele para funcionar."

"Então ponha a de Maria para funcionar", retruca Me-Chame. "Veja se a fantasia dela poderá nauseá-la, como nauseou a mim. Ela acha que seu primo, o imperador, cruzará o mar num cavalo branco e a erguerá até a sela. Diga-lhe que ninguém a resgatará e que ninguém falará por ela, mas que o pai a machucará e a dobrará à sua vontade."

Junho: o duque de Richmond caminha em procissão com a Câmara dos Lordes. Como é parecido com o pai, dizem os espectadores: músculos já pesados sob o calor das vestes do Parlamento. Seu belo rosto está corado de portentos, como se ele sentisse seu futuro numa brisa quente.

O rei parece gostar do discurso de boas-vindas de Richard Riche. Ele não é avesso às comparações: rei Salomão, rei Davi. E esqueceu que Absalão disse: "Não tenho nenhum filho para manter meu nome em memória".

Não são só as pessoas em Hunsdon que acreditam que, com a mudança de rainha, a maré virará e a Inglaterra voltará a Roma. Como resposta suficiente, ele — lorde Cromwell — apresenta uma medida: um ato de extinção da autoridade do bispo de Roma. O título é um guia para seu conteúdo.

Quando o Parlamento se reúne, os bispos também se reúnem em convocação. Eles sussurram e resmungam, censuram e debatem — velhos bispos, novos bispos — *meus* bispos, como Ana costumava chamá-los. Eles batem boca desde o amanhecer até o crepúsculo sobre os sacramentos da Igreja, sua natureza e número; quais cerimônias são louváveis, quais são idólatras; quem deve ter permissão para ler o Evangelho e em que idioma. Ele, lorde Cromwell, é entronizado entre eles como substituto de Henrique, vice-regente da Igreja sob Deus e o rei; tempos atrás, nos dias do arcebispo Morton, ele era o menor e o mais baixo dos meninos que lavavam legumes na cozinha do palácio de Lambeth. Gregory exclama: "E pensar que meu pai está acima de todos os bispos!".

"Não estou acima deles, estou apenas..." Ele se detém. "É verdade. Eu estou acima deles."

Desde a semana da morte da dama, seu arcebispo tem sido evasivo. Agora, preso numa sala lateral, Cranmer procura se manter ocupado, puxa um maço de textos. Os papéis estão cobertos de emendas. "Veja", diz ele, "onde o bispo Tunstall escreveu por cima de mim. Então agora", ele pega uma pena, "vou escrever por cima do bispo Tunstall."

"Faça isso", Hugh Latimer dá um tapinha no ombro do arcebispo. "Cromwell, como é que Richard Sampson se tornou bispo? Ele tem um sabor tão papista que acho que estou mascando o próprio bispo de Roma."

Cranmer diz: "Ele acelerou a anulação do rei, foi por isso, foi sua recompensa. No entanto, eu gostaria que o rei... Eu gostaria que ele tivesse escolhido um período de reflexão entre os dois...", sua voz se apaga, "... antes do novo...". Ele baixa os papéis. Esfrega o canto dos olhos. "Não posso suportar", ele diz.

"Ana era nossa boa senhora", diz Hugh. "Era o que pensávamos. Fomos muito enganados."

"Eu ouvi a última confissão dela", diz Cranmer.

"Sim", ele diz. "E?"

"Cromwell, não espera que eu lhe conte o que ela disse, espera?"

"Não. Mas pensei que seu rosto talvez me dissesse."

Cranmer se vira para o outro lado.

Latimer diz: "A confissão não é um sacramento. Mostre-me onde Cristo a ordenou".

Cranmer responde: "O rei não concordará com isso".

Henrique gosta de declarar seu pecado e de ser perdoado. Ele fica sinceramente arrependido, não tornará a fazê-lo. E, nesse caso, talvez não faça. A tentação de cortar a cabeça de sua esposa não surge todos os anos.

"Thomas...", diz o arcebispo. Ele faz uma pausa. Seu rosto reflete uma luta interior. "Thomas... sobre a mansão em Wimbledon..."

Hugh o encara. O que quer que ele tenha pensado que Cranmer diria, não era isso.

"Uma vez que ela pertence ao seu novo título", diz Cranmer, "você a desejará, suponho. Atualmente, ela pertence a mim... à arquidiocese, devo dizer."

"E a casa em Mortlake", ele diz. "Se me permite. O rei o indenizará."

Hugh Latimer diz: "Você não tem muito do que reclamar, Cranmer. Está devendo dinheiro a Cromwell".

Os bispos pretendem martelar alguma declaração de fé comum, que resista contra a malícia dos mal-intencionados e os desentendimentos dos tolos; algo que agrade aos teólogos germânicos, com os quais eles desejam entrar em acordo, mas que também atenue os medos do rei, que desconfia de novidades, e de novidades germânicas acima de tudo. Eles pretendem emitir uma declaração, mesmo que levem até a próxima Páscoa para fazê-la. Considerando as diferenças que eles precisam reconciliar e as partes que desejam agradar, será uma surpresa se conseguirem maquiná-la antes que o sol se extinga e a terra congele.

Precisamos do conselho de homens mortos, diz Hugh Latimer. O padre Thomas Bilney deveria estar aqui conosco. Ele nos ensinou o caminho e a verdade. Ele abria nossos corações insensatos. Mas o Pequeno Bilney foi queimado numa vala em Norwich, e seus ossos foram jogados aos cães: e sempre que nos lembramos disso, podemos ouvir Thomas More rindo.

É de Latimer, como bispo de Worcester, o sermão que abre a sessão. "Defina primeiro estas três coisas: o que é prudência; o que é o mundo; o que é luz; e quem são os filhos do mundo, quem são os filhos da luz."

Latimer também cheira a fogueira. O ar se incendeia ao seu redor enquanto ele caminha.

O rei, tendo em mente a preocupação de sua filha com a posição dela, ordena que o duque de Norfolk a visite em Hunsdon e obtenha sua submissão; Norfolk, depois do jovem Richmond, tem a posição mais alta no reino.

Norfolk o convoca, para reclamar da tarefa inglória. Mas, ele ressalta, o duque tem sorte por ter alguma tarefa para fazer. Nos dias que se seguiram à morte de sua sobrinha, como o próprio Norfolk admite, ele não sabia para onde correr; não fosse pelo bom serviço que o duque prestou no julgamento dela, ele acha que Henrique o teria banido e arrancado seu título. Agora, bufando de impaciência, Norfolk chacoalha enquanto dá voltas. Em torno do pescoço há uma pesada corrente de ouro, onde os emblemas dos Howard se alternam com a rosa de Tudor. Sob a camisa, num estojo de filigrana, ele leva relíquias de santos, cabelos desbotados e lascas de ossos; na mão da espada, uma robusta pulseira de ouro, cravejada com um diamante cinzento como um dente lascado. "Eu disse a Henrique", ele começa, "escute aqui, não tenho modos de salão, não sou homem para ficar jogando conversa mole com uma coquetezinha. Se Maria fosse minha... mas não serve de nada pensar nisso." Como que reprimindo um impulso, o duque fecha um punho no outro.

A duquesa de Norfolk certa vez lhe contou que, quando Thomas Howard quis se casar com ela — embora ela já tivesse um pretendente —, invadiu a casa do pai dela e ameaçou destruir o lugar; e então ela cedeu, para seu rápido arrependimento. Talvez Maria faça o mesmo? A voz do duque prossegue, antecipando-se às réplicas: "... então a menina dirá... e então eu direi... declaro que todo o reino a considera obstinada, desobediente, digna de punição exemplar — mas o rei, por sua natureza graciosa e divina — isso está certo, Cromwell? Devo dizer divino?".

"Tente 'paternal'. Dá a mesma ideia, sem hipérbole."

"Tudo bem", responde o duque, incerto. "Gracioso e paternal etc., e assim por diante — o rei considera que, como mulher, frágil e inconstante, ela é facilmente influenciada —, mas ela precisa dar os nomes, desses que estão alimentando sua obstinação — e deve dizer se reconhecerá a total autoridade dele e se obedecerá às leis dele ou não — o que, francamente, a mim me parece, Cromwell, o mínimo que um rei deve exigir de um súdito. Então ela etc., e assim por diante, deve renunciar a todas as tentativas de buscar remédio em Roma — isso está certo?"

Ele concorda: todas as disputas devem ser travadas em inglês e aqui no reino.

Um jovem surge ao seu lado, curvando-se. É Thomas Howard, o Menor. Ah, ele pensa, eu sonhei com seus versos: *virar/picar, lábio/sábio, amor/calor*.

O Maior não está satisfeito em ver seu meio-irmão. "O que o traz aqui, rapaz, saindo das saias de alguma rameira?"

"Senhor... meu amo..."

"Uma geração indolente." Norfolk suga o próprio lábio. "Nada além de joguinhos e adivinhações."

"O que agradaria vossa senhoria no lugar disso?", indaga o jovem. "Uma guerra?"

Ele suprime um sorriso. "Tom Verdadeiro", ele diz.

"O quê?" O jovem tem um sobressalto.

"Não é assim que assina? Em seus versos. *Do seu, Tom Verdadeiro*." Ele dá de ombros. "As mulheres compartilham essas coisas."

O duque ri — embora talvez seja mais um rosnado. "O mestre Cromwell aqui, ele sabe o que as damas tramam. Nada é segredo para ele."

"Não há mal em compartilhar versos", ele responde. "Nem mesmo versos ruins são um crime."

Tom Verdadeiro enrubesce. "O rei o convoca, senhor."

"A mim também, é claro", diz Norfolk.

"Não, vossa graça. Ele só quer ver lorde Cromwell." O rapaz vira o ombro para o duque. "Se me permite dizer, o rei socou Sexton, o bobo da corte. O sujeito fez uma... bem, uma piada. Agora ele está com a moleira sangrando. Deus o ajude, ele escolheu o momento errado. Sua majestade recebeu uma carta de um primo e está gritando como se ela tivesse chegado ainda quente do inferno e assinada pelo diabo. E eu não sei — não sabemos — qual primo a escreveu. Ele tem tantos."

Tantos primos. Tão poucos deles são o que deveriam ser, leais ou verdadeiros. "Deixe-me passar", diz ele. "Tudo ficará bem. Eu lhe desejo um bom dia, lorde Norfolk." Ele diz a Tom Verdadeiro por cima do ombro: "Pole é o nome do primo. Reginald Pole. O filho de Lady Salisbury".

Enquanto ele caminha para os aposentos do rei, as solas de suas botas repicam. Ele está ciente de que, em seu rastro, os Howard estão agitados — o Thomas Menor agarrou o braço do Maior e está sussurrando com insistência. Seja o que for, deve continuar.

Na câmara da guarda, Sexton está sentado no chão, as pernas abertas diante dele como se tivesse acabado de ser derrubado. O hematoma nem sequer se presta a ser esfregado, mas ele está segurando a cabeça e balindo: "Meu cérebro veramente vaza".

Ele fica de pé na frente do bobo. "Por que está aqui, Patch?"

O homem olha para cima. "E você, por que está aqui? A menos que queira meu trabalho."

"Pensei que tivesse fugido. Ouvi dizer que o rei o expulsou no ano passado."

"Sim, é verdade, e ele me bateu também, porque chamei sua mulher de dissoluta. E Nicholas Carew me recebeu, por sua grande caridade, até que minhas piadas entrassem na moda de novo. E elas entraram, não? Agora o mundo inteiro sabe o que Nana Bulena era. Ela era tão vulgar quanto um carrinho de mão. Ela daria para um leproso num arbusto."

Ele diz: "O rei tem Will Somer agora. Ele não precisa de você".

"Sim, Somer, Somer, é tudo o que ouço. Sexton? Chute-o para fora, seus dias estão acabados. 'Thomas Cromwell', todos dizem, 'ele é bom para homens sem amos — ele recebeu os homens do cardeal quando foram expulsos.' Mas não Patch — não, chute Patch para a vala."

"Eu chutaria você para a estrumeira, se fosse por mim. Você zombou do cardeal, que nunca lhe dedicou nada além de bondade."

"Então como ainda estou vivo?", Sexton diz. "Os quatro mascarados estão mortos, aqueles que arrastaram o cardeal para o inferno; e Smeaton também, apenas por usar uma bexiga de porco como a cabeça do velho Tom Wolsey, e por chutar um boneco para cima e para baixo e cantar uma cantiga tirando salsichas das suas entranhas. Eles estão mortos como você exigiu, e ouvi dizer que você os enterrou com as cabeças erradas, para que quando se levantem no último dia, Smeaton seja George Bolena, e o crânio bêbado de Weston se grude ao Gentil Norris."

Ele pensa, aconteceram muitas coisas vergonhosas, mas isso não aconteceu.

"É um trabalho pesado para executar. Suponho que você estava muito ocupado para pensar em Patch." Sexton levanta a roupa xadrez para se coçar. "Lorde Tom, de Putney. Assim você tira o trabalho dos bobos da corte e os faz implorar pelo pão. Que Somer se cuide. Quem precisa fazer uma piada, quando as piadas estão andando e conversando e chamando a si mesmas pelo título de barão?"

Ele tem que passar por cima das pernas do homem. "Baixe sua roupa e vá embora, Sexton. Que eu nunca mais volte a vê-lo aqui."

Quando ele entra na presença real, Henrique diz cordialmente ao burburinho: "Permitam-me ter uma conferência agora com meu lorde do selo privado?".

Há uma agitação — Henrique está, pela primeira vez, citando o novo título em voz alta. Depois da agitação, uma movimentação — depois um recuo e mesuras. Eles se apressam, varridos pelo olhar do rei.

Henrique tem diante de si um grosso fólio. Sua mão se deita sobre ele, como se o proibisse de abrir. "Antes de você ser meu conselheiro..." Ele se detém e olha para o nada. "Pole", ele diz. "O livro dele chegou, vindo da Itália. Meu súdito, meu vassalo, Reginald Pole. Meu primo, meu parente de confiança. Como ele consegue dormir à noite? A única coisa que não posso suportar", diz Henrique, "é a ingratidão, a deslealdade."

Enquanto o rei continua a enumerar as coisas que não pode suportar, os olhos de seu conselheiro repousam no livro. Não é, para ele, um livro fechado. Ele foi avisado. Ele só fica surpreso com a extensão. Deve haver trezentas folhas, cada uma delas entremeada de traições. Ele conhece a história, mas isso não impede que o rei sinta a necessidade de revisitá-la — a história da família Pole, suas queixas e ressentimentos: a longa carnificina antes dos Tudor, quando as grandes famílias da Inglaterra se despedaçaram no campo de batalha; quando costumavam matar uns aos outros com o machado do carrasco nas praças públicas do reino e pendurar partes de corpos nos portões da cidade. O processo que terminou com o manuscrito na mesa, nesse dia de verão, começou antes que qualquer um de nós nascesse: antes que Henrique Tudor pousasse em Milford Haven e marchasse por Gales sob o emblema do dragão vermelho num estandarte branco e verde. Esse estandarte continuou marchando, até ser depositado pelo vencedor no altar da catedral de São Paulo. Ele chegou com um exército em frangalhos, com uma oração nos lábios: ele chegou pela salvação da Inglaterra, com uma vassoura para varrer os ossos carbonizados e um trapo para limpar as vísceras.

E o que restou do antigo regime, depois que a batalha foi vencida, depois que Ricardo Plantageneta foi atirado nu em seu túmulo? Os filhos do velho rei Eduardo desapareceram na Torre e jamais saíram. Restavam seus bastardos e filhas, e um sobrinho, uma criança que não tinha sequer dez anos. Depois de mostrá-lo ao povo, o Tudor trancafiou a criança. Ele nunca lhe negou o título, conde de Warwick: apenas lhe negou o direito de ameaçar o novo regime.

Henrique Tudor foi abençoado com muitos filhos, mas depois eles mesmos devem procriar. Uma noiva para o príncipe Artur, o primeiro filho, deve ser obtida entre as princesas da Europa. O rei e a rainha da Espanha ofereceram uma de suas filhas, mas acrescentaram uma estipulação. Eles hesitavam em se separar de Catalina para mandá-la a um país tão fácil de se desestabilizar. Por todo o seu reinado, Henrique Tudor foi atormentado por homens mortos se levantando e reivindicando a coroa; e embora o jovem Warwick estivesse preso, o que impediria algum pretendente de reunir tropas em seu nome? Portanto, o pretendente tinha de morrer: não numa briga de beco, com uma punhalada ou um estrangulamento, mas à luz do dia, em Tower Hill, pelo machado.

Alegou-se traição: um plano de fuga. Quem acreditou? O jovem, prisioneiro desde a infância, era um estranho à ambição; ele não conhecia exercícios de cavalaria, nunca havia tomado uma espada nas mãos. Foi como matar um aleijado; mas Henrique Tudor o fez, para não perder a noiva espanhola. Com Warwick morto, sua irmã Margaret estava nas mãos do rei; ele a tornou segura casando-a com um legalista. "Minha avó a casou com Richard Pole", diz o rei. "Era um partido modesto, mas honroso. Fui eu quem restabeleceu sua antiga fortuna. Eu reverenciava a família dela pelo seu sangue antigo. Apiedei-me por sua queda. Eu a tornei condessa de Salisbury. O que mais eu poderia fazer? Não podia devolver seu irmão. Não podia ressuscitar os mortos."

Catalina, a princesa espanhola, sabia o que havia por trás de seu casamento. Em toda a sua vida posterior, ela tentou reparar o mal causado a Margaret Pole. Depositou confiança nela, tornando-a governanta de Maria, sua única filha. "Mas", diz Henrique, "eu fui avisado de que há uma maldição."

Não repita isso, ele pensa. A única força de uma maldição está em ser repetida.

"O casamento com Catarina foi feito e, em algumas semanas, Artur estava morto. Depois disso, como sabe..."

Ele pensa nos filhos abortados de Catarina, seus rostos cegos e suas mãos vestigiais unidas em oração. "Não fui eu quem causou a morte de Warwick", diz Henrique. "Não foi nem mesmo meu pai, foi a gente de Catarina. Não sei por que meu pai permitiu que os espanhóis pusessem sua mão sangrenta nos assuntos deste reino. Quanto tempo devo sofrer para aliviar a consciência de Castela? E o que mais posso dar à família de Warwick? Eu os promovi. Eu os enriqueci. Outros reis os manteriam em posição humilde."

Até aí é verdade. Eles trabalharam na sua vergonha, ele pensa. "Quem pode compreender Margaret Pole, majestade? Eu não."

Henrique diz: "O filho dela, Montague, nunca gostou de mim. Para falar a verdade, nunca gostei dele. Seu irmão Geoffrey não é um homem de confiança. Mas Reginald, eu tinha esperanças ali — uma alma gentil, digna de ser estimada... ou assim me diziam. Paguei pelos estudos dele. Patrocinei sua viagem à Itália. Confiei nele para ir à Sorbonne por mim, para apresentar meu caso na questão da minha anulação".

Sua primeira anulação, ele quer dizer. "Ouvi dizer que ele o apresentou muito bem."

"Eu o teria recompensado. Eu o teria nomeado arcebispo de York. Você sabe que ele está em ordens menores, ainda não é um padre, mas meu pensamento era que poderia ser rapidamente ordenado, e já que a sé estava vazia depois de Wolsey — mas ele não aceitava nada disso. Disse que era jovem. Que não era digno. Eu deveria ter percebido naquele momento que ele queria se voltar contra mim." O rei bate no fólio. "Tudo o que pedi a ele foi uma palavra da Itália — uma declaração, a opinião de um estudioso, algo que eu pudesse apresentar ao mundo, para mostrar o apoio da sua família. Eu lhe disse: não preciso de um livro, tenho livros suficientes, preciso apenas de uma palavra para justificar como e por que sou o líder da minha própria Igreja. E eu esperei. Com grande paciência. E recebi promessa atrás de promessa, mas não houve resultado. Sempre alguma razão para atrasos. O calor, o frio, um surto de doença, o mau estado das estradas, a natureza não confiável dos mensageiros, ou então ele tinha de se retirar, de viajar, de consultar algum volume raro ou algum conhecimento divino. Bem, agora por fim chegou. É um livro, afinal." O rei parece exausto, como se ele próprio o houvesse escrito. "E valeu a pena esperar, porque agora as escamas caíram dos meus olhos."

Ele, Cromwell, se adianta para pegar o manuscrito, mas o rei pousa a mão nele. "Irei poupá-lo desse trabalho. Primeiro, há um bilhete para mim, com um tom frio e insolente. Depois, cada página é mais amarga que a anterior. Sou um perigo maior para os cristãos do que o Turco infiel. Ele me chama de Nero e de fera selvagem. Ele aconselha o imperador Carlos a nos invadir. Ele alega que, durante todo o meu reinado, eu saqueei meus súditos e desonrei a nobreza. Agora eles estão prontos para se revoltar, afirma ele, tanto os lordes quanto os plebeus, e ele os exorta a isso, a que se levantem e me matem."

"Deve parecer a vossa majestade..."

"E eu estou condenado", prossegue Henrique. "O inferno se escancara para mim. Ou é o que ele diz."

"... o que deve chamar a atenção de vossa majestade é que um levante, como ele advoga, não pode ser apenas contra alguém. Também deve ser em prol de alguém."

"Claro. Está vendo como tudo funciona em conjunto? Pole exorta a Europa a tomar armas contra mim e, na mesmíssima hora, minha própria filha me desafia. Explique-me isto — por que Reginald ainda não é padre? Se ele gosta tanto das suas orações? Eu lhe direi por quê. Porque sua família planeja casá-lo com minha filha."

Ótimo, se eles pudessem fazer isso. Maria Tudor carrega o melhor sangue da Espanha. Uni-lo ao sangue Plantageneta: a ideia é essa. A família Pole e seus aliados sonham com uma nova Inglaterra: ou seja, a antiga, onde eles governariam de novo.

"Eu creio", ele diz, "que Lady Maria estima o favor de vossa majestade acima do favor de qualquer noivo. Mesmo que fosse um enviado do céu."

"É o que você diz. Mas você sempre a defende."

"Ela é uma mulher, ela é jovem. Confie em mim, majestade, ela cumprirá seu dever, ela obedecerá. Essas pessoas que se autodenominam apoiadores estão tirando vantagem dela. Não acredito que ela possa intuir os esquemas deles."

O rei diz: "Eu vivi com a mãe dela por vinte anos, e eu lhe digo, ela conseguia intuir qualquer esquema. Você mesmo dizia que, se Catarina fosse homem, teria sido uma heroína como Alexandre".

Certa vez ele dissera a Cranmer: os sonhos dos reis não são os sonhos de outros homens. Eles são suscetíveis a visões, nas quais as figuras dos seus antepassados voltam para lhes falar de guerra, vingança, lei e poder. Reis mortos os visitam; eles dizem, "Sabe quem somos, Henrique? Nós sabemos quem é". Há lugares no reino em que batalhas são travadas, lugares em que, com o vento numa certa direção, a lua minguando, a noite obscura, é possível ouvir o rufar dos cascos, o estalar dos arreios e os gritos dos abatidos; e se nos aproximássemos — se fôssemos feitos de ar, imaginemo-nos como espíritos capazes de deslizar entre as folhas da grama —, ouviríamos então as aspirações dos moribundos, ouviríamos como eles clamam a Deus por misericórdia. E todos eles, todas as almas da Inglaterra, clamam a *mim* — o rei lhe diz —, clamam a mim e a todos os reis: cada rei carrega os crimes de outros reis, e a necessidade de restituição se desenrola ao longo dos anos.

"Você me julga supersticioso", diz Henrique. "Não me compreende. Por mais que a família Pole me ofenda, estou acorrentado a eles, pela história que nos ata."

Os laços da história podem ser desatados, ele pensa. "Se houve um crime, é um crime antigo. Se houve pecado, está embolorado."

"Você não consegue adentrar minha dificuldade. Como poderia?"

Tem razão, ele pensa, como eu poderia? Os fantasmas não oprimem os Cromwell. Walter não se levanta à noite, com a caneca de cerveja na mão, o formão no cinto, berrando junto aos portos e exibindo os nós dos dedos ensanguentados por Putney. Eu não tenho uma história, apenas um passado. "Dado meu pobre entendimento, o que posso fazer pelo senhor, meu amo?"

"Vá ver Margaret Pole. Ela está aqui em Londres. Descubra se ela sabia sobre o livro do seu maldito filho. Descubra se os irmãos dele sabiam."

"Eles vão negar, tenho certeza."

"Eu me pergunto, o que *você* sabia?" Os olhos do rei repousam nele. "Você não parece tão impressionado quanto eu."

"Vossa majestade recordará por que meu lorde cardeal me empregou, em tempos passados. Não foi pelo meu conhecimento da lei. Há advogados de sobra. Foi pelas minhas conexões na Itália. Sou bom para meus amigos de lá. Escrevo cartas para eles. E eles escrevem para mim."

"Se você sabia, poderia ter impedido isso."

"Eu poderia ter impedido que Reginald enviasse o livro a vossa majestade. Mas ele estava determinado a dizer o que pensa. Eu não poderia, por exemplo, impedir Reginald de enviá-lo ao papa."

Henrique empurra o livro sobre a mesa. "Ele jura que há apenas uma cópia e que é esta. Mas por que eu deveria acreditar nele? Em dois meses, o livro pode estar impresso, sendo lido em todo lugar. Provavelmente o papa o está lendo agora. E o imperador também."

"Suponho que Carlos precisa ser alertado. Se ele pretende liderar essa força de invasão que Pole procura."

"Eles nunca chegarão a terra firme", diz Henrique. "Eu vou comê-los vivos."

Agora tudo desaparece, a dor, a dúvida e o medo hostil que obscureceram Henrique nessa última hora. Agora ele bate a mão no livro e uma centelha canibal em seus olhos nos faz lembrar: lobo come lobo, mas nenhum homem come a Inglaterra. Ele se ergue de sua poltrona. Você acha que ele vai dizer, Tragam-me Excalibur.

Mas esses não são os dias de heróis e gigantes. Ele diz ao rei: "Creio que homens com a libré dos Pole foram vistos em Hunsdon, com mensagens para Lady Maria — embora, é claro, não saibamos se ela chegou a ler. Os Courtenay também estão lá, ainda que ela esteja proibida de receber visitas...".

"Os Courtenay? Lorde Exeter em pessoa?" O rei está chocado.

"Não. A esposa. Eu acho que Lady Maria não poderia impedi-la. Vossa majestade sabe como ela é, Gertrude Courtenay."

"Ela se enfia em qualquer lugar, por Deus. Ela testa minha paciência. Diga a Exeter que ele está expulso do conselho. Um homem que não pode controlar a própria esposa não está apto a servir ao seu país." Henrique franze o cenho. Sua mente passa por diversos rostos. "E quanto a Riche, vamos pôr Riche no conselho?"

Ele, Cromwell, preferiria que o conselho fosse menor. Mas seria útil ter outro homem com cabeça para números.

"Ótimo. Pode contar a ele", decide Henrique.

Richard Riche no conselho! Ele pode ver Thomas More, revirando-se no túmulo como uma galinha no espeto. Como se pudesse ver o mesmo, Henrique aponta para o fólio. "Pole diz que eu matei More e Fisher. Ele diz que hesitou em escrever contra mim porque a lealdade o restringia. Mas quando recebeu a notícia dessas mortes, ele a interpretou como uma mensagem de Deus."

"Ele deveria ter interpretado como uma mensagem minha."

Henrique caminha até a janela. "Traga Reginald de volta." Sua figura aparece vagamente nas vidraças embaçadas. Suas roupas parecem pesar sobre ele, e Henrique mal consegue levantar a voz acima de um murmúrio. "Prometa o que quiser. Garanta a ele o que quiser. Diga-lhe que volte para a Inglaterra. Quero olhar nos olhos dele."

Na antecâmara, um nó de conselheiros, sussurrando. Ele caminha para o meio deles. Eles recaem em silêncio. Dentro do círculo, ele corre os olhos ao seu redor. "Estavam esperando que ele me cobrisse de socos, como fez com Patch?"

A história vazou. O livro de Pole chegou, Henrique o detestou, o livro o chama de Nero. William Fitzwilliam diz: "Pole não poderia ter escolhido um momento pior nem se fizesse um esforço. Se Henrique pensar que Maria é cúmplice, as coisas ficarão difíceis para ela".

"A situação parece tenebrosa para a família Pole", diz o lorde chanceler Audley. "Parece tenebrosa para todo o sangue antigo. Para a família Courtenay também."

"Exeter está fora do conselho. Você entra, Riche."

"O quê, eu?"

"Segure-o, Fitzwilliam."

"Jesus! Obrigado!", exclama Riche. "Obrigado, lorde Cromwell."

"Foi ideia do rei. Acho que ele gostou do que disse sobre Absalão."

"O quê?", diz o lorde chanceler. "O filho do rei Davi? Aquele que é pendurado na árvore pelos cabelos? O que Riche disse sobre ele? Quando ele disse isso?"

Alguém puxa lorde Audley de lado e lhe explica tudo.

Riche parece atordoado. Fitzwilliam diz: "Crumb, você foi avisado sobre esse livro".

"Eu entrei na mente de Reginald como uma larva numa maçã."

"Quando? Quando você soube?" A mente de Fitzwilliam está trabalhando.

Riche diz: "Não surpreende que o senhor tenha atuado com tanta ousadia nas últimas semanas. Com essa carta na manga. Agora não há perigo de que o rei volte para Roma".

"O rapaz está recebendo uma educação", diz ele a Fitz.

Estive vigiando Pole por um ano, ele admite — como na Itália, o jovem procrastina. Torturado por sua própria prosa, Reginald rabisca e depois apaga. Ele emenda e depois escreve mais e fica pior. Mas o dia tem de chegar, a carta finalmente assinada — a tinta é seca com o mata-borrão, os papéis enrolados e atados, e o mensageiro convocado para levá-la à Inglaterra. A morte de Ana Bolena aceleraria o assunto, pois Pole pensaria, "A vontade de Henrique está enfraquecida agora, ele está pronto para se arrepender agora, eu o ameaçarei agora com a condenação e o assustarei para trazê-lo de volta a Roma". E poderia até ter conseguido, se houvesse modulado seu argumento. Mas Reginald não compreende Henrique, não como homem; e compreende menos ainda a mente e a vontade de um príncipe.

"Eu o encontrei", diz ele. "Pole." Ele se lembra do erudito iniciante, o corpo nem alto nem baixo, nem robusto nem esguio; cabelos claros, semblante agradável e amplo. O exterior simples de Reginald não dá ideia da natureza elaborada e inútil de sua mente, com suas pequenas prateleiras e nichos para escrúpulos e dúvidas. "Certa vez, acredito que ri dele." O jovem tagarelava sobre como a virtude deveria governar as nações. Eu não discordo, ele dissera; mas leia alguns livros para reforçar sua escassa experiência prática. Os italianos entendem desses assuntos.

Desde então, Reginald o teme e fala mal dele: diz que ele é um demônio, e não se pode dizer algo pior. E, no entanto, quando um estudioso em viagem pede para conhecê-lo, ou um jovem da nobreza italiana deseja melhorar seu inglês, Pole nunca pensa em perguntar: "Não seria um emissário de Satanás, também conhecido como Cromwell?". Houve um tempo em que Reginald foi tentado pelos ensinamentos de Lutero; sabemos como ele oscilou naquela direção, como um pêndulo, para depois oscilar na direção contrária. Houve um tempo em que ele duvidou da autoridade do papa; suas dúvidas foram registradas. A estupidez de Pole é que ele pensa em voz alta. Alguma frase de aprendiz, modelada segundo Cícero, trepida no ar; ele acha que ninguém ouve. Ele escreve, e acha que ninguém lê; mas os amigos de Lúcifer espiam seu livro. No crepúsculo, ele tranca o manuscrito no baú, mas o diabo tem uma chave. Os demônios conhecem cada rasura e cada borrão. Sua tinta o trai. As fibras de seu papel são espiãs. Quando ele se deita à noite, as crinas de seu colchão e as plumas de seu travesseiro estão escutando em nome da Inglaterra, enquanto ele roga, em termos queixosos, mesquinhos, a qualquer forma de Deus em que acredite naquele dia.

Fitz diz: "Você pode derrubar os Pole agora. Toda a família".

"Exceto Reginald", Riche acrescenta. "Ele está fora da jurisdição."

Lorde Audley diz: "É um bom argumento, mestre orador. Mas deixamos um pássaro cantando na gaiola para atrair outro para o lar".

Riche diz: "Que sentido tem isso, lorde chanceler? É o contrário, não acha? Se Pole estiver livre, seu canto atrai os outros. Vemos a traição nas suas asas."

"Oh", diz Audley. "Sim, suponho que você tenha razão."

Ele diz: "Eu poderia tê-los derrubado dois anos atrás".

"A profetisa", diz Fitz, "Eliza Barton, aquela era uma grande traidora. Era bem do feitio deles esconder-se atrás das saias de uma freira iludida que pensava que Deus falava com ela. Mas — diga-me se estou errado — Barton não favorecia a reivindicação dos Courtenay acima dos Pole?"

"A diferença entre as famílias a confundia", explica Riche. "Esse era meu ponto de vista. Acredito que o secretário-mor esteja certo. Deixemos que os planos deles se desenrolem. Temos que conter nossa mão. Eles se enforcarão sozinhos."

"Por Deus, já é um conselheiro", diz Fitz. Ele arranca o chapéu de Riche e o joga para o alto da câmara, atirando-o para as rosas de Tudor no teto. Aquilo é um HA-HA perdido lá em cima? O lorde chanceler, uma alma leal, está apertando os olhos e esticando o pescoço.

L'Erber, a casa dos Pole: Margaret, a condessa, ergue os olhos para a entrada dele, mas não fala.

O que ela está fazendo? Bordado, como qualquer boa dama. Seu perfil de falcão se abaixa sobre o trabalho, como se ela o estivesse bicando.

O filho de Margaret — Henry, lorde Montague — estremece visivelmente ao vê-lo. "Secretário-mor. Por favor, sente-se."

Ele prefere ficar de pé. "Imagino que saibam o que há no livro, mais ou menos? O rei o mantém guardado. Ele pode lhes mostrar alguns trechos, mas o que ele gostaria é que o senhor escrevesse para seu irmão na Itália, para dizer que o rei não está ofendido."

Montague o encara. "Não está ofendido?"

"Seu irmão é bem-vindo para voltar à Inglaterra e defender seu caso."

"Eu lhe pergunto", diz Montague, "o senhor voltaria se fosse Reynold?"

Reynold: é assim que a família o chama. Um nome com uma natureza líquida, sutil.

"O rei ofereceria a ele um salvo-conduto. E sempre vimos no rei um homem de palavra."

Montague diz: "Nós, a família dele... Eu lhe digo, Cromwell, estamos espantados com os procedimentos do meu irmão. Acho que o senhor sabia deles mais que nós".

"Devo dizer ao rei que os senhores o repudiam?"

Montague hesita. "Isso é forte..."

"Desaprovamos." Margaret Pole fala. "Pode dizer que desaprovamos seus escritos e estamos consternados."

"Estupefatos", ele sugere. "Golpeados pela tristeza e congelados pelo horror, ao descobrir que ele confronta seu juízo ao do rei. Que ele desmente, calunia, ameaça seu príncipe com invasão e lhe diz que ele está condenado."

"Eu não sou vigia do meu irmão", diz Montague.

"Alguém deve ser. Se não for o senhor, então eu. Reginald precisa ser trancado para sua própria proteção. No momento, eu sou o anteparo entre os senhores e o descontentamento do rei."

"Que bondade a sua", diz Montague.

"Também sou o anteparo entre o rei e a filha. Percebam que, antes que esse livro chegasse, Lady Maria estava ameaçada pelo seu próprio orgulho tolo. Mas agora, porque o rei suspeita que ela seja cúmplice nisso, sua posição é ainda mais grave. E foi sua família que a pôs em perigo."

Montague é um homem lânguido, difícil de despertar, difícil de atrair. É Margaret Pole quem baixa seu bordado e fala. "Nós o ajudamos a derrubar os Bolena, quando eles estavam ameaçando sua vida."

"Eu assumi os riscos daquela empreitada. Vocês não."

"O senhor tem uma dívida conosco", prossegue ela, "e agora não precisa pagar. O senhor sabia que o livro estava sendo escrito. Sabia tudo o que aconteceria."

"Pode explicar isso a Nicholas Carew? Ele parece não entender. Não devo nada a ele. Não devo nada à senhora, madame. A dívida está do outro lado. E se Maria vive ou morre — não direi que está nas minhas mãos, mas talvez esteja nas suas. Eu procuro sua ajuda para mantê-la na terra dos vivos. Onde acho que ela pode fazer muito bem."

"A mãe de Maria, que Deus dê repouso a sua alma, fez de mim a governanta dela", diz Margaret Pole. "Como eu retribuiria a confiança de Catarina se aconselhasse a princesa a agir contra sua própria consciência?"

Montague diz: "Não vejo, Cromwell, qual é seu interesse nisso. Parece que quer salvar Maria de si mesma e salvá-la dos seus amigos também. Mas não acredita que ela o beneficiará depois, acredita?".

"Se ela se tornar rainha", diz Margaret Pole, "e eu espero e rezo para que ela nunca tenha esse infortúnio, então há uma coisa que ela fará imediatamente, com certeza..."

O quê? Prender-me na Torre? Decepar minha cabeça? Nomear-me lorde chanceler?

"Senhora minha mãe...", Montague adverte.

"Ah, eu soube da Lei da Traição", diz Margaret animadamente. "Vejo o fio da armadilha. É um crime prever o futuro. Estamos presos na hora que ocupamos."

"Nos últimos meses", ele diz a Montague, "vocês falaram com Chapuys, o homem do imperador, e garantiram a ele que a Inglaterra está pronta para se levantar contra o rei." Ele ergue a mão: não me interrompa. "Apenas duas, três semanas atrás, no West Country, vimos camponeses armados."

"Aquela é terra dos Courtenay", diz Montague. "Então tire suas satisfações com eles."

Não existe lealdade entre ladrões, ele pensa. "Para sua sorte, nenhum grande dano foi causado, e o campo agora está quieto. Mas se houver qualquer repetição — qualquer violação adicional da paz do rei, em qualquer parte do reino —, o senhor terá dificuldades em mostrar que não é o instigador."

"Mas pode provar que ele é?", Margaret intervém. "Porque, no meu parco entendimento, é o acusador quem deve demonstrar a culpa."

"Isso não deve ser questão de grande dificuldade. Além disso, a lei comum fornece maneiras de proteger o reino contra traidores. Eu falo de um ato de proscrição, após o qual nenhum julgamento se faz necessário."

Margaret está imóvel. Ela desliza a agulha para dentro do pano. Seu pai morreu dessa forma.

"Madame", ele diz, "não corrompa, com suas resistências, suas evasivas e suas tramas, um bom rei que tem feito tudo o que está ao seu alcance para recompensar sua família pelo que ela sofreu. Orem pela concórdia, como todos os bons cristãos devem fazer. E escrevam uma carta para Lady Maria."

"O senhor vai levar a carta?", pergunta Montague.

"Dê-a ao seu amigo Chapuys. Dessa forma, a jovem dama não dirá que é forjada."

Margaret diz: "Você é uma cobra, Cromwell".

"Oh, não, não, não." Um cão, senhora, e farejando seu rastro. Ele interpõe seu volume tranquilizador entre a pessoa dela e a luz. Margaret está costurando uma borda de flores. É o emblema de sua família, a viola: também conhecida como amor-perfeito, ou violeta dos prados. "Eu lhe parabenizo: estou surpreso em ver que sua visão ainda é afiada o bastante para esse trabalho."

Ela pega sua tesoura. "Eu já vi outros tempos, e melhores."

Ele envia o sobrinho Richard até a Torre com uma ordem para libertar Thomas Wyatt. A chegada do livro de Pole — agora que a notícia de seu conteúdo vazou e está se infiltrando pela corte — causou tanta agitação que ninguém mais presta atenção em Wyatt. Ninguém viu o texto, mas quando adivinham o que há nele, suas suposições não chegam nem perto; eles não são capazes de imaginar a amarga prolixidade, o leviano desperdício do favor dos vivos, seu louvor aos homens mortos. Correm rumores de novas prisões. Lady Hussey, que já serviu na casa de Maria, é levada para a Torre. Ele envia Wriothesley para falar com ela. Ela admite que quando, pela graça do rei, teve licença para visitar Hunsdon em Whitsuntide, dirigiu-se a Lady Maria como princesa.

"Ela alega que foi pelo velho hábito", diz Wriothesley. "E jura que não quis, e que Deus a arrebate, alegar que Maria era a legítima sucessora de Henrique. Ela falou sem pensar. Diz ela."

Richard Cromwell, batendo para entrar. "Eu disse a Wyatt: vá para Kent e não se ocupe dos mortos. Fique lá até segunda ordem. O condestável Kingston quer saber: ele terá de providenciar alojamento para outros prisioneiros da nobreza? Se sim, poderia dizer quantos e especificar sua posição, sexo e idade, e dizer quando eles chegarão? Ele quer estar preparado."

"Kingston não está sempre pronto? Isso me surpreende."

"Meu amo", diz Wriothesley, "eu sei que o senhor tem pena de Lady Maria. Mas deixe-a agora." Ele diz a Richard: "Ela parece modesta como qualquer donzela, ela fala baixo, evita os homens, mas quando Sadler e eu fomos a Hunsdon — se ela tivesse uma adaga, juro que teria enfiado em mim quando falei do bom trabalho que fez o homem de Calais".

É difícil gostar dela, ele diz. É tudo o que ele dirá.

Quando toma seu lugar na junta do conselho, Henrique apoia um punho na mesa para se firmar; ele se move com cautela, orientando-se de modo a não bater nem trombar. Cortês, ele murmura seus agradecimentos ao novo conselheiro, enquanto Riche puxa uma cadeira para dar ampla passagem à sua perna enfaixada. "Já foi jurado, Riche? Que bom." Ele cai em seu assento com um pequeno grunhido e agarra a mesa do conselho para se arrastar na direção dela.

"Uma almofada, majestade?", sugere lorde Audley.

Henrique fecha os olhos. "Obrigado, não. Hoje só há uma questão..."

"Uma cadeira mais espaçosa, talvez?"

A voz do rei treme: "... um assunto importante... Obrigado, lorde Audley, estou confortável".

Ele troca olhares com o lorde chanceler e pressiona a palma da mão na boca. Mas Richard Riche não pode ser contido com tanta facilidade. À visão de Edward Seymour: "O senhor por aqui? Não achei que tivesse prestado juramento".

"Bem, ao que parece...", Edward começa.

"Ao que parece, quero a opinião dele", diz o rei. "Nesse assunto, pelo menos. São assuntos que estão muito próximos de mim. Você compreende, Riche?"

Edward é o irmão do rei agora; é claro que ele quer seu conselho. Mas Edward senta-se desajeitadamente num banco no final da mesa. Parece um réu em julgamento, obrigado a se explicar; talvez sua irmã esteja passando pela mesma situação.

Richard Riche não consegue ficar quieto. Ele se inclina para sussurrar: senhor, isso é realmente uma reunião do conselho ou alguma outra forma de conferência? Ele, Cromwell, sussurra de volta: simplesmente fique quieto e ouça. Fitzwilliam olha em torno. "Onde está lorde Norfolk?"

"Eu o orientei", diz Henrique, "a evitar minha presença."

Boas notícias para Fitz. Suas brigas com os Howard remontam a mais de uma década. "Nunca deveria tê-lo enviado para Maria, majestade. O senhor sabe como ele é. Fala com uma mulher como se ela fosse a muralha de uma cidadela que ele precisa invadir."

"Eu não acho", diz o lorde chanceler, "que você deva falar da filha do rei como 'uma mulher'."

"Bem, o que mais ela é?", pergunta Fitzwilliam. "Se eu a chamar de dama, isso não altera o caso. Norfolk é o último homem que deveria ter algo a ver com ela."

Henrique diz: "Eu admito, escolhi mal. Não é provável que ela ceda à força". Há um indício, em seu tom, de um orgulho perverso? "Temos que escolher outro mensageiro. Talvez o lorde arcebispo, com suas gentis persuasões…"

Fitz o encara. "Ela odeia Cranmer. Como não odiaria? Cranmer divorciou o senhor da mãe dela. Ele a chamou de produto do incesto."

"E isso é o que ela é." O rei abaixa a cabeça. "Foi um grande pecado — cometido, como sabem, na ignorância."

"Majestade", diz Edward Seymour, "todos somos conscientes… não há necessidade… poupe-se dessa…"

"Perdoem-me se parece que há um peso de vinte anos sobre meus ombros." O rei parece calmo, resignado: mas eu conheço, ele pensa, aquele tique perigoso na boca. "Uma vez que na cristandade, por toda uma geração, isso foi debatido em todos os salões de estudantes, foi esbravejado em todos os púlpitos e berrado em todas as tavernas, não tenho objeções se o assunto for debatido de novo. Embora as Escrituras sejam claras de que tal casamento não é lícito, eu acreditava, naqueles dias, que o papa tinha poder para decidir. Hoje entendo melhor. Minha filha Maria é produto de uma união ilegítima. Se Catarina não reconheceu o pecado nesta vida, como ela de fato não reconheceu, então temo que sofrerá por isso no lugar onde está agora."

Peterborough, ele pensa.

"Da minha parte", diz o rei, "meus olhos estando abertos para os abusos e pretensões de Roma, eu labutei por sete anos para me livrar daquela jurisdição amaldiçoada e conduzir meu país a um verdadeiro caminho para Cristo. Se até agora ainda não me redimi — então, cavalheiros, não sei como e nem quando. Ser desafiado pela minha filha, saber que meus próprios parentes e primos a instigam, ser caluniado na minha própria casa por aquele monstro de ingratidão, Pole — ser chamado de herege, agitador e Judas…"

"Não, senhor." Riche interrompe. "Não foi vossa majestade que Pole chamou de Judas. Foi o bispo Sampson, por atuar como procurador no seu divórcio."

"Nosso novo conselheiro é um homem exato." Henrique se vira para Riche. "Então *do que* ele me chama? Anticristo, seria? Lúcifer?"

Estrela da manhã, ele pensa, portador da luz.

"Então eu lhes aviso", prossegue Henrique. "Se eu ouvir uma voz se levantando em apoio àquela criatura errante que é minha filha, saberei que estou ouvindo traição. Estou aceitando conselhos. Convoquei os juízes para considerar qual é a melhor maneira de levá-la a julgamento."

Fitzwilliam bate a mão espalmada na mesa. "Julgamento? Jesus nos salve! Sua carne e sangue? Eu lhe imploro, pense antes de fazer isso. Vossa majestade se tornará um monstro na visão de todos."

Ele interrompe: "Majestade, Maria está doente".

"O rei ficará doente!", exclama Riche. "Olhem para ele!"

Edward Seymour sussurra: "Riche, contenha-se".

Henrique se vira para ele. "Diga-me, Crumb, quando ela não está doente? Eu me pergunto se uma criatura tão fraca pode ser minha. Todos os seus irmãos e irmãs morreram. Eu me pergunto como ela sobreviveu. Eu me pergunto o que Deus quis dizer com isso."

Fitzwilliam responde: "Bem, se o senhor não sabe, Harry, quem sabe? O senhor é o representante d'Ele, não? O senhor conhece todos os nossos destinos".

"Eu conheço o seu", responde Henrique.

Henrique olha em direção às portas. Um aceno de cabeça, e os guardas marchariam para dentro. Richard Riche está congelado em seu banco, boquiaberto, os dedos a postos para fazer uma anotação. Edward Seymour ensaia se levantar: "Perdão, majestade. Perdoe as maneiras diretas do tesoureiro real. Nós estamos todos... Estamos todos mais que exaustos...".

Henrique suspira. "Exaustos, maltratados, extenuados. É verdade, Ned, nós estamos. Vá, Fitzwilliam, retire-se da câmara do conselho antes que eu mande levá-lo, minha paciência não é infinita, nem com você nem com minha filha. Pois bem, Crumb, conte-nos sobre a doença dela. O que é dessa vez? Ouvi dizer que são cólicas, depois febre, depois dor de cabeça, depois dor de dente."

"Receio que seja tudo isso. Ela escreve..."

"Deixe-me ver a carta dela."

A carta está em seu bolso.

"Vou mandar buscá-la, majestade."

"Alguns dos senhores conselheiros conhecem mais a mente da minha filha do que eu mesmo." Mais uma vez, aquele sorriso tenso: Henrique está com dor. "O secretário-mor prometeu que conseguiria a obediência dela — que ele a levaria a fazer o juramento sem sequer sair de Whitehall. Mas ele também falhou comigo."

Fitzwilliam está quase fora da sala; mas ele se vira para encarar os conselheiros, os papéis presos junto ao peito. "Alguns de nós estamos tentando salvá-lo de si mesmo, majestade. O senhor está flagelando e ferindo por toda parte, porque Pole o insultou. Confronte seus inimigos, não seus amigos. Quanto a Maria — tranque-a, sim, mantenha-a perto, onde ela não possa fazer mal —, mas quanto a ir tão longe a ponto de consultar os juízes, de considerar levar sua própria filha a um tribunal... pois bem, e depois disso? Eu lhe digo, ela é culpada. Qual é a necessidade de um juiz? Qual é a necessidade de um júri? Ela não fará o juramento e lhe dará suas razões, assim como Thomas More não fez. Ela dirá que não é uma bastarda, mas uma princesa da Inglaterra, e que o senhor não é mais líder da Igreja do que eu. Então o que o senhor fará? Cortará a cabeça dela?"

A boca de Audley se curva para baixo. "Um homem corajoso."

"Um homem morto", murmura Seymour.

Ele, lorde Cromwell, ergue-se de seu lugar. Ele marcha através da sala, agarra o tesoureiro real pelo casaco e o desequilibra, puxa-o para trás e o empurra para as portas. Elas se abrem silenciosamente, como os portões do inferno. Ele agarra a corrente de ofício do tesoureiro, tentando arrancá-la por sobre a cabeça de Fitz. O conselheiro grita, a corrente se torce; Fitz enfia os dedos nela; eles se empurram. "Tire suas mãos de mim, Cromwell", grita Fitz, e o golpeia com o outro punho. Mas ele tem a corrente segura e puxa Fitz, nariz com nariz, cuspindo em seu rosto: "Entregue isso, seu imbecil".

Fitz compreende. Ele afrouxa o punho. Ele grita, um dedo ainda preso, quando a corrente se solta. Um empurrão em seu peito: Fitz cambaleia para trás. As portas batem.

Ele, lorde Cromwell, atravessa a sala e solta a corrente na mesa diante do rei. *Clang.*

"Não, isso não serve de nada", diz Henrique. "Entrar numa briga para me defender, quando sei que você concorda com ele." Seus dedos se estendem para a corrente, o ouro ainda quente nos pontos em que repousava sobre um peito de veludo. "Ainda assim, aplaudo seus esforços, milorde. Fitz não é um peso pequeno." Ele não olha para os conselheiros. "Tragam lorde Montague para me ver. Quero ler para ele trechos da carta do seu irmão. Tragam o bispo Judas — por incrível que pareça, acho que Sampson é um homem em quem posso confiar. Talvez devamos trazer Gardiner de volta da França. Ele geralmente tem ideias sobre o que fazer, e nenhum dos senhores parece saber. Recordem a Sir Nicholas Carew que eu o proíbo de se comunicar com minha filha. Digam à família Courtenay que conheço suas práticas. Avisem-nos do meu extremo desprazer. Entreguem Francis Bryan à Torre. Ouvi dizer que ele tem divulgado suas opiniões pela cidade, falando que Maria é maltratada e eu sou um pai desnaturado."

"Ah, o senhor conhece Francis", diz Edward Seymour. "Ele não quis dizer isso. Ele ama vossa majestade."

"E Fitzwilliam?" Audley está franzindo o cenho. "Devemos nomear um novo tesoureiro real?"

"Fitzwilliam", diz o rei gentilmente, "não merece receber toda a culpa. Ele é meu velho amigo, e creio que vocês, senhores conselheiros, costumam dizer que ele me entende melhor que qualquer homem vivo." Henrique olha em torno da mesa, assustadoramente à vontade; as horas de todos eles lhe pertencem. "Ouçam", ele diz, "sei o que os senhores conselheiros dizem e como tramam para me governar, e como falam de quem eu amo e de quem não amo. Se há um ser neste mundo em que um homem deveria confiar é na sua filha donzela. Ela não deve ter outra vontade senão a dele, e nenhum pensamento além do que o conforta; em troca, ele a protege e trabalha pelo seu progresso. Mas o tesoureiro real não tem filhos. Deus assim determinou. Não sendo pai, ele não pode sentir o que sinto, e não sabe o que sofri nas últimas semanas. Pois eu nunca vacilei: Maria sabe qual declaração peço dela e ela soube desde que o juramento foi concebido. Se ela optou por acreditar que meu título e meu direito são um capricho daquela mulher recentemente morta, então ela foi muito confundida e muito enganada, e se ela conserva alguma esperança de que eu rastejarei de volta a Roma, ela é uma tola bem maior do que eu pensava. Mas o que os senhores não veem, o que nenhum de vocês parece compreender, é que eu amo minha filha. Penso em todos os meus filhos mortos no berço, ou mortos antes de verem a luz. Se eu perder Maria, o que tenho? Perguntem a si mesmos... que conforto tenho em respirar neste mundo além dela?"

A câmara está em silêncio. Eu senti, Audley dirá mais tarde, que tinha de fazer o sinal da cruz e dizer *Amém*. Nem mesmo o novo conselheiro é suficientemente bruto para dizer, "Na verdade, majestade, o senhor tem o jovem Richmond", ou lembrá-lo da porquinha ruiva Eliza, choramingando em algum lugar ao norte. Mas Edward Seymour está franzindo a testa: se o rei não tem nada, onde isso deixa minha irmã Jane, onde isso deixa a família de Wolf Hall?

"Pois bem, meu bom secretário-mor", diz o rei. "Lorde Cromwell — já que me ama e ama me servir, você levará esse assunto a uma conclusão. Não voltaremos aqui para debater novamente."

O rei espalma as mãos sobre a mesa e se apoia para ficar de pé. Os conselheiros despencam dos bancos e banquetas e se ajoelham. Eles continuam ajoelhados até o rei sair da sala. Mesmo quando as portas se fecham atrás do rei, eles não falam. Até que o lorde chanceler diz: "Conclusão? O que isso significa?".

"Só Deus sabe", diz ele.

Riche diz, veemente: "Gostaria de não ter virado conselheiro! Eu gostaria de estar na China".

Seymour murmura: "Eu gostaria que você estivesse em Utopia".

A carta de Maria, que ainda está em seu bolso, lhe diz: Cromwell, não posso ir além, não posso mais conceder. Não assinarei nenhum artigo que calunie minha mãe, a rainha. Jamais concordarei que meu pai é ou deveria ser o líder da Igreja. Não permita que me pressionem, não permita que insistam, eu me dobrei até onde minha consciência me permite. O senhor é meu principal amigo e apoio. Minha grande confiança está com o senhor.

"Acho que ele quer que você a mate", diz Edward Seymour.

O cardeal, em seus tempos, costumava rir da época em que o jovem Henrique espichava uma perna para fora da túnica e convidava o embaixador francês a admirar seu tornozelo. "Seu rei tem uma perna assim?", ele perguntava. "Diga-me, ele tem? O rei Francisco é um homem alto, eu sei, mas ele tem os ombros largos como os meus?"

Agora, o mesmo príncipe, arrastando-se para fora da câmara do conselho, fecha a túnica em torno de si, os tornozelos finos visivelmente enfaixados, o rosto inchado e pálido. Henrique é o sítio, seu corpo, o locus, o sangue, a bile e a fleuma; sua carne carregada e oprimida é o lugar onde todos os argumentos chegam para terminar.

Na Torre, Francis Bryan diz: "Foi aqui que mantiveram Tom Wyatt?".

"Arejado", ele comenta, "não é? Sempre consigo bons alojamentos para meus amigos."

"Um entra, o outro sai." Francis senta-se na cadeira e olha em volta; um olho com a venda, o outro manchado. "Imagino que prisão domiciliar não seria o bastante?"

"Você está mais seguro aqui. Foi o que eu disse a Wyatt."

"Ouvi dizer que agora você é selo privado. Está escalando tão rápido, milorde, o reino não tem escadas suficientes."

"Escadas? Eu tenho asas."

"Então voe para a sombra", diz Francis, "antes que elas derretam."

"O rei acha que Maria não o desafiaria a menos que houvesse um homem por trás dela. Ele suspeita principalmente do seu cunhado, Carew."

"O velho Care-Ta." Francis ri. "Ele pinta uma imagem de si mesmo, o leal fidalgo de armadura negra. Ele dá a entender a Maria que fará dela rainha."

Não há anotadores. Apenas a própria pasta de papéis de lorde Cromwell sobre a mesa onde antes estava o livro de versos de Petrarca: os querubins, o monstro marinho, a encadernação fina como pele. Sua mão não se move. Há tempo suficiente para escrever. "Carew, então. Quem mais?"

"A tribo de lorde Exeter. E o pequeno chorão Montague."

"Se o rei mandar convocá-los, você dará testemunho?"

"Sim. Se eu tiver que escolher entre mim e eles. Por que eu deveria ser melhor que Tom Wyatt?"

"Ninguém jamais achou que fosse."

"Mas você não quer trazê-los, não é? Você prefere fazer acordos."

"É minha natureza misericordiosa que me impede de…"

Francis ri. "Nada o impede. Mas não poderá destruir os apoiadores de Maria a menos que a destrua junto, e você não quer perdê-la, e não acha que pode controlar Henrique se ele continuar fazendo uma matança ao redor da própria casa."

Ele se lembra de Francis parado ao lado do cadafalso, suando em seu colete de couro, esperando para correr até os Seymour com a notícia de que a cabeça de Ana havia rolado. Se precisa de velocidade, escolha Francis Bryan. Os impulsos que você irradia ondulam sob a pele dele, uma pele sempre pronta à ação. Se quer subornar alguém, se quer seduzir alguém, se quer algum negócio secreto e sujo, já sabe aonde ir. Se quer que a coisa indizível seja dita, faça um aceno a Francis. "Eu o conheço, Cromwell", ele diz. "Você se considera um cauteloso homem político. Mas é um jogador, como eu."

"Não como você. Você rastejaria para a mesa de cartas mesmo se estivesse envenenado. Quando ficar cego, você vai farejar as copas e os paus. As pontas dos seus dedos vão tatear os pontos dos dados."

Francis diz: "Outro homem, do lugar de onde você veio, chegaria a uma posição tranquila e contaria seus ganhos. Mas Cromwell não. Ele quer governar a todos. Se a menina de Seymour tiver um filho do rei, quem supervisionará sua educação principesca, se não Cromwell? Se Fitzroy for nomeado herdeiro, Cromwell estará nas suas graças. Se Maria sobreviver para reinar, ela sempre saberá que Cromwell salvou a vida dela".

"Acredite em mim, Francis", diz ele, sorrindo. "Não tenho expectativas. Tudo o que quero é atravessar a semana."

"Você não vai parar até ser duque. Ou rei." Francis levanta o tapa-olho. Esfrega a cicatriz oculta. "Não significa que você seria um mau rei, aliás."

Seu olhar se desvia do rosto destroçado de Bryan. O dono do rosto ri. "Você já viu coisas piores."

Ele vai para a porta. "Martin? Traga-me uma cadeira adequada. Por que esse banquinho miserável ainda está aqui? Eu não o chutei para fora?"

Martin aparece. "Ele deve ter voltado por conta própria. Vou jogar o maldito pela escada."

"Corte-o para lenha", diz Francis. "Mostre quem é o mestre."

"E traga clarete", ele diz a Martin. "Ponha na minha conta."

"Você tem uma conta?", Francis pergunta. "Santa Inês me abençoe."

"Penso em instalar meu próprio cozinheiro, com alguns meninos auxiliares e uma sala fria para confeitaria. Tenho algumas camisas de reposição aqui e meu casaco de pele de cordeiro. Tenho secretários."

"Nada de secretários", diz Francis. "Ou fico calado."

"Se você me der o testemunho que promete, vou guardá-lo até que chegue o momento em que eu possa usá-lo. Vou escrever pessoalmente o que me disser, e ninguém precisa saber que vem de você. Mas, se qualquer um de nós viver para ver a próxima semana, Care-Ta deve escrever para Maria e admitir que ela não pode esperar nenhuma ajuda prática dele ou dos seus amigos, e que se ela não fizer exatamente o que eu digo, estará perdida. E eu falarei com Henrique em seu nome e" — ele esfrega os próprios olhos — "assim que chegarmos ao fim disso, você estará livre. Não vai demorar. Maria deve escolher agora: seu pai ou o papa."

"Seu pai ou sua mãe", diz Francis. "Não se pode lutar contra os mortos. Você talvez tenha de entregar Maria a eles. Deus sabe por que você acha que ela é seu futuro. Mesmo que a salve agora, ela morrerá; ela está sempre doente. E se o rei se voltar contra você, não será como quando o velho Henry Guildford largou tudo e foi para o campo podar seus pomares e apreciar o canto dos pássaros. Lembre-se de como Wolsey caiu. Falhe com isso e Henrique o colocará onde estou agora. Ou num lugar pior, onde você ficaria feliz com o banquinho de três pernas."

"Até parece que você se importa", diz ele. "Dando-me bons conselhos."

Francis diz: "O que é esse reino sem você? Eu gostaria de vê-lo prosperar. Afinal, talvez eu precise do seu dinheiro emprestado".

Martin entra, dispondo uma cadeira diante de Cromwell. Ele pensa, isso exigirá paciência: mesmo que eu tenha provas certas de traição, posso me dar ao luxo de usá-las? Bryan está certo. Não é pouca coisa derrubar duas grandes famílias e seus contraparentes, quando mal enterramos os Bolena; e fazê-lo sem causar danos à jovem cuja causa eles alegam promover. Henrique não pode estar pronto antes que eu esteja pronto: devo conter meu rei canibal.

"Mais uma coisa, Francis. Quando Carew escrever sua carta, sua irmã Eliza deve levá-la a Hunsdon em pessoa e conversar com a senhora sua mãe. Lady Bryan criou Maria desde a infância. Acredito que ela leve os interesses de Maria no fundo do coração."

"E", diz Francis, "a senhora minha mãe não é a tola que parece."

"Elas devem ir até Maria, mãe e filha, tratá-la de forma enérgica e usar qualquer tipo de persuasão. Estou confiando em toda a sua família para me servir nisso."

"Bem", diz Francis com aversão, "se precisa arrastar as mulheres para dentro disso."

"As mulheres já estão dentro. É tudo sobre as mulheres. Sobre o que mais seria?"

Francis olha dentro do copo. Gira o conteúdo, como se estivesse adivinhando e tentando mudar o destino por meio das borras. "As pessoas dizem:

Henrique não se desvencilhará da filha. Outros dizem: não achávamos que ele se desvencilharia da esposa. Mas eu... eu sempre soube que ele mataria Ana Bolena. Ou, caso contrário, algum outro homem faria isso por ele."

O clima quente chegou. Os longos dias em que, se os boatos forem verdadeiros, Lady Maria não come: as noites curtas, leves, em que ela marcha insone, o rosto inchado, os olhos avermelhados; em que ela nada em suas lágrimas salgadas como que afogada numa piscina. Lágrimas fazem bem às mulheres jovens, especialmente àquelas em quem o fluxo menstrual se interrompe ou àquelas que querem um homem na cama, mas são obrigadas a ficar sozinhas. Se Maria parasse de chorar, talvez ela ficasse ainda mais doente do que está agora. Então, quando ela soluça e se engasga, ninguém se mexe para confortá-la. Quando ela grita "Jesus, tenha piedade de mim", parece que Ele não tem.

Os juristas que o rei consulta sugerem que o juramento seja novamente apresentado a Maria, para que não haja dúvida de que ela sabe o que é requerido. Claro que ela sabe, diz o rei. Ela não tem dúvida. Mas ele acrescenta, como fez no mês passado com o assunto de Ana Bolena: "Cromwell, desejo estar de acordo com a lei em todos os aspectos".

"Mande chamar Chapuys", ele diz a Richard: ele, lorde Cromwell. "Ele deve jantar comigo. Ele alegará que não tem apetite. Mas ele pode assistir enquanto eu como."

Richard diz: "O senhor poderia ter resolvido isso duas semanas atrás e segue nos pondo em perigo dia após dia. Por que não vai até Maria pessoalmente?".

"Porque só posso fazer isso à distância", diz ele.

Ele se lembra do castelo em Windsor, um dia de calor como fornalha; o ano de nossa salvação, 1531. Nos grandes pátios, os coches de bagagens do rei estavam prontos, a casa partindo para um verão de caça, dança e outros esportes. Ele próprio, compelido a desaparecer em sombras, a subir escadarias e atravessar quartos fechados vazios de conteúdo; atravessando o conjunto de quartos da rainha para encontrar Catarina sentada sozinha, abandonada, obstinada, sabendo mas sem admitir saber que Henrique havia partido sem dizer uma palavra de despedida; a criança Maria, frágil como palha, apoiada no encosto da cadeira. Madame, ele dissera, sua filha está se sentindo mal, deveria sentar-se. Um espasmo de dor sacudiu a mocinha e a levou a despencar, a apertar a mão sobre a cintura. Catarina falou com ela em castelhano: "Você é uma filha de Espanha. Aprume-se".

Naquele dia, ele lutou pelo corpo enfermiço e doente, e venceu. A seus pés, um banquinho: no banquinho, uma almofada bordada com uma sereia. Ele pegou o banquinho com uma mão, a sereia com a outra. Ele sustentou o olhar da rainha espanhola e atirou o banco contra as lajotas. O sol atravessava vitrais coloridos; quadrados de luz, verde-claros e escarlate, flutuavam como estandartes contra as pedras pálidas.

Catarina fechara os olhos. Como se ela própria estivesse sofrendo, fez a mínima concessão de assentir. Então abriu os olhos e os desviou para a meia distância. Ele viu a princesa vacilar; ele se lançou e a agarrou, o braço estendido. Ele a firmou: ele se lembra de seus ossos minúsculos, seu corpo sem peso estremecendo, a testa lustrosa de suor. Ela afundou no banquinho. Ele passou a almofada para ela, estudando seu rosto. Ela abraçou a sereia contra a barriga, fechando os braços sobre si mesma, dobrando-se duas vezes para aliviar a dor. Depois de um momento, ela soltou o fôlego com um grunhido. Então sua cabeça se levantou e ela o contemplou, atônita e agradecida. Um instante depois, eliminara a expressão do rosto. Foi uma transação tão rápida que mal se poderia dizer que ocorreu. Mas até que a entrevista terminasse e ele se curvasse para sair da sala, os olhos dela o seguiram para todos os lugares aonde ele se dirigiu.

Após o jantar, quando o silêncio cai e o longo dia de verão se dobra e se guarda para o crepúsculo, ele e o embaixador sobem uma das torres do jardim. Londres espreita abaixo deles na névoa azul. Diante deles há um prato de morangos que já estará terminado antes que a lua nasça. O embaixador deixou seus documentos no pé da torre. Sua pasta de couro branco, estampada com a águia dupla do imperador, repousa num canteiro de grama estrelada de margaridas.

"O que me incomoda", ele diz a Chapuys, "é que nenhum príncipe na Europa tem posição para olhar Henrique de cima para baixo. Eles despedaçaram seus parlamentos, no estado que se encontravam, atormentaram seus povos com impostos, saquearam os cofres da Igreja, mataram seus conselheiros — mas se eles dobram seus joelhos ao Vaticano, tudo está bem, são companheiros morais e o papa lhes envia uma bênção e lhes diz que eles são monarcas gloriosos. Qual deles teria suportado uma esposa estéril, ano após ano? Eles a teriam envenenado. Qual deles suportaria uma filha desobediente? Se Maria fosse filha de algum outro príncipe, ela seria presa e esquecida, ou sofreria um acidente."

"Sim", diz Chapuys. "Mas não é isso que você recomendará."

"Não importa o que eu recomendo. Esse caso me quebrou. Sou um homem morto."

"Você já disse isso antes. Quando a concubina o estava atormentando."

"Eu disse e fui sincero. Cheguei tão longe nesse assunto que não há caminho de volta — eu assegurei ao rei que Maria obedeceria. Ele odeia promessas quebradas."

Chapuys está pensativo, traçando com o dedo os suaves relevos de plumas da mesa de mármore. "Como conseguiu trazer isso aqui para cima?"

"Alcei pela janela. Achou que eu havia orado pelos ossos sagrados do bispo Fisher e ele fez a mesa voar?"

Ele arrendou essa casa dos cônegos de Smithfield, diocese de são Bartolomeu. O prior Will Bolton era o construtor do rei, um homem com uma boa cabeça para planejar grandes obras e levá-las a cabo; abençoe-me, Bolton, ele às vezes diz, quando chega e respira fundo, com o cavalo sendo conduzido ao estábulo, as malas carregadas por Christophe. O prior costumava vir aqui caçar no verão e se distrair, e seu rébus — um barril ou tonel atravessado por uma flecha — fica pendurado nos muros do jardim. É uma casa pequena, com uma boa câmara quadrada em cada andar, pomares e canteiros ao redor, e torres de jardim posicionadas de tal forma que captam a brisa do verão e oferecem uma vista da cidade por cima das copas das árvores.

"O prior Bolton ficou manco nos últimos cinco anos da sua vida", ele conta. "Jamais pôde subir aqui para ver a vista. Embora ninguém esperasse por isso, ele tinha oitenta e dois anos quando faleceu."

"Você vai viver para sempre, é claro", diz Chapuys. "Sempre subindo."

"Quando entrarmos, mostrarei os azulejos esmaltados na sala. São de um puro azul de lápis-lazúli. Ele deve ter comprado na Itália."

O murmúrio de suas vozes, as pombas se recolhendo em seus ninhos: como um floco de neve no verão, uma pluma perdida passa flutuando e seus olhos a seguem no entardecer. Chapuys diz: "É claro, não me admira que todos neste país desprezem o Vaticano. Roma decepcionou Catarina, vacilando ano após ano".

"Todo mundo a decepcionou. Seus conselheiros eram um bando de velhas. Fisher pode ter sido um homem muito santo, mas era inútil. Até onde sei, só dizia a ela para se manter alegre e esperar pelo melhor. E quanto aos amigos de Catarina no exterior — o que seu imperador fez? Fez uns barulhinhos bélicos."

Chapuys diz: "Meu amo tem os turcos para combater. Ele tem mais o que fazer do que bater boca com um príncipe voluntarioso de uma ilhazinha".

"Então por que meu rei tem que se conter agora? Ele está à vontade no seu próprio reino. Ele pode lidar com sua filha como bem entender."

"Perdoe-me por dizer isso", continua Chapuys, "e espero que os mortos também me perdoem — se o imperador não fez nada para resgatar sua nobre tia, talvez seja porque ele não sabia o que fazer com ela depois. Ela teria sido apenas um peso para ele. Catarina estava habituada a gastar dinheiro, como fazem as rainhas. E ela poderia ter vivido até uma idade avançada."

É preciso respeitar um homem que corta as platitudes como o embaixador faz. Ele sempre diz às pessoas, não subestimem Chapuys. Por trás de sua polidez, há um homenzinho passional, um homem astuto também, e preparado para correr riscos.

"Com Maria é diferente", diz o embaixador. "Mesmo que ela não alcance o trono, seus filhos podem alcançar, e podem virar o mundo em uma direção muito agradável ao imperador. Você diz que Henrique está à vontade. Mas, embora o imperador aceite muita coisa, ele não tolerará que Maria seja maltratada. Ele enviará navios."

"Ele nunca chegará a terra firme."

"Já estudou um mapa dessas ilhas? Meu príncipe é um mestre dos mares. Enquanto vocês estão guardando a costa de Kent, os navios dele estarão vindo da Irlanda. Enquanto vocês estiverem guardando o sudoeste, ele invadirá do nordeste."

"Seus capitães morrerão nessas praias. O rei disse que os comerá vivos."

"Devo levar essa mensagem?"

"Se quiser. Você sabe, e eu sei, que o imperador em armas não tem poder para salvar Maria. O caso dela é urgente."

Surge uma cabeça, subindo a escada sinuosa. É Christophe. "Senhores, desejam confeitos?" Com estrépito, larga sobre a mesa uma bandeja de prata. "Mestre Me-Chame está aqui." Ele lança um olhar maligno para Chapuys. "Ele está aqui para decifrar códigos. Nenhum resiste à sua inteligência."

Chapuys entrelaça as mãos. Ele teme por seus papéis, largados no térreo. Suas articulações do joelho estão doloridas e um pequeno gemido lhe escapa ao pensar em descer três lances e depois subir novamente.

"Peça a Me-Chame que se sente sob a videira e ouça os rouxinóis. Depois traga os papéis do embaixador. E não os examine."

A cabeça de Christophe some de vista. "Que asno é esse jovem!" Chapuys seleciona um morango e faz uma careta. "Thomas, entendo que não é uma coisa fácil de fazer, mostrar a uma menina inocente que o mundo não é como ela pensa. A falecida Catarina nunca deixou a criança ouvir uma palavra de crítica ao pai. Tudo era culpa do cardeal, ou do conselho do rei, ou da sua concubina. Nada era culpa de Henrique. Naturalmente, ela esperava ser abraçada, sem dúvida, uma vez que Ana Bolena estivesse morta." Ele dá uma mordida cautelosa. "Naturalmente, você deve trazê-la à razão."

Ele concorda. "Ela não conhece o pai."

"Como poderia? Ela mal o viu em cinco anos. Esteve presa."

"Presa? Ela foi mantida em grande conforto."

"Mas não devemos dizer isso a ela, Thomas. É melhor lhe dizer que ela sofreu gravemente, caso Maria sinta que não sofreu o suficiente. Ela costuma me dizer, gabando-se, que não teme o machado."

"Não teme? Quando cair sua última noite na terra, e ela tiver que atravessá-la insone, e tudo o que houver diante dela for um mísero desjejum com o carrasco, já não servirá de nada chorar para que eu a salve."

No silêncio que se segue, ele se pergunta: onde Christophe se enfiou? Será que está lendo os papéis do embaixador, afinal? Que quebra de decoro seria isso. Mas uma quebra lucrativa, se os papéis estiverem em francês. Christophe tem ótima memória.

"É a mãe dela...", diz Chapuys. À medida que as sombras se adensam, ele começa a temer a ideia de haver falado mal dos mortos. "Acredito que ela prometeu a Catarina que nunca desistiria. As promessas para os vivos podem ser deixadas de lado, com a permissão deles. Mas os mortos não negociam."

"Ela não quer viver?"

"Não a qualquer preço."

"Então, como a história a recordará — uma neta dos reis da Espanha, sem a inteligência nem o tato político para salvar a si mesma?"

Christophe grita lá de baixo: o embaixador, que selecionou um doce de anis, quase se engasga. O jovem irrompe no meio deles, lança a pasta imperial: a águia negra voa contra o mármore branco. "Por que demorou, Christophe?"

"Veio um sujeito de Islington e disse que eles estão esperando trovoadas, as vacas estão deitadas nos campos. Eu rogo que os senhores desçam à primeira gota de chuva. Se um raio cair aqui, estão acabados. Só um tolo ficaria no topo de uma torre."

"Eu vigiarei o céu", diz ele. "A tempestade vai cair primeiro em Londres."

A cabeça de Christophe vai descendo até sumir de vista, um planeta oleoso com um gorro torto. Ele espera até ter certeza de que o jovem não pode ouvi-lo e diz: "Se o pai dela morresse agora, Maria poderia se tornar rainha, apesar de qualquer disposição que seu pai tenha feito, apesar de qualquer ato do Parlamento. Assim, como rainha, ela poderia pôr tudo nos eixos. Reunir-nos a Roma. Pôr a tranca nos nossos grilhões. Ela teria o prazer de decepar minha cabeça. Não confio nas belas palavras dela".

"E que palavras são essas?"

Ele puxa a carta de Maria e a desliza pela mesa. "Devo pedir que Christophe traga velas?"

"Posso decifrar", diz o embaixador. "É a letra dela", ele admite. Chapuys aperta os olhos sobre o papel. O arco atrás dele se enche com o lustro do anoitecer, um brilho claro de opalina. "Ela está inflexível em resistir ao juramento. Mas ela o chama de amigo — além do seu pai, que Deus proteja sua inocência, ela diz que você é seu principal amigo neste mundo."

"Mas por que eu deveria confiar nela? Acho que ela é cheia de ardis."

Ele se diverte. O embaixador, ele pensa, deve me seduzir. Vou fingir que sou uma herdeira em fuga, e ele deve acalmar meus medos e me acariciar com suas promessas.

"Maria me levou a um lugar de grande perigo", ele prossegue. "Perdi minha reputação com o rei. E o que eu tinha, além da minha reputação? Mesmo que ele não me mate, ninguém quer um conselheiro gasto."

O embaixador conhece o jogo, mas não entrará nele. Sombriamente, ele replica: "Por que ela pensa que você é amigo dela? Algo que a mãe disse a ela. Só pode ser isso. E pensar que depois de toda essa labuta...". Ele se interrompe. Chapuys parece tão irado quanto envergonhado. "Parece-me que, se ela confia em você, eu também devo confiar. E essa é uma situação infeliz para se estar."

"Você deve aconselhá-la a ceder e precisa negociar as pazes com o imperador. Consiga a permissão dele. A bênção dele."

"Infelizmente não guardo o imperador no meu armário, para poder consultá-lo à vontade."

"Não? Deveria pendurar o retrato dele no quarto. Talvez, com o tempo, possa ensiná-lo a falar."

Ele pensa ter ouvido um passo lá embaixo. "Silêncio." Ele se põe de pé. E pergunta pela escada: "Quem está aí?". O embaixador fica tenso e se prepara, como se, diante de algum perigo, ele pudesse saltar da torre. A janela não tem vitrais; a luz evanescente tinge os tijolos de um rubor pálido.

Sem resposta. O prior Bolton não construiu seus muros altos nem protegeu suas cercas. Um malfeitor pode dobrar a acácia ou o salgueiro; um criminoso pode se esgueirar por uma cerca de aveleira. Ele toca o coração e sente a faca, aninhada entre seda e linho.

"A defesa de uma torre é fácil", diz ele. "Mesmo uma torre de jardim. Se alguém subir, basta empurrá-lo de volta para baixo."

"Sei que adoraria isso", diz Chapuys. "Ouvi dizer que desfrutou muito da sua briga com o conselheiro Fitzguillaume. Realmente, Thomas, você é um moleque."

"Christophe?", ele chama. Sua voz se curva na espiral de pedra. "Está aí?"

Uma resposta ecoa: "Onde mais?". Christophe está surpreso. Ele está sempre em guarda, é seu antigo treinamento como ladrão. Em seus momentos desocupados, ele se apoia nos calcanhares, as costas contra a parede, a cabeça caída como se estivesse cochilando; mas seus ouvidos estão abertos, seus olhos procurando movimento na beira de sua visão.

"Não há ninguém aqui", ele tranquiliza o embaixador. "É apenas Christophe." Chapuys se recosta na cadeira. "Coma os morangos", ele diz. "Escreva para Roma."

"Mas é possível confiar nessa fruta? Comê-la crua?" Chapuys faz uma careta. "*Chez-moi*, nós os assamos em tortas."

"O papa a perdoará se ela se submeter para salvar sua vida. Diga-lhe que pediu absolvição para ela. Se estiver preocupado com o custo, eu o cobrirei pessoalmente com Roma."

"Estou mais preocupado com minha digestão. E duvido que ela dê crédito a esse raciocínio fantasioso."

"Vá até ela na primeira hora, eu lhe darei um passe." Ele se inclina para o embaixador. "Diga isso a ela. Enquanto Ana Bolena estava viva, não havia chance de Henrique restaurá-la à sucessão. Mas agora, se ela obedecer ao rei em todos os aspectos, sua sorte pode melhorar."

"Está fazendo essa oferta a ela?" Chapuys ergue uma sobrancelha. "Henrique não vai preferir o menino bastardo? Pensei que você mesmo favorecesse Richmond. O que aconteceu?"

"Richmond não pode ser empossado sem grandes brigas e ressentimentos. Qualquer que seja a dama com quem o rei foi casado — se é que ele já foi casado com alguém —, o mundo inteiro concorda que não foi com a mãe de Richmond. Quanto a qualquer novo herdeiro que ele possa ter — a vida de uma criança pequena, não se pode contar com isso a toda hora. Diga a Maria: se ela pretende comprometer sua consciência, a hora é agora, quando ela pode fazer algum bem a si mesma." Ele se recosta na cadeira. "Sim, é claro que ela se desprezará depois. Mas esse é o preço. Diga-lhe que o tempo vai aliviar a dor da ferida."

"Parece-me", diz o embaixador, "que está dizendo: a senhorita pode viver, mas apenas como Cromwell permitir. Pode até mesmo reinar… mas apenas pela graça de Cromwell."

"Se quiser explicar assim." Ele perdeu a paciência. "Explique como quiser. Vou enviar a ela um documento para assinar. Um ato de submissão. Ela não precisa ler. Na verdade, ela não deveria, pois talvez precise repudiá-lo mais tarde. Mas ela deve mandar um secretário copiá-lo, porque o documento não pode chegar ao rei com a minha letra."

"Não, isso estragaria tudo", sorri Chapuys. "Ela não é simplória, sabia?"

"Diga-lhe que, a partir de agora, eu garanto que ela estará protegida. Ela viverá a seu gosto, como filha de um rei, e ninguém a incomodará para fazer as mesmas preces que eu ou para abandonar seus santos ou cerimônias. Mas então diga a ela — se ela não ceder agora, está perdida. Vou considerá-la como a mulher mais obstinada e ingrata que já viveu. Não vou impedir a vontade do rei. E, mesmo que ela sobreviva por algum milagre, estará morta para mim. Eu me despedirei dela para sempre. Nunca voltarei à sua presença. Nunca mais a verei ou falarei com ela de novo."

Uma pausa. "Entendo." O embaixador parece sardônico. "É melhor que escreva você mesmo. Eu transportarei sua carta fielmente."

"Podemos descer?"

Chapuys se encolhe ao se levantar e esfrega as costas. "Primeiro você, meu senhor. Eu sou tão lento."

Ele recolhe os papéis do mármore. "Vou levar isto." Ele anda à frente do embaixador. No primeiro patamar, ele exclama: "Não vou ler, prometo!".

Christophe está agachado, vigilante, na postura que ele havia imaginado. De pé a seu lado, outra silhueta na penumbra. "Boa noite, senhor", diz a silhueta em voz baixa. É mestre Wriothesley, com um buquê de peônias na mão.

Na sala de estar com os azulejos lazúli, a chama de uma única vela de cera brilhando no azul, ele faz seu primeiro rascunho; é difícil, para ele, tornar-se a filha do rei. Ao amanhecer, ele leva o rascunho de volta à cidade e, à luz da manhã, senta-se diante do texto outra vez: humilde, trêmulo, obediente. Talvez ele deva fazê-lo num quarto sozinho; mas não quer pensar demais a respeito.

Ele pega uma pena. Examina a ponta. "Isso exigirá auto-humilhação."

Richard Cromwell diz: "Devo sair e encontrar alguém que seja melhor nisso do que o senhor?".

"Richard Riche conhece a arte de rastejar", sugere Gregory. "E Wriothesley consegue rastejar quando necessário."

Ele começa: "*Humildemente prostrada diante de vossa majestade...*".

"Tente: *prostrada aos pés de vossa majestade*", diz Gregory.

"Redundante", diz Richard.

"Sim, mas isso faz com que ela soe... mais simples."

Ele altera a frase. "Não deixem que nossos esforços sejam mencionados fora desta sala. O rei deve pensar que ela mesma a compôs. *Escrevo para...* por que escrevo?"

... para abrir meu coração à vossa graça... como sempre pus e porei minha alma sob sua direção... assim mesmo comprometo totalmente meu corpo... não desejando nem propriedade, nem condição, nem nenhuma maneira ou grau de vida além do que vossa graça venha a determinar...

"Parece saído de um livro de direito", diz Richard. "Nem isso, nem aquilo, nem aquilo outro."

"É verdade. Ela não é um homem de Gray's Inn." Ele está exasperado. Não sabe como rascunhar, mas sim como cobrir todas as circunstâncias; nenhuma forma de escrever que deixe uma lacuna, um fio de cabelo, uma fenda que permita que o significado deslize ou vaze. *Perdoe minhas ofensas... eu admito, aceito, recebo, declaro e reconheço...*

"O rei deve saber que ela receberá conselhos de um advogado", opina Gregory. "Ele deve esperar que isso esteja óbvio."

... declaro e reconheço que a alteza do rei é a cabeça suprema, sob o Cristo, da Igreja da Inglaterra...

Eu reconheço livre, francamente... reconheço e admito que o casamento antes estabelecido entre vossa majestade e minha mãe... foi, segundo a lei de Deus e a lei do homem, incestuoso e ilegal...

"Incestuoso e ilegal", repete Gregory. "Isso cobre tudo. Não deixa nada faltando."

"Exceto", diz Richard, "que ela na verdade não prestou o juramento."

Ele seca a tinta. "Contanto que ninguém faça Henrique encarar esse fato."

Que essa seja sua própria forma de juramento, esmagadora e abrangente. Quando ela escreve sobre Catarina, ela diz, *a falecida princesa viúva*, como qualquer súdito diria; mas ela também escreve *minha mãe*, minha mãe morta: cuja mão agora cai incapacitada e se recolhe à mortalha. Catarina, hoje você será derrotada; os vivos vencem os mortos, a Inglaterra supera a Espanha. Escrevi cartas em nome de Maria antes, ele pensa, mais patéticas que esta e mais submissas: *Sou apenas uma mulher, e sua filha*. Elas tiveram pouco sucesso. Não tocaram o coração do rei. O que toca o coração do rei é dar-lhe tudo o que ele quer: e de tal forma que, até que ele receba, ele nem sequer saiba o que lhe faltava. *Eu pus minha alma sob sua direção. Eu comprometo meu corpo à sua misericórdia.*

"Quero que Rafe leve isso para Hunsdon", ele diz. "Consiga a assinatura hoje à noite."

Estamos agora na terceira semana de junho. Era uma primavera úmida e ventosa quando Ana morreu; um mês se passa e estamos no alto verão. Numa manhã quente, fechamos os olhos e em nossas pálpebras se estampa um desenho flamejante de pano de ouro. Erguemos o braço para cobrir o rosto e o clarão se converte em púrpura, como se houvesse bispos eclodindo entre as chamas. Com os duques de Norfolk e Suffolk, ele cavalga para Hunsdon para homenagear a jovem que — penitente, submissa, recolhida — está pronta mais uma vez para ser chamada de filha do rei.

Hertfordshire é uma região abastada e populosa, bem arborizada e bem guarnecida de residências de fidalgos e cortesãos. A própria casa, construída em tijolos num terreno alto, é adequada à acomodação da família de um rei. A propriedade em si é antiga, mas essa casa atual tem talvez oitenta anos; eles mostram como antiguidades os documentos com escudos pintados com emblemas de lordes mortos há muito: a zibelina curvada de uma herdeira Despencer, o leão prateado dos Mowbray e as armas reais de Edmund Beaufort, com suas bordas fragmentadas de prata e azul. Há dois anos, o rei gastou quase três mil libras em novos ladrilhos e vigas, e enviou pessoal da oficina de Galyon Hone para esmaltar as principais câmaras com rosas rajadas, nós do amor, trêmulos falcões brancos e flores-de-lis. Ao mesmo tempo — providencialmente, como se viu — toda a casa foi tornada mais firme e segura, com novas dobradiças, trancas, ganchos, ferrolhos e fechaduras.

Na jornada, as comitivas dos três lordes se mantêm separadas, por receio de brigas entre criados. Norfolk diz, gargalhando: "É bem sabido o que Cromwell faz quando viaja ao norte de Londres; ele faz uma parada em alguma estalagem de quinta para agarrar alguma lavadeira e se divertir com ela". Só que o duque usa uma expressão mais grosseira, acompanhando-a de um cotovelo em movimento e um punho socado.

Charles Brandon ruge. Esse é o tipo de piada de Brandon.

Ele percebe que o Thomas Menor está cavalgando com Norfolk. O que quer que seja que os meios-irmãos estavam cochichando quando ele os deixou, ainda seguem cochichando. "Está vendo isso?", ele pergunta a Suffolk.

"Estou", responde Suffolk. "Do seu, Tom Verdadeiro. *Caminhando/conversando. Mergulhando/cortando. Desejando/pescando.*"

Pobre rapaz, ele pensa. Até Suffolk sabe como ele rima mal. Ele se lembra do rosto estupefato do jovem Howard quando ele lhe contou que as mulheres partilhavam seus versos. Como se ele nunca tivesse pensado que isso pudesse acontecer. Como se ele pensasse que elas liam os poemas e depois comiam o papel.

No grande salão, Lady Shelton os recebe; ela foi a guardiã de Maria nos últimos três anos, um cargo que ninguém inveja. Brandon marcha para dentro: ela faz sua mesura: "Meu lorde Suffolk. E Thomas Cromwell, finalmente". Ela o beija com entusiasmo, como se ele fosse seu primo; ao passo que, para Thomas Howard, que realmente é seu primo, ela diz: "Podemos acreditar que o senhor não destruirá o mobiliário? O inventário foi feito e a tapeçaria que foi rasgada por vossa senhoria, na outra semana, custou cem libras".

"Custou mesmo?", responde Norfolk. "Eu não a usaria nem para limpar minha bunda. Onde está John Shelton? Não importa, eu mesmo vou encontrá-lo. Charles, venha comigo."

Os duques saem, gritando pelo anfitrião. Ele pergunta: "Ele atacou a tapeçaria? O que mais ele fez?".

"Ele ameaçou Lady Maria com uma surra e golpeou o punho contra a parede, ferindo-se." Lady Shelton levanta a mão para esconder o sorriso. "Ele parecia um urso bêbado. Pensei que Maria desmaiaria de susto. Pensei que eu desmaiaria. Enfim, o senhor está aqui agora, graças a Deus."

"Mais feio que nunca", diz ele. "Ao passo que a senhora, quanto mais preocupações são acumuladas nos seus ombros, mais graciosamente as carrega."

Está claro que Lady Shelton não nutre nenhum rancor por ele: coisa que ela poderia ter, uma vez que a falecida rainha era sua sobrinha. Com um gesto, ela dispensa o elogio, mas, "Por Nossa Senhora", diz ela, "faz muito tempo que esperávamos sua visita. Lady Bryan, como sabe, é a única responsável pelo berçário e pelo que pertence à criança pequena, mas, tendo cuidado da própria Maria quando ela acabava de ser desmamada, aproveita toda oportunidade para enfiar seus conselhos goela abaixo e se sente no direito de dizer a Shelton como administrar o resto da casa, como se o mundo inteiro tivesse que girar em torno de Lady Eliza. Não temos instruções sobre a bebê, exceto que ela não deve mais ser chamada de 'princesa Elizabeth'. O que acha, o rei vai deserdá-la?".

Ele dá de ombros. "Não ousamos perguntar. Sua perna anda doendo e ele está impaciente porque não pode cavalgar por três horas pela manhã e jogar tênis a tarde toda. A lida nunca é fácil quando ele quer se exercitar. Mas quem sabe — agora que ele tem a conformidade de Maria, talvez possamos abordá-lo. O que acha? A senhora vê a criança diariamente."

"Acho que ela é de Henrique. Deveria ouvi-la chorando. Algum dos cavalheiros de Ana tinha cabelos ruivos?"

"Nenhum dos cavalheiros mortos", diz ele.

Ela hesita. E logo: "Ah, entendo... talvez tenha havido outros? Que não foram levados a julgamento?". Ele pode ver a mente dela calculando. "Wyatt, podemos dizer que é louro..."

"Wyatt, eu diria que é careca."

"Vocês homens são cruéis uns com os outros."

"O rei disse que Ana dormiu com cem homens."

"Ele disse? Bem, suponho que ele não poderia ser um corno comum." Ela olha por cima do ombro. "É verdade que Wyatt foi libertado?"

Ele quer dizer, o chão está se fechando sobre sua sobrinha, e nós vamos seguir em frente. "Ninguém está detido agora — não por algo relacionado àquele caso. Já soube da carta que veio da Itália?"

"Reynold. Sim. O grande tolo. Pensei que ele tivesse arruinado Maria, eu lhe digo. E quanto à filha de John Seymour? Como ela está, agora que é a senhora de todos?"

"Ela é boa para Henrique. Ela acalma o temperamento dele."

"Um pano molhado pode fazer isso. Mesmo assim, boa sorte para ela. Ela deve ter mais em si do que salta à primeira vista, se conseguiu substituir minha sobrinha."

Lady Shelton toma a mão dele e o leva para o interior da casa; ela pede vinho. "Eu lhe contarei como foi, quando Sadler trouxe sua carta. É melhor que nos sentemos. Shelton passará uma hora com os duques, derramando suas queixas contra Lady Bryan."

Ele gosta de ouvir uma história contada por Lady Shelton. Ele sente que será uma história em que ele conseguirá prestar atenção. "Pode sair, Rob", ela diz ao jovem criado. O rapaz — é Mathew, de Wolf Hall — se vira à porta e cruza olhares com ele. Ele desvia o olhar. E pensa: vou dizer a ele que, por mais solitário que você esteja — numa casa estranha, servindo sob um nome estranho —, não deve fazer nenhum sinal, e certamente jamais na presença de uma mulher: elas veem muita coisa que os homens deixam escapar.

"Estávamos esperando que sua carta chegasse a qualquer momento", diz Lady Shelton, "e também o papel para Maria assinar — porque o homem do imperador, Chapuys, veio dois dias antes e ficou trancado com ela três ou quatro horas. Quando chegou aqui, ele não quis comer, mas tomou um grande gole de cerveja antes de entrar, e Shelton disse: 'Espero que o pobre coitado não se arrependa desse último trago' — pois quando uma jovem insiste que é uma princesa, como ele poderia dizer 'Perdoe-me, alteza', e abandoná-la porque precisa usar um penico? Nós a ouvimos o tempo todo, falando, falando, falando. E o embaixador dizendo uma palavra, quando conseguia. Quando ele saiu, parecia ter passado por um julgamento cujo veredito talvez fosse a pena de morte. Shelton o acompanhou até o cavalo e se despediu dele, e quando ele voltou para dentro e começou a tirar as botas, Maria correu para sua câmara, passou o ferrolho e empurrou o baú contra a porta. Não é a primeira vez. Temos um sujeito corpulento que corta lenha para nós, e Shelton mandou chamá-lo para que ele metesse o ombro ali. E quando o lenhador derrubou a porta, Maria o ignorou e prosseguiu fazendo suas preces."

Mas depois, ele pensa, ela teve todo o dia seguinte para pensar no que deveria fazer.

"Então, quando Sadler chegou, já passava muito do anoitecer, creio que eram onze horas. Maria ainda estava acordada, estirada na cama em sua camisola — deitada na colcha, não conseguimos convencê-la a se meter entre os lençóis. Ela disse, 'Se for um cavalheiro, eu me vestirei. Mas se for apenas uma carta, declaro que não a lerei até de manhã'. Nós dissemos, 'É Sadler', e então não sabíamos o que ela faria, porque ela havia dito antes que ele não era um cavalheiro, e mesmo assim ela sabe que ele serve na câmara privada do rei."

Eu me pergunto como me sairia se tivesse de encontrá-la, ele pensa.

"Mas ela então exclamou: 'Sadler serve lorde Cromwell!'. Ela desceu as escadas correndo, descalça, e arrancou o envelope das mãos dele. 'Passe para cá e vamos acabar logo com isso', disse ela. E espremeu a carta contra o peito e se afastou com ela, subindo as escadas. Ela gritou, 'Eu vou assinar. Eu devo. O embaixador Chapuys me aconselha a isso, e o imperador meu primo ordena, e o papa perdoará, pois estou sendo obrigada, e por isso não é pecado'. E", Lady Shelton diz, "eu nunca fiquei tão surpresa. Um pouco mais tarde, ela saiu da sua câmara fervendo de raiva e gritou para mim: 'Shelton! Em breve você será retirada do seu cargo. Meu bom pai me levará para seu lado agora. Você nunca será minha guardiã novamente'."

Ela embala a xícara nas mãos. "Por volta da meia-noite, ela já havia assinado. Ela disse que queria o papel retirado da casa. Ordenou a mestre Sadler que partisse no escuro. 'Ou a carta sai da casa', ela disse, 'ou saio eu. Não partilharei o teto com essa coisa.' O que era uma conversa fiada, pois havia guardas no portão do parque, e ela não conseguiria dar nem cinquenta passos. E durante todo esse tempo, como o senhor deve imaginar, Lady Bryan ficava atrás dela, carregando uma caneca com chá de camomila, o vapor subindo e ela gemendo: 'Minha querida, assim ficará com febre!'. E no quarto das crianças, aquela menina demoníaca berrava — pois seus dentes enormes ainda não rasgaram a gengiva —, e Shelton, que geralmente é um homem de boas maneiras, gritou, 'Suma daqui, Lady Bryan, e você, princesa, beba essa caneca até o fim ou vou apertar seu nariz e obrigá-la a engolir tudo!'. O senhor o perdoará por usar esse título, mas é a maneira mais rápida de levá-la a fazer qualquer coisa. Então mestre Sadler declarou muito civilizada e apropriadamente: 'Eu não desprezaria um catre na sua casa de veraneio, e levaria a carta comigo; parece-me uma solução que atende todas as partes'."

Bom garoto. Ele sorri. Rafe lhe dissera, Eu juro, senhor — para sair daquela casa, eu teria dormido numa rede ao relento. Teria deitado numa manjedoura ou no pasto. Na verdade, passei uma noite agradável e sonhei com minha esposa Helen. E acordei com o canto dos pássaros, com Helen nos meus braços. Eles me trouxeram pão e cerveja, água para me lavar; com a barba por fazer e despedidas curtas, eu montei e cavalguei até o senhor. E valeu a pena passar uma noite sob as estrelas, senhor, para pôr esse papel na sua mão e ver seu rosto se iluminar.

Ele baixa sua xícara. "Minha dama, temos que nos juntar aos outros. Eu me colocarei entre a senhora e Norfolk. Ele pode rasgar a tapeçaria, mas a mim ele não rasgará."

Ele pensa: Maria Bolena certa vez se encostou em meu peito, porque me confundiu com uma parede. Norfolk vai tentar me dar um soco, mas a parede vai rebotar o punho.

Lady Shelton diz: "John e eu nos perguntamos — esta casa será desfeita?".

"Ainda não." Ele hesita. "O rei não receberá Maria em pessoa até que as notícias da sua submissão tenham alcançado o exterior e até ter certeza de que Roma e o imperador compreenderam."

"Claro. Senão, pareceria que ele tinha apenas mudado de ideia e deixado que ela saísse. Ou que o imperador o houvesse intimidado."

"A senhora é uma mulher sensata. Venha aqui." Ele estende a mão para ela. Ele pensa, todos os Bolena são políticos. "A senhora pode aliviar as condições dela. Nenhum visitante a menos que eu diga, mas permita que ela tome ar no bosque. Ela pode receber cartas."

Ela pega a mão dele. "Acho que ela apenas simula sua obediência."

"Lady Shelton", ele responde, "não me importa."

Quando ficam na presença de Maria, eles se ajoelham. Cabe a Norfolk, como o mais velho, cumprimentá-la em nome de seu pai, aquele príncipe piedoso e misericordioso, que seja longo seu reino: pedindo perdão por qualquer ofensa cometida, por suas rudes solicitações, numa ocasião anterior. Sua severidade fora ocasionada apenas, ele diz, pelo seu temor por ela.

"Thomas Howard", responde Maria, "eu me pergunto como se atreve."

A cabeça de Norfolk dá um solavanco; ele a encara.

"Meu lorde Suffolk", Maria se vira para Brandon, "o senhor não cometeu ofensas."

"Oh, nesse caso…" Brandon começa a se levantar; mas com um olhar dela, ele volta a se ajoelhar.

"O senhor deve achar que uma mulher é uma criatura muito fraca", Maria diz a Norfolk, "se acha que a memória dela não remonta sequer a uma semana. A minha é boa para isso e muito mais. Sei muito bem como perseguiu minha mãe."

"Eu?", diz Norfolk. "E quanto a…"

"Sei como promoveu as ambições de Ana, sua sobrinha, e depois a repudiou e a condenou à morte. Acha que não tenho pena daquela mulher desorientada?" Ela se recompõe, abaixa a voz. "Eu tenho compaixão. Não sou alheia a isso."

De joelhos, ele avalia a filha do rei. Ela tem vinte anos, portanto, não é de esperar que cresça mais. Sua figura é tão esquálida quanto na ocasião em que ele a viu em Windsor, cinco anos antes: o rosto pálido, os olhos sem brilho, perplexos e cheios de dor. Ela usa um corpete e um vestido de cor ocre que não a favorecem em nada, e seu cabelo está preso numa rede de seda trançada; ela abandonou o toucado, sem dúvida porque sua cabeça dói demais para suportar o peso.

"Minha doce dama", diz Charles. Com a voz inesperadamente sedutora, ele repete a frase: mas, ao que parece, ele não tem nada a acrescentar. "Bem", ele diz, "aqui está Cromwell. Tudo ficará bem."

"Ficará bem", ela devolve, "quando meu lorde Norfolk se retratar. O senhor me usaria como faz com sua esposa?"

"O quê?" As sobrancelhas do duque se alçam e um sorriso involuntário se infiltra em seu rosto.

Ela enrubesce. "Quero dizer, o senhor me espancaria?"

"Quem lhe disse que eu espanco minha esposa? Cromwell, foi você? O que aquela maldita mulher anda dizendo a você?" Ele dá meia-volta, os braços abertos para a comitiva. "Aquela cicatriz que ela mostra às pessoas, em sua têmpora — ela já tinha aquilo antes mesmo que eu a conhecesse. Ela diz que eu a arrastei da cama depois do parto e a atirei do outro lado do quarto. Por João Batista, eu não fiz uma coisa dessas."

Maria responde: "Se eu não conhecia essa história antes, estou conhecendo agora. O senhor não tem respeito por nenhuma mulher, mesmo que ela esteja colocada acima do senhor por Deus. Retire-se daqui. Quero falar com lorde Cromwell a sós".

"Oh, quer mesmo?", Norfolk foi punido, mas a punição não foi suficiente. "E por que a senhorita pode dizer coisas para ele que não pode dizer para nós?"

Maria responde: "Para lhe explicar isso, meu senhor, a eternidade não seria suficiente".

Brandon está de pé. Seu maior desejo é sair da sala. Para Norfolk, levantar-se é menos fácil. Uma perna vacila — ele pisa com força no tapete, tentando se equilibrar —, ele resmunga, e um braço se sacode no ar. Charles o segura sob o cotovelo, pronto para içá-lo. "Aguente firme, eu ajudo, Howard."

Norfolk rechaça a assistência. "Largue-me. É cãibra." Ele não admitirá que é a idade. Mas ele, Cromwell, dá a volta em torno de ambos os duques — permita-me, meu lorde Suffolk — e agarra Thomas Howard com as duas mãos pela parte de trás da casaca, e o põe de pé com um sacolejo de desprezo. Seu coração está cantando.

"Então", ela diz. "Ouvi dizer que agora é lorde do selo privado. O que acontecerá com Thomas Bolena?"

"O rei permitiu que ele partisse para Sussex e vivesse em silêncio."

Ela funga. Ela esfrega a testa; até a rede parece irritá-la. "Eu direi que Bolena foi civilizado nas suas relações com minha mãe, ao contrário de Thomas Howard. Ele nunca lhe dirigiu palavras duras — ao menos em sua presença. Ainda assim, ele foi um homem frio e egoísta e se associou a hereges. O rei é misericordioso."

"Alguns dizem que em demasia."

É um aviso. Ela não ouve.

"O senhor se engrandeceu muito, lorde Cromwell. Suspeito que sempre tenha possuído grandeza, só que não víamos. Quem conhece o plano de Deus?"

Não eu, ele pensa. "Eu instruí Carew a lhe escrever. Acredito que ele tenha escrito."

"Sim. Sir Nicholas me deu alguns conselhos."

"Que a decepcionaram."

"Que me surpreenderam. Veja, senhor, sei que ele prestou juramento, muito embora ele tenha amado minha mãe e defendido sua causa. Acho que todos os que estão vivos hoje já juraram."

Nem todos, ele pensa. Não Bess Darrell, a dama de Tom Wyatt.

"Lady Salisbury assinou", diz Maria. "E lorde Montague, filho dela, e lorde Exeter e todos os Courtenay. Quando Ana Bolena estava viva, eles sofreriam se não se curvassem à vontade daquela dama. Mas quando eu soube que ela havia sido deposta, pensei, para que serve essa ocultação agora? Será que eles não dirão claramente o que sei que acreditam, que meu pai deveria se reconciliar com o papa? E eles não me ajudarão a recuperar o favor do meu pai e reaver meus direitos e título? Eu não sabia que ele pretendia persistir no erro, eu não sabia que…"

Que tinha tantos corações fracos à sua volta? Vira-casacas, bajuladores e covardes? "Eles deixaram que corresse o risco sozinha, minha dama", ele responde. "Eles têm prática em correr para se esconder."

"Desde então — desde que recebi esse conselho dos meus amigos, tão contrário aos que o precederam —, o senhor deve compreender o quanto me senti só."

Ela se move na direção dele — ele havia esquecido de suas maneiras desajeitadas, da forma como ela tropeça como uma mulher cega. Uma mesa baixa está posta com vinho numa jarra de prata e cristal; ela a vê, desvia, resvala; a jarra balança, o vinho salta, uma maré de águas vermelhas sobre o linho branco. "Oh", ela grita, e sua mão se lança — a jarra salta da ponta de seus dedos…

"Deixe isso aí", diz ele.

Ela olha para os sapatos, espantada. Afasta os pés dos cacos. "Era de John Shelton. Ele a comprou dos venezianos."

"Eu mandarei outra para ele."

"Sim, o senhor tem amigos naquelas partes. É o que o embaixador Chapuys me diz."

"Fico feliz que ele tenha conseguido transmitir o perigo que a ameaçava, minha dama. Esta última semana foi…" Ele balança a cabeça.

"Chapuys disse: 'Cromwell usou toda as mercês de que dispunha. Arriscou tudo'. Ele disse: 'Ele está sentindo o fio do machado'." A bainha da saia dela absorveu o clarete. Ela sacode a saia, sem sucesso. "Nenhum outro nobre falou por mim. Nem Norfolk, ele jamais o faria. Nem Suffolk, ele tampouco. Levará muito para mitigarmos…"

Ela se interrompe. Ele pensa, ela está usando o plural real. Já.

"O embaixador diz, 'Cromwell é um herege. Mas podemos torcer para que Deus o guie para a verdade'."

"Todos podemos torcer por isso", ele diz modestamente.

"Muitas vezes penso, por que não morri no berço ou no ventre, como meus irmãos e irmãs? Deve ser porque Deus tem um plano para mim. Em breve também posso ser agraciada com uma posição mais alta, além do que parece possível agora."

O perigo na sala é tão veloz e fétido quanto uma labareda de enxofre. O corpete ocre emana uma aura quando ela se move, um clarão de luz amarelenta. Ela é como Richmond; ela pensa que Henrique está morrendo. "Que outro plano poderia haver, minha dama", ele pergunta, "além de viver contente e ser uma boa filha para seu pai?"

"O rei sempre me encontrará obediente. Mas eu tenho outro Pai, e superior."

"A vontade do Pai celeste é muitas vezes obscura. A vontade do seu pai terreno é clara. Não lhe cabe mais ter reservas, Maria. Você assinou."

Ela ergue os olhos e seu olhar é banhado de raiva. E no instante seguinte, uma vez mais, um azul brando e sem paixão, como o de Henrique. "Sim. Eu coloquei minha mão naquela coisa."

"Chapuys está certo. Eu não poderia ter feito mais por você. Cheguei a duvidar dos meus poderes de fazer mesmo isso. Sua resistência machucou seu pai. Isso o deixou doente."

"Eu acredito", diz ela. "Também me deixou doente. Então, quando voltarei à corte? Eu irei com os senhores hoje ainda, se me levarem. Deixe-me encontrar uma montaria. Poderíamos estar em Greenwich antes do anoitecer."

"O rei está em Whitehall. E há assuntos a resolver."

"Claro, mas não me importo com meus alojamentos. Eu partilharei uma cama com uma lavadeira, se isso significa que estarei mais perto do meu pai." Ela tropeça pela sala novamente, pisando nos estilhaços de vidro. "Eu sei que o senhor me acha fraca. Lady Shelton diz que um cadáver tem mais cor, e ela tem razão. Mas sempre fui uma boa amazona. Posso acompanhar seu ritmo, juro."

"Lady Maria, precisa ter paciência. O rei deve garantir que as notícias da sua reforma cheguem a todas as partes, aqui e no exterior."

"Então todos vão saber", diz ela. "Entendo."

"E poucos terão dúvidas de que fez a coisa certa."

"Chapuys me contou sobre a carta de Reynold. Ela não tem nada a ver comigo. Eu não tinha conhecimento prévio."

Ele pensa, posso ter pena de você sem acreditar inteiramente em você. Ele diz: "Esses apoiadores que você pensa que tem — os Courtenay, os Pole —, esqueça-os. Eles dizem que reverenciam seu sangue antigo, mas pensam mais em si mesmos. Ah, talvez eles selecionem um dos filhos para se casar com a senhorita, mas depois exigirão sua obediência, pois uma esposa deve obedecer ao marido, não importa qual seja sua posição. E, que Deus não permita, se seu pai morrer antes de gerar um filho, eles disputarão a coroa e talvez marchem atrás do seu estandarte, mas, pela graça deles, você jamais reinará."

Ela virou as costas. À luz do sol que se filtra através das armas reais, através da juba ocre dos leões de vidro, ela ergue os braços, mexe na touca e depois a retira. A cabeça baixa, ela esfrega as têmporas e a testa, depois ergue a mão e solta o cabelo das presilhas.

Ele a encara, pasmo. Ele não se lembra de jamais ter visto uma mulher fazer isso, exceto em certas circunstâncias. E mesmo assim, ele sabe que uma mulher de negócios sinaliza o início dos procedimentos atando o cabelo com mais firmeza e prendendo-o no alto da cabeça.

Ela diz: "Eu sofro tanto, mestre Cromwell, que penso que Deus tem que me amar. Perdoe-me, não posso suportar o confinamento nem mais um minuto. Meu couro cabeludo está latejando e meus dentes doem. John Shelton diz, talvez a senhorita tenha que mandar arrancá-los, pelo menos a dor acabaria. Tenho catarro na cabeça e aqui" — ela põe a mão na bochecha — "um inchaço do tamanho de uma bola de tênis".

Ela é inocente, ele pensa. Certamente. Veja como ela falou com Norfolk, "O senhor me usaria como sua esposa", sem saber por que ele estava sorrindo. "Milady", ele diz, "deixe-me ajudá-la. Seus olhos, sua cabeça, seu entendimento, todas as suas partes estavam em rebelião; a senhorita não conseguia digerir o que comia; quando dormia, isso não a restaurava. Mas agora escolheu um caminho sábio, fez como os outros — homens e mulheres que amam a Deus, assim como a senhorita —, todos que adotaram a conformidade e compreenderam seu dever para com este reino. Você empregou toda a sua força em dizer não. Mas agora disse sim. Escolheu viver e precisa encontrar uma maneira de prosperar. Acha que só as pessoas fracas obedecem à lei, porque a lei as aterroriza? Imagina que só as pessoas fracas cumprem seu dever, porque não ousam de outra forma? A verdade é muito diferente. Na obediência, há força e tranquilidade. E você poderá senti-las. Acredite, sou sincero quando lhe digo isso. Será como o sol depois de um longo inverno."

Ela responde: "Eu daria tudo para montar de novo. Mas não tenho cavalo de montaria. Eles não me deixam ter um".

"Assim que eu voltar a Londres, escolherei uma montaria para seu uso, será a primeira coisa que vou pensar. E direi a John Shelton que a senhorita pode cavalgar com uma escolta sempre que quiser."

"Ele temia que a população camponesa me visse e que se ajoelhasse para mim e me aclamasse como princesa."

Se isso acontecer, ele pensa, Shelton saberá como reprimi-los. E realmente não acho que Chapuys vá surgir de uma vala para sequestrá-la. Ele diz: "Tenho uma bela tordilha nos meus estábulos, um animal muito tranquilo. Ela pode vir até aqui para a senhorita num instante".

"Qual é o nome dela?"

Seus cabelos, pendendo, são uma fina mecha castanho-rubra. Ela puxa a mecha, ansiosa. Nesse momento, parece ter metade de sua idade.

"Ela se chama Douceur. Mas pode mudar o nome, se quiser."

"Não. É um bom nome."

Ela joga a redinha de seda sobre a mesa e ele observa o objeto absorvendo o vinho derramado. Ele quer retirá-la do líquido, mas sabe que já está estragada. Ela diz: "Posso conseguir outra". Os olhos dela passam por ele; ela parece cobiçosa. "Sua casaca é de um ótimo azul. Gosto dessas coisas estampadas."

Ele pensa em Maria Bolena: *Gosto do seu veludo cinza*. Parece tanto tempo atrás, poderia ter sido em outra vida. Naquela época, ele pensa, eu era um homem diferente por baixo das roupas. Um pouco mais magro, talvez. Mais hesitante, decerto. Ele diz: "Quando voltar à corte, minha dama, poderá ter toda a seda e o damasco que seu coração desejar. O rei conversou comigo sobre o que lhe dará".

Maria põe a mão sobre a boca. Emite um pequeno balido, e sua testa se dobra numa profunda contração e, no momento seguinte, seu nariz está escorrendo e lágrimas rolam por suas bochechas — lágrimas frias e pesadas, como pedras diante de um túmulo.

Ele atravessa a sala até ela. Numa nota aguda que passa entre seus dedos, ela geme como se tivesse tropeçado num cadáver. Ela vacila e grita, e ele a agarra para mantê-la de pé, ossinhos de rato saltando e tremendo em suas mãos. A porta se abre. Lady Shelton lança um olhar sobre o cristal quebrado, o líquido carmesim, a moça com o rosto terrivelmente nu, e ela fala tão diretamente quanto uma mãe para sua filha: "Maria, pare com esse barulho. Solte o lorde do selo privado. Ponha a sua touca".

O choro de Maria se interrompe. Seu rosto está manchado; ela treme como alguém nas garras da febre. "Não posso. Minha touca está estragada. Tropecei na mesa e quebrei o jarro de Sir John, pelo que lamento, e então eu..."

"Esqueça", continua Lady Shelton. "Nunca compreendi o que você diz e creio que não vou começar agora." Ela recolhe o cabelo da menina e se detém, segurando-o no punho como se fosse conduzi-la assim para fora da sala; depois, com um som de exasperação, ela solta o cabelo. "Vou levá-la para Lady Bryan lhe dar algum juízo. Assoe o nariz."

Ele pode ouvir os pensamentos de Maria, tão altos como se estivessem batendo nas paredes: eu sou uma princesa da Inglaterra, você fez promessas para mim. "Maria", ele diz, "preste atenção. Mantive minhas promessas. Você tem meu dever e minha consideração. Conte com isso. Nada mais."

Os olhos de Maria cintilam de tristeza. "Mas o senhor disse que eu seria... que se algo acontecesse com o rei... que o senhor me ajudaria a... não prometeu ao embaixador?"

"Prometi o que tinha que prometer", ele responde. "Era uma situação extrema."

Com um puxão em seus cabelos, Anne Shelton interrompe qualquer pergunta adicional. Ela fala com ele por cima da cabeça da moça. "O senhor não pode sair sem ver Eliza. Lady Bryan insiste."

O que Lady Bryan tem para mostrar é uma massa convulsiva de linho, punhos vermelhos agitados, uma mandíbula emitindo gritos. "Basta, milady!" Ela levanta a criança. "Mostre sua educação a esses cavalheiros. Eles viajaram até aqui para vê-la e contar ao senhor seu pai como vai a senhorita."

Ele está consternado. "Ela grita como se tivesse visto o bispo Gardiner."

Uma risada de Brandon. Um sorriso rígido de Thomas Howard.

"Que tal dizer aos senhores que está feliz em vê-los?" Lady Bryan pergunta à sua incumbência. "Quer cantar uma música para eles?"

"Peço licença para duvidar", diz Norfolk.

"*Du-di-di, du-di-di, du-di-di-du*", trina Lady Bryan. "*Quando os pardais constroem igrejas numa colina verde...* Não? Esqueça, querida. Morda isso." Ela faz surgir um círculo de marfim enfeitado com fitas verdes; a criança o agarra e o mastiga. "Os dentes dela nascem muito devagar."

Suffolk baixa os olhos lá do alto de sua vasta estatura. "Graças a Deus não são mais rápidos. Eu teria medo que ela me mordesse."

"Talvez devamos voltar num momento melhor", diz ele.

"Sim", murmura Suffolk, "quando ela tiver trinta anos." Mas ele gosta de crianças e não resiste a se inclinar e fazer caretas para ela. A menininha interrompe sua mastigação, toca a barba dele; ela esfrega a barba e olha para os próprios dedos, duvidosa.

"Isso não sai", Charles diz a ela. Os olhos negros da criança se fixam nele; ela enterra o anel de marfim de novo na boca, mas não volta a chorar.

"Nunca vi uma criança sofrer tanto", diz Lady Bryan. "Isso me faz ceder a ela quando talvez não devesse. Sir John deixa que ela se sente à mesa, e ela é pequena demais para ser privada do que lhe apetece." Ela se vira para ele. "Mestre Cromwell, como vai seu pequeno Gregory estes dias?"

"Uma cabeça mais alto que eu e precisando de uma esposa."

"Como os anos voam! Parece que foi ontem que o senhor o levou para... onde quer que estivéssemos..."

"Hatfield."

"Maria estava definhando." Ela se vira para os duques. "Até Thomas Cromwell chegar, não podíamos fazer nada com ela. Não conseguíamos fazê-la vir à mesa comum, porque ela teria que se sentar num lugar mais baixo que a irmã — Eliza era uma princesa na época. E Sir John disse, guarde minhas palavras, faça a vontade de uma delas e ambas vão começar a querer jantar em privado, e os cozinheiros terão que atender cada uma, e a despesa será além dos meus recursos — não, ele disse, Maria almoçará e ceará no salão conosco, ou que fique sem comer. Mas mestre Cromwell fez os médicos declararem, por sua honra, que Maria não poderia prosperar sem uma fatia de carne vermelha logo ao se levantar pela manhã. Sir John não poderia lhe recusar um desjejum, pois é a refeição que todos fazemos separados. Então, ela ganhava sua porção de carne de veado, enquanto houvesse na despensa, e de charque quando necessário."

Suffolk sorri. "O desjejum dela era como o de Robin Hood e seus homens, banqueteando-se na floresta verde. Acredito que isso lhe fez bem."

"Então, Maria agora é princesa outra vez?", Lady Bryan pergunta.

Ele diz: "Ela permanece como estava, Lady Maria, filha do rei".

"E essa mocinha", diz Norfolk, "será conhecida como Lady Bastarda, até segunda ordem."

"Que vergonha!" Lady Bryan está perturbada. "Não importa quem ela seja, ela é filha de um cavalheiro, e não sei se poderei mantê-la no nível a que pertence. Todas as crianças crescem, senhor, e nesse mês passado ela ficou maior que todas as roupas dela, e Sir John diz que não tem orçamento nem instruções. Nós remendamos e consertamos até não poder mais. Ela precisa de camisolas, toucas..."

"Madame, por acaso sou babá?", retruca Norfolk. "Diga isso a Cromwell — acredito que ele deve entender as necessidades da criança. Não há ofício que ele não domine — dê-lhe uma cambraia e uma agulha e a senhora verá sua pequena dama vestida antes da hora do jantar."

O duque gira nos calcanhares e marcha para fora da sala. Eles podem ouvi-lo nas escadas, chamando John Shelton para buscar os cavalos.

"Escreva para mim", ele diz a Lady Bryan. Ele quer ir atrás de Norfolk. Não quer que ele fique sozinho com Maria.

Mas Lady Bryan o segue, como um zumbido em seu encalço. Na escada, "Cromwell, eu falei com ela. Como o senhor exigiu. Assim como minha filha, Lady Carew". Ela baixa a voz. "Fizemos o que pediu."

"Ótimo."

"O senhor destruiu o orgulho dela. Foi uma maldade."

"Isso salvou a vida dela."

"Com que propósito?"

Ele segue caminhando. "Mande-me uma lista do que a pequena dama precisa."

Shelton está do lado de fora, com os cavalariços. Lady Shelton diz, rindo: "Não precisa de tanta pressa. Maria foi para o andar de cima. Achou que ela viria correndo para conversar com seus inimigos? O senhor a toma por uma jovem volúvel".

Ele reduz o ritmo. "Os duques não são meus inimigos. Somos todos servos do rei."

"O senhor parece ter encantado Suffolk."

É verdade, ele pensa. Brandon não causa problemas hoje em dia.

Ele se vira e toma a mão dela; mas escuta um berro lá embaixo, como um grito de caça. "Cromwell!"

É Charles, parado no limiar da porta, a cabeça jogada para trás, voltada para cima. "Cromwell, está vendo isso?"

Ele tem que descer as escadas para ver de outro ângulo. Muito acima deles, à penumbra de uma luz cor de sangue, as iniciais da falecida Ana repousam sobre um vitral.

"Shelton!", o duque grita. "Tem um HA-HA ali. Derrube aquilo, homem. Faça isso enquanto o clima está bom." Charles gargalha. "Chame Lady Maria para jogar um tijolo naquilo."

O menino Mathew está do lado de fora, segurando as rédeas de seu cavalo. "Segure firme", ele diz. Não está falando do cavalo.

Ele monta e, sob o rangido da sela e do arnês, o jovem murmura: "Leve-me para casa quando puder, senhor".

"Direi a Thurston que você sente falta dele."

Mathew se afasta. "Que Deus esteja com o senhor."

Ele reúne suas rédeas. John Shelton está plantado no caminho, pedindo desculpas pelo HA-HA. "Pensei que já havia terminado com eles. Com cada um deles."

Ele responde: "Faz apenas um mês que Galyon Hone enviou sua conta do castelo de Dover, por engastar as insígnias da rainha nos aposentos privados".

"O quê?", exclama Norfolk. "A rainha que hoje reina ou a outra?"

"Jogadas no lixo", diz ele. "Duzentas libras."

Brandon assobia. "É o diabo. A pedra, você pode raspar; a madeira, você pode arrancar ou remodelar; passar cal e repintar o gesso, e as costuras podem ser desfeitas — mas quando a insígnia se ilumina sobre você, com o sol por trás, o que se pode fazer?"

Eles pegam a estrada. O dia de início do verão permitirá que cheguem em casa ao entardecer. "E isso é triste para você, Cromwell", diz Norfolk. "Você preferiria fazer uma parada, suponho. Mesmo assim, fique olhando para a vala, talvez você aviste uma maltrapilha de perna aberta."

Norfolk cavalga na frente com seus homens; mas ele e Brandon cavalgam amistosamente, joelho a joelho. Em Southwark, Brandon diz, onde sua família tem uma grande casa e os vidraceiros têm suas oficinas, eles vivem um risco constante de incêndio quando os fornos são abertos e a chama sai. "Ela pega num fio de palha", diz Brandon, "e *vum* — todo o distrito pega fogo."

Bem, naquelas temperaturas, ele pensa. A forja de um ferreiro é perigosa, e os ferreiros estão sempre enegrecidos e queimados, mas ninguém os encontra perfurados no coração por seus próprios produtos, nem despencando para a morte de torres de igreja, como acontece com os vidraceiros todos os dias da semana.

Quando eles encontram a estrada para Ware, Thomas Howard se detém e se vira na sela, observando-os. Seu meio-irmão Tom Verdadeiro também faz uma parada e se torce para olhar para trás.

"Veja os Howard, retorcendo-se", diz ele. "Eles querem saber do que estamos falando."

De vidraçaria ainda, por acaso. "Sabe, Cromwell", diz o duque, "que eu tinha uma mão boa para quebrar vidros na minha juventude? Imagino que você também tivesse. Embora talvez não tenha tido a chance?"

"Sim, meu amo, nós tínhamos vidro em Putney."

"Lorde Norfolk?", Charles chama. "Só estou contando ao Cromwell aqui — há anos que não quebro uma janela."

Na primeira semana de julho, o rei indica que está pronto para encontrar sua filha. Não ainda para levá-la à corte: "Mas a rainha está me incitando", diz ele. "E eu pensei que você poderia lidar com isso de modo que... apenas que me permita vê-la. Permita-me julgar os sentimentos dela em relação a mim. E Crumb", ele diz, "não quero viajar para muito longe."

Os médicos estão na consulta diária. O bom humor do rei é azedado pela dor persistente da perna machucada. Há algum tempo eu temo, diz Butts, que haja uma moléstia residual no osso. O que há na carne, nós podemos limpar — cortar, se tivermos que fazer isso. Mas o osso deve se consertar sozinho.

Ou não. O jovem Richmond estava certo. A deterioração é profunda. No ano que vem, o rei talvez não esteja aqui.

Em Austin Friars, ele vai até a câmara de Mercy Prior. "Mãe, o rei gostaria de ver a filha. Pensei que poderíamos usar nossa nova casa em Hackney."

O alojamento de Mercy dá vistas para o jardim, para que ela possa se sentar ao sol quando há um pouco. Ela troca cartas com suas amigas, muitas mais jovens que ela, algumas cultas, algumas luteranas. Às vezes a sra. Sadler vem ler para ela; Helen agora lê tão bem como se tivesse aprendido quando criança, e também escreve muito bem. Hoje, contudo, Mercy está sozinha com seu Novo Testamento, o livro de Tyndale. Ainda que não consiga sempre enxergar as palavras, ela gosta de ter o texto em mãos. Ela o deposita na mesa e o observa por um momento, como alguém que vigia uma criança para ver se ela se acalma. "Suponho que não há novas?"

O estudioso da Bíblia está na prisão do imperador em Vilvoorde há um ano, desde que foi preso na Antuérpia. Agora seu tempo é curto. Tyndale se retratará ou arderá. Talvez ele se retrate *e* arda. O imperador deseja dar um exemplo e manter a cidade de Antuérpia sob temor. O rei da Inglaterra não moverá um dedo por aquele súdito, pois Tyndale se opôs a ele em relação ao divórcio. Estar contra o papa não significa estar a favor de Henrique; Tyndale sempre disse, assim como Martinho Lutero, não amamos Roma ou sua autoridade, mas não podemos negar seu casamento com Catarina, ele é legítimo e deve permanecer.

"Não pode convencer o rei a falar em favor dele?", Mercy pergunta. "Agora ele tem sua nova rainha e está tranquilo... você diz que ele se reconciliará com a filha, e a outra parte da briga está morta e desapareceu."

Catarina está morta e não morta. Sua causa floresce, sua raiz se enterra profundamente no solo ácido. Mercy diz: "Penso em Tyndale na sua cela. Pode tirá-lo dali antes que chegue o inverno? Seria possível?".

"Você pergunta se seria possível para mim? Acha que é algo que eu tentaria?"

"Você poderia tentar qualquer coisa." Ela não diz isso como um elogio.

Ele tem uma planta baixa da fortaleza de Vilvoorde. Ele sabe onde Tyndale está preso. Mas se o levasse para a costa, para onde ele iria? "Acho que veremos o Testamento em inglês em breve. Creio que Henrique permitirá. A obra será de Tyndale. Mas não pode levar o nome dele."

"Espero viver até lá", diz Mercy. "Eu culpo Thomas More por Tyndale, seu ninho de espiões que continuou vivo depois que ele já estava morto. E se eu pensasse que os mortos no túmulo sentem dor, eu o arrancaria do chão e o chutaria de cima a baixo pela Cheap, pelo que ele infligiu a homens e mulheres que estão mais próximos de Deus do que ele jamais estará."

"Bem-aventurados os mansos", diz ele.

"Sim, é o que dizem. Percebo como isso o afeta."

Nas últimas semanas, ele imagina com frequência que, se alguém juntasse a filha do rei com Tyndale — para ver quem era mais teimoso, mais propenso à autodestruição —, seria uma disputa acirrada. "Mas entenda", ele responde, "ela cedeu. Se a levarmos para Hackney e as coisas ficarem mal, o rei pode se afastar rapidamente."

Durante o último ano, ele vem reformando um lugar construído para o rei pelo conde de Northumberland. O jovem Harry Percy está doente e profundamente endividado com a Coroa. Ele ofereceu a casa como parte do pagamento, com todo o seu conteúdo; Henrique perguntou, por que não se muda para lá, Crumb, durante a reforma, para poder administrar os trabalhadores? Com o jovem Sadler construindo sua casa logo do outro lado do prado, você pode dirigir a obra conforme necessário... O rei enviou carvalho maduro das florestas reais, e ele e Rafe montaram uma olaria alimentada pela água do riacho. Mercy dissera: "Você verá, Thomas, assim que todo o trabalho duro estiver terminado, Henrique colocará você para fora".

Claro — mas é a casa do rei, afinal. Ele está construindo um novo jardim e solicitou aos embaixadores mudas e sementes de plantas que não são cultivadas na Inglaterra. A luz inundará os velhos quartos. Não haverá HA-HAs, e ele tampouco terá de suportar a arrogância dos vidraceiros de Hone — James Nicholson tem a mesma habilidade e por um preço mais baixo. Ele tem caminhado pelo terreno com os construtores, conversando atentamente sobre canos e escoadouros, a capacidade das cisternas, as nascentes ocultas que podem ser canalizadas. Até em seus primeiros dias em Austin Friars, ele mandara construir um banheiro, mas era difícil conseguir mais que um fio de água encanada; é preciso um suprimento generoso para uma cozinha, quando ela tem de alimentar um rei.

"Pode ir até lá?", ele pergunta a Mercy. "Tudo deve estar pronto para hospedar as damas da realeza por uma noite."

"Helen Sadler fará isso. Estou velha demais para andar sacolejando até o campo. E como nenhuma de nós jamais esteve perto da corte, ela pode adivinhar tão bem quanto eu o que é necessário. Maria é humana, suponho, e uma jovem como todas as outras."

Sim, ele pensa, e Jane é uma rainha como todas as outras. Henrique a tem exibido aos embaixadores, permitindo que ela converse. Ele fica surpreso — todos ficam surpresos — com a calma e a postura da rainha. Mas depois ela parece se fechar em si mesma. Durante sua primeira semana em exibição, os olhos dela procuravam seus irmãos, ou os dele, em busca de um sinal do que fazer. As mulheres em torno dela ainda se agitam por qualquer perturbação. Francis Bryan diz, o que esperava, Thomas? Faz apenas algumas semanas que você as interrogou uma a uma, amarrando suas pobres histórias numa série de nós. Elas precisam de tempo para se recuperar do susto.

O dia está chegando. Helen tem uma lista na mão. Os móveis de Harry Percy estão cobertos para protegê-los do pó de gesso e do cheiro de tinta fresca. No principal quarto de dormir, as armas do conde foram retiradas dos cortinados azuis com pano de ouro. A manta de damasco dourado e veludo azul veio com a casa; embaixo dela, camadas de novos cobertores de espessa lã branca. Essa manhã, ele acordou pensando em Tyndale, deitado no piso úmido. Se o carrasco não matá-lo, outro inverno o matará. Na Antuérpia, eles deslizam as folhas impressas dos Evangelhos entre as dobras de fardos de tecido, onde se escondem, branco contra branco. Aquecido, aninhado, Deus sussurra dentro de cada embrulho; sua palavra cruza o mar, é descarregada nos portos do Leste, viaja para Londres numa carroça. Ele faz uma anotação para si mesmo: Tyndale, fale com Henrique, tente de novo.

Para uso de Lady Maria, ele aconselhou escolher o quarto mais quente da casa. Uma grande cama de plumas está pronta, cortinados de veludo ocre, almofadas de veludo castanho-rubro e cetim estampado verde. "Poderia ser uma cama nupcial", diz Helen. Ele vê o prazer que dá a ela — uma jovem pobre, criada na dureza — lidar com coisas finas e ter uma brigada de almofadas sob seu comando. Ela diz: "Mudei a grande poltrona púrpura para a galeria, para o rei. Preciso encontrar uma mais baixa para a rainha. Há uma poltroninha de brocado dourado para Lady Maria. Dizem que tem pouco uso e é pequena". Ela hesita. "Eu vou vê-la?"

Helen é a esposa de um homem da câmara privada do rei, próximo de sua pessoa; por que ela não deveria fazer sua mesura? Mas existem costumes, e ela não os quebrará. "Quando o senhor conduzi-los à ceia, me postarei junto aos servos. Não me apresente, eu não gostaria disso."

Estão conversando no corredor; Helen ergue os olhos para a tapeçaria, para as imagens de pessoas correndo, com braços e pernas feitos de fio branco, uma donzela com cabelos esvoaçantes. "Não faço ideia de quem sejam essas pessoas."

É a história de Atalanta e seu infeliz começo de vida. "Ela também era filha de um rei", diz ele.

"E?"

A filha de um rei não pode simplesmente viver tranquila. Sempre existe um *e* ou um *mas*. "Mas o rei queria um filho. Assim, quando nasceu uma filha, ele a deixou para morrer na encosta da montanha."

"Uma bebê inocente?" Helen está chocada.

"Faz muito tempo", diz ele, "foi na Arcádia. Mas ela se salvou, pois, por sorte, uma ursa estava passando e lhe deu leite."

"Ah, entendi. É um conto de fadas. E depois o que aconteceu?"

"Ela cresceu e se tornou caçadora. Ela morava na floresta. E jurou manter a virgindade."

"Por que ela fez isso?"

"Acho que foi uma oferenda aos deuses. Foi antes dos papas. Antes de Cristo. Eles tinham seus próprios pequenos deuses naqueles tempos."

Um ruído no pátio os leva até a janela. Thurston chegou. Os funcionários da cozinha se preparam para ele. Num verão inglês, é preciso fazer seu próprio sol. No andar de baixo, Thurston cuidará dos mínimos detalhes: geleia de água de rosas, pudins tremelicosos, tortas de coalhada.

O rei veste branco e ouro; a rainha, branco e prata. "Melhor hoje", diz o rei: falando de si mesmo. Sem pressa de ver a filha — ou desejando parecer sem pressa —, ele passeia pelo jardim, Rafe Sadler a seu lado, examinando o novo plantio. "Vou passar uma semana aqui. Talvez mais para o final do verão."

Lá vou eu para a estrada, ele pensa. Rafe cruza olhares com ele. "Vou visitá-lo, Sadler", promete o rei. "Mestre Sadler vive no fim desta alameda", ele diz a Jane. "Sabia que ele se casou com uma mulher pobre?"

"Não", responde Jane: sem acrescentar nada.

"Ela chegou aos portões da casa de lorde Cromwell, duas crianças pequenas penduradas nas saias. E sem recursos no mundo — mas nosso Cromwell aqui, percebendo que ela tinha um comportamento honesto, a recebeu." Henrique se comove com sua própria história; sua coloração é sadia, suas maneiras, despreocupadas e graciosas, seus olhos, mais brilhantes do que foram por semanas a fio. "Mestre Sadler, vendo-a florescer dia após dia, teve o coração conquistado — e apesar da falta de fortuna dela, ele a desposou."

Falta algo na reação de Jane — ou ao menos o rei pensa assim. "Não foi uma grande caridade?", insiste Henrique. "Um homem que poderia ter feito um casamento proveitoso, desposou uma mulher humilde apenas pela virtude que percebeu nela?" Jane murmura; o rei se inclina para escutar. "Ah, sim, eu imagino que foram alvo de muitos comentários. Cromwell, a família de Sadler não se enfureceu? Mas o Cromwell aqui defendeu a causa deles. Ele disse, nada deve entrar no caminho do amor verdadeiro. E", o rei ergue a mão de Jane e a beija, "Cromwell estava certo."

O sinal está dado, o momento chegou. O rei sorri, girando na sala. "Este dia tardou em chegar. Pode trazê-la para nós, Cromwell." Ele se vira para Rafe: "Lorde Cromwell se comportou com minha filha com tanta ternura e cuidado que não poderia ter feito melhor nem se fosse da minha família. Coisa que, claro", o rei parece supreso com suas próprias palavras, "ele não poderia ser. Mas eu pretendo recompensá-lo, e a toda a sua casa. Lady Shelton, poderia acompanhá-lo?".

Lady Shelton veio de Hertfordshire na comitiva de Maria, junto com seu baú de roupas novas. Quando sobem as escadas juntos, ela diz: "O rei parece mais leve. Quase poderíamos pensar que Jane lhe deu boas notícias, embora eu creia que está muito cedo para isso".

"Algumas mulheres parecem saber no próprio momento em que concebem."

"Quando há um rei no caso, não se pode arriscar um erro."

No topo da escada, ele se detém. "Como vou encontrá-la?"

"Silenciosa."

"Aquele corpete cor de mostarda...?"

"Tão completamente extirpado quanto o próprio nome do papa."

"Para nunca mais voltar?"

"Foi transformado numa almofada e enviado ao quarto das crianças. Podemos esperar que Lady Eliza dê cabo dela assim que seus dentes aparecerem. Devo confessar que foi minha culpa em primeiro lugar. O rei a abasteceu com roupas de luto o suficiente pela sua mãe, ele não economizou. Mas creio que o senhor talvez não queira que ela se apresente de preto."

Trinta e duas jardas de veludo preto a trinta libras e oito xelins. Quarenta e dois xelins e oito pence para o novo mestre dos alfaiates mercantes, como compensação. Catorze jardas de cetim preto a seis libras e seis xelins. Treze jardas de veludo preto para uma camisola e forro de tafetá. Noventa peles de esquilos pretos. Mais vestidos, golas, corpetes, mangas, artigos diversos: 172 libras, 16 xelins e 6 pence no total, na conta do rei. Agora ela usará tons mais alegres. Todos os dias desde a visita dele — ou melhor, desde que o rei sinalizou que estava satisfeito —, chegaram presentes em carregamentos sacolejando pelas estradas desde Bishopsgate. Ele falou com os comerciantes italianos de tecidos e com Hans sobre a encomenda de uma esmeralda fina, para ser engastada num pingente com pérolas. As peles de Catarina serão inspecionadas e, se o rei achar conveniente, serão entregues a Maria para o inverno que se aproxima.

Tyndale, ele pensa. Lembre-se do inverno que se aproxima.

Maria ergue os olhos quando ele chega. Ela encontra seu olhar. A bela Eliza Carew está com ela; Eliza não o encara de modo algum. Outra dama está ajoelhada, fazendo algum ajuste na bainha de Maria. É Margaret Douglas, a sobrinha ruiva do rei. "Lady Meg está aqui", diz Maria: como se ele talvez não houvesse notado. "O rei pensou... já que é uma ocasião em família..."

Toda vez que a vejo, Meg, você está de joelhos. Ele lhe oferece uma mão. Ela o ignora, ergue-se com impaciência, caminha até a janela e olha para o jardim. A esposa de Carew fica incumbida de arrumar a cauda do vestido de Maria. "Minha dama?", ele diz. "Está pronta?"

Meg é a portadora do manto. Quando eles saem, com Maria rígida e precária em seu novo vestido vermelho e negro, ele detém Lady Carew com um gesto: "Obrigado".

"Pelo quê?"

"Pela sua parte em salvá-la."

"Eu não tive escolha. Foram *ordens*."

Mulheres, escadarias, palavras por trás das mãos: ele se pergunta, os servos do imperador são forçados a trabalhar desse jeito? As respirações se interrompem a cada degrau que Maria vai descendo. A filha do rei da Inglaterra, a filha da rainha da Escócia: tais momentos parecem obra de algum artífice, que pretende tecê-los em lã ou flores. Maria olha em volta, como se quisesse verificar se ele a está acompanhando. Meg dá uma sacudida na cauda da saia. Ela parece dirigi-la por trás, com muxoxos e murmúrios, como uma mulher dirige um carro de boi. Quando Maria se detém, Lady Meg se detém. E se Maria entrar em pânico? E se, nesse último momento, ela pensar: não consigo fazer isso? Mas, ele murmura para Lady Shelton, minha apreensão não é tanto que ela mude de ideia — é que ela tropece nos próprios pés e caia rolando diante do pai.

"Fizemos o melhor possível com ela", Lady Shelton suspira. "Na minha opinião, um tom mais suave teria favorecido sua tez, mas ela queria parecer o mais régia possível. Qual é o problema da moça escocesa? Ela não gosta do senhor?"

"Acontece", ele responde.

Eles não haviam recebido nenhum aviso de que haveria três damas da realeza — Maria, a rainha e também Meg Douglas. Sua expectativa era de que a rainha trouxesse suas camareiras de costume. Mas a comitiva ainda não havia desmontado e ele já estava chamando Helen, que saiu às pressas. Em pouco tempo, ela voltou: eu trouxe as almofadas vermelhas felpudas, disse ela, e estendi um carpete. Pendurei a tapeçaria de Eneias; pelo menos é o que Rafe disse que é. Ele pensou, espero que Dido não esteja em chamas.

Aos pés da escada, Maria se detém abruptamente. "Lorde Cromwell?"

Meg emite um longo e indignado suspiro: "Madame, o rei está esperando".

"Esqueci de lhe agradecer pela égua tordilha. É uma criatura dócil, como me prometeu." Ela diz a Meg: "Lorde Cromwell me enviou uma bela montaria do seu próprio estábulo. Nada me agradou mais: havia cinco anos que eu não montava, e é muito reconfortante para minha saúde".

"Ela de fato parece melhor", diz Lady Shelton. "Um pouco de cor nas bochechas."

"O nome dela era Douceur", diz Maria. "É um bom nome, mas eu a renomeei. Eu a chamei de Romã. Era o emblema da minha mãe."

Lady Shelton fecha os olhos, como se sentisse dor. Maria alcança o pórtico. Ela arruma as saias. As portas são escancaradas. O rei e a rainha ainda estão contra a luz: o sol de ouro e a lua de prata. Maria toma um longo e trêmulo fôlego. E ele se posta atrás dela: afinal, o que mais pode fazer?

Naquela noite, o rei o libera para poder estar a sós com sua família. Eles se recolherão cedo e não haverá nenhuma discussão política nem documentos assinados. Helen diz: "O senhor está exausto. Não quer descer a alameda e descansar na nossa casa de veraneio por uma hora? Gregory e mestre Richard já estão lá".

Como uma pomba, a noite se aninha para descansar. Quando as crônicas do reino forem compostas, por nossos netos ou por aqueles em outro país, distantes desses campos apagados e da luz dos pirilampos, eles reimaginarão o encontro entre o rei e sua filha — as orações que fizeram um ao outro, as cortesias mútuas, as promessas, as bênçãos. Não terão testemunhado, não puderam registrar, a mesura desajeitada de Lady Maria ou como o rosto do rei corou quando ele atravessou a sala e a tomou em seus braços; as fungadas e os gemidos dela, agarrando o tecido de ouro branco da casaca do pai; o engasgo, o soluço do rei, suas palavras de carinho entrecortadas e as lágrimas quentes que brotam de seus olhos. A rainha Jane espera, olhos secos, tímida, até que um pensamento lhe ocorre e ela remove uma joia do dedo. "Tome, use isso." Os choramingos de Maria se interrompem. Ele se lembra de Lady Bryan, oferecendo um anel para os dentes da Lady Bastarda.

"Oh!" Maria revira o anel, quase o deixa cair. É um vasto diamante, que aprisiona a luz da tarde num punho branco-gelo. Margaret Douglas segura o pulso de Maria e enfia a joia num dos dedos. "Muito grande!" Ela está desolada.

"Ele pode ser redesenhado." O rei ergue a palma da mão. A gema desaparece em algum de seus bolsos. "É muita generosidade sua, querida", diz ele a Jane. Ele, Cromwell, viu o brilho nos olhos do rei, enquanto calcula o valor da pedra.

"É muito gentil, senhora", diz Maria à rainha. "Nada lhe desejo além do que sirva ao seu conforto. Espero que tenha um filho em breve. Rezarei por isso diariamente. Eu a considero agora como a própria senhora minha mãe. Como se Deus houvesse ordenado."

"Mas", a rainha começa. Perturbada, ela gesticula ao marido para que ele incline a cabeça: sussurra para ele. Ele diz, sorrindo: "A rainha diz que seria difícil até para Deus ordenar isso, pois ela só tem sete anos a mais que você".

Maria encara a rainha. "Diga a ela que é uma expressão dos meus respeitos. É uma forma tradicional de bons votos. Vossa graça não deveria..."

"Ela compreende, não é, querida?" Henrique sorri para Jane. "Vamos entrar?"

Os criados esperam, ajoelhados, que a comitiva real passe. Mas Helen flutua para dentro com limões cortados ao meio numa bandeja de prata — vendo que entrou no momento errado, ela recua e faz uma profunda reverência. O cheiro dos limões corta o ar. Jane sorri vagamente para Helen. Maria parece não vê-la, mas tampouco tromba com ela. O rei hesita em seu passo e parece prestes a falar; depois ele se vira para a esposa e a filha, que se encaram na porta.

"Eu não entrarei antes da senhorita", diz Jane.

"Madame, a senhora é a rainha, é preciso."

Jane estende a mão, nua sem o diamante. Aquela estrela, guardada no bolso, lança seus raios na barriga do rei. "Entremos como irmãs", diz Jane. "Nenhuma antes da outra."

Henrique se ilumina de prazer. "Ela não é uma joia em si mesma? Não é, Cromwell? Venham, meus anjos. Peçamos a Deus que abençoe nosso repasto e nossa nova amizade, e rezo para que nunca vacile."

Porém, mais tarde, quando todos deram graças e o rei já lavou as mãos numa bacia de mármore, e os pratos estão servidos, e ele já comeu alcachofras e disse que são suas coisas favoritas neste mundo, Henrique faz silêncio e parece refletir; por fim, ele exclama: "Sadler, aquela é sua esposa? Aquela que fez sua mesura quando entramos?". Ele ri. "Creio que se ela tivesse chegado como uma pedinte aos meus portões, eu também a teria desposado. Estou vendo que não foi nenhuma caridade. Que olhos! Que lábios!" Ele olha para Jane. "E ela já deu um filho a Sadler."

Jane não vê nem ouve. Ela segue firmemente comendo seu pastel de truta, com fatias de pepino espalhadas ao redor como meias-luas verdes. É como se a abençoada Catarina a estivesse inspirando. Se fosse a outra sentada aqui, ela teria rido e arquitetado alguma vingança mesquinha.

Descendo a alameda, Rafe pergunta: "*Romã?*". Ele geme. "Eu deveria ter imaginado que tudo estava dando certo demais."

Chegam morangos e framboesas. Chega Wriothesley, braços dados com Richard Riche. Eles se sentam no caramanchão. Jarros de vinho branco descansam numa tigela de água fria no chão. Ele pensa que, se Maria estivesse aqui, teria atropelado tudo isso.

Os cálices de Rafe são decorados com figuras dos discípulos de Cristo. "Espero que não seja a Última Ceia", diz Rafe. "Tome, este é para o senhor."

Ele reconhece são Mateus, o cobrador de impostos. Ele levanta o santo e oferece a eles o brinde dos mercadores da Toscana: "*Em nome de Deus e do lucro*".

O peso do dia recai sobre ele. Ele ouve o sobe e desce das vozes e permite que sua mente divague. Ele pensa nas asas que usa; ou ao menos foi disso que se gabou para Francis Bryan. Quando as asas de Ícaro derreteram, ele despencou silenciosamente pelo ar e caiu na água; entrou com um cicio e as penas boiaram na superfície do mar liso e oleoso. Por que culpamos Dédalo pela queda e só lembramos de seus fracassos? Ele inventou a serra, o machado e o prumo. Ele construiu o labirinto de Creta.

Ele volta a si; da casa, o choro de um bebê. Helen tem um sobressalto. "O pequeno Thomas. A janela dele está aberta. Para o sereno da noite!"

Eles erguem os olhos; o rosto de uma ama de leite aparece, a janelinha se fecha, o choro se interrompe. Rafe estende a mão. "Querida, relaxe. Ele já tem cuidado suficiente."

Eles querem que ela continue no jardim, sua beleza como uma bênção. Ela se senta, mas diz: "Meus seios doem às vezes quando ele chora, embora ele já esteja desmamado. Eu mesma alimentei minhas meninas — as filhas que tive antes. Mas agora sou uma dama. Então…".

Eles sorriem: todos são pais, exceto Gregory. E ele já está pensando em como Gregory poderia ser vantajosamente casado.

Riche ergue são Lucas. Ele nunca se afasta por muito tempo dos assuntos em questão. "Ao seu sucesso, senhor." Ele bebe. "Embora o senhor tenha chegado ao limite do perigo."

Gregory diz: "Quando meu pai deixou nosso amigo Wyatt sair, Wyatt já havia arrancado o que restava do seu cabelo. Ele se demora para demonstrar seu poder".

"Não há nada de errado nisso", diz Riche. "Uma vez que ele o tem. Meu senhor — Christopher Hales foi empossado como mestre dos pergaminhos hoje. Ele pergunta, o senhor pretende desocupar a Rolls House?"

Ele não tem planos de se mudar. De Chancery Lane é fácil chegar a Whitehall. "Diga a Kit que vamos alojá-lo em outro lugar."

"Deveriam ter ouvido o rei", diz Rafe, "quando ele falou de tudo que deve ao nosso amo. Ele disse: lorde Cromwell não poderia ser mais importante para mim nem se fosse da minha própria família."

"Depois ele se lembrou de que sou de ascendência inferior", diz ele, sorrindo. "Se não fosse por isso, ele gostaria muito de ser meu parente." Ele olha para os outros. Eles estão esperando. Ele se lembra de como Wyatt dissera: você está prestes a se justificar. "Deus sabe", ele diz, "que eu gostaria de ter me mexido antes, mas tive que deixar que Maria viesse até onde precisávamos que ela estivesse. Você estava lá, Riche, naquele dia que o rei expulsou Fitzwilliam da câmara do conselho..."

"Foi o senhor quem o expulsou, acho."

"Acredite, foi melhor assim." Para mim, foi difícil voltar, ele pensa, com o colar do ofício na mão. Senti uma brisa no pescoço, como se minha cabeça estivesse alçando voo. Eu poderia ter continuado andando. Como Jesus, caminhado sobre a água. Ou desdobrado minhas asas.

Mestre Wriothesley toca seu braço. "Senhor, seus amigos desejam que eu lhe diga — eles me autorizaram a dizer — que desejam que o senhor não seja prejudicado pela amizade que demonstrou à filha do rei. Por enquanto, por um lado, deve ser um trabalho abençoado reconciliar pai e filha e levar uma criança indisciplinada à devida obediência..."

"Me-Chame, coma um morango", diz Rafe.

"... contudo, por outro lado, não temos motivos para acreditar que uma gratidão apropriada se seguirá. Tomara que o senhor não tenha motivos para se arrepender da sua bondade para com ela."

"Gardiner ficará furioso", ele responde. "Ele vai pensar que abri uma grande vantagem."

"Mas abriu", diz Helen. "Maria não consegue tirar os olhos do senhor."

"Mas não daquela maneira", diz ele. Ela me observa, ele pensa, como alguém observa um animal raro — o que ele faria, se pudesse? "Prometi a Catarina que cuidaria dela."

"O quê?" Rafe está chocado. "Quando? Quando prometeu?"

"Quando viajei a Kimbolton. Quando Catarina estava doente."

"E quando dormiu com aquela mulher em..." Gregory se interrompe. "Desculpe."

"Na estalagem. Sim. Mas não mandei envenenar o marido dela. Nem inventei um novo crime para enforcá-lo."

"Ninguém pensa que fez isso", diz Riche, tranquilizador.

"O bispo Gardiner acha." Ele ri. "Nunca mais vi a mulher depois daquilo."

Mas eu me lembro dela, ele pensa: ao amanhecer, cantando na escadaria. Lembro-me do leito da doente no castelo, Catarina encolhida no seu manto de arminho: o rosto marcado pelo que ela já havia suportado e o que sabia que teria de suportar nas semanas seguintes. Não é à toa que ela não tinha medo do machado. "Abjeto", Catarina o chamou naquele dia. Ele se lembra da jovem — que hoje ele sabe que era Bess Darrell — deslizando para longe com uma bacia. Mestre Cromwell, perguntou-lhe Catarina, ainda preserva os sacramentos? Em que idioma se confessa? Ou talvez não se confesse em absoluto?

O que ele havia respondido? Não consegue se lembrar. Talvez tenha dito que confessaria se tivesse arrependimento, o que em geral não tinha. Ele estava saindo, mas... "Secretário-mor? Um momento."

Ele pensara, é sempre assim: é exatamente quando você está passando pela porta — como se para mostrar que não se importa mais — que seu prisioneiro admite a culpa, ou oferece uma barganha, ou pronuncia o nome que você estava esperando. Catarina dissera: "O senhor se recorda de quando nos conhecemos em Windsor?". E acrescentara, sem hesitar: "No dia que o rei me deixou?".

Os próprios cisnes no rio estavam atordoados pelo calor, as árvores descaídas, os cães do pátio faziam sua música de cães, até que suas vozes como sinos se retraíram à distância, e a fila de galantes cavaleiros se afastou pelos prados; e a rainha se ajoelhou para rezar à luz da tarde, e o rei que saiu para caçar nunca mais voltou.

"Eu lembro", ele dissera. "Sua filha estava doente. Eu a fiz sentar-se. Não pretendia que ela desmaiasse e quebrasse a cabeça."

"O senhor pensa que sou uma mãe ruim."

"Sim."

"Mas ainda acredito que é meu amigo."

Ele a encarou, surpreso. Dolorosamente, apertando as mãos nos braços da poltrona, a viúva se pôs de pé. Os arminhos deslizaram para o chão, focinhando um ao outro, curvando-se aos pés dela numa massa suave e selvagem. "Estou morrendo, como pode ver, Cromwell. Quando chegar a hora que eu não possa mais protegê-la, não deixe que prejudiquem a princesa Maria. Eu a entrego aos seus cuidados."

Ela não esperou a resposta dele. Meneou a cabeça: saia agora. Ele sentia o cheiro da capa de couro de seus livros, o suor velho de suas roupas de cama. Ele lhe fez uma mesura: Madame. Dez minutos depois, estava na estrada: e ele cavalgou até aqui, à conclusão da empreitada, ao local onde as promessas são cumpridas.

Gregory pergunta: "Por que fez isso?".

"Tive pena dela." Uma mulher morrendo num país estranho.

Vocês sabem o que eu sou, ele pensa. A essa altura, deveriam saber. Henry Wyatt me disse, cuide do meu filho, não deixe que ele destrua a si mesmo. Eu mantive a promessa, apesar de tê-lo aprisionado para cumpri-la. Nos tempos do cardeal, eles me chamavam de cão de açougueiro. O cão de um açougueiro é forte e robusto; eu sou assim e também sou um bom cão. Ponha-me para guardar algo, eu guardarei.

Richard Cromwell diz: "O senhor não tinha como saber o que Catarina estava pedindo".

Esse é o sentido de uma promessa, ele pensa. Não teria nenhum valor se você pudesse ver o que custaria quando prometeu.

"Bem", diz Rafe. "O senhor manteve isso em segredo."

"Desde quando sou um livro aberto?"

"Não acho que tenha sido uma boa ideia", comenta Gregory.

"Como assim, não acha que é uma boa ideia impedir o rei de matar a filha?"

Richard Riche diz: "Diga-me, senhor, estou curioso — até que ponto se estende sua preocupação com ela? Se ela se rebelasse abertamente contra o rei, o que faria então?".

Richard Cromwell responde: "Meu tio é conselheiro jurado do rei. A promessa que ele fez a Catarina foi — eu não diria que foi uma palavra da boca para fora, mas não foi um juramento solene. Não poderia obrigá-lo, se houvesse algum conflito com os interesses do rei".

Ele está em silêncio. Chapuys dissera, é possível renegociar com os vivos, mas não se pode variar seus termos com os mortos. Ele pensa, eu me comprometi: por que fiz isso? Por que assenti com a cabeça?

Riche diz: "Maria sabe desse... como devemos chamar... desse feito?".

"Ninguém sabe, exceto a viúva Catarina e eu. Nunca falei sobre isso até agora."

Riche diz: "Melhor que não vá mais longe. Vamos entregá-lo às sombras". Ele sorri. Talvez seja impossível falar as coisas com clareza, quando se conversa num jardim, numa noite como esta. Na Arcádia.

Richard Cromwell ergue os olhos. "Não tente fazer disso um segredinho sujo, Riche. Foi um ato de bondade. Nada mais."

"Mas lá vem Christophe", diz Rafe. "*Et in Arcadia ego.*"

O volume de Christophe oculta os últimos raios de sol. "Chapuys está aqui. Eu disse a ele, fique dentro da casa até que eu veja se meu senhor deseja sua companhia."

"Espero que tenha dito com mais cortesia", Rafe diz. Ele se levanta.

"Vou chamá-lo", diz Gregory.

Seu filho viu que Rafe precisou recompor o rosto. Rafe tira a boina e abaixa os cabelos.

"Agora parece mais arrumado", ele diz, "porém, não mais feliz."

Rafe responde: "Na verdade, Maria me chocou quando fui a Hunsdon com os papéis para ela assinar. Correndo escada abaixo daquele jeito — nunca vi uma dama da nobreza andar descalça —, ao menos não sem que haja um incêndio. Quando ela tirou a carta da minha mão, pensei que fosse picá-la em pedaços. Depois ela foi embora gritando com a carta como se fosse um mapa para um tesouro enterrado".

"Esse tesouro", diz ele, "é a vida dela."

"Eu não poderia responder pelo valor daquela dama", diz Riche. "Temo que ela talvez seja uma moeda falsa."

Helen ergue os olhos. "Silêncio. Nosso visitante."

Gregory diz: "Ele não entende inglês".

"Não mesmo?", pergunta Helen.

Eles observam o embaixador que atravessa o gramado, cintilando como um vaga-lume em seus pretos e dourados. "Tentei a sorte na minha visita", diz ele. "Mestre Sadler, como estou feliz em vê-lo no seio da sua família. Quão bem floresce seu jardim! Deveria pôr uma videira aqui e tramá-la numa treliça, como a que Cremuel tem em Canonbury." Ele toma a mão de Helen. "Madame, a senhora não tem francês e eu não tenho inglês. No entanto, se eu pudesse dominar seu idioma, as palavras seriam desnecessárias, pois com uma flor tão bela, admirar é o suficiente." Ele gira nos calcanhares. "Então, Cremuel, sobrevivemos aos *dies irae*. E todos os seus meninos estão aqui. Acho que estamos de parabéns. Os ecos me alcançaram. Ouvi dizer que o rei deu à filha mil coroas, para não mencionar um diamante que vale tanto mais, e fez grandes garantias quanto ao futuro dela. E eu lhes digo, cavalheiros, se Cremuel consegue pacificar Lady Maria, creio que em breve o veremos descendo ao inferno e trazendo Satanás para apertar a mão de Gabriel. Não que eu compare a jovem a um demônio, os senhores compreendem. Mas ele tem muita justificativa em censurá-la por ser a mulher mais teimosa entre os vivos."

Ah, ele pensa. Maria lhe mostrou o *billet doux* que enviei a ela. Eles se abraçam. Ele toma cuidado para não esmagar os ossos do embaixador. Chapuys olha em volta, sorrindo. "Meus amigos, que esta seja uma nova era de concórdia. Ninguém quer outra dama morta, nem uma guerra. Seu príncipe não pode custear isso, e o meu é amante da paz. O que eu sempre digo é: as guerras começam no tempo do homem, mas terminam no tempo de Deus. Que linda casa de veraneio." Ele estremece. "Perdão. A umidade. Poderíamos entrar, talvez?"

"Que clima inadequado", diz Rafe.

"Lástima", diz o embaixador. Ele segue Rafe em direção à casa. "Depois que conhecemos a Itália…"

Helen reúne os discípulos. "Christophe, pode levar essas taças, mas lembre-se de são Lucas, acho que ele está lascado. Richard Riche deve tê-lo mordido. Vou usá-lo para flores."

"Chapuys olha para você com desejo", Christophe diz a ela. "Ele diz, quando olho para a sra. Sadler, ardo de desejo, quero o domínio da língua dela. Lutarei com o rei Henrique por ela."

"Ele não diz isso!" Helen está rindo. "Entre, Christophe." Ela pega o braço dele. "O senhor não terminou a história, meu amo. Sobre Atalanta. Na tapeçaria."

Ele pensa, gostaria que fosse alguma outra história.

"Ela era virgem", Helen começa. "Mas o pai dela, como o senhor disse. E depois, parou."

"Ele queria encontrar um marido para ela. Mas ela era avessa ao matrimônio."

"Ela desafiou seus pretendentes a uma corrida", diz Gregory. "Ela era a pessoa mais rápida do mundo."

"Se o homem a ultrapassasse, ela teria que se casar com ele", diz ele, "mas se ela vencesse, então…"

"Então ela era autorizada a lhe cortar fora a cabeça", continua Gregory. "Coisa que ela desfrutava muito. Havia cabeças quicando por toda parte, era impossível dar um passo sem que uma cabeça rolasse de um olival e cravasse os olhos em você. No final, ela se casou com um homem que a venceu na corrida, mas ele só conseguiu isso com a ajuda da deusa do amor."

Mais tarde, de volta à sua própria casa, à luz minguante da galeria. "Está vendo as maçãs douradas?" Com delicadeza, Gregory ajeita Helen, apontando-as. "Vênus as entregou ao pretendente e, quando começaram a corrida, ele as atirou aos pés de Atalanta."

"Isso são maçãs?" Helen está olhando para a tapeçaria. Ela morde o dedo, ri. "Eu não sabia que eles estavam correndo, pensei que estivessem disputando uma partida de boules. Veja a mão dela. Pensei que ela tivesse acabado de lançar a bola."

Ele vê a mão em concha no ar. Ele entende o equívoco dela. "Então, o que aconteceu", alguém diz, "ela tropeçou nas maçãs?" Suas vozes são um murmúrio. Eles recuam. A luz vacila. Os pássaros em seus ninhos se sacodem sob os beirais. As Vésperas são cantadas e as Completas, as orações da noite. O orvalho pousa frio na grama. Os postigos são fechados contra as exalações de charcos e lagoas. Atalanta ficou com o ouro, ela vendeu a corrida. Não se pode dizer que perdeu de propósito, mas ela sabia quais seriam as consequências se desviasse. "Talvez estivesse cansada de correr", diz Helen.

"Ela não era insensível ao valor do dinheiro", responde ele. "*Et in Arcadia.*"

"Ela gostou de se casar?" Helen a examina — uma mulher de cabelos selvagens, um braço nu arremessado diante de si. "Imagino que o marido a impediu de correr desse jeito, com os seios à vista. Ou talvez um marido não se importasse naqueles tempos."

Ele pensa, eu a vi em Roma, esculpida em mármore: suas pernas esbeltas de corredora, sua túnica plissada, o torso reto como o de um menino. Ela tem um gosto, afirmam algumas versões, pela vida carnal. Ela deitou com seu esposo no templo de um deus pagão e depois disso foi transformada em leoa.

Ao menos, ele pensa, essa é uma preocupação que não tenho. De filha a fera, isso não acontecerá com a filha de Henrique. Um dia ela terá que se casar, mas por enquanto está a salvo de aventureiros que fazem acordos especiais com a deusa do amor. Ela deve voltar a Hertfordshire amanhã de manhã. O rei e a rainha estão planejando seu primeiro verão juntos. Eles farão sua visita a Dover. Quando o Parlamento entrar em recesso, eles sairão para caçar. O anel, impulsivamente oferecido, será reduzido para que caiba. Como recompensa, o pingente de esmeralda será usado não por Maria, o ramo e a flor de Aragão e Castela, mas por Jane, filha de John Seymour, de Wolf Hall.

Talvez você tenha visto, na Itália, uma pintura de uma casa com uma parede removida? O pintor faz isso para mostrar o interior profundo de uma sala, onde, num genuflexório, uma virgem se ajoelha, cercada por tigelas de frutas maduras. Sua expressão é íntima e reservada; ela tirou os sapatos e está esperando para ser preenchida pela graça. Você pode ver o anjo pairando sobre os telhados, um clarão de ouro na linha do horizonte, enquanto lá embaixo, na rua, as pessoas seguem com seus afazeres, e alguns olham para o alto, como que atraídos por uma agitação no ar. Na rua seguinte, através de uma arcada, descendo um lance de escadas, uma dona de casa está pendurando roupas e alguém está ressuscitando dos mortos. Pelicanos brancos repousam nos telhados, esperando que a iminência de Cristo seja pronunciada. Um bispo em seu manto passa pela *piazza*, um pavão se empoleira numa varanda entre vasos de plantas, e nuvens estriadas como fardos de seda rolam sobre a cidade: aquela cidade que, em miniatura, é apresentada numa planta para o observador, sua forma inversa cintilando discretamente na superfície prateada: seus pináculos e fortins, seus jardins e campanários.

Imagine a Inglaterra então, sua cidade principal, onde os cisnes navegam entre as embarcações fluviais e seus sábios filhos andam de veludo; o amplo Tâmisa, uma estrada sinuosa na qual a barcaça real, de palácio em palácio, leva o rei e sua noiva. Afaste a cortina que os protege do olhar vulgar e veja os pés dela modestamente emparelhados em suas pequenas sapatilhas de brocado, e seu rosto baixo enquanto ela ouve um verso que o rei está sussurrando em seu ouvido: "*Ai de mim, madame, por roubar um beijo…*". Veja a grande mão do rei se esgueirando para a pessoa dela, a ponta dos dedos descansando em sua barriga, inquisitivamente. Suas mãos estão vivas como fogo, um rubi em cada dedo. Dentro das pedras, as luzes centelham e as nuvens se movem, brancas e escuras. Essa pedra alegra o coração e protege contra a praga. Os médicos especulativos falam de sua natureza quente: observe a natureza quente do rei. A esmeralda também é uma pedra de virtude potente, mas, se usada durante o ato sexual, pode trincar. No entanto, tem um verdor com o qual nenhum verde terrestre se compara, é uma pedra árabe encontrada nos ninhos dos grifos; suas profundezas verdejantes restauram a mente cansada e, se contempladas com frequência, aguçam a visão. Então veja... veja uma rua que se abre a você, uma casa com as paredes abertas como portas que se dobram: onde o conselheiro do rei está sentado, imerso em pensamentos, em seu dedo uma turquesa; na mão, uma pluma.

No meio do verão, as paredes da Torre são decoradas de estandartes e flâmulas nas cores do sol e do mar. Simulações de batalhas são encenadas na correnteza, e o barulho de tiros de canhão celebratórios agita os sinuosos canais dos estuários e perturba os peixes no fundo. Em variadas e numerosas cerimônias, a rainha Jane é exibida aos londrinos. Ela cavalga com Henrique até o Salão da Companhia dos Mercadores para a cerimônia de montar a guarda da cidade. Um desfile de dois mil homens, escoltados por portadores de tochas, caminha desde a catedral de são Paulo pela West Cheap e Aldgate, e pela Fenchurch Street de volta a Cornhill. Os guardas da cidade usam mantos escarlate e correntes de ouro, e há uma exibição de armas, e o lorde prefeito e o xerife cavalgam em suas armaduras com sobrecasacas carmesim. E há dançarinos, há mouros e gigantes, vinho e bolos e cerveja, e fogueiras cintilando à medida que a luz desaparece. "Londres, tu és a flor de todas as cidades."

3.
Destroços (II)

Londres, verão de 1536

Sabe por que dizem "Onde há fumaça, há fogo"? Não é apenas para encorajar as pessoas que gostam de fogueiras. É uma afirmação sobre o perigo das chaminés, mas também sobre as cortes dos reis — ou sobre qualquer espaço em que circula o ar aprisionado, sufocando-se em si mesmo. Uma faísca alcança uma partícula de fuligem que cai: com um estalido, a matéria acende: com um rugido, as chamas se erguem ao céu e em poucos minutos o palácio arde.

No início de julho, os *grandi* realizam um casamento triplo, combinando suas fortunas e nomes antigos. Margaret Neville se casa com Henry Manners. Anne Manners se casa com Henry Neville. Dorothy Neville se casa com John de Vere.

O lorde cardeal tinha esses assuntos na ponta dos dedos: os títulos e nomenclaturas dessas famílias, suas tabelas de ancestralidade e cotas de armas, seus vínculos por segundo e terceiro casamentos; quem é padrinho e quem é madrinha, guardião e tutelado; os detalhes de suas propriedades, sua renda, suas despesas, seus processos, rancores antigos e dívidas não pagas.

As celebrações são agraciadas pelo filho e herdeiro de Norfolk, Henry Howard, conde de Surrey. O jovem conde pretende passar o verão em caça, com o rei e Fitzroy. Desde a infância, ele é companheiro do filho do rei, e Richmond o admira. Surrey é ostensivo em tudo o que faz: ao mostrar as cartas e lançar os dados, ao jogar tênis e ao apostar no jogo, ao trotar na arena, ao dançar, cantar seus próprios versos e inscrevê-los nos livros manuscritos guardados pelas damas, onde elas os decoram com desenhos de fitas, corações, flores e dardos de Cupido. Seu casamento com a filha do conde de Oxford não é um obstáculo à galanteria. Nós damos latitude aos poetas — não precisamos pensar que Surrey cumpra tudo o que promete. Ele é um jovem longo: coxas longas, canelas longas, calças longas e bicolores; ele abre caminho como se andasse em pernas de pau entre os homens comuns. Seu desdém por lorde Cromwell é completo: "Noto seu título, meu caro. Não muda o que você é".

O casamento triplo faz o rei projetar outros casamentos. Sua sobrinha, a princesa escocesa, é um grande prêmio, pois ela está agora muito perto do trono. Se a rainha Jane fracassar e se Fitzroy não puder angariar o apoio do Parlamento,

Margaret Douglas um dia reinará sobre a Inglaterra. Ninguém quer uma mulher; mas ao menos Meg é bela e se mostrou governável. Ela está sob a tutela do rei desde que tinha cerca de doze anos, e ele gosta dela como se fosse sua própria filha. Cromwell, ele diz, tome nota: nós acharemos um príncipe para ela.

Mas o rei hesita, o rei demora. A dificuldade é repetida, é intratável, é a mesma que ele enfrentou quando sua filha Maria foi sua herdeira, quando (brevemente) a pequena Eliza foi sua herdeira. Escolha um marido para uma futura rainha e também estará escolhendo um rei para a Inglaterra. Como esposa, ela deve obedecê-lo: as mulheres devem obedecer, mesmo as rainhas. Mas em que estrangeiro podemos confiar? A Inglaterra pode terminar como uma mera província de algum império e ser governada de Lisboa, de Paris, do Oriente. É melhor que ela se case com um inglês. Mas, uma vez que ele seja mencionado, imagine só a pretensão que isso produzirá em sua família. E depois pense na inveja e na malícia daquelas grandes casas cujos filhos forem ignorados.

Todos vigiam Jane, a rainha, e dizem *se* e *quando ela*. As mulheres marcam, nos papéis que guardam, os dias em que esperam suas regras mensais. Provavelmente elas guardam papéis umas das outras, lançando um olhar experiente, pronto para espalhar bons ou maus agouros. Ainda não se passaram dois meses desde o casamento do rei, e já se sente que ele está impaciente por novidades.

Com Fitzwilliam e o jovem Wriothesley, ele desaparece da festa de casamento para revirar papeladas numa sala lateral. Fitzwilliam recuperou seu colar de ofício como tesoureiro real. O rei o perdoou por sua explosão na câmara do conselho; aquilo aconteceu, segundo Henrique, devido ao seu amor por nós. O tesoureiro remexe no colar agora; ele especula sobre as larvas da ambição que devem estar escavando a mente do duque de Norfolk. "Eu lhe digo, Crumb, se o jovem Surrey já não estivesse casado, seu pai estaria cobiçando a princesa escocesa para ele — ou pelo menos a própria Lady Maria, caso ela seja um dia restaurada no sangue. Porque quando sua sobrinha Ana estava viva, Norfolk podia se gabar de que uma Howard estava sentada no trono — e essa não é uma gabarolice da qual ele queira abrir mão."

Não que ela desse qualquer atenção ao tio Norfolk, ele comenta. A falecida rainha decidia seu próprio caminho, não dava ouvidos a ninguém. Nem a mim, nem a você e, no final, nem ao rei. De qualquer forma, ele diz, o longo jovem está bem-casado, então tio Norfolk não tem esperanças ali. "E mesmo que Surrey estivesse livre", diz Wriothesley, "duvido que Lady Maria volte a favorecer aquela família. Não depois que Norfolk ameaçou bater a cabeça dela até virar purê."

O rei vai em pessoa a Shoreditch para as celebrações do casamento. Ele e sua comitiva estão vestidos como turcos, com turbantes de veludo, calções de seda listrada e botas escarlate com borlas. No final da noite, o rei se desmascara, para espanto e aplausos gerais.

O jovem duque de Richmond sai cedo, acalorado e rubro pela dança e pelo vinho. Assim como mestre Wriothesley, embora sua saída seja mais repentina. "Sir, vou para Whitehall e tão logo eu..."

Fitz observa sua partida. "Confia nele? No pupilo de Gardiner?" Ele esfrega o queixo. "Você não confia em ninguém, não é?"

"Todos precisamos de uma segunda chance, Fitz." Ele dá a volta no colar de ofício do tesoureiro. Ao longo da última semana, mais ou menos, sempre que Cromwell se aproxima, lorde Audley agarra sua própria corrente fingindo pânico.

É apenas uma brincadeira de Audley. A essa altura, ele já sabe muito bem que ele, lorde Cromwell, não tem nenhuma ambição de ser chanceler. O cargo de secretário-mor lhe dá acesso a tudo que ele precisa fazer, e o mantém próximo a Henrique diariamente, a par de todos os seus sinais.

Em meados de julho, estão em andamento os preparativos para instalar Lady Maria numa casa própria. Após sua visita a Hackney — à casa que agora será conhecida como King's Place —, ela voltou a Hertfordshire. Depois das lágrimas, das promessas, depois dos votos de seu pai de que ele nunca deixará a filha desaparecer de sua vista, um período de reflexão se instalou: o rei sente que deveria mantê-la a certa distância para reprimir qualquer boato de que queira novamente fazer dela sua herdeira. Lady Hussey, a esposa de seu antigo camareiro, permanece na Torre depois de seu erro imprudente em Whitsuntide. O rei não permitirá que sua filha seja desrespeitada, mas também não quer que as pessoas a chamem de "princesa". E ele quer que a situação fique clara para a Europa: sua filha precisa dele, ele não precisa dela.

Em Hackney, ela dissera, num tom baixo destinado apenas a ele: "Lorde Cromwell, estou em dívida com o senhor: devo orar pelo senhor por toda a minha vida". Mas talvez a sorte vire e ele necessite mais do que orações. Ele convocou Hans para projetar um presente para ela. Ela é uma jovem que precisa de presentes, ele sente. Ele quer dar a ela algo que dure mais que a bela égua de montaria, algo que a faça lembrar dessas últimas semanas perigosas: a beira do abismo e quem a puxou de volta. Ele está pensando num anel, gravado com provérbios em louvor à obediência. A obediência nos ata; todos a praticam sob Deus. É a condição de nossa vida como seres humanos, nas cidades e nas moradias, não em tocas e buracos nos campos. Até as feras respeitam o leão: dessa maneira as feras demonstram sabedoria e sagacidade política.

Os ourives são astutos. Eles podem escrever uma oração ou verso em miniatura. Mas, adverte Hans, tal anel deve ser de certo peso, e talvez mais peso do que uma mulher com mãos pequenas possa usar com conforto. Mas ela pode pendurá-lo numa corrente na cintura, assim como pode pendurar uma imagem de seu pai, em miniatura — onde antigamente ela carregava duas ou três medalhas religiosas, emblemas daquelas santas a quem as donzelas rezam: santa Úrsula e as onze mil virgens, ou Felicidade e Perpétua, comidas vivas na arena.

Hans tem um rosto redondo, prático e inocente. Ele não diria coisas contra você, com um significado secreto: certamente não.

"Ou por que não", Hans diz, "fazê-lo como um pingente? Uma medalha? Você poderia colocar mais conselhos bons ali, dessa forma."

"Mas um anel é mais..."

"É mais como uma promessa", diz Hans. "Thomas, eu me pergunto se você deveria ser tão..."

Mas então chega uma mensagem, que o convoca a visitar o duque de Richmond. Ele nunca consegue terminar uma conversa hoje em dia, em sua própria casa ou na casa do rei, no pátio dos estábulos ou na capela ou na câmara do conselho. "Sim, estou a caminho", diz ele. E para Hans: "Pense um pouco a respeito".

Ele deixa a mesa cheia de desenhos — suas propostas, as emendas de Holbein. Há algo que ele precisa repetir para Maria, pois não disse com suficiente ênfase. Nesses últimos anos, você carregou um grande fardo, e o carregou sozinha — e veja o resultado. Está curvada, está desgastada, sobrepujada pelo peso do seu passado, e só tem vinte anos. Agora deixe passar. Deixe que esse fardo seja carregado por outros, mais fortes, designados por Deus para levar as preocupações do Estado. Erga os olhos para o mundo, não os baixe para seu livro de orações. Tente sorrir. Você ficará surpresa com o quanto se sentirá melhor.

Não que dê para dizer as coisas dessa forma a uma mulher. Curvada, desgastada — ela pode levar a mal. Às vezes, Maria parece ter o dobro da idade. Às vezes parece uma criança ainda não formada.

Em St. James, os funcionários de Richmond o levam até seu quarto de convalescença, fechado contra o calor do verão. "Dr. Butts", diz ele com um cumprimento de cabeça, e faz sua mesura para a massa miserável sob a roupa de cama.

Ao som de sua voz, o jovem duque se agita. Ele atira as cobertas para trás. "Cromwell! O senhor não fez o que eu disse. Eu lhe disse que o Parlamento tem que me nomear herdeiro." Ele afasta um travesseiro com um soco, como se estivesse interferindo em seus direitos. "Por que meu nome não está na ata?"

"O senhor seu pai ainda está sendo aconselhado sobre o assunto", ele responde com facilidade. "A ata lhe permite a liberdade de decidir quem o seguirá. E o senhor sabe que desfruta dos mais altos favores do rei."

Os atendentes se aglomeram ao redor da cama e, sob os olhos do médico, recostam o menino contra os travesseiros, sacodem as mantas e o embalam.

Uma grande tigela de água é aquecida no topo de um braseiro, borbulhando para umedecer o ar. Richmond se inclina à frente, tossindo. Seu rosto arde, sua camisola está ensopada de suor. Depois que domina sua síncope, ele desfalece, branco como o lençol. Ele toca o peito. "Dolorido", ele diz a Butts.

O dr. Butts responde: "Vire o lado afligido para cima, meu amo".

O garoto afasta seus atendentes aos tapas. Quer olhar diretamente para Cromwell e não deixará que o impeçam. Começa a falar, mas há pouco sentido no que diz, e de repente suas pálpebras tremem e se fecham; a um sinal do médico, eles afastam as almofadas e o acomodam.

Butts faz um gesto: chegue aqui, senhor. "Normalmente eu o conservaria inclinado para aliviar a respiração, mas ele precisa dormir — prescrevi uma tintura. Caso contrário, temo que ele estaria acordado e criando problemas. Ele estava preocupado com veneno. Ele mencionou o senhor." O médico faz uma pausa. "Não quero dizer que ele o acusou."

"Alguns homens sempre pensam que estão envenenados. Na Itália se ouve muito disso."

"Bem", comenta Butts, "na Itália eles provavelmente estão certos. Mas eu disse a ele, meu amo, o veneno geralmente aparece como tremores e calafrios, vômitos e confusão, uma queimação na garganta e nas entranhas. Mas então ele falou de Wolsey, da dor que o cardeal teve no peito antes de morrer..."

Ele agarra Butts pelo casaco, com discrição. Não quer que essa conversa seja pública. A câmara externa está fervilhando de gente — camareiros, visitantes, provavelmente credores também. Abrigado pelo recuo da janela, ele murmura: "Sobre Wolsey — não sei como o jovem Fitzroy ouviu isso, mas qual é sua opinião? Será que ele está certo?".

"Que Wolsey foi envenenado?" Butts o observa. "Eu realmente não tenho ideia. É mais provável que seu coração tenha parado. Consulte sua memória, por favor. Eu admirava seu velho amo. Fiz tudo o que pude para reconciliá-lo com o rei." Butts parece nervoso: como se temesse que ele, Cromwell, estivesse nutrindo algum rancor. "O dr. Agostino estava com ele no final, não eu. Mas dizem que ele fez jejum e purga, o que nunca é aconselhável ao viajar no inverno... e pense para onde ele estava viajando. Para um julgamento ou um ato de proscrição, e a Torre. O medo pode agir sobre um homem."

Ele diz: "O cardeal não tinha medo dos vivos ou dos mortos".

"E foi ele quem lhe disse isso, tenho certeza." Está claro que o médico pensa, por que se preocupar com isso agora? "Não pense que eu dou ouvidos à conversa do jovem Richmond. Quando o rei está doente, ele acredita que o mundo inteiro está contra ele. O menino é igual, é um mau paciente. Quando a febre estava alta, ele dizia, 'Eu culpo os Howard por isso — Norfolk não tem o coração de um pai em relação a mim, ele só me ama porque sou o filho do rei — e se eu não serei rei, não tenho utilidade para ele. Além disso', disse ele, 'Norfolk não precisa de mim agora — ele pensou em outro caminho para o trono, e o alcançará por qualquer meio, bom ou mau.'"

"Não poderia ser por bons meios", diz ele. "Se pensarmos a respeito."

"Prefiro não pensar", diz o dr. Butts.

"Alguma testemunha dessas palavras do meu amo?"

"O dr. Cromer estava por perto. Mas com a ajuda de Deus e com nossa ciência, suprimimos a febre e, com ela, toda a conversa de traição."

"Então, se não é veneno, o que o aflige?" Além do ressentimento, ele pensa.

O médico dá de ombros. "É julho. Deveríamos estar em outro lugar. Os senhores estão apresentando demasiadas leis, meu amo. Que o Parlamento entre em recesso, e todos poderemos deixar Londres. Dizem que Caim inventou as cidades. E se não foi ele, foi algum outro que gosta de assassinato." O médico está dando as costas, mas então ele se detém. "Senhor, sobre a filha do rei... o dr. Cromer gostaria que eu falasse por nós dois. Consideramos que o senhor fez um trabalho abençoado. Fez mais do que nós curadores poderíamos fazer. O espírito dela estava tão sobrecarregado pelas práticas papistas que sua saúde e juízo fraquejavam. Mas dizem que a presença de vossa senhoria em Hackney funcionou nela como uma poção de Asclépio."

Asclépio, o deus dos médicos, aprendeu sua arte com uma cobra. Ele podia salvar seus pacientes no limiar da morte, ou mesmo trazê-los do além; Hades ficou enciumado, temendo falta de clientela. "Não tomo crédito algum", diz ele. "Foi mais porque ela começou a simpatizar com a companhia e comer seu jantar. Ela é dada ao jejum. Como se sua pessoa já não estivesse esquálida."

"Se o rei pedir nossa opinião", diz Butts, "estamos inclinados a apoiar de bom grado um casamento para ela. Meus colegas médicos me mostraram onde, nos escritos dos antigos, esses casos são descritos — meninas que são fervorosas, estudiosas, dadas a fantasias e propensas ao jejum quando forçadas a seguir qualquer curso que não lhes convenha. Elas são virgens, e aí reside sua doença — se seu estado solteiro se prolonga, elas verão fantasmas e tentarão se enforcar e se afogar."

"Oh, posso dizer que estamos livres disso." Ele se pergunta: alguém pode evitar os fantasmas? Acaso não aparecem, simplesmente, e nos obrigam a vê-los? Quando as pessoas tocam no nome do cardeal, ele se pergunta: se eu estivesse com ele no Norte, será que ele teria sucumbido — ao veneno, ao medo ou ao que quer que fosse? Alguns disseram que foi autodestruição. Ele pensa no clima frio e escuro, os estertores de 1529: Thomas Howard e Charles Brandon abrindo caminho aos chutes no palácio de York como só os duques sabem chutar, atirando os tesouros de Wolsey em baús de viagem; funcionários sussurrando enquanto listavam prataria e joias; a correria gélida até o portão das águas, o dossel gotejante da barcaça, as fantasmagóricas risadas às margens do rio, vozes na névoa úmida. Em Putney, os cavalos os encontraram e eles cavalgaram pela charneca: e por fim chegou um abalado Harry Norris, atirando-se da sela com uma mensagem incompreensível do rei. Ele viu a faísca nos olhos de Wolsey, seu rosto se iluminando; o cardeal pensou que o horror havia acabado, que Norris tinha vindo para levá-lo para casa, e se ajoelhou diante dele — o cardeal, ajoelhado na lama.

Mas Norris balançou a cabeça, falou ao ouvido do cardeal e fingiu lamentar. Quando a esperança se apagou, a força do cardeal se foi com ela — como se, por operação de um feitiço, ele tivesse sido transformado, subitamente senil, atordoado, pesado. Eles tiraram o pó de suas mãos e o içaram para a sela, puseram as rédeas em suas mãos como se ele fosse uma criança. Sem dignidade, sem tempo para isso — e aquele idiota, Sexton, o bobo da corte, rindo e saltitando até que ele o deteve com uma ameaça. Eles partiram para a casa do cardeal em Esher: para a lareira sem fogo, para a cozinha sem provisões: para beliches, iluminando o caminho com velas de sebo espetadas em porta-velas de latão. O porão estava cheio, pelo menos: ele se sentou, bebendo a noite toda com George Cavendish, um dos homens do cardeal — apavorado demais, na verdade, para dormir.

Se eu soubesse como isso terminaria, ele pensa, o que teria feito diferente? Adiante havia um duro inverno: semiatolado em poças, sem comida, desgrenhado, todos os dias ele atravessava em desespero as pontes de Surrey à meia-luz, levando a seu amo as notícias do Parlamento — o que foi dito contra ele e o que foi feito, as zombarias retorcidas de Thomas More e as costumeiras calúnias de Norfolk: sempre sem tempo para comer, dormir ou rezar, sempre saindo e chegando no escuro, içando-se aos vapores de um cavalo exausto: um inverno de neblina, lã molhada e chuva deslizando pelo couro liso. E Rafe Sadler a seu lado, encharcado, congelado e tremendo como um filhote de galgo, nada além de costelas e olhos: perplexo, desamparado, jamais reclamando sequer uma vez.

No entanto, aqui está ele em St. James: seis anos depois, barão Cromwell, o sol brilha. Acima da cabeça dos servos de Richmond, mestre Wriothesley chama seu nome. Abrindo caminho com os ombros, ele golpeia o ar com sua boina emplumada, o rosto luminoso, o colarinho da camisa desamarrado.

"Não entre lá", diz ele, barrando o caminho para o quarto do doente. "Fitzroy o acusará de envenená-lo."

O dr. Butts ri. "Vejo que está transbordando de notícias, meu jovem. Bem, eu os deixo para que possa transmiti-las. Mas, seja qual for a urgência, não corra no calor. Mantenha a boina na cabeça e não na mão — os raios do sol estão fortes demais para alguém da sua tez clara. Esteja ciente de que líquidos mornos são mais refrescantes que os frios, que podem causar cólicas. E não se renda à tentação de pular nos rios."

"Não." Wriothesley o encara. "Eu não pularia."

O médico toca sua boina em despedida. Wriothesley pergunta às suas costas em retirada: "Fitzroy ficará bem?".

Butts está tranquilo. "Já resolvi problemas piores."

Wriothesley fala com ele; ambos adentram um feixe de sol, sentem o calor nas costas. "Senhor, fiz uma investigação de urgência entre o séquito da princesa escocesa."

"Com que finalidade? Ponha sua boina, por falar nisso. Butts tem razão."

O jovem enfia a boina com cuidado, embora não tenha um espelho para apreciar o ângulo; ele olha com atenção para seu amo, como se tentasse ver um pequeno Me-Chame refletido em seus olhos. "Tenho certeza faz muito tempo de que há algo errado com ela — venho revirando isso na minha cabeça há semanas —, as maneiras furtivas dela sempre que eu aparecia, como se temesse que alguma travessura fosse descoberta — e também…"

"Você achava que as mulheres estavam fazendo sinais secretos umas para as outras."

"E o senhor riu de mim", diz Wriothesley.

"Eu ri. Então o que descobriu? Não um amante, sim?"

"Perdoe-me, meu amo, por me adiantar ao senhor — isso me ocorreu no casamento, mas eu não podia falar até ter provas. Questionei o capelão dela, seus cavalheiros, Harvey e Peter, e os rapazes que cuidam dos seus cavalos, caso ela tivesse cavalgado para algum encontro secreto. E eles não tiveram vergonha de falar — todos menos o capelão, que estava com medo."

Ele começa a captar a ideia. "Eu me surpreendo por ter sido tão simplório. Então quem é ele? E quem sabia? Qual das mulheres, quero dizer?"

Mestre Wriothesley responde: "Senhor, deixo as mulheres ao seu encargo".

A agitação e a pressa, o repentino desaparecimento de papéis, os silenciamentos, as saias recolhidas e as portas batidas; a respiração contida, os vislumbres, o suspiro, o olhar de soslaio e o tamborilar das sapatilhas; o bilhete rápido com a tinta ainda úmida; um rastro de cera de lacre, de perfume. Durante toda a primavera, examinamos Ana, a rainha, sua pessoa, suas práticas; seus guardas e portões, suas portas, seus aposentos secretos. Vislumbramos os cavalheiros da câmara privada, elegantes em veludo preto, invisíveis exceto onde a luz da lua brincava na abotoadura de um punho. Divisamos, com o olho interno, a forma de alguém onde ninguém deveria estar — um homem deslizando pelo cais até um pequeno barco, onde um remador paciente, de cabeça baixa, é pago por seu silêncio, e ninguém mais para testemunhar a história além da pequena maré e das ondulações do Tâmisa; o rio viu demais, com suas piscadelas cinzentas. O balanço de um barco, uma onda quebrada, uma passada e as botas do Incógnito ganham o cais escorregadio: ele está em Whitehall ou Hampton Court, onde quer que a rainha vá, com as aias em seu rastro. O mesmo truque é suficiente em terra: uma pequena moeda para os estábulos, uma porta ou portão destrancado, um rápido progresso escada acima e através de quartos à luz bruxuleante das velas — para quê? Para beijos e abraços ilícitos, promessas e suspiros e, para colchões de plumas onde Meg Douglas, a sobrinha do rei, se deita contra os travesseiros e aguarda seu prazer.

Me-Chame diz: "É Thomas Howard. O mais novo, quero dizer. Meio-irmão de Norfolk".

"Thomas, o Menor", diz ele.

"Do seu, Tom Verdadeiro. Ele a seduziu com seus versos, senhor. Desnudou-a com seu gênio."

Desastre, ele pensa. No inverno e na primavera, vigiamos Ana, mas deveríamos ter vigiado outra dama? O Verdadeiro estava no rio, o Verdadeiro estava no escuro; o Verdadeiro se despiu de sua camisa e seu membro se projetou sob o lençol, enquanto a princesa da Escócia se recostava e separava suas roliças coxas brancas. Para um Howard.

Ele diz a Me-Chame: como Meg conseguiu ficar sozinha com ele? Há algumas velhas damas muito astutas na corte. Lady Salisbury, por exemplo, Margaret Pole — ainda no posto junto à nova rainha porque, embora o rei esteja enfurecido com o filho dela, ele prefere manter a condessa onde possa vê-la. E, é claro, para salvar as aparências, ainda estamos fingindo para o mundo que a carta envenenada de Reynold nunca foi recebida: que o documento miserável ainda está na Itália, onde Pole brinca com seu fraseado.

Muitas coisas ocorreram, que fingimos não terem ocorrido. Essa deve ser outra mais. "Vamos conversar com Meg primeiro", diz ele, imaginando-a correndo em sua direção, os cabelos soltos balançando-se às suas costas, como Atalanta na pista de corrida: a boca aberta, emitindo um longo gemido.

Primeiro vem o choque, a indignação, a negação: como ele ousa investigar sua vida? Eu fui informado... ele diz, e ela responde: "Como? Como foi informado?".

"Por sua própria gente", ele responde. Ele vê o quanto isso a atinge, explodindo em lágrimas de raiva do tamanho de sementes de maçã.

Sua amiga Mary Fitzroy, filha de Norfolk, está de pé atrás de sua cadeira. "E o que os servos disseram a vossa senhoria?" Ela torna as palavras deles contaminadas, mesmo antes de serem divulgadas.

"Fui informado de que Lady Margaret recorreu à companhia de um cavalheiro."

Mary Fitzroy pressiona a mão no ombro de Meg: não diga nada. Mas Meg dispara: "O que quer que esteja pensando, está enganado. Então não me olhe assim!".

"Assim como, minha dama?"

"Como se eu fosse uma prostituta."

"Deus me arrebate se eu um dia pensar isso."

"Porque eu lhe digo: Thomas Howard e eu somos casados. Demos nossa promessa e ela é sólida. Agora o senhor não pode nos separar. Somos casados de todas as maneiras. Então, chegou tarde, está tudo feito."

"Talvez não seja tão tarde, afinal", comenta ele. "Espero que não. Mas quando diz 'casados de todas as maneiras', não consigo imaginar o que queira dizer. Veja o mestre Wriothesley aqui — ele também não consegue imaginar."

Na mesa diante deles estão os esboços do anel de Lady Maria. Wriothesley reúne as folhas com a ponta dos dedos, solene, como um coroinha. Seu olhar repousa nos papéis, onde as linhas se entrelaçam e se interceptam: "Com licença, senhor", ele murmura, e planta um livro nos papéis para prendê-los.

Ótimo. Não queremos que Meg agarre um desenho para assoar seu nariz. Ele pergunta a Mary Fitzroy: "Não deseja sentar-se?".

"Estou bem de pé, lorde Cromwell."

"Vamos esclarecer os fatos." Wriothesley puxa um banquinho, os olhos em expectativa sobre Meg. Uma vez que seu lenço se encharca, ela o amassa como uma bola e o atira ao chão, e Mary Fitzroy lhe passa outro: está bordado com os brasões dos Howard, e Meg seca as bochechas com o leão de língua azul dos Fitzalan. "Cromwell, o senhor não tem o direito de lançar dúvida sobre minha palavra. Leve-me para ver meu tio, o rei."

"É melhor conversar comigo, minha dama, neste primeiro momento. Decerto posso abordar o tema com o rei, mas primeiro precisamos pensar em como apresentar seu caso. Naturalmente, a senhorita deseja manter seu bom nome. Nós entendemos isso. Mas em nada ajudará a nenhum de nós se insistir que está casada, uma vez que a senhorita e lorde Thomas se comprometeram sem a permissão ou o conhecimento do rei."

"E", complementa Wriothesley, "não vamos mentir em seu favor." Ele pega uma pluma. "A data do seu compromisso foi...?"

Uma nova enxurrada de lágrimas, outro lenço. Ele pensa: o que Mary Fitzroy vai fazer? Ela não deve ter muitos lenços sobrando. Terá de erguer as saias e rasgar as anáguas. Meg diz: "O que importa a data? Eu amo lorde Thomas há mais de um ano. Então os senhores não podem dizer, e meu tio não pode dizer, que não conhecemos a mente um do outro. Não podem nos separar, uma vez que fomos unidos por Deus. Lady Richmond aqui ao meu lado é testemunha do que digo. Ela sabe de tudo, e se não fosse pela sua ajuda, jamais teríamos alcançado nossa felicidade".

Ele ergue os olhos. "A senhora montava guarda para eles?"

Mary Fitzroy se encolhe. Ela é muito jovem, e já sendo arrastada para esse desastre... "A senhora dava o sinal", sugere Wriothesley, "quando os tutores saíam? A senhora os encorajava a se encontrar? E foi testemunha do compromisso deles?"

"Não", ela responde.

Ele se vira para Meg: "Então ninguém estava presente quando essas palavras foram ditas — digo 'palavras', não lhes darei a dignidade de um 'juramento' ou 'promessa'...".

Negue, ele murmura: negue o todo e negue todas as partes, depois persista na negação. Nenhuma palavra. Nenhuma testemunha. Nenhum casamento.

Meg cora. "Mas eu tenho uma testemunha. Mary Shelton estava do lado de fora da porta."

"Do lado de fora?" Ele balança a cabeça. "Não podemos chamar isso de testemunha, podemos, mestre Wriothesley?"

Wriothesley o encara com ferocidade. Foi ele quem descobriu a trama e não quer que isso seja resolvido com conversas. "Lady Margaret, a senhorita e seu amante trocaram presentes?"

"Eu dei meu retrato a lorde Thomas, com um diamante engastado." Com orgulho, ela acrescenta: "E ele me deu um anel".

"Um anel não é um juramento", ele diz, apaziguador. Seu olho recai nos desenhos. "Por exemplo, veja isto — estou encomendando um anel para Lady Maria. Um agradável símbolo de amizade, nada mais."

Mary Fitzroy o interrompe. "Era apenas um anel para prevenir cólicas, que os conhecidos trocam. Era de pouco valor."

Wriothesley diz: "E depois a senhora me dirá que era um diamante muito pequeno".

"Tão pequeno", repete Mary Fitzroy, "que eu pelo menos nunca o notei."

Ele tem vontade de aplaudir. Ela não tem medo de Me-Chame; embora às vezes eu tenha, ele pensa.

"Não há nada por escrito, há?", ele pergunta a Meg. "Quero dizer, além de...?"

As rimas, ele pensa.

A moça responde: "Não lhe darei minhas cartas. Não me separarei delas".

Ele olha para Mary Fitzroy. "A falecida rainha sabia dessas relações?"

"Claro." Há desprezo em sua voz; mas se é desprezo por ele, pela pergunta, ou por Ana Bolena, ele não sabe dizer.

"E seu pai, Norfolk? Ele sabia?"

Mas Meg interrompe: "Meu marido" — ela gosta da palavra —, "meu marido disse, sejamos um segredo. Ele disse, se meu irmão Norfolk ouvir isso, ele me sacudirá até que meus dentes caiam, então não vamos contar a ele até que seja necessário. Mesmo assim...". Meg fecha os olhos. "Eu não sei. Talvez ele tenha contado."

Ele se lembra daquele dia em Whitehall — ele está conversando com Norfolk, Tom Verdadeiro chega com uma mensagem —, quando ele disse "As mulheres mostram seus versos por aí", o poeta entrou em pânico. Agarrou o braço do irmão e enquanto ele, Cromwell, se afastava, os dois Thomas Howard afundaram em furiosos cochichos. Puxando pela memória, ele recorda uma expressão irada e confusa no rosto do duque: *o quê*, você fez *o quê*, rapaz? Tudo se encaixa. Não seria do feitio de Norfolk criar uma trama ab origine, com tantos elementos físseis, mas ele consegue imaginar que Tom Verdadeiro tenha apelado à proteção do irmão e que o duque, depois de censurá-lo e condená-lo, tenha descoberto uma forma de converter aquela estupidez em vantagem para sua família.

Ele se inclina sobre a mesa em direção a Meg. Se ela não fosse uma dama da realeza — e ela faz de tudo para apontar que é —, ele poderia dar-lhe um tapa na mão. "Seque suas lágrimas. Vamos pensar de novo. A senhorita diz que lorde Thomas a visitou nos aposentos da rainha. Todos vão lá, suponho, para fins de passatempo. Eles vão para cantar e festejar. Não é preciso haver uma intenção sinistra. Então, ao longo dos meses — naquele lugar muito movimentado —, a senhorita foi atraída para uma conversa, e lorde Thomas a admira, como é natural, e ele disse: 'Minha dama, se a senhorita não estivesse tão acima de mim...'"

"Ele é um Howard", intervém Wriothesley. "Ele acha que não há ninguém acima dele."

Ele ergue a mão. Sua cena é linda demais para ser interrompida. "'Se a senhorita não estivesse tão acima de mim e não fosse guardada pelo rei para algum grande príncipe, juro que imploraria pela sua mão em casamento.'"

"Sim", Mary Fitzroy comenta, "foi exatamente dessa maneira, lorde Cromwell."

"E, é claro, a senhorita respondeu: 'Lorde Thomas, estou proibida para o senhor. Compreendo sua dor, mas não posso apaziguá-la'."

"Não", diz Meg. Ela começa a tremer. "Não. Está enganado. Nós fizemos o juramento. O senhor não nos separará."

"E ele, sendo um homem ardente, e a senhorita, tão bela e um tão grande prêmio, ele não desistiu... ele lhe dedicou versos... ele... bem, e assim por diante. Mas a senhorita se manteve firme e não permitiu que desse sequer uma mordidinha no seu lábio inferior."

Ele pensa, eu não deveria ter dito isso. Eu deveria ter me limitado a "beijo".

Meg se levanta. Ela tem um lenço amassado na mão — é pontilhado pelas cruzetas prateadas dos Howard, leve como a neve do verão. "Eu desvelarei esse assunto a sós para o rei. Mesmo com essa dignidade à qual o senhor foi elevado, ele não permitirá que me pressione e me interrogue e faça essas imputações, de que não sou casada quando digo que sou."

Mestre Wriothesley diz: "Milady, não consegue captar o ponto? É melhor que a senhorita tenha sido seduzida e caluniada, e que cantem baladas sobre isso nas ruas, do que ter se prometido em casamento sem o conhecimento do rei".

Mary Fitzroy diz: "Pelo amor de Cristo, sente-se, Meg, e tente compreender o que meu amo está lhe dizendo. Ele está tentando o melhor".

"Ele não pode separar o que Deus uniu!"

Mary Fitzroy ergue os olhos para os dele. "Tenho certeza de que lorde Cromwell já ouviu isso antes."

Ele sorri. "Temos que nos perguntar, Lady Margaret, o que é o casamento. Não são apenas votos, é trabalho de cama. Se houve promessas, e testemunhas e depois cama, a senhorita está firmemente casada, seu contrato é válido. A senhorita então seria a sra. Verdadeiro, e teria que viver com o extremo desagrado do rei. E não posso dizer que forma esse desagrado tomaria."

"Meu tio não me punirá. Ele me ama como ama sua própria filha."

Nisso, ela hesita. De sua própria boca, ela ouve e agora compreende: *como* o rei ama sua filha? Duas semanas atrás, Maria estava deslizando em gelo fino, que rachava sob seus pés. Apenas Thomas Cromwell caminhou por ele para resgatá-la.

Me-Chame se ergue, como se Meg pudesse desmaiar. Mas a princesa senta-se com suficiente compostura. "O rei dirá que fui tola."

"Ou traiçoeira." Mestre Wriothesley põe-se de pé e se aproxima dela: ele parece quase terno agora.

Meg diz: "Meu casamento não é um crime, é?".

"Ainda não", ele responde. "Mas tenho certeza de que será. Podemos aprovar uma lei antes que o Parlamento entre em recesso."

Mary Fitzroy pergunta: "Vão criar uma lei contra Meg Douglas?".

"Perceba o sentido disso, Lady Richmond. As damas reais nem sempre conhecem seus próprios interesses. Às vezes elas não sabem como se proteger. Então a lei deve fazê-lo. Caso contrário, qualquer poeta pode tentar levá-las como prêmio, e se ele consegue, ele faz sua fortuna, e se fracassa, ele não sofrerá nada além de um golpe no orgulho. Isso não pode estar certo."

"O senhor não escreve versos?", pergunta Mary Fitzroy.

"Por que entrar num campo já lotado?", ele responde. "Mestre Wriothesley, poderia fazer uma anotação para mim?"

Me-Chame retoma seu assento e mergulha a pluma no tinteiro. Ele dita: "Uma lei contra aqueles que, sem a permissão do rei, se casam ou tentam se casar com sobrinha, irmã, filha do rei...".

"É melhor jogar tia também", diz Me-Chame.

Ele ri. "Jogue tia também. Será crime de traição."

Mary Fitzroy está incrédula. "Casar será traição, mesmo quando a mulher consente?"

"Especialmente se ela consentir."

"*Tra-lá*", diz Me-Chame, rabiscando. "*Tra-la-lá... blá-blá... zigue-zá*, as sentenças são as de sempre. Vou convocar Riche para redigir."

"Por sorte", continua ele, "neste caso, não há questão de consentimento. É duvidoso que Lady Meg realmente tenha se casado, porque falta consumação, como diz mestre Wriothesley."

"Eu disse?" Me-Chame ergue as sobrancelhas alouradas e polvilha o papel.

Mary Fitzroy diz: "Meg, nenhum ato de natureza impura ocorreu entre você e lorde Thomas. Diga isso e insista nisso".

"Lady Margaret, a senhorita tem uma boa conselheira em sua amiga." Ele se vira para Mary Fitzroy. "A senhora deveria estar com seu marido. Vou convocar uma escolta até St. James."

Mary diz: "Fitzroy não precisa de mim. Ele nem gosta de mim. Ele não me considera sua esposa. Meu irmão Surrey é quem o leva para a esbórnia".

Direta como o pai. "Minha dama", ele diz, "a senhora tem muita culpa por essa intriga. Como ainda não definimos o escopo da nova lei, não sabemos quais penalidades poderá enfrentar. Mas duvido que o rei vá persegui-la, se estiver cuidando do seu filho convalescente. Não se preocupe com Lady Margaret, ela será bem atendida na Torre. Portanto, a menos que queira ir com ela, aconselho que vá para St. James e fique lá."

Meg está de pé, começando a chorar de novo; ela se agarra ao encosto da poltrona. Mestre Wriothesley se levanta e assume o comando. Ele é firme e frio. "Lady Margaret, a senhorita não será enfiada numa masmorra. Sem dúvida, lorde Cromwell providenciará para que fique nos aposentos da falecida rainha."

Ele reúne seus papéis. "Por favor, milady", implora Mary Fitzroy, "faça como convém à sua dignidade real. Não faça com que esses homens tenham que levá-la à força. E agradeça a lorde Cromwell — minha confiança está com ele, ele desviará a ira do rei, se algum homem for capaz disso."

Ele pensa, a ira será desviada para Tom Verdadeiro: Henrique odiará a conduta dele. Ele fica junto à parede até que as mulheres saiam, passando por ele sem dizer uma palavra. Mas a princesa da Escócia ainda está protestando: "Que mal posso sofrer por dizer a verdade?".

Sua voz ressoa na escadaria, até que ela se vai. Me-Chame diz: "Pensei que ela não aceitaria sua mão salvadora".

"Ela não é estúpida por natureza. Está apaixonada."

"É uma sorte que isso não torne os homens estúpidos. Por exemplo, veja Sadler."

Sim, veja Sadler. Louco por sua esposa e absolutamente nenhum embotamento de seu juízo.

O humor de mestre Wriothesley se apaziguou. Com Meg na Torre, ele sabe que terá outra chance de domá-la. "Já se apaixonou, senhor?"

"O amor me evitou." Ele se lembra de perguntar a Rafe: *Como se sente?* Embora Wyatt o tenha alertado sobre os sinais. Os suspiros ardentes, o coração congelado. Ou é o contrário?

Ele pensa: preciso mover algumas peças para ajudar Bess Darrell. Fui pego nessa nova tramoia dos Howard, mas enquanto isso o filho de Wyatt cresce dentro dela. "Quero Francis Bryan. Ele está em casa ou no exterior?"

"Favores para cobrar?" Mas Me-Chame está inquieto, empolgado; ele não segue o fio. "Quem vai contar ao rei que Meg está casada?"

Ele suspira. "Eu vou."

"Eu não gostaria de estar no lugar de Norfolk. Sua sobrinha o desgraça na primavera e seu meio-irmão no verão. O senhor pode derrubá-lo facilmente agora." Me-Chame lança um olhar para ele. "Se quiser."

Ele pensa: não sei o que faço. Se o duque planejou esse conluio ou se apenas o ocultou, é um assunto grave de qualquer maneira. Porém, não mais grave que os crimes do passado, pelos quais pareço tê-lo perdoado. "Suponha que os escoceses cruzem a fronteira. Se não Norfolk, quem se levantaria contra eles?"

"Suffolk", diz Wriothesley.

"E se os franceses entrarem pela outra porta?"

"O senhor já foi soldado."

"Faz muito tempo." Eu carregava uma lança. Ou eu era o ajudante do homem que carregava; luta-se como uma unidade. Eu era criança. Agora tenho cinquenta anos. Talvez eu possa vencer uma briga na rua, embora prefira parar uma. "À medida que fui envelhecendo, passei a preferir a conciliação, Me-Chame. Como pôde notar nesta última hora. Será um fraco triunfo ter salvado a filha do rei se ele agora der meia-volta e executar a sobrinha."

"Mas por que", diz Me-Chame, "eles deixaram um ano passar — apaixonados, como ela diz — e só depois prestaram o juramento? Acho que ele não estava tão apaixonado até a data em que Eliza foi declarada bastarda e que Meg deu um passo para mais perto do trono."

"A menos que ele estivesse cansado de fazer rimas sem resultado. Decerto eles fizeram o voto para que ele pudesse levá-la para a cama?"

"Decerto. E se acontecer algum inconveniente?"

Ele dá de ombros. Meg deve confiar na sorte. E às vezes uma mulher consegue um filho, mas perde antes que alguém além dela mesma saiba. É só mais tarde que elas falam sobre essas coisas: vinte anos depois, às vezes. Me-Chame diz: "O rei desejará que ela seja pressionada para dar a data e as testemunhas".

"Então pressionaremos Tom Verdadeiro. Ele já acha que eu sei mais do que realmente sei."

"A maioria das pessoas acha isso", diz Wriothesley.

"Ele teme que todos saibam onde seu pau andou só por ler suas rimas. Mas a filha de Norfolk tem um coração resoluto. Ela deveria estar no conselho do rei. Você se lembra de como ela tentou barrar a porta para mim no dia em que Ana foi coroada?"

Wriothesley não sabe, por que saberia? O que Me-Chame testemunhou foi o espetáculo público, as multidões fervilhantes, o soar das trombetas, estandartes, cavalos bufando, cascos trotando. Ana, frágil, pesadamente grávida no calor úmido, teve de sustentar três dias de cerimônia sob os olhos hostis do povo. A flor da nobreza da Inglaterra, sob protestos, carregou seu manto. No altar, o peso da coroa dobrava seu pescoço. Se seu rosto brilhava, não era de suor — era o senso de destino. Sua mão, ansiando por tanto tempo, tomou o cetro com punho firme. O arcebispo Cranmer melou sua testa com óleo sagrado.

Logo depois da cerimônia, ela se retirou, afastou-se do olhar da cidade e de seus deuses, para uma câmara onde pôs de lado suas vestes. Ele a seguiu. Ele já vira a expressão de fadiga vidrada em seu rosto. Mas agora ele tinha de levantá-la e levá-la ao banquete em Westminster Hall; se não conseguisse, a menos que a carregasse, ele teria de falar urgentemente com o rei, porque os boatos se espalham como labareda na palha; se Ana estava exausta demais para ser exposta à vista pública, diriam que ela estava doente, diriam que ela estava perdendo o filho.

Na porta da câmara, ele encontrou a filha de Norfolk, uma obstinada menina de catorze anos, chocada até a medula: "A rainha está despida!". A voz de Ana, impaciente, chamou-o e, pondo a mocinha de lado, ele entrou. Numa cama alta, a rainha estava deitada de costas como um cadáver, sua fina camisola cobrindo o monte de sua barriga. A mão estreita repousava sobre sua pessoa, como se ela estivesse acalmando o príncipe no interior; seus cabelos estavam soltos e caíam ao seu redor como penas negras. Ele a encarou com pena e admiração, e certo tipo de apetite, imaginando-se a si mesmo com uma esposa esperando um filho. Ela virou a cabeça. Uma onda de cabelos deslizou para fora, derramando-se pela lateral da cama. Num impulso — de quê, de arrumação? —, ele ergueu a mecha, segurou-a por um momento entre o dedo e o polegar e depois a alisou entre o resto.

Mary Norfolk ganiu: "Não! Não toque na rainha".

A mulher morta disse: "Deixe-o. Ele fez por merecer".

Os olhos dela se abriram. Deslizaram por ele. Ela lhe dirigiu seu sorriso estranho, lento. Eu soube então (ele diria mais tarde) que Ana não se deteria no rei, mas que consumiria muitos homens, jovens ou velhos, ricos ou pobres, nobres ou comuns. Mas, no final, ela não consumiu a mim.

Ele se lembra dos pés inchados, com veias azuis, descalços. Quão indefesos pareciam, como se, naquele dia quente de junho, talvez estivessem frios.

Sob as ordens do rei, um alojamento é preparado para Tom Verdadeiro. O condestável Kingston vem em pessoa e sugere o andar superior da Torre do Sino, que tem uma boa lareira. Vamos dar uma cara esperançosa a isso, diz Kingston, e supor que o rei mostrará misericórdia e que o jovem ainda estará vivo no próximo inverno.

Ele diz a Kingston: "Conhece o carcereiro Martin?".

"Conheço. Um dos seus evangelistas."

"Martin deve atender lorde Thomas", diz ele. "Ele respeita aqueles que escrevem versos."

Kingston o encara como se ele fosse ignorante. "Todos faziam isso. Todos aqueles senhores falecidos."

"George Bolena, certamente", diz mestre Wriothesley. "E Mark, concordo. Mas alguém consegue ver Will Brereton compondo uma terza rima? Quanto a Norris, ele se interessava mais por listar seus espólios e tabular seus bens."

Kingston diz: "Eles tentavam. Não sou ninguém para julgar. Mas a rainha disse que só Wyatt conseguia fazê-lo".

"Sir William", diz ele, "peça à sua esposa que atenda Lady Margaret, assim como ela atendeu a falecida rainha. Conte-me o que ela diz." Ele acrescenta: "Não digo que terminará da mesma maneira. Deixemos que Lady Kingston a encoraje a pensar que ela pode viver e prosperar, se cumprir seu dever".

"Ouvi dizer que vocês criarão uma lei", diz Kingston. "Parece duro, fazê-los cometer um crime em retrospecto."

Eles tentam explicar ao condestável. Um príncipe não pode ser obstado por distinções temporais: passado, presente, futuro. Ele também não pode dar licenças ao passado, apenas por estar terminado. Ele não pode dizer, "São águas passadas"; o passado está sempre escorrendo sob o solo, um vazamento lento que não se pode rastrear. Muitas vezes, o significado só se revela retrospectivamente. A vontade de Deus, por exemplo, é trazida à luz hoje em dia por tradutores mais hábeis. Quanto ao futuro, os desejos do rei se movem rápido e a lei deve correr para acompanhá-lo. "Tenha em mente a notável previsão de sua majestade, no julgamento da falecida rainha. Ele conhecia a sentença antes de o veredicto ser dado."

"É verdade", diz Kingston. "O carrasco já estava no mar."

Kingston é conselheiro há muito tempo. Ele deve saber como funciona a mente do rei. Quando Henrique diz "Este é meu desejo", torna-se um desejo tão almejado e familiar que ele acha que sempre o teve. Ele cita sua necessidade, e ele a quer suprida.

"Mas certamente ele não vai matá-la, vai?", indaga Kingston. "A princesa da Escócia! O que seus conterrâneos diriam?"

"Acho que os escoceses não veem utilidade para Meg. Acham que ela é uma inglesa agora. Ainda assim", ele diz, "sempre oro por um bom final. Quanto a lorde Thomas — tenho certeza de que o duque de Norfolk fará seu apelo."

"Norfolk?", repete o guarda. "Henrique o jogará no calabouço."

Sem dúvida, ele pensa. Espero estar lá para testemunhar. "Esteja pronto, Sir William. É tudo o que aconselho. Eu não gostaria que fosse pego desprevenido."

Afinal, são quase dois meses desde a morte da rainha. É bem possível que o mecanismo interno de Kingston esteja enferrujado. O condestável diz: "O que quer que ocorra, imagino que não vamos chamar aquele sujeito de volta?".

"O francês? Não. Meu bom Deus. Não posso pagar por ele." De volta à execução à moda antiga. Claro, os Howard são defensores da tradição. Eles não gostariam de morrer com nenhum tipo de refinamento.

"Ele fez um bom trabalho", diz Kingston. "Admito isso. Uma bela arma. Ele me deixou ver."

Ele pensa, todos matamos Ana Bolena. Todos nós imaginamos, pelo menos. Logo ouvirei que o próprio rei desceu e disse: "Mestre executor, posso experimentar o manejo da sua lâmina?". É como Francis Bryan disse: Henrique um dia a mataria, mas, no caso, outro homem o poupou do trabalho.

Ele se lembra do peso da arma, quando o francês a depositou em sua mão. Ele viu a luz refletida no aço e observou que havia palavras escritas na lâmina; ele passou o dedo por elas. Espelho da Justiça. *Speculum justitiae*. Ore por nós.

Em Austin Friars, eles admiram mestre Wriothesley: sua tenacidade, sua vontade de provar a crença de que onde há fumaça, há fogo. E é sorte de Meg Douglas que ele não tenha hesitado, uma vez que soube dos fatos. "Pois imagine", diz Richard, "se alguém tivesse entrado e a encontrado nua nos braços do Verdadeiro."

Richard Riche diz: "Se eu ofendesse o rei dessa maneira, não esperaria uma longa continuidade da minha vida".

Riche está ocupado redigindo. As novas cláusulas não necessariamente impedirão que indivíduos da realeza façam coisas estúpidas. Mas criarão um processo formal para lidar com eles, quando seja o caso. A questão é: quem é cúmplice do crime de Meg? Ele pediu para ver as escalas de serviço, para saber quais damas estavam atendendo a rainha — a rainha morta — durante março, abril e o que ela viu do mês de maio. Mas as altivas damas que organizam tais assuntos — Lady Rutland, Lady Sussex — simplesmente ergueram as sobrancelhas para ele e sugeriram que aquele assunto era um mistério. Em contraste, na câmara privada do rei, como diz Rafe Sadler, há uma lista, é possível saber quem deve estar onde e quando.

Não que isso necessariamente funcione. Hábitos mais errantes predominaram nessa primavera.

Aproximando-se do rei com as más notícias, ele o encontrara numa conferência com seus arquitetos, planejando gastar algum dinheiro. "Lorde Cromwell? Qual desses?" O rei fizera um floreio com um bastão com relevo em ovo e dardo, que ele atualmente preferia um pouco às guirlandas de louros.

"Guirlandas", ele dissera. "Tenho algo a lhe dizer." Os desenhistas enrolaram seus projetos. Os olhos dele os seguiram até a porta.

Uma vez que o rei entendeu o que lhe estava sendo dito, ele gritou com sua máxima voz que o assunto deveria ser mantido em segredo. O bastão ainda estava em sua mão real: se Meg Douglas estivesse parada ali, ele teria quebrado os ovos na cabeça dela e a atravessado com os dardos. "Não quero que se repita o que aconteceu em maio, uma dama real diante de um tribunal público. A Europa ficará escandalizada."

"Então o que devo fazer?"

Henrique baixou a voz. "Escolha uma maneira mais limpa." Quanto ao Verdadeiro: "Elabore uma acusação de traição — quero que seja registrado na acusação que o diabo o inspirou. A menos que tenha sido meu senhor de Norfolk?".

Ele não proferira nenhum comentário. Enquanto isso — como declara uma das próprias rimas do Verdadeiro, *"Falsos relatos crescem como grama"*. Espalham-se boatos de que lorde Thomas está preso e, portanto, supõe-se que ele tenha sido desmascarado como mais um amante da falecida Ana.

Na Torre do Sino, ele e Wriothesley se aproximam do Verdadeiro pela escada da torreta, passando pela câmara inferior onde a sombra de Thomas More se agacha no escuro com os postigos fechados. Ele põe a palma da mão contra a parede, como se buscasse sentir, por um minuto, um tremor nas pedras que lhe dissesse que More está ali dentro, falando: conversando consigo mesmo, piadas, histórias e provérbios, versículos das Escrituras, lemas, adendos.

Christophe vem atrás deles com as provas. Não são lençóis manchados, e sim algo mais desagradável. Os poemas — de Tom Verdadeiro e de Meg, misturados com outros — chegaram até ele em maços — alguns encontrados, outros deixados, outros entregues por terceiros. Os papéis têm orelhas nas bordas, outros foram dobrados várias vezes; são escritos em diversas caligrafias, anotados em outras; rabiscados, polvilhados e borrados, eles variam em habilidade de construção, mas não em conteúdo. Eu a amo, ela não me ama. Oh, ela é cruel! Pobre de mim, vou morrer! Ele se pergunta se algum dos poemas de Henrique entrou na mistura. Uma das alegações, contra os cavalheiros recentemente mortos, era de que eles haviam zombado dos versos reais. Mas a caligrafia do rei, felizmente, é diferente de qualquer outra. Ele a reconheceria no escuro.

No aposento superior, Tom Verdadeiro está olhando para a parede. "Eu me perguntava quando o senhor viria aqui."

Ele — lorde Cromwell — tira o casaco. "Christophe?"

O rapaz apresenta os papéis. Eles parecem mais amassados do que ele tinha na lembrança. "Você os mastigou?"

Christophe sorri. "Eu como qualquer coisa", ele diz a Tom Verdadeiro. Enquanto ele, lorde Cromwell, vasculha os papéis e se prepara para ler em voz alta, o Verdadeiro fica irado e tenso, como qualquer autor cuja obra está sob escrutínio.

Ela conhece de longa data o amor que lhe dedico,
Ela conhece minha verdade, nada se ocultou,
Ela sabe que amo de bom intento,
Como homem ou mulher jamais amou.

Ele olha para Tom Verdadeiro por cima do papel. "Nada se ocultou?"

"Vocês fornicaram?", pergunta mestre Wriothesley.

"Oh, pelo amor de Deus", responde Tom Verdadeiro. "Em que oportunidade? Com seus olhos sobre nós?"

O Argos de muitos olhos. Ele segura o papel à distância de um braço. "Pode continuar, mestre Wriothesley? Eu não posso. Não é a caligrafia", ele garante ao Verdadeiro. "É que minha língua se recusa a prosseguir."

Mestre Wriothesley pega o papel por uma ponta.

De que ajuda almejar augusto acaso
Quando o acaso acontecer angustioso?

"Talvez soe melhor se for cantado", diz mestre Wriothesley. "Vamos pedir que Martin traga um alaúde?"

E assim meu acaso arrastou meu anseio
Que de almejo adentrou em desespero.

"Pare aí", ele diz a Wriothesley. Ele aceita o papel de volta, entre o dedo e o polegar. "Parece que você se declarou, mesmo correndo o risco de ser rejeitado. *Ela conhece minha verdade, nada se ocultou.* Nessa data, ela não parece receptiva. Embora seja comum, não é, dizer que amamos a dama mais do que ela nos ama?"

"É considerado educado", Wriothesley lhe garante.

"E, no entanto, ela o amava o suficiente para lhe dar um diamante."

Tom Verdadeiro diz: "Não sei se escrevi esse verso".

"Você esqueceu", diz ele. "Como qualquer homem sensato faria. No entanto, na quinta estrofe você escreve: *Perdoe-me, do seu, Tom Verdadeiro.* Que você rima, infelizmente, com *tempero*."

Risadinhas de Christophe. "Até eu faço melhor, e sou francês."

"Há muitos Thomas na corte", diz o acusado, "e nem todos dizem a verdade, embora eu tenha certeza de que todos alegam dizer."

"Ele está olhando para nós", ele diz a Thomas Wriothesley. "Espero que não esteja insinuando que um de nós escreveu isso?"

Me-Chame diz: "Todo mundo sabe que você usa esse nome, então é melhor assumir. Você se casou com ela, os servos dizem".

Tom Verdadeiro abre a boca, mas, folheando as páginas, ele o interrompe: "Você pede a ela que o alivie da sua dor".

"Essa seria a dor nas suas bolas?", pergunta Christophe.

Ele o reprime com um olhar, mas não pode deixar de rir. "Você ficou apaixonado por um certo tempo — *embora eu arda e arda há muito tempo* — e depois fez um juramento — por que faria isso, exceto para fazê-la pensar que é lícito ir para a cama?"

Wriothesley diz: "A dama nos disse que há testemunhas do juramento".

Quando a pausa se prolonga, ele diz: "Não precisa responder em verso".

Tom Verdadeiro diz: "Eu sei o que você faz, Cromwell".

Ele ergue uma sobrancelha. "Eu não faço nada, a não ser com a permissão do rei. Sem ela, não achato nem uma mosca."

"O rei não permitirá que você maltrate um cavalheiro."

"Concordo", aconselha Wriothesley, "mas não teste a paciência de lorde Cromwell. Certa vez ele quebrou a mandíbula de um homem com um único golpe."

Quebrei? Ele está surpreso. Ele diz: "Somos tenazes. Com o tempo, você confessará que pretendia fazer mal, mesmo que não tenha atingido seu objetivo. Você reconhecerá seu erro ao rei e implorará pelo seu perdão". Embora, ele pensa, eu duvide que o rei conceda. "Nós entendemos sua situação. Você vem de uma grande família, mas todos vocês jovens Howard estão pobres. E sendo de um sangue tão elevado, não podem sujar suas mãos com nenhuma ocupação. Se querem fazer fortuna, precisam esperar por uma guerra ou se casar bem.

E você diz a si mesmo, aqui estou eu, um homem de grandes qualidades — porém, não tenho dinheiro e ninguém me considera, exceto quando me confundem com meu irmão mais velho. Então sei o que vou fazer — eu me casarei com a sobrinha do rei. É provável que eu seja o rei da Inglaterra um dia."

"E até lá posso conseguir favores em troca dessa expectativa", acrescenta Wriothesley.

Uma frase de Wyatt lhe ocorre: *Pois eu sou fraco e despido de defesa.* No verso de Wyatt, há uma disputa em cada linha. No verso de lorde Thomas, não há contestação alguma, apenas uma rendição suave à idiotice. Embora ele seja firme sob interrogatório — é preciso admitir isso. Ele não chora nem implora. Ele apenas diz: "O que fizeram com Lady Margaret?".

"Ela está aqui nos aposentos da rainha", diz mestre Wriothesley. "Porém não por muito tempo, provavelmente."

Eles o deixam com esse pensamento ambíguo. A verdade inofensiva é que talvez Meg tenha de ser alojada em outro lugar se o rei decidir ir em frente com uma coroação, porque, por tradição, Jane passará a noite na cela antes de sua procissão para Westminster. O rei falou de uma cerimônia em meados do verão. Mas agora há rumores de peste e da doença do suor. Não é aconselhável permitir multidões na rua ou aglomerar pessoas em espaços internos. Os Seymour, claro, exortam o rei a assumir o risco.

Ele e Me-Chame descem as escadas. Deve-se lutar como equipe, ele pensa. Sente falta de Rafe, sempre seu braço direito. Mas se o rei deseja a presença de Rafe, ele deve tê-la. Ele diz: "Eu fiz isso? Quebrei uma mandíbula? De quem?".

"O cardeal dizia isso", responde Wriothesley, divertido. Ele adentra a luz do sol. "Às vezes era um abade, às vezes um lorde insignificante. Em algum lugar do Norte."

Quando isso acabar — qualquer que seja a maneira que acabe —, ele tentará devolver os poemas aos seus proprietários, embora eles não tenham assinado seus nomes. Ele se imagina num dia ventoso, atirando-os no ar para que batam asas até Whitehall, para que naveguem pelo rio e aportem em Southwark: onde serão chacota das prostitutas, usados para limpar seus traseiros. Quando chega em casa, ele diz a Gregory: "Nunca escreva versos".

Bess Darrell enviou uma mensagem: venha a mim em L'Erber. Não é de surpreender que a família Pole ofereça abrigo a ela; Bess é um legado da falecida Catarina. Mas ela deve ter escondido deles que está esperando uma criança. A velha condessa não desejaria o bastardo de Wyatt sob seu teto.

Ele encontra Bess e Lady Salisbury sentadas juntas, pacíficas como santa Ana e a Virgem num livro de horas. Uma faixa de linho fino repousa sobre seus colos e nela surge um paraíso de bordados, um jardim de flores de verão. Ele cumprimenta a condessa com elaborada cortesia — como talvez não tenha feito em seu último encontro. Ele observa que Bess ainda não desamarrou seu corpete. Ela é uma mulher delicada; quanto tempo poderá manter seu segredo?

A condessa aponta para sua costura: "Sei que, pela sua sensibilidade, o senhor se interessa pelo trabalho que nós mulheres fazemos. Veja, encontrei olhos jovens para ajudar os meus".

"Eu a parabenizo. Gostaria que minhas flores crescessem tão rápido."

"Seus jardins foram todos recém-plantados", diz Lady Salisbury docemente. "Deus não se apressa."

"E, no entanto", diz Bess, "ele fez o mundo inteiro em uma semana."

Ele lhe dirige um grave cumprimento de cabeça; e diz à condessa: "Ouvi dizer que seu filho Reynold foi convocado pelo papa".

"Ele foi? É mais do que eu sei."

Ele mesmo acabou de saber, e talvez não seja verdade. "Eu me pergunto o que Farnese pretende. Ele não assobiaria para chamá-lo a Roma só por uma partida de rouba-monte."

A condessa parece inquisitiva. "É um jogo de cartas", explica Bess. "Para crianças."

A condessa diz: "Não conhecemos os planos do meu filho, não mais que o senhor".

"Menos." Bess apenas sussurra, mexendo as pétalas sob os dedos.

"Sabem que o rei quer que ele volte?"

"Esse é um assunto que fica entre Reynold e sua majestade. Como expliquei — e sua majestade aceita bem, mesmo que o senhor não aceite —, nem eu nem meu filho Montague conhecíamos antecipadamente os escritos dele contra o rei. E não sabemos onde ele está agora."

"Mas ele lhe escreveu?"

"Escreveu. É uma carta que atinge diretamente o coração de uma mãe. Ele diz que quem observa as leis deste reino e deste rei está vedado ao céu — mesmo que sejam enganados ou coagidos à obediência."

"Mas a senhora não está enganada nem coagida, sim? Sua lealdade vem da gratidão."

"Há mais", diz Margaret Pole. "Meu filho me pede que pare de me imiscuir nos seus assuntos. Ele diz que eu o rejeitava quando menino… que eu o tratava como inútil. É verdade que eu o mandei para longe de casa, para estudar. Mas, no meu entendimento, eu o estava entregando a Deus." Ela ergue o queixo. "Reynold rompe seus laços conosco. Ele diz que estamos condenados pela nossa obediência a Henrique Tudor."

Ele pensa, é muito triste que ele escreva uma carta dessas para você. É também conveniente. A condessa dá uma volta perfeita em sua linha e enfia a agulha no tecido. "Mas o senhor deseja falar com a srta. Darrell." Levantando-se, ela desliza o trabalho para o colo de Bess e murmura uma pergunta que não foi feita para os ouvidos dele.

Bess diz: "Não, eu confio no meu lorde do selo privado".

"Então eu também confio", diz a condessa.

Ele sorri. "É encorajador para mim."

Lady Salisbury ajeita as saias. Ah, ela é indiferente aos meus encantos, ele pensa. Bess Darrell senta-se com a cabeça inclinada e não ergue os olhos nem quando eles são deixados a sós, a porta entreaberta. Seu toucado esconde o que Wyatt viu, seus cabelos de ouro crepitante. Ele pensava que Wyatt apenas perseguia aquilo que foge; que a busca lhe interessava, mas não a captura. No entanto, Bess não parece apenas capturada, mas domada, uma mulher aprisionada por sua própria má sorte. Ele vê Lady Salisbury saindo: "Podemos julgar até que ponto ela confia em mim. Não o suficiente para fechar a porta para nós".

Bess diz: "Ela não pensa que o senhor me atirará ao chão para me violar. Talvez ela tema que o senhor se sente e sussurre maus versos, e que me convença a me casar".

Então ela já sabe do caso Douglas. Sem dúvida, os mexericos estão por toda parte. Ele diz: "Encontrei um refúgio para você. Como prometi a Wyatt. A família Courtenay pedirá que seja dama de companhia da senhora marquesa".

"Gertrude?" Ela dobra o linho no colo; dobra e dobra novamente, tornando-o um quadrado, a agulha dentro. "Mas ela não gosta do senhor."

"Ela está em dívida comigo."

"É verdade. O senhor poderia ter destruído a família dela há dois anos. Que homem tolerante é o senhor. Suponho que, se o senhor recua, é na esperança de causar uma destruição maior. A rainha Catarina sempre dizia: 'Cromwell cumpre suas promessas, para o bem ou para o mal'." Ela desvia o olhar. "Sei que cumpriu sua promessa sobre Maria. Eu estava no quarto de Kimbolton quando o senhor prometeu. Só direi isto, meu amo — cuidado com a gratidão."

Não me surpreende, ele pensa, que Wyatt esteja apegado a você. Um enigma amargo cai tão bem nos seus lábios quanto nos dele. "Quanto à sua condição, deixo que você decida a explicação que dará. Os Courtenay sabem o que lhe devem. A senhorita ajudou Catarina em sua última hora. Foi quem limpou os suores da sua morte. Agora eles se gabam do que fizeram por ela, mas, em verdade, não fizeram nada. Eles não vão pressioná-la para que revele o nome do homem. E se o fizerem e não gostarem da resposta — ainda assim estarão em dívida com você."

"Eles vão gostar", ela responde. "Eles têm dívida com Wyatt e seu testemunho. Porque foi o que nos trouxe até aqui." Ela faz um gesto abrangente. "A esta terra em que vivemos agora. A Inglaterra sem Bolena."

"Wyatt não fez nada. As provas dele não foram necessárias."

"É o que o senhor diz. Mesmo assim, gosta de oferecer conforto. Abre seu caminho no campo de batalha com orações aos feridos e água aos moribundos."

"É verdade", ele responde simplesmente. "Devolvi os papéis para que ele pudesse rasgá-los. Ele me falou do entendimento com a senhorita, e eu disse que lhe encontraria um lugar seguro… eu ofereceria minha pobre casa ou qualquer uma das minhas casas, mas meus conselheiros — isto é, aqueles da minha casa que me aconselham, e que se preocupam comigo —, eles me sugeriram que…"

Ela ri. "Não, lorde Cromwell, não posso me hospedar com o senhor. Uma mulher solteira, afastada da família — seus inimigos sugeririam tantas imundícies —, e, na sua qualidade de vice-regente do rei, pareceria tão perverso quanto um bispo cheio de luxúria ou um cardeal romano."

Ele diz: "Os Courtenay não conhecem meu papel nisso. Vamos deixar que continuem assim. Francis Bryan falou com eles em seu favor. Ele trabalhou na sua salvação. Ele ama Tom Wyatt e o admira".

"Imagino que Francis esteja acostumado a se livrar de mulheres", diz ela. "Não, não duvide de mim — vou aceitar a oportunidade, já que me oferece. Terá minha gratidão por toda a vida. O senhor salvou Tom Wyatt quando nem ele salvaria a si mesmo."

"Eu destranquei a porta", diz ele, "mas foi você quem o fez caminhar para fora da prisão. Se não fosse pela criança que está esperando, ele não faria questão de viver. Varão ou donzela, esta é uma criança de grande poder. Ela já salvou o pai do machado do algoz."

"A criança?", ela diz. "Parece que eu estava equivocada sobre isso."

"Não há criança?"

"Não."

"Nunca houve?"

"Não tenho certeza."

"Wyatt sabe que você o enganou?"

Ferozmente, ela responde: "Ele sabe que ainda está respirando".

Um silêncio. Ela desdobra seu bordado, a brancura florescendo sobre suas saias. Ela encontra a agulha e a examina entre o indicador e o polegar, como se a desafiasse a tirar sangue. Ela diz: "Considerando o resultado, o senhor deve compreender minha mentira".

"Gosto da sua mentira", responde ele. "Ela me leva a tomá-la em alta conta."

"O senhor tem razão, preciso de um refúgio. Ninguém me quer, exceto Wyatt, e ele não pode ficar comigo. Fiz a ele promessas pelo sangue do meu coração e me considero tão bem-casada quanto qualquer mulher na Inglaterra, exceto que ele tem uma esposa viva."

Amor mi mosse, ele pensa: o amor me move, o amor me leva a falar.

"Talvez queira ficar aqui com Lady Salisbury?"

"Ela pode conseguir outro par de olhos. E acho que o senhor já guarneceu este lugar de espiões. Quando eu for aos Courtenay, o que devo fazer?"

"Deve viver."

"Mas para o senhor, lorde Cromwell — o que devo fazer para o senhor?"

"Escreva para mim. Alguém de dentro da casa a abordará. Um servo. Eu lhe mandarei até os papéis."

"E o que devo dizer?"

"A senhorita me dirá quem visita. Se algum deles planeja viajar. Se alguma das damas engravidar."

Ela responde: "Não tenho dinheiro".

Ele já pagou as dívidas de jogo dela uma ou duas vezes. A religiosa Catarina, mesmo em seus dias de exílio, jogava com apostas altas e esperava que suas aias pagassem. "Eu cuidarei disso, se Wyatt não puder."

Ela diz: "Eu julgarei o que se passa entre os Courtenay e protegerei o que é privado. Eu lhe direi o que toca o bem-estar público. Eu lhe direi o que for do seu interesse saber".

"Obrigado." Ele se levanta. "Tenha em mente que meu campo de interesse é muito vasto."

"Antes que se vá, deixe-me mostrar meu bordado."

"Isso seria agradável", ele responde.

Bess ergue o trabalho; ela mostra a ele como o emblema dos Pole, o amor-perfeito ou viola, está entrelaçado numa barra com o cravo amarelo. "Eles fazem isso para encorajar uns aos outros e dão bordados assim como lembrança aos seus apoiadores. São costurados em panos de altar ou em broches para chapéus. Eles deram um desses na semana passada ao embaixador Chapuys. O cravo representa — bem, vejo que já sabe —, representa Lady Maria, aquele exemplar de brilhante virtude. Veja aqui", ela indica com a ponta da agulha, "como as flores se entrelaçam. Para que Reynold se entrelace em torno do corpo e do coração dela."

"Então Lady Salisbury mentiu para mim *in toto* nesta última hora, ou apenas em parte?"

Ela olha para a porta. "É verdade que Reynold escreveu uma carta para ela."

"Mas certamente a família inventou a carta entre eles. É um dispositivo para afastar a culpa deles."

"Ela parece realmente ferida no coração."

"É assim que o rei se sente. Apunhalado, consternado, traído. São um trabalho prodigioso, essas cartas de Reynold. Fico pasmo por ele não escrever para mim." Ele toca a mão dela. "Obrigado", diz ele.

Ele não consegue imaginar Richard Riche redigindo uma lei contra o bordado, mas tampouco é necessário. As leis já são capazes de se estender para abranger tudo que a família Pole tenha em mente — especialmente quando se levam em conta as novas penitências contra conspirar para se casar com a filha do rei. Nada do que ele descobriu sobre as esperanças de Lady Salisbury o surpreende, mas é útil costurar todas as evidências. "Espero que, quando esse tecido estiver acabado", diz ele, "a família o proteja da luz."

Como os tesouros do céu, ele pensa, onde nenhuma traça ou ferrugem os consome.

Ela diz: "Eu me pergunto, onde estará Ana Bolena agora?".

Não é uma pergunta para a qual ele esteja preparado. Ele a imagina percorrendo um corredor cheio de correntes de ar do além-vida, onde as paredes são feitas de vidro lascado.

Quando vai visitar a rainha Jane, ele leva mestre Wriothesley. "Para o caso de haver outro complô entre as mulheres. De agora em diante, só confiarei no senhor. Se descobrir que há alguém casado que não deveria estar casado, aponte o ofensor. Não tente ser sutil. Já tivemos o suficiente disso."

A manhã vai pela metade, com uma vasta luz de verão. As damas chegam de suas devoções. Bess Oughtred, a irmã viúva da rainha, está a seu lado. Do outro lado está a esposa de Edward Seymour, Nan: Nan Stanhope, como era antes do casamento. Ela não é, claro, a esposa que pecou com o velho Sir John. Aquela está morta, e nunca é mencionada em Wolf Hall. A ausência da princesa escocesa não deixou nenhuma lacuna visível. As damas estão ocupadas com a tarefa que as absorve há semanas — apagar a inicial "A" dos cetins e damascos e substituí-la pela inicial de Jane, para que ela possa usar as roupas da falecida rainha. Um murmúrio compreensivo de mestre Wriothesley: "Aquela falsa dama nunca irá embora?".

"Ela tinha muitas roupas", responde Bess Oughtred. "Lembro-me de diminuir essa aqui de tamanho." Seu tom é baixo e absorto; contas peroladas chovem de suas tesouras, e Nan as apanha numa caixa de seda.

"Louvado seja Deus pelas costuras generosas", murmura Nan. "A atual majestade é mais ampla que a outra." Ela vira a manga de Jane. "E será mais ampla ainda em breve — se Deus quiser." Jane abaixa a cabeça. Nan olha para cima, a tesoura pronta: "Estamos felizes em ver o belo mestre Wriothesley".

Me-Chame enrubesce. Jane diz à irmã: "Mestre Wriothesley é o… o coiso do sinete. Secretário do sinete, devo dizer. E é claro que já conhece o secretário-mor. Embora agora ele seja lorde do selo privado".

"Em vez de?", pergunta Bess Oughtred.

Ele se curva. "Também, minha dama."

Jane explica: "É ele quem faz tudo na Inglaterra. Eu não entendia isso, até que um dos embaixadores me explicou. Ele estava pasmo que um homem pudesse ter tantos cargos e títulos. É uma coisa jamais vista. Lorde Cromwell é o governo e a Igreja também. O embaixador disse que o rei o fará trabalhar tanto que um dia suas pernas cederão sob seu corpo, e ele cairá numa vala e morrerá".

Me-Chame tenta uma mudança de assunto. "Lady Oughtred, podemos ter a esperança de que venha viver na corte agora?"

Bess balança a cabeça. "A família do meu marido me quer de volta no Norte. Eles desejam manter o controle sobre o pequeno Henry e criá-lo como um homem de Yorkshire. E por mais que eu queira ver minha irmã coberta de pompa, não quero que os pequenos me esqueçam."

Jane está trabalhando numa peça particular de costura. As mulheres têm regras sobre esses assuntos, regras que os homens não entendem; talvez não seja apropriado para uma rainha meter a tesoura em sua antecessora. Ela ergue o trabalho — uma borda de madressilvas e nozes. "Bom para uma garota do campo", diz ela.

Ele pensa, é como Norfolk diz, em breve entenderei tanto disso que eu mesmo vou poder manejar a agulha. "Majestade, tenho um pedido que talvez não lhe agrade. Preciso me encontrar com aquelas damas que serviram à falecida rainha. Temos que chamá-las de volta à corte." De repente, ele se sente muito cansado. "Preciso fazer perguntas a elas. Talvez tenham ocorrido mal-entendidos. Precisamos revisitar certos assuntos que eu gostaria que fossem esquecidos."

"Tenho pena de Meg Douglas", diz Bess Oughtred. "O rei deveria ter encontrado um marido para ela há muito tempo. Deixe qualquer beldade sem vigilância, e os Howard pousam em cima como moscas."

"De quem precisa?", Nan pergunta a ele.

"Quem sugere?"

"Srta. Mary Shelton."

Shelton era a copista do livro de poesia; era ela quem decidia quais rimas eram salvas e quais suprimidas, e sabia como elas eram codificadas.

"E", diz Nan, "a esposa de George Bolena."

"Lady Rochford é uma senhora muito ocupada e ativa", diz Wriothesley. "Ela se lembra de tudo que vê."

Uma imagem flutua em sua mente, nublada, como se à distância: Jane Seymour, percorrendo suavemente os aposentos da falecida Ana, os braços carregados de lençóis dobrados. Ana não era rainha então; mas ela vivia na expectativa e era servida como uma rainha. Ele se lembra das dobras brancas. Ele se lembra do perfume suave de lavanda. Ele se lembra de Jane, cujo nome ele mal conhecia, seu olhar baixo lançando uma sombra de lavanda contra o branco.

Nan diz: "Acho que foi Rochford quem testemunhou o casamento de Meg. Ela não é avessa a ver outra mulher arruinada".

Bess Oughtred está curiosa. "Mas ela não a arruinou. Ela não falou."

Isso é verdade. Mas, como a outra Bess — Bess Darrell — apontou recentemente, uma ruína adequada e completa exige trabalho e deliberação. A desgraça de Meg, se tivesse saído à luz antes, teria sido mero arremate para a desgraça da falecida rainha: desperdiçada.

Nan diz: "Meg, Shelton e Mary Fitzroy, elas estavam sempre correndo, cochichando e espionando. É claro que pensamos que era tudo…". Ela morde o lábio.

Bess diz: "Achamos que eram os segredos de Bolena que elas estavam guardando". Ela parece séria. "*De mortuis nil nisi bonum.*"

Ele está surpreso. "Conhece latim, minha dama?"

"Minha irmã não prestava atenção na sala de aula, mas eu prestava. Grande vantagem pra mim… Jane foi elevada e eu sou uma pobre viúva."

A rainha apenas sorri. Ela diz: "Não me importo se Mary Shelton voltar à corte. Ela não é invejosa ou má".

E, ele pensa, o rei já a teve, então isso é uma coisa a menos para você se preocupar.

"Mas, Jane", diz Bess, "não é possível que queira ter Lady Rochford por perto. Ela se juntava aos Bolena para ridicularizá-la. E ela é a esposa de um traidor."

"Ela não pode fazer nada quanto a isso", diz Wriothesley.

"Mesmo assim." Bess está indignada. "Eu me pergunto se o rei pede uma coisa dessas a Jane."

"Ele não pede", responde a rainha. "O rei nunca faz algo desagradável. Lorde Cromwell faz isso por ele." Jane vira a cabeça: seu olhar pálido, como um balde de água fria. "Tenho certeza de que Rochford gostaria de ter seu lugar de volta. Lorde Cromwell está em dívida com ela por certos conselhos, que ela concedeu livremente quando ele precisou."

Nan diz: "Se Rochford voltar à corte, ela nunca mais sairá. Nós nunca nos livraremos dela".

"Mas não se preocupe", diz Jane. "A senhora será páreo para ela."

É um elogio? Nan não sabe. Bess diz, cortante: "Irmã, não seja tão humilde. Está esquecendo que é rainha da Inglaterra".

"Garanto que não", murmura Jane. "Mas ainda não estou coroada, então ninguém sabe."

"Todo o reino sabe", diz ele. "Todo o mundo."

"Eles a conhecem até mesmo em Constantinopla, madame", diz mestre Wriothesley. "Os venezianos mandaram seus arautos com a notícia."

"Por que eles se importariam?", Jane diz.

"Os príncipes gostam de saber dos assuntos domésticos de outros príncipes."

"Mas os príncipes turcos têm uma dúzia de esposas cada um", diz Jane. "Se o rei fosse da seita deles, ele poderia estar casado com a falecida rainha, que Deus a tenha, e Catarina, que Deus a tenha, e ao mesmo tempo comigo, se quisesse. Aliás, ele poderia estar casado com Maria Bolena, Mary Shelton e a mãe de Fitzroy. E o papa não poderia incomodá-lo por isso."

Mestre Wriothesley diz debilmente: "Não creio que o rei vá se tornar turco".

"Até onde sabemos", diz Jane. "Se forem visitá-lo agora, verão que ele está usando sua fantasia especial. Ele não achou que a usou o bastante no casamento. Tentem parecer surpresos."

Nan comenta: "Lorde Cromwell certamente não se surpreenderá".

Jane se vira para ela. "Vez por outra, antes que ele tivesse tanto a fazer, lorde Cromwell nos trazia bolos. Tortas de laranja em cestas. Quando estava descontente com ele, a rainha os atirava no chão."

"Sim", ele diz. "E havia coisas piores que ela fazia. Mas *nil nisi...*" Ele encontra os olhos de Bess Oughtred e sorri.

Quando eles deixam os aposentos da rainha, ele diz: "Nan está errada. Eu não sou imune ao assombro. Pela viúva de Oughtred e pelo seu latim, por exemplo".

Ele a chama de "viúva de Oughtred", de uma maneira distante, como se nunca tivesse pensado nela. Ele imagina Sir Anthony, aquele veterano das guerras; e imagina sua própria esposa morta. E pensa, os mortos estão ficando mais numerosos que nós. Em vez de apenas não falar mal deles, que tal se não falássemos deles jamais? Não falamos deles, não pensamos neles, damos suas roupas aos mendigos e queimamos suas cartas e seus livros? Quando eles deixaram Tom Verdadeiro e desceram a escadaria da Torre do Sino, Christophe golpeou a parede, *paf, paf*, com a palma da mão, como se quisesse sacudir quaisquer sombras que estivessem tentando descansar em paz. Faz dois anos que o bispo Fisher desceu aquela escada aos tropeços, conduzido à sua execução. Ele estava velho, exausto, frágil; seu corpo se deitou no cadafalso como um pedaço de alga seca.

Uma multidão de peticionários, esperando do lado de fora dos aposentos da rainha, lança-se atrás dele. "Lorde Cromwell, uma palavra!" "Aqui, senhor!" "Meu lorde do selo privado, há algo que deveria ver." Papéis são empurrados contra ele, e o Coiso do Sinete os reúne em seus braços. Ele vê um homem com a libré do jovem Richmond e exclama para ele. "Como está meu amo hoje?"

"Está pior. Não queremos contar ao rei."

"Eu contarei a ele."

"O rei deveria ir", diz o homem. "Ele deveria ir e ver o filho."

O rei parece muito alto em seu turbante. Desde o casamento triplo, ele o adornou com uma joia e plumas extras. De sua lateral pende uma adaga curva, com a bainha gravada não com a lua crescente, mas com a rosa de Tudor.

Ele, lorde Cromwell, ajoelha-se diante do rei, com Me-Chame a seu lado. Eles não comentam sobre a fantasia. Há um limite para quanta admiração um homem pode fingir. "Eu esperava surpreendê-los", diz Henrique, petulante. "Mas ouvi dizer que a rainha os preparou."

Quão rápido viaja uma palavra num palácio. "Ela não tinha a intenção de estragar a surpresa", diz ele.

Irritado, o rei gesticula para que se levantem. "Vocês não acham que me casei com uma tola? Ela parece não compreender nem mesmo coisas simples."

Ele hesita. "Ela é daquele tipo de espírito modesto, senhor, que nunca supõe compreender seus superiores. Vossa majestade governou por muitos anos, pelos quais agradecemos a Deus diariamente: ao passo que a rainha não tem experiência em assuntos mundanos."

O rei afrouxa o cinto de prata. "Acredito que os embaixadores acham que ela é insossa."

"Mas por que eles estão prestando atenção?" Ele está impaciente. "Chapuys não sabe julgar uma mulher."

"E os enviados franceses", acrescenta Wriothesley, "a maioria pertence a ordens sagradas — eles deveriam ter vergonha de emitir opinião."

Henrique parece apaziguado. Um espelho está semicoberto por uma cortina; ele lança um olhar de soslaio para si mesmo e gosta do que vê. "Pois bem", ele diz, "por que mandei chamá-los?"

Ele tira uma bolsa de seda do bolso. "Queria pedir permissão de vossa majestade para dar isso a Lady Maria."

Henrique esvazia o presente da bolsa. Ele o gira repetidamente e aperta os olhos para os detalhes de ourivesaria. Caso a gravura seja delicada demais para decifrar, mestre Wriothesley recita a inscrição.

"Em louvor à obediência", diz Henrique. "Muito apto. Acham que minha filha vai entender a sugestão?" Sem esperar por resposta, ele prossegue: "Estou exigindo demais de você, Thomas? Você deveria caçar comigo neste verão. E vou manter meu filho ao meu lado. Quando eu estiver pronto para deixar Londres, espero ele já se sinta forte o bastante para cavalgar".

O rei gosta de dizer isso: meu filho. Ele diz: "Majestade, a casa do duque sugere que o senhor vá para St. James".

"É isso que vocês aconselham?"

Ele sente a indagação ondulando através do corpo do Coiso do Sinete; todas as fibras de Wriothesley estão em alerta. Esse conselho poderia gerar consequências. Pois, como Henrique agora diz: "A natureza da doença talvez não tenha se revelado ainda. Se for contagiosa...".

"Deus nos livre", diz Wriothesley.

Henrique tem os olhos baixos sobre o presente, na concha da mão. "Gosto muito disto, acho que eu mesmo o darei à minha filha. Você pode encontrar outra coisa, não pode?"

Ele se curva. Que escolha ele tem? O rei assente quando eles partem, seus olhos azuis mansos. A esmeralda brilha em seu turbante, o olho de um deus falso, e seus grandes pés cor-de-rosa nas sapatilhas de veludo parecem porcos caminhando para o mercado.

As damas exiladas da corte provavelmente estavam esperando com as malas prontas, porque elas regressam num piscar de olhos, e ele aguarda para recepcioná-las. Mary Shelton faz lembrar uma daquelas virgens esculpidas por Nikolaus Gerhaert: rosada, branca e com covinhas, mas de olhos ardilosos. Embora ela não seja virgem, é claro.

Quando Shelton se encarregava dos manuscritos que circulavam entre os escravos e admiradores da rainha morta, ela reunia as charadas, piadas e orações profanas, copiando-as e às vezes anotando-as e decidindo quem poderia responder, com um verso ou outra charada. Sua mão editorial era leve, do contrário teria riscado Tom Verdadeiro e toda a sua obra. Ele concorda com a rainha morta: somente Wyatt pode fazê-lo.

Ele diz a Shelton: "Tenho certeza de que sua prima, a rainha, sabia tudo sobre Meg e Tom Verdadeiro. Pois bem, ela ficou satisfeita quando soube que outro parente da sua família Howard se elevaria no mundo?".

"Não. Mas ela se divertiu."

"Ela não pensou em advertir Lady Meg?"

"Por que ela o faria?"

Ele aceita a resposta. Por que uma mulher ajudaria outra? Mary Shelton diz: "É tudo culpa da minha prima Ana, eu concordo. Foi ela quem nos ensinou a ser egoístas e a buscar nossos desejos. *Amor omnia vincit*, ela dizia".

"Talvez por uma temporada tenha vencido."

"O amor tudo vence?" Pobre e doce criatura, ela inclina a cabeça. "Com todo respeito, meu senhor, o amor não pode vencer um ganso. Não poderia derrubar um aleijado. Não poderia bater um ovo."

Shelton iria casar-se com Harry Norris; pelo menos, assim ela achava, até que Ana lhe disse: "Se o rei morrer, Norris se casará *comigo*". Shelton havia construído uma pequena casa para o amor, que foi espatifada com uma frase: agora ela mora nos destroços. Ele pergunta: "E a filha de Norfolk? Eu sei que ela era a vigia de Meg. Ela não vive com Richmond como esposa, não é? Ela nunca teve permissão. Então ela não tem um amante próprio?".

Shelton balança a cabeça. "Ela tem muito medo do pai. O senhor não teria?"

"Até onde consigo me imaginar no lugar dela", diz ele rindo, "sim, eu teria. Onde Jane Rochford esteve em tudo isso?"

"Ela está vindo, não está? Pergunte a ela pessoalmente."

"Estou perguntando à senhorita."

"Eu não direi que ela estava no quarto na noite de núpcias de Meg. Mas direi que ela levou lençóis limpos."

Ele ergue a mão. "Nada de falar de lençóis. Meg Douglas é uma donzela. Intacta, como a filha de Norfolk. Limpa como no ventre da sua mãe."

"Entendo", diz Mary Shelton. "Não deixe de informar Jane Rochford. Diga a ela para lavar e enxaguar sua lembrança."

Ele pensa: por que as pessoas têm de copular em cima da cama sobre lençóis brancos? Deus nos dá todo o reino da Criação para nossos prazeres: estaríamos mais seguros fornicando no bosque, apoiados numa árvore.

Antes de seu regresso à corte, a viúva de George Bolena declarou suas exigências. Ela especifica quais quartos deseja, pede estábulos para dois cavalos, e cama e mesa para si, para duas aias e um servo. Ele envia uma mensagem para a casa real: deem a Lady Rochford o que ela quer. Mas, assim que ela chegar, tragam-na até mim.

"O que ouviu de Beth Worcester?", ela diz, instalando-se para conversar como se as últimas semanas nunca tivessem acontecido. Há um brilho em seus olhos. "Beth deve estar no sétimo mês agora. Eu me pergunto se o conde já concluiu de quem é esse filho."

"O rei quer saber sobre Meg Douglas", diz ele.

"Não, ele não quer. Por que ele desejaria saber que sua sobrinha está arruinada? O que ele quer é mostrar que todas as amigas dela foram interrogadas, para que possa afirmar que trilhou todos os caminhos até a verdade. Não posso deixar de ter pena dele. Henrique deve pensar que é pouco estimado hoje em dia — seus amigos o corneiam, a filha o desafia, a sobrinha entrega a si mesma em casamento. E até o senhor, tratando-o de forma tão rude."

"Como assim, rude?"

"'Torne-me livre', Henrique lhe disse. E o senhor cumpriu. Ele quis dizer, livre como um príncipe — não livre como um mendigo. O senhor derrubou seu palácio de sonhos e o deixou nu nas ruínas. O senhor lhe mostrou que sua esposa era falsa, que suas amizades eram fingidas. Claro, a traição de uma esposa é tudo o que os homens esperam; é o pecado de Eva, dizem vocês, traição é a natureza dela. Mas a traição de Norris… de Weston, que ele carregou no colo…"

"Eu dei ao rei o que ele pediu." Ele pensa, ela concorda com Chapuys: ela acredita que Henrique nunca me perdoará por isso.

"Mas ele sabia que acabaria virando motivo de piada?", Lady Rochford pergunta. "Suas roupas, seus versos, sua virilidade? Ele tem que viver com sua vergonha agora, e o senhor tem que viver com ele. O senhor tem que erguê-lo de novo, como puder. O senhor e os Seymour."

"Erguê-lo? Ele é o rei da Inglaterra."

"Mas é um homem?" Ela ri. "Suponho que ele consegue fazer o ato com a Jane insossa. Ela não esperará muito dele. Não a invejo nessas noites. Ana dizia que era como ser lambida por um filhote de mastim."

Ele fecha os olhos.

"Ouvi dizer que a coroação foi adiada", diz ela.

"Até que termine o clima quente. Feriado de são Miguel, talvez."

Ele pensa, eu aguardo a decisão: a hora de repintar as deusas de olhos escuros que encomendei para Ana e substituí-las por inglesas dançando numa pérgula, com barrigas arredondadas e braços rosados e erguidos. Lady Rochford continua: "Acho que ele não coroará Jane até que ela dê provas de que tem um herdeiro no ventre".

"Dar provas? Acha que ela poderia mentir sobre isso?"

"Não seria a primeira vez."

Nós vamos deixar essa passar, ele pensa; ela quer arrastá-lo para onde ele não quer ir, para os matagais do passado.

"Seymour saberá como jogar suas cartas", diz ela. "Porque Seymour observou e esperou. E Deus sabe que ela não tem consciência. Eu estive no campo e tive que suportar a tagarelice dos meus vizinhos — 'Nosso amo o rei ficará feliz agora, a Inglaterra está feliz, este é um casamento abençoado'. Mas como pode ser abençoado? Um vestido de noiva feito de uma mortalha?"

"Quem o costurou, minha dama?"

"Bem, é uma boa pergunta. O senhor, ou eu, ou mestre Wyatt — quem teve a maior parte no trabalho? Acho que foi o senhor. Nós bordamos nosso pequeno estampado, mas o senhor cortou o tecido."

"Em maio, eu a aconselhei, pense antes de falar. Eu lhe avisei, se der provas contra seu marido, será repelida. Se tornará objeto de ódio. Ficará sozinha."

"O senhor sabe muito pouco da nossa vida", diz ela. "A vida das mulheres, digo. Estou sozinha há anos."

"Esqueça aqueles dias. Ninguém fala de Ana Bolena. Ninguém pensa nela. Você deve ser alegre e agradável e deve se adaptar à nova rainha, ou será mandada embora novamente e eu não falarei em seu favor."

"Jane Seymour não me mandará embora. Eu sei o que ela é. Sei algo sobre ela."

Dentro de seu peito, o horror desliza e o coração falha um passo: Chapuys perguntara, como ela poderia estar em sua corte por tanto tempo e ainda ser virgem? Ele pensa, algum desgraçado a desonrou. Um vagalhão de ira, como uma corrente no mar, quase o derruba.

Jane Rochford sorri. "Não é o que está pensando. Ninguém queria Jane na cama, ela era um peixe muito frio. É outra coisa, o que eu conheço — eu conheço o método dela. Testemunhei tudo o que ela tramou contra Ana, a aia contra a ama. O senhor se lembra de um dia em que Ana se assustou porque encontrou um papel na sua cama? Um desenho de um homem coroado e ao seu lado uma mulher sem cabeça?

O dr. Cranmer estava no quarto e adiantara-se à frente dele, estendendo o braço para arrancar o papel da mão de Ana, com o intuito de rasgá-lo. Mas Ana se desvencilhou e leu em voz alta: *Anne sans tête*. Ana dissera: é gente de Catarina, eles fizeram isso, eles me espionam. *Cremuel*, ela agarrara o braço dele, *eu não estou segura. Como podem me alcançar, na minha própria câmara?*

Ele diz: "Jane não fez isso, ela não fala francês".

"Todo mundo fala ao menos aquilo." Ela ri dele. "Sabe, acho que, durante todos esses anos, você pensou que fosse eu a autora do desenho, não?"

"Teria sido um pensamento natural. Não havia nenhum amor entre Ana e você."

Ela responde: "Eu sofri desde menina com aquelas pessoas — os Howard, os Bolena. George Bolena falava comigo como se eu fosse uma menina que carrega carvão para viver ou que esfrega camisas. Minha família era tão boa quanto a dele. Por que Ana Bolena deveria ser exaltada, e não eu?".

Ela é como uma criança faminta, ele pensa. Ofereça-lhe um pedaço de atenção e ela o mastiga até vomitar. Ele viu Ana Bolena temer naquele dia, mas também ouviu seu desdém. *Que eles façam seu pior. Eu serei rainha, ainda que mais tarde eu queime.*

"Pelo menos essa parte foi poupada", diz ele. "Queimar."

Jane ergue uma sobrancelha. "Neste mundo, talvez. Tenho certeza de que o diabo conhece seu ofício."

Ele recolhe seus papéis: embora ainda não tenham terminado sua conversa; o fato é que nem sequer a começaram.

"Então, estou dispensada?" Lady Rochford se põe de pé. "Agradeço pelo meu regresso à corte. Com o que ganho da minha pensão dos Bolena e com minha comissão por atender Jane, poderei me manter como uma dama, se tiver cuidado. E ouso dizer que você me ajudará, caso o dinheiro me falte."

"Meus favores não são ilimitados."

"Pelo menos você não diz: 'Meus cofres não são sem fundo'. Isso sim me faria rir." Ela se vira na porta. "Sobre Meg Douglas", diz ela. "Você deve estar se perguntando, será que confundi o significado do que vi na primavera passada? O entra e sai à noite, os movimentos fugidios, os olhares rápidos, aqueles suspiros ardentes..."

"Minha dama, se sabia dessa intriga, por que não veio a mim? Isso teria evitado muitos danos. Isso me ajudaria a..."

"Como isso o ajudaria? O senhor jamais acreditou, nem por um momento, que aqueles homens fossem culpados de tudo o que foram acusados. O senhor disse: vamos jogar lama e ver onde vai grudar. Mas, apesar disso tudo, pode ficar com a consciência tranquila. Não pense que um erro foi feito, ou uma injustiça foi cometida. Não estava errado sobre Ana Bolena."

"Confio na sua palavra", diz ele, mentindo.

"Ela era falsa até o âmago. Falsa no seu coração. Quaisquer que sejam nossas ações, é o coração o que Deus vê. Não é assim, secretário-mor?"

Ele responde: "Você precisa aprender a usar meu novo título".

Ao entrar em Austin Friars, ele encontra Richard Cromwell. "Meu porteiro", diz ele. "Nunca deixe uma mulher entrar aqui. Nunca mais quero ver nem falar com uma mulher."

"O quê, nunca mais?", Gregory diz. "Vai entrar para um mosteiro? Embora eu tenha ouvido que eles são cheios de mulheres, e mulheres do pior tipo também. E se a rainha mandar chamá-lo — que desculpa daremos?"

"Diga a ela que pode mandar uma carta. Eu escreverei outra em resposta. Mas nunca mais quero ler outro verso em louvor ao amor. Vou ler estrofes em louvor a vitórias militares. Traduções métricas dos salmos. Mas assuntos de mulheres — não."

Gregory diz: "Ainda na semana passada, o senhor estava falando calorosamente de Lady Maria e dizendo que ela deveria ganhar presentes".

O sobrinho diz: "Richard Riche está aqui. E Me-Chame".

"E Rafe", completa Gregory. "Eles parecem preocupados. Nós os mandamos para o jardim."

"Rafe está aqui? Por que não disse logo?"

Ele corre para fora. Choveu na última hora e o ar está cálido e perfumado. Até as estacas que sustentam suas mudas de árvores parecem tremular com sua própria vida verde. Os jovens esperam num caminho de terra batida e úmida, as mangas roçando em rosas emaranhadas, as bainhas grudadas em espinheiros. Falam em voz baixa, e quando ele se aproxima, separam-se e o encaram, inseguros, quase culpados.

Rafe diz: "Não consigo imaginar como isso aconteceu. Parece que alguém recebeu cartas suas ou memorandos. Isso não teria acontecido quando eu supervisionava sua mesa".

"Eu lhe garanto, Sadler", diz Richard Cromwell, "nada sai desta casa que não deva sair. Nem palavras nem papéis."

"Toda casa tem traidores", opina Me-Chame.

Richard Riche diz: "Em tempo algum permitiríamos que um rumor sem fundamento maculasse sua reputação. Tampouco criaríamos um mal-entendido entre o senhor e nosso amo real".

Mestre Wriothesley diz: "Seus amigos muitas vezes pediram que o senhor se casasse novamente".

"Pelo amor de Deus!", ele exclama. "O que aconteceu?"

"Chapuys parece ter alguma informação ou chegou a alguma inferência. Ele diz que o rei prometeu Lady Maria em casamento. Para o senhor."

Ele fica em silêncio. "Pelos santos ossos", diz ele. "Eu dei àquela dama uma joia para usar. Ou pelo menos, eu tentei."

"O boato já está em toda parte", diz Me-Chame. "Ele nadou até Flandres, atravessou a França, escalou as montanhas e voou de Portugal de volta para nós."

"E o rei sabe?"

"Se não sabe, ele é a estranha exceção", diz Riche.

Wriothesley diz: "Várias cartas entre o senhor e a filha dele tinham tom cálido. Alguém as roubou".

"Não necessariamente", ele responde. Ele mostrara ao embaixador as cartas de Maria de livre vontade; e ela, por sua vez, mostrara ao embaixador as cartas dele. "Não podemos dizer que foram roubadas. Podemos dizer que foram mal interpretadas, com o propósito de causar uma agitação no mundo."

"Seus amigos avisaram", diz Me-Chame. "Nós avisamos no jardim da casa de Sadler. O senhor fez uma promessa à mãe dela, como disse. Agora ela chega batendo na sua casa."

Ele vê o rosto de Henrique, meditando sobre o presente na palma de sua mão. Eu darei isso a ela, dissera o rei, você que procure outra coisa. O rei o salvou de si mesmo? Ele diz: "O rei não fez, ele não poderia ter feito uma proposição dessas, de casar sua filha com seu conselheiro. E se fizesse, eu recusaria. Ele não pode acreditar que eu buscaria tal aliança".

"Por enquanto não", Gregory parece chocado. "Mas se ele decidisse acreditar nisso…"

Riche diz: "É uma arma potente, meu amo, para seus inimigos usarem contra o senhor. Pois muitos acreditam que o marido de Lady Maria, quem quer que venha a ser, será rei um dia. E qualquer homem que se ofereça em casamento a ela está marcado sob a luz da traição".

"Sim", diz Richard Cromwell. "Não precisa soletrar mil vezes, Riche. Essa é a recompensa do meu tio pela sua bondade. Ele a salvou e agora dizem que foi para favorecer a si mesmo."

Ele pensa, quando o fogo começa, corremos ao resgate com um balde. Mas o que mata não são as chamas e a fumaça, são os tijolos e as vigas que saem voando quando a chaminé explode.

Gregory diz: "Escute o que precisa fazer, senhor. Nada poderá conter o boato a menos que o senhor possa responder, 'Eu já sou casado'. Saia para a rua e se ofereça à primeira mulher que passar".

"Eu concordo", diz o sobrinho. "Velha ou jovem. Qualquer que seja sua condição ou posição."

"E se ela já for casada?"

"Deixe isso conosco", responde Richard. "Tenho certeza de que podemos despachar um marido. O que acha, Riche?"

O fantasma de um sorriso: "Nós vamos dar um jeito nele. A maioria de nós comete erros, sabendo ou não. Investigando-se a conduta de qualquer homem, tenho certeza de que algum deslize sempre surge".

"Ou podemos simplesmente esfaquear o sujeito e jogá-lo num monte de esterco", diz Richard. "Em todo caso, é o que todos acham que fazemos."

"Eu vou esfaquear o embaixador", diz ele, "quando encontrá-lo."

Ele encontra Chapuys em seu jardim, sentado sob uma árvore, um livro nos joelhos. O embaixador lhe estende o livro: *Um diálogo entre o direito e a consciência*.

Ele pega o volume e o gira nas mãos. Impressão de John Rastell. "Posso lhe emprestar o segundo volume. Mas está em inglês."

"Ele tem continuação?" O embaixador está surpreso. "Pensei que já estivesse tudo dito. Questões de consciência não se enquadram fora da lei. Portanto, que necessidade há de leis especiais feitas pelos clérigos?" Ele pega o livro de volta. "Em breve, algum inglês perguntará: que necessidade há de clérigos? Por que cada homem não pode ser seu próprio ministro? Os germânicos já estão dizendo isso."

Ele diz: "Acredito que esteja para me casar".

Pelo menos Chapuys tem a dignidade de não mentir. Ele não nega o conhecimento do boato; ele simplesmente faz um gesto para negar ser a fonte. "Meu querido Thomas, acredita que eu diria uma coisa dessas a seu respeito?

Isso levaria ao seu assassinato pelos nobres lordes da Inglaterra, e então eu teria que lidar com o duque de Norferk como primeiro-ministro. E — juro pela missa — só de pensar nisso já sou consumido pelo tédio."

"Acho que está tentando me arruinar", diz ele.

"Por favor", o embaixador sinaliza a seu pessoal, "uma taça desse excelente renano?"

"Ponha numa esponja", diz ele. "Vou tomar quando estiver crucificado no alto de Londres."

"Isso é blasfêmia", diz Chapuys agradavelmente. Ele entrega um cálice. "Só relatei o que ouvi de homens honrados e bons — que o rei pretende conceder sua filha a um inglês e que escolheu você. Mas eu disse ao imperador: creio que Cromwell declinará da honra. Ele admite que é filho de um ferreiro e não perdeu todo o bom senso."

"Eu nem tenho como negar meu pai." Ele pensa em Walter enfiando sua cabeça num tonel de água no final do dia: emergindo aos engasgos, lutando pelo ar. Por que o pai fazia isso? Ele não ficava menos imundo depois.

"É claro, se o rei de fato fez a oferta, cara a cara", diz Chapuys, "como você poderia recusar?"

"Ele não fez. Ele não fará. Ele não poderia. Ele preferiria ver Maria morta. Seu orgulho não permitiria uma aliança como essa."

"Ah, sim", diz o embaixador, "o orgulho dele. Mas sei, por minha própria observação, que Lady Maria enrubesce quando seu nome é mencionado."

"Ela enrubesce de ira", ele responde. "Ela está pensando em como me matará quando chegar ao poder. A crucificação seria uma misericórdia." Ele engole o renano. "Ela me odiará mais ainda agora. A propósito, gosto do broche na sua boina. É um trabalho engenhoso."

Ele pode jurar que Chapuys está empalidecendo. Sua mão vai até o objeto: um cravo amarelo, uma pétala com ponta de pérola. Porém, não é à toa que Chapuys é um diplomata experiente. Ele tira a boina e começa a soltar a joia. "*Mon cher*, é sua."

Ele quase ri. "Quanta generosidade." O emblema traidor rola para a palma de sua mão. Ele o guarda no bolso. "Eu vou colocá-lo mais tarde", diz ele. "Diante de um espelho."

Em casa, Rafe está esperando por ele. "Isso cai muito mal para Chapuys. Depois daquele encontro agradável no meu jardim."

"Oh, Chapuys não é nosso amigo." Ele pensa, devo mostrar o broche? Mas ele não mostra.

"E agora?", pergunta Rafe.

"Agora vamos visitar o embaixador francês e ver o que ele sabe."

***

"Monseigneur não se encontra", diz o criado que cuida do vestíbulo. Depois, como se ele talvez não entendesse, repete em inglês: "Ele está fora".

"Sério?" Ele tira o chapéu. "Não está apenas fingindo que saiu? Ele não me viu pela janela? Se eu levantar a tampa daquele baú, não vou encontrá-lo encolhido com os joelhos embaixo do queixo?"

O embaixador em residência é Antoine de Castelnau, bispo de Tarbes; e ao pensar num bispo espremido naquela postura ridícula, o criado não pode evitar o sorriso. Ou talvez ele se mostre tão afável porque Cremuel o recompensa bem? "Mas, meu amo, há outro amigo seu na residência. Venha..."

Jean de Dinteville está sentado junto a um bom fogo. Do lado de fora, pássaros pousam apáticos nos galhos e o capim está estorricado como palha. "Você!", ele grita.

"Que lástima, Thomas: seus modos. 'Bem-vindo de volta, embaixador' é a saudação usual."

"Teremos o prazer de uma longa visita?"

"Não se eu puder evitar."

"Mas o que o traz aqui?" Você está farejando o desastre, ele pensa. Nada mais o atrairia. "Já ouviu falar das minhas iminentes núpcias?"

O embaixador não sorri. "Meu rei disse: vá até lá, Jeannot, dê a Cremuel nossas felicitações pessoalmente. Terá maior significância, disse ele, vindo de um velho amigo."

Ele ri. "Ele me quer morto, não casado."

"Ele tem suas esperanças."

"Se esses rumores ridículos se espalharem na França, confio no nosso próprio embaixador para colocá-los em descrédito."

"Bem, com certeza, o bispo Gardineur não o vê como um cônjuge apto para uma princesa. Ele o considera mais adequado para — como ele costuma dizer? — ferrar cavalos." Dinteville vira seus tristes olhos escuros para ele. "Parece desconcertado, Thomas? Não estava preparado para a traição? O que esperava, vindo de Chapuys?"

Ele, Cromwell, afasta-se da lareira. "Está assim com tanto frio? Não pode ter tanto frio", ele diz. "Não sei o que eu esperava. Não isso."

O embaixador se agita, irritado, dentro de suas peles. "Acha que o imperador e sua gente lhe são gratos porque cumpriu uma promessa a Catalina? Eu lhe garanto, Cremuel, eles pensam que foi algum truque que você inventou, junto ao leito de uma rainha moribunda. Eles o consideram um homem sem honra nem compaixão. Em todo caso, eles pensam o mesmo de Henrique, assim eles não se surpreendem com nada que ele faça. Nós também não ficamos surpresos."

"Não sei mais o que posso fazer", diz ele. "Lidei honestamente com a menina. Henrique a teria matado. Eu o salvei de um grande crime."

"Eu não duvido. E agora terá que salvá-lo de outro. Falo da filha da rainha da Escócia. O que fará neste caso? Se hoje dizem que você preservou Maria para seu próprio uso, dirão o mesmo novamente. Eu vi a princesa escocesa. Ela é um quitute bem mais doce que a filha do rei, não é?"

Ele se vê, tossindo, lutando através da fumaça. *Eu vou salvá-la, menina!* Carregando a donzela para fora do inferno. *Bum!* A casa foi pelos ares. Ele se espalha sob os escombros.

"Que tal", ele diz, "se você der uma volta por aí, algum dia? Para tomar um pouco de ar? Circular o sangue? Quando o Parlamento entrar em recesso, venha comigo para o campo."

"Eu lhe garanto", diz o francês, "que a diplomacia já me agita o suficiente." Ele sacode a mão contra uma mosca que confunde suas peles com alguma carcaça; no calor do alto verão, um cheiro úmido se acumula na sala. "Coragem. Acho que meu amo, o rei Francisco, talvez lhe faça ofertas. Eu disse a ele, vossa majestade deve ter consideração com Cremuel e enfiar quantias maiores no seu bolso. Meu rei compreende que você não faz nada exceto por dinheiro. E ele compreende que, embora você seja um herege, é quem impede Henrique de guerrear. Se não fosse por isso, ele ainda estaria aferrado à crença de que é o governante da França."

"O que seu rei quer?"

"Calais."

"Jamais."

"Entreguem-na nos seus termos, ou em breve nós a tomaremos nos nossos. Como você deve admitir, Henrique já tem o suficiente para fazer, para manter seu próprio reininho. Ele deve retirar seu pé do solo francês. Se ele permanecer dentro das suas próprias muralhas, talvez não o molestemos. Ou talvez sim."

À porta do enviado, Christophe está divertindo um grupo de seus compatriotas. Ele se afasta, gritando, acenando um punho em despedida. "Eu estava dizendo a eles", explica Christophe alegremente, "que o senhor tem o vigor de um touro e está muito apto para pôr rebentos em Lady Maria. Mas eles dizem, é por isso que o rei escolhe Cremuel — de propósito, para desonrar a neta de Espanha. Dizem que, se o senhor tiver filhos, Henrique os fará esfregar seus assoalhos. Eles vão arear penicos para ganhar a vida e carregar bosta em carroças à luz da lua."

Em 18 de julho, o Parlamento entra em recesso. Tom Verdadeiro está proscrito. Tudo que ele tem — não muito — é confiscado pelo rei, e ele não tem direito a nada além de uma morte de traidor. A cada madrugada, ele acordará pensando que ouve passos. Primeiro virá Kingston ou seu auxiliar, sempre antes das nove. Depois dele, os padres.

"A data dele deve ser adiada?", ele pergunta ao rei.

Henrique diz: "Sim. Ele pode esperar".

"E Lady Margaret? Sabe, meu amo, ela foi muito enganada. Uma donzela inocente, desesperada no seu âmago e esperançosa do perdão de vossa majestade."

"Eu permitirei a ela — permitirei a ambos — um intervalo para que pensem nas suas loucuras e crimes, antes que recebam sua colheita."

Quando o rei e a rainha começam sua viagem para Dover, navios franceses são vistos assombrando a costa. Em Londres, após meses de discussão, os bispos fazem uma declaração de fé, composta de dez artigos. Rumores de que Erasmo está morto chegam da Basileia. Hans, que tem contatos lá, diz que é verdade.

Num de seus últimos atos antes de partir de Whitehall, o rei confirmou e aumentou suas propriedades como vice-regente da Igreja e o ordenou cavaleiro, portanto ele é Sir Thomas, assim como lorde Cromwell. Se o rei acredita que ele tentou atrair, ludibriar ou seduzir sua filha Maria, ele não dá nenhum sinal: amigavelmente, o rei faz planos de vê-lo, quando os trabalhos possam prescindir de sua presença na capital. Richmond ainda está confinado em convalescença, mas o rei diz, se nos demorarmos, toda a corte pode ficar doente. "Cuide-se e me envie Gregory", diz ele, acenando um adeus.

Seu filho está em alta demanda. De Somerset a Kent, da região central aos planaltos do Norte, castelos e mansões competem para recebê-lo: um jovem agradável de aparência bela e adequada, nunca excessivamente íntimo, mas à vontade com grandes homens, discreto com servos e gentil com os mais pobres; capaz de tocar o virginal e o alaúde, de cantar sua parte, de conversar em francês e de disputar qualquer jogo de habilidade ou sorte, em interiores ou ao ar livre. No campo de caça, ele é incansável e destemido. Ele pratica diariamente o tiro com arco, dando exemplo — apenas a modéstia o impede de ser tão hábil quanto o pai com o arco longo. Ele, lorde Cromwell, agradece a Deus diariamente por sua visão exata a média distância. Para um trabalho mais próximo, agora ele precisa de óculos. São coisas desajeitadas, mas Stephen Vaughan lhe envia boas lentes da Antuérpia. Às vezes seus funcionários recitam as cartas para ele. Eles desejam poupá-lo do desgaste. Ele diz: "Todas as palavras, está entendido? Não a essência do que diz. Não sua versão. Todas as palavras". Se eles tossem ou hesitam, ele os obriga a começar de novo.

Em Austin Friars, ele pede a Mathew que lhe traga *O livro chamado Henrique*. Ele deseja, apesar de não ter tempo, registrar tudo o que descobriu desde que Ana Bolena foi levada à Torre. Ele pretende anotar a totalidade de conselhos que dá aos conselheiros do rei, sobretudo aos que recentemente prestaram juramento. O papel deles é animar e acelerar a virtude em seu príncipe. Se Henrique puder se considerar bom, ele fará o bem. Mas se uma sombra é lançada sobre sua alma, comparando-o com príncipes moralmente perfeitos e também afortunados, não se surpreenda se ele fornecer a você motivos de reclamação.

Às vezes ele lê um pouco do livro, para restaurar sua fé em si mesmo. Ele nutre esperanças em relação àquele volume. Não precisa ser longo, mas deve ser muito sábio.

No dia seguinte à partida do rei, ele está na Rolls House em Chancery Lane. Richard Cromwell entra e deposita papéis diante dele. "Chegaram versos de Kent."

Ele ergue os papéis junto ao rosto, imaginando que cheiram a maçãs. É a caligrafia de Wyatt, mas enquanto lê, ele pergunta: "Esse verso é dele?".

"Veio da mesa dele, senhor."

"Então estamos espionando Wyatt, sim?" Ele se diverte.

O que ele vê escrito são os nomes dos homens mortos. Rochford. Norris. Weston. *Desde o luto, amadureço mais sábio diariamente...* "Amadurece", diz ele. "Por que ele amadurece?" Segue lendo. *Brereton, adeus.* "Brereton, já vai tarde", diz ele.

Ele bate o papel na mesa e passa o dedo pela página. "Mark não foi esquecido." Ele imagina o rosto pálido do menino. *Um tempo tiveste, acima de teu pobre grau...* Confuso, desesperado, batendo numa porta no meio da noite; fechado no escuro, ele acreditava que um fantasma o acariciara, com plumas em lugar dos dedos e buracos em lugar dos olhos.

Ele pensa, essas linhas carecem de forma e força. Algumas estão mais para Tom Verdadeiro que para Tom Wyatt. E, no entanto, elas lhe apresentam aqueles cadáveres, promíscuos, amontoados numa carroça: seus pálidos membros ingleses misturados, as cabeças em sacos encharcados. *E assim, adeus a cada um de coração. O machado chega ao lar...* Ele diz a Richard: "Veja que o escritor não argumenta em prol deles. Ele diz que estão mortos, não diz que deveriam estar vivos. Ele evoca George Bolena para falar de orgulho... e aqui ele diz que mal conhece Brereton. Então, por que o luto?".

"Porque o luto se espalha como um contágio, senhor. Ele cresce dia a dia."

"Até certo ponto." Ele entende de luto. Ele lê em voz alta. "*Ah, Norris, Norris, minhas lágrimas começam a derramar-se, em pensar qual acaso te conduziu ou enganou, pelo qual arruinaste a ti e aos teus...*" Ele se interrompe. Está escrito "conduziu"? Ou "corrompeu"? "Note que ele não diz que outra pessoa arruinou Norris. Ele não diz que alguém o conduziu. Ele diz que o acaso o levou, ou as circunstâncias."

Richard diz: "Ele acredita que Norris era culpado. Está bastante claro".

"Bem, bem", diz ele. "E eu achava que havia decidido o destino dele. Mas talvez ele tenha feito tudo sozinho." Ele segura o papel contra a luz. Não há rasuras ou correções. A marca d'água é um unicórnio.

Richard diz: "Não sei se são versos de Wyatt, mas quem os criou, sabe o que aconteceu. Veja que não há menção à dama".

Não é necessário, ele pensa. Ana está sempre na sala.

Richard diz: "Talvez Wyatt tenha escrito, afinal. Com a mão esquerda".

Ou com seu coração duplo. "Não muda nada", diz ele. *O machado chega ao lar, suas cabeças, à rua.* É apenas a opinião de um homem. Mas é mais um golpe à nossa fé em nosso juízo. Fizemos isso e aquilo: poderíamos ter feito menos e deixado as línguas culpadas falarem por si mesmas.

Ele observa enquanto Richard recolhe os papéis. *Orem pelas almas daqueles que morreram e partiram.* "Eu irei para Mortlake", diz ele. "Para minha nova casa."

Em sua primeira noite, ele não consegue dormir. Ele caminha no jardim até o amanhecer, decidindo o que precisa ser feito primeiro: alguns tocos velhos e podres para levar para fora, e novos plantios. Ele percorre os cômodos da casa, replanejando-os, ampliando-os: o salão, a grande câmara e a galeria, a capela e a biblioteca, e as cozinhas, copas, armazéns; o depósito de madeira e o de carvão, a despensa úmida, a despensa seca, as fornalhas. Essa câmara poderia ser para Me-Chame, ele pensa, quando ele vier, e Richard pode ficar com o quarto de esquina ao lado — com janelas novas, talvez? Ainda resta material da reforma do rei em Hampton Court, ele pode mandar trazer por barcaça. As principais câmaras são servidas por uma escada privada; ele terá de pôr um guarda lá.

Ele conhece esse lugar da época de sua irmã Kat e de seu marido Morgan Williams. A família Williams tinha uma casa junto ao rio, quase sob o muro dessa mansão. Eles eram pessoas espertas, boas em fazer planos: Thomas, eles diziam, você não tem uma má cabeça em cima dos ombros, e se conseguir se livrar de Walter, poderá fazer algo de si mesmo. Eles imaginavam que ele poderia ser secretário de algum de seus amigos, ou ser gerente de cozinha de algum ancião, e se promover como guarda-livros de algum nobre. Ele se vê indo ao alfaiate de Morgan Williams e recebendo um bom casaco urbano como o dele: usando aquele casaco quando, aos trinta ou trinta e cinco, ele mergulhou suas filhas na fonte do velho Bouchier na igreja paroquial. A mansão sempre pertencera aos arcebispos. Seu tio trabalhara na cozinha por um tempo, e metade dos rapazes que ele conhecia ganhava moedas para transportar lenha, para descarregá-la no cais, para limpar os viveiros de peixes. Não parecia possível que ele adentrasse aqueles portões para ser algo além de um trabalhador:

ou que um dia ele entraria com planos de reforma em suas mãos, com o olhar detalhista de novo proprietário. Afinal, ele jamais pretendera ser arcebispo.

Se você se espanta com sua boa sorte, deve se espantar em segredo: nunca deixe que as pessoas vejam. Se você é lorde do selo privado, deve caminhar no exterior com semblante solene, parecendo escolhido por Jesus, como More fazia quando era chanceler. Uma vez que ele se livrou de sua vida pregressa — dos Williams e de seus planos, bem como de Walter, de seus tapas e pontapés —, ele não pensava que voltaria àquelas ruas. Mas nós ansiamos por nossas origens; ansiamos por um terreno inocente. Ship Lane sempre esteve lá, descendo as colinas até os cais. A cidade que ele conhecia era um território de becos e ratos em disparada, covis de ladrões com portas quebradas, barcos virados e apodrecidos, cordas puídas se dissolvendo em matéria vegetal, lama ribeirinha e cascalho. Ali se encolhe seu local de nascimento, na volta da curva do rio.

Hoje, em sua viagem desde Londres, ele sentiu que chegou com hóspedes: Norris e George Bolena, o jovem Weston, Mark e William Brereton. Quando desceu da barcaça, eles desceram também; parados às margens do Estige, esperando para atravessar. Morreram um após o outro, com minutos de intervalo, mas isso não significa que estejam juntos agora. Os mortos vagam pelas vielas do além-vida como estranhos perdidos em Veneza. Mesmo que se encontrassem, o que teriam para conversar? Quando se apresentaram a seus juízes, eles se afastavam uns dos outros, como se temessem ser contaminados. Cada homem apresentou argumentos contra o outro, na esperança de salvar a própria vida.

Saiam, ele lhes diz. Não pensem que podem se mudar para cá. Paguem o barqueiro e vão embora. Sua spaniel se vira no colo enquanto eles caminham ao crepúsculo, o focinho erguido, as orelhas onduladas erguidas; embora ela seja pequena devido à raça, seu focinho é tão afiado quanto o de um cão de caça. Sempre há uma corrente de perturbação, até que uma casa se acomode à sua presença: até que seu cão encontre o caminho para a lareira e os lençóis até as camas, e a carne para a mesa. Há um aroma no ar que o lembra de algo do passado — é levedura, talvez, lúpulo —, embora eles não tivessem lúpulo quando ele era menino, a não ser o que chegava na barca; os cervejeiros da cidade ainda usavam raiz de bardana ou cravo. O lúpulo envenena cães, diziam eles, quando os estrangeiros se vangloriavam de sua cerveja durar mais.

Ele se lembra de estar atrás do rei, junto a seu ombro, enquanto ele assinava as sentenças de morte em maio. Rafe Sadler, silencioso, do outro lado do rei: as janelas abertas para admitir um ar fresco, e o rei era um estudioso de mau humor, truculento como uma criança que se senta pela primeira vez diante da lousa. É um trabalho árduo para Henrique, é uma labuta incômoda, assinar o término de vidas. E a mão do rei repousa, ao que parece, por longos momentos, para que ele possa contemplar as linhas semiescritas — como se elas pudessem se completar sozinhas e aliviá-lo da tarefa.

Henry Norris, sim. Ele impulsiona o braço real ao movimento. William Brereton, sim: ele pode sentir, como se fosse o próprio rei, o poder concentrado do olhar de Rafe Sadler em sua nuca. O alaudista Smeaton, sim, esse é fácil de fazer, a tinta desliza como óleo para o papel, entrando no espaço vital: resultando facilmente, dentro de um dia ou dois desde agora, na morte líquida do rapaz. Como homem sem berço ou ascendência, Smeaton deveria ser estrangulado num nó corredio e, antes que morresse, suas vísceras deveriam ser arrancadas diante da multidão. Mas ele dissera a Henrique: "Seja misericordioso porque...".

O rei respondera: "Por que eu seria? Por que eu demonstraria misericórdia a um homem que fornicou com uma rainha da Inglaterra?".

"Mark é muito jovem e temeroso. Nenhuma criatura aterrorizada pode produzir uma boa morte. E ele deve tomar consciência dos seus pecados no final e ser capaz de formular uma oração."

"Acha que um homem que encontra o carrasco pode estar composto?"

"Já vi exemplos."

Henrique fechou os olhos. "Muito bem."

E ali Henrique fez uma pausa. Vemos novamente uma criança, curvada sob a pesada dor da infância: o *mauvais sujet* do mestre de escola se retorcendo em seu assento, chutando o banquinho, olhando pela janela enquanto um dia maravilhoso se aproxima do fim. Eu poderia estar lá fora, pensa a criança, sob o que resta do sol. No entanto, devo gravar essas letras; será que meu tutor me odeia para me manter nessa tarefa? E, da mesa em sua frente, com um suspiro, o rei tomou seu pequeno estilete (cabo liso de marfim) para afiar sua pluma. "Weston", disse ele. "Sabe... ele é muito jovem."

Por cima da cabeça do rei, os olhos dele encontraram os de Rafe. É preciso que sejam todos: sem dúvidas, sem exceções. Todos são culpados.

Rafe estende a mão, toma o estilete e a pluma e a afia para o rei. Henrique a recebe com um murmúrio de agradecimento: sempre educado. Ele respira e, com o pescoço dobrado, paciente como um boi atrelado a seu futuro, ele se reaplica à sua tarefa: Francis Weston, *sim*. Ele, Cromwell, pensa, eu já fiz isso antes, não? Em algum outro momento, uma forma semelhante de coerção?

O braço de Henrique, sua manga pesada de joias, arrasta-se sobre a mesa; um borrão de tinta se forma junto ao nome de Weston e ali floresce; ele se desdobra, uma solitária flor negra, e quarenta anos deslizam ao negror da tinta. Seu rosto não se altera; ele pode confiar em seu semblante, mas ele agora é uma criança, de pé, com braços cruzados, pés separados na postura de um homem.

Ele está parado sob uma luz difusa; é o sol da tarde que se acende numa curva de cobre polido. Ele vê o brilho baixo e ondulado dos pratos de estanho, o clarão de espelho das lâminas dos utensílios de cozinha, da faca de trinchar, da lâmina de desossar, do cutelo. É o palácio de Lambeth, o domínio do cozinheiro: o eco de vozes que se levantam, entre elas a do tio John.

O que aconteceu aqui? Alguém será chicoteado. A mão do encarregado da cozinha bate na mesa. O crime é declarado: quem, o quê e por quê. (Bem, não o porquê, ninguém está interessado no porquê.) O roubo, a infração, a violação — de maneiras ou protocolo, da massa da torta ou da tigela: o pecado da cozinha, o crime da despensa; seja o que for, o chefe do tio John pretende esfolar alguém por isso, ele está berrando suas intenções tão alto que sua voz retumba no frio da arcada acima e reverbera nas câmaras do crânio. E é o menino das enguias que se senta para chorar, o pescoço dobrado, as juntas dos dedos pressionadas nos olhos enquanto o encarregado da cozinha o espanca em busca de informações: o menino ruivo das enguias que ele, Thomas Cromwell, quase afogara num tonel de água ontem mesmo. "Fui eu!" O menino das enguias está coberto de lágrimas furiosas, o nariz borbulhando de catarro, os olhos apertados com força. "Me deixem em paz. Saiam de cima de mim. Já chega. Fui eu."

Ele esconde seu sorriso: péssima semana para o menino das enguias.

É apenas quando o menino é levado para seu castigo, e o enxame de boquiabertos subalternos se dispersa, que seu tio lhe diz, a voz baixa: "Seu demônio, foi você, não foi?".

"O quê, eu? Eu não estava nem perto. O senhor ouviu. Ele confessou."

"Sim, mas ele não teve escolha. Só Deus sabe." John dá meia-volta. "Você não podia resolver com o pobre coitado, sendo que ele é seu conterrâneo?"

"As pessoas de Putney não gostam umas das outras. O senhor sabe disso."

"Você apunhala como um espeto, Thomas. Onde vai acabar?"

Whitehall, ao que parece. O rei baixa sua pluma. Ele esfrega a ponta dos dedos; certo, feito, *deo gratias*. Rafe recolhe a papelada. Cada risco da pena se traduzirá num golpe do machado. Como o menino das enguias, eles entenderão que, se Thomas Cromwell disse "Você fez", então você fez. Não adianta discutir. Apenas prolonga a dor.

Do lado de fora da sala, ele diz a Rafe: "Leve esses despachos à Torre antes que ele mude de ideia".

"Senhor...?" O olhar de Rafe, intrigado, viaja para a mão de seu amo. Ele está segurando — como isso chegou aqui? — o estilete do rei, "HR" gravado em letras negras. Ah, ele diz, eu deveria... Rafe diz, eu vou, eu levarei de volta para ele, e ele responde, não, leve esses papéis para as mãos de Kingston e depois pode voltar para Helen antes de escurecer.

Rafe parte; um olhar de despedida por cima do ombro, o clarão pálido acima de um turbilhão de cabelos escuros. Ele, Cromwell, regressa para seu amo, o estilete em punho. Ele está parado à porta, as palavras em seus lábios: majestade, percebi que tenho essa faca na mão, mas ela pertence ao senhor.

Mas Henrique está em oração. Ao lado da mesa, ele está ajoelhado, sem almofada, no chão de pedra: os olhos fechados. Os lábios se movem: *salve, regina*. O entardecer ameno o envolve como um manto, a rósea luz.

Ele deixa o estilete do rei na mesa e se afasta. Não recua de costas, como é o costume, da presença do monarca, mas parte confiante como um homem em sua própria casa, afastando-se de alguém no meio da conversa, abandonando a sala e deixando a porta aberta.

Na noite anterior, o jovem Dick Purser lhe dissera: "Senhor, a rainha é realmente culpada? Ela realmente fez aquilo com todos aqueles bravos cavalheiros?".

Não adianta dizer: ela não está sendo julgada por isso, mas por traição. Dentro de um mês, o povo se lembrará apenas das obscenidades e indecências. "Está perguntando minha opinião?" Ele passara a mão pelo rosto. "Veja, Dick, é por isso que temos tribunais, juízes e júris... para nos proteger da tirania da opinião de um homem só."

Fora da câmara do rei, os cavalheiros da Coroa tentaram convergir para ele, mas ele os afastara com a palma da mão aberta. "Vão até o rei, ele está rezando, mas creio que desejará sua ceia em breve." Ele estava irritado; se Henrique tinha em mente se ajoelhar e suplicar à Santíssima Virgem, alguém deveria ter previsto isso e providenciado um genuflexório. "Acendam o fogo, o sereno está caindo. Mais tarde, ele talvez peça música..."

Clément Janequin, seus salmos. Os duetos de Francesco Spinacino, os saltarelos de Dalza, o Milanês: a *pavane alla venetiana, pavane alla ferrarese*: uma nova tocata de Capirola, rapidamente ensaiada a partir de um manuscrito decorado em suas bordas com desenhos de macacos e lebres saltitantes. O *galliard*, a *basse-dance*, as *Chansons nouvelles en musique à quatre parties*: quatro partes agora mortas, ou mortas em efeito, e cinco se contarmos George Bolena. Em outras noites leves, os músicos se acomodavam junto à tribuna real: as geleias circulam e as frutas são tostadas no mel, e quando os servos se retiram, entra a companhia, um deles com alaúde na mão: uma única nota, trêmula, é extraída de uma corda tensionada em clave de serafim. Com a morte de Norris, Brereton e Weston, outros cavalheiros, escolhidos por Thomas Cromwell, ocuparão seus lugares na câmara privada, junto à pessoa do rei. Mas os servos antigos são os melhores, aqueles que sabem quando o amo precisa cantar e quando precisa orar. Será que a morte os impedirá de escrever seus nomes na escala de serviços, marcar seus nomes na lista: seis semanas de folga e seis semanas presentes? Na terceira semana de maio, a cabeça deles está rolando pela rua. Chegará o outono, os dias mais curtos, e a sombra de Harry Norris deslizará de volta às suas tarefas, pendendo num canto como uma aranha em sua seda. Há um lugar, um lugar guardado na imaginação, onde o menino das enguias está sempre esperando para ser chicoteado, onde George Bolena está sempre em sua cela na prisão, sempre se erguendo em boas-vindas: mestre Cromwell, eu sabia que viria. Quando George se pôs de pé, as mãos estendidas, uma imagem se agitou em seu íntimo e ele se viu em outro lugar: em algum outro espaço fechado, a luz decaindo, como se alguém houvesse semicerrado um postigo. Acima dele, uma sombra, a asa estendida de um anjo; sangue em sua boca e a curva não de plumas, mas da pedra; e um calafrio, um calafrio profundo na medula. Um arco de pedras, um porão, uma cripta, onde alguém espera no escuro: alguém que apreendeu a dor por tanto tempo que caminha na direção dela, braços abertos, aliviado por ela finalmente estar aqui.

Ele se lembra de si mesmo aos dezoito anos de idade, uma criatura estilhaçada rastejando do campo de batalha, esgueirando-se pela Itália até chegar ao descanso — ou a uma pausa — no portão da casa bancária Frescobaldi. Ele não sabia então de quem era a casa, apenas que precisava de abrigo. Ele tinha visto o santo da cidade desenhado nas paredes — o patrono da cidade, alguém poderia dizer: Hércules quando criança, esmagando uma cobra em seu punho; Hércules heroico limpando os estábulos de Áugias com seu balde e seu ancinho. Depois, quando o portão se abriu à sua batida, ele se arrastou para dentro. "Meu nome?", ele disse ao encarregado. "Meu nome é Ercole, eu posso trabalhar."

Agora, quando ele recorda a si mesmo, desamparado nas pedras do calçamento, ele se vê enegrecido enquanto se arrasta, como se escapasse de um edifício em chamas. Ele caminha pelos aposentos da mansão em Mortlake, lorde Cromwell em terra natal, as margens do rio tão familiares como as águas do útero de sua mãe. Por fim, ele abafa sua vela e dorme, e sonha que está parado, envolto no manto da noite, num cais onde os barcos em chamas incendiaram o píer.

Pela manhã, batidas no portão despertam a casa. Ele se levanta, ora brevemente e desce para ver qual a causa do barulho. São os servos de Richmond, chegando de St. James para dizer que o jovem duque está morto.

Ele pergunta: "Há alguém na estrada para contar ao rei?". (Pela primeira vez, esse não é seu papel: ir de Mortlake para a estrada de Dover, só tendo asas.) "Alerte o lorde arcebispo. Ele deve se preparar para estar junto ao rei."

Ele pensa: Henrique dirá que isso é um castigo de Deus contra ele, por permitir que os bispos redijam novos artigos de fé. Por reduzir o número dos sacramentos.

"Assegurem que a notícia chegue a Lady Clinton. Lembrem-se dos sentimentos de uma mãe, contem a ela com delicadeza — sem bater no portão e bradar para os céus."

Dezessete anos atrás, quando o filho do rei nasceu, ele, Cromwell, não estava na corte ou em nenhum lugar próximo dela e, portanto, tem de confiar em outras pessoas para lhe contar sobre aqueles dias. Francis Bryan conheceu Bessie Blount quando ela chegou à casa da rainha, bela como uma deusa e nem sequer com catorze anos completos. O rei não a tocaria naquela idade; mesmo o mais leniente confessor tremeria na papada diante de tal ideia. Henrique dançava com ela, e esperou um ano ou dois, sempre atento a Charles Brandon em seu rastro, pronto para agarrá-la. E assim a rainha Catarina teve de assistir enquanto sua pequena dama de companhia se recheava, roliça, sorridente e enjoada todas as manhãs. Catarina não dizia nada, apenas elogiava sua pele luminosa. Ora, ela comentara, creio que nossa pequena Bessie está apaixonada.

Bessie foi levada embora antes que sua barriga aparecesse. Sua família estava consciente da honra e esperançosa em dar um filho ao rei. Foi o cardeal quem organizou tudo. O rei jamais a viu depois — talvez uma vez, depois que a criança nasceu. Ele recebeu os elogios, insinceros, dos embaixadores: isso mostra que vossa alteza é perfeitamente capaz de gerar um menino, e decerto Deus não lhe negará por muito tempo o consolo de um filho nascido no matrimônio. Mas todo mundo sabia que as regras de Catarina haviam parado e ela não conceberia outra criança.

Foi Wolsey quem organizou uma casa para o bebê, quem encontrou um casamento honroso para a nova mãe, quem movimentou os fundos — as concessões de terras e honras. Talvez ele tenha cuidado demais de Bessie. Dez anos depois, com o poder do cardeal se esvaindo, seus inimigos destrancaram um baú repleto de rancores e destroços, e de lá saiu rastejando uma bolorenta calúnia. Alegaram que — seguindo o exemplo de Bessie Blount — todas as donzelas da Inglaterra desejavam se tornar concubinas. Prostitutas se aglomeravam nas proximidades do rei, diziam eles, esperando ricas recompensas.

Ao que parece, respondia o cardeal secamente, eu devo acrescentar aos meus crimes a degradação do casamento, a corrupção das virgens e a valorização dos cafetões por toda parte.

Não é, e nunca foi, costume dos reis da Inglaterra assistir aos enterros de seus filhos ou esposas. Quando o príncipe Artur morreu, o principal representante foi o predecessor do duque de Norfolk; chega a palavra do rei de que seria apropriado seguir o costume e que os ritos seriam organizados pelo Howard que detém o título hoje. E uma vez que Fitzroy estava sob a tutela do presente duque, e era casado com sua filha, parece adequado que ele seja enterrado em Thetford, entre os próprios antepassados do duque. As instruções são de que a remoção deve ser feita num coche fechado e que todo o assunto seja tratado sem alarde.

"O que Henrique está fazendo?", pergunta Chapuys. "Ele não está imaginando que pode esconder que o filho morreu, está?"

Ele diz: "Eustache, não posso falar sobre o estado de espírito do rei. Sou empregado para fazer leis e cuidar do tesouro. Para o resto, ele tem o arcebispo".

"Aquele sujeito dúbio."

Ele o encara bruscamente para ver o que o embaixador sabe. "Herege", prossegue Chapuys. Ah, é só isso, ele pensa, aliviado. O embaixador se aproxima para uma última tentativa. "A morte de Richmond não é má para os interesses da princesa Maria." Ele sorri. "Sua futura noiva."

Seus aliados se reúnem na Rolls House. Me-Chame diz: "Meu lorde do selo privado... lembra aquele dia em que foi a St. James com Richard Riche? Quando Fitzroy caiu doente pela primeira vez? O senhor pôs Riche para fora do quarto do doente, ele me disse. O que houve? Posso perguntar?".

Ele pensa: o filho expressou traição contra o pai. Mas isso não importa agora.

Wriothesley diz: "Richmond temia ter sido envenenado. Eu o ouvi dizendo isso".

"Pelo amor de Deus, não comece com isso", diz Rafe Sadler. "Ou eu lhe darei um bofetão."

"E até conseguiria, rapazinho, se subisse num caixote." Me-Chame decide levar na brincadeira; ele está interessado demais nas tramoias para se distrair. "Se a lei de sucessão mencionasse Richmond, haveria motivos para suspeitas contra a gente de Maria. E mesmo assim, conhecendo a natureza de Maria..."

Rafe diz: "Não importa sua natureza. O rei está reconciliado com ela. E isso não custou poucas preocupações ao nosso amo".

"Reconciliado?", Wriothesley bufa. "Ela foi forçada a dobrar o joelho. Acham que ela perdoará? Eu não."

Gregory implora: "Meninos, não briguem. Ninguém foi envenenado. Certamente".

Ele diz a Wriothesley: "Pense o que quiser, mas não arraste esse boato pelas ordens dos advogados. Ou por onde quer que ande".

"Ou pelos bordéis de Southwark", Rafe diz em voz baixa.

"Você anda por lá?" Gregory está interessado.

Rafe pergunta: "O que vamos dizer a Henrique?".

É a única pergunta que resta. Ele precisa ir a Kent e dizer alguma coisa. Quarenta e cinco anos nesta terra, vinte e sete deles como rei da Inglaterra — e tudo o que ele tem para mostrar são três filhos bastardos, sendo um deles agora um cadáver.

Ele vai à Torre para ver Meg Douglas; no bolso, um exemplar recente de versos dela. "Devo ler para a senhorita?"

Reconhecendo sua letra, ela se assusta. "Como conseguiu isso?"

Agora me enluto como por um falecido
Usurpada à força de meu deleite
Sem poder ver meu amado ausente
A quem para sempre meu coração está prometido.

"Acho que a senhorita ainda não entende", diz ele. "Não houve nenhuma promessa. A senhorita não pode se dar ao luxo das promessas. Seu estado era grave na semana passada, milady, mas esta semana está pior."

"Porque Richmond está morto." Ela ergue os olhos. "Isso me deixa mais perto do trono. Ele não está mais no meu caminho."

Que Deus a ajude, ela supõe que isso lhe dá alguma vantagem maior. Ele diz: "Pode imaginar o sofrimento do rei? Dizem que ele não consegue falar pela tristeza. Está mudo há dois dias".

Meg não diz nada. Ele atira o papel diante dela. Ela escreveu seu nome embaixo do verso, ou o que pensa ser seu nome agora: *Margaret Howard*. "Eu contei ao rei sobre como a senhorita foi enganada e desorientada. Mas agora seus olhos estão abertos e está profundamente arrependida do que fez. A senhorita repudia lorde Thomas Howard e deseja jamais vê-lo ou falar com ele de novo."

"Mas isso não é verdade."

"Será verdade, com o tempo."

"Não posso viver sem lorde Thomas."

"A senhorita descobrirá que pode."

"*Você* não sabe", diz ela.

Ele quer perguntar a ela: o que achou que sairia disso? Que você esperaria numa torreta e Tom Verdadeiro chegaria cavalgando pelas colinas, com sua lira pendurada atrás da sela? E você na janela do alto, jogando suas tranças cor de morango? Chegou a imaginar o que aconteceria quando Mary Fitzroy ficasse de guarda em frente à porta do quarto — chegou a imaginar como seu bem-amado a sujeitaria, com uma estocada brutal que a fez sangrar? Chegou a imaginar que ele a usaria e a estragaria?

Ela diz: "A senhora minha mãe me escreveu da Escócia. Ela diz que devo obedecer ao meu tio, o rei, em todas as coisas. Caso contrário, ela me deserdará".

"Ela é irmã do rei, ela o compreende. Depois do verão que passamos, não acha que ele está sensível à sua honra? A senhorita escolheu uma péssima hora para se apaixonar."

Ele pensa: não faz ideia do quão duro estou trabalhando por você. Lady Maria tampouco sabia. Ela deveria mesmo se casar comigo, por gratidão. E você também.

O condestável Kingston está esperando por ele do lado de fora. "Sir William", ele diz, "ainda tenho esperanças de que Jane seja coroada neste verão. Portanto, transfira Lady Meg para a Torre do Jardim. Ela deve viver em confinamento até que eu possa inclinar a mente do rei à misericórdia, e isso ainda vai demorar."

"Se fosse por mim", diz Kingston, "eu impediria que essas cartas circulassem. Mas me disseram que é do seu agrado que seu homem Martin aja como cupido. Por que incentivar isso, se o senhor está tentando impedir o rei de agir contra ela?"

"Quero os versos deles para o livro."

Talvez Kingston pense que ele se refere ao livro de estatutos. Ou um livro de orações. "O livro de poemas", ele explica. Os suspiros ardentes. O coração congelado. Melhor o coração congelado que os perigos do degelo.

Kingston diz: "Lorde Thomas é um jovem inofensivo". Há algo quase tímido no comportamento de Kingston: esse homem de experiência singular, procurando algum indício do que vem a seguir. "Deus permita que o arcebispo possa consolar o rei nesse último golpe do destino. Eles morrem tão rápido, não sei como ele suporta."

Ele chega ao palácio de St. James ao cair da noite e, com a notícia de sua chegada, os servos se reúnem em assembleias sussurradas, silenciando uns aos outros. Os oficiais já estão de luto. Os criados, em libré amarela e azul, amarram faixas pretas em torno das mangas. Mas todas as cores estão se apagando na penumbra, o amarelo se torna verdoso, o azul se aprofundando em índigo. Um homem implora: "Senhor, meu lorde Surrey está no pátio dos estábulos. Ele está escolhendo os melhores cavalos para si e temos medo de levar a culpa".

Ele acelera o passo. O criado acelera junto com ele. "O que vai acontecer conosco? Com a casa?"

"Vou acolher tantos quantos eu puder. O rei será bom para vocês."

Ele não sente confiança nessa última parte. A reação do rei à morte do filho, até onde se pôde entender, não é de tristeza, mas de uma ira ciumenta, como se algo o houvesse enganado. Norfolk o procura para instruções mais detalhadas: "Cromwell, o que devo fazer aqui? Coche fechado? O que isso implica?

Devo construir um monumento do meu próprio bolso? Ou Henrique quer que eu jogue o menino em alguma cova comum, como um maltrapilho de roupa ordinária que jantava cebola cozida?".

No estábulo, ele encontra o jovem Surrey, parado enquanto o cavalariço Colins conduz a égua jennet preta de Richmond. É uma criatura brilhante e musculosa de raça espanhola, as patas ágeis em adornos de veludo preto.

Os olhos de Surrey passam por ele. Nenhuma saudação. "Ele gostaria que eu ficasse com o animal."

"O senhor deve prestar contas ao rei pelo que leva para seu uso. Mas ninguém reclamará, se esclarecer com o mestre cavalariço do meu amo."

"Giles não me causará problemas", diz Surrey. "Além do mais, onde ele está?"

"Orando, eu imagino."

"Pensei que você não acreditasse em orações para os mortos."

"Talvez Giles Foster acredite."

O preto alonga os membros de aranha do jovem. Quando ele se vira, uma mão de luvas vermelhas na crina do cavalo, um raio baixo de luz do sol o atinge e ele cintila, da cabeça aos pés, como uma teia gotejada de orvalho. Uma inspeção mais detalhada mostra que ele está coberto de diamantes. Ele deveria jogar uma capa em torno de si, mesmo sob o risco de apagar seu lustro; por mais bem-nascida que seja a égua, ela ainda tem cheiro de cavalo. Surrey alcança o freio. "Pode sair do meu caminho, Cromwell? Eu quero conduzi-la."

Ele não se mexe. "Seria caridoso da sua parte, uma vez que o senhor e meu amo tinham uma relação tão fraterna, dar emprego a alguns deles na sua casa."

"Suponho que você já fez suas escolhas? Eu imaginava que seu séquito já estava suficientemente inchado. Vejo sua libré por toda a cidade. Você emprega uns rufiões bem corpulentos, Cromwell. Nunca vi semblantes tão malignos e tanta disposição para lutar, como vejo no seu pessoal."

É verdade que ele emprega homens que, devido a suas histórias dúbias, não conseguem encontrar outro amo. Ele não se sente em posição de explicar isso a Surrey. Ele diz: "Eu concordo, as aparências geralmente desfavorecem meus rapazes. Mas não creio que entrem em conflito se não for por uma boa causa".

"Nem mesmo se provocados?"

"Ah... nesse caso, eu não saberia dizer."

Ele pensa, eu poderia parti-lo em dois, menino. Ele passa a mão no pelo brilhante da égua; o animal se agita e ele encontra o lugar macio entre as orelhas e o esfrega. Surrey está chorando: ele esconde o rosto no colorido teliz estampado com as armas do menino morto. "Ele era meu amigo", diz ele. "Mas você, Cromwell, não entenderia — a amizade que existe entre homens de linhagem antiga e sangue nobre."

Eu entendo, ele pensa, que seu nariz está escorrendo como o de qualquer moleque de estábulo. "Seu pai não gostaria de vê-lo chorar. Encare isso como um homem cristão, senhor. Richmond se foi para onde nenhum mal pode alcançá-lo, nem estragar a flor da sua juventude. Ele era filho de um rei, mas encontrará um pai no Paraíso."

O rosto de Surrey está manchado: lágrimas, ira. "Cromwell, eu gostaria de estar morto", diz ele. "Não, retiro o que disse. Gostaria que você estivesse morto."

Ele se lembra do desmembramento do palácio de York: o tilintar do tesouro nos baús de outros homens, a corrida para o rio. Ele tem muita gente de Wolsey entre os seus. Os duques levaram outros. Eu me pergunto, ele pensa, se Charles Brandon mantém aquele palhaço que fazia a manutenção da lareira e das chaminés em Esher? Ele se satisfaz em pensar em Suffolk sendo defumado como um arenque, desde o ano de 1529 e em todo inverno até agora: e de agora em diante, até o fim do mundo.

Ele responde a uma convocação de Jane, a rainha: ele a encontra com um livro no colo, um Livro de Horas. Ele pensa, conheço esse volume. Pertencia à outra.

Jane mostra o livro. "É dela, de Ana Bolena. Ela e o rei trocavam esse livro entre si. O rei fez uma inscrição, sob o Homem das Dores."

Ele pega o livro de suas mãos. Cristo está ajoelhado, sua carne sangrenta da cabeça aos calcanhares, cada sangramento estreito como um fio. A imagem está costurada dentro de uma borda de ervilhas e morangos maduros: o rei escreveu algumas linhas em francês. "Lady Rochford gentilmente traduziu para mim", diz Jane. "*Sou seu, Henry R, para sempre.* E então ela respondeu a ele."

Ele não consegue ver a resposta.

"Veja embaixo da Anunciação", diz Jane. "Ela tinha esperança, claro, naqueles dias. Ela achava que poderia conceber um filho."

Ele encontra a imagem. Uma tímida virgem com olhos baixos está recebendo boas notícias: o anjo do senhor está bem atrás dela.

Jane recita: "*Por provas diárias, descobrirás/ Que serei para ti amável e bondosa.* Acha que ela foi bondosa com ele?".

"Não com frequência."

A mão de Jane passa sobre a encadernação do livro, como se fosse uma criatura viva que ela está confortando. "Às vezes, quando o rei me faz, por assim dizer, uma visita, ele adormece na minha cama. Mas ele logo acorda porque tem pesadelos. Então se ajoelha junto à cama. Ele grita, *mea culpa, mea culpa, mea maxima culpa*. A isso ele acrescenta outras frases em latim, que não compreendo. Então chegam os cavalheiros da câmara privada e o conduzem de volta para sua própria câmara."

"E a senhora, madame, espero que depois consiga descansar?"

Jane meneia a cabeça para Mary Shelton, que está junto dela. Mary faz sua mesura e sai, dirigindo a ele um sorriso cansado.

"Todos os senhores gostam de Shelton", diz Jane. "O rei gosta dela." Ela espera até que a porta se feche. "Minhas damas dizem que, se uma esposa não tem prazer com o ato, ela não conceberá um filho. Isso é verdade?"

Jane espera. Parece que, humildemente, ela esperaria o dia todo: ela sabe que faz perguntas para as quais provavelmente não haja respostas.

Ele diz: "Talvez devesse consultar a senhora sua mãe? Ou uma das damas mais idosas aqui na corte poderia aconselhá-la — a condessa de Salisbury?".

"Elas devem ter esquecido. Estão velhas."

"A senhora sua irmã, então. Porque ela tem duas belas crianças, pelo que eu soube."

"Bess me encoraja. Ela me diz, reze uma Ave-Maria, Jane, e o rei logo terminará. Ela me diz que não tinha muita alegria no seu próprio leito conjugal. Com Oughtred, era como uma manobra militar. Brusca."

Ele explode em risadas. Às vezes dá para esquecer que ela é uma rainha. "Ele não rufava tambores, espero?"

"Não, mas ela sempre sabia quando ele estava a caminho. Bess diz que não lhe viria mal um novo marido. Um jovem com disposição a quem ela poderia ensinar. Mas os bebês chegam quando querem, diz ela, com prazer ou não, e não dão ouvidos ao que os médicos dizem." Ela estende as mãos para o livro. "Esqueça isso. Eu não deveria ter perguntado ao senhor. Pode ir ver o rei agora. Hoje ele não está vestido de turco."

Na câmara privada do rei, ele fica surpreso ao encontrar Rafe. "Está no seu turno, mestre Sadler?"

Um escudeiro diz, cortante: "Mestre Sadler segue sua própria escala. Ele está sempre aqui".

"Ele está falando sobre meu lorde Norfolk", diz Rafe. "Está bravo com ele. E mandou trazer os inventários de Richmond."

"Meg Douglas, ele disse...?"

"Não inclinado à misericórdia."

"Certo", ele responde.

Um alfaiate genovês está drapejando o rei em veludo preto. Ele cumprimenta o homem, convidando-o a se retirar. Henrique diz: "Ainda pratica aquela língua italiana".

E suas variantes. O rei conhece italiano o suficiente para cantar uma balada amorosa, mas não o bastante para falar sobre dinheiro.

O alfaiate recua, curvando-se, as dobras da noite penduradas em seus braços. "Causa-me assombro", diz o rei, "que o duque de Norfolk passe tanto dos limites a ponto de ignorar meus desejos. Eu disse coche fechado. Eu disse, discrição. Agora ouvi dizer que cavaleiros de negro foram na frente."

"Ele não queria desonrar o filho de um rei."

"Ele desafiou minhas intenções."

"Ele não compreendeu perfeitamente quais eram."

Henrique o encara: isso não é desculpa. "Diga a ele que vou mandá-lo para a Torre."

"Não me atrevo a levar essa mensagem." Ele se surpreende consigo mesmo — porque, ao proferir aquela útil mentira, ele sorri.

Henrique está desarmado — como alguém que descobre o medo de uma criança e encontra um meio fácil de dissipá-lo. "Se tem medo de Thomas Howard, é claro que vou dispensá-lo da sua tarefa. Achei que você não temesse ninguém. Não deveria, meu caro. Você tem minha autoridade."

"A Torre está quase lotada", diz ele. "A senhora sua irmã escreveu da Escócia, implorando que a vida da filha seja poupada."

"Eu sou dono da Escócia", responde Henrique. Depois de Flodden, eu deveria tê-la tomado de volta."

Ele pensa, você não tinha homens nem dinheiro. Você não tinha a mim. "O cardeal costumava dizer que os casamentos funcionam melhor que as guerras. Se deseja um reino, escreva um poema, escolha algumas flores, ponha sua boina e vá cortejar."

"Bom conselho", diz Henrique, "para qualquer príncipe que é dono do seu coração. Ou alguém que tem outros corações de que dispor. Mas se as princesas se entregam a homens sem fortuna, apenas porque gostam dos seus versos, então já não sei mais em que mundo vivemos."

"Eu rogo pela sua misericórdia", diz ele.

"Minha sobrinha é uma vergonha e uma desgraça. Ela se entregou ao primeiro homem que a solicitou. Ela deu o que pertencia a mim."

Ele pensa, eu gostaria que Cranmer estivesse aqui. É tarefa do bispo mostrar como os pecados podem ser perdoados ou redefinidos: provar como o adultério não é adultério e como matar não é assassinato. É ele quem detém a chave para o jardim murado da mente do rei; ele conhece seus passeios sombrios, suas aleias, seus cantos úmidos onde os raios de sol nunca alcançam. "A mim me parece", diz ele, "que, se uma palavra é dada de forma leviana, às pressas, por uma jovem, sem o conselho de amigos sóbrios, sob a intoxicação do amor, sem o conhecimento de onde ela a levará... Eu me pergunto, senhor, será que Deus em sua sabedoria não sorriria diante de tal promessa?"

"Ninguém escarnece de Deus", responde Henrique. "Como são Paulo se alegra em nos dizer, os homens colhem o que plantam e as mulheres também. Prestar um juramento e não dizê-lo a sério, isso é blasfêmia. E se as palavras não passam de um fôlego, se as palavras são ar... se não são laços, se não são honra..."

"Eu falo de amantes. Não de príncipes."

O rei desvia o rosto. "É verdade, há uma diferença." Uma pausa. "Há grandes lordes e jovens precipitadas que têm motivos para lhe ser gratos, lorde Cromwell."

Ele inclina a cabeça. Ele pensa, Wriothesley ficará pasmo, porque mais uma vez deixei Norfolk escapar quando já o tinha no anzol. Ele se imagina exclamando para Thomas Avery, que faz suas contas: mande uma fatura a Norfolk com minha taxa, a misericórdia não é grátis.

O rei indica um maço de papéis — inventários, como Rafe dissera. Ele folheia. "Garanta que Lady Maria receba a prataria da casa de Richmond. O ouro para mim, é claro." Ele vira as páginas. "Essas peles de zibelina e carneiro devem ser enviadas aos meus oficiais do guarda-roupa. As tapeçarias... Moisés encontrado nos juncos... as pragas do Egito... Moisés guiando seu povo pelos desertos do Sinai... Certifique-se de que os objetos da casa do meu filho não sejam desviados para a família da mãe dele. Já fiz muito por Bessie — Lady Clinton, devo dizer — e não estou inclinado a fazer mais. E tome cuidado com a filha de Norfolk também — quero os bens dela listados, para termos certeza de que não serão subitamente incrementados por bens que deveriam vir para os meus cofres."

"Teremos de lhe dar uma pensão, senhor. Ela é viúva do meu lorde Richmond, mesmo que ainda seja donzela."

Henrique bufa. "Você devia se perguntar se ela de fato é uma donzela, já que se imiscuiu nesse caso da minha sobrinha e enlameou o próprio nome. O que uma virgem deve saber de encontros secretos, escadarias de fundos e fechaduras azeitadas?"

Então assim será. Ele usará o equívoco de Mary Fitzroy para privá-la de suas posses e enriquecer o tesouro. Poderia haver punições piores.

"Que o pai a leve de volta às suas terras", diz Henrique, "e que providencie para que ela viva casta. Um convento seria o melhor." Ele olha para as listas. Casacos de cetim com bordas de prata; hábitos de veludo verde, para cavalgar na primavera pelos bosques quando as flores pesam nos ramos. Uma imagem de santa Doroteia com uma cesta e guirlanda; Margarida de Antioquia pisando num dragão; Jorge também pisando num dragão, com espada, lança e escudo, uma pena de avestruz na cabeça. Colheres, cálices, tigelas, incensários, tabernáculos, aspersórios de água benta; correntes de ouro com rosas de esmalte branco, rosas vermelhas com corações de rubi. É um prazer para o rei ler os inventários em voz alta, como se estivesse lendo para o filho morto: eu lhe dei vida e lhe dei tudo isso.

"Um saleiro esculpido em berilo." Henrique franze a testa. "A tampa com um rubi engastado, o pé decorado com pérolas e pedras. Não dizem quais pedras. E eu não me recordo."

"Um presente de Ano-Novo do meu lorde cardeal. O ano me escapa."

O rei ergue os olhos. "Que atípico da sua parte. Eu soube que Surrey levou a jennet preta."

"E seu equipamento."

"Diga a Giles Foster que eu quero a baia e o alazão."

"Senhor." Ele abaixa a cabeça.

"Mary Fitzroy pode ficar com os capões, para levá-la aonde quer que ela esteja indo." Um sorriso árido. "Pensa que não tenho coração? Fazendo partilha, quando meu filho está embrulhado para jazer entre estranhos? Mas, como o salmista me ensina, *placebo Domino in regione vivorum*. Agradarei Nosso Senhor na terra dos vivos, já que é somente na terra dos vivos que podemos fazer qualquer coisa." Henrique olha para longe. "Ouvi dizer que meu primo Reginald Pole foi chamado a Roma. O papa o incumbiu de liderar uma cruzada contra mim. Ele visitará a corte francesa e os instigará a agir."

"Eu me pergunto como." Os exércitos franceses acabaram de marchar para o território da Saboia. O rei francês quebrou dois tratados, então o imperador quer o sangue dele. Francisco tem mais a fazer do que receber Reynold quando ele aparecer, carregando seus volumes de direito canônico e balindo sobre sua linhagem antiga.

Ele diz: "Os franceses não farão nada por ele. E o papa não lhe deu navios, nem dinheiro, nem homens".

"Mas ele o fortaleceu com poder espiritual." A boca de Henrique se retorce. "Ele pegará a estrada."

Henrique alimentou aquele ingrato, Pole. Mas agora ele sente o açoite envenenado da cauda Plantageneta, sente a picada da cobra de presas ocultas. Henrique se inclina à frente. Ele parece engasgar. Quase se pode sentir seu coração galopando — seu rosto está rosado como a vitela da Páscoa. Com a mão espalmada, ele dá um tapa no braço da cadeira. "Traidor", ele diz. "Traidor. Eu o quero morto."

Ele espera que o acesso passe. E diz: "As guerras que seu pai travou ainda não terminaram. Mas eu lhe garanto, senhor — podem ser encontrados meios na Itália para eliminar um súdito traidor. Onde quer que Pole vá, minha gente o seguirá".

Henrique desvia o olhar. "Faça o que deve fazer. Já lhe contei antes sobre como a família de Pole lançou uma maldição depois que o jovem Warwick foi decapitado. Meu irmão Artur morreu aos quinze. Meu filho Richmond, aos dezessete."

O rei costumava explicar sua falta de herdeiros dizendo que se casara ilegitimamente com a esposa. Agora parece que os Pole são os culpados. É a explicação mais útil, com as coisas como estão; a explicação anterior perdeu o suco.

"Você viu Margaret Pole em L'Erber", diz Henrique. "Ou foi o que me informaram. Continue frequentando o local. Eu não deveria duvidar de toda a família, imagino. Mesmo assim, eu duvido."

O rei faz um sinal. Ele se retira com uma mesura. Henrique exclama à sua saída, *"Dieu vous garde"*.

Ele está feliz por Henrique não pressioná-lo para saber mais da visita a Margaret Pole. Ele não quer dizer que foi lá para ver Bess Darrell. Não quer mencionar o nome de Wyatt. O rei diz que um homem está perdoado, mas isso não significa que sua ofensa foi esquecida: e, em seu arruinamento, uma mulher pode ser arrastada e destruída. A condessa o deixara sozinho com Bess e suas costuras. Mas depois, quando ele estava saindo, um servo o interceptou: Minha senhora condessa vai vê-lo.

O servo o levou a um gabinete com painéis, o oratório privado da condessa. Aqui você ficava encerrado, isolado, sem ouvir os ruídos da cidade — os cascos no calçamento, os gritos dos barqueiros, o clangor e as marteladas das oficinas junto às muralhas. Uma mesa estava montada para a missa, coberta de rico brocado; o retábulo era de prata, reluzindo figuras indistintas que se dedicavam a vidas piedosas, e o fez lembrar de um que Anselma tinha na Antuérpia, anos atrás. Contudo, Lady Salisbury é uma das damas mais ricas da Inglaterra, e é provável que o dela seja de maior valor.

Margaret Pole se virara para ele. "Espero que não tenha deixado a srta. Darrell às lágrimas?"

"Por que eu deixaria?"

Ela destrancara a caixa de escrita. "Tome."

"Esta é a letra do seu filho?"

"Ele está cercado de pessoas que cumprem o ofício de secretariado. Italianos, talvez. Não sei seus nomes."

Não, ele pensa, mas eu sei.

"Acredite, mestre Cromwell, não sou uma traidora. Por que eu seria? Henrique fez tudo por mim. Foi um caminho lento e doloroso, desde o rebaixamento em que tombei, quando meu pai Clarence foi proscrito, até a honra de que agora desfruto."

"Certamente a senhora não deve ter lembrança do seu pai. Não tinha sequer cinco anos."

"Mesmo uma criança sabe quando alguém vai para a prisão e de lá não sai. Meu pai não morreu pelo machado, ele... Deus sabe como ele morreu, mas espero que tenha se confessado, que não tenha lhe faltado um padre, que ele não tenha morrido em pecado. Aprendi cedo o que era traição e o que se segue a ela. Vi quatro reinados: meu tio, o rei Eduardo, meu tio, o usurpador, depois o primeiro Henrique Tudor e agora sua atual majestade, cujo nome tenho motivos para abençoar."

Ele está lendo a carta de Pole. É amarga, como ela diz.

"Eu mal conheci meu pobre irmão Warwick. Ele era criança quando Henrique Tudor o trancou."

"Para manter a paz", ele diz.

"Para garantir o trono. Nosso sangue está muito perto do trono, e bem mais próximo, na verdade, que o dele."

"Mas o Tudor venceu o combate. Deus favoreceu seu exército. Ele conquistou a Inglaterra no campo de batalha."

"E nenhum de nós", disse ela, agudamente, "jamais contestou sua vitória. Quando meu irmão foi levado ao cadafalso, eu estava para dar à luz, mas teria ido ao tribunal para suplicar por ele. Eu teria implorado para ficar de luto por ele e observar os ritos apropriados, nos quais teria encontrado algum consolo, acredito — mas não se deve rezar pela alma de um traidor nem se deve vestir luto por ele. Diante da morte de um traidor, é preciso sorrir."

"Não acho que o antigo rei teria exigido isso."

"O senhor não o conheceu. Naqueles dias, ninguém estava seguro. Quando o Henrique atual subiu ao trono — bem, naquele momento pensamos que havíamos chegado à terra prometida. Corrigir todos os erros foi seu desejo expresso: fazer a reparação, garantir que a justiça fosse feita. Havia anos que eu estava viúva. Quando meu marido morreu, tive que pedir dinheiro emprestado para enterrá-lo. Mas Henrique me reergueu — na fortuna, no título. Ele e Catarina me concederam o inestimável favor de me tornar governanta da sua filha, sua única filha, confiando em mim para prepará-la para o cargo de consorte de algum grande príncipe ou para governar como um príncipe por seu direito próprio. Henrique favoreceu e promoveu meus filhos..."

"E todos se casaram com herdeiras ricas", ele disse. "Exceto Reynold, que, como sabemos, tem o olho num prêmio maior."

Ela se postara de costas para ele, observando o pátio abaixo. O que quer que estivesse acontecendo lá, ela estava achando interessante. "Não entendo meu filho. Eu admito que ele se comportou com uma ingratidão tola. Mas ele é inocente de qualquer projeto maior. Ele é atraído pela castidade, pela vida celibatária. Ele não gostaria de se casar."

"Nem mesmo com a filha de um rei?"

"Não julgue os outros por si mesmo, Cromwell."

Ela voltou a cabeça para ver o golpe chegando ao alvo.

"Por todos esses anos", disse ele, "a senhora aprendeu a dissimular. A senhora mesma o diz — sorri quando quer chorar. Também deve funcionar na direção oposta — chora quando gostaria de sorrir? Então, embora pareça desolada pelo que Reynold fez, como o rei pode saber que a senhora está sendo sincera?"

Ela abre as mãos. "Só posso apelar para a história que existe entre nós. Sou uma mulher fraca, que nunca usou uma armadura nem cota de malha. Não tenho couraça, mas sim fé em Deus. Não montei defesa contra meus detratores — mas confiei no rei e na sua habilidade em reconhecer aqueles que são adequados para sua companhia e serviço."

"Mas agora a senhora me vê", ele diz, "na companhia e no serviço do rei. E se pergunta se Henrique entende de alguma coisa."

"O senhor é útil para ele. Como eu poderia duvidar disso? E não tive intenção de privá-lo do seu título agora há pouco. Sou idosa e é preciso algum tempo para me acostumar a novos hábitos. Pensamos no senhor apenas como mestre Cromwell, e nada mais."

"Bem", ele respondera alegremente, "se a senhora conseguiu aprender a pensar nos Tudor como legítimos reis da Inglaterra — como diz que aprendeu —, tenho certeza de que pode pensar em mim como lorde do selo privado. E se eu um dia esquecer que nasci numa classe inferior, contarei com nossa amizade, madame, e implorarei para que me faça recordar."

Isso a sacode, ele pensou: "nossa amizade": isso lhe causa náuseas. Que atrevimento, para um moleque de Putney! Ele diz: "A senhora afirma que seu filho não tem ambição de governar. Mas outros podem ser ambiciosos por ele. Outros podem planejar e fazer intrigas por ele, em casa e no exterior".

Os olhos dela disparam como pássaros, em seu ninho de sombras violeta. "Eu? Está dizendo que eu faria isso? O senhor me acusa?"

"As grandes famílias estão sujeitas às mudanças da sorte. Por uma década, elas escalam; depois seus inimigos as derrubam; elas então derrubam seus inimigos e os arrastam num triunfo romano, em correntes. Antigamente, se a senhora e os seus se agarrassem obstinadamente à roda da fortuna, subiriam tão alto quanto haviam caído. Mas então aparece um sujeito como eu e os derruba da roda. Esteja avisada, eu posso fazer isso."

"Há um provérbio", ela disse, "cuja verdade é consagrada pelo tempo. 'Aquele que sobe mais alto do que deveria, cai mais baixo do que cairia.'"

"Um ditado fraco e expresso fracamente. Ele se apoia naquele mesmo conceito, da roda. O que estou dizendo é, estes são novos tempos. Movidos por novos mecanismos. Ainda assim", ele sorriu, "eu a parabenizo. A senhora disse o que lorde Norfolk gostaria de dizer, mas não ousa."

"O duque é um oportunista", disse ela friamente. "Ele esquece que houve lordes de Norfolk antes que os Howard possuíssem esse título."

"Mas nunca houve lordes Cromwell. Não até agora. A senhora espera que não haja nenhum depois. Mas é o presente que tem de aceitar. Não podem se livrar de mim com rezas nem maldições — suas armas femininas não servem contra mim, nem as armas usadas pelos padres, também sou imune a elas. Se os homens da sua família desejam uma luta aberta, estou pronto — lutarei em qualquer dia por Henrique contra papistas e traidores."

Imóvel contra a luz da janela, ela mantivera as mãos entrelaçadas, a voz gélida. "Fico feliz por falarmos sem rodeios. O que Reynold fez contra o rei — Deus sabe, nunca senti dor tão aguda; nem quando o pai dele morreu, nem quando alguns dos meus filhos morreram. Vou escrever a ele e informá-lo disso. E tenho certeza de que o senhor lerá minha carta por algum meio, antes mesmo que ela deixe estas costas, ou depois — então não vou detê-lo agora, enquanto escrevo. Mas devo aconselhá-lo, senhor, e imploro que me ouça. O senhor fala de novos tempos e novos mecanismos. Esses mecanismos podem enferrujar antes mesmo que o senhor os tenha rolado até o combate. Não trave batalha contra as famílias nobres da Inglaterra. Perderá antes de montar no cavalo. Quem é o senhor? É um homem. Quem o segue? Apenas os corvos, os carniceiros. Não pare de caminhar, ou eles o comerão vivo."

O tom baixo e civilizado com que a condessa disse isso o deixara sem réplica. Ela inclinara a cabeça e saíra da sala.

Ele dominava o terreno. Lá estava o escrínio, escancarado; mas ela tinha razão, ele não estava interessado no conteúdo.

Do lado de fora, sua escolta o esperava, comandada por Richard Cromwell. Seu pessoal portava clavas e punhais, e eles estão prontos a avançar contra qualquer um que lhes lance um segundo olhar. Saindo de Dowgate, é apenas um passo para chegar a Austin Friars, mas as ameaças de morte chegam diariamente, algumas em verso. Os londrinos que cruzam com eles, os londrinos cujos olhares voam sobre eles com indiferença, não veem mais que um sóbrio comerciante com sua família, correndo para uma reunião ou para o jantar da guilda. Mas há aqueles que gravam as feições dele na memória: ou é o que afirmam, quando ameaçam derrubá-lo enquanto ele caminha. Graças a Deus não sou memorável, ele pensa. Uma barriga flácida e protuberante, como meu pai no seu auge: porém, roupas melhores.

Ele diz a Richard: "Não tenho ilusões sobre a condessa. Seus filhos vêm entregando nossos segredos ao imperador há anos. O jovem Geoffrey Pole, o irmão — ele ia com tanta frequência à casa de Chapuys que Eustache teve que implorar que ele guardasse distância".

Badala o sino da igreja de Todos os Santos, e depois o da Santa Maria. Richard diz: "Mas dá para entender por que o rei se esforça por pensar bem deles. Foi ele quem restaurou suas fortunas, e ele não quer se sentir um tolo".

A igreja de São João Batista badala; depois se escuta São Suituno; mais ao longe, os sinos de São Paulo. Do outro lado da rua, Richard grita: "Humphrey Monmouth, ou meus olhos me enganam?".

O comerciante, seu velho amigo, dá um alô em resposta. Com o companheiro, ele passa entre duas carroças, salta por cima de um filete de urina de cavalo. Ele, Cromwell, lhes dá tapas nos ombros: "Virão a Canonbury para caçar?".

"Eu caçarei com você", diz Robert Packington. "O velhote Monmouth pode ir para assistir."

Monmouth lhe dá uma cotovelada. "Velhote! Você não terá quarenta para sempre, senhor! Vou cavalgar com meu falcão em sua companhia, Thomas."

É uma conversa corriqueira. Eles tocam no nome de Tyndale, como ele sabia que fariam. Ele responde educadamente que fez tudo o que podia através dos canais oficiais e agora aguarda o resultado. Ele muda de assunto — a família, estão todos bem? Mas Packington insiste: "Algum visitante da Antuérpia?".

"Os de sempre", diz Richard, cauteloso.

"Ninguém novo?"

Ele responde: "Ninguém que possa contar algo que já não saibamos".

Eles se separam com calorosas despedidas. Os comerciantes vão embora tagarelando. Ele e Richard seguem caminhando, silenciosos. Ele diz a Richard: "O que foi?".

"Eles parecem estar planejando uma surpresa. Talvez seja um presente?"

Ele não precisa dizer, não gosto de surpresas.

Richard olha para ele de soslaio. "Então, vai mesmo? Matar Reynold?"

"Não na rua", ele responde.

É uma conversa para Austin Friars: para seus aposentos particulares. Ele diz: "Francis Bryan faria isso. Faria jus a qualquer desafio. Para fazer um nome para si. Ele às vezes deve perguntar: qual é o sentido da minha vida?".

"Bryan?" Richard faz o movimento de quem bebe vários goles seguidos.

"Verdade." Ele pensa, que outros homens desesperados eu conheço?

"Eu irei."

O medo o toca. "Não."

"Eu precisaria de uma companhia de bandidos, mas, pelo que o senhor diz, posso encontrá-los facilmente em qualquer cidade italiana. Há cavalheiros que administram esse tipo de assunto à distância. Pois bem, não estou dizendo que eu mesmo enfiaria a faca. Mas estou dizendo que providenciaria para que fosse feito."

"Preciso de você aqui, Richard", diz ele. Deus sabe o quanto. "Tom Wyatt faria isso. O rei o perdoaria pelo ato. Faria dele um conde."

Richard hesita. "As pessoas em torno de Pole… poderiam fazê-lo virar a casaca. Em Roma existem algumas cabeças engenhosas e sutis. Amo Tom Wyatt, mais que a nenhum outro homem, mas ele não é à prova de uma súbita persuasão."

Ele diz: "Quando viajarmos a Kent para nos reunirmos à comitiva do rei, visitaremos Allington, você e eu, quer o rei vá, quer não. Sir Henry escreve que está enfraquecido. Sou o procurador dele e devo encontrá-lo. E Tom Wyatt ficaria feliz em vê-lo".

Richard tira um papel do bolso. "Isto chegou." Ele esteve carregando aquele papel junto do corpo. "Outro verso. Não foi roubado. Oferecido espontaneamente."

Dessa vez, ele sabe: Wyatt e ninguém mais. Não é estranho que, mais uma vez, ele lamente os que tombaram. Contamos dois meses e meio — fins de maio até o Dia de Lammas. Os mortos não estão mais frescos, mas a carne verde-acobreada ainda adere a seus ossos. O verso fala de escorregões, quedas, do reverso da fortuna, da derrocada dos grandes pela mão dos grandes: ao redor do trono se desdobra o trovão, *circa regna tonat*; mesmo quando se senta sob seu baldaquino, o rei o escuta, sente o tremor nas pedrarias, sente a reverberação em seus ossos. Ele imagina os raios, lançados pelos deuses, atravessando as esferas de cristal onde se sentam os anjos, tirando pulgas das asas: arremessados, espiralando e despencando até que, com o rugido de chamas brancas, eles arrebatam Whitehall e incendeiam os telhados; até chocalharem os dentes esqueléticos dos mortos da abadia, até derreterem o vidro nas oficinas de Southwark, até fritarem os peixes do Tâmisa.

A Torre do Sino me mostrou tal visão
Que em minha cabeça resiste dia e noite.
Lá aprendi por trás destas grades…

Ele não sabe dizer se Wyatt escreve *aprendi* ou *apreendi*. Na Torre do Sino, não adianta tentar apreender nada: não se pode ver o cadafalso em Tower Hill. Por outro lado, o que ele tinha para aprender? Ele não podia ignorar o que estava para ocorrer. Ele não achava que os homens voltariam com a cabeça nos ombros.

Ele pensa, eu não precisava ir à Torre do Sino. Essa lamentável procissão de extinção — sempre esteve às minhas vistas. Chapuys dissera: "O senhor foi a sua casa e sonhou isso, e depois aconteceu".

No dia da morte de Ana, Gregory viu Wyatt parado numa janela; Wyatt baixou os olhos para ele e não fez nenhum sinal. Terá visto a corça em sua última caminhada, seu coração martelando, seu passo vacilante? Achávamos que ele tinha os olhos voltados para dentro, o olhar concentrado em nada: onde nada logo haveria. Ele tem uma imagem em sua mente — e é uma memória distante ou foi inserida ali por um verso; as mãos de Wyatt arranhadas e sangrando, um emaranhado de rosas em seu punho.

Mas certamente, ele pensa, é de Wriothesley que me lembro, em Canonbury: parado no jardim, aos pés da torre, a luz fenecendo, um buquê de peônias nas mãos.

Eles estão em Kent, e o rei o convoca ao amanhecer: ele entra, as fechaduras estão sendo destrancadas para libertar seu príncipe das opressões da noite. Henrique senta-se de camisola num banquinho dourado e franjado, enquanto uma manhã pálida e perfeita se eleva do lado de fora das vidraças, e suas feições emergem da sombra, como se Deus o estivesse esculpindo para a ocasião.

Como de hábito, o rei começa como se há pouco estivessem conversando e, por alguma causa insignificante, tivessem sido interrompidos: uma porta se abrindo ou uma fagulha saltando da lenha. Ele diz, "Nos dias em que eu a queria e não podia tê-la, quando estávamos separados, Ana Bolena e eu, digamos que eu estava em Greenwich, ela estava aqui em Kent — naqueles dias, eu costumava vê-la diante de mim, sorrindo, como se ela fosse real, tão real", o rei estende a mão, "tão real quanto você, Cromwell. Mas agora sei que ela nunca esteve realmente lá. Não da maneira que eu pensava que estava".

O quarto tem um aroma doce, de lavanda e cera de abelha derretida. Além da janela, lá embaixo, do outro lado dos jardins, um menino está cantando.

O cavaleiro bateu no portão do castelo
A dama se encantou com o forasteiro.

Henrique levanta a cabeça, escutando com atenção. Ele canta:

Ela perguntou qual era seu nome
Ele respondeu, Desejo, madame, seu homem.

Quando ele avança para a luz plena, vê que Henrique está chorando em silêncio, as lágrimas escorrendo por suas faces. "O arcebispo recitou um salmo para me guiar. Vem do livro de Samuel. 'Quando a criança ainda vivia, jejuei e chorei... Mas agora que ela está morta, de que me adianta jejuar? Poderei eu trazê-la de volta? Eu, sim, irei para onde ela está; ela, porém, não voltará para mim.'"

Algum tolo entra com uma jarra de água quente. Ele manda o homem de volta com um gesto. "A perda de um filho é dolorosa, senhor; é como se arrastássemos os corpos deles conosco, todos os nossos dias. Mas é melhor depositar sua tristeza em algum lugar seguro e consagrado e depois seguir em frente, na busca de tempos melhores."

"Pensei que já tinha sido punido o suficiente", diz Henrique. "Mas parece que nunca terminarei de ser punido."

"Meu amo..."

"Você não tem como saber. Perdeu apenas filhas, não filhos. Quando meu próprio dia chegar..."

Ele espera. Não consegue adivinhar como o rei vai concluir.

"... compreenda meus desejos e, se você viver além de mim, eu o encarrego de honrá-los. Quero ser enterrado na tumba que o cardeal preparou para si mesmo."

Ele inclina a cabeça. Há um sarcófago de granito preto no qual o cardeal jamais repousou. Todas as partes estão preservadas, armazenadas no depósito. Elas aguardam o momento em que serão usadas, por alguém que se considere valioso perante Deus e os homens, e que deseja eternizar seu nome. Wolsey mandou trazer o artista. Benedetto trabalhou nele ano após ano, mas, assim que pagou a conta, o cardeal pensou em outra coisa. Há doze santos de bronze e querubins portando escudos gravados com as armas de Wolsey. Há sóbrios anjos que levam em suas mãos pilares e cruzes, e anjos dançarinos com cabelos encaracolados, as vestes flutuando ao seu redor enquanto eles giram e saltitam.

"Deveria estar feliz, Crumb", diz Henrique. "Você sempre deseja poupar dinheiro."

"Somente quando está de acordo com a honra de vossa majestade."

"O anjo que leva o chapéu do cardeal", diz Henrique, "em lugar disso, ele levará uma coroa. Os grifos na base — pensei que poderiam usar coroas de rosas. Rosas douradas."

"Falarei com Benedetto."

O artista nunca voltou para casa. Talvez ele estivesse esperando que o cardeal ressuscitasse dos mortos, com novas sugestões? A essa altura, um dos anjos saltitantes desenvolveu uma rachadura entre os dedos da mão esquerda. Benedetto diz: ninguém saberá, Tommaso. Afinal de contas, o anjo está banhado em ouro e segue dançando no alto do seu pilar. Mas eu saberei, ele responde.

O rei lhe diz: "Erasmo está morto".

"Eu soube."

"Eu o vi pela primeira vez quando ele veio a Eltham, quando eu era criança. Você decerto o viu na casa de Thomas More."

Os olhos do grande homem passaram por ele, por Thomas Cromwell: visto e esquecido. Ele diz: "Ele nos civilizou".

O rei responde: "Então ele morreu com trabalho por terminar".

Henrique parece assustado consigo mesmo, assustado com o que talvez diga ou faça a seguir. Ele parece cansado, como se pudesse deixar de ser rei e simplesmente sair à rua e tentar a sorte.

O conhecimento desse colapso da moral do rei deve ser mantido fora do alcance da corte. William Fitzwilliam o detém, do lado de fora da porta do rei. "Antes de deixarmos Londres", diz Fitz, "ele me disse que achava que não teria mais filhos."

"Silêncio", ele responde. "Ele tem vergonha de si mesmo. Ele pensa que está acabado, só porque não consegue acompanhar a caça como fazia quando era jovem."

Neste verão, o rei não caçará a cavalo. A caça será direcionada para ele enquanto ele espera no limiar do bosque, com a besta carregada, pronta para atirar. Ele consegue cavalgar bastante bem, mantendo um ritmo pausado, mas não por terreno difícil, devido aos solavancos na perna.

"A mim me parece", diz Fitzwilliam, "que ele tem na cabeça algum princípio rotatório, por meio do qual vai humilhando seus conselheiros alternadamente."

"É verdade. Neste momento, é a vez de Norfolk."

"Na junta do conselho, o rei fica zanzando atrás de nós. Ele nos acossa como um batedor de carteiras. Se eu encontrasse um homem assim em Southwark, daria meia-volta e derrubaria o desgraçado."

Ele ri. "Mas o que você estaria fazendo em Southwark, Fitz?"

"Quando ele se posta atrás de nós, temos que nos levantar e afastar nossos bancos e nos virar para vê-lo, o que nos confunde, faz com que esqueçamos o que estávamos dizendo — e além disso, quando nos dirigimos a ele, tem que ser de joelhos ou de pé?"

"Ajoelhar é mais seguro."

"Você não se ajoelha." Fitz soa acusatório. "Ou não tanto quanto antes."

"Tenho assuntos demais com ele. Ele sabe que não deve me deixar aleijado."

"Até o cardeal se ajoelhava."

"Um clérigo. Ele era treinado para isso."

O cardeal, em seus dias como senhor deste reino, falava de Deus como se Ele fosse um conselheiro político distante, de quem ele recebia notícias de três em três meses: gnômico em seus pronunciamentos, às vezes distraído, mas que valia a pena conservar por sua experiência. Às vezes, o cardeal enviava a Deus pedidos especiais, que outros, não tão bem relacionados, chamavam de orações; e sempre, até os últimos meses de sua vida, Deus se desdobrava para garantir que Tom Wolsey tivesse o que queria. Mas ele então orou, Torne-me humilde; Deus respondeu, Senhor, seu pedido chegou tarde demais.

Seu servo John Gostwick andou verificando os inventários do duque de Richmond. Entre os bens de Fitzroy, ele encontra um boneco: não é uma marionete de madeira para uma criança comum brincar, mas a imagem viva de um príncipe.

"*Item: um grande bebê deitado numa caixa de madeira, com um camisão de tecido branco e prata e um vestido de veludo verde, o camisão atado com pequenas agulhetas de ouro, e um pequeno par de contas de ouro e uma pequena corrente e um colar em torno da gola de ouro.*"

Gostwick mandou chamá-lo para ver: ele se deteve, observando a semelhança com o rapaz morto. "Wolsey deu isso a ele. Guarde-o com cuidado, caso o rei deseje ter seu filho na lembrança." A criança, ele lembrou, não conhecia o próprio pai; o rei me deu títulos, dizia Richmond, mas o cardeal me deu uma bola de seda listrada.

O verão passa. A comitiva do rei serpenteia através dos condados verdejantes. Nas florestas profundas, onde o rei não pode se aventurar, você encontra as sombras impetuosas de javalis e lobos, formas extintas: o cervo que, entre seus chifres, carrega a cruz de Cristo. Ele diz a Fitzwilliam: "Se ele não pode caçar, temos que ensiná-lo a orar".

No último dia de julho, eles estão no castelo de Allington. O rei se pergunta em voz alta se já estaria na hora de conferir a Thomas Wyatt a dignidade de cavaleiro. O pai dele gostaria de ver isso, diz o rei, uma vez que está entrando na velhice, e tudo o que houve entre nós, entre mim e Wyatt, está esquecido. Sei que é fiel a mim.

O que o desagradou foi o breve silêncio entre os cavalheiros da câmara privada quando o rei mencionou o nome de Wyatt.

Henry Wyatt lhe diz: "Thomas, duvido que verei outro inverno". Um a um, aqueles fidalgos vão desaparecendo, aqueles que serviram ao pai do rei, aqueles cujas lembranças remontam ao rei Eduardo e aos dias do escorpião; homens feridos nas guerras, mutilados no campo de batalha, empobrecidos, famintos, empurrados ao exílio; homens que desembarcaram em portos estrangeiros e ali se detiveram para prestar grandes juramentos a Deus, com seus bens mundanos em trouxas a seus pés. Homens que se trancaram em bibliotecas mofadas por vinte anos e emergiram na posse de verdades inconvenientes sobre a Inglaterra. Homens que aprenderam a andar de novo, depois de terem sido torturados no cavalete.

Quando os homens de outrora veem os homens de agora, eles veem companhias de cavaleiros bem pintados, vagando pelas campinas da abundância, pelos prados amenos de uma paz de quarenta anos. Claro, não se você vive na fronteira escocesa, onde os saques e as disputas nunca param, ou na costa de Kent, sob as vistas da França, onde você pode ouvir os tambores de guerra cruzando o mar Estreito. Porém, no coração do reino há um silêncio que nossos antepassados jamais conheceram. Basta ver como a Inglaterra está procriando: vá para a cidade e verá rostos de crianças, aprendizes e luminosas donzelas.

Não olhe para trás, ele dissera ao rei: e no entanto, ele também é culpado de pensar no passado quando a luz fenece, naquela hora do inverno ou do verão antes que as velas sejam trazidas, quando a terra e o céu se derretem e se misturam, quando o coração trêmulo do pássaro no ramo se acalma e desacelera, e os animais da noite se movem e se espreguiçam e se levantam, e os olhos dos gatos brilham no escuro, quando a cor sangra das mangas e do vestido para o ar que escurece; quando a página empalidece e as formas das letras se esquivam e se encaixam em outras conformações, de modo que, à medida que a página é virada, a história antiga escapa da vista e uma estranha e escorregadia confluência de tinta passa a correr. Você vê seu passado e diz, seria minha esta história; esta terra? Seria minha essa figura volátil, essa forma que se esvai através dos becos, escapando ao toque de recolher, fugitiva do dia? É esta minha vida, ou a vida do meu vizinho mesclada à minha, ou uma vida com que sonhei e pela qual roguei; é esta minha essência, torcendo-se na chama de uma vela, ou será que deslizei dos limites de mim mesmo — deslizei para a eternidade, como o mel que escorre de uma colher? Terei sonhado a mim mesmo, desfeito a mim mesmo, esquecido bem demais? Devo consultar o bispo Stephen, que me dirá que a transgressão me segue e que meus pecados sempre me procuram? Até quando caio no sono, meu passado caminha no meu rastro, suas patas nas pedras do calçamento, *tip-tap*: água numa bacia de alabastro, fresca no calor da tarde florentina.

Houve uma vez em que o cardeal se ajoelhou na terra e viu que era mortal, imperfeito e velho. Em Putney Heath, Harry Norris baixou o olhar para ele, perplexo, e sua gente teve de içá-lo ao lombo da mula; seu coração e sua vontade falharam, e com seu coração, suas articulações. Patch, o bobo da corte, seguiu contando piadas e ele quase o golpeou, deveria ter golpeado — porém, como isso teria ajudado o cardeal, com seus bens confiscados, seu colar de ofício arrancado do pescoço, e agora com seu bobo arrastado pela lama de Surrey com o crânio rachado?

Quando chegaram a Esher, à casa vazia, ele subiu ao topo da guarita, querendo conferir se estavam sendo seguidos. Construída quando a sé de Winchester ficava em Wayneflete, a casa fora reformada por meu lorde cardeal, e quando estava limpa e munida de criadagem, não havia lugar mais agradável; quando o fogo estava aceso e as camas arrumadas, e as tapeçarias penduradas, quando as cristaleiras estavam empilhadas de louças de ouro e prata; quando a carne era batida e tostada, as frutas picadas, espetadas e douradas na manteiga e todo o ar se perfumava com calor e doçura. Até ontem, ninguém imaginara com que brutalidade seu mestre seria jogado na estrada, empurrado a estes quartos soturnos, os fornos gelados, as lareiras cheias de cinza, e as espessas paredes, em vez de repelir o frio, encapsulava--o, como um relicário.

Do alto da torre de Wayneflete, a paisagem campestre abaixo dele era mais imaginada que real, estendendo-se na escuridão. Em breve estaremos em Todos os Santos, ele pensou. O tempo lhe parecia estremecer e desacelerar, como se o trânsito de corpos celestes houvesse sido retardado pela catástrofe que se abatera sobre seu amo e toda a Inglaterra. Estava chuviscando. Havia luzes no rio. À medida que ele descia, as vozes das pessoas lá embaixo espiralavam até ele — arredondadas, como se cantassem. Mas quando alguém disse seu nome — "Thomas Cromwell" —, soou muito perto, como se junto ao ouvido.

Este prédio tem algum truque, ele pensou. A escadaria era uma espiral de tijolos, e ele a viu de dia, cor de carne, fluindo de um andar para outro. Na penumbra, onde a luz da tocha vacilava, o tijolo tinha o tom do sangue pisado, mas cada volta continha uma fenda de luz, como uma promessa. Alcançando o sopé, ele surgiu piscando, uma criança nascida num mundo duro.

Eles encontraram velas para acender a câmara inferior. "Quem vai cozinhar minha ceia, Tom?", o cardeal perguntou.

"Eu vou, eu sei cozinhar."

"Venha aqui, você está cheio de teias de aranha." Era George Cavendish, um dos cavalheiros do cardeal. "Permita-me, Thomas."

Ele deixou George limpá-lo, passivo como um animal: seus olhos em seu amo, um velho despossuído com roupas emprestadas. Ele estava de costas para os tijolos, sentindo o bater do próprio coração: esperando para ver o que faria em seguida.

Parte 2

I.
Espólios

Londres, outono de 1536

O homem morto sai do Well with Two Buckets, limpa a boca nas costas da mão e se detém, olhando a rua de cima a baixo. Ele põe o capuz, verifica se alguém está olhando para ele, e depois caminha em direção ao grande portão de Austin Friars.

Há um novo guarda, que põe a mão no visitante e vasculha sua bolsa de papéis. "Lâmina?"

O cadáver abre os braços, pacífico, deixando-se revistar. Um guarda mais velho aparece. "Conhecemos o cavalheiro. Pode entrar, padre Barnes."

No interior, eles dizem: "Sua senhoria o espera". O cadáver sobe as escadas.

Retrocedamos dez anos. Inverno, 1526, o frade Robert Barnes é levado à presença de Wolsey por suspeita de heresia. Ao longo de um dia gelado, nenhuma luz além do brilho gélido das poças, Barnes espera numa antessala, vestido com o hábito preto de sua ordem. Por baixo, sua carne se arrepia. O cardeal, eles lhe dizem, está fazendo seus preparativos. Que tipo de preparativos poderiam ser?

Na última noite de Natal, na igreja de São Eduardo em Cambridge, Barnes pregou na missa do galo contra a pompa e a riqueza da Igreja. É impossível fazer isso, obviamente, sem pregar contra a pompa e a riqueza do cardeal.

Agora é fevereiro: *dies irae*. Enquanto ele espera, o pessoal do cardeal o observa, e uma chama baixa espoca na lareira. "Frio", diz frei Barnes.

"Não trouxe sua própria lenha?" Há um burburinho entre os espectadores, risos. Barnes se move, afastando-se do rufião do cardeal.

No quarto de Wolsey, arde uma grande fogueira. Barnes se afasta dela, postando-se contra a parede pintada. "Prior Robert", diz Wolsey. "Venha para onde pode sentir o calor, homem."

Ele sente que adentrou uma piada, criada para atormentá-lo. "Não estou aqui sendo julgado", ele explode. "Seu homem, Cromwell, está lá fora, me provocando, falando sobre lenha."

"Claro que você não está sendo julgado." O cardeal é cortês. Suas sedas purpúreas luzem no ar espesso de resinas. "Dizem que você é um herege, mas parece que não tem problema algum com os ensinamentos da Igreja. Seu único problema é comigo."

Lá fora, um sino perfura o ar congelado. Um homem entra trazendo uma bandeja de vinho com especiarias. O cardeal o serve pessoalmente, com um jarro espalhafatoso esmaltado com uma rosa de Tudor. "Então, o que quer que eu faça, Barnes? Quer que eu abandone a pompa e a cerimônia que honram a Deus e que me vista de tecido caseiro? Quer que eu tenha uma mesa avarenta e que sirva purê de ervilha a embaixadores? Quer que eu derreta minhas cruzes de prata e dê o dinheiro aos pobres? Os pobres, que, após beberem meu ouro, vão mijá-lo contra a parede?"

Há uma pausa. Depois de algum tempo, debilmente, Barnes responde: "Sim".

O rufião Cromwell entrou atrás dele e está encostado contra a porta. Wolsey diz: "Lamento ver um estudioso arruinar a si mesmo. Você deve compreender que de nada serve evitar a heresia apenas para cair em sedição. Oponha-se à Igreja e queimará em Smithfield. Oponha-se ao Estado e será enforcado em Tyburn — e, para os presentes propósitos, eu sou a Igreja e também sou o Estado. Mas ambos os destinos são evitáveis, se você se arrepender agora".

O prior Barnes começa a tremer. O olhar interrogativo do cardeal é suficiente para pôr um homem de joelhos. "Vossa graça, perdão. Não faço mal a ninguém. É verdade. Eu nem sequer poderia matar um gato."

O homem Cromwell ri. Barnes cora; ele tem vergonha de suas próprias palavras. O cardeal diz: "Há quatro bispos vindo neste momento para examiná-lo. São todos homens que afogam gatinhos para sua prazerosa recreação. Da minha parte, serei bondoso com você, dr. Barnes — tanto por sua universidade quanto por sua própria pessoa; meu secretário, Stephen Gardiner, foi muito incisivo comigo a esse respeito. Se você agradar aos bispos com suas respostas — por favor, que sejam breves e também humildes —, eu recomendarei que você pague penitência. Porém deve ser pública. Depois, haverá longos períodos de jejum e oração, mas você não se importará com isso, não é? É claro que não poderá continuar como prior de seu convento. Terá que deixar Cambridge".

"Meu lorde cardeal..."

O cardeal vira o rosto, manso: "O quê? Beba, dr. Barnes. E aceite a oportunidade. Você só terá uma".

Ejetado do calor, Barnes chora como uma mulher, o rosto contra a parede. Wolsey não levantou a voz, mas o prior foi destroçado pelo encontro. Thomas Cromwell se aproxima dele. "Seque suas lágrimas. Pode inventar uma história melhor para contar aos seus amigos. Pode até se gabar de ter dado respostas corajosas. Por ter confundido o cardeal."

Barnes se retrai em si mesmo. Ele acha Cromwell incompreensível. Cromwell lhe parece o tipo de sujeito que atira bêbados para fora das tabernas.

Na Terça-Feira Gorda, o frade se prostra nas pedras do piso da catedral de São Paulo, e Wolsey, lá de seu trono dourado, baixa os olhos para ele. Uma série de grandes clérigos, em suas vestes rijas e cintilantes de gemas, assiste enquanto Barnes se ajoelha entre certos comerciantes de Steelyard, estrangeiros que foram apanhados por Thomas More com livros heréticos. Eles foram conduzidos pelas ruas em burros, sentados ao contrário nas selas com o rosto voltado para as caudas. Folhas arrancadas dos escritos de Lutero estão pregadas em seus casacos e agora se agitam como trapos cinzentos. Amarrados às suas costas, assim como à dele, estão feixes de ramos, gravetos secos atados como lenha — para lembrá-los de que a fogueira está pronta, se eles voltarem a ofender. Como o dr. Barnes, eles se retrataram. Se eles reincidirem, morrerão em terror e dor, em público, e suas cinzas serão jogadas num monte de lixo.

Do lado de fora da igreja, uma multidão se reúne. Com os rostos borrados pela chuva, como se derretessem, e suas formas indistintas à luz do inverno, os homens se abrigam debaixo de lonas que dão a impressão de estarem repousando sobre seus ombros, fazendo-os parecer um animal de muitas patas. "Afastem-se", ordenam os oficiais. Grandes cestas são carregadas e empurradas para o centro da multidão. O conteúdo é derrubado no chão e forma uma pilha de altura considerável, amontoada numa grelha. Um dos aprendizes do carrasco acende uma tocha para ela. Seus companheiros remexem os livros com barras de ferro para deixar o ar entrar na pilha e, sob sua hábil atenção, as páginas se inflamam, apesar da chuva forte. Os homens suspeitos são reunidos e empurrados para dar voltas na fogueira, tão perto que se encolhem do calor, os rostos se virando quando faíscas voam em seus olhos. Os textos suspiram quando o papel se enrola e se desintegra num sedimento emudecido.

Dr. Barnes é enviado para um mosteiro na cidade de Londres. Sua guarda não é muito rigorosa e ele tem permissão para receber visitas. Um dia, Thomas Cromwell entra. "Eu moro perto daqui. Apareça para jantar." No banco, ele deixa uma cópia do Testamento de William Tyndale, folhas soltas frouxamente amarradas. "Chegou da Antuérpia", diz ele. Barnes ergue os olhos. O herege do cardeal, ele pensa.

"Tenho vinte cópias. Posso conseguir mais."

Não demorou muito para o bispo de Londres suspeitar da origem daqueles Testamentos. Outra entrevista difícil: mas com o bispo Tunstall, que não é um inquisidor por opção. Barnes não está tão apavorado como esteve com Wolsey. "Como eu poderia ter trazido os livros de Tyndale? Eu não vou a lugar nenhum. Não vejo ninguém."

Ele aposta que o nome de Cromwell não será mencionado. E não é mesmo. Tunstall apenas balança a cabeça e o envia, por ora, a Northamptonshire. É muito longe de qualquer porto. Não se pode fugir dali, deixar a jurisdição do cardeal. E seus colegas evangelistas também não podem visitá-lo sem que todo o campo fique sabendo.

Certa noite, Barnes escapa do mosteiro onde está confinado. No dia seguinte, em sua cela, os monges encontram uma carta endereçada ao cardeal, na qual o infeliz afirma que pretende se afogar. À margem do rio, eles acham seu hábito dobrado. Nenhum corpo é encontrado, mas o pobre pecador deixou clara sua intenção.

E isso é a última coisa que se sabe de Robert Barnes: até que os tempos mudam, e o papa é rechaçado, e Barnes ressurge numa nova Inglaterra, purificado de seus antigos fracassos.

"Entre, velho fantasma", diz o herege do cardeal. "A obra de Deus é maravilhosa. Você emergindo do seu túmulo de água."

"Você nunca se cansa das piadas", diz Barnes.

"Mas seus pés nem sequer estão úmidos!"

Barnes jamais entrou no rio. Usou aquele estratagema para escapar a algum lugar dos Países Baixos onde encontrou amigos, protetores, irmãos em Cristo. Os anos passam, ele regressa fluente em muitas línguas; o mundo gira e agora ele é capelão do rei e leva suas cartas ao exterior. "E Tunstall partiu para Durham", diz o anfitrião. "E meu lorde cardeal está morto." Ele se recosta na poltrona. "E eu, um lorde."

"Eu lhe trouxe isso." Barnes põe gravuras na mesa. O gordo Martinho.

"Assim você me acostuma mal", comenta lorde Cromwell.

Nos retratos mais antigos, Lutero é espiritual, emaciado. Nos mais recentes, gorducho. Há anos que sua tonsura cresceu. Às vezes, ele usa barba. Barnes lhe diz: "Quando os papistas queimam seus livros, eles põem sua gravura no alto da pilha, como se fosse o próprio Martinho. Mas os campesinos germânicos, a gente simples, eles acreditam que a imagem de Martinho pode resistir ao fogo".

Lorde Cromwell enterra o dedo num retrato. "Percebo que ele tem uma auréola."

"Não foi escolha dele. Ele não se apresenta como santo. Mas é maravilhoso o que os gravuristas podem fazer. Toda a Europa conhece suas feições. Cada menino de roça."

"E isso é uma boa ideia?"

"Já atentaram contra sua vida várias vezes. Certa ocasião", Barnes sorri, "foi um médico que tinha o poder de ficar invisível."

"Ah, esses", ele diz. Assassinos secretos com bisturis feitos de ar. "Eu olho por cima do ombro, tomando cuidado contra homens invisíveis desde os dias de Wolsey. Tenho orelhas como uma raposa e minha cabeça é um pião. Algum cheiro de papista ou de um homem de Yorkshire e ela dá a volta e arregala os olhos para ele." Ele pensa sobre as gravuras. "O temperamento dele não melhorou?"

"Piorou, eu diria. Vaidoso e melindroso como uma mulher."

Lutero ganha peso desde que se casou com uma ex-freira. O casamento não tem o mesmo efeito sobre nosso arcebispo. Cranmer permanece magro e pálido. "Porque ele deve estar preocupado", diz Barnes. "Caso o rei descubra."

"O rei já sabe."

"Provavelmente sabe. Mas eu quero dizer, caso o rei se encontre numa situação em que não possa negar o conhecimento."

Nosso rei se opõe veementemente ao casamento clerical. Cranmer se casou quando viveu entre os germânicos; ele trouxe Grete para casa e a mantém escondida. Os religiosos celibatários são diligentes mexeriqueiros; muitos derrubariam Cranmer, se pudessem. Porém eles têm seus próprios segredos, que não podem ser ditos: suas amantes, seus filhos. Ele diz: "Nós resolvemos tudo entre nós, Cranmer e eu. O arcebispo diz a Henrique como ser bom, e eu digo a ele como ser rei. Nós não contradizemos um ao outro. Tentamos convencê-lo de que grandes reis são bons reis, e vice-versa".

Barnes diz: "Lutero fala de maneira franca com governantes. Duramente, se necessário".

"Mas, no fim, ele lhes mostra deferência: como deve ser." Ele examina as feições familiares de Lutero e depois o vira com a cara para baixo. "Ouça, Rob, fazemos o que podemos fazer. Estamos de acordo, Cranmer e eu. Deixamos Henrique com seus rituais e ele nos dá as Escrituras. Eu acho que é um bom negócio."

"A mim me parece", diz Barnes, "que nosso príncipe acha que o objetivo das Escrituras é permitir que ele se case com novas esposas. Você alega que ele licenciará uma Bíblia, então por que a demora?"

Ele junta as gravuras como um baralho de cartas e as guarda em seu estojo de escrita. "Thomas More costumava dizer que todos os tradutores desejam ver algo no texto e, se não encontram, eles o inserem. O rei não nos permitirá usar a versão de Tyndale. Somos obrigados a disfarçá-la, dar crédito a outros homens."

"Se Henrique estiver esperando uma tradução com a impressão do dedo de Deus, ele esperará por muito tempo. Lutero trabalhava três ou quatro semanas numa única frase. Nunca pensei que ele colocaria o trabalho na praça, e, no entanto, há dois anos, na feira de livros em Leipzig, ele estava vendendo uma Bíblia completa por menos de três florins — e, desde então, já a reimprimiram duas vezes. Por que os germânicos deveriam ler a palavra de Deus e os ingleses não? Pode olhar o texto até seus olhos sangrarem, consumir uma pilha de papel tão alta quanto a torre da São Paulo — mas eu lhe digo, nenhuma palavra é a última palavra."

É verdade. Nenhum texto permanece limpo. No entanto, é preciso separar-se deles, mandá-los para a prensa. O truque é fazer com que ponham a linha bem na beirada da página. Não dá uma boa aparência, mas a falta de espaços em branco significa que não haverá nenhuma corruptela nas margens.

"Perdoe-me se fico indignado", diz Barnes. "Eu venho trabalhando para o rei há muitos anos, tentando construir uma aliança, tentando chegar a algum acordo com os príncipes germânicos e seus teólogos — e então chegam as notícias da Inglaterra, e vocês cortaram o chão sob meus pés."

Ao cortar a cabeça da rainha. É verdade. É outono e Barnes ainda está chocado. "Ela, que acreditava na Palavra."

"Ela era uma Howard", diz ele. "Você sabe no que os Howard acreditam. Em si mesmos."

"Cranmer não acredita que ela fosse culpada."

"Cranmer é como eu. Ele acredita no que o rei acredita."

"Isso tampouco é verdade." Barnes está borbulhando como as fontes termais de Viterbo. "Na Germânia todos sabem que Cranmer é luterano — não importa o que ele diga a Henrique. Cranmer é a única carta que tenho. Eu esperei e esperei por alguma palavra dos nossos bispos ingleses, permitindo que eu aja como um posto avançado contra a superstição papista, e finalmente eles publicam seus dez artigos — e eles dão com uma mão e tiram com a outra. Cada palavra é ambígua."

"Sim", ele diz.

"Elas querem dizer tudo e nada."

"Você pode dizer aos germânicos... como colocar?... que embora os artigos sejam uma declaração da nossa fé inglesa, eles não são uma declaração *completa*."

Barnes revira os olhos. "Você me deixa nu. Se quer aliados, deve oferecer algo em troca."

Já faz mais de cinco anos desde que os príncipes germânicos formaram uma liga, que chamam de Liga Schmalkald, para se defender contra o imperador, que é seu suserano. Uma vez que a Inglaterra precisa de amigos, gente para apoiá-la contra o papa, quem melhor do que esses príncipes? Como Henrique, eles se ofereceram para conduzir seus súditos para fora da escuridão. Se uma aliança evangelista também for uma aliança diplomática, existe a chance de uma nova Europa, com novas regras. Mas, por ora, ainda estamos jogando segundo as antigas: pondo a França contra o imperador, uma grande potência contra a outra, garantindo nossa segurança apenas nas disputas entre eles, tremendo sempre que eles se tornam amigos; furtivamente tentando abalar seus tratados e inocular desconfiança, e empenhando nossos esforços para provocar, desmentir e trair. Não é trabalho para uma grande nação. Barnes diz: "Cabe a você, meu amo, mostrar ao rei como as coisas poderiam ser diferentes e melhores".

"Mas ele não gosta do diferente!" Ele está exasperado agora. "Já que mantivemos o Evangelho vivo em sua ausência, Rob, acho que você deve deixar que nós julguemos a melhor maneira de proceder."

"Você fala como se eu estivesse viajando ao meu bel-prazer. Tudo foi pelos assuntos do rei, e é um assunto para lá de triste. As pessoas na Germânia acreditam que estamos vivendo os Últimos Dias."

"Elas dizem isso há dez anos ou mais. Se você falar com Henrique sobre os Últimos Dias, ele pensará que é uma ameaça. E isso nunca traz nada de bom."

É difícil estar à vontade, ele pensa, com homens que acreditam que, desde o mal-entendido no Éden, não tivemos mais razão nem vontade própria. "O rei diz que se, como Lutero sustenta, nossa única salvação vem da fé em Cristo, que elegeu alguns de nós, não outros, para a vida eterna, e que se nossas obras são tão corruptas que se apresentam totalmente inúteis aos olhos de Deus, e não podem nos ajudar com a salvação; então, por que alguém faria caridade ao próximo?"

"Os trabalhos se seguem à escolha", responde Barnes. "Eles não o precedem. É bastante simples. O homem que estiver salvo o demonstrará, através da sua vida cristã."

"Acha que eu estou salvo?", ele pergunta. "Estou coberto de carvão e minhas mãos cheiram a dinheiro, e quando me vejo num espelho, vejo sujeira e fuligem — suponho que esse seja o começo da sabedoria? Sobre meu estado decaído, não tenho escolha a não ser concordar. Preciso lidar com assuntos que corrompem — esse é meu ofício. Na era dourada, a terra produzia tudo de que precisávamos, mas agora precisamos cavar, extrair, explodir, temos que dirigir o mundo, temos que engrená-lo e triturá-lo, rolar e martelar e amassar. É preciso cozinhar os jantares, Rob. É preciso passar o giz na lousa, e fixar a tinta na página, e fazer dinheiro e fechar barganhas, e precisamos dar aos pobres os meios para trabalhar e comer. Eu tenho em mente que há cidades no exterior onde os magistrados fizeram muito bem, estabelecendo hospitais, aliviando os indigentes, ajudando os jovens trabalhadores com empréstimos para conseguir uma esposa e uma oficina. Sei que Lutero vira a cara para aquilo que melhora nossa triste condição. Mas os cidadãos não sentem falta dos monges e da sua caridade, se a cidade cuida deles. E eu acredito, acredito de verdade, que um homem que serve à nação e cumpre seu dever recebe uma bênção por isso, e eu não acredito..."

Ele se interrompe, diante da magnitude daquilo em que não acredita. "Eu peco", ele diz, "eu me arrependo, eu erro, peco de novo, eu me arrependo e olho para Cristo para aperfeiçoar minha imperfeição. Eu me abraço à fé, mas não desistirei das obras. Meu mestre Wolsey me ensinou: tente de tudo. Não descarte nenhuma possibilidade. Mantenha todos os canais abertos."

"Você cita seu cardeal? Nesses tempos?"

"Admita." Ele ri. "Você morria de medo dele, Rob."

Barnes o deixa. Ele parece abatido e sai murmurando sobre Dun Scotus. Um homem do mundo, um homem inteligente, mas ele agora tem medo de estar na Inglaterra: como se ela fosse a Ultima Thule, onde terra, ar e água se misturam para formar um caldo gelatinoso, e uma noite dura seis meses, e as pessoas se pintam de azul. Houve um tempo, antes de Wolsey, em que os príncipes da Europa não consideravam a Inglaterra mais do que essa terra ensopada, onde nunca haviam pisado. A Inglaterra criava ovelhas e as ovelhas a sustentavam, mas dizia-se que as mulheres eram promíscuas e os homens, sanguinários; se não estavam matando no exterior, estavam matando em casa. O cardeal, por sua grande engenhosidade, encontrara uma utilidade para essa reputação. Ele tornou seu país importante: ele, com sua astúcia e seus subornos bem empregados, seu gênio de feiticeiro e suas artes de conjurador, sua habilidade para criar exércitos e ouro do puro ar, para materializar armas da névoa. Eu seguro a balança, senhores, ele dizia: em qualquer das suas pequenas guerras, posso intervir, ou não. O rei da Inglaterra tem cofres profundos, mentia ele, e uma raça de guerreiros na sua retaguarda: o homem inglês tem um caráter tão marcial que dorme de armadura, e cada secretário leva uma espada longa na cintura, e cada escrivão pode apunhalá-lo com um estilete, e até o cavalo do lavrador escava o chão com seus cascos.

E assim, por um ano ou dois, esta se tornou uma pergunta corriqueira: o que a Inglaterra pensa? O que a Inglaterra fará? A França deve pedir seu auxílio; o imperador tem de entrar na fila. A guerra em si, o cardeal preferia evitar. Henrique em solo francês, curveteando em seu corcel, a viseira baixa; a armadura, um clarão de ouro: a isso se resumia a coisa toda, se você acrescentar algumas atividades sórdidas, que consistiam em revirar a lama e soar trombetas. Se a guerra é um ofício, dizia o cardeal, a paz é uma arte abençoada e perfeita. Suas negociações de paz custam tanto quanto a maioria das campanhas de guerra. Sua diplomacia era comentada em Constantinopla. Seus tratados eram a glória do Ocidente.

Mas quando Henrique começou a se divorciar de sua esposa, cuspindo no olho do imperador, toda essa vantagem se perdeu. A bula de excomunhão do papa paira sobre Henrique como uma lâmina sobre um fio de cabelo. Ser excomungado é ser um leproso. Se a bula for implementada, o rei e seus ministros serão alvo de assassinos, que carregarão a comissão do papa. Seus súditos terão o dever sagrado de depô-lo. As tropas invasoras virão com uma bênção e os pecados inerentes de qualquer invasão — estupros, roubos — serão permitidos e purificados de antemão.

Lorde Cromwell acorda todos os dias — em Austin Friars, em seus aposentos na corte, em sua casa em Stepney, na Rolls House em Chancery Lane — e tenta pensar numa forma de impedir que isso aconteça. Esta semana, a França e o imperador estão em guerra. Semana que vem, quem sabe? As circunstâncias se alteram rápido e, antes que as notícias possam atravessar o mar Estreito, elas se alteram de novo. Mesmo agora — com o rei duas vezes viúvo e recém-casado —, nossa gente em Roma põe uma trava na porta, mantendo uma fresta aberta: ainda sustentando um diálogo e passando dinheiro com uma piscadela. A cúria deve manter viva a esperança de que a Inglaterra voltará ao rebanho. O melhor é garantir que a bula permaneça em suspenso. Enquanto isso, temos de considerar o pior dos casos: Carlos ou Francisco, um ou ambos, entrará e limpará suas botas em Whitehall.

Agora há três tipos de pessoas no mundo. Há aqueles que dão a lorde Cromwell seu título apropriado. Há os bajuladores, que o chamavam de "meu lorde" quando ele ainda não era. E há os rancorosos, que não o chamam de "meu lorde" agora que ele é um.

Gregory o segue: "Acha que, se minha mãe estivesse viva, ela gostaria de ser chamada de Lady Cromwell?".

"Imagino que qualquer mulher gostaria." Ele se detém, os papéis nas mãos: ele examina Gregory. "Como seria se estendêssemos a mão ao duque de Norfolk e o ajudássemos nas suas tribulações?"

O duque disse a ele: pelo amor de Deus, meu lorde, faça algo para que o rei me restaure em suas boas graças. Por acaso é culpa minha que Richmond esteja morto?

"Me-Chame", diz ele, "envie nosso pessoal ao pessoal de Norfolk e faça com que saibam que, se eles convidarem Gregory para caçar neste verão, eu verei o convite com olhos favoráveis."

"O quê, eu?", pergunta Gregory.

Richard diz: "Não é como se você estivesse lá muito ocupado".

Gregory está digerindo. "Dizem que há um bom campo de caça, em Kenninghall. Imagino que possa fazer isso. Mas antes de partir, gostaria de saber quando vou ganhar uma madrasta."

Ele franze a testa: madrasta?

"O senhor prometeu", diz Gregory. "O senhor jurou para nós que sairia daqui e se casaria com a primeira mulher que encontrasse, para se livrar de qualquer acusação de que pretendia desposar Lady Maria. E então, já fez isso? Já? Quem foi?"

"Oh, eu lembro", ele responde. "Foi a sobrinha de William Parr, Kate. Lady Latimer, como ela é agora. Infelizmente."

"Nós concordamos que um marido não é obstáculo", prossegue Gregory. "Mas Latimer não é seu segundo matrimônio? Ela não continua com eles depois que ficam gastos, isso eu garanto. O que ela disse da sua proposta?"

"Ela o convidou para jantar", responde Rafe. "Somos testemunhas."

"Ela pegou a mão dele", diz Richard. "Ela o puxou de lado, muito docemente."

"Eu acho", acrescenta mestre Wriothesley, "que ela o teria beijado se não estivéssemos bem atrás deles, boquiabertos e cutucando uns aos outros, com risadinhas e chiando como macacos."

"Eu vim", dissera Lady Latimer, "para ver a nova rainha. Vim apresentar minha irmã Anne Parr e perguntar se ela pode ter uma posição."

"Fico feliz em vê-la de volta à corte, minha dama. Se sua irmã é tão bonita quanto a senhora, ela se sairá bem."

Há uma risadinha abafada entre seus funcionários. Ele finge não ouvir. Kate Latimer é uma jovem de rosto doce e nariz arrebitado, de vinte e cinco anos. Sua família tem sangue cortesão. Maud Parr, a senhora sua mãe, serviu à rainha Catarina por muitos anos; William, seu tio, é um escudeiro do corpo real.

"Vou falar com Lady Rutland em nome de sua irmã, embora eu não saiba se Jane pode receber mais alguém. Lady Lisle me envia um lembrete em cada barco. Se suas filhas não tiverem uma posição, logo sentirei sua ira soprando de Calais num vento cortante."

"Oh, as meninas Bassett." Kate morde o lábio: considerando as candidatas como se estivessem desfilando diante dela. "A rainha não deve sentir-se obrigada a receber mais de uma. Diga alguma palavra em favor de minha irmã, sim? E venha jantar esta semana no Charterhouse Yard. Lorde Latimer está aqui a contragosto, impaciente por voltar a seus divertimentos de verão. Quero desfrutar de algumas conversas antes que ele me leve de volta ao Norte a galope."

Latimer é um papista, ele suspeita: mas, até agora, leal. "Que lhe parece o castelo Snape?"

Ela torce o nariz. "Bem, o senhor sabe. É Yorkshire." Ela toca a manga dele, meneia a cabeça em direção a uma fenda da janela. "Parece que estamos divertindo seus meninos."

"Oh, eles são um grupo de jovens tolos. Não podem manter a compostura diante de uma mulher bonita."

Fora da linha de visão, ela abaixa a cabeça, como se eles fossem debater sobre seus sapatos de veludo. "Tyndale?", ela sussurra.

Por um momento, ele acha que ouviu mal. Então, "Ainda vivo", ele responde.

"Mas sem esperança." Ela assente. "Ouvimos dizer que o senhor fez o que é possível. Agora ele deve sofrer, como acontece aos devotos. Até que eles cheguem a um mundo melhor que este."

Ele olha para Lady Latimer com novos olhos. "Eu suplico que não confie em ninguém aqui na corte."

"E o senhor, não confie em ninguém em Yorkshire."

Ele aspira o aroma cálido da pele dela: óleo de rosas, cravos. Ele olha pela janela. "Eu nunca confiei."

"Se o rei pretende coroar Jane, ele deveria fazê-lo em York. Mostrar poder lá. Seria oportuno." Para o benefício dos transeuntes, ela levanta a voz. "Avise-nos em que dia virá. Gostaríamos de lhe fazer todas as honras." Ela olha por cima do ombro. "Envie um daqueles meninos tolos com uma mensagem."

Ela parece ter entendido a piada, porque se vira no final da galeria e manda um beijo para ele.

Agosto, ele está em Kent; seus deveres o seguem, o menino Mathew reunindo seus papéis como fazia em Wolf Hall, e Christophe cavalgando junto a seu cotovelo, uma clava pendurada na sela para espancar agressores. "O senhor já ouviu falar nos potes de fogo?", ele indaga, quando passam sob as árvores gotejantes. "Alguém os enche de substância inflamável e depois os atira com uma funda. Uma arma dessas pode alcançar Gardineur, quem sabe? Pode voar até o outro lado do mar para incendiá-lo."

Ele responde, recordando: "Fazíamos desses na Itália quando eu era menino. Colávamos o enxofre no interior com gordura de porco. Imagino que há maneiras melhores agora".

"A gordura do porco é ideal", diz Christophe. "Quando vamos fazê-los?"

No castelo de Allington, o amo parece ter apenas algumas semanas de vida pela frente. "No último verão", diz Sir Henry, "não consegui dormir devido ao pensamento do meu menino aprisionado na Torre. Eu sabia que você não permitiria que ele fosse maltratado. Mas você não podia vigiá-lo em todas as horas, tendo grandes assuntos de Estado a tratar." Sua mão treme; uma gota de vinho cai no livro contábil à sua frente. "Oh, pela cruz!" Sir Henry seca a página.

"Por favor, permita-me." Ele afasta o livro do perigo. O velho suspira. "Acredito que Tom tenha aprendido a viver de forma discreta. Espero que ele se contente com isso e que seja capaz de perseverar." Os olhos de Sir Henry se fecham. "Para me suceder como senhor de Allington, com todos os seus agradáveis caminhos e passeios. Meus campos e bosques. Meus pastos floridos."

Thomas Wyatt diz, mande-me para o exterior. Mande-me para o exterior a serviço do rei. Eu irei a qualquer lugar. Quero estar fora do reino.

Ele baixa os papéis e senta-se ao lado do velho que cochila. *Lauda finem*, ele pensa: louvemos o fim. Ele pensa na leoa que perseguia Tom Wyatt, no pátio: onde o perfume das flores da noite se eleva, em vez do hálito selvagem da fera. Sir Henry abre os olhos e diz: "Ele é capaz de apostar a roupa do corpo, a menos que esteja pregada nele. Ele venderá o lugar ou o perderá em alguma casa de jogos. E pedirá emprestado a você, Thomas Cromwell, antes que meu cadáver esteja frio".

Enquanto viaja, ele assina a papelada para dar a Rafe um grupo de mansões de Essex pertencentes a William Brereton, falecido. De acordo com os desejos do rei, ele redireciona as posses e propriedades do jovem Richmond. Charles Brandon recebe pródigas pensões. Henry Courtenay, marquês de Exeter, ganha uma fatia de Dorset para garantir sua lealdade e manter sua esposa Gertrude satisfeita. Uma parte do condado de Devon vai para William Fitzwilliam e as terras e os edifícios da abadia de Waverley; foi a primeira casa dos monges cistercienses quando chegaram à Inglaterra, mas o local sempre foi dado a inundações, os cofres estão exauridos e há apenas treze monges a ser pagos. Fitz recebe mansões em Hampshire e Sussex, construídas em terreno mais firme; ele precisa sustentar seu novo cargo, pois foi promovido a lorde almirante.

É mais uma decepção para o duque de Norfolk. O posto outrora pertencera a ele. Teve de entregá-lo a Richmond e, após a morte do jovem, nutrira esperanças de recuperar a posição. Mas o rei diz, William Fitzwilliam é mais útil para mim, um homem firme que me diz a verdade.

A nova família do rei deve receber espólios, com arrendamentos e licenças. Tom Seymour navega entre as damas, espalhando sorrisos como buquês; ele usa um colete de jacintos, um manto curto de veludo violeta. Edward Seymour procura a companhia de estudiosos de túnica preta para aprender como ser útil ao reino. Todos concordam que ele é uma melhoria em relação ao último irmão real — embora, como diz Gregory, se ele puder simplesmente evitar fornicar com a irmã, já estará à frente de George Bolena.

Edward Seymour o convida para sua casa na cidade e mostra uma pintura que ocupa uma parede inteira. Ela retrata todos os Seymour que aparecem nos registros, desde quando a escrita começou: outros Seymour, imaginados, remontam a linhagem até o paraíso, situado no centro, ao alto. Os visionários antepassados aparecem com couraças anos antes de sua invenção. Eles carregam espadas largas, achas, martelos e maças de cavaleiros. As noivas são representadas pelos emblemas da família. À exceção de uma ou outra barba, gerações de Seymour carregam uma semelhança familiar marcante: isto é, elas se parecem com Eduardo. Eles se abrigam sob seus brasões de armas como se estivessem fugindo da chuva.

Quanto à própria rainha — Henrique não sabe como recompensá-la, o que dar a ela. Jane é dotada de castelos, mansões, arrendamentos, serviços, privilégios, liberdades e franquias. Suas cartas patentes são inscritas em dourado, iluminadas com a imagem do rei: na qual ele está mais jovem, de rosto fresco e barbeado, como se Jane tivesse varrido para longe os últimos dez anos. Henrique fez investigações exaustivas sobre o estado do corpo e da alma de Jane. Ele está convencido de que nenhum homem, exceto um irmão ou primo próximo, chegou sequer a beijá-la na bochecha. Quando ela vai se confessar com o capelão, leva apenas cinco minutos. Ela de fato é transparente, apesar de tudo que tem a esconder. E toda a sua atenção é voltada para o rei. Catarina tinha seus macaquinhos, Ana tinha seus spaniels, mas Jane tem apenas seu marido. Ela o trata com grande deferência, e com cuidado, como se ele pudesse quebrar; mas ela o trata com alegria, como ele próprio, Cromwell, tenta fazer. Em especial, ela o trata como se tudo o que ele quer fazer fosse perfeitamente normal. E, em gratidão pelo ouro e pelas pedras preciosas, ela sorri devagar e pisca para ele, como se fosse uma moça cujo namorado cortou uma fatia de maçã e lhe ofereceu na ponta de sua faca.

Antes de baixar a pena, lorde Cromwell se lembra de Lady Latimer com uma propriedade em Northamptonshire.

Quando o verão chega ao fim, Gregory regressa, despenteado, tostado de sol. "Meu lorde Norfolk foi bom comigo. Quando me viu sentado, lendo meu livro, ele disse, 'Gregory Cromwell, ainda não terminou seus estudos?'. Eu disse, 'Não, meu amo — deixei de lado as gramáticas de Linacre, mas agora devo estudar os novos mandatos de Littleton e me instruir sobre as leis. Além disso', acrescentei, 'meu pai me disse recentemente, você conhece os sete sábios da Grécia?'. E quando eu respondi que não, ele disse: 'Pois esteja a par deles até setembro'. Então meu lorde Norfolk disse: 'Ao diabo com os sete homens sábios, eu mesmo nunca ouvi falar deles, e não me falta nenhuma das partes que formam um sábio. Deixe seu livro, rapaz, e saia para o sol, eu vou resolver com seu pai'."

Ele assente. "Resolveu mesmo." Ele pensa, não posso criticar o velho réprobo, ele tem sido amável com meu filho.

"Mas o filho dele...", prossegue Gregory. "Surrey foi um anfitrião intratável. Ele falava italiano comigo. Não sou fluente, mas um homem sabe quando está sendo insultado."

"Verdade. Especialmente em italiano."

"Surrey diz que o senhor é um sectário. Um herege. O senhor diz que não há um Deus, mas três. O senhor diz que Cristo não era Deus, ou Deus não era Cristo. O senhor é um sacramentário, segundo ele. Ou seja, alguém que não acredita que os bebês devem ser batizados. O próprio Surrey finge favorecer o Evangelho, mas é apenas para provocar o pai. Lorde Norfolk amaldiçoa o dia em que os leigos começaram a ler as Escrituras. 'Bem-aventurados os mansos!', ele diz. 'Com todo respeito ao nosso Salvador, não queremos essa ideia circulando num campo do exército.' Então, quanto mais ele odeia a Bíblia, mais Surrey a ama."

Ele concorda. Pais e filhos. Na época em que esses lordes se equilibravam em seu primeiro pônei manso, ele estava brincando na forja, ao alcance dos cascos. "É só levar um coice", dizia Walter, "e ele aprenderá." Ele de fato levou um coice, mas não sabe se aprendeu.

Gregory diz: "Mary Fitzroy está em Kenninghall com sua família. Ela reclama noite e dia sobre a parte que lhe cabe entre as propriedades de Richmond. Ela tem todos os números anotados num livro, tudo o que ela deveria ter como herança dele. O duque se surpreende por ela ter uma inteligência tão boa, ele quase nunca falou com ela até esse momento, ele não acha que um homem deva trocar conversa fiada com filhas. Ela diz: 'Se o senhor não for ao rei e conseguir minha herança, eu me voltarei para lorde Cromwell, ele é a gentileza em pessoa com as viúvas'".

Mestre Wriothesley reprime uma risada. Mas depois, quando Gregory se retira, Me-Chame o segue até o gabinete e diz: "O senhor quer que Gregory se case. Já pensou em Mary Fitzroy? Poderia garantir a amizade do duque para sempre".

"Isso é uma reviravolta, vindo de você. Costumava dizer que eu deveria destruí-lo."

Wriothesley parece penitente. "Eu não entendia seus métodos."

Norfolk depende dele agora, para falar a seu favor com o rei. Henrique se enfurece sempre que ouve o nome de Norfolk. A intriga de Tom Verdadeiro e a morte de Richmond e seu enterro esquálido... as queixas do rei se acumularam. Norfolk se imagina na Torre. Pela grelha de são Lourenço, nunca mereci esse tratamento, diz o duque. Quando é que atrapalhei Henrique ou o confrontei? Sempre minha lealdade, sempre meus melhores esforços, meu dinheiro, meus homens e minhas orações. *Estou cheio, cheio, cheio*, ele escreve, *de bile e ira*. Ao ler as cartas dele, dá para imaginar línguas de fogo saindo de sua cabeça.

Quanto à filha de Norfolk, "Não é para nós", ele responde a Wriothesley. "Norfolk mirará mais alto. Os Howard não pensam no futuro, não da maneira como nós pensamos. Eles querem que o futuro se pareça com o passado."

Sete reis magos, ele diz a Gregory: eis aqui seus ditados. Moderação em todas as coisas, nada em excesso (essas duas são a mesma, a sabedoria pode ser repetitiva). Conheça a si mesmo. Conheça sua oportunidade. Olhe para a frente. Não tente o impossível. E Bias de Priene: *pleistoi anthropoi kakoi*, a maioria dos homens é má.

Neste verão, o Tribunal de Espólios está ocupado transformando monges em dinheiro. Só os mosteiros pequenos são dissolvidos: a corte tem capacidade para mais trabalho, se Henrique assim desejar. Quando seus funcionários se mudarem para seus novos aposentos em Westminster, eles terão um jardim, onde poderão se divertir ao ar livre e se sentar em meio ao canto dos pássaros e à fragrância dos canteiros de ervas. Mil-folhas e camomila confortam os escrupulosos funcionários, que ficam até mais tarde refazendo as somas das colunas. A betônia cura dor de cabeça, a borragem azul alivia o coração. Oculus Christi, em infusão, é boa para banhar os olhos daqueles que passam longas horas em seus livros, e o aroma de um ramo de alecrim fortalece a memória.

O bispo Hugh Latimer lhe diz, seria uma pena se os mosteiros fossem fechados sem que os pobres ganhassem nada com isso. Mas não é provável que algum miserável venha deitar a cabeça onde o padre Abbot outrora repousou. Talvez algum nobre derrube a casa do padre Abbot e construa para si uma casa maior com as pedras. Sem dúvida, é uma boa política do rei não manter todo o ganho para si. O nome do papa é retirado do livro de serviço, mas as paróquias apenas colaram tiras de papel sobre ele, pensando que o mundo vai dar voltas e Roma emergirá de novo. Mas, uma vez que as terras são distribuídas, nenhum sujeito desejará devolvê-las à Igreja. As orações podem ser reescritas, porém não as concessões fundiárias. Os corações podem reverter para Roma, mas o dinheiro jamais o fará.

Então, mesmo depois que Henrique falecer, ele pensa, nosso trabalho ficará seguro. Depois de uma geração, o próprio nome do papa será apagado da memória, e ninguém jamais acreditará que nos curvamos a tocos de madeira e oramos para o gesso. Os ingleses verão Deus à luz do dia, não oculto numa nuvem de incenso; eles ouvirão a palavra de um ministro que os encara, e não de alguém que lhes dá as costas e murmura numa língua estrangeira. Teremos clérigos de boas maneiras, que aconselham os ignorantes e ajudam os desafortunados, em vez de uma escória de monges semianalfabetos agachados no pó com suas batinas levantadas, apostando moedas no jogo dos ossos e tentando espiar por baixo das saias das mulheres. Daremos fim às imagens, às virgens chorosas com rosto verde de sofrimento e Cristo com a ferida no flanco, arreganhada como a fenda de uma prostituta. Os fiéis adorarão seu Salvador na porção mais íntima de seus corações, em vez de fitá-lo numa pintura acima de suas cabeças, como a placa de uma estalagem. Vamos derrubar os santuários, diz Hugh Latimer, e fundar escolas. Expulsar os monges e comprar cartilhas, livros do alfabeto para mãos pequeninas. Vamos libertar o Deus vivo das suas falsas representações. Deus não é seu vestido, não é seu casaco, ele não é um pedaço de carne, unha ou espinho. Ele não está preso num ostensório coberto de joias ou no vitral de uma janela. Mas ele habita no coração humano. Até no do duque de Norfolk.

Na época em que os dias ficam mais curtos, Norfolk manda-lhe uma carta pedindo que seja o executor de seu testamento. Não que ele planeje morrer; mas é claro, *sic transit gloria mundi*, e ele completará sessenta e cinco anos, embora não saiba para onde foi o tempo. Ele solicita uma reunião, segundo a conveniência do lorde do selo privado. Ele deseja falar sobre Mary Fitzroy. "É uma pena que Richmond não tenha morrido algumas semanas antes. Pois assim o rei poderia ter se casado com minha filha, cujo sangue é um dos melhores do reino, em vez da menina de John Seymour. E minha filha é uma donzela, sabia? Pura como no dia em que foi batizada, pois nunca deixei Richmond chegar perto dela."

É precisamente porque o casamento não foi consumado que o rei está dizendo que não houve casamento, então a noiva não merece uma pensão. Mas, já que o duque está tão bem-disposto, ele não o interrompe com aquela notícia. "Sabe quem veio me ver?", pergunta Norfolk. "O homem do imperador. Implorando uma audiência. Queria me dar dinheiro. Bem", o duque diz, afável, "está tudo em ordem. Eu costumava receber uma pensão do imperador, até que minha sobrinha apareceu e estragou todos os arranjos razoáveis."

"Então vossa graça teve seus direitos restaurados", diz ele gravemente.

O duque o examina. "Tenho que lhe agradecer?"

Ele recusa com um gesto. "Chapuys entende bem sua grande linhagem e sua longa experiência. Ele sabe o que o senhor é e sempre será, tanto para o rei quanto para a nação."

"Pode ser", diz o duque. "Mas ele não aprecia essas coisas tanto quanto os jantares que você lhe oferece. Ele fala como se você tivesse controle sobre tudo. Cremuel isso, Cremuel aquilo. Mesmo assim, você me prestou serviços. Eu reconheço." O duque se afasta marchando em suas perninhas.

Em resposta à sua convocação, chega mestre Holbein. Em seu rastro, vêm flutuando os resquícios de sua ocupação, os aromas de linhaça e óleo de lavanda, resina de pinho e cola de pele de coelho. "Agora que você é um milorde, devo pintá-lo novamente?"

"Estou contente com o que pintou antes." Se um retrato pode servir como um ato de ocultação, então ele realizou esse ato, ele e Hans, entre eles. Ele diz: "Pensei em encher uma parede de retratos. Os antigos reis da Inglaterra".

Hans chupa o lábio. "Até onde deseja retroceder?"

"Até antes do rei Harry, que conquistou a França. Antes do pai dele, Bolingbroke."

"Deseja incluir os assassinados?"

"Se não ocuparem muito espaço."

Hans se crucifica contra a parede e depois gira de um lado a outro, usando a extensão de seus braços para medi-la. "Pode construir uma nova sala, se necessário." Abaixo da janela, o barulho dos pedreiros: os andaimes são amarrados, a poeira se eleva no ar. "Anote-os, os nomes deles. Deseja um retrato de Henrique? Com você ao lado, sussurrando somas de dinheiro?"

Ele sabe o que Hans está sugerindo. Se Henrique for retratado este ano, ele quer a encomenda. Hans diz: "Ele não pode mais cavalgar muito nem jogar tênis. E veja". Ele dá um tapinha na barriga.

"Verdade. O rei está aumentado."

Hans caminha pela galeria, enquadrando com as mãos o espaço imaginado para cada rei. "Quando você voltar da corte para casa, entrará e os cumprimentará. Eles dirão, 'Deus o abençoe, Thomas', como se fossem seus tios. Está fazendo isso porque não tem sua própria gente."

Outra vez, é verdade. "Gostaria que você tivesse pintado minha esposa."

"Por quê? Ela era bonita?"

"Não."

Se ele tivesse meios de pagar por Hans quando a esposa e as filhas estavam vivas, o pintor as teria retratado como retratou a família de Thomas More, junto com os spaniels da casa e outros bichinhos de estimação que tinham na época: ele com o livro na mão e Gregory brincando com uma espada de criança, e as filhas com suas contas de coral. Ele quase pode ver a pintura; seus olhos se movem por ela, ao lugar onde Richard Cromwell se recosta na cadeira, Rafe Sadler sentado à direita da moldura com ábaco e pena, e uma porta aberta para que Me--Chame entre quando quiser. Quando ele tenta trazer à memória o rosto das meninas, não consegue. Ele sabe que a memória engana, mas elas não ajudam com isso. As crianças mudam muito rápido. Grace mudava todos os dias. Até o rosto de Liz é um oval embaçado embaixo de sua touca. Ele se imagina dizendo a ela: "Um estrangeiro virá para nos desenhar, e seremos duplicados, como se carregássemos um espelho". Quando você foi a Chelsea, fez uma reverência ao lorde chanceler — aquele sentado na parede, envergando a expressão grave de conselheiro. Mais tarde, o verdadeiro se aproximaria com o queixo azulado e seu hábito puído de lã, esfregando as mãos frias e avisando que você o estava interrompendo. Thomas More o encarando duas vezes: um olhar sujo em ambas as ocasiões.

Ele diz: "Hans, não espero que pinte esses reis pessoalmente. Mande um rapaz. Não importa como serão os rostos, porque ninguém sabe".

Eles selam o acordo com um aperto de mãos. Não há nada contra a recriação dos mortos, contanto que sejam plausíveis. Ele, lorde Cromwell, providenciará cama e mesa para dois aprendizes, que ficarão até que os reis estejam secos e pendurados, e Hans cobrará pelos materiais e uma soma nominal pelo trabalho, "mas uma tarifa de homens ricos", diz Hans. Ele espeta um dedo na pessoa aveludada de seu mecenas e se retira, assobiando.

Seu bobo da corte, Anthony, chega até ele: "Sir, quando se soube de um homem que foi bobo para o lorde do selo privado e não teve sinos de prata pendurados?".

"Boa ideia", diz Richard Cromwell. "Pode tocar os sinos para nos avisar quando fizer uma piada."

"Talvez eu seja o bobo mais triste que já nasceu", diz Anthony, "mas não ando desfilando pelas tabernas e revelando seus segredos, e sou mais barato que Will Somer, que agora é o bobo do rei, pois ele tem um homem para servi-lo e eu não preciso de criados. Exceto na primavera, quando fico melancólico e preciso de alguém para me manter longe de facas afiadas, riachos e lagoas onde posso me afogar."

Will Somer é um corcunda que cai dormindo enquanto fala. Ele senta-se à mesa e, *bum* com a cabeça, bem no meio do prato. Está sempre em risco, quando anda na rua; se não tivesse um criado para cuidar dele, poderia cair sob as rodas de um coche. Ele pode cair no chão enquanto está subindo uma calçada, enroscando os pés, seus cabelos se arrastando na lama. Cada momento de seu dia é interpenetrado com a noite, e quando ele despenca no chão nos recintos da corte, os spaniels correm e o examinam, abanando o rabo enquanto lambem suas orelhas. Somer é inofensivo, um inocente. Mas o homem Sexton, ou Patch, continua na casa de Nicholas Carew, onde dizem que ele conta histórias sobre a rainha morta, chamando-a de prostituta, e, a cada calúnia, Carew aumenta seu pagamento; e o ingrato fala também sobre o cardeal, seu antigo senhor, e o difama a cada hora que passa acordado.

Ele diz a Anthony: "Peça a Thomas Avery para lhe dar uma verba. Assim você pode comprar seus próprios sinos".

Segundo relatos, três grandes navios atracaram no porto fluvial de Sevilha e estão descarregando tesouros do Peru para inchar os cofres do imperador: cujas forças agora avançam para a Picardia, para o território do rei da França. O rei Henrique oferece seus serviços como mediador e declara que permanecerá neutro. "Com isso ele pretende dizer", comenta Chapuys, "que irá para o lado que prometer mais e custar menos. É o que ele quer dizer com neutralidade."

Ele responde: "Qual príncipe faria outra coisa? Ele deve aproveitar sua vantagem".

"Mesmo assim", diz Chapuys, "Henrique fala tanto da sua honra."

"Oh", ele diz, "todos falam."

O embaixador veneziano, Signor Zuccato, vem fazer uma visita, radiante de prazer, para explicar que o Senado lhe concedeu cinquenta ducados para a compra de cavalos — um privilégio de que todos os ex-embaixadores gozavam, mas que, no caso dele, tinha sido inexplicavelmente esquecido. Assim, o veneziano pode caçar, se quiser, galopando atrás do rei e de Madamma Jane nas manhãs enevoadas. Foram vários anos de caça *par force*: enquanto os nobres dormem, os batedores trabalham para descobrir um cervo adequado, que se remexe na clareira, desperta e fareja o ar de um novo amanhecer. Quando o animal é escolhido, os cães são enfileirados em sua linha de fuga, cinzentos, azulados, ocres e brancos; e quando o cervo deixa seu esconderijo, o caçador toca a grama onde ele esteve deitado — se está fria, se está quente. Ao nascer do sol, a perseguição começa. O cervo pode enganar e fugir, pode mergulhar no riacho frio, mas os cães seguem correndo e nunca desviam, até que ele é encurralado e, enquanto o acossam, os homens o insultam, ganindo suas provocações num idioma que ele consegue entender, chamando-o de vadio e canalha: e os caçadores gritam *ho moy, cy va, ho sto, mon amy: sa cy avaunt, so ho*. E quando a espada o golpeia, atravessando do ombro ao coração, o cervo é então deitado de costas, seus chifres na terra; e o berrante, depois de anunciar *mote, recheat, prise*, agora ressoa a nota *mort*. Quando o cervo é aberto, desmembrado, o pão embebido em seu sangue é atirado aos cães, e alguns ossos, deixados aos carniceiros, são chamados de paga do corvo; e a cabeça é espetada numa lança e carregada para casa, erguida, como era em vida.

Mas este ano, para poupar o rei de cavalgadas intensas e para que ele possa desfrutar da sociedade das damas delicadas, os cervos são empurrados para onde os caçadores esperam, de pé contra as árvores, vestidos em sedas verdes, as bestas a postos. Henrique, arrastando seu novo peso, fica facilmente fatigado, o rosto por vezes contraído pela dor da perna que seus servos enfaixam todas as manhãs, o mais apertado que ele pode suportar, dando voltas e voltas em torno da zona de fragilidade onde o dano alcança o osso. A rainha vai calada junto dele, os olhos firmes no cervo. Se a presa se desviar para a esquerda ou para a direita, é preciso disciplina para que os caçadores cessem fogo e não disparem uns contra os outros; se o animal não pode ser atingido de entrada, é melhor deixá-lo atravessar a linha e então apontar a flecha para antecipar seu caminho. Se a morte não é limpa, o caçador rastreia o cervo ferido, sabendo pela qualidade, cor e espessura do sangue quanto tempo durará a busca. Dizem que os caçadores vivem mais que os outros homens; eles suam muito e permanecem magros; quando caem na cama à noite, estão cansados além de toda tentação; e quando eles morrem, vão para o céu.

2.
As cinco chagas

Londres, outono de 1536

Os rumores da morte de Tyndale se infiltram pela Inglaterra como a fumaça vaza pela palha. Devemos acreditar neles? Os cavalheiros da câmara privada dizem que o rei solicitou garantias ao imperador — de um soberano a outro — de que aquele inglês esteja realmente morto. Mas se tal garantia foi dada ou negada, isso não se encontra em nenhum dos documentos que passam por sua mesa. "Pensei que tivéssemos tudo", diz Me-Chame, irritado.

Quando nossos enviados no exterior escrevem para o rei, eles enviam uma cópia ao lorde do selo privado — geralmente com um resumo que conta mais que o original. Henrique gosta de tratar com monarcas de irmão para irmão; "Crumb", diz ele, "não posso censurar sua administração dos meus assuntos em casa, mas alguns assuntos devem permanecer apenas entre príncipes, e não posso pedir aos meus pares monarcas que tratem com você, porque..." O rei olha à distância, talvez tentando imaginar Putney. "Não que você possa evitar."

Alguns sustentam que Tyndale ainda está vivo, e seus carcereiros estão tentando atormentá-lo em busca de uma espetacular retratação pública. Mas nossos contatos na Antuérpia estão silenciosos. Talvez estejamos perdendo alguma coisa e as notícias estejam codificadas no recibo de algum mercador? Me-Chame-Risley diz: "Em Veneza, eles têm homens que passam todos os dias trabalhando em códigos. Quanto mais eles fazem, melhor ficam".

"Tenho certeza de que isso poderia ser arranjado para você", diz Rafe. "Porém lorde Cromwell o enfiaria num regime de *per diem*, e você não receberia os honorários do gabinete do sinete, e o que a sra. Me-Chame diria disso? Ela não expressaria seus pontos de vista em código — eles a ouviriam vociferando em Calais."

Henrique está inquieto; como se tentasse prolongar o verão, ele arrasta Jane de casa em casa. Ele, Cromwell, tenta garantir que ele mesmo ou Rafe estejam ao lado do rei. Ele diz a Chapuys: "Essas conversas com os escoceses — elas nunca acontecerão. Henrique não viajará mais ao Norte que York. Ele teme a comida ruim, os bandidos e a falta de banhos adequados. E o rei dos escoceses não virá para o Sul, pelas mesmas razões".

Eles estão em Whitehall. Chapuys se junta a ele no vão de uma janela. A comitiva do embaixador recua, mas ele os sente vigiando. "Tyndale foi mesmo queimado?"

"Henrique não lhe contou? Ele conhece seu apego àquele herege."

"Eu não suportava aquele homem", diz ele. "Ninguém suportava."

Porém não precisávamos de Tyndale como convidado da ceia ou companhia num jogo de boules. Nós o solicitávamos pela saúde de nossas almas. Tyndale conhecia a palavra de Deus e carregava a luz para nos guiar através do pântano da interpretação, para que não nos perdêssemos — como o próprio Tyndale dizia — como um viajante enganado pelo duende Robin Goodfellow e deixado despido e sem sapatos ao relento.

O embaixador Chapuys, note-se, não disse exatamente que ele está morto; apenas o deixou tombar no pretérito perfeito, com aparente naturalidade.

Ele visita o convento em Shaftesbury como um cavalheiro privado, como se estivesse a serviço de Sir Richard Riche, o chanceler de espólios: com Christophe, como um rapaz a seu serviço. Solicitando o favor de uma entrevista com Dame Elizabeth Zouche, ele já sabe que será deixado à espera, e é assim que se encontra agora.

"Risível", diz Riche, sombrio. "O senhor é o segundo homem da Igreja. E eu, quem sou?"

"O rei Alfredo fundou esta abadia", ele diz a Christophe. "Eles são ricos porque têm os ossos de Eduardo, o Mártir."

"Que truques eles fazem?", pergunta Christophe.

"Os milagres de sempre", responde Riche. "Talvez testemunhemos algum."

Christophe cuida dos cavalos e vai à cozinha, procurando alguma jovem irmã para lhe dar pão e mel. Ele e Riche são mantidos numa antessala. Sua distração é um pano pintado de santa Catarina sofrendo na roda. Eles escutam os sons da casa movimentada e da cidade do lado de fora, até que um aumento na agitação do ar lhe revela que o estratagema foi detectado: pés correndo, uma porta batendo, um chamado de "Dame Elizabeth? Madame?". Shaftesbury é uma cidade de doze igrejas, excessivas para o número de habitantes. Quando elas tocam seus sinos, as ruas tremem.

"Então", diz a abadessa, "veio em pessoa, lorde Cromwell."

"A senhora conhece meu rosto, madame."

"Um dos cavalheiros do distrito tem um retrato seu. Ele o mantém exposto."

"Espero que sim. Eu não serviria para nada no porão. A senhora visita muitos cavalheiros?"

Os olhos dela se voltam para ele. "Devido à administração da casa."

"E o que mais? O pintor me fez justiça?"

Ela o examina. "Ele fez caridade."

"O que a senhora viu é uma cópia de uma cópia. Cada versão é pior. Meu filho acha que eu pareço um assassino."

A abadessa se diverte. "Levamos uma vida tão tranquila e abençoada aqui que não sei bem se já vi algum para comparar." Ela se levanta. "Mas o senhor decerto deseja ir direto ao ponto. Está aqui para ver a irmã Doroteia."

Enquanto ele a segue, ela pergunta: "Por que Richard Riche está aqui? Somos tão abastadas, louvado seja Deus, como qualquer outra casa religiosa do reino. Entendo que os assuntos de Sir Richard sejam com casas de menor montante".

"Gostamos de manter nossos números atualizados."

"Sou abadessa há trinta anos. Se tiver qualquer pergunta sobre nosso valor, faça-a a mim."

"Riche gosta de ter por escrito."

"Eu lhe darei um aviso", diz Dame Elizabeth. "E pode levar o aviso ao rei. Não entregarei esta casa. Nem neste ano, nem no próximo, nem em nenhum outro ano deste lado do Paraíso."

Ele ergue as mãos. "O rei não pensou nisso."

"Aqui está." Ela abre uma porta. "A filha de Wolsey."

Doroteia se ergue parcialmente. Com um gesto, ele pede que ela se sente. "Madame, como vai? Eu trouxe presentes."

Eles estão numa sala lateral, pequena e sem sol. Ele se permite um único olhar prolongado. Ela não é como o cardeal. Parecia com a mãe? Ela é bastante agradável ao olhar, embora não consiga abrir um sorriso. Talvez ela esteja pensando: onde você esteve nesses anos que passaram?

Ele diz: "Eu a vi uma vez na sua infância. Você não se lembrará de mim".

Ela não estende a mão para seus presentes, então ele os deposita em seu colo. Ela desata o pacote, passa os olhos pelos livros e os deixa de lado. Mas pega um lenço de linho fino e o segura contra a luz. É bordado com as três maçãs de santa Doroteia, e com grinaldas, raminhos e flores, o lírio e a rosa.

"Uma pessoa da minha casa bordou isso para honrá-la. A esposa de Rafe Sadler — talvez você tenha ouvido seu pai falar do jovem Sadler?"

"Não. Quem é ele?"

Ele tira do bolso uma carta. É de John Clancey, um cavalheiro do cardeal, que, agindo em nome de Wolsey, trouxe Doroteia ao convento. Ele já tem a carta há algum tempo e criou um hábito, não de levá-la consigo, mas de saber onde ela está.

"Clancey me disse que você deseja continuar nesta vida. Mas penso que era jovem demais quando fez seus votos."

A cabeça dela está inclinada sobre o lenço, estudando o artesanato. "Então posso ser dispensada?"

"Você é livre para ir."

"Ir para onde?", ela pergunta.

"É bem-vinda na minha casa."

"Viver com o senhor?" O frio no tom de sua voz o empurra para trás, mesmo nesse espaço apertado. Ela dobra o lenço para que o desenho fique oculto. "Como está meu irmão Thomas Winter?"

"Ele está bem e recebe todos os cuidados necessários."

"É o senhor quem cuida dele?"

"É o mínimo que posso fazer pelo cardeal. Quando seu irmão vier novamente à Inglaterra, eu poderia providenciar para que se encontrem."

"Não teríamos nada a dizer um ao outro. Ele é um estudioso. Eu sou uma pobre freira."

"Eu o manteria na minha casa e com prazer. Mas, pelo bem dos seus estudos, ele prefere morar no exterior."

"O filho de um cardeal não tem lugar na Inglaterra. Na Itália, segundo me dizem, ele seria bem-aceito."

"Na Itália, ele seria o papa."

Ela dá de ombros. Tudo bem, ele pensa. Basta de piadas.

"Quando Ana Bolena caiu", diz ela, "acreditávamos que a verdadeira religião seria restaurada. O verão inteiro passou, e agora duvidamos."

"A verdadeira religião nunca foi abandonada", diz ele. "A senhorita não teve a oportunidade de ver o modo de vida do rei — então imagina que a corte passe seus dias dançando em bailes de máscaras. Não é assim, eu lhe garanto. O rei ouve três missas durante o dia. Ele respeita todos os feriados da Igreja, como sempre fez. O jejum é observado, bem como os dias sem carne. Não ignoramos nada."

"Ouvimos dizer que os sacramentos serão abolidos. E que todos os monges e freiras serão dispersados. Dame Elizabeth tem certeza de que o rei ficará com nossa casa no final. Então, como viveríamos?"

"Não há nenhum plano nesse sentido", diz ele. "Mas, se isso acontecesse, ganhariam pensões. Acredito que sua abadessa negociaria duramente."

"Mas o que faríamos sem nossas irmãs da religião? Não podemos voltar para nossas famílias, caso nossas famílias estejam mortas." Ela cora. "Ou, mesmo que estejam vivas, talvez não nos queiram."

Ele precisa ser paciente. "Doroteia, não há necessidade de chorar. Está imaginando males que nunca poderiam alcançá-la."

Ele pensa, devo abraçá-la? A filha de um rei já chorou no meu ombro — ou teria chorado, se eu tivesse ficado parado.

"Eu vim aqui para lhe dar boas garantias", diz ele. "Entendo que este lugar é tudo que você conheceu até agora. Mas tem toda a sua vida pela frente."

"Clancey me trouxe e me deixou aqui sob o nome dele. Todo mundo sabia que eu era filha de Wolsey. Não foi minha escolha vir, mas tampouco é minha escolha sair. Não desejo ser expulsa para mendigar meu pão."

Isso são as mulheres, ele pensa — elas precisam fazer uma cena para arrancar lágrimas de si mesmas e de você. Já ofereci minha casa a ela.

"Eu lhe darei uma anuidade", prossegue ele.

"Não vou aceitar."

Ele ignora a resposta; é o tipo de coisa que as pessoas dizem. "Ou encontrarei pretendentes, se deseja se casar."

"Casamento?" Ela está incrédula.

Ele ri. "Já ouviu falar desse estado abençoado?"

"Uma filha bastarda? A filha bastarda de um padre desonrado? E nem mesmo dotada de beleza?"

Ele pensa: um bom dote faria de você uma beldade. Mas não é isso que ela quer ouvir. "Confie em mim, você é uma jovem adorável. Até agora, nenhum homem bom lhe ergueu um espelho, para que pudesse ver a si mesma pelos olhos dele. Uma vez que tenha roupas e ornamentos, será uma grata visão a qualquer noivo. Conheço os melhores mercadores e conheço a moda da corte francesa e da Itália. Eu vesti..." Ele se interrompe. Eu vesti duas rainhas.

Ela o avalia. "Tenho certeza de que seu olho é de especialista."

"Ou se a senhorita me considerasse, eu poderia, pessoalmente..."

Ele se detém. Está chocado. Não era isso, de forma alguma, o que ele queria dizer.

Ela está olhando para ele. Não se pode retirar aquela palavra. "Eu me casarei com a senhorita, se me aceitar. Eu sou, talvez não saiba disso, mas sou viúvo há muito tempo. Não possuo graciosidade, mas nada mais me falta. Sou rico e provavelmente me tornarei mais rico, portanto sua falta de fortuna não é um obstáculo para mim. Eu tenho boas casas. A senhorita descobriria que sou generoso. Eu cuido da minha família." Ele ouve sua própria voz, recomendando-se como se fosse um criado, exortando seus méritos para essa jovem chocada. "Não tenho filhos para sobrecarregá-la, exceto Gregory, que é quase um adulto e se casará em breve. Eu gostaria de ter mais filhos. Ou não, como desejar. Se quiser um casamento apenas em nome, para que possa ter um lugar no mundo, então, pela memória do seu pai, eu estaria preparado..." Ele hesita.

Ela atravessa a sala rumo à pequena janela e olha para fora furiosamente. Não há nada para ver além de uma parede. "Apenas em nome? Eu não compreendo o senhor. Está propondo se casar comigo ou não?"

"A senhorita está sozinha no mundo e eu também. Pela memória do seu pai, eu gostaria de protegê-la. Quem sabe, talvez a senhorita possa se afeiçoar a mim. E caso contrário, então... ainda teria uma casa e um protetor e eu não lhe faria nenhuma outra exigência."

"Isso é porque o senhor tem uma amante?"

Ele não responde.

"Várias, talvez", diz ela, como se para si mesma. "É verdade que o senhor tem tudo para recomendá-lo — caso fosse um comprador e eu estivesse à venda. O senhor tem dinheiro para comprar qualquer artigo, graças ao meu pai, que lhe deu seu começo na vida."

Meu começo na vida, ele pensa: madame, você não pode imaginar. Ele se sente despossuído, machucado, frio. Por que ela teria um coração tão pétreo em relação a ele? Muitas vezes, naquele longo inverno em Esher, ele liquidara as dívidas do cardeal. Eram somas que ele podia pagar do próprio bolso, mas mesmo assim: havia açougueiros, barqueiros, exterminadores de ratos, produtores de pomadas para cavalos, fornecedores de horóscopos e peixe salgado. E houve outros desembolsos, que nunca passaram pelos livros: subornar os espiões, por exemplo, que Norfolk havia infiltrado na casa. "Seu pai era um amo generoso", diz ele. "Eu lhe devo tanto que essa dívida não pode ser posta em números. Foi ele quem me explicou os assuntos do rei. Como as coisas realmente funcionam, não como as pessoas dizem que funcionam. Não o costume, mas a prática."

"Certamente", ela diz, "foi ele quem o levou à atenção do rei. Com o resultado que vemos."

Ele pensa, ela não gosta da minha proposta, não gosta. Eu nunca deveria ter falado, sei nos meus ossos que está errado; sou muito velho e, além disso, tendo sido tão próximo ao pai dela quanto fui, talvez ela sinta que somos aparentados, quase como se ela fosse minha irmã. Ele diz: "Doroteia, me diga o que é preciso para deixá-la segura e confortável. Esqueça que falei de casamento". Sem querer, ele sorri. Não consegue parar de tentar encantá-la. "Ainda existe um caminho a seguir. Ainda que a senhorita veja minha pessoa como defeituosa."

"Sua pessoa não é defeituosa", responde ela. "Pelo menos, não tão defeituosa quanto sua natureza e seus atos."

Ele ainda está sorrindo. "A senhorita não gosta dos meus procedimentos contra os religiosos. Eu entendo isso."

"Muitas das minhas irmãs anseiam por abandonar seus hábitos. Se a casa fosse dissolvida, elas partiriam amanhã mesmo. Dame Elizabeth não fala mal do senhor. Ela diz que o senhor é justo nas suas negociações."

"Bem, então... Acho que é da minha religião que a senhorita não gosta. Eu amo o Evangelho e o seguirei. Seu pai compreendia isso."

"Ele compreendia tudo", diz ela. "Ele compreendeu que o senhor o traiu."

Ele a encara, boquiaberto. Ele, lorde Cromwell. Ele, que nunca se surpreende.

"Quando meu pai estava no exílio, forçado a ir para o Norte, ele escreveu certas cartas, em seu desespero por recuperar o favor do rei — cartas implorando ao rei da França para interceder por ele. E ele suplicou à rainha — quero dizer, Catarina, a rainha de então — que perdoasse suas diferenças e defendesse seu amigo."

"Isso é verdade, mas..."

"O senhor tramou para que essas cartas chegassem ao duque de Norfolk. O senhor lhes deu uma interpretação maligna, que elas nunca deveriam ter transmitido. E Norfolk as pôs nas mãos do rei, e assim o estrago foi feito."

Ele não consegue falar. Até que diz: "A senhorita está muito equivocada".

Ela está tremendo de raiva. "O senhor plantou seus homens na casa do meu pai no Norte, o senhor nega isso?"

"Eles estavam lá para servi-lo, ajudá-lo. Madame..."

"Eles estavam lá para espioná-lo. Para influenciá-lo, para empurrá-lo a ações e declarações precipitadas, que seu amo, o duque, apresentou como traição."

"Jesus", ele diz. "Acha que Norfolk é meu amo? Eu não era servo de ninguém a não ser de Wolsey."

Tenha calma, ele diz a si mesmo: não como um jardineiro apressado, que arranca a erva daninha mas deixa a raiz no chão. Ele pergunta a ela: "Quem lhe contou essas coisas e há quanto tempo acredita nisso?".

"Eu sempre acreditei nisso. E sempre acreditarei, qualquer que seja a negação que o senhor apresente."

"E se eu lhe trouxesse provas de que está equivocada? Provas escritas?"

"A falsificação está entre seus talentos, segundo ouvi dizer."

"A senhorita ouve demais. Ouve as pessoas erradas."

"O senhor está com raiva. A inocência é tranquila."

Não me fale de inocência, ele pensa. Eu derrubei certos homens que insultaram seu pai, como exemplo para os demais — pode chamá-los de inocentes, se sua definição é ampla. Eu os arranquei de sua jogatina, seus bailes e partidas de tênis. Eu fiz de cada um deles um noivo: casei-os com crimes que eles mal imaginavam e os conduzi ao banquete das suas núpcias com o degolador. Ouvi o jovem Weston suplicar pela sua vida. Eu segurei George Bolena enquanto ele chorava e implorava por Jesus. Ouvi Mark gemer por trás de uma porta trancada; pensei, Mark é uma criança fraca, eu vou descer e libertá-lo, mas depois considerei, não, é sua vez de sofrer.

"Se está inflexível nessa opinião", diz ele, "então não vou mais incomodá-la. Já que sustenta essa ideia contra todas as evidências e razões, como posso me opor a ela? Eu faria um juramento, faria isso de bom grado, mas a senhorita pensaria..."

"Eu saberia que o senhor é um perjuro. Foi-me dito, por aqueles em quem confio, que não há fé ou verdade em Cromwell."

Ele responde: "Quando estes em quem confia a abandonarem — Doroteia, venha até mim. Eu jamais a recusarei. Eu amei seu pai quase como a Deus, e qualquer filho do seu corpo, ou qualquer alma que foi fiel a ele, pode me ordenar a qualquer serviço. Sem risco, sem custo, nenhum esforço é demasiado".

"Leve isso com o senhor", diz ela, e lhe devolve o lenço. "E esses livros, o que quer que sejam."

Ele pega os presentes e a deixa. Ele se detém do lado de fora da sala. Ele se encosta na parede, os olhos pousando numa imagem onde um homem retorcido se agarra a uma árvore e sangra, da cabeça, das mãos e do coração.

Richard Riche chega às pressas: "Senhor?".

O rosto de Christophe está chocado. "Senhor, o que ela disse?"

"Acredito que não choro desde Esher", diz ele. "Desde a véspera de Finados."

Riche diz: "Não chora? Isso me surpreende. As grandes provações do rei não lhe arrancaram uma única lágrima?".

"Não." Ele tenta sorrir. "Quando está vexado, o rei chora o suficiente por dois homens, então eu julgava meus esforços desnecessários."

"E o que provoca isso agora?", Riche pergunta. "Se me permite perguntar? Com todo respeito?"

"Falsa acusação."

"Amargo", diz Riche.

"Richard, você não acredita que eu traí o cardeal, acredita?"

Riche pisca. "Isso nunca me passou pela cabeça. Você não traiu, não é?"

Ele pensa, Riche não me culparia se eu tivesse traído: de que serve um magnata caído? Ele responde: "Se não fosse por mim, o cardeal teria sido morto naqueles dias da sua primeira desgraça, ou se tivesse vivido, teria vivido como um mendigo. Eu me coloquei em risco por ele, arrisquei minha casa e tudo que eu tinha. Se eu lidei com Norfolk, foi apenas para falar em prol do meu amo. Eu não gostava de Thomas Howard naquele tempo e continuo não gostando agora, e jamais fui aliado dele e jamais serei, e se ele me procurasse para pedir um cargo para recolher pratos, eu não o empregaria".

"Nem eu", diz Christophe. "Eu o chutaria numa vala."

"Quando eu chorei", prossegue ele, "naquele dia em Esher — minha esposa recém-falecida e minhas filhas, as cinzas frias na lareira, o vento uivando em cada fenda —, ali as almas mortas saíam do purgatório, soprando pelos pátios e chocalhando os postigos para entrar. Era nisso que acreditávamos naqueles dias. No que muitos acreditavam."

"Eu ainda acredito", diz Christophe.

"Não creio que eu vá chorar de novo", diz ele. "Para mim chega de lágrimas." Ele ouve sua própria voz, discorrendo. "Sabem, quando Wolsey estava no Norte, um sujeito veio até mim, um cobrador para os mercadores de tecidos: 'O cardeal nos deve mais de mil libras'. Eu respondi, 'Seja exato'. Ele disse, 'São 1 054 libras e alguns centavos'. Eu disse, 'Pode descontar os centavos, pelo amor que tinha por ele?'. Ele respondeu, 'Meus patrões descontaram e descontaram, fornecendo pano para as vestes pela sua religiosidade e sem nenhum lucro para si mesmos — e estamos falando de pano de ouro'."

Ele pensa, tentei salvar meu amo por todos os meios: tentei por exortação, por oração e, quando tudo falhou, tentei contabilidade. Riche o observa com curiosidade, mas ele não consegue parar. "Ele me disse, aquele sujeito, 'O cardeal deve ao comerciante Cavalcanti a soma de 87 libras, equivalente aos últimos sete anos, pelo mais rico pano de ouro a 30 xelins por jarda, 311,5 jardas: e de menor qualidade, 195,5 jardas'. Ele continuou, 'Toda a encomenda foi deixada no palácio de York — eu tenho a nota de entrega. O cardeal afirma que o rei pagará', ele disse, 'mas acho que veremos o Dia do Juízo antes disso'."

"Senhor", diz Christophe, "sente-se nesse baú. Use esse lenço para enxugar os olhos."

Ele olha para as folhas verdes, os pontos adoráveis que Helen fez, para agradar a uma estranha. "Então eu disse ao homem de Cavalcanti, 'Muito bem, reconheço a dívida, com exceção de quinhentos marcos — pois os comerciantes juraram que dariam essa quantia ao cardeal, para ter sua amizade — e, sem dúvida, isso lhes fará bem no Juízo Final'. Mas ele respondeu, 'Esse montante já foi subtraído, não pode retirá-lo duas vezes'. E eu tive que aceitar."

Ele senta-se no baú. Christophe diz: "Senhor, não chore mais. O senhor disse que não choraria".

"Depois que Harry Percy foi até Cawood com um mandado, o cardeal foi jogado na estrada sem tempo de pagar suas dívidas. O boticário veio até mim com uma conta de remédios — inúteis, pois o paciente estava morrendo."

"Eles não são pagos pelos resultados", diz Riche.

"Quando ele morreu, os lobos fecharam o cerco. Basden, o peixeiro, alegou que havia uma dívida de três mil peixes. 'Desde quando?', perguntei."

"Senhor...", começa Riche.

"Sal marinho também — mas por que uma cozinha compraria sal a um marco por *bushel*?" Ele olha em volta. "A moça está certa. Houve pútrida ingratidão, houve falsos acordos, houve perjúrio, difamação e roubo. Mas eu fui fiel a Wolsey, ou que Deus me derrube."

Um sino está tocando. Ele ouve as freiras que começam a se movimentar, reunindo-se para recitar suas preces. Ele diz: "Eu deveria tê-lo acompanhado a Yorkshire. Deveria ter estado ao seu lado quando morreu. Não deveria ter deixado que o rei se pusesse em meu caminho".

"Meu amo", diz Riche, o tom abafado, "o rei não se põe em nosso caminho. Ele *é* nosso caminho."

Ele responde: "Eu vou voltar para Doroteia. Vou explicar a ela".

Christophe opina: "O senhor não pode desfazer o que ela acredita há tanto tempo. Deixe isso para lá".

"Bom conselho, no geral", comenta Riche. "Meu amo, esse foi o sino das Vésperas. É melhor pegarmos a estrada, a menos que queiramos passar uma noite aqui. Eu me despedi da abadessa em bons termos, eu a considero uma mulher razoável e boa conhecedora da lei — essas mulheres surpreendem. Tenho os números. Então, por enquanto, terminei aqui — se o senhor concorda."

"Concordo", responde ele. "*Allons.*"

Ele se lembra da falsa profetisa, a freira Eliza Barton. Ela disse que podia encontrar os mortos para nós, se lhe déssemos dinheiro suficiente. Eliza procurou no céu e no inferno, segundo ela, e nunca encontrou Wolsey, até que finalmente o encontrou num lugar que não era lugar nenhum, sentado entre os não nascidos.

Em Londres, ele torce o lenço bordado na mão. Rafe chega. "Pode devolver isso a Helen."

"Eu soube", Rafe comenta, com delicadeza, "que o senhor foi mal recebido."

"Você me aconselhou", ele comenta, "você e meu sobrinho — vocês disseram que eu deveria esquecer o cardeal. Querendo ou não, ele foi arrancado de mim. Mas eu não sabia que se afastaria tanto assim." Sua mão descreve o espaço da sala. "Estou acostumado com as visitas dele. Eu o vejo na minha mente. Peço seus conselhos. Ele está morto, mas eu o faço trabalhar."

"Ele voltará, senhor, quando precisar dele."

Ele balança a cabeça. Doroteia reescreveu a história de Wolsey. Ela o tornou estranho para si mesmo. "Quem poderia ter dito a ela que traí seu pai, se não seu próprio pai?"

Rafe responde: "Tanto dispêndio de tempo, de bens, de orações... com certeza ele sabia da sua devoção?".

Devemos esperar que sim. Você pode convencer o vivo a repensar, mas não pode refazer sua reputação com os mortos.

"Vejo agora que deveria ter feito mais perguntas a ela. *Seu amo, o duque*, ela disse. Por Deus, eu preferiria trabalhar para Patch."

Rafe põe o dedo nos lábios. "O senhor sabe o que o cardeal costumava dizer. As paredes têm olhos e ouvidos."

Como se ele não estivesse seguro em sua própria casa. Porém Sadler é um homem mais cauteloso do que ele jamais será.

E Riche? Riche conta a história de Cromwell por toda a Lincoln's Inn, nas cortes de Westminster e nas guildas da cidade: ele se gaba de Cromwell, ou ao menos é o que ele ouve falar. "Lorde Cromwell tem todos os números na cabeça. O estoque de peixe, sal marinho, não sei o que mais. Até mesmo quando ele foi golpeado pelos insultos da filha de Wolsey. Temo que ele tenha sido terrivelmente caluniado, e quem sabe quem está na raiz disso, quando ele tem tantos inimigos? E, no entanto, ele tem uma mente notável", Riche diz com reverência, "notável. Eu acho que se os escritos fossem apagados e todos os registros do governo desaparecessem, ele os levaria na cabeça, com todas as leis da Inglaterra, os precedentes e as cláusulas. E sou um homem afortunado por tê-lo como amigo e por ter conseguido fazer algo para acalmar seu temperamento. Sim, fico feliz por ter estado ali. Louvado seja Deus", diz Richard Riche, "eu aprendo com ele todos os dias."

De volta de Shaftesbury, de corpo e mente, ele abre cartas que Gardiner enviou da França, dizendo que o delfim está morto: uma febre inexplicável, com duração de três dias. Henrique, que perdeu seu próprio filho tão recentemente, oferece suas condolências e a corte entra em luto. Não é difícil para lorde Cromwell: o preto é o que lhe cai bem. Ele aparece chamativo em muitas ocasiões — como cortesão, ele não pode evitar —, mas não gostaria que seus irmãos na cidade dissessem, "Hoje em dia, Cromwell anda totalmente de carmim", ou "Ele adotou o púrpura como se fosse um bispo".

As notícias da França logo são corrigidas. Não que o delfim esteja vivo, mas sim que sua morte não foi de forma alguma natural. Mas, ele pergunta, por que alguém se daria ao trabalho de envenenar o menino? Francisco tem outros filhos.

A embaixada francesa mantém silêncio. Anthony percorre Austin Friars, tocando seus novos sinos de prata e exclamando, "Deus seja grato, menos um francês!". O som desaparece atrás de portas fechadas, subindo escadas, através de galerias distantes. "Um a menos, quem se importa como foi?"

O som ecoa: quem-quem, o grasnado de um pato: como-como, os latidos de um cão. Austin Friars aumenta, tornando-se um palácio. Construtores batem e martelam desde o amanhecer. Richard Cromwell entra com um rolo de desenhos na mão. "Nosso vizinho Stow está falando mal do senhor por toda Londres. Sabia que ele tem um pavilhão de verão? Nossos rapazes o puseram em cima de uns rolos e o empurraram por vinte pés, para dentro do terreno dele. Agora ele diz que estamos roubando sua terra. Eu enviei uma mensagem, cumprimentos a mestre Stow, e poderíamos dar uma olhada nas suas plantas?"

Ele ergue os olhos. "Eu sei onde estão os limites de minha propriedade. Se ele fizer uma acusação séria, vou levar para o lado pessoal."

"Então ele que se foda", sugere Christophe.

Eles mal haviam notado que Christophe estava na sala. Mas ali está ele agachado no canto, como uma gárgula caída de uma igreja. Ele se lembra do rapaz dizendo, naquele dia em que viajaram a Kimbolton: "Eu matarei um Pole para o senhor. Matarei um Pole quando o senhor solicitar".

Ele pensa que, se Christophe pode entrar na minha sala sem ser detectado, tenho certeza de que ele poderia se infiltrar na casa de Reginald. Ele diz a Richard: "Está na hora de eu me encarregar dele. De pará-lo".

"Stow?" Richard fica surpreso. "Uma carta dura já resolverá."

"Pole. Reynold. Como você sugeriu, talvez precise de uma faca."

Porém ele lamentaria se Christophe terminasse seus dias gritando em algum buraco infernal, penetrado e queimado por torturas italianas. Os franceses também são devotos da dor; eles dizem que jamais se consegue a verdade sem ela. O boato diz que eles prenderam um homem por envenenar seu príncipe, mas por ora o estão interrogando, porque acreditam que ele confessará alguma trama mestra. Métodos sutis têm seu lugar. Mas qualquer interrogador olharia para Christophe e consideraria a sutileza como uma perda de tempo. "Christophe", diz ele, "se algum dia..." Ele balança a cabeça. "Não, esqueça."

Se eu o enviar, ele promete, direi a ele que grite "sou homem de Thomas Cromwell", antes que possam queimá-lo ou esticá-lo. Por que não? Eu assumirei a culpa. Minha lista de pecados é tão extensa que o anjo escriba gastou todas as tabuletas e se sentou no canto com a pena sem ponta, gemendo e arrancando os cachos.

"Vamos lá", diz ele. "Pegue seu casaco, Richard. Vamos para fora, andar de uma ponta a outra em nossa linha divisória e erguer marcadores para um muro de pedra com a altura de dois homens. E nosso amigo Stow pode sentar-se atrás dele e uivar."

Em Lincolnshire, no leste da Inglaterra, o boato de que o rei está morto se espalha nessas três semanas. Os bebedores que se reúnem em tabernas alegam que os conselheiros estão guardando segredo para que possam continuar cobrando impostos em nome do rei e gastando os recursos a seu bel-prazer. Rafe pergunta: "Alguém disse a Henrique que ele está morto? Acho que ele deveria saber e acho que deveria vir de alguém mais velho que eu".

Rafe boceja. Ele esteve com o rei em Windsor durante toda a semana, jamais indo para a cama antes da meia-noite. Henrique se demora na papelada, aceitando-a de sua mão pela manhã, mas chamando-o depois do jantar para conferenciar, mantendo-o de pé enquanto ele aperta os olhos diante dos despachos.

Há rumores de agitação em Westmorland; qualquer coisa que aconteça perto da fronteira, diz Henrique, pode contar com os escoceses para piorá-las. O rei dos escoceses embarcou e zarpou para a França para encontrar uma noiva, mas os ventos o levaram de volta à sua própria costa. Enquanto isso, o imperador oferece a Henrique uma empreitada conjunta contra a França. Carlos está montando uma frota de navios de guerra. Como prova do nosso compromisso, ele gostaria de ter dinheiro na mesa.

Ele diz a Chapuys: "Não é de admirar que seu amo chegue de pires na mão. Por que ele nunca tem dinheiro disponível? E ele paga quantias imensas de juros".

"Ele deveria ter você para administrar seu dinheiro", diz Chapuys. "Vamos lá, Thomas — mostre boa vontade. Meu amo lhe paga uma comissão. Não lhe pagamos à toa."

"É o que diz o francês também. Como posso agradar a ambos?"

Chapuys gesticula com a mão. "Eu também aceitaria a comissão deles. Agora que você é um lorde, tem despesas pesadas. Mas todos sabemos que você é homem do imperador no seu coração. Pense nas vantagens que seus mercadores perderiam se meu amo fosse provocado contra eles. Tenha em mente as perdas se meu mestre viesse a fechar seus portos aos ingleses."

Ele sorri. Chapuys vive ameaçando-o com bloqueios e falências. "A dificuldade é que meu príncipe não confia mais no seu. Houve um tempo em que seu amo prometia expulsar o rei Francisco e dar ao meu rei metade do seu território. E Henrique, aquela boa alma, acreditou nele. Mas então, enquanto aperfeiçoávamos nosso francês para podermos falar com nossos novos súditos, Carlos negociava com eles pelas nossas costas e acertava um tratado. Não seremos tolos duas vezes. Dessa vez, precisaríamos de grandes garantias antes de dar um centavo."

"Faça um casamento conosco", persuade Chapuys. "Lady Maria diz que não se sente inclinada a se casar, mas ficaria feliz, creio, em unir-se a sua própria estirpe. Meu amo oferecerá seu próprio sobrinho, o príncipe português. Dom Luís é um belo jovem, ela não poderia encontrar nada melhor."

"O rei da França tem filhos."

"Maria não aceitará um francês", diz Chapuys.

"Não é isso que ela me diz."

O rei ainda mantém sua agora bem-amada filha a certa distância. Entende-se que, quando a rainha Jane estiver coroada, será a hora de Maria vir à corte, fazendo uma entrada triunfal. Enquanto isso, Maria parece tranquila, encomendando roupas novas e cavalgando nos dias frondosos em sua Romã e em outras montarias que seu amigo lorde Cromwell lhe fornece. Ela tem muito dinheiro para sua bolsa privada — mais uma vez, graças a seu amigo — e parece contente em encontrar seu pai real por arranjo prévio, um dia aqui e outro ali: para jantar e uma volta nos jardins quando o sol não está muito forte para a pele de uma virgem. Henrique lhe implorou: "Diga-me a verdade, filha. Quando me reconheceu como o que sou, líder da Igreja, alguém a incentivou, coagiu ou incitou que dissesse uma coisa querendo dizer outra? Ou fez por vontade própria?".

Ele gostaria de desviar o rei dessa linha de questionamento, pois ela empurra Maria mais profundamente à evasão. Chapuys disse a ela para enviar mensagem a Roma pedindo o perdão do papa, por declarações que ela fez em favor de seu pai. Tinham sido feitas, segundo ela, sob coação.

Mas em Roma eles argumentam, muito razoavelmente, que as declarações de Maria foram públicas, e qualquer retratação precisaria também ser pública. Ela teria de dizer a Henrique, na sua cara, que havia mudado de ideia.

Nesse caso, onde ela estaria? Morta.

Mestre Wriothesley comenta: meu amo, o senhor deveria desafiá-la. Sabe onde está a lealdade dela: em Roma, e com sua mãe morta. Se a população ignorante está escandalizada com um déspota italiano que se apresenta como representante de Deus, será que a filha de um rei não deveria pensar melhor? Decerto, a essa altura, o mundo e o que ela conhece dele já deveriam ter derrubado os grilhões da sua criação e permitido que ela tomasse um caminho reto em direção à razão?

Mas ele não entra em conflito com Maria. Ele simplesmente repete para ela, madame, a obediência é seu refúgio. Seja consistente nisso. Com consistência vem a paz de espírito, e é de paz de espírito que a senhorita precisa.

Amém para isso, diz Maria. Ela parece séria. Apenas me faça conhecer os desejos do meu pai, lorde Cromwell. Eu vou cumpri-los.

"Maria diz", ele conta a Chapuys, "que se casará com um príncipe português, ou um príncipe francês, qualquer príncipe que seu pai escolha. Mas por favor, Eustache, observe, ela não diz em nenhum momento: 'Mas se eu pudesse escolher, eu tomaria como noivo o lorde do selo privado'."

O embaixador ri — um sonzinho enferrujado, como uma chave atritando contra a fechadura — e abre as mãos como se para dizer, culpado.

Felizmente para Chapuys, mexericos não são um crime capital.

Quando chegam os primeiros relatos de problemas, ele está em Windsor com o rei. Os dias ainda estão bons e faz calor ao sol. É o feriado de São Miguel, e por todo o reino há procissões com os estandartes de Nossa Senhora e anjos e santos. Durante todo o verão, uma proibição aos sermões esteve em vigor, para manter a paz. A proibição é suspensa para o feriado. Da cidade de Louth, em Lincolnshire — um condado sem grande fama —, vêm relatos sobre multidões se reunindo depois da missa. Elas não se dispersam nem ao anoitecer.

Você conhece aquelas noites, nas cidades mercantes. Um pouco de dinheiro tilintando no bolso e velhos companheiros cambaleando pelas ruas de braços dados. Jovens cantando sob uma lua errante, desafiando-se a saltar uma vala ou a invadir uma casa vazia. Se chovesse, eles voltariam para a casa. Mas o tempo segue firme. A escuridão cai e o mercado ainda está cheio. Odres de couro são passados de mão em mão. Velhos rancores são postos para arejar. Bocas são limpas nas costas da mão, cusparadas nos pés. Qualquer briga serve para aprendizes procurando confusão. As clavas e as facas saem à luz.

Nove horas, um frio no ar. Alguns mestres pegam bastões e caminham ombro a ombro para encarar os jovens. "Cabeças doloridas amanhã, rapazes! Vamos, voltem para casa enquanto suas pernas podem levá-los."

Para trás, dizem os aprendizes. Vamos quebrar a cara de vocês.

Os mestres dizem, quase tristes, acham que não fomos jovens um dia? Tudo bem, fiquem na rua e passem fome. Vejam se nos importamos.

Durante as horas de escuridão, o povo da cidade ouve os clamores do mercado — alguns tolos tocando uma trombeta, outro tocando um tambor. O sol nasce em pedras cobertas de vômito. Os saqueadores se esticam, mijam contra uma parede e saem para procurar tortas. Eles vasculham a barraca de um padeiro e às dez horas abrem um barril de vinho, fazendo xícaras com a palma das mãos vazias.

Ontem à noite, roubaram o chocalho do vigia e o derrubaram. Agora eles andam chocalhando pelas ruas, proclamando a balada do Pior-Nunca-Foi. Ao que parece, houve uma era anterior, em que as esposas eram castas e os mercadores honestos, quando as rosas desabrochavam no Natal e cada panela fervia com gordos e revigorantes capões. Se esses tempos não são aqueles tempos, quem é o culpado? Os londrinos, provavelmente. Os membros do Parlamento. Os bispos reformistas. As pessoas que usam o inglês para falar com Deus.

A palavra se espalha. Nas fazendas da vizinhança, os trabalhadores veem a chance de um feriado. Rostos enegrecidos, alguns vestindo trajes femininos, eles partem para a cidade, carregando qualquer ferramenta afiada que possa funcionar como arma. Do mercado, você pode vê-los chegando, levantando uma nuvem de poeira.

Os velhos de qualquer lugar da Inglaterra falarão sobre as façanhas ébrias das colheitas passadas. Baladas rebeldes cantadas por nossos avôs precisam de uma pequena adaptação agora. Somos taxados até chorar, precisamos viver até morrer, somos saqueados, enganados, roubados e diminuídos... *Oh, pior nunca foi!*

Os fazendeiros trancam seus celeiros. Os magistrados estão em alerta. Os burgueses se retiram para dentro de casa, protegendo seus armazéns. Na praça, um patife sobe numa mesa, passando os olhos pelas tropas rurais que chegam.

"Façam seu juramento a mim: Capitão Pobreza é o meu nome." Os sineiros, acotovelados e ameaçados, correm aos tropeções para a igreja da paróquia e tocam os sinos ao contrário. A esse sinal, o mundo vira de cabeça para baixo.

A manhã traz Richard Riche viajando de Londres para Windsor com rumores de agressão a funcionários do Tribunal de Espólios. "Nossos homens estão em Louth, meu amo — foram para avaliar os tesouros da igreja de São Tiago, que o senhor sabe que é muito rica."

Ele recorda o pináculo que se eleva a trezentos pés, sustentando o céu de Lincolnshire, nuvens enroscadas em torno dele como roupas molhadas. É preciso dois dias para viajar daqui até Lincolnshire, sem poupar cavalo nem homem. Agora mesmo, enquanto Riche fala, novos mensageiros estão berrando lá embaixo: campesinos boquiabertos, barro nas botas. Como essa gente chegou aqui, dentro das muralhas do castelo? Eles exclamam para o alto: "É verdade que o rei está morto?".

Ele desce a escada na direção deles. "Quem disse isso?"

"Todo o Leste acredita nisso. Ele morreu no meio do verão. Uma marionete está deitada na sua cama e usa sua coroa."

"Então quem manda?"

"Cromwell, senhor. Ele pretende derrubar todas as igrejas paroquiais. Ele derreterá os crucifixos para fazer balas de canhão, para disparar contra os pobres da Inglaterra. Os impostos serão dez pence para cada xelim, e nenhum homem terá uma ave na sua panela se não pagar uma taxa por isso. Não haverá pão no próximo inverno, a não ser feito de farinha de ervilha e feijão, e os plebeus serão envenenados por ele e morrerão nos campos, inchados como ovelhas, sem sacerdote para confessá-los."

"Limpem seus pés", ele lhes diz. "Eu os levarei ao rei morto, e vocês poderão se ajoelhar e pedir perdão."

O mensageiro se acovarda. "Nós apenas relatamos o que ouvimos."

"É assim que começam as guerras." Em algum lugar fora da vista, um homem está cantando, a voz ecoando pelas pedras:

Que Deus me defenda e dê um fim
Aos crimes por reparar:
De Crum e Cram e Cramuel
Que são Lucas o entregue ao inferno.
E que Deus cuide de mim!

Ele pensa, acredito que seja Sexton. Eu achava que a praga tinha sido esmagada. "Quem é Cromwell?", ele pergunta aos mensageiros. "Que tipo de homem vocês pensam que ele é?"

Senhor, eles dizem, não o conhece? Ele é o diabo num disfarce astuto. Ele usa um chapéu e embaixo ficam os chifres.

Como o problema se espalha da cidade de Louth por todo o condado, o rei exige, sem resultado, a presença imediata de Sir Thump e lorde Mump, lorde Stumble e o xerife Bumble. Ainda é a temporada de caça, e ainda passarão uns três ou quatro dias até que possam atender ao chamado. Primeiro, os mensageiros devem ir e relatar os distúrbios da paz. Depois devem dizer: "Além de Lincolnshire? Que diabos você quer dizer com *além*?". Então eles devem instruir seus intendentes, devem beijar suas esposas, devem fazer seus *adieux* gerais...

"Entre, primo Richard", o rei fala. "Preciso da minha família. Ninguém mais vem a meu encontro em minha hora de necessidade."

Nesse ponto, ele, Thomas Cromwell, poderia dizer "eu avisei". No ano passado, ele argumentou que, se vamos fechar casas religiosas, devemos lidar com elas caso a caso: não há necessidade de assustar as pessoas com um projeto de lei no Parlamento. Mas Riche insistira, não, não, não, precisamos ter a clareza de um estatuto. Lorde Audley dissera: "Cromwell, não pode fazer tudo como fazia no tempo do cardeal. Se fizéssemos isso, levaria o resto da nossa vida".

Ele fechara os olhos: "Meu senhor, eu sugeri lidar com as casas individualmente. Não sugeri 'uma de cada vez'. É diferente".

Mas ele foi sobrepujado. Eles aprovam em coro suas intenções: e agora veja! O rei em Windsor quer rostos familiares à sua volta. Seus rapazes se sentam em bancos onde os grandes magnatas do reino estão acostumados a se instalar. Quando o arcebispo entra, empoeirado da estrada, eles têm dificuldades para encontrar uma cadeira de tipo episcopal.

"Por que está aqui?", ele pergunta: com suficiente educação. "O senhor não foi solicitado."

"Por causa das canções", diz Cranmer. "*Crum e Cram e Cramuel*. Será que pensam que existe o senhor, meu amo, e existo eu, e também uma terceira pessoa composta de ambos?"

"É um mistério. Como a Trindade."

Parece que o problema não está restrito a um condado distante. Cranmer diz: "Há cartazes pendurados em Lambeth. Não estou seguro na minha casa. Hugh Latimer foi ameaçado. Ouvi dizer que, em Lincolnshire, eles atacaram os servos do bispo Longland".

John Longland é um homem cauteloso, rígido e carrancudo, que ajudou o rei a se libertar de seu primeiro casamento: isso não lhe granjeou popularidade alguma, nem em sua própria sé nem no resto do reino. A agitação é pior do que Cranmer imagina. Em Horncastle — conforme atestam muitas testemunhas —, um dos homens de Longland foi espancado até a morte, com os clérigos da paróquia aplaudindo enquanto ele arquejava o fim de sua vida; e um homem que se autodenomina Capitão Sapateiro anda desfilando com o casaco da vítima nas costas.

"Meu lorde arcebispo, o senhor deve saber que eu também estou nas canções", diz Richard Riche. "Ouvi dizer que meu nome é vilipendiado."

"Teria que ser", comenta Richard Cromwell. "É um bom nome para rimar. Piche, pastiche."

Ele diz a Cranmer: "Talvez deva se retirar para o campo por uma semana ou duas?".

"Bem, se o campo estivesse seguro", murmura Cranmer. "Receio que haja papistas na minha própria casa. Se eles viajam por aí comigo, para onde devo ir? Mas Londres é assunto seu, meu amo. Se esse contágio está se espalhando, o senhor precisa cuidar disso."

"Azeviche, fetiche, beliche", diz Richard.

"Silêncio", diz Fitzwilliam. "O rei está aqui."

Mestre Wriothesley vem um passo atrás do rei; está usando um novo gibão de cetim verde-mar, dentro do qual ele brilha como um veneziano, e ele se desvia delicadamente das penas e estiletes de homens menores, para assinalar um lugar para si mesmo. Rafe Sadler, humilde em seu velho casaco cinza de montaria, retrai-se na beirada de um banco.

"Meu lorde arcebispo!", exclama o rei. "Não, não se ajoelhe! Sou eu quem deveria me ajoelhar para o senhor."

"Por quê?", Richard Cromwell sussurra. "Que pecado ele cometeu agora?"

Ele contém um sorriso. O rei e o prelado debatem o assunto; Cranmer termina em pé. "Bem, cavalheiros", diz o rei, "as notícias são lastimosas. Eu me inclinaria à misericórdia se essa balbúrdia terminasse agora, sem mais danos à propriedade dos cavalheiros nem insultos à Coroa." Ele suspira: Henrique, o Bem-Amado. "Eles temem o inverno, pobres-diabos. Assegurem-nos de que, se houver escassez, ninguém se beneficiará do sofrimento deles. Proclamem um preço fixo para os grãos, se necessário. Instalem uma comissão para investigar a acumulação. Meu lorde do selo privado sabe o que fazer, ele se lembra de como o cardeal costumava lidar com esses assuntos na sua época. Ofereçam perdão gratuito aos descontentes, mas apenas se eles se dispersarem agora."

"Aconselho vossa majestade a evitar a indulgência", diz Fitzwilliam. "Se isso se espalhar para Yorkshire e para o Norte até a fronteira, estamos todos em perigo."

Ele se inclina para a frente. "Posso alertar meu lorde Norfolk? Ele poderia convocar seus arrendatários e acalmar os condados do Leste."

"Mantenha Thomas Howard longe de mim", responde o rei.

Riche diz: "Com todo respeito, majestade, é para os rebeldes que nós o enviaríamos. Não para sua sagrada pessoa".

O rei está irritado. "Acho que posso contar com meus oficiais naquelas partes. Se necessário, meu lorde Suffolk tem força suficiente."

Wriothesley ergue um despacho. "Está dito aqui que, onde quer que eles se reúnam, entoam 'Pão ou sangue'. Eles fizeram juramentos. Quanto à natureza desses juramentos", ele consulta seus documentos, "ainda aguardamos informações."

Fitzwilliam responde: "Com o devido respeito a vossa majestade, a razão desses distúrbios — não se trata apenas de encher a barriga. Eles querem seus monges de volta".

"Os monges deles não sumiram", responde Richard Riche. "Por Deus, bem que eu gostaria que eles sumissem e que a receita das grandes casas estivesse livre para ser usada."

Sob a mesa, ele — lorde Cromwell — chuta o tornozelo de Riche.

Fitzwilliam diz: "Eles pedem que as antigas devoções sejam restauradas. Que o papa tenha sua primazia".

"Eles pedem que todas as coisas sejam como em tempos passados", diz Wriothesley. "E Deus sabe que até o lorde cardeal teria descoberto que isso estava além dos seus poderes, fazer o tempo andar para trás."

"Mas os santos deles são eternos", diz Fitzwilliam, "ou é o que pensam. Eles os querem de volta, aqueles que nossas leis removeram. Estão pedindo são Valfredo. Eles querem Crispim, Crispiniano e a virgem Ágata. Eles querem Egídio e Suítuno, e todos os santos da colheita. Em vez de fazer as colheitas, preferem ter um dia santo, e em vez de estocar trigo para o inverno, preferem desfilar com estandartes." Ele prossegue: "Eles acreditam que, se alguém colhe nos dias dos santos, as mãos caem. Os frutos da educação talvez um dia sejam vistos na Inglaterra, mas me permitam avisar que até agora ainda não foram".

Cranmer comenta: "Eu soube que eles estão queimando livros".

"Os pobres não se levantam sem líderes", diz ele. "Que ninguém me diga o contrário."

Cartas chegam. Os selos são quebrados. O rei atira os papéis ao ler: "Tome, Wriothesley. Faça com que lorde Cromwell veja isto".

Me-Chame está lendo por cima do ombro do rei. "Como o senhor disse, lorde Cromwell, certos senhores estão liderando a *canaille*. Temos nomes."

"Mas os cavalheiros alegam que são obrigados?"

"Arrancados da cama no meio da noite", responde Wriothesley. "Com a touca de dormir na cabeça."

"Já ouvimos falar disso antes", ele comenta. As esposas gritando e os campesinos com tochas ao alto, ameaçando incendiar os celeiros a menos que os cavalheiros se levantem e os levem ao rei. Esses conflitos sempre começam da mesma forma e, de tempos em tempos, terminam da mesma forma. Os nobres são perdoados e os pobres, pendurados nas árvores.

Ele diz: "Vou enviar uma mensagem a lorde Talbot no Norte. Direi a ele que convoque seu pessoal e vá para Nottingham com a companhia mais forte que puder encontrar. Que monte base no castelo, e de lá ele poderá avançar para Mansfield em direção a Lincoln ou até Yorkshire se...".

O rei diz: "Sadler, mande Greenwich trazer minha armadura".

Há um murmúrio de protesto: não, majestade, não arrisque sua pessoa sagrada! Por Lincolnshire? Que Deus não permita.

"Se o povo está dizendo que estou morto, que escolha tenho?"

Cranmer responde: "Os descontentes estão atacando seus conselheiros, não a pessoa de vossa majestade, a quem eles se declaram leais — mas esses rebeldes sempre dizem isso. Eu sei o que eles planejam para mim. Se eles vierem para o Sul, serei queimado".

"A cabeça de lorde Cromwell é a principal exigência deles", diz Wriothesley. "Eles acreditam que o meu senhor praticou algum artifício ou feitiçaria no rei. Assim como o cardeal antes dele."

Ele diz: "Sinto-me ofendido em nome do meu príncipe, que eles não consideram mais que uma criança a ser influenciada".

"Por Deus, também estou ofendido", diz Henrique. Ele leu todas as notícias que chegaram, mas só agora parece absorvê-las — vermelho, o punho socando a mesa. "Eu me recuso a receber ordens do povo de Lincolnshire, que é um dos condados mais brutos e bestiais do reino. Como pretendem ditar quais homens mantenho à minha volta? Que eles entendam isso. Quando escolho um homem humilde para meu conselheiro, ELE NÃO É MAIS HUMILDE. Quem me aconselhará quando lorde Cromwell for derrubado? Esses rebeldes? Colin Coleira e Peter Penico, e o Vovô Miolo Mole e sua cabra?"

"Não, não vão", murmura o arcebispo.

"Robin Retalho aumentará as receitas?", o rei pergunta.

"Ou o Simon Simplório redigirá uma lei?", intervém Riche como se não pudesse se conter. Henrique fecha a cara para ele por essa interrupção. Sua voz se eleva. "Eu nomeei meu ministro e, por Deus, vou mantê-lo. Se digo que Cromwell é um lorde, ele é um lorde. E se eu disser que os herdeiros de Cromwell devem me suceder no trono da Inglaterra, por Deus, eles o farão, ou eu sairei do meu túmulo para saber o porquê."

Há um silêncio.

O rei se levanta. "Mantenham-me informado."

Mestre Wriothesley sai do caminho do rei, observando-o com olhos solenes.

"Eu vou atirar", diz Henrique. Ele se afasta com seus cavalheiros, rumo ao estande de arco e flecha abaixo dos aposentos reais. "Mantenham meus olhos abertos", ele ordena. Sua voz ecoa em seu rastro e se perde na tarde.

O conselho se dispersa, à exceção do arcebispo: exceto Fitzwilliam e exceto Richard Riche, que fica à mesa, franzindo a testa e folheando os papéis, e Wriothesley, que se inclina para ele, sussurrando. Fica decidido que Charles Brandon cessará o que quer que esteja fazendo, reunirá homens e restaurará a ordem em Lincolnshire. Charles é um homem rápido para esse tipo de coisa, e confiamos nele para não pesar demais a mão contra os mais pobres. O lorde chanceler Audley, agora a caminho de Windsor, deve ser enviado de volta à sua região, caso alguma faísca soprada para o Sul comece um incêndio em Essex.

"Então, Crumb, como se sente?", Fitzwilliam lhe pergunta. "Ser o herdeiro presumido da Inglaterra?"

Ele gesticula para afastar a piada. "Mas ele o proclamou!", prossegue Fitz. "Sir Richard Riche, você é testemunha."

Um grunhido descompromissado de Riche, com a cabeça baixa sobre as anotações. Fitz diz: "Por si mesmo, o rei pode nomear você, já que ele criou sua nova lei para a sucessão. Certamente o Parlamento pode torná-lo rei. O que acha, Riche?".

Imagine se o Parlamento aprovasse uma lei dizendo que eu, Richard Riche, deveria ser rei? Se Riche está ouvindo um eco dos dias de Thomas More, isso não o distrai. "Riche não vai levantar a cabeça", diz Fitz. "Eu devo estar errado. Não sou advogado, sou? Ainda assim, meus ouvidos não me enganaram. Ele o nomeou como próximo rei, Crumb. E penso que, ultimamente, o jovem Gregory vem emanando ares muito principescos."

"Desde que ele voltou de Kenninghall", diz ele. "Ele passou o verão com Norfolk."

"Se essa história se espalhar", diz Fitz, "teremos de soltar tio Norfolk neles, Harry querendo ou não. Ele tem as forças no Leste e é uma potência no Norte."

Riche diz, sem parar seus rascunhos: "Alguém que podemos trazer da Irlanda?".

"Mal podemos segurar Calais", diz ele. "Eu abandonaria aquele lugar desgraçado, mas isso permitiria aos nossos inimigos na Europa montar acampamento às nossas portas. Lorde arcebispo", ele se vira para Cranmer, "o senhor deve levar sua dama de Londres. Mantenha-a em segurança em alguma pequena casa sua..."

O arcebispo emite um ganido abafado, como Jonas dentro da baleia.

Riche o interrompe. "Oh, tenha calma, meu lorde arcebispo. Todos sabemos que o senhor tem uma esposa."

Fitz diz: "Todos nós sabemos".

"Ninguém aqui o trairia", prossegue Riche. "O rei o tem em alta estima e, se ele opta por não saber, nós optamos por não lhe contar."

"Eu rogo a Deus que mova o coração dele", diz o arcebispo, "para que ele ceda e compreenda o matrimônio como uma bênção que não deveria ser negada a nenhum homem."

"Ele mesmo gosta muito", comenta Fitzwilliam. "Era de imaginar que desejasse o mesmo para os outros."

"Deem tempo ao rei", diz ele. "E, Riche, sei que vocês estão ansiosos para trabalhar, os homens dos espólios, e lamento por tê-lo chutado por baixo da mesa, mas não quero que o rei diga que o pressionamos ou o influenciamos a ir aonde ele não queria."

"Mas nós temos um plano?", Riche pergunta. "Para que os grandes conventos sejam dissolvidos?"

"Oh, nós sempre temos um plano."

Me-Chame se ergue de sua conferência com os papéis de Riche: vislumbrando-se na janela, ele estuda sua forma vacilante e ajusta o ângulo da boina. "Meu lorde arcebispo, o senhor deve tranquilizar sua dama de que tudo ficará bem. Ouvi dizer que ela não fala nossa língua. Isso deve fazê-la temer até as sombras. Os rebeldes não virão para cá."

"Não?", pergunta Cranmer. "Isso não se resolve com palavrórios, Wriothesley. Não é um assunto leve e acredito que estamos mal preparados. Não acredito que seja uma ação de uns poucos homens descontentes. O dedo do imperador se encontra nessa torta. E também certos familiares de sua majestade, que almejam um futuro sem ele. Eles vão proclamar Maria se puderem dominá-la, e assim teremos uma guerra. Não precisa medir palavras comigo, mestre Wriothesley. Eu vi o pior que os homens podem fazer, aos seus semelhantes e às mulheres. Na Germânia, vi um campo de batalha. Não passei toda a minha vida em Cambridge."

Ele dá as costas ao arcebispo e caminha até a janela. Ele pode ver o rei e seus cavalheiros em suas diversões, sob o brilho do sol tardio. Na margem oposta, fora da vista devido às árvores, os estudiosos de Eton estão escondendo seu livro e se dirigindo ao oratório e à capela para orar por seu fundador, o rei Henrique VI, de abençoada memória.

Riche se junta a ele, silencioso a seu lado. Bem abaixo deles, vê um brilho fugidio, como a pele de salmão, recortado contra a tarde: é a rainha num vestido cinza-prateado, que foi ali conduzida para assistir aos entretenimentos reais. "Ela parece... recheada", comenta Riche.

"Ela é ótima à mesa, só isso. Não está grávida. Lady Rochford me avisa quando ela tem suas regras. Nenhum marido pode ser mais ansioso que eu."

"A outra era pele e osso no final. Uma velha esquálida."

O rei olha para cima, como se soubesse que está sendo vigiado. Ele se vira e acena: lorde Cromwell, virá para brincar?

Ele ergue uma carta, recém-chegada: coça a cabeça para mostrar que está trabalhando para compreendê-la. A luz do sol vai desaparecendo e o reflexo do rio é verde; o rei, nadando, projeta o lábio para imitar uma criança decepcionada. Ele então tira o chapéu e o aponta para Datchet: entrarei quando a luz sumir.

"Já é outubro!", comentam as pessoas. "Para onde foi o verão?"

Helen costurou outro lenço, no lugar do que ele levou para Shaftesbury. Ela bordou o louro, que vive para sempre, e a hera, em seu verde perene.

Uma ordem chega às guildas de Londres, para que reúnam e armem homens. Faróis dispostos pelos rebeldes são vistos do outro lado do rio Humber. É certo que Yorkshire se levantará. "Conte com meu lorde Cromwell para aplacá-los", diz Fitzwilliam, sorrindo. "Em Yorkshire, eles confiam na palavra dele."

O rei ergue uma sobrancelha. Ele, Cromwell, precisa explicar — uma atividade que não aprecia. "Antigamente, majestade, eles costumavam ameaçar minha vida."

Mestre Wriothesley acrescenta: "Meu lorde do selo privado era detestado devido ao seu serviço ao cardeal".

"Sir", diz Riche, "não deveríamos prestar mais atenção nas palavras do arcebispo e guardar a pessoa de Lady Maria?"

"O que sugere?", ele pergunta a Riche. "Acorrentá-la?"

O rei parece desconfortável. "Eu jamais permitirei que rebeldes usem minha filha contra mim. Monte guarda sobre ela, está bem?"

Ele responde: "Ela está sob vigilância".

Em Londres, eles proíbem todas as grandes reuniões, incluindo os jogos de domingo. Cavalos são requisitados, a guarnição da Torre é reforçada. Que os comerciantes comprem estoques de lã e tecidos prontos e mantenham os diaristas de Essex ocupados, assim como os aprendizes da cidade: sabemos o que acontece com as mãos ociosas. Os mestres devem vigiar bem seus servos. Todos os padres e frades devem entregar à cidade qualquer arma que possuam — à exceção de alguma faca, que podem manter para cortar a carne à mesa.

Wriothesley chega até ele: o senhor precisa ir à Torre, buscar a couraça de ouro do rei e começar a transformá-la em dinheiro. Depois volte aqui para Windsor, o mais rápido que puder.

Ele diz, vou ver Chapuys.

Dizem que um funcionário seu, chamado Bellowe, um secretário de confiança, foi capturado e cegado. Eles esfolaram um touro recém-morto, costuraram Bellowe dentro de seu couro e depois soltaram os cães.

Ele recorda Bellowe, como era. É capaz que nem seu próprio pai o reconhecesse agora. Apenas Deus o reconhecerá, restaurando suas feições na ressurreição.

Ele pensa, como eles podem ter certeza de que os cães estejam suficientemente famintos? Eles os enfiam em canis às chibatadas e os obrigam a passar fome? Nem seus próprios cães de guarda comeriam um homem vivo.

O embaixador diz: "Pelo que ouvi dizer, o duque de Norferk está em Londres, e morrendo para vê-lo. *Ai, onde está Cremuel?* Alguém pensaria que o duque está apaixonado".

"Ele quer que eu o devolva às graças do rei."

"Henrique acha que ele desrespeitou o cadáver do pobre Fitzroy", diz o embaixador. "O rei pediu que não houvesse pompa, e então o duque atirou seu bastardo morto numa carroça."

"Isso lhe dá algo para divertir o imperador. Nos seus despachos."

"Pessoalmente, acho que Norferk estava bravo com o garoto por ter morrido. E quanto a madame Jane, Henrique já está cansado dela?"

"Está vendo? É assim que meu amo é difamado", diz ele. "A volubilidade não é vício dele — até você tem que admitir isso. Ele esteve com Catarina por vinte anos. Esperou sete anos por Bolena."

"Houve concubinas, é claro. Mesmo assim, qual rei vive sem elas? Houve a mãe de Richmond. E a irmã de Bolena, com quem ele se deitou antes de Ana. A corte está especulando quem virá a seguir. Dizem que Norferk oferecerá sua filha. Ele precisa encontrar utilidade para ela, e talvez isso desperte o apetite de Henrique, penetrar a viúva do seu filho morto."

"Eustache...", ele diz.

"Vejo que não está de bom humor."

"É o cheiro de traição no ar. Faz meus olhos lacrimejarem. Faz meus dentes trincarem."

Que lástima, Chapuys murmura.

"Se seu amo pretende enviar ajuda aos nossos rebeldes, ele decidiu tarde demais este ano."

"Ah, você os chama de rebeldes. Pensei que fossem apenas alguns cabeças-ocas, encharcados de bebida? Que interesse meu amo poderia ter nos procedimentos deles?"

"Nenhum. A menos que ele tenha recebido maus conselhos. Por meio das péssimas fontes em que você costuma se abastecer."

Ele se imagina pendurando lorde Montague e outros Pole de cabeça para baixo e golpeando as solas de seus pés até que os segredos se derramem de suas bocas. Ele se imagina enfiando um canivete no coração de Nicholas Carew, abrindo-o como uma ostra. Ele se imagina sacudindo Gertrude Courtenay, até que a traição despenque dela como folhas secas. Cortando o crânio de seu marido, o marquês de Exeter, e mexendo um dedo no lodo de suas intenções.

"Não vou lamentar esses eventos, se trouxerem os traidores à luz", diz ele.

Chapuys está chocado. "Não pode estar falando da princesa!"

"Maria deve relatar qualquer visita a mim. Quaisquer cartas, elas devem vir direto da mão dela para a minha."

"A propósito", diz o embaixador, "ouvi dizer que os Courtenay receberam a mulher de Thomas Guiett. É uma caridade."

"Um dever. Bess Darrell deu tudo o que tinha para Catarina nas suas tribulações."

"O rosto de um anjo", comenta Chapuys, "e a disposição de um anjo. Ah, Thomas, são sempre as mulheres que sofrem. Aquelas criaturas amáveis cuja proteção Deus depositou nas nossas mãos."

"Eu disse a Maria, fiz tudo que pretendia fazer por ela. Se ela avançar um palmo na direção dos rebeldes, eu lhe deceparei a cabeça."

"Verdade, Thomas?" O embaixador sorri. "Conhecemos esse jogo, nós dois. É seu dever vir aqui e se gabar para mim da potência das forças do rei, e dizer como ele é amado por toda a terra. E é meu dever perguntar: 'Cremuel, por que tipo de imbecil me toma?'. Você sabe o que devo dizer, e eu sei o que você deve dizer. Por que, como dizem os tenistas, nós não vamos direto ao ponto?"

"Muito bem", diz ele. "Deixe-me contar algo novo. Se seu amo estiver sabotando meu rei no seu próprio país, eu encontrarei meios de fazê-lo sofrer, unindo meu rei aos príncipes germânicos, que são súditos do seu amo — ou que ele pensa que são."

"Eu duvido, *mon cher*", diz o embaixador, achando graça. "Todas as suas conversas até agora não deram em nada. Henrique pode até odiar o papa, mas ele odeia Lutero mais ainda. Certa vez, você mesmo me disse que também o odiava. Acredito que você se inclina para os hereges suíços, para quem a hóstia é apenas um pedaço de pão."

"Você é meu confessor?"

"Você tem segredos em demasia. Você e seu arcebispo."

Ele pensa, se Chapuys sabe que Cranmer tem uma esposa, ele guardará isso até que possa causar mais danos.

"O pão pode ser mais de uma coisa", diz ele. "Qualquer coisa pode."

"Se Henrique decidisse destruí-lo por heresia, seria..." Chapuys pensa a respeito. "Seria uma tragédia, Thomas."

"E você viria a Smithfield para me ver queimado."

"Seria meu doloroso dever."

"Doloroso, uma ova. Você compraria um chapéu novo."

Chapuys ri. "Perdoe-me", diz ele. "Eu simpatizo com você. Nesse momento, você deve sentir a inferioridade do seu nascimento, que, em outras ocasiões" — ele assente, cortês —, "não é evidente. Seus rivais na corte podem convocar seus arrendatários, e armá-los com os arsenais que eles possuem desde tempos imemoriais. Mas você não tem servos que de fato sejam seus. Pode gastar parte da sua riqueza, sem dúvida. Porém o custo de manter um único soldado em campo, sobretudo se ele estiver montado, e, nesse final de estação, com o feno tão caro... Eu não faço questão de estimar, mas os números são fáceis para você. Claro, você pode ir e lutar por si mesmo..."

"Meus dias de soldado terminaram."

"Mas ninguém o seguiria. Nem os londrinos. Eles desejam capitães nobres. Na Itália, há carvoeiros e cavalariços que fundaram casas honradas e deixaram grandes nomes. Mas a Inglaterra tem suas próprias regras."

Nem a oração nem os versículos da Bíblia, nem a erudição nem a inteligência, nem a concessão sob selo nem a lei estatutária podem alterar o fato do sangue vil. Nem todo o seu talento e astúcia podem fazer dele um Howard, um Cheney ou um Fitzwilliam, um Stanley ou mesmo um Seymour: nem mesmo numa emergência. Ele responde: "Embaixador, preciso deixá-lo e atravessar o rio para ver Norfolk. Ou ele ficará de coração partido".

Chapuys responde: "Ele está ansioso por se atirar contra os rebeldes. Qualquer glória disponível, ele quer conquistar. Ele quer matar alguém, mesmo que sejam apenas curtidores e encanadores. Norferk está de bom humor, pelo que ouvi. Ele pensa que esses acontecimentos vão derrubar você".

Quando viaja para a fortaleza de Norfolk em Lambeth, ele leva uma comitiva: Rafe Sadler, Me-Chame. Ele espera que a presença de Gregory facilite a conversa.

O grande salão do duque é como uma loja de armamentos, e Thomas Howard, marchando de um lado a outro, parece mais desgastado e sombrio que nunca, como um homem que mastigou e digeriu a si mesmo. "Cromwell! Não há tempo para falar com você. Estou aqui apenas para receber minhas ordens diretas e cair na estrada. Norte, leste, irei aonde o rei ordenar, tenho seiscentos homens armados e prontos para cavalgar, tenho cinco canhões — cinco, e são todos meus. Eu tenho artilharia...".

"Não, meu amo", ele diz.

"E posso convocar mais mil e quinhentos homens com um assovio imediatamente." O duque bate no ombro de Gregory. "Bem, rapaz! Está selado e armado? Oh, eu lhe digo, Cromwell, ele é uma peça muito rápida, esse rapaz! Que verão tivemos! Ele não poupa os cavalos, hein? Vamos torcer para que não seja tão duro com as mulheres!"

Por falar em mulheres... mas não, ele pensa, mencionarei a duquesa mais tarde. Primeiro, desiludi-lo. "Gregory ficará em casa", ele diz. "Mas o rei deu uma ordem ao meu sobrinho Richard. Ele levará um canhão da Torre. O rei convocou uma reunião em Bedfordshire, em Ampthill."

"Então para lá eu prossigo", declara o duque. "Harry está indo para a Torre?"

"Ficará em Windsor."

"Provavelmente é mais sábio. Nos velhos tempos, disseram-me certa vez, o populacho arrancou o arcebispo da Cantuária da Torre e lhe cortou a cabeça. Mas Windsor resistirá aos rebeldes e a tudo o mais, exceto à ira de Deus. Deve ser suficientemente forte para manter esses cabeças-ocas do lado de fora, se todos os nobres do reino fizerem sua parte. Quantos consegue trazer, Cromwell?"

"Cem", ele responde.

Ele deseja que o chão se abra e o engula.

"Cem", repete o duque. "Escrivães, é isso?"

Ele enviará seus construtores de Austin Friars e os cozinheiros. Os cozinheiros são homens beligerantes, valem por dois. Mas para equipá-los, ele precisará implorar aos armeiros de Londres e pagar o que quer que eles cobrem. Ele diz: "Tudo o que tenho está à disposição do rei".

"Espero que sim", diz Norfolk. "Já que, antes de mais nada, tudo vem dele. Com todo respeito, meu senhor. Mas seu pai era miserável, todos sabem."

"Não era miserável, meu amo. Um arruaceiro, eu admito. Não era dinheiro o que nos faltava, mas paz de espírito."

O duque resmunga. "Então você sabe manusear uma arma. Ouvi dizer que já matou homens."

"Quem não matou?"

Às suas costas, ele sente Me-Chame se retesando em alarme.

"Não sem motivo, imagino", admite o duque. "E como Deus lhe deu outros talentos, além do talento de rufião, é apropriado usá-los para o bem comum."

O duque está fazendo o máximo que pode para ser civilizado. Ele está estirando cada tendão, enquanto circula e trepida e se interrompe para berrar uma ordem a um soldado. Mas o cheiro da hostilidade emana dele — ele não pode evitar, não mais que um monte de esterco poderia parar de feder. "Pode dizer ao rei, da minha parte", ele diz, "que se suas forças se demorarem no Norte, ele também terá dificuldades em conter o Leste."

"É por isso que é do agrado do rei que…", começa Wriothesley.

O duque se volta contra ele. "Estou falando com Cromwell. Que esteve na guerra, o que é mais do que você já fez."

"Nós desfrutamos dos benefícios de uma paz de quarenta anos", responde Wriothesley, "sob o mais sagaz dos reis."

Norfolk o encara. "Por cuja manutenção, todo nobre deve liderar seus arrendatários e sustentar seu direito e título — o que estamos mais que satisfeitos em fazer, e que Deus defenda nossa causa. Isso revelará os traidores, eu lhes garanto."

Ele encontra os olhos do duque: aqueles buracos de fogo denteados. "Ouvi dizer que alguns desses campesinos ignaros estão proclamando Maria", diz o duque. "Deus sabe quem os agitou a essa traição, mas podemos dar um palpite perspicaz. Se ela avançar um palmo na direção dos rebeldes, eu não falarei por ela, não a defenderei, não farei nada."

"Nem eu", ele responde.

"Se os escoceses descerem…" O duque mastiga o próprio lábio. "Precisamos de cada homem forte. Precisamos de todo bruto que puder erguer uma lança e todo nobre que possa conduzir um cavalo. Henrique não libertaria meu irmão da Torre, sim?"

"Tom Verdadeiro? Não."

"Só espero que o rei saiba que não participei da loucura dele."

É uma boa questão, realmente; mas ele se vira de lado e diz ao duque: "Enfim, é do agrado do rei — como mestre Wriothesley aqui desejava ter explicado — que o senhor não esteja nem em Londres nem perto de sua majestade, mas que volte ao seu próprio território, para lá garantir a tranquilidade…".

Os poços de fogo ardem. "O quê? Não há rebeldes nas minhas terras!"

"O senhor deve garantir que não haja", explica Rafe Sadler. "Por ora, meu lorde Suffolk assumirá o comando das forças do rei."

"Brandon? Aquele cavalariço? Por são Judas", diz o duque. "Eu serei deixado de lado? Eu, do melhor sangue que esta nação oferece?"

"É tudo um só, meu amo", diz Rafe. "O sangue, quero dizer. Todos nós somos da mesma ascendência, se retrocedermos o suficiente."

"Qualquer padre lhe dirá isso", ele completa, sério.

O duque se enfurece. Ele sabe que é verdade. Mas ele preferiria que tivesse havido um Adão e uma Eva especiais, como antepassados dos Howard. "E meu filho?", ele pergunta. "E quanto a Surrey? Parece que ofendi sua majestade, Deus sabe como, mas certamente ele não rejeitará o serviço do meu filho."

"Ele diz que vai ver", responde Me-Chame.

"Vai ver?" O duque está fervendo. "Ver? Eu deveria ir a Windsor e encontrar meu soberano cara a cara. Pois não duvido que vocês estejam distorcendo seu relato." Me-Chame abre a boca, mas o duque o interrompe, "Mais uma palavra, e eu limpo suas tripas, Wriothesley. O rei sabe que não há servo mais fiel na Inglaterra que Thomas Howard".

"Meu conselho, senhor — se pudesse ouvir..."

Mas o duque não pode. "Eu segui as palavras dos Tudor em todos os assuntos — como sempre farei, valha-me Deus. No entanto, que fortuna recai sobre mim? Os mosteiros são derrubados e qualquer sacripanta é recompensado. Mas onde está minha recompensa?"

"Se o senhor deseja abadias", explica Gregory, "deve solicitar a Richard Riche. O mestre dos emolumentos."

"Solicitar?" O duque praticamente cospe a palavra. "Por que eu deveria solicitar algo que é meu por direito?"

"Isso me lembra", ele intervém, "tenho uma carta da minha dama, sua duquesa. Ela diz que faz quatro anos que estão separados."

"Sim. Os melhores anos da minha vida", responde o duque.

"Ela reclama por estar vivendo na escassez."

"É escolha dela."

"O senhor não a quer de volta, mas tampouco quer sustentá-la?"

"Que a família dela a sustente."

"Senhor, isso é vergonhoso", diz Rafe. Ele tem o rosto vermelho. "Perdão, mas não posso deixar de falar, quando ouço que uma mulher foi maltratada."

O duque enfia o rosto no de Rafe. "Todos sabemos da sua mulher, Sadler. Sabemos que você a comprou de um bordel e tão usada que a trocaram por uma moeda do bolso de um miserável."

Rafe responde: "Se o senhor não fosse um velho, eu o derrubaria".

Ele, lorde Cromwell, entra no meio dos dois. O duque continua: "Eu vou empalar você, Sadler. Vou espetá-lo como um frango".

"Meu amo", diz ele, "se houver algo que eu possa fazer, para acelerar seu restabelecimento ao favor real — conte comigo."

O duque lhe dá as costas, xingando. "Sabia que, no Norte, eles usam seu nome para assustar crianças? Fique quieto, eles dizem, ou vamos buscar Cromwell."

"Eles fazem isso?", ele pergunta. "*Lorde* Cromwell seria mais educado."

"Seu título ainda é uma novidade", diz o duque, "e a mudança é lenta lá para cima. A opinião deles é de que o sujeito estará morto antes que tenhamos que usar seu título."

Quando atravessam o rio em sua barcaça, a chuva cai direto no rosto deles, e a bandeira com seu brasão açoita no mastro; a estátua de Thomas Becket na parede do palácio do arcebispo mal é visível através da enxurrada, mas Bastings, o mestre barqueiro, saúda o santo da mesma forma."

"Vou derrubar esse traidor", diz ele. "Um dia, em breve."

"Mas, senhor, os ribeirinhos consideram que ele dá sorte."

"Cada um faz sua própria sorte", ele responde.

Eles se sentam sob o dossel. "Aquilo foi destemperado", ele diz a Rafe. "Vias de fato com o duque?"

"Só fiz uma coisa intempestiva na minha vida", diz Rafe. "Quero dizer, casar-me com Helen. Mas todos que a veem sabem que, na verdade, agi com sabedoria, portanto nem mesmo isso posso pôr na conta. Assim, enquanto ainda sou jovem, quero procurar alguma encrenca. Para saber como é."

"Porque não somos soldados", diz Wriothesley, rindo. "Temos que testar nossa virilidade quando encontrarmos a chance."

"Da próxima vez me avise", diz ele. "E deixe tio Norfolk fora disso."

Ele pondera. Ele apostaria em cada um de seus homens contra os homens de Norfolk — seus cozinheiros, secretários ou pedreiros. Ele apostaria em si mesmo contra o duque. Norfolk tem arrendatários, mas ele tem dinheiro. Se o duque tem sangue antigo, ele tem estômago. Se o duque é uma fortaleza inexpugnável, então ele é um mecanismo de cerco, ele é a catapulta de Deus, é o lobo de guerra; ele é o trabuco e a manganela, lançando pedregulhos contra muralhas e atirando membros decepados por cima delas. As pessoas lhe dizem que as muralhas do duque são inexpugnáveis, como os muros de Caerphilly, como Maynooth. Mas ele acredita que não exista fortaleza que não possa ser minada ou traída por dentro. Ele não quer Norfolk morto. Ele o quer vivo e obediente. Ele o quer agradecido.

Ele ordena a Wriothesley: "Conte a Riche. Trate com o duque sobre as exigências dele. Descubra quais abadias ele tem em vista".

"Eu achava que ele mantinha os velhos costumes", comenta Wriothesley. "Ouvi dizer que ele odeia as Escrituras. Agora está pedindo lucro com a queda dos monges?"

"Os Howard foram comerciantes outrora", diz ele.

Wriothesley responde: "Suspeito que todos fomos comerciantes outrora".

"Ouvi dizer", comenta Rafe, "que, em Lincolnshire, os monges saíram com machados de batalha e estão liderando as colunas rebeldes. O rei diz que os votos deles não os salvarão; quando acabar o levante, ele os enforcará nos seus hábitos."

Eles desembarcam. Os degraus estão parcialmente debaixo d'água, ameaçando encharcar suas botas. Richard terá sorte se conseguir levar seu canhão até o norte de Enfield, ele pensa, antes de ficar atolado. Os rebeldes estão agora avançando em Lincoln. Dizem que são dez mil homens montados e armados, com outros trinta mil atrás deles, e suas fileiras aumentando em quinhentos homens todos os dias.

"Deixe-me ir com Richard", implora Gregory. "Pela honra da nossa casa. Ou com Fitzwilliam — ele me aceitará na sua coluna. Ele está ansioso por matar rebeldes, ele diz que os comerá com sal."

"Concentre-se em seu livro, mestre Gregory", diz Richard. "Você ainda não terminou seus estudos. E cuide do seu pai."

Ele tem que voltar para Windsor, para o rei. O governo ainda deve seguir em frente, ele não se detém para levantar um exército. Henrique insiste que viajará até Ampthill, ao norte, para o agrupamento; todos devem tentar dissuadi-lo. Nas próximas semanas — quem sabe, talvez para sempre — ele, Thomas Cromwell, estará na estrada encharcada a oeste de Londres ou no rio transbordante, enquanto seus carpinteiros, forneiros e vidraceiros lutam no Norte e no Leste através de seus próprios pântanos. Ele pensa em todas as estradas do reino afundando em lama sem trilhas, em enxurrada e alagados.

Ele sai para se despedir de Thurston. Seu chefe de cozinha está decidido a ir com mestre Richard para apimentar alguns traidores, mas chora enquanto dá polimento a uma faca, girando-a, um fulgor na lâmina. "Lembro-me da sua menininha Anne", diz Thurston, "quando ela veio pedir ovos para pintar. Ofereci um ovo marrom da codorna e ela me disse, 'Thurston' — ou melhor, 'mestre Thurston', ela disse — 'eu quero pintar o cardeal com o chapéu escarlate, e você me dá esse ovo? Está dizendo que ele tem a cabeça do tamanho de um dedão e a pele de um mouro? Você tem que fazer melhor', disse ela. 'Só um ovo de bom tamanho vai servir, e com uma casca branco-leite.' Nem o senhor teria dito melhor." Thurston assoa o nariz no avental. "Que Deus a tenha. Uma casca branco-leite."

Quando ele pensa nas filhas hoje em dia, é como meninas pequenas agarradas às saias da mãe. Ele as afasta de si, mandando-as para onde quer que os mortos vivam agora. Ele senta-se sozinho, sob um teto azul recém-pintado de estrelas, numa câmara adequada para o chefe da casa: alta, arejada, ventosa. Ele fecha os postigos, puxa a poltrona para o fogo. Ele conhece aquelas cidades do Leste. Horncastle, a própria Louth, Boston, onde ele fez muitos negócios quando jovem, indo a Roma certa vez para representar sua guilda religiosa. Ele conhece pessoas em Lincoln que lhe darão relatórios, e recebe informações antecipadas, vindas do campo dos rebeldes, de suas demandas. Ele se lembra de Norfolk lhe dizendo certa vez: "Dê um espeto a algum idiota e ele será mais perigoso que o maior dos generais, pois não tem nada a perder". Se seus informantes estão corretos, os rebeldes estão escrevendo listas de demandas, e o que exigem — juntamente com a restauração da Idade de Ouro — são alterações de certas leis que tratam de herança, de como eles podem dispor dos bens próprios em seus testamentos. Essas não são preocupações de pessoas simples. O que Hob ou Hick têm para deixar, além de algumas dívidas miseráveis e sapatos estragados? Não: são queixas de pequenos proprietários de terras e de homens que não gostam de pagar seus impostos. Homens que querem ser pequenos reis em seus condados, que querem que as mulheres se curvem quando eles passam pelo mercado. Conheço esses deuses insignificantes, ele pensa. Nós os tínhamos em Putney. Eles existem em toda parte.

Da parede da lareira, ouvem-se arranhões e ruídos. A spaniel a seus pés se levanta e se sacode, o focinho erguido e se mexendo, os olhos brilhando de alegria; o macaco se agita em sua caixa de dormir, e a cadela espera que ele se arrisque a sair. Ele se lembra de uma tarde apagada de novembro: Ana Bolena, uma *moue* de desgosto ao afastar a manga da mãozinha que buscava sua mão. "Quem mandou isso? Eu não quero. Não é porque Catarina cobiçava essas criaturas que significa que eu as queira."

Alguma alma caridosa tinha feito um pequeno casaco de lã para o macaco e, como um peticionário nervoso, a criatura o estava destruindo com as unhas: ele se encolheu e estremeceu sob o olhar hostil da dama. "Eu o aceito", disse ele. "Ele ficará bem comigo, eu mantenho minhas casas aquecidas."

"Mantém? Como?" Ana tremia, mesmo dentro de seu arminho.

"Quartos menores, madame. Você não os desejaria."

Ela fez uma careta. Cranmer dissera certa vez: ela tem medo do que começou. "Talvez eu deva desistir de tudo", disse ela. Ela mostrou a pele do punho, puxando suavemente como se para mostrar o que perderia. "Talvez o rei nunca possa me desposar e eu seja uma tola por pensar que pode. Talvez eu deva desistir de tudo, Cremuel, e ir morar com você na sua casa aquecida."

A cidade de Beverley é o primeiro lugar ao norte de Humber que se junta à causa rebelde. Thomas Percy, irmão do conde de Northumberland, derruba cinco mil rebeldes do Nordeste. Um advogado de um olho só chamado Aske está liderando os plebeus de Yorkshire. Primeiro, ele disse que relutava em fazê-lo, que estava sob pressão — mas é isso que dizem esses oportunistas. Aske é quem diz que a rebelião é uma peregrinação até o rei: às vezes ele fala que é uma peregrinação pela graça. Ele dá um emblema aos rebeldes, erguendo sobre suas fileiras um estandarte das cinco chagas. Foi assim que Cristo morreu: dois pregos nas mãos e dois nos pés, o coração trespassado por uma lança.

A teia da traição é pegajosa na palma e deixa seu borrão de sangue: os bêbados nas ruas de Louth, os confederados gordos no Norte, os abades limpando a gordura em seus guardanapos e erguendo uma taça de sangue: os escoceses, os franceses, Chapuys *mon cher*, Gardiner conspirando em Paris, Pole em seu empoeirado genuflexório. Quando isso estiver terminado, quem será o amo e quem será o servo? Ele imagina Norfolk em seu arsenal, polindo a couraça: ele esfrega diligentemente, até poder ver seu rosto refletido. Os acompanhantes do rei estão prontos para marchar. Tão perfumados, os cortesãos, tão urbanos: o crepitar da seda, o passo silencioso dos sapatos acolchoados. Mas o morticínio é seu ofício. Como açougueiros no abatedouro, para isso eles foram criados. A paz, para eles, é apenas o intervalo entre as guerras. Hoje, a matéria dos bailes de máscaras, dos interlúdios, é varrida de cena. Não é mais hora de dançar. A mão perfumada toma a espada. O alaúde faz silêncio. O tambor começa a soar.

Em meados de outubro, o punho do rei cai sobre Lincolnshire. Richard Cromwell lhe escreve de Stamford, onde Charles Brandon chegou com suas forças e Francis Bryan, com trezentos cavalos. Os plebeus imploram por perdão e se comprometem a entregar seus líderes. O Capitão Sapateiro é despido de seu casaco emprestado. Mas podemos enviar Charles para o Norte, para enfrentar o próximo ataque? Não, a menos que queiramos mais problemas irrompendo em seu rastro.

Enquanto isso, o rei da Escócia, atingido pela tempestade, aportou entre os franceses. Ele foi visto no crepúsculo num alojamento perto de Dieppe, com seus acompanhantes, suas maneiras tão descontraídas e livres que ninguém sabe quem é o cavalheiro e quem é o rei. "Não acho", diz Henrique, "que alguém poderia nutrir semelhante dúvida no meu caso, e mesmo que eu pretendesse dissimular" — ele ri —, "duvido que eu poderia passar por um homem comum, a menos que assumisse algum disfarce, e mesmo assim…" Navios da Escócia ancoram na baía enquanto o próprio Jaime toma a estrada para Paris, com a intenção de se casar com uma princesa francesa e, assim, prejudicar seu vizinho inglês.

É uma pena que Jaime não se tenha demorado em Dieppe. Ele poderia ter sido morto. Os habitantes da cidade reclamam de uma praga trazida de Rye. O contágio e as notícias falsas não podem ser detidos pelos funcionários do imposto.

Wriothesley diz: "O bispo Gardiner pede instruções: como deve proceder se, na condição de embaixador da Inglaterra, vier a encontrar o rei dos escoceses?".

Ele responde: "Ele deve felicitar Jaime por escapar aos perigos do mar. Ele está viajando há um bom tempo".

O rei diz: "Diga a Gardiner para não prestar mais honras a Jaime do que deveria. Eu sou, como todos sabem, o legítimo governante da Escócia".

Pelas costas do rei, ele faz um sinal para Me-Chame: pode deixar isso de fora da carta.

"E se os franceses perguntarem sobre a comoção nos nossos condados", diz o rei, "que Gardiner lhes garanta que tenho um exército sob meu comando que está pronto para tornar humilde qualquer príncipe na Europa e ainda ter potência de sobra para uma segunda batalha e uma terceira."

Ele pode imaginar o gesto de desprezo, as caretas e os olhos revirados com que essa notícia será recebida por Francisco. "Embora o Tudor afirme ter cem mil homens, todos sabem que ele tem apenas uma fração disso e não pode confiar nos seus próprios comandantes; ou, se pode confiar em alguns, ele não sabe em quais."

E, pensando bem, Francisco dirá, o que foi preciso, cinquenta anos atrás, para invadir a Inglaterra e derrubar o Corcunda? Um bando de dois mil mercenários, liderados por um homem cujo nome ninguém sabia.

Henrique diz: "Pode dizer a Gardiner, e a qualquer outra pessoa que pergunte, que enfrentarei os rebeldes com toda a força armada da Inglaterra, e os reduzirei de tal maneira que seus herdeiros terão de rastejar sobre a terra onde eles forem enterrados e procurar seus fragmentos com uma lupa".

Mas, enquanto isso, o que ele fará? Ele negociará.

Em Windsor, o rei folheia seu livro de canções italianas. A chuva de outono tamborila na vidraça. Folhas mortas flutuam no ar. *A la guerra, a la guerra, Ch'amor non vol più pace...*

O rei pergunta: "Onde está Thomas Wyatt?".

"Em Kent, senhor. Reunindo seus arrendatários."

"Quantos ele pode prover?"

"Cento e cinquenta. Talvez duzentos."

A la guerra... O amor não quer mais paz.

"Como está Sir Henry Wyatt?"

"Morrendo, senhor."

"Ele deixará algo para mim?"

"Seu filho, senhor. Implorando, como último desejo, que vossa majestade o favoreça."

Tom Wyatt: seu ardor, sua fé, seu verso.

O rei diz: "Lorde Montague trará seus homens para o agrupamento?".

"Ele só precisa de um dia de aviso, senhor." Ele pensa que será interessante ver se Montague entrará em campo em pessoa.

"Onde está o irmão dele, Reginald?"

"Acaba de sair de Veneza."

"Para?" O rei termina seu pensamento. "Talvez para Roma. Em Roma, eles devem estar celebrando seu triunfo sobre mim. *Questa guerra è mortale*", canta o rei. "Cromwell, esqueci as palavras."

Io non trovo arma forte
Che vetar possa morte...

Não encontro arma forte para me proteger da morte. Ele folheia o manuscrito, que é ilustrado com ranúnculos, folhas de videira e lebres saltitantes. "*Eu sou a árvore que o vento derruba, porque não tem raízes...*" E Scaramella vai à guerra, bota e broquel, lança e escudo.

Cinco chagas. Esposa. Filhas. Seu amo. Doroteia com sua agulha, direto entre as costelas dele. Falta uma? Um homem pode sobreviver se as agulhadas forem uniformemente espaçadas e se ele conhecer a direção de onde elas vêm.

O rei diz: "Edward Seymour pode reunir quantos?".

"Duzentos, senhor."

"E os Courtenay? Lorde Exeter?"

"Quinhentos, senhor."

"Richard Riche?"

"Quarenta."

"Quarenta", repete o rei. "Ele é só um advogado, claro."

"Eu ordenei que todos os distritos costeiros mantenham vigilância constante sobre navios estrangeiros."

O rei puxa a corda de seu alaúde. "*Perché un viver duro e grave, Grave e dur morir conviene...*" Minha vida dura, minha morte amarga, um navio destroçado numa rocha.

Os profetas — e somos inundados deles, apesar de suas melhores previsões serem feitas depois do evento — nos garantiram que, este ano, as águas de Albion correriam com sangue. Quando fecha os olhos, ele vê o fluxo: não um rio descendo e transbordando das margens nem uma torrente rugindo sobre pedras, mas um canal oleoso, carmim, um riacho estreito e liso, fervendo sob a superfície: um fluxo lento penetrante, incontrolável.

Em Yorkshire, eles cantam aquela velha queixa dos dias de John Ball:

Agora o orgulho reina em toda parte,
e a ganância não se furta em mostrar a frente,
e a luxúria jamais se envergonha
e a gula jamais se arrepende.
A inveja governa a razão,
e a preguiça está sempre na estação.
Valha-nos Deus, pois agora é a hora.

3.
Sangue vil

Londres, outono — inverno de 1536

Aske: ele é um cavalheiro insignificante, mas o rei o identifica de imediato — primo em segundo grau de Harry Percy e parente dos Clifford do castelo de Skipton. Mestre Wriothesley, recém-familiarizado com a mente do rei, se impressiona com o conhecimento de Henrique sobre laços familiares obscuros. Ao chamar o avanço dos rebeldes de peregrinação, Aske lhe confere cores religiosas. O objetivo dos Peregrinos, declarado em diversas ocasiões, é eliminar o sangue vil do conselho do rei, e restabelecer a nobreza da Inglaterra; guardar as leis de Cristo e indenizar os danos (como eles os chamam) feitos à Igreja. Aske impõe um juramento àqueles que surgem em seu caminho.

Ele conhece Robert Aske — de vista, em todo caso. Ele é membro do Gray's Inn, às vezes em Londres a negócios para a família Percy. Sendo advogado, Aske não pode alegar ignorância. Ele sabe que é uma presunção grosseira oferecer juramentos em nome do rei. E ele deve prever — pois precisa estar familiarizado com as crônicas — qual será o fim: quão pútrida é a poça onde ele nada e na qual um dia afundará.

Todos crescemos com as histórias de Jack Straw e John Amend-All — aqueles bravos dias em que os plebeus marcharam sobre Londres e mataram juízes e estrangeiros. Eles mijaram nas camas de homens ricos, rasgaram seus livros de poesia e usaram seus panos de altar para limpar a bunda. Seus líderes eram secretários insignificantes e padres corruptos, Straw e Miller, Carter e Tyler, nenhum dos quais usava o nome verdadeiro; quanto ao Amend-All, ele é imortal, um homem saído do nada, verde como a primavera, que tenta meter o nariz para fora de sua cova comum sempre que começa um motim. Aqueles rebeldes destruíram palácios e invadiram a própria Torre de Londres. Eles destruíram tudo que encontraram para destruir — não havia tantos espelhos naqueles tempos. Em Cheapside, instalaram um bloco de açougue e exigiram a cabeça de quinze conselheiros do rei, incluindo o lorde do selo privado. Quando não conseguiam pegar os homens que estavam caçando, penduravam seus casacos e os atravessavam com flechas.

Naqueles dias, o rei da Inglaterra era uma criança. Não havia boa governança. Trabalhadores e artesãos eram oprimidos pelo estatuto, todo comércio tinha uma taxa fixa, qualquer que fosse o preço do grão. Eles suportaram o imposto por cabeça — não é de admirar que tenham posto a cabeça dos criadores em estacas. No entanto, durante todo aquele tempo, e assim como Robert Aske, eles se diziam súditos leais e gritavam: "Deus abençoe nosso rei".

Faz cento e cinquenta anos desde aquele confronto. Há oitenta anos ou mais, Jack Cade se declarou capitão de Kent e liderou sua multidão à ponte de Londres. Mas para os *rustici*, tanto faz se alguém disser que aconteceu na Páscoa passada ou antes da Conquista. Eles dizem que não querem impostos e não pagarão nenhum, e protestam contra impostos nunca cobrados e nunca imaginados. E como o rei diz a ele — onde você já ouviu falar de um imposto tão leve e agradável que todo homem clamaria para pagá-lo?

O povo comum da Inglaterra vive de canções, contos e piadas de taberna. Gastando suas moedas em velas para queimar diante de imagens sagradas, eles vivem no escuro, e no escuro eles se assustam. Digamos que um bezerro nasça morto. Quando a história cruza um campo, ele já é um bezerro com duas cabeças. Ela atravessa um riacho e é um bezerro de duas cabeças, cantando de trás para a frente em latim, e algum frade está cobrando um xelim por um amuleto contra ele. E assim, em metade de um dia, ele passa de aborto a Anticristo: e, de alguma forma, todos estão mais pobres, exceto os padres. Os pastores alertam seu rebanho de que se não enviarem o tributo a Roma, as árvores caminharão e as colheitas estragarão. Eles fazem com que temam o fogo do Purgatório, que come até os ossos; eles perguntam, você aguentaria ver seus parentes mortos ardendo — sua velha mãe desamparada, seus filhinhos mortos, acorrentados em agonia e suplicando aos gritos pelas suas orações?

Agora é difícil para eles ouvir as notícias do Evangelho: não existe purgatório, apenas julgamento. Deus não é um comerciante do mercado, vendendo misericórdia por quilo. Você não pode comprar a salvação nem pode incumbir um monge de trabalhar por ela.

"Em Lincolnshire", diz mestre Wriothesley, "eles acreditavam que o papa viria em auxílio deles, em sua própria pessoa."

O rei ri. "Daria no mesmo se dissessem, uma girafa está vindo. Eles não sabem o que é um papa."

Talvez eles também não saibam o que é um rei. Seus líderes lhes dizem que Henrique se tornou Deus. Agora, se uma criança fica doente entre Truro e Newcastle, eles a deixam às portas do rei; se um poço seca, se a manteiga estraga, se um balde vaza: qualquer problema que tenham, desde uma queda de granizo até um pescoço torcido, eles culpam a corte e o conselho. Suas queixas correm como riachos subterrâneos, enchendo-se desde a fronteira escocesa até Dover, até que toda a terra se inunda de bobagens. Como pode ser que um verso contra Cromwell, cantado na rua em Falmouth, seja cantado no dia seguinte em

Chester? Quanto mais se afasta de Londres, mais estranho se torna Cromwell. Em Essex, ele é um escroque ardiloso, um blasfemador e um judeu renegado. Mande-o a leste de Lincoln e ele é notório por seu conhecimento de venenos. Nos vales de Yorkshire, ele é um mago, com as estrelas e a lua no casaco, ao passo que em Carlisle ele é um morto-vivo que rouba crianças e come o coração delas.

Ele, lorde Cromwell, vai a Londres para manter o controle da cidade. Os rebeldes não têm canhão, mas os muros de Londres são decorativos hoje em dia, você pode derrubá-los com uma cara feia. Os Peregrinos se gabam de que vão arrancar tudo da cidade e levar o tesouro de volta para suas cavernas. Londres teme o Norte. Os idosos se lembram de como Ricardo, o usurpador, trouxe seus forasteiros de pernas nuas e olhos arregalados, a fala rude, as ações, piores: eles queimavam livros como lenha e matavam os gansos de um homem em seu próprio quintal.

Na Rolls House e em Austin Friars, ele recebe os grandes da cidade para acalmá-los e encorajá-los. Na Torre, ele despacha os armamentos do rei e funde couraças para fazer moeda. Depois ele volta a Windsor para separar as notícias verdadeiras das falsas e liderar o conselho do rei; não importa quem esteja nominalmente presidindo, é ele quem define a agenda. Todas as informações que entram, se são recentes, estão erradas: se são velhas, possivelmente são precisas, mas também inúteis. Toda ordem que sai do rei contém sua contraordem: se isso ocorreu, faça aquilo, mas se você for atrasado ou enganado, de maneira alguma faça outra coisa; escreva e nos pergunte. Seja cauteloso, mas não demore. Ataque com coragem, mas não gaste muito. Use seu bom senso, mas encaminhe tudo ao rei. Os comandantes em Lincoln, em Ampthill, em Yorkshire tentam entrar na cabeça dos conselheiros em Windsor, ao passo que os conselheiros se esforçam para imaginar montanhas e pântanos, vales e rochedos distantes, rebanhos de vacas e trilhas de cabras: terrenos que eles nunca visitaram, nem mesmo em sonhos.

Felizmente, lorde Cromwell esteve em toda parte. Ele conhece os portos do Leste, os castelos no alto dos penhascos. Para o cardeal, ele costumava viajar a Durham. Ele poderia ir ao Norte em pessoa, para obter notícias mais certas e acompanhar alguns dos tesouros do rei para pagar as tropas. "Mas suponha que eles capturem sua pessoa?", pergunta Wriothesley. "Suponha que peçam um resgate?"

"Quanto você acha que Henrique pagaria? Ele calcularia meu valor em comparação com o que trago para o Tesouro."

Richard Riche franze a testa. "E ele deveria estimar, meu amo, o que o senhor pode trazer nos próximos anos, se Deus o poupar."

Me-Chame suprime um sorriso. Riche diz: "Por que está rindo, Wriothesley?".

"Não cabe a nenhum rebelde saber o valor de lorde Cromwell."

Riche se vira contra ele. "Você não é mencionado nas músicas deles, é? A obscuridade tem seus méritos."

Gregory o encoraja: "Eles vão odiá-lo quando o conhecerem, Me-Chame".

Ele diz: "Tenho certeza de que você já mereceu o ódio deles. Eles só não conseguem encontrar uma rima para você. São poetas piores que Tom Verdadeiro".

Um exército deve ser abastecido. Junto às forças do rei, vão os fabricantes de arreios, os ferreiros, os armeiros, os provedores de caldeiras, de cordas de arco, cobertores, baldes, grelhas, rebites: e para que eles não fiquem sem pagamento, são necessários secretários para manter as contas, e os secretários precisam de tinteiros e papéis e cera para os lacres. Cada homem no campo de batalha precisa de cerveja, torresmo e carne, peixe salgado e queijo, biscoitos assados e não muito velhos, ervilhas ou feijões para ferver com sal e uma panela para cozinhar. Para obter essas coisas, é preciso dinheiro vivo num cofre. Quando se está em guerra, uma promissória não serve.

E quanto aos grandes assuntos do reino — eles não param só porque alguns maltrapilhos dos condados estão brandindo forquilhas. Os casamentos são feitos e nascem crianças, e as crianças crescem e precisam de novas vestes, novos utensílios domésticos e cuidadores. É hora de a filha de Ana Bolena começar a aprender as letras. Lady Maria anseia por um filho seu para amar e, por falta de outra opção, tenta amar sua meia-irmã; a criança não pode ser responsabilizada, diz ela, pela natureza de sua mãe. À medida que suas feições emergem do rosto de bebê, Eliza começa a se parecer menos com um leitão e mais com o rei, então hoje em dia ninguém mais insinua que ela seja produto de Norris. Nenhuma criança deveria ficar flutuando, incerta, no espaço entre dois pais. Ela ainda é uma bastarda, claro. Mas até uma filha bastarda tem valor no mercado dos casamentos, se o rei da Inglaterra reconhecê-la: então sua educação deve ser a de uma princesa.

Ele separa um estipêndio para uma moça, Kat Champernowne, que ele sabe ser amorosa e boa latinista. Ele confia que Eliza viverá para lhe agradecer. É importante que a primeira tutora de uma criança seja afetuosa e parecida com a mãe, para que a criança não tenha medo de cometer erros. Veja Gregory, agora tão promissor. Sua primeira tutora foi Margaret Vernon, prioresa de Little Marlow — uma pequena casa que foi fechada neste verão. Margaret o visitou em Londres, para soltar exclamações sobre seu pupilo, sua altura, sua aparência, suas maneiras. "Para onde foram todos esses anos? Parece que foi ontem que ele estava aprendendo seu Pater Noster."

Ninguém deve pensar que ele odeia freiras ou tampouco monges. Muitos deles são seus amigos. Ele costumava cavalgar até Little Marlow para fazer negócios na vizinhança. A sogra, Mercy, perguntara: "Como ela é, essa Margaret Vernon?".

Ele compreendeu a pergunta. "Ela não é jovem."

Gregory progrediu com ela. Agora é a vez de ela progredir. Ele faz uma anotação: Margaret Vernon para Malling, Kent. Malling é uma casa sólida, ela estará bastante bem lá: enquanto Malling durar.

Ele pensa em Doroteia. Ele desenha um monstro na margem de seus papéis. Ele pensa no dr. Agostino e em suas poções. Se há um mistério sobre a morte do cardeal, ele não está nem perto de resolvê-lo. A solução, ele tem de acreditar, está no coração do rei.

Quando ele vai aos aposentos privados da rainha com Rafe e Me-Chame, encontra-a sentada como de costume entre as mulheres. Hoje, todas estão costurando e ninguém canta; a gola da rainha é decorada com ourivesaria, de onde pendem gordas pérolas avulsas, em forma de lágrimas. "Alteza", diz ele, "por que não pedir ao rei que traga Lady Maria para cá?"

"Isso nos animaria", diz Jane Rochford. "Ela é famosa pelas suas piadas."

As mulheres escondem seus sorrisos. Ele diz: "Acho que a saúde de Lady Maria melhoraria com uma companhia gentil".

"Acha mesmo?", diz Rochford. "Imagino que seria uma pena que ela continuasse orando até gastar os joelhos. No campo, perde-se toda boa aparência."

"Lady Rochford fala por experiência própria", diz a esposa de Edward Seymour.

Rochford prossegue: "Se Maria estiver aqui conosco, os rebeldes não podem levá-la. Nem ela, aliás, poderia recorrer a eles".

"Ela jamais faria isso", ele responde. "Eu tenho a palavra dela."

Rochford cruza as mãos, sorrindo.

A rainha Jane diz: "Pessoalmente, eu gostaria da companhia dela. Eu poderia pedir ao rei. Mas ele está descontente comigo. Porque não estou, ainda".

"Grávida", completa Jane Rochford.

A rainha prossegue: "Ouvi dizer que as ágatas são úteis. Devem ser colocadas junto da pele".

"Sem dúvida, o guarda-roupa deve ter algumas", diz Rafe. "Caso contrário, vamos consegui-las. Na Cornualha, praticamente é possível pegá-las na rua."

A rainha parece surpresa. "Na Cornualha? Eles têm ruas?"

Me-Chame dá um passo à frente. "Se me permite sugerir, meu lorde do selo privado... Podemos ajudar vossa alteza com um belo discurso? Podemos começar a abordar sua majestade com elogios."

Ótimo, ele pensa. Vamos tentar. "Senhor", ele começa, "vossa majestade me elevou a uma esfera maior."

"Ele de fato elevou", diz Jane. "E eu o felicito sinceramente, lorde Cromwell."

"Não, alteza", explica Jane Rochford. "Não é isso que Cromwell está dizendo, é o que a senhora deve dizer. 'O senhor me concedeu a graça de me elevar acima de todas as outras mulheres inglesas.'"

"Logo eu, tão indigna", oferece Wriothesley.

"Eu, indigna", diz ele, "isso está muito bom, 'exaltada a uma esfera maior. Com quem então posso estar à vontade? Não existe uma só dama da minha qualidade com quem eu possa me abrir numa confidência'."

"E então continua", Rafe sugere, "'Senhor, por sua liberalidade e seu coração generoso e paternal, por favor, permita que Lady Maria venha para a corte, de modo que eu tenha conforto na sua companhia e que esteja feliz'."

"Deixem-me tentar", diz Jane. Ela respira fundo. "*Senhor, por sua liberalidade...* era a liberalidade dele, ou outra coisa?"

"Liberalidade soa muito bem", insiste Rafe.

"Então vamos prosseguir com a liberalidade", diz Jane, "e ver aonde isso nos leva. Mas, lorde Cromwell, devo levantar uma questão com o senhor..." Ela assente para as damas. Elas trocam olhares e se afastam. Rafe, Wriothesley, ambos recuam. Por um momento, sem falar, a rainha observa sua corte se afastando. Depois, ela retira da cintura um pequeno frasco de água de rosas. "É uma antiguidade", diz ela. "O rei me deu. Ele diz que é romana."

O vidro na mão tem a superfície escurecida e é frágil como o ar. "É possível."

"No passado, ele continha uma relíquia sagrada. Ele não disse de qual santo." Como se prevendo a pergunta dele, ela prossegue, "Eu não peço. Eu espero ser ordenada".

"Eu faço o mesmo."

"O rei me conta seus sonhos." Ele se espanta com a expressão de pavor no rosto dela. "Ele fala sobre sua infância."

"As mulheres gostam de saber sobre a infância de um homem." Ele nunca se deu conta até este momento, mas jamais soube de uma mulher que se recusasse a ouvir uma história, por mais mentirosa que fosse.

"É porque elas desejam amá-los", diz Jane. "Nem sempre elas podem amar o homem, mas pensam que poderiam amar a criança que ele foi."

Ele sente inquietude. O frasco é apenas um pretexto — mas para quê? "O rei foi uma criança muito bonita", diz ele. "Segundo relatos."

"Lady Rochford", diz a rainha, "poderia se afastar, por favor? Não... mais longe. Com as outras damas. Obrigada." Ela vira o rosto para ele, sua expressão se abrindo como uma flor. "Ele fala sobre o irmão Artur. Ele acha que o matou."

Ele fica tão perplexo que sua resposta sai estranhamente simples. "Ele não o matou. Artur simplesmente morreu."

"Ele o matou pela inveja — por desejar contra o irmão. Mesmo quando ele era muito pequeno, quando era duque de York, Henrique desejava ser rei, mesmo que não fosse rei da Inglaterra. Era sua intenção, ele diz, reconquistar a França, e Artur poderia concedê-la como recompensa."

"Alteza, desejos não matam pessoas."

"Nem preces?", indaga Jane. "É uma maldade orar pela nossa vantagem à custa de outro. Mas nem sempre podemos evitar o que nos vem à cabeça."

Ele responde: "É preciso que haja algum mecanismo. Como uma arma, uma faca ou uma doença".

"Mas então Henrique diz que considerou todos os infortúnios que poderiam acontecer na sua guerra francesa. Enchentes, lama, penúria."

"Isso foi sábio, em alguém tão jovem."

"Mas ele pensou, eu gostaria de ser rei mesmo assim. E Deus leu seu coração. E assim Artur morreu e Henrique herdou todas as dignidades e títulos do seu irmão, e se casou com Catarina, sua esposa."

"Ou tentou se casar com ela", acrescenta ele, sentindo-se cansado. "Não foi um casamento verdadeiro, é claro, isso está estabelecido."

"E Artur nunca veio para casa", diz Jane, "mas ele descansa numa tumba na catedral de Worcester, onde o deixaram no auge do inverno. E Henrique nunca vai vê-lo."

Depois de um momento, ela indaga: "Meu senhor? Vai ficar parado aí sem falar?".

Ele pergunta: "Por que agora?". Cranmer e eu acreditávamos que havíamos vencido aquele espectro: numa noite invernal de persuasão e prece, peneiramos Artur até virar pó. Mas parece que Henrique guardou algo. Nós o considerávamos a vítima indefesa de um espírito de rudes aparições. Não sabíamos que era sua vergonha que o evocava.

Ele responde: "Se o rei tocar no assunto, eu direi que foi uma fantasia de criança, e ele não se demorará mais nisso".

"Obrigada. Indaguei a meu irmão, lorde Hertford, sobre esse assunto. Mas ele disse: 'Bobagem, irmã, superstição'."

"Ele disse?" Ele sorri.

"Pode ir agora", diz a rainha. "Se alguém perguntar do que falamos, diga que eu queria mostrar o frasco e saber sobre os romanos. Não acredito em tudo o que o rei me diz."

Rafe e Me-Chame o seguem para fora. Eles se contorcem de curiosidade. Me-Chame diz: "Acha que ela terá coragem de pedir? Por Maria?".

Rafe diz: "Espero que sim, porque se Maria estiver aqui, não surgirá nenhum mal-entendido sobre quem ela encontra ou para quem escreve".

"Está vendo?" Lady Rochford está atrás deles. "Nem sua própria gente confia em Maria. Mas ela virá com toda a velocidade. Ouvi dizer que está apaixonada pelo senhor, lorde Cromwell."

Ele a toma pelo braço e a afasta. Ela é sua aliada, gostando ou não. Ela retruca: "Eu mereço um tratamento mais gentil nas suas mãos. E nas da rainha, devo dizer".

Ele a solta. Ela esfrega o braço, como se ele a tivesse machucado. Ele pensa, se os desejos causassem morte, eu seria supérfluo para o Estado. Henrique odiou suas duas esposas em diferentes ocasiões, mas elas seguiram rancorosamente vivas, até que Deus pôs fim a uma e o carrasco francês, à outra. Apesar de todo o seu poder, o desejo de Henrique não pôde sumir com elas. Só eu pude fazer isso. Sou eu quem diz a ele com quem ele pode casar e descasar e com quem ele pode casar em seguida, e quem e como matar.

Mas talvez isso não importe, ele pensa. Talvez os homens de Yorkshire venham e matem todos nós.

A rainha faz seu pedido a Henrique diante da corte. Observe o rosto alerta do rei, a modesta inclinação de sua cabeça. "Senhor", ela começa, "apesar da minha indignidade, o senhor tem sido — o quê? — liberal. Eu estou numa esfera. Por favor, traga Lady Maria à corte. Posso obter conforto na companhia dela e partilhar uma confidência."

Henrique a observa com carinhosa perplexidade. "Está solitária, querida? É claro que a receberemos, se isso a deixar alegre."

"Alegre. Essa foi a palavra que esqueci." Jane não sorri. Ela afunda no chão, desabando dentro de sua rígida tenda de brocado e cetim. "Pode me escutar?"

E essa agora? Ele tenta cruzar olhares com Rochford, mas toda a assembleia está de olhos fixos na rainha.

"Meu coração se abala, meu amo, pelas divisões que surgem entre seus súditos e sua sacratíssima pessoa."

Há um burburinho de comoção. Isso não é a linguagem da própria Jane, é?

Henrique a observa. "Eu interpreto essas palavras por sua intenção. Uma rainha tem um duplo dever. Como esposa, ela se consterna pelo esposo quando ele está perturbado. Como rainha, ela se sente súdita do seu senhor."

"Eu sou apenas uma mulher", responde Jane. "Não pretendo ser mais sábia que vossa graça. Mas meu coração vacila quando costumes honrados e devotos são abandonados, sendo santificados pelo uso desde que o mundo começou. Precisamos cuidar deles, como um filho ou filha cuida de um pai idoso."

Henrique franze o cenho. "Que costumes?"

"Nan!", ele chama a esposa de Edward. "Nan, rápido."

Lady Seymour dá um passo à frente. "Madame..."

Jane continua: "Seu povo quer o papa de Roma. Eles querem as estátuas que conheceram por toda a vida, e as velas benditas e os dias santos".

Nan Seymour repete com urgência: "Madame...".

"Deixe que ela fale", retruca Henrique. "Ela deve ser instruída, e quem deveria fazê-lo, se não eu? Como pode ser que, apesar de todos os pregadores que expuseram a supremacia do rei, de tudo o que foi dito e escrito, ainda existam aqueles que não compreendem que o bispo de Roma é apenas um príncipe estrangeiro, decidido a nos conquistar, se puder? Madame, não permitirei que nenhum estrangeiro interfira no meu reinado e não permitirei que nenhum traidor se abrigue atrás da cruz de Cristo."

Jane responde: "Eles pensam que o senhor tomará suas cruzes de prata e as transformará em moedas".

Henrique replica: "As pessoas simples talvez acreditem nisso, mas quem as incita a fazê-lo? Que tipo de pastores são esses, os padres e abades que quebram seu juramento a mim e que são os primeiros a entrar na peleja, brandindo espadas?".

"Eles ainda rezariam pelo rei", diz Jane, como se estivesse negociando, "se também pudessem rezar pelo papa."

Ele pensa, eu preciso dar um fim nisso, se o rei não dará. "Madame, não pode haver dupla jurisdição. Ou o rei governa, ou Roma."

"E isso não é uma pergunta", alerta Wriothesley.

Henrique ordena: "Sua graça recuará".

Jane está tremendo. "Eles estão muito sobrecarregados de impostos."

O rei se inclina à frente. "O fardo dos impostos não recai sobre os ombros dos trabalhadores ou dos pequenos lavradores. Dives, o homem rico, sabe e sempre soube escamotear seus interesses como se fossem os interesses de Lázaro, o mendigo."

Jane o encara. "Sim. É possível. Eu não compreendo o subsídio ou a receita. Mas, meu amo... cuide dos seus pensamentos assim como das suas ações. O que o senhor diz à noite o assombra de dia, e o que o senhor recusa no dia regressa à noite."

Nan Seymour pega um braço, Jane Rochford pega o outro; elas a levantam do chão. O rei diz: "Jane, entenda isto — eu decido pelos meus súditos, corpo e alma. Um príncipe responde diante do estrito tribunal do céu pelos seus procedimentos, e quando ele falecer, será julgado por padrões pelos quais os homens comuns não o serão. Deus concede graças ao príncipe: Deus lhe dá sabedoria, habilidade política e prudência, e essas virtudes são suas para exercer, por métodos dos quais ele é o único árbitro. Eu sou o pastor terreno das ovelhas de Deus. É o papel de um príncipe prover não apenas às famílias nobres, mas também às obscuras, e não apenas aos estudiosos e magistrados, mas aos não instruídos e aos pobres, a toda a comunidade do seu povo — tanto por seu bem-estar corporal quanto por seu bem espiritual". Ele acrescenta, benigno: "O dever recai sobre mim, e o mundo me verá cumpri-lo".

"Amém", diz mestre Wriothesley. Os cortesãos apertam uma mão contra a outra — eles aplaudiriam, se o rei lhes desse o sinal. O lorde chanceler murmura, "Eloquência, senhor". Ouve-se um ruído de apreciação de Sampson, bispo de Chichester; o conde de Oxford, que é o lorde camareiro, suspira como uma camponesa num colchão de plumas.

O rei diz: "Estamos dispostos a considerar todas as petições legais. Dispostos a poupar qualquer cerimônia ou imagem, se não for perniciosa. Todavia". Ele ergue os olhos e posiciona o olhar deliberadamente acima da cabeça de sua esposa. "Quando se mostrar fecunda, então chegará a hora de darmos ouvidos à sua reclamação."

Quando as mulheres afastam Jane, "Sigam", ele diz secamente a Rafe, a Me-Chame. Ele quer dispersar o grupo. É como quando uma carroça tomba na rua. "Passando", gritam os guardas. "Nada para ver, passando."

Wriothesley o pega pelo braço. "Carew esteve com ela? Ou os Courtenay?"

"Talvez", ele diz, "isso provenha do seu próprio coração enganado e bondoso. Ela não tem boas companhias. Eu gostaria que sua irmã, Bess Oughtred, fosse trazida do Norte."

Rafe dá um tapa em seu braço para alertá-lo: Lady Rochford está ao alcance de uma espada. Ela diz: "Espero que não esteja culpando a *mim*".

Ele diz: "Isso não me ocorreu. Mas agora que mencionou…".

Ele pensa, você destruiu uma rainha, uma foi suficiente?

Richard Cromwell escreve da cidade de Lincoln, que agora foi recuperada para o rei. Os cavalheiros estão desapontados porque o inimigo desapareceu. Eles saíram para derramar sangue, não para brincar. O próprio Richard se sente enganado, claro. O trabalho que ele faz, de criado do tio, não é bélico o bastante para sua natureza.

Para derrubar Lincolnshire, Charles Brandon precisará reservar uma força e mantê-la em campo durante o período. "O que Charles está fazendo?", pergunta o rei. "Espero que ele não seja demasiado condescendente. Ele deve dar um exemplo com esses animais. As mulheres rastejarão para ele, imagino, suplicando por perdão. Charles não suporta ver uma mulher chorando."

"Nenhum de nós é indiferente a isso", diz ele. Henrique o encara.

Nunca foi possível contar os súditos do rei — não com certeza. Só os anjos sabem quantos são batizados e quantos estão enterrados. Temos as listas de agrupamentos dos últimos anos para ver o que cada distrito pôde prover: quantos arqueiros, lanceiros, quantos cavalos e soldados; quantos capacetes e cotas de malha, quantas lanças, martelos de guerra, achas, espadas; quais cavalheiros eles têm para liderá-los, novatos ou veteranos. Mas não temos janelas para os corações, para dizer quais são verdadeiros. Não há um inimigo único, ele não se encontra num único lugar; quando uma cabeça é cortada, como a hidra, cresce outra. Há levantes em Cumberland e Westmorland e até no extremo sul, em Derbyshire. Nas cidades do norte de Yorkshire, eles reúnem uma força de dez mil. De Durham, eles marcham sob o estandarte de são Cuteberto, tremulando sedas vermelhas e brancas. Em Cumberland, quatro capitães entram em marcha com relicários à sua frente. Eles têm trombetas e arautos gritando seus nomes: Capitães Piedade e Caridade, Pobreza e Fé.

Eles têm os nomes verdadeiros: Rob Mounsey e Tom Burbeck, Gilbert Whelpdale, John Beck. O Capitão Sapateiro, o grande traidor de Louth, é um sapateiro de profissão, como seu nome evidentemente atesta: sob seu nome real, Nicholas Melton, ele responderá quando chegar o dia. Enquanto isso, podemos supor a partir de relatos confiáveis e não confiáveis que, no Norte, cinquenta mil homens estão em campo. Não há exército que o rei possa comandar ou enviar que seja capaz de enfrentar, manobrar ou deter tamanha força.

Ou seja: as negociações devem conter os rebeldes. Mas agora o rei quase não quer conversa. Ele não pergunta se as exigências dos rebeldes são razoáveis. Ele diz que é seu soberano e que eles não têm o direito de fazer nenhuma exigência.

Em seu palácio em Kenninghall, o duque de Norfolk fervilha e fumega, disparando várias cartas por dia, incendiando-se como uma das fogueiras que os rebeldes acendem. Ele arde por lutar: solte-o para ir ao Norte; ele irá hoje à noite, por Deus, não será impedido! Ele até servirá sob o comando de Brandon, ele implora. Em Windsor, os jovens circulam as cartas do duque entre si, sorrindo: todos são servos de lorde Cromwell, são seus *discepoli*, vindos de Londres para se reunir em torno dele. Eles terminam o dia com ele, comendo, bebendo e falando de Deus e do homem até que as velas se apaguem; e eles começam o dia com ele, ansiosos como cãezinhos que arranham sua porta à primeira luz.

O clima não está apropriado para caçar, então os camareiros que organizam os aposentos exteriores do rei não se movem muito antes das seis. Eles se levantam por costume, por decreto, pois, a menos que o rei esteja doente ou caçando, suas manhãs são iguais. Os camareiros despertam os escudeiros do corpo, que arrumam suas camas, lavam-se, vestem-se e transportam as roupas íntimas do rei. São eles quem ouvem as primeiras palavras do rei todos os dias, suas primeiras orações, e relatam quaisquer pedidos especiais que ele tenha, para que lorde Cromwell possa encaminhá-los à realização. Um dia, Henrique diz, com a voz sonolenta: "Podem trazer Norris?".

Eles se entreolham, boquiabertos. Todos mudos. O rei empurra a colcha para longe, como se impaciente.

"Senhor", um deles arrisca, "Norris está morto."

O rei boceja. "O quê?" Ele disse aquilo ainda sonhando e, no instante em que os pés encostam no chão, já esqueceu.

Mas os cavalheiros saem aos tropeções, balbuciando: "Meu amo Cromwell...".

"Ele devia estar meio adormecido. Mas me avisem se ele chamar Norris novamente."

Mestre Wriothesley ri. "Por quê, o senhor vai fornecê-lo?"

Riche acrescenta: "O senhor não pode ressuscitar os mortos".

"Não? Essa não é minha experiência."

Ele meneia a cabeça para os escudeiros: eles se curvam um de cada vez e entram com seus perfumes e linhos para Henrique. Eles têm a honra de esfregar a pessoa do rei até que sua pele esteja macia e rosada, de levantar as tampas dos baús de cedro e retirar suas camisas, suaves como o ar de abril. Todas aquelas peças de roupa desapareceram havia muito, aquelas que Catarina mandara decorar com o bordado negro espanhol, e agora elas são bordadas com leões e coroas de louros por mãos pagas e competentes.

Pairando além da porta, com os inventários em mãos, está o pajem do guarda-roupa. Uma página lista uma caixa de joias, para que o rei possa fazer sua escolha; mas primeiro o rei senta-se em sua banqueta de veludo para o barbeiro. Enquanto sua barba é aparada e o cabelo penteado, os médicos entram e se reúnem num círculo preto com suas bacias e frascos de urina. Eles cheiram seu hálito e fazem perguntas sobre seu sono e seus sonhos.

O trabalhador pobre é dono de seu sono e de suas fezes, e pode vender seu mijo aos galões, ao passo que o mijo e as fezes do rei são propriedade de toda a Inglaterra, e qualquer fantasia que perturbe suas horas noturnas é registrada em algum lugar de um livro de sonhos, sonhos que se inscrevem nas nuvens acumuladas sobre os campos e florestas de seu reino: cada agitação da luxúria, cada despertar assustado. Se ele está constipado, encomenda-se uma poção; se seu intestino está solto, seu produto é retirado numa tigela sob um pano bordado. Eles só podem julgar o que há dentro dele a partir daquilo que sai: uma pena que ele não seja feito de vidro.

Em seguida, um sinal passa de câmara a câmara e a água quente entra numa jarra de prata, e tecidos de ponto diamante e as mais suaves gazes: tesouras tilintam numa bacia e o mais hábil dos escudeiros limpa e volta a enfaixar a perna dolorida. O processo traz lágrimas aos olhos do rei. Seu queixo se projeta para longe e ele estuda a tapeçaria ou o teto. "Tudo pronto, majestade", dizem eles, como se para uma criança pequena.

Instável, ele se levanta: Cromwell está aqui, alguma notícia? Em seu gabinete, ele se ajoelha no genuflexório, o capelão preparado do outro lado da treliça. As preces do rei são feitas em latim e sua mão bate no peito: sua cabeça se inclina, pois somos todos pecadores, nós pecamos quando respiramos. Por que, quando nossos olhos lacrimejam com dor, nossa boca se enche com o sabor de fleuma e sangue? Por que as lágrimas ardem mesmo depois que as eliminamos com piscadelas? Com um ranger de madeira, ele se levanta, deixando o clérigo numa nuvem privada de incenso: e assim que ele se retira de seus aposentos internos, uma lavadeira entra para recolher as camisolas de ontem e as bandagens sujas, e a cama do rei é desfeita; os lençóis, jogados no chão; suas colchas de veludo, sacudidas e dobradas: começa a bateção e a esfregação, pois nenhum cisco de poeira pode entrar sob suas pálpebras, espreitando nas penugens de um anjo esculpido ou nos cachos de gesso do Homem Selvagem, ou entre os dedos do pé de um deus de mármore.

Uma vez que o rei deixa seus aposentos internos e adentra sua câmara privada, seu corpo natural se une ao seu corpo político: aqui ele é vestido e apresentado ao mundo, um homem corpulento, recém-barbeado, perfumado com óleo de rosas. Enquanto os rebeldes correm livres no Norte e os membros se voltam contra a cabeça, uma espécie de motim ou guerra civil eclode no corpo do rei.

Os médicos o detêm: "Lorde Cromwell, o senhor tem influência sobre nosso soberano: poderia convencê-lo a se levantar mais cedo da mesa?".

"Eu não", ele responde. Um homem que está acostumado a cavalgar muito engorda quando para, e ele sabe disso por sua própria pessoa. Quando ele era um jovem a serviço do cardeal, cavalgava quarenta milhas por dia, quarenta no outro, quarenta no dia seguinte: muitos cavalos, mas um só Cromwell. Hoje em dia, ele é atendido por funcionários que correm para cumprir seus caprichos. Ele diz, tenho cinquenta anos e, mesmo aos trinta, nunca fui magro. Ele não interpreta sua barriga — como o rei faz — como um insulto ao desígnio de Deus, nem sente saudades dos dias de grandes façanhas na sela. Depois da missa, o rei senta-se com Gregory, trabalhando nas tabelas de pontos de torneios antigos. Suas vozes são baixas e absortas, suas cabeças juntas, decodificando as marcações da equipe: as justas são transcritas como música, hinos de homens violentos e passionais. "Veja onde ele errou." Os dedos de Henrique apunhalam a linha. "Isso não é por ele ser inábil, mas porque estava mirando na cabeça."

"As chances são maiores, senhor", responde o filho de Cromwell.

"Mas aqui ele mirou mais baixo e começou a ter sucesso. Dois impactos, e no terceiro ele quebra sua lança. *Atteint, atteint* — e depois, quebrada no corpo."

A justa não é seu modelo para assuntos públicos. Não é bom que nosso oponente nos veja chegando. A última coisa que precisamos é exibir uma tenda e uma bandeira. Mestre Wriothesley reclama do tempo perdido. "Eu vejo que isso o faz feliz, impressionar o jovem Gregory. Mas, no que diz respeito aos assuntos do reino, não se realiza o suficiente para justificar a hora real."

O rei deita as tabelas de pontos. "Eu poderia ganhar a vida com isso, viajando pela Europa, de um torneio a outro, se não tivesse sido chamado a governar." Suas mãos amassam os ombros de Gregory: "Veja como este jovem senhor está ganhando músculo". Ele bagunça o cabelo de Gregory. "A prática diária é o que eu aconselho. Mesmo que não consiga entrar na liça, pode ao menos envergar sua armadura por uma hora. Dessa forma se começa a suportar o peso como se fosse um gibão de seda."

"Senhor, mesmo num domingo?", pergunta Gregory.

"Pergunte ao seu pai." O rei pisca um olho. "Ele já não se importa com a Igreja, sabe? Eu sei bem que ele é um homem profano, fazendo contas no sábado, tiquetaqueando o ábaco ao seu bel-prazer. Então, por que você não deveria praticar seu esporte? Nada se compara a portar a armadura para um homem que deseja ser tanto magro quanto forte. Com o calor que faz lá dentro, o volume excedente escorre de nós como a gordura pingando de um assado no espeto."

Há aqueles que acreditam — e talvez o rei seja um deles — que a saúde da terra depende da saúde de seu príncipe e, além disso, de sua beleza. Se falamos de um homem comum, podemos dizer, "Ele não pode evitar a cara que tem". Mas um rei deve aprender a evitar. Se ele é feio, o mesmo acontece com a nação. Se o rei está doente, seu reino também adoece. Os velhos contam como o avô de Henrique, o rei Eduardo, amoleceu na meia-idade, os olhos sempre girando na direção de qualquer mulher da corte, casada ou donzela, com menos de trinta anos. Ele rolava o dia inteiro numa cama com carne tenra enquanto seus irmãos conspiravam contra ele, e quando um irmão morreu, o outro conspirou sozinho: um príncipe tão dourado, afortunado na guerra, abençoado por Deus, foi destruído pela preguiça e pela negligência a seus assuntos, porque você não pode ter a mão forte sobre seus ministros quando seus dedos estão metidos numa boceta. Até os filhos do rei Eduardo, dois promissores ramos jovens, foram arrancados como ervas daninhas, e seus cadáveres jogados Deus sabe onde.

Ele diz aos médicos: "Vocês se esquecem de que o rei é um homem recém-casado. Um homem que deseja produzir filhos fortes não pode fazê-lo com uma dieta vegetal".

É verdade, dizem os médicos, mas ele também não pode comer tanto quanto comia quando se exercitava todos os dias. Não sem um desequilíbrio dos humores e congestão nos órgãos, uma digestão lenta e um fígado gordo.

À tarde: ele está sentado com o rei na biblioteca, onde os livros são guardados em grandes baús, volumes cobertos com veludo bordado ou couro perfumado, estampados com as armas reais ou os emblemas de seus antigos donos. Quando nossos antepassados derrotaram os franceses sob o comando do Grande Harry, trouxemos seus manuscritos pelo mar. Eles eram espelhos para os príncipes, textos que prescreviam como ser um rei: tinham sido escritos para que os reis lessem.

"O Grande Harry não foi apenas um soldado", diz o rei. "Ele levava sua harpa em campanha. Ele compôs músicas, mas todas se perderam."

No livro de orações do rei está retratado o rei Davi, que toca harpa. Vire a página: Davi estuda seu saltério — é uma edição em miniatura do volume que nosso rei agora segura. Com sua barba ruiva encaracolada, a túnica fluida, o rei de Israel senta-se à vontade, segurando nas mãos o próprio livro em que ele é retratado.

"Venha, Gregory", diz o rei. "Você que aprecia histórias de Merlim. Meu pai tinha muitos livros escritos sobre ele. Escolha e leia."

"Vossa majestade não tem medo dele?", pergunta Gregory. "Das suas profecias?"

"Eu não", responde o rei. "Há dez anos que Merlim está me matando, que meus ossos estão apodrecendo e minha cabeça, enlouquecendo. Quanto à ponte de Londres, não posso contar quantas vezes ela desmoronou, e este mesmo castelo em que agora nos sentamos foi arrastado rio abaixo para dentro do mar. Hoje sou inclinado a duvidar quando ouço as declarações dele."

"Os feiticeiros são feitos da mesma forma que outros homens", comenta Gregory. "Ofereça uma abadia a Merlim. Mal não faria."

"Diga isso ao mestre dos espólios", responde o rei, rindo. "Gostaria de ver a cara de Riche."

Ele se surpreende pelo fato de o rei não queimar tais livros. Merlim é popular em certas partes, e podemos ver por que ele recebe tanto crédito. Ele previu que chegaria o dia em que as igrejas seriam arrasadas e os monges, obrigados a se casar; quando pagãos germânicos estariam sentados à mesa com o rei, e que os verdadeiros nobres seriam expulsos à míngua do salão. Mas, é claro, Merlim também disse que o rio Usk ferveria e que os ursos poriam ovos; que o solo do futuro se tornaria tão rico que os homens deixariam a agricultura e passariam seus dias em fornicação.

O estudioso John Leland, antiquário do rei, está viajando pelo reino para averiguar quais posses dos monges poderiam enriquecer as bibliotecas do próprio monarca. Mesmo ele, Cromwell, em suas viagens para Wolsey, pedia para ver algo de interesse. Era frequente que ele recebesse como resposta uma desculpa com olhos de pedra: "Senhor, lamento, mas tal texto se perdeu anos atrás". Ou: "Ah, não, mestre Cromwell, creio que a traça o consumiu".

Ele diz: "Eles achavam que eu poderia roubar suas posses para o cardeal".

"Ele era conhecido por ser aquisitivo", diz o rei.

Ele desvia o olhar. Às vezes, o rei fala bem de Wolsey. Às vezes, não.

O rei diz: "O que aconteceu com os livros de conjuração do cardeal?".

"Não tenho recordação deles, majestade."

"Talvez lorde Norfolk os tenha levado", responde Gregory. "Ele levou a maioria das coisas."

O rei responde: "É verdade que Wolsey tinha o espírito de Oberon ligado a ele, para servi-lo por alguns anos?".

"Não dou crédito a essas histórias, majestade. Elas só existem para tirar dinheiro das pessoas."

"Eu mesmo só lhes dou crédito em parte", diz Henrique. "Mas Oberon é um espírito muito poderoso." O rei se mexe, esfrega a perna e fica de pé. "Caminhemos", ele diz.

Mestre Wriothesley se junta a eles, e Richard Riche. O rei não pode vagar por seu palácio sozinho. Os pajens da guarda, que se reúnem na câmara de vigilância, devem se enfileirar em sua rota. Onde está a rainha? Em seus próprios aposentos, entre as mulheres: mas sua ofensa foi perdoada. "Ela tem pena dos pobres", comenta o rei. "É o papel de uma mulher. Eu não gostaria que ela fosse diferente. E ela odeia toda conversa sobre guerra. Ela teme pela minha pessoa. Em grande parte, foi para acalmá-la que não fui para o Norte."

Ele vê Wriothesley e Riche trocando um olhar. Riche indaga: "Vossa majestade nunca esteve no Norte, creio? Mas que motivo haveria para ir agora, é claro — entre ingratos que têm mais consideração por duendes que pelo seu Deus?".

O rei responde: "Um homem que reina há vinte e oito anos, sem passar um só dia descuidando das questões de Estado, deveria poder depositar sua fé nos seus vassalos. Entre os senhores do Norte, desconfio de lorde Dacre, mas não apenas dele. Eu pensava que contaria com lorde Darcy; porém, no mesmo fôlego com que se gaba da sua lealdade, ele reclama de varizes e das suas articulações endurecidas". O rei baixa os olhos da janela da sacada para o novo terraço. "Tenhamos esperanças de que ele pode se azeitar e entrar em ação, mas agora ele me diz que a guarnição em Pontefract está sob ataque, eles não têm armas, não podem alimentar todos os que correm para lá e as muralhas estão desmoronando. Por que ele me diz isso, senão para me desencorajar?" A chuva bate contra a janela. "E o conde de Derby — é sabido que há descontentes no séquito dele, e eles o odeiam, Cromwell. Além disso, todos os Stanley são vira-casacas, eles ficam assistindo para ver em que direção a batalha se move antes de entrar nela. E quanto a Henry Clifford..."

"Nossa força na fronteira", acrescenta Riche.

O rei franze a testa. "Se seus arrendatários resmungam contra ele até em anos de abundância, eles lhe obedecerão agora?"

"Clifford é um homem duro", ele comenta. "Até Norfolk diz que ele é um homem duro, mas podemos contar com ele. Assim como lorde Talbot, com seu grande séquito..."

"Sempre nosso esteio", oferece Riche. *Nosso?*

O rei prossegue: "Talbot é outro ancião — mas sim, leal a mim e aos meus". Ele se detém, faz uma careta. "Norfolk, suponho, deve receber permissão para viajar para o Norte."

O pai de Norfolk tinha setenta anos quando retalhou os escoceses em Flodden. Nosso duque ainda tem sete anos para fazer algo tão notório quanto aquilo. "Norfolk trabalhará duro pelo seu favor", ele admite. "Ele adora a batalha, mesmo que seja apenas contra campesinos. Ele acha que desfrutamos da paz por muito tempo."

"Eu lhe digo o que é, a lealdade dos Howard." Henrique está mancando; ele estende a mão para se firmar no lorde do selo privado. "John Howard, que foi avô do atual Norfolk, era conhecido por declarar que, se uma estaca de madeira ou um pedregulho fosse o rei da Inglaterra, ele defenderia esse título — se fosse nomeado pelo Parlamento."

"Isso mostra uma grande consideração pela posição do Parlamento", murmura Richard Riche.

"Mas ele lutou contra meu pai!" O rei se volta para Riche. "Não compreende isso, seu tolo? Ele tomou Ricardo Plantageneta como rei."

Riche se encolhe tanto que parece estar tentando sumir dentro das próprias costelas, como um homem espremido pelo torniquete. Riche começa suas desculpas, mas ele — lorde Cromwell — o interrompe. Os jovens, e Riche é bastante jovem, não entendem que, até hoje, nada neste reino vale mais do que como cada antepassado se portou na batalha de Bosworth.

"Os Howard cometeram um grave erro lá", comenta mestre Wriothesley. "E isso lhes custou o ducado." Ele está tão ansioso por se distanciar da tolice de Riche que passou para o outro lado do rei e parece estar pendurado de seu cotovelo.

"O atual Howard tem esse exemplo diante de si", ele comenta. "Ele nunca ofenderia."

"Bem, pois ele ofende", retruca Henrique. "E percebo que você, Riche, não sabe o que é um rei. Um rei é feito por Deus, não pelo Parlamento. O Parlamento proclama seu título, reforça sua autoridade — mas onde nas Escrituras há menção ao Parlamento? Em contrapartida, existem numerosas menções à submissão devida pelo súdito ao seu príncipe e como os poderes são ordenados por Deus. Se esses Peregrinos se apegassem à religião verdadeira como afirmam, eles saberiam disso. E pediriam perdão de joelhos e voltariam direto para casa."

"E vossa majestade os perdoaria, senhor?", mestre Wriothesley pergunta.

"Poste-se um pouco mais distante, Me-Chame", retruca o rei. "Não gosto que me apertem."

O queixo de mestre Wriothesley desaba. Me-Chame? Como aquela piada privada penetrou para a esfera pública? Henrique está incomodado; ele sinaliza para que eles fiquem para trás e segue mancando sozinho no entardecer.

"Eu vi que seus dedos tremiam por uma pena e papel", diz ele a Riche. "Mas ele já disse tudo isso antes e voltará a dizer."

Há coisas que o rei não expressou, mas que deve suspeitar: que, por trás do estandarte das cinco chagas, existam outras bandeiras invisíveis, bordadas com os emblemas dos Courtenay e dos Pole. Cavalheiros de casas antigas se apresentaram para defender o Tudor — mas eles devem ser vigiados de perto, tanto por seus feitos quanto por suas palavras. Alguns rebeldes capturados confessaram livremente que esperam que o papa envie outro rei, mencionando Reginald Pole, que então se casaria com a princesa Maria e lançaria o pai dela, Henrique, à ruína. Os Peregrinos afirmam que estão em cruzada pela Virgem em sua inocência e pureza. Mas, conscientemente ou não, eles servem ao orgulho de Gertrude Courtenay e Margaret Pole — a jovem que gostaria de ser rainha da Inglaterra e a velha que acha que já é.

"Senhor", Richard Riche lhe puxa o cotovelo, "recebi uma notificação — ou seja, sou obrigado — sou avisado de que posso ser útil, de que devo ir a York, de que devo me mostrar…"

"Por que não faz isso?", responde ele. "York pode estar mais seguro que aqui."

Meados de outubro: em Lincoln, Richard Cromwell agora está acampado com Fitzwilliam e Francis Bryan. Ele é chamado em todos os conselhos e dá crédito a Fitz por isso. Outros lordes prefeririam mantê-lo à distância, mas Fitzwilliam continua sendo nosso firme amigo, ele escreve: ninguém pode falar mal dos Cromwell em sua presença. Ele escreve que Bryan espera enfrentar Aske num único combate: dois homens de um olho só lutando pela glória, como nos contos de outrora. Ele escreve que sente falta de casa e de seu tio: "Consolem minha pobre esposa".

Ele se pergunta, deveria trazer Frances para seu próprio teto? Ele não tem poucos tetos; ela pode ir para Stepney ou Mortlake. Se os descontentes penetrassem em Londres, eles atacariam Austin Friars. Deus sabe o que eles esperariam encontrar. Uma grande pilha de tesouros: cálices confiscados cintilando de gemas. Relíquias preciosas, como os ramos da sarça ardente e uma caixa do maná que caiu sobre os israelitas no deserto.

Ele escreve para Richard de próprio punho: aqui estamos todos bem, ainda que não contentes, a sra. Richard está impaciente por sua volta, assim como eu, mas o rei deve ser servido, com temperança e cuidado. Em momentos ociosos, enquanto espera que a ação comece, não deixe que seus companheiros o atraiam para jogos de azar. Se você recusar, eles vão zombar; vejam só o sobrinho de Cromwell, ele não tem dinheiro: mas se você participar, eles encontrarão uma desculpa para dizer que está trapaceando. Concordamos que Norfolk e o filho devem participar da campanha; mas se você cruzar o caminho do jovem Surrey, afaste-se, pois ele o prejudicará, se puder. Ao ouvir calúnias contra mim, não caia na armadilha. Eles dirão o que for preciso para provocá-lo, num momento em que a arma de cada homem está a postos nas suas mãos.

Ele termina todos os dias enterrado sob um fardo de despachos; com cada notícia que chega, ele parece saber menos. Se Aske estivesse lutando por sua própria causa, diríamos que ele é um capitão robusto, e também santificado, porque ordena que seu exército de maltrapilhos pague pelo que for tirado dos campesinos. Mas os soldados lhe dão ouvidos? Ou eles saem de seu controle? Cavalheiros leais que fugiram do Norte chegam com seus relatos. Aske diz, alto: seus sargentos dizem, marchem. Aske diz, não toquem os sinos, seus soldados tocam os sinos; ele diz, não atirem o sinalizador, e eles atiram. Seus próprios irmãos abandonaram seu lado e galoparam em busca de refúgio. E, no entanto, eles dizem que sua ascensão estava escrita numa profecia. O Norte o esperava havia muito, um messias de um olho só. Como ele perdeu o olho? Ninguém sabe.

Henrique retruca: "Sangue vil: do que é que esses rebeldes se queixam? Sempre houve homens-cogumelos". Que crescem da noite para o dia, ele quis dizer. "Tanto meu pai quanto meu avô concordariam: um homem comum pode ser um servo tão bom quanto um duque. Sendo de berço humilde, eles não têm interesses próprios; são apenas solícitos em servir ao seu amo, de quem eles obtêm toda a sua fortuna."

Ele diz: "Se meu lorde Norfolk estivesse aqui, ele diria a vossa majestade que, não tendo família, tais homens não têm honra. Eles farão qualquer coisa, sem escrúpulos".

"Mas eles têm almas para salvar", diz o rei. "Então, não farão *qualquer coisa*, imagino. Você conheceu Reginald Bray? Bray veio do nada. Escola primária de Worcester, se bem recordo. Mas ele foi um homem sábio e expedito na causa do meu pai. Os grandes lordes tinham que ser muito agradáveis com ele, pois temiam cada palavra que ele pudesse lançar aos ouvidos do rei."

Provavelmente já fazia trinta anos que Bray estava morto, ou mais; como ele poderia tê-lo conhecido? Mas os cálculos dos príncipes se prolongam para além do período dos mortais. Ele responde: "Conheço o local de descanso dele, senhor".

Bray está enterrado aqui em Windsor, dentro da igreja de São Jorge, que sua própria eficiência ajudou a construir. (Embora ali também esteja John Schorne, um padre que conjurava o demônio numa bota.) Ele viu o emblema de Bray no alto, seu rébus congelado em pedra e vidro. Eu deveria encontrar um no nível do chão, ele pensa, e me prostrar diante dele. Bray assumira as finanças do rei; a propósito, ele ganhou dinheiro para si mesmo. Henrique diz: "O trabalhador é digno da sua recompensa. Bray partiu em batalha contra os rebeldes da Cornualha. Ele cumpriu seu dever galantemente".

Para um funcionário, ele pensa. O rei está sugerindo que ele largue a pena e tome da espada? Apesar de tudo que foi dito?

"Você deve se lembrar dos córnicos", diz Henrique.

Ele assente. "Eu era um menino."

"Meu pai nos levou para a Torre. Ele tinha fé que aquela fortaleza resistiria, mesmo que saqueassem a cidade."

Não é só no Norte que as pessoas odeiam impostos. Às margens do reino, elas não entendem a Inglaterra como uma só nação, com fronteiras que todos temos de pagar para defender. Quando os córnicos se levantaram em rebelião, eles disseram que não pagariam para proteger o Norte contra os escoceses, pois não sabiam o que era um escocês. Eles foram liderados por um advogado, um tal de Thomas Flamank, e um ferreiro que eles chamavam de An Gof: "ferreiro" é o que a palavra significa, o nome dizia o que ele era. Reunindo forças à medida que avançavam pelo país, eles marcharam em direção a Londres com um gigante à frente, de nome Bolster. Possivelmente, ele não os liderava, mas cuidava da retaguarda, pois ninguém o via — ele estava sempre muito na frente ou logo atrás.

Na casa dos Williams em Mortlake, onde ele cumpria tarefas em troca de seu jantar, eles faziam piadas de gigantes, rugindo de rir enquanto contavam a história de um dos companheiros córnicos de Bolster, um gigante triste e solitário que jogava argolas aos domingos com seu único amigo, um rapaz esperto chamado Jack. Um dia, o gigante deu tapinhas na cabeça de Jack e seus dedos atravessaram o osso como se fosse uma torta. Os gritos do gigante badalaram no éter, enquanto o cérebro de Jack escorria pelo queixo como molho.

Ele disse a sua irmã Bet: "Os gigantes eram descendentes de Caim, que matou seu irmão. Havia hordas deles na terra antes de se afogarem no dilúvio de Noé. Eles eram altos, mas não tão altos que a cabeça deles ficava acima da água".

Bet não disse nada.

Ele disse: "O troiano Bruto lutou contra os que sobreviveram e os arrebatou com a espada. Ele foi o homem poderoso que inventou Londres".

Bet continuou sem dizer nada.

"Bolster?", ele perguntou. "Esse era mesmo o nome dele? Porque é ridículo."

Bet perguntou: "Você vai dizer isso na cara dele?".

Quanto mais ninguém via Bolster, mais aumentava o medo que tinham dele. Ele tinha dez pés de altura, ou doze pés, com os braços como as asas de um moinho de vento e pés calçados com ferro que podiam estourar uma cabeça como uma uva. Em Putney, suas casas estavam na rota dos rebeldes; e ele, um menino de doze ou treze anos, estava pronto para arrebentar as patelas de Bolster.

Naquele tempo conturbado, Walter ganhava um trocado vestindo seus amigos em armaduras de terceira mão, martelando as couraças até devolvê-las à forma original. Em privado, ele dizia não ter medo, porque conhecia a cerveja dos córnicos. Ela leva vinte e quatro horas para ser feita e eles a preparam onde quer que acampem. Eles bebem aos baldes, marrom cremoso e espumante, e nenhuma outra bebida no mundo vai deixar você tão bêbado. E depois você vai passar o dia seguinte vomitando sem parar.

Em Blackheath, os rebeldes foram destruídos pelo exército do rei. Muitos cavaleiros foram ordenados no campo de batalha naquele dia. An Gof e o advogado foram enforcados e esquartejados, e suas partes ensanguentadas foram enviadas de volta para serem exibidas onde nasceram. Mas Bolster nunca foi enforcado. Nenhuma forca seria forte o suficiente. O mundo é grande e ele está nele, em algum lugar. Talvez ele viva nas profundezas, respirando por suas guelras como um peixe, até estar pronto para nadar para a luz e começar sua carreira novamente. Um gigante não está acostumado à inação. Nem o lorde do selo privado. Essa frustração, essa restrição, à medida que as últimas folhas caem e as primeiras geadas começam, levam-no de volta à infância, antes de ouvir falar em Bolster, antes que pusesse o pé na escada para subir no mundo: antes que ele soubesse que havia uma escada: de volta aos dias em que outras pessoas estavam encarregadas de seu destino: antes que ele soubesse que havia um destino: quando ele pensava que só havia a ferraria, a cervejaria, os cais, o rio e até Londres lhe parecia distante, ou, para falar a verdade, ele não tinha ideia da distância: quando ele não tinha mais que sete anos de idade e seu tio John e seu pai definiram seu destino entre os dois, e ele mal dissera uma palavra.

O tio John disse: "Eu lhe digo, irmão. Thomas ainda não tem utilidade para você, ele vive atazanando. Por que não me deixa treiná-lo?".

Eles estão do lado de dentro da porta da cervejaria. O cheiro o envolve. Ele se aproxima do cotovelo de John. Seu pai se move na penumbra, carregando alguns baús; ele se pergunta o que há neles. "Ah, só fique aí parado, irmão!", diz Walter. "Fique aí parado e veja um homem quebrar as costas!"

John responde: "Faça a cortesia de ouvir quando falo com você".

Walter larga a caixa que está carregando. "O que é?"

"Deixe-me levar Tom para Lambeth. O encarregado da cozinha é um bom amigo meu."

"Você quer transformá-lo em cozinheiro? Nenhum filho meu será conhecido como Cara de Prata."

"Ele não vai ficar preso lá", diz John. "Que mal tem?"

"Suponho que ele poderia fazer um mingau para mim na velhice. Um caldo de galinha. Tudo bem." Walter ri. Ele acha que nunca será velho. Ele acha que sempre terá dentes. "Ouça, Tom, obedeça ao seu tio ou você vai assar dentro de uma torta."

"Você vai virar picadinho." John lhe dá um tapa na cabeça para selar o acordo. Já existe algo sólido nele, que inclina as pessoas a lhe darem socos e tapas, talvez porque faça um barulho satisfatório. Mas quando eles se afastam, John diz: "Você precisa de uma habilidade, Tom. Você não quer ser como seu pai, que não serve para nada além de causar problemas".

Ele responde: "Há uma caixa debaixo da cama dele com três cadeados".

"Ouro, não duvido", responde John. "De onde vem, não gosto de pensar. Mas, tirando-o da sua paróquia, como ele iria se virar? Em Putney todos o conhecem e ninguém ousa desafiá-lo. Mas se um dia ele for a outra cidade, sem os amigos valentões, a história vai ser bem diferente."

Imagine só. Pela primeira vez, ele vê Walter através dos olhos de um estranho indiferente: vê um arruaceiro corpulento, a barba por fazer, como um boneco desconjuntado que só não se desmancha por causa do cinto. Um rufião, abusado, procurando briga; e sendo Walter quem é, nunca precisa procurar muito. Todos vivem contra ele e desejando derrubá-lo e roubar o que lhe pertence. Roube deles primeiro, é a máxima de Walter, e assim você se dá bem. Ele pisoteia a vida ao som do sofrimento de outras pessoas: farejando fraqueza, alguém triste ou perdido, para que ele possa afligi-lo.

Ele diz a John: "Todo mundo em Mortlake conhece meu pai. Todo mundo em Wimbledon. Eu ficarei com a ferraria quando ele morrer".

"O que vai matar Walter", pergunta o tio, "exceto o carrasco? Você será um serviçal até os trinta anos se esperar pela morte dele. Eu não posso lhe ensinar o ofício dele, mas posso lhe ensinar o meu. Você precisa de um trabalho que possa levar consigo. Mesmo num país estrangeiro, as pessoas sempre querem cozinheiros."

"Eu não conheceria os pratos deles", ele responde.

"Tendo a mão hábil pra fazer molhos, você será bem-vindo em qualquer lugar." John funga. "Gostaria de ver Walter fazendo um molho de creme. O imbecil o azedaria assim que olhasse para a panela."

Ele pensa, meu tio tem inveja. Meu pai é um lutador famoso, e ele só é bom em farinhar coisas.

Mas ele diz, meu bom tio, eu gostaria de aprender seu ofício, por onde começamos?

Meio do mês: lorde Clifford está cercado em Carlisle. O duque de Norfolk está em Ampthill com as forças do rei e, com ele, Henry Courtenay, o marquês de Exeter: com o marquês, embora o marquês não saiba, há homens que o vigiam, em nome de lorde Cromwell. Norfolk tem o que quer — uma tropa de homens em sua retaguarda, a comissão do rei em seu alforje —, e ainda assim ele reclama em todas as cartas que envia. Mestre Wriothesley as abre e interpreta o conteúdo para o rei.

Os rebeldes estão mirando York e o prefeito acredita que a cidade está dividida demais para resistir. O boato é de que o arcebispo já fugiu. Robert Aske convocou os rebeldes do norte de Yorkshire para se juntarem à sua horda. Eles dizem que vão restaurar os conventos no território que capturarem. Mestre Wriothesley diz, eu lhe disse. Eu lhe disse, quando os monges saírem, deveríamos derrubar os edifícios no seu rastro.

Ele, Thomas Cromwell, vai de Windsor a Londres, por estrada ou rio, para cá e para lá a mando do rei — suas noites tão inquietas, sua dieta tão austera, que daria na mesma se estivesse marchando com os exércitos. Mesmo quando está na estrada, ele sente que ainda está dentro do castelo, preso na hora do rei, no dia real. O rei fica ranzinza quando não está em sua presença — ele ainda é o secretário-mor, afinal, e tudo funciona através dele e por ele. Mas a primeira necessidade do rei é moeda. Seus pratos e cálices devem ser sacrificados, pesadas correntes de ouro registradas e despachadas da Casa de Joias, para nunca mais voltar. Ele nunca acreditou que o metal deveria ser guardado para perder seu brilho, ou para pesar sobre as pessoas dos grandes homens — ele deveria circular como dinheiro e se multiplicar. Mas, ele diz a Me-Chame, eu gostaria de encontrar um alquimista competente neste outono, ou uma princesa que pudesse fiar ouro a partir da palha.

Em Windsor, a cidade abraça as muralhas do castelo, e o que eram bancas de mercado nos tempos do rei Eduardo agora são habitações, cortiços sujos como covas para anões, aglomerando-se junto ao fosso. As ruas estão cheias de comerciantes chegando para tentar a sorte, para ver o que podem vender para a corte, pois nada se cultiva nos estritos recintos do castelo, nem sequer conseguem encher um lago de carpas. Durante todo o dia, carroças sacolejam morro acima, cruzando o calçamento e atravessando o grande portão, de modo que os nobres devem abrir caminho aos carreteiros. Ele escuta que houve sermões em defesa dos Peregrinos em diferentes partes da cidade. Ele entrega dinheiro a alguns meninos de sua escolha para que entrem na fila das bancas e ouçam os mexericos, e que depois se infiltrem nas tabernas de Windsor, disputando espaço com os clientes das prostitutas da beira do Tâmisa. Depois eles devem procurar um padre, ver que tipo de confissões ele gosta de ouvir e então perguntar diretamente, esses rebeldes são santificados, padre? Devemos estar do lado deles?

Tanta viagem no frio e na umidade, e ele acorda com dor. Seus sonhos são opressivos: ele se encontra num ponto de ancoragem, a margem oposta fora de vista. O rio se alarga, nada além da água parada cinzenta se estendendo como peltre polido que reflete um céu de prata: nenhuma margem à vista porque não há margem, porque a água se tornou eternidade, porque sua carne se dissolveu nela; porque suas histórias se fundem, todas as memórias se achatam numa só.

Seu tio John diz: ouça, jovem Thomas, se você quer aprender, não pode andar para cima e para baixo pelas margens do rio, precisa estar onde podemos encontrá-lo. Porque quando o arcebispo Morton — o cardeal Morton, ele é hoje — recebe visitantes de Roma, eles não se satisfazem com um prato de ervilhas, eles esperam comer aves canoras douradas no mel. Não podemos dizer a eles, bem, monsenhores, infelizmente o menino que apanha cotovias voltou para casa em Putney porque seu pai entrou numa disputa de chutes na canela e Tom está segurando seu casaco e anotando as apostas.

Não foi fácil deixar Putney. Havia assuntos que o chamavam de volta; ele era um menino, quando assobiavam por ele, ele vinha. Os homens planejaram um roubo e lhe pediram que ele passasse por uma janela e abrisse a casa para eles.

"Não", ele respondeu.

"Não?", disseram os bandidos. "Por que não?"

"Porque eu temo o castigo de Deus."

O chefe dos ladrões disse: "Você deveria ter mais medo do meu punho". E mostrou a ele.

Além disso, eles disseram, por que Deus notaria um menino como você? Por que Ele se importaria se você atravessasse a janela de Mildred Dyer, sendo ela uma viúva com um cofre de dinheiro e nada além de um cão de colo para defendê-la, um vira-lata que podemos chutar para longe ou desnucar com facilidade?

Ele pensou, Deus vê cada pardal que cai. Ao ouvir um sermão, ele guardou esse texto de cor. Deus considera Mildred Dyer. Deus considera seu cachorro Pippin. Ele disse: "Eu desprezo vocês. São do tipo que precisa de bebida forte para ter coragem de saltar uma poça, e no dia em que forem enforcados, meus amigos vão rir de vocês enquanto sacodem suas pernas".

O chefe dos ladrões então usou o punho, empurrando-o contra a parede e batendo sua cabeça, até que os outros gritaram: "Edwin, ele não vale a pena".

Ele não se lembra da dor, talvez não tenha sentido nada. Mas se lembra do hálito acre do homem.

"Quem fez isso?", perguntou Walter quando ele levou seus hematomas para casa. "Que todos os anjos me ajudem", disse Walter quando ouviu a história. "Da próxima vez que alguém o convidar para um roubo, diga *não* de maneira civilizada. Diga a eles que você tem um emprego em outro lugar — o mínimo de cortesia."

À medida que ele crescia, tornava-se mais cauteloso: até certo ponto. Ele pecava, ele pecava enormemente, mas em geral escolhia o momento apropriado. Ele viu uma mulher ser forçada, e não disse nem fez nada. Ele viu os olhos de um homem serem arrancados de suas órbitas, porque haviam testemunhado o que não deveriam: Jesu, ele dissera, não faria mais sentido cortar a língua? Um dia, quando foi empurrado até a fronteira das tramoias de Walter — uma fronteira que ele não estava disposto a atravessar —, ele disse: "Pai, não sabe a diferença entre o certo e o errado?".

O rosto de Walter se escureceu. Mas ele disse num tom que, naquelas circunstâncias, soava brando: "Ouça, filho, isto é o que eu sei: o certo é o que você consegue fazer sem ser pego, e o errado é o que o leva para o açoite. Tenho certeza de que a vida o instruirá, aos poucos, se o preceito e o exemplo do seu pai não conseguem enfiar isso na sua cachola".

O ladrão Edwin dissera, enquanto chupava os nós dos dedos: "Fique feliz com isso, fedelho, um presente meu. Pois nem para uma surra você serve: o próprio Satanás se recusaria a sujar suas patas".

Em 16 de outubro, os rebeldes entram em York. York é a segunda maior cidade do reino. A Inglaterra está desabando, como uma casa de palha.

Quando a notícia chega, ele está em Londres, juntando dez mil libras para que Norfolk possa pagar suas tropas. Wriothesley envia uma mensagem: o rei quer sua presença, quer vê-lo tão rápido quanto humanamente possível. Outra carta se segue, e outra...

Quando ele chega a Windsor, vários conselheiros emergem ao seu redor, com faces soturnas. O rei está em prece. No seu gabinete privado? Não, ele está falando com Deus num lugar mais grandioso, a capela de São Jorge.

O bispo Sampson diz: "Cromwell, ele o espera".

"Mas você disse a ele? Que York está perdida?" Só naquele momento ele se dá conta de que eles devem ter segurado a notícia para que ele tivesse de transmiti-la.

Mas parece que Rafe Sadler já o fez: Rafe está com ele agora. Oxford diz: "Duvido que o rei vá culpá-lo demais, senhor".

Pela queda de York? Como ele poderia ser o culpado? Mas alguém tem que ser...

Lorde Audley diz: "Creio que nem o próprio Wolsey teria conseguido mudar o vento dessas últimas semanas".

Não? Wolsey não teria fugido de York, como o atual arcebispo. Ele diz: "Nenhum rebelde ousaria se erguer a menos de cem milhas do meu lorde cardeal. E se alguém se atrevesse a fazê-lo, seria defrontado por nossas forças".

Para São Jorge, então. Ele abre caminho entre os conselheiros. "Vamos lá, Me-Chame."

Wriothesley diz, marchando a seu lado: "A morte tornou o cardeal invencível, senhor?".

"É o que parece." Embora Wolsey não fale mais com ele agora. Desde que ele voltou de Shaftesbury, está sem companhia ou conselho. O cardeal ricocheteia nas nuvens, onde os de saudosa memória riem dos nossos erros de cálculo. Os mortos se engrandecem aos nossos olhos, enquanto nós aparecemos como formigas para eles. Eles nos olham do alto das brumas, como animais místicos em pináculos, e tremulam acima de nós como bandeiras.

O rei está na capela-mor, muito acima dos túmulos da Ordem da Jarreteira. Ele sobe, e, na espiral apertada da escadaria, as câmaras de seu coração se apertam. Dali, ele sabe, o rei baixa os olhos para seus ancestrais, para o rei Henrique assassinado — o sexto daquele nome — em sua tumba.

Ele se curva para passar pela porta baixa. O rei está ajoelhado, de costas rígidas, aparentemente em oração. Rafe Sadler se ajoelha atrás dele, o mais longe possível naquele espaço. Rafe vira o rosto, implorando; quando ele, lorde Cromwell, passa por Rafe, este puxa a boina por sobre os olhos.

Há uma almofada; é melhor que as tábuas nuas. Por algum tempo, ele se ajoelha em silêncio, diretamente atrás de seu monarca.

Em Florença, ele pensa, eu jogava o *calcio*. É um jogo de muitos jogadores, mais uma luta que um esporte. Os jovens da família mandavam seus servos mais robustos, vinte ou trinta para cada time. O Inglês Louco, era chamado: sua desculpa era de que, como seu italiano da Toscana não era perfeito, ele não conhecia as regras.

Ele pode ouvir a respiração do rei, seu suspiro. Henrique sabe que ele está aqui: ele se entrega por um movimento dos músculos da nuca.

Com dez minutos de jogo, você já ficava ensanguentado, a própria bola coberta de catarro, areia e sangue, a respiração curta, os ossos longos sacolejando, os pés transformados em purê e o cabelo arrancado em chumaços: mas ninguém notava ou se importava, uma vez que você agarrava a bola. Você arremetia em frente, a bola presa contra o peito, um grito de triunfo atravessando os telhados; mas, quando você corria dez passos, algum lunático aos berros o golpeava por trás dos joelhos.

Henrique passa a mão na nuca, como alguém que sente o roçar de um mosquito. Sua cabeça sagrada gira parcialmente; ele ergue o olhar, cauteloso. "Crumb?", ele diz. Como se fosse o início de uma prece: mas uma prece sem nenhuma eficácia específica.

Ele espera. O rei emite um suspiro mais profundo: um gemido.

Nossa Senhora das Dores, como o corpo doía quando o jogo acabava. Mas, enquanto estava jogando, você não sentia nada.

Henry faz o sinal da cruz e começa a se levantar. Uma mão para ajudá-lo seria bem-vinda, ou seria mordida?

"York? Como York pode cair?" Quando o rei vira o rosto, ele está consternado: como se alguém tivesse feito um talho nele, abrindo seu cérebro para a luz.

Rafe, entre as sombras, ergue-se atrás dele.

Ele pega sua almofada. É dourada e bordada em carmim: "HA HA", ela diz. *Henricus Rex. Anna Regina.*

Rafe toma a almofada dele como se estivesse quente.

Se aqui fosse Florença, ele pensa, eu chutaria essa almofada por cima da *Santa Croce*. E a memória dela junto.

O rei diz: "Hoje à noite eu jantarei no grande salão".

"Majestade", ele responde.

"Eu devo aparecer em grande…", o rei hesita…, "glória, você compreende? Onde está o Espelho de Nápoles?"

"Em Whitehall, senhor."

Ele acha que Henrique dirá: pegue um guarda e vá buscá-lo. O rei não dá importância à distância ou ao clima. Ele quer brilhar diante de seus súditos com a grande pérola e o diamante que eram o tesouro da França.

"Whitehall?", repete Henrique. "Esqueça." Parece que ele só precisa pensar no Espelho para se sentir glorificado. Ele sempre diz, quando o francês o pede de volta: "Diga a Francisco que minha reivindicação naquele país é mais forte que a dele. Um dia eu pedirei mais que joias".

"Vamos precisar das trombetas." A voz de Henrique soa pequena nos grandes espaços da capela. "Rafe, está espreitando aí? Mande meu compromisso e meu amor à sua graça, a rainha. Se ela puder fazer o obséquio de usar as mangas com meu monograma que Ibgrave enviou em junho, eu usarei o gibão correspondente."

Muito abaixo deles — no espelho do tempo, você pode vê-los —, os cavaleiros da Jarreteira choram em suas tumbas, seus crânios mortos chocalhando dentro de elmos emplumados. Mas o rei endireita os ombros, levanta o queixo. Mais tarde, Rafe dirá: "É preciso admirar a forma como ele recebeu a notícia quando York caiu. Daria para pensar que alguém o havia presenteado com mil libras, em vez de um chute nos dentes".

Por volta da hora da ceia, ele é tão pressionado por mensageiros que precisa enviar Rafe para sussurrar no ouvido do rei e pedir perdão por sua ausência. Dizem que o prefeito de York mandou remover o tesouro da cidade, mas ele pode mantê-lo seguro? Os Peregrinos poderão financiar sua causa com o que resta, extorquindo os cidadãos ricos. Dentro das muralhas de York se amontoam quarenta igrejas paroquiais, uma dúzia de grandes casas religiosas intocadas pelo Tribunal de Espólios. Que o lugar fervilha de papistas, ele já sabe há muito; mas onde York estaria, ou qualquer outra daquelas grandes cidades da lã, se ele não trabalhasse continuamente para firmar a paz com o imperador, para manter seus portos abertos, e se ele não representasse sua causa, persistentemente, junto aos comerciantes da Hansa? Se ele encontrasse Aske, perguntaria: como pode ser do interesse do Norte ameaçar aqueles que mais podem favorecer seu povo?

Ele diz a Rafe: "Por sorte, o rei dos escoceses foi para a França. Se ele estivesse em casa, talvez estivesse reunindo suas tropas para se lançar contra nós".

Os boatos de Paris dizem que Jaime ainda não tomou uma esposa. Em vez disso, ele está fazendo muitas compras.

Rafe comenta: "Jaime deixou seu conselho em casa para governar. Eles estão de olho na oportunidade, suponho. Não sei se eles se arriscariam a declarar guerra".

Eles não precisam declará-la. No *calcio*, ninguém jamais declarava guerra. O resultado era destruição mesmo assim: um campo cheio de dentes e (às vezes a gente ouvia dizer) olhos arrancados. Ninguém era esfaqueado de verdade, mas às vezes, inadvertidamente, os jogadores caíam em cima das facas dos outros.

Cartas prontas. Ele empoa seus papéis. Hoje não posso fazer mais. "Estou com fome, Me-Chame. Talvez não seja tarde demais para acompanharmos nosso amo."

No extremo do grande salão onde os servos se sentam e se gabam, ele pode ver Christophe trabalhando duro. Christophe diz às pessoas que seu amo esteve em Constantinopla, onde aconselhava o sultão. Em seu palácio nas alamedas sinuosas daquela metrópole, leques perfumados agitavam o ar e mulheres fartas, nuas em pelo como Deus as fez, deitavam-se em divãs sem fazer nada o dia todo além de enroscar uma mecha de cabelo no indicador e esperar que Mustafá Cromwell chegasse em casa pedindo *sharbat* e virgens.

Mas em Windsor a luz é escassa lá fora e, agrupados em torno do rei em suas peles, seus conselheiros mais antigos: Audley, o lorde chanceler; John de Vere, conde de Oxford; um bispo ou dois. À mão direita da rainha, Lady Maria está sentada. Os olhos de Maria passam por ele. Nenhum sinal, exceto uma leve contração dos lábios. À outra mão da rainha está a marquesa de Exeter, Gertrude Courtenay. É seu dever segurar a tigela para lavar as mãos da rainha, caso ela precise, enquanto Lady Maria lhe entrega a toalha. Lançando os olhos para a comitiva de Gertrude do outro lado do salão, ele vê Bess Darrell e Bess Darrell o vê.

Ele se aproxima do rei. Em torno de seu pescoço, como substituto do Espelho de Nápoles, Henrique está usando um diamante bruto do tamanho de uma grande noz. Seu gibão de cetim carmesim é todo decorado de ouro e pérolas, desenhando a inicial da rainha. As mangas carmesim de Jane têm as rígidas letras correspondentes: H, H, H de novo.

Sem olhar para ele, Henrique estende um braço para o maço de despachos. A atenção do rei está concentrada em alguma história fantástica sendo contada por — sangue de Cristo, como ele veio parar aqui? — mestre Sexton, o bobo da corte.

"Pensei que o senhor o houvesse proibido na corte, majestade?"

O sorriso de Henrique é cauteloso. "É verdade, eu lhe dei um bofetão na orelha. Mas, coitado, ele não tem outra maneira de ganhar a vida. Will Somer está doente. Ele tem cólicas. Recomendei óleo de amêndoas amargas. Um remédio italiano, eu acho?"

Sexton saltita pelo chão, cantando:

Will está doente e pouco à vontade.
Estou morrendo de pena de sua enfermidade.

O rei diz: "Não fizeram sua ceia? Tomem seus lugares".

"Ele lavou as mãos?", berra Sexton. "Um pouco mais baixo, Tom. Qual é a mesa para os tosquiadores? Qual é a mesa para o filho do ferreiro? Desça mais. Continue caminhando. Siga trotando até chegar a Putney."

"Mestre Wriothesley", diz o rei, "meu escriba. Sente-se..."

"O que há, Wriothesley?", Sexton grita. "Meu tinteiro, meu jorro, meu mata--borrão? Deem uma esfregadinha nele, senhoritas, e a tinta esguicha. Diga--me, Borrão, onde está seu amigo Riche? Como eles o chamam, Sir Bolsinha?"

Me-Chame fica vermelho. Ele toma seu lugar. Não deve levar mais que alguns instantes até que o rei censure Sexton por sua conversa obscena, que nunca é do gosto de Henrique, muito menos de sua esposa e de sua filha donzela. As damas não compreenderão as vulgaridades de Sexton, claro. Gregory costumava chamar Riche de "Bolsinha", mas Gregory era jovem na época — ele não sabia que isso significa boceta. A não ser, claro, que ele soubesse.

Sexton rodopia na direção deles. "O que foi, Bolsinha está entre os Peregrinos? Talvez nunca mais o vejamos, o que não lhe traria lágrimas, traria, mestre Borrão? Não, o Mata-Borrão não aceita rivais — ele ficaria feliz se os rebeldes cozinhassem e comessem a Bolsinha e cuspissem o que não pudessem digerir. Todos sabem como ele traiu Thomas More. Eu me pergunto como um nobre aceita falar com ele. Ele passa os olhos pela companhia. "Eu me pergunto até como Cromwell aceita falar com ele."

Há alguns risinhos incautos. O rei franze a testa. Mas Sexton segue atirando. "Os plebeus gritam por pão, majestade. Por que não lhes dá o Migalha?"*

A rainha ergue uma mão para cobrir a boca. Suas mangas bordadas cintilam com as iniciais: H, H, H. Lady Maria está olhando para a toalha de mesa com alguma atenção, como se a peça precisasse de cerzimento. Henrique diz: "Esse sujeito é impertinente, mas deve levar suas brincadeiras com espírito esportivo, milorde".

"Os Peregrinos vão esmigalhar você", grita Sexton. "Eles vão esmigalhar até você virar farinha."

O rei diz: "Não responda, isso só vai encorajá-lo".

"Se o imperador vier, você será esmigalhado e frito. Você será escaldado como o herege Tyndale."

Ele deveria obedecer à palavra do rei, mas não se contém: "Não temos certeza se Tyndale foi queimado".

Sexton responde: "Sinto o cheiro dele daqui".

Bess Darrell é uma presença fugidia à luz das velas, um espectro. Ele não pode evitar de esticar o vestido dela com a forma da criança que nunca existiu.

"Meu lorde do selo privado." Ela o avalia. "Rondando os aposentos das damas, à noite."

"Veja-me como secretário-mor. Nesse cargo, eu entro em todos os lugares."

Ela ri. "Então sua amiga está na corte." Maria, ela quer dizer. "É uma amiga perigosa para se ter."

"Como assim?" Ele se faz de idiota: para tatear os rumores.

"Ela acha que o senhor propôs torná-la rainha um dia. Ela acha que fecharam um acordo. Tácito, é claro."

Não houve proposta alguma, ele diz, indiferente, mas ela responde: "Não desdenhe do boato. Ele pode lhe garantir um pouco de crédito com os Pole ou os Courtenay, e o senhor pode precisar um dia".

"Por quê, eles pensam que os Tudor vão cair? Eles dizem isso?"

"Nunca ao alcance dos meus ouvidos. Mas minha dama Gertrude espera que o rei aceite conselhos e ponha o governo nas mãos de homens honestos. Se falar mal de lorde Cromwell fosse traição, o senhor poderia enforcá-la amanhã."

"Eu poderia enforcar metade dos nobres. Fico feliz que sua marquesa esteja na corte, sob nossos olhos. Embora eu preferisse ficar olhando para outras pessoas."

---

* Crumb, apelido de Cromwell usado pelo rei, significa "migalha" em inglês. [N. E.]

"Outras pessoas?" Ela o provoca. "Meg Douglas?"

"Ah, sim", ele responde. "Gosto tanto dela que a mantenho trancada a sete chaves. Mas diga-me, Maria confia na sua ama?"

"Maria não diz nada a ninguém. Ela espera seu momento."

O rosto de Bess se ergue para o dele: um rosto docemente encorajador, os olhos cálidos. Ela pensa que ele defenderá os direitos de Maria e condenará a si mesmo? Ele não descartaria que essa jovem possa ter uma mão dupla no jogo. Ele se afasta: "Os Courtenay são bons para a senhorita? Eles não a censuraram por Wyatt?".

Ela espalma a mão no peito. "Não há nenhum sinal de que Wyatt já esteve aqui. Os Courtenay não mencionam o nome dele."

Ele pensa, eles são pessoas de capacidade limitada, e Wyatt é difícil demais para que o compreendam. Bess prossegue: "Alguém anda escrevendo versos para condená-lo. Eles circulam aqui na corte. Porque na primavera ele se aliou ao senhor, e não aos Bolena".

Julgo melhor simular alegria
Quando está a mente enlutada.
Mas vesti um capuz quando na chuva,
E aos incautos, cabeça molhada.

"De sangue", ela diz. "A precipitação da nossa era. Eles pensam que Wyatt se afastou e abandonou seus amigos à morte. Eu me pergunto onde estão aqueles cinco cavalheiros agora? A propósito, eu me pergunto onde está Wyatt."

"Com o exército do rei. Não posso ser mais exato, estamos todos como planetas tirados dos nossos cursos. Mas ouvi dizer que ele tem realizado grandes proezas com seus homens de Kent. Ele não lhe escreve?"

"Claro. Mas o senhor conhece Wyatt. Ele não marcaria uma data ou local, ele não gostaria de estar preso a isso. Ele não diz nada usual como 'Mande lembrança aos meus amigos' ou 'Meu coração é seu lar para sempre'."

"Tenho certeza de que é. Quem não lhe concederia essa posse absoluta?" Ela abre um sorriso por cima do ombro e se dissolve na escuridão, tão rápida quanto veio. Ele esfrega os dedos como se tivesse tentado agarrar as roupas dela e apanhasse, em vez disso, uma teia de aranha.

Ele está quase alcançando a porta de seu próprio quarto quando outra mulher entra em seu caminho, uma vela na mão. Jane Rochford está tão arrumada e fresca como se estivesse indo para as Matinas. "Cromwell? Onde esteve? Ela quer vê-lo."

"A rainha? A esta hora?"

"Lady Maria." Rochford ri. "Ela puxou ao pai. Ela não dorme, então por que mais alguém deveria?"

Maria usa um robe de pelos decorado de rígido brocado vermelho. "Espero que eles a estejam mantendo aquecida", ele diz. "E bem abastecida?"

Ele dissera aos oficiais da casa, bloqueiem as correntes de vento, avolumem a lareira dela, mandem alimentos a mais: pão, vinho e carnes cozidas para o quarto dela todos os dias ao amanhecer.

Ela responde: "Aquele grande desjejum é desnecessário agora. Se o senhor se lembra, era apenas para que eu não precisasse jantar em grupo no salão, nem me sentar abaixo da pequena Eliza. Naqueles dias em que meu título era degradado e Eliza era chamada de princesa".

Ela não o convida a se sentar. Ele não se sentaria, em todo caso. Ele diz: "Trabalhamos tanto entre nós que esqueço algumas das nossas manobras. Devo perguntar, milady — a senhorita não foi abordada?".

"Os rebeldes podem usar meu nome, mas eles não têm nenhuma permissão minha."

Ou seja, sim, eu fui abordada. E quando ele se move na direção dela — ele, lorde Cromwell —, ela não se move, exceto que, com um pequeno sobressalto, ela fecha o robe, escondendo o branco de sua camisola; logo depois ela solta o robe, como se soubesse que o gesto era ridículo. Ele está perto o suficiente para tocar o tecido das vestes dela, mas é claro que não toca. "A senhorita tem predileção por esse carmim, percebo, a senhorita e também a rainha. Posso perguntar, é de Gênova?"

"Eu acredito que sim. A rainha enviou seu irmão Edward a Hunsdon, para ver de quais roupas eu necessitava. Eu respondi, o favor do meu pai já é roupa suficiente, mas ele me rogou que eu pedisse o que quisesse. Edward Seymour é um excelente cavalheiro. É uma pena que seja um herege."

"Edward é guiado pelo rei, como somos todos."

Deus me perdoe, ele pensa, mas ela é cansativa. E faminta por ser tocada; sua posição proíbe.

Ela diz: "Ouvi dizer que o conselho está discutindo um casamento para mim. Com o jovem duque de Orléans".

"Os franceses estão discutindo. Não sei se nós estamos."

Os franceses só a aceitarão se Henrique fizer dela sua herdeira. E isso, claro, ele não fará; mas se algum acordo puder ser alcançado, um casamento francês a afastaria de uma vez por todas do imperador e dos espanhóis. Portanto, estamos negociando.

Ele diz: "A senhorita provavelmente prefere imaginar-se com um marido espanhol".

Ela hesita. "O rei é um pai tão bom que ele não me casaria contra meus próprios desejos."

Responda à pergunta, ele pensa. Ela vira as costas para ele, como se por acaso. "E seu cuidado comigo tem sido tão terno que é semelhante ao de um pai."

Ele pode ver o rosto dela num espelho, só que ela não sabe disso. Alguém contou a ela que estamos associados, mesmo que apenas por boatos. Ela está me alertando. Bem, ele pensa, eu a estou alertando. "Não gostaria de se casar com um inglês?"

"Quem?" A pergunta salta para ele.

Maria o encara através do espelho. Ela tem o coração na boca. Vamos deixar isso como está.

Uma ceia inquieta: uma prece pior. Ele pode ouvir a chuva no telhado, as gotas e o fluxo. *E aos incautos, cabeça molhada...* Sua refeição parece pesada e, quando ele vai para sua mesa — as últimas mensagens chegaram de Yorkshire —, vê-se pensando em sua cama espetacular: o rei lhe deu um jogo de cobertores e cortinados púrpura tramados com fios de prata, gravados com as armas reais. Você é meu, dormindo ou acordado, Henrique está dizendo: como uma amante. Seria possível manter uma tropa de cavalos em batalha com o que o presente custou, mas Henrique deve sentir que ele vale a despesa. Ele acende outra vela e chama Christophe para alimentar o fogo. Ele já gastou a cota de carvão e lenha de um cortesão, mas diz, vamos pendurar essa conta, diga que é para mim e se alguém questionar, quebre a cara dele, pode ser?

Christophe sorri. Trago Rafe para falar com o senhor? Ou alguém para cantar? Mas ele responde, não, não, preciso trabalhar nisso, não pode esperar; mas ele então descansa a cabeça na mão e talvez esteja cochilando, e agora ele está aqui, agora ali: agora iluminado pelo hesitante fulgor da lareira, depois pela luz do sol na água do Tâmisa em Lambeth, quarenta e tantos anos atrás: mas o que são quarenta anos na vida de um rio?

Eu guardei isso para você, diz tio John. Tem que comer enquanto está morno. Se estiver muito quente ou muito frio, você não sentirá sua beleza. Um cozinheiro tem que aprender. Não pode comer sobras o tempo todo.

É um manjar aromático num prato branco. Ele viu as groselhas mais cedo, pequenas bolhas de vidro verde, azedas como um frade em dia de jejum. Para esse prato, são necessários ovos frescos de galinha e uma jarra de creme; e é preciso ser um príncipe da Igreja para poder pagar pelo açúcar.

O tio assoma sobre ele. O manjar tremelica em ondas de doçura e especiarias.

"Noz-moscada", ele adivinha. "Macis. Cominho."

"Agora prove."

"E água de rosas."

O sorriso de John é uma bênção. "Nada é tão fresco quanto um verão na Inglaterra, Thomas. Aqueles que viajam anseiam por isso. Eles sonham com uma tigela exatamente como essa."

Na rota da seda; no calor das planícies onde, por três dias seguidos, não se escuta o rumor de córrego ou riacho; nas cidades fortificadas dos bárbaros, onde é possível cozinhar um ovo quebrando-o nas pedras; nos lugares às margens do mapa, onde as linhas se borram e o papel se gasta: por santa Maria, diz o viajante, pela virgindade de santa Ágata, eu gostaria de estar em Lambeth e ter um prato de groselhas e uma colher.

Ele balança a cabeça. Esse prato carece de um floreio final... Ele se imagina, quarenta anos depois, parado onde John está agora. Ele é o cozinheiro-chefe, veste veludo: ele nunca chega perto de um saco de farinha nem do perigoso óleo quente: papéis na mão, ele dá suas ordens e, a seu comando, um menino que se parece muito com quem ele foi joga lascas de amêndoas numa caçarola de folha de flandres; a seguir ele as retira com a colher e joga no creme, salpicando.

E, depois, se ele tivesse preparado um refresco de drupas, poderia se aventurar a acrescentar uma ou duas gotas.

O menino que ele vê tem sua própria cabeça encaracolada, nós dos dedos esfolados, pés frios no piso de pedra. Veste um gibão remendado de cor triste. Sob suas roupas estão as impressões dos dedos de seu pai: hematomas que invertem a natureza, passando do roxo-negro da drupa do outono ao pálido amarelo-branco das flores do sabugueiro.

Toda a sua carne é manchada por essas sombras. Walter não consegue evitar, diz John, ele ataca. Nosso próprio pai, que Deus o absolva, era igual.

Se você sai numa manhã no fim de junho, depois que o orvalho evaporou, pode colher as melhores drupas do alto dos arbustos, usando uma vara curva ou um gigante para ajudar. Quando você as leva para casa, derrama-as aos punhados sobre uma mesa limpa. Respirando seu aroma melífluo, cata para escolher os brotos mais bem formados com as delicadas pontas dos seus dedos; depois pinta cada pétala com clara de ovo. Mergulhando-as em açúcar, coisa que pode fazer quando é servo de um homem rico, é possível preservá-las por um ano. Num dia triste de novembro, quando a ideia do verão desapareceu do mundo, você pode deitar as pétalas cristalizadas na superfície de um bolo, cada uma como uma estrela de cinco pontas: para encantar os olhos de uma dama ou tentar o paladar exigente de um rei.

No dia 19 de outubro, a cidade de Hull capitula aos rebeldes. Em Doncaster, o prefeito e os principais cidadãos são obrigados a prestar o juramento dos

Peregrinos. Na capela de Windsor, os cavaleiros mortos em suas tumbas da Ordem da Jarreteira baixam a cabeça por vergonha, numa agonia de cólicas que nenhum óleo de amêndoas aliviará: sob seus elmos, eles gemem, condes de Lancaster e condes de March, os Bohun e os Beauchamp, os Mowbray e os Vere, os Neville e os Percy, os Clifford e os Talbot e os Fitzalan e os Howard, e aquele grande servo do Estado, o próprio Reginald Bray. Há mais mortos que vivos; por que eles não podem lutar?

Quando a noite chega, uma luz azul se apaga nas janelas do Norte e o rio é engolido pela escuridão, como se adentrasse um mar universal. As janelas do Sul estão fechadas, os pátios abaixo fazem silêncio e a guarda é trocada ao pé da escada privada do rei. As velas são trazidas e seus suportes espelhados redirecionam uma luz trêmula; os aposentos particulares do rei, pintados e folheados a ouro, luzem como um estojo de joias.

O rei diz: "Lembro-me da morte do meu pai... O bispo Fox veio a mim em Evensong: 'O rei seu pai está morto: Deus salve vossa majestade'. Eu disse, a que horas sua alma partiu? E Fox nunca respondeu. Adivinhei que meu pai terminou sem cuidados, resfriando-se no suor da morte enquanto seus conselheiros conspiravam à vontade. Por dois dias inteiros depois disso, os ministros fingiram que ele ainda estava vivo".

Ele pensa: eles tiveram boa intenção. Queriam tudo pronto para uma ascensão tranquila.

"Pense em como eles tiveram que dissimular", prossegue o rei, "andando por Greenwich com as feições inalteradas. Eu mesmo não conseguiria fazê-lo, sendo um homem natural, incapaz de enganar. Perceba como, milorde, no momento em que meus conselheiros me proclamaram, eles já começavam a mentir para mim. Assim que alguém se torna rei, ninguém mais lhe diz a verdade."

"Eu poderia...", ele começa.

"Você poderia adoçá-la", diz Henrique. "Ou contar as verdades que acredita que posso suportar. Mas eu não digo, 'Milorde, quero a verdade sem adornos'. Eu não farei essa afirmação. Tenho minha parte de vaidade humana."

Ele tem medo de que Gregory ria.

Henrique diz: "Faltavam dois meses para meu décimo oitavo aniversário, então eles nomearam minha avó como regente. Mas logo, no dia do solstício de verão, Catarina e eu fomos coroados juntos".

As músicas dessa noite são espanholas: um menino canta sobre disputas contra os mouros, toadas menos marciais que melancólicas. Mensagens são trazidas ao rei mouro: Deus guarde vossa majestade, aqui estão as más notícias. *Las nuevas que, rey, sabras/ no son nuevas de alegria...* A notação é estranha para ele, a parte da voz em tons de vermelho.

Henrique prossegue: "Sabe quando vemos uma criança pequena sentada numa cadeira, com as pernas penduradas? Sorrimos e sentimos pena da criança, não? Imagine um jovem colocado num trono... sentimos como se nossos pés estivessem no ar, assim...".

Ele vê Gregory sorrir. Ele pensa em Helen, antes de ser esposa de Rafe, levando suas filhinhas para Austin Friars e colocando-as num banco, com as pernas estendidas diretamente diante do tronco.

O rei conta: "Meu pai dizia que o sinal mais seguro de que o céu favoreceu seu reinado foi o nascimento de um príncipe logo depois do seu casamento com minha santa mãe. Em janeiro, eles se casaram e, em setembro, tinham Artur no berço. Não é pecado, sabe, ir para a cama depois que são noivos, ou, se for pecado, ele pode ser facilmente absolvido. Eles foram depois abençoados com uma numerosa família. Lembro-me de nós todos juntos em Eltham, reunidos no grande salão, no dia em que Erasmo chegou para nos ver".

"Que Deus o tenha", diz Gregory. Ele só espera que Erasmo não se levante para escrever mais livros.

A mão do rei se move para o sinal da cruz; suas joias refletem a luz. "Eu tinha oito anos, creio, uma criança de ossos grandes e inteligência ágil. Eu me sentava sob o baldaquino e à minha direita se sentava minha irmã Margaret, com cerca de dez anos, já prometida em casamento à Escócia. Minha irmã Maria do meu outro lado, com os cabelos alvos como os dos anjos. E Edmund ainda bebê, ele ficava nos braços de alguma grande dama, imagino. Eu tive outra irmã, Elizabeth, que tinha três anos quando morreu, não tenho lembrança dela, mas diziam que ela era tão bela quanto Maria, e sua morte foi uma grande lástima, pois mais tarde ela poderia ter sido dada em casamento, com vantagens para nossa política. O próprio Edmund não viveu muito mais. E minha irmã Maria está morta agora. E Artur. Só eu restei. E Margaret, muito além da fronteira."

É difícil saber se o rei se parabeniza ou se é autocomiseração. Seus lábios estão manchados por muitas taças de um malvasia forte e doce; ele os limpa com o guardanapo, os olhos distantes. "O fardo da realeza", diz ele, "ninguém pode imaginar. Por toda a minha vida, ser um príncipe: saber-se observado, por ser um príncipe; todos os olhos sempre sobre mim; ser um exemplar de virtude, de discrição, de excelência no aprendizado; ter uma mente jovem e vigorosa, mas tão sábia quanto Salomão; agradar-me do que os outros projetam para meu agrado, ou ser considerado ingrato; disciplinar todos os meus apetites, desfazer-me enquanto homem para me tornar rei; sem desperdiçar um só minuto para não ser visto desperdiçando; para o ócio, não há desculpas; sempre alerta para provar, sempre a mostrar que sou digno do lugar que Deus designou para mim... Quando eu era jovem, creio que mostrei meu tornozelo a um embaixador e disse, 'Aí está, seu rei francês tem uma perna tão boa quanto esta?'. E minhas palavras foram relatadas, e toda a Europa riu de mim, um menino vaidoso e ocioso, e sem dúvida as pessoas ainda riem. Mas, sendo jovem, eu me perguntava, se Deus tivesse modelado Francisco melhor que a mim, qual príncipe ele preferia?"

Thomas More perguntara certa feita, um rei pode ser seu amigo? Ele pensa, na primeira vez em que entrei na presença de Henrique, foi como o Leão e a Raposa. Eu tremi diante da visão. Mas, na segunda vez, eu me aproximei um pouco mais e dei uma boa olhada. E o que vi? Vi sua solidão. E, como a Raposa e o Leão, dei um passo direto à frente e conversei com ele, e nunca olhei para trás.

O rei prossegue: "Não recebi nada de bom da minha irmã Margaret ou do seu casamento com o escocês. Por toda a vida, ela tem sido um problema e uma despesa. E veja agora, sua filha seguindo o mesmo caminho, intrigando com Tom Verdadeiro".

Ele vinha esperando que o rei fosse bondoso com Meg Douglas e que lhe permitisse deixar a Torre para uma custódia mais amena; agora, ele vê, não é o momento de abordar o assunto.

"Estão dizendo no Norte que você quer se casar com ela."

Gregory é pego de surpresa: "O quê?".

"Não precisa negar", diz o rei. "Eu digo a todos, Cromwell não se atreveria. Nem mesmo nos seus sonhos."

Ele se sente obrigado a declarar: "Não mesmo".

O rei acrescenta: "Sabe que existem alguns que afirmam que o velho rei escocês não morreu em Flodden? Eles acreditam que ele escapou do campo de batalha e embarcou para se tornar um peregrino na Terra Santa. Ele foi visto em Jerusalém".

"Só em fantasia", ele responde. "Não foi lorde Dacre, que o conhecia, quem inspecionou seus restos nus? E meu lorde Norfolk conta que dava para enfiar um punho nos buracos da sobrecasaca onde as espadas o perfuraram."

Henrique diz: "Eu estava vencendo batalhas na França naquela época, não tenho como saber. Mas me pergunto se os príncipes morrem como os homens comuns morrem. Sinto que meu pai vigia o que eu faço".

"Nesse caso, senhor, ele certamente vê suas dificuldades e admira sua resolução."

"Como posso saber? Se os mortos podem nos ver, tenha certeza de que não gostam que o mundo se torne diferente do que eles conheceram. Tampouco gostam que seu poder seja desrespeitado. O pai de Norfolk tomou o crédito por Flodden, mas em Durham eles dão o mérito a são Cuteberto pela vitória. Eles marcham atrás dos estandartes dele agora."

O rei ergue a mão para o alaudista: "Obrigado, deixe-nos". O rapaz guarda sua música de volta no estojo e se retira, recuando. O rei pega seu próprio alaúde. *Ó lua brilhante, ilumine-me a noite toda... Ay luna tan bella*, leve-me para a *sierra*. Ele diz: "Eu amei Catarina. Sabia disso? Apesar de tudo que aconteceu".

Ele pensa, se Henrique esqueceu a letra, não posso ajudá-lo com isso. Embora dê para apostar que a noite se nublará em algum momento e ocultará a lua. As damas baixam os olhos das torres da Alhambra. Os cavaleiros giram abaixo em cavalos brancos de cascos dourados, galhardetes tremulando de suas lanças. Toda a trupe, tanto os mouros quanto os cristãos, se enfileira na escuridão ancestral, o fulgor do ouro em contraste com a noite: cidades são sitiadas e cidades caem, os guerreiros ardem com as chamas do amor e são consumidos.

Henrique canta: *Eu sou a moça morena, a rosa sem espinho*. Ele diz: "Catarina dizia que me amava. Então por que ela tentou me destruir?".

Ele não responde. Ele adquiriu a maestria do silêncio, mas com um efeito melhor que More.

Os olhos do rei repousam sobre ele. "As crianças que morreram no ventre dela, acho que elas não queriam nascer, não queriam viver neste mundo mesquinho. Mas para onde elas foram? Dizem que não há salvação para os não batizados. Alguns pensam que Deus não seria tão cruel. E Deus não é tão cruel quanto o homem. Deus não costuraria um homem dentro da pele de uma vaca para atirar os cães contra ele."

Seu servo John Bellowe está vivo, segundo relatos. Richard Cromwell o viu e o remendou e o pôs para trabalhar de novo. É verdade que ele foi feito prisioneiro, que foi maltratado e torturado no tronco em Louth. Mas ele não está cego nem foi devorado por cães. Ele espera que ninguém tenha descrito para Bellowe a morte que pensavam que ele tinha sofrido. Ouvindo uma história daquelas, um homem pode perder a confiança em seu semelhante.

Os conselheiros do velho rei, ele pensa, conheciam o comércio e a lei. Bray morreu em sua cama. Mas seus protegidos, Empson e Dudley, foram presos antes de saber que a alma do velho rei havia partido. Eles foram arrancados de suas casas e arrastados pela madrugada de abril pela Candlewick Street e pela Eastcheap e de lá para a prisão. Foram acusados pelo crime de reunir tropas na capital, planejando capturar a pessoa do jovem Henrique. Era uma acusação improvável. Eles caíram porque o povo os odiava. Eles eram os anjos maus sussurrando ao velho rei, mas Deus sabe que mantinham seu cofre bem abastecido.

Há momentos em que, ao cumprir seus deveres, ele sente uma feroz exultação — ele, Cromwell, lorde do selo privado. Mas ele jamais admitiria isso para ninguém: eles lhe dariam um sermão sobre a mutabilidade da fortuna. Veja a vida dele: ele precisa de um lembrete? Ele diz a Rafe: a vaidade nos compele a fingir que planejamos cada passo. Mas quando o cardeal caiu, eu estava diante dos senhores da Inglaterra como uma criança nua esperando o chicote. Eu mandei você correndo até Norfolk, "Mestre Cromwell pode ter um assento na casa do Parlamento? Ele fará muito bem a vossa senhoria". Cristo, sim, Rafe responde, pensei que ele me chutaria até Ipswich.

Há um tempo para ficar em silêncio. Há um tempo para falar por sua vida. Ele viu a necessidade de Henrique e a realizou, mas nunca se deve deixar um príncipe saber que ele precisa de você; ele não gosta de pensar que está em dívida para com um súdito. Como os ministros do velho rei, ele labuta dia e noite pelo aumento de seu príncipe. O italiano Nicolau diz que, quando um príncipe tem um servo, ele deve tratá-lo com respeito e bondade, elevá-lo com honras e promover sua fortuna. Talvez, quando o livro for passado para o inglês, nosso príncipe o leia.

Em Siena, você pode contemplar um afresco onde a Boa Governança está ilustrada numa parede para que todos possam conhecer o semblante da paz. A Paz é uma mulher: ela é loira; seus cabelos são trançados e a cabeça se apoia na mão, que se encontra virada de tal forma que podemos ver a suave pele branca do interior do braço. Seu vestido é de um tecido tão fino que, depois de repousar em seus seios, ele desliza pela extensão de seu corpo e se perde em graciosas pregas e dobras, numa área de mistério entre suas pernas relaxadas e abertas. Seus pés estão descalços: eles parecem inteligentes, como suas mãos.

Na parede oposta, a Má Governança agarrou a Paz pelos cabelos. Ela está em pânico, gritando, obrigada a se ajoelhar.

Ele se lembra dos grandes jarros de Florença, a curva fria sob sua mão; eles pareciam falar um com o outro, aproximando-se para que seus lados se tocassem e tilintassem. Óleo e vinho, em jarros com profundidades sonoras; pão e vinho, corpo de Deus; o pão *manchet* partido nas mesas dos ricos, o fino pão branco, enquanto os pobres comem cevada e centeio. Em Windsor, na câmara do rei, um cavalheiro traz mais velas; a luz flutua pelo teto como um influxo de querubins. O rei consulta o livro de canções. Em seu canto ele clama que arde sem cessar: uma moça da montanha, sem amor, uma donzela da Estremadura.

Ele e Rafe trocam olhares. Rafe, que conhece bem a língua espanhola, parece tão confuso quanto ele. Henrique diz: "Crumb, conversou com minha filha? Sabe que os franceses fizeram uma proposta por ela?".

"Acho as abordagens deles mornas. Sem mencionar ofensivas. Eles supõem que vossa majestade não terá um filho, quando toda probabilidade é de que tenha."

"Escreva para Gardiner", ordena Henrique. "Ele pode dizer a Francisco que não estamos interessados." Ele inclina a cabeça sobre o alaúde novamente.

"Embora talvez devamos casar Maria antes que seu viço desapareça por completo. Ela não é como a mãe. Catarina era uma criatura bonita, na idade dela."

Me-Chame diz: "Os franceses devem ter um espião entre as mulheres da rainha. Juro que eles sabem quando ela tem suas regras".

"Deve ser Jane Rochford", ele responde.

"Tem certeza disso, senhor?"

"Não", diz Rafe. "Mas lorde Cromwell é um homem de apostas."

Nessa noite jantaram tortas de lampreias, corvina e queijo de Suffolk, e faisões mortos pelos falcões. Você se levanta da mesa e é como se tivesse sido convidado para um banquete por um mago de conto de fadas. Você pensa que esteve por duas horas na câmara do rei, mas quando sai, sete séculos se passaram.

Quando outubro entra em sua terceira semana, lorde Darcy entrega o castelo de Pontefract aos rebeldes. Os homens ilustres que se abrigaram lá — entre eles Sir William Gascoigne, Sir Robert Constable e Edmund Lee, arcebispo de York — são obrigados a prestar o juramento dos Peregrinos.

Ele manda abrir canais, através do mar Estreito. Entre os conselheiros franceses há aqueles que pedem ao papa que aproveite o momento e publique sua bula de excomunhão. Uma vez que ela seja tornada pública, todos os súditos de Henrique estarão livres para se juntar à rebelião. Ele diz a Rafe: "Leve a mensagem aos cavalheiros da câmara privada e deixe que eles a espalhem entre seus amigos — se eu descobrir que alguém escreveu para Roma, tomarei isso como prova de traição sem maiores investigações". Ele diz: "Nossa esperança agora é de que o bispo de Roma não aja porque não consegue entender o que está acontecendo no Norte. Como ele poderia? Nem nós sabemos. E se Pole o está aconselhando, ele mal sabe a diferença entre Pontefract e o reino da Cocanha".

O rei envia o arauto de Lancaster para Pontefract com uma proclamação. Robert Aske se recusa a deixá-lo ler a mensagem em voz alta, mas civilizadamente lhe oferece um salvo-conduto para sair do castelo e da cidade. Ele e seus peregrinos permanecerão fiéis à sua causa e marcharão sobre Londres.

Norfolk partiu de sua casa em Kenninghall para Cambridge, de Cambridge para o Norte. Ele afirma que está devastado do fundo do coração pelas ações de lorde Darcy, que por sangue ou casamento é parente das maiores famílias do Norte e que parece ter se declarado em favor dos Peregrinos. Será que não há um mal-entendido? É preciso deixar espaço em torno daquele magnata, para que mais tarde ele possa alegar que foi mal compreendido.

Darcy se apresenta como um soldado franco e à moda antiga, mas sua natureza é dupla. O cardeal foi bom para ele; Darcy traiu o cardeal, elaborando o indiciamento que alimentou a ira do rei. Ele faz grandes juramentos de que é leal, mas nesses três anos passados ele tem conversado com Chapuys, perguntando que chances haveria de que o imperador enviasse tropas.

Laureado de elogios do lorde do selo privado por sua fidelidade, o velho lorde Talbot é obrigado a marchar em direção a Doncaster. Agora a reação começou: embora a prescrição seja evitar qualquer confronto verdadeiro, deve-se dar uma guinada em direção a eles sempre que possível. O essencial é proteger as pontes e as principais estradas, cercar os Peregrinos ao norte de Trent. Em Windsor, ele senta-se ao lado do rei, decidindo quais termos atrairão o inimigo. Cabe a ele, o vil Cromwell, tornar emoliente a linguagem do rei. Ofereça o que for preciso para induzir os bandos a se dispersarem. Corrompa-os por dentro. Coloque o nobre contra o servo, o campesino contra o monge. Eles não têm vínculo comum a não ser o estandarte, e o que é isso? Um pano pintado.

Norfolk escreve que não come nem dorme, exceto na sela. Abaixa a cabeça por uma hora, durante a qual é despertado três vezes, por tolos trazendo mensagens que se contradizem. "Encarem com paciência quaisquer promessas que eu faça aos rebeldes... pois certamente não observarei nenhuma parte delas..."

Eu mentirei pela Inglaterra, indica o duque. Mandem-me, pelo próximo mensageiro, mentiras aprovadas. Enviem-nas no seu cavalo mais rápido.

Perto de Doncaster, os Peregrinos detêm seu exército. O duque detém suas forças insignificantes. Seu coração está partido, ele reclama, por ter que tratar com esses traidores, em vez de cortá-los pela raiz; mesmo assim, ele encontra seus líderes, ouve suas queixas. Norfolk dá salvo-conduto a dois Peregrinos, nobres, para fazer uma petição ao rei.

Trégua, então. Temporária, condicional... Mas acredito, ele diz a seus rapazes, que a coragem de Aske vacilou. O coração dentro de seu peito, que não é o coração de um soldado, treme com a perspectiva de um banho de sangue. Uma vez que eles se sentam para conversar, os Peregrinos perdem o impulso que os trouxe até aqui, a confiança em sua própria força bruta. Os ventos de novembro sacodem suas tendas; onde eles acamparem, o distrito se tornará hostil; a comida se tornará escassa para homens e cavalos; seus baldes de água congelarão durante a noite; as botas estalarão: a boa ordem se romperá, a doença irromperá. Afinal, nossos bolsos são mais profundos, nossos argumentos são mais desconcertantes e temos armas melhores. Vamos temporizar, e o inverno chegará, e estará acabado.

Algumas horas antes de o rei se recolher, o cavalheiro da câmara de dormir chama quatro pajens de quarto, e quatro pajens do guarda-roupa das camas trazem os lençóis do rei. O colchão de palha que forma a primeira camada do aparato de cama é perfurado por toda a superfície com uma adaga, antes que uma capa seja esticada sobre ele; enquanto eles picam e esticam, os pajens oram pelo rei, a fim de salvaguardá-lo dos rigores da noite que se seguirá. Quando o tecido está esticado, um deles senta-se no estrado da cama, tomba para trás com grande reverência, levanta os pés descalços e rola pela extensão da cama; ele se detém e rola de volta. Se os cavalheiros estão seguros de que não há nada afiado ou nocivo escondido ali embaixo, os colchões de penas são dispostos e batidos por toda parte: ouve-se o ruído firme do punho contra as penas. Todos os oito pajens, movendo-se de forma ritmada, esticam os lençóis e cobertores e, ao enfiarem cada canto sob o colchão, fazem o sinal da cruz. Em seguida, estendem a colcha de pelos, que desliza com um suave cicio; logo os cortinados são fechados ao redor da cama e um pajem senta-se para guardá-la.

E assim se encerra o longo dia do rei. Se ele decidir ir até a rainha, uma procissão o escolta até a porta dela em seus trajes noturnos. Durante as horas do dia, ele anda tão enfeitado que dói vê-lo; ele é o sol. Mas quando ele remove o robe rigidamente perolado, o rei é um fantasma em linho branco e, sob a mortalha, sua pele. Para gerar reis numa linhagem de reis, ele deve se tornar um homem nu e fazer o que todo miserável faz, e todo cachorro. Do lado de fora da porta, seus camareiros esperam até que ele termine. Eles tentam não pensar na rainha donzelesca, em seus rubores e suspiros, e no rei, em seus grunhidos de prazer, seu suor enquanto ele copula. Vamos orar por seu bom sucesso. Ele deve fertilizar toda a nação. Se ele é impotente, todo inglês vacila, e os estrangeiros virão à noite e nos farão de cornos.

Quando o rei regressa ao seu aposento, eles trazem uma jarra de água morna, seu pó dental, sua touca noturna. No copo, ele se vê pela última vez no dia e vislumbra o jovem príncipe que foi, retirando-se com uma mesura: rei de copas e defensor da fé. E no lugar em que ele esteve um dia, um homem inchado na meia-idade: "Oh, Senhor, estou trabalhando duro no campo, e o campo dos meus trabalhos sou eu mesmo".

Gregory diz: "Pai, quando o rei me mandou procurar livros de Merlim, levantei a tampa de um baú, e o que vi? Vi três volumes, o emblema do falcão nas suas capas e as letras 'AB'. Eu me pergunto, o rei sabe que estão ali?".

Ele põe o dedo nos lábios.

Gregory diz: "Acho que pode ser como a esposa de Cranmer. Ele sabe e não sabe. Todos podemos fazer isso. Mas os reis em maior grau".

Eles estão indo para a cama; mas ele tem uma última missão. "Cozinhas", diz ele.

"Ainda está com fome?" O filho parece incrédulo.

Na escada, ele encontra Rafe, com papéis na mão e a agenda de amanhã nadando em seus olhos. "Você gostaria de estar em casa com Helen", ele adivinha.

Rafe aperta a ponte do nariz e pisca como se quisesse dissipar o sono. "E quanto ao senhor, meu amo — outro encontro com uma dama?"

"Não, mas tenho um *billet doux*. Norfolk escreve de hora em hora."

Rafe diz: "O rei disse hoje à noite, se isso detiver os rebeldes, Norfolk pode prometer que Jane será coroada em York. Seria lucrativo para a cidade, então eles ficarão interessados, pensa o rei. E se Norfolk for forçado a isso, ele poderá prometer um parlamento no Norte".

"Eles querem me arrancar do meu lugar. Eles acreditam, tire Cromwell de Londres e seu poder vacilará."

Rafe diz: "Não acho que o rei queira ir a York mais do que o senhor. Mas toda semana que Norfolk ganha com promessas é uma semana mais perto do inverno".

Ele se pergunta por que os rebeldes se dispersariam com uma promessa. Se estivesse no lugar deles, exigiria ações.

Rafe boceja. "Me-Chame listou os nomes de todos os nobres que foram jurados pelos Peregrinos. Sabia que lorde Latimer está entre eles? Talvez o rei o enforque, e o senhor poderá se casar com Kate Parr. Para fazer valer seu voto."

"Que pouca vergonha!", ele exclama. "Quando você sabe que estou prometido a Lady Maria e a Margaret Douglas. Juro que não me casarei abaixo do nível real."

Do lado de fora da câmara do rei, a guarda noturna está a postos; mas seus cavalheiros, quando o deixam, põem a espada dele ao lado de sua cama, com uma vela acesa. Em última instância, um rei precisa se defender.

Em Windsor, nunca houve espaço suficiente para as cozinhas, por isso sempre são montadas extensões nos pátios ao redor, e esses arranjos temporários vêm subsistindo e fazendo fumaça desde que Adão era um rapazinho. Ele quer saber se eles abafaram seu fogo e limparam as panelas, e quer ver com seus próprios olhos: não faz sentido poupar seu rei dos rebeldes se ele for queimado pela gordura de uma grelha. Ele aparece em noites aleatórias para pegá-los — assim como, em dias aleatórios e sem aviso, ele chega à casa da moeda da Torre e pesa suas moedas de ouro.

Uma névoa está subindo; ele esfrega as mãos contra o frio. Ele conhece esses pátios de fundos; em todas as casas do rei, ele os conhece, os quintais esquecidos e os recantos sem patrulha. Num recuo onde uma tocha arde numa parede, ele vê o bobo Sexton sozinho numa poça de luz, atirando uma bola de couro de cervo contra o muro. "Sexton? Por que está aqui fora?"

Sexton pega a bola. "Não há toque de recolher na terra de Patch."

"Você não tem nada para fazer nas cozinhas."

Sexton aninha a bola contra o peito. "Você nunca sabe onde encontrará uma piada, não é?"

Ele dá um bote, arranca a bola do braço do homem, atira-a para cima e a agarra. "Sua cabeça, Patch." Um tapa com a palma da mão manda a bola por cima do muro. Ele ouve um grito no escuro; algum estranho levou um susto.

Voltando, ele vê que há um guarda do lado de fora de sua porta. O homem diz, boa noite e Deus o abençoe. As formas de outros homens, armados, ocupam cada recesso.

Christophe o espera sentado. Sua spaniel está roncando; o macaco está aninhado junto às brasas, conversando consigo mesmo. Quando ele trouxe a criatura, o rei dissera, "Cuidado, lorde Cromwell, meu pai teve um macaquinho que pegou um dos seus livros de contas e o rasgou em pedaços com unhas e dentes. Eles juntaram os fragmentos, mas ninguém conseguiu ler o resultado. Há alguns senhores, portanto, que vivem no luxo, mas que hoje seriam mendigos se meu pai houvesse lhes enviado as faturas de seus impostos, e há outros confortáveis em seus salões que teriam sido trancafiados numa prisão estreita se o macaco não tivesse alterado seu destino".

"Gregory já está deitado", Christophe boceja e depois o beija distraidamente na bochecha: "Não fique até tarde escrevendo, senhor".

Christophe se arrasta em direção a seu catre, tirando o gibão, coçando-se enquanto caminha. Sozinho, ele — lorde Cromwell — tira o punhal de sob a camisa e o coloca na mesa. Se algum ogro do Norte subisse a escada, ele defenderia seu filho, ou seu filho o defenderia? Como o rei diz, Gregory promete coragem e força, o olho aguçado do esportista, a mandíbula trincada do homem acostumado ao peso de um elmo. Mas ele ainda sussurra no escuro como uma criança: "O rei veria os livros de Ana se quisesse. Os reis podem ver através de paredes de pedra e ouvir comentários feitos no reinado de Uther Pendragon. Eles sentem mais que os homens comuns — assim como a aranha sente o dedo antes que o dedo a toque. Um rei é mais parecido com um animal em certos aspectos, mas não diga que eu disse isso, podem levar a mal".

Sua cabeça acerta o travesseiro. "Será?", ele se pergunta. "Bem, talvez seja melhor errar por precaução. Homens perderam a cabeça por menos que isso."

Você pensa no príncipe como alguém que vive num plano exaltado, mais refinado e mais alto que os outros homens. Mas talvez Gregory tenha razão: um príncipe é mesmo humano? Se você somar suas partes, o resultado total será o equivalente a um homem? Ele é feito de cacos e fragmentos do passado, de profecias e dos sonhos de sua linhagem ancestral. As marés da história quebram dentro dele, sua corrente ameaça levá-lo embora. Seu sangue não é dele, mas é sangue imemorial. Seus sonhos não lhe pertencem, mas são de toda a Inglaterra: a floresta escura, a charneca deserta; a agitação nas folhas, a pegada da pata do dragão; a mão atravessando as águas de um lago. Seus antepassados interrompem seu sono para admoestar, advertir e balançar a cabeça em silenciosa decepção. Na coroação de um príncipe, Deus o transfigura, suas falhas humanas se apagam, suas capacidades humanas são aumentadas; mas aquele fulgor de luz tem que durar. A transfusão de graça daquele instante deve sustentá-lo por trinta anos, quarenta anos, pelo resto de sua vida mortal.

Ele está deitado, insone: barão Cromwell, lorde do selo privado, sua mente percorrendo o país, sobre vales e rios até onde os facciosos em seus acampamentos se agitam durante o sono e amaldiçoam seu nome. Ela se estende para oeste, extremo oeste, além do rio Tamar, até onde os filhos dos córnicos suam e resfolegam, a cerveja espumando em seu sangue, e onde Bolster, em sua caverna do mar, sopra bolhas gigantes nas profundezas da meia-noite e sonha em nadar à superfície em busca de ar; em plantar seus pés gigantes em montes e vales, atravessar os rios na cheia e demolir as pontes com seus calcanhares; em marchar para Londres, prender os ministros do rei numa rede, estalar seus pescoços e triturá-los como temperos para salpicar em seu mingau.

Um gigante não pode imaginar como é ser um homem de estatura normal. Ele não pode adentrar os sentimentos deles. Ele jamais aprende a negociar ou a enganar: por que deveria, quando consegue o que quer simplesmente estalando os nós dos dedos?

Quando você é criança, pensa que precisa matar o gigante, mas à medida que cresce, vai mudando de ideia. Suponha que você o encontre por acaso um dia: você, tratando de seus assuntos de sempre, catando gravetos ou inspecionando suas armadilhas de coelho, e ele, tomando ar na entrada de sua caverna ou trabalhando numa encosta para desenraizar grandes carvalhos. Gigantes são solitários; eles não conhecem outros gigantes. Às vezes, querem que um garoto como Jack os divirta, que faça tarefas e lhes ensine canções.

Conquiste sua admiração, aproveite sua chance. Se você sabe como falar com um gigante, funciona como mágica. O monstro se torna sua criatura. O gigante acha que você serve a ele, mas na verdade você serve a si mesmo.

Ele está inquieto — ele, lorde Cromwell. Ele sai da cama. Abre o postigo. Chuva. Ele protege uma chama de vela com a mão. Sua cabeça bate contra o teto. Mas ele não é o gigante — ele é o esperto Jack. Você deixa sua casa e segue para o leste, atravessa o mar, pensa que Bolster está atrás de você, mas ele está à sua frente. Onde quer que você chegue, ele chegou primeiro. Ele está aqui em Windsor, a cheia do Tâmisa se infiltrando sob suas muralhas, a água borbotando em nascedouros e valas — é aqui, depois de todos os anos, que você encontra sua confluência.

Nos momentos de folga, ele tem estudado para melhorar o grego. O velho bispo Fisher estava na casa dos setenta quando começou o idioma, e ele não pretende ser superado por um prelado morto. Dentro de um ano ou dois, ele quer ser capaz de se unir aos teólogos em sua sutil dissecção de cada ponto da tradução. Nesta semana, ele está lendo um livro de cartas escritas pelos filósofos e soldados daqueles tempos antigos; embora caiba perguntar se Alexandre, o Grande, tinha tempo para cartas. Nosso rei não se interessa em escrever suas próprias cartas — sua escrita parece se voltar contra si mesma, e assim, mesmo após um longo trabalho, ele não faz progresso. Em vez disso, ele corrige os manuscritos dos outros, ou faz anotações de natureza alarmante nas margens. Provavelmente o grande macedônio fizesse o mesmo — sem dúvida, ele deixou de lado sua lira e murmurou a essência de sua mensagem, e um escravo a redigiu, o Thomas Wriothesley de sua época: curvando-se numa tenda num dia de calor parado, o perfume de incenso mascarando o fedor dos elefantes em viagem.

Há muito tempo, em Veneza, ele comprou esse livro, confiando que em algum momento teria tempo livre para estudar. É da oficina de Aldus, com sua marca de golfinho: limpa, apesar de uma página marcada por uma digital de seu primeiro dono. Às vezes, ele se pergunta quem foi, e por que se desfez de tal obra. Talvez ele esteja morto e seus herdeiros tenham vendido o livro, com digital e tudo. Ou talvez ele tenha perdido o interesse no mundo antigo e voltado sua mente para os negócios; amanhã de manhã ele passeará na praça com uma cesta e uma criança de rua para carregá-la, comprando azeitonas e abóboras, pinhões e alho.

Quando criança, Thomas tinha medo do rio: da maré alta, que serpenteava ao redor de seus tornozelos. Ele temia que ela rompesse as margens e se alargasse como o céu acima de nós — ele não tinha outra maneira de imaginar, pois nunca havia visto o mar. Ele achava que o rio deveria ser cercado de muros para manter as ruas seguras, ou que precisavam construir muretas para permitir que os homens andassem de sapatos secos acima do rio e vissem sua cheia. Imagine então quando ele chegou a Veneza. A criança se agitou dentro dele, gritando: "Veja, veja como se faz! Eu disse!".

Em Veneza, ele viu, à luz das tochas, todo o Paraíso pintado e, muito acima do canal, o rosto de uma mulher meditando no espaço entre os planetas. Ele voltou à luz do dia para enxergar melhor e viu o mundo pintado numa parede, com massas de terra pedregosa e oceanos azuis; florestas onde cervos saltavam de seus esconderijos, onde ninfas com cabeça de pássaro cantavam nas árvores. Ele viu um viajante de ricas vestes cavalgando ao longe, as ferraduras de seu cavalo voltadas para o observador; as pegadas dos cascos ficam impressas na memória, enquanto o viajante se desvanece numa avenida de colunas caídas, diminuindo até virar um ponto e desaparecendo de vista.

Às vezes, Henrique lhe diz: "Ainda nas letras antigas, lorde Cromwell? O que aprendeu hoje?".

Ele responde: "Aprendi que *ars longa, vita brevis*: aprendi como dizer isso em grego".

"Isso é Hipócrates", comenta Henrique. "Ele nos diz que a vida é curta e nossa tarefa é tão grande que morreremos antes que possamos..."

O rei se interrompe. É uma ofensa que seus súditos especulem ou prevejam sua morte, mas não é uma ofensa que ele mesmo fale disso; no entanto, ele parece irritado, como se pensasse que deveria ser. "'A vida é curta e a arte é longa, a oportunidade, repentina e passageira: o experimento é perigoso, o julgamento, difícil.' Acho que compreendo o sentido disso."

Ele se curva. "Agora estou mais instruído, senhor."

Diariamente, diariamente, deve-se praticar a arte do cortesão, e todas as noites, a arte da governança: e nunca a compreendemos bem. Chaucer diz isso em nossa própria língua inglesa. "A vida é tão curta; o ofício, tão longo para aprender."

Pouco antes das cinco horas da manhã de segunda-feira, 13 de novembro, o comerciante Robert Packington, membro do Parlamento, deixa sua casa na cidade de Londres para assistir à missa da manhã. Uma névoa espessa cobre as ruas ao redor de Cheapside e os sinos tocam em todas as paróquias próximas. Quando Packington cruza em direção à igreja de São Tomás de Acon, ele cai no chão. Alguns trabalhadores diaristas, reunidos na Soper's Lane à espera de trabalho, alegarão ter ouvido um estrondo, uma explosão, um estalo ou uma suave detonação como o punho de um gigante socando uma almofada.

Há outras pessoas atrás dele, que também se dirigiam à igreja. Eles correm em direção ao homem caído, gritando, e os trabalhadores gritam também, e o barulho atrai os vizinhos para a rua, lanternas nas mãos, gorros na cabeça, rostos boquiabertos, cobertores jogados sobre os ombros. Quando eles alcançam Packington, ele já está morto. Surgindo da neblina, uma mulher grita, "Socorro! Assassinato!". Homens correm para a guarda.

Uma massa de gente se aglutina. Packington é reconhecido: ele é famoso na Companhia dos Mercadores e é um de nossos principais cidadãos. Um cirurgião chega e identifica a ferida como uma perfuração de bala. Ninguém viu o agressor.

Antes das sete horas, ele, lorde Cromwell, está sitiado em Austin Friars. Não posso lhes dizer nada, ele responde, atravessando aos trancos a multidão de membros das guildas; só quero testemunhas. De onde veio o agressor? Em que direção foi? E como, numa névoa tão espessa, ele encontrou Packington? Porque supomos que Packington era seu alvo — não se dispara aleatoriamente em bons homens que estão indo à missa.

"Tragam Stephen Vaughan", ele ordena. Ele trouxe seu amigo de confiança para fiscalizar a casa da moeda, e Stephen é o homem certo para esse assunto, assim como para qualquer assunto que exija seriedade e um olho rápido; e ele conhece Packington há anos. O legista desce com seus funcionários. A notícia é dada aos irmãos do morto. O lorde prefeito oferece uma recompensa por informações. Os amigos de Packington aumentam o valor. Enquanto isso, os trabalhadores levaram o corpo de volta para a casa do homem morto, e alguém lhes pagou para lavar o sangue. Packington não deve ter compreendido que tinha sido baleado. O cirurgião diz que ele não deve ter sentido nada, a não ser a sensação de voar quando o solo de West Cheap veio a seu encontro. Ele provavelmente já estava morto antes de poder dizer um Pater Noster.

Ninguém viu um homem estranho na rua. Ninguém viu fogo na escuridão — como deve ter sido, a labareda de um arcabuz. Ninguém foi visto carregando um pacote ou embrulho que poderia ter disfarçado a arma. Parece possível que uma pistola tenha sido usada, que um homem poderia levar em seu casaco e disparar com uma mão; e dotada de um dispositivo em roda, que não precisa de ignição. Há poucas armas desse tipo em Londres. Alguns países as proibiram, mas isso não importa aos criminosos. Se a pistola ainda está com seu dono, ela o condenará. Se foi escondida, será encontrada em breve. A menos, é claro, que esteja no fundo do rio: nesse caso, ele não é apenas um filho de meretriz, mas um filho de meretriz com um patrono rico, para jogar fora uma arma daquele tipo.

Packington era um evangelista, era um homem da Bíblia, nesses muitos anos em que viajou entre aqui e Flandres, não apenas tratando do comércio de tecidos, mas também do assunto das Escrituras; ele trazia Testamentos para seu país, quando fazê-lo acarretava a morte. "Ele viu Tyndale pouco antes de...", diz um comerciante, e ele ergue a palma da mão: "Não posso ouvir o que está me dizendo. Se você conheceu Tyndale em pessoa, eu não devo saber". Sou seu irmão em Cristo, ele pensa, mas também sou servo do rei.

Ao meio-dia, ele, o lorde do selo privado, visitou a viúva de Packington, uma filha da Companhia dos Curtumes. Rob tinha dois enteados com ela e cinco filhos do primeiro casamento; a cidade quer saber quem tomará decisões por eles. O chefe de justiça Baldwin, pai da primeira esposa de Robert, dá um passo à frente como guardião da família. "Cuide-se, Cromwell", diz o juiz. "Não duvido que esse assassino venha seguindo o senhor, e que o senhor jamais tenha percebido."

"Que remédio?", ele pergunta.

"Armadura corporal?", sugere Baldwin.

Ele já usou antes, em tempos de excitação cívica, sob as vestes da corte. É um aparato quente e, à medida que o dia passa, sente-se como um aro em torno das costelas e uma banda espremendo o coração. É a mesma sensação que você tem quando, diante do rei com a agenda na mão, há vinte itens nela e cada um deles é fundamental — e o rei decide falar sobre as propriedades medicinais dos lírios. Você acha que vai sufocar; você sente a dor de estar preso à sua mesa enquanto seu sobrinho cavalga para o Leste, enquanto Wyatt cavalga para o Norte, enquanto Norfolk, em alguma tenda distante, define o destino da nação. E agora lhe dizem que ele não está seguro em suas próprias ruas — nem em sua própria casa, nem em sua própria cama, onde Walter se detém junto ao pilar da cabeceira, zombando dele e manipulando os cortinados violeta e prateados do rei.

A distância é curta entre Austin Friars e o lugar onde Packington caiu. Ele senta-se na sala da mulher que gritou "Assassinato!". Ouve-a recitar os fatos de sua manhã, desde que ela abriu os olhos até o momento em que correu para a rua. Mas é claro que ela não viu nada: exceto num sonho, diz ela, duas ou três noites atrás, quando viu a cidade pegando fogo. Do lado de fora, uma multidão inquieta murmura e bisbilhota no local: como se o atirador pudesse voltar e fazer de novo, para que eles possam ser testemunhas. Os trabalhadores da Soper's Lane mudaram sua história. Agora eles se lembram de um homem alto envolto numa capa, segurando algo embaixo dela e falando sozinho enquanto atravessava a rua.

O juiz Baldwin não se abala com os acontecimentos da manhã. "Homem alto de capa? Como isso nos ajuda? Ninguém achava que um anão pelado tinha cometido o crime."

"Mas, lorde Cromwell", alegam os homens, "ele parecia italiano."

"Como é um italiano, numa névoa espessa?"

Eles passam os pés no chão. Ele lhes dá algumas moedas de qualquer maneira, por se mostrarem prestativos. "O senhor é mole demais", diz Baldwin, mas ele responde, tenha piedade, Baldwin, eles são apenas jovens e carregaram o cadáver — agindo como bons cidadãos, eles perderam o soldo de hoje.

"Ouça, Cromwell. Não se ganha um bom nome entre os humildes compartilhando suas preocupações e distribuindo moedas. Ganha-se o respeito deles ao ignorá-los, como se você não compreendesse esse tipo de gente e como se sua própria barriga jamais tenha ficado vazia."

"Eu não conseguiria fingir tanto."

"Não estou lhe dizendo o que fazer. Estou dizendo como é."

Vaughan diz: "Não tente ensinar meu senhor a ser senhoril. Um grande homem é generoso".

Os trabalhadores os seguem, encorajados a dar mais sugestões: talvez o meliante fosse de Yorkshire? "Nós participaríamos da procissão funerária, senhores, se tivéssemos roupas pretas e quatro pence. Uma pena que ele foi abatido a caminho da igreja, e não ao sair, pois ele poderia ter voado direto para o paraíso e estar olhando por nós agora."

Não há purgatório para Packington. Ele descansará, imóvel, até que, no fim dos tempos, tome um último barco para encontrar seu Deus. É uma pena ter sobrevivido a tantas travessias marítimas, às perseguições de Thomas More e à fúria férvida do clero de Londres, apenas para perecer do lado de fora de sua porta. Não há tempo para chorar, embora o homem morto tenha sido seu amigo durante muitos anos. Às dez horas, a névoa se dispersou, e um sol fraco brilha num céu limpo. Perto do sino da São Ângelo, está cinza de novo, mas, durante uma hora, o ar é salpicado de flocos de ouro, como se o céu tivesse jogado algum brilho sobre o falecido Packington. O funeral será em dois dias, a família é informada, três no máximo. O padre Robert Barnes fará o sermão. É o que o morto teria desejado.

Foi um erro de cálculo. O sermão de Barnes é tão inflamatório que ele não tem escolha a não ser levá-lo sob custódia. Melhor nas minhas mãos, ele diz, que na prisão do bispo de Londres. A cidade não esqueceu o caso de Richard Hunne. Vinte e cinco anos podem passar, ou quase isso, mas a vergonha ainda está fresca. Aquele comerciante religioso, trancado na Torre dos Lolardos, foi encontrado enforcado: nunca houve um enforcamento como aquele, com sangue no piso e sangue nas paredes. As autoridades alegaram que Hunne se suicidou, em desespero por suas próprias heresias. O banquinho em que ele supostamente se equilibrara estava muito longe do alcance de seus pés.

Em Windsor, ele está numa sacada com Henrique, observando a chuva. O vento geme na chaminé. A sala parece drenada de luz, como se cada janela fosse um dispositivo para sugá-la para fora e aspergi-la debilmente no dia lá fora.

O rei diz: "Mais claro? No oeste? Você acha?".

"Na verdade, não."

Henrique suspira. "O olho da fé, deve ser."

Ele se dá conta de que respondeu distraidamente, como se falasse a uma criança ou a um membro de sua própria casa. Henrique está irritado, a mente saltando de cá para lá, e quando ele está nesse humor, é melhor ficar de cabeça baixa, como quem caça um passarinho. "Sabe o que mais gostei deste verão?", pergunta o rei. Ele se corrige, "Quero dizer, do verão anterior? Eu gostei de Wolf Hall. De vez em quando, todo príncipe deseja poder deixar de lado seus deveres e viver por um ano como um cavalheiro privado. Porque um cavalheiro vive contente; ele dança no grande celeiro enfeitado de guirlandas, ele organiza a colheita e conhece cada ceifeiro pelo nome".

Ele não responde. Ele tem o garoto Rob a seu serviço, em Wiltshire, informando quem vem e vai. Não que ele suspeite dos Seymour, mas não faz mal ter uma fonte. O rei prossegue: "Eu era inocente naqueles tempos. Não compreendia os Bolena e a traição deles. Mas, uma vez que compreendi e os eliminei da corte, pensei que tudo seria melhor. No entanto, aqui estou eu, um verão se passou e um inverno se passou, meu filho Fitzroy está morto, eu declarei bastardas minhas duas filhas, não tenho herdeiro e, até onde vejo, não há esperança quanto a isso. Meus súditos estão em rebelião, meus cofres estão vazios e meu berço, vazio também. Então diga, Thomas, como isso é melhor? Como estou melhor do que nessa época do ano passado? No ano passado, meus súditos não eram abatidos na rua".

Ele continua sem dizer nada. Temos que confiar que o vendaval de autocomiseração se extinguirá, e imediatamente ele termina. Henrique se apruma. "Há trinta mil homens leais avançando para a cidade." Pontefract, ele quer dizer. "Não tema, milorde. Logo ela estará de volta às nossas mãos."

Henrique pousa a mão em seu ombro. Naquela palma ungida, há *vertu*. Uma vez consagrado, um rei pode curar. Então por que ele não se sente curado?

Quando eles se curvam e se retiram, mestre Wriothesley diz: "O senhor ficou perdido ali, eu acho. Não disse nada, meu amo".

Ele responde: "Deixe o rei por algum tempo e ele mesmo começará a se animar. Não devemos apertá-lo, Me-Chame. Ele não lhe disse isso?".

Quando ele vai à Torre para ver Barnes, é sem a armadura: ela pode deter um punhal, mas não teria salvado Packington, e por que salvaria a ele? Nenhuma couraça além de Jesus, e Thomas Avery como secretário. É outro dia de neblina e, à tarde, ela ainda não se dissipou: a chuva está apenas protelando, mas o ar está úmido como se a tarde tivesse sido esfregada com caracóis.

Barnes está imerso em seus livros, mas, ao ruído da chave, ele salta alarmado: um volume despenca para longe dele, ele tenta agarrá-lo e depois o levanta do chão e se põe de pé com o rosto vermelho.

"Estão cuidando de você?"

Barnes cai de volta em seu banco. "Toda vez que ouço passos na entrada, meu coração..." Ele bate na mesa, um ritmo falhado. Ele vê que lorde Cromwell não está sozinho: "Quem é esse?".

"Um bom cristão. Então pode ficar à vontade."

"À vontade?" Barnes ri.

Avery diz: "Essa custódia é para sua proteção".

"Acham que sou eu quem precisa de proteção? E quanto ao Cromwell aqui? Talvez todos devêssemos pôr uns aos outros sob custódia?"

"Assim que meu amo tranquilizar a cidade, o senhor estará livre."

Barnes volta a si, arrumando os papéis diante dele. "A maioria dos homens não acreditaria em você. Mas seu amo disse o mesmo quando prendeu Wyatt — 'em breve estará livre'. E ele manteve sua palavra. Mas por que ele se desdobrou por aquele sujeito tão atrevido, não consigo imaginar. Wyatt não é um promotor da causa de Deus."

"Mas ele não é papista", responde Avery. "Ele viu as maneiras deles na Itália."

"O papa vai desencadear seu terror agora", diz Barnes. "Isso é só o começo. Onde está aquele ingrato do Pole? Ou vocês o perderam de vista?"

"Ainda em Roma. Dizem que Farnese o aloja acima da sua própria câmara, e pretende fazer dele um cardeal."

"Ele deveria recusar", diz Barnes.

"Alguém já se recusou a ser nomeado cardeal?"

Barnes responde: "Pensei que teriam feito alguma maldade contra ele semanas atrás, quando estava em Siena. Se Thomas More ainda pode estender a mão para golpear Tyndale, estando ele próprio morto, então creio que você, sendo um homem rápido e vigoroso, poderia derrubar Reginald".

Ele responde: "Gosto que minha vida seja repleta de interesses, padre Barnes. Matar não me interessa nem um pouco. E o coração de Reynold nem sempre esteve corrompido".

Assim que ele desenreda as conspirações dessas pessoas — desatando-as com uma mão casual e deliberadamente olhando para o outro lado —, elas insistem em se enredar de novo e em assobiar e gritar até chamar sua atenção. Margaret Pole, a mãe do renegado, está em seu castelo em Warblington: muito perto da costa para nosso conforto. Ele a imagina numa torre com um espelho, sinalizando para os barcos no mar, que aportam e descarregam o inimigo. Se é preciso apenas um homem para matar um membro do Parlamento, também é preciso apenas um para matar um rei; seu coração pode explodir como um coração plebeu. O local em que Packington morreu fica a cinco minutos do portão da casa citadina de Margaret Pole; quem sabe se o assassino saiu de trás dos muros dela?

Barnes diz: "Ouvi dizer que Henrique alardeou bravura perante os enviados dos Peregrinos, mas que, em privado, ele tem muito medo".

Na verdade, tudo o que pôde fazer foi impedir que Henrique se desculpasse com os enviados, que vieram para Windsor e voltarão sob salvo-conduto. O rei declarou a eles que, contrariamente à crença dos rebeldes, ele tinha tantos conselheiros nobres agora quanto no início de seu reinado: ele se ofereceu para nomeá-los, conde por conde, barão por barão, para que os homens do Norte pudessem contar por si mesmos. Esse não é o caminho a seguir, ele pensara. Mas, ao comando do rei, ele se recolheu e deixou o campo livre para que seu soberano exercesse seu encanto.

Ele diz a Barnes: "O rei acredita que seus súditos são leais por amor a ele. Por natureza, ele não é inclinado a acreditar que eles conspiram".

"Mas você o está treinando para acreditar nisso?"

"Só um tolo vê tramoias onde não existem. Qualquer crime pode começar por impulso — um homem precipitado, um homem furioso, um tolo que se perde na bebida. Mas um impulso não sustenta uma rebelião. Nem alguém pode se rebelar sozinho. É preciso premeditação. É preciso confederação. Pela natureza da coisa, há conspiração."

"Então Henrique precisa aprender a conter sua boa natureza", diz Barnes. "A menos que você o ensine a dirigi-la aos nossos amigos germânicos. Ou aos pastores suíços. Thomas, toda a boa vontade deles está se esvaindo. Eles estão cansados de conversas sem resultado. Toda chance de aliança está aí, se chegarmos a um acordo sobre a doutrina. Mas, sem ajuda, a Inglaterra cairá."

Imagine Albion: um navio solitário no oceano, os pés de sua tripulação perpetuamente úmidos. O vento adverso, a tempestade soprando, os portos fechados contra ela por correntes esticadas nas saídas do porto. O povo ignorante e místico do Norte diz que Henrique é o Mouldwarp, o rei que foi e o rei que será. Ele tem mil anos, um homem áspero e escamoso, frio como uma fera do mar. Seus súditos o expulsam e ele se afoga nas águas de suas próprias marés. Quando pensamos nele, o medo nos toca na boca do estômago; é um medo antigo, um medo de dragão; vem da infância. Ele diz a Avery: "Pode nos deixar? É para...".

"Minha própria segurança. Eu sei." Avery se curva; ele fecha a porta atrás de si ao sair.

"Um bom jovem", diz ele a Barnes. "Confio nele com minha vida, mas há algumas coisas que ele não deve ouvir."

"Coisas sobre nosso temível soberano", diz Barnes. "Você o teme? Eu, sim. Tanto pelo que ele não fará quanto pelo que ele pode fazer. Por suas hesitações, que nos arruínam."

"Creio que estou fazendo um avanço. Quando entrei no seu serviço, ele pensava nos nossos amigos de Zurique como nada mais que blasfemadores que comem salsicha na Quaresma. E Lutero, ele acreditava que era filho de um demônio e que soltava espuma pela boca quando alguém rezava a missa. Mas o que você deve lembrar sobre o rei — ele foi educado para ouvir os padres e pedir perdão por tudo que faz. Podemos expulsar os confessores e dizer que ele está justificado, mas ele ainda tem um padre na sua cabeça."

"Ele deve estar furioso com você", Barnes diz sem rodeios.

"Sim, embora tente disfarçar. Ele está irritado por ter que me defender porque tenho sangue vil. Mas ele não pode me expulsar. Ou parecerá que permitiu que os rebeldes lhe ditassem ordens."

"É uma garantia débil. Saber que você ocupa um cargo que depende do que eles fazem."

"É tudo o que tenho, Rob." Ele se levanta e se espreguiça. "Vou ver Tom Verdadeiro agora."

"Ah, sim", diz Barnes, "o fornicador. O que eu soube é que ele faz promessas extravagantes a qualquer carcereiro que o leve a Margaret Douglas e o deixe lá por uma hora. Mas os carcereiros riem dele. Não confiam no seu dinheiro."

"Eu deveria dar um jeito de ser preso", diz ele. "Então poderia descobrir uma coisa ou outra."

"Não diga isso." Barnes toca seu crucifixo. "Devo abençoar você?"

"Oh", ele diz, "não se exponha."

Ele começa a rir: sente-se leve, sem couraça, sem elos de corrente, apenas o punhal sob a camisa. Ele removeu Margaret Douglas para o convento de Sion e a deixou sob os cuidados da abadessa. Mas talvez seu amante não saiba disso.

Seu velho amigo Martin está esperando para escoltá-lo. "Lorde Thomas deseja ser poeta, Martin. O que acha?"

"Nem um décimo da inteligência de mestre Wyatt. Nem da sua aplicação à página."

"Está ficando íntimo dos mais elevados da terra."

"Entre os quais eu me considero", Martin diz com reverência. "Embora eu acredite que muito tempo se passará antes que volte a vê-lo aqui."

"Não prefere acreditar que será nunca?", pergunta Avery.

Martin se sobressalta. "Não quis dizer de má-fé. Sou eternamente grato a vossa senhoria."

Thomas Avery desembolsa as moedas habituais para o afilhado de lorde Cromwell.

Tom Verdadeiro, a barba por fazer há dois dias e despreparado para os visitantes, não sabe se deve cuspir nele ou se ajoelhar. Outros homens, melhores, já ficaram perplexos na mesma situação. "Sente-se", ele diz. Avery examina sua pasta e lhe passa um papel. "De Lady Margaret. Posso ler?"

E embora eu esteja dele banida
De sua fala, sua visão e companhia,
Para ira de seu inimigo, todavia
Eu o amo, e nutro minha fantasia.

Tom Verdadeiro salta na direção dele. Ele, Cromwell, estende o braço e o afasta.

"Dê isso!" O Verdadeiro salta contra ele mais uma vez. Ele agarra a gola da casaca do amante e o senta numa banqueta.

Que façam o que quiserem, sua pior maldade,
Tudo o que fazem é em vão,
Pois meu coração rebentará em mil partes,
Antes de alterar minha paixão.

Ele passa o papel de volta para Avery. "Por 'inimigo', acha que ela se refere a mim? Espero que não, considerando que salvei a vida dela. Ela me disse que havia terminado com você, meu senhor, mas parece que não era verdade."

Lorde Thomas dá um pulo. Mas ele está preparado. Mais uma vez, ele o devolve à banqueta. "Espere — eu também tenho um verso seu para ela."

Portanto, adeus, meu tesouro mundano,
Rogo a Deus que, por seu perdão,
Envie a tempo seu desejo e comando,
E que em breve nos saque desta prisão.

Ele ergue uma sobrancelha. "Vai a algum lugar?"

O Verdadeiro está sem ar. Foi um duro soco no estômago.

"Muito bem", ele prossegue, "digamos que você só queria rimar."

"O rei deveria me libertar." O Verdadeiro reapruma sua pessoa amassada. "Do jeito que vão as coisas no Norte, ele precisa de todos os seus homens."

"Todos os homens em quem ele pode confiar."

"Os homens de Yorkshire estão atrás de você. Os abades deles o amaldiçoarão."

"Maldições comigo não têm efeito porque não lhes dou crédito. Eles podem praguejar até pegarem fogo."

O Verdadeiro responde: "Meu irmão Norfolk falará por mim junto ao rei".

"Acho que o duque se esqueceu de você. Ele está ocupado com os rebeldes. Não lutando. Negociando."

"Está?" O Verdadeiro parece mortificado.

"Estamos em menor número no campo. Ele não tem escolha a não ser ceder."

"Ele não cumprirá promessas para homens baixos", diz o Verdadeiro. "Ele não lhes deve lealdade. Assim como o rei não deve lealdade a você, Cromwell. Quanto mais você tentar comprometê-lo com as suas ações, mais ele o detestará. Tenho pena de você, pois não há um caminho de fuga à sua frente. Ele o odiará tanto por seus sucessos quanto pelos fracassos."

O Verdadeiro andou ponderando, enquanto esteve trancado. Ele responde: "Garanto que meus sucessos são os sucessos do rei, ao passo que meus fracassos são só meus".

"Mas você não pode prosseguir sem os Howard", declara Tom Verdadeiro. "Você não pode governar sem sangue nobre. E meu irmão Norfolk prefere lutar num duelo honroso..."

Ele o interrompe: "A honra é um luxo quando alguém está decidido a nos matar. Seu irmão sabe disso. Quanto a você, seus versos horríveis o sufocarão. Não preciso levantar um dedo. Há alguns prisioneiros que eu proíbo de receber papel. Posso proibir para você. Para seu próprio bem, é claro".

Ele se levanta. Avery sai de seu caminho. Na porta, um espírito salta e o intercepta: George Bolena, os braços agarrando-o, a cabeça pesando em seu ombro, as lágrimas escorrendo em seus linhos e deixando um resíduo de sal úmido que dura até que ele possa trocar de camisa.

Na primeira semana de dezembro, qualquer compaixão pelos rebeldes — compaixão que ele reteve pela ignorância deles — já se dissipou. As comunicações deles nas negociações de paz são torrentes vomitadas de insultos e ameaças. Os comandantes são obrigados a excluir Richard Cromwell das sessões, pois os rebeldes não se sentarão com ele. Todos os Cromwell, eles declaram, devem ser mortos ou banidos. O Parlamento não tem autoridade para dissolver as abadias — e, de qualquer maneira, não é um Parlamento real, porque está repleto de interesseiros e bajuladores do rei.

Tudo isso — e eles ainda esperam um perdão geral. Eles conseguirão, porque seus números são muito grandes, ainda que não poupem o próprio rei, lembrando-o de que um príncipe que governa sem virtude pode ser deposto, e que eles não encontram nenhuma virtude em sua adesão a Cromwell. Eles mencionam Eduardo II, Ricardo II: reis assassinados por seus próprios súditos, porque mantinham favoritos, pessoas de alta ambição e baixa moral. Comparar lorde Cromwell, como eles fazem, a Piers Gaveston... quando as diatribes são lidas, alguns conselheiros mordem os lábios, outros desviam o rosto. Porque ninguém se sentiria seguro de rir depois de ver o rosto lívido do rei.

Richard Riche diz em privado: talvez seja um bom argumento para que o rei se apresente aos seus súditos do Norte. Eles logo perceberiam que ele não é o tipo de homem que mantém um catamito. E que, mesmo que fosse, ele não usaria o lorde do selo privado dessa maneira.

Ele responde: não é por nenhum vício antinatural que o povo odiava Gaveston; era porque ele vinha de berço baixo e o rei o tornou um conde. Foi porque o rei o enriqueceu e ele andava em sedas. Mas, por outro lado, ele não era nascido na Inglaterra: isso também pesa entre os ignorantes.

Não riam de Ricardo Riche. Pelo menos, não na cara dele. Ele resistiu bem ao ódio que lhe foi dirigido nas últimas semanas. Ele compreende que há pecados que os governantes podem, talvez devam, cometer. Os mandamentos para um príncipe não são os mesmos que governam seus súditos. Ele deve mentir pelo bem de seu país. Não precisamos de uma tradução do italiano para entender isso.

Os rebeldes o chamam, a ele, lorde Cromwell, de lolardista. É um termo quase extinto, embora, quando ele era jovem, homens e mulheres tenham sido queimados por isso. Ele ouve a voz da mulher no ar, numa brisa soprada de sua infância, "Um lolardista, aquele que diz que o corpo de Deus no altar é um pedaço de pão".

Ele é pequeno; sua barriga está vazia; ele está longe de casa. Maternalmente, ela toma sua mão enquanto a multidão os empurra de um lado para outro, "Fique perto de mim, querido". Ela cutuca os homens na frente deles, a sólida parede de várias costas, e eles abrem caminho para ela, dizendo, "Irmã, cuidado, essa criança terminará pisoteada!".

"Deixem-nos passar", ela diz, "ele veio de longe. Mostrem a ele como a criatura imunda morre, o inimigo de Deus, para que ele tenha uma boa visão e se lembre disso quando for um homem adulto."

Algumas lembranças de sua infância, ele consegue guardar. John em sua cozinha, e até Walter em sua forja, tudo acompanhado pelo cheiro de queimado. Mas quando uma lembrança como essa emerge — e, na verdade, não há nenhuma outra como ela —, ele a esmaga como um homem que mata uma toupeira com uma pá.

O rei diz a seu conselho — saboreando o momento: "Quero convidar nosso líder Peregrino para se juntar a nós no Natal".

Aske? Há engasgos de surpresa — fingidos, já que lorde Cromwell teve o cuidado de preparar os conselheiros. Afinal, a ideia foi dele.

"É Aske quem mais goza de crédito entre os rebeldes", diz o rei. "Eu sondarei seu coração e seu estômago. E ele verá que sou um monarca tão generoso quanto justo."

O único perigo — e não podemos contorná-lo — é que Aske também veja que Henrique não é o guerreiro pujante de dez anos atrás, e que ele leve a notícia de volta a Yorkshire. O rei deseja ser conhecido como Henrique, Espelho da Justiça. Mas talvez ele seja conhecido como Henrique, o Coxo.

Ainda assim: a aposta vale a pena, e não há nada a perder em receber o líder Peregrino. No tempo de nossos antepassados, o rebelde Jack Cade teve seu período de sorte antes de ser esquartejado e ter suas partes devolvidas a seu condado. O rei vai mimar Aske como uma criança. Grandes presentes, grandes promessas: uma corrente de ouro e uma casaca carmim. O rei o deixará assombrado: pode confiar nele para isso. As reações de um homem a Henrique são sua medida, são um espelho de suas fraquezas e vaidades. O homem acredita que está preparado, ensaiou o encontro em sua mente, mas o efeito da presença do rei é tão avassalador que ele é vencido por um temor sagrado, incapaz de pronunciar uma palavra.

"O que devo fazer, senhor?", ele indaga. "Eu não deveria me encontrar com Aske."

"Passe as festas com sua própria gente." O rei acrescenta: "Esteja na sua casa de Stepney. Assim, se eu solicitá-lo, você pode chegar a Whitehall em uma hora".

Ele, o lorde do selo privado, instrui o bispo Gardiner na França a reprimir os rumores que estão rolando no exterior. Não é verdade que Henrique esteja sitiado no castelo de Windsor. Nem que ele, ou qualquer Cromwell, tenha sido esfaqueado até a morte em Londres, na Chancery Lane. Pelo contrário, os Cromwell estão ansiosos pelo banquete. Richard volta do Norte; ele vem com os aplausos de seus comandantes, Suffolk e Fitzwilliam.

Em meados do mês, os exércitos rebeldes estão se dissolvendo. Aske deve vir à corte sob salvo-conduto. Chegam as notícias de que o rei da Escócia pactuou seu casamento com a filha do rei francês; ele e Madeleine se casarão em Notre-Dame no dia do Ano-Novo. A aliança estabelecerá um caloroso acordo entre a Escócia e a França, o que representa grande desvantagem para nós. "O que posso fazer além de lhe desejar felicidade?", indaga o rei. Ele dita uma carta, recusando com um gesto os oferecimentos para expressá-la por ele. "Tendo certo conhecimento... sua determinação e conclusão para o casamento... filha de nosso mais querido irmão e perpétuo aliado, o rei francês... etc. etc.... parabenizo-o no mesmo... desejo que Deus Todo-Poderoso o frutifique e, assim sendo, conceda rebentos...", a voz do rei goteja seu desprezo, "que sejam de sua satisfação e pelo bem-estar, utilidade e conforto de seu reino."

"Bravo, senhor", diz Wriothesley. "Um belo e poderoso fraseado."

O rei responde: "Jaime já tem nove bastardos, que eu saiba".

Edward Seymour: "Majestade, acho que ele não terá nenhum filho com Madeleine. Ouvi dizer que ela está morrendo".

"Então por que a Escócia a quer?"

Ninguém responde. Talvez para possuir uma filha, qualquer filha, de um rei tão majestoso. E para obter cem mil coroas, que é mais dinheiro do que Jaime jamais viu em sua vida. O rei responde: "Vamos ver o quanto ela apreciará a viagem à Caledônia e as maneiras rudes quando ela chegar lá". Mas sua voz anseia por ela: "Dizem que é belíssima...".

"Jaime talvez a tenha cortejado com joias", diz ele, "porque ele não sabe falar a mais simples palavra em francês. Todas aquelas compras não foram à toa."

"Então Madeleine fala escocês?", pergunta Henrique. "Isso não parece nada possível. Você não ia gostar de falar com sua esposa? Ter algum companheirismo com ela? Ainda assim, ele não precisará das instruções dela no quarto de dormir. Ele parece conhecer suas tarefas ali."

Em Stepney, as amoras são humildes joias, vívidas como gotas de sangue. Os muros estão cobertos de galhos de pinheiro, e as grandes coroas de videiras exigem dois homens para levantar e pendurar; elas foram costuradas no outono, quando os galhos ainda estavam flexíveis. As flores das câmaras de secagem são embrulhadas, douradas e enfeitadas de fitas e, à medida que o tempo se torna seco e frio, as salas com janelas se enchem ao amanhecer e ao pôr do sol com fulgurantes luzes encarnadas. Ele estava esperando um dia claro para mandar podar as macieiras, e sai com seus jardineiros. "Não se arrisque nas escadas, senhor. Por favor, afaste-se e vigie a forma enquanto vamos cortando."

O meio da árvore, nós chamamos de coroa. Tiramos todos os ramos que se friccionam uns contra os outros, aqueles que crescem para trás, para dentro, em todas as direções que não deveriam. Afinamos os novos brotos e, à medida que cortamos, buscamos o formato de um cálice. Quando o equilíbrio está correto, cortamos os brotos até formar um botão voltado para fora. Às três da tarde, embora o suor escorra em canais dentro de nossos gibões, nossas mãos estão duras dentro das luvas como torrões e nossas vozes no ar são fracas, como o canto dos pássaros num paraíso distante. Dizemos "terminamos, rapazes", e entramos e aquecemos as mãos em torno de uma cerveja aquecida e condimentada. Passamos por dias nauseantes, dizem os jardineiros. Por favor, Deus, que todos os nossos construtores e cozinheiros estejam de volta conosco para as festas, e mestre Richard em sua glória.

Erguemos uma taça pelos guerreiros que abrem seu caminho para o Sul através dos condados apavorados. Depois cantamos uma canção, fazemos o sinal da cruz e oramos pelas macieiras. Dentro de casa, destrancamos a sala chamada Natal, com suas fantasias de tritões, magos e animais falantes. Montamos as pontas da grande estrela que é pendurada no salão.

O que sobreviveu do ano passado? O jardim de Rafe no alto verão, os gritos voluntariosos do pequeno Thomas saindo de uma janela aberta; o rosto brando de Helen. O embaixador em sua torre em Canonbury, desaparecendo no crepúsculo. A noite caindo sobre a rocha do castelo de Windsor, como na encosta de uma montanha.

Nos becos a poucos passos de onde o mártir Packington morreu, os marinheiros oferecem noz-moscada roubada dos porões de seus navios a três vezes o preço de novembro — o que já equivale ao resgate de um duque. Para mostrar boa vontade sazonal, um grupo de vadios de Londres se lança contra os membros da embaixada francesa que estão desfrutando de uma bebida de Natal no Cock and Keys, na Fleet Street. Eles os perseguem, gritando, "Abaixo os cães franceses!". O dia termina com um francês morto e outro em estado grave por ferimentos à faca.

Carroças e carroças de presentes chegam à sua porta: gordos cisnes, perdizes, faisões. E o embaixador Chapuys, rindo das desgraças dos franceses. Ele o instala numa ceia silenciosa e foge de suas incisivas perguntas sobre o Norte. Não são realmente perguntas; devido a seus vínculos com Darcy e outras almas escorregadias, Eustache provavelmente está mais bem informado do que nós.

"Bem", diz o embaixador, "os adivinhos dos almanaques disseram que este seria um grande ano para segredos."

Ele resmunga. "Maior ainda para as despesas."

"Henrique deve comer sua ceia de Natal de um prato de cobre. Toda a sua prataria foi derretida para as moedas."

Ele dá de ombros. "Temos uma grande hoste a pagar. Foram cinquenta mil recrutas provavelmente, em pouco tempo."

Chapuys não acredita que o rei tenha cinquenta mil homens, mas mesmo assim ele não deixa de calcular as despesas.

"Eu lhe digo, Eustache", ele prossegue, "está muito enganado sobre os ingleses, sobre o temperamento deles. Você fala com as pessoas erradas. Os Pole e os Courtenay não sabem o que está acontecendo, eu sei o que está acontecendo. O imperador se vangloria dos feitos que cometerá aqui quando suas tropas chegarem. Mas Carlos não fará nada, porque é um mau precedente quando um príncipe ajuda os súditos de outro príncipe a se rebelarem. Isso dá ao próprio povo dele a ideia de que eles podem fazer o mesmo."

"Continue pensando assim", responde Chapuys, "se acha confortável."

Eles comem num silêncio contemplativo: carne de veado temperada, marrecos, perdizes e laranjas fatiadas como raios de sol. Um feixe de luz atravessa a neve que cai, abrindo caminho para o ano seguinte. A corte viaja através da cidade de Westminster e a leste a Greenwich, um rastro de escuridão em movimento entre a neve. O Tâmisa é um longo cintilar de gelo: um caminho num deserto congelado, uma trilha para nosso futuro, uma estrada para nosso Deus.

Quando o embaixador o deixa, são três horas e parece muito mais tarde. Ele senta-se no iminente crepúsculo para trabalhar em seus registros, compilar seus memorandos para as primeiras reuniões do conselho no novo ano. Christophe traz vinho para ele num cálice de vidro veneziano. Ele comenta: "Isso pertencia ao cardeal. Eu o comprei do duque de Norfolk".

Ele compra as propriedades do cardeal quando pode, onde quer que as veja, tapeçarias, louças e livros de sua biblioteca: os novos proprietários se sentem tão culpados ao vê-lo que não recusam suas ofertas, às quais ele dá preços insultuosamente baixos. Se as coisas não estão à venda, ele as recupera de alguma forma. Veja essa tapeçaria, sob a qual ele agora se senta, que mostra a rainha de Sabá em cores fortes e fios dourados, seu rosto suave como a face de uma mulher que ele conheceu certa vez. Wolsey era dono dessa tapeçaria; o rei a tomou quando Wolsey caiu: um dia, numa maré de generosidade, o rei o presenteou com ela. Ou melhor, como ele pensa, o rei a devolveu.

"Às vezes", diz ele a Christophe, "sou como você, imagino outras vidas que eu talvez tenha vivido." Se Henrique tem um duplo principesco, talvez ele também tenha um, levando uma vida mais segura em Constantinopla. Comparado a Henrique, um sultão é plácido.

"Eu poderia ter sido um francês como você", ele diz a Christophe. "Eu poderia ter sido um escocês das terras baixas."

Christophe fita a parede. "Se o senhor tivesse desposado aquela dama de tecido." Ele não está falando da rainha de Sabá: isso teria sido mais escandaloso que casar com a princesa Maria. Ele se refere a Anselma, a viúva de Antuérpia cuja imagem se imiscuiu na tapeçaria. Talvez não seja tão surpreendente encontrá-la ali. Um artista precisa de modelos. Talvez o homem que fez o desenho tenha passado por ela um dia, correndo com uma mensagem para o cais, ou a tenha vislumbrado quando eles saíram ao mesmo tempo da missa da igreja de Onze-Lieve-Vrouwe, e pensou: quem é aquela viúva roliça, de braço dado com aquele inglês que parece uma lajota?

Ele diz a Christophe: "Pode trazer *O livro chamado Henrique*? Acho que vou escrever meus pensamentos. E mais luzes, por favor".

"Não deixe de cear", diz Christophe. Ele vê como os membros de sua casa estão tentando cuidar dele. Vocês me papariacam, ele diz, como se fossem meus padrinhos.

Ele pega sua pena. Deus abençoe o trabalho.

Não se pode antecipar ou conhecer completamente o rei. Thomas More não compreendeu isso. É por essa razão que estou vivo e ele está morto.

Este não é um livro que se possa levar ao impressor. Deve ser para os olhos de poucos.

Seus inimigos irão contradizê-lo continuamente e o culparão pela má conduta alheia ou pelo simples infortúnio. Poupe seu fôlego: qualquer exculpação vem tarde demais. Não se deixe enfraquecer pelo arrependimento nem permita que o arrependimento enfraqueça o rei. Às vezes, um rei deve agir com informações imperfeitas e depois santificar seus impulsos.

Ele pensa: suponha que eu caia doente e esteja prestes a morrer? O que eu faria com o livro nesse caso?

Não tenha medo de pedir o que deseja. Peça e lhe será concedido: mas primeiro estipule o custo. O rei deseja parecer magnânimo ao menor custo para si mesmo. Essa é uma posição razoável para um governante adotar.

Eu poderia deixá-lo para Gregory ou para meu sobrinho ou para Rafe Sadler. Mas não vou deixá-lo para Ricardo ou Me-Chame. Duvido que haja muita coisa que eu possa ensinar a eles. Ou muita coisa que eles possam aprender.

O rei acredita que, mesmo que não fosse rei, ele ainda seria um grande homem. Isso é porque Deus gosta dele.

Ele precisa ser apreciado e precisa estar certo. Mas, acima de tudo, ele precisa ser ouvido, com muita atenção.

Nunca entre numa disputa de vontades com o rei.

Não o lisonjeie. Em vez disso, dê-lhe algo pelo qual ele possa receber crédito.

Faça-lhe perguntas para as quais você sabe as respostas. Não faça a ele o outro tipo de pergunta.

Este ano tem sido o que todos os anos são: um longo dia do rei, desde sua primeira agitação matutina até a hora de dormir. No entanto, ele se aglutinou num momento singular, como o vidro concentrando os raios do sol. O tempo se destilou numa única batida do coração, o instante do corte: o francês com sua espada, seu movimento perfeitamente calibrado. Depois, as mulheres erguendo as mãos, os dedos rígidos de asco; dobrando as costas, carregando o cadáver, as lágrimas brilhando em suas faces.

Nas histórias antigas, um grande espelho é posto diante do palácio do rei. É tão largo quanto o céu, e três mil guerreiros o guardam. Chega-se a ele por vinte e cinco degraus de pórfiro e serpentina. Mesmo à noite, eles o guardam, quando ele reflete apenas um reino coberto de trevas, e talvez os tênues contornos de uma estrela.

> Mantenha seus olhos abertos. Lembre-se de que ele é um rei primeiro e um homem depois. Foi nisso que Ana errou. Ela começou a pensar que ele era apenas um homem.

Ele ergue os olhos. A sala está vazia, exceto por aqueles que não contam. Nesses momentos, o fantasma de Wolsey entraria, espiaria por cima de seu ombro e lhe diria o que escrever, grandes mãos brancas com seus anéis cintilantes pesando em seus ombros.

Às vezes, ele precisa imaginar como teria sido, se os córnicos tivessem vindo para Putney, berrando, babando e pisoteando tudo em seu caminho. O pai de Sion Madoc dissera a ele: "Eles pegam uma criança como você e a assam no espeto". Ele riu e disse: "Eu vou espetar a bunda deles". No escuro de seu coração, ele desejava que viessem, ele queria ouvi-los marchando. Ouça, e você não precisa imaginar. Que o rosto do gigante lidere o levante; ou apenas veja o topo da cabeça dele e assim você não precisa mais pensar nele, não precisa imaginá-lo, você já sabe o pior: caminhe com ele por uma milha de sangue, enquanto ele despedaça os vizinhos e atira seus membros nas valas.

E depois? Ou ele mata você, ou você é um dos que restam, catando retalhos de Putney e juntando-os em cestas.

> Não vire as costas ao rei. Isso não é apenas uma questão de protocolo.

Ele está prestes a fechar o livro, mas molha a ponta da pena e acrescenta uma linha final:

> Tente se manter alegre.

Parte 3

I.
Os campos de quarar

Primavera de 1537

Quando você se torna um grande homem, conhece parentes que nunca soube que tinha. Estranhos aparecem à sua porta alegando saber mais sobre você do que você mesmo. Dizem que seu pai os ajudou durante seus infortúnios — improvável — ou que sua mãe, que Deus a tenha, conhecia bem a mãe deles. Às vezes eles afirmam que você lhes deve dinheiro.

Assim, certo dia, ao ver uma mulher que lhe parece familiar numa multidão de peticionários, ele pensa que se trata de uma Cromwell de algum tipo. Ao vê-la de novo no dia seguinte, e sendo ela aparentemente desprovida de um protetor, ele manda trazê-la.

Ela é uma mulher jovem, robusta, sóbria. Boa lã, ele pensa, examinando seu vestido. Ele não olha para ela, pois olhar para as mulheres o coloca em apuros. "Lamento que tenha sido obrigada a voltar por dois dias seguidos. Como vê, metade da Inglaterra está lá fora."

"Foi uma espera mais longa do que o senhor imagina." Seu inglês é fluente, seu sotaque, da Antuérpia. "Eu vim do outro lado do mar, da casa de Meester Vaughan."

"Deveria ter dito isso antes, teria sido admitida na mesma hora. Tem uma carta?"

"Nenhuma carta."

Mensagens que não podem ser postas por escrito geralmente são más notícias. Mas ela parece imperturbável: seus olhos passam pelo brasão dele pintado na parede e pelo conjunto de pinturas feitas pelos aprendizes de Holbein. "Quem são esses?"

"Príncipes da Inglaterra."

"Vocês se lembram de tantos assim?"

Ele ri. "Eles faleceram há muito tempo. Nós os inventamos."

"Por quê?"

"Como um lembrete de que os homens se tornam pó, mas o reino continua."

"O senhor gosta de pensar nos velhos tempos?"

"Creio que sim." Prefiro a história geral, ele pensa: na minha própria vida e época, certos temas devem ser evitados.

Suas perguntas são simples, suas maneiras são francas e certamente sua mensagem não é nada — alguns mexericos da Antuérpia, triviais demais para um mensageiro. Ainda assim, ele está interessado em recolhê-los. "Christophe, vinho para essa jovem dama — aceita alguns biscoitos com especiarias, algumas passas? Uma maçã?"

"Foi comendo uma maçã que o pecado veio ao mundo." Mas ela sorri quando diz isso e, ao se sentar, ergue os olhos para a rainha de Sabá na parede atrás dele: onde a rainha, com sua expressão bondosa e o modesto diadema, oferece uma taça ao mais sábio dos reis.

Os olhos dela saltam para o rosto dele. Ela parece chocada. "Onde conseguiu essa tapeçaria?"

"Nosso rei me deu. Pelos meus serviços."

O olhar dela volta à imagem. "E onde ele conseguiu isso?"

"Do meu patrão, Wolsey."

"E onde ele conseguiu isso?"

"Bruxelas."

Ela parece estar calculando o valor. "Então não foi o senhor mesmo que mandou fazer?"

"Na época, isso estava além dos meus recursos. Nem sempre fui um homem rico. Veja que são Sabá e Salomão. A senhorita conhece as Escrituras, suponho."

Ela responde: "Eu também conheço minha mãe".

A taça na mão dele fica a meio caminho dos lábios.

Ela prossegue: "Eu sou filha de Anselma. Não sei como ela foi parar nessa tapeçaria, mas podemos fazer essa pergunta algum outro dia".

Ele se levanta. "A senhorita é bem-vinda. Eu nem sequer sabia que aquela dama tivera uma filha. Também me pergunto como pode ser que a imagem dela tenha ido parar nessa tapeçaria. É por causa dela que sempre cobicei essa peça. Eu passava horas olhando, e um dia o rei me disse: 'Thomas, creio que essa dama deveria ir morar com você'." Ele se vira para ela, sorrindo. "Então seu pai deve ser..."

Ele sabe com quem Anselma se casou, depois que ele a deixou para voltar a Londres. Ele conheceu a casa bancária do homem, sua família. No entanto, o nome dele sempre ficou preso em sua garganta.

Ela diz: "Conheço o cavalheiro que o senhor menciona. Minha mãe se casou com ele depois que eu nasci".

Ele franze a testa. "Então ele não é seu pai?"

"Não", ela diz. "É o senhor."

Ele baixa a taça.

"Olhe para mim", diz ela. "Não reconhece a si mesmo?"

A maçã partida segue no prato dela; ele estuda sua casca verde; estuda o prato por baixo dela, azul e branco, italiano, o desenho meio escondido pela fruta. Sua mente completa a imagem oculta.

Ela diz: "Eu vim porque soube por Meester Vaughan que houve uma revolta aqui e que o senhor estava ameaçado por certos peregrinos. Eu queria vê-lo, mesmo que fosse apenas uma vez".

Ele se lembra de sua filha Anne, seguindo-o escada acima, sua pequena forma robusta e balouçante, suas mãos gordas se oferecendo. Ele diz: "Minhas filhas estão mortas".

"Eu soube."

Por Vaughan, é claro. O que mais ele teria dito a ela? E o que menos? Ele pergunta: "Como isso é possível?".

"Segredos podem ser guardados."

"Evidentemente." Segundo a experiência dele, segredos não se guardam. Talvez aquele país plano e aquoso vaze menos que este.

Ela diz: "O desejo da minha mãe era que o senhor não fosse importunado depois que saísse da Antuérpia. Quando eu perguntava a ela 'Onde está meu pai?', ela dizia 'Atravessou o mar'. Quando eu era pequena, pensava que o senhor era um daqueles homens que navegavam para as terras recém-descobertas e traziam tesouros de volta".

Ele se vira de costas para respirar por um momento e recompor o rosto. Ele olha para a tapeçaria como se nunca a tivesse visto: como se ele fosse obrigado a desfazê-la e sobretecê-la. É comum mostrar Sabá olhando para Salomão. Hans, por exemplo, fez uma imagem em que o monarca veste o rosto e as roupas de nosso próprio rei, e o espectador vê a parte de trás da cabeça de Sabá. Mas Anselma nos encara abertamente; ela deu as costas ao israelita, como se, por trás de seu sorriso, houvesse tédio.

Ela diz: "O senhor está pensando que não sou muito parecida com minha mãe".

Mais parecida comigo, pobre menina. "Você compreende que, até esse momento, eu não sabia de sua existência?"

"Eu choquei o senhor. Sinto muito."

"Você precisa me dar um tempo para compreender... Sua mãe a deu à luz depois que eu cruzei o mar e jamais me disse uma palavra?"

"Foi a decisão dela."

"Mas por que ela não escreveu, quando soube da sua condição? Por que suportar isso sozinha? É claro", ele suspira, "você não tem como responder a isso. Esses assuntos não são discutidos com os filhos, não é? Mas eu teria voltado. Eu teria me casado com ela. Diga a ela..."

"Minha mãe está morta. Teve um resfriado no peito neste inverno."

Durante a pausa, ele consulta seu coração: ele não registra nada, exceto o traço da pena que, no Livro da Vida, risca discretamente o destino final de alguém. É o destino de uma mulher que ele conheceu em outro país. E ela também não era jovem.

Sua filha diz: "Minha mãe sempre falou bem do senhor. Embora ela não falasse muito. Ela dizia, Jenneke, não quero que ele a considere um erro pelo qual tem que pagar; ele era um jovem longe de casa, e eu, uma viúva, e nós dois queríamos companhia. Mas, como o senhor disse, uma criança nunca sabe a totalidade desses assuntos, e é por isso que vim descobrir por mim mesma que tipo de homem é o senhor. Está contente em me ver?".

"Estou abismado", ele responde. "Como eu poderia ter uma filha e não saber? Como ela escondeu você durante a gravidez?"

Ela dá de ombros. "Como as mulheres fazem. Ela foi embora. Fez uma viagem. Eu nasci em outra cidade."

"E ela se casou com o banqueiro."

"Sim, foi uma oportunidade de ouro para ela. Ele era um homem bondoso e não lhe fez nenhuma repreensão, mas ele tinha filhos com sua primeira esposa, não precisava da filha de um inglês. Eu fiquei com as freiras, que foram boas para mim. Depois minha mãe me levou para Stephen Vaughan. Ensine inglês a ela, minha mãe pediu, para quando for a hora."

Quando fosse a hora do segredo vir à tona. "Se Stephen sabia de tudo, como pôde não me dizer nada?" Cada palavra que ela diz parece aprofundar a perplexidade dele. Embora ele já tenha ouvido falar de casos como esse, claro. Homens como ele, que foram viajantes; homens como ele, que não são santos celibatários: um dia, eles estão tratando de seus afazeres legais e há uma batida na porta e "Adivinha quem é?". Era uma piada com o cardeal, que dizia que ele havia gerado bastardos em toda parte; sempre que aparecia algum rufião atarracado, Wolsey dizia: "Veja, Thomas, um dos seus".

Não é brincadeira agora. Ele pergunta: "Sabia que Stephen Vaughan está aqui em Londres?".

"Ele me repreenderá", diz ela. "Ele pretendia escolher um bom momento para lhe contar pessoalmente. Ele dizia, Cromwell está subindo na vida, ele tem o favor do rei; ele defende o Evangelho, protege nossas irmãs e irmãos, e não devemos botar lenha na fogueira. Ele dizia, os inimigos não se furtam de usar nenhum impropério para fustigá-lo, e se souberem de você, Jenneke, também vão chamá-lo de proxeneta."

"É verdade", ele responde.

"Mas ele também dizia, você não quer ser freira, Jenneke, as freiras estão acabadas; então é hora de casá-la. E seu marido precisará saber quem você é, ou não poderemos conseguir mais que um partido ruim — você é uma bastarda, mas não é qualquer bastarda. Temos que sondar o senhor seu pai, temos que prepará-lo. Mas então começou essa confusão. E eu não quis esperar mais."

Quando ele estendeu as mãos para ela, ela não se ergueu para tomá-las; ela se conteve em seu assento e conteve seu semblante, e ele a admira por isso. Ele procura por Anselma nela, mas só encontra a si mesmo. Ele pensa, por que você não veio logo? Houve um tempo em que eu era outro tipo de homem. Houve um tempo em que eu entrava na minha própria casa e subia as escadas cantarolando. Mesmo no ano passado, eu era diferente, antes de conhecer a filha de Wolsey: antes que ela me cortasse pela raiz e que a ferida se fechasse numa cicatriz.

Ele pergunta: "Sua mãe teve mais filhos? Com o banqueiro?".

"Não. Mas não lhe faltava nada. Nem a mim. As freiras me ensinaram o que uma mulher precisa saber. Posteriormente, muitas delas, que eram mulheres sábias, leram os livros de Erasmo, seu Novo Testamento, e ficaram ainda mais sábias. Talvez o senhor o tenha conhecido?"

"Não, eu não. Só conheço seus livros. Embora ele tenha vindo a Londres e ficado com Thomas More. Ficou mais tempo do que o anfitrião desejava, dizia Lady Alice."

"More teve uma esposa?" Ela digere isso. "Eu achava que ele era algum tipo de monge." Ela pousa o prato; comeu a maior parte da maçã, então agora o prato mostra a paisagem azul da cidade abaixo: campanários, torres acasteladas, pontes sobre águas rápidas. Ele falou de More sem pensar — hoje em dia, o nome anda pelos lábios de todo mundo, quase não parece que o homem está morto; ouvindo os mexericos sobre ele, quase esperamos encontrá-lo andando pela Cheap. "Você é uma mulher da Bíblia?"

"Eu fui instruída."

"E você sabe — perdão, eu não sei o que Stephen lhe disse —, mas você sabe que essa é minha causa, é meu principal empreendimento..."

"As Escrituras em inglês. Estou ciente." Ela diz: "Meester Vaughan me disse que seu pai era cervejeiro e também comerciava lã, que tinha um bom negócio e era conectado a uma boa família chamada Villems, que era favorável à lei".

"Williams", ele corrige. "Nós dizemos assim." Ele pondera. "Tudo isso é verdade."

O suficiente foi dito, talvez? Ela não precisa saber de Walter.

"Essas pessoas ajudaram o senhor a conseguir sua fortuna? A família Williams?"

Ela aprende rápido. Ela já parece menos estrangeira do que quando entrou na sala. Ele diz: "Wolsey me ajudou. Mas talvez Stephen não tenha contado quem foi Wolsey".

"Um prelado mundano. Morto."

"Está vendo meu brasão, pintado ali na parede? Aqueles pássaros pretos são chamados de corvos. Eles eram o emblema do cardeal."

"Os inimigos dele não se enfurecem em vê-los?"

"Sim. Ah, sim. Mas, veja bem, eles têm que trincar os dentes e reprimir suas pragas. Eles têm de baixar a cabeça e suportar, e dizer, 'O senhor, eu espero, está gozando de boa saúde, lorde Cromwell?'. Eles têm que armar um sorriso para mim. E dobrar o joelho."

"O senhor tem orgulho." Ela o observa. "Sua pessoa tem muito boa aparência e eu aprecio muito sua casa. Disseram-me, seu pai é o cidadão mais importante de Londres. Eu não acreditava, mas acredito agora. Passei um ou dois dias do lado de fora. Queria vê-lo e julgar por mim mesma."

Isso soa razoável. "Fico lisonjeado por você ter decidido entrar."

"Quem não teria curiosidade em conhecer uma grande casa? Ainda mais se seu pai está dentro dela."

Ele sente que deveria fazer alguma declaração, algum pedido de desculpas — alguma longa explicação, pois nem tudo é o que parece —, mas ele já está ouvindo passos e vozes do lado de fora de sua porta, seu pessoal deve estar pensando que essa jovem já tomou o suficiente de seu tempo. Ele prossegue: "Quando trabalhamos para Henrique Tudor, não há escolha quanto à própria aparência. É preciso ser um cortesão, não se pode parecer um secretário. E às pessoas comuns, do lado de fora do portão, é preciso mostrar que contamos com o favor do rei. Elas só entendem o que veem diretamente. Se não fazemos essa exibição, elas nos tomam por nada".

Ele quer que ela saiba, eu era feliz vestindo o preto da advocacia. Mas isso é verdade? Ele pensa, eu o usava como disfarce. Não significa que eu estivesse satisfeito. Eu não comprei um gibão de cetim púrpura, muito antes do cardeal cair?

A porta se abre. É Thomas Avery. Ele encara a visitante. "Cristo do céu, Jenneke, o que está fazendo aqui?"

"Thomas Avery, essa é minha filha."

O jovem está parado com uma pasta no peito, os olhos sobre Jenneke. "Eu sei."

Depois que Jenneke vai embora, ele chama Avery e pede que se sente; ele lhe daria uma maçã, se Avery quisesse uma, até porque aquelas são ótimas maçãs da Cartuxa. "Não estou furioso", ele começa. "Vamos, Thomas Avery, você é um menino de Putney, minha gente conhecia sua gente, temos que ser diretos um com o outro."

"Nada disso é verdade", responde Thomas Avery, cauteloso. "A gente de Putney é tão desonesta quanto em qualquer outro lugar. É pior."

"Eu quero dizer que temos que ficar à vontade um com o outro."

Avery o observa como se dissesse, você tem alguma ideia do quanto isso é impossível?

"Você a viu, não viu? Na casa de Stephen, quando eu o enviei para aprender o ofício dele? Você voltou e falou sobre ela. Jenneke, você disse. O nome passou tantas vezes pelos seus lábios que eu achava que você estivesse apaixonado por ela."

Avery não responde. Suas mãos seguem imóveis, desocupadas.

"Pensei, vamos arranjar isso para Avery — mesmo que ela seja uma órfã sem dinheiro, Stephen e eu vamos dar um jeito. Mas depois você parou de falar da moça e eu pensei — Deus me livre —, pensei que talvez ela tivesse morrido e, portanto, eu tampouco voltei a falar dela. Esperei pelas notícias. E agora..."

Ele sente que está buscando a verdade, mas que não consegue apanhá-la. Uma coisa morta que se revela viva: é como se Anselma fosse uma daquelas estátuas que os monges guardam e que mexe os olhos, girando-os nas órbitas; ou que erguem a mão de madeira para ajustar seu manto celeste.

Avery responde: "Sir, voltei da Antuérpia com a imagem de Jenneke gravada na minha mente, tão clara como se ela estivesse diante de mim e, nesta mesma sala, eu medi o senhor, estudei suas feições, atravessei o mar novamente e estudei as feições dela. Dá para ver que ela se parece com o senhor, não pude deixar de perceber. Eu fiz a pergunta a mestre Vaughan. Ele disse, Avery, você tem razão, mas seja muito sigiloso. Compreendi que havia invadido assuntos particulares. Vaughan disse, não vou pedir que você faça um juramento, pois isso não deve ser feito exceto em casos muito graves, e suponho que essa história virá à luz um dia — mas que não seja por você".

"E você guardou meu segredo. Que eu mesmo não conhecia." Ele observa Avery. "Bem, se você consegue guardar um segredo, conseguirá guardar outro." O rapaz entra em ação, buscando papel, mas ele mostra a palma da mão: "Sente-se e ouça. Eu lhe direi onde está meu dinheiro".

Avery está surpreso. "Bem, senhor, eu converso com seus beneficiários e seus fiscais. Seus funcionários respondem a mim. Se eles estivessem escondendo algo, eu saberia."

"Eu louvo sua diligência. Mas há outros fundos."

"Ah." Avery pensa a respeito. "No exterior?"

Ele inclina a cabeça.

"Por quê?"

"Para quando o dia chegar."

"Mas o rei não disse — eu lhe peço perdão, senhor, mas a cidade inteira está falando disso — 'não me afastarei do meu lorde do selo privado, por nenhum homem na face da Terra'?"

"Foi o que ele disse."

Avery baixa os olhos para os pés. "Sabemos do amor que sua majestade lhe tem. Vemos seus frutos diariamente. Mas tememos que o país se levante de novo e quem sabe que giro dará o mundo? Não que duvidemos do nosso soberano, da sua palavra — mas alguém já esteve em maior favor que meu lorde cardeal em seus tempos?"

"Tenho o exemplo dele sempre comigo." Mas não sua fantasmagórica presença: não desde Shaftesbury. "Então, se um dia o duque de Suffolk e o duque de Norfolk entrarem aqui, rompendo minhas trancas e arrebentando meus baús, destruindo como os demônios no saque a Roma, eu quero você, Thomas Avery, já na outra ponta da rua, e não perguntando, 'O que estão fazendo?'. Não pare nem mesmo para amaldiçoá-los, apenas corra. Assim que receber uma carta no exterior, procure os nomes que eu lhe disser. Depois, se Henrique puser as mãos no que é meu, ele pensará que tem tudo, mas ele estará — não vamos dizer que ele estará enganado, pois eu não enganaria meu rei —, digamos que ele estaria menos que plenamente informado." Ele observa Avery. "Pode fazer isso? Ou a tarefa é pesada demais?"

O rapaz assente.

"Ótimo." Porque Richard é muito temperamental para tamanha tarefa post mortem. E é sabido que Rafe conhece todos os meus assuntos, ele pensa, e não quero que ele tenha que dividir sua lealdade, pois agora ele é servo do rei e deve responder ao rei. Ele diz: "Gregory ainda é jovem. Ele precisaria de ajuda. E agora parece que tenho uma jovem a quem prover também".

"Para onde ela foi, senhor?"

"Procurar Vaughan. Eu me pergunto o que ela lhe dirá."

Ele ficaria feliz em ter Avery em sua família. Mas ele não está mais livre — Avery se comprometeu com a filha de Thacker, o administrador. Eles se mantêm próximos, os meninos de Austin Friars: talvez reste algum deles para sua filha se casar. No entanto, algo nos modos de Jenneke indica que ela não veio para ficar. Ela veio para satisfazer sua curiosidade e pôr os olhos no pai que é um grande homem. Talvez, quando criança, ela esperasse que o navio dele chegasse pelo Scheldt. Mas aqueles dias terminaram há muito e a infância acabou.

O salvo-conduto de Aske estará em vigor até a Noite de Reis. Em Greenwich, durante a época de Natal, o rei solicitou ao líder rebelde que escrevesse um relato dos ultrajes no Norte — desde o primeiro sinal de problemas no outono até sua jornada de inverno sob a bandeira da trégua.

Por dois ou três dias Aske dedica-se à tarefa, sustentado por carne de primeira, clarete e lareiras abundantes. Os textos são entregues a meu lorde do selo privado. Ele passa as festas lidando com cartas de Calais, onde a população foi aumentada por um fluxo de homens e suas famílias que vinham de territórios além da jurisdição inglesa, mas demandavam tornar-se habitantes da Inglaterra. Os grãos estão escassos neste inverno e o arenque sai por quatro a um centavo; portanto, algum plano terá de ser feito para alimentar a cidade. Não adianta esperar que o governador faça isso. Lisle não é capaz de cozinhar um ovo.

Meu lorde do selo privado deixa de lado suas cartas para ler o conto de Aske sobre os Peregrinos. "Que livrinho maravilhoso", ele diz ao final. "Eu me pergunto como um advogado pode ser tão livre com a tinta." Aske fala de si mesmo como um homem num livro de histórias. "O dito Aske", ele se chama. Ele diz o que fez na rebelião, mas não diz o porquê.

"Aske viu o rei", diz meu lorde do selo privado. "O rei viu Aske. Ele cumpriu seu propósito. Agora o levem de volta a Yorkshire."

Aske deve ser levado imediatamente, com a oferta de perdão geral do rei, a fim de anular os rumores que dizem, por um lado, que ele foi enforcado e os que, por outro, dizem que ele foi promovido a um alto cargo. Nenhum súdito leal poderia recusar o Natal com seu rei. Mas a visita o compromete: os homens de York facilmente acreditarão que a corte o comprou. Em todo caso, é inútil acreditar que Aske sozinho poderia comandar cidades e condados. O estandarte das cinco chagas foi visto na Cornualha, onde dizem que foi levado por um grupo de verdadeiros peregrinos, que atravessaram todo o país a pé até o santuário de Walsingham, em Norfolk.

Isso não demonstra a natureza do ofício de peregrino? Na visão de meu lorde do selo privado, ninguém obtém coisa alguma indo de condado em condado para rezar. Você pode rezar em casa. Custa menos, você não é roubado na estrada e não espalha doenças nem as leva de volta à sua região de origem. Além disso, Walsingham é inútil, diz o rei. "Fui lá para orar pelo filho que tive com Catarina, mas ele viveu apenas dois meses. Ainda assim, Jane queria ir. As mulheres são fantasiosas e têm fé nos santuários. Ela rezou para seu ventre frutificar, mas... Aí está", diz o rei. "Nada aconteceu ainda."

Como parte de sua oferta de paz, o rei se comprometeu a fazer uma viagem ao Norte. Na Festa do Divino, em York, ele abrirá um parlamento e coroará Jane: ou na Festa de São Miguel, no mais tardar. A Convocação também ocorrerá em York, para que a Igreja do Norte possa dar sua declaração sobre como adoramos a Deus, em vez de ser silenciada pela Cantuária e comandada sobre o que pensar e como orar. Antes da viagem do rei, o duque de Norfolk chegará para garantir a ordem e impor justiça a quem violar a paz recém-estabelecida. Norfolk terá o título de tenente real e não levará um exército, mas apenas seu séquito ducal. Enquanto isso, os cavalheiros que participaram dos distúrbios, voluntariamente ou não, são convocados à presença do rei para dar suas explicações e receber seus perdões homem a homem.

Mas quando o Norte se esvazia de seus principais líderes, cada curtidor e açougueiro se lança à frente, inscrevendo proclamações rebeldes e pregando-as nas portas das igrejas. O conde de Cumberland escreve que é perigoso para um mensageiro ser interceptado com uma carta endereçada a Cromwell — qualquer que seja o conteúdo, ele será assassinado. Os confrontos são ferozes, no púlpito e na prensa, no salão das guildas e na praça do mercado: impropérios, cartazes, brigas. Mensageiros reais e até arautos são atacados nas estradas; seus cargos não são respeitados. As ofertas do rei, como atenderam às demandas imediatas dos peregrinos, foram suficientes para comprar uma trégua. Mas, com relação ao pedido deles de voltar o tempo para trás, nada foi feito e nada poderá ser feito.

A Coroa está inquieta quanto à sua renda este ano; ele, o lorde do selo privado, reúne-se com o Tesouro para sondar as profundezas do déficit do Norte, onde os impostos de setembro passado ainda estão por serem pagos. Rafe Sadler parte em meados de janeiro para uma missão na Escócia — ele encontrará a irmã de nosso rei, Margaret, que está tentando anular seu terceiro casamento. Na estrada, ele vê o quão instável é a paz do rei. Em Darlington, quarenta homens com clavas se aproximam e se postam às portas de sua estalagem, sem boas intenções. "Então Rafe finalmente está passando por um momento perigoso", comenta meu lorde do selo privado. "Ele achava que sua vida era muito tranquila."

Rafe conversa com os homens de Darlington, dirigindo-se a eles pela janela de sua estalagem, tremendo com o vento cortante: fora das vistas, abaixo do peitoril, ele segura uma adaga. Por sorte, eles não sabem que Rafe é como um filho para Cromwell, senão o arrastariam para fora e dariam cabo dele. O pior está à frente, ele teme, os escoceses. Além disso, a experiência o ajuda: quarenta homens armados em York não são páreo para Henrique num mau dia.

"Esperem até que o rei esteja entre eles", diz meu lorde do selo privado com prazer. Mas apenas uma parte dele acredita que o rei irá.

Estamos todos preocupados com nossos amigos no Norte. Quando lorde Latimer partiu para Londres, para prestar contas sobre sua conduta nos conflitos do ano passado, uma horda rebelde invadiu o castelo de Snape e levou sua esposa Kate como refém. Há rolar de olhos e cutucões entre os jovens secretários na Rolls House e em Austin Friars: "Nosso amo cavalgará para resgatá-la — ele precisa, ela é sua noiva prometida".

Segundo os habitantes do Norte, é a sobrinha do rei, Margaret Douglas, quem está prometida para ele, e ele pretende ser nomeado herdeiro do rei.

Ele diz: "Esse casamento com Douglas, será em vez da princesa Maria, ou ao mesmo tempo? Os rebeldes pensam que sou herege, mas eles devem saber que não sou um infiel com uma esposa em cada casa, não?".

Gregory diz: "Acho que devo ter alguma escolha quanto à minha madrasta, mas ninguém me pergunta o que penso. Essas damas não são muito mais velhas que eu. E, de qualquer maneira", ele diz intrigado, "por que as pessoas pensam que o senhor meu pai sobreviverá a Henrique para reinar em seguida? Isso não recomenda muito o dr. Butts e sua arte".

A notícia da bastarda de seu pai, Gregory recebeu-a com serenidade. Ele está feliz por ter uma irmã novamente. "Quando meu pai for rei", diz ele, "e casado com a esposa de Latimer, Kate, e Meg Douglas e Maria Tudor, você será a princesa Jenneke, e você e eu conduziremos uma carruagem de ouro com cavalos brancos, e atravessaremos Whitehall em disparada como Febo, jogando pães doces para a população. O povo dirá: 'Eles são pessoas de aparência comum, mas veja como seus rostos brilham!'. E eles comerão seus pães e nos abençoarão enquanto passamos correndo. Certamente você ficará aqui conosco, não? O que a Antuérpia pode oferecer, em comparação com as perspectivas daqui?"

Após terminar o trabalho da tarde, ele senta-se com a filha, a luz nevada se filtrando para o interior de sua sala de trabalho. "Esses livros?", ela pergunta.

"Livros de direito."

Ela assente. "Era seu ofício."

Ele pergunta: "Como está a Antuérpia agora? Eu tento imaginá-la. Ouvi falar do incêndio na igreja Onze-Lieve-Vrouwe. Ouvi dizer que o telhado caiu".

"Foi uma catástrofe", ela responde. Ele fica satisfeito por ela conhecer a palavra. "Começou com uma vela. Todas as vigas do transepto caíram e destruíram as capelas abaixo. Alguns de nós disseram que Deus estava destruindo ídolos."

"Quando voltei para cá, senti saudades da Antuérpia", diz ele. "Eu estava satisfeito com os costumes e teria ficado lá, sem precisar de muito incentivo. Você precisa acreditar em mim — se eu tivesse sabido que sua mãe estava grávida, não a teria deixado. Tampouco a teria arrastado para a Inglaterra — entenda, eu estava voltando para casa depois de muitos anos, e não tinha patrão nem sustento seguro."

Ele se vê naquela época: um jovem e elegante italiano, rosto atento, olhos ocupados. O que resta daquele rapaz? Apenas seu olhar circulando pela sala para memorizar as saídas e sua aversão por ter pessoas se movendo às suas costas. Agora, ele se recosta numa cadeira quando se senta nela. Suas mãos — antes ocupadas com estilete e pena, anotando as palavras de outras pessoas — agora descansam levemente uma na outra, o punho direito na palma esquerda. Ele parece estar rezando; mas com uma ligeira mudança de postura — um aprumar dos ombros, o queixo mais baixo — ele parece estar procurando briga.

Ele diz à filha: "Eu perdoo Stephen Vaughan, eu devo perdoar, pois suas intenções eram boas, muito embora teria sido um consolo para mim ter você aqui comigo. Essas coisas acontecem. Mal-entendidos. Separações".

"É por causa de Stephen Vaughan que eu o conheço", diz ela. "Ele falava do senhor, muito antes de eu ter motivos para prestar atenção. Ele não admiraria um homem mole ou um tolo. Ele só não o ama mais que a Deus."

"As pessoas sabem quem você é? Na Antuérpia?"

"Alguns palpitam. O senhor é bem lembrado na cidade."

Sem dúvida, ele é. Os comerciantes ingleses diziam: saia, Thomas, e traga os boatos. Conte-nos o que nossos vizinhos estão dizendo; quando eles começam a falar baixinho e usam expressões da Antuérpia, o que estamos deixando de saber? Naquela época, ele emanava ares de curiosa amabilidade, o rapaz novo ansioso por aprender. "O que a Antuérpia pode oferecer?", Gregory perguntou a Jenneke e, outrora, ele se perguntara o mesmo. Na Itália, ele pensava, isto é tudo que quero: essa visão enevoada do miradouro ou da torre, esse azul, esse dourado; esse calor filtrado pelas folhas, esse mosaico pelo qual desliza a luz, onde olhos ancestrais devolvem meu olhar. Era verdade que havia aspectos da Itália que ele preferia esquecer. O que se pode aprender com a lembrança da fome e da dor, da miséria e da fuga? Ele se lembra dos dias em que sua única tarefa era se arrastar para algum abrigo antes que estivesse frio demais para dormir nas ruas. Mas, em Florença, sua sorte mudou. Foi lá — e em Veneza, em Roma — que ele aprendeu a ser astuto e furtivo, sempre vigilante, sempre pronto para se ofender ou fingir que se ofendia, pronto também para recuar com uma palavra branda quando as probabilidades estivessem contra ele. Ali ele aprendeu a andar à noite, a sussurrar, a se curvar aos *magníficos*; a adiantar-se na hora certa, dando em voz baixa a sugestão ou a dica mais apropriada, para que o *magnífico* pudesse receber o crédito.

Porém, ele vivia inquieto naquele tempo. Ele pensava, o que vem depois? E quando ele pôs os pés na Antuérpia, ele pensou, há mais a querer e mais a conhecer. O céu é tão largo e a terra é tão plana, as possibilidades se estendem diante de mim. Na Itália, você aprendeu astúcia, mas na Antuérpia, flexibilidade.

E, além disso, as compras! Basta sair pela porta e é possível conseguir um diamante ou uma vassoura, comprar facas, castiçais e chaves, trabalhos de forja que agradam aos olhos especializados. Eles fazem sabão e vidro, curam peixe e negociam em alume e notas promissórias. Você pode comprar pimenta e gengibre, anis e cominho, açafrão e arroz, amêndoas e figos; pode comprar cubas e panelas, pentes e espelhos, algodão e seda, aloés e mirra.

Ele já tinha amigos na cidade. No dia em que partiu da Inglaterra, ainda um menino, ele conheceu uma família de comerciantes com suas amostras de lã, e eles viram as marcas da bota de seu pai em seu rosto. Não nos esqueceremos de você, disseram eles, haverá uma cama para você sempre que Deus o trouxer à nossa cidade. Os anos se passaram: "Meu bom Deus!", eles disseram quando ele bateu à porta. "É Thomas! Ele cresceu! Ele é italiano agora!"

Na Antuérpia, quanto mais línguas você dominasse, mais êxito poderia ter. Quando lhe faltava uma frase num idioma, ele a tinha em outro, e sua veemência sincera compensava as eventuais lacunas. Ele buscava, como na Itália, a companhia de sóbrios anciãos, cuja conversa à mesa era refinada e que partilhariam sua sabedoria com um jovem estrangeiro que os admirava, alguém que fazia perguntas, perguntas, e que parecia impressionado com as respostas. Esses dignitários sempre precisam de um repositório para seus segredos, assim como precisam de um homem para levar um despacho confidencial e voltar com uma resposta mesmo antes que alguém perceba que ele saiu. A desvantagem é que é preciso se adaptar à vida interior dos patrões: sem *calcio*, apenas o elegante tiro com arco do domingo. Os pátios onde se comercializa lã e dinheiro podem até ficar a céu aberto, mas eles não deixam de cheirar a sebo, tinta e comida, infiltrados na lã das roupas escuras de inverno: ele caminhava e, à sombra do Steen com seus armazéns, respirava o ar do rio e imaginava o grande mundo além dali. Havia cerca de cem compatriotas seus — isto é, ingleses — morando na Casa Inglesa ou em torno dela; eles viviam lado a lado com a nação castelhana, os portugueses e os germânicos, mas eram apreciados pela cidade porque pagavam muito bem por seus privilégios. Quando os navios chegavam, eram eles os primeiros a usar o guindaste nas docas, acionado por um homem que andava dentro de uma roda. Ele perguntou a um dos antuerpianos, "Isso tem um nome?".

Um olhar confuso. "Chamamos de guindaste."

Ele pensou, se um canhão tem um nome exclusivo, e um sino também, o "gancho" também deveria ter um nome.

"Não faz sentido", ele respondeu friamente.

O sujeito flamengo respondeu, rindo: "Podemos chamar de Thomas, se você quiser".

"A propósito", ele murmurou, enquanto se afastava, "funcionaria muito melhor se houvesse homens caminhando do lado de fora, não do lado de dentro."

Não adianta tentar perturbar as noções fixas de uma cidade estranha. Mas ele é um homem que pensa em levantar grandes pesos, pensa em guinchos, vigas e polias e pensa em engrenagens, como torná-las sem atrito.

É claro que houve mexericos a seu respeito quando ele se mudou para a casa de Anselma. Ela se comprometeu a lhe mostrar o país e a apresentá-lo a pessoas que poderiam beneficiá-lo, parentes dela. Um dia, eles foram juntos a Ghent e entraram na igreja de João Batista para fazer uma oração. É somente nas festas da igreja que se abrem as portas do grande retábulo para mostrar os grupos de anjos e profetas arrebanhados junto ao Cordeiro de Deus. Em vez disso, eles viram os doadores da peça, retratados nas portas externas. Era um casal de expressão preocupada; ela, dotada de uma bolsa, ele, careca: mas, sem dúvida, ambos cheios de graça. Ele pensou, em trinta anos, estes poderíamos ser nós. Eu teria esquecido o inglês e seria inteiramente flamengo: um robusto burguês, convencendo pernas mais jovens a correrem pelos cais para mim ou a subir a lugares altos para ver se meus navios estão chegando.

A igreja estava lotada e ruidosa, mas eles podiam se ouvir sussurrando: suas cabeças próximas, os dedos dela deslizando na palma da mão dele. A respiração dos dois se misturava; ela se apoiou nele, suave e cálida. Ele disse: "Faça-me bom, ó Senhor, mas ainda não".

Ela riu e ele disse: "Não sou eu. É Agostinho".

No entanto, chegou o dia em que ela lhe disse: "Hora de zarpar, Thomas. Você é meu passado agora e eu sou o seu".

Ele vai à Torre para interrogar Robert Kendall, o vigário de Louth, o primeiro incitador dos distúrbios em Lincolnshire: o perdão não se estende aos principais criminosos como ele. As nuvens se acumulam sobre a cidade em fortalezas de ar azul-gris, atingidas pelo vento como se fossem tiros de canhão. Mestre Wriothesley o auxilia. Ele sente falta de Rafe, mas Rafe está indo para Newcastle, para aguardar seu salvo-conduto na fronteira.

Reginald Pole deixou Roma com seu novo chapéu de cardeal. Agora que a paz foi selada, ele perdeu a chance de invadir e liderar os ingleses, embora os escoceses tenham deixado claro que estavam prontos para vir em seu auxílio. Quando lorde Cromwell sabe que Pole está a caminho de Paris, Francis Bryan cruza o mar Estreito com um mandado por sua extradição. Reginald chega à capital francesa e descobre que o rei está em outro lugar. Frustrado e empobrecido, bloqueado e barrado, ele foge para o território imperial: mas nosso homem em Bruxelas já convenceu o regente do imperador a não recebê-lo.

Os familiares do novo cardeal — sua mãe, Lady Salisbury, seu irmão, lorde Montague — ainda alegam que abominam sua estupidez. Tudo o que eles querem é ver Reginald conformado e leal aos Tudor, como eles são e sempre serão. Quem ouve seu discurso pensa que, se vissem Reginald com seu chapéu vermelho, eles o arrancariam de sua cabeça e cuspiriam nele.

Mestre Polo, como os espanhóis o chamam. Isso faz meu lorde do selo privado rir.

***

"Ouvi dizer que recebeu uma visita, Cromwell", diz o embaixador imperial.

"Ah, sim? Por que não me conta tudo a respeito, Eustache?"

O embaixador ergue uma mão. "Naturalmente, os vizinhos falam. Não é todo dia que eles veem a filha da rainha de Sabá com sua bolsa de viagem."

Entra o jantar: em deferência ao frio, um grosso ragu de cordeiro e uma torta de língua de boi fortemente temperada com macis. "*Ça va, Christophe?*", indaga o embaixador, mas Christophe apenas grunhe; ele está imaginando quanto da torta eles talvez venham a deixar.

"Queria que fosse primavera", diz Chapuys. "Sou como os israelitas no deserto, anseio pelos melões e pepinos do Egito." Ele suspira. "*Mon cher*, não me culpe se seus amores são do interesse de toda a Europa. Até agora, os observadores viviam frustrados com sua extrema discrição."

"É um pecado envelhecido", ele responde. "Se é que foi pecado algum dia."

Chapuys se serve de um pouco de ragu. O cheiro de sálvia seca domina a sala. "Acha que seu Deus luterano compreenderá?"

"Estou cansado de lhe dizer que não sou luterano."

"Descanse dos seus trabalhos, pois nunca acreditarei nisso", responde Chapuys, divertido. "Certamente, você é um sectário de algum tipo. Talvez um daqueles que se opõem ao batismo de crianças?"

Ele mastiga um pouco, os olhos em Chapuys. Esse é o boato que o jovem Surrey espalhou, com outros maledicentes; é a maneira de arruiná-lo com Henrique, e o embaixador sabe disso. "Christophe", ele chama, "onde está aquele capão?" Ele baixa o guardanapo. "Acha provável?", ele pergunta a Chapuys. "Como eu poderia professar esse credo e permanecer servo de uma nação cristã? Os luteranos se opõem ao pagamento de impostos. Eles se opõem a prestar juramentos. Eles se opõem aos livros, à escrita e à música."

"No entanto, dizem que essa seita se espalhou por toda parte em Calais. E que lorde Lisle não pode fazer muito contra ela."

Christophe traz os capões, a carne em cubos e refogada em vinho tinto, o molho engrossado com farinha de rosca.

"É uma refeição muito marrom", diz Chapuys, "mas tem um sabor melhor que a aparência."

"Logo virá a Quaresma e você estará chorando pelos luxos do Egito, e esqueça os melões e pepinos."

O embaixador enxuga a boca. "O que fará com sua nova filha? Vai casá-la discretamente, suponho, com um bom dote. Vai confessar ao mundo quem ela é?"

"Eu terei dificuldade em escondê-la, com você gritando pelas ruas."

"É um milagre", diz Chapuys. "Como Lázaro. Embora caiba perguntar, ele era realmente bem-vindo?"

Isso já havia passado por sua cabeça antes. A família ficou satisfeita em vê--lo, ou acharam que ele foi arrogante em violar as leis da natureza?

"O que ela quer, de verdade?", pergunta Chapuys.

"Apenas me ver. Ela diz que não ficará."

"Ela voltará ao refúgio dos hereges?"

"A Antuérpia não é nada disso. Seu imperador mantém a mão sobre ela."

"Pelo que entendi, o lugar é todo escavado. Há túneis e adegas, uma cidade inteira no subsolo, e, pela superfície, não se saberia que ela existe. É claro, você mesmo esteve neles, nos seus dias de juventude, não esteve?"

"Naturalmente. Porque são armazéns. Nada mais."

Chapuys diz: "Se quer manter sua filha na Inglaterra, terá que atraí-la. Terá que destrancar seus baús e gastar seu dinheiro. Existe alguma mulher no mundo que recuse um colar de pérolas ou adornos de ourivesaria?".

Na Antuérpia, você abre uma porta pensando que leva a outra sala. Em vez disso, encontra uma escada cujos degraus despencam bem diante dos seus pés e mergulham nas profundezas da terra. Você força os olhos na escuridão. Você avança lentamente como um caracol, o ombro roçando a parede para se firmar, um pé tateando em busca da beira do degrau. No entanto, dentro de semanas, você pode subir e descer com facilidade, com os pés sabendo exatamente para onde ir.

Mas apenas na sua própria casa. Nos degraus de outro homem, cuidado.

Austin Friars, janeiro: sua filha examina, em meio a uma maré de fragmentos de luz do sol, o livro de horas que pertencia a Lizzie Wykys. "Sua esposa, como ela era?"

O que ele pode lhe contar? Éramos pessoas práticas, que fazíamos um ao outro atos de bondade prática; ela morreu e eu senti sua falta. Suas afeições eram profundas e sérias e, quando ela falava com as crianças sobre suas malcriações, dizia, "Eu falo isso para seu próprio bem". Quando ela estava em público, usava um toucado como uma mulher da moda, mas, no lar, usava uma coifa de dona de casa. Ela era uma fazedora de listas, uma tabuladora de despensas: com os servos descuidados como são, uma mulher sempre precisa fazer o controle. Ela mantinha uma lista dos pecados dele no bolso do avental: ela tirava e verificava de vez em quando.

Quando os filhos nasceram, a casa foi inteiramente entregue às mulheres. Elizabeth era bem provida de primas e comadres. Elas conheciam a família e a história dele, e talvez não pensassem que ele poderia superá-la. Ele era muito cortês com elas, muito gentil. Um dia, ouviu uma prima dizer a Liz: "Ele se esforça muito, seu marido". Ele não conseguiu ouvir a resposta abafada de Liz. Ele imaginava que ela poderia ter dito: "Ele se esforça muito, mas falha persistentemente".

Quando se casaram, ele disse a ela, uma coisa eu garanto: nenhuma mulher minha será pobre. Ele desejava ser um bom marido, ser previdente, fiel. Ele foi excepcionalmente providente e em geral fiel. Quando Grace nasceu, ele trabalhava para Wolsey o dia inteiro. As primas o encaravam com desconfiança quando ele chegava: onde esteve? Como se tivesse de ser algum lugar nefasto. Elas estavam esperando para ver outro eu: o lobo que vive no homem, seu pai Walter emergindo de sua pele.

Na época em que ele voltou da Antuérpia, Walter era um homem importante no distrito. No passado, ele havia ampliado suas propriedades, derrubando os marcos dos terrenos de seus vizinhos, mas agora ele tinha acres de compra legítima e investira em sua cervejaria, convidando até um escocês das planícies para ensiná-lo a melhorar sua cerveja, pois naquela região havia muitos mestres nessa arte. Seu cunhado Morgan disse, "Thomas, você tinha que ir a Putney e ver seu pai agora. Tinha que ver a barriga dele. Tinha que ver o chapéu que ele tem, agora ele é um guardião da Igreja".

"Se você aconselha", ele respondeu, "eu vou dar uma olhada."

O dia chegou. Antes que ele avistasse Walter, os vizinhos o avistaram. A notícia se espalhou. Um bisbilhoteiro disse, "É o maldito Põe-fio-nisso. Por onde andou, o que você acha?".

Ele não sentiu necessidade de responder.

"Mostrando a cara por aqui!", exclamou uma mulher. "Ele deve pensar que temos memória curta!"

Ele não tinha nada a dizer.

"Achamos que você estava morto", falou um sujeito.

Ele não o corrigiu.

Ele então ergueu os olhos e Walter estava avançando em sua direção. Ele não estava usando o chapéu, mas estava usando a barriga. Ela não o suavizava. Ele podia estar sóbrio e barbeado, mas ainda parecia que iria derrubá-lo num piscar de olhos.

A ferraria ainda estava lá, não que Walter trabalhasse hoje em dia; quando ele estendeu a mão, estava rosada e limpa, e era preciso olhar de perto para ver as marcas de queimadura.

Ele, Thomas, examinou as instalações. As ferramentas em suas prateleiras; um avental de couro num gancho, com o cheiro do curtume ainda ao seu redor. Ou talvez ele tenha imaginado isto: suor, sal, merda, todos os aromas de sua infância. Walter disse: "Está fazendo um inventário? Ainda não estou morto, rapaz".

Ele não deu resposta.

"Está voltando?", Walter perguntou.

"Não."

"Não somos bons o bastante para você?"

"Não."

Note-se que as pessoas estão sempre pedindo que você perdoe e esqueça. Estão sempre insistindo, faça como seu pai, menino: seja o que seu pai foi. Os jovens afirmam que querem mudar, querem liberdade, mas a verdade é que a liberdade apenas os confunde e a mudança os faz tremer. Jogue-os na estrada com uma bolsa e um bom vento e, antes que eles andem uma milha, já estão chorando por um amo: eles precisam estar arrendados, precisam estar em servidão, precisam ter alguém para obedecer.

Ele gostaria de ser a exceção. Ele viajou uma milha e mais. Porém, talvez ele não fosse tão diferente da massa de homens. Quando menino, antes de fugir, tudo o que ele queria era ser seu pai — Walter, porém mais arrumado. Ele pensava: um dia, o velho tombará e será enterrado; então eu, Thomas, serei o mestre da cervejaria e o tosquiador das ovelhas, e entregarei o trabalho de ferreiro aos meninos que vou treinar, só por falta de horas na semana. Há algo numa ferraria (é o calor) que atrai todos os vadios do distrito num dia de inverno, e eles ficam por ali jogando conversa fora até que a luz desaparece do céu e as cores do fogo, do vermelho-cereja à palha clara, são substituídas por um céu de granito e pela lua, em cujos calcanhares os bêbados aqui embaixo caminhavam, enquanto voltavam para casa. O dia passou e o que há para mostrar dele? Pregos ou parafusos com cabeça de roseta, ganchos, espetos, estacas, ferrolhos, travessas, barras.

Em Florença e depois na Antuérpia, Walter patrulhava seus sonhos: ele acordava com o estômago revolto, afogado em ira. Mas, ainda assim, ele voltou para casa em Putney. Quando Walter morreu, a vizinhança lamentou sua passagem: o novo e reformado Walter. Ele acreditava no purgatório naqueles dias e, embora houvesse pagado a um padre para rezar pela alma de Walter, ele desejava que o purgatório tivesse uma fechadura boa e forte na porta. Ele não vê necessidade de que os netos de Walter o mencionem em suas orações.

Anne é uma criança que choraminga e lamenta, um problema para a ama de leite: gulosa, diz Liz. Ela sempre quer algo, mas ninguém sabe o que é. Todos nós nascemos em pecado, nossas almas já manchadas: Anne ilustra isso, a imagem da tormenta infantil. Ela causa derramamentos e derruba objetos. Ela senta-se na escada do lado de fora da sala onde ele está trabalhando, até que ele a leva para dentro e ela senta-se embaixo da mesa com a cadela, torcendo o pelo de Bella em espirais, cantarolando para si mesma; até que ele diz, "Pelo amor de Deus, filha, não pode ler um livro?".

"Ainda não", ela responde. "Quando eu tiver seis."

"Quantos anos você tem agora?" (Ele perde a conta.)

"Não sei."

É uma resposta bastante boa. Por que ela saberia, se ele não sabe? Ele a tira de sob a mesa e diz que vai ensiná-la. "Mas eu já vou avisando", ela responde, "eu não estou pronta para ter um livro." Ela fala com a voz da mãe. "Dê qualquer coisa a essa criança e ela destrói. Parece que foi criada num chiqueiro. Veja o estado dela."

Quando Anne usa sua agulha, gotas de sangue decoram seu trabalho. Liz comenta que ela seria mais hábil com o furador de um sapateiro, porém um sapateiro não seria tão tagarela. Ele não permite que a esposa bata nela; Anne não pode ser punida por sua persistência e, quanto ao resto, ele acha que ela tampouco pode ser punida. "Suponho que ela vá superar isso quando crescer", opina Liz. Assim como Gregory superará seus pesadelos, nos quais os demônios que vivem ao sul do rio tentam subornar os guardas para deixá-los atravessar a ponte; ou tentam derrubar os remadores e comandar suas embarcações, deixando-os como massas ensanguentadas nos cais; ou simplesmente tentam vencer a maré negra e percorrer as ruas com seus pés membranosos, procurando Gregory Cromwell para mastigar e digerir.

Quando Gregory pede uma história, ele quer ouvir a mesma várias e várias vezes, até conseguir decorá-la e murmurá-la como sua posse particular: os justos cavaleiros Gawain e Galahad, ou os gigantes Grip e Wade. Mas Anne grita, "Oh, já matamos aquela fera ontem, não tem uma pior?". O que vem depois, ela pergunta, o que vem depois? O mundo arde sob a mão dela. Anne vive num intenso esforço, com o rosto sério e franzido de concentração; as mulheres dizem, não faça essa carranca, Anne, você ficará desse jeito e ninguém se casará com você.

Antes do Advento, ele fez as asas de pavão para Grace, trabalhando com um estilete e um pincel fino, colando penas no tecido com cola de raiz de trombeta. "Trabalho duro para ser feito à luz de velas", dissera Liz. Mas os dias estavam curtos e, para que ela as usasse na peça de Natal, não havia escolha. Ele rezava para não ser chamado antes que o trabalho ficasse pronto; ele estava sempre fora, ganhando dinheiro para o cardeal. Ele gostaria que Grace soubesse que era por ela que ele vivia na estrada, para prover seu futuro: mas como ela entenderia aquilo, quando ele só chegava — quando chegava — depois que as lareiras estavam apagadas e todos os filhos de Deus, adormecidos? Às vezes, ele ficava parado junto à porta do quarto onde ela estava enfiada debaixo dos lençóis com Anne e uma jovem criada, as três entrelaçadas como cãezinhos. Uma vez, só uma vez em todas aquelas noites, ela levantou a cabeça e olhou para ele na escuridão, os olhos arregalados e o brilho da vela dentro deles; talvez ela pensasse que ele estava em seu sonho, assim como ela estava no dele. Ela não tinha expressão, nada de que ele pudesse se lembrar depois: ele só recordava a forma do cortinado, uma curva de sombra; a luz de uma manga branca, um rosto branco e a chama em seus olhos.

Jenneke diz: "Foi uma época cruel para o senhor, com as crianças mortas tão jovens. Eu me pergunto: por que não começou outra família?".

"Eu tinha Gregory."

"Mas por que não se casou de novo?"

Ele não sabe o porquê. Talvez porque não quisesse prestar contas de si mesmo, dizer o que estava pensando. Isso não incomodava nos dias de Lizzie, porque ele só tinha pensamentos habituais. Alguns homens conseguem fechar seu passado num pacote ordeiro e entregá-lo; ele não. Mas quando ele olha para Jenneke, não pode deixar de imaginar outras histórias. Se ele e Anselma tivessem se casado, teriam tido apenas uma filha? Ou ele é mais potente que o banqueiro? Nessa reconfiguração das circunstâncias, Gregory não nasceria. Sua alma estaria flutuando no algum-lugar, ainda esperando por um corpo. Da mesma forma, Anne e Grace nunca teriam sido concebidas. E essa casa não teria sido sua. Aquele dia não teria sido seu dia, quando lhe disseram que sua esposa estava morta, e aquele dia não teria sido seu dia, quando suas filhas foram fechadas em suas mortalhas e levadas para o enterro: duas menininhas perdidas, pesando nada, donas de nada, mal deixando uma lembrança para trás.

"E o que fez desde então?", sua filha pergunta. "Com relação às mulheres?"

"Você é direta."

"Uma inglesa não perguntaria?"

"Não em voz alta. Ela especularia. E procuraria mexericos. E os aumentaria. Inventando algo."

"É melhor dizer a verdade. É claro", ela comenta, "um homem compra mulheres. Sem dúvida, seu pessoal organiza isso para o senhor. Eles o temem."

"Eu temo a mim mesmo", diz ele. "Nunca sei o que farei a seguir."

Ele vai à corte: em sua bolsa há projetos para máquinas de guerra. É melhor que ele ganhe a atenção do rei nessas questões do que Norfolk, cujas ideias são antiquadas.

Mas os camareiros o interceptam: há seis mercadores franceses com o rei, com baús cheios de tecidos e roupas prontas — eles adivinharam as medidas de Henrique. "Ele está experimentando todo o estoque deles", alertam os camareiros. Seus rostos dizem claramente, impeça-o, lorde Cromwell, antes que ele gaste o valor de um castelo, ou esbanje um canhão.

É um dia de frio intenso, uma luz de metal. Mas grandes chamas aquecem os aposentos do rei e os aromas de pinho e âmbar flutuam em sua direção numa nuvem cálida. "Venha e se aqueça, Thomas", diz o rei. "Venha e veja o que esses rapazes trouxeram." Seu rosto está iluminado por um prazer inocente.

Os comerciantes murmuram e fazem uma mesura. Eles abriram as tampas dos baús de viagem e estão espalhando seus produtos: não apenas roupas bordadas, mas espelhos e pedras preciosas. Eles mostram ao rei uma taça cuja tampa é encimada por um menino despido montado num golfinho. Desenrolam uma passadeira bordada de quatro jardas de comprimento e se enfileiram com o tecido esticado diante deles. Os olhos do rei deslizam, da esquerda para a direita, sobre Susana indo se banhar, sobre os Anciãos espiando dos arbustos. Eles oferecem uma touca de criança decorada com botões de ouro em forma de sol em esplendor; o rei sorri e a estica nos dedos, dizendo: "Se ao menos eu tivesse um filho para usá-la".

Os olhos de mestre Wriothesley sinalizam para ele: distraia o rei, por favor. "Ah, vocês trouxeram coleiras!", ele exclama: como se coleiras de cachorro fossem seu único pensamento.

"Vejamos", diz o rei. "Ah, essa é bonita, ficaria bem na minha pequena Pumpkin!" Ele diz aos franceses, quase tímido: é a mascote da senhora minha esposa, lorde Cromwell a trouxe de Calais.

No mesmo instante, eles fazem o recibo para uma coleira de veludo, seis xelins, e, com novas reverências, abrem bolsas e vertem crucifixos, relógios, fantoches e máscaras, anéis de topázio e tigelas de concha de tartaruga. Ajoelhados, eles oferecem braceletes esmaltados com os signos do zodíaco e uma imagem da Virgem Maria em pé sobre um tapete de flores-de-lis, com seu filho imortal na dobra de um braço e um cetro na outra. Eles dispõem peças de xadrez e estojos de facas, e a mão do rei se projeta como se fosse montar o tabuleiro ou testar uma lâmina. De uma mortalha de linho, os franceses sacam um *jeu d'esprit* — um jogo de mangas em verde-relva, bordadas com morangos de intenso vermelho: em cada fruta há uma gota de orvalho, um diamante claro como a água.

"Oh." O rei desvia os olhos, para diluir a doçura das peças. Ele está ruborizado de desejo. "Mas estou velho demais para elas."

"Jamais!", os franceses declaram em uníssono. Me-Chame se junta ao coro. Ele fica quieto. O rei está certo, as mangas são para um jovenzinho, como Gregory ou o falecido Fitzroy. Mas você pode ver a boca de Henrique salivando.

Um silêncio recai sobre os franceses. É o sinal, ele sabe, de que eles chegaram ao seu melhor item. O capitão gesticula para convocar o mais jovem entre eles. O francês se inclina sobre um baú; ele vira uma chave na fechadura; ele faz uma pausa, depois tira a chave e ergue para o ar algo como uma faixa de céu noturno, ou mil pavões, ou uma vestimenta para um arcanjo. Murmurando de prazer, eles floreiam, eles espalham, eles acariciam a maravilhosa veste: "Nós a desenhamos expressamente para vossa majestade. Nenhum outro príncipe na Europa poderia vestir isso".

O rei está em transe. "Até posso experimentar, já que vocês vieram de tão longe." Seu rosto é sombreado por ondulações verde-mar. "Nós o chamamos de *pavonazzo*", diz o francês: uma guinada de mão e o tecido flui em sua líquida iridescência, passando de verde-mar para azul-celeste e depois para safira. O rei cintila como o Leviatã, erguido do leito do oceano. Ele respira fundo diante da visão de si mesmo.

Eles mencionam uma soma. O rei ri, incrédulo. Mas podemos vê-lo se aproximando da compra. Mestre Wriothesley, homem corajoso, faz um ah-ham. O rei reage com um movimento de seu olho azul e depois faz uma careta, astuto como qualquer velho avarento: "É um rei pobre este que está diante dos senhores, messieurs. Gastei todo o meu dinheiro nas guerras".

"É mesmo, majestade?" Os franceses se entreolham; pode ter certeza de que um ou mais deles são espiões. "Achamos que tinha sido apenas uma rusga", comenta o capitão, "uma agitação longínqua sem nenhuma importância, nada mais que uma picada de pulga para sua pujança."

"Ao menos", um deles acrescenta, "é isso que Monseigneur Cremuel está dizendo ao mundo."

O falso francês nem terminou de falar e já está tirando outros artigos de uma bolsa de couro macia como o suspiro de uma virgem. Passa por sua mente que, nos tempos de Harry Norris, eles não teriam obtido acesso ao rei: a menos, é claro, que Norris recebesse uma porcentagem.

O sol apareceu, um clarão branco se infiltrando na manhã. Ele encoraja os mercadores, que erguem seus espelhos e passeiam com eles pela sala: à medida que eles os inclinam, os espelhos vão exibindo pequenos recortes da pessoa do rei e, a cada capricho da luz, Henrique deslumbra a si mesmo.

No entanto, o rei ainda hesita. "Vamos, majestade", eles dizem. "Nós lhe demos a prioridade da compra. Pense em como o senhor se sentiria se um dos seus cortesãos a comprasse — seria uma humilhação para qualquer príncipe."

Uma inspiração toma conta do rei: "Sabem que meu navio, o *Mary Rose*, foi ampliado? Pretendo fazer com que ele carregue mais munições, e construir novos navios de guerra — dois ou três. Acredito que são esses os projetos que o lorde do selo privado traz na sua bolsa".

Mestre Wriothesley sorri. Navios de guerra: a mensagem que não pode deixar de ser levada de volta à França. "Então percebam que não posso comprometer grandes somas com meu adorno", diz o rei. "Isso seria prejudicial ao bem comum."

Os vendedores começam a tagarelar. O suor brota de suas sobrancelhas. Ele percebe que até o capitão tem de responder a um amo, e que ele não ousa levar esses produtos de volta sem venda. Se o rei da Inglaterra não comprá-los, onde mais eles irão: ao imperador, ao sultão? Adicione-se a despesa da viagem; acrescente-se que os bens podem parecer manuseados.

O que ele realmente tem em sua bolsa, além das máquinas de guerra, é uma exaltada proclamação do Norte, incitando um novo levante dos Peregrinos. *"Portanto agora é a hora de nos erguermos, ou então nunca, e prosseguiremos com nossa peregrinação pela graça..."*

Ele dá um passo à frente. "Lorde Cromwell?", diz o rei.

Ele sussurra no ouvido de Henrique: *caveat emptor*, senhor, e, a propósito — deixe-me cuidar desses caixeiros.

"Eu sei", Henrique diz em voz alta. "Eu deixarei."

Mas Thomas, ele sussurra: eu quero tudo. Quero Susana e os Anciãos, e as peças de xadrez, e as marionetes, e as mangas de morango. E naquele *pavonazzo*, eu gosto muito mais de mim que antes.

"Observe isto", ele sussurra para Me-Chame. Ele segue os franceses para fora. Na segurança do outro lado das portas, ele dá um chilique idiomático: por quem o tomam? Que fraude é essa que estão tentando cometer, num dos grandes potentados da cristandade? Eles não temem pelas suas almas, oferecendo aquele lixo? Nosso Senhor Jesus Cristo, se os visse, ele os arremessaria pessoalmente para fora do Templo e partiria seus dentes: e, como aparentemente Jesus não está aqui, ele mesmo terá o prazer de fazê-lo.

"Mas meu lorde Cremuel", gemem os franceses. Um deles implora: "Vossa magnificência, empreste dinheiro ao seu rei".

Eles reduzem suas demandas, desmoronando de nervosismo e fadiga.

"Quero o total por escrito", diz ele. "Cinco cópias, por favor."

Eles empalidecem. Temem que ele pretenda pagá-los com uma promissória, que então devem levar de volta para tramitar o pagamento e esperar pelo menos quinze dias. "Não ousamos voltar sem dinheiro na mão", dizem eles. "Seremos esfolados vivos."

"Dinheiro, então", ele responde, indiferente. "Mas um terço do valor."

Eles se animam. Os elogios começam. "Vamos lhe fazer um presente, é claro, meu amo — esse cetim cor de amora parece adequado para avivar seu tom de pele?"

Ele o examina. Já é alguma coisa, não ficar de cara roxa como o velho Darcy. Não parecer emaciado ou amarelado, como Francis Bryan. Sim, ele concorda, essa cor tem certo charme.

Me-Chame diz: "Tenha cuidado, senhor". Com a cor, ele acha que Me--Chame quer dizer. Ele gostaria de desenrolar o fardo de tecido, vê-lo na peça, ver como ele muda com a luz, mas este não é o lugar. "Podem vir a minha casa", ele diz. "E aquelas ninharias que não mostraram ao rei, podem mostrar para mim." Ele dá meia-volta. "Mestre Wriothesley, você tem minha lista, minhas lembranças aí? Temos que voltar à nossa reunião, temos uma dúzia de itens para trabalhar antes de devolver sua majestade para sua manhã. E precisamos conversar sobre os novos navios de guerra, é claro."

Quando, depois das Vésperas, ele volta ao rei com papéis para assinar, conta quanto dinheiro lhe poupou. "É mesmo?", pergunta Henrique. "E eu achando que eu tinha feito uma barganha, mas aí está, mas aí está." O rei relaxa o cenho. Ele parece cinco anos mais novo que antes da chegada dos franceses; a despesa quase vale a pena. "Quero algumas roupas novas", diz ele, "porque penso em ser pintado. Fale com mestre Hans por mim."

"Com prazer", ele responde, e sai sorrindo: boas notícias, uma vez na vida.

Antes que ele deixasse a corte depois da época de Natal, o rei deu ao rebelde Aske uma capa carmim, que lhe caía mal, especialmente quando ele enrubescia de orgulho. Partindo para casa, Aske a deixou numa estalagem, o Cardinal's Hat, com outras coisas pesadas demais para transportar até Yorkshire. Talvez ele não quisesse que seus brutos companheiros campesinos o vissem engalanado como um macaco dançarino. Henrique sabe que o homem exterior mostra o homem interior ao mundo; e se ele sabe disso, quanto mais mestre Hans deve saber. Ele pinta sua casca e não põe os dedos pegajosos em sua alma; quando ele se prepara para desenhá-lo, anota as cores que você veste com uma letra pequenina que se assemelha a pontos ao longo de uma costura. Hans esperou por uma grande encomenda e aqui está: como diziam os Bolena, *le temps viendra*.

Os rebeldes dizem, *Pois agora é a hora de levantar, ou seremos todos destruídos: Pois avante! Avante! Avante! Avante agora ou à morte, avante agora ou nunca mais.*

Sua filha diz: "Quero lhe contar sobre Tyndale, como ele morreu".

Está anoitecendo; eles se sentam juntos numa alcova. "Você viu com seus próprios olhos?"

"Tyndale queria testemunhas. Pessoas que não desviariam os olhos. Já viu um homem ser queimado?"

Ele diz: "No serviço do rei, sim, eu lamento". Henrique controla aquilo que olhamos; não podemos direcionar o ângulo de nosso olhar. "Eu vi uma mulher ser queimada." Ele sente um aperto no peito. "Mas isso foi há muito tempo. Ela morreu pelo livro de Wyclif. Era uma Bíblia antiga. Ela era o que eles chamam de lolardista, e muitas daquelas pessoas eram pobres e não sabiam ler, e assim aprendiam as Escrituras de cor. Mas ela, cuja morte testemunhei — essa herege, como a chamavam —, ela não era pobre nem desprovida de amigos. Só que, sendo criança, vendo sua cabeça descoberta e os andrajos, e vendo os maus-tratos que lhe infligiam, eu a tomei por mendiga."

Ela o interrompe. "O senhor era criança? Quem o levou para ver uma coisa dessas?"

"Eu levei a mim mesmo. Vagando pela cidade, até Smithfield. É um espaço aberto, onde as pessoas sofrem até hoje. Minha família não sabia onde eu estava, nem se importava. Minha mãe estava morta."

Em deferência ao inglês dela, que é bom, mas não perfeito, ele está falando com simplicidade; é uma lição para mim, ele pensa, uma lição para todos nós, conversar com Jenneke. Jamais os eventos pareceram tão evidentes: nenhuma nuance, apenas uma luz clara do meio-dia. Ela diz: "Stephen Vaughan me contou como conheceu mestre Tyndale. Ele diz que foi por instrução sua".

"Naquela época, eu tinha esperança de que Tyndale voltasse para a Inglaterra. Que se reconciliasse com o rei."

"Eles não ficavam no interior", diz ela, "porque as paredes têm olhos e ouvidos. Eles iam para os campos abertos — não para os *schuttershoven* onde praticam com flechas, eu falo dos... os *raamhoven* — os campos de quarar?"

"Ah", ele diz, "não campos de quarar, você fala dos pátios de secagem. Onde eles prendem os tecidos para secar."

Mas ela pôs em sua mente uma imagem de Tyndale passeando ao ar livre, o chão se dissolvendo numa pálida radiância, as muralhas da cidade se dissipando em vapor: seus maltrapilhos conterrâneos transfigurados, e Meester Vaughan junto dele, o capuz na cabeça, suas instruções secretas estreitadas junto ao coração.

"Tyndale se alojava com o comerciante Poyntz", ela diz. "Ele vivia quieto, como os pobres apóstolos, trabalhando para fazer sua Bíblia, e não buscava pagamento pelos grandes esforços que realizava. Os comerciantes o alimentavam, punham um pouco de dinheiro na sua mão e, com isso, ele fazia caridade. Ele não criava problemas, então os magistrados da cidade ficavam satisfeitos."

"Seus suseranos estavam cientes dele, claro." A dupla águia negra do imperador voa sobre as muralhas; a Antuérpia não é uma cidade livre, embora haja homens livres vivendo ali.

Ela diz: "Ele era cuidadoso, não chamava a atenção. O idioma inglês não é muito conhecido deles, e também não conheciam seu rosto. Mas depois veio o homem Phillips, o homem que o vendeu".

"Harry Phillips", ele diz. "Sim."

"O senhor o conhece?"

"Eu sei quem pagou a ele. Todo mundo sabe."

"Meester Poyntz detestava essa pessoa. Desde o primeiro momento, ele avisou, cuidado com aquele, você não conhece suas intenções. Mas Tyndale não era desse tipo desconfiado. Sua mente estava apenas no seu livro. Ninguém que o conhecia o denunciaria. Somente um estranho, e um estranho pago. Phillips descobriu os hábitos de Tyndale, por onde ele andava e com quem conversava. Ele perguntava, até que ponto avançara com sua santa obra? E então ele levou a notícia a Bruxelas. Os conselheiros não deram ouvidos a princípio, mas ele tinha dinheiro para comprar sua atenção. Ele lhes entregou papéis que havia roubado de Tyndale, cartas, e as passou ao latim para que aqueles conselheiros entendessem, e ele sempre insistia em como o imperador reconheceria os serviços deles e os recompensaria. E então eles decidiram apanhar Tyndale. Eles esperaram por um dia em que a vizinhança estivesse vazia, quando todos os comerciantes saíam da cidade, rumo ao mercado de Páscoa em Bergen. Eles queriam, entenda, fazer tudo discretamente e sem perturbações na rua."

"Poyntz estaria fora", diz ele. "Todo mundo."

"O senhor será informado de que ele foi levado para fora da casa dos comerciantes ingleses. Isso não é verdade. Foi do lado de fora da casa de Poyntz."

"As primeiras notícias são sempre erradas", diz ele.

"Phillips liderou os soldados e eles bloquearam a saída. Ele apontou, 'Este é o herege, levem-no'. O bom homem foi com eles como um cordeiro. Até os soldados tiveram pena dele."

Aquele lugar estreito, ele consegue imaginar como se estivesse lá. Ele viveu e trabalhou naquela mesma rede de ruas. Ele vê Tyndale — um homenzinho, irado — se desesperando entre o portão e a parede.

"Quando voltaram de Bergen, os comerciantes ingleses fizeram seu protesto. Mas eles não podiam fazer nada."

"Thomas More pagou pela morte de Tyndale", diz ele. "Ele jurou que o seguiria até o fim do mundo. Ele planejou tudo na sua prisão, e teve tempo de sobra, o rei foi paciente com More e eu também. Não pense que ele estava estritamente confinado. Seus amigos lhe enviavam jantares. Ele tinha bom vinho, boas fogueiras e bons livros. Ele recebia visitas. Cartas entravam e saíam."

"Eu o teria mantido mais vigiado", diz ela.

"Fomos negligentes, vejo isso agora. Matar Thomas More não serviu de nada porque os pagamentos já estavam no bolso daquele canalha, Phillips."

Chega o início da noite. Ele se levanta, acende uma vela, fecha o postigo contra uma noite de estrelas de pontas de aço. Os olhos de sua filha o seguem, cada movimento. Ela daria uma boa testemunha, ele pensa. "Thomas More escreveu seu epitáfio em vida", ele conta a ela. "Ele era esse tipo de homem." Palavras, palavras, apenas palavras. "Ele queria gravado em pedra: *Terrível aos hereges*. Ele estava orgulhoso do que fez. Ele achava que se você deixasse as pessoas lerem a palavra de Deus por si mesmas, a cristandade desmoronaria. Não haveria mais governo nem justiça."

"Ele acreditava nisso? De verdade?"

"Que precisávamos da restrição da ignorância? Sim."

"Ele não dava muito crédito ao seu semelhante."

"Mesmo assim — creio que, a menos que você o conhecesse, não poderia entender —, seus próprios pecados pesavam sobre ele. E no final, acho que ele perdeu a fé nos seus próprios argumentos. As pessoas que agora afirmam ser seus seguidores — ele não reconheceria o papista grotesco no qual o transformaram. Lembro-me de um tempo em que ele não era um grande amigo de papas. E sabia que aquele sanguessuga, Stokesley, ainda está trabalhando? Stokesley, que é bispo de Londres, quero dizer. Era um protegido dele que foi vigário de Louth — isso fica no Leste do país, onde surgiram esses problemas recentes. Tudo remonta a More."

Ela franze o cenho. Tantos nomes, demasiados; tanta geografia, a paisagem de uma terra estranha. "Nada terminou com a morte de More", ele prossegue. "Apenas começou. Quando ele estava vivo e era lorde chanceler, Stokesley costumava ajudá-lo, invadindo casas, arrastando homens e mulheres para a prisão."

"Exonere esse bispo. O senhor tem poder."

"Nem tanto."

"Devo ir vê-lo?"

"Stokesley?" Ele acha graça. "Se você quiser. Ele é um sujeito arrogante. A visão não vale a pena, na minha opinião. Tenho bispos melhores para lhe mostrar. E damas nobres, se quiser. E seus senhores."

"Eu posso ver Henrique, sentado no trono?"

Ele hesita. "Conte-me sobre Tyndale. Depois da prisão."

"Ele não foi ferido na prisão. Pelo menos isso posso dizer. Eles respeitavam seu conhecimento e tentaram convencê-lo pela razão. Eles o trataram como um homem cristão."

More, ele pensa, teria atormentado Tyndale com palavras cruéis e flagelos.

"Ele escreveu muito em sua própria defesa. Eles trouxeram contra ele as piores pessoas que tinham." Ela cospe os nomes. "Dufief, advogado corrupto. Tapper. Doye, Jacques Masson. Todos os grandes papistas da Lovaina."

"Queriam destruí-lo com argumentos", ele diz. "Eu admito, eu também quis isso. Se ele tivesse ficado ao lado do rei na sua grande questão — quero dizer, a questão do seu casamento —, ele poderia permanecer em segurança, talvez estivesse sentado aqui conosco agora. Eu tentei salvá-lo, mas sou apenas um único homem. Eu nem era lorde Cromwell naquela época. O imperador não deu ouvidos aos meus apelos."

"Seu rei poderia ter salvado Tyndale", ela diz, "mas ele não quis. Alguns perguntam: se os seus ouvidos estão abertos ao Evangelho, por que o senhor serve a este amo?"

"A quem mais eu deveria servir? Um homem não pode estar sem senhor."

A porta se abre. O jovem Mathew. Cartas. "Deixe-as ali."

"Eles estão esperando por resposta, senhor."

"Deixe-os esperar. Diga a eles que estou com minha filha."

"Devo dizer isso mesmo?", pergunta Mathew. "Como quiser, senhor." Ele sai.

Ela diz: "Minha história está quase terminada. Tyndale não cedeu. Eles não puderam dobrá-lo. Por todos aqueles exaustivos meses, dizem que ele orou pelos seus carcereiros, e creio que em breve ouviremos que alguns deles foram trazidos para Cristo".

"Seria uma boa notícia." Provavelmente, ele pensa, eles arrancaram tudo da cela de Tyndale depois que ele se foi, roubando até um casaco puído ou um toco de vela. "Dizem que ele tentou trabalhar mesmo enquanto esteve trancado." Ele imagina a palavra de Deus, úmida e viscosa, derramando-se da página e empoçando as pedras do piso.

"Não imagino que isso seja possível."

Ela diz: "Ele deixou certos escritos para trás, na cidade, em lugares secretos da parede".

"Quem está com eles? Quero comprá-los."

"Não posso dizer. Seu rei pode arrancá-los das suas mãos."

É verdade, ele pensa.

"Pensávamos que o queimariam assim que o julgamento terminasse, mas eles lhe deram um pouco de tempo — para proporcionar outra chance de se arrepender, supomos. Depois pensamos que talvez o queimassem dentro da prisão, mas aconteceu no mercado. Eles o acorrentaram à estaca e puseram um baraço no seu pescoço. Eles se decidiram por essa misericórdia, como chamaram — que ele fosse estrangulado primeiro. Eles fazem um buraco na estaca — sabia disso? — e passam a corda por dentro, para que o carrasco fique atrás dele e, quando a chama se acende, ele puxa a corda para trás e mata a boa alma. Mas, claro, muitas vezes ele não faz isso."

"Ouvi dizer que ele não estava morto quando o fogo o atingiu. Que ele falou de dentro das chamas. Ele disse, 'Senhor, abra os olhos do rei da Inglaterra.'"

Ela responde: "Ele não disse nada. Como poderia falar? Ele estava sufocado. Ele se agitava e se movia e gritava de dor". Ela está zangada. "Quem é o rei Henrique para ocupar seu último pensamento? E o que é a Inglaterra — além do reino que deu as costas a ele?"

Eles se sentam em silêncio. Tyndale nos deixou seu Novo Testamento e parte do Antigo; a Lei e os Profetas, os registros das terríveis guerras de Israel, as longas campanhas de Deus contra seu povo escolhido. "O rei vê...", ele começa. Mas recai em silêncio. Fumaça é o que ele vê; ouve o berro distante de uma multidão. "Ele vê que uma Igreja inglesa precisa de uma Bíblia. Nós trabalhamos muito para trazê-lo a isso. Combinamos uma tradução, e será a de Tyndale, ou ao menos a parte de seu trabalho a que temos acesso, mas ficará sob o nome de outro estudioso. Pusemos a própria imagem de Henrique na folha de rosto. Queremos que ele se veja ali. Precisamos que ele defenda uma Bíblia sob sua própria licença e que ponha as Escrituras em todas as igrejas, para que leiam todos aqueles que sabem ler. Precisamos disseminá-la em tais números que nunca possam ser recolhidas ou suprimidas. Quando as pessoas lerem, não haverá mais desses Peregrinos armados e assassinos. Eles verão com seus próprios olhos que em nenhum lugar das Escrituras há menção a penitências, papas, purgatórios, claustros, contas e velas abençoadas, ou cerimônias e relíquias..."

"Nem mesmo padres", diz ela.

Nem mesmo padres. Embora não enfatizemos esse ponto com Henrique.

"Jenneke", ele diz, "você veio de tão longe para testemunhar. Agora que está feito, você não me abandonará, não é? Este lugar é estranho para você agora, mas logo se sentirá em casa. Eu lhe arranjarei um casamento, se você acredita que pode amar um inglês."

Às vezes, levamos anos para ver quem são os heróis num caso e quem são as vítimas. Os mártires não veem os resultados de suas ações. Como eles poderiam, quando sua mente só pensa em como suportar a dor? Um mês depois de Tyndale, o próprio comerciante Poyntz foi preso, devido ao testemunho de Harry Phillips. Poyntz foi acusado de ser luterano e provavelmente teria sido queimado, mas escapou e agora está em Londres. Sua esposa Anna se recusou a acompanhá-lo. Por que ela deveria deixar sua vida, sua língua, para morar com um homem cujo nome está manchado e que a abandonou com os filhos e cujo sustento também se foi?

Quanto a Phillips: com Thomas More morto, ele está procurando outros patrões. Ele esteve em Roma, e nosso homem lá, Gregory Casale, relata que ele tenta se imiscuir nas graças do papa afirmando ser parente de More. Agora ele está em Paris, dizem, procurando a quem destruir. Phillips é plausível, nada mais: um jovem espirituoso e flexível, fácil de gostar, dono de um monte de histórias de azar e um tesouro de nomes que pode mencionar de seus tempos em Oxford. É fácil ver como ele se insinua, o jovem sempre prestativo, com seu domínio de várias línguas.

Ele diz: "Não volte, filha. A vida será mais difícil. A Antuérpia será menos livre. Os magistrados da cidade — a influência que eles achavam que tinham, eles não têm. Haverá mais prisões. Os impressores devem tomar cuidado".

Há mais livros ingleses impressos na Antuérpia do que em Londres, mas aqueles que imprimem sem licença são marcados, às vezes um olho é arrancado ou uma mão cortada. E informantes estão por toda parte. Até mesmo, sem dúvida, entre nossos próprios comerciantes.

Ele diz: "Sua mãe…".

"A rainha de Sabá?" Ela sorri.

"… ela sabe que esta casa é dela, Austin Friars. Eu nunca a tiro daqui. Se eu deixo esta casa durante o verão, eu a enrolo e a guardo no depósito."

A versão de lã de Anselma jamais envelheceu. Mas ele teme que, se ela for transportada demais pelo país, seus traços podem esfiapar e borrar. Ela só entrou naquela casa depois que a esposa dele morreu. Ele não é do tipo que administra duas mulheres ao mesmo tempo, ou, como Thomas More, que se casa com uma segunda esposa antes que a mortalha da primeira esteja fria.

O fogo está baixo; ele joga um tronco nele. "A mãe da minha esposa, Mercy, está velha agora. Uma casa precisa de uma senhora. Sempre ouço dizer que estou prestes a me casar, mas nunca pareço concluí-lo."

Ele imagina Meg Douglas deslizando através de seu umbral. Ou Kate Latimer, o que parece muito mais provável, se o velho Latimer fizesse o favor de morrer. Ele imagina Maria Tudor entrando aos tropeções, dando voltas como fez em Hunsdon, seus pés minúsculos moendo suas taças venezianas até o pó.

"Ou você poderia morar com Gregory", diz ele.

"Gregory tem uma casa?"

"Ele terá. Eu o casarei este ano."

"Ele sabe?"

"Não", ele diz simplesmente. "Eu contarei quando encontrar uma noiva."

"Seria assim comigo? Com esse inglês que o senhor diz que eu poderia desposar?"

Ele ergue os olhos. "Eu lhe darei a escolha do seu noivo, é claro. Gregory é meu herdeiro, não é a mesma coisa. Eu lhe darei uma boa pensão."

Ela diz: "Eu sou como a pobre Anna Calva. A esposa de Poyntz. Ela não viveria entre estranhos".

"Mas pense em Rute, na Bíblia. Ela se adaptou."

Ela ri. "O senhor confunde aqueles tempos com estes? Vivemos nos últimos dias; eles, na aurora do mundo."

Pois bem. Ela é uma dessas que pensam, para que serve casar ou ser dada em casamento? Este é o fim dos tempos.

Ele pensa na filha de Wolsey, derrubando-o. Ele não sabe ao certo se tornou a se levantar depois daquilo.

"Eu vou deixá-lo", ela diz. "Quero dizer, para a noite, apenas. Não partirei sem um adeus."

Ela veio contar uma história, e ela o fez; veio ver um pai, e ela o viu: o que há para segurá-la agora?

Lázaro, é claro, morreu duas vezes. A segunda vez foi para todo o sempre. Viajando para o Leste a serviço do banco certa vez, ele visitou sua segunda e última tumba. Ela é guardada por monges ferozes, que enfiam um pote de esmolas na sua cara e o obrigam a esvaziar os bolsos para ver algo que, afinal, é apenas uma prova de que os milagres não duram. O aleijado caminha, mas apenas duas vezes em torno do cemitério da igreja antes de desabar numa confusão de braços e pernas. O cego vê, mas os rostos que ele conhecia em seus dias de juventude estão alterados; e quando ele pede um espelho, não se reconhece em absoluto.

Depois que sua filha se foi, mestre Wriothesley entra. "E quanto a Harry Phillips? Ela disse algo que o senhor não sabia?"

Ele responde: "Vejo que ele é um homem útil. E móvel".

"Alguém pode mandá-lo atrás de Polo. Não acho que Phillips seja papista, senhor, apesar de toda a fachada. Acho que ele trabalha para qualquer um."

Ele concorda. "Mas temo que apenas a força direta vá resolver com Polo, e um homem como Phillips deixa o abate para os outros." Ele faz uma pausa. "Mas não há mal nenhum em sondar Phillips. Atraí-lo um pouco. Nunca se sabe se pode haver uma utilidade para ele."

"Afinal", completa Me-Chame, "o senhor emprega o dr. Agostino. Mesmo depois que..."

"Sim." Ele o interrompe. Ele o emprega, muito embora suspeite de que ele tenha vendido o cardeal. O dr. Agostino viaja pela Europa e envia muitas informações úteis de volta.

Ele pensa em Tyndale nos campos de quarar, seus pecados humanos alvejados, falando de dentro de uma nuvem de fumaça. Ele pensa no rio no Advento, seu caminho congelado. Há um poeta que escreve sobre guerras de inverno, onde o som fica congelado. O solo sob a neve aprisiona o ruído dos pés correndo, o clangor de arreios, as súplicas dos prisioneiros, os gemidos dos moribundos. Quando os primeiros raios da primavera aquecem o chão, a infelicidade começa a derreter. Gemidos e gritos são soltos, e o sangue da última estação conspurca as águas.

Agora Tyndale vestiu a armadura de luz. No último dia, ele se levantará numa névoa de prata, com os alquebrados e os queimados, homens e mulheres se refazendo do monte de cinzas: com o Pequeno Bilney e o jovem John Frith, com os advogados, os estudiosos e aqueles que mal conseguem ler, ou que não leem nada, mas apenas ouvem; com Richard Hunne, enforcado na Torre dos Lolardos, e todos aqueles mártires dos anos anteriores a nosso nascimento, que advogaram pelo livro de Wyclif. Ele dará as mãos a Joan Boughton, a quem ele, o lorde do selo privado, viu queimar até os ossos quando menino. Naqueles dias abençoados, toda a criação se iluminará, mas até lá, vemos como num espelho, obscuramente, não face a face.

No Algum-Lugar — ou o Lugar-Nenhum, talvez — existe uma sociedade governada por filósofos. Eles têm mãos limpas e corações puros. Mas, mesmo na metrópole de luz, existem lixões e montes de estrume, enxameados de moscas. Mesmo na república da virtude, é preciso um homem que levante a merda com uma pá, e em algum lugar está escrito que Cromwell é seu nome.

2.
A imagem do rei

Primavera — verão de 1537

Hans não gosta do *pavonazzo*. Não se pode ter um rei que é púrpura de um ângulo, azul de outro, verde de um terceiro, que cintila e tremeluz como se fugisse do artista. Mantenha o carmim, senhor, diz Hans: esse é meu sincero e leal conselho.

O rei ainda não decidiu que tipo de retrato deseja. Ele pode pedir qualquer coisa, desde uma imagem que cubra uma parede a uma miniatura que se possa segurar na palma da mão. Mas ele concorda em ser carmim. Cada rubi é um pequenino fogo aceso.

Na cozinha da Rolls House, o lorde do selo privado segura uma bacia branca; dentro dela, uma poça de azeite verde, na qual ele está mergulhando pedaços de pão e dando aos rapazes enfileirados para provar. Mathew, entrando às pressas para comer sua parte, espirra alto o bastante para quebrar um ovo. "Isso deve ser a peste", diz Thurston.

"Está cedo demais para a peste."

"Então eu culpo nossa dieta. Os ingleses não são feitos para comer peixe. A água salgada se mete no seu cérebro. Um germânico pode viver de vegetais, ele come aquilo que ele chama de *crowte*. Um francês come raízes e ervas — se ele está com fome, você só precisa colocá-lo para pastar. Mas um inglês é criado a toucinho e carne."

"Um inglês pode perguntar", diz Mathew, "por que ainda temos Quaresma. Agora que chutamos o papa para fora do país, imaginei que poderíamos desfrutar de um prato de bucho todos os dias."

"A estação será mais fácil este ano", diz ele. "Podemos comer ovos. Queijo. O rei permite."

"Nada além de amarelo e branco", diz Thurston.

O francês e o imperador estão lutando por terra e mar. Sua guerra torna os peixes escassos, e essa é a única razão pela qual o rei fez a concessão. Cranmer reclama de que, na corte real, até os menores feriados da Igreja são observados com todas as velhas cerimônias supersticiosas. Então como ele poderia convencer as pessoas simples a trabalhar nos dias dos santos, em vez de beber cerveja à sombra: a arar e semear, em vez de jogar boules?

"Há suficientes açougueiros interessados", diz Thurston. "Um homem pode comprar carne até na Sexta-Feira Santa, se tiver um xelim e uma boa cabeça."

Ele ergue a palma da mão. "Se eu souber os nomes desses açougueiros interessados, terei que fechar seus estabelecimentos."

"Nosso amo é o segundo junto a Deus", diz Mathew, mastigando. "Primeiro vem o rei, o vice de Deus, e depois vem nosso amo, vice do rei." Ele lambe os dedos. "Senhor, estão dizendo que os franceses lhe deram um grande presente. Quero dizer, não um leão ou um cavalo de combate. Um presente em dinheiro."

Ele aprecia o último fragmento de pão, sacramentalmente: pimenta, ervas; Chapuys enviou o azeite. "O rei não é avesso a que ganhemos nosso sustento", ele diz a Mathew. "É como sempre foi. Nós assustamos os franceses e eles nos dão dinheiro. O próprio rei recebe uma pensão deles, da época do velho rei Eduardo. Não que eles sejam bons pagadores."

A expressão de Mathew se suaviza. "Desde que seja verdade. Se fosse uma calúnia, teríamos que quebrar a cara deles." Ele funga e se vai, com um golpe especulativo do punho na palma da mão.

"Não tenho forças para bater em ninguém", diz Thurston. "Um ovo não é o bastante para mim. Eu quero uma costela de boi. Eu mataria Cristo por uma prova de toucinho. Acho que esse foi o pecado de Eva. Ela não errou por uma maçã, mas se deixou levar por um presunto gordo."

"Oh, pare com isso", diz ele. "Vou acabar chorando."

E, no entanto, há que se perguntar quem pensou neste arranjo: o difícil trajeto desde o nascimento de Cristo, atravessando neve e granizo até a Apresentação do Senhor, e então semanas de penitência, dias duros e sem carne até a Páscoa. Em meados de março, as árvores dão folhas e os pássaros cantam, mas não se pode comer a beleza. Thurston diz: "Sua santíssima majestade se resolve bem, sou testemunha de que ele se enche de açúcar. Ele pede hidromel e malvasia e bebe até secar as adegas".

Num piscar de olhos, no espaço de uma Ave-Maria, ele está em outro lugar. Está na abadia de Launde, tratando dos assuntos do cardeal: num dia de calor intenso, um jovem rindo com os monges num jardim. Essa abadia, onde ele tomava mel temperado com tomilho, fica no coração da Inglaterra, longe dos perigos da água salgada. Ela repousa em bosques e campos, e o ar é doce no verão ou no inverno. Quando a visitava a serviço do cardeal, ele examinava os números conforme lhe era pedido, mas achava o local tão abençoado que não conseguia enxergar através da grade ou da treliça de um livro contábil. Agora ele pensa, terei Launde para mim quando chegar sua rendição. Vou construir uma casa e morar lá quando for velho, longe da corte e do conselho. Está na hora de ter algo que quero.

Ele pensa, preciso voltar para a Cartuxa, a Cartuxa de Londres, para me trancar mais uma vez em discussão com aqueles monges: homens desacostumados à fala, como eremitas, mas eloquentes em sua antipatia pelo que chamam de pretensões do rei de governar sua vida espiritual. Henrique é apenas um homem, eles dizem: mas ele responde, o que é o bispo de Roma senão um homem, e nem sequer um grande exemplar?

Ele pediu ao rei que mantivesse a Cartuxa aberta. Não há abuso e negligência por lá, e eles nunca comem carne, nem uma vez ao ano, mas subsistem das frutas e ervas que cultivam para si. Vou trazê-los para nós, ele dizia, pouco a pouco. Mas isso não parece estar acontecendo. Quando pensa na cegueira desses homens austeros, ele tem vontade de chorar. Quando pensa em Farnese, o atual papa — o cardeal Boceta, como os romanos costumavam chamá-lo —, ele tem ganas de atravessar os mares e montanhas e agarrá-lo pela goela.

Na terceira semana de fevereiro, a corte comparece ao batizado da filha de Edward Seymour. Ela é o primeiro rebento dele com a atual esposa e se chamará Jane, em homenagem ao ornamento da família; a rainha será sua madrinha. A tradição determina que o rei se abstenha de tal ocasião, mas ele parece desolado. "Traga minha joia de volta em segurança, meu lorde."

Você se pergunta sobre essas tradições, que afastam um rei de ocasiões de alegria coletiva. Qual é a lei que o tranca, na coroação de uma rainha, a uma altura vertiginosa acima das atividades, num quarto de oração? Enquanto seus súditos rugem *gloria in excelsis*, ele vê tudo de olhos semicerrados.

Henrique beija a rainha profundamente antes que ela desça a escada do cais, uma alva boneca envolta em zibelinas. Lady Maria é a outra madrinha; o padrinho, o lorde do selo privado. Sob o dossel da barcaça da rainha, ele papeia com as damas. Audley se esforça por uma reunião improvisada do conselho, mas ele o ignora; ele pode conversar com o lorde chanceler a qualquer momento.

Eles mal entraram na barcaça da rainha e já desembarcam no cais de Chester Place. Nenhum aviso do evento foi dado aos londrinos. Mesmo assim, uma multidão se reúne e aplaude Lady Maria quando ela é entregue a terra seca. Quanto a Jane, eles a observam com indiferença, sem dar vozes a favor nem contra. Eles sabem que ela não é Ana Bolena. Ela também não é a mulher morta que eles ainda chamam de rainha Catarina. Mas ele deu dinheiro a algumas mulheres na multidão, e quando elas gritam "Deus abençoe a rainha Jane", ouve-se um coro de apoio. As pessoas gritam qualquer coisa, ele pensa, depois que alguém começa. Deve ter sido assim em Lincolnshire, quando o tumulto começou. Alguns balidos rústicos, "Sigam as cruzes!", e todo o condado se levanta.

A multidão o reconhece. Eles gritam: "Está frio o bastante para você, Tom?". Ele é um padrinho robusto, envolto em peles de lince e carneiro preto. Não se pode dizer que os londrinos gostam dele, mas sabem que ele fez um bom trabalho na defesa da cidade e que prometeu comprar e armazenar armas por sua própria conta para protegê-los. Sem dúvida, eles o preferem a um saqueador de Yorkshire. Uma voz perdida proclama: "Cromwell, rei de Londres!".

Seu estômago revira. Ele volta a cabeça. "Amigo, se você me ama, cante outra canção."

Um grupo de músicos os recepciona, acompanhando-os até o interior do palácio. Guirlandas de rosas pintadas levam até a galeria. Os convidados do batizado inspecionam os antepassados Seymour, pintados na parede. O embrulho de linho de hoje terá de ser adicionado à pintura — talvez aos pés dos pais, com seu rosto vermelho e amassado como uma flor no chão da floresta.

Maria ficou em silêncio durante a curta jornada. Seu rosto parece pálido sob o toucado. Quando ela tira o manto, ele vê que ela prendeu no vestido o pingente desenhado por Hans: um anel não era praticável, afinal. Na pia batismal, ela toca a peça, quando eles se postam lado a lado: "Veja, estou usando seus versos, em louvor à obediência. Embora tenham sido presenteados pelo meu pai, conheço a origem deles".

Ele inclina a cabeça. "Minha dama."

"E obrigada pelo presente de São Valentim. O senhor me concede muito mais que meu merecimento."

"A senhorita parece muito bem hoje", ele mente. "O carmim é sua cor favorita, imagino?"

Ela murmura: "Não diminua o que fez por mim".

Por que eu faria isso, ele pensa, quando tudo aquilo quase me matou?

"O senhor me salvou, milorde, quando eu me afogava na loucura. Quando eu já quase não podia ser resgatada." A voz dela prossegue, recitando sua gratidão. Mas ela não olha para ele, ele percebe. Seus olhos passam por toda parte, mas nunca por ele.

Chester Place pertence ao antigo bispado, e Seymour está até hoje brigando pelo arrendamento. Será uma pena se ele tiver de se mudar agora, depois que mandou pintar seus ancestrais e refazer os vitrais da capela às suas próprias custas. A luz do inverno se filtra através da plumagem da fênix dos Seymour; o fogo adormecido sob as plumas é de um vermelho tão intenso que dá vontade de aquecer as mãos em seu brilho. Anjos de vidro murmuram e esvoaçam: eles seguram tambores e charamelas, açoites e coroas de espinhos. Alguns seguram martelos e pregos, para pregar Deus na cruz: a Páscoa chegará, e o Homem das Dores deve sangrar.

A pequena Jane chora com vontade na fonte. É um sinal, afirmam as damas, de que o diabo está partindo. "As mulheres são fantasiosas", diz Edward Seymour, com um tom afetuoso. A esposa dele, Nan, recebe a corte em sua grande cama, onde eles passam para beijá-la e deixar presentes. Eles dão dinheiro à ama de leite e à parteira pelo nascimento seguro, e depois consomem vinho e bolachas.

Toda a conversa é sobre herdeiros e recém-nascidos. Sir Richard Riche foi agraciado, depois do nascimento de muitas filhas, com um filho, finalmente. Com corajosa independência, num ano em que todos os meninos são Henriques, ele batizou seu bebê como Robert e fala dele com entusiasmo, uma criança robusta e com probabilidade de sobreviver. Qualquer aumento na benevolência de Riche é de interesse público. A traição de certos abades do Norte determinou que suas casas fossem desfeitas, e Sir Richard estará agradavelmente a postos para distribuir os bens. Enquanto isso, a notícia de Calais é de que Lady Lisle está grávida: seu bebê é esperado para o final da primavera, início do verão. Parece um milagre, depois que o casal passou tanto tempo sem filhos. Lisle é um homem de idade, claro, mas Honor teve sete filhos com seu primeiro marido, embora tenha se casado com ele quando o homem já tinha cinquenta e três anos.

Os Seymour não demonstram contentamento com as notícias. Eles têm processos antigos contra os Lisle, então não lhes agrada saber de acréscimos àquela família. Mas damas nobres escrevem afetuosas cartas para Honor, ansiosas por receber um pequeno Plantageneta no mundo. Artur Lisle pode ser um bastardo, mas ainda é sangue do velho rei Eduardo.

Ele detecta o homem a serviço de lorde Lisle, esticando o pescoço às margens da reunião: "Espionando, Husee?".

"Trago um presente de batizado, senhor. Do meu amo e da minha dama do outro lado do mar."

Ele tem certo sentimento de camaradagem por John Husee. Lady Lisle o esgota com suas listas de compras, e ela nunca quer pagar por nada, e assim ele vive implorando por crédito: e ele, Cromwell, se lembra de seu próprio tempo, quando a marquesa de Dorset costumava mandá-lo buscar pérolas orientais apenas com o dinheiro das ostras na bolsa.

O lorde chanceler aproxima-se ofegando: "Olá, Husee! Ouvi dizer que em Calais não há nada além de cantorias o dia todo. E Lisle dançando como se nem soubesse o que é a gota".

Husee faz uma reverência. "Estou explicando ao meu lorde do selo privado, senhor — tenho que listar tudo que a sra. Beauchamp tem no seu resguardo, para que minha dama possa fazer o mesmo."

"Ah, entendo", diz Audley. "Ela não aceitaria nada menos para si mesma, em termos de cortinados, prataria e assim por diante."

"Minha dama se pergunta", prossegue Husee, "se deveria vir para cá no período de seu confinamento, para que a criança possa nascer em solo inglês."

Ele, lorde Cromwell, revira os olhos. "Calais é solo inglês. Como esposa do lorde deputado, espero que ela compreenda isso."

Husee se vira para ele. "Mas se ela ficar confinada lá, quer que a fonte de prata seja enviada da Cantuária. Pode ajudar com isso, senhor?"

"Eu mandaria o próprio arcebispo levá-la, se Lisle fizesse o favor de agir. Ouvi dizer de dois padres pregando traição pelas ruas, e o governador vira o rosto e nada faz. Diga a ele para amarrá-los e enfiá-los num barco, endereçado para mim na Torre."

Ele pensa, se Cranmer aparecesse, com ou sem fonte, Honor trancaria a porta. Ela borrifaria água benta no limiar e atiraria sal bento nos olhos dele.

"Ouvi dizer que Lady Beauchamp tem toucas de arminho", diz Husee. "E se eu conseguir um bordado das camisolas dela, minha dama ficará muito satisfeita comigo."

Claramente, não podemos esperar que alguma coisa seja resolvida em Calais este ano. Artur Lisle obedece à esposa e jamais a irritaria durante a gravidez. Ele diz: "Estou falando sério, Husee, faça o favor de dizer ao seu amo — ou ele pega aqueles padres para mim ou terá que vir pessoalmente responder por eles. Minha paciência não é eterna. Talvez a senhora sua ama o encoraje a negligenciar seu dever, mas diga que estou vigiando. Vou tirá-lo do posto e colocá-lo ao pé da forca se ele tentar me fazer de idiota".

Husee morde o lábio. "Eu direi a ele."

"Cuidado", diz Audley. "A rainha." Ele dá um passo para trás, segurando a boina contra o peito, como se Jane fosse um cavalo em fuga. "Senhora, estamos falando de Lady Lisle. Das suas grandes esperanças de um herdeiro."

"É maravilhoso, não é?" Jane parece entediada.

"Que Deus, no seu próprio tempo bendito, também faça de vossa alteza uma mãe feliz. Sua cunhada oferece um belo exemplo."

"Ela oferece?" Jane está intrigada. "Dificilmente serei uma mãe feliz, se eu tiver uma menina. Acho que serei enviada de volta a Wolf Hall numa cesta, como uma ave que não foi vendida no dia da feira. O que acha, lorde Audley?"

Ela lhe dá as costas. O queixo de Audley desaba.

Ele olha em volta. "Lady Rochford, tem um momento?"

Não há nada urgente em seu tom. Talvez ele tenha interpretado mal as palavras de Jane? Uma mulher grávida geralmente não se torna madrinha do bebê de outra mulher, pois ela considera seu futuro muito incerto. Ele puxa Lady Rochford de lado. "É verdade que as regras dela ainda não chegaram", ela murmura. Como Maria, Jane Rochford não olha para ele — seus olhos se fixam nos convidados. "Seus seios estão inchados. Ela não dirá nada até ter certeza. Vamos rezar para que fique bem preso, não é?"

Ele olha para a rainha. "Avise-me quando ela decidir contar a Henrique."

"Sim", diz Jane Rochford, "certifique-se de estar por perto. Ele estará com bom humor para distribuir favores. Ele pode dar-lhe... o que quer que ainda não tenha. Embora isso não seja muito, não é, meu lorde do selo privado?"

Cinco minutos e os sussurros já se espalharam. Edward Seymour toma a irmã pelo cotovelo: "Acredito que está esperançosa. Vossa alteza".

"Todos estamos esperançosos", responde Jane com doçura.

Edward parece a ponto de dar um tapa nela: fazendo jogos, num momento como este! "Já esperamos por tempo demais, irmã."

"Oh, Edward." Ela suspira. "Que ansioso está para ser promovido."

"Quando estará segura para falar?"

Ele, Cromwell, diz: "Alteza, por que adiar?".

"Porque..." A rainha contempla seus motivos. "Porque, uma vez que o rei tenha esperança de um filho, o que restará para levá-lo a fazer suas preces?"

Ele troca olhares com Edward. Ela tem razão. Sempre que uma de suas rainhas esteve grávida, Henrique teve certeza de que seria um homem. Quando souber que seu herdeiro está no ventre da esposa e puder dizer novamente "Deus está satisfeito comigo", o que haverá para abster Henrique de todo desejo? Ele pode libertar todos os prisioneiros da Torre. Ou pode ir à guerra por um capricho. O rei Francisco está no campo de batalha em pessoa, dizem os relatórios: armando cercos, encomendando as grandes armas. Henrique grunhe e enrubesce quando fala a respeito. Sua perna está dolorida e Thurston tem razão: quanto mais infeliz ele está, mais açúcar ele exige.

Ele põe a mão no braço de Edward. "Ouça a senhora sua irmã. Não diga nada ainda."

Em seus momentos ociosos, ele vinha planejando um bolo que daria ao rei na Páscoa: um enorme bolo de marzipã, com esferas douradas no alto. Talvez ele o guarde para quando as notícias forem divulgadas.

Os olhos de Jane são como lagos profundos num dia tranquilo.

Quando a curta tarde escurece, ele está de volta à Rolls House, escrevendo cartas para Flandres. Dizem que Pole gastou todo o seu dinheiro e o papa não lhe deu nada: mesmo assim, Reginald desfila com seu título de legado papal, tentando vender a ideia de invadir a Inglaterra. Lorde Darcy, e sem dúvida alguns outros senhores rebeldes, enviaram cartas a ele; não precisamos lê-las para saber que os rebeldes tomam Pole como seu rei no exílio.

Agora ele descobre, através de fontes obscuras, que Pole está pedindo para falar com ele: Reginald quer que ele atravesse para Calais e que depois o encontre em território imperial, ambas as partes com salvo-conduto. Ele, lorde Cromwell, achou sensato trazer o assunto à luz do dia: então, ele perde as estribeiras na câmara do conselho, vociferando que, se estiver numa sala com o traidor Pole, só um poderá sair vivo dela.

O rei o assistiu, a cabeça inclinada, como se cético diante daquele ímpeto repentino. Para reforçá-lo, o lorde do selo privado sacudiu o punho na direção de Dover. Richard Riche ficou boquiaberto e o lorde chanceler deixou cair o estilete, em choque.

Ele polvilha seus papéis. A perspectiva de um herdeiro, ele pensa, será um golpe no coração de Pole. Embora Jane esteja em boas condições, isso muda nossos planos. O rei desejará ficar junto dela no verão. Ele jamais irá para o Norte. Não haverá coroação em York.

Christophe entra. "Aquele Mathew, espirrando", ele diz. "Se ele tem uma doença, o senhor não poderá ir à corte."

Em qualquer época, o rei sempre tem medo de contágio. E agora, é claro, todas as precauções serão necessárias.

Christophe diz: "Me-Chame está aqui para jantar".

Ele pensa, Maria olha para mim como se não soubesse quem eu sou.

A ceia é lúcio com alecrim e cebolas refogadas. Me-Chame diz: "Ouvi dizer que, quando Rafe terminar na Escócia, ele irá para a França".

"Vou tentar trazê-lo para casa primeiro. Helen diz que está doida para vê-lo. Ela está esperando um filho para o outono."

"Suponho que agora ela já conheça os sinais", comenta Me-Chame. "Parece que eles gostaram de Rafe, os escoceses?"

"Quem não gostaria de Rafe? Ele vai para a França agora com mensagens para o rei Jaime. Jaime está demorando por lá, não está?"

"Rafe encontrará o bispo Gardiner enquanto estiver em Paris. Ele não pode evitar. Gardiner está pedindo sua visita."

Ele cata o peixe em seu prato. "Deus me perdoe, mas eu me pergunto por que Ele inventou o lúcio?"

Wriothesley extrai uma espinha. "Imagino que a volta do bispo será tão grata para vossa senhoria quanto cicuta numa salada."

Ele suspira. "Vai demorar um pouco até termos salada. Eu soube da França que não haverá cerejas antes de julho."

Christophe traz amêndoas e frutas secas. Mestre Wriothesley diz: "Percebo como Lady Maria está continuamente solicitando dinheiro e favores ao senhor. Lady Rochford diz", ele sorri, "que Maria evita olhar na sua direção, apenas pelo grande amor que lhe tem. O senhor é uma visão deslumbrante demais para seus olhos de donzela".

"Temos que ser pacientes com Lady Rochford", diz ele. "Sem ela, o rei e a rainha talvez não estivessem casados. Ana Bolena ainda seria rainha."

E nosso herdeiro, não concebido. Parece que, apesar de seus ouvidos aguçados, Me-Chame não recebeu as notícias mais importantes do dia, porque ele só quer falar de Calais. "Lisle é descuidado. O senhor faz bem em adverti-lo, meu amo. Não são apenas os papistas que ele está abrigando. Há sectários, dizem. Sacramentários."

"Foi o que Chapuys me contou." Ele come um figo, meditativo. "Prefiro deitar com um escorpião a com Honor Lisle."

"Eu também", diz Christophe lealmente, entrando com queijo. "Eu a esmagaria embaixo do meu pé. O senhor se sentará para escrever seu livro do rei hoje à noite?"

Me-Chame lhe dirige um olhar curioso. Mas não pergunta nada.

Quando os senhores do Norte apresentam desculpas por sua conduta durante o inverno anterior, o rei os envia para casa usando a insígnia de são Jorge. Ele decreta a cruz vermelha como uma marca de fidelidade para todos os homens que têm uma casaca onde prendê-la: use uma fita vermelha ou costure um fio vermelho que o conecte ao seu soberano. Porque, embora os rebeldes tenham sido submetidos e suas armas confiscadas, não há trégua na guerra de palavras. O Sul chama o Norte de traidor; o Norte chama o Sul de herético. O Norte diz, vocês abusaram de nós por mil anos: tudo o que representamos é uma barreira entre vocês e os escoceses, uma muralha de cadáveres para detê-los, enquanto vocês ganham tempo para se trancar com suas esposas e filhas e guardar seu ouro em cofres.

Os sulistas dizem, vocês já foram a Dover? Já pararam nos penhascos e viram as luzes na costa francesa, e consideraram quão estreito é o mar Estreito — quanto arriscamos e quanto pagamos para salvá-los dos mercadores de escravos, piratas e bárbaros que castigam nossas praias desde que as praias foram inventadas?

Ele diz ao rei, no Norte, eles desprezam a paz do rei, eles querem administrar seus próprios assassinatos. Se Norfolk não pode subjugá-los, eles recairão na sua velha selvageria, onde cada olho, membro ou vida perdida é cobrado, e toda carne tem um preço. Na época dos nossos antepassados, a vida de um nobre valia seis vezes a de um homem que manejasse o arado. O homem rico pode massacrar como bem entender, se seu bolso suportar as multas, mas o pobre não pode pagar um assassinato ao longo de toda a sua vida. Nós repudiamos isso, ele diz ao rei: dizemos que um homem violento não pode ser libertado porque seu primo é o juiz, não mais do que um pecador rico poderia compensar seus pecados fundando um mosteiro. Diante de Deus e da lei, todos os homens são iguais.

É preciso uma geração, ele diz, para reconciliar cabeças e corações. Os ingleses de todos os condados estão apegados ao que suas amas de leite lhes diziam. Eles não gostam de pensar demais, ou de perturbar o plano do mundo que existe dentro da sua cabeça, e eles não aceitarão mudanças a menos que tornem sua vida mais fácil. Mas novos tempos estão chegando. Os filhos de Gregory — e, ele acrescenta rapidamente, os filhos que nascerão de vossa majestade — nunca verão seu país nas mãos de uma velha fraude romana. Eles não depositarão sua fé nos dentes e ossos dos mortos, ou em água benta, cinzas e cera. Quando eles puderem ler a Bíblia por si mesmos, estarão mais perto de Deus que da sua própria pele. Eles falarão sua língua, e Ele, a deles. Eles verão que um príncipe existe não para conduzir um cavalo num capacete emplumado, mas — como vossa majestade sempre diz — para cuidar dos seus súditos, corpo e alma. As Escrituras ordenam a obediência aos poderes terrenos, e assim defendemos nosso príncipe na bonança e na tribulação. Não rejeitamos parte da sua política. Nós o aceitamos como um todo, nós o consideramos ungido por Deus e supomos que Deus o guarda.

Até que esses abençoados dias amanheçam, "Façamos a paz", ele diz: "A paz é barata". Todos concordam que o Norte deve ser mais bem governado, mas por quem? Thomas Cromwell acha que precisamos de homens capazes, porém o duque de Norfolk acha que precisamos de homens nobres.

Quando uma nova insurreição começa, ela é liderada por um homem que deve muito dinheiro ao lorde do selo privado. Seu nome é Francis Bigod: um menino da casa de Wolsey, um estudioso de Oxford, zeloso pelo Evangelho até recentemente; um homem em relações amigáveis com nosso arcebispo, com Hugh Latimer, com Robert Barnes; em termos mais amigáveis ainda com lorde Cromwell. Então, o que significa, o que pode significar, que tal homem esteja cavalgando pelo campo, bradando e agitando uma espada, jurando tomar Hull de volta para os rebeldes, tomar a cidade de Beverley, lançar uma força contra o porto de Scarborough? Ele está cansado de ter a sua volta pessoas perguntando, o que isso significa e de onde vem isso? Vocês brigaram? Como se ele fosse responsável pelo capricho sanguinário de Bigod.

Ele só pode responder, Bigod me perguntou coisas estranhas nos últimos tempos. Ele perguntou como o rei poderia ser responsável pelas nossas almas: como se houvesse algum outro candidato na terra, de maior qualificação. Ele perguntou se ele, Bigod, poderia pregar no púlpito, como um padre. Quando eu disse que não, ele perguntou se poderia ser ordenado padre? Mesmo casado?

Ele está perturbado, talvez, seu juízo mudou. Mas sua loucura destruirá seus conterrâneos, levando-os à luta sob um clima em que apenas um novato faria campanha. E Bigod não está tão louco a ponto de não poder responder por suas ações. O perdão do rei foi um, e apenas por uma vez: depois disso, lei marcial.

Hans vem vê-lo. "Ele decidiu que quer um mural."

"Isso é mais difícil?"

Hans esfrega a barba. Ele quer falar sobre termos; ele quer entrar nos orçamentos reais, com hospedagem e víveres e uma oficina em Whitehall ao longo da vida desse projeto e além. Ele pede uma garantia de trinta libras por ano e assim recusará outras comissões e se declarará pintor do rei da Inglaterra.

"Trinta?" Ele faz uma careta. Mas, enfim, Hans tem uma amante e dois filhos para manter, além de sua família do outro lado do mar.

Hans diz: "Há um pedaço de parede na câmara privada, eu a medi em vinte e dois pés".

"A câmara privada? É onde ele quer?"

"Eu não faria um mural lá sem a permissão dele."

"Pensei que ele o desejaria na câmara de audiências. Para impressionar o mundo inteiro."

"Não. Ele só quer impressionar você. E seus cavalheiros atendentes. E suponho que algum pobre estrangeiro que ele leve para uma visita."

Claro, a câmara privada não é tão privada hoje em dia quanto seu nome indica. O rei não espera estar sozinho lá. Se ele quer solidão, ou a companhia de uma ou duas pessoas, ele encontra um santuário para si em todas as casas: uma sala de canto onde ele toca um alaúde, ou uma biblioteca secreta no alto de uma escada em espiral.

Hans diz: "Não me importo se poucas pessoas o virem, desde que sejam as pessoas certas. Eu pretendo pôr a cabeça dele" — ele mede acima da própria cabeça — "nesta altura. Não há mal algum em lhe conceder um pouco a mais."

"De perna", ele sugere, "não de corpo. Ou estava pensando de outra coisa?"

Hans ri. "Vou desenhá-lo com seu robe bem aberto, para que o mundo possa ver a maravilha. Um generoso volume ornamentado."

"Quão grande será? Digo, a pintura."

Hans estende os braços e depois gira, demonstrando no espaço. "Ele se pergunta se também deveria pintar o pai."

"Na mesma imagem?"

"Pode ser feito."

E a mãe, por que não? Uma fila de reis e rainhas, prologando-se à distância azul. E um nascituro pairando, como a sombra de um pássaro contra o vidro.

"Então ele deve estar disponível para mim", explica Hans. "Para esboços. Eles devem ser detalhados, isso levará tempo. Depois, posso dispensar seu corpo. Ele não precisa estar presente. Posso me reunir apenas com suas roupas."

"Você não me deu essa escolha quando me pintou."

"Mas eu falhei com você", diz Hans num tom seco. "Você deveria ter sido pintado por outro mestre, algum morto, porque só Deus sabe, você parecia morto. Você conhece Antonello, aquele sujeito de Messina? Ele teria arrancado alguma expressão do seu rosto."

Ele já viu o trabalho daquele mestre. Quando Antonello pintou os grandes de Veneza, capturou a cética sobrancelha erguida, o indício de um sorriso falso. Mas os venezianos não gostaram de seu trabalho; ele sabia demais sobre eles.

"A propósito", diz Hans, "como está sua filha?"

"Foi para casa." Ele não pretende dizer mais.

"Ela não gostou da Inglaterra? Ou não gostou de você?"

Hans, ele pensa, provavelmente sabe de Jenneke há anos. Isso explicaria certos trechos de conversa interrompidos: olhares de lado, fugidios. "Hans", diz ele, "não faça perguntas a menos que saiba o que fazer com as respostas."

Março, 1537: dia após dia, na Torre e na Rolls House, o lorde do selo privado destrincha os eventos do ano passado. Com testemunhas, interrogatórios em sua presença, com secretários e mestre Wriothesley, ele desnuda, dia após dia e nome após nome, o mecanismo da revolta.

"Então você diz que foi coagido à rebelião? Que fez um juramento contra sua vontade? Por favor, nomeie os rebeldes que recorreram a você e diga quando. Como eles foram armados? Eles usaram força contra sua pessoa? Eles ameaçaram usar força contra sua pessoa? Você diz que seus cavalos foram confiscados, sua palha foi incendiada, sua esposa, insultada — tem testemunhas? Você alega que os rebeldes incendiaram sua propriedade, que incluía bens móveis no valor de...? Não mantinha um inventário? Ah, entendo, eles queimaram seu inventário. E o que fez para combater suas ameaças? Não enviou mensagens para seus amigos em busca de ajuda? Você enviou, e eles não se mexeram? Por que não? O que fez contra eles, que os levou a abandoná-lo?"

Mestre Wriothesley usa as zibelinas que recebeu de presente de nosso homem em Bruxelas. Christophe acende o fogo. Ele, lorde do selo privado, agora mantém sua própria adega de vinhos aqui na Torre. Ele tem uma caixa-forte, para trancar os interrogatórios de modo que ninguém possa interferir neles da noite para o dia, escrevendo nas entrelinhas. Ajudantes entram e saem — homens dos espólios, seu parente John ap Rice e um clérigo útil chamado Edmund Bonner, um homenzinho intrometido e cheio de tiques, com os olhos nas damas e os ouvidos nos mexericos. Os bispos, ainda trabalhando em sua nova declaração de doutrina, enviam-lhe pesadas pastas todas as noites. Deixando os suplicantes arruinados na Torre, ele volta para casa a fim de numerar os sacramentos. Os interrogatórios se estendem por toda a primavera. Para cada resposta, ele tem seis perguntas. Ele está disposto a aplicar dores a um homem, se nada mais funcionar, embora a ameaça funcione melhor, e ele considera uma derrota ter de pedir correntes e ferros aquecidos.

Wriothesley não tem paciência: porém ele é jovem e tem uma família que gostaria de ver às vezes. Ele o toca no cotovelo: "Senhor, é uma dor leve demais, e temos um rebelde teimoso diante de nós, e já é tarde. Acredito que ele pode suportar mais".

Mas ele pensa, não, nenhum de nós pode suportar nada. Arranhe sua pele e, por baixo, há uma criança, berrando.

Ele diz: "Você pode tentar ouvir. É assim que se descobrem as coisas".

"Mas e se ele não disser nada?"

"Então ouça o silêncio dele." Ouça através do seu silêncio. Imagine o que poderia dar a ele para fazê-lo falar — em vez do que você poderia tirar. Talvez ele deva morrer, e sabe disso; mas algumas mortes podem ser enfrentadas e outras não. Quanto vale ser poupado da castração e da expectativa dela? Você poderia oferecer a ele o choque do machado, o tapete de sangue, não o pânico do semienforcamento e a agonia da faca no intestino. É tudo uma questão de precisão, ele explica a Me-Chame. Dê a ele algo pelo que viver, ou ofereça uma morte que o poupe da vergonha. Garanta-lhe que, ele nos ajudando ou não, o rei pagará suas dívidas e cuidará da sua família: essas pequenas misericórdias podem fazer um criminoso chorar e dobram sua vontade.

Em nenhum outro país isso poderia acontecer. Nos domínios de Francisco ou Carlos não haveria tréguas, negociações ou sessões de perguntas e respostas que se estendem do Advento à Trindade. Uma vez apreendidos, os nobres suspeitos seriam torturados e mortos, e os mortos comuns seriam esquartejados e abandonados a céu aberto. Ele diz, onde não podemos evitar a severidade, ainda podemos temperar a justiça com a misericórdia. Onde homens leais foram destituídos de propriedade, a Coroa os compensará. Onde o rei foi bem servido, deve haver recompensas. Onde sua autoridade foi tratada com desprezo, a retribuição deve ser rápida e pública. No Norte, Norfolk pendura os violadores da trégua nas árvores. Ele os enforca em correntes, quando as consegue, mas o ferro é muito caro e a corda serve. Suas esposas vêm à noite para cortá-las, mas o rei diz que todas as mulheres que forem apanhadas devem ser punidas com rigor. Ele deseja que os cadáveres permaneçam ali por toda a Páscoa e no clima quente: assim como penduramos um corvo apodrecido numa cerca, como exemplo para que outros pássaros não roubem nossas colheitas. Em Londres, cabeças são espetadas na ponte e os membros dos traidores são pregados nos portões. Mas o frio impede que eles apodreçam e os cidadãos ficam nauseados pela visão.

Em meados de fevereiro, o jovem Bigod é capturado. Seus capitães estão sob custódia. Tyburn espera por eles, na estação apropriada: sem pressa. O verão limpará os estragos do inverno. Thomas Cromwell nunca recuperará o dinheiro que lhe é devido. Henrique também não aprenderá que deve enterrar os mortos.

Ele manda chamar Thomas Wyatt para vê-lo na Rolls House. Como todo cavalheiro leal, Wyatt cavalgou contra os rebeldes, mas há outra tarefa para ele. Há muito que ele implora para ser enviado para fora do reino. Agora ele irá como embaixador do imperador. Isso significa seguir Carlos por toda a Europa, verão e inverno: um cargo ideal para um homem inquieto. O posto precisa de força honesta e palavras melífluas, e certa disposição de enevoar as intenções do rei da Inglaterra: e, como Wyatt lhe diz que, para ele, nada jamais está claro, e nenhuma verdade é uma verdade única, ele parece o homem ideal para o trabalho.

O imperador continua a pedir que Lady Maria se case com o irmão do rei português. Ele apresenta dom Luís como sábio, discreto e amoroso. Ele ficará contente em residir na Inglaterra, em vez de retirar a princesa de sua terra natal.

"Wyatt", diz ele, "pergunte ao imperador quanto ele nos pagará por Maria. Diga com delicadeza — mas não se engane se ele citar grandes somas, pergunte como ele garantirá a dívida. O rei não se separará dela em troca de promessas."

"Você não quer esse casamento", diz Wyatt.

"Mais importante, ela não quer."

"O que você quer?"

"Apenas protegê-la."

"O rei precisa de um amigo na Europa", diz Wyatt. "O tipo de amigo especial que ele só pode conseguir com um casamento."

O rei poderia conseguir uma tropa de amigos na Suíça e entre os príncipes germânicos. Tudo o que precisamos é concordar com uma simples declaração de doutrina, e teremos suficientes aliados. Ele franze a testa. "E se um casamento deve ser feito, melhor Eliza que Maria."

"Está pensando longe, senhor. A pequena dama fará quantos anos, quatro este ano?

"E, portanto, não pode ser consumado", ele diz. "Não durante dez anos — e mesmo assim seria cedo. Doze anos, se alegarmos que ela é delicada. Não será um casamento verdadeiro, e assim, se não nos servir, podemos deixá-lo de lado."

"Você está guardando a virgindade de Maria", diz Wyatt.

Ele dá de ombros.

"Você foi seu par de São Valentim. Wriothesley está contando para todo mundo que deu um belo presente para ela."

No banquete anual da corte — Wyatt sabe bem —, sorteamos nossos pares. Portanto, ninguém fica de fora, jovem ou velho.

"Nunca se sabe com Cremuello", diz Wyatt. "Lembro-me de quando os boatos diziam que você estava fazendo propostas a uma certa srta. Seymour, que agora é rainha."

Frio como uma pedra, ele pergunta: "De onde saiu essa ideia?".

"Ela teria vivido melhor", diz Wyatt.

"A rainha não é infeliz."

"Você deve saber, meu amo. Você sabe muitas coisas sobre mulheres que são encobertas do resto de nós. Como fazer avanços com elas. Como desfazê-los."

O último verão, logo se vê, erodiu o temperamento de Wyatt, desgastou sua paz interna. Embora ele tenha escapado da forca, ele precisa viver puindo a corda, triturando as fibras em seus dedos. "Wyatt", ele diz, "essa conversa me destruirá. Essa é sua intenção?"

"Ponha-se no meu lugar. Em todas as conversas que mantivemos durante doze meses, tive que me perguntar, ele está tentando me salvar ou está tentando me afogar? Sou uma carga preciosa ou serei atirado ao mar?"

"Bem, a prova é você mesmo", diz ele. (Que o poeta faça o que puder com aquela imagem.) "Você ainda está respirando."

"E serei seu até meu último suspiro." Wyatt se levanta e se espreguiça. "Eu o seguiria até os confins da cristandade. Que é aonde vou agora, perseguindo Carolus."

Wyatt se procura no espelho. Num ajuste invisível, seu dedo passa pela pluma na boina. "Cuide de Bess Darrell enquanto eu estiver fora."

Ele tira um dia de folga e caminha pelos jardins de Austin Friars com seus jardineiros, Mercy Prior se apoiando em seu braço. A madeira do caramanchão do jardim está encharcada ao toque e as paredes se tornaram fofas almofadas de musgo. As estacas que sustentam suas jovens árvores parecem trepidar com sua própria vida verde interior.

Ele convida Richard Riche para jantar, para perguntar o que pode ser feito pela outra Bess — Lady Oughtred. "O marido dela lhe deixou provisões miseráveis. Ela quer uma casa própria."

"A família Seymour merece as benesses do rei", diz Me-Chame. "Riche, pode ajudá-la com alguma abadia?"

Riche diz: "Os senhores descobrirão que ela se prepara para um novo casamento. Estou surpreso, senhor, que suas amigas entre as damas não tenham mencionado isso. Ela mira alto, e é bem apropriado que assim o faça. O conde de Oxford foi mencionado".

John de Vere é um velho viúvo: já enterrou duas esposas. Ele é o décimo quinto conde. Imagine, ele pensa, ser o décimo quinto algo.

Thurston experimentou um novo prato de bacalhau — alho, açafrão, erva-doce. Só branco e amarelo, como ele disse: é como se tivesse sido vomitado pelos convivas. "Ouvi dizer que terá a abadia de Quarr", ele diz a Me-Chame. "Bons arrendamentos para você com aquelas mansões. E os bosques valem umas boas cem libras, não é?"

Dez monges em Quarr, todos os quais desejaram a continuidade de seus votos. Cerca de trinta e oito pessoas que os atendem. Pedras brancas, vistas para o mar, cinquenta e cinco libras de dívida: não é uma casa grande, mas em Devon há terras que, com as dívidas quitadas, devem chegar para Me-Chame dentro de seis meses. "Estou pensando em Launde para mim mesmo", ele comenta.

Riche diz: "Launde ainda não caiu. Ela vale quatrocentos por ano".

"Eu posso esperar."

Ele observa o prato de peixe sendo retirado. Ele é tomado por um pensamento feliz, e não tem absolutamente nada a ver com abadias.

Ele pede uma audiência com a rainha. "Quando sua irmã Bess virá para a corte? Vossa alteza precisará da companhia dela nos próximos meses."

"Suponho que esteja certo", diz Jane. Ela conta nos dedos. "Parece muito tempo até outubro."

Há um burburinho que se espalha de onde ela está sentada, atravessa a sala, atravessa a corte, atravessa a Inglaterra e chega ao outro lado do mar. Finalmente, as notícias são públicas.

"Meu amo de Beauchamp, felicito toda a sua família", proclama a corte. O belo rosto de Edward relaxa em sorrisos; ele se inclina e passa, como se numa radiante nuvem, para enviar uma mensagem a Wolf Hall e uma mensagem a seu irmão Tom, que está na frota do rei.

Agora, o espaço em torno da rainha se torna um espaço bendito. Todos os ares desagradáveis e sons discordantes devem ser banidos. A criatura gelatinosa em seu interior se retrai com palavras duras ou luzes fortes, e Jane deve ser protegida delas, bem como da luz solar intensa ou das correntes de ar. Somente os mais finos tecidos devem tocar sua pele, e que nenhum odor a assalte, apenas a doçura da grama de verão e o aroma levemente picante das pétalas. As patas dos cães de companhia devem ser limpas antes que eles possam se impor à sua pessoa. Nenhum cortesão que espirre ou tussa, ou que conheça alguém que espirra ou tosse, deve chegar perto dela. Apenas as belas visões devem encontrar seus olhos: porém, ele diz a ela: "Não podemos fazer nada a meu respeito, madame".

Quando o rei se reúne com seu conselho, os cavalheiros batem na mesa com alegria. "Um ótimo dia para nossa nação", eles gritam, e "Isso surpreenderá o imperador" e "Isso deixará o narigão da França fora do lugar".

Henrique diz: "Não é necessário que as notícias sejam divulgadas ao povaréu". Ele parece tenso. "Não por algum tempo."

"Acho que já foram", diz Fitzwilliam, "e não há homem ou mulher na Inglaterra que não deseje o bem a vossa majestade e que não reze de joelhos todas as noites para que a rainha lhe dê um menino robusto."

Henrique responde: "Eu gostaria que o cardeal estivesse...". Ele se interrompe. Ele, Thomas Cromwell, baixa os olhos para os documentos na mesa. O conselho se ergue, o burburinho de felicitações ainda flutuando no ar. "Fitz, fique", diz Henrique. "Cromwell?"

O barulho recua: há risadas abaixo; há risadas acima, talvez, do cardeal aplaudindo de algum lugar além do *primum mobile*. Os mortos nos observam, zelosos das antigas causas.

O rei diz: "Jane quer fazer uma peregrinação ao santuário de Becket". Ele franze o cenho. A Cantuária não guarda boas lembranças: foi onde a profetisa Eliza Barton se levantou, agarrou seu braço e disse que o rei logo estaria morto.

No entanto, Barton foi enforcada. E Henrique prospera. Deus confunde todos os falsos profetas! "É claro que iremos", diz Henrique. "A rainha deve ir aonde quiser, enquanto pode viajar com segurança. Até para Wolf Hall, se ela tem algum desejo como esse. Mas, meu lorde... meu lorde do selo privado?"

Ele quer pôr a mão no ombro do rei, que se senta, suando, numa sala fria; os lordes do conselho levaram consigo a alegria e o calor, e não há calor nos raios dispersos do sol de primavera que estão tracejando uma trêmula linha na parede.

O rei diz: "Sou um homem que... minhas esperanças... depois de tanto tempo... e quero ter certeza...".

Fitz ergue as sobrancelhas.

"Quando me casei com a rainha, isto é, antes de me casar com ela... não preciso lembrá-los das circunstâncias, mas tenham certeza de que, embora eu tenha agido de forma apressada, ainda sou constante nas minhas afeições..."

"Diga de uma vez, senhor", incita Fitzwilliam.

"Nós somos casados de verdade?", indaga Henrique. "Quando entrei nesse pacto, não havia nada para impedi-lo ou frustrá-lo?"

"O senhor pergunta", ele diz, "se não há nada sobre a rainha que deveria ter sabido?"

Fitz parece chocado. "Tenho certeza de que o senhor não encontrou motivo para questionar a virgindade daquela graciosa dama."

Henrique cora de leve. "De maneira nenhuma. Mas os senhores têm certeza de que fizeram tudo o que deveriam, no papel de meus conselheiros? As investigações mais diligentes? Estão certos de que ela era absolutamente livre para contrair matrimônio?"

"Não havia nenhum pré-contrato", responde Fitz, "se é isso que perturba vossa majestade."

"Mas ela não foi cortejada por William Dormer em certo momento?"

"Foi algo que passou e nada mais", diz Fitzwilliam.

Ele responde: "Não foi nada".

Fitz diz: "Para ser franco, senhor, a família Dormer não aceitaria um acordo. Eles concluíram que os Seymour não eram...".

"Ricos o bastante", ele termina.

"Então os senhores pensam que não houve nada entre eles?" O rei se levanta. "Se os senhores têm certeza... Porque preciso ter certeza. Porque não posso começar a esperar de novo, isso me matará. Eu perdi Richmond. Nunca tive um filho nascido em casamento que tenha sobrevivido. Devo saber que dessa vez estou seguro. Que ninguém poderá questionar sua primogenitura. Eu tenho sido paciente. Certamente Deus me recompensará agora." Há um brilho de lágrimas em seus olhos. Ele, Cromwell, vira as costas, e logo Fitzwilliam, para não vê-las se derramando. Mas o rei diz: "Eu já deveria conhecê-lo agora, hein, Crumb? Se já houve um homem meticuloso, esse homem é Thomas Cromwell".

O rei aperta seu ombro. Há uma nova mágica no toque real. Ele transmite uma visão, uma visão do que a Inglaterra poderia ser. Você imagina a cidade de Londres nos dias em que os profetas caminhavam por suas ruas, quando os anjos se agrupavam nos beirais; você ergue os olhos ao sair de casa, ouvindo as fortes batidas de suas asas no ar.

Em sua primeira sessão com Hans, o rei mal consegue andar com o peso da ornamentação. "Qual é a melhor maneira de fazer isso, mestre Holbein?" Seu rosto é solene, atencioso.

Hans acena uma mão no sentido dos cavalheiros da câmara privada, os pajens, os curiosos: é um movimento de apagamento.

A câmara se esvazia. O espaço se abre em torno do rei. "Posso ficar?", ele pergunta.

Henrique diz: "Pode sentar-se comigo, meu lorde Cromwell, mas não preciso de conversa".

Ele sorri. "Eu ficarei se vossa majestade me conceder cinco minutos quando Hans terminar."

Henrique não responde. Ele fixou o olhar na vacuidade e parece estar pensando em Deus. Ele, o secretário-mor, afasta-se para a janela, sentando-se num banquinho e examinando seus papéis. Sua spaniel se atira a seus pés. Não há som na sala além do ronco suave da cadela, com a exceção de que, a cada respiração do rei, suas vestes se movem e ciciam: como se, uma fração de segundo depois que o rei respira, suas roupas também respirassem. Por trás do silêncio, ele começa a ouvir outros sons: passos acima, um corre-corre do lado de fora da porta, um vento árido que testa o vidro da janela em seu batente. De vez em quando ele ergue os olhos para Henrique, caso o rei deseje algo. Depois de certo tempo, o rei se cansa de Deus e começa a observar seu ministro. "Eu me pergunto como enxerga o que está lendo."

"Eu sou afortunado."

"Hum", o rei responde. "Deveria banhar seus olhos com uma decocção de arruda."

Enquanto trabalha em seus desenhos, Hans contrai os lábios e trinca os dentes. Morde o lábio inferior. Cantarola. Quando ele se afasta e solta a respiração, há uma sibilância, quase um apito.

O rei diz: "Deveríamos ter música, talvez".

"Mestre Hans está fazendo o possível para fornecê-la", ele comenta.

Henrique diz: "O que queria comigo, meu lorde do selo privado?".

"Falar do rei dos escoceses, com sua permissão. O senhor sabe que ele ainda está na França, ele não partiu com sua noiva. O pai dela está apreensivo com a ideia de mandá-la para uma travessia no mar. Dizem que ela é tão frágil que se pode ver através dela."

Henrique bufa. "O rei da Escócia é quem está apreensivo. Ele está tremendo. Ele andou se vangloriando para Francisco de que chutará meu trono de sob minha pessoa, e agora deve enfrentar as consequências. Ele teme que um dos meus navios o leve assim que ele estiver fora do porto."

"De fato, mas agora ele apela a vossa majestade como um cavalheiro — ele quer encurtar a viagem, desembarcar com a noiva em Dover e ter salvo-conduto até a fronteira."

Henrique responde: "Como assim, depois que seu séquito engoliu tudo no seu caminho e semeou a sedição enquanto marchava? Desfilaram suas forças pelo Norte, mostrando seus estandartes? Ele acha que sou um tolo?".

Hans corta seu cantarolar. Ele tosse.

Ah, bem. É uma chance perdida de um encontro entre dois monarcas, tio e sobrinho, que há muito evitam um ao outro.

A mão do rei repousa sobre o punho de sua adaga: "Desse jeito?", ele pergunta para Hans.

Hans responde: "Perfeito".

Henrique relaxa os ombros, flexiona os joelhos. A pintura de um retrato congela os músculos, torna os pés difíceis de manobrar, faz com que os cotovelos pareçam pertencer a outra pessoa. Quanto mais tenta ficar quieto, mais o rei se mexe. Ele diz: "Recebi mensagens da Irlanda. Eles querem que você vá e fique por lá durante uma estação, lorde Cromwell. Eles acham que você pode impor ordem. Eu suponho que poderia".

"Então eu devo ir?"

"Não. Eles podem matá-lo."

Hans cantarola.

O rei muda de posição. "Quando os bispos vão se pronunciar?"

Desde o início do ano, os bispos têm trabalhado em sua profissão de fé. Foi apenas em julho passado que os dez artigos foram publicados, dando origem a meses de debate. O rei espera que uma nova declaração consolide a opinião. Mas cada vez que os bispos enviam algum texto a Henrique, ele escreve por cima e torna as proposições deles sem sentido. Depois os papéis voltam a Thomas Cranmer: que emenda as emendas do rei e aproveita para corrigir sua sintaxe.

Hans diz: "Vossa majestade pode fazer a gentileza de virar o rosto? Não para lorde Cromwell, para mim?".

Henrique obedece. Ele olha para o pintor e fala com o ministro: "O homem de Lisle esteve aqui? Fico pasmo por Lady Lisle ainda não estar recolhida à sua câmara. Ela deve estar perto da hora".

"Vossa majestade será o primeiro a saber."

Hans diz: "Se ela tiver um menino, lorde Lisle disparará canhões; se for um dia quieto, eles vão ouvir em Dover e colocarão um mensageiro na estrada. Espero que os muros de Calais não desabem".

"Mestre", ele sussurra, "está passando do limite. Atenha-se ao seu ofício."

Às vezes, sentado ao lado do rei — está tarde, eles estão cansados, ele vem trabalhando desde a primeira luz —, ele permite que seu corpo se confunda com o de Henrique, de modo que seus braços, contíguos, perdem sua forma e se tornam enevoados como a água do degelo. Ele imagina a ponta de seus dedos resvalando, sua mente encontrando a vontade real: a tinta rascunhando o papel. Às vezes o rei dorme sentado. Ele permanece sentado a seu lado, mal respirando, cuidadoso como uma babá com um pirralho irrequieto. Logo Henrique tem um sobressalto, acorda, boceja; e diz, como se ele fosse culpado: "É meia-noite, mestre!". O passado se esvai: o rei esquece que ele agora é "meu lorde"; ele esquece que o nomeou. Ao amanhecer e ao crepúsculo, quando a luz é uma concha de ostra, e novamente à meia-noite, os corpos mudam sua forma e tamanho, como gatos que deslizam de um sótão para o muro e desaparecem no escuro.

Mas hoje não são nem dez horas: uma manhã de início de primavera, a luz como um borrão de prímulas. "Não é hora do almoço?", o rei diz, e depois: "O que soubemos de Norfolk?".

"Que ele tem um resfriado. Uma descompostura. A cada dia um refluxo."

O rei ri. "Uma alma tão delicada. Como a princesa Madeleine."

Hans censura. "Um semblante solene, se estiver de acordo, majestade? E os olhos em mim? Se lorde Cromwell fizer algo que justifique que o senhor se vire, eu informarei vossa majestade."

O silêncio volta. Em Florença, ele pensa, um artista faz um homem inteiro num molde. Você o desnuda e o esfrega com banha, e o fecha num molde até o queixo. Depois o enche de gesso e deixa endurecer e, quando está pronto, você pega um cinzel e abre o molde como uma noz. Você tira o homem para fora, sua pele rosa e vermelha por toda parte, e o lava, depois promete modelar a cabeça outro dia: mas já tem a forma que poderá usar para sempre, para fazer sátiros, santos ou deuses do monte Olimpo.

Lá embaixo, na cozinha privada, eles estão assando bolinhos para o almoço. Sua spaniel acorda num sobressalto e corre em círculos animados enquanto o aroma se eleva. Os olhos do rei a seguem; Hans a apanha e a entrega a um servo, dizendo com rigor: "Busque-a mais tarde, meu amo".

À medida que a hora vai passando, mais e mais ruídos se acumulam: o golpe das ferraduras nas pedras, explosões de gritos em pátios distantes, trombeteiros repassando seus exercícios: até que toda a corte parece estar lá dentro com eles. Enquanto isso, a expressão do rei muda lentamente, como se a lua crescesse; assim, quando Hans sinaliza que terminou, Henrique parece brilhar por dentro. Ele se recompõe, reorganiza suas vestes. E diz: "Acho que a rainha deveria estar na minha pintura".

Hans geme.

O rei diz: "Venha a mim mais tarde, Cromwell".

"Quão mais tarde, senhor?"

Sem resposta: Henrique se retira. Um rapaz de Hans reúne os desenhos. As cabeças do rei estão viradas para um lado e para o outro; sua testa está franzida ou lisa, seus olhos estão vazios ou hostis, mas a boca é sempre a mesma, pequena e firme.

"Foi tempo suficiente, Hans?"

"Suponho que sim. Eu só queria a cabeça dele."

"Deveríamos ter um alaudista na próxima vez."

"Com você na sala? Você é perigoso para eles."

Mark Smeaton resiste ao esquecimento. Mas ainda não passou um ano, afinal. Ele retruca: "Eu lhe direi mais uma vez, não machuquei Mark".

"Ouvi dizer que quando ele saiu da sua casa, seus olhos estavam pendurados nas bochechas."

Hans não parece indignado: mais curioso, como se ele imaginasse fazer um desenho anatômico.

"As testemunhas o viram no cadafalso", ele responde, "sem ferimentos. Não teste minha paciência. E não teste a do rei."

Hans responde: "Henrique é fácil. Ele nunca demonstra que gostaria de estar em outro lugar. Ele assume como seu dever ser pintado. Você não vê? Seu rosto brilha com a maravilha de si mesmo".

No final de maio, o bebê da rainha cresce. Os *Te Deuns* do Domingo da Trindade celebram não apenas a esperança em seu ventre, mas também o final da temporada de campanha. As igrejas paroquiais tocam seus sinos, canhões são disparados da Torre, e barris de vinho grátis são rolados pelas pedras do calçamento, para que até os mendigos possam se unir ao clamor, "Deus abençoe nossa boa rainha Jane". Os estandartes pendem das janelas, fitas tremulam nos telhados, as andorinhas trinam, os salmões saltam e os mortos nos pátios das igrejas de Londres bamboleiam seus fêmures e patelas.

Jane se opõe a posar para o retrato, dizendo: "Mestre Hans olhará para mim".

Mas ela cede à vontade do rei, solicitando apenas que lorde Cromwell esteja presente: ela parece ter medo de que o artista grite com ela numa língua estrangeira. Ele faz as apresentações e depois recua, de modo a ficar fora das vistas do pintor.

"Aqui?", pergunta Jane.

A rainha assume sua posição. Sua irmã Lady Oughtred, agora na corte, inclina-se para arrumar suas saias. Jane está rígida como uma mulher num catafalco. Ela posa com as mãos cruzadas sobre o filho, como se para mantê-lo em ordem. "É correto respirar", lembra Hans. "E certamente vossa alteza pode sentar-se, se assim preferir."

O olhar de Jane repousa a meia distância. Sua expressão é remota e pura. Hans diz: "Se vossa alteza pudesse levantar o queixo?". Ele suspira; ele se mexe, ele dá voltas em torno da rainha e murmura. Hans está insatisfeito; o rosto dela está inchado; ele não consegue encontrar os ossos dentro dele.

Jane fala apenas uma vez: "Lady Lisle já deu à luz?".

"Não deve faltar muito, senhora", ele responde, de seu lugar à janela.

"Deus lhe dê uma boa hora", comenta Lady Oughtred.

Sua mente passeia, vaga: ele tira um livro de preces do bolso e o folheia, mas uma imagem de água, da luz do dia sobre a água, começa a tremeluzir e fluir entre seus olhos e a página. Ele pensa numa mulher sentada, ereta num emaranhado de lençóis, os seios nus, a luz do sol deslizando sobre seus braços. Ele pensa em si mesmo ao anoitecer, na calçada escorregadia ao lado da Casa Germânica em Veneza, seu amigo Heinrich perguntando quando eles saltam do barco: "Quer ver nossas deusas na parede? Você, guarda, levante sua tocha".

De modo quase imperceptível, o queixo de Jane cai de novo. Hans se aproxima dele. Não importa, sussurra Hans, se ela se senta, se levanta, se ajoelha, qualquer coisa que ela queira fazer; suas mãos, sua postura, eu posso consertar mais tarde, e podemos enfiá-la em outro vestido se ela quiser, ou pintar mangas diferentes, podemos pôr o toucado um pouco para trás e, quanto às joias, eu lhe darei peças desenhadas por mim, que serão um bom anúncio das minhas capacidades, Thomas, não acha? Mas eu preciso captar o rosto dela, apenas por esta hora. Então implore a ela — que ela me conceda um olhar.

"O rei desejará que ela apareça como é", ele avisa. "Sem lisonjas."

"Não é meu hábito."

"Eu garanto que, quando ele se casou com ela", diz a irmã, "ela não se parecia tanto com um cogumelo."

A condição feliz da rainha agora é conhecida em toda a Europa e o nome Seymour é exaltado. É hora de ele, Cromwell, iniciar conversas com Edward.

"A senhora sua irmã", diz ele. "A viúva de Oughtred."

"Sim", diz Edward.

"A mão dela em casamento."

"Sim?"

"Acredito que o senhor vem conversando com o conde de Oxford. Sabe que ele é mais velho que eu?"

"Ele é?" Edward franze a testa. "Sim, eu imagino."

"Será que Bess não preferiria um jovem rapaz?"

Edward parece pensar que algo impróprio foi sugerido. "Ela conhece seu dever."

"Vejo que é uma promoção para o senhor, aliar-se por casamento à família Vere. No entanto, os Seymour são uma casa tão antiga quanto os Vere, eu imaginaria, antiga e da mesma qualidade, ainda que menos recompensada até agora. Os Vere têm mais poder, porém não gozam de mais estima."

"Então o que está dizendo?" Edward está cauteloso.

"O senhor não precisa de Oxford para fazer sua fortuna. Ela já está feita. E sugiro que uma noiva poderia ser mais feliz em outro lugar."

"Isso é uma surpresa", comenta Edward. "O senhor então...?" Ele fecha os olhos como se estivesse em oração. "Isto é, o senhor está disposto a..."

"Estamos dispostos", ele responde.

"E pronto? Para falar de dinheiro?"

"É meu assunto favorito", ele responde.

Somos duros, os Cromwell, hein? Edward tenta sorrir.

"Mas, Edward, isso poderia ser excelente", ele prossegue. "Podemos fazer uma aliança no sangue, bem como na câmara do conselho. Não tema. Toda a graça e boa vontade estão do seu lado, e a substância rude virá do meu. Eu construirei uma nova casa para Bess. Enquanto ela espera, não lhe faltará um teto sobre a cabeça — Mortlake está muito ampliada, e há Stepney, que é uma casa muito agradável em qualquer estação do ano, e há Austin Friars, é claro — todas as minhas propriedades estão à disposição dela, e se houver alguma casa do rei de que ela goste, tenho certeza de que, pela sua bondade, ele nos emprestará. Ela terá tudo que posso dar para fazê-la feliz."

Edward responde: "Eu ouvi cavalheiros especulando — com todo respeito a vossa senhoria — que Thomas Cromwell não vem de berço baixo, afinal. Que você é o filho natural de algum nobre".

Ele se diverte. "Eles dizem qual?"

"Eles consideram, de que outra forma se explica seu talento para governar homens?"

Walter governava com o punho, ele pensa.

"Bem, seja como for", prossegue Edward, "eu conversarei com minha irmã e conhecerei sua vontade. E a rainha, ela terá uma opinião, é claro. Não sei o que direi ao conde de Oxford..."

"Eu falarei com ele."

"Sim?" Edward medita a respeito. "Chegamos muito longe juntos, meu lorde", ele diz, abraçando-o, "desde que o recebemos em Wolf Hall."

Ele vai para casa e diz a Gregory: "Encontrei uma noiva para você".

"Muito bem", diz Gregory. "Eu terei paciência até o senhor dizer quem é."

Ele caminha às pressas. Há seis bispos aqui para vê-lo e uma delegação da embaixada francesa. Mas, naquela noite, meu lorde do selo privado dorme profundamente, sob seu dossel de tecido violeta e prateado, embaixo de um teto salpicado de estrelas douradas.

No Dia de São Jorge, na capela da Ordem da Jarreteira, o rei seleciona o conde de Cumberland para preencher uma vaga vazia, em troca de seus escritórios na fronteira escocesa. É o primeiro de uma série de tratados tácitos, como espera meu lorde do selo privado, que liberarão postos no Norte para jovens inteligentes de sua escolha e cujas lealdades não estejam com as grandes famílias, mas apenas com ele e com o rei.

O avô de Cumberland era conhecido como o Carniceiro, e a família não se abrandou desde então. Gerações e gerações de brutalidade trouxeram grande sofrimento aos arrendatários; não é de admirar que eles tenham se voltado contra ele, na última rebelião. Mas tais magnatas, mesmo em nossos dias, são mais controlados com ofertas de recompensas. E a Jarreteira é a ordem de cavalaria mais antiga da Europa, a maior honra que o rei pode conceder.

Mestre Wriothesley se aproxima dele: "Devo dizer a vossa senhoria o que os arautos estão comentando?".

Ele espera.

"Eles dizem que o rei está decepcionado por ter que entregar a Jarreteira a Cumberland. Ele preferiria ter preenchido a vaga com alguém por quem tem mais apreço."

Mas o apreciado não deve se preocupar por muito tempo. Harry Percy solicitou o empréstimo de sua antiga casa em Hackney; ele a quer para morrer nela. Os médicos dizem que ele não sobreviverá ao verão e, quando ele partir, isso abrirá uma vaga da Jarreteira. E quando lorde Darcy for executado, outro nicho será aberto. Mestre Wriothesley afeta recato. "Melhor mandar fazer seus mantos, senhor."

Seus mantos de veludo cerúleo: azul-celeste forrado com damasco branco. Hans se ocupa imediatamente com novos e melhores desenhos para as insígnias da Jarreteira: ele nunca deixa escapar uma chance de divulgar seu gênio. "Não sou seu inimigo, você sabe", Hans diz a ele. "Mesmo que eu o tenha pintado."

Quando Jane dispensa seus corpetes e aparece sem amarras, ela tem desejo de cerejas e ervilhas, mas ainda não há nenhuma. Ela pede codornas, e os Lisle as enviam de Calais aos caixotes. Elas são alimentadas no barco e mortas em Dover, para que estejam suficientemente gordas, mas, mesmo assim, elas perdem volume na estrada, e Jane reclama que deveriam ter vindo em mais quantidade e mais gordas. Ela as come com especiarias e mel, quebrando e sugando os ossinhos. "Ela as devora como se as codornas lhe tivessem feito algum mal", comenta Gregory. "Embora sua aparência seja de alguém que só se alimenta de coalhada e soro de leite."

O rei diz: "Gosto de ver uma mulher mostrar seu apetite. A falecida Catarina, que Deus a tenha, logo depois que nos casamos" — ele se corrige — "logo depois de supostamente nos casarmos — ela acabava com um pato em pouco tempo. Mas depois", ele desvia o olhar, "ela começou a fazer jejuns e penitências especiais. Sempre alguma prática estrita, acima da infelicidade prescrita. Era o sangue espanhol dela".

Ele pensa, ela estava orando por nós. Oferecendo suas dores de fome pela Inglaterra.

John Husee traz as codornas às sete da manhã. Jane envia uma mensagem de seus aposentos: assem metade para o almoço e o resto comeremos no jantar.

Ele pergunta a Husee: "A criança ainda não nasceu? O rei está ansioso pelo resultado. Acalentará seu coração se Lisle tiver um filho e herdeiro".

Husee balança a cabeça. Ele parece nervoso, mas, em todo caso, ele sempre está assim.

"Talvez Honor tenha confundido suas contas", diz Fitzwilliam. "O que os médicos aconselham?"

"Eles aconselham paciência."

Fitzwilliam diz: "Quando ele finalmente nascer, já saberá as letras e estará apto a chupar a medula de um osso e brandir uma espada de madeira".

Em troca das codornas e das cerejas quando estiverem maduras, Jane concorda que dará uma posição em sua casa a uma das filhas de Lady Lisle. Jane pede que eles enviem duas, e aquela que for rejeitada será mandada pela rainha para o séquito de outra nobre dama. Ela diz, gentil, que as moças podem usar suas vestes francesas, embora a moda inglesa tenha mudado desde o ano passado.

Mas quando as moças chegam, Jane as examina e diz: "Oh, não, não, não, não. Eu ficarei com aquela, mas leve-a daqui e a traga de volta vestida com mais propriedade."

Anne Bassett deve ter roupas mais finas para que sua pele fique à mostra. Ela precisa de um toucado e um cinto espessamente decorado de pérolas. Quando ela reaparece junto à rainha, tem o cabelo escondido, o crânio apertado e um vestido que pertence a Lady Sussex.

Quando ele volta a ver John Husee e o chama, Husee dispara na outra direção.

Whitehall: ele chega do lado de fora da câmara de presença de Lady Maria, com Gregory como seu atendente. Alguma grande chegada está no ar. O pessoal da casa o cerca, tagarelando: "Quem é ele, lorde Cromwell?". A fornecedora de sedas de Maria trouxe uma cesta. Um rapaz veio para afinar seus virginais. Uma pequena anã chamada Jane está perambulando pela câmara: "Bem-vindos, todos".

"Dodd!" Ele cumprimenta a cicerone de Maria. "Peixe grande hoje." Ele fala para que todos possam ouvir. "Um cavalheiro espanhol foi enviado pelo imperador para auxiliar o embaixador Chapuys no cortejo a Lady Maria."

Uma das damas da rainha, Maria Mounteagle, traz moedas numa bolsa de tela; a rainha perdeu no carteado ontem à noite e agora está pagando suas dívidas. Maria vem acompanhada de outra dama, Nan Zouche, como se para evitar ser roubada. As duas se colam nos cotovelos dele: "Um cavalheiro espanhol? Dom Luís não é português?".

"Embora seja tudo a mesma coisa", completa Nan Zouche. "São todos primos do imperador."

Mounteagle pergunta: "Dom Luís fala inglês? Caso contrário, lorde Cromwell terá que se ajoelhar junto à cama deles, interpretando".

"Eu não falo português, então eles terão de dar um jeito", ele responde. "Lady Maria sempre cobra suas vitórias?"

"Sempre", diz Nan. "E ela aposta muito! Houve um dia que ela apostou até o desjejum numa partida de boules."

A pequena mulher diz: "Espero que o embaixador não traga confeitos para ela. Seus dentes não estão saudáveis". Ela mostra seus próprios dentes. "Quanto a mim, posso quebrar nozes."

Os grandes homens entram ao som de risos. O novo enviado, Don Diego de Mendoza, é seguido de Chapuys, por sua vez seguido de seu guarda-costas flamengo. Don Diego é um daqueles homens que exige um grande espaço ao seu redor. Chapuys parece nervoso: ele recua para permitir que o novo homem seja admirado em suas plumas e veludo negro. De forma proeminente e respeitosa, Mendoza traz uma carta enrolada com fita preta, selada com a águia de duas cabeças. "Lorde Cremuel", diz ele. "Ouvi falar muito do senhor."

"E eu", ele responde com polidez, "sinto que já o conheço. Pois o senhor deve ser parente daquele Mendoza que foi embaixador na época do cardeal?"

"Eu tenho essa honra."

"O cardeal o prendeu."

"Uma violação de todo princípio acordado de diplomacia", replica Mendoza. O gelo em sua voz secaria um vinhedo. "Eu não sabia que o senhor estava na corte naquela época."

"Não. Eu era homem do cardeal, herdei suas preocupações."

"Mas não seus métodos", completa Chapuys rapidamente.

É evidente que Eustache está ansioso pelo êxito do encontro. "Os senhores têm muito em comum, cavalheiros. Don Diego esteve na Itália. Nas universidades de Pádua e Bolonha."

"O senhor esteve lá, Cremuel?", pergunta Mendoza.

"Sim, mas não na universidade."

"Don Diego sabe árabe", sugere Chapuys.

Ele fica alerta. "Leva muitos anos para aprender?"

"Sim", responde Don Diego. "Anos e anos."

Ele pergunta: "O senhor trouxe o retrato de dom Luís para minha dama?".

"Apenas isso", diz o embaixador, mostrando sua carta.

"Pensei que talvez o senhor o tivesse em miniatura, guardado junto do seu coração."

É óbvio que Don Diego está trazendo algo do qual ele está dolorosamente ciente: tão ciente como se alguém enfiasse um ferro em brasa sob sua camisa. Sem dúvida, é uma segunda carta, talvez em código.

"Há presentes, é claro. Que seguem por mula", diz Mendoza.

"Porque são grandes", completa Chapuys.

"Ótimo. Lady Maria tem gostos luxuosos. Por isso o pai a trouxe para a corte. Ele não podia mantê-la numa casa separada. Ela escrevia pedindo mais dinheiro toda semana."

"Ela é generosa com seus pequenos recursos", responde Chapuys. "Caridosa."

"Suponho que ela viva como convém a uma princesa?", pergunta Don Diego. "O senhor não esperaria outra coisa dela, não?"

"Em um dia normal", aconselha Chapuys, "lorde Cremuel chutaria sua canela por mencionar o título apropriado dela. Eles a chamam pelo seu nome simples, Maria. Mas eis que — quando a oferecem em casamento, nós a chamamos de 'princesa' e, subitamente", ele sorri, "Cremuel não se incomoda em absoluto."

A porta da câmara se abre e surge o capelão de Maria, em conferência com seu médico, um espanhol. Ao capelão, ele diz: "Como vai, padre Baldwin? Como está minha dama?". Ele cumprimenta o médico em seu melhor castelhano: chupe essa, Mendoza. "Eu lhes darei um quarto de hora, embaixador. Depois lamentarei ter que interrompê-los."

Chapuys protesta: "Isso não é tempo bastante para que eles rezem juntos".

"Oh, eles farão isso?" Ele sorri.

A cicerone Dodd se curva para admitir Mendoza à câmara. "Ela tem atendentes?", pergunta Nan Zouche, e as duas damas trocam um olhar e deslizam atrás do embaixador. A porta se fecha.

Chapuys murmura algo. Soa como "É inútil".

"Perdão, embaixador?", ele pergunta.

"Acredito que essas damas são suas amigas, que acabaram de se infiltrar com Lady Maria."

Maria Mounteagle é filha de Brandon, de um de seus muitos casamentos anteriores; sim, ele diria que são amigos. Nan Zouche — Nan Gainsford, quando solteira — deu-lhe material para usar contra Ana Bolena.

"Como está a rainha?", pergunta Chapuys. "O rei deve estar muito nervoso."

"Ela não dá motivo para nervosismo."

"Mesmo assim. Por causa das suas perdas passadas. Dizem que Edward Seymour tem certeza de que é um príncipe, e que ele anda por aí com a cara estufada como um pão fermentado. É claro, se ela tiver um menino, os irmãos Seymour serão promovidos — eles poderão rivalizar com você."

Ele não consegue imaginar Tom Seymour administrando o cargo de selo privado. Ele responde: "Terei de tomar cuidado com isso, não é?".

"Mas, neste caso, tenho certeza de que eles ficarão apreensivos", diz Chapuys, "lembrando o que você fez com o irmão da outra. Se eu fosse eles, correria de volta para Wolf Hall e seria esquecido." Ele ri. "Eles deveriam se tornar pastores de ovelhas, ou algo desse tipo."

Ele comenta: "Don Diego não é muito amigável. Será que este não era o dever de um embaixador?".

"Ele é um tanto difícil de agradar", admite Chapuys.

Ele ri. Um hiato. Por trás da porta fechada de Maria, vozes muito fracas para ser úteis. Chapuys diz: "Mestre Me-Chame goza muito da sua confiança".

"Sim, o considero cada vez mais."

"Ele abre suas cartas."

"Alguém tem que fazer isso. São muitas para um homem só."

"Ele era homem de Gardineur", diz Chapuys.

"Gardiner continua na França."

"E a lealdade é para com o próximo", completa Chapuys. "Entendo."

Ele olha por cima do ombro. "Uma palavra de conselho?" O embaixador se aproxima. "Aske implicou você."

"O quê?", exclama Chapuys.

"Sob interrogatório. E temos cartas que você enviou para lorde Darcy. Remontam a três anos."

"Eu nego", diz Chapuys rapidamente.

"Você alega que são falsificações?"

"Não alego nada. Não digo nada sobre isso."

"Eu sei como é, Eustache. Você vem a minha casa e senta-se para jantar e me diz, paz. Você vai para casa e acende sua vela e escreve para seu amo, guerra." Uma pausa. "Para sua sorte, sou mais clemente que o cardeal. Não vou prendê-lo." Ele gesticula para a porta fechada. "Acho que já se passaram dez minutos."

Ele mantém sua palavra: abre caminho para dentro como um cavalariço embriagado. Gregory e o embaixador seguem em seus calcanhares. Quando entram, eles ouvem um grito. Um grande papagaio verde está saltitando em seu poleiro. Quando eles o contornam, ele ri.

"É um presente", explica Maria. "Eu peço desculpas."

"Ele fala?"

"Temo que sim."

Maria, ele percebe, não convidou Don Diego a se sentar. O embaixador se aproxima dele: "Meu senhor, saia, não terminamos".

O papagaio se sacode no poleiro e chia como uma roda sem óleo.

Ele diz: "Venho para lembrá-la de seu próximo compromisso urgente".

Por um segundo, Don Diego parece prestes a enfrentá-lo. Mas Chapuys pigarreia. O momento passa. O espanhol diz: "Milady, por ora, temos de nos separar".

"Não, não se ajoelhe", diz Maria. "Apresse-se — o lorde do selo privado está segurando a porta para o senhor." Ela estende a mão para o beijo do embaixador. "Agradeço seu bom conselho."

Ele concede a porta para Gregory, avança na sala. O embaixador passa para fora com uma mesura malfeita: Chapuys o segue, dirigindo-lhe uma careta cômica na saída. Ele fecha a porta. O papagaio ainda está reclamando. "Ele não simpatiza com o espanhol", diz ele.

Maria comenta: "O senhor também não".

Ele se aproxima da ave. Ele vê a fina corrente de ouro que a prende a uma barra. A criatura se agita e abre as asas em ameaça. "Eu tive uma cotovia quando criança. Eu mesmo a apanhei."

Ela diz: "Não consigo imaginá-lo como uma criança".

Ele pensa, eu também não. Não consigo me imaginar a mim mesmo.

"Eu tentei ensiná-la a falar", ele continua. "Mas ela voou, na primeira chance que teve." Mas não antes de dizer: *Walter é um canalha*. Ele se vira para Maria. "Então, o que se passou?"

Ela não está disposta a divulgar. "Ele me perguntou se eu falava sério."

"Em geral? Ou especificamente?"

"O senhor sabe bem", diz ela. Uma chama instantânea de paixão: seu rosto se acende, como se alguém tivesse forçado o ar para dentro dela com um fole. Mas, no momento seguinte, ela baixa os olhos, uma mulher obediente, desinflada: ela retoma seu tom monocórdio. "Ele perguntou se eu estava falando sério quando disse que aceitava meu pai como líder da Igreja, e que ele e minha mãe nunca foram realmente casados. Eu disse que sim. Eu disse que aceitei tudo. Eu disse que segui o conselho do meu tio, o imperador, conforme transmitido a mim pelo embaixador Chapuys. Eu disse a ele que o senhor, Cromwell, manteve-se como meu amigo. E se ele não acreditava em mim, isso não é culpa minha."

Ele diz: "Mas a senhorita contou como escreveu ao papa, retirando sua declaração e implorando para ser absolvida?".

Os olhos de Maria se lançam ao rosto dele.

"Não importa", ele prossegue. "É mais um caso em que me abstenho de lhe trazer as consequências da sua conduta. Só estou mencionando a título de advertência."

Pânico na voz dela. "O que o senhor quer?"

"O que quero? Milady, só quero que a senhorita reze por mim."

"Ah, eu rezo", responde Maria. "Mas sabe o que descobri? O rei tem grande poder, mas não tem poder para me conhecer, exceto pelo que digo e pelo que faço."

O papagaio deita a cabeça de lado, como se estivesse ouvindo.

Ele diz: "O Mendoza anterior nunca teve autorização de ficar a sós com a senhora sua mãe. Era para a segurança dela".

"Acredito que, na verdade, era pela segurança do Estado."

"Tudo o que fazemos é por isso. Sem a paz do rei, milady, estaríamos no limbo com as feras selvagens. Ou nos oceanos com o Leviatã."

Ele se move pela câmara para abrir espaço entre eles. Zouche e Mounteagle deslizam rumo à parede; se elas pudessem se enfiar na trama da tapeçaria, teriam feito isso. O papagaio gira sua cabeça para segui-lo enquanto ele se move. "Suponho que o embaixador tenha prometido tirá-la do país."

Maria olha para seus pés: como se para impedi-los de ir a algum lugar.

"Se ele não prometeu, então prometerá. Ele acha que vamos forçá-la a um casamento com os franceses."

"Tenho certeza de que o senhor meu pai não fará isso."

"Eu mesmo não tenho essa intenção. Não lhe dou garantias, sendo suprema a vontade de sua majestade, mas é melhor que a senhorita confie nos meus esforços, em lugar de descer por uma escada de cordas no escuro e se lançar ao mar numa peneira."

Ela vira o rosto.

"Entregue-me a carta", ele diz. "A carta do embaixador."

Ela levanta da mesa o grosso pacote com fita, o selo quebrado, e a oferece. "Talvez o senhor queira ler e depois levá-la ao rei?"

"A outra carta", ele diz.

Ela hesita, mas apenas por um momento. Sem uma palavra, sem olhar para o rosto dele, ela desliza a carta para fora do livro e a entrega. Não há um selo. Mas ela não teve tempo de ler.

"Qual é seu livro?" Ele gira o livro para ver. É um herbário, com uma marca de homem selvagem e mulher selvagem, criaturas peludas segurando um escudo com as iniciais do impressor. "Eu tenho um desses", ele diz. "Ele tem dez anos, poderia receber alguma correção." Ele vira as folhas, examinando as xilogravuras. "Mas em breve haverá outro assunto para nós. O arcebispo Cranmer me enviará uma nova tradução das Escrituras."

"Outra?", ela responde debilmente. "Deve ser a terceira este ano."

"Cranmer diz que é a mais sólida até agora. Ele está confiante de que o senhor seu pai a licenciará e a promoverá."

"Não sou contra as Escrituras. Não pense que sou."

"Vou providenciar para que a senhorita receba uma cópia antecipada. Fará bem em estudar os mandamentos. Honra teu pai. Uma vez que tua mãe é falecida."

Catarina, que Deus a perdoe. Catarina, a quem Deus absolve. Catarina, cujos filhos não permaneciam em seu ventre: que, entretanto, foi a responsável pelo triste objeto diante dele, os olhos embotados, o rosto inchado de dor de dente.

Ele pensa na avó espanhola de Maria com sua couraça reluzente, espelho do destino dos infiéis. Isabel partiu para a batalha: a Andaluzia tremeu.

Na véspera do Divino, depois de uma viagem tão adiada, o rei dos escoceses pisa em terra firme em sua própria costa. A noiva francesa parece ter vomitado a alma nas profundezas. Ela cai ao chão, relatam os observadores, agarra dois punhados de areia do porto de Leith e beija o solo.

Um homem chamado William Dalyvell, seguidor de Merlim e do rei Jaime, é levado para a Torre. Ele tem divulgado uma profecia de que o rei dos escoceses descerá do Norte, expulsará os Tudor e governará dois reinos. Ele também diz que viu um anjo.

Nos tempos antigos, isso seria motivo de felicitações, mas, sendo os tempos o que são, Dalyvell é torturado no cavalete.

O povo da Cornualha pede para ter seus santos de volta — aqueles que foram rebaixados nas decisões recentes. Sem suas festas regulares, os fiéis se desamarram do calendário, arrastados por um mar de dias que são todos iguais. Ele acha que eles podem receber a permissão; são santos antigos de pequena adoração. São tocos de madeira com a pintura lascada ou blocos de pedras gastas, que não dizem nada e não fazem nada contra o rei. Eles não são como os Becket, cujos santuários são repletos de rubis, granadas e carbúnculos, como se o sangue deles estivesse borbulhando do chão.

Junho, segundo desenho: "O rei deve ficar de pé neste tapete", decreta Hans. Os rapazes o esticam aos pés deles: a seus próprios pés forrados de couro espanhol, às elegantes botas vermelhas de mestre Wriothesley, aos distintos dedos almofadados de lorde Audley e Sir William Fitzwilliam. É um dos tapetes do cardeal; ele se inclina para desenrolar uma borda.

"Todos eles?", o lorde chanceler pergunta. "Juntos nesse tapete? O rei, a rainha e seus régios pais também?"

Hans lhe prega um olhar fulminante. "O pai dele, vou pintar atrás dele. Sua régia mãe, atrás da rainha que hoje reina."

Ele pergunta: "Como mostrará os antigos rei e rainha? Em que idade?".

"Na eternidade, eles não têm idade."

"Há outras pinturas para guiá-lo, suponho."

"Não fizemos uma galeria para você?", diz Hans. "Uma sala inteira dos perdidos."

Sim, mas isso foi mais como um jogo, ele pensa, um jogo de reis, com seus rostos como pistas num enigma. Ninguém poderia apontá-los como uma aparência verdadeira ou falsa. Eram todos antigos e haviam desaparecido havia muito tempo.

Hans começa a medir a cena. O pai aqui, em direção ao centro, mas Henrique em primeiro plano. Entre o pai e a mãe, vou pôr uma coluna, ele diz, ou um pedaço de mármore...

"Uma espécie de altar?", sugere lorde Audley.

"Ele vai desejar versos no altar, Hans. Exaltando-o."

"As palavras devem ser fornecidas por lorde Cromwell."

"Mestre Wriothesley", ele diz, "pode fazer a anotação?" Mas Me-Chame já está esboçando sugestões.

Eles erguem os olhos quando o rei entra. Ele tem de caminhar por toda a extensão da galeria. Parece sem equilíbrio, como se o chão fosse mole. Fitz sussurra algo: "Silêncio", ele responde.

"Ah, Cromwell", diz Henrique. "Lorde chanceler. Ouvi boatos de que Francisco está morto."

"Receio que seja falso", diz ele.

O rosto do rei está pálido e inchado. Ele não ousa perguntar se Henrique está com dor. O rei não gostaria que um subordinado como Hans ouvisse a pergunta, muito menos a resposta.

"Há mais luz hoje", comenta o rei. "Norfolk me escreveu que, em Yorkshire, há uma geada forte todas as manhãs. Quando, aqui, as roseiras estão em flor!"

Me-Chame diz: "Sempre há uma geada forte na região de Norfolk".

Henrique sorri. "Os zéfiros não brincam perto da pessoa dele. E o jovem Surrey, ele escreve, está sofrendo de uma depressão do seu espírito. Pessoalmente, sempre achei que a ação dissipa a melancolia e imaginava que os Howard tivessem muito o que fazer...".

"O duque deve continuar em Yorkshire", diz Fitzwilliam. "Entre os gentios do Norte, ele é o mais aceito que um lorde pode ser."

Thomas Howard diz que outro inverno o matará. Mas ele pode se arriscar até setembro. Certamente ele não gostaria de estar em Londres, com as incursões da praga. Cento e doze enterrados na semana passada.

"E o que sabemos de Harry Percy?" O rei esfrega o nariz, reflexivo. Ele está ansioso pelo regresso do condado de Percy para a Coroa. "Mande o jovem Sadler, por favor, para ver como está indo o falecimento."

De Wriothesley, um gesto de descontentamento mudo: Sadler não, majestade, mande a mim!

"A menos que você queira ir, meu lorde do selo privado? Mas acho que o conde o teme há muito, e não quero ser acusado de matá-lo de medo."

"Eu nunca machuquei o conde", ele diz. Uma imagem surge em sua mente, Me-Chame no leito de morte de Percy, tirando a casaca e arregaçando as mangas, pegando um travesseiro...

O rei chama: "Hans, onde está você? Estamos prontos. Hoje você deve terminar o desenho, ou terá que correr atrás de mim. Não me demorarei em Whitehall quando poderia sair para caçar".

O tom do rei é enérgico; como se estivesse tentando encorajar a si mesmo, assim como ao pintor. Hans assobia entre os dentes e sacode seus tecidos. Quando costurados juntos, eles cobrirão a parede. Os conselheiros recuam, abrindo espaço. Fitz murmura: "O que ele tem hoje? Há algo errado".

Ele pensa: o estrago está feito desde outubro passado. É cumulativo, mas só estamos percebendo agora. Os rebeldes o nocautearam e o tiraram do eixo. Ele não voltará a ser o mesmo. O rei está sozinho no tapete turco, os pés plantados nas estrelas de cobalto. Sua voz se estende, como se quisesse envolvê-los em seus planos: de Hampton Court para Woking, para Guildford, para Easthampstead. "Você caçará comigo neste verão, meu lorde Cromwell."

Ele se move tão rápido que consegue agarrar o rei pela parte superior dos braços e firmá-lo quando ele vacila. Fitz está atrás dele. "Um assento para o rei!", berra Audley. Gritos distantes de alarme — como as notícias voam! —, depois correria, e servos e cortesãos entram em vagalhões. "Afastem-se!" Fitz gira os braços e grita como se estivesse no campo de batalha. Wriothesley traz um banquinho, deslizando-o com delicadeza sob as ancas do monarca. Com cautela, eles baixam o homem aflito, que se senta, resfolegante, o rosto retesado como se fosse chorar. Ele e Audley se inclinam, sustentando-o. Há uma capa de suor no rosto de Henrique. Ele oferece um lenço. Eles se amontoam para protegê-lo do círculo de rostos. "Sente alguma dor, senhor?", Audley pergunta. "Onde é sua dor?"

"Dê-me um pouco de ar", diz o homem doente.

Eles se afastam; mas Henrique o agarra pela manga; ele é puxado para dentro. "Milorde", Henry enxuga o rosto, "não é a primeira vez que nos sentimos cair. Um humor penetrou nas nossas pernas. Uma fraqueza. Não, os médicos não sabem, não mais do que nós sabemos. Mas vai melhorar, precisa melhorar."

Ele vê que o rei está furioso consigo mesmo: uma fúria branca e grave que o faz tremer. "Ponha todas essas pessoas para fora. Diga a Hans para voltar amanhã. Diga a eles que é apenas um... não, não diga nada. Disperse-os."

Ele pensa que o rei terminou. Ele solta o rei, endireitando-se, mas Henrique ainda segura sua manga. "Cromwell, e se for uma menina?"

Seu coração afunda. "Então depois virão meninos."

O rei o libera. "Onde está Fitz?", diz Henrique, queixoso. "Quero Fitz, mande o resto para fora."

Ele se vira. Ninguém ousa se aproximar. "*Allons*", ele diz. Audley o acompanha, Wriothesley quase pisa nos calcanhares de suas botas. Eles não falam até chegarem ao outro extremo da galeria. Audley lança um olhar para trás. "Precisamos guardar esse segredo."

Mestre Wriothesley diz: "Claro, meu senhor".

Ele responde: "Sem chance". O pintor os seguiu. "Mestre Holbein? Traga seu desenho. O rosto do rei. Deixe-me ver."

Hans assobia para um rapaz, que revira os papéis com a cabeça do rei, até que encontra uma versão que o mestre fica satisfeito em mostrar. Ele, Cromwell, põe o polegar na testa do rei, como se o manchasse com o crisma. "Vire a cabeça. Vire-a completamente. Faça com que ele olhe para nós."

"Deus do céu", comenta Hans, "isso será assustador. Virar o corpo e tudo o mais?"

O rosto fechado e os ombros enormes. Cintura inchada, púbis acolchoado. Pernas como os pilares que mantêm o globo no lugar. Pernas que jamais poderiam vacilar, pés que jamais perdem o caminho.

Quando julho começa, lorde Latimer desce do Norte, reclamando para qualquer um que dê ouvidos a seus sofrimentos nas mãos dos Peregrinos. Ele ficará feliz em ver muito menos de Yorkshire; ele sabe que as demandas do rei o forçarão a voltar, mas, pelo resto do tempo, ele ficará contente em morar em sua propriedade em Pershore: e o mesmo diz sua esposa, Kate.

Lorde Latimer se pergunta por que os jovens escondem sorrisos. Qual a graça sobre sua esposa Kate?

Chega da Escócia a notícia de que a princesa Madeleine está morta. Sua entrada triunfal em Edimburgo não acontecerá agora. Os estandartes são enrolados, as plataformas são desmontadas, as trombetas de prata, devolvidas aos estojos.

Henrique diz: "Decerto Jaime procurará outra francesa. Mas não acho que Francisco vá permitir que ele leve sua filha mais nova para ser exposta ao ar escocês. Há a duquesa de Vendôme — embora Jaime a tenha recusado uma vez, e imagino que a família dela se ofendeu".

"O duque de Longueville morreu", diz ele, "deixando uma viúva — uma mulher muito bonita, dizem, com apenas três anos de casamento, mas com um filho nos braços e outra criança no ventre. Jaime talvez olhe na direção dela."

Mas eu não sei, ele pensa, se ela olharia para Jaime. A família de Marie de Guise é de gente tão altiva que eles talvez não saibam onde fica a Escócia. De qualquer forma, Jaime ainda permanecerá de luto por algum tempo. Uma pensão deveria vir com Madeleine, trinta mil francos por ano; ela não continuará com um cadáver.

Madeleine estava a um mês de seu décimo sétimo aniversário. Para ser justos com os franceses, eles de fato aconselharam Jaime a escolher uma noiva mais robusta.

Com Lady Oughtred, numa bela noite, ele caminha no jardim privado da rainha. Bess descansa a mão em seu braço. "Então, o casamento, quando será?", ela pergunta.

"Quando for do seu agrado. Mas", ele se detém e a vira para encará-lo, "a senhora se agrada?"

"Ah, sim." Seus olhos estão cálidos. "Eu sei que alguns pensariam..."

"Existem disparidades, é claro. Eu conversei com seus irmãos. Não evitei o assunto."

"Mas, afinal, eu sou viúva", diz ela, "e não uma menina inexperiente."

Ele não sabe bem o que ela quer dizer; mesmo assim, por que ele esperaria entender a mente dessa jovem? "Senhora, posso perguntar — talvez seja um assunto muito particular..."

"Seja o que for, sou obrigada por obediência a responder."

"Bem, então... eu gostaria de saber, ainda está de luto pelo seu marido?"

Ela vira o rosto; ele a admira: seu rosto, como o de Jane, tem uma forma suave, e ela tem o mesmo hábito de baixar o queixo, como se estivesse fazendo um compilado secreto daquilo que a rodeia.

Ela diz: "Não tenho queixas de Oughtred. Ele foi um bom marido e lamento sua morte. Mas o senhor me julgará insensível se eu disser que também posso ser feliz com outro tipo de homem?". Ela vira o rosto para ele, compenetrada; ele percebe o quanto ela deseja agradá-lo. "Estou bastante pronta para fazer o experimento."

"Quando minha esposa morreu", ele comenta, "senti sua falta além de todas as medidas. Considerando o que era minha vida naquela época, sempre viajando pelo país, indo até a Antuérpia meia dúzia de vezes ao ano, entrando pela madrugada com o cardeal, jantares de libré e conclaves no Gray's Inn... às vezes, quando eu chegava, ela dizia: 'Eu sou Lizzie Cromwell, viu meu marido?'"

"Lizzie", ela repete. "Assim como eu sou Bess hoje em dia. É o mesmo com todas as Elizabeths — não importa como nos chamam, nós respondemos."

Ele sorri. "Não vou confundir vocês duas."

"Nós imaginávamos, Jane e eu, que o senhor era afeiçoado à sua esposa, porque nunca aproveitava nenhuma oportunidade que lhe ofereciam — e Jane diz que o senhor era amigo de Maria Bolena e que poderia tê-la desposado se quisesse."

"Oh, isso foi apenas um capricho de Maria Bolena", diz ele. "Ela queria perturbar a família dela. Deixar tio Norfolk furioso. E ela achava que eu faria um bom trabalho com isso. Maria tem um bom coração, e dizem que ela combina bem com o tal de Stafford com quem se casou. Mas eu pensava nela como... que Deus a perdoe, como demasiado usada."

Ela parece nervosa. "Mas o senhor não se opõe a uma viúva?"

"Minha primeira esposa era viúva."

"Se tivesse casado com Maria Bolena, o senhor seria parente do rei."

"De certa maneira."

"O senhor será parente dele agora. Embora tenha demorado mais."

Ele pensa, como ela é gentil em se ocupar do meu estado de espírito. Como ela é cuidadosa, pois mencionou o velho mexerico sobre Maria Bolena, mas nunca o novo mexerico sobre Maria, a filha do rei.

Ele se detém; os aromas do jardim se elevam em volta deles; ele a vira para encará-lo, tomando suas duas mãos. "Não vamos falar sobre os mortos. Eu prefiro falar sobre você. Temos que vesti-la melhor. Temos que encomendar algumas sedas e veludos. E eu pensei, esmeraldas?"

"Eu emprestei meu estojo de joias para Jane, quando ela foi subitamente elevada. Suponho que ela me devolverá agora que eu me casarei."

"Eu vou falar com pessoas na Antuérpia. Poderíamos utilizar o homem do rei, Cornelius, mas conheço alguns ourives que fazem um belo trabalho e, afinal, você não desejará ter o mesmo que sua irmã."

Ela baixa os olhos. "Jane disse que o senhor seria generoso."

"Permita-me esse capricho. Eu não tenho filhas. Embora isso não seja verdade, eu tenho uma, a senhora deve ter ouvido falar."

"Sua filha da Antuérpia."

"Mas não creio que ela se importe com essas coisas."

Ela baixa a cabeça e sorri. De repente, ela parece tão tímida quanto sua irmã. "Meu amo, o senhor pode me fazer alguns mimos, e eu lhes farei outros. Mas decerto não serei como uma filha."

Ele diz gentilmente: "Eu esperava que a senhora se visse dessa maneira".

"Ah, mas..." Ela se interrompe e põe a mão em seu braço. "É para ser assim? Eu não sabia. Como for da sua vontade, é claro... mas o senhor não é tão velho e eu imaginei que teria seus filhos."

"Meus?"

Ele está chocado até a medula. Ele, que esteve em Roma! Que esteve, francamente, em todo lugar... "Bess", ele diz, "deveríamos entrar."

"Por quê?"

Esses Seymour, ele pensa, são como algo das lendas gregas. Uma maldição cairá sobre eles. Sabemos que o velho Sir John fornicou com a nora, mas certamente Bess não deve pensar que é um arranjo costumeiro, não?

"Está tarde, a senhora está cansada, está frio", ele responde. "E não devemos ficar sozinhos."

"Por quê?"

"Isso pode levar a..." Ele passa a mão pelo rosto. A que isso poderia levar? "A mal-entendidos."

Ela responde: "Mal passa das oito horas, a noite está cálida e eu estou tão disposta quanto uma moça de fazenda ao amanhecer".

"Venha para dentro", ele insiste com ela.

"Pensando melhor, eu concordo." A voz dela está gelada. "Acho que houve um mal-entendido. Estou oferecendo minha pessoa a apenas um Cromwell, aquele com quem me casarei. Mas qual Cromwell deve ser?"

A mente dele volta à conversa com Edward. Sua mente pousa naquela lembrança, leve como uma mosca, e começa a caminhar sobre o diálogo: sobre cada pausa significativa, todas as elipses. Nomes foram ditos? Talvez não. Teria Edward imaginado — teria Edward cometido aquele equívoco? Sim, ele supõe que teria.

Ele solta a respiração. "Então. Bem. Eu estou lisonjeado, Bess. Que você tenha considerado isso a sério."

Ela responde com firmeza: "Não é culpa minha".

"De maneira nenhuma."

"A culpa foi sua. Eu ouvi o que meu irmão me propôs. Não fiz objeção. Nunca perguntei, que idade tem Cromwell, o pai dele não era um trabalhador? Eu apenas disse, Sim, Edward. Pela família, Edward. Qualquer coisa e qualquer um que você ordenar, Edward."

"Eu entendo", ele responde. "Eu começo a entender."

"Sei que o senhor é um homem ocupado. Mas penso que poderia ter tomado seu tempo para se explicar, para que Edward pudesse explicar a mim. Mas sem nenhuma elucidação, eu pensei..."

"Mas por que você faria isso? Quando Gregory é um jovem tão agradável e com idade para se casar?"

"Acho que não faz ideia, senhor, de quanto se fala de sua condição de solteiro. Do quanto toda a corte espera que isso mude. Do quanto eles especulam, tanto os homens quanto as mulheres, sobre uma grande e perigosa honra que cruzará seu caminho."

"São apenas mexericos", ele responde. "E a senhora está certa de que é perigoso. Perigoso para mim, desonroso para Lady Maria."

"Então o senhor faria bem em esclarecê-lo na sua mente. Com quem se casará. Com quem não se casará."

Ele implora: "Não conte a Gregory. Ele pensa que você o aceitou livremente". Um temor o domina. "Você vai aceitá-lo? Por que, Bess — minha dama —, você não se sente aliviada por não ser aquilo que estava pensando?"

Uma pausa, e depois: "Meu amo, não lhe direi se estou aliviada ou não. O senhor deve descobrir por sua conta. Mas imagino que anda ocupado demais para tentar adivinhar por muito tempo".

"Gregory será um marido amoroso", ele diz miseravelmente, "e ele lhe dará motivos de orgulho. Ele é um jovem bondoso e gentil, e é um bom dançarino, e faz uma bela figura na liça, tão bom quanto o melhor cavalheiro com dezesseis quartos de nobreza no seu escudo, e o rei gosta dele, e não duvido de que Henrique fará dele um barão muito em breve, e a senhora mais uma vez terá seu título e seu conforto. Ele é melhor que eu em tudo" — eu, ele pensa, que estou tão sujo da batalha da vida, tão retalhado e cheio de cicatrizes, tão entorpecido, tão indesejado, tão frio.

"Pare", ela diz. "Primeiro, palavras escassas demais. Agora, demasiadas."

"Mas você aceita? Você se casará com Gregory?"

"Diga-me quando e onde, e eu chegarei com minhas vestes de noiva e me casarei com o Cromwell que se apresentar. Sou uma mulher obediente", ela responde. "Embora não tão obediente quanto o senhor pensava."

Ela se afasta no passeio gramado, mas não se apressa. Sua cabeça está baixa, ela parece estar em oração. Ele pensa, ela será a simples sra. Cromwell, e ela nem sequer mencionou isso. Ela se importa? Não é algo insignificante descobrir que você decairá não apenas uma geração, mas que também não possui título. No entanto, certamente ela preferiria o filho, com todas as perspectivas diante dele, ao pai que... bem, ele pensa, suponho que haja perspectivas diante de mim. Sem dúvida, Wriothesley está certo sobre a Jarreteira. Parece que uma coisa dessas jamais poderia acontecer, não ao filho de Walter. No entanto, já aconteceu tanta coisa, que nem a criança mais crédula acreditaria.

Quando ele era menino, costumava ir de porta em porta se oferecendo para amolar tesouras e desamassar panelas. Ele faxinava um galinheiro ou areava os pratos de estanho ou cortava uma carcaça se, inesperadamente, uma dona de casa tivesse de dar conta de meio porco. Ele chamava todas as suas clientes de "minha dama". Ele via como isso iluminava o dia delas. Às vezes, isso lhe proporcionava uma maçã ou meio centavo, e certa vez, um beijo: e essas coisas eram acrescentadas ao pagamento por seus serviços.

Os amigos de seu pai trabalhavam no rio, manejando viajantes e navegando as balsas de margem a margem. Então ele também fazia o trabalho do rio: um menino faminto e ignorante. O que ele faria com uma cartilha? Assim que ele precisou ler, ele aprendeu a ler. Se havia algo que valesse a pena escrever, ele conseguia rabiscar. Ele costumava procurar tesouros na lama ribeirinha e encontrou-os em abundância. Quando a boina de um nobre é soprada pelo vento, ela alimentará uma família por uma semana: não é o veludo gasto que se negocia, mas o broche na boina. Pode ser um Becket ou um Cristóvão de ouro; uma flor com pétalas esmaltadas; ou uma cruz de pedras preciosas, com uma granada onde deveria estar a cabeça de Deus. Ele aprendeu a esconder suas descobertas de Walter e a manter o lucro para si mesmo.

Certa noite, bêbado, Walter lhe disse, batendo no próprio peito: "Este barco está remando e remando, Thomas. Estou remando para salvar minha vida".

No final de junho, os Cromwell visitam a casa dos Seymour em Twickenham. Presentes são trocados, eles fazem passeios pelo rio e os músicos tocam ao crepúsculo: depois, em meio ao aroma e à luz das velas de cera de abelha, ele faz seus arranjos com Edward, o chefe da casa. Edward concorda com ele que o jovem casal deve passar um tempo a sós sem contudo ser abandonado pelos mais velhos. Eles se casarão no início de agosto, quando ele, o selo privado, terá uma lacuna de dois dias em sua agenda; dois dias em que, confiamos, os príncipes da Europa, em vez de colidirem armas, estarão sentados à sombra com olhos sonhadores, ouvindo a gota d'água nas fontes de mármore.

Se Edward Seymour partilhou do erro de sua irmã, ele não faz nenhuma alusão: nenhum dos dois faz. Mensagens de felicitações chegam em cascata, algumas sinceras. Me-Chame diz, quem teria pensado que Gregory lhe seria tão útil, a ponto de uni-lo à família do rei? Eu sempre disse que ele chegaria longe. Uma vez que a papelada está pronta, o enlace está praticamente definido; e com as breves noites perfumadas diante deles, não há mal algum se o jovem casal for para a cama. Tente fazê-la feliz, ele diz a Gregory, mais feliz do que um velho conde a faria: ela então nunca se arrependerá, jamais olhará para trás nem dirá, eu poderia ter sido a condessa de Oxford.

Para a primeira casa de seu filho, ele encomendou artigos de majólica de Veneza, dos mestres que trabalham junto à igreja de Barnaba. Um trabalho urgente, mas ele está ansioso para abrir os caixotes, passando o dedo sobre o esmalte. Ele encomendou deuses e deusas: Dânae visitada por Zeus, que chega na forma de uma enxurrada. Não é uma chuva comum: a noiva espera, complacente, enquanto o ouro recai sobre ela, e as pepitas rolam sobre seus braços e coxas nuas e se acumulam como uma pilha de barras de ouro em torno de seus tornozelos. Jamais uma moça foi tão enriquecida; e sem nenhum hematoma. Bess Seymour reconhecerá Dânae e, sem dúvida, lhe dirigirá um cumprimento.

O *faux-pas* está esquecido, ele pensa. Não há motivo para a moça falar dele: isso faria com que parecesse uma tola. Ele gostaria que Jenneke voltasse da Antuérpia; ele escreverá, ou Gregory escreverá, mas ele não sabe se ela se comoverá. Toda a família está preparada para a celebração. A cozinha pode finalmente construir seu principal bolo, coberto de esferas de marzipã dourado: aquele que ele planejara para a Páscoa. Nos novos pratos, eles comerão bolos venezianos, alguns feitos com pinhões e gengibre e outros, com calda de violetas.

No meio do verão, os Peregrinos estão todos mortos: enforcados ou decapitados, junto com aqueles que os ajudaram, os defenderam ou que lhes deram dinheiro e esperança. Bigod, lorde Darcy e o próprio Capitão Sapateiro, o grande rebelde de Louth; o abade de Jervaux, outrora abade de Fountains: alguns são executados em Tyburn, outros, na Torre, outros são enviados para a morte em York ou Hull. Dizem que o velho Darcy passou seus últimos dias amaldiçoando Thomas Cromwell, quando deveria ter rezado seu terço. Os monges recalcitrantes da Cartuxa estão acorrentados em Newgate e, em menos de uma semana, a praga leva cinco deles, e deixa outros à beira da morte: despachados, ao que parece, pela mão de Deus.

Harry Percy não dura mais que o mês de junho. Rafe está junto a seu leito de morte, onde Percy jaz sem visão nem fala, amarelo como açafrão e com a barriga inchada. O senhor teria pena dele, meu amo, diz Rafe, e ele responde, tenho certeza de que teria. Ele mencionou sua esposa, Mary Talbot?

De certa maneira, diz Rafe. Quando os espectadores o fizeram lembrar que ele não deixara nenhuma provisão para ela, ele assentiu, sim, ele sabia: mas ela não era sua esposa, jamais foi sua esposa, ele era casado com Ana Bolena. E tudo isso ele lhes dizia, conta Rafe, afastando todos os papéis que eles punham à sua frente e gesticulando uma mão petulante acima da colcha bordada: a palma da mão, úmida com suas últimas secreções, flanando sobre os emblemas do legado dos Percy, o leão azul e os losangos de ouro.

Ele diz: "A memória ainda estava boa, apesar da dor, se ele se lembrava de Ana Bolena. Eu me pergunto se ele se lembrava da noite em que veio prender o cardeal?".

A nobre casa dos Percy agora está completamente desfeita. Harry Percy não tem prole, e o rei é seu herdeiro. Seu irmão Thomas faleceu antes dele, decapitado por traição nos últimos distúrbios; seu irmão Ingram está na Torre, sob a mesma ameaça.

E Robert Aske está morto. Norfolk supervisionou a execução. Ele foi enforcado em York, na Torre Clifford, num dia de feira. Onde está agora sua casaca de seda ocre com os detalhes em veludo, seu gibão de cetim carmim? Ainda em Londres, no Cardinal's Hat. Aske implora para estar completamente morto antes de ser esquartejado: o rei concede.

Depois disso, a misericórdia real parece esgotar-se. Entre os traidores levados a Londres está uma mulher, Margaret Cheney — conhecida como esposa de Sir John Bulmer, mas, na verdade, sua concubina. É indecente esquartejar uma mulher em público ou despi-la para remover suas entranhas, e por isso, se condenada por alta traição, ela será queimada. Ele vai até Henrique. Pedir mortes rápidas é um encargo dele, é um dever herdado do cardeal. Para Ana Bolena, ele garantiu não apenas o fim mais rápido, mas também o executor de Calais: ela também poderia ter morrido pelo fogo.

Ele diz: "Sir, a mulher de Bulmer será enviada para sofrer em Smithfield — sei que a pena está especificada, mas não é aplicada com frequência".

Henrique grunhe.

"Considere, senhor, que ela fez uma declaração de culpa."

"Ela dificilmente poderia fazer outra coisa", diz o rei. "Não, milorde, não há como evitar isso, ela terá que suportar — será um exemplo para outras mulheres, caso elas se inclinem ao papismo e à rebelião."

Margaret Cheney é bela. Ele a viu. Ela é doce e jovem. Ele diz: "Majestade, deixe-me levá-la a um lugar onde o senhor possa vê-la".

Sua beleza talvez o comova. Ele pode ser comovido. Já vimos isso acontecer.

Henrique responde: "Não tenho curiosidade em ver traidores. Exceto Pole. Eu gostaria de ver Pole, mas você parece incapaz de pôr as mãos nele".

Ele se inclina, recua: um fracasso, duas vezes um fracasso. Ele pensa, talvez Cranmer e eu, talvez se pedíssemos de joelhos para que ele suspendesse a fogueira... Mas Cranmer está no interior. Em outros tempos, as mulheres do rei podiam ter apelado para ele, por alguém de seu próprio sexo. Mas Lady Maria foi severamente advertida, por ele mesmo, a não falar em prol de nenhum rebelde; e a rainha, ele supõe, foi avisada disso por seu irmão.

Ele se apoia contra a parede na câmara privada. Ele pensa, não hesite, secretário-mor. Não tema, meu lorde do selo privado; barão Cromwell, não falhe. Você não deve amolecer agora.

Um jovem se aproxima: "Posso oferecer-lhe assistência, meu amo?".

"Tom Culpeper", ele diz. O jovem se curva. Gibão de seda, maneiras aperfeiçoadas: por sangue, ele é algum tipo de Howard. Eles não acabam nunca?

O jovem diz suavemente: "Mensagens de Calais, meu amo".

"Lady Lisle finalmente deu à luz?"

"Ah, não, ainda não está na hora dela."

"Então não incomode o rei. Ele espera ouvir que Lisle teve um filho a todo momento."

Ele passa por Culpeper, abraçando sua pasta de papéis. Você não deve vacilar, ele pensa, e não pode. Você deve triturar o inimigo, carne, ossos e tudo. Você não pode se dar ao luxo de fracassar, deve levar boas notícias a Henrique; ele está sereno em aparência, mas nem sereno nem paciente quando acorda no meio da noite, nem quando sua perna dói no meio da madrugada.

O rei mandou Francis Bryan voltar da França, dizendo: "Qual é a utilidade? Aquele Pole ingrato sempre nos escapa". A dificuldade não é como apreender sua pessoa — é onde. Nos Países Baixos, as jurisdições são tão próximas que um homem pode facilmente passar da França ao Império e voltar num só dia; o território é tão contestado que a fronteira pode mudar enquanto um viajante está ouvindo a missa ou tirando uma soneca. Mas Pole não paira no meio do nada, ele está sempre na jurisdição de alguém. Qualquer violência usada para prendê-lo poderia ser tomada como um ato hostil em solo estrangeiro: uma provocação à guerra ou uma desculpa para isso.

Mas para onde Pole poderia ir agora? Nem a França nem os Países Baixos o receberão, porém tampouco o extraditarão. Ele diz a Wriothesley: ele irá para a Itália agora. Ele perdeu sua chance com nossos rebeldes. Ele se retirará para climas mais quentes, onde seu pedigree é aplaudido, e onde, com seus colegas prelados em escarlate, ele passeará numa mula branca, enquanto camponeses pobres jogam dinheiro sob os cascos.

E essa é nossa chance de matá-lo, ele pensa. Pois na Itália quem é o dono da noite, quem pode patrulhá-la?

Ele diz: "Eu gostaria de ter o homem que atirou em Packington. Mesmo que ele fosse o maior papista vivo, eu o converteria e o mandaria atrás de Reginald".

Na Cartuxa — a propriedade agora trancada e com grades —, apareceram luzes à noite. Os papistas espalham a notícia de que fantasmas vagam pelas ruas. "Provavelmente sejam ladrões", ele diz a Wriothesley. "Diga-lhes que montem uma boa guarda. Todos os bens móveis pertencem ao rei."

Mas os guardas veem quem segura as tochas; são os próprios irmãos atingidos pela peste, caminhando pelos claustros na ponta dos pés em suas fétidas mortalhas. Eles trazem despachos do além, ao que parece: eles viram o martirizado bispo Fisher, sentado à direita de Deus.

"E quanto a Thomas More?", ele pergunta. "Alguém o viu?"

As rendas da Charterhouse de Londres deveriam ser de £642.0s.4d. Riche tem os números. Pegue todas as casas dos cartuxos e estamos lidando com uma soma anual de 2947 libras.

"E 15 xelins, 4 pence e 1 *farthing*", completa Richard Riche.

Ele diz: "Eu acho, Sir Richard, que você prestou serviços ao Estado. Pode ficar com o *farthing* e gastá-lo com seus pequenos prazeres".

O homem dos Lisle, John Husee, nunca se afasta de sua porta, acotovelando-se com outros peticionários e implorando por uma audiência de dez minutos. Quando Richard Cromwell finalmente o chama com um aceno, ele tem os braços cheios de mapas e livros contábeis, mas sua aparência é a de um spaniel castigado. "Sir", diz ele, "a abadia prometida de lorde Lisle — ele está desesperado para assinar a posse."

"Já disse que vou cuidar disso, Husee, e eu vou. Entregue todos esses papéis ao mestre Richard."

"Com todo respeito, sir, milorde — o senhor promete cuidar disso desde novembro do ano passado. Meu amo está tão sitiado, o senhor nem imagina como seus credores o pressionam. E Sir Richard Riche trouxe um novo atraso a cada passo. Sem honorários, Riche não faz nada. E meu amo não pode pagar os preços dele."

"Sente-se, Husee", ele diz. "Podemos tomar algo para manter nossas forças?"

Husee se senta, mas se agita no banco. "A abadia... meu senhor confia que receberá as rendas dos meses que ele vem esperando, sim?"

Ele suspira. "Eu falarei com Riche. Sem mais atrasos, eu juro. Mas agora, ouça, Husee, eu sempre soube que você é um homem honesto, então me dê uma resposta honesta. Ainda nesta manhã, no início da missa, a rainha me perguntou, como vai a senhora em Calais, ela ainda não é mãe? Pelas minhas contas, disse a rainha, a criança já deve estar começando a ter dentes."

Para sua surpresa, os olhos de Husee se enchem de lágrimas. Ele diz: "Meu amo, não ouso contar".

"Ela perdeu?", pergunta Richard.

"Não." Husee parece desarvorado. "Ele desapareceu."

Ele diz: "Eu sei que prodígios e maravilhas foram vistos em Calais este ano. Mas uma criança não desaparece antes de nascer".

Richard diz: "A barriga dela diminuiu?".

"Não." Husee esfrega os olhos. "Ela parece mais prenhe que qualquer mulher que já engravidou. Mas ele não sai e não sai, e agora as parteiras dizem que estavam erradas."

"Pensamos que ela estava esperando algum animal fantástico", diz Richard. "Mas a verdade é que ela nem sequer concebeu, não é?"

Uma lágrima cai no mapa da nova propriedade de Lisle. Ele se inclina. "Diga a lorde Lisle que rezaremos para que sua dama se recupere."

"Oh, ela precisa", diz Husee. "Se ela morresse, como pagaríamos suas dívidas? Ela chorou um oceano de sal. Meu amo tinha tanta expectativa no seu herdeiro. Mas como o bom cavalheiro que é, não a ama menos, apenas pede que ela pare de sofrer. Se eu pudesse dizer a ela que a abadia foi concedida, isso faria bem ao seu coração."

"Husee, vá embora", diz Richard. Ele parece cansado.

"Eu irei, mestre Richard. Mas, por seu favor, não esqueça a abadia."

A porta se fecha. "Cristo", comenta Richard. "Quem dirá ao rei?"

"Esse homem de sorte não está sentado muito longe de você." Ele levanta os papéis no alto da pilha que Husee deixou. "Se Lisle quer sua abadia, ele precisa encontrar dinheiro para os honorários dos secretários, pois não lhe darão crédito." Ele coça o queixo. "Gostaria que John Husee trabalhasse para mim. Ele ganha apenas oito pence por dia com a guarnição de Calais, e garanto que Lisle nunca lhe mostra gratidão. Ele é um homem tenaz."

Richard diz: "Isso atingirá o coração de Henrique".

Ele se levanta pesadamente. Seus pés parecem relutantes em caminhar. "Tenho que me certificar de que ele esteja sentado e com ajuda a postos."

Henry não trepida com as notícias. Ele apenas observa, mudo, sua cor subindo, até que ele diz: "Desaparecido? Desaparecido para onde? São Gabriel nos ajude e nos guie".

"Nunca ouvi falar de um caso assim", diz ele, "suponho que os médicos tampouco."

"Ah, não ouviu?" O tom de Henrique é feroz. "Se sua memória fosse mais longa, você saberia que Catarina me enganou da mesma maneira. Deus castigue essas mulheres, elas são serpentes!"

"Eu não sabia", ele diz. "Eu não estava aqui na época." Ele se sente como o Pequeno Polegar, com dois centímetros de altura.

"Éramos recém-casados", diz Henrique. "O que eu sabia das mulheres e dos seus esquemas? Ela abortou um filho, mas manteve a câmara preparada e alegou que estava esperando o irmão gêmeo. Até que a impostura foi descoberta."

"Majestade, não foi um erro honesto?"

"As mulheres são a origem de todos os erros. Leia qualquer um dos teólogos e eles lhe dirão." Henrique se vira e o encara. "Sempre você, Cromwell, com as más notícias."

O Pequeno Polegar foi pego numa ratoeira. Ele foi cozido num pudim. Ele foi engolido por qualquer fera que você quiser, e não emergirá até que ela o cague.

"Mas, por outro lado, ninguém mais diz a verdade", comenta o rei. "Então, como está Lady Lisle agora?"

"Chorando."

"É melhor mesmo. Meu pobre tio." Uma pausa. "Envie meus médicos."

Aliviado, ele se curva de novo. "Lorde Lisle ficará em dívida."

Henrique diz: "Quero saber o que há dentro dela. Algumas mulheres carregam carne morta no ventre, elas chamam de verruga, não está viva e não pode nascer. Mas, às vezes, ela é descartada, e mostra características de uma criança monstruosa, como cabelos ou dentes".

Quando o rei vê o mural que Hans pintou, ele não diz nada. Não cabe a ele agradecer a um mero artista. Mas ele brilha: não apenas aumentado, mas aprimorado.

A rainha se posta a seu lado, e a mão dele se projeta e repousa sobre a barriga dela, como se testasse o que encontrará lá: como ele fez muitas vezes nos últimos dias, enquanto ela prende a respiração e se pergunta o porquê. A conselho de seu irmão, de suas damas e dos médicos, as notícias de Calais foram escondidas dela. E ela se treinou para não se retrair, mas para manter o corpo firme e o rosto imóvel como o de uma madona de mármore. Se ela se encolhe um pouco agora e desvia os olhos, é do homem na parede: do punho plantado no quadril, da mão no cabo da adaga, do olhar beligerante; de suas pernas abertas, as panturrilhas sem bandagens de músculos avolumados; de sua virilidade adornada de joias, com um laço amarrado em cima.

Jane se detém, presa a seu próprio olhar, aos carmins e ocres: seus olhos pintados repousando além da pintura. Atrás dela, a graciosa mãe do nosso rei, com um toucado antigo de abas longas. E inclinado no altar que exibe os elogios a seu filho, o pálido invasor que carregou seus estandartes desde o mar até o altar da catedral de São Paulo: rosto estreito, ombros estreitos, a túnica torcida em torno de sua pessoa, a mão semioculta pelo forro de arminho de sua grande manga. Quatro passos à frente, seu filho parece ter duas vezes sua cintura; ele poderia enfiar a mãe e o pai dentro da casaca, poderia engoli-los inteiros.

"Pelos santos, você estava certo", sussurra Hans, "quando disse que eu deveria virá-lo para nos encarar." Ele parece impressionado com sua própria criação. "Jesus Maria. Ele parece que sairá da pintura e nos pisará."

"Eu gostaria que a França pudesse ver isso", diz Henrique ao séquito. "Ou o imperador. Ou o rei dos escoceses."

"Pode haver cópias, majestade", sugere Hans, com modéstia. Espelhos de sua imagem vívida: cada vez maiores, mais ativos a cada revelação.

"Venha, Jane." O rei afasta os olhos. "Terminamos aqui. Hora de partir para o campo."

Como quem sai de férias, ele pega a esposa pela mão e lhe beija a boca. Minha querida, eu, para Esher, você, para Hampton Court. Eu, para o prazer, você, para a dor: mas ainda não.

Agosto: Lady Maria pede um galgo para correr com a comitiva real e, assim, antes que os esportes comecem, ele leva uma fêmea para ela: branco puro, pernas impecáveis, com uma pequena cabeça orgulhosa e uma coleira verde e branca de couro trançado. Ele mesmo, Richard, seu sobrinho, Gregory, seu filho — que logo será um noivo feliz —, e Edward Seymour, lorde Beauchamp — que logo será um cunhado feliz. E como escolta, Dick Purser para conduzir o cão, e o jovem Mathew, com sua casaca com a libré de Cromwell; e um grupo de seguidores que sempre os acompanhavam.

Lorde Beauchamp franze a testa diante do jovem Mathew. "Você não era meu criado em Wolf Hall?"

"Sim, senhor. Mas vim procurar minha fortuna e a encontrei."

"A culpa é minha", diz ele. "Eu tirei o rapaz da sua rústica inocência."

"De rato campestre a ratazana da cidade", comenta Dick Purser, empurrando Mathew pelas costas.

"Pare com isso", ele diz. "Componham seus rostos. Ali está o rapaz de Norfolk."

Um dia escaldante, um jovem lorde em cetim laranja: Surrey avança, seus longos membros se movem, os olhos comprimidos, as mãos batendo o ar como um homem numa nuvem de mosquitos; a corte fervilha de rumores sobre o pai dele, e todos são mordazes.

"Seymour!", o jovem berra.

Eu falarei primeiro, ele pensa, a alma da cortesia — "Meu amo, vejo que deixou Kenninghall…"

"Não está errado", diz Surrey.

"… e quem ganha é a corte."

Surrey está quase em cima deles. O pai tem razão, ele parece doente: seu rosto está caído. "Meu assunto é com lorde Beauchamp. Não tenho nada a dizer a você."

Edward Seymour diz: "Surrey, fique onde está".

"Ou dê um passo para trás", completa Richard Cromwell. "Eu sinceramente aconselho."

"Eu paro onde quiser", diz Surrey. "Não me diga onde parar."

"Armado como um homem", diz Richard, "mas fala como uma criança de três anos."

Surrey dá um passo para trás, como se quisesse vê-los melhor: os criados em suas casacas de um cinza marmóreo, Gregory, Richard e Seymour em suas sedas furta-cor, e lorde Cromwell em sua túnica índigo, o corpo sólido sob as dobras macias. A cadela dá um passo de lado, rosna e ladra, e Dick Purser a puxa para trás, com medo de que ela avance: quão tentadora deve ser a coxa de Surrey, a carne tenra em suas calças coloridas. Surrey sacode um polegar para ele — para o lorde do selo privado: "Seymour, está tão hipnotizado pelo dinheiro desse rufião que arrasta o nome da sua família pela lama? Quando eles me falaram desse casamento pelo qual se decidiu, mal pude acreditar — nem mesmo vindo de você".

"Ele está falando de mim", diz Gregory. "Eu sou o noivo."

"Sim, você", Surrey diz, "seu idiota atarracado." Ele dá meia-volta, seu longo corpo luzindo como uma víbora e pronto para picar. "Que persuasão funesta é essa, Seymour, casar sua irmã com esses amoladores, esses tosquiadores — eu lhe pergunto, que degradação é essa, ao próprio brasão da sua família, e ao nome do falecido Oughtred, um homem tão digno..."

"Oughtred está morto", responde Gregory. "Ele está bem morto, digno ou não."

"Ele está vendo você!", Surrey brada.

"E eu estou vendo você, sua criatura desprezível." Agora Richard Cromwell dá um passo à frente. Ele não toca em Surrey, mas crava seu olhar no dele.

Ele, lorde Cromwell, dá um tapinha em seu próprio peito: lá está seu punhal, mas nenhum homem deve desembainhar armas. Ele vê a dor que nubla o rosto de Surrey — beligerância, perplexidade. "Surrey, está fora de si." Enquanto fala, ele pega Richard pelo cotovelo para segurá-lo. "Seu nobre pai me disse que o senhor ainda está de luto pelo jovem Richmond, que Deus o tenha."

"Faz um ano", comenta Surrey, "um ano que meu amigo está embolorando na sua tumba em Thetford — e vilões como vocês continuam andando sobre a terra. Eu venho aqui e toda a corte está zumbindo como um monte de estrume num chiqueiro. Vejo que há um bando de patifes que perjurariam para derrubar os Howard. A inveja os devora de tal forma que aceitariam ter as duas pernas quebradas se assim pudessem nos dar um tombo."

"Você vai levar um tombo de qualquer maneira", retruca Richard, "se não recuar."

"Meu pai poderia ser rei do Norte. Todas as grandes famílias o apoiam. Mas testemunhem sua lealdade. Ele recusou todas as ofertas para virar sua casaca..."

"Recusou?", pergunta Edward. "Ofertas de quem?"

"E onde estão as recompensas para ele? Ele não merece mais e maiores recompensas que qualquer outro súdito? Em vez disso, nós, de sangue nobre, temos que ficar de lado e assistir a rufiões roubando mansões daqueles que as possuem desde tempos imemoriais e confiando em misturar suas sementes com o mais puro sangue que esta terra oferece. O que o rei faz, mantendo ao seu redor tamanho grupo de ladrões e gatunos da plebe? Empurrando para fora do seu conselho cavalheiros de alto berço…"

Ele põe a mão no braço de Surrey. Surrey a afasta com um safanão. "Cromwell, você planeja matar todos os nobres. Um a um, você cortará nossa cabeça até que só reste o sangue vil na Inglaterra, e assim você poderá governar tudo sozinho."

"Essa briga é minha", declara Edward Seymour. Ele se aproxima de Surrey, põe sua mão de soldado no cetim laranja e nos franjados de prata. Surrey salta à frente, a mão na adaga. A cadela late em pânico. O jovem Mathew grita: "Sem lâminas, magricela".

O lorde do selo privado ruge: "Baixem os punhos, todos vocês. Mãos junto ao corpo". Chocados, eles obedecem — mas Surrey golpeia o ar com o braço esticado, e o jovem Mathew ergue a mão de forma brusca e depois se encolhe contra o amo. Um brilhante borrifo de sangue cai sobre as lajotas.

Surrey recua, horrorizado. Seu rosto está borrado de suor e lágrimas. Richard arranca o punhal de sua mão. Foi como desarmar uma criança, ele dirá mais tarde. Ele recordará como estavam os dedos do jovem: dormentes, frios e azuis.

Mathew se endireitou. Furiosamente, ele suga a ferida na palma da mão. O galgo lambe o chão: sangue vil. "Um arranhão", afirma o rapaz, mas o sangue escorre por seu queixo.

Gregory pega um lenço. "Tome, Mathew." O jovem Culpeper aparece, alarmado, e outros cavalheiros, correndo da galeria e da câmara da guarda.

Richard pergunta: "Os tendões estão cortados?".

"Culpeper, corra e procure um cirurgião", diz Gregory. No tumulto, ele nota o comportamento sereno de seu filho.

Edward diz: "Um dedo a mais, Surrey, e você teria cortado as veias do pulso dele, um rapaz indefeso que nunca lhe fez mal".

"Bem, ele o chamou de magricela", diz Gregory. "E eu também."

Surrey esfrega o rosto e encara Gregory. "Encontre-me nos campos, Cromwell — ou não, eu não duelarei com você, você não é páreo, encontre algum nobre para duelar por você, se for capaz, e eu vou espetá-lo com minha espada e você poderá vir e recolher sua carcaça quando quiser."

"Você não vai espetar ninguém, rapaz", responde Richard. "Você não poderá espetar nem mesmo seu próprio jantar. Não terá a mão direita para cutucar o nariz."

"O quê?", pergunta Surrey.

Edward responde: "É proibido derramar sangue nos recintos da corte. Qualquer ação desse tipo é uma ameaça ao soberano".

"Ele não está aqui", Surrey responde estupidamente.

"A rainha está aqui", diz Richard. "Com uma criança no ventre. E também está com a filha donzela do rei."

Ele diz com sobriedade: "Senhores, cavalheiros, todos foram testemunhas. Um golpe foi desferido e foi lorde Surrey quem o desferiu".

Edward completa: "Surrey, o senhor conhece a penitência".

A língua da cadela lustra diligentemente os ladrilhos a seus pés. Surrey olha para a mão direita, estendendo-a diante de si. Ela está mole, como se já não lhe pertencesse. "Eu não quis feri-lo. Eu só pretendia fazer uma demonstração. E ele não está muito ferido, está?"

Mathew começa a concordar. Mas Surrey se vira contra ele: "Mathew — esse é seu nome? Tenho certeza de que o conheço por outro".

Sem dúvida, ele pensa. De alguma família sob suspeita, onde o jovem atende à mesa ou carrega carvão: mãos limpas ou mãos sujas, trabalhando pela segurança do reino.

Richard diz: "Não importa se ele tem tantos nomes quanto o Deus dos judeus. Não foi um servo que você feriu, foi a paz do rei".

A mão de Surrey vai para sua bolsa. "Deixe-me dar uma recompensa ao jovem."

"Ofereça ao rei." Seymour parece tão sombrio como se já estivesse presidindo a punição. "Seu pai ficará chocado até a medula quando souber disso. Ele saberá o castigo estabelecido — e os Howard sempre dizem que os velhos costumes devem ser mantidos."

Há um método para isso: são necessários dez homens. O cirurgião-chefe com seu instrumento; o carpinteiro-chefe com a marreta e o bloco. O mestre-cozinheiro, que traz a faca de açougue; o chefe da despensa, que sabe como cortar a carne; o ferreiro-chefe, com os ferros para cauterizar a ferida; o pajem do candelabro, com panos encerados; o pajem da copa, com uma bandeja de brasas para aquecer o ferro de cauterizar e um recipiente com água para esfriá-las; o chefe da adega com vinho e cerveja; o chefe dos banhos com bacia e toalhas. E o encarregado das aves, com um galo, as pernas estendidas, lutando e gritando enquanto ele o segura contra o bloco e lhe corta a cabeça.

Depois que a ave é sacrificada, o braço direito do ofensor é descoberto. Seu antebraço é apoiado. O açougueiro encosta a lâmina à junta. Uma oração é dita. Em seguida, a mão da espada é decepada, as veias são cauterizadas e o corpo do agressor desmaiado é enrolado num pano e levado embora.

Ele tira dois dias de folga para o casamento, como prometido: deixando o rei em seu pavilhão de caça em Sunninghill em 1º de agosto, indo para Mortlake em 2 de agosto para a cerimônia no dia seguinte e indo ao encontro do rei em

Windsor no dia 5. É um casamento modesto, não um daqueles que imitam a nobreza; mas o sol brilha sobre a noiva e o noivo, e os convidados estão de bom humor. "Onde está Me-Chame?", pergunta Gregory.

Ele tem que puxar o filho de lado. "Em casa. O menino dele morreu."

"Que Deus nos guarde. O rei sabe?"

Gregory é um cortesão, ele pensa. Ele é aquilo que eu fiz dele: sua mente vai primeiro ao rei, para saber se as notícias poderiam assustá-lo ou deixá-lo num humor bilioso.

Ele responde: "O rei não precisa ser informado. Ele geralmente não pergunta pelos nossos filhos e filhas". Por exemplo, ele não fez alusão a Jenneke, embora alguém decerto tenha lhe contado tudo sobre ela. "Não creio que ele saiba quantos filhos Wriothesley tem, e seria uma pena se a primeira vez que ele soubesse de William fosse na ocasião de sua morte."

Eles estão em Mortlake: Cromwells *en fête*, em suas antigas terras. O que Walter diria se soubesse que seu neto se tornou cunhado do rei? No entanto, era Walter quem costumava alegar que os Cromwell eram proprietários de terras. Ele dizia que podia mostrar documentos sobre isso, mas depois alegava que os ratos os comeram. Walter dizia: sua mãe tinha boa procedência, Staffordshire, Derbyshire, lugares do Norte; não eram miseráveis, eles. Talvez seja verdade. Mas esses estrangeiros que lhe escrevem, alegando parentesco; e se ele tivesse feito essa alegação a eles, quando menino? Eles provavelmente o teriam chutado escada abaixo. Arrancado seus dedos das grades de seus portões.

Gregory diz: "Surrey enfrenta uma pesada sentença. Talvez o rei aceite perdoá-lo, como presente de casamento para mim?".

"Três pontos", diz ele. "Primeiro, espero que ele lhe dê uma abadia. Segundo, você não é a pessoa ofendida — a Coroa foi ofendida, isso não é um assunto privado. Terceiro — pensei que você odiasse Surrey."

"Ele me odeia", responde Gregory. "É diferente. Mas eu não sou atarracado, sou?"

"De maneira nenhuma", ele responde. "Estão felizes? Você e Bess não parecem tímidos um com o outro."

"Sim, estou feliz", diz o filho. "Nós dois estamos felizes. Então, por favor, não olhe para ela, senhor. Converse com ela quando os outros estiverem presentes, e não escreva para ela. Eu lhe peço isso. Nunca lhe pedi muito."

Seu coração falha uma batida. Ela contou a ele, então. "Gregory", ele diz, "eu não me defenderei. Eu deveria ter sido claro." Ele olha para o filho e vê que precisa dizer mais. "Foi apenas por dever que ela consentiu, quando pensou que eu era o noivo, pois certamente eu nunca teria sido preferido, não diante de um jovem tão bom como você — e quanto à maneira como começou a confusão — Seymour, você sabe que ele pode ser célere. Um cavalheiro numa conversa apressada com outro, pode acontecer."

"Outras coisas podem acontecer. Mas não deixe que aconteçam."

Ele se sente enrubescendo. "Eu sou um homem de honra."

Gregory dirá, que honra é essa? Do tipo de Putney?

"Quero dizer", ele diz, "sou um homem de palavra."

"Tantas palavras", diz Gregory. "Tantas palavras, juramentos e ações que, quando as pessoas lerem a respeito em tempos vindouros, mal poderão acreditar que um homem como lorde Cromwell caminhou sobre a terra. O senhor faz tudo. O senhor tem tudo. O senhor é tudo. Por isso, eu lhe imploro, conceda-me uma polegada da sua ampla terra, pai, e deixe minha esposa para mim."

Gregory se afasta. Mas depois ele volta. "Bess diz que não conseguiu comer seu desjejum."

"É um grande dia para ela."

"Ela diz que isso significa que ela já concebeu. Foi assim para ela antes, quando estava esperando seus dois filhos."

"Parabéns, Gregory. Você é um homem de ação."

Ele quer se levantar e abraçar o filho, mas talvez não. Eles nunca tiveram uma palavra dura até hoje, ele pensa, e talvez o que ocorreu seja menos duro que triste: que um filho possa pensar mal de seu pai, como se ele fosse um estranho cujas ações não se podem prever; como se ele fosse um viajante na estrada, que pode abençoar sua jornada e animá-lo, mas também roubá-lo e atirá-lo numa vala. "Gregory, estou feliz de todo o coração. Não diga a Bess que eu sei, ela pode levar a mal."

"Algo mais?", pergunta Gregory.

"Sim. O final do ano chegará antes que o mundo precise saber e, enquanto isso, outra coisa a não contar ao rei."

Henrique vai pensar, por que é tão simples para alguns? Como é que as crianças são tão fáceis a ponto de serem largadas em degraus para serem recolhidas e criadas pela paróquia e, no entanto, o rei da Inglaterra tem que implorar a Deus por um único menino? Como podem ser tão facilmente concebidas a ponto de um beijo quente num recanto do jardim gerar um desejo fértil, conduzindo à fonte e ao pano do crisma quando mal terminamos de abençoar o leito de núpcias?

"E também", diz ele, "não queremos que digam, o filho de Cromwell está tão ansioso por desfrutar da sua noiva que não espera pela bênção da sagrada Igreja."

"Isso seria verdade", responde Gregory. "Eu não esperei por isso. Eu não dou a mínima para a bênção deles. O que os padres sabem sobre casamento? O rei os proíbe de casar. Está na hora de eles serem totalmente excluídos do assunto. Eles não têm nada a ver com isso, são como aleijados numa corrida."

"Não vou argumentar contra isso. Embora eu deseje que eles sejam fisicamente saudáveis."

"Oh, o arcebispo é seu amigo", diz Gregory. "Às vezes me pergunto o que Cranmer fará no céu, onde não há casamento nem arranjo de núpcias. Ele não terá nenhum passatempo."

"Não fale sobre a esposa de Cranmer."

"Eu sei", diz Gregory. "Isso vai para a grande caixa dos segredos, em cuja tampa está sentado um ogro."

Uma criança de fim de primavera, ele pensa. Eu serei avô. Se conseguirmos sobreviver ao próximo inverno.

"Vá e encontre sua noiva", diz ele. "Você já a deixou por tempo demais." Mas em seguida: "Gregory? Você é o mestre na sua casa — você é o chefe e que nenhuma alma duvide disso".

E eu, como um Odisseu errante, endurecido de sal, confuso, fazendo o longo caminho de volta para uma casa cheia de estranhos ruidosos. Quando eu vejo a felicidade comum, o horizonte se inclina e vejo outra coisa. E agora eu pareço um ancião, dizendo: "Se conseguirmos sobreviver ao próximo inverno". Como se eu fosse tio Norfolk, alegando que a umidade acabará comigo.

Em sua próxima missão, ele leva Fitzwilliam consigo: eles perseguem Henrique pelo interior, encontrando-o de mau humor em ambientes fechados num dia chuvoso e parecendo, exceto por estar sentado, muito com o mural de Whitehall: menos ornamentado, mas com o mesmo olhar. Ainda assim, ele parece feliz em vê-los: "Thomas! Você viria caçar comigo, eu achava. Estive esperando. Mas agora o tempo mudou".

Ele abre a boca para contar ao rei sobre a pilha de papéis na sua mesa em casa. Henrique interrompe: "O que é isso que soubemos, que a França e o imperador pararam de lutar? Isso pode ser verdade?".

"Eles estarão em luta novamente na próxima semana", diz Fitzwilliam, "pode confiar nisso. Mas, majestade, estamos aqui para falar sobre o jovem Surrey. O senhor não pode cortar a mão dele, sabe?"

O rei pergunta: "Imagino que Thomas Howard tenha escrito aos senhores? Para implorar?".

Verdade. Dá para ver as manchas que se embeberam no papel: suor, lágrimas, bile. Meu bom lorde Cromwell, mantenha-se meu amigo: esforce-se por Thomas Howard, que ora diariamente pela sua vida, seu devedor vitalício. Que meu tolo filho sofra qualquer punição, mas não a mutilação, um Howard não pode viver sem a mão da espada...

"Norfolk pensa que você tem muito crédito comigo", diz Henrique. "Que tudo que você disser, eu farei. Ele acha que sou seu servo, meu lorde do selo privado."

Ele não consegue pensar numa resposta. Não numa resposta segura.

Henrique prossegue: "Por que não devo punir Surrey de acordo com o costume? Deixe-me ouvir seu raciocínio".

Porque, diz Fitzwilliam. Porque é quase pior mutilar um nobre que matá-lo. Isso cheira a barbárie ou, na melhor das hipóteses, a um código estrangeiro.

Ele, Thomas Cromwell, assume o tema: porque ele é jovem e a experiência abrandará seu orgulho. Porque vossa majestade enxerga longe, é sagaz e misericordioso.

"Misericordioso", repete Henrique. "Não coração mole." Ele se mexe, irritado. "Conheço os Howard e o que são. Eles esperam prêmios, quando deveriam esperar confiscos. Eu preservei a vida do Tom Verdadeiro, não é? Quando poderia ter lhe cortado a cabeça pela sua indecência com minha sobrinha."

Ele diz: "Meu conselho, senhor — deixe Surrey suar por um tempo. É uma lição que ele não esquecerá. E ele estará em dívida com o senhor depois disso".

"Sim, mas você sempre diz isso, Cromwell. Você diz, perdoe e eles se comportarão melhor. Três anos atrás, a esposa de Edward Courtenay incentivou aquela falsa profetisa Barton — ah, o senhor disse, perdoe, ela é apenas uma mulher e fraca. Acredito que agora ela esteja conspirando de novo."

Fitzwilliam diz: "A esposa de Courtenay está livre de ofensa presente, na minha opinião. E se não estiver, Cromwell saberá em breve, pois ele tem uma mulher plantada na casa dela".

"E a família Pole? A quem eu fiz prosperar? Cuja linhagem restaurei, a quem arranquei da penúria e da desgraça? Como sou recompensado? Com Reginald desfilando pela Europa me chamando de anticristo."

Ele diz: "Talvez deva haver uma nova política. Mas, almejando o favor de vossa majestade nisso — não iremos começá-la cortando a mão de Surrey".

Fitz diz: "Eu imploro, não derrame sangue antigo com leviandade".

"Sangue antigo?" O rei ri. "Não houve um Howard que era advogado em Lynn?"

"Majestade, isso é verdade." Faz uns duzentos e cinquenta anos, e o que é isso senão um piscar de olhos numa terra onde cabeças de gigantes emergem da copa das árvores?

Ele pensa nos gigantes: Bolster, Grip e Wade. Ele observa Henrique. O rei está prestes a ceder, ele pensa, e poupar o jovem; mas Surrey deve ficar atento. O rei é como o picanço, que canta imitando um inofensivo comedor de sementes para atrair sua presa e depois a empala num espinho e a digere à vontade. Ele diz: "Com todo o respeito, vossa majestade, acredito que se remontarmos longe o bastante no tempo, todos fomos advogados. Em Lynn ou algum outro lugar".

"E não muito tempo antes disso, éramos todos animais." Henrique sorri, mas seu sorriso se apaga. "Mande o rapaz para Windsor. Ele deve ficar dentro dos limites. Ele pode fazer seu exercício no parque, mas diga-lhe que será vigiado. Quando chegarmos lá, ele não poderá se aproximar de nós até lhe darmos permissão." Ele dirige o olhar ao espaço. "Meu lorde Cromwell, é um trabalho abençoado, reconciliar grandes famílias. Mas você não imagina que Norfolk será seu amigo um dia, não é?"

"Não", ele diz. "E não é para agradá-lo que peço misericórdia."

"Entendo. Não é para agradá-lo. No entanto, ouvi dizer que você está falando com ele sobre o grande priorado de Lewes. Território Howard, e seu também, imagino?"

O rei tem feito reuniões com Richard Riche: perguntando qual cavalheiro quer qual abadia e por quê. Lisle, por exemplo, tentou conseguir Beaulieu, Southwick e Waverley, antes de se contentar com uma propriedade modesta de Devon. Ele, Cromwell, está comprando terras no condado de Sussex: terreno para onde ele pretende empurrar os Howard, cutucá-los, disputar suas fronteiras com as deles. "Pensei que, quando Lewes cair, e se vossa majestade não se opuser, o alojamento do prior poderá ser reconstruído para fazer uma casa para meu filho."

A raiva do rei se dissipa. Ele se lembrou de ser o Bem-Amado. "Gregory e sua esposa podem esperar toda a bondade nas minhas mãos. Porém, milorde, uma igreja tão grande quanto a de Lewes, não levará muitos meses para derrubá-la?"

"Não vou derrubá-la. Vou explodi-la."

"Sério?" O rei parece respeitoso.

"Eu conheço um italiano. Ele está seguro de que isso pode ser feito."

"Venha a mim depois do jantar", diz Henrique. "Traga desenhos." Ele parece animado como uma criança.

Quando o rol da Ordem da Jarreteira é erguido no gabinete do rei em Windsor, Henrique passa os olhos pela lista e diz o que todos estão preparados para ouvir: "Guardaremos um lugar para o príncipe que em breve nascerá para nós, pela graça de Deus. O outro é para o lorde do selo privado".

Um abafado — o quê? Os cavalheiros se apressam em congratulações, mas não conseguem, por ora, forçar-se a aplaudir. Eles sabiam que isso aconteceria. Mas ainda estão chocados. O filho de um cervejeiro: leva tempo para se acostumar.

Ele se ajoelha diante do rei e faz um eloquente agradecimento. Henrique baixa sobre sua cabeça o colar da Jarreteira, uma corrente de trinta onças de ouro e rosas esmaltadas. Fixado nela se encontra a insígnia da Jarreteira, com a imagem de são Jorge, um santo de ouro montado num cavalo de ouro. "Erga-se, milorde", o rei sussurra.

Só falta o dragão: não morto, ele pensa, mas saciado, sonolento, enroscado sob o sol quente. Sua irmã Kat costumava contar sobre um dragão que comia sete mulheres todos os sábados, sem poupá-las nem na Quaresma.

Henrique diz: "O senhor agora adentra uma irmandade sagrada. Tudo o que precisa saber dos rituais que virão, lorde Exeter aqui lhe dirá. Ou Nicholas Carew, ou qualquer um desses meus mais nobres confrades. Eu os guardo todos junto ao meu coração, assim como você, meu querido Thomas. Espero que viva muitos anos para desfrutar de sua nova posição".

Ouve-se uma espécie de gemido, depois uma pancada forte, que significa o consentimento dos cavaleiros. Henry Courtenay, o marquês de Exeter, demora em participar. A cerimônia virá: fins de agosto. Na Europa, a paz se mantém. O rei diz que o Evangelho pode ser dado ao povo, a nova tradução é adequada: e os bispos assinam suas deliberações e mandam ambas as obras à prensa.

Na noite anterior à cerimônia da Jarreteira, ele cavalga para Windsor, onde os cônegos o recebem com cortesia. Mas eles hesitam, ele percebe, temendo ofender o recruta. Meu amo, um deles aconselha gentilmente, esta noite o senhor deve pensar nos seus erros e pecados e fazer a confissão, se assim desejar: amanhã o senhor deve estar sem mácula, pois amanhã adentrará essa ordem em cujas fileiras, se todos os cavaleiros estivessem presentes, o senhor caminharia em procissão com os reis da França e da Escócia, e Carlos, o sacro imperador romano em pessoa.

O senhor sabia, pergunta um oficial do guarda-roupa, que o rei ainda tem os mantos da Jarreteira do jovem Richmond armazenados aqui? Estão pendurados. Se ele descesse do céu, poderia entrar direto neles.

Numa das casas dos cônegos, a folhagem pintada cresce por cima do muro: rosas de Tudor com romãs gigantes. Essas são as únicas pinturas lícitas de tais frutas, o cônego explica, e por que é assim? Porque lá, como pode ver, acima da porta, está a imagem de Artur, príncipe de Gales, retratado como ele era quando recebeu sua noiva espanhola: e ali está ela mesma, indicada pela imagem da roda em que santa Catarina foi martirizada. E sempre dissemos, nós, cônegos: as pinturas são muito limpas e finas e podemos conservá-las sem penalidade ou medo, porque, embora nosso rei tenha negado que foi casado com a princesa de Aragão, ele nunca negou que ela foi casada com seu irmão.

"Mas tudo isso faz muito tempo", diz ele.

"Sério", diz o cônego, "o senhor acha isso? Não me parece muito tempo."

Nos recintos há uma escola de canto, mais antiga do que qualquer um consegue lembrar. Enquanto examina a imagem da antiga rainha acima dele, ele ouve as crianças aprendendo um motete, e o som o leva para fora, direto a um raio de sol sob os antigos muros. Ele as viu na sala de aula, um ninho de aves canoras, seus corpinhos aglomerados, suas vozes se erguendo acima das circunstâncias: quando suas vozes mudarem, quem serão eles, viverão na pobreza? Eles serão mestres de música e ensinarão o virginal a atrapalhados meninos de dedos grossos, a meninas tímidas que viram a cabeça e tentam ver seus reflexos na janela. Eles cantarão na igreja num domingo: versículos do novo Evangelho, talvez. Ele tem crianças como aquelas em sua própria casa, embora elas não sejam tão polidas quanto os artistas do rei. Na escola de canto, as notas são pintadas na parede para que todo o grupo possa aprender ao mesmo tempo. Quando bem aprendidas, as notas são caiadas de branco. Mas nenhuma das músicas desaparece. Elas afundam, recuando através do gesso, habitando a parede.

Amanhã não deve haver contratempos, então eles o instruem: lorde Exeter, Carew, William Fitzwilliam como uma presença encorajadora junto a seu ombro. Tudo está disposto à mão: seu manto cerúleo, o chapéu de plumas. Ele manda uma nota ao rei solicitando dezoito jardas de veludo vermelho e nove jardas de tafetá branco. Tudo está pronto para ornamentar seu assento: seu elmo, a almofada, o estandarte, tudo conforme prescrito nos estatutos. Os cavaleiros farão a procissão para a capela de São Jorge, e depois, no salão capitular, removerão seu manto e ele vestirá sua sobrecasaca e receberá sua espada. Depois, ele caminhará para o leitoril, a cabeça descoberta, apoiadores de cada lado, e ali porá a mão sobre o Evangelho e fará o juramento. Depois, eles dizem, o senhor poderá subir ao seu assento designado e o arauto da Jarreteira — que estará parado bem ali, por favor, observe — entregará seu manto a seus apoiadores e eles o colocarão nos seus ombros. Depois eles tomarão seu colar e — esteja pronto — o passarão pela sua cabeça. Depois a bênção é lida, suplicando a são Jorge que o guie pelas prosperidades e adversidades deste mundo.

É isto o que queremos, ele pensa: ajuda na prosperidade. Todos estamos prontos para os sete anos de vacas magras. Mas quando chegam os anos gordos, estamos preparados? Nunca sabemos o que pensar quando a vida começa a ficar encantada.

Eu falhei com Jenneke, ele pensa. Eu a tive e deixei que fosse embora, recebi um vaso precioso e, em choque, o deixei cair. Eu não estava preparado para ver o passado produzir um fruto tão doce: estava ocupado passando a tinta, caiando minha parede para o que viria do futuro.

O marquês de Exeter diz bruscamente: "Tenho sua atenção, milorde? Quando a bênção for lida, o senhor deve tomar o livro de estatutos na mão. Depois ponha seu chapéu. Curve-se ao altar. Curve-se ao assento do rei. Depois tome seu lugar entre os cavaleiros ilustres".

Os presentes, os ausentes. Os vivos e os mortos.

É difícil para Exeter chamá-lo de "milorde". O termo fica preso em sua goela Courtenay. Quatro anos atrás, ele pensa, eu salvei você e Gertrude, sua esposa, e agora o rei suspeita que eu seja tolerante demais; ele pensa que estou tentando fazer amizade com sua gente. Você e lorde Montague, vocês estão chegando ao fim da sua corda de seda. Mais um passo e vejam se vou favorecê-los.

Naquela noite, ele reza e vai dormir cedo. Não estou doente, ele diz a Christophe, não se preocupe. Ele precisa de um espaço no qual possa ver o futuro se moldando, enquanto o crepúsculo chega pelo rio e o parque, borrando as formas das antigas árvores: há rouxinóis nos bosques, mas não os ouviremos novamente este ano. Amanhã, todos os olhos se voltarão, não para o nicho da Jarreteira que ele ocupará, mas para o nicho vazio, onde um príncipe ainda por nascer estende a mão para o livro de estatutos e curva a cabeça cega dentro da membrana. Por que o futuro se parece tanto com o passado, seu toque úmido e incômodo, o cicio de véus de núpcias ou mortalhas, o crepitar de fogo numa sala fechada? Como a respiração que embaça o vidro, como o rastro do rouxinol no ar, como uma lufada de incenso, como vapor, como água, como pés correndo e risadas no escuro... furiosamente, ele se obriga a dormir. Mas ele está cansado de tentar acordar diferente. Nas histórias, há pessoas que, vistas ao amanhecer ou ao entardecer em algum espaço aberto, aquoso, esvoaçam e giram no ar como espíritos, ou brotam asas de couro através de sua carne. No entanto, ele não é um mago. Ele não é uma cobra que pode trocar sua pele. Ele é o que o espelho mostra, quando se reúne com ele todos os dias: o Pequeno Tom, de Putney. A menos que você tenha uma ideia melhor?

Na manhã de sua admissão, ele acorda cedo. Deve permanecer rígido, ele pensa, como uma efígie numa tumba, esperando que o início comece. Mas, em vez disso, ele sai da cama. Ele precisa de uma vela, mas logo não precisa mais; quando abre o postigo, uma luz fraca se infiltra. Um cavaleiro da Jarreteira começa seu dia como qualquer outro homem — mijando, espreguiçando-se, esfregando o queixo azulado. Se você estiver atento ao funcionamento da casa, é difícil voltar a dormir depois do amanhecer. O barulho só cessa nas horas mais escuras; cercado pela cidade abaixo, o castelo é abastecido por carroças que trepidam constantemente sobre os paralelepípedos e entram pelo grande portão.

E, ao fazer seu caminho por aqueles recintos, ponto a ponto, as eras se enfrentam e se chocam: como se monarcas encouraçados colidissem, uma muralha construída por um Henrique se lançando contra uma muralha construída por um Eduardo que há muito virou pó. Todos esses reis sagrados hoje repousam: o tempo está golpeando suas obras como máquinas de cerco e, quando descemos um degrau, estamos caminhando em outra camada do passado.

Ele quer dar uma volta, talvez trocar um bom-dia com alguma criatura semelhante que possa dissipar seus sonhos. As cozinhas, a despensa, elas já se agitam, prontas para receber os mantimentos que chegam. Os homens esfregam os olhos e passam sonâmbulos uns pelos outros, como se nadassem num mar cinzento: ninguém fala, eles apenas piscam e se desviam dele como se estivessem resvalando em seus sonhos, ou ele resvalando nos deles. Quando ouve passos, intencionais, descendentes, ele os segue. Para baixo e para baixo, para uma sala com piso de pedra, onde uma calha profunda verte água marrom, borbotando como um riacho.

Quando era criança em Lambeth, ele via a desossa, quando os animais mortos eram trazidos para dentro, carne de boi, cordeiro e porco. Ele aprendeu a ficar imóvel enquanto as lâminas cantavam no ar e assobiavam em seus ouvidos. Ele passou a apreciar a companhia dos homens que sentem um cutelo encaixar em suas mãos, que enterram espetos em carne terna, que cortam, cospem e içam grandes juntas com ganchos de carne. Ele via os animais desmontados, tornando-se jantar; testemunhava os oficiais da casa separando suas seleções e porções, pescoço e cotovelo, pernas dianteiras, pés, cascos e tripas, a cabeça do bezerro, o coração da ovelha. Ele aprendeu a varrer a serragem empapada de sangue e a esfregar as lajes onde o pulmão e o fígado se aglomeram, a eliminar as partículas gelatinosas manchadas de sangue. Ele aprendeu a fazer tudo isso sem uma contração do estômago: a fazê-lo com calma, fazê-lo sem sentir. No crepúsculo ou no amanhecer, a luz é a mesma, listras cinzentas, vinho escuro: os açougueiros passam sem vê-lo, olhos à frente, seus fardos erguidos sobre os ombros.

Saia do caminho deles: ele se cola à parede. Eles o ignoram; na penumbra, talvez o tomem por algum secretário do inventário. Eles seguem marchando com seus cadáveres do tamanho de homens, olhos nos pés, as cabeças baixas e encapuzadas, silenciosos, impávidos, espremendo o sangue sob as botas, virando na escada sinuosa e, guiados pelo som de água corrente, descendo ao escuro.

3.
Corpo arruinado

Londres, outono de 1537

O que é a vida de uma mulher? Não pense, por ela não ser um homem, que ela não luta. O quarto de dormir é sua arena, onde ela desfralda sua bandeira, e seu teatro de guerra é a sala vedada onde ela dá à luz.

Ela sabe que talvez não saia viva daquela câmara sangrenta. Antes de seu recolhimento, se ela for prudente, deixa seus assuntos em ordem. Se ela morrer, será lamentada e esquecida. Se a criança morrer, ela será responsabilizada. Se ela viver, deverá esconder suas feridas. Seus ferimentos são secretos e suas irmãs só falam deles atrás das mãos. É o pecado de Eva, a longa e contínua punição que ele lhe trouxe, que a rasga por dentro e a despedaça. Enquanto abençoamos um velho soldado e lhe damos esmolas, com pena de seu estado cego ou mutilado, não tornamos heroínas as mulheres mutiladas na batalha para dar à luz. Se ela parece ferida a ponto de não poder mais ter filhos, nos comiseramos de seu marido.

Nos longos dias de verão, antes de começar seu recolhimento, Jane caminha pelo jardim privado da rainha. Foram apagados todos os vestígios de Ana Bolena, que ocupou os aposentos antes dela, e uma nova galeria, com vista para o rio, foi construída para ligar os aposentos de Jane ao berçário real. Sua condição não pode ser comparada de maneira alguma à de Lady Lisle. A criatura dentro dela está viva e chutando. Ela se agita e treme, quase se pode ouvir suas queixas: aqui estou, sufocado sob as saias da minha mãe, enquanto as árvores estão repletas de novas folhas e os vivos passeiam pelos gramados.

À medida que se aproxima o momento do parto, uma mulher pagará uma fortuna por um fio do cinto de Maria. No trabalho de parto, ela prega orações em sua camisola, orações testadas por suas antepassadas. Quando a camisola estiver ensanguentada, a parteira colará o pergaminho contra a pele do domo de sua barriga ou o amarrará em seu pulso. A mulher, transpirando, beberá água de um jarro sobre o qual suas amigas recitaram a litania dos santos. A Mãe de Deus a ajudará, quando as parteiras não puderem. Eva nos desfez, mas Maria, por suas alegrias e dores, nos conduz à salvação: a pérola sem preço, a rosa sem espinho.

Quando Maria deu à luz ao seu e ao nosso Salvador, terá sofrido como as outras mães? Os teólogos têm opiniões diversas, mas as mulheres pensam que sim. Elas pensam que Maria partilhou das mesmas horas nauseantes, trêmulas, mesmo sendo virgem quando concebeu, uma virgem quando esperou: virgem ainda quando a redenção irrompeu para fora dela, numa mundana profusão de fluidos. Depois, Maria foi selada de novo, barrada contra as incursões do homem. E, no entanto, ela se tornou a fonte da qual o mundo inteiro bebe. Ela protege contra a praga e ensina o sentimento aos duros de coração, ensina os secos de olhos a derramar uma lágrima. Ela tem pena do marinheiro atirado na onda de sal e salva até os ladrões e fornicadores da punição. Ela vem até nós quando temos apenas uma hora de vida, para nos avisar de que devemos fazer nossas orações.

Mas as virgens estão desmoronando por toda a Inglaterra. Nossa Senhora de Ipswich deve cair. Nossa Senhora de Walsingham, que chamamos de Falsingham, deve ser levada numa carroça. Nossa Senhora de Worcester é despida de seu manto e de seus sapatos de prata. Os receptáculos que contêm seu leite materno são despedaçados e, descobre-se, contêm giz. E quando seus olhos se movem e choram lágrimas de sangue, sabemos agora que é sangue de animal e seus olhos são articulados com arames.

Há um ótimo livro que lhe diz o que fazer quando um nascimento real é iminente. Está na letra de um escrivão, mas as anotações nas margens foram feitas por Margaret Beaufort, a mãe do velho rei. Tendo vivido na corte no reinado de Eduardo e testemunhado o nascimento dos dez filhos dele, ela estava convencida de que os Tudor deveriam adotar o mesmo protocolo.

"Aquela beata de joelho travado", diz Henrique. "Ela me aterrorizava quando eu era criança."

"Ainda assim, temos que seguir as ordenanças dela, senhor. As damas não gostam de nenhuma mudança."

Sua nova nora Bess o mantém informado de tudo o que acontece nos aposentos da rainha. Gregory não gosta de se separar da esposa, mas esses não são dias comuns e, além disso, ele já fez com ela tudo que um marido espera fazer. Edward Seymour cada dia se torna mais tenso, à medida que a expectativa pesa sobre ele. Ele viaja até Wolf Hall para caçar. A caça é excelente este ano, ele escreve: meu querido amigo Cromwell, gostaria que estivesse aqui.

Foi um verão perigoso. Por medo da praga, a rainha mantém um séquito reduzido. O rei vive separado em Esher, também com uma pequena comitiva. Um mensageiro chamado Bolde, que viaja diariamente entre Rafe e os Cromwell, é levado com uma moléstia desconhecida e precisa ficar isolado até que melhore ou morra. Rafe muitas vezes instruiu Bolde cara a cara e, portanto, o rei sugere que ele evite a corte; mas Henrique esquece e pergunta, irritado: "Onde está o jovem Sadler?".

Pelo amor de Deus, escreve Rafe, não permita que o rei me esqueça, ou que algum rival tome meu lugar. Desde meus anos humildes, o senhor me nutriu, educou e me admirou. Não permita que eu seja deixado de lado agora.

O rei não quer ficar sem Cromwell, pois as manhãs se tornam enevoadas e já se sente o primeiro frio no ar. Venha e fique perto de mim, ele diz. Passe seus dias comigo. Talvez, para manter as regras, apenas durma sob outro teto à noite. Ele obedece. Ele se certifica de falar todos os dias sobre o jovem Sadler, de como este sente falta da luz do semblante do rei. Ele escreve para Edward que sua visita a Wolf Hall terá de esperar. O rei o chama de Tom Cromwell. Ele o chama de Crumb. Ele caminha pelo jardim em Esher, com o braço em torno do pescoço de seu conselheiro, e diz: "Tenho esperanças nesse filho. Se eu pudesse ter três desejos, como um homem de um conto, desejaria um príncipe, robusto e afortunado, e desejaria viver o suficiente para conduzi-lo ao estado de homem. Acha que seus ossos ficarão velhos, Crumb?".

"Não sei", ele diz francamente. "Tenho febres que trouxe da Itália. Dizem que elas enfraquecem o coração."

"E você trabalha demais", completa Henrique: como se ele não fosse a causa do trabalho. "Se eu morrer antes do meu tempo, Crumb, você deve..."

Faça isso, ele pensa. Assine um papel. Torne-me regente.

"Deve..." Henrique se interrompe: ele aspira o ar verdejante. "Uma noite tão suave", diz ele. "Gostaria que o verão durasse para sempre."

Ele pensa, escreva isso agora. Eu vou voltar para dentro e buscar papel. Podemos apoiá-lo contra uma árvore e fazer um rascunho.

"Senhor?", ele o incita. "Eu devo...?"

Podemos pôr um selo depois, ele pensa.

Henrique se vira e olha para ele. "Deve orar por mim."

Eles cavalgam e caçam: Sunninghill, Easthampstead, Guildford. A perna do rei está melhor. Ele pode fazer quinze milhas por dia. De manhã, ele ouve a missa antes de cavalgar. À noite, ele afina seu alaúde e canta. O rei envia lembranças de amor para sua esposa. Às vezes ele fala de quando era jovem, sobre seus irmãos que morreram. Depois, seu espírito se anima e ele ri e brinca como um companheiro entre amigos. Ele canta uma giga que Walter Cromwell costumava cantar: *Ó bela, que me faz derramar minha cerveja...*

Onde ele ouviu isso? Nenhuma mulher é atacada na versão do rei, e as palavras são mais limpas.

Em 16 de setembro, Jane se recolhe a sua câmara para descansar e esperar. O dr. Butts também está esperando, mas ele e os outros médicos manterão distância até que as dores comecem. Que práticas as mulheres têm entre si, não ousamos indagar. Como nossos pregadores deixam claro, não proibimos estátuas da mãe de nosso Senhor, nem orações dirigidas a ela. Ela é nossa intercessora, nossa mediadora na corte do céu. Lembrem-se apenas de que ela não é uma deusa, mas humana, uma mulher que esfrega panelas e descasca raízes e traz o gado para dentro: surpreendida pelo anjo, é fatigada por seu estado grávido e é exaurida pela jornada diante de si, nas noites sem abrigo certo.

Por trás da virgem papista, com seus sapatos de prata, esconde-se outra mulher, pobre, os pés descalços e calejados, o rosto tostado e coberto de poeira da estrada. Sua barriga pesa com a salvação, e o peso desgasta e faz suas costas doerem. Quando a noite chega, ela se aquece não com arminho ou zibelina, mas com o couro e a pele de animais de fazenda, enquanto se encolhe entre eles na palha; ela sofre as primeiras dores de parto numa noite de frio cortante, sob um céu perfurado por estrelas brancas.

Dois de nossos melhores homens, o dr. Wilson e mestre Heath, são enviados a Bruxelas, até o renegado Pole: negociadores experientes, eles devem transmitir a mensagem de que a oferta do rei continua válida — se ele voltar à Inglaterra e viver como um súdito honesto, ainda pode ser perdoado. Ele, o lorde do selo privado, não tem certeza de quanto tempo a oferta do rei vai durar, nem se é um rompante de generosidade ou uma armadilha de última hora. Mas ele instrui os enviados como ele próprio foi instruído, aconselhando-os a não dar ao traidor nenhum título além de "mestre Pole".

Ele diz a Wolsey: "O que acha disso, esse novato se autoproclamando cardeal da Inglaterra?". Mas seu amo morto não tem opinião.

A rainha está há dois dias e três noites em trabalho de parto. No segundo dia, uma procissão solene de dignitários da cidade se dirige à catedral de São Paulo para orar por ela, e o povo se junta a eles, parados na rua com seus rosários, alguns ajoelhados, alguns clamando por perdão para o rei por negar nosso Santo Padre em Roma; alguns dizendo que ele é Mouldwarp, e não terá prole, e outros proclamando que Lady Maria é sua herdeira, porque ela é filha de uma verdadeira princesa. Os oficiais da cidade se movem entre eles, levando alguns sob custódia. Mas a maioria é liberada antes do toque de recolher, com sua ignorância perdoada. Essa não é uma semana para chicotear ou cortar orelhas.

Alguns duvidam da eficácia da oração nesses momentos. Por que Deus deveria poupar uma mulher e não outra? Mas, depois de quarenta e oito horas, o que resta além das orações? Se o filho do rei estiver perdido, nada o convencerá de que foi má sorte. Os reis estão sujeitos ao destino, não à sorte. Acidentes não acontecem: maldições os assolam. Gregory diz que, se o rei não gostar do resultado, ele brigará com Deus novamente. Ele pode rasgar suas próprias ordenanças, e os Evangelhos agora na prensa talvez jamais vejam a luz do dia.

Se o lorde do selo privado estivesse no limiar da porta de Jane, ele poderia catequizar seus médicos enquanto eles entram e saem. Mas o mensageiro Bolde morreu e ele não se atreve a ir à corte para não transportar uma infecção.

Ele se ocupa das pensões monásticas e em escrever para Tom Wyatt, agora com o imperador. Wyatt foi apanhado num erro descuidado. Ele não apresentou a Carlos as cartas enviadas por Lady Maria, nas quais ela descreve seu atual estado de ilimitada bem-aventurança e enfatiza que é e sempre será serva de seu pai. É estranho, diz Wriothesley, pois Wyatt não comete erros, não é? Ou não comete erros simplórios.

É difícil de explicar. Mas ele e Wriothesley cobriram Wyatt, então Henrique não sabe nada a respeito. Não queremos que a embaixada de Wyatt fracasse. Acima de qualquer homem, Wyatt pode intuir as intenções do imperador. Essa paz que Carlos e Francisco supostamente estão selando: eles não precisam de um mediador, um árbitro? É melhor que solicitem à Inglaterra, não que recorram ao papa. De alguma forma, precisamos abrir nosso caminho para dentro do processo.

De qualquer maneira, com tratado ou não, o imperador e a França não lutarão mais este ano. O inverno em breve estará aqui. Nem o país do Norte se levantará.

No entanto, a hidra nunca foi uma oponente justa. Ela se ocultava em cavernas e só podia ser morta à luz do dia.

Jane dá à luz em 12 de outubro, às duas da manhã. O mensageiro chega rápido e eles o acordam com as notícias. "Homem ou donzela?", ele pergunta, e eles contam. Às oito horas, toda Londres já sabe. Às nove horas, eles cantam o *Te Deum* na São Paulo. É véspera do feriado de são Eduardo, e a criança será nomeada em homenagem ao santo. Rafe foi convocado de volta à corte. A carta oficial da rainha é levada na mão dele, redigida como se ela tivesse agarrado a pena e rabiscado em pessoa: *graça do Todo-Poderoso... um príncipe, concebido no mais legítimo dos matrimônios... notícias alegres e jubilosas... riqueza universal, quietude e tranquilidade de todo este reino...*

Tranquilidade? Por todo o dia, eles disparam canhões na Torre, como se quisessem perfurar as nuvens. Há festas em todos os becos. Os comerciantes generosos do Steelyard embebedam o povo pobre com cerveja. As trombetas, as gaitas de foles e os tambores continuam muito depois do anoitecer. Ele pensa, Rafe deveria ter impresso "o mais legítimo dos matrimônios" em letras vermelhas garrafais, em especial para aquelas cópias que viajam, atadas com etiquetas de seda e selos pesados, para a corte papal, para a França e o imperador. Ele sussurra ao ar: "Devo ler em voz alta, meu lorde cardeal?". Pois quem sabe se os fantasmas podem ler? O cardeal está quieto: nenhuma risada. O ar está vazio: nenhuma agitação.

Agora todos os lordes do reino galopam para partilhar da glória. Eles vão a Hampton Court para o batismo, mas precisam deixar seus atendentes em casa. A praga está em Kingston e Windsor. Os movimentos são restritos. Até um duque deve se contentar com apenas seis homens para protegê-lo e servi-lo. Estranhos são barrados. Os entregadores devem deixar os recintos assim que largam suas cargas, e o berçário real é lavado duas vezes ao dia.

A rainha já está sentada, dizem as mulheres. Ela perdeu muito sangue, mas tem os olhos vivos. Ela diz: "Temos codornas? Tenho muita fome". Uma dieta leve, senhora, elas recomendam. Jane tenta sair da cama, os pés brancos tateando o carpete. Não, não, não, dizem elas, empurrando-a de volta: não por dias e mais dias, madame.

Há rumores de que o rei nomeará condes. Que ele próprio será conde de Kent, ou Hampton: um título antigo será revivido, ou um novo será criado para o Honesto Tom. No dia do batizado, a rainha é transportada numa poltrona para os espaços públicos do palácio. O próprio batismo, por tradição, é outro evento ao qual o rei e a rainha não comparecem pessoalmente: eles ficam no recinto, mas não junto à batismal. Estou cansado dessas tradições, ele pensa. Está na hora de pô-las porta afora. É tradicional roubar os viajantes quando eles descem Shooter's Hill: só por isso é louvável?

É uma cerimônia noturna. Henrique está entronizado com Jane a seu lado e ele recebe seus vassalos, suas felicitações, orações e presentes. O lorde do selo privado faz o inventário dos presentes e os entrega ao guarda-roupa para levar, ou os consigna à Casa de Joias, ou observa que certa taça ou corrente de ouro deve ir para a casa da moeda para ser examinada e pesada. A nobreza da Inglaterra sai em procissão, com orações e velas votivas, rumo à capela real. Jane foi embalada em peles e veludo, e antes de se juntar à procissão, ele vê sua mão se libertando e afastando os envoltórios da garganta, como se eles a irritassem. Um livro de orações foi posto em seus joelhos, mas ela não olha para ele. De tempos em tempos, ela diz uma palavra ao rei, e Henrique se dobra para ouvi-la. Ele a vê virando a cabeça para a janela, para longe do brilho das muitas velas, como se ela preferisse estar lá fora na noite outonal.

Ele está na procissão: em meio ao hálito quente e ao aroma de ervas. Gertrude Courtenay tem a honra de levar o bebê à fonte. O marido, o marquês de Exeter, posta-se junto dela e do duque de Suffolk. "Bom trabalho, Crumb", diz Suffolk. Ele faz o mesmo elogio a todos os homens, como se toda a Inglaterra tivesse plantado aquela semente. "Bom trabalho, Seymour." A pequena Lady Elizabeth viaja nos braços de Edward Seymour, um precioso frasco de crisma em suas mãos; ela olha em volta e, quando algo lhe interessa, ela se sacode nos braços de Seymour e chuta suas costelas. Nicholas Carew e Francis Bryan, seu cunhado, estão de pé junto à fonte batismal com toalhas cerimoniais; do tapa-olho de Bryan, uma lasciva piscadela verde. Tom Seymour segura um pano de ouro acima do bebê, bordado com as armas e os feitos do príncipe de Gales. O próprio príncipe é como uma doce noz dentro da casca; você trata de confiar que ele está ali dentro, no centro de jardas e jardas de mantos, franjas e peles. Ele deve pesar bastante, pois Gertrude vacila, e Norfolk, agarrando o cotovelo dela, firma a cabeça do bebê — mostrando-se maduro e terno, ao menos por um instante. Depois o duque sorri para a reunião com seus dentes amarelos: senhores, estão vendo que meu exílio acabou? O nascimento reconciliará todas as disputas.

A fonte foi montada num pedestal. Os grandes homens e suas esposas na parte principal da capela não podem enxergar muito, com sua visão bloqueada por um dossel e pelos corpos daqueles que são ainda maiores que eles. Ele é um desses; Lady Maria, que é a madrinha, está a seu lado. Num murmúrio, ela fala com ele: "Meu coração se alegra pelo bem do meu pai. Sinto que um fardo se levantou. Hoje estou mais leve do que jamais me senti".

Ela pensa, sem dúvida, jamais serei rainha agora. O príncipe é robusto e provavelmente viverá, e não há razão para que Jane não nos dê um duque de York e muitos outros príncipes em seguida. Maria diz isso, modesta, e ele não sabe se ela fala com sinceridade.

Ele inclina a cabeça para falar mais baixo que a música: "Sabe que teremos um novo embaixador francês?".

Bradam as trombetas. Maria murmura algo, balança a cabeça. "Louis de Perreau, o sieur de Castillon. Assim que chegar, ele a procurará para prestar seus respeitos. Ele reviverá o projeto do seu casamento com o duque de Orléans."

"Mas Mendoza ainda está aqui!", ela diz. "Oferecendo dom Luís."

"Sim, mas Mendoza não tem autoridade para concluir nada. Então seu pai lhe disse que ele está desperdiçando nosso tempo."

Maria desvia o olhar. A procissão se reorganiza. É quase meia-noite. As velas são levadas à frente, enquanto a corte regressa em seu caminho pelo palácio, para se desenovelar, para voltar a suas órbitas separadas, conde e conde, duque e duque, levados para a cama por seus próprios servos. Depois de um ou dois dias, chegam notícias sobre as recompensas que o rei dará e ele descobre que foi deixado de fora. Edward Seymour será conde de Hertford. Tom Seymour é cavaleiro e promovido à câmara privada do rei. Fitzwilliam deve ser conde de Southampton. Cromwell continua Cromwell.

Por que Fitzwilliam acima dele? A velha amizade, sem dúvida: costume antigo. Fitzwilliam tem bom senso e inteligência, fala claro e vai direto ao ponto. Mas sem um secretário junto dele, Fitz é como Brandon, não sabe soletrar os dias da semana. De que forma homens como ele debaterão com sofistas como Gardiner, como Reginald Pole, que passaram a vida inteira no ofício da retórica? Ao passo que ele, lorde do selo privado, não é um estudioso, mas pode revirar qualquer texto e apresentar sua essência. Se ele for chamado a falar em público, pode compor uma oração de improviso. Peça-lhe para redigir uma lei e ele a deixará tão bem amarrada quanto a bolsa de um avarento.

Mestre Wriothesley diz: "Está decepcionado, senhor? Se seus serviços fossem devidamente recompensados, o senhor seria um duque".

"E afinal", comenta Richard Riche, "o senhor tem renda para sustentar tal dignidade."

"O senhor tem a Jarreteira, meu amo", diz Rafe. "Deve ser o suficiente para um homem racional."

Ele examina as relações recentes com o rei. Foi Pole, ele pensa: não mandei matá-lo quando eu disse que podia, nem o trouxe amarrado e aos prantos até os pés de Henrique. Nada que um ministro faz, ou deixa de fazer, escapa ao rei. Como um juiz ou um espectador afiado da justa, ele nota quando um golpe é aberto demais ou quando uma lança é quebrada no corpo. Ele vê seu conselho em sessão, observando como um homem numa torre de vigia quando a batalha começa e o sangue se espalha pelo campo de batalha. Ele concede latitude a seus ministros — mas levanta uma barreira de expectativa em torno deles, invisível, porém dolorosa como um espinheiro. Você sabe quando resvala nela.

Dois dias após o batismo, há relatos de que a rainha está febril e enjoada. Os médicos andam para cima e para baixo e, quando eles saem, os padres entram. Pensávamos que, quando a criança nascesse, a espera terminaria; mas a espera começa agora.

Henrique pretendia voltar para Esher para poupar trabalho a seu séquito reduzido, mas ele não sabe se vai ou fica. A rainha enfraquece e recebe os últimos ritos. Isso não significa que vá morrer, diz Henrique: o sacramento é dado para fortalecê-la. Exasperado, ele circula, reza e fala. É verdade que a mãe dele, quando sua última filha nasceu, ficou doente por uma semana e perdeu sua luta. Mas também é verdade que sua irmã Margaret, à beira da morte por nove dias depois do parto, recuperou-se e agora é robusta e sã e provavelmente continuará entre nós por muitos anos. Os supersticiosos dizem que foi porque seu marido, o rei dos escoceses, fez uma peregrinação ao santuário de são Niniano, na costa de Galloway; dizem que ele caminhou cento e vinte milhas a pé. Eu caminharia para Jerusalém, diz Henrique, mas as peregrinações são em vão: Deus cuidará de Jane, se eu não puder.

Certos padres em torno do rei tomam nota de suas palavras, com data e hora: o rei diz por sua própria boca, embora as peregrinações sejam em vão, a unção é um sacramento. No ano passado, os sete sacramentos foram reduzidos a três, e agora estamos de volta a sete; parece que os quatro que estavam perdidos foram reencontrados. Os bispos disseram isso em seu livro. Disseram mesmo? É difícil saber. Ele está sempre voltando à oficina do impressor, para correções e adições. Eles o chamam de Livro dos Bispos, mas em breve, resmungam os leigos, cada bispo terá o seu. Antigamente sabíamos o que era para fazer e o que era preciso pagar, para garantir a bem-aventurança eterna. Mas hoje mal dá para distinguir jubileu de jejum.

Ele, o lorde do selo privado, não tem obrigação de estar na ala da rainha no palácio e, mesmo que estivesse, ninguém lhe diria o que estava acontecendo. Ele volta para St. James, para a casa nos campos que Henrique lhe emprestou, longe das multidões infecciosas. Mais tarde, sua nora dirá que, nas horas finais, Jane nem sempre nos reconhecia. Depois, por vezes, ela nos reconhecia e tentava sentar-se, e nós lhe dávamos um vinho fino para sustentá-la, mas ela derramava mais do que bebia.

O príncipe mama forte em sua ama de leite, eles informam à mulher enferma. Ele será conde da Cornualha, bem como príncipe de Gales. Meneando a cabeça, ela indica que está satisfeita.

Quando ele vivia em Florença, a família Portinari lhe mostrou uma Natividade, pintada para eles em Bruges cerca de vinte anos antes. É uma pintura com portas que se abrem no inverno. Em sua superfície, o tempo se contrai e muitas coisas diferentes acontecem simultaneamente, de uma forma que seria impossível em uma vida humana não abençoada. Na pintura, o passado é o presente, o futuro acontece agora. Maria foi intocada por homens, e assim permanece; contudo, outrora, e agora, e sempre, o anjo paira sobre ela, o espírito santo lateja em seu coração, em seu flanco, em seu ventre. No centro da pintura, o bebê indefeso jaz na terra, recém-nascido, branco como uma larva, e pastores e anjos recuam para dar espaço à nova mãe, ao passo que, no alto da colina, a Virgem ainda grávida cumprimenta sua irmã, santa Isabel, e em outra eminência, no futuro distante, Maria, José e o burro avançam rumo ao Egito.

Quem pode ver essa pintura e acreditar que Nossa Senhora abençoada sofreu dores de parto? Ela parece solene, impressionada pelo que produziu. Envolta em vermelho, atendendo-a, está Margarida de Antioquia, a padroeira do parto, e a seus pés está o dragão que a engolira num estágio anterior da carreira dela. Aqui está a Madalena com a ânfora de nardo; aqui, santo Antônio com o sino. Os pastores, com seus rostos campesinos, mal podem conter a empolgação. Todo o nosso futuro está comprimido entre suas mãos unidas. Os anjos não são jovens. Eles parecem astutos; suas asas brilham com olhos de pavão. Os três reis magos estão subindo a colina. Sua jornada está quase no fim, mas eles ainda não sabem.

É uma mentira, ele pensa: o nascimento indolor, a segurança do Egito, a fé dos patronos de joelhos que mandaram pintar-se dentro da história. Ele acredita que o rei deseje montar num cavalo veloz: esporear para longe, subir aquele mesmo cume de montanha onde, fora das vistas, um novo dia começa, onde o passado deixa de se repetir, preso num círculo, um ponto, um laço. Ele deixou Catarina em Windsor e foi caçar e nunca mais voltou. Em Greenwich, com Ana, ele se levantou de seu trono no torneio, montou em seu cavalo e cavalgou para Londres, com Henry Norris a seu lado. Ele caminhou e tomou o freio do cavalo, montou e não olhou na direção da esposa, e nunca mais a viu. Ele deixa suas rainhas antes que elas possam deixá-lo.

A comitiva de Henrique, um pequeno séquito de viagem, está alerta para sua partida. No entanto, ele permanece quando a esperança acaba. Às oito horas do dia 24 de outubro, ele vai até a câmara da rainha e a vê pela última vez. Ela respira com dificuldade. Os médicos se retiram, sua arte e seu ofício fracassaram. O que é a vida de uma mulher? É o orvalho em abril, que pousa na grama.

Em St. James, tarde da noite, eles trazem uma carta: "É de Norferk", diz Christophe. "Escrita esta noite, diz o mensageiro." Christophe larga a carta como se estivesse suja.

Ele quebra o selo. *Rogo que esteja aqui cedo para confortar nosso bom senhor, pois, quanto à nossa ama, não há probabilidade de sua vida, uma maior lástima...*

Ele também deixa cair a carta. Depois, ele a recolhe e entrega ao jovem Mathew, para que a arquive. Sua mente viaja pela estrada, pelo rio. Há uma lama imunda, neve no chão, há uma corrente de água de degelo e o Tâmisa pressionando suas margens: o cardeal está em Esher, o Parlamento está planejando arruiná-lo, e ele, uma figura quadrada vestida em lã, tenta manter o chapéu na cabeça e a cabeça baixa enquanto o vento negro do norte o espanca como um ladrão e o atira todas as noites, uivando, numa vala.

"Que horas são?"

Christophe olha para ele com pena: "O senhor ouviu o sino da meia-noite?".

Ele pensa: se Jane tivesse se casado comigo, ela estaria viva agora; eu teria administrado isso melhor.

Quando ele volta da corte, entra em seu escritório e senta-se em silêncio à mesa. Mestre Wriothesley diz: "Parece irritado, senhor?".

Me-Chame chegou com pouca cerimônia, jogando o chapéu num banquinho e remexendo num baú de papéis. Rafe diz: "Quem não estaria irritado diante da perda de uma criatura tão bela? Meu amo considera que os guardiães dela foram negligentes. Ele acredita que eles permitiram que ela pegasse friagem e que comesse as coisas que seus caprichos ditavam".

"Eu gostaria de ter estado em Hampton Court", diz ele. "Quando me disseram para ficar longe, eu não deveria ter dado ouvidos."

Wriothesley diz: "Talvez o senhor esteja com raiva porque agora gostaria de ter reservado Gregory, para quando um casamento dele pudesse lhe trazer mais benefícios. Como tio do príncipe, ele certamente terá importância, mas se a rainha tivesse vivido e dado ao rei mais filhos, então o senhor e toda a sua casa teriam sido grandes homens para sempre".

Me-Chame junta seus embrulhos de papéis e se retira com um cumprimento de cabeça. "Vou escrever para Tom Wyatt", diz ele, virando-se e segurando a porta. "É melhor que ele cumpra seus deveres, pois não posso cumprir o meu se sigo tendo que cobri-lo. E vou informá-lo de que seus despachos fazem minha cabeça doer — não há necessidade de pôr nenhuma trivialidade em código."

"Certo", diz Rafe. "Guardemos para as grandes mentiras?"

Wriothesley responde: "Wyatt embaralha seus pensamentos sem razão ou propósito. Tudo é uma trama, para ele".

Rafe diz: "Feche a porta".

Eles esperam até ouvir que Me-Chame desceu as escadas. Rafe diz: "Temos que perdoá-lo. Eu me pergunto como ele estaria se sua esposa tivesse morrido, e não seu filho".

Ele diz: "Ele parece mais velho. Ou estou imaginando?".

"Lamento por ele. Lembro-me de quando meu primeiro Thomas morreu. Mas, mesmo assim..."

Wriothesley entrou no mundo dos deveres públicos, onde você não pode deixar que as tristezas particulares apareçam, nem mesmo por um acréscimo de altivez com os peticionários, ou por impaciência com mulheres e subordinados: menos ainda com o lorde do selo privado. Ele dá de ombros. "Eu dou graças por Helen ter dado à luz em segurança, Rafe. E espero que seu novo filho viva para servir seu príncipe como você serviu ao rei, de forma tão feliz e eficaz."

Pois Rafe voltou a seu posto ao lado do rei, recebendo apenas um cumprimento distante e "Tudo melhor em casa, Sadler?". Foi o próprio rei, solícito como uma futura mãe, que aconselhou Rafe a enviar Helen para Kent, para longe da pestilência: mas agora ele se esquece de perguntar por ela. O filho de Rafe é um menino, e eles o chamam de Edward, mas todos os outros Edwards não são nada, na exultação do rei por seu herdeiro: ele se posta acima do berço, maravilhado com o que Deus lhe concedeu. Mas ele então se lembra da rainha, uma casca agora eviscerada pelos embalsamadores, as velas ardendo dia e noite em torno de seu esquife, as orações jamais cessando, as sílabas gotejando, as tristezas e alegrias de Nossa Senhora, seus mistérios, sua adoração e louvor.

A casa de Jane já está sendo desmantelada. Seus broches e pulseiras, seus botões preciosos, cinturões, frascos, suas imagens em miniatura embutidas em tabuletas; o guarda-roupa recolhe essas coisas, ou elas são dadas às suas amigas. Suas mansões e fazendas, suas florestas, arvoredos e parques voltam ao rei de onde vieram, e seu corpo, depois do embalsamamento e do funeral de Estado, regressa a Deus, seu criador. Faz muito tempo que a vi pela primeira vez, diz o rei, um lírio entre as rosas: considero todo tempo perdido até que fiz dela minha noiva.

Faz apenas dois verões que o rei segurou a mão dela no jardim de Wolf Hall, sua pequena patinha engolida na palma da mão dele: dois verões desde que ele, lorde do selo privado, cumprimentou Jane sob a fugidia luz do amanhecer, rígida e tímida em seu novo vestido de cravos. Neste inverno, ele verá o tecido de cravos de novo, usado pela esposa de Gregory, quando ela abandonar os corpetes para acomodar o filho no ventre. Bess diz que não tem medo. Jane teve sorte e azar, ela diz: sorte de se tornar rainha da Inglaterra, azar de morrer por isso. Eles sempre farão baladas sobre ela, diz Bess. E o rei dará a Jane uma magnífica tumba, diz ele, na qual poderá descansar com ela na derradeira hora. Mas eu prefiro estar viva, diz Bess, a ter um grande nome: o senhor não, lorde Cromwell?

Gregory pergunta: "Senhor meu pai, com quem permitirá que o rei se case agora?".

Parte 4

Parley

I.
Nonsuch

Inverno de 1537 — primavera de 1538

"Meu lorde?", um menino diz. "Tem um coveiro aqui."

Ele ergue os olhos de seus papéis. "Diga a ele que volte para me buscar daqui a dez anos."

O menino está agitado. "Ele trouxe um saco, senhor. Vou mandar que suba."

Seus vizinhos em Austin Friars acreditam que ele seja encarregado de tudo, desde enquadrar as leis até escorar os porões, além de limpar os ralos. Consultem os inspetores municipais, ele diz; porém eles respondem, Sim, senhor, mas não se importaria em ir até a esquina para dar uma olhada? Porque eu juro que os limites do meu terreno foram deslocados, minhas fundações estão rachando, minhas luzes estão obstruídas.

O problema de hoje serão os corpos se amontoando, o solo duro demais para cavar. Vocês deviam tentar não morrer na virada do ano. Aguentem até terminar a temporada do marzipã e da bebida quente. Quem sabe assim até possam ver a primavera.

O visitante tira o chapéu. Olha ao redor; enxerga um ambiente mal iluminado, sem nada além de lorde Cromwell esperando o barbeiro chegar, a rainha de Sabá pendurada na parede atrás dele. Pintadas no teto, as estrelas em seus cursos; na mesa, como um sol baixo de inverno, uma laranja seca.

O coveiro deixou a porta aberta para o crescente falatório que vem lá de baixo. "Parece que você trouxe a rua inteira consigo. O que tem no seu saco?"

O homem aperta o objeto contra o corpo. Deseja contar sua história e contá-la na ordem certa. "Meu amo, acordei hoje de manhã por volta das quatro horas. Estava sentindo uma agitação enorme na barriga…"

Lorde Cromwell se ajeita dentro de suas peles com um resmungo baixinho, como se fosse um gato gordo. Ele desenrola em sua imaginação a manhã do sacristão. A preguiça com que ele joga o cobertor e se levanta do catre. O jorro odorífero de sua urina. O choque da água gelada em seu rosto. Suas preces balbuciadas, *Salve Regina* e Deus abençoe nosso rei. A camisa, a jaqueta e o casaco remendado, seu trago de cerveja fraca. Então sai de casa, com a pá em punho, para romper o solo naquela hora congelante.

No pátio da igreja, uma dúzia de vizinhos está reunida. "Venha até aqui com essa pá", gritam. Uma tocha miserável produz uma luz trêmula. O diácono está puxando e remexendo numa trouxa meio enterrada, um pouco acima do solo.

O sacristão apressa o passo. Um só golpe, e a trouxa está solta. É um lençol torcido, enlameado e rasgado. "Achamos que fosse um bebê, meu amo", ele diz. "Recém-nascido e mal enterrado."

"E isso aí no saco seria a tal criança?"

Torrões de terra caem no chão quando o homem deposita o saco sobre a mesa. Ele abre a boca do saco e, como uma bruxa parteira, tira dali um bebê, nu e frio ao toque. Tem tamanho natural e é feito de cera.

Lorde Cromwell se levanta. "Deixe-me ver." Com a palma da mão, acompanha a curva da cabeça. O rosto é um declive liso, como se os traços tivessem sido limados. Ele toca as mãos rombudas, os pés sem dedos semelhantes a cascos minúsculos. Por baixo da saliência da barriga, a cera foi acumulada e enrolada de maneira grosseira para formar um pinto e as bolas. Pregos de ferro foram enfiados na pele onde o coração e os pulmões estariam. Foram espetados bem fundo, deixando uma borda quebradiça ao redor de cada ponto de entrada.

O homem está com medo. "Vire do outro lado, senhor."

No plano largo das costas, quem fez aquilo entalhou uma rosa de Tudor.

"É o príncipe", diz o sacristão. Seu tom é de estupefação. "É a imagem dele. Foi feita para que o menino definhe e morra."

"Conhece feiticeiros, então?"

"Eu não, senhor. Sou um homem honesto."

Ele vai até a porta. "Christophe! Mestre Wriothesley já saiu da cama? Dê-lhe minhas saudações e pergunte se pode acompanhar esse confrade para ver onde essa coisa foi encontrada e descobrir quem a pôs lá."

Ele puxa o saco por cima da cabeça do bebê. Diz ao sacristão: "Não deixe que a notícia se espalhe".

Christophe entra no aposento. "Metade de Londres já sabe. Dá para ouvir a *canaille* lá embaixo gemendo como se suas mães tivessem morrido."

"Dê-lhes pão e cerveja e faça com que voltem aos seus afazeres."

"Posso ver o monstro?" Christophe espia dentro do saco. Faz uma careta.

Ele, lorde Cromwell, vai até a janela, abre a folha de madeira. Um brilho acanhado de cinza; não dá para chamar de luz. "Christophe?", ele diz. "Diga ao mestre Wriothesley que se agasalhe bem."

Em menos de dois anos, duas rainhas morreram na Inglaterra, mas sob circunstâncias que impediram as cerimônias usuais. A corte não ficava de luto desde que o rei perdeu a mãe, o que aconteceu há cerca de trinta e cinco anos.

Felizmente, a avó dele, Margaret Beaufort, nos deixou anotações completas a respeito do que fazer: casamentos, batizados, enterros, ela explicou tudo. O duque de Norfolk é convocado para supervisionar os rituais com a ajuda do arauto da Jarreteira. O rei se veste de branco; seus cortesãos, de preto.

Na véspera do Dia de Finados, enquanto a rainha Jane ainda está sendo velada, chega da Torre a notícia da morte de lorde Thomas Howard. Ele havia perdido a esperança, dizem seus guardiões, e isso o deixou à mercê de qualquer mal-estar passageiro. Lady Meg Douglas, sua amante, recebeu permissão do rei para se juntar à corte no período de luto. Se durante a primeira semana de novembro o rosto dela estiver inchado e manchado de lágrimas, não devemos tomá-lo como sinal de que ainda estivesse envolvida com o falecido lorde Thomas; podemos interpretar como pesar por nossa gentil senhora. Precisamos de todas as damas para a vigília, trajadas de preto, com a cabeça baixa. Elas se ajoelham sobre almofadas de seda, as pálpebras cerradas se agitam, o incenso flutua ao redor delas em nuvens. Suas mãos estão unidas, exceto quando dois dedos delicados tocam os seios ou fazem o sinal da cruz na testa e nos lábios. De que forma rezam para a rainha falecida, ninguém deve questionar. O corpo da mulher morta nunca é deixado sozinho. Lady Maria conduz as orações durante o dia. À noite, deixam-na com os sacerdotes.

Quando Jane é levada a Windsor para o enterro, o rumor do lado de fora dos portões é de que o rei mandou cortá-la enquanto ainda estava viva. Ela não conseguia dar à luz à criança, então "Salvem meu filho!", ele ordenou. Da Cornualha a Durham, cantam baladas a esse respeito. Como o bebê e seu pai vicejam, enquanto a mãe jaz na terra.

Nos primeiros dias de luto, o rei se isolou, como um rei deve fazer, sem receber ninguém além de seus confessores e o arcebispo, que vem rezar com ele.

O conselho conduz seus negócios sozinho. Desejando fazer uma pergunta, e perguntar com urgência, seus membros parecem ter intenções nobres, como homens tentando segurar um peido. Finalmente, um lorde qualquer arrisca: "Meu lorde Cromwell, quando será que nosso nobre soberano, em relação ao estado perigoso da sucessão…".

"Certo", ele diz. "Vou perguntar a ele, que tal?"

Ele se levanta com dificuldade. "Cuidem dos meus papéis", diz a Edward Seymour. Puxando Me-Chame para lhe proteger a retaguarda, sai em direção à câmara privada. Marchando com elegância a seu lado, o duque de Norfolk; ao lado dele, o filho do duque, Surrey, tão alongado pelas roupas pretas que suas pernas parecem ter sido multiplicadas como as patas de uma grande aranha.

"Bem", Norfolk diz, "é responsabilidade sua fazer com que ele atravesse esse momento, Cromwell. Atravessá-lo e chegar ao outro lado como homem casado mais uma vez. Sem desrespeito ao nosso lorde príncipe, mas todos nós sabemos que um bebê pode se apagar como uma vela." Franze o cenho. "Então, trouxe sua lista?"

"Claro que ele trouxe a lista", Me-Chame diz. "Mas ele tem respeito suficiente para não mostrá-la, meu amo."

Surrey caminha nos calcanhares do pai. Assim como Meg Douglas, ele recebeu permissão para voltar à corte e se juntar ao luto. "Não se dirija ao lorde do selo privado", Norfolk ordena. "Nem olhe para ele, menino, ou vai incorrer no meu desprazer."

Surrey ergue os olhos para as rosas folheadas a ouro no teto. Suspira, troca o peso do corpo de um pé para outro, remexe na adaga em sua bainha. Não há mais nada que possa fazer para marcar sua presença, exceto puxar seus genitais para fora das calças e balançá-los.

"Parece-nos", mestre Wriothesley diz, "que o rei não está pronto para falar sobre uma nova esposa. Como diz vossa senhoria, a tarefa recai sobre meu lorde Cromwell, então permita que ele escolha dessa vez."

"Que esse momento chegue logo", o jovem Surrey se irrita. "Ou meu pai vai fazer com que ele chegue à força."

"O que eu disse? Silêncio!" Norfolk fulmina o filho com o olhar. "O rei está enlutado. Claro que está enlutado. Uma dama adorável, quem não estaria? Mas o imperador e a França estão se aproximando na ponta dos pés e podem chegar a um acordo, coisa que é muito desagradável para nós; e o que poderia fazer com que se desentendessem mais rápido que um casamento? Deixe que Henrique tome uma noiva da França. Podemos estipular não apenas uma boa soma de dinheiro junto com a moça, mas também auxílio militar caso Carlos tente algo contra nós." Ele esfrega a ponta do nariz. "Todos sentimos muito pela rainha, é claro. Mas isso pode se transformar em vantagem para nós. É uma grande oportunidade, Cromwell."

"Mas não para você", Surrey diz.

"Já chega!", Norfolk vocifera.

"Meu lorde do selo privado preferiria...", Wriothesley diz.

Norfolk o interrompe. "Sabemos o que ele preferiria. Casamento com a filha de algum evangelista. Mas isso não vai acontecer, sabe por quê? Porque seria derrogatório à honra do nosso soberano. Henrique usa uma coroa imperial. Não deve nada a ninguém. Mas a melhor dessas germânicas não passa de filha de um príncipe, e o imperador é o suserano de todos eles... mesmo que eles finjam não saber disso."

"O rei tem liberdade para escolher uma dama de qualquer posição", mestre Wriothesley diz. "Poderia escolher uma das suas próprias súditas. Isso já se sabe."

Ele diz a Norfolk: "Não vou avançar nessa questão a menos que tenha o conselho ao meu lado, e o Parlamento também".

"Ah, confio em você", Norfolk diz. "Não acredito que vá sair se aventurando sozinho, meu lorde do selo privado."

"Ou sua cabeça vai sair voando", Surrey diz.

"Meu amo...", ele está pairando acima da conversa, "... preciso ir falar com o rei."

"Permita-me que o acompanhe", o duque diz.

"Quer que eu o anuncie de repente?", ele diz. "Como uma surpresa?"

"Diga que estou bem aqui fora. Diga que ofereço conforto paternal e conselho."

"Meu lorde pai", Surrey diz, "não permita que esses sujeitos impeçam..."

Irritado, ele põe a palma da mão no peito de Surrey e o detém. "E, olhe, não preciso de faca nenhuma", diz.

Eles se afastam. Ele dá de ombros. "Sou humano."

"Claro." Me-Chame faz soar como uma aprovação calorosa. "Que notícias recebeu de Cleves?"

"Nenhum grande elogio, nem do rosto nem da pessoa da dama. Mas não estou desanimado. Ninguém teve muita oportunidade de vê-la, aquela gente mantém as mulheres bem escondidas. Ela parece agradável. A idade é correta. E os conselheiros de Cleves são favoráveis, ouvi dizer."

Favoráveis o bastante para mantê-la fora do mercado. Ana. Vinte e dois anos. Nunca se casou.

O rei está esperando: rosto pesado, olhos pesados. Vira a cabeça, e aquilo parece um esforço. "Finalmente chegou, Crumb."

"Norfolk gostaria de ter uma audiência. Ameaça falar com o senhor como um pai."

"É mesmo?", Henrique força um sorriso. "Esperemos que eu fique melhor que o jovem Surrey. Tentarei ser um orgulho para o duque."

"Ele diz que é sua obrigação voltar a se casar."

Henrique fixa os olhos a meia distância. "Eu poderia muito bem me contentar em viver casto pelo resto dos meus dias."

"O Parlamento também vai fazer uma petição, majestade."

"Então devo deixar de lado meus próprios desejos, suponho." O rei suspira. "O que sabemos da viúva, madame de Longueville? Sinto que eu poderia me interessar por ela, se é que me interessaria por qualquer dama. A nobre casa de Guise ficaria lisonjeada com a oferta."

Marie de Guise foi descrita a ele: uma ruiva roliça e vivaz com dois filhos pequenos, o marido enterrado há seis meses. "Dizem que ela é muito alta."

"Eu mesmo sou muito alto."

Ele pensa, podíamos mandar Hans para pintá-la e medi-la ao mesmo tempo. "Há uma dificuldade, majestade. O rei dos escoceses a deseja."

Henrique é glacial. "Não chamo isso de dificuldade."

"A família dela pode negociar o dote."

"Como assim, barganhar comigo?" O rei está irritado. "Há outras francesas. E eu ainda não disse que vou me casar de jeito algum. Não vou conseguir uma pérola como Jane mais uma vez." Esfrega os olhos. "Volte a falar comigo daqui a uma semana, milorde. Vou tentar lhe dar uma resposta melhor."

Vinda da vigília ao cadáver, com os joelhos enrijecidos, enfadonha e mal-humorada, Jane Rochford interrompe o caminho dele. "Necessito de instruções."

Ele para. Sorri lentamente para ela. "Vai aceitá-las?"

"Nós, damas, não sabemos como nos ordenar sem uma senhora. Devemos ficar ou nos retirar?"

O séquito da rainha foi desfeito, Lady Maria está pronta para se recolher em Hunsdon ou em algum outro lugar. Se não existe o lado da rainha na corte, não há necessidade nenhuma de mulheres. "Mas se formos todas mandadas embora", Lady Rochford diz, "o que faremos caso uma noiva apareça de repente?"

"Olhe para as damas que estão numa posição superior à sua", ele responde. "Lady Surrey. Lady Rutland."

"Quando serei superior o bastante para ser incluída?" Ela soa petulante. "Já servi a três rainhas e acredito que vá servir à quarta."

"Tio Norfolk deseja uma francesa", ele diz.

Ela ri. "Deve ter sido subornado pelos franceses. Achei que fosse oferecer uma Howard. A velha duquesa viúva, do outro lado do rio em Lambeth, tem uma casa cheia de moças."

"Talvez nenhuma delas esteja madura para a procriação."

"Ouso dizer que o rei tentaria se casar com Bess Seymour se ela não tivesse se casado com seu filho. Jamais é o bastante para ele ter uma única mulher da família. Jane não tem outras irmãs? Eu sei que existem textos na Bíblia contrários a isso. Mas o rei agora comanda a Igreja. E sabemos o que ele pensa das Escrituras. 'Continuem lendo, mestres, sempre há mais um verso!'"

"Sua língua é imprudente", ele diz. "É possível que eu nem sempre seja capaz de salvá-la."

"Salvar-me? É isso que faz?" Jane Rochford sacode as saias pretas e esfrega as costas para aliviar a dor. Às vezes ele vê uma expressão de concentração nos olhos dela, como se tentasse descobrir em que parte do caminho terá pegado a curva errada. Se você deixar uma trilha de pão, os corvos comem. Se espalhar caroços de cereja, eles se transformam em árvores. "Estão felizes?", ela pergunta sem prestar atenção. "Seus recém-casados? Bess parece estar guardando um segredo. E está com uma sombra de queixo duplo. Ou muito me engano, ou o senhor está a caminho de virar avô."

Ele está naquela idade em que se perdem amigos. Novembro testemunhou o enterro de Humphrey Monmouth; ele queria seguir o cortejo fúnebre pessoalmente, mas Rafe disse: "Cuidado, senhor, Monmouth foi protetor de Tyndale no passado: não contrarie o rei, não assuma um risco em nome de um homem morto".

Outros que estiveram presentes ao funeral lhe trouxeram notícias do que aconteceu: um enterro simples, antes do amanhecer. Monmouth recusou velas ou emblemas papais, mas deixou dinheiro em seu testamento para sermões. Não quis sinos fúnebres, mas fez questão de que os sineiros recebessem seu pagamento: era bem típico dele, um homem que levava em consideração os humildes e os pobres.

Ele, o lorde do selo privado, pusera na bagagem o cálice de prata que Monmouth tinha lhe deixado, e cavalgara até Mortlake para ficar em casa com Gregory e sua esposa. Mandou avisar que não receberia ninguém durante a próxima quinzena, não trataria de nenhum assunto que não dissesse respeito ao rei. Até agora, Cromwell não recusava trabalho mais do que um cachorro recusa um carneiro assado. Mas ele se sentia diminuído: não apenas pela perda da rainha, mas por seu fracasso em pegar Reynold.

Henrique diz: "Você me prometeu que daria fim em Pole. Quando ele voltar para a Itália, você me disse, vou fazer com que seja atacado ao sair dos seus alojamentos ou emboscado na rua".

"Majestade, não sei como interceptar um homem que nunca está onde se imagina que esteja. Meu pessoal espera por ele em algum local escolhido, mas então ele cai do cavalo, é levado para algum refúgio e passa três dias cuidando dos ferimentos. Acreditamos que vá se apresentar na próxima cidade, então ficamos sabendo que errou o caminho, passou a avançar em círculos e acabou onde tinha começado. Ele é estúpido demais para ser morto."

Henrique diz: "Você precisará aprender a ser estúpido também, não é mesmo, Crumb?".

Ele é obrigado a se apresentar, não importando se está melhor ou não, na corte de Natal em Greenwich. É uma pequena corte ainda vestida de luto, onde mestre Johan, o malabarista, tenta arrancar sorrisos. Em vez de música e dança, há peças, montadas e imaginadas para atiçar o interesse do rei: máscaras com castelos de fantasia, com princesas em seu interior. O olho do rei acompanha Margaret Skipwith, uma pequena e alegre dama de honra. "Ele não faria isso, faria?", o lorde chanceler diz. "Não daria a Lady Maria uma madrasta ainda mais nova que ela, certo?"

O lorde chanceler opina: "Anne Bassett é uma visão agradável... a menina de Lady Lisle".

"Ela desfrutou de criação francesa", ele diz. "Assim como Ana Bolena."

Audley franze a testa. "Mas ela parece uma mocinha dócil, e eu já o vi olhando para ela, e seu inglês é bem fluente."

"Ela não sabe escrever em inglês", ele diz. "Mal sabe escrever em francês."

"O quê?" Audley arregala os olhos para ele. "Lê as cartas dela? Da pequena Anne Bassett?"

Claro que sim. Ele precisa saber de tudo que entra em Calais ou que sai de lá. Pela chance de encontrar alguma informação desprotegida, é capaz de suportar relatos sobre os botões e as franjas que a srta. Bassett deseja e que anéis e fitas abençoados pelo rei Lady Lisle envia.

Ele diz: "O rei não vai ser feliz com uma virgem de dezesseis anos, não importa o que ele pense. Precisa de uma mulher de idade adequada, que se ponha rapidamente a procriar e saiba como mantê-lo entretido no meio-tempo".

Ele volta sua atenção para a peça. Há um grupo de meninos de Eton, e os atores de Charles Brandon, e os homens de lorde Exeter. Às vezes, o Orgulho e a Loucura falam, como se fossem pessoas: o Astuto e o Bom Conselho respondem em versos.

Os representantes do povo que se reúnem nos pátios das estalagens e nos celeiros têm peças próprias. Não há um só vilarejo que não exiba um rei Artur num cavalinho de pau ou um Robin Hood. *Robin Hood se encontrava num bosque frondoso/ Que bom agricultor ele era.* Ele veste roupas da mesma cor que as árvores para poder roubar como um duende no meio dos bosques e dos vales. Ele toma como esposa uma certa Marion; eles fazem seus votos embaixo de um ramo verde. Ele embosca frades que se desviam da estrada batida, identificando-os pelo cheiro que exala deles no ar doce, de vinho barato e mulheres soltas na vida; suas bolsas estão cheias de dinheiro arrancado de pessoas pobres em troca de falso perdão a seus pecados.

Robin Hood entoa baladas a respeito de seus feitos enquanto os executa. Cem vezes ele escapa do laço da forca e da espada. No final, é traído por uma falsa prioresa e sangra até a morte. Seu sangue escorre no solo, vermelho no verde, e outro Robin brota para vestir sua jaqueta e carregar uma aljava de flechas nas costas.

O homem que faz o papel de Robin precisa ter os ombros largos. Deve falar com algum toque de educação, não balbuciar as falas como Arthur Cobbler. Se representar com habilidade em seu vilarejo natal, será convidado a se apresentar na aldeia vizinha: e assim acabará chegando à cidade, onde vai se tornar famoso.

Há outros fora da lei cujos feitos são célebres: Clym of the Clough, Adam Bell, Will Scarlet, Reynold Greenleaf e João Pequeno. Histórias antigas podem ser reescritas. É bom ter tais personagens cooptados para a causa do rei. Além dos bandoleiros vestidos de verde, recrutamos cavaleiros de outrora, como Sir Bevis de Hampton e Guy de Warwick: eles cruzam as planícies e as florestas montados em cavalos inteligentes que às vezes falam.

Todos esses homens tiveram algum motivo para sair de casa. Às vezes são expulsos pela malícia de uma madrasta ou bruxa; às vezes são erroneamente enquadrados por um crime. Quando humilhados, esforçam-se para limpar seu nome; quando traídos, não conseguem descansar até se vingarem. No decurso de suas jornadas, lutam contra gigantes. São vendidos a piratas. São presos e arrombam as trancas. Escondem-se em cavernas com eremitas. Lideram exércitos contra Roma. Às vezes ficam loucos, e não é para menos. Conseguem a moça e voltam a perdê-la — ou então, no momento da consumação, ou ela se transforma num animal ou sua carne se desfaz em cinzas.

Mas, nas histórias, as desvantagens são niveladas. O demônio derruba nosso herói e logo ele se levanta. Ao pária são restaurados os direitos. O irmão mais novo, que os outros chamam de simplório, torna-se o mais rico de todos. O criado alimentado a mingau se refestela com a deliciosa carne da corça, e o menino criador de porcos deixa para trás sua choupana e constrói uma casa de cristal.

Ele chama John Bale: um carmelita, eloquente e amargo, que se desfez do hábito e tomou uma esposa. Você poderia, ele pergunta, escrever uma peça a respeito do vil arcebispo Becket, que desafiou seu rei? Sobre o fim deplorável a que ele chegou, acertado na cabeça como um bezerro por quatro cavaleiros robustos e leais?

"Uma peça em inglês?"

"Latim não adianta nada para nós aqui."

Bale pede um tempo para pensar no assunto. Na corte, os Atores da Rainha Jane fazem sua última apresentação antes de a trupe ser desfeita.

No dia da Festa da Candelária, a corte sai do luto e a conversa gira em torno de uma noiva imperial: Cristina, duquesa de Milão, neta do imperador. "Uma viuvinha muito linda", Chapuys diz sobre ela; casada aos doze anos com Francesco Sforza, viúva aos dezesseis; acreditava-se que ainda fosse virgem.

O pai de Cristina tinha sido rei da Dinamarca, mas fora destituído. No momento, a Dinamarca tem um rei luterano que mandou traduzir a Bíblia e que já estabeleceu laços com os príncipes germânicos. O imperador tem a intenção de derrubá-lo e talvez pôr Cristina em seu lugar. Mesmo que a Inglaterra venha a lamentar a perda de um aliado contra o papa, o reino pode ganhar, por meio de Cristina, não apenas a Dinamarca, mas também a Suécia e a Noruega, aqueles campos de neve e gelo com seus portos e amplos baixios reluzentes; suas águas onde mil baleias poderiam se refestelar com bacalhaus e trazer mil amigas para o banquete, e mesmo assim haveria mais peixes amanhã do que havia ontem. E suas florestas, de que tanto ouvimos falar, estendendo-se em linhas baixas sob as montanhas nuas, com abundância de madeira para construir navios.

Além do mais, dizem que ela tem índole doce e talvez o agrade.

"Eu enfatizaria a doçura", Fitzwilliam diz. "O resto é conjectura. "Ele aperta a ponte do nariz. "Talvez você devesse estudar o terreno antes, Crumb."

Às vezes o rei, quando joga xadrez, hesita com uma peça na mão, enquanto na cabeça executa uma série de movimentos fantasiosos que jamais tentaria executar na vida. É preciso esperar, assim como as peças pretas esperam por suas peças brancas; Henrique é mais avesso ao risco do que deixa transparecer. Depois de longa deliberação, o máximo que ele ousa fazer é dar um cutucão num bispo, ou enviar um peão até o limite de seu percurso.

Agora os negociadores do rei estão prontos, além dos linguistas e especialistas em direito canônico, os teólogos e os contadores. Numa dúzia de cidades da França e nos Países Baixos, secionando a Europa de Lisboa a Düsseldorf, eles vão se reunir com seus pares, homens sérios e bem informados, suas vestes escuras destacadas por uma única e pesada corrente de ouro: homens que são seguidos por sua própria fila de escriturários com seus fólios, com mapas e cartas régias, com árvores de precedência e linhagem. Quando as negociações estão em seu ponto mais crítico, a equipe pode ser reforçada com emissários vindos de casa, trazendo notícias da boa saúde do rei e de sua disposição esperançosa quanto a qualquer noiva hipotética.

Ele, o ministro, precisa se movimentar em todas as frentes: pular de tabuleiro em tabuleiro, empurrando seis rainhas ao mesmo tempo. Num espaço de horas, as peças podem ser chutadas para longe. É possível que as providências cheguem até certo ponto, apenas para ser derrubadas de um golpe em alguma chancelaria estrangeira. Ou, bem quando se está aprovando as finanças, a moça pode morrer. Às vezes, um emissário pode dizer: "Vá pessoalmente, lorde Cromwell, sua presença pode acelerar a negociação". Mas ele fecha a cara ao ouvir isso. Sua presença em qualquer país estrangeiro causaria surpresa e consternação e provocaria expectativas inflacionadas, pondo peso demais num dos lados das negociações e prejudicando os outros.

Em fevereiro, o rei envia Philip Hoby à França. Hoby é um cavalheiro da câmara privada: um evangelista, de boa aparência e entusiasmado, e bem informado por ele mesmo, o lorde do selo privado. O rei acha que tem uma chance com madame de Longueville, apesar de o rei dos escoceses dizer que estão noivos. Mas não há mal em olhar para a irmã dela, Louise. Há outra irmã, Renée, que, dizem, pretende se unir a um convento; mas quem sabe a perspectiva de se tornar a rainha da Inglaterra não a afaste das contas de seu rosário?

E enquanto Hoby está do outro lado do mar, pode fazer uma visita à filha do duque da Lorena. Não se aflijam, ele diz a seus escrivães, não precisam se lembrar de todas essas damas individualmente: não até que o rei escolha uma e mude seu destino. São todas primas, em sua maior parte papistas, e em sua maior parte chamadas Maria ou Ana.

A duquesa Cristina está na corte em Bruxelas com a tia, que é regente naquelas paragens para o irmão dela, o imperador. No começo de março, ele contrata Hans para acompanhar Hoby e pintá-la. No dia 12 de março, Hans é agraciado com uma sessão de três horas.

"Acho", Henrique diz quando vê o desenho, "que podemos ter um pouco de música hoje à noite."

Cristina é alta e empertigada, de olhos claros. Quando eu fizer a pintura, Hans diz, vai ver que ela é tão jovem que ainda está coberta de orvalho. Ela é grave, ela é aprumada: mas há a sugestão de um sorriso. Você fica imaginando que ela poderia largar as luvas, que fica retorcendo entre os dedos, e deslizar a palma da mão sobre a sua. Nosso emissário Hutton diz que ela conhece três idiomas além do latim. Ela fala baixinho, com suavidade, em todas elas, e tem a língua um pouco presa.

O rei anseia por ela, dizem os cavalheiros da câmara privada. Ele diz que devemos lembrá-la em nossas preces, como se já fosse nossa rainha.

Mas ele também diz: "Madame de Longueville tem o cabelo ruivo. Então eu sentiria como se a conhecesse, como se ela fosse da minha família. E seu útero já foi testado e aprovado". Ele olha para o desenho de Cristina mais uma vez. "Agora eu não sei qual dama amar."

"Essa Cristina se parece com minha sobrinha Mary Shelton", diz Norfolk.

"Acho que ele já está farto das suas sobrinhas", diz Charles Brandon.

Mas Shelton continua livre. Henrique sempre gostou dela. Poderia se casar com ela imediatamente. Thomas Bolena logo volta à corte, talvez para defender a possibilidade: são muito próximas, essas famílias, muito gananciosas. Bolena ainda é conde de Wiltshire, apesar de tudo. Está grisalho, emaciado, e lhe sobra menos carne no corpo do que os médicos gostam de ver. Usa sua medalha da ordem da Jarreteira e uma corrente de ouro, mas por baixo delas se veem as roupas desbotadas de um cavalheiro modesto, e nem ele nem seu pequeno séquito se entregam a fanfarronices, nem se pavoneiam ou puxam briga com os criados dos Seymour. Ele fala com o lorde do selo privado em tom grave e confidencial, como se fossem velhos amigos. "Já vimos tempos assim, lorde Cromwell", ele diz, "se eu considerar o que recaiu sobre a Inglaterra desde que minha filha entrou em cena — vimos, amontoados numa semana, acontecimentos que, em épocas comuns, teriam alimentado cronistas por toda uma década."

Em vez de perder tempo, ele, lorde Cromwell, decide trazer o assunto à baila: "Majestade, está pensando na srta. Shelton?".

Henrique sorri. "Talvez estivesse na hora de ela se casar. Apesar de não necessariamente comigo."

Ele pede licença e se retira. O rei não está com humor para confirmar ou negar. Ele pensa, o falecido Harry Norris tem uma filha, não tem? Ela deve ter idade agora para vir à corte. É inútil dizer a ela que se mantenha afastada; que permaneça no interior, que se mantenha intacta. Noivas fazem cabriolas como ovelhas a caminho do abatedouro; como mártires no circo quando ouvem o leão urrar.

O novo embaixador francês, Castillon, se apresenta. Ele é um daqueles bons sujeitos que gostam de alardear sua própria honestidade, sempre mostrando a palma das mãos.

Ele o examina de cima a baixo. "Monsieur, acho que concorda com o imperador, trata-se apenas de uma trégua de inverno?"

Monsieur Castillon suspira. "Devemos tentar estabelecer uma paz permanente quando a oportunidade se oferecer. Meu amo está disposto a mostrar para o mundo que é um rei cristão."

"O meu também", ele diz. "Mas eu gostaria que Francisco demonstrasse um pouco mais de entusiasmo em relação ao nosso casamento com uma francesa."

"Você não está contra isso? Pessoalmente?"

"Só quero fazer o rei feliz."

Castillon diz: "Seu rei deve ser muito claro em relação ao que oferece".

"Pode conversar comigo sobre esse assunto. Eu cuido do dinheiro."

"Mas estou falando de um pacto, de uma aliança militar..."

"Converse com Norfolk. Ele cuida dos soldados."

"Norferk é muito mais simpático a nós que o senhor."

"Talvez porque você lhe pague mais, embaixador."

Ao lidar com os franceses, ele sempre sente que deseja os conselhos de Wolsey. Os franceses tinham pavor do cardeal. Chamavam-no de *le cardinal pacifique*, com a esperança de que ele não os esmagasse.

Desde o Ano-Novo, a região rica e fértil de Kent foi tomada por rumores sobre a morte do rei, que são transmitidos entre os frequentadores da estalagem Checkers na Cantuária e levados por peixeiros de porta em porta. Dizem que morreu de disenteria, de febre, de tosse e que é uma pena não ter morrido sete anos antes. Também dizem que cada animal com chifre será taxado, e uma capitação será imposta a seus proprietários; e o valor do imposto será jogado lá em cima, para enriquecer Thomas Cromwell e fazer com que agricultores honestos caiam de joelhos.

Qualquer pessoa que espalhe tais rumores pode esperar que, mais cedo ou mais tarde, as autoridades a preguem ao tronco, pela orelha, no dia da feira. Mas a origem de tais mentiras raramente pode ser traçada. Ele também não descobriu quem fez o bebê de cera. Mestre Wriothesley tinha seguido uma trilha de nomes, mas esses levaram a casas em ruínas ou vazias, ou a homens que, ao ser interrogados, despejam tamanha tempestade de coisas sem sentido que, no fim das contas, acabam forçando você a sair de sua oficina, com a cabeça doendo por causa da verborragia e dos vapores de mercúrio. Os feiticeiros de Londres sentem rancor de lorde Cromwell, e não é para menos. Ele está de olho neles desde a morte do cardeal. Confiscou seus alambiques e retortas, suas peles de cobra e seus frascos secretos cheios de homúnculos, suas esferas, vestes e varinhas. Ele confiscou sua *Clavicula Salomonis*, usada para invocar os mortos, e leu seus textos em escrita espelhada; entregou aos decifradores de códigos seus almanaques mágicos, escritos em línguas desconhecidas. Agora, qualquer pessoa pode abrir os baús do ministro e inspecionar as capas de invisibilidade dos feiticeiros — as quais, de acordo com seus antigos donos, estão sendo usadas pelo próprio lorde Cromwell.

O Norte continua quieto, enquanto o inverno vai chegando ao fim. Mas então, de York, vêm notícias de uma tal Mabel Brigge, que está tentando matar Henrique com bruxarias. É uma viúva de trinta e dois anos, tão corpulenta que, todos os anos, quando chega a Quaresma, seus vizinhos pagam para que jejue por eles. Cobrando uma taxa, ela jejua por um motivo sagrado, como a recuperação de uma criança doente. Mas ela também opera jejuns negros que têm a intenção de fazer as vítimas definharem. Agora está jejuando contra o rei e o duque de Norfolk. A cada hora que Brigge passa sem comer, o rei e o duque fenecem um pouco mais.

"Ela não está jejuando contra mim?", o lorde do selo privado pergunta. Está surpreso.

Mas seus informantes dizem: "Ela viu o duque cara a cara. Sente que o conhece. Ela diz que ele é um homem que quebra promessas. Diz que ele prejudicou o Norte".

Quando o duque ficar sabendo disso, vai sair em disparada para o Norte para enforcar Brigge pessoalmente. O rei tem carnes de sobra para enfrentar qualquer viúva, mas Norfolk não tem nem um só grama para desperdiçar. Sabe meu testamento, Norfolk escreve, que lhe entreguei numa caixa? Mande de volta para mim, Crumb, preciso refazer. Estou tão curto de dinheiro que terei de vender terras, e isso é difícil. Pelo amor de Deus, me arranje algumas abadias.

Ele, lorde Cromwell, quase rasga o papel de tanta raiva. Acaso não acaba de fazer uma barganha com o duque pela abadia de Castle Acre? Será que nada é capaz de satisfazer aquela besta-fera?

Fevereiro termina com uma tempestade que derruba o píer ocidental de Dover. Em terras longínquas, há preparativos para a guerra: os venezianos e o imperador devem atacar os turcos, com o incentivo ruidoso do papa. Mas, agora que a primavera perfuma o ar inglês, lorde Cromwell volta a sentir sua disposição habitual. Na câmara do conselho, ele é o foco da calma, embora o rei continue irritadiço e teimoso. Henrique diz, "Vou lhe abrir minha mente", mas você nota que ele está enfiando seu conteúdo mental em caixas-fortes, como um homem pondo seus bens a salvo de ladrões. Ele diz: "Sinta-se à vontade para falar comigo sobre qualquer assunto", e, no momento em que o diz, já está aumentando a conta. Gregory diz: "Ele é rei, afinal de contas, não pensa como nós, não sabe o que sabemos. Eu teria medo de discutir com ele como o senhor faz, pai; temo que, se fizesse isso, Deus me fulminaria".

Eu discuto, ele diz, para fazer com que o rei, discutindo, me responda: para fazer com que ele diga o que pensa e o que deseja. Por sete anos estive ao seu lado sempre que ele escolhia um rumo. Eu o encontrei quase encalhado nos baixios, depois da morte do cardeal, que era o capitão de seu navio: desprovido de bons conselhos, carcomido por lascívias intermitentes, frustrado pelos seus conselheiros, tolhido por suas próprias leis. Eu enchi seu tesouro, consolidei sua moeda; mandei embora sua antiga esposa e arrumei uma nova, que ele próprio escolheu; enquanto eu fazia isso, aplaquei seu temperamento e lhe contei piadas. Se, como uma princesa num conto de fadas, eu pudesse confeccionar um bebê de palha, teria passado um ano inteiro trabalhando noite a noite. Mas ele agora tem seu príncipe. Pagou caro por ele, porém a boa sorte nunca chega de graça. Está na hora de ele saber disso; está na hora de ele crescer.

Além do mais, existe razão para se alegrar. Mesmo quando o rei já expressou seu desejo de ficar sozinho, ele convoca lorde Cromwell para debater um texto ou jogar dados ociosamente. Já não são bem-vindos aqueles conselheiros que chegam gritando como se estivessem no meio de uma caçada, ou se dirigem a esse homem solitário e enlutado como se, do lombo de um cavalo, falassem com uma tropa de soldados. Ele precisa de uma voz baixa e grave, e de um ouvido atento: quando fala do sofrimento que as mulheres lhe causaram, precisa de alguém que não demonstre incredulidade.

Caso você se pergunte se lorde Cromwell está tendo sucesso, veja como ele e sua família prosperam. Mestre Richard está cheio de abadias no condado de Huntingdon. Pretende ocupar o priorado de Hinchingbrooke, depois de alguns trabalhos de reconstrução, é claro, e se estabelecer naquele condado como um farol de lealdade ao rei; enquanto isso, mestre Gregory está bem acomodado no leste de Sussex.

A grande abadia em Lewes traz consigo uma extensão generosa de casas e propriedades. Gregory prestará juramento para se tornar juiz de paz e contará com toda a ajuda, o conforto e os conselhos de que precisar enquanto for aprendendo a cumprir suas funções como um dos principais cavalheiros da região. O objetivo é que ele seja capaz de receber o rei neste verão, por isso os trabalhos de reconstrução precisam avançar com rapidez. Giovanni Portinari está reunindo sua equipe de demolição, pronta para derrubar a igreja. Ele, lorde Cromwell, imagina as flores das macieiras caindo dos galhos; e o voo das pombas de seus ninhos: cabeças de demônios e de anjos emergindo da pedra como se tivessem sido impelidas por um canhão, os estilhaços caindo no chão. Só o sino deve pesar trezentos e vinte quilos.

Em março, seu neto Henry nasce e é batizado na antiga fonte em Mortlake. Bem, mestre Gregory, o rei diz, tornou-se pai com muita velocidade! A criança é saudável, a mãe está de bom humor, e Lady Maria é a madrinha. Ela não vai a Mortlake pessoalmente, mas envia um cálice de ouro e presentes para a parteira e as enfermeiras.

Lady Bryan cuida da segurança de nosso príncipe, embrulhado tão firme em seus cueiros folheados a ouro que nenhum prego pode perfurá-lo e nenhum alfinete pode se esgueirar entre suas costelas. Um dia, quando Eduardo for rei da Inglaterra, esperamos que Henry Cromwell esteja a seu lado, seu primo-irmão.

Em março, o imperador está disposto a iniciar as negociações a respeito de Cristina. Os dois emissários imperiais, Chapuys e Mendoza, são convidados a Hampton Court como hóspedes privilegiados. Visitam o príncipe e transmitem seus respeitos a Lady Maria e a Lady Eliza. Lady Maria desempenha o luto com proficiência. Quando lhe pedem uma audiência privada, ela rejeita com educação. Eliza solta um verso bonito em latim, que ela ensaiou com Kat Champernowne, indicada por ele.

No dia seguinte, Chapuys lhe envia um presente de duzentas laranjas doces. Ele manda a metade a Sussex para seu filho e seu neto e caminha por Whitehall distribuindo o resto. O bispo de Tarbes, recém-chegado para se juntar à embaixada francesa, encontra-o, e o ar em torno da dupla se agita com sua mútua espirituosidade. "Não finja que está contente em me ver, Cremuel", o bispo diz. "Eu sei que os imperialistas lhe fazem ótimas ofertas…"

"Eles me dão laranjas", ele diz.

"Ouvi dizer que, desde o ano passado, o senhor enriqueceu muito, saqueando os monges — o senhor, seu filho e seu sobrinho, mestre Richard. Na Inglaterra, vocês escrevem as leis para agradar ao ladrão."

O embaixador Castillon estende a mão para restringir o colega. Então ele se vira, contente com a distração. "Meu lorde Norferk!"

Norfolk faz um sinal com a cabeça na direção da porta do rei: "Ele está ali, Cromwell? Quero entrar".

Ele diz aos franceses: "Nos últimos tempos, meu amo, o duque, parece uma pobre criança enjeitada. Sempre bajulando e suplicando. *Me deixe entrar, me deixe entrar*".

Norfolk tem um sobressalto, como se tivesse sido espetado por uma adaga. "Faz isso por prazer, Cromwell? Atravanca meu caminho só para me incitar a um ataque de cólera?"

"O senhor se incita sozinho", ele diz calmamente.

"Quem é você para dar conselhos ao rei sobre sua próxima esposa? Não passa de um viúvo velho, não consegue arranjar mulher porque pensa estar à altura de uma princesa e não aceita menos que isso."

Ele vê, de canto de olho, os dois franceses se entreolharem. Volta-se para o duque. "E por acaso o rei deve ser aconselhado a respeito de casamento por alguém que espanca a própria esposa?"

Gotas de suor brotam do cenho de Norfolk. É a isso que chegaram, apesar de toda a amizade que juraram no último outono — parados na frente da câmara privada do rei, vociferando insultos.

"Abram caminho, abram caminho!", berram os batedores. Henrique aparece. Olha feio para Norfolk. O duque cai sobre um joelho. O rei o ignora. "Messieurs, meu lorde Cromwell — entrem."

Começam bastante bem, Castillon dando a entender que tem uma surpresa: "Uma proposta sobre Lady Maria, que, acredito, será muito gratificante para vossa majestade".

"Sou todo ouvidos", Henrique diz. "Lorde Cromwell, igualmente, é todo ouvidos."

"Majestade", Castillon diz, "nosso delfim já se casou — mas será que Lady Maria não poderia se casar com o segundo filho do meu amo?"

O rei resmunga. "Já tratamos desse assunto. Cromwell, diga a ele."

Ele diz: "Seu amo queria uma garantia de que Lady Maria seria a herdeira do trono".

Castillon faz uma mesura. "Vossa majestade tem um filho e herdeiro agora, claro. Mas as virtudes de Lady Maria são conhecidas por toda a cristandade. Então, o que poderia ser mais agradável que um casamento duplo, pai e filha? O rei ficará honrado de lhe conceder uma dama francesa da sua escolha."

O rei diz: "Não excetuando sua filha Marguerite?".

O embaixador tem a resposta na ponta da língua. "Se um ano ou dois forem permitidos, até que ela chegue aos dezesseis anos, talvez…"

"Tenho quarenta e seis anos", Henrique diz. "Não estou em busca de uma companheira para minha idade avançada. Se vou me casar, devo fazer isso agora. Madame de Longueville seria adequada para mim. Ela não pode realmente ter a intenção de se casar com o rei dos escoceses. Um tratante tão estúpido, indigente…"

Castillon fica atônito. "Jaime vai se casar com ela antes do verão. A promessa é firme."

"Mas é livre?", Henrique pergunta. "Os corações deveriam ser livres. Lorde Cremuel lhe dirá. Ele é um grande promotor de combinações amorosas."

Tarbes diz: "Tente compreender. Meu rei considera Jaime da Escócia como seu próprio filho. Ele não vai quebrar a promessa que junta nossas duas terras, reforçando sua antiga amizade".

Castillon suplica: "Por que não considerar a duquesa de Vendôme?".

Ele não espera pelo rei e interrompe: "Jaime a viu e não gostou dela. Por que nós gostaríamos?".

O rei diz: "Não quero tomar uma dama que não vi. É um assunto muito íntimo". Ele ergue o dedo e o põe precisamente embaixo da clavícula, no chumaço de linho branco que aparece por cima do amarelo-manteiga de sua jaqueta. "Quem sabe ela e outras damas pudessem ir até Calais? Então posso fazer a travessia e vê-las com meus próprios olhos."

"O quê?" Castillon já não consegue mais se conter. "Acha que é uma feira de cavalos? Deseja que nós as trotemos como potrancas, as damas mais nobres da França? Talvez vossa majestade também deseje montá-las antes de fazer sua escolha?"

Ele diz, solene: "Se forem virgens quando chegarem, nós as mandaremos de volta intactas. Juro".

"Com licença", Tarbes diz, ríspido. Com o rosto vermelho, os embaixadores se reúnem de lado e balbuciam entre si. Agora ele queria que Norfolk estivesse aqui para ver o espetáculo.

Os embaixadores voltam. "Não", Tarbes diz. "Nada de encontro."

"Que pena", ele diz, "já que o rei e eu vamos a Calais de qualquer modo. A partir de lá, vamos passar para o território do imperador para nos encontrarmos com Cristina e os conselheiros dela. Temos a intenção de levar Lady Maria — e Lady Eliza também, se seus tutores não fizerem objeção à jornada."

Ele sente o olhar de Henrique se voltar para ele: vamos mesmo? É verdade?

"Então lhe desejo sorte com a duquesa de Milão", Castillon diz. "Ouvi dizer que ela tem muito medo do que a espera e está implorando ao imperador que a case em qualquer lugar, exceto a Inglaterra. Vossa majestade já considerou que pode ser difícil encontrar uma dama que se case consigo?"

"Por quê?", o rei pergunta.

"Porque o senhor mata suas esposas."

"Retire o que disse", ele ordena. Ele está de pé, assim como os embaixadores; ele pensa, podem ser dois, mas eu mato gigantes.

Castillon se volta para Henrique. Sua voz está trêmula. "Dizem que sua primeira esposa morreu de causas naturais, mas muitos acreditam que a tenha envenenado. Seu segundo casamento foi considerado deplorável em toda a cristandade, mas ninguém imaginou que daria um fim à sua esposa com uma decapitação. Agora muitos dizem — até mesmo Cremuel diz; aliás, principalmente ele — que sua terceira esposa pereceu por negligência durante o parto."

Ele diz: "Eu não deveria ter dito isso".

"Não, não deveria", Henrique responde, ameno. "Meus caros embaixadores, não são capazes de compreender — não conhecem os hábitos da nossa corte —, Cremuel trabalhou muito em prol do meu casamento com Jane. E todo o reino tem razões para agradecer a ele pelos seus esforços. O filho de Cremuel se casou com a irmã da rainha. Ele sente que ela era parte da sua família. Quando ela morreu, o choque e o pesar o levaram a fazer declarações apressadas. Não houve negligência. Como poderia ter havido?"

"Nossa posição é...", Tarbes começa a dizer.

"Sua posição é voltar ao navio", ele diz, "a menos que escutemos um abjeto e imediato pedido de desculpas."

Henrique ergue a mão. "Calma. Os embaixadores têm sua parcela de razão. Tenho sido desafortunado." Ele baixa a cabeça, então olha por baixo do cenho. "Mas não me faltam ofertas."

Ele diz: "Tenham certeza, cavalheiros, estamos chegando a um acordo com a duquesa de Milão".

"Um acordo?" Castillon está ultrajado. "Cremuel, por que não faz as malas e se apresenta ao imperador como seu verdadeiro servo? Serve melhor a ele do que ao rei da Inglaterra."

Henrique diz, seco: "Eu me considero satisfeito".

Ele diz: "Mesmo que meu rei não escolha Cristina, vai se casar com alguma dama que o ligue a Portugal. E Lady Maria vai se casar com o príncipe português, dom Luís. O que poderia ser mais agradável que um casamento duplo?".

É difícil saber se os embaixadores estão dispensados ou se estão dispensando a si mesmos. Mas, no umbral da porta, Castillon para, desafiador: "Meu amo e o imperador têm a intenção de estender sua trégua até meados do verão. Maria vai perder sua chance. Dom Luís vai se casar com a filha do meu amo — com quem, eu lhe digo, ele vai se deleitar".

Eles se retiram. A porta se fecha atrás deles. O rei diz: "Deveriam parar de tentar me amedrontar. Sou rei há quase trinta anos e eles deviam saber que de nada adianta".

Estavam falando francês e continuam a fazê-lo quando os passos se afastam.

"Então, Cremuel", Henrique diz, "espero que não fuja para o lado de Carlos, mas que permaneça aqui."

Os olhos de Henrique estão em seu retrato, enorme, na parede do aposento. Seus próprios olhos consultam a imagem do seu soberano. "O que eu iria querer com o imperador, mesmo que ele fosse imperador do mundo todo? Vossa majestade é o único príncipe. O espelho e a luz dos outros reis."

Henrique repete a frase, como se a acalentasse: o espelho e a luz. Ele diz: "Sabe, Crumb, posso de vez em quando reprová-lo. Posso diminuí-lo. Posso até falar de maneira rude".

Ele faz uma mesura.

"É apenas para os outros verem", Henrique diz. "Para pensarem que estamos divididos. Mas faça seu papel. Seja o que for que escutar, em casa ou no estrangeiro, deposito minha fé em você." Ele sorri. "Quando se fala francês, começamos a dizer *Cremuel*. É difícil resistir."

"E Norferk", ele diz. "E Guillaume Fitzguillaume."

As rainhas mortas piscam para ele, de trás de seus espelhos partidos.

Você já ouviu falar de são Derfel? Não é vergonha se não ouviu. Ele é chamado de "o forte" ou "o valente" e foi um dos cavaleiros de Artur; construiu muitas igrejas no País de Gales, acabou se retirando para um monastério e morreu no leito.

Numa igreja na diocese de são Asafe está sua efígie, um gigante feito de madeira pintada montado num gigantesco cervo. Derfel é uma figura com juntas articuladas e olhos móveis que piscam. Os galeses acreditam que ele é capaz de tirar as almas do inferno e, no dia de sua festa, em abril, aparecem cerca de quinhentos fiéis, acompanhados de gado, cavalos, mulheres e crianças, para ser abençoados. Para os padres, é uma excelente oportunidade de ganhar dinheiro.

Hugh Latimer sugeriu uma fogueira de estátuas na igreja de Paulo, ou em Tyburn, ou em Smithfield. Mas Derfel é um caso especial: diz a lenda que, se atearmos fogo nele, uma floresta vai se incendiar. Em nome da segurança, seria possível apenas destruí-lo a machadadas; mas é melhor não fazer isso na frente do povo local.

Ele envia seu homem de confiança, Elis Price, para tratar do assunto. Elis vem de uma casa nobre galesa; trabalhou com o pai dele, na época do cardeal. Traga-me apenas Derfel, ele lhe diz, deixe o cervo para trás.

Os monges caem com rapidez nessa primavera. Beaulieu. Battle. Robertsbridge. Woburn e Chertsey. Lenton, onde o prior é executado por traição. Os monges se apresentam como se estivessem vivendo como mendicantes, com vestes esfarrapadas e remendadas e sem lenha para o fogo ou estoques de comida. Venderam a lenha, é claro, venderam os grãos, e a menos que você os alcance logo, penhorarão ou enterrarão seus tesouros.

Objetos recuperados são enviados a ele: selos com o rosto de abadessas e homens barbados; um báculo com cabeça de marfim ostentando o rosto de Cristo; incensários e missais, além de moedas de prata armazenadas havia muito tempo com a cabeça de reis menores. Ele guarda para si um mapa do mundo com seus quatro cantos vigiados por leões. Guarda como lembrança de como a terra costumava ser.

Levam a ele compêndios de superstições, os livros fantasmas mantidos pelos monges, e em Austin Friars (ou seja lá onde ele se encontre nessa primavera) eles leem em voz alta depois da ceia: quando as noites vão ficando mais leves e até os mais assustadiços são capazes de aguentar a pressão. Fazem com que ele dê risada: um fantasma em forma de monte de feno? Um fantasma que ajuda um homem pobre a carregar uma saca de feijões?

O propósito das histórias de fantasmas é geralmente a extorsão: amedrontar os pobres para que paguem por preces e encantos para protegê-los. Ele lê sobre um homem que, em peregrinação à Espanha, encontrou o corpo disforme de seu filho que sofreu um aborto espontâneo aos seis meses. O peregrino não reconhece o filho, mas a criança, um objeto cor de sebo com uma mortalha, é capaz de erguer a voz e reivindicar o pai.

Ele enrola o pergaminho e diz, destrua essa história. E vamos agradecer por finalmente termos um príncipe vivo.

Ele pensa em Derfel, seus poderes. Por que alguém iria querer que os condenados fossem tirados do inferno? Há uma razão pela qual Deus os pôs onde estão.

No final de abril, os médicos do rei pedem uma consulta com certos conselheiros: dois condes e ele mesmo, o selo privado. Fitzwilliam diz: "Isso tem relação com a perna ruim?".

"O ferimento de sua majestade", o dr. Butts corrige. "Tentamos manter aberto para que permaneça limpo. Mas a ferida tenta se fechar."

"É sua natureza", o dr. Cromer explica. "Tememos que uma crise se aproxime. Matéria morta presa na parte de dentro."

"O que aconselha?", Edward Seymour pergunta.

Os médicos se entreolham. "Aquilo que sempre aconselhamos. Precisamos afinar o sangue dele. Ele deve adotar uma dieta frugal. Vinho diluído em água. Apenas movimentos suaves."

"Não tem jeito", Fitz diz. "Estamos na temporada de caça."

O rei está planejando uma viagem. Essex, depois a norte até Hunsdon, para ver o pequeno príncipe.

"Ele precisa manter a perna para cima", Cromer diz. "Não pode conversar com ele, lorde Cromwell? Tem sido realmente ótimo com ele nos últimos tempos, é o que todos dizem."

"Dizem mesmo." Será que Fitzwilliam parece amargo ou é imaginação dele?

Ele diz: "Havia um professor em Pádua que descobriu a receita para a vida longa".

"Suponho que não inclua ficar passeando por Essex", Cromer diz.

"É necessário comer carne de víbora, nutritiva e leve. E beber sangue."

"Sangue animal?" Edward Seymour sente repulsa.

"Não, humano. E quando tiver um copo grande e espumoso de sangue, salpique-o com pó de pedras preciosas, assim como se salpica leite com noz-moscada. O professor foi chamado a Constantinopla, onde…"

"Viveu até os cento e vinte anos e se tornou sultão?", Fitzwilliam pergunta.

"Infelizmente, não. Ele falhou nas suas curas e os otomanos o serraram ao meio."

"São Lucas nos proteja!", Cromer exclama.

Ele pensa, devo me preparar para a morte de Henrique. Mas como posso me preparar? Não sou capaz de imaginar.

Na ausência do rei, ele se acomoda para novas obrigações. Por todo o reino, nossos castelos estão sendo avaliados e reparados. O rei vai cavalgar dezesseis quilômetros, mas a mente de seu ministro vai cobrir trezentos. Para construir fortificações, é preciso dinheiro, e ele tem de encontrá-lo.

Thomas Cranmer vem vê-lo. "Dois itens, Thomas."

"Como vai?", ele pergunta. O arcebispo ainda parece estar com uma dor no fundo dos olhos.

Cranmer pousa seus fólios: nada de conversa à toa. "Primeiro, Mary Fitzroy. O marido dela, Richmond, morreu há um ano e ela não recebeu sua herança. O rei me disse, olhe aqui, meu lorde arcebispo, sabe que o casamento não foi consumado? Então ela e meu filho não foram propriamente casados e eu não preciso fazer o pagamento."

"E o que respondeu?"

"Eu disse: 'Claro que foram casados — aos olhos de Deus e dos homens. O senhor precisa pagar o que deve, rápido'. Então ele ficou emburrado." Cranmer abre seu fólio. "Dizem que, à medida que seu pai, o antigo rei, ia ficando mais velho, deixou de se importar com qualquer coisa que não fosse dinheiro. Henrique está seguindo o mesmo caminho."

Até o cardeal tinha suas zonas de ilusão no que dizia respeito a Henrique. Parece que Cranmer não tem nenhuma. Ainda assim, ele concorda em carregar a consciência de Henrique, que é fardo suficiente para uma assembleia de bispos.

"Segundo item: o padre Forrest", Cranmer diz. "O confessor de Catarina, quando era rainha. Ele elogia todas as cerimônias papais e suas pregações claramente são contrárias à Escritura. Há mais de cinco anos, vem abusando da paciência do rei. Agora temo que seja hora de queimá-lo. Vou levá-lo para a Cruz de Paulo. Hugh Latimer implora que o deixemos admoestar o padre. Acredita que pode trazer o pecador para Cristo. E, como um sinal de esperança, vamos tirar-lhe os grilhões." O tom de Cranmer é seco, preciso; mas suas mãos tremem. "Espero que ele abjure. É um homem de quase setenta anos."

Ele vem observando Forrest há anos. "O rei não confiaria na sua penitência. Se você não queimá-lo, eu o enforcarei."

Cranmer diz: "O conselho deve testemunhar sua morte. Para que os embaixadores tomem nota, para que o cheiro da fumaça seja sentido em Roma. Você também precisa estar presente. E o bispo Stokesley".

"Ah, o bispo de Londres irá", ele diz. "Nunca duvide dele. Vai fechar os olhos e inalar o fedor e vai fingir que somos nós e Robert Barnes na pira. Ele não me inspira mais confiança que Stephen Gardiner."

Gardiner em breve voltará para casa. Comete tamanhas ofensas contra os franceses que já não ousamos mantê-lo como embaixador. As desavenças entre grandes homens são reproduzidas nas ruas de Paris. Os meninos de Gardiner são provocados quando saem à rua: "Vocês se consideram brigões? São fracos como ratinhos. Vêm aqui com um exército e são expulsos por uma menina".

"É", os meninos ingleses gritam, "e pegamos sua bruxa Joana e a queimamos, e todas as suas vitórias não serviram para salvá-la do nosso fogo."

Joana, a Donzela, foi consumida pelas chamas em 1431. Seria de pensar que encontrariam uma provocação mais fresca. Mas até as esposas do mercado xingam nossos embaixadores e jogam excrementos nas melhores roupas deles.

Stephen devia aprender a ser imune aos insultos, ele diz. Olhe para mim, eu os tomo como cumprimentos. Norfolk me chama de sangue vil. O Norte me chama de herege e ladrão. O menino das enguias em Putney costumava me dizer, "Ei, Thomas Cromwell, sua miserável isca de forca, seu cabeça de porra, seu restolho, sua migalha: sua mãe preferiu morrer a ter que ficar olhando para você".

Como o duque de Norfolk diria, os antigos insultos são os melhores.

"Seu irlandês", o menino das enguias dizia, "fuligem que voa da forja de Satanás; vou derrubar você; vou cortar você em filés, vou tacar fogo no seu cabelo."

E em resposta ele não dizia nada. Nunca dizia, "Vou cuspir em você, vou esfaqueá-lo, vou estripar seu coração ainda batendo".

Até que, é claro, ele fez tudo isso.

O rei está no Norte quando chega a notícia de que sofreu um desmaio. Ele, Cromwell, arruma um acompanhante e cavalga para lá no mesmo instante.

A ideia cruza sua mente, claro: chegar ao litoral antes que bloqueiem os portos. Se Henrique morrer, que amigos lhe sobram? Para onde quer que vá, você pode ser detido na estrada. Pelos Courtenay, se puderem se mover com rapidez, reunindo tropas para Maria. Por Margaret Pole, por seu filho Montague. Por Norfolk, suas forças atravessando o país a galope.

Já estivemos aqui, o rei morto ou quase morto: na liça de Greenwich, em janeiro de 1536, com Henrique desprovido de sua armadura: os urros de seu cavalo, os gritos e as preces, o clamor da denúncia e da culpa. Ele sente mais uma vez uma insistente agulhada de pânico pulsando sob o osso do peito.

Mas, no fim da jornada, apenas uma única figura sai para recebê-lo: Butts, parecendo exausto: "O rei ainda está vivo", diz.

"Senhor Jesus." Ele cai da sela.

Butts seca as mãos numa toalha de linho, a barra bordada com uma estampa de violetas. "Sua majestade se levantou da mesa e então caiu para baixo dela. Quando o tiramos de lá, ele estava com o rosto negro, a respiração curta e acelerada. Tossiu sangue e acho que isso o salvou, porque então respirou fundo. O senhor não deve entrar. Ele está muito fraco."

"Deixe-me passar", ele diz.

Culpeper, aquele sedoso palhaço, paira ao redor do rei com um amontoado de médicos e capelães. Ele lembra que Henrique perguntou certa vez: "Por que sempre que o desastre se abate há um Howard no quarto?".

O menino diz, astuto: "Precisávamos do senhor antes, lorde Cromwell. Ouvi dizer como, no outro ano, fez sua majestade se erguer dos mortos".

"Eu tive a honra", ele diz, ríspido.

Ao redor da pessoa do rei há um cheiro de linimento e incenso. Henrique está escorado por uma montanha de travesseiros, a perna enfaixada faz volume por baixo da coberta de damasco. Suas bochechas estão murchas e sua cor é ruim. Ele pisca: "Cromwell, aqui está você". A voz dele é fraca. "Na sua ausência, temo que tenhamos levado um tombo."

O "nós" real. Nenhuma outra pessoa estava envolvida.

"Trouxe alguma carta de Wyatt?", Henrique empurra as cobertas para longe. Sua perna está volumosa com as bandagens. "Não tenho nada esta semana. E também nada de Hutton em Bruxelas. Alguém está interceptando nossos mensageiros, ou eles estão se comunicando diretamente com você? Quem é o rei, você ou eu?"

Nosso lorde soberano está de volta, ele pensa; passou uma hora sufocado, sem conseguir falar, mas agora está imperioso novamente: o espelho de todos os governantes, sua luz bruxuleante quase invisível contra a luz do sol de uma manhã de maio.

Henrique diz: "Cromwell, eu me lembro de Greenwich. Quando eu. Quando você". Tem dificuldade em falar de sua própria morte. "Não me lembro da queda. Apenas do escuro. Achei que estivesse acabado. Meus sentidos se paralisaram. Acredito que tenha visto anjos."

Ele pensa, na hora você não disse nada.

Dentro de uma tenda, o rei estava estirado de corpo inteiro, pálido como papel. Henry Norris entoava as orações dos mortos. O duque de Suffolk chorava copiosamente, como um bebê de colo. Do lado de fora, os Bolena gritavam seus próprios nomes, e tio Norfolk vociferava que agora estava no comando: "*Eu, eu, eu*".

"Ontem", o rei diz, "você estava longe e eu achei que morreria sozinho."

Ele se lembra da algazarra de criados e lordes, ele berrando para pedir silêncio; sua mão no peito do rei, seu próprio coração batendo forte. Então, por baixo do acolchoado de crina da jaqueta real, uma fibrilação, parecida com as batidas das patinhas de um animalzinho em fuga. Depois de um segundo, Henrique engoliu em seco; gemeu; tossiu com violência e falou: "Thomas Cromwell". Os lordes chocados choramingaram, "Deite-se, deite-se!", mas Henrique se ergueu; seus olhos se viraram e absorveram a cena. Vivo mais uma vez, olhou para a Inglaterra. Viu seus vales escuros e campos verdes, suas largas águas prateadas, seus bosques de rouxinóis. Viu suas leis justas, seu povo livre, ouviu suas preces.

O dr. Butts está de volta com um frasco de urina na mão. "Majestade, não deve pensar em tratar de negócios hoje."

"Não?", Henrique diz. "Então quem vai governar, doutor?"

Parece um inquérito civil. Mas faz o médico dar um passo para trás.

"Estamos falando da minha queda em Greenwich", Henrique diz. "Recordando." Ele cospe a palavra.

Butts diz: "Deus o proteja, majestade".

"Ele protegeu", Henrique diz. "Ouvi dizer que todos os homens naquela tenda achavam que eu estivesse morto, menos Cromwell. Ele ficou ao meu lado e sentiu as batidas do meu coração, quando os outros tinham desistido de mim."

Ele pensa, eu não podia permitir que morresse. Quem tínhamos como soberano? Maria, uma papista, que teria matado todos os seus ministros? Eliza, ainda no berço? A criança ainda não nascida no útero de Ana? E agora, por acaso, as coisas estão melhores? Ainda não tenho plano, não tenho rota de fuga, não tenho afinidade, não tenho apoiadores, não tenho tropas, nenhum direito, nenhuma alegação. Ele pensa, Henrique devia me dar a regência, e me dar agora. Que coloque por escrito e sele: múltiplas cópias.

O rei diz: "Suponho agora que as embaixadas vão espalhar novamente pelo mundo a notícia de que estou morto".

"Se puder abrir mão de mim, voltarei a Westminster. Vou visitar os embaixadores pessoalmente e garantir a eles que o vi vivo com meus próprios olhos."

"Ah, e vão acreditar em *você*", o rei diz. Um ataque de tosse o agita. Butts diz: "Meu lorde do selo privado, por ora basta".

"Os vapores envenenados da ferida subiram diretamente ao meu cérebro", Henrique diz. "Mas diga a eles... não sei... diga a eles que tive uma enxaqueca. Uma queda. Um susto. Diga-lhes que estarei de volta à sela daqui a alguns dias."

Henrique ergue a mão para dispensá-lo. As versões se multiplicam assim que a história é contada. Ele conhece sua própria história: em Greenwich, o coração real fraquejando, tão tênue quanto o sopro divino numa bolha de vidro. Ele lembra de si mesmo orando, mas os outros se lembram de ele ter fechado o punho e batido no peito do rei com força suficiente para partir sua caixa torácica. E Christophe, que estava a seu lado naquele momento desgraçado, afirma que sacudiu a pessoa do rei para cima e para baixo pelos ombros; que o agarrou pelas orelhas e berrou na cara dele: "Respire, seu filho da mãe, respire!".

Maio chega, e o rei está planejando uma dinastia. "Se eu pudesse conseguir madame de Longueville, tenho certeza de que ela me daria uma casa cheia de filhos, coisa que seria de grande conforto para a Inglaterra, se algo de ruim ocorrer a Eduardo. Nosso primeiro filho juntos seria o duque de York. O seguinte seria o duque de Gloucester. O terceiro, acho, o duque de Somerset."

Fitzwilliam diz: "Esqueceu que ela está prometida à Escócia?".

Henrique nunca esquece nada. Mas às vezes acredita que o capricho de um rei é capaz de alterar a realidade.

O rei da França, dizem, está viajando para Nice, onde vai se encontrar com o imperador. Parece haver uma única forma de romper a amizade entre eles: Henrique escolher uma noiva em um dos lados, insultando o outro.

Seus conselheiros o advertem: "Não se apresse, majestade. Assim que escolher, perde a vantagem. Só pode se casar uma vez".

"Tem certeza?", Fitzwilliam murmura. "É de Henrique que estamos falando."

Henrique diz: "Cromwell, quero que receba o embaixador Castillon. Foi ríspido demais, ameaçando derrubá-lo com um soco. Agora deve reparar o dano. Quero que use palavras emolientes. Ofereça-lhe um banquete. Se quiser algo da minha despensa ou da minha copa, é só falar".

Nos últimos tempos, ele vem atormentando Thurston com um projeto para um espeto giratório, movido por um sistema de engrenagens e polias, que utiliza o movimento do ar esquentado pelo fogo para girar a carne em velocidade constante. "*Voilà*", ele diz ao empalar um frango. Mas Thurston torce a boca para baixo: existem meninos de sobra, então, para que uma máquina?

Meninos produzem partes queimadas, ele diz. Ou algumas partes cozidas, outras cruas. Dessa maneira, temos ação regulada. Avive o fogo, e assim vai mais rápido, o espeto gira mais rápido. Faça o fogo diminuir e...

Tente mais uma vez, meu amo, Thurston diz. O maquinário é muito maior que seu franguinho desprezível.

Quando Castillon e os conselheiros do rei chegam, acomodam-se para saborear linguado, galinha-d'angola e uma salada de agrião temperada com vinagre e azeite. O peixe é assado com casca de laranja, e as aves novas são desossadas e assadas naquilo que os ingleses chamam de pastéis lombardos, apesar de ele nunca ter conhecido nenhum lombardo que tivesse ouvido falar neles.

Quando estão sozinhos, o embaixador deixa cair o guardanapo como se estivesse descartando uma bandeira de trégua. "A perna não vai sarar, sabe? Da próxima vez, ele não terá tanta sorte, nem o senhor."

Ele não responde. Parece que seu silêncio leva a certa confiança exagerada da parte de Castillon. No encontro seguinte com o rei, o embaixador se comporta como um companheiro de taberna e recomenda madame Louise, irmã de madame de Longueville. "Tome-a, majestade, ela é mais bonita que a irmã. Além do mais, a mais velha é viúva, a mais nova é donzela. Será o primeiro a entrar ali. Pode moldar a passagem ao tamanho do seu instrumento."

Henrique solta uma gargalhada. Dá um tapa nas costas do embaixador. Afasta-se, dando as costas ao francês, e o sorriso some de seu rosto. "Não tolero conversas obscenas", ele sussurra. Por cima do ombro, diz em voz alta: "Perdoe-me, embaixador, mas tenho que deixá-lo. Meus capelães me esperam para a missa".

Um ou dois dias depois, o rei está mais uma vez cavalgando com um grupo de caçadores. Rafe está com ele, e Richard Cromwell cavalga de um lado para outro, indo e vindo com cartas e mensagens que não podem ser confiadas ao papel. Quando Richard chega a Waltham, é informado de que o embaixador francês chegou antes e que ele precisa esperar; depois, que diversos conselheiros foram convocados para ter com o rei; depois, que deve passar a noite.

Rafe, coberto de desculpas, leva as cartas de Richard para dentro e diz que vai entregá-las pessoalmente ao rei. Richard diz: "Não se desculpe por *ele*, Rafe. A culpa não é sua. O que ele pensa que está fazendo?".

Richard está incrédulo. Não existem precedentes para esse fato, os assuntos de Cromwell deixados para mais tarde.

No dia seguinte, Richard cavalga de volta com suas cartas respondidas. "Mas não estou gostando nada disso, senhor", ele diz. "Norfolk estava lá, ao lado do rei, pavoneando-se como um rei no palco; por dois alfinetes eu teria torcido o pescoço dele. Surrey, aquele insuportável, também estava lá. Os dois falando sobre como o rei estava descontente com o senhor, por achar que favorece o imperador. Norfolk estava de braços dados com os franceses. Só faltou um rabequista para saírem dançando."

O que Henrique está tramando? Posso diminuí-lo, ele disse. Posso reprová-lo. Mas não se desoriente. Minha confiança está em você.

Ele pega *O livro chamado Henrique*. (Ele o mantém trancado à chave.) Fica imaginando se ali há algum conselho para si mesmo. Mas a única coisa que vê é quanto espaço em branco existe, páginas vazias sem nada escrito.

À execução do padre Forrest estão presentes, além dele próprio e de Thomas Cranmer, o lorde prefeito de Londres; Audley, o lorde chanceler; Charles Brandon, duque de Suffolk; Thomas Howard, duque de Norfolk; Edward Seymour, em sua dignidade como conde de Hertford; o bispo Stokesley, claro. Eles estão em Smithfield às oito da manhã. Forrest é trazido de Newgate, arrastado em cima de um trenó, vestido em seu hábito franciscano. É posto numa plataforma para ouvir o sermão de Hugh Latimer.

Hugh fala durante uma hora, mas poderia muito bem estar mijando ao vento. Forrest tem a força necessária para lhe lançar suas palavras de volta, dizendo que é monge desde que tinha dezessete anos e católico desde que foi batizado, e que ele, Latimer, não é católico, porque apenas aqueles que obedecem ao papa são membros da família universal de Deus: com isso, a plateia solta um gemido. Não se pode ouvir bem o resto do que ele diz, mas com um sinal os oficiais o tiram da plataforma e o levam até a pira, com os pés suspensos do chão. Seu corpo pende, mole, enquanto a boca se mexe em preces mudas.

Agora há um irromper de trombetas, um bater de tambores, e entra na arena o ídolo galês Derfel. Oito homens o carregam, algo desnecessário, mas aquilo cria um espetáculo; e em zombaria de sua pretensa força, o ídolo está amarrado com cordas. A multidão dá risada e canta. Dizem que Derfel é capaz de queimar uma floresta; vamos ver se vai fazer isso. Com uma palavra de comando, ele é assentado, ereto. Com mais uma palavra, suas pernas se agitam, seus olhos piscam, seus braços de madeira se erguem para os céus num gesto de súplica. "Ao diabo com ele!", a multidão clama. Os oficiais desmembram Derfel, erguem as machadinhas e começam a reduzi-lo a lenha.

O padre Forrest deixou escapar cada chance que o rei, Cranmer e Hugh Latimer ofereceram. Escolheu seu fim terrível e deve suportá-lo. Thomas More costumava dizer que aceitar a fogueira dificilmente pode ser considerado um sinal de coragem, quando um homem já está amarrado no poste. Ele, o lorde do selo privado, brada: "Forrest! Peça o perdão do rei!".

Porque foi isso que Forrest se omitiu de fazer. Isso é o que todo condenado faz, ainda que se considere inocente, para mitigar a ira que pode recair sobre aqueles que ele deixa para trás: para que o rei leve em consideração suas súplicas e não os despoje de tudo o que têm.

Mas Forrest é celibatário. Ele não tem filhos nem filhas, pelo menos de que ele tenha notícia. E ele é frade, e estes não possuem propriedades, ele não tem nada que o rei possa lhe tirar. A única coisa que ele possui é seu hábito, agora em frangalhos, e sua pele, seus músculos, sua gordura e seus ossos.

"Suplique perdão ao seu rei!", ele brada: ele, Cromwell. Não sabe se Forrest pode escutá-lo.

Ele pensa, agora é muito tarde para parar. Um mártir pode queimar rápido ou devagar. Os feixes de lenha podem estar bem secos e empilhados no alto, de modo que ele fique escondido do público e as chamas o engulam em minutos, e ele morra num rugido de calor. Mas como Forrest recusou até mesmo uma palavra de constrição, queimará lentamente. O frade é erguido por uma corrente ao redor da cintura, e o fogo é ateado embaixo dele, a seus pés.

De olhos secos ele observa, e observa tudo. Não lança nenhuma espiadela ao rosto de seus colegas conselheiros. Ele pensa, deve ter havido algum ponto em que poderíamos ter negociado com Forrest. Devia ter algo que podíamos ter oferecido para fazer com que ele cedesse num ponto e se poupasse dessa agonia. É contra a natureza dele pensar que uma negociação não possa ser fechada. Todo mundo quer alguma coisa, mesmo que seja apenas fazer a dor parar.

Quando o calor o alcança, Forrest ergue os pés descalços cheios de bolhas. Ele se contorce, gritando, mas é obrigado a baixar as pernas no fogo. Ele volta a erguê-las, ele se contorce em sua corrente, ele urra, e Derfel estala alegremente; e esse estágio parece durar um longo período, as chamas subindo cada vez mais, e os esforços do homem para escapar delas cada vez mais fracos, até que finalmente seu corpo pende e ele não resiste, e a parte superior de seu corpo começa a queimar. O frei ergue os braços, que foram deixados soltos, como se estivesse se arrastando na direção do céu. As fibras de seu corpo são encurtadas e vão se atrofiando, seus braços e pernas se contorcem, quer ele queira ou não, de modo que aquilo que parece um ato de adoração a seu Deus papista não passa de um sinal de que ele está in extremis: e, a um gesto, os executores dão um passo à frente e, com longos bastões de ferro, remexem dentro do fogo, tiram o torso assado da corrente e o jogam no fogo a seus pés. O corpo cai com um grito dos espectadores, a chama sobe e lança fagulhas; então não se ouve mais nada do padre Forrest. Já não existe mais o guerreiro Derfel, o grande ídolo do País de Gales: ele se transformou em cinzas. Cranmer diz, perto do ouvido dele: "Acabou, acredito".

Edward Seymour parece que vai vomitar. "Nunca viu isso?", pergunta a ele. "Eu já vi com frequência demais."

O grupo oficial começa a se dispersar. O que fazer o resto do dia? Trabalhar, é claro. "Uma morte cruel", um dos homens da guilda diz. Ele diz: "Uma vida cruel, irmão".

No dia que ele viu uma mulher ser queimada, ele tinha — o quê? — oito anos? Havia fugido de casa, ou pelo menos foi o que disse a si mesmo: viajara de sua casa em Putney a pé e de carroça, passando uma noite debaixo de uma sebe. No dia seguinte, ele mendigou um pouco de pão e leite numa porta dos fundos e conseguiu uma carona de barco, que o despejou nas docas à sombra da Torre. A intenção dele era embarcar num navio e se tornar marinheiro, mas ao ver as multidões irromperem em sua alegria, esqueceu seu propósito. Ele disse: "É festa de são Bartolomeu?".

Um homem riu dele. Mas uma mulher disse: "Ele é só uma criança, Will". Baixou os olhos para ele. "Santa Maria, seu rosto está precisando de um sabão."

Ele não gostou de dizer que tinha acordado debaixo de uma sebe. Will disse: "Qual é seu nome?".

"Harry." Ele estendeu a mão. "Sou ferreiro de profissão. E o senhor, Will?"

O homem pegou a mão dele e a apertou. Tarde demais, ele percebeu que a intenção de Will era torturá-lo; era sua ideia de gracejo. Achou que seus ossos fossem se quebrar, mas, no rosto, manteve uma expressão de indiferença educada. Will largou a mão dele como se estivesse enojado. Menino durão, disse.

A mulher falou: "Venha conosco, jovem mestre Harry, fique perto de mim".

Agarrado ao avental da mulher, ele ficou bem no meio da multidão. Ela deu um tapinha no ombro dele e depois deixou sua mão pousada ali — como se fosse a madrinha dele, ou alguém que o quisesse bem. "Lá vem a cidade!", um homem berrou. Uma trombeta anunciou uma procissão: homens de dignidade carregando bastões relativos a seu cargo, usando correntes de ouro. Ele nunca tinha visto homens assim, a não ser em sonho. Ele viu o balanço de lã boa e o brilho de casacas de veludo, e um bispo ornamentado como um raio de sol, com uma cruz dourada carregada à sua frente. "Já viu um enforcamento?", Will disse.

"Ah, bem mais que um", ele se gabou.

Will disse: "Bem, isso aqui não é um enforcamento".

Quando arrastaram a velha para a frente, surrada e amarrada, ele ergueu os olhos para o rosto de sua madrinha e perguntou: "O que ela fez?".

"Harry, precisa vê-la arder", sua madrinha falou. "Ela é uma lolardi."

Will disse, irritado: "Lolardista. Fale direito".

A madrinha o ignorou. "Ela tem parte com o demônio, oitenta anos e mergulhada em podridão." Ergueu a voz acima do burburinho. "Deixem o garoto passar à frente!"

Alguns abriram caminho, achando que seria uma obra piedosa mostrar uma execução na fogueira a uma criança. A multidão continuava a se apinhar cada vez mais. Alguns rezavam em voz alta, mas outros comiam pãezinhos fermentados. Em pé atrás dele, sua guardiã já não cheirava mais a moenda de linho, mas a animação e calor. Ele se virou na direção dela; queria enterrar a cabeça em sua cintura, passar os braços em volta dela. Ele sabia que precisava se conter, ou Will iria apertar o pescoço dele como tinha apertado sua mão; e ao ver que ele havia se virado, achando que estava tentando escapar, Will o empurrou: "Este menino é um pagão. Que paróquia lhe deu cria?".

A cautela o fez dizer: "Não tenho paróquia".

"Todo mundo tem uma paróquia", Will desdenhou. Mas então a multidão começou a vociferar preces. Um pastor berrou por cima de todos. Falou que a dor do fogo terreno não passava de um toque de pena, um amanhecer de maio, a carícia de uma mãe, se comparada à agonia das chamas infernais.

Quando o fogo foi aceso, a multidão o empurrou adiante. Ele tentou nadar contra a corrente, berrando pela madrinha, mas sua voz se perdeu. Ele via as costas das pessoas, mas sentia o cheiro de carne humana. Seria necessário respirar aquilo até que o vento mudasse. Algumas pessoas mais fracas choramingavam, outras vomitavam sobre os próprios pés.

Depois, quando a comoção baixou, a lolardista reduzida a ossos, transformada em gordura, em pasta, os dignitários partiram e os espectadores comuns começaram a se dispersar e a tomar seu rumo. Alguns estavam bêbados, balançando de um lado para outro de braços dados, cumprimentando-se e erguendo os punhos e berrando como se estivessem numa tourada. Outros estavam sóbrios, reunindo-se em grupos e conversando aos murmúrios. Tinham casas para voltar: ele, não. Putney parecia distante, como se fosse um lugar na história. "Numa cidade à beira de um rio vivia um certo Thomas Cromwell, com seu pai Walter e seu cachorro. Um dia, ele se afastou para buscar fortuna numa terra estrangeira..."

Ficou imaginando quanto tempo demoraria para reverter a história. Putney ficava logo ali, ao lado de Londres, e você nem sempre tem sorte, nem sempre consegue carona; e se as pessoas aqui descobrissem onde ele estivera e o que vira, com certeza cada homem e cada mulher na cidade iria amaldiçoá-lo.

Teve a ideia de entrar embaixo do palanque em que os dignitários tinham estado e viver ali como se fosse uma casa. Ninguém o deteve. Ninguém o viu. Com as tábuas serradas servindo de teto, ele se sentou de pernas cruzadas no solo úmido. O tempo passou. Ele tinha consciência das pessoas que esperavam às margens do espetáculo, como se estivessem aguardando o campo esvaziar. Uma carregava uma bacia; outra, uma cesta. Continuavam se demorando, como se estivessem com medo. Os executores voltaram com suas barras de ferro, assobiando, e esmagaram os ossos que tinham sobrado, revirando os restos.

Agachado em sua nova moradia, ele os observava como se estivesse a grande distância. Sentia o corpo cheio de cãibras e paralisado. Os ossos de sua mão latejavam no lugar em que Will tinha apertado. Começou a chover, e os homens largaram as ferramentas e saíram em busca de abrigo. A água pingava entre as tábuas acima da cabeça dele. Ele contava os pingos. Recolhia-os nas mãos em concha e bebia. Sentia quando corriam dentro dele e se transformavam em gelo.

Quando os ossos estavam todos esmagados, os oficiais limparam os pés de cabra na grama, ergueram os capuzes e saíram do campo pisando firme. Não olharam diretamente para aqueles que esperavam com bacias e cestos. Mas um deles falou por cima do ombro: "É toda sua, irmãos".

Os homens chamados de irmãos começaram a cavoucar e raspar o solo. Ele se arrastou para fora e lhes disse seu nome — mestre Harry, ferreiro — e os informou de tudo o que tinha se passado. Nós sabemos, disseram, nós vimos. Disseram, esta senhora morreu pela palavra de Deus, Harry, e estamos aqui para juntar o que sobrou. Esfregaram nas costas da mão dele um rastro longo de gordura e cinza. Lembre-se desse dia, disseram, enquanto agrade a Deus lhe dar vida.

Ele lhes contou a informação que o sacerdote tinha lhe dado, sobre a natureza fraca da vida terrena, como era uma brisa refrescante comparada com as chamas ferozes lá embaixo. Ele arregaçou a manga e lhes mostrou o pedaço de carne enrugado onde tinha se queimado na forja. Uma mulher disse, isso deve ter doído muito, querido. Ele respondeu, não é nada terrível para um homem ter uma cicatriz. Meu pai tinha várias. "Vá para casa agora, filho", um homem lhe disse.

Ele disse: "Não sei como".

Foram cada um para seu lado. Ele voltou a sua moradia embaixo do palanque. O enjoo tinha se acalmado e ele estava com fome. Pensou, umas migalhas de pão iriam me bastar. Ele sabia que, com o tempo, teria de se esgueirar para fora e roubar algo, mas por enquanto deveria ficar quieto e imóvel, porque, e se os homens voltarem para derrubar sua casa? Podem puxá-lo para fora e dizer: "Aqui temos um menino lolardista". Poderiam acender outra fogueira e jogá-lo nela do mesmo jeito que se joga uma trouxa numa carroça.

Ninguém apareceu. A luz estava se esvaindo. Ele não estava com medo do fantasma da velha, mas estava ciente de ter companhia. Na fumaça que ainda pairava, ele enxergava certas formas, baixas e furtivas. A certa distância, mas se aproximando, os cachorros de Londres.

Vê-los era conhecer sua história. Nenhum deles, ele supôs, tinha nome, canil ou dono. Eram cobertos de feridas e de cicatrizes e mancavam, recurvados e desgastados como sombras. Deviam ter ficado à espreita durante horas, mantendo a distância, queixo nas patas, babando. Enquanto os oficiais estavam trabalhando, eles não ousavam avançar por medo de que pedras lançadas com estilingues fossem lhes cegar um olho. Tremiam de medo, mas a fome os deixava corajosos: fazia com que ousassem qualquer aventura, enquanto o cheiro de carne queimada pairava no ar.

No começo, chegaram se arrastando por cima da barriga. Depois se ergueram até ficar agachados, as costas ainda curvas, tremendo de medo, mas sempre avançando. Rodeavam; erguiam o focinho e cheiravam o vento. Lambiam os lábios. Chegaram mais perto. Seus olhos passaram por cima dele. Poderiam temer os dignitários da cidade, dos oficiais, mas não tinham medo dele, um menino esfarrapado. O círculo se apertou. A qualquer som eles se agachavam, se paralisavam. Mas continuavam se aproximando.

A lolardista era um monte de sobras esquálidas, não havia mais gordura nela do que numa agulha. Quando percebessem que nada restava dela além do cheiro, será que iam se voltar contra ele? Um pedaço de carne de Putney: daria para dilacerar a garganta dele com uma mordida e lamber o sangue.

O espaço sob a plataforma era alto o suficiente para ele ficar em pé. Os cachorros ficaram com a pelagem arrepiada. Hesitaram por um momento; então avançaram com os dentes à mostra.

Os bolsos dele estavam vazios. Ele não tinha nenhuma arma, nem mesmo uma pedrinha. Respirou fundo. Avançou adiante com um grito: *vãosefoder seusanimaisvãosefoderemorram.*

Os cachorros se detiveram. Interromperam seu avanço de supetão, recuaram aos tropeções. Mas então pararam. Detiveram-se em formas agachadas e miseráveis, como se houvessem derretido de repente, e ficaram esperando. Mais uma vez, formaram uma roda e começaram a se arrastar na direção dele, rentes ao chão, os focinhos na direção da pira. Will tinha perguntado a ele, o que procura tão longe de casa, uma criança como você? Um padre tinha dito: "Deus enxerga dentro do coração correto: Ele nos conduz a Sião".

Ele jogou os braços para cima, berrando, xingando. Saiu de debaixo do palanque, o braço esquerdo agitado, o direito estendido para os cachorros como se os abençoasse: mas fez o sinal do chifre para eles, fez-lhes uma figa.

Ele virou as costas para o local da execução. Começou a cambalear para longe do dia que tinha passado: tonto, avançando às cegas para o oeste, ciente de que ontem tinha caminhado com o sol atrás de si, até que o mundo balançou atordoado e uma multidão o rodeou e o ergueu, e uma madrinha o pegou pela mão e o puxou, dizendo: "Deixem o garoto passar à frente, ele precisa vê-la sofrer, e então isso vai transformá-lo em santo".

Não foi o primeiro crime que ele viu, mas foi o primeiro castigo. Muito mais tarde, ficou sabendo o nome da mulher, Joan Boughton. Ela não era mendiga, como parecia ser, mas uma mulher instruída; entre seus familiares, houve até mesmo um prefeito de Londres.

Nada protege você, nada. Em última instância, nem posição social nem parentesco. Nada entre você e o fogo.

Depois de um ou dois dias, ele reapareceu em Putney. Essas foram as primeiras noites que ele passou a céu aberto, mas não as últimas. Em casa, ninguém sentiu sua falta. O pai bateu nele, mas isso era de costume. Fosse qual fosse o delito que o fizera fugir, tinham se esquecido dele; e logo foi acrescentado à sua falha seguinte, porque ele não era capaz de fazer nada além de pecar: ele era, entre todas as criaturas de Deus, seu pai tinha dito, a mais desgraçada. Ele não esperou que o padre falasse mais: o berro de Walter soava alto em seu ouvido.

Passaram-se anos antes de ele perceber que o menino que foi a Smithfield não era o mesmo que voltou para casa. A criança Thomas, ainda agachada embaixo do palanque, tão vigilante quanto os cachorros, as mãos em concha para recolher a água da chuva, os pingos gelados na palma da mão. É um trabalho que ele nunca empreendeu, voltar para resgatar a si mesmo. Ele é capaz de enxergar aquela pequena silhueta, na ponta errada do tempo; é capaz de sentir o movimento de suas costelas enquanto tenta gritar sem emitir som. É capaz de ver e sentir, sem ter pena da criança; só desconfia que, para manter as ruas organizadas, alguém precisa recolhê-la e mandá-la para casa.

O verão se aproxima. O embaixador francês diz a ele: "Mancando, meu lorde Cremuel?".

"Tive um ferimento há muito tempo, a serviço do seu país. A perna às vezes me deixa na mão."

Castillon diz: "Pergunto-me se seu rei não acha que está caçoando dele".

Deixe isso para o rei dos escoceses. Na segunda semana de junho, madame de Longueville desembarca em Fife e é recebida por Jaime e seus nobres. Ela parece saudável e bem-disposta; sua viagem foi mais afortunada que a da princesa Madeleine. Com as bênçãos e a aclamação de seus conterrâneos de ambos os lados, ela e Jaime cavalgam para seu casamento.

O imperador, nesse ínterim, parece ter desanimado em relação ao projeto de nosso casamento com Cristina. O rei diz ao nosso homem em Bruxelas que gaste tanto dinheiro quanto for preciso para fazer com que aconteça. Mas é dito com todas as letras aos ingleses que, como o rei deles foi casado com Catarina de Aragão, que era parente próxima de Cristina, vão precisar da dispensa do papa. E nesse ponto, diz o embaixador Mendoza, vocês podem observar que criaram uma dificuldade para si mesmos.

O arcebispo Cranmer diz, eu gostaria que toda essa diplomacia cessasse, ficar jogando mestre Hans aos quatro ventos e espalhando boatos sobre a honra das mulheres. A noiva do rei devia ser alguém que ele conhece e sente que é capaz de amar. Porque Henrique acha que o matrimônio não deveria ser contraído sem amor. Ele costumava entoar uma canção a esse respeito no tempo de Catarina: *Não firo nenhum homem, não prejudico ninguém/ Amor verdadeiro onde eu me casei...*

Mas o resto do conselho diz, se um rei consegue se casar por amor uma só vez na vida, considere-o sortudo. Ele não pode achar que vai continuar fazendo isso uma vez atrás da outra, indefinidamente.

Como o rei não pode ter uma esposa, ele se ocupa construindo coisas. Um novo palácio deve ser erguido em Surrey, não distante de Hampton Court. É planejado para criar campos de caça que se estendem por vários quilômetros. No começo, parece que um alojamento modesto vai servir, mas então o rei decide que será uma das maravilhas do mundo. Ele convoca artesãos italianos e manda trazer todas as pedras de cantaria da recém-demolida abadia de Merton. Ele manda demolir a mansão que já estava em pé, junto com seus sítios, celeiros e estábulos, e derruba a antiga igreja paroquial. Ele compra porções das propriedades adjacentes. Ele encomenda mil cargas de madeira e começa a construir fornos para tijolos.

Thomas, lorde Cromwell, vice-regente e selo privado, já não tem mais tempo para supervisionar a construção do rei. Consegue dar conselhos em relação à escolha de italianos, mas o rei se contenta em deixar Rafe Sadler a cargo do projeto. Qualquer coisa que Cromwell faz para o rei, Sadler e Thomas Wriothesley serão capazes de fazer: no devido tempo, e dividindo o trabalho entre si. Ele os treinou, encorajou-os, escreveu-os como versões diferentes de si mesmo: Rafe como texto direto e mestre Wriothesley como texto cifrado.

A construção da maravilha se estende pelo verão de 1538. Quando o rei tiver uma nova esposa, vai acomodá-la ali, como uma joia em seu ambiente. Enquanto isso, separadas de nós pelo mar Estreito, as damas da Europa observam as terras enevoadas através de espelhos de cristal; pelos caminhos floridos os mensageiros do rei avançam, sobre corcéis brancos de cavalgadura altiva. Nas histórias antigas, as princesas nunca são jovens demais ou velhas demais ou papistas demais. Esperam com paciência pelo príncipe durante sete anos ou mais, enquanto ele executa seus feitos valentes, e elas tecem seu destino com o fio de um único novelo, enquanto seu cabelo dourado vai crescendo.

Às vezes o rei chora pela esposa falecida. Onde vamos achar uma dama tão benigna, tão meiga, tão formosa quanto Jane? Como não é capaz de encontrá-la, ele se entretém com a criação do novo palácio, o mais extraordinário já visto: e o nome do palácio é Nonsuch.

2.
Corpus Christi

Junho — dezembro de 1538

Wyatt seguiu o imperador desde as costas da Espanha até Nice, onde Carlos desembarcou para se encontrar com o papa e o rei da França. O encontro deles é semelhante a uma conjunção aziaga nos céus, a qual podemos prever, mas não impedir. No início de junho, Wyatt está na Inglaterra, andando de um lado para outro em St. James. O lorde do selo privado, sentado sob um facho de sol fraco, segue-o com os olhos.

"Vi Farnese", Wyatt diz. "Cheguei perto o bastante para espetá-lo. Polo estava debruçado no ombro dele, conspirando no seu ouvido papal. Eu deveria tê-lo espetado com minha adaga e trazido suas pelancas para casa."

Aonde quer que o imperador vá, Wyatt sai correndo atrás dele, com seu séquito de mais ou menos vinte jovens galantes: todos armados, todos poetas, todos amantes, todos jogadores de dados. De Nice, Carlos o enviou para casa com uma sugestão sedutora. Se Lady Maria se casar com dom Luís, ele vai lhes conceder o ducado de Milão: Milão, seu maior prêmio, motivo de disputa entre ele e Francisco durante anos.

"Mas ele nunca vai abrir mão de Milão", Wyatt diz. "Não antes do Juízo Final. E estão pedindo uma soma ultrajante junto com Maria. O rei deve oferecer dois terços."

Sempre uma boa regra de ouro: tire um terço do total e veja que resposta recebe. Wyatt diz: "Mas, então, eu não sei se o rei tem intenção de deixar Maria ir. Ou mesmo se tem a intenção de se casar, ou se está fazendo jogo com todos e mantendo Hans empregado".

Ele dá de ombros: não sei de nada.

"Eu odeio a Espanha", Wyatt diz. "Prefiro a cela mais abjeta em Newgate. E não consigo entender o imperador. Não consigo decifrá-lo em nenhuma língua. Ouço as palavras que ele diz, mas nada que se encontra entre elas. O rosto dele nunca muda. Por algum tempo ele me recebe todos os dias. Depois eu chego e os criados não me deixam entrar. Fico pensando, será que quebrei alguma regra de boas maneiras? Será razoável ficar esperando do lado de fora por dois ou mesmo três dias, até que os criados venham me varrer para longe como se eu fosse uma ninharia? Se me disserem para abandonar o reino dele, devo pagar minhas contas e deixar meus cumprimentos ou devo sair correndo com as roupas do corpo?"

"São os truques de um príncipe", ele responde. "Por três dias seguidos, Henrique concede aos franceses audiências particulares. Então os ignora durante uma semana."

"Quando ele se recusa a me receber, aproveito para escrever meus despachos. Traduzo Sêneca. E não importa o que você anda escutando, não fico na companhia de mulheres, mas na companhia do Evangelho e de um odre de vinho ruim. Na Espanha, as mulheres são enclausuradas. Os maridos matam a gente por desconfiança. Se o conde de Worcester fosse espanhol, você e a esposa dele seriam empalados e deixados para mofar na cova."

"Eu nunca tive nada com a esposa de Worcester", ele diz. "Mas é o mesmo quando digo 'não sou luterano'. Ninguém acredita."

"Os inquisidores em Toledo acham que todos os ingleses são luteranos. Tentaram infiltrar espiões na minha casa. Ofereceram dinheiro aos meus criados. Cartas foram roubadas."

"Já avisei, tranque à chave aquilo que escreve. Prosa ou verso."

Wyatt parece pouco à vontade. "No começo, achei que fosse você."

Ele não negaria; ele tem um espião junto de Wyatt, assim como tem espiões com Gardiner na França. Ele suspira: "É tanto para sua proteção quanto qualquer outra coisa. Meus agentes não roubariam suas cartas, apenas leriam o que está na sua mesa de trabalho. Estou surpreso com a liberdade que o imperador dá aos seus inquisidores. Não os provoque. Você deve aparecer na missa".

"Não existe homem mais devoto que eu", Wyatt diz. "Consigo fazer caretas na frente do altar, tanto quanto o melhor deles."

A heresia não conhece limites, os inquisidores declaram. Nenhum viajante de qualquer nação está isento dos nossos inquéritos. E o que o rei da Inglaterra poderia fazer se jogassem o emissário dele num calabouço? Ele poderia fazer uma reclamação oficial; mas, no meio-tempo, eles já teriam enfiado uma agulha através da língua do nosso emissário, ou lhe arrancado as unhas.

Um escrivão entra com uma pilha de papéis. "De Sir Richard Riche, meu amo. Ele disse, não hesite, entre direto. Isso vai alegrar lorde Cromwell, ele disse."

Ele diz a Wyatt: "Estou lisonjeado. Ficarei com o priorado de Michelham. Gregory e eu vamos escrever nossos nomes nas encostas de calcário de Sussex. Também terá sua recompensa". Ainda que póstuma, ele pensa.

Wyatt observa o escrivão quando se retira. "No ano passado, na França — Henrique não sabe disso —, Pole me abordou. Mandou presentes. E uma carta enrolada em uma garrafinha de bom vinho."

"E então?"

"Eu li a carta. Francis Bryan bebeu o vinho."

"Ah, Francis. Como se comportou em Nice?"

"Fez jogatinas", Wyatt diz, "como sempre. A cidade fedia como o inferno, estava lotada até a tampa de papistas, mas Francis se refestela com isso. Ele joga as apostas mais altas com os chanceleres de grandes homens, suas criaturas familiares, e vai para a cama com suas mulheres. Eu não poderia prosperar sem ele. Não aprenderia nada." Wyatt hesita. "Acho que eu poderia me aproximar do nosso amigo Pole. Eu poderia armar um encontro."

Ele assente. "Mas lembre-se de que ninguém o autorizou a travar contato. Eu não autorizei. O rei não autorizou."

Wyatt prageja. "Quando estou face a face com minha oportunidade, devo recusá-la? O que posso fazer? Mandar uma mensagem para Westminster pedindo instruções? Será que Henrique não tem fé no meu julgamento? Se deseja um emissário, deve enviar alguém em quem confie e confiar em quem enviar. E se ele desejar palavras e não ações, que escolha algum outro homem. Eu mataria Pole assim que olhasse para ele."

"Bom, isso daria um fim a sua embaixada, certamente." Ele desvia o rosto. "Do jeito que as coisas estão, Henrique vai mandá-lo voltar à Inglaterra, não importa quanto você berre."

"Então, faça uma coisa por mim", Wyatt diz. "Chame de volta aquele baixinho Edmund Bonner. Ele trotou atrás de mim da Espanha à França e juro que, da próxima vez que embarcarmos, vou lançá-lo fora do navio."

O padre gordo e baixo caiu nas graças do rei recentemente. "Mandamos Bonner para ajudá-lo contra os teólogos. Achamos que ele iria fortalecer sua embaixada. Nossa intenção era boa, juro."

"Eu preferia viver num ninho de ratos a me alojar com ele. Nunca conheci um homem tão rápido em se ofender ou em ofender os outros. Ele me faz suar de vergonha. Não compreendo como você ou o rei podem favorecer aquela bola de sebo."

Ele não responde à última observação. "Você gostaria de ir para a França em vez disso? Para substituir Gardiner? Eu tenho a intenção de pôr algum amigo como embaixador no lugar dele."

Wyatt sorri, como se estivesse confuso. "Sou eu esse amigo?"

Alguém bate à porta. É Dick Purser. Ele tira o chapéu. "Meu amo, o presente de Danzig chegou."

Ele bate na mesa com a mão. "Vivo?"

"Três vivos. Vamos torcer para que não sejam iguais. Nenhum de nós está disposto a pegá-los para ver se eles têm pinto."

"Já vou", ele diz. E a Wyatt: "Terminamos aqui?".

"Se soubesse dos longos dias vazios em que converso com você na minha cabeça…"

"Então fique para a ceia."

"E as longas noites vazias", Wyatt diz.

Os presentes de Danzig são montinhos tristes de pele; os olhos, pontos brilhantes e hostis; tremem como se tivessem febre. "Leve para o lago", ele diz, desolado.

Wyatt dá uma olhada nas criaturas. "O que são? Castores?"

"Não são vistos desde o tempo dos nossos avós. Quero reproduzi-los. Os pescadores protestarão."

Ele dá de ombros. As pessoas sempre querem de volta os pedaços errados do passado. Com seus diques, esses animais operosos podem desviar e desacelerar as águas de riachos propensos à inundação. Nenhuma engenhosidade humana se equipara à deles, e é pena que algum dia tenham sido caçados. Wyatt diz: "O que mais vai trazer para cá? Lobos?".

Não precisamos de mais predadores. Não precisamos de javalis selvagens, apesar de serem boa caça. Mas precisamos manter nossos rios em seu curso, e precisamos plantar árvores, se pretendemos continuar a cortá-las no ritmo atual: para os madeirames das casas dos mercadores, para os palácios dos príncipes; para navios que usaremos para navegar contra o papa e o imperador, e o mundo todo em conluio contra nós.

No longo crepúsculo, Wyatt lhe diz: "Aprendi uma coisa na Espanha. Eles têm um veneno tão virulento que um pingo numa ponta de flecha é capaz de matar. Fico me perguntando se não deveria arranjar uma amostra para nosso próprio uso".

"Ah, eu preferiria um assassinato honesto", ele diz. Ele imagina Pole caído na estrada, seus comparsas fugindo como leitões do açougueiro. "Penso em partir ao meio seu chapéu de cardeal. Fatiar seu cocuruto, como Becket foi fatiado."

Do lado de fora, uma lua inglesa se ergue, amarela como uma fatia de queijo Banbury. Wyatt diz: "Preciso ir a Allington e tomar providências em relação aos meus assuntos. Não tenho sua habilidade para escolher representantes para proteger meus interesses. Meu filho está com quinze anos agora, e se o pior acontecer, o que tenho para deixar a ele?".

"No papel, você é rico."

"Ah, no papel", Wyatt diz. "Acho que não foi por uma serpente, mas por meio de papel e tinta que o mal veio ao mundo. Tantas mentiras são escritas a meu respeito, cifradas ou não, que fico pensando, dessa vez Thomas Cromwell vai me botar porta afora. Mas você não me bota."

Ele não responde. Wyatt diz, de maneira abrupta: "Quero ver Bess Darrell".

"Se os Courtenay por acaso estiverem na sua casa em Horsley, os assuntos do rei podem levar você para aqueles lados. E ela é esperta o bastante para encontrá-lo a qualquer hora do dia ou da noite."

Wyatt nunca mencionou a criança fantasma que salvou sua vida. Mas sua ausência paira, uma leve névoa, atrás do ombro de Wyatt, onde seu anjo da guarda se esconde.

Ele se levanta. "Não voltarei a vê-lo antes da sua partida. Desejo que tenha uma travessia rápida. Você está nas minhas orações."

Saem caminhando juntos para uma noite quente e enevoada. Ao portão, Anthony está reunido com os carregadores. Ele é uma visão melancólica, o peito murcho, a cabeça baixa, as pernas finas estendidas em frente ao corpo.

"Anthony, achei que estivesse em Stepney." Ele diz a Wyatt, sem qualquer necessidade: "Este é meu bobo".

Anthony está usando sua roupa de trabalho de listras e remendos. Wyatt passa por ele e o olha de soslaio, e quando o bobo ergue o braço em cumprimento, seus sinos de prata tilintam.

Wyatt parte de volta a sua embaixada logo depois da Festa de Corpus Christi. No dia 21 de junho, ele escreve das docas em Hythe. Nenhum navio pode zarpar, porque os ventos estão muito fortes. A ventania soprou o dia inteiro e pretende soprar noite adentro, mas até amanhã, dizem os marinheiros, ela terá soprado tudo o que tem para soprar. Cedo, ele espera zarpar.

Ele, lorde Cromwell, lembra a despedida deles: os olhos de Wyatt imploraram para que ele dissesse, tudo bem, não precisa voltar à Espanha, vou declarar ao rei que você fez tudo o que podia. Mas Henrique responderia: "Quem decide sou eu". O rei conhece a utilidade de Wyatt. Ele é capaz de ler suspiros, interpretar signos invertidos. A palavra dele é apenas o que a palavra de um diplomata deve ser: clara como um vidro e instável como água.

Wyatt se considera astuto, mas não compreende o significado da amizade, no atual estado do mundo. A amizade jura se manter firme e jamais se alterar, mas quando o tempo vira, os homens mudam de roupa. Nem todo homem tem seu preço em dinheiro: alguns traem por uma palavra gentil de um grande homem, outros evitam sua companhia porque o viram mancar, ou perder o equilíbrio, ou hesitar de vez em quando. Ele diz a Rafe e a Me-Chame, ouçam meu conselho, jamais tomem uma atitude sem pensar profundamente: mas aprendam a pensar bem rápido.

O imperador e Francisco, na ausência do emissário inglês, assinaram algo a que chamaram Trégua de Dez Anos. O mês de julho já vai avançado antes que ele, Cromwell, seja capaz de obter uma cópia dos termos. Então ele e todos os conselheiros veem como a Inglaterra foi desconsiderada. Wyatt escreve a ele: "O rei foi jogado para fora da carroça". Isso o faz dar risada, a ideia de Henrique enfiado num saco, como uma mercadoria, esquecido num pátio de fazenda e abandonado sob a chuva.

Nossa reação oficial ao tratado é descrença. Em vez de Trégua de Dez Anos, chamamos de Trégua de Dez Minutos. Henrique diz: "Por que Carlos acha que o rei da França será leal a ele, quando não foi leal a mim? Ele rompeu todos os antigos acordos entre o seu reino e o nosso. O rei da França e o rei da Inglaterra sempre entregaram um ao outro seus respectivos rebeldes. Então, por que ele não entregou Pole?".

Ele, lorde Cromwell, suspira. "Gardiner nos serviu mal nesse aspecto. Já passou da hora dele voltar para casa."

"Quando voltar, mande-o para sua diocese", o rei diz. "Não o queremos perto da nossa pessoa."

Todos os meus emissários me decepcionaram, Henrique reclama. Sabem como a paz ameaça nossos interesses e, no entanto, não foram capazes de impedi-la. "Francis Bryan diz que emboscaria Pole. Mas ele me decepcionou. Assim como você, Cromwell."

Se o tratado perdurar, nosso perigo é extremo. Carlos sempre se considerou como conquistador de Constantinopla. Mas a conquista da Inglaterra seria mais rápida, e com a França como aliada, seria bem simples e barata. Apenas considere os amigos que estarão a sua espera, assim que puser o pé no nosso solo: as antigas famílias dos Plantageneta, com seus mercenários armados e preparados. O pessoal de Pole, os Courtenay.

Wyatt foi enganado pelo imperador. A Inglaterra foi enganada tanto pelo imperador quanto pela França. Henrique está furioso. Nada além da teologia vai consolá-lo.

Uma delegação chega à Inglaterra, enviada pelos príncipes germânicos, com altas esperanças de amizade, de compromissos que permitirão a nossas igrejas criar uma causa comum contra o demônio e o papa. A equipe de negociadores do rei inclui Robert Barnes, que tem familiaridade com os germânicos e com quem eles se divertem muito. Mas também inclui o bispo de Durham, Cuthbert Tunstall, trazido de sua sé no Norte para reforçar a posição daqueles que dizem: "Calma, calma, às vezes é melhor não mudar".

Tunstall é um homem sutil, agradável, experiente. É espantoso como o rei o favorece, confabulando com ele enquanto cavalga de casa a casa; ele não permite que os piedosos germânicos interfiram em sua caçada. O dr. Butts diz, suponho que devamos permitir que o rei cavalgue enquanto é capaz. Mas, em cada casa onde ele tem intenção de passar uma temporada, Butts planta um cirurgião.

Os luteranos dizem a Henrique, vossa majestade sabe muito bem que formamos uma liga; não para atacar ninguém, apenas para nos protegermos contra o imperador. Se quiser tomar parte, pode assumir nossa liderança, faremos com que seja o protetor da nossa confederação.

Durante o verão, as assembleias permanecem reunidas, a portas fechadas, em conferência. Rafe Sadler produz as atas e as leva para o rei. Ele próprio, Thomas Cromwell, mantém distância do insucesso deles. Ele sabe que o rei nunca vai concordar que os clérigos possam se casar, nem que os leigos possam receber Cristo tanto na forma de pão quanto na de vinho. Não podemos concordar a respeito da natureza do corpo de Cristo, o que é fato e o que é alegoria, o que é humano e o que é divino. Será que Deus pode ser assado em forma de pão? Quando consumimos a hóstia, por que não escutamos o estalar dos seus ossos? Será que continua sendo Deus quando avança pelas nossas entranhas? E se um cachorro comê-la, ainda assim continua sendo Deus?

Corpus Christi é um milagre. É um mistério. Uma vez consagrada, a hóstia contém seu Deus vivo: o vinho é seu sangue. Você não deve ter esperança de compreender essas coisas, deve apenas acreditar nelas. E, caso não acredite, deve ficar em silêncio, pois seu fracasso pode matá-lo.

Os germânicos não apreciam sua estadia de verão. Reclamam que há ratos passeando pelo piso de seus alojamentos, e o lugar onde dormem fica perto da cozinha, de modo que temem que suas roupas cheirem a fumaça e gordura queimada. Ele poderia alojá-los por conta própria, mas não iria assim tão longe. Não iria nem um pouco longe com o irmão Martinho. Ele está mandando rapazes para estudar em Zurique, sua mente atraída pelo ensino dos doutores eruditos de lá. Hugh Latimer diz que o Deus da Inglaterra resolve tudo e que abaixo d'Ele, resolve Cromwell. Mas ele mantém seu olho no prêmio: a Bíblia inglesa. Com esse bom livro em mãos, Deus conversa com você, assim como seu pai e sua mãe conversavam, ou sua ama de leite; e se você não sabe ler, outros lerão para você, nessa língua próxima, amorosa e familiar.

O rei deu permissão para a Bíblia — só falta criá-la e distribuí-la. Ele precisa de uma para cada paróquia, disposta em lugares acessíveis ao povo. Precisa de cópias aos milhares, não às dúzias. O amigo dele, o estudioso Miles Coverdale, encarrega-se da revisão, com a intenção de imprimir os livros em Paris. Os tipógrafos franceses são os mais rápidos da Europa. Mas a Inquisição também opera lá.

Em outros tempos, ele teria feito a impressão na Antuérpia. Mas Carlos é o senhor daqueles territórios e está entregue a sua veia assassina. Você se reúne com os embaixadores dele, com Mendoza, com Chapuys; você passa uma noite agradável, conversa sobre livros, saboreia boa comida e um pouco de música. Mas nunca se esqueça: o regime deles enterra mulheres vivas.

Quando os médicos germânicos voltam para casa em setembro, vão acompanhados pelo elogio do rei por sua piedade e conhecimento. Devem voltar, Henrique diz; a porta está aberta. Naquele mês, ele, o vice-regente, estabelece novas regulamentações para a Igreja. Um fim às peregrinações. Um fim ao sino Angelus, que faz as pessoas se ajoelharem nos campos. Nada de velas queimando na frente de estátuas ou de quadros. As imagens em si permanecem, à exceção dos ídolos que as pessoas enchem de bolos de aveia e cerveja; e as Virgens cintilantes, de lábios vermelhos, que usam sapatos de prata quando as mulheres pobres andam descalças.

Ainda no outono, ele introduz uma maneira de contar as pessoas. Cada paróquia deve iniciar um registro para marcar batismos, casamentos e enterros. A partir de agora, seus conterrâneos saberão quem são e de onde vêm, quem são seus primos e qual era o nome de seus avós. Tio Norfolk e seus pares têm arautos para lhes narrar sua linhagem. Os Pole, os Courtenay, os Vere e os Talbot têm armas e aparelhos. Seus ancestrais estão enterrados embaixo de suas próprias efígies e, antes mesmo de os nobres aprenderem a escrever, tinham padres mansos para registrar suas vidas. Mas o açougueiro ou o ceifador, o pastor ou o aprendiz de sapateiro — até onde ele sabe, poderia ter crescido de um pau, como se fosse um cogumelo.

Os amigos dele perguntam: "Sua filha lhe enviou alguma mensagem da Antuérpia?".

Ele desvia do assunto. Não quer falar de Jenneke. Ele pensa, posso não ser um pai assim tão bom, mas ela sabe onde me encontrar. Se me mandar uma mensagem, vai chegar até mim. A gente de Vaughan vai enviá-la pelo caminho mais curto. Mas o nome de Cromwell não é proteção para ela, é mais o contrário, e sua fé — se ela acredita que estamos vivendo os últimos dias — é um perigo para ele e para toda a família dela.

No auge do verão, ele segue o rei em seu avanço através de Kent. Em Dover, eles se encontram com lorde Lisle, que foi até lá para importunar o rei a respeito de abadias. "Fale com Riche", o rei diz, entediado.

"Riche?", lorde Lisle indaga. "Nunca existiu um bolso tão largo quanto o dele! Quer receber um xelim para dar bom-dia!"

"Ele é advogado", o rei diz, "de que outra maneira ganharia seus xelins?"

O rei está à vontade com Lisle, que foi um tio gentil para ele quando era novo. Mas os cabelos de Lisle, que um dia ostentaram o vermelho dos Plantageneta, desbotaram-se, assumindo primeiro um ruivo apagado, depois um tom grisalho, e a idade apagou seu vigor. "Bem, Cromwell", ele diz; e apalpa a si mesmo, como se estivesse procurando uma moeda para oferecer. "Recebo suas cartas todo dia", ele diz, "mas não nos encontramos com frequência, não é mesmo?"

"Infelizmente, não", ele responde. "Acredito que sua senhoria esteja curada?"

Lisle se esforça para dar um sorriso desconsolado. "A barriga dela finalmente diminuiu. Pobre alma, nunca vi uma dama mais decepcionada com sua condição."

"Quero comprar as terras dela em Painswick", ele diz. "Vou lhe fazer uma boa oferta."

Lisle fica curioso. "Acha que um pedaço de Gloucestershire pode lhe fazer bem, não é mesmo? Sussex não satisfaz seu apetite? Majestade, não há limites para esses novos homens?"

"Espero que não", o rei diz. "Dependo deles, senhor."

Lisle se balança sobre os calcanhares. "Não sabia que estávamos à venda."

O rei dá risada como um menino. "Tio, mas há mesmo muitas coisas que não sabe!"

Henrique se encontra num humor afável, embora esteja traçando planos para construir fortes. Posso conversar com qualquer pessoa, ele diz — conversa é barata, a menos que inclua o encontro de reis, mas até isso, ele sugere a Francisco, pode ser controlado com discrição: por que não nos encontramos nos arredores de Calais? Ele ainda está ansioso para inspecionar noivas francesas. Talvez Francisco pudesse levar uma amostra selecionada?

Francisco, em tom seco, diz que não vê motivo para um encontro. Henrique diz: "Cromwell, Francisco está quebrando suas obrigações, segundo o tratado. Ele me deve quatro anos de pensão. Diga aos franceses que, se não me pagarem, vou invadir o país deles".

Os conselheiros, alarmados, se apressam em seu encalço: "Cromwell, não lhes diga tal coisa!".

Outro dia, o rei diz: "Mande chamar Chapuys". Múltiplos casamentos estão na mesa: se Maria ficar com dom Luís, além de usarmos a jovem Eliza como contrapeso, Lady Margaret Douglas também poderá se casar com algum aliado do imperador, talvez na Itália. O rei também vai oferecer Mary Fitzroy, a viúva de seu filho morto. Chapuys e Mendoza são convidados ao palácio de Richmond para passar um dia com Lady Maria. Mais uma vez, Maria toca alaúde. Chapuys relata: "Ela fala com ternura do seu amigo Cremuel". Acrescenta, em voz baixa, sorrindo: "Ela parece confiante de que você vai salvá-la de qualquer noivo indesejado".

Com a visita, a missão de Mendoza chega ao fim. O rei lhe oferece um banquete de despedida. "O imperador pagou suas despesas em Londres", Chapuys diz, aborrecido. "E não há dúvida de que o recompensou muito bem. Enquanto isso, há meses não recebo um centavo e me vejo forçado a pegar empréstimos."

Mas, agora, os franceses e os embaixadores imperiais estão se reunindo e comparando notas, não apenas em relação à mesquinhez de seus príncipes, mas sobre os joguinhos feitos pelo rei inglês e seus ministros. Dizem, nossos soberanos são aliados agora, então por que não nós? "Recebemos mais notícias do infante Edouard", Castillon diz. "Fomos informados de que ele tem quatro dentes. Estamos apavorados, Cremuel."

O rei diz, informe aos embaixadores que tenho intenção de conversar com o duque de Cleves a respeito da sua irmã. Vamos alvoroçá-los um pouco, alarmá-los. Faça com que compreendam, Cromwell, que um casamento com Cleves apresenta muitas vantagens para mim.

À medida que nosso príncipe se aproxima de doze meses de idade, está na hora de determinar sua tutora. Feito isso, ele pega uma folha de papel em branco e, com a ajuda de mestre Wriothesley, começa a planejar os gastos do orçamento real. Ele quer vinte mil marcos para os reparos de portos e castelos. Para o conforto dos pobres e doentes, Henrique vai ter de reabrir os hospitais que os monges costumavam administrar e precisará de dez mil marcos para essa providência. Então planeja pedir cinco mil marcos para empregar homens sem trabalho no conserto das estradas.

"O senhor não desiste dessa ideia", Wriothesley diz.

Ele já tentou isso antes, e o Parlamento não o apoiou. O rei foi mais favorável. Cai bem para qualquer príncipe tomar conta daqueles que não têm recursos e lhes proporcionar meios de levar uma vida honesta. Apesar de que, provavelmente, ele diz a mestre Wriothesley, o rei Artur nunca tenha se ocupado de tais questões. No tempo dele, os castelos se reparavam sozinhos, e todos os mendigos eram Cristo disfarçado.

Nosso homem em Bruxelas, Hutton, está morto. Mestre Wriothesley precisa ir para lá, o rei diz: para ajudar a viúva Hutton a finalizar seus negócios e viajar de volta à Inglaterra e para conquistar a confiança da regente do imperador, a rainha da Hungria. A regente gosta de um homem bonito, e mestre Wriothesley é ao mesmo tempo bonito e eloquente. E está na hora de Hans pegar a estrada mais uma vez. Com ele vai Philip Hoby, da câmara privada, para fazer o papel de amante em nome de seu monarca. Ele deve descrever as qualidades de Henrique: sua liberalidade, sua clemência, sua natureza pacífica. Será que Philip foi bem orientado? Ele, Cromwell, chama-o de lado.

"Philip, quando se encontrar com alguma dessas damas — francesas, imperiais, é indiferente —, deve simular um silêncio de completa perplexidade ao ser introduzido na sua presença. Seus olhos devem se desviar dela com rapidez, como se estivesse em pânico; e então devagar, bem devagar — como se mal ousasse fazer isso —, deve erguer os olhos para o rosto dela."

"Sim, compreendo", Philip Hoby diz.

"E então, mais uma vez, desvie o olhar. Mas, agora, como se lhe custasse muito fazê-lo. Baixe os olhos, Philip, fixe-os nas suas botas e solte um suspiro pesado."

Philip não consegue se conter; solta um suspiro.

"Em seguida, gagueje ao proferir suas cortesias. Porém, mais uma vez, perca a compostura. Apalpe a si mesmo, procure sua bolsa — sem parar de tremer o tempo todo, Philip. Tire sua carta ali de dentro. Seus dedos são desajeitados. Leia: 'Meu amo diz', e assim por diante: 'Nosso conselho afirma...'."

"Fico me atrapalhando com a leitura, correto?"

"Então você deixa o papel de lado, como algo de que desdenha. Você exclama: 'Madame, preciso falar. Relatos aludem ao brilho dos seus olhos, à doçura dos seus lábios, ao frescor da sua tez jovem. No entanto, esses relatos não conseguem capturar nem uma partícula do encanto que é meu privilégio testemunhar'."

"Nesse ponto, Philip", ele diz, "você leva a mão ao coração. O que ela deve pensar é o seguinte: 'Ah, esse emissário está apaixonado por mim!'. Ela vai sorrir. Vai ficar com pena. Pareça arrasado, mas permita que ela o alegre. 'Infelizmente, madame, a senhora está reservada para os príncipes, não para um homem humilde como eu. No entanto, eu poderia me consolar ao vê-la como rainha da Inglaterra — casada com um príncipe tão nobre, tão poderoso e tão benigno.' Enquanto ela está confusa, aja com rapidez. Faça com que aceite ser retratada."

"Mando chamar Hans", Philip diz. "Compreendo."

Ele deposita a mão em seu ombro. "Tenho fé em você."

Rafe diz: "Meu amo, agora que ouvi como essas coisas se dão, fico surpreso pelo fato de o senhor mesmo não ter uma esposa. Fico surpreso pelo fato de o senhor não ter mil esposas".

No final do verão, ele cavalga até Lewes para ver Gregory e seu neto. A peste não apenas impediu a visita do rei, como também forçou o séquito de seu filho a sair do local da abadia. Mas Gregory possui refúgios nas redondezas, uma seleção de mansões calmas e cômodas. O bebê se desenvolve. O casamento, ao que parece, é feliz. A pobre Jane se foi, mas sua irmã mantém seu valor. O jovem príncipe precisa de bons tios e protetores: Edward Seymour permanece como conselheiro, e seu irmão Tom está na câmara privada.

Se Gregory ainda pensa sobre o mal-entendido a respeito de sua esposa, não demonstra sinal de preocupação. Pai e filho cavalgam juntos ao anoitecer, o sol é uma perfeita esfera escarlate sobre a linha das montanhas. O céu se transformou num espelho contra o qual o sol se move: luz sem sombra, como a luz no início do mundo. A loquacidade de Gregory se amaina; o rangido dos arreios, a respiração dos cavalos parece se abafar sozinha, de modo que eles avançam em silêncio, delineados em contraste com a prata, altos em contraste com céu; e à medida que as terras altas vão desparecendo nas macias lonjuras, ele se sente como se estivesse cavalgando para o nada, um vazio onde apenas a memória se agita. Ele pensa naqueles que conheceu e que morreram no fogo, como se tivessem caído no sol. O Pequeno Bilney; o amargo e obstinado Tyndale; o jovem e terno John Frith.

Quando cavalgam de volta para a ceia, a luz tem a cor das penas de um pombo. Ele entrega seu cavalo e assume sua expressão pública. A pequena nobreza de Sussex precisa ser recebida, tanto cedo quanto tarde. Bess é uma anfitriã experiente, depois de ter cumprido esse papel para o primeiro marido. Gregory é uma companhia agradável e entusiástica, mas ainda se mostra ávido por escutar e aprender; seus olhos com frequência se dirigem ao rosto do pai. "Eu gostaria que Richard estivesse aqui", Gregory diz. Mas Richard está instalando seu próprio séquito em Huntingdonshire, engrandecido por diversas abadias. Por volta de novembro, ele acha, devo requisitar Richard, para que me ajude na Torre.

No final de agosto, ele prende Geoffrey Pole. Ele é o mais jovem da tribo e o menos confiável — da parte de sua família, de seu príncipe e de si mesmo.

Ele não tem pressa com Geoffrey. O rapaz é alojado de forma digna para um cavalheiro que é primo do rei. Ele tem certeza de que Reginald Pole é capaz de decifrar o sinal que lhe é enviado. Reginald ainda tem tempo de salvar sua família. Pode vir para casa e se encontrar com Henrique cara a cara.

Nesse ínterim, ele consulta sua memória e seus arquivos. Procura relatos de pessoas próximas aos Pole: capelães, criados, mensageiros e intermediários. Ele examina documentos da época em que a falsa profetisa surgiu em Kent e foi recebida pelos Courtenay. Ele esquadrinha sua transcrição das conversas que teve com Francis Bryan, dois anos antes, quando o deteve na Torre. Francis é uma mina de implicações. Sua mínima palavra é uma arca do tesouro de indícios para a mente desconfiada.

Ele está se preparando para derrubar duas das famílias mais ricas e mais nobres da Inglaterra. Elas possuem terras por todos os condados do Sul e do Oeste. Se o imperador invadir, vai pôr um deles no trono: ou Montague, irmão de Pole, ou Henrique Courtenay, marquês de Exeter. Se escolherem coroar Maria como rainha, será em nome da mãe dela; vão casá-la com uma ou outra família e transformá-la em sua testa de ferro, dançando entre eles.

Os grandes da Inglaterra alegam descendência de imperadores e anjos. Para eles, Henrique Tudor é filho de ladrões de cavalo galeses: um presunçoso, um usurpador, um homem a quem juramentos podem ser quebrados.

Na Cantuária, no início de julho, ele e o rei tinham assistido à nova peça sobre Becket, composta de seu homem John Bale e encenada pelos Homens de Lorde Cromwell. Alguns são sobreviventes da trupe de George Bolena. Outros são jovens atores, sem medo de enredos inovadores, nem supersticiosos em relação a pôr versos novos na boca dos mortos.

Becket é o santo da Inglaterra, mais familiar do que são Jorge. Ele foi um homem real, ao contrário de alguns santos destruídos nesse verão; foi um londrino, nativo de Cheapside. Antes que ele nascesse, sua mãe sonhou que o rio Tâmisa corria através do corpo dela. Sonhou que o bebê já havia saído de seu corpo e estava deitado sobre uma manta cor de púrpura, olhando para o teto; a manta se desdobrou sozinha e se derramou para fora do aposento, e ela recuou segurando a barra até que estava caminhando na borda do universo, entre a lua e as estrelas.

Alguns dizem que a mãe de Becket foi uma princesa sarracena, mas o mais provável é que tenha sido filha de um vendedor de tecidos. Seu filho veio do nada e galgou altas posições pelos favores do rei, que o tornou lorde chanceler, arcebispo também. Mas, uma vez no topo, ele passou a desdenhar os príncipes, acreditando na antiga mentira de que os papas estão posicionados acima deles; ele achou que todos os sacerdotes estavam acima da lei. Quando seu rei vociferou contra ele, quatro cavaleiros reais partiram para a Cantuária para lhe mostrar seus erros.

Esses cavaleiros deixaram suas armas embaixo de uma amoreira e seguiram de mãos vazias para se encontrar com o arcebispo. Mas, achando-o arrogante, de coração duro e incapaz de ser corrigido, pegaram suas armas e o perseguiram para dentro da catedral com seus calçados de metal soando contra o piso de pedra. Becket poderia ter se escondido no telhado da cripta. Em vez disso, postou-se no altar de são Bento à espera da execução.

Os cavaleiros o acertaram com o lado chato da espada, ordenando que abandonasse o solo sagrado. Mas Becket ergueu as mãos e revirou os olhos para o céu, jurando que morreria onde estava. O primeiro golpe fez jorrar sangue, que o arcebispo limpou com a manga. Um segundo golpe despedaçou seu crânio e o deixou de joelhos. Ele caiu para a frente, de cara no chão, e a espada larga de Richard le Breton arrancou o topo de sua cabeça. Então Sir Hugh de Morville enfiou o pé no pescoço do moribundo, arrancou-lhe o cérebro e o espalhou pelo pavimento; acrescentando, como faria qualquer homem de bom senso: "Agora ele não vai mais se levantar".

Assim que os aldeões ficaram sabendo que o arcebispo estava morto, aglomeraram-se na abadia, chorando e berrando contra os cavaleiros. Os monges enfiaram o corpo num sepulcro de pedra e o enterraram às pressas. Mas tomaram o cuidado de marcar o lugar em que Becket morreu. Os milagres começaram dois dias depois. Braços paralíticos se agitaram nas juntas. Aleijados dançaram. Tão quente quanto o peido do diabo, a notícia de que o velhaco era um mártir da Santa Madre Igreja agitou a Europa, quando na verdade era mártir de seu próprio orgulho. Dois anos mais tarde, o papa o transformou em santo. O clamor pelas relíquias começou. Seu sangue, de tal forma diluído que dele restou apenas uma lembrança, foi vendido por todo o mundo conhecido. O local que os monges tinham marcado se transformou em seu altar. Até os piolhos de sua camisa de crina eram sagrados. Cinquenta anos depois de sua morte, seus restos mortais foram dispostos dentro de um novo féretro ornamentado numa plataforma atrás do altar principal. Os fiéis logo folhearam o caixão a ouro e o incrustaram de gemas preciosas. O rei da França ofereceu um rubi do tamanho de um ovo de galinha. A rainha Catarina era peregrina frequente ali. O imperador Carlos orou diante dos ossos.

Já no que diz respeito aos cavaleiros culpados, eles foram a Roma e se humilharam. O papa os enviou à Terra Santa para servirem, ciente de que nunca voltariam vivos. Becket era um homem vingativo e seu rancor não morreu com ele. Numa cidade do Kent onde os locais tinham dado risada dele, fez com que uma geração inteira de crianças nascesse com rabo. E, em outro lugar onde tinha sido humilhado, baniu todos os rouxinóis, de modo que até hoje seu canto nunca é escutado, nem pelos amantes nem pelos poetas.

A cada estação, o povo da Cantuária reencena a morte de Becket: é a versão dos monges, porque até agora nenhum outro tipo de história esteve disponível. Multidões ladeiam as ruas — animadas, como se o conto pudesse acabar de outra maneira esse ano. Pastéis quentes são vendidos. Há procissões com tocadores de tambor e flauta, e então o espetáculo começa. Os cavaleiros recebem dois pence e um pouco de cerveja, mas o sujeito que representa o santo recebe um xelim porque os cavaleiros o fazem sofrer, atirando-o contra o pavimento, como o velho arcebispo foi atirado. Quando Becket clama a Cristo, uma criança agachada atrás do altar espirra sangue de porco na cena. O ator é carregado dali. Depois todos se embebedam.

Setembro: ele em pessoa, lorde Cromwell, chega à Cantuária e manda reunir os notáveis. Estes não são tempos fáceis para vocês, cavalheiros, mas devo lhes dizer que o rei odeia seu santo, e se vocês quiserem manter os privilégios da cidade, devem lhe demonstrar sua lealdade mantendo as ruas quietas.

É verdade que vão perder dinheiro quando os peregrinos deixarem de vir aqui. Mas, cavalheiros, desenvolvam o comércio: não venham chorar no meu ombro, logo vocês que estão aqui numa região onde a lã é abundante, cercada por grandes ancoradouros. Vocês não podem dar prosseguimento a esse ultraje que afronta a razão, só porque milhares de pessoas vêm do além-mar e ficam olhando para ele boquiabertas.

A cidade está cheia. Ele se hospeda nos aposentos do prior, mas todos os quartos estão tomados no Porpoise, no Dolphin e no Mitre, no Sun, no Crown e no Checker. O Bull Inn até lotou os quartos ruins no fundo, que dão vista para os matadouros de Butchery Lane. Os monges foram prevenidos com bastante antecedência. Não estão oferecendo nenhuma resistência. Só estão contentes pelo fato de que o priorado em si deve permanecer aberto — ou melhor, que será agora reaberto pelo rei. O altar de Becket não é o primeiro a ser destruído. O método é arrancar os metais e as pedras preciosas, pesar e avaliar, e providenciar seu transporte para o tesouro do rei. Depois, voltarão a enterrar o suposto santo em algum local decente, porém obscuro.

Numa bela noite de outono, eles limpam os recintos da catedral. O prior Goldwell implora para ser poupado da exumação e vai se deitar em seus aposentos. O grupo do vice-regente fica reunido à lareira até de madrugada. Quando os trabalhos da noite terminam, a hora das Laudes já se aproxima; ele faz um sinal com a cabeça para o dr. Layton, seu comissário.

Um jovem monge os conduz por um percurso curto até a sepultura. Atrás deles, chaves são giradas, trancas são fechadas, barras se encaixam em seus apoios. A ampla nave se estende à frente, uma extensão escura e cheia de ecos em que ele postou homens com cachorros. Ele escuta a agitação de suas patas e sua respiração pesada ao se repuxarem em suas coleiras. Esses cachorros são da raça bandog. Suas mandíbulas são como tornos. Abocanham qualquer intruso e o derrubam no chão, aos berros. "Sweeper!", os homens que cuidam deles gritam. "Sturdy!" "Diamond!" "Jack!"

Os monges do grupo avançado acenderam tochas ao redor da tumba. Ele caminha na direção da luz. Conta suas testemunhas: os escrivães de Layton, os aldeões selecionados. Quer que todos os homens fiquem onde possa vê-los, que nenhum saia vagando pelo espaço cavernoso. "Soltem os cachorros."

No espaço de uma respiração, o vazio negro se enche de rosnados. "Jesu", Christophe diz. "Parecem demônios à solta."

Ele estende a mão e encontra o ombro do menino. "Fique perto." Até um francês conhece as lendas do altar. Já em relação aos observadores amontoados da cidade — representantes da guilda, conselheiros —, eles cresceram ouvindo histórias sobre pessoas que, ao danificar relíquias de santos, foram consumidas pela peste ou pela lepra, ou foram estranguladas por laços invisíveis e morreram se contorcendo no chão.

"Estamos prontos", ele diz. Um monge caminha em sua direção, e ele capta um vislumbre de metal. Sua mão vai rápido para o peito, na direção do punhal. Mas, quando o homem entra na luz bruxuleante, vê que não é uma arma que ele segura, e sim o crânio de Becket. Ele o aninhou em suas vestes, como se fosse um tímido animalzinho de estimação que sente frio.

"Dê aqui", ele diz. Um gorro de metal mantém unidos os fragmentos de osso. Os lábios de milhares de pessoas roçaram essa relíquia; mas ele é um cliente de prostituta sem tempo para beijos. Ele ergue Becket e olha-o em seus olhos ocos; ele perscruta aquele vazio. Ele vira o crânio para cima, para ver onde foi separado da espinha dorsal. Não há registro de que os quatro cavaleiros tenham cortado a cabeça de Becket. Seus admiradores fizeram isso, mais tarde.

"Podemos dar uma olhada no resto dele?", o dr. Layton pergunta.

Agora que as pedras preciosas e o metal foram arrancados, o que resta no piso é um caixão de ferro mais ou menos aproveitável, igual aos que nossos ancestrais usavam desde tempos imemoriais. A ponta de seus dedos roça a superfície: ferrugem comum. "Jesus, Layton", ele diz, "os monges perderam uma chance aqui, poderiam ter raspado a ferrugem a cada primavera e vendido por mais do que se cobra por unicórnio em pó."

"Erga uma luz", Layton diz.

O caixão foi selado em toda a extensão com chumbo. "Veja se ainda está firme." Um trabalhador se agacha e examina o selo, tateando por toda a junta. O dr. Layton se agacha ao lado dele: "Daria para jurar que não foi mexido em anos, meu amo".

Seu receio é de que os ossos tenham sido roubados por algum monge dissidente: que tenham sido enviados por um mensageiro a Roma, ou enfiados em algum ossuário particular até que os velhos tempos voltem. Mas se o selo está intacto, "eu poderia estar deitado no meu colchão de penas, dr. Layton".

"Ah, eu não perderia isso", Layton diz. "Não pessoalmente."

O trabalhador se apruma. "Vamos tirar a tampa, senhores?"

Um monge diz: "Deus, em sua misericórdia, que nos proteja".

Ele tem consciência de que algumas das testemunhas estão recuando do círculo. "Não vão muito longe, ou os cachorros os pegam." O trabalhador é pedreiro e trouxe consigo sua própria bolsa de ferramentas. Um ferreiro, ele pensa, confeccionou todas elas. Algum ferreiro sem nome três séculos atrás derreteu o chumbo para fazer o selo que ele agora vai separar e arrancar. Ele diz, dê aqui um cinzel. Apalpa a ponta que faz o serviço, devolve. Alguns ferreiros não sabem fazer cinzéis nem cravos — é preciso ajustá-los depois de cada trabalho. Walter costumava dizer, é preciso esperar, esperar, esperar, até que a cor passe de vermelho-crepúsculo a cinza. São os três últimos golpes de marreta que contam.

Cada golpe ressoa. Um, dois, três. Ele arrancaria a tampa do caixão pessoalmente, mas: a dignidade de sua posição. O vice-regente do rei, Cromwell de Wimbledon, lorde mantenedor do selo privado. Cavalheiro da Ordem da Jarreteira.

Ao se levantar, o pedreiro deixa o ar escapar dos pulmões. Dá a volta no caixão e se reposiciona, ajoelhado.

"Mais uma tocha", ele diz. As chamas lambem, balançam e, atrás dele, ouve-se um grito: "Ali!". Ele se vira para trás, para uma tempestade escura de veludo e pele. Os cachorros começaram a latir enlouquecidos. Lá no alto, uma forma vai cortando o espaço, oscilante. Ele avista a beirada de uma asa — o contorno, contra as alturas, de um enorme pássaro ou morcego.

Os monges encapuzados desabam sobre os joelhos. Um corpo tomba e uma cabeça bate no piso. Ele pede mais luz. Lamparinas balançam pela nave. Os homens que seguram os cachorros os detêm. "Ah, pelas coxas de Maria!", grita Christophe. No alto do telhado, jogado entre os andaimes, um pedreiro esqueceu o casaco. E a veste agora estende os braços, como se nadasse através do ar negro.

O homem caído é estapeado no rosto e puxado até ficar na vertical. Vai embora, tremendo, conduzido por duas outras testemunhas que repetirão a história durante anos. Ouve-se uma risada incerta.

"Suponho que não seja o seu casaco?", Layton pergunta ao pedreiro.

O homem balança a cabeça. Ele faria o sinal da cruz se não estivesse segurando o cinzel. "Por santa Bárbara, juro que se moveu", um monge exclama.

Ele diz com brandura: "Mestres, como podem ver, não passa de uma vestimenta".

Serão esses homens os ingleses? Serão esses os conquistadores de Agincourt? O medo salta e corre como pulgas sob a pele. Alguém aparece com um bastão comprido e uma escada curta, e cutuca o casaco como se fosse um homem enforcado, cujo corpo o Estado submeteu a indignidades. Ele diz ao pedreiro: "Mestre? Pode prosseguir?".

Mais três golpes. Cada um causa estremecimento no corpo, faz o coração bater forte. "Pé de cabra", ele diz.

Quando a tampa do caixão se move, um cheiro se ergue, um cheiro igual ao de uma vala comum da Peste Negra. É como um golpe de porrete. Todos os homens recuam. Ele tem um frasco de *aqua vitae* no casaco. Toma um gole e passa para Christophe. O menino tosse. "Estou pegando fogo", ele diz agradecido. "Por que não me deu isso antes?"

"Estou pronto", o pedreiro diz. "Ajudem-me, senhores?"

Um-dois-três: mestre e trabalhador erguem a tampa e a tiram de lado, largando-a no chão. O dr. Layton está ao lado dele. Nas sombras, os monges se pisoteiam, fungam e rezam em voz alta.

Dentro do caixão não há o suficiente para formar um homem. As costelas do santo não estão presentes, a menos que sejam as costelas que formam esse resíduo; os dedos o atravessam. Os ossos longos foram cruzados — antebraço e canela, osso da coxa e o osso grosso do braço. Formam um quadrado: acomodado no meio dele, um crânio.

O pedreiro diz: "Cristo vivo! Quer que eu pegue, senhor? Ou prefere pegar o senhor mesmo?".

"Você", ele diz. "Erga para que todos possam ver. Se eu fizer isso por conta própria, não vão acreditar. Vão achar que é um truque."

Com o braço erguido, o trabalhador exibe o crânio. As testemunhas engolem em seco. Os cachorros começam a urrar. Suas silhuetas saltam e disparam. "Sentados, sentados!", os homens que os controlam gritam. Só o homem de pano paira lá no alto, sereno.

Bem, diz o dr. Layton, ou o crânio de prata é Becket, ou é este aqui; nenhum santo é tão especial a ponto de ter duas cabeças.

O fedor, ele nota, está se dissipando, ou se dispersando num miasma generalizado: o suor do medo, que vai esfriando, o hálito do jejum, que costuma surgir no início da manhã. Ele poderia jurar que algum monge tinha se mijado todo — ou digamos que seja uma das feras que correm pela nave. Ele é capaz de distinguir seus contornos agora, suas estruturas musculares irrequietas, suas mandíbulas abertas e suas línguas pendentes. Ele vira o crânio entre as mãos. Seus dedos exploram a calvária. Saem pelos buracos gastos dos olhos. "Bem — de onde veio essa segunda relíquia?"

Se esse for o crânio de Becket, quem é o desgraçado anônimo com o gorro de prata, que recebeu mais beijos na morte que na vida, e em cuja cabeça tantas princesas apertaram os lábios? Será que ele morreu de malária? Será que se engasgou com um caroço de ameixa? Será que os monges disseram, "Ninguém é dono desse sujeito, vamos transformá-lo num Becket?". Depois largaram seu cadáver num pátio e o atacaram a golpes de machadinha?

Ele deposita o crânio no mais uma vez dentro do caixão, entre os ossos cruzados. Esse altar é uma falsificação tão completa quanto se pode encontrar, ele observa. Nem sabemos se são de Becket essas coxas, essas canelas. Talvez haja vários corpos misturados aqui.

Como esfriou: é como se o ano tivesse pulado das folhas de outono ao Advento. O dr. Layton esfrega as mãos. "Terminamos, meu amo? Vou tomar nota de tudo que encontramos. Testemunhei com meus próprios olhos."

O sino toca para o ofício do amanhecer. Quando saem ao ar fresco, podem enxergar o vapor da respiração. As estrelas se apagam ao redor. "Lorde Cromwell", um dos monges diz, "preparamos..."

"Outra tumba não será necessária. O rei quer os ossos."

O homem olha para ele boquiaberto. Só a longa disciplina da clausura impede que ele berre de aflição. "Ele não será enterrado aqui?"

"Arranque a prata do crânio", ele diz. "Mande pesar e liste junto com os outros metais. Enfie o que sobrar dentro do caixão, com o outro crânio e, aliás, ponha lá também qualquer outro crânio que aparecer; não me surpreenderia se aquele velhaco traiçoeiro tivesse seis cabeças. Devo levar o caixão comigo hoje. Entregue a Monsieur Christophe aqui. Não é necessário lacrar a tumba de novo."

Os cachorros são acorrentados, levados dali — ganindo e gemendo, mas balançando o toco dos rabos cortados. Depois da noite de trabalho, estão famintos e ansiosos pelo desjejum. Como estaremos todos, assim que conseguirmos expelir o veneno na nossa garganta. "Pode me dar aquele frasco mais uma vez?", Christophe pede.

Ele o entrega. "Fique com ele." Puxa Christophe para perto e fala em seu ouvido: "Leve os ossos para Austin Friars. Se alguém perguntar onde estão, eles saíram numa carroça e você nunca mais os viu".

Ele pensa: quero ser capaz de localizar o velhaco a qualquer momento. O rei cospe ao ouvir o nome de Becket, mas lhe dê um ano ou dois e ele pode mudar de ideia e transformá-lo em santo mais uma vez. É triste, mas agora é assim.

O rei aprovou novas injunções nesse mês. A Bíblia deve ser lida, o povo deve aprender seus mandamentos e seu credo, os padres devem ensiná-los, um pouco a cada semana. "Mas, lorde Cromwell", o rei diz, "não faça com que minha Igreja seja estranha a essa gente. Mantenha as imagens dignas de reverência. Retenha todas as cerimônias laudáveis. Não ultraje meus súditos com práticas novas e desconhecidas."

Os germânicos dizem: "Sabemos que está do nosso lado, Cromwell, independentemente da sua precaução". Hugh Latimer diz: "Homens mais honestos foram promovidos sob seu jugo nos últimos cinco anos do que em cem anos antes disso". Thomas Cranmer diz: "Você deu tudo pelo Evangelho: arriscou tudo, tudo que tem e é". Robert Barnes diz: "Suponha que o rei esteja perdendo a coragem?".

Ele sente como se as palavras deles estivessem ecoando em sua cabeça. Ele se afasta. Está muito cansado: exausto, diz a si mesmo. Ele pensa, onde será que está minha filha Jenneke nesta manhã? Ele se sente como se estivesse bêbado, como se tivesse esvaziado o frasco sozinho; e se lembra de um dia, Putney, a margem do rio, há muito tempo, caminhando para casa ao amanhecer:

ele se vê como se observasse do alto das árvores, balançando de um lado para outro, uma pequena silhueta que avança com dificuldade na luz branca, com um gosto de vômito na boca.

Outubro traz Stephen Gardiner: ele acaba de vir de Dover com sua bagagem, ciente de que volta da França embaixo de uma nuvem. Bess Darrell, ouvindo as conversas nas casas papistas, tem certeza de que alguém dentro de nossa embaixada francesa teve contato com Reginald Pole no ano passado e lhe disse aonde ir para evitar os agentes do rei. Seria perfeito descobrir que Stephen era o traidor. O bispo sempre foi um forte defensor do título do rei como líder supremo. Mas aqueles que o conhecem há muito tempo acreditam que aquilo que ele faz é diferente do que pensa.

Foi um belo trabalho manter Gardiner afastado da Inglaterra durante três anos. Agora ele põe Bonner, que deve suceder o cardeal como nosso emissário, para examinar com atenção os arquivos de Stephen em busca de qualquer vestígio dos contratempos que ocorrem na vida de um diplomata. Bonner assume a função com satisfação. Para lhe conferir uma posição apropriada, ele foi promovido a bispo de Hereford e mal consegue acreditar na própria sorte. Suas cartas da França são alegres, mas cheias de rancor e reclamações, expressas em frases que fazem o lorde do selo privado rir. Seu predecessor, ele informa, foi obstrutivo na comunicação do cargo e deixa atrás de si uma lista de convidados da embaixada que mostra o quanto ele se deleitou com a companhia de papistas. E sua conversa comum à mesa era sobre como o rei poderia se reconciliar com Roma sem perder o brio: e como ele, Stephen Gardiner, bispo de Winchester, era o homem que faria isso acontecer.

"Olhe", ele diz a Rafe: ele entrega a carta de Bonner. Esses homens são como lagartas que digerem tudo que veem pela frente, que engordam com os favores do rei, que abrem com a boca buracos irregulares na nação. Encasulam-se em cantos empoeirados; um dia vão abandonar a casca e sair de lá espalhafatosos, exibindo seus trajes romanos.

Bonner também reclama de Wyatt, que foi grosseiro com ele quando estavam na Espanha, insuportável quando estavam em Nice. Parecia sempre cheio de segredos. Mostrou-se indiferente quando se encontravam em perigo. Seus hábitos são extravagantes: prostitutas entram e saem dos alojamentos de seu entorno. E, além disso, Bonner diz, ele tem rancor contra o rei por ter sido preso dois anos antes, um rancor que com frequência exprime.

Ele acha isso plausível. Acha que é natural. Um escrivão mesquinho como Bonner nunca vai entender um homem como Wyatt, sem reservas no falar e no agir. Eu sempre me surpreendi, Richard Riche diz, por Wyatt ser embaixador.

Ele me parece ter vindo de uma época anterior, quando galanteios como os dele não tinham que passar pelos cômputos reais.

Francis Bryan se arrastou de volta à Inglaterra, doente o bastante para morrer. O rei o chutou para fora dos aposentos particulares, embora Bryan jurasse que todos os seus excessos foram a serviço da Inglaterra. Sua gente o tira do país e escreve a lorde Cromwell implorando por uma palavra gentil. "O senhor sabe que sentiria muita falta dele", Richard Cromwell diz. "Sempre que não sabe o que fazer, o senhor diz, 'Prendam Sir Francis Bryan!'."

Ele não tem nada contra Francis, pessoalmente. É por uma espécie de afeição que o chama de Vigário do Inferno. E fica irritado por haver homens se apresentando para sua posição antes mesmo de ele estar morto. Ele lhe escreve uma carta para incentivá-lo a viver e pede ao dr. Layton que lhe envie algumas das excelentes peras que cultiva em sua reitoria em Harrow-on-the-Hill.

Mestre Wriothesley, passando por Antuérpia, leva uma carta para Jenneke. Não há resposta, mas isso não o surpreende: sempre que pressentir um risco, ela não deve seguir adiante. Ele pensa nela; imagina-a sentada sob a tapeçaria em que sua mãe faz parte da trama; ele a enxerga ousada e reluzente na página, quando Anselma é um texto desbotado. Sua visita marca o lugar dela no livro da vida dele — um livro que se desmancha em folhas soltas. Os tipógrafos são capazes de ler como que num espelho. Seus dedos são ágeis, e seus olhos, aguçados. Mas examine qualquer livro e vai ver que alguns personagens estão de cabeça para baixo, alguns transpostos.

Novembro: as festas de Finados e de Todos os Santos. Nos últimos dias, William Fitzwilliam esteve seis vezes na Torre para ver Geoffrey Pole. Fitzwilliam não chegou a feri-lo, embora tenha mencionado a possibilidade de fazê-lo. Depois do primeiro interrogatório, tendo de algum modo conseguido obter uma lâmina, o prisioneiro apunhalou a si mesmo no peito.

Seu sobrinho Richard vai visitar o prisioneiro. Adiciona suas persuasões às de Fitzwilliam. Apenas nos conte tudo, ele diz a Geoffrey; não poderia ser mais simples. Abra seu coração e se entregue à misericórdia do rei. Faça isso antes que meu tio chegue.

Finalmente, ele mesmo, lorde Cromwell, chega. "Como está Geoffrey hoje?"

O carcereiro Martin responde: "Bem o bastante. Para um homem com um buraco no corpo".

Eles mandaram chamar médicos, que declararam que o buraco é pequeno, e que dentro de uma semana mal daria para ver a marca. Tinham trazido a esposa de Geoffrey, Lady Constance. Depois da visita, ela partiu de barco, com lágrimas escorrendo pelo rosto e tomada pelo pânico, exclamando que Geoffrey iria destruir toda a família. Fitzwilliam disse: "Devemos apresentar Constance ao conselho, ela obviamente sabe muito. Mas o lorde do selo privado deveria falar com ela primeiro, ele sempre obtém progresso com as damas".

Por algumas semanas, Geoffrey foi mantido em condições asseadas e confortáveis. Ninguém o insultou nem falou com ele de outra maneira que não com deferência. Mas, depois que os interrogatórios começaram, ele foi levado aos patamares inferiores, e seus aposentos emanam um cheiro rançoso. Ele não anda comendo, seus olhos estão fundos. Ao ver seu visitante, ele se levanta da cama com esforço. Bons modos ou alarme? "Cromwell", ele diz.

"Ouvi dizer que feriu a si mesmo." Ele balança a cabeça. "Por Deus, Geoffrey, onde estava com a cabeça? Precisa voltar a se deitar ou consegue ficar sentado?"

Geoffrey olha para sua banqueta duvidoso, como se aquilo pudesse ser um truque. Martin o auxilia.

"Fitzwilliam esteve aqui", Geoffrey diz. "Com cinquenta e nove perguntas. Quem faria cinquenta e nove perguntas? Por que não sessenta, pergunto a mim mesmo. Ele tinha uma grade desenhada no papel, e me fez escrever entre as linhas. Eu disse a mim mesmo, isso é invenção de Cromwell."

Parece que as linhas no papel encheram o prisioneiro de terror. Não faz mais sentido para ele do que um heptágono ou outra figura desenhada por um mágico. "É apenas para ajudar os escrivães", ele diz. Ele senta-se na frente de Geoffrey e ajeita a casaca em volta do corpo. "Isso os ajuda a registrar as datas e os locais e quem estava presente quando palavras traiçoeiras foram proferidas, ou quando algum ato de traição foi posto em movimento. É um auxílio para nós quando a conspiração é grande. Principalmente quando vários dos canalhas são parentes e têm nomes parecidos. Está lembrado da Donzela Sagrada? Usamos um aparato do tipo quando a interrogamos."

"A mulher Barton? Você continua insistindo nesse assunto? Barton foi enforcada."

Esse é o primeiro sopro de vida de Geoffrey; suas mãos tremem no tampo da mesa.

"Sim, ela está bem morta", ele diz. "Uma pobre e simples moça do campo, que jamais teria pensado em traição se os monges da Cantuária não a houvessem corrompido. Ela previu a morte do rei, e a morte daquela que na época era sua rainha. Ela previu minha morte também. Estamos todos morrendo, estamos condenados, ela disse — eu próprio, minhas sobrinhas pequenas, a donzela que trouxe o jantar para ela quando se hospedou comigo, e o spaniel que se deitava aos pés dela, à noite, para mantê-los aquecidos."

"Você a hospedou?" Geoffrey está chocado. "Eu não sabia disso. O que fez com ela?"

Ele se inclina para a frente. "Sua família tem sorte por vocês todos não terem sido enforcados com ela. Vocês estavam envolvidos nas tramas de Barton até o pescoço, tanto sua família quanto os Courtenay. O rei foi misericordioso porque respeitou seu sangue antigo. Mas sabe muito bem o que eu penso disso. Não tenho mais respeito pelo seu sangue do que tenho pelas suas fezes." Ele ergue os olhos. "Martin, quero duas velas, por favor."

É uma bela tarde, e embora a janela seja pequena, há uma luz prateada pálida do lado de fora. Geoffrey fica com a pele arrepiada: "Jesu, não me queime!".

"Cera de abelha, Martin", ele diz. "Tamanho pequeno."

Para queimar um homem, ele teria pedido sebo. Ele vê os ombros de Geoffrey relaxarem, à medida que esse pensamento vai penetrando na mente do prisioneiro. Ele diz: "Achei que você e eu nos entendêssemos".

"Quem é capaz de entendê-lo, Cromwell?"

"Eu lhe pago há anos. E agora descubro que anda desperdiçando meu erário. Eu o paguei para vigiar sua família e, no entanto, parece não saber nada sobre os negócios dos seus parentes. Será negligência, ou falta de capacidade, ou está tentando me enganar?" Como o homem não responde, ele diz: "Chame a isso de pergunta número sessenta".

Martin traz as velas e um candelabro. "Geoffrey", ele diz, "os mercadores franceses têm um costume que chamam de *vente à la bougie*. Suponha que tenha algo para vender. Podem ser fardos de lã, pode ser um livro, pode ser um castelo. Todas as partes interessadas se reúnem, há alguma discussão, talvez uma taça de vinho, e as ofertas começam, e duram até que a primeira vela queime. Martin, pode acender uma delas?"

"Eu não sei nada sobre essa prática", Geoffrey diz. "Nunca ouvi falar disso."

"É por isso que estou explicando. Quando a primeira vela queima, as ofertas cessam. Mas, então, quem vai querer fazer uma barganha apressada? Comprador ou vendedor, qualquer um precisa de tempo para pensar. Uma segunda vela é acesa. Pode haver ofertas ainda mais altas. Quando a segunda vela se apaga, o negócio está fechado."

Uma risada rouca. "Eles sabem o que querem, esses mercadores seus amigos?"

"Ah, não são meus amigos", ele responde, inocente. "São apenas vários franceses, eu não os conheço pessoalmente. Mas sei como funciona. A segunda vela costuma fazer as ofertas aumentarem. Um homem pensa, coloquei minha melhor oferta na mesa... Mas o arrependimento toma conta dele, ao ver suas chances derreterem. Ele revira os bolsos, pede um empréstimo aos amigos — descobre que sua melhor oferta é bem melhor do que acreditava. Agora, você nos ofereceu uns poucos pence. Acho que pode nos dar até umas mil libras. Vasculhe seus recursos e descubra algo que possa me persuadir."

"O que eu ganho?", Geoffrey pergunta.

"*Caveat emptor*", ele diz. "Essa é a parte boa. Tem que fazer sua oferta às cegas."

Ele carrega uma bolsa cheia de documentos. Enquanto a vela vai queimando e o suor escorre pelo rosto de Geoffrey, ele pega um maço e deposita em cima da mesa. Martin entra e sai com tinta e areia, e a cada vez que o carcereiro sai da sala, Geoffrey o segue com os olhos, como se a presença do homem lhe oferecesse alguma proteção. "Perdoe-me", ele diz a Geoffrey, "se eu ocupo seu tempo. Há uma carta aqui a que preciso dar minha atenção, do bispo Latimer. Ele está na abadia de Hailes, descobrindo uma das fraudes cometidas pelos monges. É o que chamam de Sangue Sagrado."

A mão de Geoffrey Pole treme. À menção desse resíduo muito sagrado, ele tem vontade de fazer o sinal da cruz. Mas não acha que seria prudente.

"Latimer diz que é algum tipo de goma. Mas, quando exposta às moedas do povo comum, transforma-se em líquido." Ele volta à carta de Hugh. "Não hesite em me interromper quando estiver pronto para fazer uma oferta."

O próximo documento em seu maço deveria ir para Richard Riche no Tribunal de Espólios, já que está relacionado à entrega do convento em Malling. Mas, presa ao documento, há uma nota para ele, da abadessa, escrita de próprio punho. Ela é Margaret Vernon, a antiga tutora de Gregory: foi ela quem ensinou a ele com ternura a escrever seu nome e dizer "Ave". Vou lhe fazer uma visita, ela escreve. Chego na sexta. Não posso viajar de Kent em um dia. Estou ficando velha. Vou ter que pernoitar na sua casa.

"Martin", ele diz, "sinto nos meus ossos que meu amigo logo vai fazer uma oferta. Traga os interrogatórios de lorde Southampton. Para que eu os tenha à mão na hora certa."

"Southampton." Geoffrey diz com desdém. "Eu o deixei sem jeito quando o chamei pelo seu nome simples de Fitzwilliam."

"Isso eu compreendo. Se eu fosse nomeado conde, esperaria que se dirigisse a mim assim."

"Você?" Geoffrey dá risada. "Isso seria num mundo onde os peixes andam."

"E as árvores cantam", ele concorda. "Farei as perguntas agora. Vai oferecer respostas. Vou ver se posso aceitá-las."

"Não tem provas", Pole irrompe. "Tudo que alega são palavras, palavras, palavras. Mas não é capaz de provar que alguma delas já foi proferida."

"Tenho cartas."

"Meu irmão queima suas cartas."

"Seu irmão Montague? Por que será que ele faz isso, eu me pergunto. Uma montanha de cinzas pode ser eloquente."

Agora é fim de tarde. Ele dá uma olhada nas anotações de Fitzwilliam e permite que o silêncio floresça. Ele sente que Pole o observa. A primeira vela acabou, e Martin, olhando para ele para pedir permissão, acende a segunda no toco da primeira. "É isso que chamam de *le dernier feu*. Enquanto as luzes duram, estou aceitando ofertas."

"Não vou fazer seu jogo."

"Essa é uma transação séria, garanto. Ainda estou no mercado. Ajude-me a preencher o questionário. Uma parte está feita, mas, como pode ver", ele ergue o papel, "ainda há espaços em branco. Se conseguirmos preenchê-los juntos, eu lhe ofereço sua vida. Será de acordo com meus termos, não com os seus, mas a vida ainda será sua. Poderá viver em paz. Longe da corte. Não sou um homem duro. Vai ter meios de subsistência. O suficiente para viver como um cavalheiro."

Deixe que Pole se debata com essa ideia. Ele pega a carta de Margaret Vernon. Ela espera fazer um acordo. Permita-me vender uma das mansões da abadia, pagarei às irmãs sua pensão anual com esse dinheiro e farei os ajustes com os criados. O que sobrar será minha porção para o resto da vida. Suficiente para uma mulher sozinha. Conheço pessoas que me darão um lar.

Ele pensa, parece que não sou capaz de ajudar mulheres. Doroteia. Minha filha. Lady Rochford. Elas me apresentam sua dor e seus anseios. Elas me dizem que estão perdidas e confusas, sem pai e sem esperança. Eu lhes dou dinheiro. Ou, no caso da filha do rei, um cavalo, uma joia, um conselho.

O sol se foi. *Le dernier feu* queima em tons de laranja. "Fale comigo, Geoffrey. Quando a última chama se apagar, ficaremos no escuro. Então, vou quebrar suas pernas. E isso vai ser apenas o começo."

Pole se levanta de um salto de sua banqueta. Um solavanco sacode a mesa e faz com que a chama trema. Ele, o lorde do selo privado, estende o braço e fecha a mão ao redor do castiçal; é uma peça barata, de estanho manchado. "Controle-se!", ele diz. "Não encurte seu tempo. Ainda pode negociar. Não? Então, pode buscar a moldura, Martin?"

"A moldura?", Geoffrey diz. "O que é isso?"

"É uma espécie de torno em que prendemos a perna a ser quebrada."

Martin, incerto, não se move. "Tenho certeza, senhor", ele diz a Pole, "de que não vai querer dar todo esse trabalho ao meu amo."

"Observe a vela", ele sugere.

"Santa Maria me proteja", Pole diz.

"Não vai proteger." O tom dele é de enfado. Do lado de fora, a lua se ergue. Sua mente se desvia vez após outra para Margaret e sua carta. "Sabe", ele diz a Geoffrey, "estou cansado disso. Traga os malhos também, Martin."

Ele volta a seus papéis. Aquilo que Margaret Vernon pede é incomum, mas razoável. Seus termos são precisos — ela é uma mulher que conhece um pouco da lei — e seus números parecem sólidos à primeira vista. Geoffrey em sua banqueta está tentando estreitar o próprio corpo. Seus ombros estão retesados; seus olhos, fechados. Se você tocasse nele com a mão, sentiria o ressaltar de cada pulsação em seu corpo.

Martin entra. "Foi isso que pediu, senhor? A moldura está a caminho."

Ele tinha imaginado um malho com cabeça de madeira, de cabo curto, para bater nos calços e manter o membro rígido. Martin trouxe outro tipo de instrumento, uma arma, não uma ferramenta, com o cabo de quase um metro de comprimento. "Isso esmagaria a cabeça de um escocês", ele diz, admirado. Ele se levanta e tira o objeto de Martin. "Só tem um? Por enquanto vai servir."

A cabeça da arma é sólida e fria contra a palma de sua mão. Ele testa o peso do conjunto, segura-o longe do corpo, em ângulo reto em relação ao piso. Então baixa o braço e balança a marreta para experimentar. Ele aprecia a sensação. O balanço agradável do corpo; o momento de equilíbrio, o controle, depois, o impulso crescente, o movimento dos calcanhares para cima. Isso o leva para além de você mesmo, a uma agitação agradável, tal como você se sente com uma mulher: uma leveza quando se chega ao ponto em que não há mais volta.

O barulho quando a marreta bate na parede é o bastante para acordar os mortos. O estrondo derruba a banqueta embaixo de Geoffrey, faz com que ele se levante de um salto. "Jesus!"

Enquanto a luz ainda bruxuleia, enquanto seus ouvidos ainda retinem, ele diz: "Podemos começar sem a moldura. Talvez esteja sendo usada em outro lugar. Martin, pode juntar estes papéis? São assuntos do rei, e não quero que fiquem sujos de sangue". Com a mão direita, ele segura firme a marreta e, com a esquerda, usa os dedos para apagar a vela.

Mais tarde, do lado de fora, Martin se apoia na parede, tremendo. "O senhor disse para buscar a moldura. Eu pensei, santa Maria, o que ele quer dizer, não sei de moldura nenhuma."

"Existem coisas assim. Eu já vi. Não aqui. Em outras prisões."

"Posso imaginar", Martin diz. "Geoffrey também."

No aposento atrás deles, o prisioneiro chora. Não há danos, nem mesmo um arranhão nas canelas. "Mas o senhor faria isso?", Martin pergunta.

Há pouca luz: só uma tocha queimando em seu suporte. Em alguma parte, a água pinga e vai corroendo a pedra. O pior nesses lugares é o cheiro, o ar fechado, rançoso, a pungência do sangue fresco, o fedor azedo de mijo. "Quer dizer", Martin diz, "o senhor seria capaz de esmagar as pernas de um homem e depois ir para casa cear com a família?"

"Eu não tenho família."

"Não", Martin diz. "Peço perdão. Sei que não tem."

"Mas", ele diz, ao se lembrar, "agora sou avô."

"Já vi pessoas enforcadas", Martin diz.

"Mais cedo ou mais tarde, você vê de tudo." Ele sente um peso no peito; um peso abafado, como a cabeça de um martelo. Ele gostaria de ter voltado no tempo, antes de Geoffrey começar a falar. Ele quer balançar a marreta mais uma vez. A cabeça era grande e diluiu o impacto, de modo que o cabo mal vibrou.

"Quando estão pendurados pelos pulsos, o próprio peso dá conta", Martin diz. "Pode-se dizer que se torturam sozinhos."

Os grilhões surtem resultado em vinte minutos. O suor frio começa a escorrer do homem como se houvesse uma torneira. Se você estiver sem tempo, pode pendurar pesos em seus pés. Você fica do outro lado da cela, a pena a postos, esperando que o prisioneiro ceda; não faz sentido se encharcar nos fluidos de outra pessoa. Assim que você consegue as primeiras e virginais palavras da confissão, palavras que são verdes e doces, os carcereiros entram e enxugam o catarro, as lágrimas, as fezes que escorrem pelas pernas do prisioneiro.

"Tem um cavalete ali." Martin aponta com a cabeça. "Eles usam por aqui. Eu estava ouvindo, uma vez, quando o usaram."

É uma boa questão. Será que se deve deixar o sujeito gritar? Alguns homens que estão acostumados ao trabalho dizem que são os próprios urros do prisioneiro que alimentam o terror e fazem com que fale. Outros acham que não vale a pena porque deixa as pessoas que escutam agitadas; sempre há escrivães nas redondezas, ou nobres conselheiros, que podem sentir enjoo com a algazarra. Nesses casos, alguns meios podem ser usados, à exceção de sufocar o prisioneiro, para abafar o barulho. Ele diz: "Os espanhóis, quando queimam aquilo que chamam de hereges, desfilam a pobre alma pelas ruas. Cobrem seu corpo com um lençol branco e raspam sua cabeça e às vezes suas sobrancelhas, de modo que se pareça mais com um boneco do que com um humano. Põem uma vela na sua mão, como se estivesse acendendo o fogo por conta própria. Fazem o condenado desfilar pelos pavimentos com os pés sangrando e papéis pregados no corpo, proclamando sua heresia, e os monges vão em procissão, atrás dele, com suas cruzes de prata e seus salmos. E o povo enche as ruas para ver, enche as feiras e as praças. Mas, depois que a cidade toda já viu o espetáculo, o condenado é queimado com privacidade no pátio de alguma prisão, com uma mordaça na boca".

"Já esteve na Espanha, senhor?"

"Não, mas Thomas Wyatt me contou, e quando Wyatt faz um relato, é a mesma coisa que ser testemunha."

Martin parece respeitoso. "Se vossa senhoria lembra, eu tive o privilégio de servir a mestre Wyatt quando esteve em custódia da última vez. Generoso e mão aberta."

"Generoso demais", ele diz. "Olhe, não permita que Geoffrey volte a se machucar. Vire as roupas dele do avesso e assegure-se de que ele não possui nem um alfinete. Agora ele não vai nos causar problemas. O rei não vai infligir dor a nenhum homem de uma casa nobre. Não posso pensar que isso alguma vez tenha sido feito, não no reino dele. Mas será que podemos confiar nisso? O rei fez várias coisas que nunca tinham sido feitas."

"Ele não fez o trabalho do calabouço", Martin diz.

Nem limpou o piso depois. Nem tirou a carne que se prendeu às correntes no local de execução. Ele pergunta: "O que o fez seguir esse ofício?".

"É preciso ganhar a vida."

"Poderia ter sido um agricultor honesto."

"E matar porcos?"

Semear, é o que ele estava pensando. Colher o grão. Existe um mundo puro e limpo, onde os homens subsistem com leite e maçãs, e pão tão branco e tão macio que é como comer luz. Ele diz: "William Fitzwilliam está a caminho. E Richard Riche, e Richard meu sobrinho. Agora Geoffrey está balbuciando, eles serão capazes de preencher o questionário. E daqui para a frente podemos fazer o que bem entendermos com os parentes dele. Um bom dia de trabalho, assim é que eu chamo". E tudo só de bater com uma marreta contra uma parede. "Quando terminarem, levem Geoffrey para o andar de cima. Deem-lhe a ceia, se puder comer. Cortem a carne para ele."

Martin tem a expressão de quem recebeu uma reprimenda. "Quando tiramos o punhal dele, ameaçou se enforcar numa viga."

"Não tenho medo disso." Seria necessária uma determinação a qual ele duvida que Geoffrey seja capaz de juntar. "Ainda assim, se fizer isso, não é grande problema. Mas deve ficar claro que ele agiu por conta própria."

"Quer que eu lhe dê uma corda?"

"Eu não iria assim tão longe."

Logo chegam reforços, com um par de escrivães carregando tinteiros e papel. "Rapazes, fiquem aí ao ar livre", ele diz aos escrivães. "Ou então sigam o Martin aqui, que vai lhes dar um pouco de cerveja. Richard Riche vai escrever para nós, não vai? Tenho mais sessenta e duas perguntas para Geoffrey. Se nos cansarmos, assobiamos para chamá-los."

Os escrivães parecem gratos. Ele os observa se afastando pelo corredor e enveredando pela escada em caracol. Ele diz: "Geoffrey vai dar voltas e voltas.

Vai lançar sobre você um dilúvio de frases como 'juro que era outubro, mas podia ser março', e 'acredito que foi em Sussex, se não, foi em Yorkshire', e 'pode ter sido minha mãe ou pode ter sido a Mulher de Bath'. Force-o a falar de ameaças ao próprio rei — ameaças a seus conselheiros, isso não é novidade, sabemos que o irmão dele, Montague, nos odeia. Chapuys é um dos principais agentes nas tramoias deles, e isso também não é novidade. Mas acho que o rei da França está mais envolvido nisso do que um irmão monarca deveria estar".

"Se um dia Francisco invadir a Inglaterra", Richard Cromwell diz, "acho que vai pôr o rei dos escoceses no nosso trono."

"Sim. Mas a gente de Exeter não sabe disso. Nem os Pole. Eles têm tanto orgulho de si mesmos. Acham que todos serão reis."

"Tenho medo de que nos faltem provas contra Exeter", Fitzwilliam diz. "Ele é um homem cauteloso, destrói seus rastros. Geoffrey vai nos entregar bastante coisa a respeito da própria família, mas..."

"Mas vai se estender", Riche diz. "Todos sabem que essas duas casas são velhas aliadas."

"Lembre-se de que eu tenho uma mulher com os Courtenay", ele diz.

Riche pergunta: "Como assim, alguma lavadeira?".

Fitz dá risada: "Deixe Cromwell com seus esquemas".

Riche diz: "Não vejo como Lady Maria pode ser deixada fora disso dessa vez. Se eles planejavam usá-la, ela obviamente tem que estar sabendo, não?".

"Isso seria uma grande pena", Fitzwilliam responde. "Ver uma princesa destruída por uma simples suspeita."

Ele diz: "Eles abusam da confiança dela. Ela nunca daria um golpe no próprio pai".

"Já discutimos esse assunto", Riche diz. "O senhor é leniente demais. Não enxerga a natureza dela."

"O que fez com Geoffrey?", Fitzwilliam pergunta.

Ele junta seus papéis embaixo do braço. Estão presos com um cordão, a nota de Margaret Vernon está com o resto. Ele tinha repassado números na cabeça enquanto Pole confessava. "Fiz um pouco de barulho", ele diz.

Ele pensa, eu me instalei bem na boca do seu estômago. Não é isso que eu sempre faço?

Uma semana depois, ele vai ouvir o que o povo de Londres está dizendo: que Gregory Pole foi torturado na Torre: que foi preso a uma grade de ferro, que a grade foi aquecida, que ele foi grelhado como o mártir são Lourenço. Que foi Thomas Cromwell quem fez tudo isso.

Ele fica chocado ao ver Margaret Vernon. É desconcertante vê-la vestida como esposa de burguês, apesar de ele próprio ter recomendado que as freiras deixassem de lado seus hábitos. A moda está mudando. As mulheres voltaram a mostrar o cabelo. Margaret está grisalha. Ele pergunta a ela: "De que cor era antes?".

"Nenhuma cor especial. Sem graça."

Estão em Austin Friars, na sala de estar. Ela o estava esperando. Ele sente que devia ter trocado de roupa. Sente que pode haver sangue nelas, apesar de nenhum sangue ter sido derramado na Torre. Geoffrey admitiu que planejava ir para o estrangeiro com um bando de homens para se reunir com seu irmão Reginald. Ele fala de complôs em cubículos e pérgulas, tramoias durante a ceia e depois da missa. Ele relata conversas dúbias que foram escutadas: da família de Thomas More, do bispo Stokesley. As ondas vão se espalhando cada vez para mais longe com cada frase cochichada. Ao assinar seu relatório do dia, ele suplica pela misericórdia do rei. No pé da página, rabisca: *Geoffrey Pole, seu humilde escravo*.

Margaret diz: "Está mais cheio, Thomas. Parece que não toma nem um pouco de ar fresco".

"Às vezes eu tento sair com meus falcões", ele diz. "Mas o rei pode me chamar de volta a qualquer momento. Os venezianos, sabe, traçam uma linha no casco das suas embarcações para não carregá-las demais. Eu não tenho linha de carga. Nem qualquer outra que o rei seja capaz de ver."

"A ajuda que tem não é suficiente? Todos esses meninos..."

Ele pensa, ninguém pode ajudar. É só Henrique e Cromwell, Cromwell e Henrique. "Uma vez, tirei o Dia de São Miguel Arcanjo de folga, porque é um feriado para os advogados, mas o rei objetou. Seu raciocínio é que ele não tira nenhum dia de folga, todos os dias é preciso reinar. Eu digo, mas vossa majestade recebeu unção divina, recebeu uma graça especial que significa nunca se cansar. Ele diz, faz trinta anos que fui coroado. A graça deve ter se esgotado."

"Você devia ter uma esposa."

"Bem, arrume uma para mim. Se conhecer uma mulher agradável, mande para mim. Eu não quero fortuna, então não precisa trazer nem um centavo, não precisa ser muito espirituosa e não precisa ser jovem. Só peço que não seja papista e não subverta meu lar."

Margaret dá risada. "Que pena, porque logo haverá um bando de moças tiradas da clausura, mas temo que algumas delas debandem para Roma. Não eu. Fiz meu juramento ao rei, e fui sincera."

Ele diz: "Acho que o rei não vai permitir que uma antiga freira se case. Não se foi jurada e professada".

"Então, onde ele quer que minhas irmãs vivam? Em Southwark, nos banhos públicos?"

Ele tem vontade de implorar, não se irrite. Minha vida está cheia de gente irritada. "Devia ir ver Gregory. Se quiser um lar, ele a receberia com prazer. Tenho certeza de que ficaria contente se ensinasse o filho dele como o ensinou."

Ela balança a cabeça. "Vou morar com algumas das minhas irmãs. Seremos mulheres indisciplinas, sem um senhor."

"Serão um escândalo", ele diz.

"Somos velhas demais para isso. As pessoas terão pena de nós e deixarão maçãs à nossa porta. Virão nos procurar em busca de cataplasmas e amuletos da sorte. É tudo a mesma coisa." O rosto dela se suaviza: "Eu bem que gostaria de ver meu menininho".

"Minha esposa — Elizabeth — tinha ciúme de você."

Margaret diz com toda a calma: "Não havia necessidade".

Ele pensa, é possível argumentar que Catarina de Aragão não era a esposa do seu marido, é possível argumentar o mesmo sobre Ana Bolena, então será que não poderíamos descobrir que Margaret Vernon jamais foi freira? Não poderíamos encontrar um erro na documentação? Então ela estaria livre.

Mas de que adianta?, ele pensa. Ela morreria e me abandonaria. Ou eu morreria e a abandonaria. Não vale a pena. Ninguém vale a pena.

Na primeira semana de novembro, ele prende lorde Montague e o marquês de Exeter. Detém Constance, a esposa de Geoffrey, e Gertrude, a marquesa, além de alguns outros antigos amigos do rei. Envia Fitzwilliam para ver Margaret Pole em seu castelo em Sussex. Insista, ele diz: interrogue-a dia e noite, se for preciso.

Mas Fitz não consegue arrancar nada da condessa. As respostas dela, ele diz, são sinceras, veementes e precisas. Ela nega qualquer equívoco ou intenção de fazer mal. Quando Fitzwilliam chama seu filho Reginald de bastardo ingrato, ela diz, bastardo não, de jeito nenhum: eu sempre fui verdadeira com o senhor meu marido, fui uma esposa acima de qualquer reprimenda.

Ela admite que ficou aliviada ao saber que Reginald conseguira escapar ileso: afinal de contas, ela é sua mãe. Sim, ela sabe que ele a despreza por ter permanecido fiel aos Tudor. Por acaso ela sabe que ele prometeu esmagá-la sob os pés? Ela aperta os lábios. "Eu sei e devo suportar."

Fitzwilliam diz a Margaret Pole para fazer as malas. Ele pretende levá-la numa liteira a sua própria casa em Cowdray. Quando ele lhe diz que os bens de seu lar devem ser inventariados, ela sabe que seu longo período de boa fortuna acabou; a roda girou, e ela vai cair. Pela primeira vez, Fitz diz, o pesar aparece no seu rosto. Mas isso não é nada em comparação ao pesar no rosto de Lady Fitzwilliam quando ele lhe diz que a condessa de Salisbury vai morar com eles; por quanto tempo, ninguém sabe.

Ele próprio, na Torre, interroga o filho mais velho de Margaret. Alheio, desdenhoso, Montague com frequência se recusa a responder. "Meu senhor, testemunhas ouviram-no dizer que nunca gostou do rei, desde quando era menino."

Montague dá de ombros como quem diz, esse é um privilégio meu.

"Relatos falsos vieram da sua casa, de que igrejas de paróquias serão demolidas. Sabe muito bem que não há rumor mais calculado para fazer com que pessoas simples recorram às armas. Por que não interveio?"

"É difícil deter rumores", Montague diz. "Se for capaz, diga para mim qual é seu método. Garanto que não fui eu a espalhar os rumores."

"O senhor disse…", ele consulta seus papéis, "… que a indelicadeza do rei matou sua primeira esposa? Que ele em seguida se casou com uma prostituta? Que tem um filho bastardo?"

"Conversa de mulher."

"Disse que o Turco é um cristão melhor que o rei?"

"Foi Geoffrey quem lhe disse isso?" Montague dá risada.

Ele insiste: é verdade que Montague confabulou com lorde Exeter para saber quantos homens ambos poderiam convocar em conjunto? Acaso disse que não basta matar os conselheiros do rei, é necessário também acertar o chefe deles? E por acaso isso não é pura traição?

"Suponho que seria", Montague responde.

Ele procura o marquês de Exeter. Ele tem menos cartas na mão, e Exeter sabe disso. Mas tanto os Pole quanto os Courtenay, em anos recentes, dispensaram quaisquer criados que suspeitavam de favorecer os novos ensinamentos ou a leitura da Bíblia. Cavaram, portanto, um fosso fundo de ressentimento que ele pode usar. Só demora um pouquinho para fazer subir o balde.

Ele diz: "Lorde Exeter costumava andar na companhia de pessoas que chamavam o rei de animal".

Exeter suspira. "Será que isso é o melhor que o pobre Geoffrey pode fazer?"

"O senhor disse, o rei e Cromwell são iguais, desdenham do reino todo para conseguir o que desejam."

Exeter revira os olhos.

"Acaso não disse: 'Toda a pretensa autoridade do rei não é capaz de curar sua perna doída'? Acaso não disse: 'A perna vai matá-lo um dia'? Acaso não disse: 'Quando Henrique morrer, então adeus mestre Cromwell'?"

Exeter não responde.

"Acaso não disse: 'Podemos ter um príncipe, mas ele em breve estará morto, toda a linhagem dos Tudor está amaldiçoada'?"

Exeter se irrita: "Não lido com maldições".

"Não", ele diz. "Conversa de mulher. Talvez sua esposa lide?"

Richard Cromwell entra no aposento. Não é verdade que lorde Exeter não tomou terras de abadia?

Tomou.

Aceitou-as do seu próprio livre-arbítrio?

Aceitou.

Justificou-se, dizendo que Deus vai perdoá-lo, já que seriam restituídas aos monges um dia?

Silêncio.

"Como pode ser?", Richard pergunta.

"Por meio de uma inversão de políticas", Exeter diz. "O rei pode se arrepender."

"Ou voltar a se unir com Roma?"

"Você não pode descartar essa ideia."

Ele bate com força na mesa. "Acredite, eu descarto."

Ele fala com Gertrude, a esposa de Exeter. Ela é o homem da casa, uma mulher ousada e cheia de iniciativa, constantemente tentando fomentar o progresso da família em cujo seio se casou. Sua madrasta era espanhola, uma das damas de companhia de Catarina; não é de estranhar, ele observa, que ela se sinta atraída pela companhia de Chapuys, o embaixador imperial. Não é de estranhar que eles troquem confidências.

É difícil deixar Gertrude embaraçada. Ele já a deixou escapar uma vez, para que pense que ele tem o coração mole. "Eu imploro ao rei que tenha comedimento", ele diz a ela. "Deus sabe, minha dama, que ele foi misericordioso com a senhora. Eu, da minha parte, sempre espero que os outros se emendem. "Ele a olha, pesaroso. "Geralmente, eu me decepciono."

Ele se retira. Diz a seu pessoal: "Precisamos nos apoderar da criança. Quer dizer, do filho de Exeter".

Ficam olhando para ele. Ele diz: "Por acaso já viram o rei ferir uma criança? Mas, de qualquer maneira, vão buscá-lo".

Richard Cromwell diz: "Não podemos arriscar a possibilidade de o herdeiro de Exeter ser tirado do país para reunir apoiadores no estrangeiro".

"E tragam o filho de Montague também", ele diz. "Henry Pole tem a mesma idade."

É um cataclismo. Elas caíram, as grandes famílias, desabando como pinos quando um gigante joga boliche; varridas de uma prateleira como jarros num terremoto.

Bess Darrell é levada à Torre. Ninguém ergue nem uma sobrancelha por causa disso, já que todas as damas de Gertrude são interrogadas. Bess parece um anjo: seu cabelo dourado, seus olhos azuis como flores do campo. Ela lhe dá fatos por escrito, cartas que ela copiou. Ela lhe dá amostras de traição bordadas:

o amor-perfeito para Pole, o cravo para Maria. Mas, quando o interrogatório termina, ela pergunta: "E agora? Devo voltar e viver entre essa gente? O que devo dizer quando me perguntarem o que eu disse a Cromwell?".

"Diga que me falou dos seus sonhos."

Essas famílias dão muito valor a sonhos. Sempre os escrevem, selam e enviam uns aos outros por mensageiro. Muitas noites, parece, sonham que o rei está morto. Às vezes, sonham que Jane Seymour aparece com sua mortalha para dizer ao rei que o odeia e que ele está condenado.

Ele diz: "Não pode voltar aos Courtenay porque eles não vão mais existir. Quando sair daqui, vai para Allington".

Ela ergue os olhos. "E o que farei lá?"

"Vai viver e não causará confusão."

"Vai trazer Wyatt para casa?"

Ele assente. "Mas não posso dizer quando."

"Dizem que o rei não está satisfeito com ele."

"Ele não está satisfeito com nenhum de nós."

Ele pensa, nós não sabemos nem se Wyatt continua vivo. Mas acredito que Wyatt tem a capacidade de pressentir o perigo e se afastar dele. Ou não se afastar, caso a imobilidade seja preferível: Wyatt ficou parado enquanto uma leoa o rondava.

Bess Darrell diz: "Lorde Montague chama a Inglaterra de prisão. Ele diz que tem sido uma prisão nesses últimos seis anos".

"Uma prisão boa demais para ele ir embora", ele diz. "Eles me deixam enjoado. São covardes. Se ele tivesse ido para além-mar, para se juntar a Reginald, pelo menos eu o respeitaria. E, se fosse capturado lutando, armado, provaria que é um homem."

"Isso teria facilitado sua tarefa", Bess diz. "Pois, nesse caso, não haveria dúvidas sobre a traição deles. Mas, além do que eu ofereci, o senhor não tem nada afora os disparates de Geoffrey e os boatos, rumores e mexericos de meninos da cozinha. Não vão se dobrar ao senhor, Montague e Exeter, a menos que lhes arranque sua traição, e o senhor não pode fazer isso."

"Eu sou muito engenhoso", ele diz com tristeza. "E seu testemunho é de grande ajuda."

"Mas, pense, meu amo. Se chamar de traidores todos que exprimiram antipatia ao rei ou aos seus procedimentos, quem vai sobrar vivo?"

"Eu", ele diz. Henrique e Cromwell. Cromwell e Henrique.

"Exeter acha que o mundo vai girar", Bess diz. "Ele sabe que Henrique tem medo da excomunhão. Acha que uma demonstração de força vai levá-lo de volta a Roma."

"O rei não vai girar", ele diz. "Muita coisa foi dita e feita na Inglaterra. O rei não pode deter as mudanças, mesmo que deseje. Permita-me viver mais um ou dois anos e vou me assegurar de que aquilo que fizemos jamais poderá ser desfeito, por nenhum poder no mundo. E mesmo que Henrique de fato gire, eu não vou girar. Vou defender minha causa na minha própria pessoa. Não estou velho demais para pegar uma espada na mão."

"Pegaria em armas contra Henrique?" Ela parece interessada, mais que chocada.

"Eu não disse isso."

Ela baixa os olhos para as mãos, em que usa o anel de Wyatt. "Ah, acho que disse, sim."

Meados de novembro: enquanto o clima começa a ficar feio, você pode observar um homem de Cambridge, um padre, cometendo um lento suicídio público. Um só homem, enfrentando o rei: um minúsculo oponente lutando contra o gigante, uma figura pequena como um farelo e tendo por armas um monte de palha.

O nome dele é John Lambert, apesar de ter nascido Nicholson. Ele foi ordenado padre e conhecia o Pequeno Bilney, que o converteu ao Evangelho. Ele foi a Antuérpia como capelão dos mercadores ingleses; o caminho dele cruzou com todos os caminhos perigosos, inclusive o de Tyndale. Thomas More, ele diz, ludibriou-o para que voltasse à Inglaterra. Então o velho arcebispo Warham — da Cantuária, quer dizer — o deteve por heresia, acusando-o em quarenta e cinco artigos, que ele negou. Sim, ele admitiu, estudou o trabalho de Lutero e achava que havia se tornado um homem melhor por isso. Ele concordava com Lutero quando este dizia que é legítimo um padre se casar. A questão do livre-arbítrio, ele disse que era um assunto difícil demais para um homem simples. Mas ele acreditava que apenas Cristo, não os sacerdotes, pudesse perdoar pecados. A Escritura tem tudo de que precisamos, ele disse. Não precisamos das regras adicionais que Roma inventou.

No meio do inquérito, Warham morreu. Deixaram que o caso prescrevesse. Mas a passagem de quatro, cinco anos não fez com que Lambert se tornasse cauteloso. Em Austin Friars — sem escrivães presentes, sem registros feitos —, Thomas Cranmer tentou lhe incutir algum juízo. Ele, Thomas Cromwell, discutiu ferozmente com ele. E Robert Barnes ficou lá parado, o rosto contorcido de desgosto e medo, até que explodiu: "Você... sei lá como se chama — Lambert, Nicholson —, você vai destruir a todos nós".

Cranmer tinha dito: "Nós não discordamos das suas opiniões...".

"Discordamos, sim", Barnes disse.

"Bom, então discordamos — mas o mais importante é o seguinte, seja circunspecto. Seja paciente."

"Como assim, esperar que vocês se arrastem na minha direção? Seja homem, Cranmer, defenda a verdade. Sabe disso agora, no seu coração."

Barnes diz: "Lambert, você questiona até o próprio batismo...".

"Há batismo nas Escrituras. Mas não de criancinhas."

"... e questiona a Eucaristia, o sacramento do altar. Agora, se fizer isso, se fizer isso abertamente, não posso e não vou protegê-lo, e ele", aponta para o arcebispo, "não vai, e ele", aponta para o lorde do selo privado, "também não vai."

"Vou lhe dizer o que vou fazer", Lambert diz. "Vou poupá-los do tormento. Vou passar por cima de vocês. Vou apresentar meu caso para o rei em pessoa. Ele é o líder da Igreja. Deixem que Henrique me julgue."

O rei — que nenhum homem se surpreenda — se pôs à altura do desafio. Em Whitehall, vai debater com Lambert em público. "Cromwell, os embaixadores virão?"

A Europa chama o rei de herege — então, agora, que a Europa o veja e o escute defendendo nossa fé comum. Pole afirma que ele é inferior a estudiosos como More e Fisher, os mortos abençoados. Ele vai mostrar o contrário. Fileiras de bancos são dispostas para os espectadores.

"Ore a Deus para que o rei não sofra uma queda", Rafe Sadler diz. "Lambert é um estudioso de idiomas. É capaz de citar as Escrituras em línguas antigas e modernas."

Ele sente remorso. "Eu sempre disse ao rei, inglês basta."

Ele pensa, para cada ponto que Lambert marcar, eu vou sofrer.

Ele deu o melhor de si para impedir que Henrique armasse esse espetáculo. O senhor não precisa responder a Lambert, disse a ele — tem bispos para cuidar disso. Mas Henrique não o escuta. É apenas na véspera do debate que ele sente o desconforto de seus conselheiros. "Como assim, temem por mim? Sou capaz de debater com qualquer herege. E devo carregar a tocha da fé bem alta, onde meus amigos e inimigos possam ver."

Ele diz, e quando vossa majestade vai começar a carregá-la? "Mais ou menos ao meio-dia", Henrique diz. "E ao crepúsculo tudo deve estar terminado."

No dia da audiência, de manhã cedo, ele recebe a esposa de Lisle, chegada de Calais. Exceto por Stephen Gardiner, é a última pessoa que ele gostaria de ver antes do desjejum.

Ele sabe que Lady Lisle não gosta dele. Ela não gosta do que ele é — um plebeu num alto cargo — e o faz sentir que seus modos e sua fala o delatam e revelam que ele não passa de um copeiro. Mesmo assim, ela tagarela alegremente a respeito dos termos sob os quais vai lhe vender sua propriedade em Gloucestershire. Até parece que em Calais tudo era felicidade; ela não menciona o fluxo contínuo de informantes ressentidos que aparecem nas diversas casas dele, alguns ainda verdes da travessia marítima. Ela não menciona as pessoas sob custódia na Torre, apesar de certamente serem primos dela; todas essas pessoas são aparentadas. Ela diz apenas: "Ouvi dizer que anda ocupado, lorde Cromwell. Nunca ocupado demais para obter terras, não é mesmo? Eu disse ao meu marido, pode ter certeza, Cromwell vai encontrar tempo para mim. Ele deseja o que eu tenho".

"Como está lorde Lisle? John Husee diz que ele anda melancólico."

"Ele ficaria alegre se recebesse alguma recompensa pelo seu longo serviço."

"O rei lhe ofereceu duzentas libras por ano."

"Eu gostaria que fossem quatrocentas."

Ele reprime um sorriso. "Vou perguntar. Não prometo nada."

"Se o rei se sair bem contra o herege, ficará de bom humor hoje à noite. Bem", ela se levanta, "preciso eu mesma ir andando. Quanto antes voltar a Calais, mais agradarei meu amo. Ele diz que prefere perder cem libras a passar uma semana sem mim."

"Se ele tivesse essa quantia para perder", ele diz sem pensar.

"Isso depende do senhor", ela diz. "Tente dar um jeito, pode ser, mestre Cromwell?" Ela dá risada, pede desculpas. "Lorde Cromwell, eu devia dizer."

"Sim, devia", ele diz. "Já devia saber a essa altura."

"Não tive a intenção de desrespeitá-lo. O senhor é aquilo em que o rei o transformou. Mas quer saber por que meu amo se sente infeliz? Tantas nulidades prosperam, enquanto ele tem que raspar o cofre."

Lady Lisle não consegue mulheres para servi-la, é exigente demais. Mas o velho Lisle está apaixonado por ela, ele pensa: sua esposa dura, inteligente e egoísta.

Já passa das dez horas. Em Westminster, os bispos estão esperando: os integrantes do conselho real, os cavalheiros da câmara privada, o prefeito, os conselheiros das aldeias, os oficiais das guildas de Londres. Christophe o ajuda a vestir a casaca. "O bispo Gardineur irá acompanhá-lo", ele o lembra. "Hoje ele vai se divertir, porque com certeza esse pobre Lambert vai queimar, não? Pois quem pode negar o batismo? Antes de são Cristóvão ser batizado, era um canibal com cabeça de cachorro. O nome dele não era Christophe, mas Abominável. Depois que foi batizado, tornou-se humano e passou a ser capaz de rezar. Antes, só podia latir."

Ele diz: "Eu sei que seu nome na verdade não é Christophe. Você tinha outro. Fabrice, não é mesmo?".

"Christophe era meu nome de Calais. Na rua Calkwell. Antes de Fabrice, eu era Benoît, um menininho muito bom. Mas não importa como fui batizado. Eu esqueci."

Ele pensa, não é o batismo que condenará Lambert, é corpus Christi, é o corpo de Cristo.

Lá vem Stephen Gardiner, afoito: ele retém o passo, os dois param, se empertigam; então tiram o chapéu um para o outro, homens respeitosos, elaboradamente polidos. Mas, com Stephen, os bons modos sempre duram apenas um piscar de olhos.

"Não sei o que anda fazendo na minha ausência", Stephen diz. "Não sei por que iria tolerar um anabatista. A menos, é claro, que seja um deles."

Em sua imaginação, ele tira a casaca mais uma vez. Arregaça as mangas e dá um soco no nariz de Stephen. Para ele, é espantoso que Stephen tenha passado três anos fora e que seu ímpeto de derrubá-lo continue mais forte do que nunca.

"Acha que isso parece provável?", ele pergunta. "Essas pessoas que chama de anabatistas se recusam a fazer juramentos. Não servem a rei nenhum. Não apenas negam seu trabalho ao Estado, e sua obediência ao magistrado, como também impedem que seus filhos leiam livros. Amam a ignorância. Dizem que vivemos nos últimos dias, então por que aprender qualquer coisa? Por que cuidar das plantações, por que armazenar grãos: não há necessidade de fazer colheita."

"Ah, muito bem", Gardiner diz, "dá para ver o ponto de vista deles, se a vinda de Cristo é iminente. Algo em que não acredito. Mas achei que talvez você acreditasse."

"Sabe que não tenho nada a ver com essa seita."

"Talvez não." Stephen sorri. "Afinal de contas, pensa conspicuamente no futuro. Acumula riquezas sobre a terra, não é? De fato, faz pouco mais que isso."

"Agora que está de volta à jurisdição", ele diz, "vai ver o que eu faço."

Ao meio-dia, o rei chega, anunciado por trombetas. O dia está escuro, mas Henrique veste branco da cabeça aos pés. Ele parece uma das montanhas de que se ouve falar em fábulas, feitas de gelo sólido.

O rei toma seu lugar no palanque sob o baldaquino. As fileiras de bancos estão lotadas. O clero senta-se ao lado direito do rei; seus nobres, ao lado esquerdo. O salão está todo enfeitado com esplendor, um borrão de flâmulas, bandeiras e tapeçaria trazidas do guarda-roupa real, para que figuras bíblicas dominem a cena: Daniel, Jó, Salomão sem a rainha de Sabá.

Ele, o vice-regente, toma seu assento. O bispo Tunstall faz um cordial aceno com a cabeça. O bispo Stokesley o fulmina com o olhar. O dr. Barnes parece uma imagem fúnebre. Cranmer parece ter encolhido. Hugh Latimer fica pulando para cima e para baixo, esbarrando neste e naquele, dando tapinhas em seus ombros, sussurrando, passando bilhetes. Ele diz a Cranmer: "Hugh passou informações ao rei?".

"Todos nós lhe passamos informações." Cranmer parece surpreso. "Você não fez isso?"

"Eu não ousaria. Ele está mais próximo de Deus que eu."

Quando trazem John Lambert, seu passo é firme; seu rosto, resoluto. Mas, quando olha ao redor e percebe a grandiosidade do salão, dá para ver que fica atônito. Ele olha fixo para o rei, para suas brilhantes encostas, e então começa a fazer uma mesura — não sabe se deve curvar o corpo ou se ajoelhar.

Ele, Thomas Cromwell, vê o dr. Barnes sorrir. Ouve Stokesley se ajeitar em seu assento, um farfalhar presunçoso. Ele se volta para trás e o fulmina com os olhos: "Um pouco de caridade?".

"Silêncio", Cranmer diz.

Eles ergueram uma plataforma para que Lambert possa ser visto de todas as partes do salão. Ele para na frente da estrutura, como um cavalo que viu uma sombra nas árvores. Quando o instigam a subir os degraus, ele se arrasta como se fosse um cadafalso. Ele fica de frente para o rei. Sua cabeça vira em busca de rostos conhecidos, mas quando os encontra à luz fraca do meio-dia, ele vê que estão duros como pedra.

Henrique se inclina para a frente. Essa audiência não tem precedente e, portanto, não tem regras, mas o rei decidiu conduzi-la como se fosse um tribunal. "Seu nome?"

John Lambert está acostumado a se defender em ambientes pequenos. É corajoso, mas até hoje jamais teve de se mostrar à altura de uma situação grandiosa: e aqui está seu rei, a altura das alturas.

A voz dele parece fraca, como se viesse de uma outra era. "Eu nasci John Nicholson. Mas agora sou conhecido como John Lambert."

"O quê?" O rei está chocado. "Como tem dois nomes?"

Lambert se encolhe. Ele se curva sobre um joelho.

Gardiner murmura: "Sábio movimento, companheiro".

O rei diz: "Eu não confiaria num homem com dois nomes, mesmo que fosse meu próprio irmão".

Lambert fica estupefato com a maneira direta como o rei fala. Será que esperava oratória erudita? Isso ainda está por vir: mas então Henrique se move, com ímpeto certeiro, à arena do combate. "O corpo de Cristo. Está presente no sacramento?"

Quando o rei diz corpus Christi, leva a mão ao chapéu, num gesto de reverência.

Lambert observa o gesto. Seus ombros se encolhem. "Vossa majestade sendo tão bem instruído, um príncipe de rara sagacidade..."

"Lambert, Nicholson", o rei diz, "eu não vim aqui para ser bajulado. Apenas responda."

"Santo Agostinho diz..."

"Já sei sobre Agostinho. Quero saber de você."

Lambert se encolhe mais. Agora está ajoelhado e não sabe em que ponto pode se levantar. É uma forma de tortura que criou para si mesmo. O rei olha com raiva para ele. "Bem? O que tem a dizer? É a carne de Cristo, o sangue d'Ele?"

"Não", Lambert responde.

Stephen Gardiner dá um tapa de leve no joelho. O bispo Stokesley diz: "Melhor tocar fogo nele agora. Por que arrastar a situação?".

O rosto do rei cora. "E as mulheres, Lambert — é da lei uma mulher lecionar?"

"Em caso de necessidade", Lambert responde. Os bispos resmungam.

E a palavra "ministro", o rei quer saber, o que ele acha que significa? A palavra "igreja"? A palavra "penitência"? Os fiéis devem fazer confissão privada? Ele acha que os padres podem se casar?

"Sim", Lambert responde. "Qualquer homem pode se casar, se não tiver o dom da castidade. São Paulo é claro em relação a essa questão."

Robert Barnes diz, com licença. Ele se levanta e vai tropeçando nas canelas de clérigos eruditos.

"Meu lorde arcebispo", o rei diz, "pode se levantar agora e mostrar a Lambert ou Nicholson por que ele está errado?"

Cranmer se levanta. Cuthbert Tunstall se inclina para a frente: "Lorde Cromwell, por que Lambert tem dois nomes? Isso parece incomodar o rei tanto quanto suas heresias".

"Acredito que ele tenha mudado de nome para se esquivar da perseguição."

"Hmm." Tunstall se recosta. "Seria melhor se tivesse mudado suas opiniões."

Cranmer está de pé. Ele age como se estivesse experimentando o terreno: "Irmão Lambert...".

As pessoas do fundo gritam que não conseguem ouvir.

Robert Barnes voltou. Com licença, senhores, peço perdão: tropeça nos pés deles mais uma vez. Parece enjoado. Talvez esteja, de fato. Cranmer diz: "Irmão Lambert, vou lhe mostrar algumas passagens da Escritura que, acredito, comprovam que está errado, e se admitir que meus textos têm fundamento, então suponho que deva aceitar minha opinião e a do rei. Mas se...".

Stephen Gardiner está se remexendo na cadeira. Enquanto Cranmer defende seu caso, ele fica fazendo comentários murmurados, sem dúvida num tom baixo demais para o rei escutar. O bispo Shaxton ordena que ele fique quieto. Hugh Latimer o olha com cara feia. Stephen os ignora e, mesmo antes de Cranmer terminar, já está de pé.

Cuthbert Tunstall diz: "Meu lorde Winchester, acredito que eu seja o próximo a falar, não?".

Gardiner range os dentes.

Tunstall olha ao redor em busca de ajuda. "Cavalheiros?"

Cranmer se afunda na cadeira. Hugh Latimer diz: "Talvez o vice-regente seja o próximo?".

Ele, Cromwell, ergue a palma da mão: eu, não.

O bispo Shaxton abana a lista. "Você é o número seis, Gardiner. Sente-se!"

O bispo de Winchester nem percebe a confusão. Simplesmente continua, fazendo com que o homem fale até se condenar à morte, empurrando-o e atraindo-o às chamas onde irá sangrar e gritar.

Duas horas. O rei é magistral. É lépido, é incisivo; às vezes, é humilde. Ele não quer matar Lambert, isso não é do interesse dele. Ele quer vencê-lo com a razão: para que, no fim, Lambert se curve e confesse: "É um teólogo melhor que eu: fui instruído, iluminado e salvo por vossa majestade".

Você jamais veria Francisco se envolver num debate com um súdito; na verdade, o rei da França seria incapaz de fazê-lo. Você jamais veria o imperador se esforçando para salvar a vida de um miserável súdito. Eles simplesmente chamariam os inquisidores e derrotariam Lambert na sala de tortura.

Ele, Cromwell, pensa no torneio, no catálogo de pontos, no registro de cada *atteint*: *quebrada no corpo*. Cada vez que o rei recolhe seu cavalo e deita sua lança, faz uma pausa, faz algum tipo de oferta a Lambert. Uma perspectiva de misericórdia. Sua vida — se recuar, ceder e depois implorar. Quando lhe perguntam se ele acredita em purgatório, Lambert diz: "Acredito em adversidades. É possível passar pelo purgatório neste mundo".

"É um truque", Hugh Latimer balbucia. "O rei em si não acredita em purgatório."

"Bem, não hoje", Gardiner diz.

Três horas: pausa para mijar. Já houve citações a Orígenes, são Jerônimo, Crisóstomo, o profeta Isaías. Do lado de fora, Gardiner diz: "Não consigo imaginar por que as antigas acusações contra Lambert foram retiradas. Mudança de arcebispo não é desculpa. Você deveria ter cuidado disso, Cromwell".

Stokesley diz: "Não parece estar muito interessado nesse caso, meu lorde do selo privado".

"Imagino por quê", Gardiner diz. Ele olha para Latimer. "E o senhor, está aproveitando os conhecimentos do rei?"

Hugh rosna como um cachorro terrier na frente de um touro.

Demora um pouco para que todos os espectadores retornem a seus lugares, parem de tossir e se acomodem. Então, todos os olhos se voltam para ele, o vice-regente do rei. Ele se levanta meio desequilibrado. "Majestade, depois de ouvir seu raciocínio, e o dos bispos, não tenho nada a acrescentar e não acho que falte nada."

"O quê?", Gardiner diz atrás dele. "Não falta nada? Vamos lá, Cromwell, argumente sobre o caso. Acha que ninguém quer escutá-lo? Eu quero escutá-lo."

O rei o olha, carrancudo. Gardiner joga as mãos para o alto, como se estivesse pedindo desculpas.

É a vez de Lambert falar. E a vez de cada um é respeitada — à exceção de Stephen. Lambert, que estava de joelhos, deu um jeito de ficar de pé, mas quatro horas se passaram e ninguém lhe ofereceu uma cadeira. Crepúsculo: seus ombros se curvam. As tochas entram. Enquanto as luzes brincam no rosto dos bispos, o rei diz: "Está na hora, Lambert. Ouviu todos esses homens eruditos. Então, agora, o que pensa? Nós o convencemos? Vai viver ou morrer?".

Lambert diz: "Eu confio minha alma às mãos de Deus. Meu corpo, às de vossa majestade. Eu me submeto ao seu julgamento. Entrego-me à sua clemência".

Não, ele pensa. Não aqui.

Henrique diz: "Acredita que o sacramento do altar é um teatro de fantoches".

"Não", Lambert responde.

O rei ergue a mão. "Diz que é uma ilusão. Que é apenas uma imagem, ou figura. Uma passagem o confunde, as palavras de Jesus: *Hoc est corpus meum*. É a passagem mais clara de todas. Eu não serei um incentivador de hereges. Meu lorde Cromwell, leia a sentença contra este homem."

Ele pega os documentos. Em tais casos, são preparados com antecedência. Stokesley diz que ele sozinho queimou cinquenta hereges e, mesmo que esteja apenas se gabando, há uma forma para a próxima parte do procedimento que é bem ensaiada. Ele se levanta.

"Fale em alto e bom som", Stokesley diz. "Permita-nos escutá-lo afinal, lorde Cromwell. Não deixe que o infeliz tenha dúvidas a respeito do seu destino."

Depois que o édito é lido, os guardas levam Lambert embora. O rei inclina a cabeça para a audiência com a piedade sóbria de um clérigo: que é o que ele foi, durante esta tarde. Quando ergue o queixo, sua expressão é exaltada.

Com um sinal, os trombeteiros entram no salão. Eles tocam uma fanfarra para acompanhar a saída do rei. Seis trombeteiros. Dezesseis pence cada. Oito xelins que a tesouraria tem de arranjar. O rei está pensando em formar uma nova guarda, chamada de os Fidalgos Lanceiros, com novos uniformes. Do jeito que andam as coisas, ele vai exigir trombeteiros a cada hora.

Ainda não são seis horas, mas a noite está preta lá fora. O inverno começa a apertar o reino com sua garra de ferro. "Aquilo foi horrível", Rafe diz.
   Ele concorda. "Pobre homem."
   Rafe diz: "Não estou falando de Lambert. Ele causou isso a si mesmo".
   "Acredito que Gardiner tenha lhe causado isso." Ele está irritado. "Stephen põe as garras de volta em solo inglês e isso ocorre. Acho que ele tem falado com o rei pelas minhas costas. Acho que ele anda puxando a manga do rei — dizendo-lhe como os franceses estão desgostosos com nossa reforma, como o imperador está horrorizado — como ele precisa comprovar que é um bom romano no coração. Como se sua grande causa fosse alguma disputa tola que possa ser aplacada numa quinzena, e o trabalho de sete anos possa ser ignorado…"
   "Está muito tarde para um discurso", Rafe diz.
   O guarda residencial dele está aqui, pronto para levá-lo para casa. A multidão está se dispersando. As fanfarras terminaram, os trombeteiros estão se afastando. Ele os chama, enfia a mão no bolso para lhes dar algum dinheiro para uma bebida. Eles levam as mãos aos gorros para agradecer. Ele se volta mais uma vez a Rafe. "Espero que não pareça que eu desprezei o desempenho do rei. Não desprezei. Ele argumentou muito bem."
   Rafe diz: "Pareceu que o senhor não sabia o que fazer".
   Ele pensa, eu sabia. Mas não fiz. Eu poderia ter erguido minha voz por Lambert. Ou pelo menos poderia ter me retirado.
   "Barnes se fez de hipócrita", ele diz. "Se não fosse pela graça de Deus, ele mesmo estaria ali, sob acusação."
   Rafe diz: "Rob não fez nenhum mal a si mesmo hoje".
   Rafe deixa o resto por dizer. Saem para o frio. Ele pensa, eu poderia ter declamado passagens. Poderia ter citado as escrituras. De que serviu toda a minha leitura?
   Ele passa os braços em volta dos ombros de Rafe. Rafe nunca se encorpa; ele não é nenhum caçador nem jogador de tênis, é tão franzino quanto um menino, frágil. "Não tema", ele diz. "Vamos prosperar, filho." O frio faz o rosto deles arder.

A execução será daqui a poucos dias. Ele manda comida e bebida a Lambert, palavras de consolo e pena, mas pergunta a si mesmo, como poderão ser recebidas? Ele sabe que eu não falei por ele. Fiquei sentado na arena entre aqueles homens ávidos e de olhos duros, com gosto de sangue na boca, e não ergui nem um dedo. Também não ergui a voz, exceto para ler a sentença. Mas se o rei não me consultou, o que eu podia fazer? Em todo *O livro chamado Henrique*, não há precedente para isso.

O fim de John Lambert é uma ocasião grandiosa. Em Smithfield há arquibancadas para os dignitários, enfeitadas com os emblemas da Inglaterra, equipadas com almofadas encorpadas. Todos os conselheiros estão em desfile, exceto aqueles que estão enfermos no leito: cada homem enfeitado com as correntes de sua posição, além da insígnia da Ordem da Jarreteira para a elite. Assentos com a melhor visão estão reservados para os embaixadores principais, para Castillon e Chapuys.

O dia é um festim de dor. Ele nunca viu um homem sofrer tanto. O espectador não pode cegar os próprios olhos. Só pode fechá-los por momentos. Ele pensa, graças a Deus que Gregory está a salvo em Sussex. Ele não conseguiu olhar quando Ana Bolena morreu, e aquilo foi só um piscar de olhos: menos.

Lambert demora uma hora para morrer. Ao lado dele, servindo a meu lorde do selo privado, há um menininho, Thomas Cromwell, conhecido como Harry Ferreiro. Há um borrão de cinzas em seu braço desnudo; seu corpo, por baixo da jaqueta, está nublado de hematomas.

Na hora iluminada pelas estrelas, Cranmer vem vê-lo. Uma visita pastoral. "Não está se sentindo bem?"

Ele não admitiria isso. "Acordado dia e noite", ele diz. "É o mestre Traidor Pole, ele cria tanta papelada com suas maquinações."

O próprio arcebispo parece impotente, exausto. Ele, lorde Cromwell, pede vinho para o visitante; comida, se aceitar: uma asa de capão, ameixas. Cranmer se ajeita na cadeira. Assoa o nariz. Ele diz: "Sabe, aquilo que começamos não vai render frutos em uma geração. Você já passou dos cinquenta anos. E eu já estou quase lá".

"Gardiner perguntou se eu achava que estávamos vivendo os últimos dias."

Cranmer olha de relance para ele. "Mas você não acha. Certamente." O arcebispo está mordendo o lábio; parece um homem extraindo uma farpa com uma agulha.

"Consigo entender por que homens bons acreditam que Cristo está vindo. Queremos a justiça d'Ele, quando a justiça parece estar tão atrasada."

"Você acha que Lambert não teve justiça?"

Ele ergue os olhos. Não é uma armadilha.

Ele responde: "Você não pode ser seletivo quando serve a um príncipe, semana a semana ou causa a causa. Às vezes, a única coisa que você pode fazer é diminuir os danos. Mas, dessa vez, falhamos".

Cranmer diz: "Não podemos cometer o erro de Thomas More. Ele achou que a consciência de Henrique estivesse sob seu comando".

A porta se abre. Cranmer se sobressalta. "Ah, Christophe..."

Christophe pousa uma travessa. "Acho que meu amo deveria tirar uma folga."

"Isso está fora da minha jurisdição", Cranmer diz com a voz fraca. "Sabe, quando eu era menino, realmente achava que os arcebispos podiam fazer qualquer coisa. Supunha que podiam fazer milagres."

"Eu nunca pensei no assunto", ele diz. "Christophe, traga frutas."

O menino se retira. Ele diz: "A luz de Cristo nos conduz a alguns lugares nebulosos".

O arcebispo está olhando para sua ave assada. Ele diz: "Não posso tocar em carne. Não hoje à noite".

Ele pergunta: "Já viu um gavião continuar matando quando a presa está morta?".

Cranmer se retesa. "Não", ele responde, "não. Acho que o rei estava... ele me surpreendeu... ele foi judicioso, ele foi, em certos momentos, foi quase... paternal."

Arrancando e pisoteando, fúria nos olhos. Bebendo sangue da cavidade corporal, depois rasgando a carne mais uma vez.

"Paternal", ele diz. "É, foi mesmo."

Ele pensa, depois que vi Joan Boughton ser queimada, fui para casa, para minha vidinha, e não sabia se aquilo tudo havia acontecido de verdade ou se eu tinha sonhado. Fiquei imaginando se eu a veria na rua, um corpo idoso cuidando da própria vida, saindo com seu cesto para comprar cravos e maçãs para fazer uma torta.

Cranmer diz: "Mas que outra coisa poderíamos ter feito? Lambert escolheu suas respostas. Poderia ter escolhido outras".

"Acho que não poderia, não."

Cranmer reflete sobre a questão. Para preencher o silêncio, ele pergunta: "Como vai sua dama?".

"Grete?" Cranmer fala como se tivesse outras esposas, uma ou duas. "Grete está amedrontada. E cansada de se esconder. Garanti a ela, quando a trouxe para a Inglaterra, que o rei seria convencido de outra opinião, e que seríamos capazes de viver com liberdade como casal. Mas, do jeito que as coisas estão..."

A voz dele definha. Estamos vivendo além do tempo que nos foi dado, em aposentos pequenos, uma mala sempre pronta, um ouvido sempre alerta; temos o sono leve e, em algumas noites, quase nem dormimos.

Ele diz a Cranmer: "Então, o que vai fazer agora? Depois disso? Se o rei é capaz de queimar esse homem, ele é capaz de nos queimar. O que eu devo fazer?".

"Mantenha-se no poder até quando puder. Pelo bem do Evangelho, eu farei o mesmo."

"De que adianta estarmos no poder, se não pudemos salvar John Lambert?"

"Não pudemos salvar John Frith. No entanto, olhe para tudo que fomos capazes de fazer desde que Frith foi para a fogueira. Não pudemos salvar Tyndale, mas pudemos salvar o livro dele."

Verdade. Homens mortos estão trabalhando. Sua causa não está perdida. Seu labor prossegue, separado de nós por uma cortina de fumaça.

Depois que Cranmer se retira, os criados lhe trazem velas e vinho e fecham sua porta. Baixam a voz e caminham como se calçassem chinelas de feltro. Ele pega uma folha nova de papel e começa a escrever uma carta. *Para meu muito amado amigo Sir Thomas Wyatt, cavaleiro, embaixador do rei junto ao imperador.*

Ele escreve: *A majestade do rei, a graça de meu lorde príncipe, minhas damas suas filhas e o restante de seu conselho estão todos contentes e em boa prosperidade...*

Quando eu era jovem, ele pensa, precisava de toda a minha força. Piedade era um luxo ao qual eu poderia me entregar algum dia, como pão branco refinado ou um livro; um teto firme por cima da minha cabeça, uma lamparina de vidro cor de âmbar ou azul; uma vara de brocado perolado, um fogo de lenha de bétula; uma mão segura para acendê-lo.

O décimo quinto dia do presente mês...

Orígenes diz que, para cada homem, Deus faz um pergaminho que é enrolado e escondido no coração. Deus escreve com uma pena, um junco, um osso.

... a majestade do rei, pela reverência do sagrado sacramento do altar...

Ele pensa em adicionar, nosso monarca se vestiu de branco. Da cabeça aos pés ele brilhou. Como um espelho. Como uma luz. Ele escreve, *Eu gostaria que os príncipes da Europa pudessem ter visto, ouvido — com que gravidade ele lutou pela conversão desse pobre infeliz miserável...*

A mão dele se move por cima do papel, a tinta acompanha o deslizar de seu punho. A luz do fogo se agita, uma chama de vela se curva e embaça. Ele se lembra de quando cavalgou com Gregory pelas pradarias. Sob um céu prateado: a luz sem sombra, como a luz no início do mundo.

Se aqueles príncipes estivessem comigo hoje, ele escreve, teriam visto a erudição de Henrique e teriam ficado maravilhados com isso. Teriam testemunhado seu juízo, suas políticas: eles o teriam visto como — ele ergue a pena por um instante da página — *o espelho e a luz de todos os outros reis e príncipes da cristandade.*

Entre seus papéis, ele ainda tem um verso da autoria de Tom Verdadeiro. Soltou-se de seu poema, mas ele sabe de cor.

Mas já que meu capricho a conduz assim
E conduz minha amizade para longe da luz
E me faz caminhar no escuro para a frente e para trás
Enquanto outros amigos podem caminhar à vista...

Mesmo os piores poetas às vezes se saem com um fraseado aprazível. Você até consegue ver o bruxuleio da forma humana passando da luz à sombra, e de volta à luz. Ele olha ao redor do aposento. A desbotada cintilação do tapete turco. Seus livros encadernados em pele de cordeiro e de vitela. A bandeja de prata, refletindo-o para si mesmo: o espelho e a luz de todos os conselheiros que estão na cristandade.

Ele pousa sua pena. Ele pensa, esta carta não vai servir, amanhã eu preencho as lacunas; ou talvez não, amanhã me querem na Torre. Ele está cansado demais, abalado demais, tomado demais pelo horror e pela desolação para descrever com quaisquer detalhes o julgamento de Lambert, ainda mais seu último dia. Ele escreve, *Estou certo de que alguns de seus amigos que tenham tempo livre em breve haverão de informá-lo, em suas cartas, a respeito de todo o discurso...*

Que façam isso. Ele fecha os olhos. O que Deus vê? Cromwell no quinquagésimo quarto ano de sua idade, em todo o seu peso e *gravitas*, seu corpanzil enrolado em lã e pele? Ou um mero bruxuleio, uma ilusão, uma fagulha embaixo de um sapato, uma cusparada no oceano, uma pena no deserto, um fiapo, um espectro, uma agulha num palheiro? Se Henrique é o espelho, ele é o ator pálido que não emite brilho próprio, mas rodopia na luz refletida. Se a luz se move, ele desaparece.

Quando eu estava na Itália, ele pensa, vi virgens pintadas em todas as paredes, vi em cada afresco o vermelho das vestes de Cristo. Vi a tentação sinuosa que se enrola num galho e o rosto de Adão quando foi tentado. Vi que a serpente era uma mulher, e em volta do rosto dela havia cachos de folhas de prata; eu a vi estremecer pela folhagem, eu a vi balançar sob suas voltas. Vi a lamentação do céu com o Cristo crucificado, anjos voando e chorando ao mesmo tempo. Vi torturadores tão ágeis quanto dançarinos jogando pedras em santo Estêvão e vi o rosto entediado do mártir enquanto esperava pela morte. Vi uma criança morta moldada em bronze, em pé sobre o próprio cadáver: e todos esses retratos, imagens, eu absorvi como alguma espécie de profecia ou sinal. Mas conheci homens e mulheres, melhores que eu e mais próximos da graça, que meditaram sobre cada farpa da cruz até esquecerem quem e o que são, até enxergarem o sangue do Salvador correndo nas fibras encharcadas da madeira. Até acreditarem que não eram mais cativos do infortúnio ou do crime, tampouco escravos de um sacrifício inútil numa terra estranha. Até compreenderem que a cruz de Cristo é a árvore da vida, e que a verdade irrompe dentro deles, e que estão salvos.

Ele joga areia sobre o papel. Depõe a pena. Acredito, mas não acredito o suficiente. Eu disse a Lambert, minhas orações estão com você, mas, no fim, só orei para mim mesmo, para que eu não sofresse a mesma morte.

3.
Herança

Dezembro de 1538

Seu esquema de registro é muito mal recebido. Registrar os batismos, o povo diz, irá permitir ao rei nos cobrar impostos desde a infância. Registrar casamentos irá permitir-lhe impor uma taxa a cada noiva e a cada noivo. Se forem notificados sobre os funerais, os representantes de Cromwell irão aos enterros só para arrancar as moedas das pálpebras dos mortos.

Cromwell está fazendo seus planos, dizem, para roubar nossa lenha, nossas galinhas e nossas colheres. A intenção dele é penhorar nossas moendas, cobrar imposto sobre nossas caldeiras e caldeirões, pesar a viga, desregular a balança do padeiro e ajustar as medidas líquidas a seu favor. O homem é feito uma fuinha, que todos os dias come o equivalente ao próprio peso. Você nunca o vê chegar, ele se torna tão pequeno que pode passar por um anel de noivado. Seus olhos ficam abertos a noite toda. Ele dança para confundir sua presa e então suga seu cérebro. Ele arma seu covil nos redutos dos derrotados e forra as paredes com a pele dos antigos habitantes.

O embaixador Chapuys requisita uma entrevista. Está agitado. "Thomas, sabe o que estão dizendo em Roma? Dizem que, quando você abriu o altar de Becket, pegou os ossos e os disparou de um canhão. Decerto não pode ser verdade?"

"Embaixador, ah, se eu tivesse tido essa ideia..."

Chapuys diz: "Tem sorte de não servir àquele rei Henrique que mandou matar Becket. As crônicas afirmam que ele rolava no chão nos seus ataques de raiva e que sua boca espumava como um cão raivoso".

No palácio de Lambeth, havia uma estátua de Becket empoleirada no alto da muralha externa, virada para o lado do rio. Agora Cranmer mandou que fosse retirada, e o lugar está vazio. O mestre da balsa diz: "Eu saúdo aquela estátua desde que era menino".

"Então já estava na hora de parar, Bastings."

"Meu pai antes de mim. Seu pai antes dele. Acho que o hábito vai fazer com que eu continue."

Bastings cospe por cima da lateral da embarcação. No tempo em que era menininho em Putney, ele achava que os barqueiros cuspiam para dar sorte. Mas seu tio John lhe disse que eles fazem isso para alertar seus deuses, que olham lá das profundezas, através das águas, observando o casco das embarcações e vendo as fendas que ainda não se abriram.

Quando tinha catorze anos, ele pensava no rio o tempo todo. Quando chovia, ele pensava, que bom, mais água para me levar para longe, para o mar.

O Tâmisa está inchado; é o tipo de clima que leva embora os corpos do pátio da igreja de São Olavo e os arrasta nadando na maré espumante. A salvo em casa, ele destranca a caixa onde guarda o livro de orações da esposa morta. Localiza a imagem de Becket e corta fora a página. Faz isso com delicadeza, com uma faca de lâmina fina. Ele vira as páginas e olha para cada imagem. Vê Maria morta e carregada em procissão, com os judeus em disparada para sacudir o esquife e pisotear as guirlandas de rosas dos enlutados. Ele vê Cristo açoitado no pilar, o corpo de peixe branco se retorcendo com o flagelo.

Em Austin Friars, os cômodos reforçados e os porões estão se enchendo de relíquias. Há uma pilha de lenços cuja barra foi cuidadosamente bordada pela Virgem Abençoada, e um pedaço da corda com que Judas se enforcou. Madonas foram mandadas para lá em remessas de meia dúzia, algumas destinadas à fogueira, outras, ao machado; Nossa Senhora de Caversham cutuca santa Ana de Buxton, santa Modwena dá risada atrás delas. Aquilo o lembra dos dias anteriores a Ana Bolena, quando as damas se juntavam, deslizando pensamentos perigosos através de lábios coloridos e revirando seus olhos pintados. Numa caixa, há um pedaço lívido de cinco centímetros de cartilagem, que é a orelha de Malco, criado do alto sacerdote de Israel — cortada por são Pedro na época da prisão de nosso Salvador. Os ossos de Becket estão numa caixa simples. Apenas um cirurgião experiente, e possivelmente nem ele, poderia dizer se são os ossos de um mártir ou de um animal.

Enquanto seus parentes são interrogados na Torre, Margaret Pole permanece sob custódia na casa de Fitzwilliam. Quando Fitzwilliam sai de casa, sua esposa Mabel faz com que a leve consigo. Ela se recusa a ficar sozinha sob aquele frio olhar Plantageneta.

Quando uma busca detalhada é feita no castelo de Margaret em Warblington, surgem documentos que talvez ela preferisse ver queimados.

"E não duvido", Castillon diz, alegre, "que outros venham a aparecer, conforme os demande."

Chapuys diz: "Cremuel fica bastante feliz se a prova acompanhar o veredito".

"Margaret Pole não está sendo julgada", ele diz sem emoção.

Ela é a cabeça da família. É ela que carrega a linha de sangue. Nunca mais vai sair em liberdade, mas o tempo dará conta dela; não lhe agrada a ideia de ficar explicando a embaixadores estrangeiros por que o rei mandou uma velha dama ao verdugo. A esposa de Geoffrey, Constance, não será indiciada. Ele deixou a família de Thomas More de fora da acusação, além do bispo Stokesley: por enquanto. A rede se estende amplamente, mas, nas extremidades, é fina como uma teia de aranha.

Riche diz: "Não temos nada de fato contra eles, para condená-los por traição. Nenhuma ação. Apenas palavras. Mas já fizemos isso. E agimos de acordo com a lei".

Nossa lei de traição é ampla. Abrange palavras e más intenções. Foi assim que deixamos More destruir a si mesmo e deixamos os Bolena fazerem a mesma coisa. Um homem que se atira sobre a faca pode ser chamado de vítima? Acaso é inocente quem causa dano a si mesmo?

"Obrigado, Riche", ele diz, "pela sua confiança." Mas depende dele, como sempre, assegurar-se de que o rei não fará nada de que vá se arrepender.

Henrique diz: "Lorde Montague e lorde Exeter trabalharam contra mim nos últimos sete anos. Perverteram minha filha Maria e a arrastaram à causa deles. A segurança dela só foi garantida", ele inclina a cabeça, "por meio das suas iniciativas, meu lorde Cromwell".

Ele espera: permite que o rei conduza o julgamento na cabeça. No final, ele diz: "Geoffrey Pole, senhor? Sem a ajuda de Geoffrey, não teríamos muito material que seja aceito pelo tribunal".

"Um perdão, suponho. Mantenha-o preso por enquanto."

Ele faz uma anotação. Não há dúvida quanto ao desfecho dos julgamentos. "Vossa majestade lhes concederá mercê quanto à maneira da sua morte?"

"Sangue nobre", Henrique diz. "Não posso enviá-los a Tyburn — embora reste uma questão, e só Deus sabe a resposta: será que Francisco seria tão misericordioso? Será que o imperador toleraria que seus súditos rissem dele, como riram de mim? Porque eles riram de mim, da minha perna ferida. Disseram que a perna iria me matar. E se não matasse, eles iriam apressar a natureza. Pergunto a mim mesmo, o que teriam feito com meu filho Eduardo? No dia que ele foi batizado, Gertrude Courtenay o carregou nos braços. Ela o segurou contra o coração. Como pôde fazer isso, com o coração tão cheio de maldade? Deus sabe que ela fez por merecer a morte."

"Não, majestade", ele diz com firmeza. "Vamos poupar as mulheres. Sozinhas, não podem fazer nada. Gertrude pode ser alojada na Torre num aposento perto do filho. Ele ainda está em tenra idade. E Henry Pole ainda não tem nem dez anos."

"Farão companhia um ao outro", Henrique diz. "Podem caminhar nos jardins. Podem ter um alvo para treinar arco e flecha. Quem sabe? Talvez chegue o momento em que possam ser soltos. Mas espero que o coração do meu filho não seja tão mole assim, a ponto de alimentar traidores década após década. Na verdade, espero que nenhum dos meus herdeiros tenha o coração tão piedoso quanto o meu."

As crianças cativas precisarão ser exibidas ocasionalmente a testemunhas para que ninguém possa dizer que sumiram com elas, como aconteceu com os herdeiros do rei Eduardo. Assim como ocorreu com aqueles tenros príncipes, é a herança que os condena. Apesar de que ele, Thomas Cromwell, não tem nada a dizer contra o conceito de herança. O nome de seu neto, Henry, já está começando a aparecer em títulos de propriedade. E a criança ainda nem tem dentes.

No início de dezembro, a ordem chega à Torre: tragam os corpos para o julgamento. Henrique Courtenay, marquês de Exeter, é condenado, assim como lorde Montague, que é conduzido ao cadafalso em Tower Hill, num dia de ventos uivantes e chuva pesada.

Geoffrey Pole será solto antes da primavera. Ele é perdoado pelo rei, mas não por si mesmo. No quarto dia do Natal, ele tenta se matar mais uma vez, agora comendo uma almofada. As penas não o sufocam.

O rei vai para Greenwich, como de costume, para passar a estação. A bula de excomunhão do papa agora será carregada por toda a Europa por Reginald Pole e, para um homem condenado ao inferno, Henrique mantém uma corte alegre. De Bruxelas, nosso emissário, mestre Wriothesley, escreve que esteve com Cristina. Ele nunca pensou que poderia gostar de uma mulher tão alta quanto ele, mas gostou dela, e acredita que o rei não faria objeção a uma noiva alta. Quando Cristina sorri, covinhas aparecem em suas bochechas e em seu queixo. Ele acha que ela sorriria com mais frequência se tivesse motivo. Quando ele lhe pergunta o que ela acharia de ser a rainha da Inglaterra, ela diz que, infelizmente, essa decisão não é dela.

Henrique exibe o retrato dela. Todos veem que sorri. "Ela parece gentil", o rei diz, pensativo. "E se ela não for tão branca quanto Jane? Jane era branca como alabastro de Staffordshire."

Todas as almas devem fazer a passagem, Dante nos diz. Aglomeram-se à margem do rio para esperar sua vez: os mansos, os indefesos, cruzando as águas sob a luz fraca.

No último dia de 1538, Nicholas Carew é preso: o mestre do cavalo real, o velho Care-Ta, o herói das liças. Um monte de cartas escondidas, em posse de Gertrude Courtenay, mostra-o como alguém que, além de ter incentivado os conspiradores, também traiu a confiança do rei repetidas vezes ao longo dos anos, revelando livremente o que é dito e feito na câmara privada.

Henrique diz com tristeza: "O cardeal sempre me acautelou contra Carew. Eu não escutei. Eu devia escutar meus conselheiros, não é mesmo?".

Ele sente que não lhe cabe comentar.

"Carew sempre tomou o partido da minha esposa. Quero dizer, de Catarina. E depois de Maria, alardeando seus direitos." Henrique está pensativo. "A esposa de Carew ainda é uma mulher bonita."

Ele quase deixa cair seus papéis. Imagina as palavras saindo dele aos borbotões: majestade, sei que esteve envolvido com Eliza Bryan na juventude dela, mas não pode ordenar a morte de um homem e depois se casar com sua viúva. O rei Davi enviou Urias à batalha para ser morto: depois, engravidou Betsabá, que deu à luz uma criança moribunda.

Ele pensa, alguma outra pessoa vai ter que lhe dizer. Lorde Audley. Fitz. Para mim já basta ter que bater nas costas da sua mão, como uma ama de leite, para impedir que machuque a si mesmo.

O rei diz: "Eu dei diamantes e pérolas a Lady Carew. Nunca a vi usá-los. Suponho que Nicholas tenha trancado as peças nos seus cofres".

Ele diz: "Os cofres dele agora serão esvaziados. Vão voltar ao guarda-roupa real. Com a permissão de vossa majestade, enviarei mestre Cornelius para fazer um inventário especial".

"Sim, faça isso." Henrique olha à distância. "Estes homens, sabe, Carew, lorde Exeter — eram amigos da minha juventude."

Ele faz uma mesura, espera, então começa a se retirar. O fim da Távola Redonda, ele pensa. Henrique diz: "Reginald me chamou de o inimigo da raça humana".

O menino Mathew se dirige a ele: "Meu amo, uma velha trouxe um rouxinol numa gaiola. Eu lhe dei um marco".

Christophe diz: "Deu um marco a ela por uma ave canora? Seu tolo rústico. Meu amo deveria mandá-lo de volta a Wiltshire. Suponho que seja todo o entretenimento a que está acostumado em Wolf Hall".

Nicholas Carew é deixado sob custódia, esperando seu julgamento, no Dia de São Valentim. O rei não volta a mencionar seu nome.

Ou sont les gracieux galans
Que je suivoye ou temps jadiz,
Si bien chantans, si bien parlans,
Si plaisans en faiz et en diz?

Tais cantores, tais dançarinos, suas palavras e façanhas falsas até o talo: quando nosso príncipe saiu para caçar, sussurraram uns aos outros: "Quando é que o Tudor vai quebrar o pescoço?".

O carcereiro Martin diz a ele que Carew começou a ler o Evangelho. Ele lamenta a vida que levou e deseja ser um novo homem. "Será que não pode fazer algo por ele, senhor? Agora que veio até nós?"

Antes de Lambert ser queimado, teria protestado contra o julgamento de um colega evangelista, achando que é sua obrigação impedi-lo, sabendo que, até fazer o máximo possível, sua consciência não descansaria. Mas ele agora já superou isso.

Dizem que o cardeal, em seus dias de poder, tinha uma imagem de cera do rei, com quem ele conversava e a qual curvava à sua vontade. Ele mantém um Henrique de cera no canto de sua imaginação, pintado de cores vivas e calçado com sapatos folheados a ouro. Ele vive com aquela imagem, mas não fala com ela. Tem medo de que ela responda.

Parte 5

Parties

I.
Dia da Ascensão

Primavera — verão de 1539

"Me-Chame quer um retrato do rei", Rafe diz. "Temos que mandar para ele no primeiro barco. Ele precisa mostrá-lo a Cristina."

Será que Me-Chame sabe o que está fazendo? Parece perigoso abrir uma brecha entre a fantasia de uma moça e um homem que já passou de sua plenitude. Porém, de qualquer forma, ela já deve ter ouvido a descrição de Henrique pela boca daqueles que se deleitam em dilacerar seus sonhos.

Ele se reúne com Rafe e examina uma pilha de desenhos. Às vezes, uma criança surge por trás dos olhos do rei: um garotinho alerta que espera que o mundo proporcione prazer a ele. Henrique possui mais de cem espelhos. Se tivessem memória, poderíamos enviar uma imagem que refletisse o príncipe quando tinha a idade de Cristina: os cachos caindo por cima dos ombros largos, a pele de damasco.

Henrique cavalga até Waltham para ver seu pequeno príncipe. Os braços e as pernas de Eduardo são firmes e fortes. Nenhum feitiço ou conjuração o enfraqueceu. A palidez, ele puxou da mãe, os olhos azuis tímidos e o queixo pontudo. Suas mantas são fulvas e carmim; suas camisolas de inverno, forradas de pele branca e debruadas de pele de arminho. Ele aproveita bem o presente de Natal que recebeu do velho conde de Essex — um chocalho com um sino na ponta. O conde de Essex é surdo como uma porta.

Cada despacho de Wriothesley nos garante que sim, ele sabe o que está fazendo. Ele visita Cristina em seus aposentos decorados com damasco e veludo preto. A atmosfera é silenciosa: nosso belo emissário sussurra para ela, sedutor. O temperamento do rei, ele diz a ela, é naturalmente afável. Durante todo o seu reinado, poucas pessoas ouviram palavras irritadas saírem dos lábios dele.

Cristina fica corada, Me-Chame diz. É como se alguém tivesse feito cócegas nela.

Majestade, ele aconselha, aceite-a sob qualquer termo: não conseguirá nada melhor.

Mas Me-Chame se aborrece pelo fato de os cortesãos em Bruxelas não compreenderem sua linhagem. Dão a entender que qualquer pessoa que sirva a

Cromwell deve ser, ele também, de nível inferior. Ele lhes garante que se orgulha em caminhar atrás do lorde do selo privado, carregando sua pena, tinta e papel. Ele não se incomoda com as calúnias deles, Me-Chame diz.

Rafe diz: "Na verdade, ele se incomoda, sim". Me-Chame sempre foi sensível, ele se ofende com facilidade; ele se irrita por qualquer coisa e tem orgulho de seu sangue bom. Mas o novo ano começou bem para ele, porque conseguiu pôr as mãos no cobiçado mestre espião Harry Phillips.

Como isso aconteceu? Phillips simplesmente entrou em nossa embaixada e se entregou. Ele anseia pelo perdão de Henrique por qualquer coisa que tenha feito ou tenha parecido fazer contra a Inglaterra e os ingleses. Agora, está pronto para contar a verdade a respeito de sua vida e é capaz de nos levar diretamente ao mestre traidor Pole. E então, Wriothesley acredita, Phillips poderá ser interrogado e depois devolvido à Europa para executar nossa vontade — atraindo os inimigos do rei pouco a pouco, levando-os assim para as mãos do carrasco.

O despacho de Me-Chame mal foi lido em Westminster quando ele é obrigado a escrever a sequência. Apesar de ter sido posto sob vigilância, Harry Phillips fugiu no meio da noite, levando consigo uma bolsa de dinheiro que pertencia à nossa delegação inglesa.

Me-Chame passou quatro meses fúteis esperando em antessalas e ouvindo insultos calado, e agora um vigarista o enganou. Ele se sente tragado pela humilhação e se corrói de ansiedade de saber se o rei e o conselho o culpam. Ele deve assumir a culpa, claro. Mas seus companheiros emissários escrevem para casa em seu nome: pelo amor de Deus, conforte-o, meu lorde Cromwell — ele vai cair doente se não lhe enviar uma palavra positiva. Nunca um filho ficou tão ansioso para agradar ao pai como mestre Wriothesley está ansioso para agradá-lo.

Talvez, diz Rafe, isso sirva para ensiná-lo que sua mente não é a mais engenhosa da Europa: e que ele pode ser tão tolo quanto o restante de nós.

O inverno é frio. Logo que as enchentes se amenizam, as primeiras neves nos cobrem. No calor de Toledo, o imperador e o rei da França ratificam seu tratado. A intenção é que o acordo dure toda a vida deles, dizem, e juram não entrar em nenhum pacto com a Inglaterra — marital, militar — sem o apoio um do outro. Coisa que, é claro, não vai acontecer. Quem quer lidar com um rei excomungado? Nenhum homem cristão pode lhe oferecer pão se estiver faminto — muito menos fornecer uma esposa a ele.

Os súditos de Henrique agora estão liberados de lhe prestar obediência. O papa lembra aos fiéis que, para sectários e cismáticos, as regras normais ficam suspensas. Você pode quebrar seus contatos com eles e confiscar seus bens. Todos os ingleses que estão no estrangeiro, sejam estudantes, mercadores ou embaixadores, correm o risco de ser presos. É verdade que não houve declaração formal de hostilidades. Mas a sensação é de guerra. O rei dos escoceses está se preparando; acha que, se a França invadir a Inglaterra, vão repartir o reino e dar a ele o Norte, talvez até todo o território.

Os homens ao redor do nosso rei vivem de acordo com o que chamam de honra: habilidade com armas, façanhas em campo de batalha. O apetite deles não é aplacado ao dilacerar rebeldes nortistas ou entrar em disputas de fronteiras. Norfolk chama a guerra de *negócio*. "Se tivermos negócios com os franceses", ele diz, ou "Caso surja algum negócio com Carlos...". Agora, os sinos das igrejas são moldados em forma de canhões; os arados são batidos em forma de espadas; a cruz de Cristo se transforma num porrete, num bastão para esmagar os cérebros da oposição. Aquilo que é tinta em Whitehall é sangue nas terras de fronteira, aquilo que é um desentendimento nos tribunais de justiça é um esfaqueamento nas ruas. Simples bênçãos de monges se transformam em maldições, e a risadinha dos cortesãos vai definhando num silêncio inquieto. Cada homem está de olho no outro, em busca de sinais de traição, sinais de fraqueza. Você não pode cumprimentar o mundo pela manhã com algo além de ferocidade, ou à noite já estará destruído.

Não é nosso costume na Inglaterra manter um exército permanente. Usando antigas rendas da Igreja, poderíamos montá-lo. Mas então Henrique iria querer usá-lo, como é típico dos monarcas, para levar a guerra além dos mares: coisa que, diz o secretário-mor, eu jamais permitirei. Para nossa própria defesa, podemos nos mobilizar com rapidez. Dinheiro vivo lubrifica as engrenagens. Os melhores homens são apontados em cada região para formar fileiras de alistamento, construir vigas, recrutar atiradores, capitanear o material bélico. Será que nossos amigos de Cleves, o rei pergunta, podem enviar cem canhoneiros experientes?

Os navios do rei estão posicionados no Tâmisa: o *Jesus* e o *John Baptist*, o *Peter*, o *Minion*, o *Primrose* e o *Sweepstake*, o *Lyon*, o *Trinity*, o *Valentine*; o *Mary Rose* e o *Mary Boleyn*. A mesa de trabalho do rei está coberta de mapas e planos. Ele desenha fortalezas e fortificações militares, e ele, Cromwell, envia agrimensores para mapear o litoral. Todos os mapas devem ser enviados ao rei. Ele sonha em exibi-los em Westminster Hall, um contorno dessas ilhas.

A mensagem para o mundo é a seguinte: somos capazes de aguentar uma longa guerra. Ele, Cromwell, escreve cartas para a Europa, explicando as execuções recentes. Todos os príncipes compreenderão que os mortos eram dinastas; Henrique está mantendo sua linhagem a salvo. Dentro de um ano, nosso país será uma fortaleza gigantesca, com armas apontadas para os corredores marítimos: mais parecido com um castelo que com um reino.

Um castelo é um mundo em miniatura. Todos dentro dele precisam trabalhar juntos. Se sucumbe, é porque foi traído a partir de seu interior. O duque de Norfolk cavalga para o Norte, para eliminar a sedição onde as ordens do rei são mais fracas: um velho rabugento que desbrava as estradas invernais. "Não tenha pressa", ele aconselha: ele, lorde Cromwell.

"Não tenho escolha, tenho?", Norfolk rosna. Mas então ele se vira, abrandando a voz: "Olhe aqui. Quando me escrever, não precisa se dirigir a mim como 'sua graça'. Não parece adequado hoje em dia. Você sendo o que é".

Ele faz uma mesura. Talvez Norfolk tenha recebido uma sugestão do rei? "Com muita humildade, reconheço a condescendência de vossa senhoria."

Mas, ele pensa, não vou começar a chamá-lo de Tom. Ele nunca vê o duque com uma espada ao lado sem se imaginar sendo empalado: "Perdão, lorde Cromwell, era seu coração?".

O rei diz: "Pergunte aos príncipes germânicos o que farão por nós se nos encontrarmos sob ataque. Peça a eles que enviem engenheiros. Se fizerem questão de enviar mais estudiosos, é evidente que vamos recebê-los, mas nossa necessidade é de homens para lutar".

É possível contratar soldados, claro. O pai do rei contratou o exército que arrancou o Corcunda do trono. Eles vão lutar enquanto forem pagos ou recompensados com pilhagens, mas não moverão nem um dedo se não escutarem o tilintar de moedas. Ele, Cromwell, espalha observadores por toda Germânia e Itália. Ele não está interessado numa ralé repugnante de irlandeses ou escoceses, apenas em capitães comprovados de nações em que a guerra é uma ciência.

Nesse inverno, o conselho se reúne todos os dias. O rei preside, menos quando cavalga em pessoa para inspecionar os portos do canal. A emergência conferiu a ele uma nova energia, um novo vigor. "Milordes, estou cansado de ler longas cartas. Vocês precisam digeri-las para mim. A menos que venham dos meus irmãos reis, pois nesse caso devo lê-las inteiras."

O rei da Escócia envia seus cumprimentos e pede um leão. Um leão! "Que audácia a desse homem!", os conselheiros exclamam. "Quanta presunção!"

"Tenho leões de sobra, suponho", o rei diz, em tom conciliatório, "nas jaulas da Torre. Eu não recusaria a oportunidade de agradá-lo. Meu lorde Cromwell, pode providenciar isso?"

Alguém começa a rir, mas reprime a risada. Qualquer tarefa fora do comum, o rei sempre diz que é da alçada de Cromwell. E sempre é.

O conselho do rei agora está menor. Foi reduzido a um corpo eficiente, de modo que não há pessoas desnecessárias. Mas cada homem que faz parte dele tem determinação forte e interesses fortes. O rei implora por concordância entre seus conselheiros. Mas o próprio Henrique não consegue se conter: ele se inclina com violência para um lado, depois com violência para o outro, e é necessário um homem robusto para segurá-lo. Conselheiros intempestivos falham nesse propósito. Todos vimos Gardiner se impacientar na presença do rei, olhando com cara de peixe morto, a boca virada para baixo e o lábio inferior protuberante.

O temperamento do rei não é um mistério. Os astrólogos dizem que é a lua dele em Áries que faz com que seja explosivo, confrontador — mas, na verdade, o que importa é o estado de sua perna. Alguns dias dói mais, alguns dias, menos, mas não há dias em que não dói nem um pouco. Como os médicos do rei observam, as doenças dos grandes homens recebem pouco crédito quando sua vida é passada em revista. Eles não herdam apenas tronos, e sim muito mais. Quando o imperador fala, suas palavras chocalham como seixos na caverna de sua mandíbula proeminente. Francisco está pagando por seus pecados: ele perdeu tantos dentes para a cura com mercúrio que seus desejos são expressos como cuspe, e suas partes íntimas estão ulceradas de maneira que causaria repulsa à mais baixa das meretrizes.

Ele próprio sente repulsa por Francisco. Em Paris, suas novas Bíblias foram apreendidas e seus impressores, advertidos. Ele achou que subornara pessoas suficientes para manter os inquisidores à distância. Agora, será que esperam que ele pague um resgate pela impressão? Talvez ele pague; afinal, já pagou tanto. Ele manda chamar o embaixador Castillon e pede que Francisco, como um favor, libere as páginas não encadernadas. Talvez chegue o dia em que Francisco queira um favor em troca?

Em cartas para casa, Castillon implora para ser chamado de volta. Ele tem medo de que, se as hostilidades irromperem, Henrique e Cromwell o matem. Ele se refere ao "rei e seu milorde" — como se houvesse apenas um milorde na Inglaterra.

Enquanto isso, ele, o vice-regente, providencia para montar sua tipografia em Greyfriars, um lugar que ele possa visitar e ver o que é feito dia a dia. Será mais seguro, apesar de mais lento. Numa semana ruim, ele diz a Rafe, o trabalho da sua vida toda pode ir por água abaixo.

Perto do dia da Festa da Candelária, ao chegar para um encontro com o rei, ele depara com ele sentado ao crepúsculo, debruçado por cima de seus livros; Henrique ergue a cabeça e olha para ele com um ar levemente confuso, como se nunca o tivesse visto. Então o rei parece se recompor e diz: "Você deve estar com frio, Thomas, venha para perto do fogo. Eu estava pensando que às vezes deveríamos orar juntos. Como ora, milorde? Começa com o Pater Noster, repete um salmo ou diz palavras de sua própria autoria?".

Ele olha para o rei com atenção e vê que a pergunta não é uma armadilha. Ele diz: "Eu louvo a Deus como mestre do nosso navio. Nenhuma tempestade vai nos afundar".

O rei concede licença para que um tal de John Misseldon, alquimista, volte à Inglaterra depois de sua estadia além-mar. Ele pode exercer seu ofício desde que não recorra às artes obscuras. "Mais cedo ou mais tarde", ele acautela o rei, "todos os homens como ele vão ficar desesperados e então se voltarão à necromancia."

Eu também, ele pensa. Eu me sento à minha mesa dia após dia, esperando que o cardeal sussurre ao meu ouvido.

Antes que fevereiro termine, estamos presos numa crise. Apenas lorde Lisle parece não perceber. John Husee, banhado no ar salino da travessia, entra em sua antecâmara. "Husee", ele diz, "desde que Edward Seymour esteve em Calais, comecei a perceber o quanto seu mestre é inadequado."

"Sabe que ele não anda bem", Husee diz sem jeito.

"Doente o bastante para ser substituído?"

"Não, não, por favor...", Husee diz.

Ele fica com pena do homem. "Devo enviar meu sobrinho Richard para ajudá-lo."

"Se isso o agrada", Husee diz, "lorde Edward, mestre Richard — seriam descritos como evangelistas..."

"Lorde Lisle faz objeção a isso?"

Se a guerra irromper, Calais é o primeiro lugar que o inimigo vai atacar. Eu devia ir até lá pessoalmente e assumir o controle, ele pensa. Mas não quero descobrir que, na minha ausência, o rei entrou em pânico e chamou Norfolk de volta das fronteiras ou pôs um inútil no meu assento no conselho.

A França e o imperador mandam avisar que irão retirar seus embaixadores. Chapuys chega para um encontro em particular, tremendo de tanta tensão. "Não tome isso como um ato de guerra, eu imploro. O imperador só me chamou de volta porque conheço os costumes ingleses e posso aconselhar a duquesa Cristina — sobre a forma correta de se portar quando vier à Inglaterra para ser coroada."

Quando ele, lorde Cromwell, transmite isso aos conselheiros, a mesa toda irrompe em risadas. Apenas Me-Chame, e talvez o rei, ainda acreditam que Cristina algum dia será sua noiva. Oficialmente, as negociações ainda estão em aberto. Mas o imperador impõe condições que fazem com que o casamento seja impossível. Quando os criados da duquesa visitam Wriothesley nesses dias, aparecem ao cair da noite.

Ele diz: "O imperador quer que Chapuys volte para que possa fazer relatórios a respeito dos nossos preparativos para a guerra. Mas, antes que liberemos o embaixador, precisamos ter certeza de que Wriothesley voltará em segurança".

"Reféns!", o lorde chanceler diz. "Ah, Nossa Senhora! E Wyatt na Espanha? Ouvi dizer que os inquisidores estão no seu encalço."

Ele está com a carta de Wyatt no bolso. Nosso embaixador escreve, *Estou com as costas contra a parede. Não tenho como aguentar até março.*

Ele vai para casa. Sua perna está doendo e seu pessoal preparou uma banqueta especial para pousá-la. "Decrépito", ele diz a seu sobrinho Richard.

Ele se vê de fora, uma miniatura num pergaminho: lorde Cromwell em seus anos avançados. Um piso flamengo azulejado, um tabuleiro de xadrez azul e dourado; um camisolão de veludo vermelho e, dentro dele, um inválido corcunda. Richard se inclina por cima da cadeira dele, apoiando a mão em seu ombro. "E daí, se o senhor não estiver na sua primeira juventude? Ficarei contente se na sua idade eu for tão saudável assim."

Christophe diz: "Veja só o rei! E meu lorde almirante, ele anda doente desde o Natal. E Norferk, é retorcido como uma vagem seca".

Richard diz: "Christophe, respeite seus superiores".

Christophe diz: "Estamos temendo por Me-Chame. E se o matarem? Ou o enfiarem num calabouço profundo?".

Isso já lhe ocorreu. Podem ter trancado o menino em Vilvoorde, onde mantiveram Tyndale. Richard Cromwell diz: "O senhor tinha uma planta daquela fortaleza. Será que devemos mandar uma tropa de homens para libertá-lo?".

Eles se entreolham, voltam a desviar o olhar. Provavelmente, não.

Ele vai mancando até a Torre, onde, num aposento amplo e agradável, com um fogo pálido na lareira, ele conversa com Gertrude, a viúva de Courtenay. Para uma mulher que acabou de perder o marido para o decapitador, ela está muito serena: os olhos secos e comendo amêndoas de um pratinho. "Sem dúvida a senhora se fortificou com orações?", ele indaga. "Não pode ter sido surpreendida. Sabia tudo que meu lorde Exeter disse e fez contra o rei. A senhora fazia parte de seu conselho íntimo."

"Uma mulher tem sua própria alma a salvar", Gertrude diz. "Seu marido não fará isso por ela."

"Sabe que o traidor Pole agora está na Espanha?"

Ela lhe oferece uma amêndoa. "Por que eu saberia?"

"Ele está com o imperador, insistindo numa cruzada contra sua terra natal. Então vai voltar mais uma vez à França e insistir na mesma coisa. Assim, ele dá voltas e mais voltas, enroscado na sua traição."

O olhar dela se perde por cima do ombro dele, como se a parede fosse mais interessante.

"Nosso embaixador na Espanha implorou para voltar para casa, mas disseram, 'Aguarde, mestre Wyatt'. Os inquisidores iniciaram um processo contra ele. A senhora não apreciaria estar no lugar de Wyatt."

"Por que eu estaria? Não sou herege."

"Uma vez que detêm um suspeito, ele não pode responder à acusação porque não tem permissão para saber do que é acusado. Também não lhe dizem quem passou a informação. Ele é torturado por métodos — bem, minha dama, não ouso macular seus ouvidos. Em Castela, hoje em dia, todas as almas vivem com medo."

"Não têm nada a temer do Santo Ofício", ela diz. "Não se forem bons fiéis e frequentarem a missa."

"Eles temem os vizinhos. Velhos inimigos se derrubam uns aos outros."

Os olhos dela se movem sobre ele. Ela vê o conselheiro do rei: um homem cordial, à vontade na própria pele. Ela não vê o outro homem, que ele mantém preso numa corrente curta à parede: o homem para quem o trabalho de esquecer é árduo, que sonha com calabouços, cavidades e alçapões. Homens assim estão sujeitos a arroubos de medo que os acordam no meio da noite; quando estão com medo, eles dão risada.

"Meu amo", ela pergunta, "onde está Bess Darrell?"

A julgar por seu tom, ela não sabe que as provas de Bess ajudaram a destruir sua família. Ele responde: "Ela está num lugar melhor".

Ela leva a mão à garganta. "Deus o perdoe — não a matou, matou?"

"Acha que sou um bárbaro?"

Ele está interessado em sua resposta. Ela diz: "Andei imaginando por que eu mesma ainda estou viva. Dizem que o senhor não aprecia matar mulheres, mas matou Ana Bolena".

"Não brigaria comigo por isso, suponho?"

"Se está tentando barganhar — se estava pensando em me trocar por mestre Wyatt —, creio que o imperador talvez não…"

"Talvez a senhora e Margaret Pole?", ele diz. "Tem razão, madame. As duas fazem pouco peso na balança. Seu filho é de maior interesse."

Ela ergue os olhos. "Por favor, não o tire de mim."

"Quando o imperador decidir seu plano de ação em relação à Inglaterra, esperamos que leve em conta seu bem-estar e o do seu menino. Ele diz que é sempre solícito quanto ao sangue antigo da Inglaterra."

Ela diz: "A Santa Donzela — está lembrado dela? Ainda me culpa, porque eu tinha negócios com ela. Jurei na ocasião e juro agora, não tive má intenção".

Ela começa a chorar. Ele lhe entrega um lenço. "Sabe que eu perdi crianças pequenas. O senhor meu marido costumava me culpar — 'Herdeiros frágeis como são, numa época tão cruel, um filho não basta'. Ela, a Donzela — ela disse que falaria com Nossa Senhora abençoada. Dizia que suas preces eram ouvidas."

Ele se lembra de Barton num cadafalso público, seu rosto grosseiro de camponesa esfolado pelo vento, e uma multidão de londrinos olhando boquiabertos para ela. Ele se lembra de Thomas More a seu lado, encolhido dentro de uma capa e esfregando as mãos com veias azuladas à mostra; devia ser um inverno como este. Ele diz com gentileza: "Bem, não eram, não é mesmo? Mas agradeço por ter me contado isso. O rei poderá ter a senhora em mais alta conta do que tem agora. Um coração de mãe. Ele vai compreender".

Ela assoa o nariz. Ele diz: "Se tiver mais alguma coisa para me dizer, acho que a confissão aliviaria sua alma. A respeito de Thomas More, por exemplo. Ou do bispo Fisher".

"Por quê? Eles estão mortos."

"Em Roma, falam deles como se tivessem acabado de deixar o aposento."

Eles tomam uma taça de vinho juntos, servida em prata como é adequado à posição deles. Ele se retira de modo cortês. Um guarda toma seu braço e o conduz por uma escada em caracol, até onde um monge irlandês está agachado em cima da palha. Apreendido no mar com cartas para o imperador, o prisioneiro está esperando que as dores do purgatório se iniciem. Se os invasores chegarem, os súditos irlandeses do rei deixarão que entrem pela porta dos fundos.

Ele pergunta ao carcereiro: "Ele está falando?".

"Quando abre a boca, só fala irlandês."

"Peça ajuda a Austin Friars. Temos intérpretes."

Ele respira fundo. Dirige-se ao prisioneiro, segurando as cartas que tirou de dentro da bolsa. Por sorte, ele não pensou em jogá-las ao mar.

Se Wriothesley estivesse aqui, decifraria a criptografia em dez minutos. Wyatt, sem dúvida, faria isso em até menos tempo. Mas, enquanto eles estão nas mãos do imperador, é mais rápido fazer os homens cederem.

Por uma ordem vinda de Bruxelas, os navios ingleses são detidos nos portos das Terras Baixas. Mas os mercadores espanhóis estão saindo de Londres, e ele sabe como o pânico se espalha rápido entre os mercadores; eles podem se expressar em línguas diferentes, mas o dinheiro fala a todos eles.

O rei diz, se detiverem meus navios, deterei os deles; abordarei qualquer embarcação espanhola nas nossas águas.

Existe outra maneira, ele diz; não é melhor que a de vossa majestade, mas suplementar. Ele emite um decreto para isentar estrangeiros residentes de tarifas e impostos — pondo-os em pé de igualdade com os ingleses. Isso, ele acredita, induzirá os estrangeiros a esperar a tempestade passar no porto, em vez de fazê-los embarcar as esposas e os criados no próximo navio.

Me-Chame relata um boato de que o jovem duque de Cleves foi envenenado por agentes de Roma. Pelo amor de Deus, mestre Wriothesley escreve, implore ao seu mestre real que tenha cuidado em relação a quem lhe faz companhia ou quem fica próximo da sua pessoa. E o senhor também, seja cauteloso.

O embaixador Chapuys está mancando. "Você. Eu. Seu rei", ele diz. "Seria de pensar que esta é uma nação de aleijados, Thomas. É o clima."

"Chove o mesmo tanto em Bruxelas."

Eustache admite que sim. "Não serei capaz de cavalgar até Dover. Devo providenciar uma liteira a cavalo..."

"Permita-me cuidar disso. E da sua bagagem também."

O embaixador faz uma mesura. Eles se sentam para saborear os alimentos da Quaresma. Chapuys tem pouco apetite. A Inglaterra nunca foi seu posto preferido: a língua bárbara e, como Chapuys diz, o clima. Mas, quando ele imaginou o fim de sua embaixada, pensou que se retiraria de forma ordeira, após receber o costumeiro presente do rei. "O que soube do jovem Wriothesley?", ele pergunta. "Escrevi com a máxima sinceridade — e, Thomas, estou lhe contando a verdade aqui — e disse a Bruxelas: 'Pelo amor de Deus, não tratem mal esse rapaz, que é um dos grandes favoritos junto ao rei da Inglaterra e ao meu lorde Cremuel'. Tenho certeza de que vão me atender e seu menino logo estará na estrada."

O objetivo é fazer com que Me-Chame atravesse os portões de Calais quando o navio do embaixador atracar. A certa altura, sem serem vistos, os dois devem se cruzar. "Contanto que você não se esgueire para longe no meio da noite", ele diz a Chapuys. "Não quero ter que pôr soldados na frente da sua casa."

O embaixador ergue as mãos. "Eu não estaria sentado aqui se tivesse a intenção de fazer algo assim. Apenas, se pudesse escolher, não partiria antes que meu sucessor seja nomeado. A margem para mal-entendidos é bem grande."

Chapuys será substituído pelo decano de Cambrai: um bom sujeito, de modos abrutalhados e fala direta. Ele provavelmente entenderá tudo mal, e certamente entenderá mal o rei. "Muitas vezes senti pena de você, Cremuel", Chapuys diz. "Henrique é um homem de grandes dotes, só lhe falta consistência, razão e noção. Mas, pelo menos, você pode encontrá-lo cara a cara. Você pode ver o que ele pensa sobre aquilo que você está lhe dizendo. Com meu amo a tamanha distância, sempre temo que serei mal compreendido. Ou então, que aqueles que têm a boa fortuna de se apresentar à presença do imperador exercerão a arte da interpretação contra mim. Você carece de velhos amigos. Quero dizer, homens de grande família. Não vim de um lugar tão baixo quanto o seu. Mas você sabe como é — sou o menino que sempre precisou mandar dinheiro para casa. Tenho um pouco de sorte e me esforcei ao máximo do meu talento. Mas, no fim, não posso fazer nada além de sentir que boa parte da minha carreira foi como a sua, Thomas." Ele dobra o guardanapo. "Acidental."

Christophe e Mathew entram e tiram a mesa. Chapuys encara Mathew. "Garoto, por acaso não o vi em Horsley?"

"Horsley, senhor?"

"Na casa dos Courtenay, em Surrey. Como acho que sabe muito bem."

"Mathew veio para mim de Wolf Hall", ele explica.

"O que me preocupa é onde ele esteve desde então. E como é que um menino atendente pode falar francês, apesar do sotaque de camponês que eu mal consigo entender?"

"Ele aprende rápido", ele diz sem esforço. "Logo vou enviá-lo a Calais, onde poderá se aprimorar um pouco."

Mathew fica tão abalado que pisa no pé de Christophe. "Uuufff", Christophe resmunga. "*Bon voyage.*"

"Quer dizer que vai enviá-lo a Calais onde ele pode espionar lorde Lisle." Chapuys suspira. "Bom, eu devo…" Ele faz o sinal da cruz, murmurando uma graça em latim. Com dificuldade, ele se levanta e ajeita as vestes como se tivesse sentido uma friagem.

Ele, lorde Cromwell, estende a mão. "Posso ter certeza de que, quando chegar ao outro lado, não vai reclamar do seu tratamento?"

Ele pensa em Eustache em sua torre no jardim de Canonbury; na noite de trovoada quando, milímetro a milímetro, argumento por argumento, foram levando Lady Maria do naufrágio ao resgate. Ele se lembra de Christophe agachado ao pé da torre, com o punhal na mão.

Richard Cromwell entra. "Embaixador, seu pessoal está aqui."

Chapuys hesita. "*Mon cher*, não sei quando voltarei. Se nós, por algum imprevisto, nunca mais…"

"Ah, nada disso", ele diz. "Somos fortes de coração, Eustache, apesar de não sermos fortes das pernas."

Eles se abraçam. O embaixador se retira, distribuindo quantias generosas para a criadagem. Ele senta-se à sua mesa. Há uma carta da viúva de Carew, Eliza, pedindo a ele que resolva sua situação. Ele sente que lhe deve gratidão. A morte de Carew abriu oportunidades de promover seu próprio pessoal. Quando Richard volta, ele pergunta: "Não gostaria de ir à câmara privada, sobrinho? O rei vai enviar Rafe à Escócia mais uma vez, e preciso de pessoas o mais próximo possível de Henrique".

A cabeça de um escrivão aparece no vão da porta. "Nada de Wriothesley."

"Não teremos notícias hoje à noite." Qualquer mensageiro que estiver na estrada será obrigado a procurar abrigo por causa da tempestade. Me-Chame está em trânsito, acreditamos. Está numa estalagem: velas de sebo, uma cama fria; rostos desconhecidos; guardas imperiais à porta.

"Tenho pena de Chapuys", ele diz a Richard. "Saindo assim na chuva."

Ele sente que alguém prendeu um peso a seu coração. Não é um peso grande: apenas um pequeno pêndulo de chumbo, que ele sente puxando-o para baixo. Ele volta a seus papéis. Está ocupado em montar um novo conselho, o Conselho do Oeste, para governar as partes além de Bristol. Ele diz a Wolsey — *le cardinal pacifique* —, pode confiar em mim, vossa graça, tenho em mente o que devo fazer quando a paz chegar. Vou garantir essa aliança germânica para o rei e também uma noiva.

Será que assim o velho fantasma ficará tentado a se revelar? Mas o cardeal não mostra sinal nenhum de que esteja ouvindo. Ele nem pergunta, e o duque Guilherme em Cleves? Ele foi mesmo assassinado com veneno papal, como seu homem Wriothesley diz?

Não foi. Ele está vivo e disposto a falar.

O ducado de Cleves-Mark-Jülich-Berg se localiza de ambos os lados do rio Reno. Seu governante Guilherme tem vinte e dois anos e, por meio de sua mãe, afirma ter direito à terra e ao litoral de Gueldres: um direito que ele atualmente reclama, mas que o imperador questiona. O duque Guilherme demonstra grande independência de pensamento. Ele é um reformista, mas não luterano. Sua Igreja está sob seu próprio controle. Ele detém algumas das rotas de comércio vitais da Europa.

Ele, Cromwell, reúne-se com o conselho do rei e lhes apresenta certos fatos. Mostra a eles a substância chamada alume, sem a qual não é possível tingir tecidos.

Na época de nossos avós, comprávamos alume do Turco, que nunca aceitava apenas dinheiro em espécie, queria armas — e assim se equipava para a guerra contra os cristãos, usando o próprio dinheiro deles. Então, sessenta anos atrás, foi encontrado um depósito de alume em Tolfa, perto de Roma, um depósito tão rico que, dizem, não vai acabar até o Dia do Juízo. O Vaticano encarregou os Médici de cuidar da comercialização e inventou um novo pecado grave: comercializar alume sem licença. Mais tarde, foi Agostino Chigi, aquele príncipe dos banqueiros, que administrou o monopólio: e você precisa ver a mansão que ele construiu às margens do rio Tibre.

Agora o papa nos mantém sob tormento e interdição. Precisamos de uma fonte, precisamos de um canal, se não quisermos que nossos negócios entrem em colapso. Usamos alume para curtir couro, usamos alume na produção de vidro; médicos usam alume para curar feridas. Os espanhóis têm uma pequena reserva dele. É de baixa qualidade e, de todo modo, não vão vendê-lo para os hereges. Mas o governante de Cleves, que tem duas irmãs que desejam maridos, também tem reservas desse tesouro, que em sua versão mais refinada assume a forma de cristais, enormes cristais límpidos como joias para um gigante.

Talvez o alume não seja a base de uma combinação amorosa. Mas os membros do conselho do rei concordam: tem a razão a seu lado, lorde Cromwell.

Então, o que dizer sobre as donzelas em si? Sua linhagem é ótima, descendem da linhagem real da França e de nosso próprio rei Eduardo I. São boas moças, das quais a mãe ficará triste de se separar. É verdade que nossos emissários visitantes nunca tiveram permissão para vê-las. Estiveram em sua presença, mas as virgens de Cleves são modestas por natureza; durante toda a entrevista, as irmãs permanecem em silêncio sob seus véus.

Quando ele chega à câmara privada, os médicos estão saindo, o primeiro carregando um frasco de urina. O homem exibe uma expressão de gratificação piedosa, como se tivesse encontrado o Santo Graal.

"Entre", o rei diz. "Estou exausto das minhas viagens, milorde."

Sobre seu camisolão bordado, o rei usa uma jaqueta forrada de pele de carneiro. O gorro dele tem uma ampla espinela espetada, uma pedra cor de púrpura de brilho tão suave quanto veludo. A seu lado há uma bacia branca que contém seu sangue. Os olhos do rei se deslocam para a bacia, depois para os dele; o rei parece desconsolado. Henrique é um homem melindroso e provavelmente não apreciaria se deparar com uma tigela de sangue. Mas ele, Cromwell, é tão indiferente àquilo quanto um açougueiro.

"Mandados foram enviados para o novo Parlamento, senhor. Minha intenção é que seja um grupo fácil de controlar."

Ele tira papéis da bolsa e um pacote. Os olhos de Henrique se acendem com isso. "O que trouxe para mim?"

É uma obra chamada *O alívio e o consolo dos príncipes*, escrito por um conselheiro dos príncipes da Saxônia. Henrique revira o objeto nas mãos. "Uma esposa seria um consolo."

"Se ela nos trouxesse bons aliados, senhor."

O rei começa a ler o livro. Mas ele o interrompe. "Meus amigos no banco Fuggers me dizem que Carlos está levantando dinheiro."

"Para soldados?"

"Sim. Mas para mandar à Barbéria. Dizem que ele mesmo não vai sair da Espanha. A imperatriz vai ter um filho e ele está preocupado com ela. Ela é suscetível a febres, como vossa majestade sabe."

O rei fica em silêncio. Sem dúvida, sua mente deslizou para outro lugar, para aqueles dias preocupantes de confinamento das mulheres: para Catarina, para Ana, para Jane. No final, ele diz: "Você ficou sabendo que o conde de Wiltshire morreu?".

Thomas Bolena. "Que Deus o absolva. Ouvi dizer que teve um bom fim cristão." Ele faz uma pausa. "Vossa majestade vai conceder o título dele para outra pessoa?"

"Bem, ele não deixou nenhum filho." Henrique solta uma gargalhada e fecha o livro. "George Bolena está esquecido."

Não por mim, ele pensa. Às vezes sonho com ele, como o vi na última vez na Torre Martin: suas lágrimas que caíam e suas mãos trêmulas, nuas sem os anéis. Ele diz: "Cleves concorda em enviar retratos das jovens damas. Mas o pintor deles está doente, então pode haver atraso. Pelo que eu soube, não é por acaso que Lady Ana é mantida sob um véu. Dizem que a beleza dela excede a da duquesa Cristina do mesmo modo que o sol dourado excede a lua prateada".

"Vamos devagar", o rei diz. Ele dá risada.

"Acho que, se enviarmos novos emissários, as damas vão mostrar o rosto."

"Vou enviar o dr. Carne. E Nicholas Wotton."

Ele está surpreso. Não sabia que o rei tinha planejado tanto. Nenhum dos dois homens poderia ser chamado de amigo dele. Henrique o observa. "Fico contente com isso, senhor. Não serão parciais. Podemos confiar nos relatórios deles."

Ele para de falar, porque o jovem rapaz Culpeper está se esgueirando para dentro; as orelhas Howard estão em riste. "Que eu possa agradá-lo, vossa majestade", Culpeper diz. "Os médicos me mandaram vir. Posso retirar a bacia de sangue?"

Do lado de fora, Jane Rochford espera por ele. "Estão chegando mais perto de uma rainha?" Ela traz uma bolsa consigo. "Isto é para o senhor. Do senhor meu pai."

"Um livro?"

"Claro que sim, um livro. Que outra coisa meu pai envia além de livros?"

"Poderia ser um pastel de carne de cervo. Quanto mais velho eu fico, mais detesto a Quaresma."

Ele olha para o rosto dela, enquanto toma o presente: sua boca descontente. Ela diz: "Queremos saber qual das irmãs ele vai escolher. A menos que ele tenha a intenção de ficar com as duas".

Ela está esperando. Ele vira as páginas. É o livro de Nicolau Maquiavel, e dentro dele há um bilhete de lorde Morley sugerindo que o mostre ao rei; ele marcou as passagens mais interessantes, ele diz, desenhando uma mão na margem.

"E então?", ela diz.

"Li anos atrás, quando ainda estava na forma de manuscrito. Devo escrever para agradecer ao senhor seu pai, claro."

"Não estou perguntando 'E então?' em relação ao livro", ela diz. "'E então?' a respeito das princesas. Qual delas ele vai tomar? Dizem que uma tem cabelo castanho e a outra é loira."

"Espero que eu não seja convocado para o julgamento de Páris."

"Escolha a loira, é o meu conselho."

Ele entrega o livro a Christophe. "Os gostos dele podem ter mudado."

Ela olha para ele como se fosse um idiota. "Não acho que loiras saiam da moda. Aliás, os Howard enviaram uma mocinha chamada Katherine para ver se poderíamos incluí-la entre as criadas da nova rainha. Suculenta e cheinha, duvido que tenha passado do décimo quinto ano."

"Mande-a embora."

"Como desejar. Mas acho que o senhor poderia ganhá-la de tio Norfolk se piscasse para ela e lhe desse uma maçã. Nunca vi uma donzela mais simplória — uma boquinha de botão de rosa sempre aberta, como se estivesse sugando uma teta. O que devo dizer aos Howard?"

"Dissuada-os. Assegure-se de que ela não dê as caras até que eu tenha os contratos de casamento assinados."

"Ouvi dizer que o duque de Cleves pediu o retrato de Lady Maria. Já está na hora de ela se mostrar útil. E, pelo que ouvi dizer, a coisa mais útil que ela poderia fazer seria se casar com um germânico."

"Não enviamos retratos das nossas princesas ao exterior. Não é nosso costume."

Ela inclina a cabeça. "Os senhores inventam costumes com muita rapidez."

Ele faz uma mesura, como se ela estivesse lhe fazendo um elogio. É a única coisa que há a fazer, já que ele não pode lhe dar um tapa. Ele diz: "Os emissários do duque Guilherme conhecem as virtudes e as qualidades de Maria. Eles a viram".

"Mas não quando ela está com dor de dente", Rochford diz alegremente.

Ele enfia o presente de lorde Morley embaixo do braço. O rei não tem nada a aprender com o livro de Nicolau. Mas pode ser um passatempo para ele, quando sua perna lhe causar dor.

Quando perguntam a Maria se ela gostaria de se casar na família Cleves, ela diz que fará o que o pai disser, mas que, se tivesse escolha, preferiria permanecer em sua terra de nascimento e continuar virgem. É uma resposta modesta que ninguém pode condenar.

Quando ele chega em casa, Richard Riche está esperando. "Ricardo", ele diz, "vou precisar da sua ajuda na preparação para o Parlamento. Ficaremos trabalhando até tarde."

"E quando é que não ficamos?", Riche responde, como um homem enfrentando o desafio. "Ouvi dizer que Wriothesley será o representante de Hampshire."

"Acho que ele merece, depois dos seus trabalhos no exterior. Anseio pelo regresso dele todos os dias."

"É uma pena que ele não tenha obtido mais sucesso e não tenha voltado com uma noiva. E o bispo Gardiner é o homem do rei em Hampshire — vai ofendê-lo ter um rival."

Ele assente: essa é a ideia.

"E o jovem Gregory ter um assento — o senhor acha que ele está pronto? Perdoe-me, mas as pessoas que lhe desejam mal estão propensas a levantar essa questão."

"Os negócios estão ótimos. As horas de trabalho são longas. Não vejo isso como ocupação para homens de idade avançada."

Riche oferece documentos. "Pode dar uma passada de olhos? É a lista de pensões para a entrega em Shaftesbury. O senhor sempre disse que a abadessa iria lutar até o último fio de cabelo. Mas encontramos uma soma para dobrá-la."

Não devemos ser mesquinhos. É um convento rico. Ele passa uma pena seca pela lista. Lá está o nome que ele procura: Doroteia Clancey. "Você sabe se as damas tomaram uma decisão sobre o futuro delas?"

"Não é da nossa conta, senhor." Mas então Riche amolece. "Tenho boas lembranças da nossa viagem a Shaftesbury. Sempre tenho prazer em passar um dia na sua companhia, meu amo — e é também um privilégio. Eu me deleito em ver como vossa senhoria faz negócios entre todos os tipos e condições de pessoas. Com isso, sou mais bem instruído e tiro proveito."

Prazer e proveito. O que poderia ser mais adequado que isso para Richard Riche? A porta se abre de supetão. Christophe irrompe no aposento. "Olhem quem chegou!"

"Me-Chame!" Ele estende os braços. O viajante, enlameado da estrada de Dover, se atira no meio do grupo.

"Perdemos você de vista!" Ele o abraça. "Chapuys me escreveu de Calais — acho que era para dizer que você estava nos mares, mas suas palavras foram lavadas pela água do mar."

"Assim como as minhas", Me-Chame diz. Com suas luvas de couro vermelho espanhol, ele limpa uma lágrima da face; tira o chapéu, com sua pluma de avestruz enorme, e o joga em cima da mesa de trabalho. "Senhor, não posso dizer como estou contente de ver seu rosto. Duas ou três vezes tive certeza de que estava morto. Eu não sabia o que desejar — que o rei se apaixonasse por Chapuys e o segurasse até que eu escapasse, ou que ele o chutasse para um barco, para que eu começasse minha jornada para casa."

"Foi o período intermediário que tememos." Rafe está parado junto à porta. "Quando você foi dissolvido — não estava nem lá nem cá, nem no céu nem na terra." Ele atravessa o aposento e beija o herói nas bochechas. "Bem-vindo ao lar, Me-Chame."

Riche olha para eles, confuso: como se fossem uma tribo de índios, em algum tipo dos festivais deles.

"Ah, e o tratante Phillips!", Me-Chame exclama: como se precisasse pôr fim ao assunto. "Senhor, não poderia me repreender mais do que eu próprio me repreendo."

"Não se preocupe", ele diz. "Um homem como Phillips é uma afronta a Deus e à razão. Se eu estivesse em missão na sua idade, com certeza teria sido enganado, ainda que apenas por zelo pelo bem do meu país."

Riche diz, com raiva: "Meu amo preferiria ter Wyatt a salvo em casa a você. Wyatt tem coisas a contar a ele".

"Ah é?", Wriothesley diz.

"Planos para causar furor na Itália", Riche diz. "Em Toledo, Wyatt tem emissários de todas as nações entrando e saindo dos seus aposentos e ele os enrola como a corda de um pião. Veneza sai pela porta dos fundos, Ferrara entra pela da frente, enquanto Mântua se esconde embaixo da mesa e um florentino, na chaminé. Ele escuta tantas intrigas, diz, que seu crânio está rachando. Mas ele não vai contar os fatos, a não ser em segredo para meu amo."

"Ah", Wriothesley diz. Richard Cromwell chega alegre, saudando a plenos pulmões, como o mestre dos canis açulando os cães de caça, e bate nele com o punho fechado. Me-Chame retribui o golpe, até que Rafe diz: "Wriothesley, vá para casa ver sua esposa!".

"Preciso ir." Me-Chame cora. Ele está radiante. Pega o chapéu de pena de avestruz e faz um gesto amplo com ele, atingindo uma vela em seu arco.

É Richard Riche quem se adianta e apaga os efeitos do acidente, apertando a pequena chama entre o polegar e o indicador. "Dedos de ferro", ele diz, tímido.

Os papéis de Shaftesbury ficam lá, sem ninguém prestar atenção. Quando os rapazes se retiram, ele se debruça sobre os documentos e passa o dedo por cima do nome da filha do cardeal. O ar cheira a plumas queimadas. Ele pega a pena e assina sua aprovação.

No espaço de uma semana, ele fica sabendo que mestre Wriothesley subornou ou assustou um dos escrivães que cuidam das mensagens cifradas e conseguiu a chave para as cartas de Wyatt. É Rafe quem lhe informa: tímido, com vergonha do que Me-Chame fez. Ele próprio fica mais surpreso que irritado. Boa sorte para ele, se for capaz de desemaranhar as tramoias italianas. Wyatt diz, ateie fogo no quintal do papa. Use seu dinheiro e sua experiência para avivar as fagulhas do conflito entre Estados, então mantenha Roma ocupada abafando as chamas. Pode dar certo, ele pensa. Com a mesma facilidade, o fogo também pode virar para nosso lado.

Ele diz a Rafe: "No tempo do cardeal, quando eu era o homem de negócios dele e Stephen Gardiner era seu secretário, eu teria aberto as cartas de Stephen se pudesse".

E quando pude, abri. E continuei abrindo. E ainda abro.

Ele manda chamar Hans: "Pinte Lady Maria. Preciso mandar o retrato dela para o duque de Cleves".

"Deseja esse casamento?", Hans pergunta.

"Com certeza."

"Olhe, eu não faço adulações."

"Não no meu caso, decerto. Mas fez Thomas More parecer simpático."

"Eu não faço adulações porque não ouso. O rei confia em mim. Mas se eu pintar nossa pequena megera com fidelidade, Guilherme vai se assustar. Portanto, não posso ver vantagem para mim nessa encomenda, nem como isso poderia terminar bem."

"Não iria se recusar a pintar a filha do rei, não é? Vai achar um jeito, Hans."

"Dizem que, quando todas as ofertas por Maria falharem, ela vai se voltar a Cromwell."

"Isso é absurdo." Ele pensa, ela me odeia, será que Hans não consegue enxergar? "Fala como se ela fosse uma dama de idade avançada. Ela tem o quê, vinte e dois, vinte e três anos?"

"Parece mais velha. Suas perspectivas a oprimem." Hans dá risada.

É verdade que não seria fácil para um desconhecido adivinhar a idade de Maria. Às vezes ela parece uma criança pálida, outras vezes, uma velha. Haverá um momento doce, ele pensa, mais ou menos meia hora em alguma tarde qualquer em que ela será ela mesma.

Em Greenwich, na Páscoa, ele observa Maria; sabe que a corte o observa enquanto ele a observa. Maria recentemente comprou uma centena de pérolas e gastou trezentas libras em roupas para o banquete. Vestida de damasco amarelo e tafetá cor de púrpura, ela brinca com o pequeno príncipe. Ela tenta a sorte nas cartas, toca o virginal, se entrega a mexericos com suas damas e cavalga ao ar livre à medida que o inverno vai relaxando.

Quando os Courtenay e os Pole foram presos, o rei mandou interrogar a criadagem de sua filha. Pediram-lhe que entregasse as cartas que recebera de

Chapuys, e Maria não tardou em lhes dar uma pilha de missivas, vazias de qualquer conteúdo comprometedor; o embaixador as escrevera dessa maneira, de propósito, por sugestão dele, Cromwell, atribuindo às cartas várias datas diferentes. Se Maria tivesse alegado não ter recebido carta nenhuma, o rei teria desconfiado que ela as tivesse queimado. E ele, Cromwell, tem bastante certeza de que ela realmente fez isso.

Maria é capaz de fazer um jogo assim, sem necessidade de explicação. Mas, na semana das decapitações, o rei teve de enviá-la ao dr. Butts, que a encontrou tão fraca que mal conseguia parar em pé.

Ela vai sentir falta de Chapuys, sem dúvida. Mas é primavera e, na corte, seu pai a paparica muito. Ele, lorde Cromwell, lhe faz companhia para assistir à partida de tênis. Ele diz, olhando de soslaio para ela: "Ouvi dizer que o duque Guilherme é um homem muito bonito".

"Isso não tem peso", ela responde, impassível.

"Não, mas é melhor que o oposto. Aliás, não permita que as pessoas lhe digam que ele é luterano."

As bolas assoviam atravessando a quadra. "Meu lorde Cromwell", ela diz, "não permito que ninguém me diga nada."

As devoções do rei durante a Páscoa são tão fervorosas quanto qualquer papista poderia desejar. A Sexta-Feira Santa o viu se arrastar ao crucifixo de joelhos. Os emissários germânicos estão boquiabertos. Se é isso que ele faz na Páscoa, o que fará na Ascensão? Quando o corpo de Cristo se ergue aos céus, será que seu rei vai se fazer erguer por meio de cordas e polias? Será que vai se refestelar entre as deusas em seu teto até que no Pentecostes desça em forma de pomba?

Ele, lorde Cromwell, está planejando seu próprio Dia da Ascensão. Criou uma nova ordem de precedência para o reino, a ser promulgada pelo Parlamento. A partir de agora, não é seu sangue nobre e antigo que vai dispô-lo na hierarquia. É o trabalho que você exerce para o rei. O vice-regente do rei — quer dizer, ele — está acima do banco de bispos. O secretário do rei, que no passado recebia o título de barão, agora está acima de todos os barões. Se o lorde do selo privado nasceu plebeu, ainda assim pode ser mais alto que um duque. Christophe diz: "Se todas as suas posições fossem levadas em conta, o senhor teria uma escada em cima de uma cadeira e outra escada em cima dessa, e um trono empoleirado no alto das nuvens, para olhar lá de cima para Norferk e para os inimigos e cuspir neles".

Thomas Howard não perde nada sob o novo esquema, mas ainda pode reclamar da elevação dos outros. "Já no que diz respeito a Gardineur", Christophe diz, "que não passa de um ínfimo bispo, ele vai ranger os dentes até que pulem para fora da boca."

Sob um teto pintado, sob um céu pesadamente marmorizado, ele se acomoda e organiza seu programa para o Parlamento. O último dos mosteiros vai cair e o rei começará a fundar colégios e catedrais em seu lugar. Haverá provisões para o alívio dos pobres e para a defesa do reino, e uma provisão para a unidade na religião: que forma vai tomar ele mal sabe, mas o rei quer assim.

Sua filha por fim escreve da Antuérpia. As coisas estão difíceis aqui, talvez eu vá para a Inglaterra, se o senhor me receber. Ele escreve a ela, confie em Stephen Vaughan para ajudá-la. Apesar de os nossos embaixadores terem voltado para casa, Vaughan permanece na Antuérpia como chefe dos mercadores ingleses. Ele vai providenciar sua passagem.

Se ela vier, estará em perigo e será também uma fonte de perigo. O rei deixou claro que certos sectários devem evitar seu reino. Ele pode pedir discrição da parte dela. Será que pode pedir para que seja dissimulada? Já pediu isso a outras pessoas. Ele diz a si mesmo, se Cranmer é capaz de esconder uma esposa, eu certamente sou capaz de esconder uma filha. Ele tem muitas casas, e está sempre obtendo mais outras. Quando você olha para ele hoje em dia, logo pensa em Júpiter, o planeta do aumento.

Certa manhã, depois da Páscoa, ele acorda com a cabeça pesada e dolorida, o pescoço duro. Não consegue comer, sai de estômago vazio para a reunião do conselho. O rei não presidirá hoje. Henrique está em sua mansão em Oatlands, que planeja reconstruir. Então talvez ele vá para Nonsuch para ver o progresso que Rafe está fazendo.

O conselho está esperando. Ele põe seus papéis na mesa. "Não podiam ter começado sem mim?"

Fitzwilliam responde: "Nós nem ousamos pensar nisso".

"Está de mau humor, meu lorde Southampton. Será que sua hóspede o atormenta? Lady Salisbury pode não ser fácil. Prometo que vou mandá-la para a Torre."

"Estou pedindo para que faça isso desde o Natal. E não precisa pressupor a causa do meu humor. Não sou mulher. Pergunte e eu lhe direi."

Talvez Fitz esteja com inveja de seus novos postos? Capitão da ilha de Wight. Delegado do castelo de Leeds. Ou talvez alguém tenha lançado uma palavra envenenada em seu ouvido: lorde Cromwell duvida do seu compromisso com o Evangelho.

Lorde Audley diz: "Vamos começar com a agenda? Chegaram cartas do meu lorde Norfolk...".

Ele permite que Audley fale longamente a respeito das últimas reclamações do duque enquanto olha fixo para Fitzwilliam. Seria de pensar que Fitz está indo bastante bem: um duque e lorde almirante. Talvez, ele pensa, esteja com inveja de mim, pois eu tenho um filho que posso assentar no Parlamento. E Fitz não tem.

No momento, sob seu escrutínio, Fitzwilliam se aborrece e derruba seus papéis. Um pequeno escrivão precisa se ajoelhar e se esgueirar em volta dos pés dele como um gato. Gardiner solta uma risada alta. Ele diz: "Fico contente de ver que está feliz, Winchester".

A cabeça dele lateja. À medida que a reunião vai avançando, Audley diz: "Então, não volte a se atrasar, meu lorde. Somos a irmandade da Távola Redonda, sabe, e esse seu assento é o Cerco Periculoso. Permaneceu vazio durante dez mil anos, até que lorde Cromwell chegou para preenchê-lo".

No dia seguinte, ele não consegue sair da cama. Ele tenta fazer suas orações, mas só consegue se lembrar de um sermão que Latimer fez num dia quente de julho, no verão em que Ana Bolena sucumbiu. *Mas Deus virá, Deus virá, Ele não vai ficar longe muito tempo. Ele virá num dia em que não estivermos à sua procura, e tal hora não sabemos qual será. Ele virá e nos fará em pedaços.*

Quando o dr. Butts chega, ele é capaz de fazer um relatório a respeito de si mesmo. Esteve na casa dos Sadler, e as crianças caíram doentes de sarampo, será possível...? As velhas dizem que só se pode pegar a doença uma vez.

Butts franze a testa. "Se for sarampo, logo saberemos, mas deve se manter afastado da corte."

Essa infecção mata crianças, mas ele não acha que possa matá-lo. Manda que tragam seus papéis. Ao meio-dia já está trabalhando. No dia seguinte, está pronto para sair, sua comitiva reunida, seus papéis em mãos. Mas então ele se senta e percebe que não voltará a se levantar. Está transfixado, observando sua velha inimiga surgir da névoa. Seria de pensar que ele reconheceria sua febre italiana a essa altura. "O Parlamento vai se reunir", ele diz, "e eu devo..." Suas palavras definham. A fraqueza, como água morna, já está escorrendo por suas pernas. Ele entrega seus papéis a Richard. "Você pode mandar uma mensagem ao rei? Não — vá pessoalmente. Cavalgue até onde ele está. Diga-lhe que o verei em breve."

Os tremores começam. Ele faz com que um escrivão o acompanhe até seu quarto e dita cartas até que os tremores o obrigam a fechar a mandíbula com força: e mesmo assim, entre espasmos, ele é capaz de ditar.

Ana Bolena costumava dizer a ele: "Você só fica doente quando quer ficar". Como ela estava errada.

No primeiro acesso de febre, é George Bolena quem está à espreita atrás da porta. Há um barulho, conversa baixa ou insetos, talvez uma mosca que não consegue sair e bate a cabeça, *bzzz bzzz*, contra o vidro. Ele vê que a porta está aberta. George vai se esgueirar por ela: talvez vá apoiar no travesseiro, já empapado de suor, sua cabeça cega e chorosa.

Os médicos dizem: "Já conhece o procedimento, meu lorde. Repouso na cama e uma cerveja fraca".

E os remédios sulfurosos, que nunca adiantam nada, mas, quando você está lúcido e é capaz de erguer o corpo, engole mesmo assim, porque alegra as pessoas a seu redor.

"Eu quero Wriothesley", ele diz, "onde ele está?"

"Ele foi a Hampshire, senhor, para se preparar para sua eleição."

"Norfolk vai voltar ao Parlamento. Ele fará discursos. O que eu devo fazer?"

"Senhor, essa febre já existia antes que os parlamentos fossem imaginados."

Essa febre já existia antes de a Bíblia ter sido escrita em inglês, em latim ou em grego. Já existia antes de a távola ser redonda, antes de Troia ter sido incendiada. Destruiu pessoas antes do dilúvio e afligiu os primeiros homens quando eles foram exilados do paraíso. Abel estava fraco com um acesso dessa febre, e foi assim que Caim o matou.

Seu corpo inteiro dói. Seus olhos estão aquosos. Ele escuta a madeira estalando ao seu redor, como as tábuas de um navio a vela, e pensa que está de volta a Austin Friars e que sua esposa ainda está viva. Ele pensa em si mesmo voando pelas horas de escuridão, recompondo-se em sua cama: como dizem que o lar da Virgem Maria voou para a Itália e se reconstruiu entre as pessoas que o apreciavam.

Mas, quando a manhã chega e abrem a janela — a luz em seus olhos como um punhal —, dizem, não, você continua aqui em St. James. Porém, qualquer coisa que desejar, podemos ir buscar.

Ele pensa, para onde fui? Passei a noite toda viajando.

Ele senta-se ereto. "Hoje, preciso trabalhar." Um dia a febre é fortíssima, no dia seguinte ela acalma, depois volta a subir. Logo ele terá passado pelo ciclo completo. Ele já consegue ficar sentado numa cadeira, mas não tem ilusões, ainda não passou pelo pior. Se vou morrer, ele pensa, há papéis que precisam ser destruídos. Mas então, se eu sobreviver, haverá inconveniências. A morte certamente vai me avisar. Já nos encontramos antes. Ela não devia se comportar com rudeza, como uma desconhecida.

Os médicos perguntam: "No momento extremo, quem gostaria de ter presente?".

Ele olha fixo para eles. "Quem eu gostaria de ter presente?"

"O bispo de Worcester? O arcebispo da Cantuária?"

"Ah, compreendo. Um confessor. Gardiner, não. Se ele me visse no meu leito de morte, iria me empurrar para fora dele, para que eu morresse no chão."

Ele repassa seu trabalho em velocidade dobrada. Instruções a mestre Sadler, que em breve liderará uma missão à Escócia. Uma carta a Wyatt, para dizer que o rei nomeou seu substituto. Ele pede a seu secretário francês que entre. "Nada de Paris hoje? Cartas de Edmund Bonner?"

Ele aponta para uma bacia e vomita de forma asseada. Olha fixo para aquilo que seu corpo produziu. "O que sabemos sobre os venezianos?"

A frota está em manobras, era a última informação; eles estão reunindo forças contra o Turco. Os príncipes germânicos vão se encontrar em Frankfurt: algum despacho?

Senhor, eles dizem, traremos qualquer carta assim que chegar, mas agora deve voltar para a cama. Sua doença o abate com rapidez.

Quando ele era menino em Putney, costumava pegar moedas da lama das margens do rio. Eram finas e gastas, e as efígies dos monarcas que carregavam estavam quase apagadas. Você não conseguia gastar o dinheiro; não servia nem para tilintar na mão. Tudo o que você podia fazer era enfiá-lo numa caixa e pensar no assunto. Se tantas moedas são levadas pela água até a margem, quantas mais o rio esconde em seus canais e profundezas? Um tesouro de príncipes, olhando de soslaio para a luz enevoada, cada um deles com um único olho estragado, como Francis Bryan. Ele ergue a cabeça. "Como *vai* Francis? Ele continua vivo? Eu me esqueci."

"Ah, sim, meu amo", respondem. "Sir Francis ainda está conosco, ele se recuperou tanto da doença quanto do desgosto do rei. Assim como confiamos que o mesmo acontecerá com o senhor."

O desgosto do rei! Tenho certeza de que eu lhe dei desgosto, ele pensa. Veja só como ele bufou e olhou feio naquele dia que tirei uma folga. Veja como ele bateu o pé no chão e revirou os olhos. É isso que Henrique faz. Ele desgasta as pessoas. Ele toma tudo que elas lhe dão e ainda mais. Quando acaba com elas, está ainda mais ruidoso e mais gordo, e elas são cascas ou cadáveres.

Ele não tem certeza se falou em voz alta ou não. Mas ele sabe que está em sua barcaça, sua bandeira desfraldada. Ele pode sentir o rio se movendo por baixo dele, e Bastings conduzindo-o a alguma margem mais distante. Em sua febre, ele pensa que Becket está de volta a seu nicho acima da água no palácio de Lambeth. Bastings diz, eu lhe falei que ele voltaria. Homem e menino eu o saudei, meu pai antes de mim.

Disparate, ele diz. Becket está no porão, trancado numa caixa. Se eu morrer, lancem meus ossos de um canhão. Eu bem que gostaria de ver a cara de Gardiner!

No dia seguinte, ele envia mensagens corteses ao novo francês, Marillac. O embaixador Castillon voltou para casa, mas o homem novo já esteve com o rei em

Greenwich. Ele está preocupado com o que aconteceu enquanto estava nas garras de sua doença; além do mais, gostaria de receber qualquer notícia da Pérsia ou do Leste, que os franceses sempre recebem antes de nós.

No dia que a febre cede, você mede as horas e vive com pavor; será que está vindo, inexorável como o cair da noite? Com um acesso de tremores, ajudam-no a voltar para a cama, bem quando estão trazendo a notícia de que os emissários chegaram de Cleves: eles estão aqui em Londres, estão pedindo para falar com Cromwell imediatamente. Ele está ardendo de calor como se estivesse num estabelecimento de armaduras; ele está na forja, é feito de cinzas. Seu pai Walter entra e grita: seu menino imbecil, se não calafetar os foles, como é que vou poder manter o fogo?

Seu pai imbecil, ele berra em resposta. Não acha que já está quente demais?

Mas, uma vez que você já esteve na Itália, é impossível realmente se esquentar. O sol inglês tem o coração fraco, bruxuleia e se esconde, afunda-se quando menos se espera: então chega o outono, a chuva cálida e enfumaçada.

Certa vez ele estava na abadia de Launde, a serviço do cardeal. Launde é uma exuberante pastagem, é tranquila, apenas o murmúrio das abelhas sobre o jardim de ervas e o tom monótono da oração. É verão, e ele está à vontade num caramanchão, conversando com os frades. O irmão Urban segura um cravo. Ele fala do Espírito Santo. Nuvens macias velejam lá no alto.

Agora ele está em Launde no inverno. As árvores são prateadas, e um sol frio brilha num céu limpo. Ele está caminhando, o irmão Thomas Frisby a seu lado, seus sapatos esmagando a neve sob a sola, seu sangue cantando nas veias. Por toda a volta, espalhando-se do olho enevoado, os rastros de passarinhos e pequenos animais, cortados no branco como uma espécie de código ou alfabeto perdido. Deus os enxerga, duas silhuetas pretas sob o azul esmaltado.

Então, com um grito, Frisby desaparece. Num buraco às suas costas ele se debate, e ele, o homem do cardeal, pula lá dentro para salvá-lo. Ele grita e bufa, o mundo deslizando sob seus pés, e a neve voa a seu redor como penas. A silhueta de Frisby se recorta contra o branco da neve, seu hábito esparramado; ele estende os braços, seus pés se agitam em busca de apoio, ele resmunga, atrapalha-se, xinga — então ele, Thomas, faz com que se levante, os olhos do monge apertados contra o brilho do sol, seu nariz vermelho, sua risada ressoando no ar. Eles se abraçam, a neve deslizando de suas capas; a graça os inunda como *aqua vitae*, enquanto os dois se apoiam na direção da abadia e do som de sinos.

O prior de Launde paira acima dele, com o rosto do dr. Butts. "Pela missa", ele diz, "nunca conheci um homem vivo tão frio." Mais um minuto, e ele será um bloco de gelo. Ele pensa, é capaz que me enfiem num porão e tirem lascas de mim o verão inteiro. Podem me misturar com morangos amassados e vinho de sabugueiro.

Ele acorda: meio tateante no começo, a mão deslizando incerta por cima dos lençóis. Ele não está em Launde, de jeito nenhum. Empilharam tantos cobertores por cima dele que ele parece um baluarte ou um forte. Eu poderia deter os turcos, ele resmunga.

Ele senta-se ereto. Faz sinal para pedir uma bebida. Acenderam velas. Ele pensa, o que será que aconteceu com Frisby? Não pode estar em idade muito avançada. Vou ficar com Launde quando o abade entregá-la: Launde para mim. Devo ir viver lá quando tudo isso terminar. Serei lorde Cromwell em casa. No verão, vou me sentar no caramanchão. No inverno, vou caminhar sobre o gelo.

Há uma carta de Melanchthon. Outra do duque da Saxônia. Entram e dizem: "Meu amo, mestre Gregory está aqui, cavalgou direto de Sussex".

Gregory entra e se posta ao pé da cama dele. Olha para o pai. "Cristo", ele diz.

Ele diz: "Ah, Deus nos ajude, Gregory, não me diga que estou acabado e abatido. Será preciso mais que esse calafrio para me tirar a vida. Não deviam tê-lo incomodado".

Gregory diz: "Eu estava vindo para cá, de todo jeito. Para o Parlamento".

Ele diz: "Richard Riche tinha razão. Você é jovem demais".

"Ele disse isso?" Gregory achou graça.

Ele diz: "Gregory, depois que Jane morreu, você me perguntou, com quem permitirá que o rei se case agora?".

Nossa doce Jane. Uma lágrima escorre pelo seu rosto. O pessoal todo sai correndo, em pânico. "Meu amo está chorando!" Naturalmente, nunca viram isso antes.

Ele enxuga a lágrima. "Tenho cartas dos germânicos. Meus escrivães estão fazendo traduções agora. Os príncipes deram sua palavra a nosso favor. Para um casamento com Cleves, para o rei. Agora pode me trazer, por favor, tinta e papel?"

"O senhor não está em condições", seu filho diz.

Ele diz: "Gregory, preciso aproveitar meu tempo. Tenho menos de vinte e quatro horas". Antes que o mestre da minha barcaça volte a remar e me faça mergulhar no rio Estige.

Mas demora certo tempo até ele retomar os negócios: uma noite, um dia, uma noite. Ele foi até Putney. Por um tempo — agora ele tem catorze, quinze anos — ele perambula pela casa dos Williams em Mortlake. Sua irmã Kat se casou com um desses sujeitos respeitáveis, e eles dizem, "O jovem Thomas é um rapaz útil: tem uma letra firme, é bom com os números, firme no trato com os cavalos e não é orgulhoso demais para rachar lenha ou varrer o pátio. Qualquer um que o tivesse como aprendiz ficaria contente com ele".

Falam sobre ele como se o estivessem vendendo.

"Pobre rapazinho", uma mulher diz. "Walter o joga de um lado para outro. Mas, bem, vocês sabem o que Walter é."

Os Williams não sabem nada dos imperativos de sua vida, da maneira como você a leva agora. Não sabem nada do emaranhado das disputas de Putney, da rede de obrigações para lutar e vencer que o prendem desde que você aprendeu a andar: claro que, como qualquer duque, você tem honra, e a honra precisa ser servida. Os Williams são boas pessoas, e isso os protege da necessidade que o corrói: a necessidade de tudo que você não tem e que eles nunca vão querer.

Os Williams dizem: "Poderíamos arrumar um lugar para o menino. Aquele Arthur de Tal lá dos lados de Esher quer um rapaz".

Ele não é capaz de suportar, esse lugar que ele vai conseguir. Ele não pode ser o rapaz de Arthur, lá dos lados de Esher. Ele tem que ser algum outro rapaz, que fizesse Esher tremer.

O tempo que ele passa com a irmã o deixa longe do caminho de Walter, porém, mais uma vez, permite ao menino-enguia juntar seu bando. Desde que tinha sete anos, o menino-enguia tem sido seu inimigo. Ele não sabe como a disputa começou. Mas ele se lembra de enfiar a cabeça do menino-enguia num barril de água, segurando-o até que o pirralho quase se afogou.

Agora, quando ele volta para casa andando todo emproado, o menino-enguia e seus amigos estão esperando. "Opa", eles gritam. "Opa, Põe-fio-nisso."

Eles o chamam assim porque Walter afia facas. Entoam quando o veem:

Passei dez anos em Newgate,
Foi uma longa e dura estada:
E ainda estou todo esfolado
Dessas correntes desgraçadas.

Eles gritam: "Seu bastardo irlandês, enfiado numa pele de cachorro pelado!".

Será que Walter é irlandês? Ele nega, mas não eliminaria a possibilidade.

Eles berram: "Matou sua mãe quando nasceu. Ela não suportava olhar para você, quando você saiu, ela cortou a própria garganta".

Sua irmã Kat diz: "Não dê ouvidos a eles. Não foi isso o que ocorreu".

Ele grita em resposta: "Menino-enguia, seu bosta de Diabo, está cansado da vida?".

O menino-enguia clama: "Vou arrebentar você, cabeça de bosta".

"Quando?", ele indaga.

"No sábado à noite?"

"Vou pelar e salgar você, e fritar numa frigideira."

Então, é o que ele tem de fazer.

A noite de sábado o persegue colina acima. Àquela altura, você já tinha criado um medo profundo no coração dele, por meio de mensagens transmitidas por seus conhecidos. Se o menino-enguia parar para pensar (e ele teve dias para pensar), vai se lembrar de que perdeu cada confronto entre os dois. Ele não pode lutar contra a história, então corre; afinal, o que mais pode fazer? Ele poderia agir com altivez e oferecer a mão: mas daí Thomas Cabeça de Bosta iria lhe cortar os dedos fora.

O menino-enguia acredita que conseguirá fugir de você se correr para o armazém do tio. Ele vai passar correndo pelo vigia ao portão, que vai fazer pose de forte e erguer o braço, "Crummel, o que faz aqui?".

Mas não há vigia nessa noite, como ele bem sabe. Quando saiu, Walter e seus companheiros estavam bebendo cerveja forte já fazia uma hora. Ele é um cervejeiro medíocre, mas guarda o melhor para seu pessoal. E é Wilkin, o vigia, que estica a cabeça para fora da sala: "Bebe conosco, Thomas?".

Ele diz: "Estou indo à igreja".

Wilkin se recolhe, recua o rosto desfigurado e brilhante. De trás da porta, a cantilena despreocupada: *Por Deus, me fez derrubar a cerveja...*

Você caminha sob a lua minguante. Só quando avista o menino-enguia é que você começa a trotar, um passo agradável que vai levá-lo até seu destino sem perder o fôlego. Quando você entra no pátio, ele não está à vista. Mas não há ninguém para impedir que você o siga na escuridão, para dentro da cripta onde, sob um teto abobadado profundo, atrás de baús e caixas marcadas com os selos de cidades estrangeiras e suas guildas comerciais, o menino-enguia se entocou.

Você pensa no lar que deixou para trás. Imagina aonde Walter e seus companheiros chegaram com sua cantilena. Com seus corais e variações, eles podem fazer aquilo se arrastar por uma hora ou mais. Walter gosta de fazer a parte da moça, berrando esganiçado como se estivesse encurralado junto à parede: *Me solte, já disse...*

Então o coral dos homens: *Aguente um pouco! Por que tanta pressa?*, e fazem o gesto de puxar as calçolas dela para baixo.

Por sorte, quando entoam essa canção, nunca há uma mulher de fato no lugar.

No porão, seus olhos se ajustaram à escuridão. Sua vontade é de dar risada. Você pode escutar a respiração ofegante do menino. Você se move na direção dele e dá a entender que sabe exatamente onde ele está. "Seria a mesma coisa se acenasse com uma bandeira", você avisa.

Você para. Se você permanecer ali por mais tempo (e você tem paciência), ele vai começar a chorar. A implorar.

Me solte, já disse...

E se você permanecer ali por mais tempo ainda, ele pode morrer de medo: e isso evitaria uma bagunça no chão. Você saca o punhal. Será que ele o enxerga? A única luz vem de uma janela alta com barras, e não é o bastante para amenizar a penumbra. Não adianta muito o tio dele pôr barras na janela, não é mesmo, se Wilkin vai embora e deixa a porta aberta. Você faz essa observação. "Vamos lá", você fala bem alto, "concorde comigo." A respiração dele agora soa como três gatos dentro de um saco.

O menino-enguia só é corajoso com os primos e irmãos ao redor. "Agora se caga todo", você diz a ele: seu instrutor calmo, seu guia.

Quando você move o caixote (você é forte, como dizem os Williams), vê o rosto dele, vazio e branco como um lençol esticado numa cerca. Deve emitir sua própria luz, porque você olha bem nos olhos dele. Você fica surpreso com sua expressão. "Parece contente em me ver", você diz. Ele dá um passo adiante, como se fosse cumprimentá-lo, e com um gesto sem hesitação, oferecendo a barriga mole, ele se empala por conta própria no punhal.

É o calor repentino que choca você, o visco contaminante que atravessa a pedra. Você se inclina e puxa o punhal. Algo vem com ele: uma extensão de tripas. Você pensa primeiro na lâmina. Você a limpa na sua própria jaqueta, uma ação eficiente, um-dois. Você não olha para baixo: mas o sente a seus pés, uma confusão grotesca. No mesmo instante, você começa a rezar.

Você se inclina para baixo rígido como um velho. Talvez aceite com muita rapidez a ideia de que ele está morto, mas você fecha os olhos dele, estendendo a mão para a poça de escuridão. Faz isso com delicadeza, como uma virgem apalpando frutas. Se a poça de sangue parece modesta, é porque o volume do corpo esconde o resto. Mas quando você desloca o corpo dele, virando-o, vê como foi furado com precisão.

Você não consegue imaginar, mais tarde, o que o faz decidir movê-lo. Talvez achasse que ele não estivesse morto, mas fingia. Afinal, não é preciso ser um grande fingidor para permitir que as pálpebras se fechem, não é?

Mais tarde, você não compreende nada de suas escolhas naquela noite. Thomas Cabeça de Bosta estava no comando, seus braços e pernas trabalhando independentemente de sua alma. Então você arrastou o menino-enguia, a cabeça dele batendo no chão, sedado. Seu ritmo é necessariamente lento: *Aguente um pouco! Por que tanta pressa?* Do lado de fora está mais quente que no porão. A rua está vazia, até que você vê o vigia voltando para casa. Ele cambaleia com a firmeza de um homem que bebeu e ainda espera se passar por um homem de bem: pergunte a ele, dirá que cambaleia só por diversão. "Tão firme quanto um...", o velho beberrão brada. Ele se confundiu; não consegue pensar em algo que seja firme. "Põe-fio-nisso! É tarde para estar na rua."

Ele se esqueceu de que o viu mais cedo. Que o convidou para se juntar a sua escola de canto.

Wilkin pisca: "Quem é esse?".

"O menino-enguia", você responde. Não adianta nada fingir.

"Por Deus, ele encheu a cara! Vai levar o menino para casa? Bom rapaz. É preciso cuidar dos amigos. Quer ajuda?"

Wilkin tem um espasmo e vomita nos próprios pés. "Limpe isso", você diz. "Vamos logo, Wilkin, ou esfrego sua cabeça aí."

De repente, você se sente ultrajado: como se a única coisa que importasse fosse manter as ruas limpas.

"Saia daqui", Wilkin diz. Com os olhos vidrados, ele se arrasta para longe. Você observa enquanto ele se afasta. Ele se dirige cambaleante para os lados de seu local de trabalho. Você não consegue resistir: grita atrás dele, "Não se esqueça de trancar tudo".

Você poderia, se tivesse um amigo para ajudá-lo, jogar o menino na água. Se estiver morto, vai afundar: se estiver vivo, vai... afundar. A noite está silenciosa, não vem nenhum som do rio, e você sente que ele escorregaria margem abaixo, sem fricção, sem resistência, como se estivesse untado, e cairia dentro do Tâmisa com um suspiro. Você até imagina: como a superfície simplesmente desliza para longe dele, igual a um vislumbre fastidioso.

Mas você não pode fazer isso. Não é remorso. É uma força que jorrou para fora. Você tira o punhal da bainha. Você o limpa mais uma vez na manga. De verdade, não daria para saber que ele participou de qualquer ação. Você volta a guardá-lo. Sente um forte impulso de se deitar ao lado do menino-enguia e dormir.

Quando você volta, Walter e seus rapazes continuam vociferando. Você fica estupefato. Achou que fossem três da manhã. Esperava ver luzes apagadas, janelas fechadas, cadeados. Mas lá estão eles, ainda aos berros: *Venha me beijar! Não! Por Deus, vão...*

A porta se abre. "Thomas? Por onde andou?"

Você não responde.

Walter parece tão ultrajado quanto você ficou ao ver Wilkin sujar a rua. "Não dê as costas para mim!"

"Por Cristo, não", você diz. "Quem fizer isso é certamente um tolo e terá vida curta."

Walter ergue a mão. Mas algo — talvez sua própria instabilidade, talvez algo no seu olho — faz com que ele recue. "Já volto, pessoal", ele grita.

Eles chegaram à parte em que estupram a donzela. Vão pedir a Walter que imite seus gritos. *Agora que me deitaram no chão...*

Os olhos de Walter estão saltados. Ele aponta. "Vai ver só, Thomas, de manhã."

"Vou ver a qualquer hora. Agora?"

O punhal está próximo ao seu coração: pronto para ser usado. Apesar de que você poderia se deitar e dormir. Você poderia cair aos pés dele: *Pai, eu pequei...*

"Walt!", um bobalhão qualquer vocifera. "Volte aqui para dentro!" E de lá sai o velhaco de olhos apertados, agarra o pai dele pelo ombro, puxa-o pelo colarinho. A porta bate com força. Ele observa o lugar em que seu pai não está. De trás da porta, uma enxurrada de berros estridentes enquanto a donzela grita pela mãe.

Um dia, em breve, ele será irredutível. Um dia, ele vai arrastar Walt à luz do dia e derrubá-lo à vista de todos, os bons habitantes de Putney assistindo: e se tiverem o trabalho de vir de Mortlake e Wimbledon, verão que terá valido a pena.

"Pai, estou pronto", diz o filho de Noé na peça. *Um machado tenho eu, por esta coroa, tão afiado quanto qualquer outra lâmina boa. Tenho uma machadinha, tão bem afiada, como se pode ver, não deixa passar nada...*

Então Noé e seus filhos constroem uma arca. E saem navegando, na maré de Deus.

Em sua febre, ele acha que o arcebispo da Cantuária chega. Cranmer, não Becket: ainda assim, pode ter sido um sonho. Quando ele se senta, "John Husee está do lado de fora", dizem. Ele resmunga. Ele pôs um bando de negociadores para tratar da compra da propriedade de Lisle em Painswick. Lisle se queixa de que eles não têm nem coração nem consciência, mas o que ele esperava? São advogados.

Lisle quer um tratamento especial, do alto e de baixo. Deve dinheiro ao rei há dez anos, e a homens humildes também. Deve dinheiro ao homem que lhe fornece alimentos, Blagge. Os cortineiros Jasper e Tong já não o atendem mais. Gente da cidade reclama para ele das dívidas de lorde Lisle, como se ele devesse pagar.

Ajude-me a levantar da cama, ele diz. Senta-se numa cadeira, enrolado para se proteger do mês de abril. "Espalhe a notícia de que estou melhor. Norfolk voltou para o Parlamento? E Suffolk? Mestre Wriothesley veio? E Gregory, está aqui?"

"Mestre Gregory esteve aqui e voltou a partir."

Ele perdeu o Dia de São Jorge, o capítulo da Ordem da Jarreteira. As execuções recentes abriram vagas entre os cavaleiros. Dizem a ele que William Kingston foi eleito, uma honra merecida havia muito tempo.

Ele pergunta, como está a situação do bispo Gardiner? Caiu nas graças ou na desgraça do rei nesses poucos dias em que estive acamado?

Christophe responde: "Gardineur — o que é que ele sabe, senhor?".

"Menos do que pensa."

"O senhor está esperto nesta manhã", Christophe diz. "Mas, no meio da febre, gemeu e disse: 'Stephen Gardineur sabe'."

Stephen foi até Putney. Revirou a lama. Ele disse: *Cromwell, sei mais a seu respeito do que sua mãe sabe. Sei mais do seu passado do que você mesmo sabe.*

"E Thomas Bolena está realmente morto?", ele pergunta. "Ou sonhei com isso?"

"Tão morto quanto a filha."

No acesso de sua febre, ele tinha visto a rainha Ana caminhando pelo cadafalso, castigada pelo vento. Ouviu sua última prece, arrancada de seus lábios, e viu as mulheres veladas erguerem a barra das roupas para não sujá-las.

Gregory volta quando recebe a notícia de que ele está de pé. Gregory Cromwell, membro do Parlamento: veludo verde-grama com uma pena preta enrolada no chapéu. Ele diz: "Pai, o novo embaixador francês e o novo embaixador imperial se visitam todos os dias. Caminham de braços dados, arrulhando como pombinhas. Mas escutamos dizer que o traidor Pole não tem encontrado muito conforto por parte do imperador".

Reginald Pole não consegue entender por que Carlos não põe a conquista da Inglaterra no topo de sua lista. Carlos lhe diz, exausto, sou apenas humano. E sou um só. E só posso liderar um exército de cada vez. A qualquer estação, devo estar pronto para enfrentar os turcos.

Mas os turcos são os inimigos de fora, Pole alega. E os ingleses são os inimigos de dentro. Não deveríamos dar conta deles primeiro?

Carlos diz: "Abençoado seja, monsieur Polo: se acordarmos amanhã e o Turco estiver nos portões de Viena, você vai dizer que o inimigo vem de fora ou de dentro?".

Nesse Parlamento, teremos uma moção de desonra contra a mãe de Pole e contra Gertrude Courtenay. Elas serão indiciadas como traidoras sem necessidade de qualquer outro julgamento. Ele, o lorde do selo privado, vai mancando até a casa do Parlamento e mostra à assembleia silenciosa uma vestimenta figurada encontrada em posse de Margaret, condessa de Salisbury. A peça corta os braços da Inglaterra com um amor-perfeito para Pole e um cravo para Lady Maria, significando sua união; entre eles cresce uma Árvore da Vida. Foi tirada dos cofres de Margaret, ele afirma, pelos enviados para dar busca nas casas dela. Ele diz, eu sempre defendi que o bordado iria trazer problemas a ela.

Margaret Pole é transferida para a Torre. O rei fica contente de lhe poupar a vida por enquanto. Ele pensa em todas as vezes que Margaret se negou a mencionar seu título, chamando-o simplesmente de mestre Cromwell. Ela agora vê quem é o mestre.

Ele sonha com um eu sem corpo caminhando nas profundezas de um bosque. Há espelhos dispostos entre as árvores.

Quando ele se arrasta para onde o rei está, com papéis nas mãos, vê que Gardiner chegou primeiro. Gardiner diz: "Parece muito doente, Cromwell. Há um rumor circulando de que esteja morto".

"Bem", ele diz com modéstia. "Como pode ver, Stephen."

O rei diz: "Eu próprio estou me sentindo melhor. Acha que essa inconveniência chegou ao fim?".

A febre, ele quer dizer: as ondas de náusea, as dores lancinantes, a dor de cabeça persistente. "Majestade, trago notícias de Cleves."

Ele espera que o rei dispense Stephen. Mas Henrique apenas diz: "Pois não?".

"Eu sei que o bispo de Winchester tem muito a fazer. Talvez ele preferisse dar prosseguimento ao seu dia?"

Mas Henrique não faz nenhum sinal. Stephen parece se inflar como um sapo.

Num gesto deliberado, ele dá as costas a Gardiner e se dirige ao rei. "O duque Guilherme gostaria de receber garantias das providências de dote para sua irmã e saber", ele hesita, "como ela ficaria se vossa majestade viesse a falecer antes dela."

"Por que ele acha isso provável?", Gardiner pergunta.

Ele mantém os olhos desviados. "Tais arranjos são subentendidos em qualquer contrato de casamento. Você não pode ser tão ignorante em relação ao estado marital a ponto de não saber disso."

Stephen diz: "Imagino que a dama seria atingida no coração. Ela iria se importar mais com a perda da pessoa do rei do que com qualquer vantagem mundana".

Ele lança um olhar a Henrique: vê que ele está em transe com as palavras do bispo. "É por isso que um parente da noiva faz o contrato, e com antecedência. Para que, quando ela se torne recém-viúva, não chore até perder todos os seus direitos."

Henrique diz: "Sou conhecido pela minha generosidade. O duque Guilherme não vai encontrar nada de que reclamar".

"Há outra questão", ele diz, relutante. "Nosso homem Wotton está escrevendo para vossa majestade. Um pouco mais de dez anos atrás, um casamento foi proposto entre Lady Ana e o herdeiro do duque da Lorena. Agora..."

"Mas essa questão foi levantada no ano passado", Henrique diz. "Quando o contrato foi estabelecido, as partes tinham apenas dez e doze anos de idade. Nenhum contrato tem validade antes que o firmem, depois de atingirem a idade adequada. Portanto, não vejo impedimento para nossa união. Por que a questão voltou a vir à tona? Vejo a mão do imperador nisso. Ele está determinado a impedir que eu me case."

"Em todo caso, é melhor examinarmos a documentação", Gardiner diz.

"Me parece", ele diz, "que Cleves jamais teria oferecido Lady Ana se ela não fosse completamente desimpedida."

Gardiner teima. "Eu gostaria de ver os artigos de revogação."

"É da minha compreensão que o contrato de casamento foi inserido num texto maior, que não foi formalmente revogado porque era parte de um tratado de amizade e auxílio mútuo..." Ele fecha os olhos. "Vou pedir a alguém que escreva tudo para você, Gardiner."

"E apresente a todo o conselho. Ou seria inseguro seguir em frente."

"Inseguro?" Henrique olha fixo para ele. Parece estar questionando sua escolha de palavra.

"Imprudente", Gardiner corrige.

"De todo modo", ele diz, "apesar de o rei preferir Lady Ana, por ela ser mais velha e ter idade apropriada, se constatarmos que de fato existe um impedimento, não há nada contra Lady Amelia. E — eis aqui a boa notícia — eles são capazes de fornecer retratos."

Gardiner diz: "Imagino onde foram encontrados assim, de repente. Achei que Cranach estivesse doente".

"Talvez ele tenha poderes de recuperação", ele diz, "como eu."

"Quantos anos têm?"

"As princesas?"

"Os retratos", Gardiner diz.

"Recentes, garantiram."

"Mas se os emissários não viram nenhuma das damas, como podem confirmar a aparência delas?"

"Na verdade eles as viram", ele diz. "Mas elas estavam um tanto cobertas com capas e véus."

"Eu me pergunto, por quê?"

Henrique diz: "Vejam bem! Isso não iria deleitar o imperador? Divergências entre meus conselheiros? Desacordos e contendas?".

Ele e Gardiner ficam cara a cara. O bispo não está lá para discutir o casamento do rei. Está lá a serviço de Deus, ou pelo menos é o que ele alegaria. O rei deseja instaurar um ato no Parlamento para abolir divergências de opinião:

com isso, ele quer dizer expressão de opinião. Gardiner conseguiu influenciá-lo em seis artigos relativos à fé dispostos perante a Convocação: convenceu o rei a seguir a linha romana, corpo e sangue.

Não há dúvida, sua doença fez regredir a causa do Evangelho — seus irmãos amedrontados e desunidos demais, sem ele, para apresentar uma frente firme. Norfolk instalou um sicofanta na casa dos Comuns como mestre orador. Na casa dos Lordes, o próprio duque faz sua cruzada, trazendo à mesa esses seis artigos e lutando por eles com toda a confiança — apesar de ele saber tanto de teologia quanto um portão. Gardiner incluiu os bispos que se apegam à doutrina antiga e eles conspiram juntos do desjejum à ceia, falando como papistas de alta classe e erguendo as taças para brindar aos velhos tempos. Enquanto o lorde do selo privado está suando em seu leito de enfermo, enquanto está escrevendo cartas para toda a Europa em busca de aliados e amigos, enquanto está ocupado encontrando quase mil e quinhentas libras por dia para pagar e prover aos marinheiros que tripulam os navios em Portsmouth — seus inimigos o ultrapassaram e, até o final do Parlamento, terão seis artigos transformados em lei.

O rei diz: "Meu lorde Cromwell, será que é tudo...?".

Ele faz uma mesura e se retira. Culpeper está presente; o menino se esgueira até ele: "Precisa se sentar, meu amo? Uma taça de vinho?".

Ele precisa bater em alguém. Ele faz um gesto para que o menino recue. Quando chega em casa, está tremendo de cansaço. Ele se esqueceu de quanta energia injuriante é necessária para confrontar Stephen Gardiner. Ele larga seus papéis. "Peça aos germânicos que venham me encontrar. Vamos planejar um banquete. Mande Thurston subir."

Ele fala como se sua doença tivesse ficado para trás, mas sabe que ainda não está curado. Ele reza para que a febre enfraqueça por meio de acessos sucessivos. É vital que nesse verão ele esteja ao lado do rei, de modo que precisa estar em forma para longos dias de caça. A cada dia de ausência ele perde vantagem. Se os reis não o veem, eles o esquecem. Apesar de nada no reino ser feito sem sua participação, os reis acham que fazem tudo sozinhos.

Ainda assim: eu sou o vice-regente, ele diz a si mesmo. Eu, não Stephen, sou o secretário-mor e lorde do selo privado. Sou o primeiro no conselho do rei e o primeiro em sua estima, e sou bem capaz de abrir buracos nos cascos dos barcos papistas. Todo dia agora é Dia da Ascensão. Por mais que Thomas Howard não aprecie as Escrituras, logo haverá Bíblias suficientes para todas as paróquias: e eu postado ao lado do rei, distribuindo-as. Já no que diz respeito a Gardiner, o que ele realmente entende sobre a mente e o temperamento do rei? O que ele sabe sobre a receita? O que ele sabe sobre a defesa do reino?

Num belo dia de maio, reunida ao amanhecer, a força armada de Londres desfila diante do rei em Whitehall. Há cerca de dezesseis mil homens em formação e, desses, ele próprio forneceu um décimo. A intenção dele era cavalgar na frente deles, mas a fraqueza o confina a St. James, onde ele assiste do portão de trás: mas, para lhe fazer companhia, o rei envia John de Vere, conde de Oxford, lorde tesoureiro. Gregory e Richard em seus cavalos brancos cavalgam juntos: rostos concentrados, armaduras reluzentes, a bandeira de Cromwell desfraldada.

Na Itália, ele pensa, quando fui soldado, peguei uma cobra na mão por causa de uma aposta. Meus amigos contaram devagar de um a vinte enquanto eu a apertava. A cobra se contorceu na minha mão e enterrou seu veneno bem fundo no meu pulso. Mas eu segurei o animal peçonhento mesmo quando quis largá-lo. Fui envenenado e nunca morri. As testemunhas encheram meus bolsos de dinheiro. E Deus amaldiçoe o homem que disser que eu não mereci.

Quando os dias estão bonitos, e o ar é doce depois das Vésperas, o rei navega rio acima e rio abaixo a bordo da barcaça real e se mostra para o povo, seu apito dourado de piloto em volta do pescoço, um sorriso radiante no rosto; seus músicos o seguem numa segunda barcaça, tocando tambores e pífanos. O povo enche a margem do rio e dá vivas. O domingo de Pentecostes é observado com grande cerimônia, como era nos tempos papistas. Richard Riche passa o feriado elaborando uma enorme lista com as dívidas do rei.

Chega da Espanha a notícia de que a imperatriz está morta, com seu recém-nascido. O rei ordena que a corte toda fique de luto. A catedral de São Paulo exibe cortinas pretas e os estandartes do Santo Império Romano. Os duques de Norfolk e Suffolk conduzem as cerimônias. Ele fica o mais longe possível de Norfolk, sem perdê-lo de vista e sem perder precedência.

Dez bispos comparecem, e Stokesley conduz o réquiem. Stokesley parece doente, ele pensa: mas, como ele é um antigo amigo de More, deve ter se sentido revigorado por aqueles seis artigos perniciosos na lei. Todas as paróquias de Londres dobram os sinos para a imperatriz, a dama desconhecida que nunca pôs os pés aqui. Os sinos soam no meio da madrugada. Morcegos e demônios rodopiam no ar.

Wyatt escreve de Toledo dizendo que suas malas estão prontas, e os inquisidores, apesar de relutantes, permitirão que parta. Mas o imperador entrou em retiro num mosteiro para o luto da esposa, então ele precisa esperar — precisa fazer sua saída formal, não se esgueirar para fora como um grosseirão endividado. "Embora ele provavelmente esteja", Rafe diz. "Endividado."

Bess Darrell escreve de Allington: Cromwell, onde está Wyatt? Cada hora parece um ano para mim.

Da Itália vêm relatos de dois cometas vistos num só dia. Suponha que um dos cometas represente o fim da imperatriz: o que mais Ele tem na manga, o criador da lua e das estrelas?

Cranmer chega para encontrá-lo. "Estou completamente surpreso", ele diz, "estou perplexo, que o Parlamento tenha retrocedido na causa da boa religião. Os caminhos de Deus são muito estranhos, por ter lhe dado um golpe bem neste momento."

"Gardiner agiu exatamente na hora certa", ele diz. "Ou Thomas Howard."

"Não tenho certeza..." Cranmer fala com dificuldade. "Quer dizer... não é possível culpar totalmente..."

"Não vai culpar o rei, vai?"

Melhor culpar Norfolk e os bispos Gardiner, Stokesley e Sampson do que ficar imaginando em voz alta se Henrique é fraco, traiçoeiro ou incapaz de enxergar seu próprio interesse.

"Nossos amigos da Germânia estão horrorizados", Cranmer diz. "Preciso defender nosso mestre diante deles."

"Como fará isso?", ele pergunta, interessado.

"Onde está lorde Audley nisso? Abrindo e fechando a boca igual a um daqueles ídolos de madeira operados por cordões. E Fitzwilliam? Achei que continuasse sendo seu amigo."

Ele não confia mais no lorde chanceler Audley. Ele não confia mais no lorde almirante Fitzwilliam. Conte os bispos, e talvez dez entre eles sejam sólidos. Foi assim que o rei conseguiu fazer passar um projeto de lei que, entre outras coisas, exige que padres casados abandonem as esposas, sob pena de enforcamento. A medida é adiada por uma ou duas semanas, para permitir despedidas.

"O que você e Grete farão?", ele pergunta.

"Vamos nos separar. O que mais podemos fazer?"

"E sua filha?"

"Grete vai levá-la de volta à Germânia."

Em outras circunstâncias, separar uma família seria um ato considerado pecaminoso. Cranmer diz: "Imploramos ao rei, mandamos a questão às universidades — imploramos a ele que buscasse nas Escrituras e encontrasse onde está proibido que um homem tenha uma companheira para a vida. Não consigo entendê-lo. É ele quem insiste que o casamento é um alto sacramento, que existe desde que o mundo começou. Então por que nega isso a tantos de nós? Será que ele acha que não somos homens, da mesma forma que ele? E também, uma vez que o projeto de lei for aprovado, nenhum de nós vai mais pregar sobre o Santíssimo Sacramento, sobre sua natureza. Não ousamos. Não saberíamos o que é seguro dizer sem ser encurralados pela lei e acusados de heresia".

É isso que o rei chama de concordância: a imposição do silêncio. O bispo Latimer e o bispo Shaxton se opuseram ao rei abertamente; não podem continuar em seus postos. Cranmer diz: "Eu mesmo pensei em abdicar do cargo. De que eu sirvo? Talvez devesse fazer as malas e partir com Grete".

"Você já me disse, num caso semelhante, que eu devia ser corajoso e pensar em longo prazo."

"Quanto tempo?" Cranmer está tão abalado que passou a ser direto. "Até ele morrer? Afinal, por tudo que foi feito e dito nesses dez anos, se perdermos Henrique agora, ele estará perdido para sempre."

"Ele não está sempre errado, não é mesmo? Aquilo que está escrito no pergaminho pode não ter efeito na prática. Qualquer ordem, qualquer medida, posso postergar, posso…" — ele hesita na palavra "frustrar" — "… posso dar um jeito", ele diz. "Há espaço para contornar todos esses novos artigos de fé e fazer com que pendam nesta ou naquela direção…"

"À exceção de um", Cranmer diz. "Minha esposa e minha filha não estão sujeitas a interpretação vaga. Ou estão aqui, ou em Nuremberg. Não podem pairar no meio do caminho."

"Pode voltar a ver Grete. Se eu conseguir a noiva para o rei, podemos ser capazes de manter a cabeça erguida na Europa."

"Duvido que o casamento aconteça. Estamos afastando nossos amigos."

Ele dá de ombros. "Estou ficando sem damas. E, em Cleves, não são luteranos, afinal de contas. Podem achar que é possível viver com essa nova ordem."

"E sua filha?", Cranmer diz. "Ela não pode vir para cá agora, não é mesmo? Não se quiser conservar sua religião." Ele não espera pela reposta: mas, aos olhos do vice-regente, enquanto anda de um lado para outro, a Cantuária começa a fazer com que ele mude de ideia. Ele é como um homem que recua da beira de um abismo: em desespero, ele acha que vai se jogar nas pedras, mas então sente o ar azul jogando-o de um lado para outro rumo à perdição, sente o vento nos pulmões, vê as gaivotas voando lá embaixo, é soprado como uma pena de volta à borda, então ele crava os calcanhares, agarra-se aos parcos arbustos retorcidos, aperta os olhos e se segura com toda a força para sobreviver. Ele diz: "Não vai me ouvir dizer nada contra o rei".

"Ninguém pediu que dissesse." Ele sente frio. Tem vontade de pousar a cabeça na mesa de trabalho.

"Não posso imaginar que ele tenha má intenção ou deseje afligir seus súditos. Suas apreensões, seus escrúpulos devem ser genuínos e devem tê-lo atormentado, talvez mais do que imaginamos."

"Talvez", ele diz.

"Ele vem carregando conhecimentos que são um fardo para ele. Fingiu que não viu. Ele me poupou, por exemplo."

"Nossos governantes percebem nossas negligências", ele diz. "Não dizem nada, mas mantêm um livro secreto."

"Sabemos o que Cristo exige de nós", Cranmer diz. "Sabemos o que é caridade, e o que é obediência, e conhecemos Seu ensinamento, abençoados sejam aqueles que trazem a paz. Por mais que isso me desagrade, vejo que a intenção do rei é a paz. Todos os bons súditos irão segui-lo."

"Naturalmente", ele diz. "Ou sofrerão."

Aqueles que lhe desejam mal dizem que Hugh Latimer será enforcado antes do Natal. Ele tem a intenção de evitar isso. Mas a esposa de Cranmer estará a bordo de um navio antes de a semana terminar, e não há nada que ele possa sugerir para mantê-la aqui.

Apenas para o caso de haver algum erro — se algum tolo tomar o rei por papista —, temos um Triunfo da Água. Num dia escaldante de junho e, bem agasalhado, ele se posta ao lado do novo embaixador francês, explicando o espetáculo. Diante dos olhos do rei e da corte, uma galé cheia de romanos luta contra marinheiros de verdadeiro nascimento inglês. Cardeais são jogados no rio Tâmisa, espalhando água e berrando, enquanto tocadores de tambor batucam um rufar de vitória. O sol dança, os pífanos tocam alto, a tiara papal vai embora com a corrente. "Por são Judas!", Marillac exclama. "Acredito que esses sujeitos saibam nadar?"

"Foram escolhidos a dedo", ele diz, "sob meu pedido." Ele suspira. "É preciso explicar cada pequeno detalhe às pessoas."

O rei está dando vivas debaixo de seu dossel. Os duques expressam seu apreço de modo ruidoso. Os cortesãos jogam dinheiro no Tâmisa.

"Ainda assim, um bom espetáculo", o francês diz com generosidade. Uma barcaça está recolhendo os combatentes da água. "As fantasias, acredito, não poderão ser usadas de novo." Ele dá risada. "Mas por que Henrique há de se importar? Você o enriqueceu, não é verdade?"

"Note que nossa marinha está sendo reforçada", ele diz. "Eu mesmo ficarei contente de acompanhá-lo numa visita a nossos portos do Sul, se quiser cavalgar até lá, agora que o tempo está melhor."

Uma pausa diplomática. Ele olha para o novo embaixador de soslaio. Não tem mais de trinta anos, mas dizem que é astuto: sagaz o bastante para ter deixado seu país há alguns anos, quando havia boatos de que ele favorecia Lutero. Ele foi para o Oriente com o primo, que era embaixador junto ao Turco, e pouco depois ele próprio foi nomeado embaixador; agora, se ele considera sua solidariedade à reforma como uma bobagem juvenil, ou se Francisco o escolheu porque provavelmente iria se dar bem com Cremuel... quem pode saber? Ele diz: "Nós ingleses temos que providenciar um espetáculo para o senhor. Não queremos ficar atrás do seu último posto".

Os cortesãos vão avançando, na esteira do rei. Vão a Southwark, do outro lado do rio, para ver um urso ser atormentado.

"Guardam boas lembranças do senhor em Constantinopla", Marillac diz. "Falam do senhor."

Ele disfarça sua surpresa. Deve ser um inglês qualquer, outro andarilho chamado Thomas.

"Aliás", Marillac diz, "oficialmente, não estou aqui. Fiquei afastado em protesto."

"Compreendo. Eu costumo estar em dois lugares, ou em lugar nenhum. E concordo que não é um espetáculo decente, apesar de ser divertido. Sabe, sinto falta do seu conterrâneo Dinteville, ele estava sempre tão desanimado que me fazia dar risada. Achei que seu rei poderia enviá-lo novamente." E acrescenta, apressado: "Estamos contentes de ter o senhor, claro, isso nem precisa ser dito".

Marillac se vira para encará-lo, surpreso. "Não ouviu falar? Da grande desgraça?"

Ele se lembra da ocasião em que o falecido delfim foi envenenado. "Compreendi que certas calúnias foram ditas — mas tenho certeza de que a família foi isentada, não?"

"Ah, sim, no que diz respeito a isso. Mas houve mais um escândalo. A casa toda está em desarranjo. Sodomia, temo."

O coração dele se aperta. "Onde está Dinteville agora?"

Marillac dá de ombros: quem se importa? "Na Itália, acho."

Primeiro, assassinato; depois, sodomia. Parece algo que Gardiner imaginaria para destruir um inimigo. Ele pensa no embaixador, abafado em suas peles, tão esplêndido quanto Hans o pintou: a corda rompida do alaúde, o broche de caveira que manteve no chapéu. Ele diz: "Se ele estivesse conosco hoje, estaria tremendo, e correria para casa, para um bom fogo e um vinho quente".

Marillac dá risada. "Estamos muito bem com esse tempo. Então, vamos remar até o outro lado para ver o urso?"

Quando o Parlamento fecha e antes de a corte se dispersar, o rei ordena que se ofereça um jantar. Cranmer será o anfitrião: deve organizá-lo no palácio de Lambeth; Norfolk deve comparecer, e Stephen Gardiner também; Cranmer deve exercer sua função de arcebispo e reconciliar todas as partes, fazendo com que se reúnam em amizade e alimentando-os com coalhada.

É o início de um verão quente, muito mais seco que em anos recentes — daria para dizer que é quase uma seca, se isso não servisse como tentação para o céu mandar um dilúvio. Às vezes, parece que está chovendo desde a queda do cardeal.

O jantar ainda não avançou muito quando Gardiner o acusa de assassinato. A conversa se voltou para Roma e para os monumentos e as praças da cidade, suas glórias desbotadas. "Você estava presente quando o cardeal Bainbridge morreu", Gardiner diz, enquanto limpa a boca. "Isso é interessante." Ele diz aos convidados de maneira geral: "Chegou-se à conclusão de que um membro da criadagem do cardeal o envenenou".

Ele se inclina para a frente: "Você pensa diferente, não é mesmo?".

Ao longo da mesa, as facas são pousadas; os convidados param de mastigar para escutar. Gardiner se volta para Wriothesley; ele é jovem, não sabe dessas coisas. "Prenderam um padre chamado Rinaldo. Esmagaram as pernas dele até o tutano sair — algo que lança dúvida em relação à coerência da sua confissão."

Ele — o lorde do selo privado — se recosta na cadeira e examina Gardiner. Sabe que é uma armadilha para ele e que não deve morder a isca. "Faz vinte e cinco anos, Stephen. A maior parte das pessoas que conhece a história já morreu."

"Bainbridge passou mal à mesa de jantar", Gardiner diz. "Um pó no seu caldo."

"Sim", Norfolk diz, tentando ajudar. "Como quando o bispo Fisher foi envenenado. Quando o cozinheiro foi fervido vivo."

Um murmúrio de desgosto percorre a mesa. "Estamos perdendo o apetite", o lorde chanceler objeta.

"O pó foi comprado em Espoleto", Stephen diz. "Eu conheço a loja."

Ele dá risada. "E a loja conhece você?"

Norfolk diz: "Qual seria o preço de um assassinato entre os romanos? Porque esse padre, Rinaldo... suponho que alguém o tenha financiado?".

"Naturalmente", Gardiner diz. "O bispo Gigli."

Ele consegue ver a memória de Norfolk trabalhando. Ele mastiga o nome como se tivesse sido cozido demais: Gigli, Silvestro Gigli. "O bispo de Worcester", Norfolk solta num arroubo. "Amigo íntimo de Wolsey."

"Exatamente", Stephen diz. "O principal amigo de Wolsey em Roma. Depois que Bainbridge foi removido, Wolsey ficou liberado para ser o próximo cardeal inglês."

Há um silêncio: que ele rompe ao fazer sinal para um menino trazer mais vinho. "Metade da cidade queria Bainbridge morto. Os franceses o odiavam. Os florentinos o odiavam também. E ele estava endividado."

"Viu os livros?", Gardiner indaga. "Quem permitiu que você entrasse?"

Os capões chegam e os cortadores de carne fazem seu trabalho. Em Roma, à mesa do papa, o criado trinchador segura a carne no espeto e a fatia no ar; confere um ar de crise à mais amena das refeições. Ele, lorde Cromwell, pousa sua taça e se volta para os convidados, abrindo as mãos, sorrindo: "Eu sempre parti do princípio de que o mestre de cerimônias do papa matou Bainbridge. Ele o odiava por ser inglês e por sempre fazer genuflexão fora do seu lugar, ou por aparecer com o tipo errado de cajado. A cúria o considerava um bárbaro".

Cranmer está se remexendo na cabeceira da mesa. "Por que esteve em Roma, meu lorde Cromwell?"

"Negócios particulares. Eu não conhecia Wolsey na época."

Gardiner diz, para provocar: "Você sempre conheceu Wolsey".

Era Corpus Christi, dia 15 de junho, quando Bainbridge tomou o caldo e foi atacado por cólicas. Os médicos o purgaram e ele se sentiu bem o bastante para ir cear naquela noite. Por acaso ele iria querer perder o vinho de Creta, o caviar na casa do cardeal Carretto?

No dia seguinte, Bainbridge estava colérico como sempre, chutando os criados. Demorou até o dia 14 de julho para desmoronar e morrer. Prenderam o padre Rinaldo porque era sabido que Bainbridge o golpeara em público, e perceberam que ele guardava mágoa.

Depois de três dias de tormento nos calabouços papais, Rinaldo conseguiu obter uma faca. Esfaqueou a si mesmo de maneira inepta, apesar de ter feito um trabalho melhor que Geoffrey Pole. Levou um ou dois dias para morrer, e então os romanos penduraram o corpo dele em público. Antes de o esquartejarem, ele o viu balançando ao vento — ele, Cremuello, o *oltramarino, giovane inglese*. Rinaldo tinha papéis amarrados aos pés especificando seu crime. Ele tinha confessado que Gigli lhe dera quinze ducados para matar seu amo, mas o detalhe não estava escrito nos papéis. Isso teria aberto um rombo no muro de segredos do Vaticano. Bispos e cardeais se matam uns aos outros, e homens humildes sofrem por seus crimes.

Aquele verão foi quente até para os padrões romanos. Ao cair da noite, as pedras pareciam suar, expirando o acúmulo de mentiras do dia. Ele próprio se movia através do calor, tranquilo, silencioso e despreocupado. Desde que a cobra o picara, algo de sua natureza tinha penetrado em seu corpo, e ele podia esperar enrolado até quando fosse necessário.

Norfolk diz: "Nunca estive em Roma. Conheci Bainbridge, claro. Era um homem colérico".

"Sim, e tinha cinquenta anos ou mais", Cranmer diz. "E ele causou o próprio fim. Homens assim perecem no calor. Além do mais, eu sempre ouvi dizer que o padre retirou a confissão antes de morrer."

"Então, quem foi o assassino?", Stephen pergunta.

Me-Chame diz: "Está seriamente acusando lorde Cromwell?".

"Ele não era lorde nenhum naquele tempo", Norfolk diz.

Ele também não era. Ele é capaz de se enxergar agora, ao crepúsculo, de tocaia na Piazza Navona. Desde que obteve seu chapéu vermelho, Bainbridge começou a se levar a sério como futuro papa e se alojou em fino estilo. Alugou o palácio de Francesco Orsini, com acesso fácil ao Vaticano e ao Asilo Inglês, onde seus conterrâneos se hospedavam. A fachada era imponente, sacadas, terraços; Bainbridge forniu a propriedade com dinheiro dos banqueiros Sauli e também fez dívidas com os Grimaldi. Um número enorme de pessoas teria empregado Cremuello para ficar de olho em Bainbridge, e várias empregaram; ele dividiu as informações entre os contratantes, de acordo com o que desejavam escutar.

Enquanto estava ali à espreita, começou a conversar com uma moça de rua, caçoando do cabelo dela. Ela o clareara, mas agora ele tinha crescido um palmo. Seus cachos negros são uma bela novidade para os ingleses, ele disse; já temos loiras demais. É inglês?, ela perguntou. Jesu, não daria para adivinhar. Então é por isso que você está de olho na casa do cardeal inglês. Sente falta do seu país por causa do barulho dos seus conterrâneos farreando? Observe agora, e alguns deles vão sair dali e vomitar na rua.

Mais tarde naquela mesma noite, ela disse a ele: agora vou lhe contar uma coisa. Romanos, toscanos, franceses, ingleses, germânicos: todos pagam por loiras. É uma pena para mim e minhas irmãs na função; nascemos erradas. Eu clarearia de novo, mas depois de um ponto o cabelo começa a cair, e nenhum homem de nenhuma nação vai querer uma mulher calva.

Ela bocejou. Bem, isso foi agradável, ela disse, gostaria de fazer de novo em posição diferente? Aliás, se você quiser um emprego no palácio entre seus conterrâneos, posso conseguir. Meu primo trabalha na cozinha.

Ela o confundiu com um escrivão que está passando por dificuldades. Afinal de contas, era assim que ele se vestia. Ele se voltou para ela e negociou a nova posição e o preço. Como é que alguém podia ter energia naquele calor? Mas você não sente tanto quando é jovem.

"Meu lorde?", Wriothesley indaga.

"Sinto muito", ele responde. "Meu lorde bispo, já me esqueci do que estava falando."

"Wolsey", Stephen responde com deliberação, "mal fez a gentileza de esconder sua parte no assassinato. Ele e o bispo Gigli eram amigos próximos, até se desentenderem a respeito de quem ficaria com as vestes de Bainbridge depois que ele morresse. Wolsey queria que fossem empacotadas e enviadas a Londres para seu uso. Quando eu era secretário dele, vi as cartas no arquivo."

"Sabe o que eu penso?", Norfolk indaga. "Tudo fica melhor sem cardeais e prelados velhos e orgulhosos como aqueles que costumávamos ter. Agora, o arcebispo aqui", ele aponta Cranmer com o polegar, "pelo menos ele se comporta com humildade. Você pode ver, pela expressão dele, que passa seu tempo em oração em vez de ficar intimidando nobres e tramando seu declínio e brigando e trapaceando e desviando fundos. Todos esses eram procedimentos diários com Thomas Wolsey."

"Meu lorde Norfolk", ele diz.

"Sim, e promovendo falsos tratantes a posições de confiança e solicitando propinas, falsificando títulos de terras, provocando seus superiores e conspirando com adivinhos e, de modo geral, roubando, mentindo e trapaceando..."

Ele se levanta de seu assento.

"... e trabalhando pelo prejuízo e pela ruína do Estado e a vergonha do rei."

Ele agarra o duque. Segura-o com os braços estendidos. Poderia facilmente puxá-lo com um safanão e lhe passar uma rasteira.

Cranmer se levanta de supetão. "Que vergonha, Thomas, ele é um idoso." Pega o casaco de Norfolk e tenta soltá-lo, como se fosse um peixe no arpão que quisesse devolver ao riacho.

É só quando o suor começa a escorrer do arcebispo — ou possivelmente sejam lágrimas — que ele, Cromwell, larga o duque. Thomas Howard o xinga, uma blasfêmia horrível como o grito de um atirador.

Os criados entram. As carnes são tiradas da mesa. Eles ficam lá sentados, olhando feio uns para os outros por cima dos confeitos de gengibre.

"Muito bem", Stephen diz, "não sei se já apreciei tanto uma conferência de paz quanto esta."

Está na hora de o rei deixar Londres para passar o verão fora. Ele partirá assim que o Parlamento se retirar. A comitiva se alojará primeiro em Beddington, a casa agradável que pertenceu a Nicholas Carew. Depois, no dia 7 de julho, vai para Oatlands, de lá para Woking.

Lorde Cromwell chegou a passar meses, anos inteiros, sem pensar em sua vida pregressa; ele empurrou o passado para o pátio e travou a porta com uma barra. Agora não são as perguntas de Gardiner relativas à Itália que o incomodam: a Itália guarda seus segredos. É Putney que lhe causa aflição, distante, mas próxima. Quando ele estava fraco por causa da febre, o passado penetrou, e agora ele não tem defesa contra suas lembranças, elas se repetem a qualquer momento que desejam: quando ele se acomoda na câmara do conselho, as palavras caem ao seu redor como uma névoa de chuvisco, e ele se vê envolto pelo clima de sua infância. Ele é um monge que desce a escada da noite, ainda envolto em sonhos, de modo que os pés arrastados de seus irmãos se transformam no sussurro das folhas nas florestas da infância: e como uma criatura escondida que se agita de uma cama de folhas, sua mente gira e revira, num circuito irrequieto. Ele tenta amarrá-la a isso (ao agora, a este momento, a este lugar), mas ela vaga: farejando o ranço de palha imunda e da água estagnada, a gordura quente da forja, suor de cavalo, couro, capim, levedura, sebo, mel, cachorro molhado, cerveja derramada, as ruelas e os portos de sua infância.

Ele pega sua pena: o rei talvez pudesse passar seis dias em Woking, onde ele, lorde Cromwell, poderia se juntar a ele? Então ir a Guildford...

É a noite da lua minguante. Ele sente o cheiro do rio e o odor do menino-enguia, que se cagou todo. O menino-enguia desaba a seus pés, pesado demais para que ele consiga arrastá-lo mais longe. Thomas Cabeça de Bosta já não sabe o que fazer. Um cansaço enorme e mortal tomou conta dele, uma lassidão que o invade do cérebro aos pés. Então Cabeça de Bosta, desorientado, rastejara de volta para casa.

Walter e os rapazes continuaram bebendo até que o pai dele caiu roncando por cima da mesa apoiada em cavaletes e, em alguma hora escura, acordou e subiu a escada aos tropeções. Seria de esperar que ficasse roncando na cama até o meio-dia. Talvez Thomas Cabeça de Bosta contasse com isso e pensou: enquanto os homens de bem ainda estão na cama, vou até o rio para ver se o menino-enguia está vivo ou morto. Para ver se ele ainda está onde o deixei ou se alguém o recolheu com os dejetos da manhã, devolveu-o para o lugar de onde veio ou o jogou para os porcos.

Mas Deus sabe o que ele pensou. Ele acordou vazio, trêmulo, sem nenhuma lógica ou plano. Com a luz do dia, ele voltou a limpar o punhal, mas o deixou de lado quando entrou no pátio da cervejaria.

Nunca subestime Walter, sua violência e astúcia. O primeiro golpe veio do nada e o deixou atordoado. Havia sangue em seus olhos e, depois disso, Walter podia fazer o que quisesse. Ele usou os pés e os punhos, até que ele, Thomas, se tornasse uma geleia sangrando no calçamento, e seu pai se postou por cima dele e urrou: *"Agora levante daí!"*.

Há uma agitação no ar. Meu lorde do selo privado ergue os olhos do itinerário do rei. Me-Chame-Risley está aqui, movendo-se contra a luz amarelada. Ele se joga numa cadeira e berra para pedir uma cerveja fraca. Ele se abana com o chapéu. "Gardiner", ele diz. "Jesus! Acusar o senhor de assassinato! Mas, se tivesse livrado o mundo de um cardeal, e daí? Era outra jurisdição, e agora faz muito tempo."

Ele diz: "Vou derrubar Stephen. Espere só para ver".

Me-Chame olha para ele. "É, eu acredito."

"Estou fazendo isso aqui", ele diz. "Com licença." Ele volta ao papel. Depois de Guildford, Farnham. Cada cidade deve ser certificada de estar desprovida de peste negra antes de o rei entrar na região. À menor desconfiança, sua rota tem de ser modificada, por isso deve haver anfitriões extras a postos, com a prataria polida, as camas de pena arejadas. "De Farnham até Petworth? Qual é a distância?"

"Um pouco além de trinta quilômetros pelo interior", Me-Chame responde. "Mais se chover e for preciso dar a volta."

Trinta quilômetros é o que o rei pode cavalgar no momento. "Sabe que o rei está planejando uma visita a Wolf Hall?"

Me-Chame reflete sobre a questão. "É pequeno para a comitiva dele."

"Os Seymour vão se retirar. Edward planejou tudo." Ele pensa na sombra de Jane, caminhando no jardim da moça; pensa nela viva sob as árvores verdes, com seu vestido novo bordado de cravos. Ele franze a testa por cima dos papéis. "Suponha que ele cavalgue de Petworth a Cowdray, a William Fitzwilliam? Depois, para Essex... Ah, lá vem Mathew."

Mathew traz uma tigela de ameixas e pousa na mesa com reverência. "Os frutos do sucesso", Wriothesley diz, sorrindo. "Eu lhe dou os parabéns, senhor."

Antes ele achava que as ameixas neste país não eram boas o bastante, por isso as reformou, fazendo enxertos de mudas. Agora as casas dele têm ameixas que amadurecem de julho ao fim de outubro, frutos do tamanho de uma noz ou do coração de um bebê, ameixas mosqueadas e listradas, manchadas e pintadas, as cascas cor de limão a mostarda, rubro a escarlate, azulado a preto, algumas lisas e algumas peludas como animaizinhos, com lilás ou branco ou cinza; frutas cor de âmbar redondas pintadas com o cinza de seu uniforme, frutas de casca fina como a dos ovos, cor de carmim numa rede de prata, a polpa firme ou derretendo, cor de mel ou de vinho; seu tipo preferido é a *perdrigon*, a mais clara com casca amarela salpicada de branco, pintada de vermelho onde o sol a toca, sua polpa perfumada madura no final de agosto; depois a *perdrigon* violeta e sua irmã preta, que prefere os muros com orientação para o leste, produzindo em setembro frutas sólidas na mão, a polpa amarelo-esverdeada e saborosa, que se separa com facilidade do caroço. Você pode conservá-las inteiras para durar todo o inverno, comê-las de sobremesa ou só ficar olhando para elas num momento de ócio: globos de ouro numa tigela de estanho, frutas pretas como sombras, esferas de vermelho-cardeal.

Ele diz a Mathew: "Você se lembra de quando nós caçamos na casa do seu antigo amo? O dia que o rei perdeu o chapéu?".

Mathew sorri. Quem poderia esquecer o grupo de caça voltando para casa com o rosto assado como presunto?

Quando o vento leva embora o chapéu de um cavalheiro, seus companheiros tiram os deles no mesmo instante. O homem cortês diz, voltem a pôr o chapéu, não sofram por minha causa. Mas o rei, apesar de não aceitar o chapéu de outro homem, nunca pensou em lhes dizer que se cobrissem; por isso chegaram em casa cobertos de bolhas e com a pele em carne viva. Ele diz: "Você precisava ter visto Rafe Sadler. Os olhos dele tinham fervido dentro da cabeça".

Mathew diz: "Meu amigo Rob liderou uma busca pelo chapéu do rei, mas não encontramos nada. Havia um santo Huberto enfeitando o chapéu, e seus olhos eram safiras verdadeiras, então não duvido que teríamos sido recompensados se o tivéssemos encontrado".

Ele pega sua pena. Regressa ao verão real. O rei vai a Stansted, depois a Bishop's Waltham, em seguida a Thruxton; depois, saindo de Hampshire, cavalgará para o oeste. Em Savernake, Huberto estreita os olhos, lá em cima, enroscado em galhos. No alto verão, cavalgaremos os mesmos caminhos e ele nos verá como somos agora: a cintura grossa, os pecados multiplicados.

"Meados de agosto", ele escreve. "Cinco dias. Wolf Hall."

2.
Véspera da Epifania

Outono de 1539

Em agosto, Hans embala a noiva, leva-a para casa e a instala num painel para a inspeção do rei.

"Eu tive que ser rápido", Hans diz, "e me certificar de que ela secasse antes de eu ir embora. Também trouxe Amelia, a mais nova. Mas, para ser honesto, Amelia não é lá essas coisas."

"Mostre-me Ana primeiro", ele diz. Ele dá um passo para trás para admirá-la, uma princesa reluzente que é mais metal que carne. Suas roupas a moldam, como a armadura de algumas deusas, e parece que seriam capazes de ficar em pé sozinhas. Você arrasta os olhos do alto de seu peitoral brilhante para o rosto. É sereno, oval, vulnerável, vazio. Não é tão jovem e rosado quanto o de Cristina, mas revela um charme modesto. Ela tem olhos ternos, velados: a Virgem Maria, meditando sobre a súbita mudança em sua fortuna. "Henrique deve gostar dela", o pintor diz. "Eu gostaria. Você gostaria. É um bom retrato. Não poderia imaginar como me esforcei com ele."

"Mostre-me Amelia", ele diz.

Caso o duque Guilherme morra sem herdeiro, Ana, por ser a mais velha, deve herdar mais. Amelia teria que ser dotada de beleza extraordinária para compensar suas perspectivas mais parcas.

Ele a examina. Mais morena. Rosto mais comprido. Sobrancelhas definidas. "Ela me lembra da outra. Bolena."

Hans a vira para a parede.

Henrique está diante da imagem de sua noiva e seus olhos, assim como o de seus conselheiros, passam do meio do corpo dela para a parte de cima. O tempo passa: a areia escorrendo pela ampulheta, o rio correndo para o rio. Henrique assente. "Muito bem. Devo receber mais informações pelo nosso emissário dr. Wotton, não é mesmo?" Ele hesita, com uma sugestão de sorriso. "Diga ao mestre Hans, está tudo bem."

Edward Seymour escreveu de Wolf Hall. Está entusiasmado com o sucesso da recente visita real, certo de que sua família não vai perder preeminência quando o rei voltar a se casar. Ele diz, o rei deveria tomar a princesa de Cleves, precisamos da aliança, e pelas notícias que tive, ela é uma dama graciosa e vai lhe dar mais filhos; não acho que ele possa se dar melhor.

O duque de Suffolk apresenta sua voz no conselho: é correto e adequado que nosso rei se case numa casa real. Os Seymour são uma família bastante boa, sem dúvida, diz Charles: mas o casamento não trouxe nenhum crédito ao rei no exterior. Já em relação à casa de Cleves — por acaso eles não viajam pelo rio Reno em barcos puxados por cisnes prateados?

Ele, Cromwell, sorri. "Talvez em tempos passados, meu lorde Suffolk." Há informações de que o imperador não aprecia o casamento nem um pouco. Os franceses estão insatisfeitos; os escoceses, choramingando. Nosso rei está caçando. Na maior parte do tempo, ele passa bem. Os médicos relatam um resfriado com febre e uma constipação preocupante dos intestinos, mas no dia seguinte ele volta à sela, com Fitzwilliam e um grupo de damas, e juntos matam uma dúzia de cervos. O grupo dele vai de Grafton a Ampthill, a Dunstable, passando por Bedfordshire, e o rei está feliz, é agora uma companhia agradável, como não é há muitos anos. Ele é Henrique, o Bem-Amado, com uma esposa em perspectiva e cheio de si.

E ele, Cromwell, faz uma avaliação da caça do rei, porque ele é seu juiz-chefe e mantenedor das florestas, parques e áreas de caça que se localizam a norte de Trent. Sua vistoria começa no início de junho, na floresta de Sherwood, e em setembro seu pessoal contou 2067 cervos-vermelhos e 6352 gamos, com escrivães registrando as vidas num livro de pergaminho de sessenta e oito páginas. Eles esquadrinharam os bosques verdejantes e conhecem os segredos de sua vida rasteira; mas não encontraram Robin Hood nem os homens verdes que atiram e festejam com ele.

Num espaço de uma ou duas semanas, Hans pintou a noiva mais uma vez, de memória e a partir de seu retrato maior: para que o rei possa carregá-la consigo, confinou-a a uma miniatura de marfim. "Veja, meu lorde Norfolk", Henrique diz. "Não acha que ela parece boa e graciosa?"

Norfolk resmunga. Seus olhos se desviam para os lados à espera de que ele, Cromwell, fale.

Depois de terem se recuperado do jantar de reconciliação, ele e Norfolk precisaram aprender a estar juntos no mesmo recinto mais uma vez. Ele se rebaixara com um pedido de desculpas. Norfolk dera uma gargalhada. Fitzwilliam deu tapas nas costas deles: "Apertem-se as mãos como bons cristãos".

Ele toca na palma da mão ossuda e calejada do duque: demonstrando boa vontade. Apesar de nem ter certeza de que Norfolk seja de fato cristão. Ele é reverente a seus antepassados. Ele foi tão cobiçoso pelas terras dos monges quanto qualquer homem no reino, mas diz que não vai permitir que o priorado de Thetford seja destruído, porque seus pais estão enterrados lá. Ou, melhor, fará com que seja reformado e transformado em colégio de padres, que irão orar pelas almas de seus ancestrais. O duque explica enquanto pisa firme ao lado dele: "Rezarão por eles, Cromwell, enquanto este mundo durar".

Ele diz com polidez: "Isso significa muitas orações".

O relatório de Wotton chega. Como representante do rei, ele esteve com Ana, em casa com sua mãe. A duquesa Maria — a viúva — é uma matrona católica sóbria que mantém as filhas bem próximas e as criou com simplicidade, de modo fechado, com piedade. Em Cleves não se acredita que seja apropriado para jovens damas serem perturbadas por livros ou tutores. Sendo assim, Ana não fala outra língua além da sua.

"Cromwell será capaz de falar com ela", Henrique diz. "Ele conhece todas as línguas modernas."

"Creio que não", ele diz. "Mestre Sadler é melhor no alemão. Aprendi o meu em Veneza, e na maior parte com os mercadores de Nuremberg. Não é igual à língua que Lady Ana fala. Também não estou equipado para o tipo de conversa que as damas apreciam, conheço apenas termos de compra e venda."

"Para ser sincero", Norfolk diz, "nunca sei sobre o que se deve conversar com as mulheres. Elas não gostam de nada que os homens gostam."

Ele diz: "Minha esposa não sabia falar línguas, mas conhecia todo mundo no comércio de lã. Era capaz de fazer a contabilidade tão bem quanto qualquer escrivão, e quando eu chegava em casa de uma jornada, ela já pedira notícias da Lombard Street e tinha as taxas de câmbio da manhã anotadas em colunas. Ela sempre era capaz de dizer como as moedas estavam se comportando".

Eles avançam e passam pelos guardas do rei. "Acho que você aprecia ser uma pessoa de nascimento baixo", Norfolk diz. "Acho que está se gabando disso, Cromwell. De ser mercador."

Os criados dos aposentos do rei vêm ao encontro deles e fazem mesuras. Seja qual teto abrigue Henrique, alojamento de caça ou palácio, a etiqueta é sempre a mesma, um anel de proteção selado por rostos conhecidos e mãos experientes: por uma banqueta próxima com assento de pelica e monograma, por uma pilha de panos de linho para as costas reais doloridas; por uma bacia de água benta, por enormes velas de cera acesas no final do dia, pelo santuário de cortinas de veludo em volta da cama. Mas agora Henrique sorri e pisca ao sol, um rei de verão.

O duque vai direto ao assunto. "Majestade! Acho que poderia empregar meu filho Surrey numa missão a Cleves. Um emissário de sangue nobre com certeza nos daria mais crédito, não?"

Ele, Cromwell, franze a testa. "Não acho que precisemos de crédito. Já ultrapassamos esse estágio."

"É verdade", Henrique diz, alegre. "Todos os conselheiros do duque Guilherme estão de acordo. Não precisamos incomodar seu menino. Eu sei que ele está ocupado com nossas defesas na sua própria parte do mundo. Seria uma pena desviá-lo."

Norfolk franze o cenho. "Mas e o dinheiro? O que ela vai render?"

Ele diz: "Guilherme enviará cem mil coroas junto com a irmã. Mas isso vai ficar só no papel".

"Como assim, ele não vai pagar?" Norfolk está chocado. "Por acaso são pobres?"

Henrique responde: "Ficamos contentes de abrir mão do que é devido. O duque é jovem e tem grandes despesas. Você sabe que ele entrou em Gueldres, que é seu direito. Mas ele precisa estar pronto para defender o território contra o imperador".

Ele, o lorde do selo privado, disse à delegação de Cleves: "Meu rei prefere virtude e amizade a dinheiro vivo". Aliviados, os germânicos exclamaram, por Deus, que cavalheiro galante ele é! Mas não esperávamos nada menos que isso.

"O arranjo não pode vazar", Henrique diz. "Guilherme ficaria envergonhado. Logo devo chamá-lo de irmão, então gostaria de poupá-lo do constrangimento."

"E a viagem dela?", Norfolk indaga. "Custa caro transportar uma princesa."

"Temos navios", Henrique responde.

O duque se irrita. "Algum impedimento? Afinidade? São aparentados?"

"Ana é prima do rei em sétimo grau."

"Ah", Norfolk diz, "suponho que então tudo bem. Não precisamos de interferência do papa, assim. Por Jesus, não!"

O rei diz: "Confesso que fiquei surpreso por não termos língua em comum, mas nossos emissários dizem que ela é sagaz, e tenho certeza de que vai aprender nossa língua assim que se dedicar a isso. Além do mais, todo mundo fala um pouco de francês, mesmo que diga que não — concorda comigo, meu lorde Cromwell?".

"Os conselheiros do duque Guilherme falam francês", ele responde. "Mas a dama..."

O rei o interrompe. "Quando Catarina veio da Espanha para se casar com meu irmão, ela não falava nem inglês nem francês, e ele não sabia espanhol. O rei meu pai pensou, sem problema, dizem que ela é uma boa latinista, vão se entender assim — mas, como se comprovou, eles também não entendiam o latim um do outro." O rei dá risada. "Mas tinham boa vontade um em relação ao outro, e logo se afeiçoaram. E, claro, seremos capazes de fazer música juntos. Se ela não souber as letras das canções inglesas, tenho certeza de que saberá em outras línguas."

Ele diz: "Na Germânia, acredito, altas damas não têm mestres musicais. Uma dama lá perderia seu bom nome ao cantar ou dançar".

O rei fica de queixo caído. "Então, o que faremos depois da ceia?"

"Beber?", Norfolk diz. "Os germânicos bebem muito, são famosos por isso."

"Dizem o mesmo dos ingleses." Ele olha feio para o duque. "Lady Ana toma seu vinho com muita água. E a música não é proibida, de jeito nenhum. A duquesa Maria escuta harpa. O duque Guilherme viaja com um bando de músicos."

Tudo isso é verdade. Mas nossos homens em Cleves disseram a ele que a corte do duque é tão tranquila que chega a ser tediosa. Às nove da noite, todos os homens já têm de estar recolhidos a seus próprios aposentos e não sair dali antes de o dia clarear. Não se pode obter nem mesmo uma taça de vinho sem incomodar algum alto oficial para pedir as chaves.

"Minha esposa e eu vamos caçar", o rei diz. "Vamos nos deleitar com os prazeres da caça."

"Acredito que ela seja capaz de cavalgar, majestade."

"Tem que ser. Ela precisa se locomover", Norfolk diz.

"Mas não tenho certeza se ela atira. Pode aprender."

O rei parece confuso. "Também não caçam, as damas? Passam o dia todo cosendo?"

"E rezando", ele diz.

"Por Deus", Norfolk diz, "ela vai ficar agradecida ao senhor por tirá-la daquele lugar."

"Vai, sim." Henrique enxerga a situação sob nova luz. "Sim, a vida dela deve ter sido uma provação, abençoada seja. E sem dinheiro próprio, suponho. Ela vai achar nossas ideias bem diferentes. Mas acredito..." Ele se interrompe. "Cromwell, tem bastante certeza de que ela sabe ler?"

"E escrever, majestade."

"Muito bem, então. Quando estiver casada e aqui conosco, vai encontrar passatempos honestos. No final das contas, é uma esposa que desejamos, não um doutor erudito para nos instruir."

Henrique o puxa de lado. Ele olha por cima do ombro para ver se Norfolk está fora de alcance para escutar. "Muito bem, milorde", ele diz, acanhado. "Foi um longo caminho até chegar aqui. Pensei que ninguém me quisesse." Ele dá risada para mostrar que é piada. Não querer o rei da Inglaterra? "Só sinto pela duquesa de Milão. Ficarei zangado se souber que foi prometida a outro príncipe. E sinto muito por nunca tê-la visto com meus próprios olhos. Eu estava inclinado a ela."

"Lamento por não ter acontecido. Mas, assim, não deve nada ao imperador."

"Reis não podem escolher a quem oferecer seu coração", Henrique diz. "Percebo que preciso me preparar para o amor em algum outro lugar. Mas pode dizer ao mestre Holbein que estou satisfeito com o retrato que ele fez da duquesa Cristina. Penso que ela está parada na sala e pronta para falar comigo. Diga a Hans que não vou me desfazer dele. Vou guardá-lo para que possa admirar."

"Claro", ele diz. "Talvez não às vistas da nova rainha, senhor."

O rei diz: "Dê-me um pouco de crédito, milorde. Não sou um bárbaro".

Ele vai à Torre. Atravessa os aposentos em que as rainhas da Inglaterra dormem na noite anterior à coroação; onde Ana Bolena passou seus últimos dias. Jane nunca se hospedou ali, não chegou a viver o suficiente para ser coroada, sempre havia ou a peste, ou os rebeldes, ou íamos fazer a coroação em York — mas, no fim, nunca fizemos nada. Um latoeiro de Essex, bebendo no Bell, não muito longe de onde ele está, escandalizou o pessoal de Tower Hill ao berrar, entre um copo e outro, que Jane foi assassinada pelo próprio filho. Eduardo será um assassino, o desgraçado grita, igualzinho ao pai.

Você já sabe o fim dessa história. A sentinela chega e leva o latoeiro embora. Para que serve um sujeito desses, se não para ser chicoteado na traseira da carroça ou enforcado? Lorde Cromwell para na frente da imagem da rainha falecida, pintada na parede por uma mão pouco firme. Ele vê um rosto redondo pálido, cabelos louros em cascata. Ele pensa, será parecida com Ana de Cleves? Ou será preciso pintar de novo? Eu não gostaria de obliterar uma dama assim tão boa. Ana Bolena está à espreita no reboco, seu olhar escuro incendiário.

Ele pensa, espero que a corte não confunda os nomes. Mas as mulheres devem ser nomeadas e renomeadas, é a natureza delas, não têm país próprio; vão aonde seus maridos as levam, para onde seus pais e irmãos as mandam. Ir até o fim da rua para elas pode ser uma viagem tão grande quanto atravessar o mar. Jane Rochford falou disso certa vez. Fui entregue como se fosse um filhote de galgo, ela disse, mas com menos cuidado: Fui entregue, meu futuro acabado. (E o pai dela, lorde Morley, um estudioso tão grave e paciente.)

Enquanto está na Torre, ele visita Margaret Pole. Sem missal nas mãos, sem costura no colo, ela está sentada sem fazer nada sob um facho de sol que ilumina seu longo rosto de Plantageneta; ela parece uma de suas antepassadas, fixada num vitral. "Milady?", ele diz. "Espero que esteja confortável. Deve se preparar para uma longa permanência."

"Melhor que a outra coisa", ela diz. "Ou será que o rei espera que este inverno me mate? Percebo que esse seria um caminho a ser seguido pelo senhor."

"Se tem reclamações a respeito do seu tratamento, ponha-as por escrito."

"Eu sei por que me mantém viva. Ainda acredita que meu filho Reynold virá para me redimir. Acha que ele vai se entregar por amor a mim." Ela o avalia. "Teria feito tanto assim pela sua mãe, mestre Cromwell?"

Ele está pétreo. "Se requer algo, ponha por escrito também."

"Logo o senhor vai ter certeza de como Reynold é. Ele não atravessaria a rua para salvar uma mulher, mesmo sendo a mulher que o deu à luz."

"Ele se incomoda mais com uma estátua de gesso", ele sugere.

"Na verdade, ele tem inveja do meu estado. Acha que tenho chance de ganhar uma coroa de mártir."

"Por ser grosseira comigo? Pode dizer o que bem entender para mim, madame. Já ouvi tudo isso antes. Pode me chamar simplesmente de Cromwell ou me chame de vil. Não vai alterar meu comportamento."

"Já reparei", ela diz, "que homens comuns costumam amar a mãe. Às vezes amam até a esposa."

Na primeira semana de setembro, um contrato de casamento é assinado em Düsseldorf. Os emissários de Guilherme já estão na estrada no mesmo dia para levar os documentos para a Inglaterra. Todos ficam felizes, à exceção do arcebispo Cranmer, que diz: "Estou temeroso, meu senhor".

Ele contém o impulso de dizer, mas esse não é seu estado constante?

"Não ter um idioma comum não é algo trivial. Pode acreditar, eu sei que não é."

"Achei que fosse feliz com Grete."

"E era mesmo. Mas eu a escolhi por conta própria. Já tínhamos passado um tempo juntos. Não podíamos conversar a menos que fosse por intermédio de outras pessoas. Mas nos sentíamos à vontade um com o outro, e isso garantiu um lar feliz."

Ele diz, malicioso: "Meu lorde Norfolk diz, não adianta nada conversar com as mulheres, é possível fazer seu papel de marido sem isso".

"Norfolk?" Fitzwilliam está entrando com os outros conselheiros. "A única coisa que ele sabe fazer é derrubar uma dama no chão e pular em cima dela."

"Acredito nisso", Charles Brandon diz. "Ele não tem jeito com as mulheres."

Cranmer diz: "Muito bem, ficam contentes de caçoar de mim. Mas não acredito que o rei deva permitir aos outros que escolham sua noiva. Por acaso ele não disse aos franceses que levassem suas damas a Calais para que pudessem conversar? Por acaso ele não disse, não posso depender da escolha de outro homem, esse é um assunto muito íntimo?".

"Ele queria se casar com Cristina sem vê-la", Charles Brandon diz, razoavelmente. "Ele confiou no retrato e ouviu mestre Wriothesley dizer que ela tinha covinhas."

Fitzwilliam diz: "Ele teve sua escolha antes. Escolheu Bolena. Ela foi inteiramente escolha dele. Seu erro terrível, que ele precisou solucionar".

Cranmer abre a boca para responder, mas ele, Cromwell, diz: "Acho que devia se calar em relação ao tema do matrimônio. O que isso tem a ver com bispos?".

Cranmer parece acuado. Faz um sinal como quem diz, paz.

***

Durante todo o verão, o conselho corre atrás do rei em direção ao norte, seguindo a matança de cervos. O bispo Gardiner logo cava para si mesmo uma cova. Aqueles seis artigos que o Parlamento aprovou o deixaram confiante demais. Quando o nome de Robert Barnes vem à tona no conselho, Gardiner funga; então remexe nos papéis com gestos desagradáveis; depois pega seu fólio e joga na mesa mais uma vez com força, até que ele, lorde Cromwell, diz: "O que foi?", e o rei diz: "Diga-nos, Winchester".

"Herege", Gardiner diz.

Ele diz: "O dr. Barnes é o capelão do rei. Ele foi enviado durante alguns meses para conquistar amigos para nós, na Dinamarca e entre os germânicos".

"Foi o que me informaram", Gardiner diz. O nariz do bispo é um bico, seus olhos empapuçados brilham; o homem que sofre na cruz em seu peitoral faz cara feia para os presentes. "Sugiro que examinemos os amigos de um homem para saber quem ele é. Se Barnes não for um herege em si mesmo, está preto de piche herege. Profanado."

"Mas ele é meu emissário qualificado", Henrique diz. "Eu o considero sensato, e você deve ser da mesma opinião. Desafio qualquer um a mostrar como ou onde eu me afastei da doutrina sagrada e católica, ou que me mostre onde neste reino a heresia é alimentada."

"Vou lhe dizer onde", o bispo fala. "Nas casas do lorde do selo privado. Exatamente aqui nesta mesa."

Audley diz: "Mas eu ouvi Cromwell dizer que ele desejava que Lutero estivesse morto".

Gardiner fica corado. "Mas, de lá para cá, Lutero o elogiou."

"Eu não solicitei elogio nenhum."

Gardiner se vira na direção do rei, fazendo um gesto amplo por cima da mesa como se estivesse recolhendo dados. "Não estou alegando que ele seja luterano. Essa não é minha queixa."

"Qual é o problema, então?", Brandon indaga.

Gardiner se volta para ele. "Está perguntando, meu lorde Suffolk, quais outras heresias estariam disponíveis para um homem desse tipo? Lorde Cromwell tem amigos na Suíça — ele pode negar? — e, assim como Lutero, eles escrevem para adulá-lo, ele é sua maior esperança. Sabemos no que acreditam. O Santíssimo Sacramento não é sagrado. Corpus Christi é um pedaço de pão e pode ser comprado em qualquer barraquinha."

"Não sou nenhum sectário", ele diz.

"Não é?"

"Não sou sacramentário."

Gardiner se inclina para perto dele. "Talvez fosse bom se dissesse o que é? Em vez do que não é?"

Lorde Audley diz: "Esses sectários, Stephen — por acaso não mantêm seus bens em propriedade comum?". Ele sorri. "Eu não gostaria de estar na pele do patife que tentasse transformar os bens de Cromwell em propriedade comum. Por Deus, ele receberia uma bofetada!"

O rei se inclina para a frente. Sua voz treme. "Winchester, pode se retirar."

"Retirar-me? Por quê?"

A barba do rei se eriça. Ele parece um salsichão cuja pele está prestes a estourar. Ele, Cromwell, aconselha: "Meu lorde bispo, vá antes que a guarda chegue".

Gardiner tem o bom senso de se levantar imediatamente, mas não consegue sair sem antes dar um chute na banqueta. É uma retirada da presença real que apenas Stephen ousaria, ele diz a Wriothesley mais tarde: grosseira, vulgar, possivelmente final?

"Mas agora ele fará suas tramoias fora de vista", Me-Chame diz. "Não tenho certeza se é melhor."

Me-Chame tinha ficado esperando do lado de fora da câmara do conselho; ouviu o rei berrar sua opinião relativa ao bispo; foi então lançado contra a parede por Gardiner, com um empurrão e um rosnado de "Saia da minha frente, Wriothesley, seu traidor desgraçado".

Audley sai. "Pela missa, cavalheiros, acho que uma dessas explosões vai mandar Winchester para a Torre. Ele não sabe decifrar o rei, não é mesmo?"

Wriothesley reajusta o caimento da capa curta, ajeita o chapéu. "Meu amo, teve notícias do bispo Stokesley? Ele está doente." Eles se viram para olhar para ele. "É improvável que sobreviva à próxima noite."

"Deus tenha misericórdia", ele diz, grave e piedoso.

A estação já está parecendo melhor. Stephen fora do conselho, Stokesley dando seus últimos suspiros. Céu limpo.

Ele cavalga até Kent. No castelo de Leeds, parado sob as grandes muralhas, perto do fosso, ele fala com o filho Gregory, ar e água a rodeá-los, as nuvens que correm no céu refletidas no azul, o mundo todo fluido e bruxuleante. "Estou à espera de mensageiros de Cleves. Depois que o contrato for assinado aqui, Ana pode partir. Não me agrada que ela faça uma longa jornada pelo mar, não nesta época do ano. Se o duque Guilherme lhe conseguir um salvo-conduto, vou trazê-la por terra até Calais. No momento em que ela tocar o solo inglês, quero que você esteja presente para lhe prestar reverência em meu nome."

"Em Calais? Devo fazer a travessia?" Os olhos de Gregory se arregalam como se ele estivesse olhando para o mar.

"E sua Bess estará entre as damas dela quando chegar. Quero que Ana nos procure para qualquer coisa de que precisar — para companhia, conselhos..."

"Para intérpretes", Gregory diz. "Espero que meu francês seja suficiente quando eu estiver do outro lado do mar."

"Vai me agradecer pelo seu latim também e por eu tê-lo obrigado a estudar seus livros."

"Ah, os livros", Gregory diz. "Fui oprimido por eles. Achei que sua intenção fosse imprimir todos os volumes e forçar o conteúdo para dentro da minha cabeça."

Ele vira a cabeça para olhar para o filho. A brisa forte descabela Gregory e forma cristas na água. Ele baixa os olhos para a beira d'água, onde um aglomerado de caules e folhas mortas bate contra a pedra, sólido como as costas de uma serpente. "É impossível saber demais. Eu tinha em mente seu conforto."

"Eu tinha medo do senhor."

Mas claro que sim, ele pensa, é normal pra um filho ter medo do pai, o mundo é feito assim. "Eu tentei ser um pai terno. Nunca lhe dei uma surra."

"Estava ocupado demais para me bater."

"Muito bem", ele diz, "suponho que poderia ter delegado a tarefa. Entre. O vento está apertando."

À sua esquerda, através de dois arcos pontudos, salgueiros-chorões e um céu em que as nuvens correm rápidas. Eles se abaixam para passar por uma porta, viram à direita para subir a escada que dá no grande salão. Da capela você pode olhar para a água, variando de azul a cinza e de volta ao azul; é um espelho de cada mudança de tempo. Foi Henry Guildford, que Deus o tenha, que acrescentou os pisos superiores aqui, as janelas amplas e as lareiras enormes — antes de Ana Bolena forçá-lo a abandonar suas funções e voltar para casa para definhar e morrer. Sobraram algumas romãs dos tempos passados — Gregory lhe mostra — e entalhes de castelos que, ele diz ao filho, representam os torreões de Castela. Seis rainhas residiram aqui em Leeds, e hoje o castelo abriga os bisnetos do ferreiro: o pequeno Henry agora dando seus passinhos em suas roupas de criança, o bebê Edward bem protegido no berço. "Há um missal aqui", Bess diz, "que dizem ter pertencido à rainha Catarina." Ela o tira de seu baú trancado à chave. Ele vira as páginas em busca de inscrições.

Ele cavalga até Huntingdonshire para ver o sobrinho Richard. Afinal de contas, ele não terá descanso até essa mesma época no ano seguinte. Durante todo o verão, lorde Lisle tem mandado de Calais uma procissão de evangelistas, homens que, ele diz, devem ser examinados em Londres, já que não tem como lidar com eles. Quando desembarcam, Gardiner se lança sobre eles com deleite, obrigando-os a jurar por cada um dos artigos perniciosos que ele forçou a entrar no livro do estatuto. Stephen pode ter saído do conselho, mas continua sendo poderoso. Donde tira essa sua malícia sem limites? Os criados que ele infiltrou lhe dizem: "Winchester quer fazer com que os homens de Calais confessem alguma ligação com o senhor, lorde Cromwell. Ele tenta obrigá-los a dizer seu nome, a pedir sua proteção. Se nunca estiveram na mesma igreja que o senhor, se nunca escutaram o mesmo sermão, Gardiner tenta encontrar alguma ligação".

Então, o que fazer? Metade do trabalho dele é proteger os amigos do Evangelho de si mesmos, mantê-los circunspectos e fora de custódia. Irmãos fervorosos vão desrespeitar os novos artigos do Parlamento. Então será, "Meu bom lorde Cromwell, livre-nos da prisão!". E se ele não puder fazer isso? Se ele, Cromwell, falar com ousadia em nome dos homens de Calais, será pior para ele, e nada melhor para eles; por isso, precisa agir, se possível, de modo secreto e habilidoso, para mitigar os danos que Gardiner e seus amigos irão impetrar.

Ele fica contente de se afastar de Westminster, onde todos se vigiam uns aos outros. Richard está construindo sua casa nova em Hinchingbrooke. Um pequeno convento, que estava lá desde tempos imemoráveis, com os números definhando, foi fechado. Os trabalhadores, ao quebrarem um piso antigo, vieram a ele, picaretas nas mãos, desconsolados: "Mestre Richard, veja só o que desencavamos...".

Ele vai ver. Os trabalhadores se ajoelham e oram enquanto os ossos são retirados. No começo é difícil saber quantas criaturas de Deus estão misturadas ali. Dois conjuntos de ossos, como Richard pensa, mas não são duas freiras, como seria de esperar: um dos conjuntos tem um maxilar enorme e ombros de um gigante assassino. Os pedreiros já estão inventando histórias relativas a eles. São um lorde e uma dama em fuga, que tiveram de buscar esconderijo por causa de seu amor, mas cuja escapada foi interrompida por um conde, ou um duque ciumento. Ali parados de mãos dadas, foram mortos por seus perseguidores. Ninguém pode impedir que suas pessoas se misturem agora.

"Os trabalhadores acreditam que sejam muito antigos", Richard diz. "Suponho que nunca saberemos qual era o nome deles. Mas não pareceu certo deixá-los bem no meio do cemitério das freiras."

Ele imagina as freiras ossudas se encolhendo à presença de um homem de tamanho épico. "E então?"

"Então eu os levei de volta ao lugar onde os encontrei", Richard diz. "Sou capaz de viver com os dois embaixo do meu chão, não é provável que se levantem e saiam andando no meio da noite. Fui obrigado a permitir que orassem pelas suas almas, ou então os trabalhadores teriam largado as ferramentas. Mas não vou permitir que alterem meus planos de construção."

A vizinhança já acredita que uma freira afogada anda se lamuriando pelo lugar, lamentando seus pecados e procurando o bebê vergonhoso a que ela deu à luz. *Ping, ping*, ela vem ao crepúsculo, a cauda encharcada de seu hábito batendo contra o piso de pedra. Ele diz a Richard, talvez no fim das contas ela não tenha se afogado, mas deixou um bilhete e fugiu para uma nova vida, como Robert Barnes.

Quando a delegação da Germânia chega — o pessoal do duque Guilherme e os emissários da Saxônia —, o rei ainda está caçando. Manda avisar que ele, Cromwell, deve deixar de lado todas as outras tarefas para se dedicar ao grupo. Na terceira semana de setembro, o rei está em Windsor e pronto para receber a delegação pessoalmente. Seus representantes estão esperando para concluir a questão: o duque de Suffolk, Cranmer, Audley, Fitzwilliam e Cuthbert Tunstall, bispo de Durham. É uma seleção que deveria satisfazer a todas as partes, menos a Norfolk e ao bispo de Winchester, que acham que deveriam ter o poder de mandar em todos. O duque da Saxônia, que é cunhado de Guilherme, deixa claro que não fará aliança diplomática com a Inglaterra enquanto os seis artigos estiverem em vigor; não vai tolerar práticas que não sejam respaldadas pela Escritura. "Mas temos certeza, lorde Cromwell", os emissários dizem, "que será capaz de convencer Henrique de que existe uma maneira melhor de pensar, agora que o senhor está em forma e saudável de novo. Afinal de contas, se estivesse bem e frequentando seu Parlamento, esses artigos não teriam sido aprovados. Quando Lady Ana estiver aqui, o noivo vai amolecer, poderá ser convencido, e o senhor fará valer seus argumentos."

Melanchthon em pessoa, dizem, está escrevendo para o rei para pedir com urgência que ele rescinda as novas leis. Não é vergonha nenhuma para um príncipe mudar de ideia.

Quando os homens do rei começam a fazer perguntas a respeito do antigo contrato que Cleves fez com o filho do duque da Lorena — aquele em que as partes ainda eram crianças —, são informados de que os documentos ainda não estão disponíveis. Ele, lorde Cromwell, acha que provavelmente foram perdidos; acontece. "Minha noiva pode trazê-los quando vier", o rei diz. Ele não quer atraso. O imperador está na França — recebendo as boas-vindas no território de seu antigo inimigo. Ele está cavalgando para os Países Baixos numa missão de vingança: a cidade de Gante se revoltou contra ele, e sua intenção é submetê-la pessoalmente. Seria mais fácil para o imperador chegar até lá por mar, mas ele tem medo das águas inglesas. Nossos navios podem velejar para interceptá-lo. Até uma tempestade poderia desviá-lo para nosso litoral.

"Esse seria um vento maligno", o embaixador imperial diz. Ele busca a segurança proverbial porque não tem nada de útil a oferecer. Já em relação a Marillac, não se consegue nada dele: "Ah, não sei nada quanto a isso, meu amo, preciso consultar instâncias superiores". Ou: "Está além dos meus poderes — digo isso sem fechar a questão, claro". Se Marillac pudesse encontrar uma maneira de impedir o casamento, faria isso pessoalmente, mas, nesse ínterim, janta com o espanhol e se gaba: "Toda a Europa se regozija com a contínua amizade entre nossos amos".

"Acho que seria melhor para nós pôr Wyatt de volta à ação", ele diz ao rei. "Envie-o para se juntar ao imperador no seu avanço pela França. Se alguém é capaz de semear confusão, esse alguém é Wyatt."

Wyatt passou o verão em Allington com sua amante. Deve estar bem descansado. Suas intrigas italianas não deram em nada porque o rei se recusa a apoiar qualquer ardil que ponha botas inglesas em território estrangeiro. Wyatt está decepcionado, mas o rei diz: "Seu amigo aqui — estou falando de lorde Cromwell — sempre me aconselhou que tais empreitadas custam caro demais e nunca se sabe qual será a conta final".

No dia 5 de outubro, de manhã cedo, os artigos sobre o matrimônio são assinados em Hampton Court. Não há necessidade de ler as proclamações porque Cranmer as dispensou. Agora não falta mais nada além da consumação. O rei entrega um anel à delegação de Cleves, apesar de recusar com um sorriso enfiá-lo no dedo de qualquer cavalheiro, como teria sido a prática em tempos passados. Ele diz: "Quando minha irmã Maria se casou com o rei Luís, Deus tenha as almas dele e dela, o duque de Longueville veio até aqui como seu representante, e fomos todos testemunhas no grande salão em Greenwich. Eles fizeram suas juras, e Longueville deu a ela um anel e a beijou, e assinaram — então mandaram que ela fosse vestir sua camisola" — o rei cora de leve — "e eles se deitaram numa cama juntos, e Longueville abriu seu camisolão — de lá saiu a perna peluda dele, nua, e a tocou — de verdade, quando pensei sobre a situação mais tarde, havia meninas pequenas presentes, e eu não achei que fosse necessário nem adequado. Mas era o que os franceses esperavam".

Os franceses são assim, os germânicos dizem. Uma nação rude, sempre forçando para que as coisas sejam feitas a seu modo.

O rei está mandando presentes para a noiva, além de uma carta. Ele parece acanhado, como se fosse dizer, pode escrever para mim, Crumb? "Que língua devo usar?"

"Latim ou francês, majestade, é indiferente. O duque Guilherme comunicará o conteúdo a ela."

"Sim", Henrique diz, "mas não sei o que incluir. Os elogios de sempre, suponho. Afinal de contas", ele se alegra, "ela não é uma dama acostumada a cartas de amor. É ótimo, eu acho, saber que ela nunca olhou para um homem antes. Igual a Jane. Jane não se interessava por ninguém, até saber de minha honorável afeição. Ainda assim, ela não foi fácil de persuadir, não é mesmo? Não se encontram tais damas imaculadas hoje em dia. Contudo, parece que você descobriu mais uma delas."

No dia 20 de outubro, os embaixadores de Cleves estão de volta a Düsseldorf. O imperador concede salvo-conduto a Ana para atravessar seus territórios. Por mais que ele despreze a aliança, não vai atormentar uma dama em sua viagem matrimonial; a tia dele, regente nos Países Baixos, insiste que a princesa de Cleves receba todas as cortesias, e até que seja acompanhada por sentinelas.

Thurston diz a ele: "Sabe aquele gato que o senhor trouxe de Esher no seu bolso, na época do cardeal? Aquele com que Mestre Gregory antipatizava e que chamava de Marlinspike? Bom, acho que o vi no muro outro dia, com um pedaço de coelho embaixo da pata. Mas eu disse a mim mesmo, será que um gato é capaz de viver tanto tempo assim?".

Ele diz: "O gato do cardeal seria um prodígio da natureza, suponho. Qual era sua aparência?".

"Um pouco combalido", Thurston responde. "Mas não estamos todos assim?"

Nesse inverno, o rei receberá a rendição das grandes abadias, com seus títulos de propriedade e amplos terrenos, seus cursos d'água, lagos com peixes, pastos, animais de criação e o conteúdo de seus celeiros: cada grão-de-bico será pesado, cada pele será contada. Se alguns gansos debandaram para o mercado, algumas cabeças de gado marcharam por conta própria para o abatedouro, se árvores caíram sozinhas e moedas pularam para bolsos que passavam... é uma pena, mas os comissários do rei, homens que não são fáceis de enganar, não poderiam cumprir seu trabalho sem que sua presença fosse anunciada: os monges têm tempo de sobra para deslocar seus bens. Tratem o rei com justeza, e ele será um bom amo. Quando São Bartolomeu se render e seus sinos forem levados para Newgate, o prior Fuller receberá terras e uma pensão. Representantes do Tribunal de Espólios se mudarão para seus enormes edifícios, e Richard Riche tem planos para transformar o alojamento do prior em sua residência. Na região Norte, o abade Bradley de Fountains se contenta com uma pensão anual de cem libras. O abade de Winchcombe, homem sempre prestativo, recebe cento e quarenta libras. Hailes, onde costumavam exibir o sangue de Cristo num pequeno frasco, também se rende. O grande convento em Syon está marcado para ser fechado, e ele se lembra da abadia de Launde, onde o prior Lancaster ocupa o posto há três décadas, que é tempo demais.

Não tem sido uma casa piedosa ou feliz nesses últimos anos. Quando questionado, o prior sempre declarava *omnia bene*, está tudo bem, mas não estava: o telhado da igreja tinha goteiras e sempre havia mulheres por ali. Tudo isso agora acabou. Ele vai reconstruir, uma casa de seu próprio gosto, no coração calmo e verde da Inglaterra. No clima escuro, ele sonha com o caramanchão do jardim, com as pétalas de rosa voando ao vento, branco-peroladas e rosa-coradas. Ele sonha com violetas, amores-perfeitos e as estrelas azuis da pervinca, ou vinca, usadas pelas nossas donzelas como nós do amor; na Itália, são entremeadas em guirlandas para homens condenados.

Em novembro, ele escreve em seus memorandos: "O abade de Reading será julgado e executado". Ele viu as provas e as acusações; não há dúvida em relação ao veredicto, então, por que fingir que há? Os dias das grandes abadias morreram com a rebelião do Norte. O rei não vai mais admitir subversão de seu poder nem a existência de homens que se postam em seus alojamentos luxuosos e cortinados e sonham com Roma. Milhares de hectares da Inglaterra agora estão livres, e os homens que viviam neles foram dispersados e enviados às paróquias ou às universidades, no caso de serem letrados: os outros, a qualquer profissão que fossem capazes de encontrar. Para seus abades e priores, na maior parte tudo termina com uma pensão, mas, se necessário, com a corda da forca. Ele tomou em custódia Richard Whiting, o abade de Glastonbury, e depois de seu julgamento, ele é arrastado num trenó pela cidade e enforcado, junto com seu tesoureiro e seu sacristão, no alto do Tor: um velho e um tolo com coração de traidor; um trapaceiro também, que escondeu seus tesouros nas paredes. Ou pelo menos é o que os comissários dizem. Seria possível fazer vista grossa a tais ofensas, se não fossem prova de malícia, uma negação do lugar do rei como chefe da Igreja, que o torna chefe de todos os cálices, pixídios, crucifixos, casulas e cálices, castiçais, relicários de cristal, telas pintadas e imagens folheadas a ouro e de vidro.

Nenhum governante está isento da morte, com exceção do rei Artur. Alguns dizem que ele está apenas dormindo e se levantará num momento de perigo: se, digamos, o imperador enviar tropas. Mas, em Glastonbury, há muito alegaram que Artur era tão mortal quanto você e eu, e que eles possuem seus ossos. Era a época em que, quando a abadia precisava de fundos, os monges saíam pela estrada com a cabeça embolorada de João Batista e alguns pedaços quebrados da manjedoura de Belém. Mas, como isso não funcionou para fazer seus cofres tilintarem, que providências tiveram de tomar para achar, sob o piso, nada menos que os restos de Artur e, ao lado dele, o esqueleto de uma rainha com longo cabelo dourado? Os ossos se comprovaram duráveis. Sobreviveram a um incêndio que destruiu a maior parte da abadia. Ao longo dos anos, atraíram tantos peregrinos que o altar de Becket ficou com inveja. Cruz de chumbo, cruz de cristal, ilha de Avalon: arrancaram o dinheiro dos crédulos e impressionáveis. Alguns dizem que o próprio Jesus caminhou por esse solo, um boato que os habitantes da cidade incentivam: na St. George's Inn, há uma pegada de Cristo e, se você pagar uma taxa, pode desenhar um traço ao redor dela e levar o papel para casa. Alegam que, depois da crucificação, José de Arimateia apareceu com o Santo Graal na mala. Trouxe uma relíquia do próprio monte do Calvário, parte do buraco em que o pé da cruz foi fincado. Ele plantou seu cajado no solo, do qual um espinheiro floresceu e continua florindo nos anos gordos e nos magros, à medida que os Eduardos e os Henriques reinam e morrem e viram pó. Agora, junto com eles, viram pó todas as relíquias de Glastonbury, dois santos chamados Benigno e dois reis chamados Edmundo, uma rainha chamada Batilda, Etelstano, o meio rei, Brígida e Crisanta e a cabeça quebrada de Beda. Adeus, Guthlac e Gertrude, Hilda e Huberto, dois abades chamados Seifrido e um papa chamado Urbano. Adieu, Odilia, Edano e Alfege, Wenta, Walburga e Cesário, o Mártir: afundem até desaparecer da vista humana, com suas confusões e transcrições erradas, como o tremor de suas falangetas escamosas e a mixórdia de suas caveiras. Permitam-nos enterrá-los de uma vez por todas, os esqueletos de camundongos que se misturam ao pó sagrado; os pedaços esfarrapados de suas túnicas, suas camisas de crina coaguladas de sangue, seus retalhos e seus restos e a roupa chamuscada e dura dos três homens que escaparam da Fornalha de Fogo Ardente. Aquele lírio desbotou, aquele que a Virgem segurava no dia que o anjo pareceu. Aquela vela foi apagada, aquela que iluminou a tumba do Salvador. Glastonbury tem mais de cento e cinquenta metros de altura. Você pode vê-la a quilômetros de distância. Você pode ver um país novo se olhar bem, onde tudo é fresco, repintado, esmaltado de novo, quarado, esfregado até ficar bem limpo.

O rei escolhe joias para a noiva. As pedras preciosas repousam em caixas de marfim e madrepérola. As letras "H" e "A" estão entrelaçadas em gesso e vidro: uma visão estranha depois de tanto trabalho para apagá-las. O rei diz, tragam músicos de Veneza para a chegada da nova rainha. Se trouxerem instrumentos novos, ainda melhor.

A princesa de Cleves chegará a uma nação devota. A impressão de sua Bíblia se acelera. Mestre Wriothesley pergunta a ele: "Senhor, os franceses lhe mandaram as folhas que penhoraram? Por que ajudariam o senhor?".

Ele não responde. Mestre Wriothesley parece magoado: como se achasse que não confiavam nele.

"Bonner tem sido útil", ele diz, "trabalhando entre os franceses. Não é o bruto que você acredita que ele seja."

Quando Edmund Bonner voltar da França, será nomeado bispo de Londres. Isso facilitará as condições para nossos pastores. O bispo Stokesley pode ser comida de vermes, mas Thomas More também é. O cheiro deles paira acima do solo, e seus apoiadores ruidosos estão sempre atentos para arrancar os defensores do Evangelho do púlpito.

"Eu sei que Bonner é um dos seus homens", Wriothesley diz, emburrado. "Mas ele não vai durar, os franceses não gostam dele."

"Eles não gostam de mim", ele diz.

Você ganha um ponto e perde outro, ganha e perde.

As damas se reúnem na corte, prontas para a nova rainha. As matronas Lady Sussex e Lady Rutland comandam, e dizem quem pode ficar com qual lugar e com quais tarefas, e o que elas devem vestir. Margaret Douglas, a princesa da Escócia, é a dama mais elevada na hierarquia. Sua amiga Mary Fitzroy é trazida do interior para servir. Os familiares do lorde do selo privado estão a postos: a esposa de Edward Seymour, Nan, a esposa de Gregory, Bess. Lady Clinton, a mãe de Richmond, fará parte da força; mas não Lady Latimer? Os meninos de Austin Friars estão desolados. Como é que lorde Cromwell vai conquistá-la, perguntam, cutucando-se uns aos outros nas costelas. Sabemos que ele lhe escreve grandes cartas, mas ela esteve afastada da corte por tanto tempo que já deve ter esquecido os muitos encantos dele.

Jane Rochford chefiará a câmara privada de Ana. Ela tem renda suficiente desde que Thomas Bolena morreu. Poderia se retirar para Norfolk e morar em sua casa em Blickling. Mas que sentido haveria em fazer isso? Ela não tem muito mais do que trinta anos, apesar de tudo que já viu. "O que achou das novas damas de honra?", ela pergunta como quem não quer nada, quando passam por uma roda que não para de tagarelar. Os véus curtos silvam às suas costas e os capuzes franceses estão dispostos o mais para trás que elas se atrevem.

Ele sorri. "Parecem muito jovens este ano."

"É o senhor que está ficando mais velho. As damas têm a idade de sempre."

"Aquela ali me parece familiar."

Jane Rochford solta uma risada. "Acho que parece mesmo. É a sobrinha de Norfolk. Catherine Carey, a menina de Maria Bolena. O senhor teve um ou dois encontros com a mãe dela."

Ele está chocado: a filhinha de Maria, com idade de se casar. "Nunca tive encontro nenhum com Lady Carey."

"E a lua é feita de queijo", Lady Rochford diz. "Calais, já se esqueceu? Harry Norris me disse, Maria Bolena e Thomas Cromwell estão no jardim juntos, não acho que seja por motivos de saúde, não é mesmo? Eu disse a ele, não, Harry, mas por motivos de recreação, e ele deu risada. Ah, Deus do céu, ele disse, já pensou se ele fizer um pequeno Cromwell?"

"Que estivemos no jardim, reconheço."

Lady Rochford está rindo dele. "Eu só sei que, no dia seguinte, Maria estava toda animada e tinha marcas roxas por todo o pescoço. Harry Norris disse a ela, Cromwell então fez com que trabalhasse duro, Maria — veja como é ter um homem bruto como amante —, espero que tenha arranjado outro encontro para hoje à noite, porque ninguém mais vai querê-la, sua pele está tão manchada que parece um peixe que já perdeu o frescor."

Ele pensa, Norris era um cavalheiro, não diria algo assim. Mas então, é claro, como todos aqueles cavalheiros que rodeavam a falecida Ana, ele era capaz de mais do que sabíamos.

"William Stafford também estava no jardim", ele diz. "Com quem Maria se casou depois. Deve ter apreciado as habilidades dele como amante. Não teve nenhuma experiência comigo."

"Se diz que não... Mas ouvi dizer que puxou uma adaga e segurou contra o pescoço dele, afastou-o e depois arrastou sua presa para dentro."

Parte disso é verdade. Stafford chegou por trás dele no escuro. Ele o tomou por um assassino. Ele se lembra do homem tentando escapar dele, o tecido de sua jaqueta amassado em seu punho fechado.

"Bem, seja como for", Rochford diz, "aquela doce criatura é a menina de Maria. E a franguinha que ela traz pela mão é a filha de Norris, Maria."

Ele dá uma olhada em Mary Norris. Não consegue ver nenhuma semelhança com o pai. A mãe morreu jovem, ele mal se lembra dela. Ele fica apreensivo. "A protegida de tio Norfolk", ele diz, "não é mesmo?"

"Confie em tio Norfolk", Rochford diz, "para infiltrar seu pessoal. Sua protegida Norris e sua sobrinha Carey — e ele tem outra sobrinha, da mesma fornada do seu irmão Edmund."

Edmund Howard, Deus o tenha. Ele era um cavalheiro pobre, um dos meios-irmãos de Norfolk: tinha cinco filhos e, pelo menos, cinco enteados. Certa vez, declarou ao cardeal que, se não fosse lorde, iria se retirar e ganhar a vida honestamente com trabalhos manuais; mas sua posição o condenava à indigência.

"Lá vem Norfolk", Rochford diz. O duque caminha com uma menininha no braço. "É essa, Katherine Howard — ela, mandamos de volta porque parecia ter doze anos. Mas juram que tem idade suficiente, e aqui está mais uma vez."

Ele escuta a menina dizer "tio Norfolk..." com voz clara e infantil. Está puxando o braço do velho bruto, tentando chamar a atenção dele para algo.

"Ele tem uma belezura ali", mestre Wriothesley diz. "Eu não me importaria em passar uma hora sozinho com ela. E o senhor?"

"Não sei se conseguiria", ele responde. "Acho que a sombra de tio Norfolk pode vir se deitar entre nós."

O rosto de flor da criança se vira sobre o caule, os lábios dela emitem um jorro de palavras. O rosto de Norfolk exibe uma expressão de tolerância forçada — ele está alerta para o caso de o rei chegar. A menina esquece o tio, baixa o braço e olha ao redor. Seu olhar desliza pelos homens sem prestar atenção, mas ela examina as mulheres dos pés à cabeça. Claramente, nunca viu tantas grandes damas antes; está estudando como elas se portam, como se movem. "Medindo suas rivais", ele diz; ela não tem malícia.

"Ela não tem mãe, abençoada seja. Não passava de um bebê quando ela morreu."

Ele lança um olhar para Rochford. "Uma palavra suave, vinda de você, milady."

"Não sou nenhum monstro, meu amo."

Mary Norris e Catherine Carey estão examinando sua nova companheira. Rochford diz: "O senhor diria que é loira? Ou ruiva?".

Ele não diria nada a respeito dela. Seu olhar passou para outro lugar.

"Imagino quem pagou pelo que ela traz no corpo", Rochford diz. "Aquele tecido não veio do guarda-roupa da velha viúva. E aqueles rubis... não pertenciam a Ana Bolena?"

"Se pertenciam, deviam estar de volta à Casa de Joias do rei. Como chegaram às mãos de Norfolk?"

"Ah, agora você está prestando atenção!", Jane Rochford diz.

No da 26 de novembro, Ana deixa seu lar para viajar a Calais. Ela terá uma escolta de cerca de duzentas e cinquenta pessoas, e suas damas viajarão com ela; portanto há ocasiões em que não percorrerão mais que oito quilômetros por dia. Tambores e trombeteiros a precedem, e ela viaja numa carruagem folheada a ouro e adornada com o brasão do cisne e o escudo de armas de Cleves-Mark-Jülich-Berg.

Gregory vai a Austin Friars para obter suas instruções finais. "Agora vou repeti-las para o senhor", ele diz. "Escrever para casa no minuto em que eu vir Ana. Garantir que ela saiba quem eu sou. Ser gentil. Ser paciente. Garantir que ela tenha as coisas que gosta de comer. Dar-lhe uma bolsa de dinheiro."

"E não embarque para casa sem conferir que todas as dívidas do séquito dela estão pagas. Pode ser que o clima o atrase." Ele pensa no rei, seis anos antes, preso na fortaleza com Ana Bolena. "Tenha consciência de que, quanto mais tempo ficar, mais a criadagem será tentada pelos mercadores franceses. Aliás, mantenha sua própria contabilidade."

"Sabe que está falando comigo como se eu fosse Wyatt?"

"Sei", ele responde. "E você está lisonjeado."

Gregory sorri. Ouve-se um grito que vem lá de baixo. "Meu amo, deseja ser incomodado?"

Pelo barulho, parece que todos estão correndo do lado de fora. Gregory desce. Um minuto depois, ele volta a subir as escadas: "O senhor precisa ir ver por si mesmo".

No pátio há uma carroça, vigiada por quatro carroceiros. Na carroça há um caixote ou jaula, aberto na frente, com barras. Sua primeira impressão é de que estão vigiando apenas escuridão, mas então um movimento revela que há algo lá dentro. Ele vê uma extensão de pele pintada e uma cabeça achatada que evita a luz. É um leopardo. O pelo está empastelado com suas próprias fezes e vômito, ou pelo menos é o que parece, pelo cheiro.

Ele puxa sua capa ao redor do corpo. Seu pessoal para de olhar para o animal e, em vez disso, olha para ele. Ele tem o impulso de fazer o sinal da cruz. Quanta distância percorreu, talvez tenha vindo da China: como ainda pode estar vivo?

"Acha que ele está com fome?", Thurston pergunta. "Quer dizer, acha que está com fome neste exato minuto?"

As barras são fortes, mas todos se mantêm à distância. A criatura fica longe delas o máximo possível. Não tem como saber que chegou a seu destino; acha que essa é alguma estação no caminho em sua procissão de dias apertados e fedidos.

Os carroceiros olham ao redor enquanto esperam receber o pagamento. São ingleses e recolheram a carga em Dover, temerosos de que fosse fugir e aterrorizar a população de Kent; e assim, eles dão a entender, isso vale uma soma acima do normal. Não é, um deles diz, a mesma coisa que carregar uma pilha de lenha.

"Então, quem foi que o enviou de Dover?"

Um deles diz, levemente belicoso: "O homem de sempre".

"Trouxe os documentos?"

"Não, senhor." Outro diz, num arroubo de inspiração: "Tínhamos documentos, mas o animal os comeu".

Onde ele estava antes de atravessar o mar, não sabem nem se incomodam em saber. "Onde seria possível encontrar uma coisa dessas se não entre hereges?", um deles pergunta. "Talvez o senhor tenha que chamar um padre para que o abençoe."

"Parece que seria capaz de comer um padre", Thurston diz. Ele dá uma risadinha de apreciação.

Muito bem, então: parece que o nome do doador se desprendeu do animal em algum ponto da jornada. Ele imagina algum potentado de turbante à espera de agradecimento. Ele fará o seguinte: vai agradecer a todo mundo. Obrigado pela maravilha, dirá.

Gregory diz — é a primeira coisa sensata que qualquer um diz: "Acha que é para o rei?".

Pode ser: nesse caso, não passa de apenas mais um item que aparece em sua mesa de trabalho. Dick Purser está a seu lado. "Dick", ele diz, "vai precisar de um tratador até que possamos enviá-lo para a Torre. Não pode ser mandado para o rei no seu estado atual. Acho que chegou no seu limite."

Dick mostra seu valor, pois não diz: não, eu não, senhor. Ele tira o chapéu e passa a mão pelo cabelo eriçado.

Alguém grita: "Olhem, está se mexendo!".

Até o momento, o animal estava inerte. Agora se levanta e, no espaço apertado e fétido, se espreguiça. Dá um passo adiante, e esse passo o leva até os limites de sua liberdade, e o animal olha para ele, para *ele*; seus olhos estão enterrados nas dobras de seu pelo, de modo que não é possível enxergar sua expressão, seja espanto, medo ou fúria.

Todos ficam em silêncio. Dick diz, inquieto: "Ele sabe quem é seu mestre".

Como uma flecha a seu alvo. Ele se sente trespassado pelo escrutínio do animal: magro como está, uma pele ambulante. A primeira coisa a fazer é tirá-lo da carroça. "Paguem esses homens", ele diz. A fera terá de permanecer em sua jaula de viagem até que outra mais adequada possa ser construída, mas o fedor pode ser diminuído, lavando-se os excrementos. Vamos precisar alimentá-lo para que preencha sua própria pele.

"O que acha?", ele pergunta a Dick Purser. "É homem o bastante?"

Dick fica mais alto dentro de sua jaqueta. Gregory diz: "Com todo o respeito, senhor meu pai, sempre diz isso aos outros quando deseja que façam algo que não será vantagem para eles de jeito nenhum".

"Opa", Thurston diz. "Ele quer dizer o seguinte, Dick Purser, você é tolo o bastante?"

Dick responde: "Se eu for cuidar dessa fera, e também ter que me ocupar dos cachorros, precisaria de um menino para treiná-lo".

"Pode pegar um menino para ajudar."

"Ele deve comer uma paleta de boi por dia."

"Pode cobrar por isso. Vamos fazer um orçamento."

"Sob uma condição." Dick olha feio ao redor de si. "Só eu cuido dele. Ninguém vem cutucá-lo com um pau. Aliás, ninguém chega perto dele, a não ser que eu diga que pode. Não quero que se agite depois que eu acalmá-lo. Ninguém deve passar na frente dele com cães de caça para provocar."

Gregory diz: "Fico maravilhado que Deus possa tê-lo criado".

"Que Deus possa tê-lo imaginado, até", ele diz. Pense na fé dos homens que o carregaram! Não esses carroceiros, mas aqueles que o vigiaram em todas as etapas de sua jornada e jogaram comida em sua jaula, jogaram água nele. Não se pode reclamar de sua condição deplorável, quando se pensa que a qualquer momento poderiam ter atravessado uma lança em sua garganta e vendido sua pele por uma alta soma.

O animal até agora não emitiu nenhum som. Ele não sabe, mas continua olhando fixo: olha fixo para lorde Cromwell, lorde Cromwell de Wimbledon, lorde mantenedor do selo privado. Está pensando em como arrancá-lo de suas peles, com um golpe cortante da pata. Nos cálculos esfomeados da fera, ele deve equivaler a duas paletas de boi, pelo menos. Gregory diz: "Vamos supor que ele deseje suas presas vivas. Dick Purser vai ter que providenciar um veado".

Dick avança como se fosse fazer um discurso de boas-vindas. A fera continua a olhar para ele. Como se enxergasse espaço atrás dele. Como se não visse as barras.

Ele volta à sua mesa de trabalho. Está examinando a lista de pensões para santo Albano. Diante de seus papéis, esvoaçam listras de luz e sombra, o padrão intercalado da pelagem da fera.

Após uma reflexão mais prolongada, ele corrige sua imagem do potentado de turbante. Talvez o animal tenha sido enviado por algum nobre menor do outro lado do mar Estreito, que se deparou com a criatura e pensou, isso vai fazer com que eu caia nas graças de Thomas Cremuel, dizem que o homem tem um anseio imenso por tudo que é caro, e vai ficar com o animal para se exibir a seus pares.

Ao encontrar William Fitzwilliam, conta-lhe tudo sobre o acontecido, enquanto entram na câmara do conselho. Fitz resmunga em solidariedade. "Algum tolo me enviou uma foca. Três cestos de peixe a cada hora, mas ela ainda não estava satisfeita. No final, dei instruções à minha esposa e ela foi transformada em tortas."

No séquito de Fitzwilliam a Calais vai Thomas Seymour, irmão da rainha falecida, junto com aquele veterano de Calais, Francis Bryan, e outros que conhecem bem aquele litoral: mas poucos como William Stafford, marido de Maria Bolena. Alguns no grupo ficam enjoados com o balanço do navio, mas não eu, Gregory escreve. Ele, Cromwell, sorri ao ler a carta para mestre Wriothesley. Herança é uma coisa estranha. Ninguém sabe que vestígios nossos pais deixam. "Se eu lhe passei um estômago forte", ele diz, "já está bom. Meu pai decerto também era assim, ou nunca teria conseguido tomar a cerveja que ele fazia."

"Às vezes, eu acho...", Me-Chame começa a dizer.

"O quê?"

"Concordo com tio Norfolk. Quanto mais o senhor sobe no serviço do rei, mais menciona o lugar baixo de onde veio."

"Mais os outros o mencionam, você quer dizer. Eu não tenho vergonha disso, Me-Chame. Nunca digo que meu pai não me ensinou nada. Ele me ensinou a curvar metal."

Ele é um homem ocupado. Não tem tempo para ler cada recado lacônico que a vida lhe envia. Mas lê este aqui: "Tem razão em chamar isso à minha atenção. Vou melhorar".

Enquanto o comitê de boas-vindas está no mar, o abade de Colchester está no ar. Colchester havia aceitado a supremacia do rei, fizera o juramento. Então voltou atrás, em sussurros por trás da mão: More e Fisher eram mártires, como tinha pena deles! Quando lhe foi pedido que entregasse sua abadia, ele disse que o rei não tinha direito a ela — quer dizer, seu desejo e suas leis não valem nada. Ele não é o chefe nem do reino espiritual nem do temporal; de fato, ele não é rei nenhum, e o Parlamento não pode fazer nenhuma lei. De acordo com o abade.

É o último dos enforcamentos, ele tem certeza. Estavam infectando uns aos outros, Colchester, Glastonbury e Reading. Mas agora a resistência ao rei está rompida. Todas as outras casas podem ser fechadas por meio de negociação: chega de sangue, chega de cordas e correntes. Não há mais necessidade de exemplos; o estandarte dos traidores, que estampava as cinco chagas, foi pisoteado. Homens supersticiosos no Norte alegam que, além de suas chagas principais, Cristo sofreu outras 5470. Dizem que a cada dia novas chagas são abertas, à medida que ele é cortado e fustigado por Cromwell.

Não está escrito que grandes homens serão homens felizes. Não está registrado em lugar nenhum que as recompensas dos cargos públicos incluam paz de espírito. Ele se acomoda em Whitehall, o ano se fechando em torno dele, ciente da sombra de sua mão conforme ela se move sobre o papel, seu próprio punho inconcebível; e, no silêncio da casa, ele é capaz de escutar os sussurros de sua pena, como se a escrita estivesse falando com ele.

Você pode criar uma nova Inglaterra? Você pode escrever uma nova história. Você pode escrever novos textos e destruir os antigos, deixar as folhas rasgadas de João Duns Escoto flutuando pelos pátios das universidades e pôr os Evangelhos em todas as igrejas. Você pode escrever na Inglaterra, mas o que foi escrito antes continua aparecendo, inscrito nas pedras e carregado por águas de enchente, emergindo de poços fundos e frios. Não são apenas os santos e mártires que reivindicam o país, são aqueles que vieram antes deles: os anões enfiados em valas, os espíritos que cantam na brisa, os demônios emparedados em bueiros e enterrados embaixo de pontes; os ossos embaixo do seu piso.

Você não pode cobrar impostos deles nem contá-los. Eles já duraram dez mil anos e dez mil anos antes disso. Não são facilmente despossuídos por sitiantes com arrendamentos novos e escrivães da lei que citam comprovação de título. Eles borbulham para fora do solo, desgastam o litoral, semeiam ervas daninhas entre as plantações e erodem os trabalhos nas minas.

No dia 11 de dezembro, Ana chega à Antuérpia. Os mercadores ingleses, liderados por Stephen Vaughan como seu governador, encontram-se a seis quilômetros da cidade com cento e sessenta tochas em riste, as chamas lambendo e beijando o crepúsculo. A cidade toda compareceu, Vaughan escreve, mais gente do que sairia para ver o imperador. Ana é gentil em seus modos, ele diz: uma princesa sorridente e tranquila, encerrada em suas vestes reluzentes e estranhas. Ela traz uma tropa de damas vestidas da mesma maneira, mas nenhuma delas é mais bela que Ana.

Vaughan não menciona Jenneke. Se a viu ou não. Mas, então, o correio nem sempre é seguro.

No dia seguinte, Ana está a caminho de Bruges. De Bruges ela vai a Calais, onde Fitzwilliam e seu séquito cavalgam pelo lado de fora para ir ao encontro dela.

Mal há luz. A escolta dela, com os cavalos cobertos de veludo preto, parece se materializar do nada. Quando se aproximam das muralhas, armas são disparadas em saudação, de modo que o grupo avança, através da fumaça que tapa a visão, rumo ao portão da Lanterna.

Depois que Henrique resolveu o assunto de seu próprio casamento, ele volta a mente para Lady Maria. O duque da Bavária veio ao reino com uma comitiva modesta, como o rei aconselhou: solteiro, um homem muito decente. Ele garante ao rei que não fará exigências. Tomará Maria puramente em nome da amizade, para fortalecer a liga germânica contra o imperador e Roma.

Ele manda mestre Wriothesley ao Norte a fim de preparar a dama para um encontro. Me-Chame agora é seu mensageiro contumaz. Maria se apegou a ele e lhe fez uma almofada de cetim com o escudo de armas de sua família.

Ele, o lorde do selo privado, está trabalhando com os oficiais da casa real nos planos finais para a recepção grandiosa da rainha. Ele incluiu Lady Maria num lugar de honra, mas o rei diz: talvez não, Crumb. Podem interpretar mal em Cleves. Esse tipo de coisa, exibir os bastardos, deixamos para os escoceses.

Ele faz uma mesura. Concorda que deve ser melhor se as duas damas tiverem um encontro privado: madrasta e enteada, com apenas um ano de diferença. Permita que elas se reúnam e tomem tempo para se conhecer. Talvez caminhem juntas de mãos dadas, como Maria fazia com a rainha Jane.

Ele diz a Me-Chame, leve a nova oferta a Maria, mas espere sua resposta costumeira — preferiria permanecer donzela, mas obedecerá ao pai. Tome isso como provável e parta; enuncie os méritos de Bavária, mas não se esforce demais para convencê-la. Porque, depois que você se retirar, ela vai se irritar, dizendo que preferiria ser engolida por animais selvagens a se casar com um luterano.

O rei está satisfeito com o duque Philip. Leva-o a seus aposentos em Whitehall para lhe mostrar o Henrique na parede. Se o rei enxerga qualquer lacuna entre o monarca que Hans pintou e o homem que o exibe, isso não o preocupa. "Olhe só minha última rainha", ele diz. "A mais excelente entre as mulheres."

Estão falando em latim. Philip faz uma mesura para a imagem.

"Olhe só meu pai." Agora o rei passa para o inglês. "Sabia que ele só tinha sete navios, e dois deles não tinham condições de sair ao mar? Já eu, fui capaz de enviar cinquenta navios a Calais apenas para fazer a escolha da sua prima de Cleves."

Atrás de seu filho, a figura do velho rei se encolhe um pouco.

"Eu o felicito", Philip diz. Ele pode não falar inglês, mas compreende a ideia. "O mais valoroso dos príncipes", ele completa.

O rei o puxa de lado. Philip serviu contra o Turco, quando fizeram cerco a Viena. O rei deseja ouvir suas histórias de guerra. Eles passam a tarde toda encerrados.

Mais ou menos um dia depois, ele está a caminho de Enfield, com Rafe de companhia. Para se encontrar com Maria pessoalmente. "Só sua presença já surtirá efeito", Rafe diz. "Ela vai saber que o endosso do rei é sincero."

Henrique já começou a negociar os termos. Pediu um esboço do contrato. Maria faz com que ele espere, mas ele vê que ela se vestiu especialmente para a ocasião: um vestido de veludo preto volumoso, um corpete de cetim rosado. "Como foi a viagem, meu senhor?"

"Terrível", ele responde. "Mas não insuportável. Seremos capazes de levá-la a Greenwich, se for do agrado do seu pai ordenar que vá até lá. E seus novos aposentos em Whitehall estão em construção. O gesso está secando. Estive com os vidraceiros na semana passada."

"HA-HAs?", ela indaga.

"Sim. E os emblemas da graça da rainha."

"Parece-me peculiar", Maria diz. "Chamá-la de rainha. Sendo que nunca a vimos. Ainda assim. Parabenizo o senhor meu pai. Naturalmente."

"O duque Philip é um homem bem-apessoado", ele diz. "Alvo. Olhos azuis. Cores parecidas com as da sua mãe."

Ela olha através da janela.

"Achei que mestre Wriothesley talvez não tivesse lhe dito isso."

Ela alisa a saia com as mãos, cantarola um pouco. *Quando os pardais constroem igrejas numa colina verdejante...*

"O que não queremos da senhorita", ele diz, "é qualquer retratação posterior. Diz sim, sim, sim, e depois, no último minuto, diz não. Porque isso deixaria o rei envergonhado."

"Sim", ela diz. "Não." Ele espera. "Sim, isso o deixaria envergonhado. Não, eu não faria isso. Já disse que vou obedecer."

"O rei é um pai cheio de ternura, não a forçaria a se casar com um homem que a senhorita não seja capaz de amar."

Maria ergue as sobrancelhas. "No entanto, ele forçou Meg Douglas a desistir do casamento com um homem por quem ela jurou morrer."

"Ah, Tom Verdadeiro", ele diz. "Ele não valia o enterro de uma princesa."

"O amor é cego", Maria diz.

"Nem sempre. Deveria conhecê-lo. Philip."

Rafe diz: "Gostaria de vir à corte, não é mesmo? Tenho certeza que sim".

"Mestre Sadler", ela diz, "por que está falando comigo como se eu fosse uma criança de peito?"

Rafe tira o chapéu num gesto de exasperação. Ele, o lorde do selo privado, diz: "Porque nos força a fazer isso". Ele atravessa a sala. Toma a mão dela. "Eu imploro, milady. Aja como mulher, não como uma criança. Permita que o destino a conduza, em vez de arrastá-la."

Do lado de fora, Rafe diz: "Ela vai se encontrar com ele. Está curiosa, dá para ver. E qual seria o conselho de Chapuys a ela, se estivesse aqui? Ele diria, não enfureça o rei".

Ele assente. Esqueceu de jogar sua carta de Chapuys. Mas, bem, ele tem muita coisa na cabeça.

De volta a Londres, ele senta-se para negociar com o bispo Tunstall, e os dois chegam a um acordo relativo aos termos. Philip pode levar Maria consigo, pagando as despesas. "Bem", o bispo diz, "já conseguiu a assinatura dela no papel antes, meu amo. Só Deus sabe como a trouxe à conformidade antes disso, mas trouxe."

Ele larga a pena. "Mas se ela tiver que ser carregada até o padre para a bênção, não farei parte disso. O rei deve fazê-lo pessoalmente."

"Ele não pediria a mim", Tunstall diz, seco. "Estou no meu sexagésimo sexto ano. A idade tem certas vantagens. Como vai aprender, meu amo, se, como oro, Deus lhe garantir vida longa."

Após as recreações do verão e um vívido outono na floresta e no campo, o rei parece abatido: o rosto emaciado, pálido como massa de pão. Eles estão examinando cartas do exterior num aposento desprovido de luz: o ar é preto-acinzentado, água misturada a tinta. Lá fora existe um país imaginado, pastos afogados e mato encharcado, campos e bosques, paredes de barro e palha, igrejas e fazendas inundadas.

Wyatt, cavalgando até Paris, alcançou o rei Francisco. Uma troca de elogios vazios se seguiu: Wyatt parabeniza Francisco por sua amizade incessante com o imperador, e Francisco, com a mão no coração, jura devoção incessante a seu irmão inglês, Henri.

Depois Wyatt cavalga para interceptar o imperador em sua jornada. A mesma troca inútil de amenidades; mas então alguém toca no assunto de Gueldres, o território que o jovem duque de Cleves alega ser seu. Carlos se acalora. Henrique deveria aconselhar seu novo cunhado a obedecer a seu amo e imperador e abrir mão de sua alegação de soberania. Senão, ele vai sofrer, como os jovens e ávidos sofrem. Que esteja avisado.

Wyatt fica chocado. Carlos é um homem lacônico, contido. Quase nunca abre o coração; fala por trás da mão, exerce suas vontades por caminhos tortuosos. Então, o que significa essa veemência? Será que ele vai virar seu exército contra o novo aliado de Henrique?

O imperador e Francisco já se encontraram cara a cara. Dizem que vão celebrar o Natal juntos e estarão em Paris para o Ano-Novo. Até o papa tem medo dos pactos secretos que vão tramar entre si. Wyatt detecta os agentes de Roma à espreita nas esquinas. Ele diz, posso descobrir o que se passa entre esses príncipes; mas os senhores em Londres precisam me dar pretextos para estar na companhia deles todos os dias.

"Essa pretensa aliança", Henrique diz. "Nenhum governante ousa virar as costas para o outro. É isso que os mantém na mesma cidade. Não é amizade, mas o oposto."

"Ainda assim", ele diz, "a liga deles sobreviveu mais tempo do que podíamos imaginar."

"Wolsey a teria rompido."

Ele observa Henrique demoradamente. "Sem dúvida."

"Há pessoas na França que continuam conosco", o rei diz. "Mas não são leais, virariam a casaca por alguns tostões. Temos poucos amigos em ambas as cortes." Ele morde o lábio. "Principalmente você, você tem poucos amigos, Cromwell."

"Se provoquei o rancor deles, acho que valeu a pena. Porque foi pelo bem de vossa majestade."

"Mas tem certeza disso?" Henrique parece curioso. "Acho que é por causa do que você é. Eles não sabem como lidar com você."

"Provavelmente, não. Majestade", ele diz, "deve perceber, querem que eu seja substituído para que o senhor receba conselhos piores. É por isso que tentam envenenar sua mente contra mim. Qualquer história fantástica servirá."

"Então, caso eu ouça dizer que você ultrapassou suas funções, ou que desprezou ou inverteu minhas instruções, recomenda que eu ignore o rumor?"

"Deve falar comigo antes de acreditar em qualquer coisa."

"Falarei", Henrique diz.

Ele, Cromwell, se levanta. Está irrequieto demais para ficar sentado, parado. Não é do feitio dele. Geralmente consegue aparentar alguma paz mesmo quando, como hoje, o rei está impaciente e mal-humorado.

Henrique diz: "Sabe, acho que você não me perdoou. Por ter rompido relações com Wolsey".

Rompido relações com ele? Cristo no céu.

"Acho que me culpa pela morte dele."

Ele vai até a janela. No parque, as árvores estão se casando com a escuridão. Não dá para ver onde a chuva termina e as sombras começam.

"Estamos fazendo a contabilidade preliminar da abadia de Westminster", ele diz. "Vão entregá-la no novo ano. Riche tem papéis demais na mesa de trabalho para entregar agora, caso contrário, não deixariam vossa majestade esperando."

Henrique diz: "Você se lembra de John Islip? Westminster estava muito decadente quando ele se tornou abade".

"Quase falida, senhor. Mas isso deve ter sido há quarenta anos."

Islip examinou os livros e aumentou o aluguel da abadia. Depois que reconstruiu o altar de Eduardo, o Confessor, e atraiu muito comércio. "Islip foi um homem inteligente", Henrique diz. "Meu pai costumava me levar para vê-lo quando eu era criança, na casa dele em Tothill Fields. A estrada era uma desgraça — os caminhos tão imundos, o gado revirando lama em poças enormes —, você podia ver cachorros mortos e porcos grunhindo e todo tipo de carniça."

"Piorou, senhor, quando o esgoto explodiu. Mas agora eu mandei drenar."

Quem mais, se não Cromwell? O homem certo para cursos d'água e esgotos, ossuários e montes de dejetos.

"Mas, quando ele morreu", Henrique diz, "está lembrado do enterro? Foi uma maravilha de se ver, foi mais um desfile da vitória que um funeral. Pela estrada de Willow com os estandartes desfraldados. Os monges entoando cânticos em procissão. Nunca vi tal nuvem de incenso, as paredes da abadia pareciam estar derretendo. E o banquete depois, em homenagem a ele. Sabe que só faz seis anos? Parece uma vida."

Quando o bispo Stokesley morreu, em setembro passado, enfeitamos as igrejas de preto, não faltou nenhum sinal de reverência. Mas Islip morreu no mundo romano. Henrique diz: "Meu pai queria que o rei Henrique VI fosse transformado em santo, e isso teria enriquecido a abadia também. Mas quando ficou sabendo qual era o preço de Roma, soltou uma imprecação".

"A cobiça insana do Vaticano, é difícil de acreditar", ele diz. Ele preferiria dizer algo original, mas dá ao rei aquilo que ele deseja.

"Meu pai costumava mandar vinho para Islip", Henrique diz. "E os monges mandavam de volta pudim de tutano. Ele costumava comer quando era jovem, acho, quando era um exilado pobre. Era o prato de que mais gostava."

"Meu pai também", ele diz: fica surpreso de lembrar.

"Dá para comprar esses pudins por um tostão", Henrique diz. Ele sorri. "Nossos pais devem ter sido pessoas fáceis de agradar."

"Se Deus olhasse para baixo agora, o que Ele veria? Dois homens de idade avançada à luz fraca, falando sobre o passado, porque o tem em abundância." Ele não quer que aquele momento se interrompa. Mas as velas logo vão chegar.

Henrique diz: "Tom, faz muito tempo que o vi pela primeira vez".

"Faz mais de uma década", ele responde. "Desde então, tive o privilégio de estar em sua presença..."

"Quase todos os dias, não é mesmo?", Henrique diz. "Sim, quase todos os dias. Eu me lembro — eu o conhecia de vista, mas me lembro da nossa primeira entrevista. Suffolk não sabia o que pensar a seu respeito. Mas eu sabia. Vi seus olhinhos aguçados. Disse-me que eu não fosse à guerra. Não lute, você disse, pois não tem como pagar a conta. Fique dentro de casa, mal-humorado, como uma criança — será bom para o tesouro. E eu pensei... por santo Elói, o homem tem um estômago e tanto. Ele tem audácia."

"Espero que eu não tenha ofendido vossa majestade."

"Ofendeu. Eu ignorei."

A voz do rei parece estar definhando, igual à luz. "Islip era amigo de Wolsey", ele diz. "Então eu o transformei em meu conselheiro, mas nunca fui muito afeito a ele. Ele tinha faro para heresia, no entanto. Wolsey costumava enviá-lo aos seus amigos, os mercadores da Liga Hanseática. Em Steelyard."

O rei passa a mão pelo rosto, como se quisesse se livrar de Islip, da abadia, dos hereges, da casa deles. "Você me ofendeu, e eu perdoei. Um governante precisa agir assim. Eu mudei muito nesses dez anos. Você, nem tanto. Você não me surpreende como surpreendia no passado. Não acho que voltará a me surpreender, levando em conta tudo que disse e fez — algumas coisas milagrosas, Tom, não vou negar. Trabalha além das capacidades dos homens comuns. Mas eu ainda sinto falta do cardeal de York."

Quando ele sai, sente as veias em seu pescoço saltando. Wriothesley está ali. "Ele cansou de mim", ele diz, alegre. "Foi o que me falou. Fui superado pelo fantasma do cardeal."

Me-Chame diz: "Fiquei imaginando o que estava acontecendo ali dentro, no escuro. Ele estava dando ao cardeal a oportunidade de aparecer?".

Com suas vestes da tumba. Sua mortalha abafando o crânio. Os mortos são mais fiéis que os vivos. Para o bem ou para o mal, não nos abandonam. Perduram na mais longa das noites.

Enquanto o séquito da noiva está parado em Calais, detido pelo mau tempo, eles passam as horas com justas e visitas de casa em casa, inventando bailes e peças. Há a notícia de que um mercador naufragou próximo a Boulogne-sur-Mer, despejando no litoral uma carga de lã e sabão de Castela. Ele imagina o oceano espumando, bolhas na crista de cada onda. Por favor, Deus, traga Ana logo: o rei está ansioso. Fitzwilliam envia a ele as tabelas de maré. Se o cardeal estivesse aqui, ele diz num tom cínico, sem dúvida seria capaz de assobiar e mandar o vento para o quadrante correto.

Todos que a viram parecem deleitados com a nova rainha. Lady Lisle escreve para a filha Anne Bassett, uma das damas de honra, e Anne leva a carta ao rei, entregando-a com uma mesura das mais profundas.

O rei lê a carta. "*Boa e gentil para servir e agradar.* Então, é isso", ele diz para a menina. "Que notícia poderia ser melhor? Você terá uma senhora adorável, e eu, uma parceira adorável."

Anne cora. "Parceira" parece grosseiro. Ela possivelmente não gosta de imaginar o rei na cama. Como os tempos mudam. Há dez anos, ela estaria na cama com ele.

Em Calais, Ana é alojada nos aposentos da rainha no Tesouro. Fitzwilliam escreve que ela convidou os lordes ingleses para a ceia. Ela está acostumada a fazer suas refeições em público e não sabe que esse não é mais o costume dos reis ingleses. Mas ela tem boas intenções, quer ver seus novos conterrâneos à mesa e aprender seus costumes. Os modos dela foram régios, Fitzwilliam informa. Ele e Gregory passam uma hora com ela para lhe ensinar jogos de cartas de que o rei gosta. A ideia é dela e é muito inteligente.

O vento muda. No dia 27 de dezembro, Ana chega a Deal, sob chuva e depois de escurecer. É levada à orla num bote a remo, uma princesa saindo do mar. Ela vai de Deal a Dover, da Cantuária a Rochester, e, na primeira semana do novo ano, vai se aproximar de Londres pelo lado leste. O rei vai encontrá-la em Blackheath, conduzi-la ao palácio de Greenwich e se casar com ela na véspera da Epifania.

3.
Magnificência

Janeiro — junho de 1540

O castelo novo do rei em Deal é uma parada no caminho, onde Ana pode lavar as mãos e tomar uma taça de vinho fortificante antes de prosseguir até Dover. Ela é escoltada por Charles Brandon e Richard Sampson, o bispo de Chichester, aquele prelado de lábios selados tão experiente em fazer e desfazer as uniões do rei.

Brandon traz sua jovem esposa consigo. Ela é de natureza lépida e calorosa; o que poderia ser melhor para uma noiva indecisa do que ser recebida por uma jovem duquesa sorridente que adivinhará as necessidades dela? Você não pode esperar que Charles adivinhe esse tipo de coisa, e ainda menos o bispo Sampson. Mas Charles impressiona com sua silhueta marcial. E Sampson se recolherá num canto e se ocupará da papelada.

Em Dover, se Deus quiser, a bagagem de Ana vai alcançá-la. No dia seguinte, ela partirá — com seus capelães, seus secretários e suas criadas — para a Cantuária, onde se encontrará com o arcebispo. Ela vai precisar de dinheiro em espécie, então ele, Cromwell, providenciou para que um cálice de ouro lhe fosse presenteado, cinquenta soberanos dentro dele. Quando ela passar por Rochester, Norfolk vai acompanhá-la com um grupo grande de cavalheiros. Não há planos para que ela se encontre com o bispo de Winchester. Isso pode ficar para depois. Afinal de contas, os meninos de lorde Cromwell dizem, não vamos querer que ela dê meia-volta e saia chapinhando em direção ao mar.

O clima na estrada é péssimo. Mas a noiva não enjoou no mar e não se incomoda em viajar com chuva e granizo no rosto. Os mestres de cerimônia ficam aliviados, porque planejaram uma enorme recepção em Blackheath, perto do palácio de Greenwich, e se ela não seguir o roteiro, terão de arcar com altos custos. Ele, lorde Cromwell, espera que os habitantes do interior apareçam. Ele mandou limpar e cascalhar as ruas de Greenwich e erguer barreiras para que as pessoas não se empurrem umas às outras na direção do Tâmisa.

Ele passou todo o inverno estocando moscatel e malvasia em Austin Friars, com vistas a uma comemoração. Na padaria, estão preparando *Striezel* para levar a Ana e suas damas, e o cheiro de cravos, canela e casca de laranja invadiu a casa. Quando Lizzie estava viva, a véspera da Epifania era a ocasião de eles oferecerem um banquete aos vizinhos. Eles representavam os três reis magos, as fantasias com remendos de vários retalhos folheados a ouro, pedaços pequenos demais para o alfaiate mais cobiçoso. Cada mão que fosse capaz de segurar uma agulha se metia a trabalhar, e Lizzie fazia com que se animassem enquanto costuravam. Certo ano, transformaram Anne Cromwell num gato com rabo de pele de coelho, e Gregory num peixe com escamas prateadas brilhantes; a luz baixa de verão deslizava sobre ele, e ele reluzia ao crepúsculo.

Ele imagina como sua filha Jenneke está e quando voltará a vê-la. Não diz "se" a si mesmo, porque sempre se inclina a pensar que o mundo se virará a nosso favor. Parece estranho para ele o fato de Lizzie nunca tê-la visto. Ela teria aceitado a desconhecida; sabia, quando eles se casaram, que ele era um homem com passado.

Faz muito tempo agora desde que as mulheres da casa puseram as filhinhas dele em suas roupas mortuárias. Ele se acostumou a certa sensação de aperto que se acomoda atrás de seu esterno e que chega de acordo com o calendário: Páscoa, Dia de São João, Dia de Lammas, Dia de São Miguel, Dia de Todas as Almas e Dia de Todos os Santos.

O ano de 1539 está chegando ao fim, e quando ele se dirige à presença do rei em Greenwich com uma pasta de assuntos a serem tratados na mão, está preparado para encontrar Henrique tocando harpa ou listando os presentes de Ano-Novo que deseja receber, ou simplesmente fazendo dardos de papel, porém, de todo modo, despreparado para trabalhar. Mas há um agito na câmara privada, e o jovem Culpeper sai para avisar: "Nunca vai adivinhar, senhor! Ele vai pessoalmente a Rochester para se encontrar com a rainha".

Ele enfia os documentos nas mãos de Culpeper. "Wriothesley, venha comigo."

Henrique está abaixado, olhando dentro de um baú enviado pelo guarda-roupa real. Ele se levanta, animado: "Milorde, resolvi me apressar e me encontrar com a noiva em pessoa".

"Por quê, senhor? Só vai demorar mais um ou dois dias até ela chegar."

Henrique diz: "Quero cultivar o amor".

"Majestade", mestre Wriothesley diz, "com todo o respeito, isso já não foi discutido no conselho? A sincera súplica de seus conselheiros foi para que vossa majestade se poupasse da jornada e recebesse a rainha em Blackheath. E o senhor ficou contente de acatá-la."

"Não posso mudar de ideia, Wriothesley? Em Blackheath haverá música e artilharia, procissões e multidões, e não vamos conseguir trocar uma dúzia de palavras em particular antes de precisarmos cavalgar de volta para cá, para o palácio, e depois horas se passarão antes de termos uma oportunidade de ficar a sós. E eu quero lhe fazer uma surpresa, e agradar ao seu coração, e dar a ela as boas-vindas da maneira adequada."

"Senhor, caso aceite meu conselho...", ele diz.

"Mas não aceito. Reconheça, Cromwell, você não é especialista em cortejo."

Verdade. Ele só se casou uma vez. "Ela mal desembarcou, senhor. Pense em como ficará encabulada se não puder se mostrar na sua melhor forma."

Mestre Wriothesley completa: "E ela pode, é claro, ficar atordoada com a presença de vossa majestade".

"Mas é por isso que preciso ir! Vou lhe poupar ansiedade. Ela estará se preparando para cerimônias grandiosas." Henrique sorri. "Irei disfarçado."

Ele fecha os olhos.

"É isso que um rei faz", Henrique lhe diz. "Não tem como saber, Cromwell, você não é cortesão de nascimento. Quando minha irmã Margaret foi à Escócia, o rei Jaime e seu grupo de caça a surpreenderam no castelo de Dalkeith, ele vestido com uma jaqueta de veludo cor de carmim, com sua lira pendurada no ombro."

É o que se ouviu dizer. O jovem arrojado com olhos em fogo, hábil em dobrar o joelho; a noiva na bela confusão de treze verões, sua bochecha corada, seu corpo tremendo.

Mestre Wriothesley diz: "Se me permite perguntar, que disfarce vossa majestade pretende adotar?".

Eles trocam um olhar. Quando Catarina era rainha, foi várias vezes emboscada por Robin Hood ou por pastores da Arcádia. Quando se desfizeram do disfarce, veja só! Eram o rei e Charles Brandon; eram Charles Brandon e o rei.

"Tenho zibelinas para ela", Henrique diz. "Talvez eu devesse chegar como um nobre russo, calçando enormes botas de pele?"

Mestre Wriothesley diz: "A menos que mandemos avisar com antecedência, temo que vossa majestade possa alarmar sua própria guarda. Isso pode levar a...".

"Um pastor, então. Ou um dos reis magos. Podemos providenciar com rapidez disfarces para os outros dois reis. Mande chamar Charles..."

"Ou talvez, senhor", ele diz, "que tal ir apenas como cavalheiro?"

"Um cavalheiro da Inglaterra." Henrique fica pensativo. "Um cavalheiro sem nome. Sim", ele olha para baixo, "muito bem, serei comandado por lorde Cromwell, como todos os estrangeiros alegam que sou. Vou surpreendê-la, de toda forma." Ele faz uma pausa e diz, em tom bondoso: "Milorde, sei que não é o que combinamos. Mas um noivo tem que ter seus caprichos, e disfarces sempre trazem prazer. A viúva Catarina", ele diz a Wriothesley, "ela fingiria não me reconhecer. Claro que estaria só brincando. Todo mundo reconhece o rei."

Thomas Culpeper sai atrás deles. "Seus papéis, cavalheiros?"

Wriothesley os arranca dele. Ele, lorde Cromwell, sai andando. "Cristo", ele diz. Culpeper diz: "O senhor fez o que pôde".

Ele pensa, falei com ele como um súdito a um príncipe. E se eu tivesse tomado coragem e dito: Henrique, é o meu conselho, de homem para homem, que não deve fazer isso?

Culpeper pergunta: "Por que o senhor está apreensivo? Todos a elogiam, não é verdade? Está com medo de que ele vai achar que ela não é como foi descrita?".

"Pare de se pendurar na minha manga, Culpeper."

Culpeper sorri. "Eu sei que ela vai achar que ele não é como foi descrito. Apreciamos que distorça os fatos, lorde Cromwell, para agradar aos estrangeiros, mas não o descreveu como um deus, descreveu? Ela acaso está à espera de um Apolo?"

"Ela está esperando uma recepção adequada na corte. As pessoas a prepararam para isso." Ele se vira para Wriothesley. "Preciso que alguém vá imediatamente a Rochester para avisá-la. O rei chegará pelo rio com uma pequena comitiva e Ana deve estar pronta para ele. Nada de arauto, nada de cerimônia — ele vai entrar no aposento dela e ela deve ficar perplexa."

"Então, vai estragar a surpresa dele", Culpeper diz. "Num instante ela não o conhece, no outro tem saber quem ele é? Ela vai precisar de muita sorte para fazer tudo na hora certa."

"Imagino", ele diz a Wriothesley, "se eu não deveria ter insistido para ir com ele, será?"

Me-Chame diz: "Poderia ser pior, senhor. Pelo menos ele não vai vestir a fantasia de turco".

O rei tem a intenção de se juntar à rainha em Rochester no dia do Ano-Novo e passar a noite lá; mesmo que envie um mensageiro de volta para dizer como gostou dela, vão se passar horas antes que a notícia chegue a Greenwich.

Então ele acha que a notícia pode chegar a Austin Friars quase na mesma velocidade.

Ele se desloca para casa, para começar 1540 sob seu próprio teto.

Ele vai cedo para a mesa de trabalho. Dia para se aproveitar, ele diz a si mesmo. Mas ele empurra para longe uma pilha de cartas de Carlisle, pega um livro. É a história de Rolewinck, onde todas as datas antes de Cristo são impressas de cabeça para baixo. Foi o pai de Jane Rochford que mandou, e ele nunca pode simplesmente deixar que você leia; ele escreve *Mirabilia!* ao lado dos eventos que aprecia em especial.

Ele vira as páginas para olhar as imagens: Antioquia, Jerusalém, o templo de Salomão e a torre de Babel. Rolewinck começa sua história no ano 6615 (de cabeça para baixo). Ele está lendo sobre a coroação do papa Inocêncio — que ocorreu, mais ou menos, no ano que ele próprio nasceu —, quando sua spaniel Bella sai correndo e latindo até a porta. Lá de baixo, ele escuta: "Feliz Ano-Novo, mestre Gregory!".

Bella corre animada em círculos. Ele chama, na direção do andar de baixo: "Gregory? Por que está aqui?".

Gregory entra de supetão. Nem faz uma pausa para cumprimentá-lo. "Por que permitiu que isso acontecesse? Por que não o deteve?"

"Detê-lo?", ele indaga. "Como? Ele disse que era para cultivar o amor."

"Deveria ter evitado, senhor. É conselheiro dele."

"Gregory, beba uma taça disso e se aqueça. Achei que ia ficar com a rainha, não?"

"Eu vim avisá-lo. Henrique passou a noite lá, mas agora está voltando."

Um dos meninos de Thurston entra com uma travessa de pastéis e tira o pano de cima. "Carne de veado e groselha. Peixe e raiz-forte. Ameixa e uva-passa."

"Percebe", ele diz, "é por isso que eu venho para casa. Na corte, sua comida tem que caminhar quase um quilômetro; quando chega, está fria."

Outro menino traz uma tigela de água quente e um guardanapo, e Gregory é obrigado a ficar em silêncio até que estejam a sós. Bella se equilibra nas patas traseiras como se quisesse distraí-los. Ele pensa nas cenas que costumava representar com George Cavendish, o homem do cardeal. Ele dizia: "Mostre-me como foi, George — quem sentou onde, quem falou primeiro". E Cavendish se levantava de um salto e representava o rei.

Em sua mente ele consegue erguer um palco onde a noiva e o noivo se encontraram: o antigo salão em Rochester, a enorme lareira com seus emblemas entalhados: uma samambaia, um coração, um dragão galês segurando um globo. Ele é capaz de seguir o rei com seu bando alegre; seguram as máscaras frouxas, brincalhões, porque esperam ser reconhecidos em segundos. E, de fato, quando passam, os criados da nova rainha se ajoelham.

"Ana foi avisada?", ele pergunta. "Estava pronta?"

"Foi avisada, mas não estava pronta. O rei entrou como uma ventania, mas ela estava olhando pela janela — estavam incitando um touro no pátio. Ela lançou um olhar por cima do ombro, então voltou a observar a brincadeira."

Ele pode ver aquilo que Gregory viu: a silhueta volumosa do rei tapando a luz. E o contorno enevoado da rainha, com a janela atrás de si: o oval vazio de seu rosto, um vislumbre ligeiro de seus olhos escuros, depois a parte de trás de sua cabeça.

"Suponho que ela não tenha acreditado que um príncipe viria em segredo. Quem sabe o duque Guilherme vá para todo lado com trombeteiros e tambores." Até para cultivar o amor, ele pensa. Há uma conversa de que o imperador ofereceu ao irmão de Ana a duquesa Cristina como noiva, se ele devolver Gueldres sem luta. Ele pensa, se eu fosse o duque de Cleves, não trocaria meu litoral pelas covinhas dela.

"O rei fez uma mesura profunda." Gregory dá um gole no vinho. "E se dirigiu a ela, mas ela não se virou. Acho que ela pensou que ele era — não sei o que — algum bobo da corte vestido para os festejos. E então ele ficou lá parado, com o chapéu nas mãos — então o pessoal dela entrou em peso, e alguém disse: 'Madame', e uma frase para alertá-la...". A voz de Gregory falha. "E então ela se virou. E soube quem ele era. E como Cristo é meu Salvador e Pai, o olhar no rosto dela! Nunca vou me esquecer." Gregory se senta, como se estivesse no fim das forças. "E o rei também não."

Ele pega Bella no colo e começa a lhe dar um pastel, migalha por migalha. "Por que ela ficou surpresa? Não fiz falsa representação."

"O senhor não disse a ela que ele era velho."

"Eu sou velho? Seria a primeira coisa em que pensaria, se fosse descrever Cromwell? *Ah, ele é velho?*"

"Não", Gregory diz, relutante.

"Ela sabia a data de nascimento dele. Sabia que ele era corpulento. Decerto algum homem da corte dela deve ter lhe dado informações. E Hans — Hans poderia tê-lo descrito. Quem seria melhor?"

"Mas Hans nunca vai causar problemas para si mesmo."

Isso é verdade. "O que o rei fez?"

"Ele recuou. Qualquer homem teria sido atingido. Ela sentiu aversão por ele. Foi impossível não notar."

"E?"

"Então ela se recompôs. Sua dissimulação foi maravilhosamente boa. E o mesmo vale para ele. Ela disse em inglês: 'Meu amo e meu rei, bem-vindo'."

Era ele quem tinha de dar as boas-vindas. "Prossiga."

"Ela fez uma mesura suave, muito baixa, como se nada tivesse acontecido. E o rei sorriu e a ergueu. Ele disse: 'Bem-vinda, querida'." Essa foi uma atitude real, ele pensa. Gregory completa: "A mão dele tremia".

Em seu salão imaginado em Rochester, a luz está se esvaindo. Embaixo da janela da rainha, sem som, os homens que atiçam o touro urram. Os cachorros se penduram na carne do animal. Lentas gotas de sangue respingam no calçamento. "E os cavalheiros do rei? O que eles fizeram?"

O que ele quer dizer é, eles viram tudo?

"Anthony Browne estava atrás dele, carregando as zibelinas para ela. Mas Henrique fez sinal para que não se aproximasse. Ele olhava no rosto da dama e ficou falando o tempo todo."

"Gregory", ele indaga, "acredita que Hans a pintou com fidelidade?"

"Ele não ousaria fazer diferente, não é mesmo?"

"E ela é bonita?"

"Não de lado. Tem o nariz comprido. Mas o senhor sabe que ele não teve tempo de desenhá-la de todos os ângulos. Ela tem aparência agradável. Sua pele é um pouco marcada de varíola, mas só percebi quando o sol por acaso saiu. O rei não tem como ter visto, ele tinha virado as costas."

Ela é adorável nas sombras, então. E quando vista de frente. Ele quase podia dar risada. "Ele está decepcionado?"

"Se está, não demonstrou. Ele a conduziu pela mão. Caminharam juntos e se sentaram com os intérpretes. Ele perguntou se ela estava gostando da Inglaterra e ela disse que sim, muito. Ele perguntou como ela foi recebida em Calais, e ela disse, muito bem. Ele a parabenizou por fazer a viagem com tanta coragem e perguntou se ela já tinha estado no mar. Quando traduziram isso, ela pareceu se sobressaltar."

Ele imagina o rei suando de tanto esforço. Os olhos dele examinando o entorno, procurando uma distração.

"O rei pediu música. Um acompanhante entrou e tocaram 'Ó justa mão branca que me cura'. Ela escutou com muita doçura. Ela disse, por meio do intérprete, que gostaria de aprender a tocar algum instrumento. O rei disse que é mais fácil quando se é jovem. Ela disse, não sou tão velha assim, e meus dedos se mantêm ágeis manuseando a agulha. O rei perguntou se ela sabia cantar, e ela respondeu que sim, em louvor a Maria e aos santos. Ele perguntou se ela cantaria, e ela disse que não na frente de todos aqueles lordes, mas que cantaria quando estivessem sozinhos. E ela corou."

"Demonstrou modéstia muito apropriada." Pense em Ana Bolena; ela teria cantado na rua se achasse que isso pudesse chamar alguma atenção para si.

"Dizemos que apreciamos modéstia", Gregory pega um dos pastéis, e Bella, a seus pés, toca nele com a pata. "Mas, na verdade, preferimos quando as donzelas demonstram suas boas graças de pronto. Apreciamos saber se somos bem-aceitos antes de começarmos a cortejá-las. Eu nunca teria ousado falar com Bess se o senhor e Edward Seymour não tivessem me ajudado. Se é possível que uma mulher nos despreze, então preferimos evitar."

E quando encontramos coragem para nos apresentar, ele pensa, não queremos ver o choque no rosto dela. "Então, você acha que o dano está feito?"

"Não sei como ela poderia desfazer aquele primeiro momento, mesmo que fosse a rainha de Sabá." Gregory dá uma mordida em seu pastel; Bella encosta na canela dele e o adora. "Foram cear. Ela se mostrou muito atenciosa, voltando os olhos para tudo o que ele dizia. Foi um início ruim, mas levando em conta que não se pode falar com ela, gostei muito dela, e isso se aplica a todos nós. O próprio Fitzwilliam diz que ela está entre as melhores mulheres que ele poderia encontrar mesmo se revirasse toda a Europa."

"Acho que ele já fez isso", ele diz. "Eu revirei, pelo menos. Bem... ele vai compreender, quando pensar melhor a respeito, que ela se sobressaltou. E, como disse, ele ficou bem contente depois." Ele reflete sobre a questão. Seus olhos recaem sobre o livro de história de lorde Morley. "Precisamos voltar no tempo. Será como se o rei tivesse piscado e então vivido aquele primeiro momento outra vez."

Gregory diz: "Mas é assim que o tempo funciona?". À medida que os pastéis vão desaparecendo, o desenho do prato aparece. *Fatto in Venezia*, retrata a queda de Troia: o cavalo de madeira, as mulheres berrando, as cabeças rolando e as torres em chamas.

É maravilhoso, como conseguiram incluir tudo ali.

Ele chega a Greenwich não muito tempo depois do rei. "Meu amo, vossa majestade está na biblioteca."

Henrique está sentado em meio a caixas de livros. "Estes são da abadia de Tewkesbury." Ele se levanta da cadeira com dificuldade. "Cromwell, não recebemos os documentos de Cleves sobre o casamento da Lorena, o pré-contrato. Foi afirmado com ênfase que a dama os traria consigo, mas parece que não trouxe. Até o homem menos desconfiado perguntaria a si mesmo por que ainda não os mostraram, depois de todos esses meses."

Ele começa a falar, mas o rei ergue a mão. "Não posso prosseguir. Não posso me casar antes de ter certeza de que ela está livre de promessas passadas."

O rei fecha um punho no outro. "Não achei a dama tão boa quanto dizem. Fitzwilliam escreveu de Calais e a elogiou diretamente. Lisle também. O que os levou a fazer isso?"

"Eu não a vi, senhor."

"Não, não a viu", o rei diz. "Esteve à mercê de relatos, assim como eu, então não pode ser culpado. Mas, quando me encontrei com ela ontem, vou dizer, tive que me esforçar muito para me controlar. Um chapéu enorme e excêntrico com asas saindo dos lados da cabeça — e, com a altura dela, e rígida como é —, pensei comigo mesmo, ela parece o mastro de fitas de Cornhill. Creio que ela pintou a boca, o que, se for verdade, é algo verdadeiramente imundo."

"As vestes dela podem ser trocadas, senhor."

"A tez dela é amarelada. Quando penso em Jane, tão branca e clara, uma pérola."

Luzes douradas se agitam no teto. Brincam sobre as rosas de gesso cor de carmim, as folhas verdes entre elas, os espinhos banhados em sangue. "É por causa da jornada", ele diz. "Todos aqueles quilômetros tediosos com uma caravana de bagagem, depois os atrasos e a travessia." Ele pensa no granizo no rosto dela na estada de Dover. "Já em relação aos documentos, não posso imaginar por que os embaixadores não os trouxeram. Mas nos garantiram que a dama está completamente livre. Sabemos que não houve pré-contrato. Sabemos que as partes não eram maiores. O senhor mesmo disse, não é um assunto de muita importância."

"É um assunto de enorme importância, se eu achar que estou casado e descobrir que não estou."

"Amanhã", ele promete, "vou conversar com o pessoal da rainha."

"Amanhã eu a encontro em Blackheath", o rei diz. "Partimos às oito horas."

Faz quarenta anos desde que uma noiva veio para cá de um país longínquo: a infanta Catalina, que trouxe escravos mouros em sua comitiva quando deixou a Espanha para se casar com Artur. Aquele casamento foi público e esplêndido. Dessa vez, as comemorações do casamento precisam dar espaço aos ritos da Igreja para a Epifania. Tudo depende, portanto, das boas-vindas públicas que ele planejou para Ana.

Em Greenwich, ele fica deitado na cama, escutando o vento.

O que significa quando fico deitado a sós?
Eu me agito, eu me viro, eu suspiro, eu resmungo.
Minha cama me parece tão dura quanto mós
O que isso significa?

Ele fica imaginando: onde Wyatt está deitado esta noite? Com quem? Ouso jurar que não está sozinho.

Eu suspiro, eu reclamo sem parar.
As roupas que na minha cama deitam
Sempre penso que erradas estão a deitar
O que isso significa?

Apenas uma tempestade violenta poderia deter a recepção de amanhã. O rei pode decidir postergar o casamento, mas não pode deixar sua noiva lá fora na charneca. Ele não pode desfazer o sentimento de expectativa que se espalhou pelo interior do país, não depois de tantos arautos terem anunciado a celebração e as boas-vindas terem sido proclamadas em todos os cantos de Londres.

Três vezes ele se levanta e abre o postigo. Não há nada para ver além do preto abafado e sem estrelas. Mas a batida da chuva diminui, o amanhecer deixa o céu listrado em tons de ocre e o sol vai tateando seu caminho para fora de aglomerados de nuvens. Às nove horas, quando ele chega a Blackheath a cavalo, há uma névoa branca sobre os campos: naquela névoa, o povo livre da Inglaterra. Um urro contínuo vem do rio, onde centenas apareceram em qualquer tipo de embarcação que foram capazes de providenciar, com suas bandeiras e estandartes feitos em casa pendurados frouxos na manhã de ar imóvel. Eles batem tambores e assopram pífanos, vociferando canções e se exibindo em suas roupas com o emblema da rosa. Alguns dão passos incertos ao longo das margens dentro de castelos de papel grosso, a cabeça saindo das torres, e outros produziram um cisne de lona de tamanho monstruoso, que vira o pescoço de um lado para outro e anda com passo gingado com uma dúzia de pares de botas de trabalhadores que aparecem por baixo das penas. Sinos de arreios tilintam. Homens e cavalos exalam vapor no ar. Ele percebe que está suando dentro de seu traje de veludo. Está irritando até a si mesmo, trotando para cima e para baixo, subindo e descendo do cavalo, os olhos vasculhando tudo, repetindo ordens sem emitir som: fique aqui, ande, espere, siga, ajoelhe-se!

Charles Brandon inclina seu chapéu para ele. "Receba o crédito pelo clima, lorde Cromwell!" Ele dá risada e finca as esporas no cavalo para se juntar aos outros duques.

Os capelães, os conselheiros, os altos oficiais da casa real enchem suas fileiras: os cavalheiros da câmara privada e os bispos em cetim preto; os pares, o lorde prefeito, os arautos, o duque da Baviera usando o colar da Ordem do Tosão de Ouro; o próprio rei numa ampla expansão de luz, montado num tremendo corcel, vestido de púrpura e tecido de ouro, suas vestes com pregas bufantes, com babados e faixas, tão cheias de tachinhas e adornadas com cintos de pedras preciosas que ele parece estar usando uma armadura forjada e soldada para Zeus.

A rainha espera pela comitiva real num pavilhão de seda. Ele reza para que o vento não se levante e lance o dossel ao rio. Ana está vestida à melhor moda de seu país, com o topo da cabeça coberto por uma boina dura de pérolas, o vestido de corte cheio e redondo, sem cauda. Ela reluz quando a entronam em sua montaria, com sela de lado e virada para a esquerda, de acordo com o costume inglês. Ninguém sabia o que esperar de uma germânica: damas espanholas cavalgam à direita; ele escuta o lorde chanceler dizer, graças a Deus por isso, não queremos que ele pense nos espanhóis. Ele diz, rígido: "Nada foi deixado à mera sorte, meu senhor. Conversei com o mestre do estábulo".

À tarde — tambores, artilharia, várias trocas de roupa —, o brilho se foi do céu e o ar é úmido e esverdeado. Gardiner chega a cavalo: "Como deteve a chuva?".

"Vendi minha alma", ele diz com toda a calma.

"Ouvi dizer que houve problemas em Rochester."

"Sabe mais que eu."

"E sei mesmo. Já estava na hora de reconhecer." Gardiner dá um sorriso sarcástico e se afasta.

O embaixador francês puxa as rédeas ao lado dele: "Cremuel, eu simplesmente nunca vi tantas e tão grossas correntes de ouro reunidas num só lugar. Eu o parabenizo, não é pouco manter cinco mil pessoas no horário e em suas fileiras. Apesar de que, francamente", ele funga, "a coisa toda não equivale a qualquer uma das entradas cerimoniais que meu rei faz no decorrer de um ano. E elas seriam, acredito, mais ou menos vinte em número."

"É mesmo?", ele diz. "Vinte ocasiões assim? Não é para menos que ele não tem tempo de governar."

O cavalo de Marillac se agita embaixo dele, dando passos para o lado. "O que acha da dama? Não é tão jovem quanto era de esperar."

"Eu não aprecio contradizê-lo, mas ela tem exatamente a idade que se esperava."

"Ela é muito alta."

"O rei também é."

"É verdade. Por isso ele queria se casar com madame de Longueville, não queria? Uma pena que ele não se esforçou mais para isso. Ouvi dizer que ela vai dar uma criança ao rei Jaime na primavera."

Ele diz: "O rei tem boa expectativa de criança com essa dama".

"Claro, se ela for capaz de suscitá-lo à ação. Seja honesto, ela não é nenhuma grande beleza."

Ele admite: "Eu mal a vi por enquanto". Parece que estão conspirando para mantê-lo longe dela. Ele só enxerga uma silhueta rígida de cores berrantes, como uma rainha pintada numa placa de estalagem. Ela cavalgou o último quilômetro para se encontrar com o rei, ambos em cavalos enfeitados com tanto esplendor que mal dava para enxergar os cascos enquanto avançavam pelo solo. Meg Douglas segue em primeiro lugar e, depois dela, Mary Fitzroy. As damas da corte vão atrás numa fileira de carruagens. A esposa de Gregory carrega a renda de duas casas senhoriais nas costas, para sua própria satisfação; fazia muito tempo que ele não tinha uma mulher para vestir, e diz a Marillac: "Olhe, aquela é a esposa do meu filho, não é bonita?".

"Receba meus cumprimentos", Marillac diz e aponta com o chicote: aquela é a princesa escocesa? E aquela é a filha de Norfolk, Lady Richmond? "Ainda não arranjou um marido novo?"

Ano passado, discutiu-se a possibilidade de casar a moça com Tom Seymour, mas as conversas não deram em nada, sem dúvida porque o irmão dela recusou; Wolf Hall é uma choupana, na opinião de Surrey, e os Seymour são camponeses que vivem de pegar coelhos em armadilhas.

Ele fica se perguntando, por que Marillac se importa com a filha de Norfolk? Será que ele tem um marido francês em mente para ela? Os franceses dão uma pensão anual a Norfolk, mas talvez pretendam estreitar os laços?

Bess dá uma olhada na direção dele; ele ergue a mão, mas de maneira furtiva, para não dar a impressão de que está sinalizando alguma manobra. Na carruagem seguinte vêm as damas de honra: a filha de Lady Lisle, Anne Bassett, e Mary Norris, parecendo que estão com frio, e a pequena sobrinha gorducha de Norfolk, Katherine, olhando de boca aberta ao seu redor como se estivesse na igreja.

O terreno foi limpo para abrir caminho ao rei e à rainha até os portões do palácio. Eles cavalgam juntos para o pátio interno. Ali os dois apeiam, e o rei, tomando o braço dela, conduz a noiva para dentro do palácio, fazendo um gesto amplo com seu maravilhoso chapéu emplumado para mostrar a ela, tudo isso é seu, madame, tudo o que vê. A música do rio os segue: só não se ouve mais quando ele, lorde Cromwell, os segue para dentro, onde as tochas já estão acesas para lhes dar as boas-vindas.

É então que ele a vê de perto pela primeira vez. Ele se preparou, o rosto com uma expressão cuidadosamente neutra. Mas não há nada ofensivo. Bem o oposto; parece que ele a conhece. É verdade que a tez dela é sem graça, mas é como Gregory diz, ela é uma mulher de aparência agradável, que poderia estar casada com um de seus amigos; a esposa da cidade de um mercador da cidade. Dá para imaginá-la balançando um berço com um pé enquanto fala a respeito do preço da carne de porco.

Ana olha para ele. "Ah, o senhor é lorde Cromwell. Obrigada pelos cinquenta soberanos." Alguém de sua comitiva lhe fala ao ouvido. "Obrigada por tudo", ela diz.

Domingo de manhã: ele informa à delegação de Cleves que o noivo deseja um adiamento. Eles ficam estupefatos. "Achávamos que já tínhamos combinado tudo isso, lorde Cromwell. Fornecemos cópias de tudo o que é relevante."

Ele mantém uma rigidez civilizada; não deseja que percebam que está tão exasperado quanto eles. "O rei está pedindo para ver os originais."

Explicamos vez após outra, eles dizem, que não sabemos onde estariam: já que as promessas de um casamento, tais como foram, faziam parte de um tratado maior, que foi várias vezes revisto, então...

"Aconselho que os providenciem", ele diz. Ele senta-se e, embora seja cedo, faz sinal para que uma jarra de vinho seja servida. "Cavalheiros, a resolução disso não deve estar além da sua perspicácia."

Nem todos os cavalheiros de Cleves são fluentes em francês. Um cutuca o outro: o que ele disse? "Posso fazer referência a um precedente? Quando a rainha Catarina — quer dizer, a viúva Catarina, a falecida princesa de Gales..."

Ah, sim, dizem que a primeira esposa de Henrique...

"... quando a mãe dela, Isabel, se casou com seu pai, Fernando, precisaram de uma dispensa do papa, mas foi postergada..."

Ah, compreendemos, eles dizem. Roma tentando obter mais dinheiro, não foi?

"Mas tudo o mais estava pronto, então o pessoal de Fernando se afastou e criou tudo que era exigido... selos papais e tudo o mais."

Então, qual é seu conselho?, indagam.

"Eu não teria a presunção de aconselhar. Mas sugiro que façam o que é necessário para satisfazer o rei. Procurem na bagagem. Olhem entre as páginas das suas Bíblias."

Precisamos de tempo para discutir a questão, eles dizem.

"Apressem-se", William Fitzwilliam diz ao entrar.

Ah, vamos nos apressar, sim, eles respondem. Não podemos tolerar atrasos. Os rumores se espalhariam por todos os lados, imagine o que os franceses diriam, imagine as mentiras que a gente do imperador espalharia. Diriam que ele não gostou dela. Ou que ela o considerou velho e corpulento demais e está reclamando que não vai se casar.

"Cavalheiros, devem vir ao conselho depois do jantar", ele diz, "para explicar o perigo de tais rumores. O rei vai se juntar a nós quando ele e a rainha chegarem da missa."

Ele caminha até a câmara do conselho com Fitz, que puxa o braço dele. "Não há como resolver? Henrique está fervendo por dentro, eu o conheço."

É verdade, ele pensa, você o conhece. Ele o expulsou do conselho, tirou-lhe sua corrente de insígnia de cargo: até que mudou de ideia, ou que eu mudei de ideia para ele.

"Os documentos são uma desculpa", Fitzwilliam diz. "Ele não gosta dela ou está com medo dela, não sei o que é. Mas anote minhas palavras, Cromwell: a culpa não vai sobrar para mim só porque eu é que fui ao encontro dela em Calais."

"Ninguém deseja culpá-lo. A culpa é dele mesmo, se é que existe culpa. Por sair correndo pelo interior como um jovem apaixonado."

Os conselheiros já estão reunidos. Cranmer está sentado como se sua força tivesse cedido; ele faz menção de se levantar, então volta a se afundar na cadeira. O bispo de Durham inclina a cabeça: "Meu lorde do selo privado". Seu tom sugere que está concentrado em algo ou que manuseia restos mortais frágeis, prontos para se desintegrar.

Ele assente. "Vossa graça." Tunstall sabe que o lorde do selo privado vem examinando seus negócios há meses: faz perguntas a respeito do que ele está fazendo em Durham e no que realmente acredita. Então, nos últimos tempos, ele tem ocupado seu assento com cautela, como um homem que acha que alguém pode lhe tirar a cadeira de debaixo de si.

Thomas Howard entra de supetão. Seus olhos parecem brilhar, como se houvesse algo a ser comemorado. "Então, Cromwell. Ele quer cair fora, ouvi dizer."

Ele senta-se sem esperar que o duque se sente primeiro. "O rei da França e o imperador estão recebendo o Ano-Novo juntos. Eles nunca foram tão próximos em toda a nossa vida. São como planetas, cavalheiros, e sua conjunção atrai o mar e a terra atrás de si, e traça nosso futuro. Eles têm uma frota naval e fundos para se lançar contra nós. Nossos fortes ainda estão sendo construídos. A Irlanda está contra nós. A Escócia está contra nós. Se não quisermos ser aniquilados na próxima primavera, precisamos dos príncipes germânicos ao nosso lado, ou para mandar homens para nos ajudar, ou para segurar nosso inimigo até que seja possível derrotá-lo por força de uma trégua. O rei precisa oficializar esse casamento. A Inglaterra precisa dele."

Charles Brandon parece pesaroso. "Ele concordou. Ele assinou. Não pode recuar agora."

Norfolk diz: "O que aconteceu em Rochester?".

"Não sei dizer. Eu não estava lá."

O nariz de Norfolk se franze. "Algo aconteceu entre eles. Algo o incomoda."

Lorde Audley diz: "Concordo com meu lorde Suffolk. O rei foi longe demais na questão, ele precisaria de uma razão muito sólida para recuar agora. Antes ele foi convencido de que ela estava livre para se casar. E, para mim, ela parece ser uma mulher boa o bastante".

"Talvez não compreenda as necessidades de um príncipe", Norfolk diz.

"Não?" Audley olha para ele de um jeito que descascaria um ovo. "Se ela não está à altura dele, vossa graça, eu, pelo menos, não tenho culpa."

"Cromwell acha que o rei deve culpar a si mesmo", Fitz diz. "Por ter ido a Rochester com tanta pressa."

"Culpar a si mesmo?", Tunstall indaga. "O rei? Quando foi que isso aconteceu? Seria de pensar que Cromwell não o conhece."

Ele diz num tom grave: "Suponho que eu deveria decretar um adiamento".

"De que isso adiantaria?", Fitz pergunta.

Ele pensa, o tempo pode amaciar o momento em que eles se conheceram. Henrique pode esquecer a expressão nos olhos dela. Mas ele não sabe se Fitz presenciou o fato. Por isso, não diz nada.

Cranmer, bom cristão que é, abstém-se de dizer: eu lhe disse. Em vez disso, diz: "Eu concordo com seu raciocínio, meus senhores. E, no entanto, temo que a consciência do rei ficará perturbada até que ele veja documentos que lhe sejam satisfatórios. Ele já foi enganado antes. Não deveria contrair matrimônio a menos que lhe dê seu consentimento de coração, corpo e alma".

Cranmer é bom demais para viver. Ele se esquece de seus próprios problemas e leva em consideração apenas os de Henrique. Ele se dirige ao arcebispo, por cima de Norfolk: "Os embaixadores de Cleves acabaram de me procurar com uma oferta. Dois deles vão permanecer aqui como garantia, até que os documentos sejam enviados".

Norfolk diz: "Sustentá-los até a Páscoa? Pela missa, não!".

"Parece desnecessário", Cranmer diz. "Não duvidamos que o pessoal de Cleves tenha feito uma busca diligente. Eu nem duvido que essa dama seja livre. Mas temos que lidar com as dúvidas do rei."

A porta se abre. Eles ajoelham. "Muito bem", Henrique diz, "o que planejaram para meu alívio?"

"Nada, senhor", Cranmer diz.

"Isso é honesto, pelo menos. Começo a desconfiar que há menos honestidade nos meus conselheiros do que um rei deveria buscar, e nenhuma boa-fé naqueles que se oferecem como aliados e amigos." Henrique olha ao redor, dirige-se a Suffolk: "Charles, estava presente em Windsor em setembro do ano passado, não estava? Quando o pessoal do duque Guilherme jurou que traria os documentos completos e inteiros?".

"Sim, juraram mesmo", Brandon responde. "De outra forma, não teríamos nem encostado no tratado de casamento, não é mesmo? Mas", ele diz com gentileza, "acho que agora está feito, sabe?"

"Podemos postergar um dia", Fitz diz. "Cromwell acha que sim. Apesar de eu não ver motivo para isso."

"Não estou bem assessorado", Henrique diz. "Podem se levantar, cavalheiros, não vejo motivo para eu ficar aqui com os senhores. Cromwell, acompanhe-me."

"Bem, agora você a viu", Henrique diz. "Não é como eu lhe disse?"

Ele responde: "Ela é uma dama muito gentil, todos concordam. E parece a mim que seus modos são dignos de rainha".

O rei solta uma gargalhada de desdém. "Eu é que sei se ela é digna de ser rainha ou não." Ele se recompõe. "Talvez estivesse errado a respeito da boca dela."

Doce como uma fruta silvestre. Naturalmente vermelha. Ele resolve não dizer isso. É um sinal esperançoso, se Henrique admite que a julgou mal no menor dos detalhes.

Os outros conselheiros ficaram para trás, mas a guarda do rei os acompanha, os homens obrigados a fechar os ouvidos. Ele diz, com cautela: "Não acha que ela seja como no retrato, senhor?".

"Não culpo Hans. Ele a desenhou tão bem quanto pôde, levando em consideração a...", o rei passa a mão pela jaqueta, "... a armadura. Ela é tão alta e rígida."

"A altura lhe confere distinção."

"Já inspecionou os sapatos dela?", o rei pergunta. "Acho que está usando solas elevadas. Diga às mulheres dela que não há dejetos no piso das nossas casas. Não sei com o que ela está acostumada."

Tudo pode ser alterado, ele diz, roupas, sapatos, e o rei diz: "É o que você fica repetindo para mim. Mas se eu soubesse antes o que sei agora, ela não teria posto o pé no reino. É uma questão de…". O rei balança a cabeça. Apalpa as roupas, como se estivesse procurando o próprio coração.

Segunda-feira, 5 de janeiro: dois integrantes da comitiva de Ana, Olisleger e Hochsteden, vão a sua própria câmara no lado norte do palácio, onde fazem o juramento solene de que Ana está livre para casar e se comprometem a providenciar todos os documentos relevantes no prazo de três meses. A oferta de permanecer na Inglaterra foi dispensada por Henrique, dizendo que a comitiva de Ana é excessiva e que eles devem se sentir em liberdade para levar alguns de seus conterrâneos consigo quando partirem. Cada um dos principais cavalheiros na comitiva dela receberá uma recompensa de cem libras para apressar a jornada.

Um acordo é redigido e eles assinam pela Inglaterra: Cranmer, Audley, ele próprio, Fitzwilliam, o bispo Tunstall.

Cranmer, com o rosto angustiado, dirige-se ao quarto da rainha, e em seu rastro vai uma enorme Bíblia carregada nas mãos de um intérprete. Dentro da Bíblia, se você olhasse, encontraria uma imagem do rei entregando as Escrituras ao povo, que caminha no pé da página, onde exclamam "*Vivat Rex!*", ou "Deus salve o rei!" — as ordens mais baixas preferem o inglês.

O rei lança um olhar ameaçador a seus conselheiros e se retira para seus aposentos internos. Os músicos entram, preparam seus instrumentos e começam a tocar.

Em pouco tempo, Cranmer regressa. Ana fez o juramento sem hesitar, ele diz, afirmando que está livre de qualquer laço matrimonial. "Ela disse que estava feliz em fazer isso. Pela graça de Deus, estava pronta e segura. Ela quase tirou o livro das minhas mãos, de tão afoita que estava para agradar a vossa majestade. Ela deseja se casar sem delongas."

Ele pensa, ela está com medo de sua família. Do que vão dizer se ela for mandada de volta.

Henrique resmunga. "Não há nada a fazer? Tenho que me enfiar nessa?"

Ele tinha razão em pensar que, quando chegasse do mar, a noiva seria rebatizada. Ela deixou o navio como Ana de Cleves. Agora, em terra, simplesmente é chamada de Ana, como se o rei e todo o seu tesouro não tivessem nenhuma sílaba para desperdiçar.

Na terça-feira de manhã, chovendo, os conselheiros se reúnem às sete. Em geral, ele começa seu dia de trabalho às seis, mas adiou todos os outros requerentes e pediu que apenas despachos do exterior fossem tratados como urgentes.

Mestre Wriothesley está apoiado numa mesa, observando enquanto ele veste sua roupa de casamento. "Que despachos está esperando, senhor?"

Christophe deixa a camisa cair por cima da cabeça dele. "Não sai da minha mente que o imperador é viúvo." A cabeça dele surge do linho. "Eu não ficaria surpreso se ele escolhesse esta semana para anunciar seu casamento com uma francesa."

Se fizesse isso, ele pensa, serviria para aguçar o apetite de Henrique por sua própria esposa.

"Deus nos livre!", Me-Chame diz. "Wyatt está com o imperador, teria que impedi-lo."

"Ele podia abduzir a dama", Christophe sugere. "Declamar um soneto. Atacá-la numa estalagenzinha de beira de estrada. Devolvê-la ao imperador, já usada."

Nos aposentos do rei, os conselheiros conversam em voz baixa, como se estivessem na presença de algum moribundo. William Kingston: "Meu amo, isso não pode ser verdade... Que o rei tomou desgosto pela dama?".

Ele leva um dedo aos lábios. Acaba de dar a Ana a primeira das muitas subvenções que vão garantir sua renda como rainha. A residência dela está pronta, um espelho da do rei. O conde de Rutland é seu tesoureiro. Ela tem padres e valetes, lavadeiras e confeiteiras, copeiras e arrumadeiras, atendentes e camareiras, auditores, receptores e inspetores. Quando a delegação de Cleves chega, sua intenção é repassar esses detalhes para tranquilizá-los — por causa do mau jeito do dia anterior, ninguém deixou passar despercebida a tensão em cada olhar e gesto dos ingleses. Sua esperança é de que ele possa impedir que transformem a tensão em qualquer tipo de insulto, que vão transmitir a nossos aliados.

Fitz entra. Ele diz, abrupto: "Suponho que ainda precisemos de... o que era mesmo? Alume?".

"Sim", ele responde. "E amigos, precisamos de amigos como nunca antes."

No outono passado, ele disse aos conselheiros, alume é muito difícil de extrair. É necessário cortar até o tutano das montanhas e ir escorando o trabalho à medida que se avança. Agora ele dá mais detalhes para Fitz: você precisa de marretas pesadas, pinos e calços de aço. O mais rápido é empregar explosivos. "Os mineradores os chamam de *Pater Nosters* — porque, quando explodem, você fica todo arrepiado e grita: Deus Nosso Pai Todo-Poderoso!"

Mas Fitz não está escutando. Sua cabeça está inclinada na direção de sons de insatisfação que vêm da câmara interna. Quando o próprio rei sai, já exibe suas vestes de tecido de ouro com florzinhas de prata salpicadas. "Onde está meu lorde Essex? Ele deveria acompanhar a noiva. Está atrasado, o que ela vai pensar?"

"Posso me oferecer?", Fitz indaga, a contragosto.

O rei responde: "Não pode ser um homem casado, é algum tipo de costume que eles têm na terra natal dela — não serve para nada, mas ela vai querer que seja observado". Os olhos de Henrique recaem sobre ele. "Vá buscá-la, meu lorde do selo privado."

"Não sou digno", ele responde.

Henrique diz: "É sim, milorde, se eu digo que é".

A porta se abre de supetão. Henrique Bouchier — antigo Essex — entra mancando. "O que foi?", ele indaga, olhando ao redor.

"ATRASADO!", os cortesãos vociferam.

"Ah, bem, manhãs sombrias", Essex diz. "Fogos fracos, meninos meio adormecidos. Gelo no caminho, o que faria no meu lugar? É desnecessário se arriscar. Qual é a pressa?"

"Nós a queremos antes que passe da idade de ter filhos", mestre Wriothesley diz, irritado. "Preferivelmente, na próxima década."

Essex olha ao redor. "Cromwell vai buscá-la? Será que ela não vai se sentir ultrajada, majestade? Ela deve saber que ele já foi um tosquiador comum, não é mesmo?"

"Não exatamente", ele diz. "Eu levava gansos ao mercado, meu senhor, e os depenava para as camas de penas quentes dos condes."

"Ah, ande logo", Henrique diz. "Ande logo, Cromwell, apresse-se, que importa quem fará isso?"

Os cavalheiros da câmara privada olham para ele, chocados. "Senhor", William Kingston diz, "tudo importa. Nessa situação."

Alguém com presença de espírito abre a porta, e Essex sai mancando. O rei se volta para ele, a voz baixa e veemente: "Eu lhe digo, milorde, se não fosse por temor de causar perturbação no mundo e impulsionar o irmão dela para os braços do imperador, eu não faria o que tenho de fazer neste dia, por nada que existe na Terra". Ele ergue a cabeça. "Cavalheiros, vamos."

Eles mantêm o passo firme ao lado da rainha para permitir que a noiva chegue primeiro: é assim que a realeza faz, um rei não espera por ninguém. Na câmara da rainha, Cranmer está a postos, com o livro na mão, a estola em volta do pescoço. "Onde ela está?"

Um chiste resmungado de Brandon: "Quem sabe Essex não morreu no caminho?".

O rei finge que não escutou. Ele é digno como um noivo deve ser; eles nunca escutam sussurros maliciosos de seus companheiros, sugerindo que ficarão felizes quando escurecer. Por cima de suas vestes reluzentes, o rei usa um casaco de cetim azul com pele. A luz reflete e desliza em suas várias superfícies. Seus lábios se movem, como se ele estivesse orando.

Quando Ana aparece, usa um vestido cheio de flores, assim como o rei: as delas não são de prata, mas de pérolas. Seu cabelo louro está solto, caindo até a cintura, e, trançada no alto da cabeça, ela usa uma guirlanda de alecrim. Ela já não parece mais a esposa de um mercador, mas aquilo que de fato é: uma princesa que passou a infância num castelo no alto de um penhasco, cuja vista se estende por quilômetros.

A cerimônia é curta e simples. Nada é exigido dela, a não ser ficar imóvel e parecer alegre. Ao perguntar se existe algum impedimento conhecido, o bispo dá uma olhada ao redor: como se estivesse oferecendo uma oportunidade para todos os presentes. Ninguém fala nada. Cranmer baixa a cabeça, como quem se esconde. O rei faz seus votos. Então, ao sinal do arcebispo, ele se vira, toma a rainha pelos cotovelos e planta um beijo na bochecha dela. Num gesto rígido, ela vira a cabeça; esquivando-se de seu adorno da cabeça volumoso, o rei dá um beijo na outra bochecha. Os lábios vermelhos estão franzidos, prontos para ele: mas não fazem nada.

Cranmer diz: *Deo Gratias*. O rei e a rainha saem da câmara de mãos dadas. As fanfarras soam. Os cortesãos exclamam: *Gaudete!* Os conselheiros seguem para o banquete.

Dessa vez, ele mal nota o que come. Normalmente, depois de uma refeição assim, os conselheiros do rei se juntam num canto e conversam sobre caçadas. Mas quando os flautistas entram, Norfolk é impelido a dançar com sua sobrinha Katherine. Fitz o observa, desanimado. "Suponho que tenha valido a pena sair da cama para ver isso?"

"Não vai dançar, lorde Cromwell?", Culpeper indaga. "Se meu lorde Norfolk pode, o senhor também pode."

Mestre Wriothesley diz: "Ah, se Lady Latimer chegasse. Então meu amo iria fazer cabriolas".

"Não vai largar dessa piada", ele diz em tom simpático. "Lorde Latimer é mais jovem que o rei. E tem saúde, até onde sei."

Saúde e prosperidade. O irmão de Lady Latimer, William, se tornou o barão Parr no ano passado. E a irmã dela, que serviu à rainha Jane, hoje é uma das damas da câmara privada da nova rainha.

A sobrinha de Norfolk dá risada à exibição de animação do tio. Ela logo está em pé no meio das outras donzelas: uma dançarina vivaz, as bochechas coradas. Na confusão entram os jovens cavalheiros, saltitando e batendo os calcanhares. O rei os observa com um sorriso tolerante. Quando se levantam da mesa, Henrique estende a mão para a rainha e a conduz até o retrato que Hans lhe deu como presente de Ano-Novo. Os conselheiros os seguem, como gansinhos em fila. Uma cortina é puxada e revela o príncipe Eduardo vestido de vermelho e dourado. Por baixo de sua testa larga infantil, sob o chapéu com uma pena, os olhos brilham. Uma palma da mão aberta está erguida; com a outra, ele agarra seu chocalho incrustrado, segurando-o como se fosse um cetro.

"Master Holbein que pintou", o rei diz; ela compreende isso.

"Que príncipe adorável", ela diz. "Quando vou conhecê-lo?"

"Em breve", o rei promete.

"E suas filhas, as damas?"

"No tempo certo."

"E Lady Maria vai se casar?"

Há uma conferência apressada entre os tradutores. Uma sacudida de cabeça enfática faz Ana parecer arrependida de ter falado. O rei se volta para falar em francês com os emissários de Cleves. "Sentimos prazer na companhia do duque da Baviera. Então, não há pressa na questão, e há muito a ser discutido."

Ele, lorde Cromwell, usa o italiano, que Olisleger entende um pouco. Seu gesto corta o ar: esqueça o assunto.

O rei prossegue, exibindo o filho. "Eduardo é meu herdeiro. Minhas filhas não são minhas herdeiras. Ela entendeu?" Ele se volta para o quadro mais uma vez, o rosto mais suave. "Aquele queixinho dele é de Jane."

O rei e a rainha se separam fazendo uma mesura um ao outro, e a rainha sai na direção de seus próprios aposentos. Os intérpretes e a delegação de Cleves se juntam, tagarelando e se cutucando. Ele os deixa a sós e se afasta. Uma mensagem chega: a rainha deseja ter com lorde Cromwell.

Quando ele chega, Ana ainda está usando seu vestido de casamento. A sobrinha de Norfolk está sentada no chão, segurando agulha e linha, um dedo da barra da rainha nas mãos. Em seu colo está a guirlanda de alecrim de Ana. Um aglomerado de damas de Cleves dá risada num canto. Jane Rochford faz um sinal com a cabeça para ele. A rainha tira a aliança e mostra para ele. O lema que ela escolheu está escrito ao redor do anel: *Deus me dê forças*. Que idiota fez essa sugestão a ela? Devia dizer: Deus *lhe* dê forças.

"Obrigada pelos bolos", a rainha diz. "Nós os apreciamos. Um gostinho do lar. Já visitou meu país?"

Ele sente muito em dizer que não.

"Esperei encontrar cartas em Calais. Mas não havia nada para mim."

Pobre dama, está com saudade de casa. "O correio é ruim nesta época do ano", ele diz. "Eu próprio estou esperando notícias dos nossos embaixadores na França."

"Sim", ela diz, "estamos todos. Para saber se a cordialidade continua. Parece desagradável desejar discórdia, quando crescemos orando pela paz. Mas sei que meu irmão Guilherme ficaria aliviado se o imperador e o rei francês fossem se enfrentar com punhos e dentes." Ela dá risada.

"Guerra para eles é paz para nós", ele diz, "a discórdia deles, nossa harmonia." Ele percebe que ela não é mal informada e que tampouco lhe falta eloquência, e também que ele a compreende em parte. Mas ele não falaria com ela sem um intermediário. Ele não pode se dar ao luxo de criar um mal-entendido. Já é bem arriscado quando os tradutores estão dando o melhor de si.

"Onde está o jovem Gregory?", ela pergunta em inglês. "Tão bem ele me entreteve em Calais. Que bom menino."

Há um murmúrio de prazer e surpresa das damas. "Muito bem dito, madame!"

Katherine Howard ergue os olhos de seu trabalho no chão. "Não consigo fazer a agulha atravessar. Isso aqui é duro como couro. Precisa de um bom furador."

Ouvem-se risadinhas nervosas. Mary Norris cora, supondo algo inadequado para os ouvidos de donzelas. Jane Rochford diz: "Tire a coisa toda dela. Não vai voltar a vestir até que tenha sido ajustado à nossa moda inglesa". Ela estende a mão para baixo — um gesto de camaradagem — e ajuda a jovem Howard a se levantar.

Ele está se despedindo, mas Ana o chama de volta. Ela parece preocupada com os cinquenta soberanos que ele lhe enviou, como se ele estivesse esperando que o dinheiro fosse devolvido. Ela explica que quebrou as moedas em outras de menor valor e distribuiu algumas com certa generosidade. Saíam mulheres das casas, ela explica, em...

"Em Sittingbourne", Jane Rochford diz.

"... e me ofereciam guloseimas para comer."

Ele diz aos intérpretes: "Diga a ela que sempre que tiver gastos, deve carregar moedas adequadas — ou fazer com que sejam carregadas para ela, no seu caso. Não precisa esperar que presentes lhe sejam feitos, mas deve entregá-los com liberdade a quem quiser. Seja generosa sobretudo com as crianças, porque isso armazena boa vontade para o futuro".

Jane Rochford está observando os lábios de Ana enquanto se movem, como se quisesse discernir as palavras. Ela é uma mulher com bastante sagacidade, ele acha, mas nunca encontrou serventia para isso; talvez essa seja sua hora de brilhar. Logo as grandes damas, Bess Cromwell entre elas, irão para casa para seus afazeres e seus filhos, e Rochford vai ajudar Lady Rutland com os cuidados diários da rainha, mantendo as jovens donzelas na linha e garantindo a ordem e a piedade.

Um dos intérpretes pergunta a ele: "Meu amo, o que vem a seguir?".

"As Vésperas", ele diz. "Então o embaixador francês vai se juntar a nós para a invasão da Bretanha por César, com mais gaitas de fole e tambores; depois serão acrobatas ou mágicos, depois a ceia e depois cama."

Ao crepúsculo, eles representam a Britannia jamais conquistada. A rainha senta-se ereta e parece alerta, enquanto um dos participantes da encenação faz a ela uma prévia do que vai se desenrolar: a rejeição aos romanos, como a ilha permaneceu firme e resistiu aos tributos. Ele reconhece o rei da Bretanha como sendo um dos homens de George Bolena.

Henrique apreciará que a rainha veja o tipo de conterrâneos que ela tem agora: eles recusam qualquer escravidão, detectam toda infâmia. O monarca que havia na época, no tempo de César, armou até mesmo o Tâmisa, fincando lanças com ponta de ferro abaixo da linha d'água para rasgar a barriga das embarcações romanas. Quando os sobreviventes conseguiram chegar à margem, os bretões os abateram.

Houve noventa e nove reis, os cronistas informam, antes de chegarmos ao nosso presente monarca. Ele desconfia que tenham eliminado seções da história para que Henrique seja o centésimo.

"Não suponho que haja nada assim no seu país", o rei diz a Ana.

A observação é transmitida a ela com muita criatividade.

Não, ela responde. Que pena. Ela parece maravilhada.

Os homens que representam tomam sua posição e ameaçam uns aos outros com espadas em punho. De modo solene, encenam ações de homens lutando até que os que são romanos caem de joelhos e então, com muito cuidado e atenção, conferindo se o solo está limpo, caem para a frente de cara no chão. As damas de honra trocam cotoveladas e dão risada. O rei dá uma olhada nelas e sorri como um homem que lembra do passado. Ele diz a sua esposa: "Os reis da Bretanha conquistaram Roma".

Ele, lorde Cromwell, fica encontrando motivos para se levantar e caminhar pelo lugar, para falar com um e com outro. Ele vê a rainha de ângulos diferentes e sob luzes diferentes. Algumas expressões não precisam de tradutor; ele vê que ela está resoluta, seja lá o que a noite possa trazer. Atrás da batalha violenta, há um pavilhão feito de vinte e seis seções com janelas iguais às de uma casa. Tinha sido todo bordado com "H&C", mas isso foi removido. As paredes são púrpura e douradas, e o forro é de seda verde — que confere um ar primaveril à estrutura. "Qualquer um poderia sair daquela tenda", ele diz. "O próprio rei Artur ficaria orgulhoso."

"Isso ainda vai demorar?", o embaixador francês indaga.

O interlúdio chega, e todos se aprumam nos assentos. Primeiro há uma peça romântica. Dois cavalheiros seguram liras, a expressão deles é consternada, suas vestimentas, bordadas com conchas de vieira: eles são os peregrinos do coração, declaram.

"Não existe mais nenhum tipo de peregrino hoje em dia", Norfolk diz. "Até Walsingham está em decadência." Ele faz uma careta. "Este me parece um conceito antiquado. O mestre dos festejos pensa em economizar um pouco de dinheiro."

"Sempre sou a favor disso", ele diz.

Agora duas donzelas saem da tenda e são gentis com os rapazes. Dançam um pouco juntas. "Aquela é minha sobrinha, Katherine", Norfolk diz. "Filha de Edmund."

"Eu sei."

"O que acha dela?"

Ele não tem opinião formada. Os amantes se afastam saltitando, de braços dados, e entram o frade Flip-Flap e o frade Snip-Snap, tentando roubar o dinheiro dos espectadores, até que alguém entra correndo com um cachorro e os expulsa. O nome do cachorro é Fuligem. Ele avança para cima dos petiscos que lhe são oferecidos, e seu tratador o puxa para trás. Por baixo do capuz do tratador, um rosto conhecido. "Aquele é Sexton? Achei que eu tinha banido esse grosseirão de uma vez por todas."

O menino Culpeper diz: "Ele precisa encontrar algum emprego, suponho. Nicholas Carew o abrigou, mas Carew está morto".

Sexton deixa Fuligem para pelejar com os frades, retira-se e volta com outra fantasia, a barriga protuberante, a veste de cor púrpura e mangas enormes, como as velas de um navio. Ele é o selo privado, ele diz, um homem de nascimento reles, que esconde o pai e a mãe nas mangas por vergonha.

A raiva se abate sobre ele como uma onda e se retrai mais uma vez. Ele diz a Marillac, seu vizinho: "Esse é um chiste desgastado, que uma vez foi feito contra o cardeal".

"Ah, sim, seu antigo amo", Marillac diz. "Fui aconselhado a nunca me referir a ele, mas o senhor usa o nome dele com liberdade. Estranho que as pessoas continuem falando dele. Quanto tempo faz? Dez anos?"

Ele aponta para Sexton. "Devia ter visto o camarada, como berrava quando foi separado do cardeal e entregue ao serviço do rei — eu digo 'entregue' porque tivemos que amarrá-lo e jogá-lo numa carroça."

Sexton põe laços em volta do pescoço de Snip-Snap e Flip-Flap. Eles cambaleiam e mostram a língua. Ele grita: "Sexton! Cuidado! Talvez eu tenha uma corda para você na minha manga enorme".

Sexton olha bem para ele. "Tyburn não é chiste, Tom. Para ele, é um chiste", ele aponta para o rei, "e para ela, e para mim, mas não para ti, Tom, não para ti."

Fuligem está dando voltas, quase esvaziando as tripas. Os lábios do rei se apertam. Ele faz um gesto: tirem o cachorro e o tratador daqui, removam os frades também. Sexton corre erguendo os joelhos bem alto, como se estivesse saltando por cima de poças.

Os bretões entram mais uma vez sob uma chuva de aplausos, carregando seu rio Tâmisa enrolado embaixo dos braços. Lorde Morley avança no assento de sua banqueta: "Vamos ter as máquinas de guerra do imperador Cláudio? Vespasiano, e o cerco de Exeter?".

"Por minha fé", Norfolk diz, "este foi um longo dia para nós, conselheiros, meu senhor. E o rei vai querer ficar a sós com a rainha, não vai?"

"Deve haver gigantes", Gregory diz. "Gogmagog tinha três metros e meio de altura. Ele era capaz de arrancar carvalhos do chão sem nenhum esforço, como se estivesse colhendo flores. Havia outro gigante, chamado Retho, que fez para si uma barba enorme com as barbas dos homens que ele tinha matado."

"Igual a Brandon, não?", Norfolk diz. Ele dá uma risada de puro deleite. Ele só faz piada uma vez a cada década.

O Tâmisa se desenrola, um pedaço de azul remendado. Para ajudar os participantes da encenação, as donzelas seguram as pontas e agitam o tecido. Lorde Morley diz: "Temo que grande parte da história se perca. A Bretanha teve reis antes de Cristo encarnar. Pode encontrar tudo em Geoffrey de Monmouth, no livro dele".

Ele diz: "Meu senhor, eu li que nem todos aqueles príncipes tiveram sorte, e que poucos dentre eles eram sábios". Houve o príncipe que se afogou no rio Humber, que ganhou esse nome por causa dele. Houve Bladus, que voou por cima de Londres com asas feitas em casa: tiveram de raspá-lo do calçamento. Rivallo foi um bom rei, ou pelo menos foi bem-intencionado: mas no tempo dele choveu sangue e enxames de moscas comeram os ingleses vivos. E se você voltar ainda mais no tempo, a nação foi fundada sobre um assassinato: Bruto, o Troiano, pai de todos nós, matou seu próprio pai. Um acidente de caça, alegaram, mas talvez não existam acidentes. Aquelas flechas com má pontaria e as que se curvam no ar: elas conhecem seu alvo.

Gregory diz: "Geoffrey de Monmouth, ele era tão mentiroso. Ouso dizer que nem nasceu em Monmouth. Ouso dizer que nunca pisou lá na vida".

A rainha se levanta, atendendo a algum sinal imperceptível ou talvez a um ímpeto interno. Suas damas se erguem e se reúnem ao redor dela. A criança Howard precisa ser cutucada; está olhando boquiaberta para um alaudista de pernas bem torneadas. A noite está chegando à sua conclusão. Os músicos vão tocando para acompanhar o rei a seus aposentos e depois guardarão seus tímpanos e violas. O rosto de Henrique não demonstra nada além de traços de fadiga. Mestre Wriothesley se abaixa e fala ao ouvido dele: "Gostaria de ser capaz de ler pensamentos, senhor?".

"Não."

Os cavalheiros da câmara privada se levantam e seguem o rei. O clero está se reunindo para sair em procissão e abençoar a cama. Toda noite a cama do rei é salpicada com água benta, mas hoje ele precisa da atenção especial dos céus: da atenção dos anjos e dos santos, fixada em seu membro. Culpeper diz, como quem não quer nada: "Agora, ele só precisa montar e fazer um duque de York".

O rei mandou fazer uma cama nova, maravilhosamente entalhada. Ele, lorde Cromwell, não consegue ficar deitado quieto em sua cama velha, precisa andar um pouco. O palácio está em silêncio. As lareiras foram apagadas. Ele não encontra ninguém além de guardas que o saúdam e dois lordes jovens e agitados que usam gorros com máscaras em vermelho e amarelo, um dançando enquanto o outro bate palmas. Quando o vê, o dançarino para de repente. A batida se perde, presa entre as palmas do amigo.

"Vão para o berço", ele lhes diz. "Se tiverem sorte, de manhã já vou ter esquecido seus nomes."

Envergonhados, eles entregam seus gorros a ele, como se não soubessem o que fazer com eles. "São chapéus de tártaros, meu amo."

Deveriam ter fitas ou tiras, ele observa. Seria de pensar que o vento as arrancaria ao galoparem pelas extensões nevadas.

Os rapazes se retiram aos tropeções, de braços dados. Ele grita: "Orem por mim". Ele escuta as gargalhadas enquanto descem a escada cambaleando.

Ele volta a seus aposentos, fecha a porta. Dê um chapéu de tártaro a um homem e ele vai experimentar, tenha espelho ou não. Mas ele está desanimado. Deixa o chapéu em cima do catre de Christophe para que, quando ele acordar, ache que ainda está sonhando. Durante toda a noite, em seu sono agitado, seus conterrâneos lutam contra as legiões de César: lentos, teimosos, com movimentos enlameados.

Ele está de pé ao amanhecer, reunido em seus aposentos com Richard Riche para conversar sobre a entrega da abadia em Malvern. Riche está bocejando. "Fico pensando...", ele começa a dizer e não fala mais nada.

"Vamos manter a atenção apenas nos números?" Christophe chega com canecas de cerveja fraca. Está usando o chapéu tártaro e Riche pergunta: "Por que ele...". Suas frases continuam lhe faltando, como se estivesse perdido na neblina.

Um mensageiro entra, disseram-lhe que entrasse direto, sem nem mesmo tirar as botas, com o nariz azulado e todo molhado da estrada. "Urgente, meu amo. De York, para sua mão."

"Jesus nos poupe", Riche diz. "Não me diga que o interior está em levante mais uma vez?"

"É muito cedo no ano, acho." O selo já está rompido, ele imagina por quê. Ele lê: o tesoureiro de York disse que vai ter de fechar seu posto se não receber duas mil libras até o fim da semana e a mesma quantia a seguir: as contas chegaram para o porto em Bridlington, e os lordes do Norte estão clamando pelo pagamento de suas subvenções e pensões anuais.

Norfolk entra pisando firme. "Cromwell? Viu isso de Tristram Teshe?"

Ele olha feio para Norfolk; depois para o mensageiro, que evita seu olhar. "Por Nossa Senhora", Norfolk diz, "Teshe deveria pegar aqueles barões pela nuca e sacudi-los até desmaiarem. Se fosse eu, faria com que esperassem o dinheiro até o Dia da Anunciação."

Fitzwilliam está nos calcanhares de Norfolk, azedo e ainda com a barba por fazer. "Se ele tentar detê-los, meu amo, alguns deles podem cavalgar até os escoceses. Ou cobrar o pagamento saqueando."

Mestre Wriothesley entra. "De Wyatt, senhor." Ele já abriu a carta. Francisco e Carlos continuam juntos, prolongando a temporada de boa vontade. "Wyatt diz que o imperador parece um trovão sempre que nosso reino é mencionado."

"Não é de surpreender", ele diz. "Nosso rei está bem-casado, e não graças a ele."

Ele caminha firme na direção da câmara de audiências do rei e seus braços se enchem de petições de cortesãos, com cartas e contas. Ele as devolve a Wriothesley, a Rafe. Pena que nem Rafe nem Richard Cromwell estavam na escala da câmara privada na noite passada; assim ele poderia ter certeza de receber boas informações. Talvez devesse ter providenciado para que isso acontecesse? Ele diz a si mesmo, não posso pensar em tudo. Ele ouve a voz do rei dizendo, por que não?

A delegação de Cleves já chegou. Estão animados e esperançosos e declaram que já ouviram a missa. "E", eles dizem, "temos um presente para o senhor, lorde Cromwell, para marcar este dia auspicioso."

O duque da Saxônia, cunhado de Guilherme, enviou-lhe um relógio. Ele o recebe, murmura sua apreciação. É o mais elegante que ele já viu, talvez o menor — um objeto em forma de tambor que dá para segurar na palma da mão. Os cavalheiros ingleses remexem no objeto, passando-o de mão em mão, quando o rei chega. "Senhor, dê de presente a ele", Rafe sussurra.

Os germânicos assentem com pesar; compreendem esse tipo de sacrifício. Henrique toma o relógio da mão dele sem olhar. Ele continua falando com um de seus cavalheiros da câmara privada: "... trazer de volta Edmund Bonner, como prometi, e ordene ao meu irmão da França que envie um emissário mais agradável e modesto". Ele se interrompe. Volta-se para os embaixadores de Cleves: "Cavalheiros, ficarão contentes em saber...".

"Pois não, vossa majestade?" Estão afoitos.

"... que enviei à rainha sua *morgengabe*, como acho que chamam, um presente de acordo com o costume do seu país. Daremos aos senhores detalhes escritos sobre o valor."

Estão esperando para saber mais. Mas o rei fechou os lábios. Ele nem menciona o relógio. Normalmente, ficaria deliciado com tal novidade — examinaria seu mecanismo e pediria mais um, dessa vez contendo seu retrato na tampa. Mas, em vez disso, olha para o objeto com um suspiro, um sorriso mecânico, e entrega para alguém que o acompanha. "Obrigado, meu lorde Cromwell, sempre tem algo novo a oferecer. Embora às vezes não seja algo tão novo quanto se poderia desejar."

Há uma pausa momentânea. Henrique faz um sinal com a cabeça para ele: "Aparte".

Ele fica olhando fixo para o rei. Desagrupar? Dispersar? Então ele se recompõe. "Sim. Claro." Ele o segue.

Às vezes, com o rei, o melhor é ser ligeiro e se mostrar um bom camarada. Como se estivessem sentados lado a lado no Well with Two Buckets, compartilhando uma garrafa de vinho espanhol. Ele pensa, eu secaria a garrafa se tivesse alguma aqui comigo. Ou vinho do Reno. Aguardente. A cerveja de Walter. "O que achou da rainha?"

O rei responde: "Antes eu não tinha gostado dela, mas agora gosto muito menos".

Henrique dá uma olhada para trás por cima do ombro. Ninguém se aproximou deles. Estão sozinhos, como se estivessem num descampado.

Henrique diz: "Os peitos dela são caídos e ela tem pele solta na barriga. Quando senti isso, me doeu no coração. Não tive apetite pelo resto. Não acredito que ela seja donzela".

O que o rei está dizendo é absurdo. "Majestade, ela nunca saiu do lado da mãe..."

Ele dá um passo para trás. Tem vontade de se afastar: para sua própria proteção. Ele vê de canto de olho que o dr. Chambers e o dr. Butts chegaram com seus chapéus modestos, suas vestes longas. O rei diz: "Vou falar com aqueles cavalheiros. Nenhuma palavra sobre esse assunto deve escapar".

Nenhuma palavra escapa dele enquanto se afasta do caminho do rei. E ninguém se dirige a ele, mas todos abrem alas, enquanto ele percorre a extensão da câmara de audiências, atravessa a câmara da guarda e sai de vista.

Os dois médicos são os primeiros a procurá-lo. Ele está lendo a carta de Wyatt e a deixa de lado com as cenas que evoca, distantes mas claras. Wyatt é uma presença mesmo quando está ausente, sobretudo quando está ausente. Suas cartas são narrativas íntimas de encontros diplomáticos. No entanto, por mais que você preste atenção na página, sempre sente que algo lhe escapa, que se desfaz no ar; então outro leitor chega e faz uma leitura diferente.

Butts limpa a garganta. "Meu lorde Cromwell, como o senhor, fomos proibidos de falar em nome do rei."

"O que há a ser dito? Estaríamos especulando sobre a virgindade da rainha. Tal conversa pertence aos capelães na confissão, se é que pertence a algum lugar."

"Muito bem", Butts diz. "Agora, o senhor sabe, e eu sei, e o rei sabe, que em tais questões indignas de menção ele já se enganou antes. Acreditou que a viúva Catarina era intocada, apesar de ter sido casada com o irmão dele. Depois, pensou o contrário."

Chambers diz: "Ele achou que Bolena era virgem, depois descobriu que não era casta desde o tempo na França".

Butts diz: "Ele sabe que os seios e a barriga não são evidência de nada. Mas, nesta manhã, está envergonhado e desanimado. Quando tentar de novo com ela, o resultado pode ser diferente".

Chambers franze a testa: "Acha mesmo, irmão?".

"Todo homem às vezes falha", Butts diz. "Não precisa fazer cara de que é novidade para o senhor, lorde Cromwell."

"Meu temor", ele diz, "é que ele volte a fazer esta acusação, de que ela não é donzela. Porque, se fizer, eu vou ter que tomar uma atitude em relação a isso. No entanto, se ele diz que não gosta dela, que tem repulsa pela pessoa dela..."

"Ele tem."

"... se ele admitir que falhou com ela..."

"... então talvez o senhor tenha outro tipo de problema", Butts diz.

"Não acredito que ele tenha falado com alguém", Chambers diz, "além de nós. Um ou dois da câmara privada, possivelmente. O capelão dele."

"Mas tememos que a notícia logo se espalhe", Butts diz. "Olhe para o rosto dele. Alguém iria considerá-lo um noivo feliz?"

Além do mais, ele imagina, será que Ana fez confidências a alguém? Ele diz: "É melhor que eu tente animá-lo". O tesouro que ele precisa despachar para York clama por sua atenção. Ele pensa, não tenho vontade de estar com Henrique, mas não posso arriscar estar na companhia de nenhuma outra pessoa. Vou ter que seguir os passos dele como o demônio. Ele indaga: "O que devo dizer aos embaixadores de Cleves?".

"Precisa dizer algo? Deixe que a rainha fale por si só."

Chambers diz: "Não acho que ela vá fazer qualquer reclamação. Ela é muito bem-educada. E inocente, talvez".

"Ou", Butts diz, "talvez tenha noção suficiente para saber que um mau começo pode ser recuperado. Eu aconselhei o rei a permanecer nos seus próprios aposentos esta noite. Pela abstinência, o apetite pode aumentar."

"Houve um tempo em que se costumavam exibir os lençóis", Chambers diz. "Por sorte esses dias ficaram para trás."

Mas a aparência do rei conta a história toda. Ele pensa em todas as pessoas que se aglomeraram no salão em Rochester para vê-lo cultivar o amor. No primeiro momento em que ele viu Ana, viu a si mesmo no espelho dos olhos dela. A partir daquele instante, ficou escrito que não poderia jamais haver amor ou afeto entre eles. A partir daquele momento, ele não teve curiosidade em relação ao que iria encontrar embaixo das roupas dela: apenas suas tetas e a fenda, bolsas de pele e pelos.

Ele vai atrás de Jane Rochford. "Nossa opinião é de que nada aconteceu", ela diz.

"O que Ana diz?"

"Ana não diz nada. Você achou que íamos mandar chamar os homens hoje pela manhã para interpretá-la?"

"Há mulheres capazes de fazer isso." Há, sim: porque ele conheceu algumas.

Jane diz: "Acho que é melhor se ela guardar suas próprias opiniões e nós guardarmos as nossas, correto? Se ele falhou, ninguém vai querer saber disso, não é mesmo? O que se pode fazer com a informação?".

"Tem razão", ele diz. "Não serve para nada. Portanto, preste atenção, isso não deve circular."

Rochford se volta para ele, como se cedesse. Ela diz: "Ele se deitou por cima dela, é nossa visão. Acho que ele enfiou os dedos nela. *C'est tout*".

O conselho se reúne. Não chegou nenhuma mensagem da rainha. Integrantes do próprio entorno pessoal dela, tanto damas quanto cavalheiros, visitaram-na e saíram parecendo inalterados. Está claro que estamos vivendo numa realidade dupla, tal qual cortesãos experientes são capazes de manter. Durante muitos anos agora, mais anos do que podemos contar, o rei da Inglaterra foi um jovem justo. Com tanta frequência, ele foi casado, depois descasado; e os mortos estiveram no purgatório, e santos de gesso moveram os olhos. Agora os conselheiros carregam seu fardo duplo: a ciência da falha do rei e o fingimento de que ele nunca, em toda a vida, jamais se deparou com algo que não fosse sucesso.

"Não devemos desanimar", o bispo de Durham sugere. "Vamos dar tempo a ele. A natureza vai tomar seu curso."

Norfolk parece confuso; será que Tunstall não é amigo dos germânicos? Tunstall diz: "Não vejo defeito na dama. Seja lá o que o irmão dela for, ela não é em si luterana. E talvez esteja na hora, pelo bem da Inglaterra, de reconciliarmos nossas diferenças por meio da pessoa dela".

Norfolk diz: "Se Henrique respirasse um pouco de ar fresco durante o dia, talvez tivesse melhor desempenho à noite. Ficar amuado com um livro ao pé do fogo não vai ajudar".

Fitzwilliam diz: "A menos que seja um livro obsceno. Isso pode ser útil".

Edward Seymour diz: "Ele nunca teve problemas no tempo da minha irmã".

"Não que o senhor saiba", Norfolk diz.

"Mas ele a amava", Cranmer diz em voz baixa.

Norfolk solta uma gargalhada de desdém. Seymour diz: "Verdade. Aquele casamento foi por amor; este, por política. Mas concordo com o bispo Tunstall. Não vejo nada de errado com ela".

Riche diz: "Não há nada de errado. A não ser o fato de que ele não gosta dela".

O bispo Sampson diz: "O rei sendo como é, você fez uma aposta, lorde Cromwell".

Ele diz com frieza: "Agi com boa e suficiente razão. Se promovi um casamento, foi com a permissão e o incentivo completos dele".

Cranmer diz: "Pode ser... e essa é apenas minha opinião...".

"Não faça com que precisemos arrancá-la do senhor", Fitzwilliam diz.

"... há quem acredite que todo ato de cópula seja um pecado..."

"Não achei que o rei fosse uma dessas pessoas", Tunstall diz em tom agradável.

"... apesar de ser um pecado que, por necessidade, Deus perdoa — no entanto, é preciso executar o ato, não apenas com a intenção de engendrar..."

"Coisa que o rei certamente faz", lorde Audley diz.

"... mas também com o objetivo de uma pura união de coração e alma, derivada de consentimento livre..."

"Não estou compreendendo", Suffolk diz.

"Então, se ele ou ela tivessem alguma reserva, na mente ou no coração... então, para os escrupulosos, poderia surgir um impedimento..."

Audley o interrompe. "Que impedimento? Está falando do pré-contrato?"

Cranmer sussurra: "O rei leu com muita atenção os Pais da Igreja".

"E os comentaristas posteriores", o bispo Sampson diz. "Os quais nem sempre ajudam, pois tendem a discorrer sobre os pecados que os homens cometem, e de que forma eles pecam quando estão na cama. Mas, seja como for, pecam."

"Mesmo com a esposa?" Suffolk parece surpreso.

Sampson diz, com maliciosa secura: "É possível".

"Bobagem", Norfolk diz. "Cromwell, isso está nas Escrituras?"

"Por que vossa senhoria não tenta lê-las?"

Audley limpa a garganta. Todos os conselheiros se voltam na direção dele. "Apenas seja claro. A incapacidade dele..."

"Ou má vontade...", Cranmer completa.

"... ou a má vontade dele... tem algo a ver com os documentos de Cleves ou não?"

Cranmer não quer dar sua opinião. "Existem escrúpulos de vários tipos diferentes."

"Então iria ajudar se obtivéssemos os documentos?", Riche pergunta.

"Mal não poderia fazer, não é mesmo?", o bispo Sampson responde. "Claro que, até lá, será a Quaresma. E ele não irá para a cama com ela durante a Quaresma."

"Não devíamos falar assim." Suffolk tem ar severo. "Somos homens, não donas de casa fofoqueiras. Faltamos com o respeito ao nosso lorde soberano."

Fitzwilliam bate com a mão na mesa. "Sabem que é a mim que ele culpa? Diz que eu devia tê-la detido em Calais. Escrevi a ele dizendo que ela era como uma princesa, e é. Nada mais estava em questão. Seria meu papel passar as mãos nas tetas dela e mandar por escrito minha opinião para casa, enviada por correio por cavalo e navio?"

A porta se abre. É Me-Chame. Parece que ele está caminhando sobre pedregulhos quentes. "Saia já!", Norfolk berra. "Interrompendo o conselho!"

Me-Chame diz: "O rei. Ele está vindo para cá".

Eles se levantam e os pés dos bancos raspam no chão. Os olhos de Henrique passam por cima deles. "Batendo boca?"

"Sim", Brandon responde com tristeza.

Ele o corta: "Vossa majestade dá valor à concórdia, e com razão. Mas eu não posso e nunca vou concordar com aqueles que dão maus conselhos".

Charles Brandon diz: "Mas é muito bom da sua parte se juntar a nós, senhor. Não mandamos chamá-lo. Não esperávamos que viesse. Nós nos regozijamos ao vê-lo. Nós...".

"Sim, basta, Charles", Henrique diz. "Está na hora de conversarmos sobre o duque da Baváría, se é adequado à dama minha filha."

"Abençoado seja", Charles Brandon diz, como se o jovem duque estivesse doente.

"Meu lorde do selo privado", o rei diz, "o senhor e Baváría foram ao Norte ter com Lady Maria, não foram? E depois, claro, ela foi levada ao castelo de Baynard, e permitiu-se que ela e o duque conversassem um pouco. Isso teria sido mais ou menos na véspera de Natal?"

O rei fala como se houvesse algum mistério e ele estivesse tentando penetrá-lo. Ele se curva para assentir: sim, tudo isso é verdade. Philip queria presentear Maria com uma enorme cruz de diamantes, mas os conselheiros o impediram. Se o casamento não fosse adiante, será que um presente de tal valor precisaria ser devolvido? É um ponto difícil do protocolo. O recado foi mandado para os ourives, e uma cruz de menor valor foi providenciada.

Lady Maria caminhara com o duque Philip num jardim de inverno desfolhado em Westminster, onde a vida havia se encolhido a suas raízes. Tinham conversado: em parte por meio de um intérprete, em parte em latim.

Quando a cruz foi presenteada, Maria a beijou. E beijou Philip. Na bochecha. "O que é um bom sinal, por Deus", Brandon diz. "Porque ela nunca beijou nenhum de nós."

"Você não tem estatura", o rei diz. "Aquele traidor Exeter foi o último que teve. Por ser primo dela."

O bispo Sampson se inclina para a frente com a testa franzida. "Philip não é primo dela, é? Ou, se for, em que grau?" Ele faz uma anotação para si mesmo.

Henrique diz: "Acho que nossa amizade com os Estados germânicos seria muito reforçada se realizássemos esse casamento".

Silêncio. O rei dá um meio-sorriso. Ele sempre se orgulhou das surpresas que faz a seus conselheiros. "Se eu posso me sacrificar pela Inglaterra, por que não minha filha? Se eu devo me reproduzir pela minha nação, por que ela não pode fazer o mesmo? Cromwell me garantiu que ela será obediente. Ele sempre me faz essa garantia e, no entanto, nunca dá em nada. Bispo Sampson, talvez você possa ter com ela e prepará-la para o casamento?"

Sampson comprime os lábios. Mal consegue forçar um assentir de cabeça.

Ele, Thomas Cromwell, diz: "Na Europa, estão alegando que o casamento já foi realizado, e contra a vontade da dama. Vaughan diz que a Antuérpia está falando a respeito do assunto. Marillac acredita, ou finge acreditar. O recado foi dado a Francisco".

Henrique indaga: "Eles acham que eu iria forçá-la?".

"Acham, sim."

Henrique olha fixo para ele. "E?"

"E então eu acho, desde que isso não ofenda vossa majestade, que seria melhor reverter suas intenções, frustrar o duque e desejar a ele uma boa viagem de volta para casa. Senão, fará exatamente o que seus inimigos esperam que faça. E isso nunca é uma boa política."

Edward Seymour cobre a boca. O contentamento escapa.

Henrique fica em silêncio, os lábios apertados. Então, ele diz: "Muito bem. Devo fazer alguma outra coisa por Philip. A Ordem da Jarreteira, talvez". Ele esfrega as laterais do nariz. "Seria melhor não acabar com todas as esperanças dele. Diga-lhe que pode voltar. Diga-lhe que sempre ficarei feliz em vê-lo, em alguma data por enquanto indefinida."

"Majestade, sua filha nunca vai se casar", Norfolk diz. "Cromwell rompe todo casamento proposto a ela."

O rei se levanta. Esfrega o peito com uma mão, firma-se com a outra. Estão todos em pé, prontos para se ajoelhar: às vezes ele faz essa exigência; outras vezes, não. Norfolk oferece: "Meu braço, majestade?".

"De que isso serve?", Henrique questiona. "Eu poderia dar melhor apoio a você, Thomas Howard, do que você a mim."

A porta é aberta ao máximo para a saída do rei. Me-Chame entra incerto e fica lá, pairando. Só então reparam que o duque de Suffolk continua sentado à mesa do conselho. Ele se balança para a frente e para trás em sua banqueta. "Pobre Harry, pobre Harry", ele geme. Lágrimas escorrem por suas bochechas.

No dia 7 de janeiro, o rei dorme sozinho, como seus médicos aconselharam. Durante as duas noites seguintes, seus cavalheiros o acompanham aos aposentos da rainha.

O dr. Butts o procura. "Lorde Cromwell, tudo é inútil. Eu disse a sua majestade para não forçar."

"Para que nenhum prejuízo ocorra com sua pessoa real", Chambers diz.

"Ele diz que vai continuar indo à suíte dela noite sim, noite não", o dr. Butts diz. "Para que não haja motivo para mexericos."

Chambers diz: "Ele alega que ela tem um odor desagradável. O senhor poderia falar com as camareiras. Ver se a estão lavando bem".

Ele diz: "Vá falar com elas, se quiser". Ele as imagina mergulhando Ana na água e a ensaboando, esfregando-a no Tâmisa e a batendo contra as pedras; erguendo-a e torcendo-a. "Eu apostaria minha vida como ela é virgem."

"Ele parece ter deixado de lado essa linha", Chambers diz. "Agora só diz que ela o enoja. Mas ele alega que é capaz do ato em si. Ou que é capaz de emissão, pelo menos. Coisa que é um alívio para o senhor saber, no caso de precisar colocá-lo no mercado mais uma vez."

O dr. Butts sussurra: "Ele experimentou… o senhor nos compreende… *duas pollutiones nocturnas in somne*".

"Então ele acha que seria capaz com outra mulher", Chambers diz.

"Será que ele tem alguém em mente?" Ele pensa: sou igual a Charles Brandon, tenho vergonha de participar de uma conversa assim.

No encontro do conselho seguinte, o lorde chanceler diz: "Se o rei e a rainha forem polidos um com o outro durante o dia, ajudará a conter os boatos. E acho que podemos confiar neles nesse aspecto".

"Quando ele estava com a outra", Fitz diz, "e não conseguiu engravidá-la, ele culpou as bruxas."

"Superstição", Cranmer diz. "Ele é mais prudente agora."

Norfolk diz: "Bem, Cromwell? O que fazer?".

Ele diz: "Não fiz nada que não fosse pela segurança e alegria dele".

Ele escuta sem querer quando um jovem cortesão faz comentários — é um Howard, claro, o jovem Culpeper: "Se o rei não consegue com a nova rainha, Cromwell pode fazer por ele. Por que não? Ele faz tudo o mais".

Os amigos dele dão risada. O que o preocupa não é a zombaria. É o fato de não tomarem o cuidado de manter a voz baixa.

Quando o conselho se encontrar, ele acredita que precisarão espalhar areia para estancar o sangue. É igual ao *champ clos* para um torneio, fortemente cercado para impedir que os espectadores entrem ou que os combatentes saiam. O rei se posiciona numa torre de observação, avaliando cada movimento.

Naquela noite, ele escreve a Stephen Vaughan. Diz a ele o que diz a todos que estão no estrangeiro: o rei e a rainha estão felizes, e todos aqui acreditam que o casamento é um enorme sucesso.

Estou mentindo até para Vaughan, ele pensa.

Richard Riche pergunta a ele: "Que notícias recebeu da sua filha na Antuérpia?".

"Não recebi nada", ele diz.

Riche diz: "Talvez seja melhor assim. O rei tem o nariz aguçado para heresia. Claro, meu amo, como já viajou tanto por este mundo, pode ter outros filhos, desconhecidos do senhor. Alguma vez pensa nisso?".

"Sim, Wolsey mencionou a questão uma ou duas vezes." Ele pensa, se Jenneke fizesse uma reivindicação para mim agora, eu não sei se poderia atender. Ele faz com que Riche saia quando Wriothesley entra. Ele claramente estava escutando o que Riche dizia, porque seu rosto está corado. Ele diz: "Aquele homem não tem nenhum sentimento. É todo feito de ambição".

Ele pensa, mas é exatamente isso que Riche me diz sobre você. Mas enquanto eu governo, você faz o melhor por mim, e o seu melhor é muito bom. Eu devo depositar minha confiança, mesmo que tenha receios. Não posso trabalhar sozinho. Os meninos Seymour têm seu próprio interesse no coração, e por que não teriam? Nessa época estranha, Suffolk me beneficia, mas Suffolk é estúpido. Não posso contar com Fitzwilliam para me apoiar, ele está ocupado defendendo sua própria posição e me culpa por lhe porem a culpa. Cranmer está com medo, ele está sempre com medo. Latimer caiu em desgraça. A Robert Barnes eu não confiaria nem sua própria vida, muito menos a minha. Manuais de conselho nos dizem que se deve temer homens fracos mais do que homens fortes. Mas nós todos somos fracos na presença do rei. Até Thomas Wyatt, que é capaz de enfrentar um leão.

Um conselheiro-chefe de um reino deveria ter um plano grandioso. Mas agora ele só está fazendo o que tem de fazer, sem tirar a cabeça dos negócios.

A cidade está cheia de germânicos — oficiais, não oficiais — que acreditam que ele fará do rei um aliado adequado a Lutero. Lorde Cromwell, eles o lisonjeiam, sabemos que é o senhor que amaina, dia a dia, a força das leis do verão passado. "Sabemos que, no seu coração, o senhor deseja uma reforma mais perfeita. Que acredita no que acreditamos."

Ele aponta para o rei, parado à distância: "Acredito no que ele acredita".

Em Austin Friars, ele sai para ver seu leopardo. Dick Purser conhece os hábitos da fera, seus caprichos soturnos, seus episódios de brincadeiras perigosas. "Dick", ele diz, "não deve achar que pode ser bondoso com ele. Não deve achar que pode deixá-lo sair."

Ele olha para a fera e ela olha para ele de volta. Seus olhos dourados brilham. O leopardo boceja, mas está pensando em assassinato o tempo todo. O que o delata é o agito do rabo.

Dick diz: "O que ele diria se pudesse falar?".

"Nada que seríamos capazes de entender."

"Eu nunca achei que seria tratador de um animal desses, naquele dia que foi me buscar na casa de More."

Ele passa o braço ao redor dos ombros do menino. Dick Purser é órfão; foram More e o bispo Stokesley que caçaram e perseguiram o pai dele, torturando-o no cepo e o envergonhando como herege, e foram os maus-tratos deles, ele tem certeza, que o mataram. More queria crédito por acolher o menino; e crédito mais uma vez por chicoteá-lo até arrancar a heresia dele. Sir Thomas se gabava de nunca ter batido nos próprios filhos, nem mesmo com uma pena. Mas não estendia a cortesia aos filhos dos outros.

Ele próprio tinha ido, com a boca seca de raiva, à porta de More. Ele não mandaria um criado fazer aquilo, nem esperaria no vestíbulo externo para que More ficasse à vontade. "Vim buscar o filho de Purser. Entregue o menino a mim, ou farei queixa contra o senhor por agressão."

"O quê?", More indagou. "Por corrigir uma criança da casa? As pessoas vão rir do senhor, mestre Cromwell. De todo modo, o tratante desapareceu. Por sorte, só levou as roupas do corpo. Ou acusações seriam aplicáveis."

"Ouvi dizer que ele aceitou sua bênção. Dava para ver as marcas."

"Ele provavelmente fugiu para sua casa", More disse. "Onde mais ele iria buscar abrigo, senão sob o teto de um herege?"

"Cuidado com uma ação de difamação", ele disse: de um advogado a outro.

"Traga uma a mim", More disse. "Os fatos viriam à tona. Suas conexões no mercado de livros. Seus associados questionáveis. Antuérpia, tudo aquilo. Não… vá para casa, vai encontrar o desgraçado no seu portão. Para onde mais ele iria?"

Para o porto, ele pensa, para as docas. Para embarcar num navio, para fazer o que eu fiz. Podia fazer coisa pior. Ou, bem, talvez não pudesse.

Agora ele paga a Dick Purser doze libras por ano. Ele recebe quatro pence por dia para cuidar do leopardo.

Ele vai se encontrar com lorde Rutland, tesoureiro da residência da rainha. Sua conversa tende ao circunlóquio, mas lorde Rutland deixa bem claro que não interfere em assuntos de alcova.

Posso falar com minha esposa, ele oferece. Lady Rutland conversa com a dama mais elevada entre as germânicas. No dia seguinte, Ana deixa de lado a boina e aparece com um capuz francês, com a moldura oval que enquadra seu rosto e deixa à mostra seu belo cabelo claro.

Ele diz a Jane Rochford: "Há alguma cor que faria com que a pele dela parecesse mais clara? O rei não para de mencionar Jane".

"Jane não era clara", Rochford diz, "ela era pálida. Parecia que vivia embaixo de uma toalha de altar. Não que fosse tão santa. Passava o tempo apavorando Ana Bolena."

Mary Fitzroy diz: "O senhor não pode esperar que a rainha seja reluzente, meu amo. Ela ouve dizer que o rei está infeliz e, quanto mais inglês aprender, mais explicações vai exigir".

"Ah, não acho que vai", a criança Katherine Howard diz. "Ela ouviu dizer que a primeira esposa do rei foi divorciada porque ficava pedindo a Deus que o perdoasse, falando em voz alta em latim. E que ele matou Ana Bolena porque ela fazia intrigas e gritava. E que a terceira esposa dele era amada porque mal chegava a falar. Portanto, a intenção dela é imitar Jane. Apenas para não morrer."

Rochford diz: "Talvez preferisse entrar por conta própria, meu amo, para lavá-la e vesti-la? Vamos apresentá-la nua ao senhor, e pode fazer o resto".

Ele diz: "Se ela lhe fizer confidências, venha me procurar".

Por meio dos intérpretes, ele fica sabendo o que Ana espera do casamento. Os pais dela não se casaram por amor, mas o amor se seguiu. Escreviam poemas um para o outro. Ela compreende que o rei escrevia versos no passado e imagina se vai escrever algum para ela.

Os embaixadores de Cleves perguntam: "Durante todo o tempo que se passou enquanto seu rei ficou sem esposa, ele tomou alguma amante?".

"Nosso rei é virtuoso", ele responde.

"Não duvidamos disso", os embaixadores dizem. "Apesar de que poderia haver outras razões."

Ele diz a Fitzwilliam: "Aconselhe o rei a fazer alguma demonstração pública do seu afeto".

"Você que o faça", Fitz diz.

"Não, você."

Fitz solta um gemido.

Mais tarde naquele dia, perante sua corte reunida e os germânicos, Henrique manda chamar a rainha, toma-a pela mão. "Venha, cara madame." Ele olha ao redor, para seus conselheiros — lá estão os rostos dele, encorajando-o.

Ele a puxa para perto. A testa de Ana repousa contra seu peito cravejado de pedras preciosas. Como que para evitar que ela possa se debater, o rei a abraça com força. Como se ela pudesse escapar, ele a aperta ainda mais forte.

O corpo de Ana está rígido, achatado. A boca dela está enterrada nas estolas de pele dele. Ela tenta se virar para o lado para conseguir respirar. A mão dela, apertando o tecido das saias, contrai-se num punho. Sua cabeça faz força para trás. Ela engole em seco. Então, de costas para as testemunhas, fica em silêncio.

Gregory sussurra: "Talvez ele a tenha matado?".

Wriothesley diz: "Majestade... seria melhor se...?".

"O que é?" Henrique solta a rainha. Ele dá um passo para trás como quem diz, Pronto... todos viram que eu tentei.

Ana se desvencilha dele. Ela parece perder o equilíbrio. Seu olhar passa por Fitzwilliam, Gregory, os homens que ela conhece, e ela avança rígida na direção deles, a mão estendida, flácida como se os dedos estivessem quebrados. Impressa em sua bochecha está a marca da corrente de ouro do rei.

No final de janeiro, Wyatt já obedeceu às ordens que vêm de Londres por todos os mensageiros, carregadas em todas as marés. Ele enfiou a ponta de sua faca para abrir uma brecha entre o imperador e Francisco.

Wyatt surgiu diante de Carlos numa ocasião pública e grandiosa. Por que, ele pergunta ao imperador, o senhor não mantém suas promessas? Temos tratados de extradição e, no entanto, o senhor permite que traidores ingleses passem com liberdade para se encontrar com aquele monstro, Pole. Será que é assim tão ingrato pelo que meu rei fez pelo senhor?

"Ingrato? Eu?" O primeiro cavalheiro da cristandade tem um acesso de raiva. Seus conselheiros, em choque, recuam e se amontoam em conferência. Um deles dá um passo à frente: "Talvez não o tenhamos compreendido bem, Monsieur Guiett? Ou talvez tenha se confundido na fala? Afinal, o francês não é sua primeira língua".

"Não há nada de errado com meu francês", Wyatt diz. "Mas posso repetir em latim, se quiserem."

Carlos se inclina para a frente. Como seu mestre ousa usar esta palavra, *ingrato*? Como é que uma acusação de ingratidão pode ser feita contra um imperador pelo emissário de alguma pobre ilhazinha cheia de hereges e ovelhas? Uma pessoa inferior, um rei, não pode esperar a gratidão dele. O sacro imperador romano está posicionado acima de meros reis. A posição natural deles é aos seus pés.

Wyatt recua. "Tudo está dito, senhor." Ao buscar insultar Henrique, o imperador insultou todos os príncipes, seu aliado francês inclusive.

Quando a carta de Wyatt chega, mestre Wriothesley a lê. "Parece uma peça de teatro!", William Kingston diz. Um sorriso incerto se espalha pelo rosto dos conselheiros. Há questões que se interpõem entre Francisco e Carlos — antigas disputas —, sempre prontas para entrar em combustão. Depois que o fogo se acender e queimar os tratados deles, os ingleses poderão dormir em segurança.

"Então, Cromwell", Norfolk diz a ele, "não vamos precisar dos seus amigos germânicos, não é mesmo? Seu amigo Wyatt trabalha contrariamente ao seu propósito." O duque aprecia o pensamento. "Se ele tiver sucesso, que tolo você vai parecer."

Em Valenciennes, no rio Scheldt, Carlos e Francisco se separam. O imperador toma uma força e se dirige ao leste. "E Wyatt vai junto", ele diz a Henrique. A seu lado, para cutucá-lo.

Durante um ou dois dias, eles não recebem nenhuma notícia. Então fica claro que Carlos está se dirigindo para sua cidade rebelde de Gante. Os cidadãos sabem o que esperar. Carlos já executou um dos líderes deles, um homem de setenta e cinco anos, ordenando que fosse amarrado a um cavalete e desmembrado: depois de lhe rasparem os pelos do corpo todo para que ficasse tão glabro quanto um recém-nascido.

Henrique diz: "O imperador adora a guerra. Quando sair de Gante, vai marchar para Gueldres. E o duque Guilherme vai pedir minha ajuda, que não posso negar. E se eu fosse arrastado para a guerra, não seria pelo meu desejo, meu lorde Cromwell, mas — estranhamente — pelo seu".

Richard Riche chega para consultá-lo a respeito da lista de pensões para a abadia de Westminster. O abade diz que está morrendo, mas talvez seja uma manobra para conseguir uma pensão melhor? A abadia agora será uma catedral, e (se ele viver) o abade será seu decano. Henrique não demolirá aquele lugar sagrado, onde reis são coroados. Nem perturbará sua mãe e seu pai, que jazem em bronze acima do solo, e abaixo do solo em chumbo; o dia todo, velas grossas como pilares bruxuleiam ao redor deles, banhando-os em luz esverdeada perpétua. As relíquias da abadia serão transferidas, mas as imagens e estátuas sobreviverão. O incrédulo Tomé se ajoelha para enfiar os dedos na chaga sangrenta no peito do Salvador. São Cristóvão carrega seu Deus, que se encarapita sobre os ombros dele como um gato bem-amado. Nas paredes da sala capitular, são João navega para Patmos, olhos borrados pela desolação do exílio. O camelo e o dromedário úteis caminham pelas areias do deserto, enquanto o cabrito montês amassa o capim verdejante sob as patas delicadas, e os patriarcas e as virgens se postam ombro a ombro com os confessores e os mártires, com os olhos brilhantes e alertas. Os monumentos de monarcas mortos se aglomeram como se seus ossos estivessem aconselhando uns aos outros; e os pisos proféticos embaixo deles, aquelas pedras de ônix, pórfiro, serpentino verde e vidro, aconselham-nos, por meio de suas inscrições, sobre quantos anos mais o mundo vai durar.

"Por que precisam saber?", ele pergunta a Richard Riche. "Para mim é um assombro que qualquer monge possa viver além dos trinta anos." Como a regra os proíbe de consumir carne em seu refeitório, eles mantêm uma segunda sala de jantar onde podem satisfazer seu apetite por carnes assadas e cozidas. Em banquetes solenes da Igreja, preparam um prato que chamam de doce principal. Usam três quilos de groselha, trezentos ovos e enormes tijolos de sebo. Mostraram a ele uma vez quando estava quase pronto, como se aquilo fosse um agrado: uma massa gorda e pastosa, um rolo inchado com pontos pretos, como se fossem moscas. "Vale a pena dar um fim na abadia", ele diz, "para dar um fim no doce."

Ele, Thomas Cromwell, fica olhando para o teto abobadado da capela nova. "Juro que os adornos do teto estão mudando de lugar. Quando estive aqui pela primeira vez, pareciam firmes."

"É só o prédio se assentando nos alicerces", os monges dizem. "Acontece, meu lorde."

Há uma indulgência concedida àqueles que assistem à missa aqui, de que todos nós vamos precisar um dia: chama-se Escada para o Céu. São Bernardo, numa visão, enxergou almas ascendendo, degrau a degrau, à eternidade; os anjos lhes oferecem a mão para se equilibrar quando saltam o último degrau para o êxtase espiritual. É fácil subir. É mais difícil saber o que fazer quando se chega ao alto. Enquanto nos esforçamos para cima, o demônio balança o pé da escada; e os degraus podem quebrar, ou a estrutura toda pode afundar em solo pantanoso. Ele diz a Riche: "Ricardo, acha que existe um defeito na natureza das escadas ou um defeito na natureza de quem sobe?". Mas esse não é o tipo de pergunta à qual o mestre dos espólios aprecia dedicar sua mente.

No final do mês, Edward Seymour vai a Calais; Rafe Sadler, à Escócia. Se o rei Jaime deseja um favor, ele diz a Rafe, deveria cultivar a amizade com seu tio Henrique em vez de se meter com Francisco, que vai usar a Escócia como estado vassalo. E se Rafe for capaz de detectar qualquer discordância entre Jaime e o papa, deve alargá-la. Deve-se mostrar ao rei dos escoceses as vantagens de tomar o controle de sua própria Igreja e alertá-lo a respeito dos recursos de seus mosteiros: todo governante quer dinheiro, e aqui ele está disponível.

A viagem de Rafe atrasa porque ele precisa transportar uma fileira de cavalos castrados que o rei deseja dar de presente a seu sobrinho.

"Escreva para mim", ele diz, "em toda oportunidade que tiver."

A perda do menino é como um vento frio no pescoço dele.

Quando a corte se muda para Westminster, a viagem é pelo rio, acompanhada por navios mercantes, com músicos a bordo. Uma salva de tiros vem da Torre. Os cidadãos enchem as margens trêmulas e comemoram.

Em Westminster, o rei continua visitando a rainha noite sim, noite não. Os germânicos perguntam: "Majestade, quando será a coroação?". Ele, Cromwell, lembra ao conselho que estava planejada para a Festa da Candelária; mas esse dia já passou. Norfolk diz: "Sabemos por que você a quer coroada. Acha que, quando o rei tiver gastado o dinheiro, não vai mais mandá-la de volta".

"Mandá-la de volta?" Ele precisa simular ultraje.

No lado do palácio que cabe à rainha, há silêncio. As mulheres passam por ele franzindo o cenho: sempre há algum outro lugar em que elas precisam estar. Há uma pergunta que ele precisa fazer a Ana, mas não sabe qual é; ou talvez uma resposta que ela precisa dele. Nas histórias, quando você está na floresta, encontra uma dama, usando véu e capa, e ela lhe propõe um enigma. Se você acerta a pergunta, as roupas dela caem de uma vez. O corpo da dama desliza para seus braços e a luz dela se funde à sua. Mas, se errar, ela murcha e se transforma numa megera. Ela põe a mão no seu membro e o faz encolher até o tamanho de um feijão.

Ele leva Charles Brandon a Austin Friars. Mostra-lhe o leopardo, coisa que deixa Charles contente, e depois o toma em sua confidência: o rei agora afirma que nunca vai amar a rainha e não pode desempenhar o ato. "Não pode, não vai — para o Estado, é tudo a mesma coisa."

Suffolk tem ar grave. "Desistiu completamente, foi? Eu não sabia disso. Thomas Howard sabe? Os bispos sabem? A qualquer outro homem, seria possível sugerir..."

Ele não pode imaginar o que Charles vai dizer.

"Seria possível sugerir, tente pensar em outra mulher. Mas se Harry pensasse em outra mulher, ele ia querer se casar com ela. E então, o que aconteceria com você?"

Na corte, ele estuda a sobrinha de Norfolk. Quando os olhos de um homem pousam sobre ela, coisa que acontece com muita frequência, ela eriça as penas igual a uma galinhazinha roliça.

Thomas Howard deve ir para a França, o rei diz. Ele quer penetrar na mente de Francisco e acredita que um grande nobre possa fazê-lo. "Precisa ser alguém da estatura do meu lorde Norfolk", ele diz.

O jovem Surrey diz aos seus aduladores: "É apenas pela Providência Divina que o rei ainda tem algum nobre para enviar. Cromwell extinguiria a todos nós se pudesse fazer as coisas do seu jeito".

Wriothesley vai atrás dele: "Senhor, percebe que Norfolk está ansioso para iniciar sua missão? Sendo que antes, quando enviado ao exterior, ele sempre arrumava motivos para postergar? E temo que o francês dele não seja adequado".

"Talvez ele fique quieto e se torne conhecido como um grande sábio."

Richard Riche diz: "Devia tentar fazer isso uma hora dessas, Me-Chame".

Norfolk terá o apoio de Sir John Wallop, agora nomeado embaixador residente. *Valloppe*, os franceses o chamam. Ele é um diplomata experiente, mas não seria a escolha de Cromwell: simpático demais a Lisle, por exemplo. Ele mandou seu menino Mathew a Calais agora, então sabe o que acontece na casa do lorde deputado. Ele está esperando uma carta incriminadora aparecer na mesa de sua senhoria, ou talvez na caixa de costura de sua dama — uma carta para, ou talvez de, Reginald Pole.

Dias antes de embarcar, Norfolk é visto na casa de Gardiner em Southwark. "É natural que meu amo deva se aconselhar", ele diz com tranquilidade quando os relatos são levados a ele. "Porque Gardiner foi nosso embaixador na França durante tanto tempo."

"Não é isso", Wriothesley diz. "Estão trabalhando em algo juntos."

"Sim. Muito bem. Eu estou trabalhando em algo por conta própria."

Quando Norfolk vir a surpresa que tenho para ele, nunca mais vai se afastar do seu lar.

O jejum da Quaresma de 1540 é mantido com rigidez à maneira antiga, sob os cuidados de Gardiner e seus amigos. É melhor permitir que façam as coisas à sua maneira, desde que seja em assuntos menores e sob vigilância. Thurston os sustenta com pão de açafrão, tortas de cebola, arroz assado com leite de amêndoas e um molho novo para peixe salgado feito com alho e nozes.

No Dia de São Valentim, guerras de pregação se deflagram. Gardiner contra Barnes, Barnes contra Gardiner. Ambos são homens amargos, mas Gardiner não tem nada a perder, ao passo que Barnes põe em risco a própria vida. Barnes cederá, como cedeu antes diante de Wolsey. Não é a fé dele, mas seu temperamento que vai falhar. Ele não é Lutero. Aqui está ele, de pé: até que Gardiner lhe dê um soco e o atire no outro lado da sala.

Os londrinos, agachados embaixo de abrigos improvisados, acotovelando-se sob oleados, escutam os sermões deles com os olhos apertados contra a chuva, o cabelo emplastrados e as orelhas encharcadas. No entanto, as matronas dizem que teremos um verão quente. Por enquanto, como diz o poeta, nada de folhas verdes frescas, nada de macieiras, apenas espinhos. As garras de ferro do inverno estão bem firmes no dia que ele procura Henrique para pedir misericórdia.

"Isso está relacionado a Robert Barnes?", Henrique indaga. "Parece que me enganei muito com ele. Gardiner diz que ele é um herege rematado. E pensar que confiei a ele os negócios da Inglaterra no estrangeiro! Você é bem próximo do homem, foi negligente por não conhecer as opiniões dele e por não expô-las. Suponho que não soubesse nada a esse respeito?"

"Não estou aqui para falar em nome de Barnes." Em sua mente, ele sai do aposento e volta. "Estou aqui para falar sobre Gertrude Courtenay, senhor. Devíamos libertá-la. Guardaremos as provas em arquivo. A transgressão dela é credulidade, coisa que as mulheres não podem evitar; e lealdade aos que faleceram, algo que vossa majestade compreende."

"Catarina nunca morreu de verdade, não é mesmo?" Henrique parece exausto. "E há alguns que nunca aceitarão o fato de que ela não foi minha esposa."

"Lady Exeter precisará de meios para sobreviver; então, se sua misericórdia permitir, providenciarei uma pensão anual para ela, tirada da renda das terras do seu marido."

"Deus o amaldiçoe", Henrique diz. "Muito bem, solte a mulher, mantenha o filho de Exeter sob custódia; não quero nenhum filhote de traidor correndo à solta pelo reino."

Ele toma nota. Henrique pergunta: "Cromwell, você poderia ter um filho?".

Ele se sobressalta. "Acho que poderia", Henrique diz. "Sua cepa é comum. Plebeus são vigorosos."

O rei não sabe que eles se desgastam. Aos quarenta anos, um trabalhador está despedaçado e carcomido. A mulher dele está nas últimas aos trinta e cinco.

"Achei que eu conseguiria mais um filho homem neste casamento", o rei diz, "mas não há sinal de que essa seja a intenção de Deus." Ele se afunda em sua cadeira, vira algumas folhas de papel. "Podemos escrever a Cleves neste momento. Você poderia redigir enquanto eu dito, como costumávamos fazer."

Ele diz: "Meus olhos não são mais o que eram".

A cepa comum não vale mesmo de nada. "Mas ainda escreve cartas", Henrique diz, "conheço bem sua letra. Quero que pergunte ao próprio Guilherme onde estão aqueles documentos que mostram se a irmã dele foi casada, porque..." Ele apoia os cotovelos na mesa, segura a cabeça nas mãos. "Cromwell, podemos não pagar por ela?"

"Poderíamos oferecer um acordo, sim. Não sei quanto precisaríamos desembolsar para aplacar o irmão dela. E não sei como salvar a reputação de vossa majestade se rejeitar um casamento legal. Seria difícil manter a cabeça erguida diante de outros príncipes. Ou encontrar outra esposa."

"Eu poderia providenciar outra amanhã", Henrique diz asperamente.

A porta se abre com cautela. É o menino que traz as luzes. "Traga as velas aqui", ele diz. Mas o rei parece ter esquecido a carta. Henrique espera até voltarem a ficar a sós, mas mesmo assim não fala nada; espera até que a luz cálida se espalhe pelo aposento e então diz: "Está lembrado, milorde, do dia em que fomos até Weald? Para ver os mestres ferreiros e encontrar novas maneiras de moldar canhões?".

Um vapor gelado sopra sobre os vidros das janelas. Os diamantes de Henrique, quando ele se move, parecem contas de aço ou uma daquelas sementes que caem sobre solo pedregoso. Ele espera, a pena sob a ponta de seus dedos. "Aqueles eram dias mais luminosos", o rei diz. "Jane não podia viajar por estar carregando meu herdeiro. Ela não apreciava que eu a abandonasse, mas sabia que tínhamos programado aquela excursão fazia muito tempo, e como você é insistente em relação aos negócios, e como as obrigações de um rei têm que ser cumpridas, ela não ousou me pedir que adiasse. Lembro que era por volta do Dia de São João, e eu me levantei cedo, e o céu clareou antes do horário permitido para a missa; e Jane perguntou: o senhor não vai esperar até que o capelão chegue? E eu esperei, porque os temores de uma mulher naquela condição precisam ser levados em consideração. Serão apenas duas ou três noites, eu disse, apesar de termos planos para avançar devagar. Vamos escutar o canto dos pássaros e cavalgar, como os cavaleiros de Camelot, através das florestas. Vamos aproveitar o brilho do sol." Henrique faz uma pausa: "O brilho do sol, onde é que ele foi parar?".

"Deus fez fevereiro, senhor, assim como fez junho."

"Falou como um bispo." Henrique ergue os olhos. "Quero que você e Gardiner se reconciliem."

Já tentamos, ele pensa.

"Na Páscoa, reúnam-se."

"Juro pela minha honra que vou tentar."

Silêncio. Ele pensa, talvez o que eu disse não tenha sido bom o bastante? "Farei as pazes, se puder."

Os meninos não fecharam os postigos das janelas. Ele se levanta para fazê-lo. Henrique diz: "Deixe, quero a luz que ainda resta". Além do vidro, as gaivotas passam como se tivessem confundido as torres de Westminster com um penhasco à beira-mar.

Henrique o observa. Suas mãos grandes caem sobre as vestes, flácidas e vazias. Ele diz: "Mas quando penso na questão, Cromwell... eu me lembro de que nunca fizemos aquela viagem".

"A Kent? Não, mas foi planejada..."

"Planejada, sim. Mas sempre havia alguma razão para não podermos ir."

Ele volta a se sentar de frente para o rei. "Digamos que tenhamos ido, senhor. Não há mal nenhum em imaginar." O coração verde da Inglaterra, sinos de igreja distantes, a sombra das árvores como proteção ao calor. "Digamos que os mestres ferreiros tenham nos dado suas melhores boas-vindas e abriram sua mente para nós, e nos mostraram todos os seus segredos."

"É o que devem fazer", Henrique diz. "Ninguém poderia guardar segredos de mim. Não adianta tentar."

Ele se retira: com a mão encostada na parede, balbucia uma oração. *O livro chamado Henrique* não tem nenhum conselho para ele.

O rei saiu de seu solo nativo: é como se ele tivesse entrado em outro reino onde a causa não se conecta ao efeito; ele também não se importa em como abre o coração. Pense no dia em que os Bolena ruíram. O rei tinha escrito uma peça a respeito dos adultérios monstruosos de Bolena. Ele a guardava num caderninho junto ao peito e tentou mostrar aos outros.

Em janeiro ele dissera, Cromwell, a culpa não é sua. Agora dá para ouvir o pensamento dele: uma única coisa, uma única coisa que eu queria que ele fizesse por mim, e ele se nega a fazer.

Ele pensa, seria difícil libertá-lo, mas não impossível. Seria uma vitória para Norfolk e seus asseclas, seria um incentivo para os papistas e o fim da nova Europa. Com que frequência se tem a oportunidade de reconfigurar o mapa? Talvez uma vez a cada duas ou três gerações: e agora a chance está escapando. Wyatt e o trabalho do tempo separarão a França e o imperador, e voltaremos aos velhos jogos desgastados que duraram toda a minha vida.

Então Harry vai querer uma esposa nova, e sabe-se lá quem será. Uma canção passa por sua cabeça, deve ser alguma coisa que Walter cantava:

Eu a beijei bem doce, e ela me beijou;
Fiz a querida dançar até os meus joelhos.

A seguir, ele escolherá alguma papista, e eu vou desejar estar longe. Se eu tivesse ficado na Itália, poderia ter uma casa nas montanhas, com paredes brancas e telhado de telhas vermelhas. Uma colunata fazendo sombra na entrada, sacadas fechadas para proteger do calor; pomares, passeios floridos, fontes e uma vinha; uma biblioteca com afrescos retratando animais e pássaros, como as pinturas da sala capitular da abadia.

Na casa de Frescobaldi, a moça chegava toda manhã com sua cesta de ervas. Você batia nos jarros de óleo quando passava, e o som anunciava se estavam cheios ou não. Depois que os meninos da cozinha pararam de implicar com ele, ele lhes ensinou canções e rimas em inglês. Sob o céu azul da Itália, cantaram sobre manhãs enevoadas, sobre freixos e carvalhos, sobre perdas repentinas de virgindade no mês de maio.

Então, um dia, o amo assobiou para chamá-lo à casa de contabilidade e ele deixou o avental no gancho. Depois disso, ele se tornou um ajudante de confiança entre os Frescobaldi. Ao visitar a família Portinari, ele se tornou amigo dos jovens homens da casa. Ninguém dizia, chegou o menino do ferreiro, não permitam que entre. Quando saiu do banco Frescobaldi, ele foi para Veneza. Ali, em seu local de trabalho, havia um baú comprido com painéis entalhados que mostravam são Sebastião trespassado de flechas. Toda noite ele guardava ali os livros-caixa e punha a chave no bolso; nunca deu nem uma olhada no mártir. Então, como é capaz de enxergá-lo agora? Há arqueiros de um lado. Operadores de bestas do outro. Ele é acertado de todos os ângulos.

Ele se afasta dos aposentos do rei. *Eu a beijei bem doce, e ela me beijou...*

Nos dias seguintes, ele vê que sua benevolência está sendo testada e que sua paciência está encurtando. Quando um espião é preso e se mostra resistente, ele não vai à Torre para suborná-lo ou para caçoar dele, nem para enganá-lo; valoriza a velocidade. Ponham no cavalete, ele diz: e escolhe três homens para anotar o resultado. Venham me procurar logo pela manhã, ele diz, e me relatem como tudo andou.

Antes de Norfolk voltar da França, ele invadiu o território do próprio duque. Fechou o priorado de Thetford, onde os antepassados do duque repousam. Faz trezentos anos que se testemunham milagres em Thetford, desde que relíquias ocultas foram encontradas, todas bem identificadas, incluindo pedras do monte do Calvário, parte do sepulcro de Nossa Senhora e fragmentos da manjedoura em que o menino Jesus foi deitado. Agora vem o maior milagre de todos, Thomas Cromwell, o menino de Putney: que acredita que a passagem do tempo não adiciona lustro a falsificações e que não há necessidade de reverenciar uma mentira devido a sua antiguidade.

O que acontecerá com os mortos honrados? John Howard foi enterrado aqui, após ser arrancado da sela por um projétil em Bosworth e morrer antes de chegar ao chão. Assim como o pai do duque, aquele mesmo Thomas Howard que massacrou os escoceses em Flodden e espalhou seus membros despedaçados pelos campos. E é onde, mais recentemente, o jovem Richmond foi depositado, o bastardo do rei e genro do duque.

Será que a família terá de construir novos túmulos? É um insulto ao nome Howard, Norfolk reclama, e uma despesa devastadora também. O duque chega a ele com uma pergunta: "Cromwell, você não me respeita? Cuidado. Um dia vou arrancar suas tripas".

"Mas que conversa acalorada", ele diz. "Não temos uma conversa assim desde o dia do cardeal."

"É preciso que orem pelo meu pai", o duque vocifera. "Se não em Thetford, então em algum outro lugar."

Riche indaga: "O que o senhor quer dizer, às custas de lorde Cromwell?".

Ele pensa, por que simplesmente não desiste dele, do seu velho pai? Deixe que ele se arrisque à própria sorte?

"'Flodden Norfolk', era como o chamavam", o duque diz. "Um pai nomeado em homenagem a uma batalha. O que acha disso, Cromwell?"

Howard se retira xingando. Ele vem xingando desde que voltou da França; quando estava lá, tinha sido aconselhado a cultivar a amizade da amante de Francisco como modo de conhecer as confidências do rei, e ainda está salpicado de vergonha por ter tido que implorar os favores de uma mulher.

Wriothesley diz: "Ele tem tanto orgulho dos seus ancestrais, não acho que vá perdoar o senhor por tê-los perturbado. E não acho que ele revelou todos os acordos que fez com os franceses, nem de longe".

Richard Riche diz: "Os franceses o odeiam. E Norfolk os incentiva".

Wriothesley diz: "Por acaso eu não o aconselhei, senhor, quando os Bolena caíram? Acabe com Norfolk, eu disse, enquanto tem a oportunidade".

Robert Barnes chega a Austin Friars: mais uma vez o homem afogado, arrastado pelas águas até o alto de suas escadas. Se ele soubesse que Barnes estava a caminho, teria feito com que fosse detido no portão.

Barnes diz: "Winchester pensa que, se ele me derrubar, vou puxar você comigo".

Ele assente: parece ser um bom resumo. "Você poderia fugir", ele sugere.

"Não dessa vez", Barnes diz. "Estou cansado demais. Você sempre diz, prudência. Circunspecção. Por quanto tempo Deus ainda terá de esperar até que a Inglaterra abrace a verdadeira religião?"

"Mais uma década", ele diz. "Não muito tempo, pelos padrões d'Ele."

Barnes olha fixo para ele. "Quer dizer, até Henrique morrer? Mas e se o príncipe nunca chegar a reinar? E se Maria se intrometer?"

"Então estamos todos mortos", ele diz.

No dia 12 de março, o conde de Essex, Henry Bouchier, cai do cavalo, quebra o pescoço e morre na hora. "Deus me perdoe", Charles Brandon diz. "No dia do casamento do rei, fiz um chiste a respeito dele, dizendo que não estaria neste mundo por muito mais tempo."

"Meu senhor", ele diz, "não foi prudente da sua parte."

Para onde o velho Essex vai? Direto para o Juízo Final? Ou será que vai repousar tranquilo em seu túmulo até o Último Dia? Será que vai pagar seus pecados no purgatório durante meio milhão de anos, ou será que já está em seu destino — no alto da Escada para o céu, ou num buraco no inferno reservado aos condes?

A maior parte da corte não se incomoda. Eles não dão a mínima para as disputas de Gardiner ou de Barnes, exceto aos domingos ou quando estão doentes. Só querem saber o que vai acontecer com o título de Essex. O conde não tinha herdeiros. Seu genro espera ser contemplado, mas ninguém sabe onde pôr suas apostas.

No Domingo de Ramos, chega a notícia da morte de John de Vere, décimo quinto conde de Oxford. Essa morte não é um choque; Vere não estava bem havia meses. O herdeiro dele já atingiu a maioridade e vai sucedê-lo como décimo sexto duque; e todos acreditam que ele também será nomeado para o posto de seu pai, de lorde grande tesoureiro, o chefe da casa do rei.

"Não necessariamente", mestre Wriothesley diz. Como a família dele é de arautos, ele tem essas questões na ponta dos dedos. "Vere foi nomeado para esse posto no ano 1133, no reinado do primeiro Henrique. E poucos tesoureiros não foram daquele sangue. Mas o posto não é deles por direito. O rei pode indicar quem quiser."

Ele não tem tempo para discutir a questão. Há um novo embaixador que ele precisa receber. Cleves enfim nos mandou um residente. O nome dele é dr. Carl Harst e, antes, representou o duque Guilherme na Espanha. Ele não sabe falar inglês e não tem nenhum documento: também não tem alojamento, sua pensão é parca e há muito pouco estilo em suas roupas e em sua pessoa. Ele diz a Wriothesley: "Gostaria que tivessem mandado um tipo de homem melhor — temo que a corte vá dar risada dele".

"Das expectativas dele", Wriothesley diz, "com certeza — pois estão todas erradas."

A essa altura, o duque Guilherme já deve ter recebido uma carta da irmã. Escrevendo por conta própria em sua língua natal, Ana contou ao irmão que não podia desejar marido melhor: ela agradece à família por promover sua felicidade.

Lady Rochford falou com ele. "Ela não sabe o que fazer. Finge que está tudo bem, mas está igual a uma gralha esperando os figos amadurecerem, vivendo de esperança." Rochford dá risada. "A Quaresma terminou, e nenhum homem, por mais piedoso que seja, pode recusar a esposa. Perguntamos a ela: 'Madame, o que ele faz? Quando a vela se apaga?'. Ela responde, ele me beija e diz: 'Boa noite, querida'. Então, pela manhã, ele se levanta e diz: 'Até logo, querida'. Nós dizemos a ela, madame, se isso é tudo que ocorre, demorará muito tempo até termos um duque de York."

"Quieta, Jane", ele diz.

"Todo mundo está falando. Por quanto tempo acha que conseguirá esconder isso dos germânicos?"

Passos atrás deles: uma das criadas. "Você parece estar sempre em todo lugar, srta. Howard."

Katherine ergue os olhos para ele. "Sim."

Ele a avalia. "Vestido novo?"

"Tio Norfolk."

"Trouxe alguma mensagem ou veio aqui apenas para deslumbrar meus sentidos?"

Ela baixa a cabeça. "A rainha e Lady Maria vão caminhar na galeria com o senhor. Meu amo."

Do lado de fora, a chuva escorre pelas janelas: homens de chumbo nos telhados cospem água pelas bocarras.

As damas da câmara privada de Ana já lhe disseram que o encontro dela com Lady Maria não foi bem-sucedido. Contra todas as evidências, Maria toma Ana por luterana; enquanto Ana foi advertida por sua própria gente, que há muito desconfia que Maria seja espiã do imperador.

Na galeria, ele caminha com uma dama em cada mão: Ana, primaveril, de amarelo; Maria usando seu vermelho-carmim preferido. "Chuva de novo", Ana diz, exibindo seu inglês.

"Temo que sim", ele diz.

Henrique disse a ele, converse com ela, Cromwell: não pode conversar com ela? Não ouso, ele respondeu, e Henrique disse, por que não, se eu lhe der permissão? Ele pensara, porque eu não sei o que você quer que eu tire da conversa. Quer que ela se transforme numa mulher que você seja capaz de amar, ou numa mulher que possa repudiar?

Maria diz: "Ouvi dizer que seu amigo dr. Barnes logo estará sob custódia. E outros padres amigos seus também".

Ela deixa uma pausa para que ele diga, Barnes não é meu amigo. Ele não preenche o vazio. Ana caminha ao lado dele, alegre, desatenta, a ponta dos dedos dela tocando em seu casaco. Ele sente como se o relógio luterano ainda estivesse na palma de sua mão, o agito de seu mecanismo perturbando seu pulso. Sua caixa foi feita por um artista; seu mecanismo, por um armeiro.

"O que Barnes espera?", Maria indaga. "Primeiro ele se retrata. Depois repete seus erros. O senhor estava presente?"

"Sim, madame. Dias e dias de sermões."

"Pode me dar as anotações sobre eles?", ela pede. Como se ele fosse o escrivão dela. Ele faz uma mesura. Ela diz: "Acredito que tudo esteja fora de ordem em Calais".

"Estamos esperando lorde Lisle aqui para o banquete da Ordem da Jarreteira. Sem dúvida, algum tipo de avaliação será feita."

"Tempos estranhos, meu senhor. Dois grandes lordes mortos."

A galeria está enfeitada com as novas tapeçarias do rei que descrevem a vida de são Paulo. Uma rainha, uma filha de rei e o filho de um cervejeiro caminharam pela estrada até Damasco, cegados pela luz; navegaram pelo mar Médio. Agora fazem uma pausa diante das feiticeiras de Éfeso que, convertidas pelo santo, estão queimando seus livros. Ele tem vontade de enfiar a mão na trama e tirar os volumes daquele fogo.

Na casa de Gardiner, comem capões com figos, creme da Lombardia e fígado de frango picado com ovos cozidos; saboreiam creme de vinho temperado e vitela confitada. Ele, Cromwell, está presente por ordem do rei, e olha para seu jantar porque não quer olhar para o bispo de Winchester. Ele também não quer olhar para Thomas Howard. Nem sabia que ele estaria ali antes de ver sua barcaça ancorada.

Ao entrar, ele diz: "Por que está aqui, meu lorde duque? Achei que havia peste na sua casa. Não devia estar perto do rei".

"Não estou", Norfolk responde. "Estou perto de você."

Gardiner parece inclinado à leniência, como um bom anfitrião. "Compreendo que um criado morreu, mas meu amo não tinha estado nem a vinte quilômetros dele."

"Ele não morreu e não foi a peste", Norfolk diz. "Ninguém mais em casa ficou doente. Nenhum mal me aflige, eu lhe asseguro. Nessa época do ano eu como torta de tanaceto para purificar meu sangue."

"Você sempre cuida tão bem da sua própria pessoa", ele diz. "Você também, meu lorde bispo." Eles se sentam. O vinho é servido. Ele se volta para Norfolk. "Eu me lembro de quando Stephen era secretário do meu lorde cardeal, e nós dois fomos a Ipswich para preparar a abertura da universidade do meu lorde. Eu pendurei os enfeites pessoalmente, porque eram tão lerdos lá, e carreguei para dentro bancos e suportes de mesa — e esse meu bom companheiro ficou lá me dando instruções e me aconselhou, por caridade, a tomar cuidado para não dar mau jeito nas costas."

Gardiner diz, sorrindo: "Eu só me desgasto por uma boa causa".

Norfolk bate o cálice no tampo da mesa. "Ipswich?" A palavra nunca foi cuspida como o duque a cospe. "Para conseguir fundos para sua faculdade desgraçada em Ipswich, Wolsey acabou com o priorado de Felixstowe — e aquele era o *meu* priorado. Eu fiquei feliz quando a universidade dele foi fechada. Espero que despenque em ruínas. Por Deus, como este reino pode ser tão injusto? Se não é Wolsey me trapaceando, é seu adorador aqui. Wolsey era seu Deus, Cromwell. Seu Deus carniceiro."

"Devo concordar." Gardiner pousa a faca na mesa. "Fico surpreso, Cromwell, pelo fato de você ainda não enxergar Wolsey pelo que ele era. Ele era corrupto e pomposo. Você mesmo sabe que, quando ele perdeu as graças do rei, escreveu a príncipes estrangeiros pedindo ajuda. Sem o conhecimento do rei, por cima da autoridade do rei, ele fez suas negociações como se ele próprio fosse um príncipe. Como chamamos um homem assim? Chamamos de traidor. Se alguém tivesse lhe dado esse sumário, você mesmo o teria condenado."

"Ave", Norfolk diz. "Você nem teria suado. Ainda assim, suponho que significa algo quando um homem como você sente gratidão. O que tinha quando veio para a corte? Wolsey era dono da camisa no seu corpo. Agora, mexa-se e demonstre sua gratidão ao rei, que fez tanto por você. Pegue seus germânicos e os expulse a chutes."

Um menino se aproxima com uma jarra. Stephen franze a testa para ele: o menino volta a se escorar na parede. Não é do feitio de Thomas Howard se embriagar, mas ele deve ter tomado um odre de vinho inteiro antes de sair de casa. É para dar coragem, ele pensa: e, por Deus, ele vai precisar disso.

Ele cerra o punho. Bate na mesa. A louça pula. "O conselho todo aprovou o casamento. Você, Thomas Howard, assinou, assim como eu. Quanto à dama, o rei se apressou como pôde para trazê-la para cá."

"Não, pelos santos", Norfolk diz, "foi você quem o acorrentou e lhe jogou esse peso nas costas. E vou lhe dizer, ele deseja liberdade. Será que não o viu olhando para minha sobrinha? Ele desenvolveu uma fantasia por Katherine na primeira vez em que a viu."

"Se deseja poder", ele diz, "tome-o como homem. Não honra seus cabelos brancos fazer o papel de Pândaro."

"Deus o apodreça!" O duque bate os pés no chão, empurra a cadeira para trás, joga o guardanapo para longe. As toalhas de Gardiner são opulentas, e ele parece estar se debatendo para sair de uma tenda. "Não vou ficar aqui sentado para ser chamado de alcoviteiro!"

Quando o duque se levanta, ele também se levanta. Os criados se espremem contra as paredes. Há um clarão vermelho no canto do olho dele. Há o punhal em seu coração: frio embaixo de seu casaco, pronto em sua bainha, e sua mão se move na direção dele como se agisse por vontade própria.

Mas Gardiner se interpõe entre eles. "Nada de troca de socos hoje, meus senhores."

Socos?, ele pensa. Você não me conhece. Eu poderia fatiá-lo como um ganso antes que você pudesse se levantar.

Sorrindo como se fosse um jogo de boules entre damas, Gardiner joga as mãos para o alto. "Bem, meu lorde Norfolk, se precisa nos deixar, é um homem ocupado." Ele sorri. "Daremos seu jantar aos pobres."

Depois que o duque executou sua saída ruidosa, gritando por seus guardas e barqueiros, eles voltam a se sentar; Stephen estende a mão por cima da mesa e dá tapinhas no braço dele.

"Fale logo, Stephen." Ele está soturno. "'Cromwell, você mesmo esquece, não estamos em Putney agora.'"

Stephen faz um sinal para a jarra de vinho. "O insulto é uma arte refinada. Por um momento duvidei que ele soubesse quem era Pândaro. Achei que talvez você tivesse sido muito sutil."

"Não, não hoje", ele diz. "Não estou me sentindo sutil de maneira alguma. Perdoe-me. Vejo que precisamos nos esforçar um com o outro, e eu posso fazer melhor do que isso e farei. Tenho certeza de que possuo coisas que você deseja, em que poderia atendê-lo, e há coisas que eu desejo…"

"Quer que Barnes seja solto", Gardiner diz. "Ele é emendável, é o que acha? Sempre fico pesaroso ao ver um homem de Cambridge ir para a fogueira. Falei em nome dele, está lembrado, anos atrás, quando ele se apresentou diante de Wolsey."

"Se é o que diz."

"Do contrário, ele teria ido direto para a Torre. Coisa que teria economizado tempo, suponho. Não vejo nada de bom que ele tenha trazido à Inglaterra apesar de todo o trânsito que teve como embaixador. O rei se arrepende por ter dado qualquer tipo de emprego a Barnes."

Servem verduras em conserva, e peras em calda aromática, e marmelada. Stephen diz: "Norfolk se precipita, mas tem razão. Não sente o vento mudar? Você disse ao rei que, sem os germânicos, ele está destituído de amigos. E isso era verdade. Mas quando a aliança se desfizer, Henrique voltará a ser cortejado, tanto pela França quanto pelo imperador".

"Não compreendo como Norfolk acha que é capaz de ver o futuro. Quando geralmente não consegue enxergar nem a ponta do próprio nariz."

"Você se esquece, faz poucas semanas que ele esteve pessoalmente na França. Acredito que Francisco tenha feito aberturas de amizade que foram, não vou dizer dissimuladas, mas privativas. Confiadas ao duque, mas não a você."

E então?, ele diz.

"Sei que tem gente sua a serviço de todos os homens, aqui e no estrangeiro. Sei que estão espiando e bisbilhotando e copiando e furtando de baús e roubando chaves. Sofri com eles na minha própria casa."

"Como eu sofri, Stephen. Com os *seus* homens."

"Mas você não é onisciente. Nem é onipresente. Anda pensando que é? Achou que era Deus?"

"Não", ele responde. "Espião de Deus."

"Então, espione os fatos", Stephen diz. "Se o rei acredita que não precisa da amizade de Cleves, então, considerando seu desgosto intratável pela dama, só há um caminho, que é encontrar uma maneira de livrá-lo dela."

Ele empurra a taça para longe. Assim como Norfolk, mas com menos pressa, ele se desembaraça da toalha de linho. Gardiner não é tolo. Um demônio, mas não um tolo. "Boa marmelada", ele diz. "Essa é a receita de Lady Lisle? O rei sempre a elogia."

"Ela manda para todos nós", Gardiner diz, como se estivesse se desculpando.

"Para todos aqueles a quem deseja agradar. Ela embrulha junto com cartas?"

Gardiner olha para ele com apreço. "Por Deus, você não deixa passar nada, não é? Nem mesmo as conservas." Ele suspira. "Thomas, ambos sabemos o que é servir a este rei. Sabemos que é impossível. A questão é, quem é capaz de suportar melhor a impossibilidade? Nunca deixou de estar nas graças dele. Eu já caí em desgraça várias vezes. E, no entanto..."

"E, no entanto, aqui está você. Esperando voltar ao conselho."

Stephen o acompanha à saída: o ar livre. "Você sabe o que o rei quer. Que enterremos nossas diferenças a serviço dele. Que nos declaremos unidos pela mais perfeita e completa amizade."

Eles se tocam a palma das mãos, com frieza. Quando ele está descendo os degraus até o cais, Stephen grita: "Cromwell? Fique de olho nas suas costas".

O dia é frio com luz do sol difusa, o primeiro sinal da mudança de estação. Sua barcaça o leva ao outro lado do rio. Em sua bandeira, pássaros pretos esvoaçam: as gralhas do cardeal, dançando em volta de seu mastro.

Seu barqueiro diz: "Vimos a barcaça do duque e dissemos, por Deus, pobre do meu amo — Norfolk e Gardiner juntos?".

Ele responde: "Eu sinto pelo meu senhor o rei como sinto por Cristo, pendurado entre dois ladrões".

Ele tira a luva, enfia a mão entre as roupas. Quando sua mão volta a aparecer, segura o punhal. "Christophe?", ele diz. "Isso é seu agora. Tente não usá-lo."

Christophe vira o punhal nas mãos. "Vai ser uma grande honra andar com isso. Por que se separar dele agora?"

"Porque quase o cravei em Norfolk." De seu pessoal, uma comemoração mal disfarçada. "Pode dizer ao mestre Sadler que eu o entreguei." Rafe queria que eu crescesse, ele pensa, antes de ficar velho.

Bastings pergunta: "O senhor mesmo que fez? Na época em que fazia esse tipo de trabalho?".

"Não. O que eu fiz... eu perdi. Este me foi dado por uma jovem dama em Roma. Já o tenho há alguns anos."

"E já o usou, imagino", Bastings diz num tom admirado. "Senhor, uma coisa que devia saber. Aquela mocinha do duque, ouvi dizer que está estragada. Tem um sujeito na casa da velha duquesa que se gaba de ter enfiado os dedos na boceta dela. Ele diz que a apalpou no escuro e que a reconheceria entre uma centena."

"Onde ouviu isso, dos barqueiros?" Ele aperta a capa em volta do corpo. Mesmo que for verdade, ele pensa, o que posso fazer com isso? Se o rei estiver apaixonado, vai pisotear qualquer um que se puser entre ele e seu alvo. Ele diz: "Bastings — conviva com homens de mente mais limpa".

Devo esquecer que ouvi isso, ele pensa. Ele atravessa o Tâmisa num bote a remo, esquecendo-se furiosamente. Uma entre uma centena?

Eu a beijei bem doce, e ela me beijou;
Fiz a querida dançar até os meus joelhos.
Meu capricho eu logo nela botei:
Com tanta alegria cantou o rouxinol

Mestre Wriothesley está à espera dele. Ele lhe diz: "Pode escrever para os embaixadores dizendo que Winchester e eu jantamos juntos. Que agora nos entendemos perfeitamente".

Wriothesley diz: "Devo adicionar alguma frase como 'todos os desprazeres passados agora serão esquecidos'?".

"Como achar melhor, Wriothesley."

Às vezes lhe parece que não fizemos nenhum avanço desde a Epifania. Os romanos e os bretões ainda atravessam seus sonhos, lutando. Eles avançam, retraem-se, voltam a seguir adiante. Dão golpes, apunhalam, lutam de espada, desviam-se; erguem seus braços com armadura, vagarosamente, e golpeiam, golpeiam, golpeiam.

Em Calais, uma nova comissão se reúne para revelar hereges. Norfolk a iniciou quando passou por ali: ateou um incêndio, depois entrou num barco e navegou para longe. Ele diz ao rei: "Por que não procuramos traidores, em vez disso? Quarenta franceses armados seriam capazes de tomar Calais em uma hora. A podridão está aqui dentro, e eu não estou falando dos habitantes da cidade, quero dizer aqueles que estão no comando".

O rei diz, incomodado: "Lorde Lisle me é muito caro".

"Não vou perturbar lorde Lisle", ele diz. Não por enquanto: vou começar com os amigos dele. "Desejo certos documentos. Wyatt me disse o que procurar. Ele sabe tudo sobre Calais."

"Ah, Wyatt", o rei diz. "O que ele diz, não quer dizer; e o que ele quer dizer, não diz."

Seu alvo imediato é o bispo Sampson. Mantendo-o em prisão doméstica, ele recolhe seus documentos e os examina a fundo, em busca de qualquer indicação de negociações com Pole; quaisquer indícios de que outras pessoas, entre seus amigos, possam ter negociado com Pole. Quando o rei diz, muito bem, Cromwell, que provas tem, ele responde, senhor, é um trabalho complicado. É como instalar um dos pavimentos da abadia. Você tem triângulos e círculos, retângulos e quadrados. Você tem calcário e pórfiro, serpentino e vidro. Você precisa trabalhar com o olho da fé: no início os observadores não enxergarão nada, mas então, de repente, o desenho aparece.

Agora a estação muda. Cada dia ensolarado é feito de outros dias que ele conhece. Ele vê um bando de chupins se erguer como rosas voadoras de uma lagoa de águas paradas. Seus falcões observam partículas de poeira que se agitam contra uma parede, como se o sol fosse algo vivo, sua presa.

Henrique pede que ele entre. "Preciso lhe apresentar um assunto. É um assunto de certa gravidade. Venha comigo aqui para meu gabinete e feche a porta."

Uma janela está aberta. Alguém está cantando do lado de fora. Ele pensa, foi para cá que todas as minhas noites interrompidas me trouxeram, meus sonhos inquietos?

No sono com frequência por medo eu começo a tremer.
Por calor e frio estou a queimar e a temer.
Por falta de sono minha cabeça só faz doer
O que isso significa?

Ele segue o rei. O que lhe resta fazer, como Cícero diz, além de viver com esperança, morrer com coragem?

Ele vai para casa e se depara com um ambiente agitado. Me-Chame vem a seu encontro com um documento na mão. "Senhor, é melhor que veja isso imediatamente."

É uma transcrição — uma cópia, sejamos diretos — de uma carta do embaixador Marillac a Francisco. "Marillac diz que o rei está prestes a prender Cranmer. Ele será mandado para a Torre, com Barnes."

Me-Chame pôs um homem na comitiva do embaixador. "Parabéns por ter feito isso", ele diz. O papel está quente.

"Tem coisa pior, senhor. Marillac diz que o rei tem a intenção de tirar o selo privado de nós e dá-lo a Fitzwilliam. E que vai demovê-lo do seu posto de vice-regente e promover o bispo Tunstall."

Ele diz: "Acabei de me encontrar com o rei. Sei que ele é ligeiro em reverter suas políticas, mas não teve tempo de fazer isso em meia hora. Estou vindo direto do gabinete dele e trago notícias. São boas-novas para você, e espero que ache que sim".

Ele está prestes a lhe dizer que vá buscar Rafe, mas Rafe já está entrando, tem os olhos na carta de Marillac. "Posso ver o texto, senhor? Me-Chame não se separa dela."

"Ignore", ele diz. "O embaixador fica sentado no seu alojamento criando essas histórias fantásticas — só precisam de Sexton com uma cabeça de burro e Will Somer como prostituta espanhola."

Rafe e Me-Chame se entreolham. Rafe diz: "A carta original deve estar na estrada para Dover agora. Deseja que o mensageiro sofra um acidente?".

"Ele poderia perder sua missiva numa poça", Wriothesley sugere.

A sugestão é tão branda que o faz dar risadas. "Deixe para lá", ele diz. "Se a França ficar cheia de esperanças, muito mais doce para nós. Eles gostariam de me ver dispensado, e o rei servido por meninos e tolos."

"Qual dos dois nós somos?", Wriothesley indaga.

"Nenhum dos dois, os senhores são os escolhidos. Fiquem quietos e escutem minhas novidades, será melhor se fizerem assim. Sabem que desde que me tornei secretário-mor, tento estar na presença da pessoa do rei — mas sempre precisam de mim em Westminster —, então sabem como tem sido minha vida."

Aqueles dias que correm de amanhecer a amanhecer. *Por falta de sono minha cabeça dói...* "Com a permissão do rei, vou dividir minhas obrigações. Já toquei no assunto com ele antes, mas o momento é agora."

Mestre Wriothesley faz menção de interromper, mas ele continua. "Vocês dois vão dividir a tarefa. Cada um será secretário-mor. Vão repartir seu tempo, de modo que um dos dois esteja em Westminster, o outro com o rei. Vou criar um maquinário para que seu trabalho passe perfeitamente de mão a mão."

"Um prodígio da natureza", Rafe diz. Ele está estupefato. "Dois corpos com uma cabeça."

"Uma acordada e uma dormindo", Wriothesley diz.

"Ambos serão cavalheiros. Ambos serão promovidos ao conselho. Quando o Parlamento se reunir, vão se sentar com os Comuns, e eu, com os Lordes." Bate com as mãos nos ombros dos dois. "Sabem no que eu transformei esse posto, pela graça de Deus e pela do rei. Nada passa em branco por ele. Nada se encontra além dele. Tudo começa com vocês. E com vocês, tudo para."

Ele se senta. "Então, também..."

"Há mais?"

Ele ergue a mão. O prazer repentino aflige tanto quanto a dor repentina e deixa você tonto, entorpecido. Em tais momentos da vida, se você chegar a ver tais momentos — se a fortuna favorecê-lo, como a fortuna favorece os corajosos —, você perde por um momento o senso dos limites firmes de si mesmo e se torna tão leve quanto o ar. "Eu vou ficar com o posto de Oxford, chefe da residência, lorde grande tesoureiro. O genro dele mantém seu título, como é natural, mas como o pobre Essex não tinha herdeiro direto, vou ficar com o título dele."

Ele tinha pensado que as areias do tempo estavam chegando ao fim: escorrendo pelas rachaduras na reluzente tigela de possibilidade que ele segura nas mãos. "Agora tudo está consertado", ele diz.

Me-Chame cora. "Eu o parabenizo, senhor, do fundo do meu coração."

Ele diz: "O rei me explicou como eu era um aspecto da sua glória. Ele disse, 'Nem todo governante é capaz de ignorar as origens de um homem e olhar apenas suas habilidades. Deus lhe deu talentos, Cromwell. E ele fez com que nascesse num momento e num lugar para que pudesse usá-los a meu serviço'".

"E o senhor não deixou transparecer nenhuma emoção?", Rafe pergunta.

"Não, então, por favor, façam o mesmo. Ele está certo em parabenizar a si mesmo. Ele pensa nas leis aprovadas e no dinheiro ganho. Se eu fosse um príncipe e tivesse Cromwell, iria me considerar o escolhido dos céus."

"Imagino por que agora", Me-Chame diz. "Em justiça, ele poderia ter feito isso há muito tempo. Mas ele sabe que ofenderá muitas pessoas."

"Não tanto ofender quanto dar prazer", Rafe diz. "Avise à residência. Mande chamar mestre Richard. Traga Gregory. Por Deus! Será que Gregory agora vai ser chamado de lorde Gregory? Será que ele vai receber o título?"

Lá embaixo, ouvem-se comemorações. Thomas Avery entra apressado, dá um abraço nele. "Senhor, todos vão esperar um aumento nos seus ganhos."

"Isso é adequado, já que vão servir a um conde."

A sala vai se enchendo com o pessoal dele, rostos brilhando. Ele puxa Avery de lado. "Lembra o que eu lhe disse? Sobre meu dinheiro no exterior?"

Avery fica surpreso. "Lembro sim, senhor."

"Então, sabe o que fazer?"

O menino franze a testa. "Perdoe-me, mas o senhor está falando como se sua fortuna tivesse sofrido um revés. Como se tivesse sofrido um golpe de azar em vez de uma grande promoção e honra."

"Encontre minha filha", ele diz. "Abra um canal para ela, para que possa ter fundos."

Ela pode aproveitar meu dinheiro, ele pensa, embora não aproveite meu amor.

"Quando eu saí, o rei...", ele diz. Ele se interrompe. A verdade é que ele parou no batente e pensou, aqueles a quem desejo contar estão mortos. Quero contar ao meu bom amo Frescobaldi e aos meus amigos na cozinha dele. Quero contar ao menino que, quando eu subi a escada do escritório de contabilidade, estava esfregando os degraus. Quero contar a Anselma, à minha esposa e aos meus filhos, e à moça em Roma que me deu o punhal. Quero cantar Scaramella: *Scaramella porque a guerra acabou, bomboretta, bomboro*. Quero contar a Wolsey e receber sua bênção. Quero contar a Walter e ver a cara dele. A notícia chegará a Putney: Põe-fio-nisso foi nomeado conde! Ele quer contar ao menino-enguia; gostaria que ele estivesse vivo para que pudesse ir até lá, desencavá-lo de sua toca de bebedeira e enfiar a informação no crânio dele.

Em Austin Friars, os cães de guarda ganham um osso extra. O leopardo, uma carcaça extra. O bufão Anthony percorre a casa com o rosto solene, tocando seus sinos de prata.

Num belo dia de primavera, sua nova função é proclamada. Os novos secretários estão trabalhando. Sir Me-Chame-Risley lê as patentes de criação que o tornaram conde. Sir Rafe Sadler o proclama lorde tesoureiro.

Na próxima vez em que vem à corte, o embaixador Marillac o avista, tem um sobressalto e sai andando para outro lado. Ele sente certa pena: o embaixador diz a seu rei o que ele quer ouvir e, apesar de ele estar do outro lado do mar, deve imaginar as solicitações irritadiças de um homem doente. Dizem que Francisco não pode cavalgar nem um quilômetro hoje em dia. Dizem que está morrendo. Mas ele já morreu tantas vezes nos relatos populares... Assim como nosso rei, ele volta a se erguer.

Henrique diz: "O embaixador Marillac declara que não pode mais fazer negociações com Cremuel presente. Acredita que você seja um espião do imperador".

"Isso nos deixa em dificuldade", ele diz.

"Não necessariamente. Posso falar com ele sozinho."

Ele faz uma mesura. Sempre foi crença do rei de que um príncipe fala com um príncipe, e homens comuns devem ficar agachados a uma distância suficiente para escutar, prontos para acudir a qualquer ordem. Henrique diz:

"Precisamos amolecer Francisco. Se ele viver, pode fazer um novo tratado comigo. E o imperador também, vejo que precisamos iniciar uma conciliação".

Ele escuta a mensagem. Trabalhe ambos os lados do banco, Cromwell. Como sempre fizemos.

Às vezes, ele diz a Wriothesley, o melhor que se pode fazer é recolher seus papéis e se retirar.

Da corte francesa, nenhuma reação à sua promoção: ou nenhuma educada o suficiente para ser registrada. Da corte imperial, o mesmo silêncio. Mas felicitações de Eustache Chapuys, que espera em Flandres para que Carlos o mande de volta como embaixador: coisa que ele vai fazer, Chapuys diz, assim que a briga com a Inglaterra for resolvida.

Um boato tomou conta da cidade, de que Ana será coroada em Whit. Ele não rebate. Vai se espalhar para o exterior, e a tendência é que acalme. O dr. Harst visita a rainha, mas o que arranca dela é um mistério. Harst é inútil, sempre o incomodando com pedidos incompreensíveis de protocolo. Ele, o conde de Essex, está ocupado, porque o Parlamento vai abrir e ele encheu a agenda de legislação. O rei espera que ele aumente os impostos. O dinheiro das terras de abadias demora a chegar; como ele uma vez precisou explicar ao cardeal, é um trabalho delicado transformar uma propriedade real em dinheiro vivo.

Ele fala na Câmara dos Lordes, não sobre impostos, mas sobre Deus: apresenta a intenção do rei, que é harmonia. Ele sente que nunca falou tão bem, nem disse tão pouco.

Depois da primeira sessão, o secretário-mor Rafe o procura: "Richard Riche não está contente. Ele pensa, com tantas mudanças, que devia ter sido promovido".

A quê? Que coisa melhor qualquer homem poderia ser além de mestre dos espólios? Riche tem sua propriedade em Essex. Ele recebeu São Bartolomeu, um dos maiores priorados de Londres. Mas Rafe diz: "Ele desenvolveu um rancor, senhor. Porque não o ama como ama Thomas Wyatt".

"Wyatt logo estará em casa", ele diz. É perverso da parte de Riche fazer essa comparação. "Só mostra…", ele diz a Rafe; mas deixa a frase no ar. Isso mostra como os homens são inexplicáveis, aquilo que realmente guardam na alma: e que de forma alguma aparece em seus rostos. Rafe diz: "Está lembrado do seu vizinho Stow? Quando ele apareceu com uma reclamação, dizendo que o senhor tinha roubado parte do jardim dele?".

"Não houve transgressão. A cerca de Stow estava no lugar errado."

"Sabemos disso em Austin Friars. O senhor disse, eu sei onde estão meus limites. Mas Stow saiu pela cidade falando mal do senhor. A família dele reclama e todos acreditam neles."

Ele lê a lição que Rafe sugere. Ele não roubou nada da família do conde de Oxford. Mas a família Vere acha que possui o posto de tesoureiro por extensa continuação nele e tem a intenção de mantê-lo enquanto o mundo existir.

Quando ele se encontra com Gardiner, o bispo diz: "Meus parabéns, Cromwell".

"Essex", ele diz. "Agora sou Thomas Essex."

"Você confundiu os franceses", Gardiner diz. "Eles tinham certeza de que o desastre com Cleves tinha sido seu fim. E se não Cleves, então os hereges em Calais, alegando que você pertencia a eles. Sabia que houve um adivinho chamado Calcante que sobreviveu à sua hora da morte prevista e morreu de tanto dar risada?"

"Mas também houve o poeta Petrarca. Ficou inerte, como se estivesse morto, durante a maior parte de um dia. Sua gente estava orando pela sua alma. Mas um pouco antes do horário previsto para o cortejo fúnebre sair, ele se levantou — e viveu por mais trinta anos. *Trinta anos*, Stephen."

O Parlamento se reúne e a corte está se enchendo, a maior corte em anos. Ele vê Jane Rochford conversando com Norfolk. Eles parecem sinceros; seu parente lhe demonstra um pouco de deferência, por Deus.

Ele a encurrala mais tarde, em tom de zombaria. "O que tio Norfolk lhe dizia?"

"Coisas que me convêm saber."

Ela se desvencilha dele, insolente, irritada: inútil. Ele pensa, eu a perdi. Quando foi que isso aconteceu?

A esposa de seu filho vem vê-lo: "Trago notícias de bordado. Sei que o senhor está interessado".

Ele inclina a cabeça: estou escutando.

"Fui convocada para realizar um trabalho. Uma das criadas podia ter feito, mas passaram para mim por malícia. Foi algo que pertenceu a Jane. Jane, a rainha, minha irmã, era o livrinho que ela atava à cintura, suas pequenas orações. Disseram a mim, pegue-o e tire suas iniciais. Eu disse, não vou fazer isso. Eu sou a sra. Cromwell, não uma criada qualquer."

"Lady Cromwell", ele a corrige.

"Eu devia ter dito isso, não é mesmo? Eu me esqueci. Meu título é novo demais."

Ela está à beira de lágrimas raivosas, e ele gostaria de abraçá-la, mas é melhor não. Bess não devia estar costurando, descosturando; ela poderia gerenciar um acampamento ou dirigir um cerco.

"Quando vejo, Katherine Howard o está usando no pulso. Não é o primeiro presente que ela ganha que pertenceu a uma dama melhor do que ela jamais será. O rei a quer na sua cama, para jogá-la de um lado para outro e ver se consegue fazer algo. E o pessoal dela lhe dirá, não o gratifique, não dê abertura, nem chegue a olhar na direção dele. Eu sei." O rosto dela demonstra irritação. "Nós, os Seymour, fizemos a mesma coisa. Não podemos reclamar — apesar de reclamarmos. Os Howard acreditam que ela pode se casar com ele. E quem vai dizer que não?"

Ele se sente exausto. "O que Ana diz? Ela deve saber." Ele viu a postura dela: cabisbaixa, apática. "Ela não devia dar ao rei motivos para reclamar. Se eu fosse aconselhá-la…"

"Mas não vai. Não chegue perto dela."

Se ele fosse aconselhar Ana, diria para ter paciência. A viúva Catarina conquistou a admiração de todos quando se sentou sorridente ao lado do rei que supôs ser seu marido, durante horas de cerimônias na corte, horas que se estenderam por anos. Nunca foi vista com lágrimas nas faces, nem com a cara fechada de raiva.

"Sim", Bess diz, "Catarina foi um ótimo padrão para a feminilidade. Ela morreu sozinha e sem amigos, não foi?"

No Primeiro de Maio, Richard Cromwell vai lutar no torneio em Greenwich, marcado para preencher cinco dias de combate, espetáculo e regozijo do público. Ele cavalga em meio aos desafiantes, chamados de Cavalheiros da Inglaterra: entre seus companheiros de equipe, o galante e bonito Thomas Seymour, e entre seus inimigos, o jovem conde de Surrey, fazendo sua estreia pública nas liças.

Gregory sem dúvida lutará no ano que vem. Por enquanto ele é oponente de treino. Ele não tem o peso de Richard, mas tem estilo e não tem medo, a melhor armadura, a melhor montaria.

"Tom Culpeper", Gregory explica. "Estamos estudando o que ele vai fazer. Ele é o favorito do rei, tem dinheiro apostado nele. Richard está escalado para lutar contra ele no combate a pé. Ele não vai enfrentá-lo na justa."

O combate a pé é a disputa mais implacável dentre todas do torneio.

É ad hominem. Não há onde se esconder.

"Um jovem promissor", ele diz. "Ele é bonito."

"Não será depois que eu acabar com ele", Richard diz.

Tanto Suffolk quanto Norfolk estão presentes quando o campeonato se inicia, e se cumprimentam com sua habitual civilidade vazia. Suffolk poderia se erguer dos mortos, ele declara, para estar presente a tal ocasião, porque em seu tempo era ele que segurava a palma: eu e o rei, ele diz, sempre Harry e eu. Deuses é o que éramos na nossa época.

Se você se senta perto do rei, embaixo do dossel com as armas da Inglaterra e da França, sente o corpo dele rígido de tensão, seus músculos saltados como se ele próprio estivesse na sela. Henrique vê, observa, dá nota a cada movimento e, no final de um embate, volta a se largar na cadeira e solta a respiração quando o vencedor e o perdedor são conduzidos para fora, com os cavalos espumando, recuando de lado e refugando, sem capacete em deferência ao público.

O jovem Surrey cavalga sete vezes: não é especialmente bem-sucedido, mas também não é derrubado do cavalo. Norfolk, ele desconfia, prefere a luta propriamente dita. A comitiva Howard faz bastante barulho, mas desde que uma apresentação seja feita e a honra da família se sustente, o duque parece pouco interessado nos detalhes. Ele não é do tipo saudoso dos velhos tempos quando se trata de uma disputa de armas; se tivesse escolha, armaria um canhão e dispararia o inimigo para Jerusalém.

Entre as disputas, músicos tocam. Cantam "Inglaterra seja agradecida", as vozes perdidas ao ar livre. Então tocam a "Dança do Urso" e a "Contenda dos montanheses", que faz as damas pularem nos assentos e marcarem o ritmo, e todos que não usam armadura a baterem palmas. A rainha está tranquila, as mãos cruzadas, mas ela observa tudo o que acontece com olhar arregalado e interessado; olha para o rei em busca de um sinal de quando aplaudir e quando se mostrar decepcionada.

Ele, Essex, entra e sai conforme os mensageiros vêm a ele. "Notícias da Irlanda", ele diz resumidamente para o rei. Enquanto as flâmulas prateadas esvoaçam e as trombetas tocam, ele se arrasta pela lama e pela vegetação rasteira, atrás dos O'Connor, dos O'Neill, dos Kavanagh e dos Breen: os destruidores, os incendiadores e os espoliadores, prontos para abrir seus portos aos navios de Pole. Quando Richard desfere seu primeiro golpe, sua lança tira o oponente da sela. É o golpe mais preciso visto em anos. Você já viu um menino vulgar enfiar seu punhal num pão e acenar com ele espetado? O inimigo é içado dessa maneira, voando pelo ar enquanto seu cavalo segue em frente sem ele. Você mal escuta quando ele cai no chão, porque os cortesãos estão gritando como bêbados para um urso atiçado.

Richard recolhe seu cavalo e o vira. Seus valetes correm para o fim da barreira para ter certeza de que ele saia triunfante do embate. Richard mostra à multidão sua luva de cota de malha, vazia, como se não soubessem que a lança dele se despedaçou. Henrique está de pé, um resplendor dourado. Ele está fora de si, dando risada e berrando. Estão acenando para que Richard vá até onde o rei está, mas através da fenda estreita em seu capacete é bem provável que ele não possa ver o sinal; agora um escudeiro pega o bridão dele, e a montaria, respingada de espuma, ergue a cabeça, bufa, faz os arreios tilintarem. O rei tira um diamante do dedo: está balbuciando alguma coisa; o braço coberto de cota de malha de Richard se estende.

O dia seguinte é domingo. Richard Cromwell se ajoelha e, quando se levanta, é Sir Richard. Henrique dá um beijo nele. Ele diz: "Richard, você é meu diamante".

No dia 3 de maio, os desafiadores e os respondentes lutam a cavalo, com espadas sem fio. Fitzwilliam, lorde almirante, senta-se ao lado dele e fala por baixo do estardalhaço. "A notícia da fronteira é que os escoceses estão juntando uma frota. O embaixador deles diz que Jaime tem planos de navegar até a França para visitar seus parentes. Mas nossos agentes dizem que ele está a caminho da Irlanda."

Ele dá uma olhada em Norfolk. "Uma pena que o escocês não venha por terra. Meu amo está sempre em busca de travar as batalhas do seu pai outra vez. As glórias lhe faltam hoje em dia."

Fitzwilliam diz: "Quero vinte navios. Tenho que estar no litoral irlandês antes de Jaime, para atirá-lo de volta ao mar aberto".

Ele assente. "Vou providenciar para que seja atendido."

Um grande urro se ergue da multidão: outro cavaleiro é derrubado da sela no solo verde primaveril, com todo o seu peso de cota de malha e rolando pelo chão. O vencedor remove seu capacete; os espectadores aplaudem: *Cromwell!*, gritam. Fitzwilliam diz abruptamente: "Você é popular nesta arena".

"Estão gritando para meu sobrinho. Eu deveria mandar Richard ao conselho no meu lugar para explicar o que gastei."

As contas para o transporte da rainha por terra e por mar estão chegando. Só os treze trombeteiros dela nos custaram quase cem libras. Nesta manhã mesmo ele recebeu uma cobrança de mais de cento e quarenta libras por trabalho no túmulo do rei — coisa injusta, levando-se em conta que Henrique nunca vai morrer. Ele reclama: "Custou-nos dois mil marcos para honrar o duque da Bavária quando nos despedimos dele".

O lorde almirante diz: "Mas esse é um sólido investimento para você, não é? Mesmo que tivesse custeado a viagem com sua própria bolsa".

Ele não pede a Fitz para explicitar o que quer dizer. Está pensando na tumba: 140 libras, 11 xelins e 10 pence. Você já viu o Homem Ferido, num manual de cirurgião? Há um tríbulo embaixo do pé dele, uma lança trespassando sua panturrilha, e entre suas costelas, uma flecha, o cabo quebrado. Há uma machadinha em seu ombro, uma espada na sua barriga, uma adaga que lhe atravessa o olho. Ele está sangrando dinheiro. Ainda bem que convenceu o Parlamento a aprovar dois anos de subsídio para o rei. Isso não será bem-aceito pelo interior. Mas há fortes a ser construídos, além de navios a ser equipados. Ele nunca acreditou na cordialidade entre Francisco e o imperador, mas acha que deixariam de lado suas querelas por um objetivo imediato: a invasão da Inglaterra. Ele diz a Fitz: "Vão chegar pela Irlanda se puderem, qualquer um deles. Reconcilie-os, o rei diz; mas ele é um tolo se acredita em qualquer coisa que eles dizem".

"Vou lhe dizer que você falou isso, pode ser?"

Lá embaixo, o escudo de armas de Cromwell estala com a brisa. Para Richard, esses são os melhores dias de sua vida. Mais que seu casamento, o nascimento de seus filhos, suas concessões de terra, suas comissões sob o rei; mais que sua prosperidade, sua segurança; são esses momentos em que os músculos e os ossos e os olhos do conquistador são indestrutíveis; em que o coração salta e a visão deslumbra e o tempo parece se esticar por todos os lados e se amortecer como um campo nevado, como uma cama de penas. Ele pensa no irmão Frisby, caído na neve em Launde, reluzindo como um serafim.

Richard é um homem de cabeça dura. Ele sabe que essa maneira de derrubar um homem é arcana, cara, obsoleta. Mas ele deseja se erguer neste mundo, assim como os Cromwell. Seu avô era arqueiro dos Tudor. Seu pai dobrou a lei. Agora ele é cavalheiro do rei. A expressão de Surrey por baixo do capacete só pode ser deduzida.

Fitz diz: "Alguma vez vestiu capacete e arnês, meu senhor?".

Por Cristo, não, ele pensa. Nós, piqueiros, éramos pobres demais para a cota de malha. Usávamos couro fervido, que endurecíamos com preces. Usávamos botas que pertenciam a outros homens.

Chegando às pressas do litoral, Wyatt nem se senta antes de dizer: "Bonner é bispo de Londres? Acha que isso é útil para você?".

"Ele é. E eu achava. Agora, duvido dele."

Bonner é um homem rechonchudo, rosado; parece tolo, mas seu cérebro é tão afiado quanto um prego amolado. Ele voltou da França, instalou-se em sua sé e já dá sinais de que pode ser um ingrato, ou agente duplo. Ele, Essex, não é facilmente induzido a erro, mas, hoje em dia, os homens são amigos ao portão e inimigos à porta. "Achei que ele fosse um de nós. Talvez seja de todo mundo. Mas, mesmo assim", ele diz, "Bonner sabe coisas. Sobre Gardiner, suas práticas na França."

"Não devia promover um homem porque ele odeia Gardiner. Isso não é seguro." Wyatt anda de um lado para outro. "Ouvi dizer que vocês jantaram juntos."

"Eu jantei. Stephen estava com cara de quem engolia girinos."

"Você recebeu Suffolk aqui, seu pessoal diz. Esteja avisado. Ele não vai ficar ao seu lado se precisar de um amigo."

"Você e Brandon se desentendem há dez anos. E eu esqueci por quê."

"Eu também esqueci. E ele também. Isso não significa que possamos fazer as pazes."

"Vá para casa, para Bess Darrell", ele diz. "Vá para Allington e aproveite o verão. Bess me ajudou. E eu agora posso ajudá-lo, por minha vez."

"Não me deve nada", Wyatt diz. "A obrigação é na direção contrária. Tenho estado em agonia, imaginando o que pensaria de mim. Obedeci às instruções que me foram dadas. Crie uma abertura, você disse, separe Francisco e o imperador. Fiz isso, mas temo que não o tenha ajudado."

"As inimizades deles eram tão antigas, tão arraigadas", ele diz, "que não devia dar todo o crédito a si mesmo. Só reverteram ao padrão que conheciam. De todo modo, você seguiu suas instruções, o que mais poderia fazer? Tenha certeza, não é prejuízo para mim."

"Tirando o fato de que corre o risco de perder sua rainha."

Então, Wyatt sabe de tudo. As ondas do mar Estreito farfalham como folhas, sussurrando através da Europa a notícia da incapacidade de Henrique. "Será um jogo desgraçado sem ela, é verdade."

Wriothesley entra. "Wyatt? Achei mesmo que fosse você." Eles se abraçam, camaradas de armas. "Pode explicar para nós o que está acontecendo aqui."

"Mas eu estive fora do reino", Wyatt diz.

"Isso não importa. Dentro, fora, nós não caminhamos sobre a terra, nem nadamos, nem voamos, não sabemos em que elemento vivemos. O verão está chegando, mas o rei chove e brilha como abril. Os homens mudam de religião como mudam de casaca. O conselho toma uma resolução e, no minuto seguinte, esquece. Escrevemos cartas e as palavras se apagam. Estamos jogando xadrez no escuro."

"Num tabuleiro feito de geleia", ele diz.

"Com peças de manteiga."

Wyatt diz: "Suas imagens me inquietam".

"Então crie melhores, meu caro", Wriothesley diz.

Quando se abraçaram, ele viu os olhos de Me-Chame por cima do ombro de Wyatt. Eram iguais aos olhos de Walter num dia em que ele se queimou na forja. Ele tinha se afastado, em silêncio, para mergulhar o braço na água: não emitiu som nenhum, nem xingamento, nem bronca em si mesmo, mas o suor começou a se formar em sua testa e suas pernas falharam.

Esse ano, os negócios o afastam do banquete. O lorde deputado da Irlanda precisa ser substituído, e a necessidade é urgente. Há quatro ou cinco anos, ele apoiou Leonard Grey para o cargo: bem, mais uma vez ele errou. Há conselheiros que dizem que a única maneira de avançar é esvaziar a ilha e repovoá-la com ingleses. Mas, ele pensa, os irlandeses iriam recuar para o interior e se esconder em buracos onde ratazanas não seriam capazes de viver.

Ele diz a Audley: "Há rumores de que o exército de Pole chegou a Galway. Ou então a Limerick. Duvido que Reynold fosse capaz de distinguir entre os dois, ou dizer se estava na Irlanda ou na Terra de Nod. Se suas andanças anteriores servem de guia, ele vai tentar nos invadir por Madri".

Audley olha para ele: como pode fazer piada? Ele é a solenidade em pessoa, agora que foi eleito à Ordem da Jarreteira, e tem uma corrente e um novo Jorge brilhando no peito.

Quando lorde Lisle recebeu permissão de sair de Calais para o banquete da Ordem da Jarreteira, achou que fosse um sinal de reconhecimento. Está surpreso por receber a ordem de se apresentar ao conselho e ser questionado. É um segredo conhecido por todos que alguns integrantes de sua casa abandonaram seus postos e se dirigiram a Roma. O menino Mathew, entre outros, trouxe para casa polpudos arquivos com provas. Mas o lorde do selo privado não tem o que deseja — um maldito documento para ligar o lorde deputado a Pole.

Rafe diz: "Nesse ponto, geralmente prendemos Francis Bryan, não é mesmo? Quando não podemos fazer com que as respostas se encaixem nas perguntas?".

Ele sorri. Bryan sabe tudo sobre Calais, é verdade. Ele poderia ajudar a derrubar Lisle, talvez o embaixador Valloppe também. Mas quem acreditará em Francis? O Vigário do Inferno secou muitas taças. Fez muitas jogadas, ofendeu gente demais: se pensar *in vino veritas*, olhe para Francis. No entanto, ele conhece os segredos de todo mundo e parece ser primo de todo mundo. Ele tem amigos em todos os tesouros; vigias em todos os portos.

Rafe dá de ombros, como se estivesse tentando equilibrar uma carga mal distribuída. Nós, servos do rei, precisamos nos acostumar a jogos que não podemos vencer, mas nos quais seguimos lutando até um empate exaustivo, sem que as regras sejam explicadas. Nossas instruções estão cheias de arapucas e armadilhas, e isso significa que, ao mesmo tempo que ganhamos, também perdemos. Não sabemos como proceder de um minuto a outro e, no entanto, de algum modo procedemos, e outra noite cai sobre nós em Greenwich, em Hampton Court, em Whitehall.

O rei pergunta a si mesmo em voz alta, o que devemos fazer quando se descobre que os cavalheiros da Ordem da Jarreteira são traidores — homens como Nicholas Carew? Certamente o nome deles deve ser riscado dos volumes que contêm a história da ordem. Mas será que isso não vai macular a beleza das páginas?

A decisão é que o nome desgraçado deve permanecer. Mas as palavras "VAH! PRODITUR" têm de ser escritas na margem para que o homem fique marcado para sempre.

Vah! Ele pensa em Gardiner tentando expulsar seus girinos com uma tosse: a essa altura sua mente diabólica já os engoliu, terá de cuspi-los como sapos. "O homem de que ele precisa é santo Elredo", Gregory diz. "Quando o santo se deparou com um homem inchado segurando a barriga, Elredo na mesma hora enfiou os dedos na garganta do paciente; ele vomitou, com seus sapos, quatro litros de bile."

Ele diz a seu filho: "Tenho notícias para você. É um golpe, devo confessar".

Ao fazer dele conde, o rei lhe cedeu vinte e quatro mansões em Essex, além de propriedades em outros condados. Mas, em troca, ele quer a mansão de Wimbledon e a casa em Mortlake.

Gregory pisca. "Por quê?"

"Você sabe que ele não pode cavalgar distâncias tão longas agora. Deseja unir um grande parque ao outro, para que possa sair a oeste de Londres e continuar no seu próprio terreno. Vou lhe mostrar o mapa. Verá sentido nele."

Ele não abre os livros de contabilidade para conferir quanto dinheiro gastou em sua casa de Mortlake. Achou que seria sua por toda a vida.

Gregory indaga: "Não vai sentir falta do seu antigo terreno, não é?".

Desde criança, Gregory frequentou a órbita dos príncipes. Putney não é nada para ele, aqueles campos que Walter conseguiu com tanta dificuldade, o arrebanhar de ovelhas pelo qual brigou tanto com os vizinhos.

Gregory diz: "Não desanime, senhor meu pai. Além de Elredo ser bom para dor de estômago, também era o rei dos ossos quebrados. Fazia os mudos falarem".

Ele pergunta: "E o que eles diziam?".

Quando ele considera que é o momento certo, manda homens para buscar Lisle: dez da noite, para tirá-lo da cama e levá-lo para a Torre. Ele ordenará que o bispo Sampson seja transferido para lá também. Será conveniente obter a confissão dos dois juntos, já que os fatos estão tão entremeados. Ele não precisa que o bispo seja acusado, apenas que esteja sob custódia, fora do conselho e longe do púlpito. Cranmer ocupará o lugar vazio na rota na catedral de são Paulo: está na hora de os amantes da Escritura dizerem o que pensam. Os outros bispos deveriam se acautelar com a prisão de Sampson. Ele tem cinco nomes em sua lista. Permite que esse fato seja conhecido. Que nomes são, ele não divulga.

Lisle também pode ser detido se as provas forem adequadas. Em Calais, ele pode ser substituído por um homem mais ativo e competente. Ele pensa em Wyatt: por que não? Os franceses têm medo de monsieur Hoyet. Mas, como alguém diz, dificilmente o temem tanto quanto os ingleses.

No dia seguinte à prisão de Lisle, o homem John Husee espera por ele ao amanhecer, para implorar. Ele lhe diz: "Fique fora disso, Husee. Tem sido um bom serviçal e merece um amo melhor".

Honor Lisle continua em Calais. Mestre Wriothesley diz: "Em consideração, senhor, deveríamos tê-la trazido junto com o marido; dos dois, ela é a mais papista".

"Ela pode ficar detida em casa", ele diz. "Providencie, pode ser?" Ele percebe, num instante e pela primeira vez: não sou implacável o suficiente para Sir Thomas Wriothesley.

Então ele diz a Husee: "Se Lady Lisle tem cartas, seria melhor que as entregasse, em vez de queimá-las. Sou adepto de interpretar cinzas".

Depois que o rei dá permissão para a prisão de seu tio, ele se retira para orar. Mas não vai visitar lorde Lisle, apesar de ele implorar muito. Chegou a notícia da Escócia de que a nova esposa do rei Jaime lhe deu um filho homem. "Eu poderia ter me casado com aquela dama", o rei diz. "Mas meus conselheiros demoraram muito a agir e não estavam dispostos."

Na nobre cidade de Gante, o imperador se acomoda num salão enfeitado de preto, ditando destinos. Ele tira os privilégios das guildas, arrecada uma multa, apreende armas e derruba parte dos muros além da abadia principal, anunciando que vai construir uma fortaleza guarnecida com soldados espanhóis. Ele faz os principais cidadãos desfilarem descalços, com vestes de penitentes, laços em volta do pescoço. As execuções já duram um mês.

Em tempos passados você poderia pensar, se tivesse de ir para a cama com Carlos ou Francisco, que Carlos é o menos doente. Mas, agora, quem pode escolher: dois parceiros desprezíveis, suando e derretendo? "Chamam nosso rei de assassino", ele diz a Brandon, "mas quando eu comparo..."

"Por Deus, como são impudentes!", diz o duque. "Com todos os problemas que ele tem, tanto com homens quanto com mulheres, com traidores e rebeldes e falsos conselheiros, eu digo que é um santo ungido."

Norfolk e Gardiner se visitam como faziam antes de o duque ir para a França. Seus informantes dizem: "Norfolk está com a menina Katherine. Na casa de Gardiner, fizeram uma peça. Era *Magnificência*. Foi uma representação contra o senhor".

Trata-se de uma velharia de Skelton, escrita contra Wolsey em seu tempo. Quando carroceiros se tornam cortesãos, eis o ônus: como os presunçosos se vangloriam, como pecam, como o bem comum é prejudicado. Os atores são Conspiração e Abuso, Loucura e Diabrura, e a Magnificência em si, que proclama:

Reino em minhas vestes, governo como me convém,
Controlo esses bastardos com a força que meu punho tem.

Mas, no final, a Magnificência é derrubada, é surrada e envergonhada, despojada de tudo que tem e mergulhada na pobreza. Entra o Desespero, incitando-a a pôr fim em tudo, esfaqueando ou enforcando a si mesma, o mais deplorável velhaco entre todos os condenados do inferno.

Bem na hora chega a Boa Esperança e a salva.

Mas, se achar que seria a preferência de seu público, sempre se pode terminar a peça antes, deixando a Magnificência na poeira.

Rafe diz: "Me-Chame estava presente. Na peça de Gardiner".

"Estava?" Ele está perturbado. "Cuidando dos nossos interesses, tenho certeza."

Vieram sussurros do escritório particular de Gardiner. O bispo pôs gente dele para examinar as finanças de Me-Chame. Eles compartilham o território em Hampshire; seus negócios estão naturalmente entremeados, e se há alguma prática escusa, já não pode mais ser escondida do bispo. Ele diz: "Eu gostaria que Me-Chame viesse até mim e permitisse que examinássemos os números juntos".

Às vezes as transações têm buracos. Às vezes as colunas não fecham. Para remediar a questão, é possível ser criativo sem ser desonesto.

Ele diz: "Se Gardiner mandar convocar Me-Chame, ele não tem escolha além de atender. Se algo for alegado contra ele, precisa escutar o que é".

Ele pensa, Wriothesley vai me acusar de ensiná-lo a ser avarento. Eu teria lhe ensinado contabilidade se ele conseguisse ficar sentado quieto para escutar. Ele diz a Rafe: "Talvez haja um acordo a ser feito. Gardiner em si tem muito a esconder, se alguém se desse ao trabalho de vigiá-lo".

Depois da noite da peça, Katherine Howard não volta a suas funções na corte. O pessoal da rainha informa que Ana fica aliviada com sua partida. Mas Ana não conhece nossa história, ou iria perceber que os presságios não são bons para ela. A donzela voltou a ser instalada em Lambeth, na casa de sua família, mas agora ela tem criadas próprias e é servida com deferência por aquelas que têm esperança de que ela vá levá-las a alta fortuna um dia. Toda noite, a barcaça do rei atravessa o rio. Os menestréis dele tocam "A dança do bufão" e "La Manfredina" e "Meu lorde e minha dama partem". Henrique fica com ela até tarde, rema de volta depois do pôr do sol, os tambores e as flautas em silêncio.

Ele pensa nos cirurgiões, no livro sangrento deles. Entalhado, furado e fatiado, o Homem Ferido está em pé na página. Ele estende os braços, um deles quase decepado à altura do pulso: "Vamos, vamos, o que mais têm para oferecer?".

Ele manteve sua palavra com o rei: o Parlamento, maleável, deu ao Tesouro o que era necessário. Antes do verão vai se dispersar, sem dia determinado para se reunir outra vez. Apesar de ele, Essex, ter largado suas obrigações de secretário, parece mais atarantado que nunca, preparando-se para perigos invisíveis. Se Pole realmente está a caminho da Irlanda, suas velas não foram avistadas. O lorde almirante Fitzwilliam deixa seus capitães de vigília e volta para tomar seu lugar no conselho.

O fato de lorde Lisle estar na Torre não o impede de proferir acusações. A única maneira de detê-lo seria parar de fazer perguntas. Ele insiste que lorde Cromwell agiu como patrono de todos os hereges em Calais durante esses sete anos passados, desviando-se da justiça e desprezando as ordens do rei.

Lisle não entra em detalhes, quando e onde e quem. Em sua posição, qualquer um lançaria lama, na esperança de acertar no alvo. A esposa dele agora está sob prisão doméstica. Ele, Essex, não se surpreende em saber que os Lisle não pagam seus criados domésticos há dois anos e meio.

No dia 6 de junho, o rei o convoca. "Milorde, ouvi dizer que foi atacado."

Atacado? "Estou acostumado com isso."

"Insultado abertamente", o rei diz, "na apresentação de uma peça. Mas fiz com que todos saibam que quem denigre Cromwell também denigre seu rei. É meu papel, e o de mais ninguém, reprovar ou premiar meus servos."

Eles não conversaram — o rei e seu principal conselheiro — a respeito da sobrinha do duque de Norfolk. Agora o rei permite a si mesmo uma explosão de raiva. "Faço um elogio a uma doce tolinha, e o mundo diz que vou me casar com ela. O que você fez para refutar?"

Ele diz: "É da parte de Norfolk refutar. Além do mais, o mundo já tem a resposta necessária, com certeza. Vossa majestade não pode se casar, tem uma esposa".

Henrique diz: "Guilherme esteve em Gante. Esteve com o imperador. Chegaram a algum tipo de acordo. Ou então — não sei qual dos dois — chegaram a um impasse".

Algo está incomodando Henrique além do assunto em questão, fazendo com que ele aja de modo rabugento, irascível. Logo vou saber, ele pensa, e não devo evitar saber. Ele diz: "Ainda não fomos informados a respeito do que aconteceu em Gante. E eu não confiaria na primeira informação que recebermos. Nunca confio".

"Bem, é você quem vai ser informado", Henrique se irrita. "Sei que as cartas que deveriam chegar para mim chegam para você. Sou obrigado a mandar alguém à sua casa e pedir para saber a respeito dos meus próprios assuntos. Será que alguém pode nos dizer se Cleves e o imperador se despediram como amigos? Porque, caso contrário, é sinal de guerra. Não adianta nada ir ao Parlamento e conseguir um subsídio para mim, milorde, se eu for gastar tudo de uma vez, numa guerra que não desejo, por um homem que se aproveita de mim…"

"Não acredito que Guilherme irá à guerra."

"Ah, é? Então acha que ele está fazendo as pazes com o imperador? Pelas minhas costas? Eu há muito desconfio que Cleves não é honesto. Ele deseja manipular tanto a mim quanto ao imperador. Ele deseja a segurança das minhas tropas atrás de si para que possa se postar e fazer exigências a Carlos. Ele deseja que Carlos lhe entregue a duquesa Cristina e vai tentar ficar com Gueldres também."

"Uma manobra ousada", ele diz, "mas talvez ele seja bem-sucedido. O senhor não faria o mesmo?"

"Talvez, se eu não tivesse consciência", Henrique diz, "nem medo. Nenhuma noção de obrigação. Talvez se isso acontecesse há vinte anos. Seu homem Maquiavel alega que a fortuna favorece os jovens."

"Ele não é meu homem."

"Não? Então, quem é?"

"O senhor foi visto no espelho dos príncipes, antes mesmo de eu mostrar o rosto. Não lhe falta arte ou habilidade para governar."

"E, no entanto", Henrique diz, "deixa-me de coração partido. Alega que tudo que pensa e faz é para mim. Mas se recusa a me livrar dessa péssima aliança desgraçada e malfadada. Você me deixaria amaldiçoado — sem esperança de mais filhos, aliado à heresia e exposto ao perigo e aos gastos de guerra."

"Com licença", ele diz. Atravessa a galeria, até onde o sol brilha e esconde dele a visão de um círculo de cortesãos, que o olham fixo à distância. Ele pensa, estou caminhando acima das nuvens.

Ele se vira. "Vossa majestade mantém o retrato de Cristina atrás de uma cortina."

"Eu poderia ter ficado com ela", Henrique diz, "se fosse do seu gosto. Nada deixaria Cromwell satisfeito além de eu me casar com a irmã de um luterano."

"Vossa majestade sabe, acredito, que o duque Guilherme não é luterano. Como vossa majestade, ele segue seu próprio caminho, uma luz que guia seu povo."

O rei começa a falar — então hesita, abdicando de seus próprios pensamentos. Quando continua, é com leveza, como se estivesse experimentando uma piada. "Norfolk me perguntou quanto Cromwell recebeu para arranjar o casamento com Cleves."

"Ele sabe de onde sai minha renda, não tenho dúvidas. Assim como o senhor também sabe."

Aquele tom de animação permanece na voz de Henrique: "Eu lhe disse, nada é mantido em segredo de mim. Norfolk diz, 'E, além do que ele recebeu para arranjar o casamento, quanto ganha para providenciar sua continuação?'.

Deve ser uma soma enorme, Norfolk pensa, para que continue agindo contra meu desprazer desde a virada do ano".

Ele precisa escolher suas palavras com cuidado: não fazer promessas que não possa cumprir. "Vou fazer o que puder, mas, se o senhor repudiar a rainha, não posso evitar consequências nefastas."

"Está me ameaçando?", Henrique pergunta.

"Que Deus não permita."

"Ele não permite."

O rei lhe dá as costas e fica olhando para a parede. Como se tivesse entrado em transe com o forro da parede, absorvido pela superfície de linho.

No dia seguinte, ele não tem encontro marcado com o rei. Mas fica na expectativa de receber alguma mensagem. Henrique adora fazê-lo correr de cima para baixo, gritos de "Urgente, Urgente" soando em seus ouvidos, como os gritos de sabujos que seguem algo pelo cheiro.

Uma carta chega. Ele lê e digere: ordens do rei. Ele a arquiva. Ele espera ser convocado: nada. Ele tira a carta de seu arquivo e entrega a Wriothesley: acha que Me-Chame vai pegá-la de todo jeito, sua curiosidade será mais forte que ele, e se está fazendo relatórios a Gardiner — bem, que faça. Nesses próximos dias, devemos tentar chegar a conclusões.

Wriothesley diz, com a carta na mão: "Senhor, o rei não o elevaria apenas para destruí-lo. E ele não faria esses pedidos se não quisesse que o senhor os executasse".

O livro chamado Henrique: nunca diga o que ele não fará. Ele se senta. "Compreendo que ele deseja uma resolução com sua graça, a rainha. Mas minha dificuldade é que eu devo informar ao conselho, como se fosse novidade, que o casamento não foi consumado. Posso contar a Fitzwilliam, o rei diz. E a um ou dois outros, se for necessário. Só que todo mundo já sabe. Sabem que a coisa não deu certo desde o início."

Ele passa a mão pelo rosto. Seus arquivos irlandeses continuam intocados. Está na hora da ceia, e ele não tem vontade de cear, e o secretário Wriothesley parece não ter apetite também. O que é uma pena, já que Wyatt enviou os primeiros morangos de Kent.

Me-Chame diz: "Pode trabalhar com o pré-contrato, senhor. Já fez coisas mais difíceis. Teríamos que encontrar uma pensão para a dama. E qualquer coisa que o irmão exija como forma de compensação. Mas, como ela ainda é donzela, Cleves pode encontrar outro marido para ela, e isso seria um alívio para nosso tesouro".

Ele pensa, Ana pode achar que já basta de homens para ela. Os dedos dele dentro dela. *C'est tout.*

"Para preservar a compostura do rei", Me-Chame diz, "vamos mencionar seus escrúpulos. O medo de que a dama possa não ser livre e estar sob contrato com a Lorena pesou tanto na cabeça do rei que ele está determinado a deixá-la intacta até que a questão seja resolvida. Coisa que ainda não aconteceu..."

"Mas por que eu deveria tentar...?", ele indaga.

"... e a essa altura o rei acredita, como qualquer homem acreditaria, que os conselheiros de Cleves estão atrasando deliberadamente..."

"... por que eu deveria? Se Ana se for, logo Norfolk chegará com sua pequena devassa no braço. Ele achou que poderia governar por meio da sua outra sobrinha, mas Ana o frustrou. Esta aqui será tratável, você pode ver só de olhar para ela. Norfolk acredita que pode me tirar do conselho e que ele e seu novo amigo Gardiner vão nos conduzir de volta a Roma. Mas eu não vou sair, Me-Chame. Vou lutar. E quando voltar a ver Stephen, pode dizer isso a ele em meu nome."

Ele vê Wriothesley se encolher como um cachorro embaixo do chicote. Ele está choramingando sob sua carga de conhecimento, como todas as criaturas do rei fazem.

Naquela noite, ele sonha que está em Whitehall, na escada em espiral que leva ao rinhadeiro. Aqui, abaixo do solo, os galos de briga circulam, aves vermelhas e brancas, as penas eriçadas em tufos. Aqui eles disputam, erguendo-se numa confusão de asas no ar, garras em posição: debatendo-se com esporas de aço, bicando olhos, dilacerando peitos e arrancando asas. Aqui se morre, enquanto os espectadores urram e batem os pés; respingados de sangue, batem uns nas palmas das mãos dos outros e pagam suas dívidas. O galo morto é recolhido da areia e jogado aos cachorros.

De manhã, ele está em Westminster, onde participa da reunião dos Lordes. Ele almoça. Às três da tarde, está a caminho da câmara do conselho, Audley ao seu lado, Fitzwilliam atrás. Norfolk se agita à luz do sol, ou na frente ou atrás, conversando com asseclas que carregam espadas ao lado do corpo.

O dia está tumultuoso e, quando atravessam a corte, o vento leva embora seu chapéu. Ele tenta segurá-lo, mas já se foi, rolando na direção do rio.

Ele olha ao redor para o grupo e os pelos de sua nuca se arrepiam. Os conselheiros não fazem menção de tirar seus chapéus. Continuam caminhando. Ele se afasta com passos firmes como que para se livrar deles, mas eles se agrupam em volta dele e caminham no mesmo ritmo.

"Um vento maligno", ele diz, "para levar embora meu chapéu e deixar o dos senhores." Ele se lembra de Wolf Hall, da noite parada, o braço de Henrique em volta de seus ombros. O interior da casa se abriu diante deles; músicos tocaram a canção do rei, "Se o amor agora reinasse"; e, juntos, entraram alegres para cear.

Agora o sol se reflete num fio prateado no tecido da jaqueta de lorde Audley. Salpica o casaco do lorde almirante de brocado azul. Produz um brilho vermelho no canto do olho dele e ele leva a mão ao peito, por cima do coração, mas seu punhal não está mais ali: apenas seda, linho, pele. Rafe tinha razão, claro. Quando você precisa, não pode usá-lo.

De baixo, alguém puxa sua manga. "Perdeu isso, meu lorde Essex?".

O rapazote está inchado de orgulho: por ter recuperado o chapéu, e por saber qual lorde é qual. Ele procura uma moeda, olha para o rosto sorridente. "Eu o conheço, não? Costumava levar notícias urgentes ao palácio de York."

"Abençoado seja", o menino diz, "aquele era meu irmão Charles. Eu sou George, sou tão parecido com ele quanto minha mãe foi capaz de fazer. É fácil nos confundir, como muitos confundem. Mas Charles..." Ele ergue a mão para mostrar o tamanho que seu irmão tem agora.

"Deve ser mesmo", ele diz. Quando Charles levava notícias urgentes, Ana Bolena era uma mera marquesa: e certa vez, quando ele se dirigia ao covil dela, Charles lhe perguntara: "Tem uma medalha santa para protegê-lo?".

Ele diz: "Diga ao seu irmão que mando lembranças. Espero que ele esteja bem. E também você, mestre. Obrigado pelo meu chapéu".

Ele pensa que vê Stephen Gardiner, um contorno escuro contra o tijolo rosado. Onde estão os secretários, ele pensa, um ou os dois deveriam participar... Sua garganta está seca. Seu coração treme. Seu corpo sabe, e sua cabeça está chegando lá; enquanto isso, estamos indo a um encontro do conselho.

Passaram para um trecho a céu aberto. O dia de verão recua. Ele pensa, eu me separei do último apoiador que tinha ali: George gritando pelo pátio fechado, rodopiando sua recompensa no ar. Ele não vê Riche. Pensa, Wyatt me disse que Charles Brandon não iria me ajudar e, se fosse, não poderia, não está aqui. Mas Norfolk se esgueirou por trás dele. Flodden Norfolk, um pai que recebeu seu nome em homenagem a uma batalha: o que acha disso, Cromwell?

Ele pensa, meu pai Walter não teria deixado o punhal em casa. Se meu pai estivesse aqui, eu não teria medo. Mas o inimigo teria. Se Walter estivesse aqui, estariam agachados embaixo da mesa do conselho, mijando nas calças.

Ele olha ao redor: "Meu lorde arcebispo está a caminho?".

Fitzwilliam responde: "Não estamos à espera dele".

Gardiner entrou atrás deles. Está bloqueando a porta. "O que é isso, Winchester?", ele pergunta. "Voltou ao conselho?"

"Iminentemente", Gardiner responde.

"Vamos ver quanto tempo isso dura, pode ser? Alguém quer apostar?" Ele se senta. "Nossos números baixaram. Mas vamos começar?"

Fitzwilliam diz: "Não nos sentamos com traidores".

Ele está pronto para encará-los: em pé, o maxilar travado, os olhos apertados, a respiração curta. Norfolk diz: "Vou arrancar seu coração e enfiar na sua boca". Os escrivães, com suas pastas na frente do peito, deram um passo para trás para permitir que os alabardeiros do rei enchessem a sala. Os conselheiros caem em cima dele. Como animais em bando, latem e rosnam, urram e se debatem. Fitzwilliam está tentando tirar sua insígnia da Ordem da Jarreteira do seu casaco. Ele o golpeia para longe e o empurra para cima da mesa. Mas Fitzwilliam volta. Puxam, chutam, arrastam. Ele é empurrado e socado, sua corrente de ouro é arrancada, e ele baixa a cabeça, levanta os punhos, dá um golpe e está urrando, contorcendo-se de raiva, não sabe o que diz, nem se importa com isso: e então, tudo termina. Tomaram-lhe a corrente e o Jorge. Alguém retirou seus papéis da mesa.

William Kingston é um homem grande e os conselheiros dão espaço para ele. "Meu amo? Precisa acompanhar esses guardas." Ele fala como um homem que tem a melhor das intenções. "Vai me acompanhar de bom grado. Vou ficar o tempo todo do seu lado e vou conduzi-lo através da multidão."

Só há um lugar a que Kingston conduz alguém. À visão de Kingston com um mandado, o grande coração do lorde cardeal falhou. Suas pernas já não o seguravam em pé e ele se sentou em cima de um baú; lamentou-se e recitou suas orações.

À porta, Gardiner diz: "Adieu, Cromwell".

Ele para. "Quero meu título."

"Você não tem título nenhum. Ele se foi, Cromwell. Não passa daquilo que Deus o fez. Que Ele o acolha em sua misericórdia."

A luz do sol apaga os espectadores. Os conselheiros todos saem atrás dele. Evidentemente, não vão trabalhar; ou acham que já trabalharam.

Ele pensa, o único homem que poderia me ajudar agora é o homem que atirou em Packington. Ele pode não ser bem-sucedido com tantos alvos. Para onde eu voltaria sua mira?

Há um barco à espera dele. Tudo foi tão bem organizado que seria de pensar que ele mesmo o fizera. Uma briga de dois minutos, ele pensa, mas decerto esperavam por isso. Alguém poderia levar um soco na cara — mas são muitos contra um. Sabem como tudo vai acabar. Tiram o pó das roupas e me despacham.

Hoje é dia 10 de junho. Eram três da tarde quando ele atravessou a corte e perdeu o chapéu. Ainda não são quatro horas. Ainda há horas de claridade restantes. Ele diz a Kingston: "Meu lorde arcebispo não está preso?".

"Não recebi tal ordem", Kingston diz com brusquidão; então completa: "Pode ficar tranquilo em relação a isso".

"Gregory?"

"Eu vi seu filho na Câmara dos Comuns há uma hora. Não tenho ordens lá."

"E Sir Rafe?" Hoje ele está sendo cauteloso em relação a títulos.

"É possível que tenha sido emboscado para que não comparecesse ao encontro. Porém, mais uma vez, não tenho ordens relativas ao secretário-mor."

Ele não pergunta, e Wriothesley? Ele diz: "Pode mandar chamar alguém da minha casa para me servir até que eu seja solto?".

Kingston diz: "Não é nosso costume deixar um cavalheiro sem criado. Dê-nos um nome e mandamos buscar".

"Mande alguém a Austin Friars e pergunte por Christophe."

Ele pensa, eles me machucaram, mas não vai doer até amanhã. A água se agita embaixo deles, de um azul profundo. A Torre está à vista. A pedra centelha como a luz do sol no mar.

Parte 6

I.
Espelho

Junho — julho de 1540

Pôr do sol, Christophe está parado à porta. Suas roupas estão rasgadas, seu olho, roxo. "Fui obrigado a fazer um juramento", ele diz, "de que, se eu ficasse com o senhor, relataria qualquer traição que proferisse. Eu jurei, então saí e cuspi." Ele anda pelo aposento de um lado para outro. "O rio está logo além. Uma fuga é possível."

"Cabeça-oca", ele diz. "Como é que uma fuga pode ser possível? E, se pudesse, como minha família ficaria? Acha que todos vocês vão me acompanhar à Utopia, juntos num barco grande?"

Ele pensa, pelo menos Christophe não cravou meu punhal em ninguém; ou, se cravou, ainda não encontraram o corpo.

"Chegaram pisoteando tudo", o menino diz. "Exigiram que lhes dessem as chaves, e eu disse, não lhes deem nada. Mas Thomas Avery e aquela gente, eles obedeceram."

"Eles não tinham escolha."

"Chegaram como um exército. 'Tudo aqui pertence ao rei.' Levaram embora o dinheiro da nossa sala-forte. Quebraram a fechadura do nosso armário, do qual apenas o senhor tem a chave. Eu disse a um deles, 'Cuidado onde pisa, seu animal selvagem, se enlamear esse tapete de flores de seda, lorde Cromwell vai pessoalmente dilacerar a carne dos seus ossos'. Mas não, ele passou por cima. Desceram aos porões com tochas. Subiram e disseram, 'Ossos!'"

Ossos e relíquias, algumas sem nome, algumas marcadas com sua origem. Ele pensa, vou mandar uma mensagem: desçam ao porão e encontrem Becket, então arranquem sua etiqueta de identificação. Isso vai pôr um fim nele.

Ele pergunta: "Quem os liderava?".

"Quem mais senão Me-Chame?"

Ele ergue os olhos. "Não ficou surpreso?"

"Ninguém ficou surpreso. Mas ficamos todos enojados."

Ele pensa, quando Gardiner abordou Wriothesley, não fez uma proposta razoável: quem escolhe, Cromwell ou eu? A oferta dele foi a seguinte: escolha a mim ou a morte.

Christophe diz: "Jogaram seus papéis em caixas para levar embora. Me-Chame orientou aonde ir — olhem dentro desse baú, abram aquilo. Mas não encontrou tudo o que esperava, então começou a gritar. Thomas Avery disse, 'Desconfio de Me-Chame há meses — por que meu mestre o recebia?'".

"Cristo recebeu Judas. Não que eu esteja forçando uma comparação."

"Então Richard Riche chegou. Ele também gritou. 'Olhem no baú amarelo à janela.'" Christophe dá um sorriso sem jeito. "O baú amarelo se foi."

Junto com ele se foram suas cartas dos clérigos suíços: que o prejudicariam. Talvez decidam dizer que ele é um herege que nega que Deus está na hóstia. Mas não terão provas. E ele não tem dificuldade em dizer que Deus está em todo lugar.

"Todos esperam sua restauração", Christophe diz. "O senhor vai voltar e tudo será como era antes. Enquanto isso, estou aqui para servi-lo." Ele ergue os olhos para o teto folheado a ouro. "Temi que estivesse num calabouço."

"Nunca esteve aqui antes?"

Ele reconstruiu esses aposentos pessoalmente, sete anos antes, para Ana Bolena se alojar antes de sua coroação. Foi ele quem mandou revestir tudo e ordenou que instalassem nas paredes as deusas, cujos olhos foram trocados de castanho para azul com a chegada de Jane Seymour. Entra-se por uma grandiosa câmara da guarda. Há uma câmara de recepção, onde ele agora está num espaço amplo e iluminado; há uma sala de jantar, um quarto e um pequeno oratório. "Não é tanto para meu conforto", ele diz, "é mais para o conforto daqueles que virão para me interrogar. Imagino que vão chegar em breve."

Porque os conselheiros do rei estavam preparados para minha prisão, apesar de eu não estar. Como fizeram isso dar certo? Quantos sussurros dissimulados, quantas sobrancelhas erguidas, quantos gestos com a cabeça, quantas piscadelas? E quantas conferências com o rei, os informantes deles se esgueirando para dentro enquanto eu saía? Não é para menos que Henrique me deu as costas da última vez que conversamos. Não é para menos que ele falou virado para a parede. Ele diz: "Diga a Thurston que não pendure o avental. Quero que ele envie minhas refeições".

"Quando o senhor sair daqui", Christophe diz, "pegamos Norferk, arrancamos a cabeça dele e jogamos para os cachorros. Riche, vou pregar no chão para que as ratazanas possam mordiscar, pode morrer o mais devagar que quiser, estou comemorando. Me-Chame, vou cortar as pernas dele fora e assistir enquanto ele se arrasta pelo pátio até morrer de tanto sangrar."

Ele apoia a cabeça nas mãos. Ele se sente fraco com os planos de Christophe.

"Para mim, isso é inteiramente agradável", Christophe diz. "Estou ansioso. Já no que diz respeito a Henri, devo chutá-lo por Whitehall como uma bexiga de porco. Quando ele tiver explodido, vamos ver quem é rei. Quando ele for uma mancha nas pedras do calçamento, vamos ver quem é o último homem que sobra em pé."

Naquela primeira noite, quando fica sozinho, ele tenta rezar. Chapuys lhe perguntara certa vez, o que vai fazer no dia em que Henrique se voltar contra você? Ele dissera, vou me armar com paciência e deixar o resto para Deus.

Há livros que aconselham, contemple sua hora final, viva todos os dias como se, naquela noite, não fosse para sua cama, mas sim para seu caixão. Os padres recomendam isso não apenas para os prisioneiros e os inválidos, mas para os homens em seu orgulho e pompa, prosperidade e saúde: para o mercador do Rialto, para o governador no senado.

Mas eu não estou pronto, ele pensa. Deixem-me ver o inimigo. E o rei é mutável. Todo mundo sabe disso. Reclamamos disso o tempo todo.

No entanto, será que houve alguma situação — ele não consegue pensar em nenhuma — em que, depois de virar o rosto, Henrique volta a olhar para a pessoa? Ele deixou Catarina em Windsor e nunca mais a viu. Ele se afastou de Ana Bolena, deu instruções para que a matassem e a deixou na mão de desconhecidos.

Ele leu uma biblioteca dos volumes chamados Espelhos para Príncipes, que afirmam que um conselheiro prudente deve sempre se preparar para sua queda. Ele deve encarar a morte como privilégio; não é verdade que são Paulo diz, eu ambiciono ser dissolvido com Cristo? Mas ele não ambiciona nada mais que estar em seu jardim nesta noite amena, agora se esvaindo, sem ter sido aproveitada, além da janela: onde um guarda forte se posta, para o caso de Cromwell resolver tomar um ar.

Ele leva a mão ao coração. Sente algo estranho dentro do peito — como se o órgão tivesse sido forçado a mudar de forma, esticando num ponto e apertando em outro. Quantos dias mais? Meus inimigos tentarão apressar Henrique. Caso não consigam mantê-lo nesse raciocínio destrutivo por muito tempo, vão querer me ver morto ainda nesta semana. Mas se o rei quiser se livrar de Ana, deveria me manter solto para ajudá-lo, e talvez não seja uma questão simples nem breve. Se eu puder sobreviver dois meses, até lá Henrique terá brigado com Gardiner, e quando ele se voltar contra Norfolk, não vai encontrar nada além de obstinação, incapacidade e irritação. Então, quem vai governar para ele? Fitzwilliam? Tunstall? Audley? São homens bons o suficiente — bons o suficiente para serem assistentes de um ministro-mor. Três meses, e os negócios dele estarão em tal estado de confusão que vai suplicar para que eu volte.

E devo dizer: "Eu não, senhor: já me basta, vou para Launde".

Mas, no momento seguinte, num piscar de olhos, eu arrancaria os selos das mãos dele: então, majestade, por onde começamos?

Ele pensa em Thomas More, sob custódia durante quinze meses. Ele escreveu continuamente, até que a pena e o papel lhe foram tirados. Mas More poderia ter se libertado a qualquer momento. Só precisava dizer algumas palavras mágicas.

Quando o Gigante mata João, o próprio Gigante começa a decair. Ele se exaure e se diminui pela solidão e pelo arrependimento. Mas o Gigante demora sete anos para morrer.

Na manhã seguinte, Kingston chega às oito horas. "Como vai?"

"Vou muito mal", ele responde.

Há espelhos no alojamento da rainha, como seria de esperar. Ele viu a si mesmo, rosto pálido, barba por fazer, desequilibrado.

"Já vi isso antes", Kingston diz. "Aflige alguns prisioneiros nos primeiros dias. Principalmente quando a queda é repentina."

"Que remédio?"

Talvez ninguém nunca tenha feito essa pergunta a Kingston. Mas ele não é um homem que hesita. "Aceite. Acalme sua mente. Faça uma avaliação de si mesmo, meu lorde."

"Ainda sou 'meu lorde'?"

Kingston diz: "Chegou aqui como conde de Essex, e é Essex a menos que me digam algo diferente".

Então Gardiner estava errado: errado em coisas grandes e errado em coisas pequenas. Ele não tem certeza se o fato de ele ser conde é uma coisa pequena. À visão de Deus, talvez. Mas ele sentira, nos últimos dois meses, como proteção, um muro que o rei tinha construído em volta dele.

"Também", Kingston diz, "o rei mandou dinheiro para seu sustento enquanto está aqui. Deseja que seja tratado como é digno da sua posição."

Ele quer perguntar, meu sustento por quanto tempo? Kingston responde sem que a pergunta seja feita: "O rei vai custear o que for necessário. Nenhum prazo foi estabelecido".

Até ontem, ele tinha dinheiro próprio. Agora, é mendigo do rei. Kingston diz, como se fosse um assunto sem importância: "Seu menino está aqui".

Uma onda de angústia: "Gregory?".

"Eu quis dizer o jovem Sadler. Ou melhor, o secretário-mor, Sir Rafe, a gente se esquece dessas promoções recentes. Não, abençoado seja o senhor, ele não está sob custódia, quero dizer que está do lado de fora, à sua espera. Chame se precisar de qualquer coisa."

Em suas roupas pretas, Rafe parece passar calor. "Bom dia, senhor. O vento amainou. Está tão quente quanto agosto lá fora. Nunca ficamos satisfeitos, não é mesmo? Quente, frio, sempre reclamamos." O olhar dele se agita de cima para baixo pelo aposento, porque não consegue olhar para seu amo. Tira o chapéu e o aperta entre as mãos, os dedos marcando o veludo.

"Rafe", ele diz, "venha aqui." Ele o abraça. "Kingston me assustou, achei que você tivesse sido preso."

Meio incerto, Rafe toca a manga dele, como que para testar se ele ainda é sólido. "Acho que teriam prendido, mas o rei não deseja que seus negócios sejam abalados. Eu mal sei onde estou. Hoje de manhã, mandei Helen e os pequenos para longe de Londres."

"Vão ficar de olho em você." Ele volta a se sentar. "Estou doente, Rafe. Meu fôlego está curto. Eu me sinto esmagado aqui. Kingston diz que preciso me acostumar."

"É um choque, senhor. Eu mesmo não sabia que isso aconteceria, ou teria mandado avisar de algum modo. Quando estávamos indo para o conselho, pediram que alguém me chamasse para dar conta de algum assunto insignificante — e, quando dei por mim, ao me apressar na sua direção, vi uma multidão se movimentando. Audley me disse: 'Seu amo foi preso, e eu vou à casa do Parlamento para anunciar'. Ele estava preparado. Estava com o papel no bolso. Só estava esperando receber a notícia da guarda."

Ele pensa, eu mal estava com um pé no barco e já estavam remando para o outro lado do Estige. "E como foi que o Parlamento recebeu a notícia?"

"Em silêncio, senhor."

Ele assente. Tanto os Lordes quanto os Comuns devem ter ficado estupefatos por saber que um homem nomeado a conde em abril tivesse sido em junho chutado para fora igual a um cachorro que roubou um bife. Mas, bem, não se espera dos homens do Parlamento que compreendam a mente do rei. Ele não dá satisfação sobre si mesmo para baixo, para seus súditos — apenas para cima, para o Todo-Poderoso; e talvez, hoje em dia, nem mesmo isso. Ouvindo Henrique falar, você poderia pensar que Deus deveria se sentir agradecido por tudo o que Henrique fez por Ele na Inglaterra nesses últimos dez anos: a maneira como ele O elevou, fez com que Seu grande livro fosse traduzido, fez com que se tornasse conversa corriqueira.

Rafe diz: "Edward Seymour foi se encontrar com o rei imediatamente, para falar em nome de Gregory".

"Por acaso falou em meu nome?"

"Não, senhor."

"Alguém falou em meu nome?"

"Sim. Mas não me escutaram."

"Nem Cranmer?"

"Cranmer está escrevendo uma carta para o rei."

"Tente conseguir o conteúdo para mim." Ele baixa a cabeça. "Quando penso em Me-Chame... Imagino que incentivos... Suponho que eu esperasse isso de Riche. Apesar de eu ter sido bom para ambos."

Rafe teria motivos para dizer, eu avisei desde o começo que não confiasse em Me-Chame. Em vez disso, ele diz: "Durante todos esses anos que o conhecemos, acho que ele vem tentando nos mostrar sua própria natureza infeliz. Como é amedrontado, como não se sente à vontade, como a inveja o corrói. Ele estava tentando nos avisar a respeito de si mesmo".

"É minha vaidade, na verdade. Não pensei que alguém pudesse preferir o serviço de Gardiner ao meu."

"Gardiner o ameaçou. Mas o senhor já sabe disso. Já no que diz respeito ao Bolsinha, ele corre para o vencedor do dia."

"Diga a Gregory", ele diz, "para ser tão humilde quanto achar necessário. Ele será interrogado e deve dizer o que eles querem escutar. Richard também."

"Richard está colérico. Ele queria ir direto ao rei para reclamar com ele."

"Diga a ele que não faça nada assim. Deve permanecer quieto e afastado de Gregory, e ambos devem se afastar de você. Não façam nada que possa ser chamado de conspiração. Eu sei como a mente de Henrique funciona."

Enquanto vai falando, ele pensa, isso não pode ser verdade, ou eu não estaria aqui. Separar-se dos seus amigos não vai salvar meu filho. Dinheiro no estrangeiro não vai salvá-lo. A única coisa que ele pode fazer é aquiescer a Henrique exatamente, até que sua onda de matança passe. "Como foi que Gregory recebeu a notícia?" Ele imagina seu menino inconsolável, chorando como criança.

"Ele está pesaroso, senhor."

Pesaroso? Contudo, se alguém tivesse vindo a ele quando era menino para dizer, "Vão enforcar seu velho pai amanhã", ele não ficaria pesaroso. Ele teria dito, "Vou chegar cedo! Será que vão vender tortas?".

Ele pergunta: "O rei deu alguma indicação relativa a que acusações esperar? Ou quem sabe Audley tenha dito alguma coisa?".

Rafe desvia o olhar. "Parece estar relacionado tanto a Maria quanto a qualquer outra coisa. As histórias de como o senhor tinha a intenção de se casar com ela. O rei decidiu escutá-las, afinal. Ele escreveu a Francisco a esse respeito — de próprio punho, fui informado. Mandou chamar Marillac para explicar sua prisão a ele. Apesar de eu achar que é Marillac quem vai explicar ao rei, porque os franceses foram ativos naqueles rumores."

"Chapuys foi quem começou."

"Talvez. Quem sabe onde começou? Talvez na cabeça de Maria. Eu não ficaria surpreso. Ela é uma mulher muito estranha."

"Não", ele diz, "ela é inocente nesse sentido, juro."

"O senhor sempre teve uma ideia melhor dela do que ela merece. Duvido que ela vá se mexer pelo senhor, apesar de todos sabermos que o senhor salvou a vida dela. Henrique acredita — mas não sei como pode acreditar — que o senhor tinha a intenção de se casar com ela e depois jogá-lo de lado para se tornar rei o senhor mesmo."

"Isso é absurdo. Como ele pode pensar isso? Como eu poderia fazer isso? Como eu poderia chegar a imaginar isso? Onde está meu exército?"

Rafe dá de ombros. "Ele tem medo do senhor. O senhor se sobrepôs a ele. Foi além do que qualquer serviçal ou súdito deve ir."

É o cardeal outra vez, ele pensa. Wolsey foi esmagado não pelas suas falhas, mas pelos seus sucessos; não por qualquer erro, mas por ressentimentos guardados, relativos a como ele tinha se tornado grandioso.

Ele pergunta: "Levaram meus livros?".

"Diga o que deseja e eu vou buscar."

"Pode achar minha gramática hebraica? Nicolaus Clenardus da Lovaina. Está em Stepney. Faz tempo que desejo estudá-la. Faltava-me tempo livre."

Clenardus aconselha, aprenda as regras básicas antes de avançar para os detalhes. Dizem que, com a ajuda dele, é possível aprender os rudimentos em três meses. Talvez eu não viva tanto tempo assim, ele pensa, mas posso começar.

Dia 12 de junho, primeiro interrogatório: "Podemos começar com o gibão de cetim púrpura", Richard Riche diz.

Riche está sentado na ponta de uma mesa comprida, com Gardiner e Norfolk estabelecidos em lugares de honra; e o secretário-mor Wriothesley, irrequieto e infeliz, na outra ponta. "Sabe", ele diz, enquanto Norfolk e Gardiner tomam seus assentos, "eu nunca soube como eram grandes camaradas, até recentemente. Era mais provável que se ofendessem sem rodeios do que se sentassem juntos como amigos".

"Nem sempre concordamos", Norfolk diz. "Mas uma coisa temos em comum, Winchester e eu — quando farejamos a verdade, seguimos a pista. Então, cuidado, Cromwell. Qualquer coisa de que suspeitarmos, vamos arrancar de você, de um jeito ou de outro."

É uma ameaça tão crua como jamais foi feita. Ele diz: "Vou lhes dizer a verdade, como sei e acredito. Não há nada para vocês além disso".

Gardiner afia a pena. "Dizem que a verdade é filha do tempo. Eu gostaria que o tempo se reproduzisse como um coelho. Chegaríamos a uma conclusão mais cedo."

Um escrivão chega. Ele o cumprimenta em galês. "Dou-lhe um bom-dia, Gwyn. Um belo dia ensolarado."

"Nada disso", Norfolk resmunga. "Tirem esse sujeito daqui e mandem outro escrivão."

Gwyn junta suas coisas e se retira. Demoram um pouco para localizar um escrivão que agrade a Thomas Howard e que Thomas Cromwell não conheça. Finalmente, tudo se resolve. Wriothesley diz: "Pode prosseguir, Riche? O gibão?".

Riche pousa a mão sobre seus papéis como se estivesse lidando com os Evangelhos. "Compreende, senhor, que é minha obrigação lhe fazer essas perguntas e que não tenho má intenção ao fazê-las."

Ele reconhece uma retratação parcial. Riche acha que Henrique talvez o tire da prisão.

Ele indaga: "Posso ver o rei?".

"Não, por Deus", Norfolk responde.

Wriothesley diz: "Essa é a última coisa…".

Riche diz: "O que deu ao senhor essa ideia?".

Ele tira o anel de rubi do dedo. "O rei da França me deu isso."

"Deu?" Norfolk grita para o escrivão: "Tome nota, você!".

"E quando ele fez isso, eu levei a peça ao nosso rei. Que na época ficou contente em devolvê-la para mim, dizendo que seria um símbolo entre nós e que se eu o enviasse a ele, mesmo que não tivesse meu selo, mesmo que eu não fosse capaz de escrever, ele saberia que veio de mim. Então, envio agora."

"Mas de que adianta?", Gardiner diz.

"Uma boa pergunta", Riche diz. "O rei sabe onde o senhor está. Ele sabe quem e o que o senhor é."

"Vai lembrar a ele de como o servi, da melhor maneira possível e ao máximo da minha força. Como espero fazer durante muitos anos ainda por vir."

"Estamos aqui para fazer essa determinação", Riche diz. "Para averiguar se o senhor o serviu ou não. Se abusou da confiança dele, como ele acredita, e se tramou contra o trono dele."

É preciso assegurar Riche, ele pensa, e Wriothesley também, de que, se Henrique me libertar, eu não vou me vingar deles: do contrário, vão entrar em pânico e me matar. "Como assim, tramei?" Ele pergunta com civilidade, como se fosse uma questão de interesse passageiro.

"Cartas foram descobertas em Austin Friars", Gardiner diz. "Altamente prejudiciais à sua alegação de ser um súdito leal e discreto."

"Provas claras de traição", Norfolk diz.

"Estou esperando para que me digam quais são. Não posso supor o que vocês sejam capazes de forjar, não é mesmo?"

"São cartas luteranas", Riche diz. "Cartas de Martinho em pessoa e dos seus irmãos hereges."

"Melanchthon?", ele pergunta. "O rei escreve a ele."

Gardiner olha feio. "E também de príncipes germânicos suplicando ao senhor que tome um curso dos mais destruidores ao rei e à nação."

"Tais cartas não existem", ele diz, "nunca existiram, e mesmo que existissem..."

"Lógica de advogado", Norfolk diz.

"... e mesmo que existissem, e se tivessem conteúdo sedicioso, será que eu as guardaria em casa para os senhores encontrarem? Perguntem a Wriothesley o que ele pensa."

Gardiner olha para Me-Chame. "O que eu penso...", ele hesita, "o que eu realmente..." Ele para.

"Prossiga", ele diz. "Ou está esperando para que eu estabeleça a agenda e conduza a reunião? Acho que queria saber a respeito do meu guarda-roupa."

"Sim, o gibão", Riche diz. "Vamos começar por ali e voltar à correspondência traidora quando mestre Wriothesley estiver mais recomposto. No tempo do cardeal, o senhor possuía, e foi visto usando, um gibão de cetim púrpura."

Ele não dá risada, porque vê o rumo que isso está tomando. Norfolk exige saber: "O que lhe deu o direito de usar tal cor? Ela está reservada a pessoas pertencentes à realeza e aos altos dignitários da Igreja".

Riche diz: "Será que talvez fosse violeta? Se for violeta, pode ser perdoado".

Wriothesley diz: "Eu vi pessoalmente. Era púrpura. E, além do mais, o senhor usava zibelinas".

Ele pensa, não eram tão bonitas quanto as zibelinas que comprei desde então. "Eu sinto frio. Além do mais, foram um presente. De um cliente estrangeiro que não conhecia nossas regras."

O cenho de Riche se franze. Essa resposta o leva em tantas direções promissoras que ele mal sabe qual seguir. "Quando diz um cliente, quer dizer um príncipe estrangeiro?"

"Príncipes não me enviavam presentes. Não naquela data."

"Ainda assim", Gardiner diz, se seu cliente não conhecia as regras, o senhor as conhecia."

Norfolk se atém a seu ponto: "Estava acima da sua posição e cargo se vestir como se já fosse um conde".

"É verdade", ele diz, "mas por que vossa senhoria iria fazer objeção, se o rei não fez? Ele não gostaria de ver seus ministros se apresentarem com tecidos caseiros."

Norfolk diz: "O gibão é apenas um exemplo do seu orgulho insensato e ímpio. Não é apenas sua vestimenta que ofende. É a maneira como você fala. A maneira como se apresenta. Interrompe o discurso do rei. Interrompe a mim. Despreza os embaixadores, os emissários dos grandes príncipes. Eles vêm sua casa e você manda dizer que não está, quando está. Então o escutam jogando boules no jardim! Eles sabem quando são desprezados".

"Falando de embaixadores...", Riche diz.

Gardiner se irrita: "Ainda não".

Norfolk diz: "O rei lhe confiou uma posição elevada. E você executa de má vontade os procedimentos que estão determinados. Estende a mão e põe sua assinatura num pedaço qualquer de papel e milhares são pagos sem justificativa. Não há parte dos negócios do rei em que você não interfira. Você invalida o conselho. Tira regulamentações do reino do bolso. Lê as cartas dos outros. Corrompe lares a seu próprio serviço. Tira as obrigações deles de suas mãos".

"Eu entro em ação quando eles deveriam entrar em ação", ele diz. "Às vezes o governo precisa acelerar." Ele pensa, não posso esperar pelos lentos esforços do seu cérebro. "É preciso se mover em antecipação aos acontecimentos."

"Não vejo como", Riche diz. "A menos que consulte feiticeiras."

Os cavalheiros se entreolham. Ele indaga: "Terminaram com o gibão?".

Mensageiros entram e sussurram ao ouvido de Gardiner. Um papel é entregue a ele e passado de modo sorrateiro para o duque, mas não antes que ele, Thomas Essex, tenha um vislumbre do selo do rei da França. Norfolk parece contente com o que lê — tão contente que não consegue guardar para si mesmo. "Francisco parabeniza o rei por sua iniciativa."

"Sua derrocada", Gardiner esclarece. "Os franceses têm muito a nos dizer em relação às suas ambições. Isso sem mencionar seu desprezo pela confiança do nosso soberano."

É então que ele apreende algo que vinha lhe escapando: o momento em que as coisas aconteceram, as pessoas envolvidas. No começo da primavera, quando Norfolk estava tão disposto a atravessar o mar, Francisco deve ter dado a primeira indicação de uma aliança e estabeleceu seu preço. O preço era eu, e o rei recusou: até agora.

Ele diz: "Os franceses gostam de lidar com você, meu lorde Norfolk".

Norfolk faz uma cara de quem recebeu parabéns. Pelo Deus vivo, ele pensa, não sei o que é maior: a vaidade de Norfolk ou a estupidez dele. Claro que os franceses preferem um ministro que podem maravilhar e enganar e — se chegar a isso — comprar.

"Quero que voltemos...", Riche diz.

"Tenho certeza de que sim", ele diz. "Seria melhor mudar de assunto, porque corre o risco de provar como eu fui um mau ministro para Francisco."

Riche está folheando um antigo livro de registros. "O senhor ganhou muito dinheiro na época do cardeal."

"Não tanto de Wolsey. Do meu trabalho legal, sim."

"Como fez isso?"

"Muitas horas."

"Wolsey costumava enriquecer seus servos", Wriothesley diz.

"Costumava mesmo — como Stephen, aqui, pode testemunhar. Mas as pessoas têm despesas. O cardeal caiu em desgraça antes de que suas dívidas pudessem ser pagas. Seus inimigos caíram em cima dos seus bens. Ele custou dinheiro, no fim."

"Quando diz os inimigos dele, quer dizer o rei?"

"Ah, dê-me um pouco de crédito, Gardiner. Acha que vou agradar você chamando o rei de ladrão?"

"Você aderiu a Wolsey", Riche diz, "mesmo depois que a traição dele foi comprovada."

"O que você chama de 'aderência' é o que o rei chamou de lealdade."

"É verdade", Wriothesley diz. Ele soa quase choroso. "Eu o ouvi dizer isso."

Ele ergue os olhos para Me-Chame. Não me importo se você chora. Escolheu seu lado. Ele diz: "O rei se arrepende pelo cardeal. Sente falta dele até hoje".

Gardiner diz: "Podemos deixar o cardeal de fora disso? Estamos em busca de um traidor vivo".

Riche diz, teimoso: "Quero prosseguir, quero chegar a Lady Maria, mas não posso fazer isso sem mencionar...".

Gardiner suspira. "Se precisa mesmo..."

Riche diz: "O senhor usava um anel que lhe foi dado por Wolsey. Diziam que a peça possuía certas propriedades...".

"Você cobiça a peça, Ricardo? Posso mandar que lhe seja entregue. Vai impedir que se afogue."

"Estão vendo!", Norfolk diz. "É um anel de feiticeiro. Ele reconhece."

Ele sorri. "Protege quem o usa de animais selvagens. Também garante a boa vontade de príncipes. Não parece estar funcionando, não é mesmo?"

"Também..." Riche está acanhado. Ele esfrega o lábio superior. "Também, supostamente, faz princesas se apaixonarem por você."

"Eu as dispenso todos os dias."

Wriothesley diz: "Não dispensou Lady Maria".

Riche diz: "Você ousou, e o rei sabe bem disso, você ousou iludi-la, insinuar-se, imiscuir-se em seus afetos, de tal forma que ela chegou a se referir a você como", ele consulta suas notas, *"meu único amigo"*.

"Se estamos falando dos dias que se seguiram à morte de Ana Bolena, então acho que é verdade, eu era seu único amigo. Maria estaria morta agora se eu não a tivesse convencido a obedecer ao pai."

"E por que estava tão interessado em salvar a vida dela?", Gardiner pergunta.

"Talvez por eu ser um homem cristão."

"Talvez por ter a esperança de que ela fosse lhe dar uma recompensa."

"Ela era uma menina impotente. Como poderia me recompensar?"

Norfolk diz: "Era sua presunção pavorosa, ofensiva ao Deus Todo-Poderoso, tentar se casar com ela".

"Por exemplo", Riche diz, "houve certa ocasião em que o senhor aproveitou o Dia de São Valentim para lhe enviar um presente."

Ele está impaciente. "Sabe muito bem como isso funciona. Tiramos na sorte."

"Sim", Wriothesley diz, "mas o senhor trapaceou no sorteio. Já se gabou do jeito que tem para manipular eleições de qualquer tipo. Até o empate num torneio — ofereço isso, e minha memória é perfeitamente clara — no dia em que seu filho estreou no campo, o senhor lhe disse, não tema, posso colocá-lo no time do rei, assim não vai ter que bater-se contra sua majestade."

"Gregory lhe disse isso?"

"Ele me disse isso naquele mesmo dia. O senhor feriu o orgulho dele."

"Ele falou com inocência. E falou a você, Me-Chame, porque achou que fosse amigo dele. Mas suponho que precise usar aquilo que tem. Presentes de São Valentim? Feiticeiras? Qualquer júri o expulsaria do tribunal com risadas."

Mas, ele pensa, não haverá júri. Não haverá julgamento. Vão passar uma lei para acabar comigo. Não posso reclamar do processo. Eu mesmo já o usei.

Riche está franzindo o cenho. "Havia um anel", ele diz. "Acredito que tenha oferecido um anel a Maria no verão de 1536."

"Não era um anel de amante. E, no fim, não era um anel de jeito nenhum, era uma peça para ela usar na cintura." Ele fecha os olhos. "Porque era pesado demais. Havia palavras demais."

"Que palavras?", Norfolk indaga.

"Palavras recomendando obediência."

Gardiner finge se sobressaltar. "Achou que ela deveria obedecer ao senhor?"

"Achei que ela deveria obedecer ao pai dela. E mostrei o objeto a sua majestade. Achei que fosse uma precaução prudente para me proteger do tipo de insinuação que vocês fazem agora. Ele gostou tanto que resolveu dar-lhe o presente em pessoa."

Wriothesley baixa os olhos. "É verdade, meu amo. Eu estava lá."

Riche lança um olhar venenoso a seu colega. "Mesmo assim, o volume da sua correspondência com a dama, sua influência manifesta sobre ela, a natureza da informação que ela confia ao senhor, informação que diz respeito a seu corpo..."

"Está falando de ela ter me dito que estava com dor de dente?"

"Ela confidenciou coisas que seriam adequadas a um médico saber. Não um desconhecido."

"Eu não era exatamente um desconhecido."

"Talvez não", Riche diz. "Na verdade, ela lhe enviou presentes. Ela lhe enviou um par de luvas. Isso significa 'de mãos dadas'. Significa aliança. Significa matrimônio."

"O rei da França certa vez me enviou um par de luvas. Ele não queria se casar comigo."

"Eu fico enojado", Norfolk diz. "Com o fato de uma mulher de sangue nobre se rebaixar."

"Não culpe a dama", Gardiner diz, ríspido. "Cromwell fez com que ela acreditasse que apenas a própria pessoa dele se interpunha entre ela e a morte."

"Aí está", ele diz. "Minha pessoa. Ela não foi capaz de resistir ao meu gibão cor de púrpura."

"Eu me lembro bem", Norfolk diz, "apesar de, pela missa, não poder ter certeza em relação à data…"

Ele, Thomas Essex, revira os olhos. "Não permita que escrúpulos o detenham, meu senhor…"

"… mas havia outros presentes", Norfolk diz, "então, ouso dizer…"

"Diga de uma vez", Gardiner fala.

"… eu me lembro de certa conversa — se uma mulher poderia governar ou não, era o tema, se Maria poderia governar ou não — e você, interrompendo, como é seu hábito, o discurso de cavalheiros, disse: 'Depende de com quem ela se casar'."

Gardiner sorri. "Foi no outono de 1530. Eu estava presente."

"E, desde aquela época", Riche diz, "o senhor garantiu que Maria nunca se casasse. Todos os pretendentes dela são mandados embora."

"E eu me lembro", Norfolk diz, "de quando o rei sofreu a queda na justa…"

"Vinte e quatro de janeiro de 1536", Gardiner diz.

"… quando o rei foi carregado para uma tenda e deitado sobre uma liteira, ou morto ou moribundo, sua única preocupação era 'Onde está Maria?'."

"Pensei em dar segurança à pessoa dela. Protegê-la."

"De quê?"

"Do senhor, meu lorde Norfolk. E da sua sobrinha, a rainha Ana."

"E se tivesse posto as mãos nela", Gardiner indaga, "o que teria feito?"

"Você é que me diz", ele responde. "Qual seria a melhor história? Será que eu a seduzo ou será que eu a forço?" Ele joga as mãos para cima. "Ah, seja sincero, Stephen… eu não tinha intenção de me casar com ela, tanto quanto você não tinha."

Gardiner reage com frieza. "Por gentileza, dirija-se a mim como o que sou."

Ele sorri. "Nunca me pareceu provável que você fosse bispo. Mas peço perdão."

"Deixe o casamento de lado", Gardiner diz. "Há outros meios de controle. O rei acredita que você tinha a intenção de instalar Maria no trono e reinar por meio dela. E, para esse fim, você cultivou sua amizade com Chapuys, o homem do imperador."

"Ele jantou com o senhor duas vezes naquela semana", Me-Chame diz.

"Você devia saber. Estava à mesa."

"Ele era seu amigo. Seu confidente."

"Não tenho confidentes, e poucos amigos. Apesar de, até ontem, eu incluir você entre eles."

"Eu estava presente à sua casa em Canonbury", Wriothesley diz, "quando o senhor se reuniu com Chapuys na torre do jardim. Fez certas promessas a ele. Sobre Maria, a propriedade futura dela."

"Não fiz promessa nenhuma."

"Ela pensou que fez. E Chapuys pensou que fez."

Ele se lembra do fólio do embaixador, no capim, entre as margaridas. A mesa de mármore, a desconfiança do emissário em relação aos morangos. As nuvens que foram aumentando gradualmente ao longo do dia, de modo que Christophe disse que em Islington temeram trovões. Então Me-Chame, ao pé da torre ao crepúsculo, um buquê de peônias na mão.

Gardiner promete: "Num outro dia, vamos chegar aos subornos que o imperador lhe deu. Neste momento, vamos examinar a questão do seu casamento. Lady Maria não era sua única perspectiva. O senhor providenciou para que Lady Margaret Douglas fosse preservada, apesar de ser culpada de desobediência proposital ao rei".

Wriothesley irrompe: "Eu revelei esse caso todo! E o senhor desdenhou como se não fosse nada".

"Não desdenhei como se não fosse nada", ele diz. "O bem-amado dela tinha morrido." Ele diz a Norfolk: "Sinto muito não ter sido capaz de salvar os dois".

Norfolk emite um som de asco. Ele tem muitos irmãos, não sente exatamente a falta de Tom Verdadeiro. "Você a deixou sob uma dívida de gratidão", ele diz. "A sobrinha do rei. O que ela era para você senão mais um caminho até o trono? 'Se eu fosse rei' é uma frase que está com frequência na sua boca."

Gardiner se inclina para a frente. "Todos nós já o ouvimos dizer isso."

Ele assente. É um hábito que ele deveria ter tolhido. Certa vez, ele disse: "Se eu fosse o rei, passaria mais tempo em Woking. Em Woking, nunca neva".

"O senhor sorri?" Gardiner está chocado. "O senhor, um traidor manifesto, que se ofereceu para enfrentar o rei no campo de batalha?"

"O quê?" Ele não entende nada: ainda pensa em Woking.

"Permita-me lembrá-lo", Riche diz. "Na igreja de São Pedro, o Pobre, perto do seu próprio portão em Austin Friars, ali ou nos arredores..." Riche esqueceu a data, mas não tem importância, "... ouviram o senhor pronunciar certas palavras de traição: que iria manter sua opinião relativa à religião, que jamais permitiria que o rei voltasse a Roma e — estas são supostas palavras — *se ele voltasse, mesmo assim eu não voltaria; e eu iria a campo contra ele, minha espada em punho*. E o senhor acompanhou essas palavras com certos gestos beligerantes...".

"Isso é plausível?", ele indaga. "Mesmo que eu tivesse tais pensamentos, é plausível que eu os proferisse em voz alta? Num local público? Rodeado de testemunhas?"

"Às vezes se proferem palavras devido à raiva", Norfolk diz.

"Fale por si, meu senhor."

"O senhor também afirmou", Riche diz, "que traria uma nova doutrina para a Inglaterra e que — e aqui cito suas próprias palavras — *se eu viver mais um ou dois anos, não estará sob o poder do rei resistir*."

"O que indica que você seja um homem cauteloso?", Gardiner indaga. "Eu já o vi passar ao escárnio e à cólera."

"Eu já o vi passar às lágrimas", Riche diz.

"Eu poderia chorar agora", ele diz. Está pensando: *no entanto, não voltaria*. Talvez eu tenha dito essas palavras. Não em público. Mas em particular. A Bess Darrell. *Não estou velho demais para empunhar a espada*. Vou lutar por Henrique, eu tinha a intenção de dizer. Mas o deus dos contrários me fez dizer o oposto. E eu poderia ter mordido a língua.

Riche se lembra daquela data. "Pedro, o Pobre — último dia de janeiro..."

"Deste ano?"

"Do ano passado."

"Do ano passado? Onde estiveram essas testemunhas desde então? Por acaso não são culpadas de esconder traição? Anseio por vê-las acorrentadas."

Ele percebe que Riche está pensando, olhem, agora ele está colérico, agora foi provocado. É capaz de dizer qualquer coisa.

"Reconhece que é traição?", Norfolk pergunta.

"Sim, meu senhor", ele responde com paciência, "mas não admito que disse isso. Como é que eu executaria tais ameaças? Como eu poderia derrubar o rei?"

"Talvez com a ajuda dos seus amigos imperiais", Norfolk diz. "Chapuys não está no reino, mas o senhor tem contato com ele, não tem? Ele o parabenizou por ter se tornado conde. Ouvi dizer que ele planeja voltar."

"Terá que ir a outro lugar para jantar", ele diz.

"Por que nos incomodamos com Chapuys?", Riche indaga. "É muito pior que isso, como todos vão atestar, todos que estiveram no jardim de Sadler em Hackney, na noite em que o rei se encontrou com sua filha."

Os cálices dos apóstolos, ele pensa. A grande tigela enterrada para manter nosso vinho fresco. Riche diz: "O senhor tinha acordos secretos com Catarina. E, naquela noite, fez essa confissão".

"Sabe disso já faz muito tempo, Riche. O que o impediu de erguer a voz?"

Sem resposta. "Vou lhe dizer", ele fala. "Sua própria vantagem o manteve mudo. Até que a vantagem se tornou maior do outro lado. Que promessa eu lhe fiz que não cumpri? E que promessas fez a mim?"

"Não devia falar em promessas", Norfolk diz. "O rei odeia um homem que não cumpre a palavra. Você disse que mataria Reginald Pole."

"Nem uma gota do sangue dele foi derramada", Gardiner observa.

Ele pensa, agora chegamos ao ponto. É por isso que Henrique me culpa. E deveria culpar mesmo. Foi aqui que eu falhei.

Riche diz: "Havia muita conversa exagerada na sua casa a respeito de como o senhor encurralaria Reginald. Em uma semana, mandaria para cima dele assassinos que conhecia na Itália. Em outra semana, era seu sobrinho Richard quem iria matá-lo. Então era Francis Bryan, depois era Thomas Wyatt".

Wriothesley diz: "E, falando nesse assunto — é de pensar, quando Wyatt foi embaixador recentemente, por que razão escondeu certas cartas de Lady Maria que o imperador deveria ter visto? Por acaso não estava agindo no seu nome, como seu agente?".

"Meu agente? Por que motivo?"

"Alguma desonestidade", Riche responde. "Não nos aprofundamos na questão."

"Mas, sem dúvida, vamos nos aprofundar", Gardiner diz. "Mestre Wriothesley escutou muita conversa licenciosa e pérfida apenas no decorrer dos assuntos cotidianos. Ele ouviu você dizer recentemente que faria um favor ao rei da França se ele lhe fizesse outro em troca. Só podemos imaginar o que se seguiu."

"Nada se seguiu", ele disse. "Ele não me fez nenhum favor, não é mesmo? É meu lorde Norfolk que conta com suas graças."

"Então, por que dizer isso?", Riche insiste.

"Conversa exagerada. Foi você mesmo quem disse. Minha casa está cheia disso."

Gardiner junta a ponta dos dedos. "Adicione os fanfarrões ao resto, e sua casa conta com quase três mil pessoas. É a casa de um príncipe. Seus criados não são vistos apenas em Londres, mas em toda a Inglaterra."

"Três mil? Com esse número eu teria ido à falência. Olhem, todos os homens da Inglaterra me procuraram nesses sete anos para que eu tomasse o filho deles a meu serviço. Acolho quem posso e os educo com conhecimento e bons modos. Na maior parte das vezes, os pais pagam seu sustento, então não pode dizer que os emprego."

"Fala como se fossem todos escribas dóceis", Gardiner diz. "Mas sabemos muito bem que você acolhe aprendizes fugidos, provocadores, malfeitores…"

"Sim", ele diz, "meninos arruaceiros como Richard Riche foi no passado, em tempos que ele preferiria esquecer. Não nego que tenha dado uma segunda vida àqueles que têm a iniciativa de bater aos meus portões." Ele olha para Riche. "Qualquer um que se aventura tem uma chance comigo."

"Você alimenta os pobres ao seu portão todos os dias", Norfolk diz.

"É o que grandes homens fazem."

"Você pensa que eles vão se erguer em seu apoio, um exército de indigentes. Bem, não vão se erguer, senhor. Não vão favorecer um tosquiador como você foi no passado." O duque finge estremecer. "Grande homem, é disso que chama a si mesmo! São Judas me proteja!"

Riche seleciona um papel de sua pasta. "Tenho aqui os inventários de Austin Friars. O senhor possuía cerca de trezentas pistolas, quatrocentas lanças, quase oitocentos arcos, e alabardas e alças para acompanhá-los, como meu lorde Norfolk diz, um exército. Eu ouvi o senhor dizer, e Wriothesley vai confirmar, que o senhor tinha uma guarda pessoal de trezentos homens que atenderiam a um assobio seu, dia ou noite."

"Quando os homens do Norte estavam em levante", ele diz, "tive vergonha de não poder contribuir com homens que fossem meus. Então fiz aquilo que qualquer súdito leal faria, se tivesse condições. Aumentei meus recursos."

"Ah, você alardeia sua lealdade", Norfolk diz. "Quando teria vendido o rei a hereges! Quando teria vendido Calais a sacramentários fétidos…"

"Eu?", ele indaga. "Vender Calais? Olhe para os Lisle em relação a essa questão. É com eles e com os Pole que você deveria buscar traição. Não comigo, que devo tudo ao rei — mas com aqueles que acham que é seu direito natural jogá-lo de lado. Com aqueles que acham que o governo da família do rei não passa de uma interrupção do mando da família deles."

Gardiner diz: "Meu lorde Norfolk, será que podemos tratar de Calais outro dia?".

Ele enxerga os pés do bispo por baixo do tampo da mesa, mal se segurando para não chutar as canelas do duque. É provável que ainda estejam tomando o testemunho de lorde Lisle e ainda não decidiram que forma de mentira vão forçá-lo a dizer.

Richard Riche bate com os dedos em seus papéis. "Meu lorde bispo, tenho essa questão aqui…"

Gardiner se levanta. "Guarde para depois."

Ele, Cromwell, quer segurar Gardiner, argumentar com ele. Winchester sabe que isso é tolice — anéis, feiticeiras, presentes de São Valentim — e ele tem vergonha, sem dúvida, daquilo que sai de sua própria boca. Mas Gardiner sai com toda a pompa, e Norfolk se apressa atrás dele: Riche chama o escrivão para ajudar com suas pastas. "Desejo-lhe uma noite agradável, meu senhor", ele diz: como se estivessem em casa, em Austin Friars.

Mestre Wriothesley olha quando eles saem. Ele se ergue; parece precisar de apoio e se agarra ao tampo da mesa. "Senhor..."

"Poupe seu fôlego."

"Quando estive em Bruxelas, um refém, ouvi dizer que não ergueu um só dedo por mim."

"Isso não é verdade."

"Disse que se me pusessem na prisão em Vilvoorde, não poderia me tirar de lá."

"Não poderia ter feito mais do que eu fiz."

"Aquele canalha de Harry Phillips — o senhor pediu a mim e a outras pessoas para emboscá-lo, quando o senhor mesmo o usava como seu agente e espião."

"Quem lhe disse isso?"

"O bispo Gardiner. O senhor me deixou sofrer por causa de Phillips. Eu o levei ao meu alojamento de boa-fé e ele me roubou, e fez com que eu parecesse um tolo."

"Eu nunca usei Phillips", ele diz. "De verdade. Ele sempre foi escorregadio demais para mim."

"Senhor, Norfolk quer que seja enforcado em Tyburn, como um ladrão comum. E pelo fato de o senhor ser um traidor, ele deseja que o estripem. Ele deseja que sofra a morte mais dolorosa que a lei permite. Está empenhado nisso."

"Você em si não parece assim tão empenhado."

"Não, meu amo. O senhor compreende como é comigo. Não posso fazer diferente do que faço, eu lhe garanto. Mas quero vê-lo tratado com honra. Se for necessário, devo fazer um requerimento junto ao rei."

"Cristo, Me-Chame", ele diz, "fique com o corpo ereto. Como você acha que vai lidar com Henrique nos próximos anos se está se diminuindo e choramingando na presença de um homem que, como você mesmo diz, está condenado?"

"Acredito que não, senhor." A voz dele está hesitante. "O rei lhe dá permissão para escrever para ele. Faça isso hoje à noite."

Gardiner para à porta. "Wriothesley?"

Me-Chame tenta recolher seus papéis, mas uma carta cai e ele precisa se ajoelhar no chão para alcançá-la embaixo da mesa. Tem o selo de Courtenay, e ele — Essex — quer prendê-la com o pé e fazer Me-Chame precisar puxar com força. Mas ele pensa, de que adianta? Estende a mão para ajudar o jovem a se levantar. "Leve-o", ele diz a Gardiner. "Ele é todo seu."

No fim da tarde, Rafe chega. Ele ouve sua voz e seu coração dá um salto. Ele pensa, se Henrique mudar de ideia, é Rafe quem vai me enviar.

Mas ele sabe, pela expressão do menino, que não há nenhuma notícia boa. "E, no entanto, ele permite que me visite", ele diz. "Não é um sinal que traz esperança?"

"Ele tem medo que o senhor possa sair", Rafe diz. "Mandou estabelecer uma guarda forte. Mas ele não acha que eu tenha caráter marcial."

"O que ele acha que eu posso fazer contra ele se sair?"

"Aqui está a carta de Cranmer", Rafe diz. "Vou esperar."

Ele vai até a janela com a carta; não está com suas lentes, precisa que alguém lhe traga. O papel parece tremer em suas mãos enquanto ele desdobra a carta. Cranmer, ao saber de sua traição, expressa-se tanto com pesar quanto com surpresa: *Ele que foi tão favorecido por vossa majestade: ele cuja segurança vinha apenas de vossa majestade: ele que amava vossa majestade, como sempre pensei, não menos do que a Deus... ele que não se incomodava com o desprazer de homem nenhum para servir vossa majestade: ele que era um servo tal, no meu julgamento, em sabedoria, diligência, lealdade e experiência como nenhum príncipe neste reino jamais foi... Eu o amava como meu amigo, porque o tomava como tal; mas o amava sobretudo pelo amor que eu achava vê-lo nutrir por vossa graça...*

... mas, agora...

Ele ergue os olhos. "Agora vem... por um lado, mas por outro..."

... mas, agora, se ele for um traidor, sinto muito por algum dia tê-lo amado ou confiado nele... porém, mais uma vez, estou muito pesaroso...

Ele dobra o papel. O medo goteja da dobra. Ele diz: "Precisa entender, Rafe, Cranmer e eu combinamos, há muito tempo, que se um de nós parecesse enquadrado para ser destruído, o outro iria se salvar".

"Pode até ser, senhor. Mas acho que ele deveria ter se apresentado ao rei pessoalmente. Se o arcebispo estivesse em perigo de vida, o senhor ficaria sem fazer nada? Não acho que ficaria."

"Não me faça responder perguntas. Escutei perguntas o dia inteiro. Cranmer faz aquilo que tem dentro de si. É tudo que qualquer homem pode fazer. Rafe, o que aconteceu com meu retrato? Que Hans fez?"

"Helen levou, senhor. Ela guardou com segurança."

"Onde está *O livro chamado Henrique*?"

"Nós o queimamos, senhor. Levei meu pessoal à sua casa antes de Wriothesley chegar. Queimamos muitas coisas e espalhamos as cinzas no jardim."

"A ausência fala alto."

"Mas não com clareza", Rafe diz. "Não acredito que possam fazer uma única acusação substancial contra o senhor. John Wallop escreveu da França com o que conseguiu desencavar. Dizem que era a conversa corrente aqui que o senhor tinha a intenção de se tornar rei." Rafe baixa a cabeça. "Francisco enviou uma carta, e o rei me fez passar para o inglês e ler para o conselho. Eu, pessoalmente."

"Foi um teste. Espero que tenha sido aprovado."

"Francisco diz, agora que Cromwell se foi, podemos voltar a ser amigos. Tenho claro na mente que foi isso que ele deu a entender a Norfolk em fevereiro. E, portanto, não é surpresa nenhuma ele e Winchester terem sido tão ousados. Todas as conferências dissimuladas deles, seus jantares e suas peças... e, é claro, eles também têm a menina, e a exibem sempre, de maneira que o rei não tem outra alternativa além de olhar para ela."

"Rafe", ele diz, "poderia me trazer mais alguns livros? Petrarca, seus *Remédios para a fortuna*. Thomas Lupset, *O modo de morrer bem*."

Lupset era tutor do filho do cardeal. Ele escreveu no momento apropriado, porque morreu aos trinta e cinco anos.

Rafe diz: "Não ceda. Não abandone a si mesmo, imploro. O senhor sabe que o rei é impulsivo...".

"É mesmo? É o que sempre dizemos." Mas talvez os caprichos dele tenham a intenção de nos manter trabalhando e de manter nossa esperança. Ana Bolena achou, até seu último momento, que ele iria mudar de ideia. Ela morreu incrédula.

Quando Rafe sai, ele volta à carta de Cranmer. Ele vê a questão que seu arcebispo deixa a Henrique: *Em quem vossa graça vai confiar a partir de agora, se não pode confiar nele?*

Naquela noite, ele senta-se para escrever ao rei. O fim da tarde tinha trazido consigo Fitzwilliam, com uma pasta nova que ele folheou apressado: adentrando novo território, acusando-o de supostas conversas, confederações, conspirações e — algo bem estranho aqui — de trair a confiança do rei ao falar sobre suas noites fúteis com a rainha. "Mas todo mundo sabia", ele tinha dito, estupefato. "E ele me deu permissão para falar com você e com o pessoal da casa de Ana."

"Ele não se lembra disso agora", Fitzwilliam disse. "Ele pensa que você o transformou em motivo de riso."

Fitzwilliam e seus asseclas o tinham incomodado durante meia hora. Nem uma vez seu colega conselheiro olhou para ele no rosto até que finalmente se retiraram para cear.

Christophe prepara tinta e papel. Ele pode escrever com a luz da natureza; é a hora do crepúsculo, mas uma janela dá para o jardim. O que ele pode dizer? Certa vez, Henrique tinha lhe dito: "Você nasceu para me entender". Essa compreensão se despedaçou. Ele ficou profundamente ofendido e a única coisa que pode fazer é argumentar que, seja qual for sua ofensa, ele não a cometeu em sã consciência, nem por malícia: ele confia que Deus irá revelar a verdade. Ele começa com as frases de sempre para explicar sua baixeza: diante de Henrique, nenhuma forma de auto-humilhação é exagerada, ao menos não para um prisioneiro. *Prostrado aos pés de vossa majestade, a mais excelente de todas, ouvi vosso prazer... que eu deveria escrever tais coisas porque pensei que condizem com meu estado miserável...*

Ele pensa, nunca limitei meus desejos. Da mesma maneira como nunca afrouxei meus esforços, de modo que nunca disse, "Chega, agora estou recompensado".

Meus acusadores vossa graça conhece, Deus os perdoe. Porque como eu sempre tive amor por vossa honra, pessoa, vida, prosperidade, saúde, riqueza, alegria e conforto, e também por vosso mais inteiramente amado filho, o príncipe vossa graça, e vossa conduta, Deus me ajude nessa minha adversidade e me destrua se eu alguma vez pensei o contrário.

Estão reescrevendo minha vida, ele pensa. Interpretam que toda a minha obediência foi apenas exterior e que todos esses anos em segredo eu fui me aproximando pouco a pouco dos inimigos de Henrique — tais como a filha dele, minha suposta noiva. Talvez eu devesse ter contado a ele a verdade a respeito de Maria. Mas vou poupá-la agora. Não posso ajudar minha própria filha, só posso ajudar a do rei.

Quantos trabalhos, dores e labutas eu assumi de acordo com minha obrigação mais profunda, Deus também sabe. Porque, se estivesse em meu poder, como está no poder de Deus, fazer com que vossa majestade sempre vivesse jovem e próspero, Deus sabe que eu o faria. Se tivesse estado ou estivesse em meu poder fazer-vos tão rico quanto se pode enriquecer a todos os homens, Deus me ajude, eu o faria. Se tivesse estado ou estivesse em meu poder fazer de vossa majestade tão poderoso que o mundo todo se sentisse compelido a obedecê-lo, Cristo, ele sabe, eu o faria. Ele pensa, por dez anos tive minha alma achatada e prensada até que tivesse a espessura de papel. Henrique me moeu incessantemente na moenda dos seus desejos, e agora que fui afinado até virar pó, não sirvo mais para ele, sou poeira ao vento. Os príncipes odeiam aqueles com quem incorreram em dívidas.

Porque vossa majestade tem sido o mais generoso para comigo, e mais como um caro pai (vossa majestade não se ofenda) do que um amo.

Certas ameaças que seu pai costumava fazer tinem em seus ouvidos. Vou bater em você até virar uma pasta, menino, vou esmagar você, vou derrubar você até o meio da semana que vem.

Eu dediquei minha alma, meu corpo e meus bens ao prazer de vossa majestade...

Bem, Henrique sabe disso. Eu não tenho nada que não venha dele. E não tenho esperança, a não ser em sua misericórdia e na de Deus.

Senhor, já em relação ao Estado que governais, eu, de acordo com minha perspicácia, poder e conhecimento, trabalhei ali, não tendo respeito às pessoas (excluindo-se vossa majestade apenas)... mas que eu tenha cometido qualquer injustiça ou erro de propósito, confio que Deus será minha testemunha, e o mundo não será capaz de me acusar com justeza...

Não são apenas reis que não conseguem ser agradecidos. As fortunas que ele fez, os patrocínios que distribuiu: essas coisas contam contra ele agora, porque favores que não podem ser retribuídos corroem a alma. Os homens desprezam viver sob uma obrigação. Preferiam cometer perjúrio e vender os amigos.

O irmão Martinho diz, quando pensar na morte, dispense o medo. Mas talvez esse conselho seja mais fácil de aceitar quando se espera morrer na própria cama com um padre zumbindo ao seu ouvido. Gardiner forçará acusações de heresia e fogueira se puder. Isso ele conhece bem: a madeira verde, o vento caprichoso e os cachorros de Londres ganindo com o cheiro.

O rei pode conceder o machado. Isso é o melhor que ele pode esperar, a menos que. Sempre tem um *a menos que*. Erasmo diz: "Nenhum homem deve se desesperar, desde que haja fôlego dentro dele".

Ele conclui: *Escrito com a mão trêmula e o coração mais pesaroso de seu súdito mais pesaroso e servo mais humilde e prisioneiro, neste sábado, na sua Torre de Londres.*

Ele seca a tinta. Não se pode fazer nada além de mentir. A mão dele não treme de maneira perceptível. Mas é verdade que seu coração está pesaroso. Ele fica sentado com a mão no coração, esfregando um pouco. "Christophe", ele diz, "vá buscar minha ceia. O que eu vou comer?"

"Graças a Cristo! Achei que tinha perdido o apetite. Temos morangos e creme. E os mercadores italianos lhe mandaram seus votos e um queijo."

O mercador Antonio Bonvisi costumava mandar comida para Thomas More, pratos fragrantes de temperos. Mas More os empurrava de lado e dizia a seu criado: "John, pode providenciar um pudim de leite?".

Ao duque de Urbino, Federigo di Montefeltro, perguntou-se o que era necessário para governar um Estado. "*Essere umano*", ele respondeu: ser humano. Ele se pergunta se Henrique alcançará o padrão.

Não há resposta à sua carta. Nenhuma resposta direta, pelo menos. Começando cedo, em auroras suaves de verão, os interrogatórios se estendem pelas tardes, quando a luz ampla no aposento se torna empoeirada. Às vezes as sessões são tranquilas e diligentes, às vezes são mais trocas de insultos do que qualquer procedimento de Estado. Assim como Fitzwilliam, Me-Chame não consegue olhar para ele. Ele diz: "*Ele* fez isso" e "*Ele* fez aquilo", como se Thomas Essex não estivesse no aposento. Quando Gardiner os agracia com sua presença, é grave, seco, judicioso, toma cuidado para suprimir a ansiedade borbulhante que deve sentir.

O escrivão Gwyn se esgueira à sessão uma ou duas vezes. Norfolk não repara nele porque o escrivão está abaixo daquilo que ele nota, a menos que incomode. O escrivão diverte a ele — o prisioneiro —, às vezes lançando um olhar para o céu ou virando a boca para baixo em descrença relativa ao que precisa registrar. Até que Riche diz, num arroubo: "Não estou contente com este escrivão. Ele fica olhando para o prisioneiro".

"Você também fica olhando para mim", ele diz. "Não estou contente com você, Richard Riche. Fala como se eu tivesse sido um traidor por todos os anos em que me conhece. Onde estiveram suas provas até agora? Caíram por um buraco no seu bolso?"

Riche diz: "Não é nada pequeno indiciar um homem tão próximo ao rei. Busquei orientação. Rezei a esse respeito".

"E suas preces foram atendidas?"

Riche responde com frieza: "Ah, sim".

Mais uma vez, Gwyn recolhe seus afiadores e suas penas sem demora, mas não sem lançar um olhar de desprezo. Outro escrivão chega e limpa a garganta para saber como continuar, até que Norfolk vocifera para que ele comece em qualquer lugar. Dessa maneira as horas passam, marcadas pelos sinos da capela de São Pedro ad Vincula e da cidade do outro lado das muralhas. As perguntas nunca fazem mais sentido do que fizeram no primeiro dia, nem a imagem de sua vida jamais reflete a realidade como ele a vê. O espelho apresenta um rosto desconhecido, olhos de esguelha, boca aberta. Lorde Montague e Exeter e Nicholas Carew sofreram esse distanciamento do eu; e Norris e George Bolena antes deles. Montague dissera: "O rei jamais ergueu um homem sem que depois o destruísse". Por que Cromwell deveria ser exceção?

Florença me ergueu, ele pensa. Londres me derrubou. Em Florença, o sino chamado Leone anuncia o amanhecer até para os cegos. Então toca Podestà, depois Popolo. Em Terce, quando os tribunais de justiça abrem, Leone e Montarina convocam litigantes e advogados para seus tratos.

Quando ele era criança, sua irmã Kat costumava lhe dizer que os sinos faziam o tempo. Quando a hora badala e a música estremece no ar, a gente recebe o que há de melhor; e o que sobra é igual a um caroço de ameixa chupado no canto do prato.

Lorde Audley mostra a cara: evasivo, envergonhado. Eu o criei, Audley, ele pensa. Eu o promovi, muito acima de seus méritos, pois precisava de um chanceler conivente: e você enriqueceu. "Achei que estivesse ao meu lado, meu senhor. Sempre posou como valente defensor do Evangelho, mas acho que só era valente pelos meus favores. Jurou ser meu amigo para a vida toda." Ele completa: "Tenho isso por escrito".

Fitzwilliam se ausenta. Será que disse ao rei, eu sei que Crumb não é traidor, não posso fazer isso?

"Ele está ocupado", Wriothesley diz.

Riche diz: "Ele foi nomeado lorde do selo privado no seu lugar".

Norfolk diz: "Há outras questões além da sua prisão para os homens de confiança tratarem. Há outros homens neste reino além de Cromwell".

"Mas nenhum que seja tão necessário ao Estado", ele diz. "Estou surpreso por seu filho Surrey não estar aqui para participar do escárnio."

Ele pensa, se permitirem àquela aranha que participe, vou esmagá-lo com o calcanhar da minha bota.

Ele fica desconfiado com a ausência de Gardiner: no que ele está trabalhando? Charles Brandon entra e confirma que Cromwell disse que, se fosse rei, passaria mais tempo em Woking. Ele se lembra de outra ocasião: "O rei deu a Crumb um anel do seu próprio dedo. E Crumb disse: 'Serve em mim exatamente, não precisa de ajuste'".

"E o que deduz disso?", ele pergunta. "Que eu tenho o tamanho certo para ser rei? Qual é o tamanho certo, meu lorde Suffolk? Você não estaria mais próximo disso que eu?"

Ele se entristece por Brandon. Para Norfolk, um Cromwell é apenas uma mancha a ser apagada, como uma discrepância num livro-caixa. Mas a família de Brandon fez seu nome por meio da audácia. Ele esperava que houvesse algum sentimento de camaradagem. Charles não consegue se ater a suas perguntas, fica andando de um lado para outro, com o tempo sai da sala e ordena a seu pessoal com rispidez que o acompanhe, como se assobiasse para um cachorro.

Wriothesley diz: "O senhor está ciente de que lorde Hungerford foi preso?".

"Hungerford?" Ele pensa que, em meio a devaneios sobre Brandon, deixou passar algo. "O que Hungerford tem a ver comigo?"

"Isso é algo que temos a intenção de descobrir", Riche diz. "Ele lhe escreveu várias cartas, e o senhor mandou várias respostas, sendo que as cópias foram extraídas dos seus arquivos pelo secretário-mor Wriothesley." Hungerford é um cavalheiro de West Country: um tenente muito bom, ativo nos assuntos de seu distrito. Ele também espanca mulheres, e sua dama deseja se livrar dele; apenas alguns dias antes de sua prisão, ele, Thomas Essex, pusera em movimento um processo de separação oficial. Ele diz: "É necessário usar pessoas assim. O rei não pode ser servido apenas por santos".

"Uma mulher de idade fez graves acusações contra ele", Wriothesley diz. "Ela se chama Mãe Huntley."

Cristo o ajude, ele pensa. Todos nós temos uma Mãe Huntley na vida. A minha se chama Richard Riche.

"As acusações envolvem feitiçaria", Norfolk diz. "Bem, nosso Cromwell aqui, ele sabe tudo sobre isso! Livros de feitiços no seu porão, não é verdade que foram encontrados? Quando o boneco de cera foi achado, do nosso pequeno príncipe, Cromwell mal podia esperar para pôr as mãos nos culpados e nos seus textos vis. No entanto, ele disse ao jovem Richmond, Deus lhe dê descanso, que não existiam tais coisas como feiticeiras! Quando todos sabemos que as feiticeiras prejudicaram o rei."

"Eu me lembro daquele dia", Riche disse. "Foi em St. James, na época que Fitzroy caiu doente. Cromwell me mandou sair do aposento, e eu sempre fiquei imaginando o que aconteceu ali. Sempre foi assim — Wriothesley, pode confirmar? Ele parece lhe fazer confidências, depois, de repente, você é excluído dos seus conselhos."

"Agora sabemos por quê", Wriothesley diz.

"No entanto, vamos voltar ao assunto em questão", Riche diz. "Lorde Hungerford empregou uma feiticeira para descobrir a data da morte do rei."

Ele pensa, Henrique não teme um horóscopo falso. Ele teme um que seja verdadeiro: um destino na direção do qual caminhe. Ele diz: "Um homem como Hungerford faz inimigos entre seus vizinhos. Isso é algo fácil de alegar".

"Não leve isso na brincadeira", lorde Audley diz. "Eu lhe garanto, o rei não leva."

Hungerford pode ser um bruto, mas não chega a ser perigoso para o Estado. Há duas semanas ele estaria passando tais acusações de sua mesa de trabalho para outra mais baixa.

Riche diz: "Ele também é acusado de violentar uma integrante da sua casa. *Per anum*".

"Deus nos salve — não Lady Hungerford?"

"Uma criada", Norfolk diz. "Por sorte, era da sua casa, não de algum outro cavalheiro. Ele vai morrer por isso."

"Mas, para ir mais ao ponto", Wriothesley diz, "ele foi detectado como papista. Um capelão da casa dele tinha contato com os rebeldes do Norte. Temos tudo documentado."

"Por que o senhor não sabia?", Riche indaga.

"Porque ele mentiu para mim?", ele responde. "Se eu fosse capaz de detectar cada mentira, eu poderia me estabelecer num templo como oráculo." Ele se imagina num jardim de oliveiras. "Bem longe dos senhores."

Já passou da hora do jantar e ele está com fome. O duque também está com fome, mas já se foi o tempo em que poderiam ter dividido a mesa. Christophe chega com um frango. Meia hora se passa, em que ele come com bastante vontade. Quando seus convidados voltam, Riche segue os outros se arrastando de modo conspícuo, e isso significa que ele tem algo a dizer. Ele se demora ajeitando seus papéis, organizando-os. "Wyatt enriqueceu muito."

"E daí?"

"Ele recebeu terras da abadia de Reading. De Boxley e Malling. E aqui em Londres, de Santa Maria Overie e dos Frades Cruzados, e do São Salvador em Bermondsey."

"Há muito tempo ele cobiça essas propriedades."

Riche sorri. "Acredito que ele tenha mais do que achou que receberia."

"Ele vai tomar isso como desafio. Logo vai gastar toda a renda, acredite."

Wriothesley se inclina para a frente. Seu rosto está corado. "Meu amo, não pergunta a si mesmo: por que agora? Foi por ordem direta de sua majestade. Ele acha que Wyatt é merecedor."

Como achou em relação à queda de Ana Bolena. "Bem", ele diz, "o que é má sorte para os outros é sorte para Thomas Wyatt. Deus sorri a ele."

Wriothesley resmunga: "Mais uma vez, pergunte a si mesmo por quê".

"Isso é uma pergunta?"

Wriothesley está mudo.

Ele, lorde Cromwell, vira-se para Riche. "Nenhum homem sabe melhor que você que concessões assim não são feitas num estalar de dedos. As concessões de Wyatt foram postas em movimento meses atrás, quando o chamei de volta da sua embaixada. Só precisavam da assinatura do rei."

"Ele poderia ter se negado a assinar", Wriothesley diz, "se Wyatt não o agradasse. Claramente, agradou."

Claro que Wyatt seria interrogado: como não? Parece que ele deu respostas, úteis ou pelo menos que não desagradaram ao rei. Mas sob qual coação, sob qual pressão? Talvez Bess vá ter outro bebê-fantasma?

"Wyatt conhece suas negociações secretas", Wriothesley diz. "E, como ele com frequência se gabou, também os pensamentos do seu coração."

"Não que sejam nada de que se gabar", ele diz. "Você força minha caridade, Wriothesley. Ainda assim, quando eu for solto, vou tentar não usar essas coisas contra você."

Mais uma vez aquela palpitação, atrás de suas costelas, do órgão cujas armações custaram ao próprio Wyatt tanta dor. *O amor fulmina meu coração. A fortuna me priva de todo o meu conforto... Meus dias agradáveis, eles se dispersam e passam, mas no dia a dia o que é ruim ainda vai ficar pior.*

Ele diz — as palavras surgem de repente, indefesas: "O que vocês vão fazer sem mim? Quando um homem como Wyatt vai trabalhar, ele trabalha para aqueles que o apreciam. Sem mim, vocês lerão as linhas como foram escritas, mas nunca lerão entre elas. Marillac fará dos senhores tolos, e Chapuys também, se voltar. Carlos e Francisco vão bater seus cérebros como uma tigela de ovos. Dentro de um ano, o rei estará lutando contra os escoceses, ou os franceses, ou provavelmente ambos, e nos levará à falência. Nenhum dos senhores é capaz de manejar as coisas como eu. E o rei vai brigar com todos os senhores, e vão brigar entre si. Daqui a um ano, se me sacrificarem, não vão ter nem moeda honesta nem ministro honesto".

O escrivão diz: "Lorde Cromwell está passando mal. Talvez devêssemos parar?".

Ele volta os olhos para o menino. "Abençoado seja por sua coragem."

Ele está suando. Norfolk diz: "Ah, acho que ele está bem em forma. Não é como se estivesse sofrendo grandes suplícios — suplícios dos quais, por instrução do rei, ele está sendo poupado, embora não tenha nascimento nobre".

Assim passa o dia e ainda outro. Traição pode ser construída a partir de qualquer pedaço de papel, se houver vontade para tanto. O poder está nas mãos do leitor, não do redator. O duque continua com seus arroubos, e Riche, com insinuações que raramente conectam uma linha do interrogatório com a outra. Na maior parte, ele é capaz de responder; às vezes, precisa fazer referência aos documentos que eles apreenderam ou perderam. A verdade é que, como confessa, ele interferiu tanto nos negócios do rei que é impossível, mesmo para um homem de sua capacidade, lembrar-se de tudo o que foi dito e feito. "É difícil viver sob a lei", ele diz. "Um ministro deve, sem ter a intenção, transgredir em diversos pontos. Mas, se eu sou traidor", ele enxuga o rosto, "então que todos os demônios do inferno me atormentem e que Deus lance sobre mim sua vingança."

Deixado a sós no fim da tarde, ele fica desfazendo a trama do passado recente, e o fio sempre o leva ao Primeiro de Maio. Thomas Essex em Greenwich, indo e vindo do campo de torneio, escrivães atrás dele com os assuntos do rei; o conde — quer dizer, eu próprio — lançando uma ordem aqui e ali. Richard Cromwell na arena, derrubando todos os que chegam. Nós oferecendo banquetes aos amigos e aos inimigos, nosso estilo e cortesia, nossa *sprezzatura*, nossa farta exibição: o Primeiro de Maio nos separou, porque a inveja e o rancor que criou não podiam mais ser suprimidos. Richard combinou com alguns italianos que pintassem um mural de seu triunfo em sua casa em Hinchingbrooke; a intenção é decorar o aposento todo. Pode chegar o tempo em que a cena seja amarga a seus olhos, mas ele deveria pintar mesmo assim. Não devia cancelar com os italianos — é assim que eles ganham a vida.

Nove dias depois de ele ser preso, tinham juntado material suficiente contra ele para apresentar um pedido de remoção de liberdades civis ao Parlamento. Ele foi interrogado a respeito de religião, para que mais acusações fossem adicionadas. Perguntam sobre o que ele fez em Calais, quem protegeu lá. Examinam mais a fundo seu estoque de falsificações, do qual podem tirar o que bem entenderem. Norfolk diz a ele: "Quando mestre Wriothesley passou por Antuérpia a serviço do rei, você lhe deu mensagens para hereges".

"Eu dei a ele uma mensagem para minha filha. Meu próprio sangue."

Norfolk diz: "Acha que isso melhora a situação?".

Ele diz, mais uma vez: "Permitam-me ver o rei".

Norfolk diz: "Nunca".

Ele supõe que Henrique, durante uma ou duas horas seguidas, acredita firmemente tanto em sua heresia quanto em sua traição. Mas será que ele é capaz de sustentar a ilusão? Pelo resto de suas horas, ele não se importa com o que é verdade. Ele cultiva seu rancor e seu ressentimento. Nenhum conselheiro jamais poderá aplacá-lo, aliviar essa noção de ressentimento, abrandar sua sede ou satisfazer sua fome.

Antes de ele completar uma semana na prisão, Rafe lhe conta como o imperador recebeu a notícia. Carlos pareceu estupefato, dizem os despachos. "O quê?", ele perguntou. "Cremuel? Tem certeza? Na Torre? E por ordem do rei?"

Um dia a porta se abre; ele pensa que é Gardiner, mas é Brandon mais uma vez. Charles se senta, com um suspiro pesado, num banquinho estofado, de modo que seus joelhos se erguem de maneira absurda embaixo do ombro. "Por que vossa senhoria não se senta nesta cadeira?"

Mas Charles senta-se como um penitente, bufando e suspirando e olhando ao redor do aposento. Seus olhos buscam as paredes pintadas, aquelas cenas de paraísos, colinas verdejantes e riachos: "Por acaso *ela* está ali atrás? A outra?".

"Não em sua própria pessoa, meu senhor. Ela repousa na capela, em paz. Já em relação ao retrato, eu a pintei."

"Como assim? Pessoalmente?"

"Não, meu senhor. Mandei um profissional pintar."

Ele se imagina se esgueirando ali à noite com um enorme pincel destruidor. "Você é um bom camarada, Charles", ele diz. "Eu assaltaria uma casa com você, se fosse preciso."

Brandon sorri atrás de sua barba espessa. "Já assaltou muitas casas?"

"Nos meus tempos selvagens, sabe como é."

"Nós todos já passamos por isso", Charles diz.

"Eu não assaltaria uma casa com o rei. Se dissesse a ele, 'Fique aqui e assobie se o vigia chegar', ao primeiro passo que escutasse, ele sairia correndo e deixaria você sozinho, com a perna por cima do peitoril da janela."

"Não acho que ele participaria de um assalto em plena consciência", Charles diz. "Estaria rompendo sua própria paz, não é mesmo? E quem ele iria roubar? Ele pode apreender nossas posses se quiser, e empobrecer a todos nós." Ele esfrega a testa. "Fico contente de ouvi-lo fazer uma piada, Crumb. Olhe..." Ele alavanca o próprio corpo até ficar na vertical. "Olhe, e este é meu conselho. Confesse que é um herege. Afirme que foi mal encaminhado. Peça a Harry que se encontre com você cara a cara e argumente com você, para levá-lo de volta à verdadeira religião. Ele apreciaria isso, não é mesmo? Está lembrado de como ele se refestelou no julgamento daquele tal de Lambert? Sentado acima do tribunal, todo paramentado de branco?"

"Lambert foi queimado na fogueira", ele diz.

Charles perde o ânimo. "Bem, essa era minha ideia, e agora eu a exprimi, então eu..." Ele se dirige para a porta, mas volta e se abaixa. "Sua mão?"

Ele a estende. Charles dá um soco em seu ombro, como se estivessem assistindo a uma briga de cães.

Depois que Brandon sai, ele pensa, ele tem razão, Henrique sentiria prazer se me convertesse. Mas há um motivo pelo qual a solução de Charles não será a resposta. Seus inimigos vão mostrar (para sua própria satisfação) que ele nega a Eucaristia, e nenhum herege desse tipo pode se salvar, nem pela retratação. O que o condena é um daqueles artigos perniciosos que foram aprovados pelo Parlamento no ano passado quando ele estava doente. Sua febre italiana o está matando, no final das contas.

O pedido de remoção de liberdades civis passará pela segunda leitura no dia 29 de junho. Entre a primeira leitura do pedido e a segunda, entre a segunda e a terceira, ele é um homem à beira da morte. Quando o pedido for aprovado, então por lei ele está morto. A única incerteza é qual processo vão usar para transformá-lo em cadáver. Se o rei preferir castigá-lo por heresia, ele vai morrer na fogueira, talvez ao lado de Robert Barnes e seus amigos; se for por traição, então é bem provável que ele seja mandado para Tyburn, para ser cortado vivo. Até o sodomita Hungerford obterá a graça de morrer pelas mãos do verdugo, mas quanto a ele, só Deus sabe. Ele sonha que está na frente de uma porta pintada de vermelho-escarlate, ou não pintada, mas banhada em vermelho-escarlate, e a parede é do mesmo tom; a superfície está úmida, o piso, a parede e o aposento atrás da porta também estão úmidos e são vermelho-escarlate.

Parou de chover. Olhando para fora pelas janelas nos alojamentos da rainha, ele enxerga o verão se esvaindo. Ele se lembra do mundo todo em turbilhão, naqueles anos antes da queda do cardeal. Ele se lembra de levar Rafe para a casa na rua Fenchurch, e como ele encharcou todo o chão, e Lizzie tirou todas as suas camadas de roupas. Ele pensa, ela morreu antes de eu ter alguma coisa. Eu tinha Austin Friars, mas era a casa de um advogado. Quando eu era o homem do cardeal, ela passava semanas e semanas sem me ver. Eu poderia muito bem ter sido um marinheiro. Ela estava no alto da escada, usando uma touca branca. Ela disse: "Diga-me quando vai voltar para casa". Escrevi meu testamento, depois que ela morreu, e tudo que eu tinha para deixar ao meu filho, naquele tempo, eram seiscentas libras e doze colheres de prata.

No dia que o pedido de remoção de liberdades civis é aprovado, Stephen Gardiner retorna. Ele aperta a casaca em volta do corpo porque está com frio. "Vim aqui para perguntar sobre o suposto casamento do rei."

A maneira como ele apresentou a questão basta para fazer com que ele entenda o que é necessário. "Vou escrever tudo para você. Desde o começo."

"Não omita nada", Gardiner diz. "Das suas primeiras negociações com Cleves à noite do suposto casamento. Deve apresentar tudo o que ouviu dizer a respeito do pré-contrato da dama com a Lorena e registrar com fidelidade o que sabe sobre o desgosto do rei e sua má vontade com o casamento."

Ele ergue uma sobrancelha. Gardiner diz: "Lady Rochford e outras pessoas vão testemunhar que não houve consumação. Os médicos vão confirmar. Se ela chegou aqui donzela, sai do mesmo jeito, já que o rei — por ter dúvidas de que o casamento era válido — se absteve da cópula carnal".

Ele pensa, eu podia ser como George Bolena: eu poderia resolver a questão de modo a deixar Henrique furioso. Mas eu tenho um filho, e dois netos, e um sobrinho, e meu sobrinho tem herdeiros. George não teve filhos. Ele diz: "Arrumar uma esposa nova sempre foi minha tarefa. Agora ela é sua, não é mesmo? Suponho que será a sobrinha de Norfolk? O que aconteceu com a rainha?".

"A dama de Cleves já abandonou a corte. O rei a enviou a Richmond. Ele prometeu se juntar a ela lá. Mas, é claro, isso não vai acontecer. Foi necessário para pôr fim às lamentações de mulher dela — ou, pelo menos, para permitir que continuassem à distância."

Ele pensa, ela deve ter ficado amedrontada, pobre alma. E sem ninguém para garantir seu bem-estar. "Suponho que o dinheiro vá remediar a ferida."

"Haverá um acordo. No fim, vai ser isso. A anulação vem primeiro. O rei diz, Cromwell sabe mais a respeito dessa questão do que qualquer outro homem, à exceção de mim mesmo. É preciso escrever a verdade, para que sua alma não seja condenada. Será necessário fazer um juramento."

"Por que eu recusaria?", ele indaga. "Eu também faria o juramento que sou um verdadeiro servo e que minha fé é a fé católica e universal, sem diferença daquilo que é professado pelo rei. Seria estranho se minha palavra servisse para esclarecer uma questão, mas não outra."

"Você é um moribundo", Gardiner diz. "Eles são conhecidos por não mentir. Quer que eu mande chamar Sadler para ajudá-lo a escrever?"

Ele não quer que Rafe o veja executar esse último ato. Ele pensa, a anulação vai me anular. "Eu sei o que é necessário", ele diz com frieza. "Deixe comigo, meu lorde bispo. Agora, expulse a si mesmo daqui."

Ele se senta. Os fatos desfilam sozinhos em sua mente, as frases vão se formando na ordem, mas, antes que ele possa escrever, derrama uma lágrima e pensa, estou de luto por mim mesmo: com esses papéis, minha utilidade vai embora. Eu não poderia fazer isso de novo: os anos de labuta insone, a bruta deformação moral, as pessoas que mandei ao carrasco. Quando Henrique morrer e chegar ao Juízo Final, terá que responder por mim, assim como por todos os seus serviçais: ele deve prestar contas pelo que fez com Cromwell. Eu nunca tive a intenção de substituí-lo. Por toda a Inglaterra há menires, formas petrificadas de homens que tinham a esperança de reinar: *Pau e pedra, como rei da Inglaterra serei conhecido.* Por sua presunção, foram condenados a se postar por mil anos, dois mil anos, ao vento e na chuva; ao redor deles há pedras menores, as formas dos velhacos que eram seus cavalheiros. Conte-as e — por meio de um feitiço peculiar — nunca obterá o mesmo número duas vezes. A destruição vai além da contagem. Vai além daquilo que a pena é capaz de registrar.

A narrativa dele é o trabalho de muitas horas. Às vezes, Christophe aparece e o espia, e oferece um prato de framboesas, ou de biscoitos, ou de docinhos. Mas ele está absorvido em sua história: Rochester, o touro sendo atiçado, a dama de Cleves à janela; o rei tempestuoso e acalorado em seu disfarce de cavalheiro inglês. A peça em Greenwich, onde os romanos cambalearam e caíram; o rei na cama, amassando a barriga e os peitos da rainha.

Às vezes, a mente dele devaneia, como deve ser: longe desse aposento, além das muralhas da cidade, atravessando os campos e entrando na floresta. A folhagem é densa, como era nos anos antes de as árvores terem sido cortadas para construir casas e navios, e todas as criaturas agora extintas estão vivas mais uma vez, para o bem ou para o mal: o castor no riacho, o lobo ganhando terreno sobre a gente com seus passos largos. Quando um homem não sabe que caminho tomar, ele espalha migalhas do pão que carrega na mão, mas os passarinhos o seguem e comem tudo. Ele tira a camisa e a rasga em tiras, e amarra um pedaço a cada bifurcação na estrada, mas os ogros que vivem no fundo do bosque vão atrás dele e roubam o linho para amarrar seus ferimentos: porque os ogros estão sempre brigando. Ele prossegue com esforço, e árvores falantes dão risadinhas dele, escondendo sua expressão de desprezo por trás das folhas.

Quando a história termina, ele redige a inscrição: *Ao rei, meu graciosíssimo senhor e soberano, sua majestade.*

Mas ele não consegue pensar em como terminar a carta. Talvez esta seja a última que lhe permitem escrever. Então ele escreve *eu clamo por misericórdia.* Ele escreve mais uma vez, para o caso de Henrique estar distraído: *misericórdia.* E, mais uma vez, *misericórdia*, para enfiar dentro do crânio real, para perfurar o coração real.

Ele a datou: *Quarta-feira, o último dia de junho. Com o coração pesado e a mão trêmula.*

Dessa vez, é verdade. A mão está tremendo. Ele olha para ela como se fosse a mão de outro homem. De todas as palavras que ele escreveu, será que essa súplica vai perdurar? Os ratos roeram as leis dos tempos antigos. Adoram cola de peixe e velino; eles comem qualquer coisa que já esteve viva e depois, por hábito, comem o que está morto; das margens vão roendo para dentro, até a história secreta da Inglaterra. É a glória dos homens que trabalharam com Cromwell que, em vez de simplesmente amaldiçoar os ratos, eles remendaram, costuraram, esticaram a malha dos sentidos para substituir uma vogal roída; sempre prontos a substituir uma frase digerida por uma cláusula que ajudasse a Coroa. Mas de que serviu? Ele viveu de acordo com as leis que criou e precisa se contentar em morrer com elas. Mas a lei não é um instrumento para descobrir a verdade. Ela existe para criar uma ficção que nos ajudará a passar por cima de ações atrozes e encarar nosso futuro. Parece que não existe misericórdia neste mundo, mas um tipo de justiça acidental: os homens pagam por crimes, mas não necessariamente pelos que eles cometeram.

Rafe chega para levar a carta. Ele não tem selo, então a dobra e, antes de entregar, hesita e a prende embaixo da palma da mão. "Eu sempre disse a Henrique: amedrontar as pessoas custa barato, mas não surte os melhores resultados. Se quiser um prisioneiro que lhe entregue tudo, ofereça esperança."

Rafe diz: "Eu li como o filósofo Cano, quando os carrascos de Calígula vieram buscá-lo, estava jogando xadrez. Ele lhes disse: 'Olhem só, estou vencendo — contem minhas peças no tabuleiro'".

"Não dou uma resposta assim tão ousada", ele diz com tristeza. "Cano ainda tinha sua rainha." Ele empurra a carta por cima da mesa. "Tome. Tudo o que ele quer está nesse pacote. Será que Cleves vai fazer guerra contra nós agora?"

Rafe diz: "Parece que o duque está contente de deixar a irmã aqui na Inglaterra. E se ela não se opuser a ele em nada, o rei vai lhe oferecer termos justos e honrosos".

"Por que ela iria se opor a ele? Pobre dama." Fazer uma viagem no inverno, ele pensa, e se ver indesejada no final dela.

Rafe diz: "O duque Guilherme está conversando com os franceses. Dizem que lhe ofereceram uma princesa e uma aliança".

"Ah, então ele não vai se casar com Cristina?"

"Não, ele não conseguiu entrar em acordo com o imperador, ou pelo menos não neste momento. Dizem que a princesa francesa não está disposta."

Não está disposta. Isso deixará espaço para uma anulação quando o imperador oferecer algo melhor. "Guilherme não se deu mal conosco", ele diz. "Melhor que Ana." Ele pensa, duvido que ela vá querer se casar com outro homem, agora que Henrique a maltratou.

Rafe diz: "Os franceses juram que vão carregar sua princesa até o altar se for necessário. Ela só tem doze anos, então não pode pesar muito". Ele suspira. "Helen, senhor, implora para que eu lhe envie seus cumprimentos. Ela reza à noite e de manhã pelo senhor. Assim como nossos filhos pequenos e todos os seus amigos."

Não é um número grande de preces para lançar à porta do céu, decerto. Mas ele pode contar com algumas do arcebispo da Cantuária, e certamente os pedidos dele irrompem como trovão. E Robert Barnes está orando por mim, e eu por Robert Barnes. Nenhum de nós tem muito a pedir agora além de coragem. Como Wyatt escreve, *Lauda finem*: louvado seja o fim.

Edmund Walsingham, o tenente da Torre, chega no dia seguinte. "Não se alarme, meu amo. Não trago más notícias. Apenas que precisa mudar de casa."

Então, seus interrogadores terminaram com ele. "Para onde eu vou?"

"Para a Torre do Sino, senhor, ao lado do meu alojamento."

"Sei onde é", ele diz, seco. "Não posso ir para a Torre Beauchamp?"

"Ocupada, meu amo."

"Christophe", ele diz, "junte meus livros. Mande buscar roupas mais quentes para mim em Austin Friars, as paredes aqui são espessas." Ele diz ao tenente: "Quando Thomas More ficou preso na Torre do Sino, tinha permissão para caminhar no seu jardim. Será que eu terei essa liberdade?".

"Não, meu amo."

Walsingham é um veterano de Flodden que não abre a boca. Ele ocupa esse posto há quinze anos e não tem intenção de dar uma escorregadela agora.

"More não ficou trancado. Ficarei trancado?"

"Sim, meu amo."

Ele veste a casaca. "*Allons.*" Ele se despede das deusas; um último vislumbre fugidio por cima do ombro. Nenhum vestígio de Ana Bolena. Ele se lembra de ela ter dito — será que foi aqui neste aposento? — "Seja bom comigo". Ele pensa, se eu a vir novamente, talvez dessa vez eu seja.

A céu aberto. Ele olha ao redor. A única coisa que vê são homens armados. O tenente diz: "Espero que a presença dos guardas não o incomode".

Um sopro do ar do rio. Uma dança de folhas verdes. Ele sente o sol no ombro. Um obreiro sentado num andaime, assobiando, sem camisa; "O caçador feliz"... Ele se sente preso na rede do passado, suspenso em algum instante azul elevado, pendurado no ar. Ao meio-dia, o couteiro será chamuscado.

Estive em custódia há muitos dias, muito tempo,
Minhas trancas foram reforçadas.
Vou pendurar minha corneta
ao relento:
As temporadas de custódia estão terminadas.

A caminhada é breve demais. "Devo ir à cela inferior ou à superior?"

Quando ele chegara à Torre, tinham disparado o canhão: é o costume, quando uma pessoa importante é trazida. O solo treme, o rio ferve e, dentro do acusado, ao pisar no cais, sua medula estremece, seu baço reclama, as câmaras de seu crânio chacoalham. Na entrada da Torre do Sino, na escada que sobe, ele sente mais uma vez uma agitação profunda. É uma fraqueza, mas ele não vai deixar transparecer ao tenente: apenas se firma tocando de leve na parede com a ponta dos dedos.

Enquanto isso meu arco vou curvando,
Não vou ter nenhuma esposa:
Um pavilhão no jardim
irei montando
Para quando a vida for idosa.

As portas se abrem no aposento de baixo. É uma câmara de pedra, com teto abobadado e espaçosa. A lareira está vazia e foi varrida. As paredes aqui têm doze pés de espessura, e a luz cai de janelas localizadas bem acima da cabeça. Há uma silhueta sentada à mesa. Em silêncio, ele pergunta: "Quem é?". Thomas More se levanta de seu lugar, atravessa o aposento e se derrete na parede.

"Martin, é você? Parece bem. Como está minha afilhada?"

O carcereiro tira o chapéu. Ele estava prestes a dizer, sinto muito por vê-lo aqui, senhor: a fórmula vazia de sempre; melhor deixar para lá. "Cinco agora, senhor, e uma boa pequena alma, abençoado seja por perguntar. Nada de mau com ela."

Nada de mau? Como as pessoas dizem coisas estranhas. "Está aprendendo a ler e a escrever?"

"Uma menina, senhor? Só serve para criar problema."

"Não quer que ela leia o Evangelho?"

"Ela pode se casar com um homem que vai ler para ela. Posso lhe trazer alguma coisa?"

"Lorde Lisle ainda está aqui?"

"Não sei dizer."

"A velha dama? Margaret Pole?"

Ocorreu a ele que Henrique pode executar Margaret, agora que ele não está a seu lado para lhe segurar a mão. "Muito bem", ele diz a Martin. "Tem ordens para não falar, compreendo. Acha que poderia acender um fogo para mim?"

"Vou providenciar", Martin responde. "O senhor sempre sentiu tanto frio. Eu me lembro de quando costumava vir aqui para visitar Thomas More. Dizia a ele: 'Devíamos acender o fogo'. Ele respondia: 'Não tenho dinheiro, Thomas'. O senhor dizia: 'Cristo nos salve, eu pago o fogo — pode parar de tentar torcer meu coração maldito? Pode ser papista, mas não é pobre'."

"Foi mesmo?" Ele está surpreso. "Eu disse isso? Meu coração maldito?"

"More, ele deixava a gente de estômago virado", Martin diz. "Quando soava o toque de recolher, ele chegava do jardim e se sentava e escrevia a noite toda, enrolado num lençol. Parecia uma mortalha — a visão me gelava. Eu nunca vi um pelo nele, não desde o dia que foi levado embora. Mas alguns afirmam que viram. Juro por eu estar vivo e ser um homem cristão, o senhor ouvirá o velho camarada aí de cima, Fisher. A gente ouve o homem se arrastando pelo chão."

"Não devia acreditar em fantasmas", ele diz, incerto.

"Não acredito", Martin diz. "Mas o que lhes importa se eu acredito neles ou não? Escute hoje à noite. Dá para ouvir o velho Fisher se arrastando de um lado para outro, e depois a cadeira raspa no chão, onde ele apoia o peso nas costas dela."

"Não havia peso para apoiar", ele diz. O bispo era tão magro que não seria possível usá-lo para bloquear uma corrente de ar. O que se pode fazer com um homem que, quando se sentava para comer, punha um crânio na mesa, onde os outros colocariam um saleiro?

"Seu menino pode dormir aqui numa enxerga", Martin diz, "se não quiser ficar sentado sozinho."

"Ficar sentado? Eu vou dormir. Martin, se meu filho Gregory fosse trazido para cá como prisioneiro, ou Sir Richard Cromwell, diria para mim?"

Martin raspa o pé no chão. "Ah, diria. Tentaria mandar a notícia para o senhor."

Há velhos tapetes de junco no chão. Ele pensa, vou mandar trazer algo melhor de casa: se é que sobrou algo.

***

Trata-se de uma câmara para um prisioneiro favorecido, mas não há como confundi-la com um aposento comum. Mesmo assim, a noite se passa sem incidentes. Ele presta atenção para ver se escuta Fisher, mas o velho bispo está adormecido. Ele acorda uma vez e pensa, reis podem se arrepender, existem exemplos. Durante um tempo, sua mente fica vagando, em busca de um. Os cronistas nos dizem que, no reino do terceiro Henrique, o rei castigou seu servo Hubert de Burgh, conde de Kent, negando-lhe proteção e jogando-o no fundo de um calabouço. Hubert viveu dois anos acorrentado, antes de fugir e conseguir seu título de volta.

Com a manhã, Rafe chega. "Então, minha carta, como ele a recebeu?"

Os movimentos de Rafe são lentos; parece que ele passou a noite inteira trabalhando. Ele quer pedir uma caneca de cerveja para ele, mas Rafe diz, não, não, preciso lhe contar o que aconteceu. "O rei mandou reunir seus conselheiros. Então fez com que eu lesse sua carta em voz alta."

"Isso deve ter demorado um pouco."

"Quando eu terminei, ele disse: 'Leia de novo, Sadler'. Eu indaguei: 'Inteira, senhor?'. Ele hesitou e respondeu: 'Não, pode omitir a história do casamento. Leia a parte em que ele faz suas súplicas'.

"Na segunda vez que eu li, ele pareceu muito comovido. Eu não queria interromper o raciocínio dele, mas então ousei dizer, 'Só é necessária uma palavra, senhor'. Ele olhou para mim, 'Uma palavra para quê?'. Ele entendeu o que eu quis dizer, claro, e eu não ousei me aventurar mais longe. Então, ele disse, 'Sim, eu poderia libertar Cromwell, não é mesmo? Eu poderia reinstalá-lo amanhã'. Eu disse, 'Os franceses ficariam surpresos, senhor' — pensando em lhe dar um incentivo, porque o senhor sempre o aconselhou a fazer aquilo de que seu inimigo menos vai gostar.

"'Mas acho que os franceses não são o inimigo' ele diz. 'Desde mais ou menos a semana passada.'

"Mas daí o rei disse, 'Sabe, ele nunca me perdoou por Wolsey, e eu há muito fico imaginando a que extremidade o pesar pode levá-lo. Mesmo quando meu filho Richmond estava morrendo, ele importunava os médicos com as perguntas dele. O bispo Gardiner diz, o próprio cardeal pode perdoar, mas os homens do cardeal nunca perdoarão'. Eu disse, 'Senhor, juro, o conde se reconciliou. Ele se desapegou do cardeal'. Mas ele me interrompeu. Disse, 'Aqui na minha caixa de leitura, tenho a carta anterior dele'. Ele virou a chave, pegou a carta e entregou nas minhas mãos. Ele disse, 'Leia isto. Leia onde diz que ele faria com que eu vivesse sempre jovem'. Foi o que eu fiz. O rei disse: 'Ele não pode fazer isso, não é mesmo?'. Eu poderia jurar, senhor, que havia lágrimas nos olhos dele. Meu coração batia rápido, eu pensei, agora ele vai proferir: 'Soltem Essex'. Mas ele se levantou e caminhou até a janela. Ele disse, 'Obrigado pela sua paciência, secretário-mor'. Eu respondi, 'Fui bem treinado, senhor, por um homem paciente'. Ele disse, 'Agora, pode me deixar'."

"Fez bem, Rafe. Fez mais do que eu tinha qualquer direito de esperar."

Rafe diz: "Quando eu era pequeno, o senhor me trouxe numa viagem. Deixou-me ao lado do fogo e disse, é aqui que você mora agora, vamos ser bons para você, não tenha medo. Eu tinha me separado da minha mãe naquele dia e não sabia onde estava, e eu nunca tinha visto Londres, muito menos sua casa, mas eu não chorei nem uma vez, não é mesmo?".

Ele chora agora, como um bebê zangado, da maneira nada graciosa típica das pessoas ruivas: a pele corada, o corpo tremendo. "Onde, em nome de Deus, está Cranmer?", ele indaga. "Onde está Wyatt? Onde está Edward Seymour? Vão ter vergonha até o fim da vida."

"Cranmer vai superar isso", ele diz. "Não digo que vá dormir bem à noite, mas vai sobreviver. E Wyatt escreverá um verso a meu respeito. E Seymour precisa viver para orientar o pequeno príncipe, quando ele, quando Henrique..." Ele não diz. O pensamento já tinha entrado na cabeça dele antes: e se uma febre subir naquela mesma noite, e se ele tossir e tiver dificuldade de respirar, e se seus pulmões se encherem de água mais uma vez e o veneno da sua perna matá-lo? Então o Estado vai prender a respiração. O braço executivo vai suspender sua ação, apesar de o punhal estar erguido. O príncipe vai precisar de mim. O conselho vai precisar de mim. Edward Seymour vai virar a chave e me deixar sair.

Quando Rafe sai, ele diz a Christophe: "Pegue um baralho". Ele lhe mostra a rainha pintada, embaralha e põe três cartas na mesa. "Então, onde ela está?"

O dedo grosso de Christophe desce.

"Não." Ele vira a carta para cima. "Agora, observe. Estou lhe ensinando esse truque. Para que, se algum dia ficar sem dinheiro ou sem comida, a dama possa prover." Ele diz baixinho: "É só no caso de o pior acontecer. Vá procurar Gregory. Ou mestre Richard tomará conta de você. Diga-lhes que eu mandei lhe arrumarem uma esposa, para que seja salvo do pecado".

Ele está trabalhando para salvar os criados de sua casa. Alguns vão para Gregory, outros, para Richard — supondo que o rei não tire da família Cromwell tudo que tem. Wyatt vai escolher, agora que ele tem dinheiro e várias propriedades que vão precisar de criados. Ele pensa, Brandon vai querer meus caçadores, meus tratadores de cachorros. Algum mercador na cidade, que conhecia seu pai, vai ficar com Dick Purser. Os mercadores italianos cobiçarão meus cozinheiros. O jovem Mathew pode voltar para Wolf Hall, apesar de seu francês ser um desperdício em Wiltshire. Em abril passado, quando ele achava que iria cair a qualquer momento, ele tinha reunido as crianças que cantavam em sua capela; agradecera a elas por seus serviços, desejando-lhes boa sorte na vida e as mandado para a casa dos pais, cada uma com um presente de vinte libras. Depois que foi nomeado conde, ele pensou, será que devo chamá-las de volta? Agora está contente por não ter chamado.

Na Itália, quando trabalhava para os banqueiros, ele aprendeu a arte da memória e a praticou ao longo da vida desde então. Você cria uma imagem para cada memória e as deixa nas igrejas que frequenta, nas ruas por onde anda, nas margens e nos rios pelos quais navega. Deixa-as em valas, entre os sulcos de um campo e penduradas em árvores: bestas e frigideiras, dragões e estrelas. Quando os lugares reais acabam, você sonha com mais outros; imagina ilhas, como Utopia.

Agora, sentindo que ele tem menos de uma semana de vida, precisa recolher suas imagens de onde as deixou, caminhando por seu próprio terreno interno. Precisa atravessar sua vida toda, caminhando e dormindo: não se pode deixar suas memórias sozinhas neste mundo para que outros homens as possuam.

Ao anoitecer, o cardeal regressa, como uma perturbação em sua visão. "Onde esteve?", ele pergunta.

"Não sei, Thomas." O velho parece desamparado. "Eu diria se pudesse."

Quando uma cadeira lhe é oferecida, ele olha para ela com aversão. "Não vou me sentar onde Thomas More se sentou. Pelo que aquele ingrato fez por mim, nunca vou gastar meu tempo com ele. Se sinto o cheiro dele hoje em dia, vou para o outro lado."

Ele diz: "Senhor, sabe que eu não o traí? Apesar do que sua filha pensa?".

Wolsey anda de um lado para outro, arrastando suas vestes vermelho-escarlate. Finalmente, ele diz: "Bem, Thomas... ouso dizer... as mulheres entendem as coisas errado".

Seu enorme cansaço, que ficara em suspenso durante o período em que tivera de encarar Gardiner ou Norfolk todos os dias, agora volta. A sensação em torno de seu coração — de que está esmagado, desfigurado — ele agora entende como uma deformidade causada pelo pesar. Ele sente que está arrastando cadáveres, jogando terra em cima deles: Robert Aske, Tom Verdadeiro, Harry Norris e Will Brereton, o pequeno Francis Weston e Mark Smeaton com seu alaúde. E até aqueles em cuja morte ninguém pode dizer que ele teve participação: a rainha Jane, Harry Percy, Thomas Bolena.

Sua mente se volta para as perguntas que lhe foram feitas, como se os interrogatórios ainda estivessem se desenrolando. Ele pensa em Richard Riche:

"Em junho de 1535, o prisioneiro me disse, 'Richard, quando o reinado do rei Cromwell despontar, você será um duque'".

E Audley dizendo baixinho: "Riche, não podemos registrar isso. Acho que meu senhor estava fazendo uma piada".

Ele se lembra de Wriothesley, seu arroubo certa tarde: "Ele achou que já era rei. Ele agiu como rei. Eu me lembro quando mercadores franceses foram a Greenwich no ano do gelo. Possuíam bens que forçaram sobre sua majestade, e sua majestade os dispensou, dizendo que gastara todo o dinheiro que tinha lutando contra os Peregrinos. Mas, ao ver a perturbação deles e a viagem desperdiçada, ele com muita graça aceitou fazer aquisições. Porém meu lorde do selo privado os expulsou para fora dos aposentos do rei e tratou uma barganha com eles, fazendo com que lhe vendessem a preço mais baixo os bens que eram destinados ao rei".

Ele se lembra daquele dia: a luz gelada na câmara, os atrativos dispostos na frente de Henrique: uma coleira de cachorro de veludo, um par de mangas de proteção e, para ele, lorde Cromwell, a seda cor de amora. Me-Chame disse: "Tome cuidado, senhor". Ele se lembra da tensão no rosto de Me-Chame. Não achou que ele quisesse dizer, tenha cuidado comigo.

Edmund Walsingham aparece mais ou menos todos os dias e só fica ali o suficiente para testemunhar que o prisioneiro continua são de corpo e mente: é como se tivesse medo de que a conversa pudesse contaminá-lo. Kingston tem suas obrigações como conselheiro e só visita a Torre em dias pressagiosos. Então, ele não tem ninguém com quem conversar além de Christophe e seu carcereiro e os mortos; e com a luz do dia os fantasmas se dissolvem. É possível ouvir um suspiro, um sopro, quando eles se dispersam. Eles se transformam numa corrente de ar que assobia, uma dobradiça pedindo óleo; eles se dissipam em coisas naturais, uma névoa errante, uma espiral de fumaça de uma fogueira que se extingue.

Ele vive aterrorizado ante a possibilidade de que o rei ponha fim às visitas de Rafe. Mas parece que o rei ainda deseja que ele receba algumas boas notícias. Lorde Hungerford está sob sentença de morte, Rafe diz. "O embaixador francês está espalhando o boato de que ele estuprou sua filha. Mas nenhuma acusação formal foi feita. Feitiçaria e sodomia são suficientes."

"Marillac se sente fortalecido", ele diz, "depois de todos os boatos que espalhou ao meu respeito. Parece não haver consequências."

Ele não consegue encontrar em seu coração motivos para sentir pena de Hungerford: tirando o fato de que ele tem pena de qualquer criatura confinada ciente de que, da próxima vez que sair, será sua morte. Ele gostaria que

Wolsey viesse fazer uma visita para que pudessem jogar uma partida de xadrez: apesar de que nunca se deve jogar xadrez com um prelado, eles sempre têm um peão na manga. Ele anseia pela visão de Thomas More com sua barba grisalha por fazer e seus olhos cansados, sentado à mesa como costumava fazer: aquela mesa que tinha tomado aspecto de altar, a chama da vela repuxada por uma corrente de ar. Na primavera chuvosa de 1535, More tinha um truque de se ausentar da cena, de modo que aquilo sentado à sua frente parecia já estar morto, uma carcaça, como o cadáver prateado que se encontra numa teia de aranha quando a aranha morreu em casa.

Falam de More como se ele fosse um mártir agora, em vez de um homem que calculou errado as probabilidades. Ele disse a Chapuys, More achou que podia manipular Henrique, e talvez estivesse certo; mas então ele se deparou com aquilo que não esperava, ele se deparou com Ana Bolena. Nós conselheiros achamos que somos homens de visão e erudição, delineamos nossa posição com gravidade, apresentamos nossos planos e argumentamos a favor do nosso caso noite adentro. Então alguma menininha entra correndo e perturba a vela e põe fogo na nossa manga; faz com que fiquemos trocando tapas como loucos, tentando salvar nossa pele. Exasperado por um ladrão dissimulado como Riche poder me superar; por um tolo como Polo poder furar meu barco, e por um tonto como Lisle poder me afogar. Talvez algumas pessoas possam dizer que morri pelo Evangelho, como More morreu pelo papa. Mas a maior parte não vai pensar em mim como mártir de nada, exceto da maravilhosa causa de subir na vida.

Em meados do mês, o rei volta a ser solteiro. Primeiro a Convocação, depois o Parlamento entrou em ação para libertá-lo. Ana concordou com tudo o que lhe foi proposto e devolveu sua aliança de casamento. Rafe diz: "O Parlamento vai fazer uma petição para que o rei volte a se casar. Pela segurança e pelo conforto do reino. Por mais que ele se sinta indisposto a isso pessoalmente". Ele suspira. A corrente de secretário-mor pesa muito.

Não chove. O calor não arrefece. Parece que Henrique tem a intenção de matar seu escravo por meio de puro abandono. O visconde de Milão criou um regime de tortura que durava quarenta dias e, no quadragésimo dia, mas não antes, o prisioneiro morria. No primeiro dia, você pode cortar fora a orelha do homem. No dia seguinte, você arranca um olho. Ele descansa; ele tem outro olho, mas não sabe quando você vai escolher cegá-lo. No quinto dia, você começa a arrancar a pele dele em tiras. Isso não é por nenhuma informação que ele possa lhe dar. É meramente para criar um espetáculo, para deixar a cidade estarrecida de pavor.

Na terceira semana de julho, seus interrogadores voltam trazendo novas acusações de corrupção. Há um caso que agora já vem se arrastando há dois anos, sobre um navio que pertence ao irmão do condestável da França. Ele tem os fatos na cabeça e tem certeza de que está isento na questão, mas percebe que não tem defesa contra a versão que os franceses apresentam. Francisco está determinado a apressá-lo ao cadafalso. "Não morro rápido o bastante para o gosto dele", ele diz a Gardiner.

"Duvido que demore muito agora", o bispo diz. "Qualquer dia, o rei transformará em lei o pedido de remoção das suas liberdades civis. O Parlamento vai se retirar. Sua majestade vai querer sair de Londres para passar o verão."

"Como vai a sobrinha de Norfolk?"

Gardiner parece desanimado. "Muito contente com sua enorme sorte. Uma pequena criatura agitada. Ainda assim, não é meu papel questionar a escolha do rei."

"Tenha isso em mente", ele diz, "e, assim vai longe, menino." Ele sorri. "Claro que ela está zonza. Como poderia ser diferente, nessa idade? Não seria de esperar que ela pensasse muito. A história está contra ela."

Gardiner parece pensativo: "Temo que esteja contra todos nós".

É um dia cheio na Torre do Sino; Norfolk chega depois, com mais documentos relativos ao navio francês. "Deve escrever ao conselho a esse respeito."

"Não ao rei em si?"

"Escreva de todo modo. Suponho, no entanto, que ele estará ocupado demais com minha sobrinha para ler."

"Ele disse como vou morrer, meu senhor?"

Norfolk não responde. "Meu filho Surrey diz que, se você tivesse tido permissão para fazer as coisas do seu jeito, não teria deixado nenhum nobre vivo. Ele diz, agora Cromwell foi atingido pelo seu próprio cajado. Agora está com ele, como esteve com muitos homens que cruzaram seu caminho, tanto simples quanto grandiosos."

"Não questiono", ele diz. "Mas meu lorde Surrey talvez titubeasse, se parasse para pensar em como se comportaria, caso um dia viesse parar nesta prisão. A fortuna e o rei o elevaram às alturas, mas ele não devia confiar nisso, o solo sob nossos pés é tão escorregadio."

"Vou dizer a ele", Norfolk responde. "Por Deus, você está ficando sentencioso! Homens sábios não precisam de tais avisos. Lavam os olhos todos os dias com água pura. Acha que o rei algum dia o amou? Não. Para ele, você era apenas um instrumento. Assim como eu. Uma ferramenta. Você e eu, meu filho Surrey, para ele não somos nada mais que uma besta, uma catapulta ou qualquer outra máquina de guerra. Ou um cachorro. Um cachorro que o serviu durante toda a temporada de caça. O que se faz com um cachorro depois que a temporada termina? Manda enforcar."

Norfolk sai mancando. Ele o escuta conversando com Martin do lado de fora da porta, mas não consegue distinguir o que ele diz. "Christophe", ele pede. "Papel e tinta."

Christophe está surpreso. "De novo?"

Ele escreve para o conselho. Nega que tenha lucrado com o infortúnio do irmão do condestável ou do de seu navio. Norfolk sabe, ele escreve, estava presente quando a questão foi arejada; Fitzwilliam sabe a respeito dela, e o bispo Bonner, ele era o emissário na França, vai se lembrar do negócio todo. Durante uma hora, pensando e escrevendo, ele é tirado de si mesmo, como se estivesse de volta à mesa do conselho. Imediatamente, ele começa a escrever uma carta para Henrique. Ele tem muita coisa a dizer, mas sabe que se a carta se desviar das convenções da súplica, Henrique não será capaz de escutá-lo — não três vezes, nem uma vez. Será possível para um homem se rebaixar mais do que ele já se rebaixou? No meio da tarde, ele está exausto. Ele desiste. Pousa a pena e permite que sua mente vague. Chapuys está de volta a Londres, renomeado embaixador. De volta ao velho jogo, ele pensa. Henrique faz uma mesura para os franceses, depois se ajoelha para o imperador. O cardeal reconheceria tudo isso.

Naquela noite, quando Wolsey chega piscando, ele lhe diz: "Seja meu bom pai. Fique comigo até isso acabar".

"Eu gostaria de ficar", o velho diz, "mas não sei se tenho forças." Ele parece, resmungando no canto, estar preocupado com seu próprio fim. Fala sobre as velas ao redor de seu leito de morte, George Cavendish apertando sua mão. Ele descreve os rostos cansados dos monges na abadia de Leicester, espiando-o com os olhos baixos. Fala de seu enterro apressado, sobre o qual parece saber todos os detalhes. "Por que não recebi minha tumba correta", ele indaga, "se paguei tanto para aquele seu italiano? Onde estão meus enormes castiçais? Meus anjos dançantes, para onde foram?"

Martin, por caridade, chega para se sentar com ele. Nos últimos dias de More, diz o carcereiro, ele falava muito — ele sempre falou, sim, só que não quando a gente queria que falasse. Ele falava de quando era menino, aluno da escola de St. Anthony. Ele carregava sua bolsa por West Cheap em direção à rua Threadneedle. Numa manhã de inverno, às seis horas, as ruas só se iluminavam pela geada sobre o calçamento de pedra. Os porcos de St. Anthony, como os chamavam aqueles pequenos alunos; à luz de lamparina eles se reuniam para entoar seu latim.

"Ele falava de Lambeth, do palácio?"

"Como assim, o arcebispo Cranmer? Ele o odiava."

"Quero dizer, Lambeth no tempo de Morton, quando éramos jovens. Thomas More esteve lá quando menino, preparando-se para Oxford, dia após dia com seus livros. Ele mencionou a mim?"

"O senhor? O que tinha a ver com isso, senhor?"

Ele sorri. "Eu também estava lá."

Tio John diz: "Está vendo as bandejas? São as ceias dos jovens cavalheiros. Estão todos estudando com muito afinco; portanto, se acordarem no meio da noite, estão revirando na cabeça um problema difícil relacionado a Pitágoras ou são Jerônimo. E isso os deixa com fome. Então precisam de um bocadinho de pão no armário, e uma medida de cerveja fraca. Então, menino, conhece a terceira escada? Lá no alto fica o mestre Thomas More. Ele não gosta de ser incomodado, portanto se esgueire como um camundongo. Se ele erguer os olhos, faça sua reverência. Se não, apenas se esgueire para fora de novo e não diga nem um 'abençoado seja'. Entendeu?".

Ele entendeu. Segura a bandeja bem firme e sai andando com as pernas fortes que fariam qualquer um pensar que ele é bem alimentado. E se ele se sentasse no degrau mais baixo e comesse o pão e bebesse a cerveja ele mesmo? Será que ele ouviria, no meio da noite, mestre More gritando com pontadas na barriga? "Ah, deem-me comida", ele choraminga com voz de dar dó, enquanto sobe. "Ah, são Jerônimo, alimente-me!"

No degrau mais alto, o demônio entra nele. Ele chuta a porta e solta: "Mestre Thomas More!".

O jovem estudante ergue os olhos. Sua expressão é suave e curiosa, mas ele cobre o livro com os braços, como que para protegê-lo.

"Mestre Thomas More, sua ceia!"

Ele enfia a bandeja no armário do canto. "A dobradiça precisa de óleo", ele diz. "Voltarei amanhã para providenciar." Ele faz a porta ranger para a frente e para trás. Ele tem vontade de perguntar, o que é Pitágoras, é um animal, é uma doença, é uma forma que se pode desenhar?

"Mestre Thomas More, Deus o abençoe!", ele berra. "Boa noite!"

Ele está prestes a bater a porta quando mestre More chama: "Criança?". Ele adentra o aposento mais uma vez. Mestre More está lá sentado, olhando fixo para ele. Tem catorze, quinze anos, é magricela. Walter o enxotaria do pátio às gargalhadas. Mestre More diz baixinho: "Se eu lhe der um centavo, poderia não fazer isso, da próxima vez?".

Ele saltita escada abaixo mais rico. Saltita a cada passo, e assobia. Justo é justo. Ele só foi pago para ficar quieto no aposento, não fora dele. Mestre More vai ter que enfiar a mão mais fundo no bolso se quiser viver no silêncio da tumba. Ele sai correndo, na direção de seu jogo de futebol.

Depois disso, toda noite ele ficava à espreita na escada como um demônio, até More achar que o perigo passara. Então ele irrompia no aposento, berrando

"Como vai, senhor?", batendo com a bandeja de modo que More borrava a tinta. Quando More o lembrou do centavo que tinha pagado, ele abriu os olhos bem arregalados: "Achei que fosse apenas aquela vez".

Com um suspiro e um meio-sorriso, mestre More pagou.

Ele achou que Thomas More fosse reclamar dele para o administrador da cozinha, que iria chamá-lo e lhe daria uma surra. Ou talvez o próprio arcebispo fosse chamá-lo e lhe daria uma surra; ou, por ser homem de Deus, apenas uma bronca. Se isso acontecesse, ele planejava bronquear de volta. Havia coisas que o velho Morton deveria saber, sobre como sua cozinha era tocada: estanho que saltava da mesa para o saco de um patife qualquer, dedos que iam direto da boceta de uma lavadeira para o fricassé.

Mas ninguém o chamou. Ninguém bateu nele: só as pessoas de sempre, seu pai, Walter, suas irmãs, seus tios, suas tias, o padre se conseguisse alcançá-lo, o pai de Sion Madoc, vários integrantes da família Williams, a família Wykys... mas parecia que Thomas More não tinha batido nele, nem por procuração. O golpe ficou em suspensão; ele o sentia pairando no ar, naqueles anos em que More costumava caçar heresias e dar batidas em casas e lojas de seus amigos na cidade. E, quando o golpe foi desferido, veio inteiramente de outra direção; foi More quem sofreu, amarrado ao patíbulo num dia úmido de julho, um daqueles dias em que o vento parece vir de todos os lados ao mesmo tempo: sua camisa esvoaçando enquanto ele se postava com o pescoço nu, riachinhos como lágrimas escorrendo por seu rosto, e uma névoa rala recobrindo as paredes da Torre, parecendo derretê-las no rio cinzento, cheio. Foi uma morte fácil, como são essas coisas: um único golpe.

Quando se encontraram, já homens adultos, More não se lembrou absolutamente dele.

Eustache Chapuys voltou a uma Londres que está muito mudada: o ar soturno de desconfiança, uma rainha que veio e se foi. O rei está varrendo não apenas aqueles que considera hereges, mas também remanescentes do papismo, então as forcas estão cheias. O embaixador parece cansado e frágil, dizem, e não demonstra alegria por estar de volta a seu velho posto. Ele, Cromwell, sabe que não adianta nada pedir uma visita — sendo um homem ajuizado, Chapuys não chegaria perto dele —, mas ele fica imaginando, será que ele estará presente quando eu sofrer? Ele não quer que seu filho esteja presente, mesmo que seja uma simples decapitação; ele se lembra de como Gregory sofreu com a morte de Ana Bolena, que lhe era desconhecida. Ele diz a Rafe: "Está na hora de Gregory escrever uma carta para me repudiar. Deve falar mal de mim. Dizer que não sabe como pode ser aparentado a traidor tal. Ele deve rogar para redimir meus erros e meus crimes ao servir sua majestade nos anos por vir".

"Sim", Rafe diz, "mas o senhor conhece as cartas de Gregory. *E agora, nada mais por falta de tempo.*" Ele faz uma pausa. "Já pedi que sua esposa Bess fizesse isso. Sendo a irmã da falecida rainha Jane, ela estava mais bem posicionada, pensei, para tocar o coração do rei."

Ele pensa, eu sempre fui rápido em tudo; mas Rafe Sadler, ele é rápido quando é importante. "Mesmo no meio da sua nova felicidade, não tenho dúvidas de que ele vai se lembrar de Jane."

Rafe diz: "É proibido vestir luto pela morte de um traidor. Mas Richard Cromwell diz que vai vestir".

"Ele não devia fazer isso", ele diz com suavidade. "Diga-lhe que não é o que eu aconselho."

Ainda assim, ele sorri. Rafe olha ao redor. "Devo pedir a Edmund Walsingham para que o transfira a outro lugar? Este lugar me deixa pouco à vontade."

"Você se acostuma. Se subir naquela banqueta, pode enxergar a Torre Byward. Experimente."

Rafe não consegue enxergar do lado de fora porque é baixo demais. Mas a tentativa permite que ele fique virado para a parede até se recompor, então ele abraça seu amo mais uma vez e sai para a tarde quente.

Quando a porta se fecha e os passos e a voz de Rafe se esvaem, ele abre seus livros. Volumes de lendas, compêndios de santos: lendas de consolo. Graças a Deus não os levaram embora; mas, ele pensa, preciso garantir que não se percam depois. Devo deixar uma carta relativa a essas poucas posses que retenho e espero que seja honrada.

Ele lê o livro de Erasmo, *Preparo antes da morte*: escrito há apenas cinco, seis anos, sob o patronato de Thomas Bolena. Aquilo cansa seus olhos; ele preferiria olhar figuras. Deixa o livro de lado e vira as páginas de suas gravuras. Ele vê Ícaro, suas asas derretendo, mergulhando nas ondas. Foi Dédalo que inventou as asas e fez o primeiro voo, ele mais circunspecto que o filho: raspando por cima do labirinto, balançando sobre muros, pairando tão perto do mar que molhou os pés. Mas então, quando ele subiu com a brisa, os camponeses olharam para o alto boquiabertos, supondo que viam deuses ou mariposas gigantes; e, à medida que ele ia ganhando altura, deve ter havido um momento em que o artífice soube, em seu pulso e em seus ossos, *Isto vai dar certo*. E aquele instante valeu o resto de sua vida.

Na tarde do dia 27 de julho, tanto o condestável quanto o tenente chegam. Kingston diz: "Senhor, o rei lhe concede misericórdia relativa à maneira da sua morte. Será o machado, e devo dizer que me regozijo em saber...". A voz de Kingston definha. "Peço perdão, meu amo — o que desejo dizer é que o senhor com tanta frequência buscou tal misericórdia para outros, e raramente falhou."

Então não vou ver agosto, ele pensa. As lebres que fogem do ceifador, o orvalho frio das manhãs depois do Dia de São Bartolomeu. Ou as folhas caindo, as noites azul-escuras.

"Será amanhã?"

Kingston não tem permissão para lhe dizer. Mas Walsingham fala com suavidade: "Se meu lorde dissesse suas preces hoje à noite, seria bom".

Kingston deixa de lado o fingimento. "Virei até aqui no momento contumaz das nove horas, e com o senhor irá lorde Hungerford."

Então, vou morrer com um monstro, ele pensa. Ou um homem que fez inimigos monstruosos, inimigos com grandes poderes imaginativos, capazes de moldar o condenado a seus desejos.

Walsingham diz: "O senhor terá um confessor?".

"Sim, se puder ter Robert Barnes."

Os dois oficiais se entreolham. "Precisa saber que ele está condenado", o tenente diz. "Irá para Smithfield daqui a um ou dois dias."

"Sozinho?"

"Com o padre Garrett e o padre William Jerome. Estamos esperando nossas ordens. E espera-se que certos papistas sejam enforcados dentro de um ou dois dias: Thomas Abel, que foi capelão da princesa de Aragão."

Garrett, Jerome: amigos dele e do Evangelho. Abel, um oponente veterano. Uma semana movimentada, ele pensa. "Espero que haja pessoas competentes suficientes."

Kingston diz, irritado: "Fazemos o melhor possível".

Ele se levanta. Deseja ser deixado em paz. "Não faz muito tempo que confessei e não tive muita oportunidade para pecar desde que cheguei aqui."

"Não é isso." Kingston está perturbado. "A intenção é reexaminar toda a sua vida e descobrir novos pecados cada vez que faz isso."

"Eu sei", ele diz. "Eu sei como fazer. Vivo aqui com Thomas More. Li os livros. Estamos todos morrendo, só que em velocidade diferente."

Walsingham diz: "O duque de Norfolk pediu que meu lorde fosse informado — o rei se casa com Katherine Howard amanhã".

Christophe diz: "Trarei minha enxerga. Vou passar a noite ao seu lado".

"Não precisa temer", ele diz. "Não vou pôr fim à minha vida. Acredito que o verdugo seja capaz de fazer isso mais rápido que eu."

"Vai escrever cartas?"

Ele pensa a respeito do assunto. "Não. Já terminei tudo."

Ele manda Christophe sair para tomar um sol: para beber à sua saúde e se sentar, sonolento, numa mureta, entre os outros servos, conversando sem dúvida sobre a incerteza de seu destino, com os amos que têm.

Ele pensa em como vai ser amanhã. Por posição, ele está acima de Hungerford, por isso morrerá primeiro. A decisão do rei lhe poupou muita agonia e vergonha. Ele vai rezar por um golpe limpo. Ele pensa em Ana Bolena encomendando as roupas para sua coroação: *"Thomas deve entrar de carmim"*.

No cadafalso, ele elogiará o rei: sua misericórdia, sua graça, seu cuidado com todo o seu povo. Isso é esperado dele, e ele tem uma obrigação para com aqueles que ficaram para trás. Ele dirá, não sou herege, morro como membro da Igreja universal; e deixe que a multidão faça o que bem entender com isso. Apesar de todo homem ter pavor da hora da própria morte, os cristãos tememem mais um fim repentino, tal como aquele que seu pai teve: *mors improvisa* sem tempo para se arrepender. Os vizinhos em Putney acreditavam que Walter Cromwell tinha emendado seus modos, largado a bebida, a arruaça e as brigas. Mas certa noite ele brigou com um companheiro de igreja — e não era nenhuma disputa piedosa, era uma briga relativa a uma rinha. No fim, deixando o outro sujeito com o olho roxo, Walter entrou em casa chutando e berrou pedindo víveres. Estava pálido e suava, as testemunhas disseram, mas ainda assim caiu em cima de um prato de carne fria, o tempo todo vituperando. Em seguida, reclamou de seu jantar, esfregando o peito e dizendo que lhe causara dor; cinco minutos depois, caiu de cara na mesa. Deitaram-no no chão, e "Deus amaldiçoe, estou engasgando", ele disse, "quero ficar em pé, quero ficar em pé...", e essa foi a última palavra que ele falou.

Havia uma boa quantidade de pessoas em seu enterro. Ele, Thomas, pagara missas por sua alma. "Acha que adianta alguma coisa?", ele tinha perguntado ao padre.

"Não se desespere por ele", o sujeito disse. "Era bruto, mas não era de todo mau."

"Não", ele respondeu, "não quero dizer se rezas vão adiantar alguma coisa para Walter. Quero saber se adiantam para qualquer morto? Deus nos observa durante toda a vida. Certamente, se você viver tanto quanto Walter, Deus já vai ter formado uma opinião. A menos que Ele soubesse desde o início."

"Isso me parece heresia", o padre disse.

"Claro que sim. Atinge seu bolso. Se Deus sabe o que pensa, o que acontece com seus cânticos e seus rosários e suas taxas por mil anos de missas?"

Ele se lembra de si mesmo estirado, esmagado e quebrado no pátio da estalagem em Putney, quinze anos de idade: seu pai parado por cima dele, seu sangue no calçamento, a costura da bota do pai solta do couro. Walter berrando com ele, e ele gritando em resposta, *je voudrais mourir autrement* — não aqui, não agora e não assim.

Mas, não, ele pensa, eu não estava gritando. Eu não falava francês. Dilacerado e contundido, me levantei do chão e atravessei o mar Estreito. Lutei a guerra de outros homens, por dinheiro, até que finalmente tive o bom senso de ganhá-lo de maneiras mais fáceis: Cremuello a seu serviço, sua sombra num vidro.

Certa noite, há muito tempo, em Veneza, ele tinha vislumbrado uma mulher, um espectro na névoa aguada. Uma cortesã, ela deixou sua risada preguiçosa flutuar atrás dela no ar; o rastro de seu lenço amarelo era a única cor, o estalar dos sapatos no calçamento, o único som. Então uma porta se abriu na parede, e a escuridão a engoliu. Ela desapareceu tão rápido e tão completamente que ele ficou se perguntando se havia sonhado. Ele pensara, se algum dia eu precisar desaparecer, é para Veneza que vou vir.

Às vezes, naquele tempo, ele acordava de sonhos que ameaçavam afogá-lo, seus cílios molhados; ele acordava entre línguas, sem saber onde estava, mas cheio de um anseio incipiente de estar em algum outro lugar. Ele se lembra de sua juventude, de seus dias no rio, dias nos campos. Sua vida tinha sido cheia de mulheres fugitivas. Ele se lembra das madrastas que Walter trazia para casa: você mal tinha cumprido com suas obrigações para com a mulher antes de Walter se desentender com ela, ou ela ia embora gingando com as roupas amarradas numa trouxa. Ele pensa em suas filhas Anne e Grace; talvez vá encontrá-las como mulheres crescidas? Ele pensa na filha de Anselma, movendo-se devagar em sua casa com olhos suaves e curiosos, pegando nas coisas que pertenciam a ele, seu selo, seus livros, examinando seu globo do mundo e perguntando: "Esta ilha, onde fica? Este é o Novo Mundo?".

Mestre Wriothesley se mudou para Austin Friars, ele é informado. O rei ordenou que a residência de Cromwell seja dissolvida. Durante o dia, Me-Chame caminha pelos aposentos, amplos, sentindo o cheiro de papel e tinta, água de rosas e resina. Mas, à noite, o leopardo caminha pelo piso, sentindo o cheiro da pele de animais mortos há muito tempo, spaniels e saguis, olhando para o alto, para o rouxinol mudo em sua gaiola. O animal sente o cheiro das carnes fervidas de uma década de jantares e os ossos de ratos atrás do forro; seu olhar opaco e inabalável segue o voo de um passarinho do lado de fora da janela. Ele pensa, gastei centenas de libras em vidro. Wriothesley não pode dissolver minha residência. Só pode caminhar através do vidro e despedaçá-lo, sangrando de mil cortes.

Christophe volta. Ele parece vacilante: bebida, ou sol, ou alguma outra coisa. Ele diz: "Poderia ter ficado lá fora mais tempo. A mim não falta companhia".

Julho, e as noites são curtas. Quando a luz começa a se esvair, ele manda o menino sair de novo para buscar sua ceia enquanto ele pensa no céu e no inferno.

Quando imagina o inferno, só consegue pensar num lugar frio, um terreno ermo, um cais, um pântano, uma plataforma flutuante; Walter vociferando de longe, depois os berros se aproximando. É assim que será — não a dor em si, mas a apreensão constante da dor; a apreensão constante do erro, saber que você será castigado por algo que não pode controlar e que nem sabia que era errado; e a discórdia no inferno será constante, repetindo-se para todo o sempre, uma discussão violenta que é ouvida no aposento ao lado. Quando ele pensa no céu, imagina uma grande festa providenciada pelo cardeal; como aquele campo na Picardia, o Campo do Pano de Ouro, com palácios construídos em terreno improvável e marginal, acres de vidro transparente recolhendo o sol. Mas seu amo deveria ter construído em clima mais ameno. Talvez, ele pensa, a essa hora amanhã eu esteja habitando uma cidade mais bondosa: as sombras azuis se estendendo, os últimos raios de sol suavizando os contornos de torres de sino e domos; damas em nichos fazendo suas preces, um cachorrinho com o rabo emplumado passeando pelas ruas; pombos indiferentes empoleirados em torreões dourados.

Depois do jantar, ele empacota seus livros. Ele pedirá a Kingston que os dê a Rafe. Ele guarda Clenardus, sua gramática. Não fez muito progresso com o hebraico, em parte porque andou ocupado com os assuntos do rei; nunca houve um prisioneiro mais atarefado, nem que pediu tanta tinta. Quem dera nunca tivesse conhecido o catedrático — Nicolas Cleynaerts, como é seu nome propriamente dito; seus amigos da Antuérpia dizem que ele é um ótimo linguista, que passou muitas horas à luz da lamparina, através dos invernos do Norte, aprendendo a copiar as voltas e as curvas da escrita árabe. Em busca de livros naquela língua, foi a Salamanca há alguns anos, e de lá a Granada, mas apenas para se decepcionar; a Inquisição é diligente hoje em dia em esconder os escritos dos árabes. Alguns dizem que Clenardus irá à África a seguir para aprender a ler o livro sagrado dos maometanos. Ele imagina esse estudioso caminhando pelos mercados. Sua dieta será de tâmaras e azeitonas, e peras com mel com água de flor de laranjeira, e cordeiro assado com açafrão e damascos.

A vida toda, você vaga pela estrada vazia com o vento nas costas. Tem fome e seu espírito está perturbado enquanto avança na escuridão. Mas, quando chega a seu destino, o porteiro o conhece. Uma tocha vai na sua frente enquanto atravessa o pátio. Lá dentro, há um fogo e uma garrafa de vinho, há uma vela e, ao lado da vela, seu livro. Você o pega e descobre que seu lugar está marcado. Você senta-se perto do fogo, abre o livro e começa sua história. Continua lendo noite adentro.

Às nove horas, 27 de julho, ele se ajoelha e faz sua prece. Ele tinha imaginado como a gente reconheceria nossos mortos quando fosse pessoalmente ao Juízo Final. Mas, enquanto ele espera nessa última noite, vê como são visíveis e como brilham. Destilam-se numa fagulha, num instante. Há ar entre suas costelas, sua carne está salpicada de luz, e o tutano de seus ossos está fundido à graça de Deus.

Ele pensa que vê o menino-enguia olhando para ele do canto do aposento. Saia daqui, seu jorro de mijo, ele diz.

Ele não dorme, mas, após um tempo, talvez tenha dormido, sim. Ele sonha com quatro mulheres, veladas, em pé ao lado de sua cama. Ele acorda e olha para elas no escuro, mas só há Christophe roncando em sua enxerga. Ele imagina Christophe em Calais, na rua Calkwell: seu cabelo emaranhado, seu avental indizível. Quem poderia imaginar que o menino seria o companheiro de sua última noite? Ele pensa no engenho da memória, suas saliências e recessos, suas câmaras.

Ele deve ter voltado a dormir, porque se vê como criança. Por toda a volta dele estão as formas etéreas dos amiguinhos, outros filhos que Walter teve, filhos nascidos antes dele que morreram. Ele vê esses meninos transformados em anciãos, uns três ou quatro deles ajoelhados de perfil, entalhados num banco ou pintados numa parede: seu tamanho indo do mais alto e do que morreu há mais tempo até ele, o menor e último.

Ele meio que acorda e pergunta a si mesmo, Walter falava desses filhos? Nunca: no entanto, cada vez que seu pai tinha expressado insatisfação com ele — com, digamos, uma bota ou um punho fechado —, ele sentira sua presença frágil e morta, sua comiseração silenciosa, como uma agitação leve no ar.

Os primeiros sinos fazem com que ele se sente, ereto. Ele põe um pé no chão. Escuta Christophe balbuciando alguma coisa: orações, ele espera. Ele se vê arrastando-se pelo calçamento em Florença, avariado além de qualquer reparo: até o portão de Frescobaldi.

2.
Luz

28 de julho de 1540

Um prisioneiro não pensa em nada além de refeições. "Christophe, onde está meu desjejum? E a água para me lavar... não posso encontrar Deus nesse estado."

Suor frio. Ele esfrega a mão no queixo. Tiveram a cautela de não lhe enviar uma navalha: como você mesmo teria.

O menino se esgueira para dentro com pão e cerveja. "Martin manda ave fria."

"Muito bem. Veja se consegue arrancar algo dele. Relativo a que hora devo ir." Ele não confia nos horários de Kingston. Ele deixou Ana esperando um dia inteiro.

Mas Martin não gastará muitas palavras com esse prisioneiro agora; ele representa uma tarefa quase executada. Ele pensa, eu não sabia que, quando você está morrendo, ninguém olha para você. E você também não quer olhar para eles. Você vê um padrão que não quer imitar.

Ele boceja. Mas fala consigo mesmo: não pode estar cansado. Se um homem deveria viver como se cada dia fosse seu último, também deveria morrer como se houvesse um dia por vir, e outro depois dele.

Martin diz — a Christophe, mais do que ao prisioneiro: "Lorde Hungerford, não sabem como transportá-lo. Ele viu o demônio no meio da noite. Está deitado no chão, berrando como um bêbado".

Os xerifes, William Laxton e Martin Bowes, chegam com Kingston. Dão a ele um bom-dia bem civilizado: "Está pronto, lorde Cromwell? Nós estamos prontos para o senhor".

Eles lhe dão moedas, que ele entregará aos carrascos, em pagamento por seus serviços. A casaca dele também será o prêmio do executor. Ele pensa, eu devia ter trazido a casaca cor de púrpura. Ou aquele casaco de um laranja violento que certa vez incomodou mestre Wriothesley. Ocorre a ele que, quando estiver morto, outras pessoas estarão tocando seu dia; será a hora do jantar ou quase, haverá o borbulhar de cozidos, o estalar de conchas batendo nas panelas, as carnes sendo passadas com destreza do caldo para o prato; mil cachorros se agitarão no sono e abanarão o rabo; guardanapos serão desdobrados e torcidos por cima dos ombros, dedos molhados em água de rosas, pão partido. E quando as migalhas forem recolhidas, o estanho empilhado para ser lavado, seu corpo será carne cortada, e o executor limpará a lâmina.

"Mensagens?", Martin indaga. Ele está disposto a transmiti-las, por ter sido pago pelos parentes do morto.

"Diga ao meu filho..." Ele se interrompe. "Diga ao secretário-mor Sadler... não, deixe para lá. Mande recado para Austin Friars e diga a Thomas Avery..." Não. Avery não precisa ser informado duas vezes.

Ele diz aos xerifes: "Há um homem de Plymouth, William Hawkins, que preparou um navio para o Brasil. Está levando chumbo e cobre, tecido de lã, pentes e facas e dezenove dúzias de toucas de dormir. Eu gostaria de saber se deu certo".

Os xerifes resmungam em comiseração. Sem dúvida, gostariam de ter investido.

Ele olha para trás, por cima do ombro. "Christophe, pegue uma vassoura e varra esse chão."

O rosto do menino se contorce. "Senhor, devo acompanhá-lo. Algum criado pode varrer. Tome", ele remexe dentro da camisa, "tenho uma medalha, é uma medalha santa, minha mãe me deu, tome-a pelo amor de Cristo."

Ele diz: "Não preciso de uma imagem, porque vou ver o rosto de Deus".

Christophe a estende na palma da mão. "Senhor, leve de volta para ela. Ela está esperando."

Ele suporta que a medalha seja colocada nele. Lembra-se da medalha que sua irmã lhe deu; está debaixo do mar. "Agora, Christophe, obedeça-me esta última vez. Depois que tiver limpado o chão, pode vir atrás de mim, mas nada de brigas. Preciso rezar, compreenda, portanto, não interrompa minha oração. Martin, reze por mim também enquanto eu estiver morrendo. E depois, se eu puder, vou rezar por você."

Ele se lembra do que George Bolena dissera: temos um homem que representa Robin Goodfellow. Depois que reis e rainhas abandonaram a cena, ele chega com uma vassoura e uma vela para mostrar que a peça acabou.

A luz vem cedo e é suave, o céu é azul da cor de casca de ovo. Ele já sente que será um dia quente. Ele tem de caminhar da fortaleza até Tower Hill, onde montaram um cadafalso público.

Ele fica olhando, incrédulo, para as fileiras rígidas da guarda. "Todos estes?", ele pergunta a Kingston.

"Espere, espere, espere!", grita o capitão da guarda. "Pare, pare, pare!"

É apenas Hungerford. Ele está pendurado entre dois oficiais, a boca aberta, os pés se arrastando. A intenção é fazer com que as procissões se fundam. Os olhos vidrados de Hungerford passam por ele como se fosse um desconhecido. "Meu senhor?", ele diz. "Agora temos muito pouco tempo e acredito que sua dor será aguda, mas não vai perdurar. É homem suficiente para se aguentar com esperança? Se estiver verdadeiramente arrependido do que fez, há bastante misericórdia junto a Deus."

Faz quarenta e oito dias que ele está na prisão, sendo que durante esse tempo mal saiu ao ar livre. Até essa luz parece ofuscante, então ele pensa em Tyndale, caminhando pelos campos de quarar. Rafe está certo, ele pensa, sempre reclamamos do clima, e hoje não é o que deveria ser. Um inglês morre ensopado com a chuva que o envolveu toda a vida. Então ele espreita os velhos lugares em que viveu no meio da garoa e da névoa, de modo que não dá para ter certeza se ele está vivo ou morto. O clima o protege, como uma mão em concha protege uma vela.

Estão do lado de fora da fortaleza, em Tower Hill. A multidão que avança para o local da execução caminha sobre seus próprios mortos, suas antepassadas e seus antepassados. Dizem que os ossos de milhares estão sob o solo, os homens e as mulheres mortos pela peste. Desabaram nas ruas e morreram onde caíram, foram carregados para longe com tanta pressa que foram enterrados com suas botas boas, e nem suas bolsas foram cortadas; então, se qualquer homem ousasse cavar para procurar, há uma fortuna sob os nossos pés.

Não está claro, pelo estardalhaço, se os londrinos estão ali para sentir pena ou para comemorar. Mas o rei mandou deslocar cerca de seiscentos soldados, então pouco importa. E talvez eles próprios não saibam. Depois do silêncio da Torre do Sino, ele sente que está num campo de batalha, movendo-se ao som do tambor: *boro borombetta...*

Scaramella porque a guerra acabou...

Agora as páginas do livro de sua vida estão virando cada vez mais rápido. O livro de seu coração está se desenrolando como um pergaminho, as linhas se apagando. Entre suas preces, ele repassa os versos de uma poesia:

Eu sou como sou e assim vou ser
Mas como é que sou, ninguém sabe ao certo
Seja mau, seja bom, seja preso, seja livre,
Eu sou como sou e assim vou ser...

... Mas como é isso, fica a seu julgamento.
Julgue como bem entender, falso ou verdadeiro
Não sabe mais do que antes sabia
No entanto, sou como sou, não importa o momento.

Seu coração bate forte como se fosse irromper do peito. Atrás dele, outro rufar de tambores, *rat-tat-tat*. Imita o ritmo de seu próprio coração — *pit-pat, rat-tat*. Ele sente o pulso de seu sangue parar de súbito, como uma maré prestes a virar. Ele vira a cabeça, aflito, para a fonte da algazarra, um tambor na multidão. O guarda chega mais perto, como que para bloquear sua visão. Por quê? Acham que é um sinal? *Rat-tat-tat*: acham que ele tem esperança de ser salvo?

Scaramella fa la gala...

"Olhe onde pisa, meu amo", um dos guardas diz; e ele olha e percebe que está ao pé do cadafalso. "Então, chegamos", ele diz. Thomas Wyatt se posta à sua frente. Deve ter sido Wyatt que escreveu o verso: quem, senão ele? *Julgue como bem entender, falso ou verdadeiro...* Wyatt estende as mãos. Não o amarraram, por isso ele é capaz de agarrá-las. "Não chore", ele diz. "Se há algo para perdoar, eu perdoo. No entanto, isso não vale para Stephen Gardiner. Mas eu perdoo o rei. Fique quieto agora e vai me ouvir fazer isso."

Ele pensa, há morte nos olhos de Wyatt. Quem poderia reconhecer melhor que eu? Seus inimigos vão florescer. Em breve você me seguirá.

"Suba", um dos guardas diz.

Ele tenta se desvencilhar das mãos deles. "Posso fazer isso sozinho." O coração dele ainda está viajando, correndo. Mas eles vão ajudar, independentemente de ele precisar ou não. Sabe-se de homens que caíram. Sabe-se de homens que desabaram. Sabe-se de homens que fizeram qualquer coisa e de tudo. Alguns senhores enfrentaram a morte de cabeça erguida; ora, alguns chegaram a se erguer depois de mortos. No tempo de nossos ancestrais, Thomas Fitzalan, que era conde de Arundel, foi abatido pelo machado nesse local e seu corpo saltou ereto para recitar um Pater Noster. Todos os carrascos, quando se reúnem em seus conclaves, falam disso como se fosse um fato.

Seu pé agora está no degrau do cadafalso. Sua mente está quieta, mas seu corpo tem seu negócio próprio, e esse negócio inclui tremer. Sua cabeça se vira mais uma vez. Ele não está em busca de perdão. Sabe que o rei está ocupado se casando. A única coisa que busca é a origem do barulho, para sufocá-lo, porque ele deseja morrer escutando o próprio coração, até que a poesia e a prece se esvaiam e o coração diga, chega.

Então, nas profundezas da multidão apertada, ele vê Christophe. Ele está abrindo caminho, agitando os braços. Peço a Deus que ele não tenha uma arma. O corpo dele se prepara, pronto para uma confusão. "Meu amo, meu amo", Christophe chama. A guarda forma um muro, mas o braço de Christophe serpenteia por entre os homens como se quisesse tocá-lo. Um deles ergue o punho coberto com armadura. Ele ouve um estalo. Vê o rosto do menino se contorcer de choque e dor. Com o braço erguido como uma asa quebrada, a voz rouca, o corpo convulsionando, ele profere sua maldição: "Henrique, rei da Inglaterra! Eu, Christophe Cremuel, o amaldiçoo. O Espírito Santo o amaldiçoa. Sua própria mãe o amaldiçoa. Espero que um leproso cuspa em você. Espero que sua puta tenha bexiga. Espero que vá ao mar num barco furado. Espero que as águas do seu coração subam e se derramem pelo seu nariz. Que caia embaixo de uma carroça. Que a podridão se erga dos seus calcanhares à sua cabeça, bem devagar, para que demore sete anos para morrer. Que Deus o esmague. Que o inferno se abra".

Christophe é levado embora. A multidão é tão densa que ele mal consegue distinguir um homem do outro. Há lugares guardados para cortesãos num espetáculo como esse, mas ele não lhes dispensará um olhar. Todas as águas ensanguentadas correram por baixo das pontes. *E agora nada mais, por falta de tempo.*

Ele está cara a cara com o executor. Vê os espectadores se afastando dele numa espiral, ficando muito pequenos. Ele sente cheiro de bebida no bafo do homem. Não é um bom começo. Imagina Walter ao lado dele: "Cristo vivo, quem lhe vendeu esse machado? Logo viram! Pronto, dê para meu menino Tom. Ele pode afiar a lâmina".

Ele pensa em pegar o machado e derrubar o executor, mas é isso que a vida faz com você no fim; providencia uma briga que você não pode vencer. Em seu tempo, ele incentivou muitos a quem faltava treino e habilidade. Em outras circunstâncias, ele tiraria o machado das mãos desajeitadas do homem e diria com paciência: "É assim".

O homem estende a mão, ele larga seu pagamento ali. "Não tenha medo de dar o golpe. Não vai me ajudar, nem a si mesmo, se hesitar."

O homem ajoelha. Ele se lembrou do que precisa dizer. "Perdoe-me pelo que sou obrigado a fazer. É meu ofício e minha obrigação. Tenho esse pano aqui, senhor. Pode cobrir o rosto?"

"Por que motivo possível?" Apenas para poupá-lo.

"Meu amo, precisa se ajoelhar. Quando estiver pronto, repouse a cabeça neste bloco."

Depois do fim ligeiro de Ana, ele tinha conversado com o executor; leu as palavras gravadas na lâmina. *Speculum justitiae, ora pro nobis.* Não se escrevem palavras na cabeça do machado.

Ele ajoelha. Faz sua prece. Batidas de tambor. *La zombero boro borombetta...* Um piscar de vermelho. Ele pensa, é só isto que eu tenho de fazer: seguir meu mestre, isso e nada mais. Estender a mão para encontrar a cauda de suas vestes. Procurar o vermelho-escarlate derramado, seguir.

Ele se abaixa para morrer. Pensa, outros podem fazer isso, então eu também posso. Ele sente o cheiro de alguma coisa: o odor doce e cru de serragem; de algum lugar, o cheiro da cozinha de Frescobaldi, alho selvagem e cravos. Ele vê o movimento de canto de olho quando os espectadores se ajoelham e desviam o olhar. Sua boca está seca, mas ele pensa, enquanto eu respiro, eu rezo. "*Toda a minha certeza, esperança e confiança, eu deposito em sua bondade mais misericordiosa...*" No céu, ele vê movimento. Uma sombra cai na frente de sua visão. Seu pai Walter está aqui, uma voz no ar. "Agora levante daí." Ele está estirado, quebrado, no calçamento do pátio da casa onde nasceu. Seu corpo todo treme. "Agora levante daí. Agora levante daí."

A dor é aguda, um ardor cru, um rasgão, um pulsar. Ele sente o gosto de sua morte: lenta, metálica, ainda não chegou. Em seu terror, tenta obedecer ao pai, mas suas mãos não conseguem encontrar um apoio, e ele não consegue se arrastar. Ele é uma enguia, ele é uma minhoca no anzol, sua força se apagou e vazou por baixo dele e agora parece fazer muito tempo que ele deu sua permissão para estar morto; ninguém disse a seu coração, e ele o sente minguar no peito, tentando bater. Sua bochecha não repousa em nada, ela repousa no vermelho. Ele pensa, *siga*. Walter diz: "Muito bem, pode vomitar à vontade, pode vomitar nas pedras limpas do meu pátio. Vamos, garoto, levante. Pelo sangue do caviloso Cristo, fique de pé".

Ele está com muito frio. As pessoas imaginam que o frio venha depois, mas é agora. Ele pensa, o inverno chegou. Estou em Launde. Tropecei e afundei na neve branca fresca. Agito os braços em formato de anjo, mas agora sou cristal, sou gelo e mergulho fundo: agora sou água. Embaixo dele, o solo se convulsiona. O rio o puxa; ele procura o padrão que se move ligeiro, em busca do vermelho-escarlate fugidio e líquido. Entre uma batida do coração e a seguinte, ele se transforma, saindo no vermelho-escarlate com a maré de seu mar interior. Ele está longe da Inglaterra agora, longe dessas ilhas, das águas salgadas e doces. Ele desapareceu; ele é as pedras escorregadias em que se pisa, ele é a última e débil ondulação no rastro de si mesmo. Ele tateia em busca de uma abertura, cego, procurando uma porta: seguindo a luz ao longo da parede.

Para ti talvez, se como espero e desejo que vivas por muito tempo depois de mim, tempos melhores vão se seguir. Quando a escuridão se dispersar, nossos descendentes serão capazes de regressar à radiância pura do passado.

Petrarca, "África IX"

Nota da autora

Dezoito meses depois que Henrique se casou com Katherine Howard, ela foi acusada de adultério com o cortesão Thomas Culpeper. Alegou-se que ela já tinha tomado amantes antes do casamento com o rei. Ela foi decapitada junto com Jane Rochford, que intermediara seu caso amoroso.

Henrique não teve mais filhos. Sua sexta e última mulher foi Katherine Parr, ex-Lady Latimer. Katherine, uma mulher astuta e instruída, que sobreviveu a Henrique, então se casou com Thomas Seymour — seu quarto marido — e morreu ao dar à luz a filha de Seymour. Depois do divórcio de Ana de Cleves, sua quarta esposa, Henrique desfrutou de um relacionamento caloroso com ela. Enriquecida por propriedades que incluíam as que foram confiscadas de Thomas Cromwell, ela viveu com estilo, não demonstrou desejo de regressar a seu país natal e só morreu dez anos depois da morte de Henrique.

Henrique viveu sete anos depois de Cromwell; doente, incapacitado e perigoso. Ele foi à guerra com a França e desvalorizou a moeda. Seu filho Eduardo tinha nove anos quando chegou ao trono, tendo Edward Seymour como lorde protetor. Durante o reinado de Eduardo, a Inglaterra se afirmou como país protestante. Mas Eduardo morreu aos quinze anos, provavelmente de tuberculose. Quando sua irmã Maria chegou ao trono, ela tentou restabelecer a Igreja católica romana. Nomeou Stephen Gardiner como seu lorde chanceler, e Reginald Pole, de volta de seu longo exílio, tornou-se seu arcebispo da Cantuária. Thomas Cranmer, Hugh Latimer e vários outros foram queimados na fogueira como hereges.

A mãe de Reginald Pole, Margaret, condessa de Salisbury, permaneceu na Torre depois da morte de Cromwell e foi executada em 1541. Geoffrey Pole foi perdoado e solto, mas fugiu para Roma e só regressou à Inglaterra quando Maria subiu ao trono. Ele morreu em 1558, deixando onze filhos e filhas.

Assim que teve algum tempo para se arrepender da morte de Cromwell, Henrique voltou a conferir o título de barão a Gregory, que às vezes aparecia na corte, mas vivia sem alarde na abadia de Launde. Ele morreu jovem, e sua esposa Elizabeth ergueu um belo monumento que até hoje pode ser visto na capela. Richard Cromwell também sobreviveu à desgraça de seu tio. Ele foi nomeado para a câmara privada do rei e serviu na guerra contra a França. Morreu em 1545 como um homem rico. Seu bisneto, Oliver Cromwell, foi lorde protetor da primeira república inglesa.

Anselma e Jenneke são ficcionais. Acredita-se que Thomas Cromwell tenha tido uma filha ilegítima chamada Jane, que provavelmente nasceu pouco depois da morte de sua esposa. Mas não sabemos quem foi sua mãe e não podemos fazer nenhuma suposição útil.

Depois de sobreviver a um período difícil nos anos que sucederam a morte de Cromwell, Rafe Sadler permaneceu no serviço real quase até sua morte, quando estava com aproximadamente oitenta anos de idade. Quando ele morreu, em 1587, diziam que era o plebeu mais rico da Inglaterra. Sua casa em Hackney, Bricke Place, é hoje conhecida como Sutton House e está sob os cuidados do National Trust. King's Place, adjacente, que foi a casa de Harry Percy, não existe mais.

Assim como Sadler, Thomas Wyatt foi aprisionado em 1541. Foi solto e regressou ao serviço do rei, mas foi forçado a voltar para a esposa, de quem tinha se separado muitos anos antes, e abandonar Bess Darrell, com quem teve pelo menos um filho. No outono de 1543, ele foi enviado à Cornualha para receber um emissário do imperador que tinha chegado inesperadamente em Falmouth. Ele contraiu uma febre, interrompeu a jornada em Sherbourne e morreu ali.

William Fitzwilliam sucedeu Cromwell como lorde do selo privado. Em 1542, ele liderou uma força de batalha à Escócia, mas caiu doente e morreu antes de chegar à fronteira; não deixou herdeiros. Tanto Thomas Wriothesley quanto Richard Riche se tornaram lordes chanceleres. Wriothesley teve uma carreira difícil durante o restante do reinado de Henrique. Sob Eduardo, ele se tornou conde de Southampton e fez parte do conselho da regência, mas foi expulso devido à feroz luta de facções e morreu em 1550. Richard Riche, que o sucedeu no cargo, fundou uma dinastia e uma escola, a Felsted School; deixou quinze filhos e filhas e uma fortuna.

Artur, lorde Lisle, permaneceu na Torre após a execução de Cromwell. Dezoito meses depois, o rei emitiu seu perdão, mas, no dia seguinte, antes que pudesse ser solto, morreu de "regozijo". Honor Lisle voltou à Inglaterra e viveu até 1566. Sua filha Anne Bassett se casou com Walter Hungerford, filho do homem que foi executado com Thomas Cromwell. John Husee continuou sendo membro fiel da guarnição de Calais e trabalhou como fornecedor da campanha francesa de Henrique. Ele morreu dois anos mais tarde, mas as cartas que trocou com seus empregadores, junto com as cartas escritas por lorde e Lady Lisle e sua família, formam uma crônica única da era. Assim como George Cavendish, o intendente cavalheiro de Wolsey, John Husee é uma das grandes testemunhas da história.

Charles Brandon, duque de Suffolk, morreu em 1545, lamentado por seu amigo, o rei. Sua neta era Lady Jane Grey, que alegou direito ao trono depois da morte de Eduardo e reinou como "a rainha dos nove dias" antes de ser destronada por Maria e depois executada.

Henry Howard, conde de Surrey, foi decapitado por traição no dia 19 de janeiro de 1547. Seu pai, Norfolk, deveria segui-lo no dia 28 de janeiro, mas foi poupado pela morte do próprio rei algumas horas antes. Então, Norfolk morreu no próprio leito aos oitenta anos de idade.

Eustache Chapuys permaneceu, com persistência, empregado pelo serviço real até 1545 e, depois da aposentadoria, o imperador se voltou a ele como fonte de conselhos para assuntos ingleses. Ele viveu na Lovaina, onde fundou um colégio para alunos de sua Savoia natal. Teve um filho ilegítimo que morreu antes dele, e por não ter herdeiros, dedicou uma parte de sua riqueza acumulada a oferecer bolsas de estudo para alunos da Inglaterra.

Marie de Guise, madame de Longueville, que se casou com o rei da Escócia apesar de ter sido cobiçada por Henrique, só teve uma filha sobrevivente, normalmente conhecida como Maria, rainha dos escoceses. O segundo marido de Maria, lorde Darnley, era filho de Lady Margaret Douglas e do conde de Lennox.

Cristina da Dinamarca, duquesa de Milão, foi uma das pessoas mais fascinantes de sua era. Sua longa carreira incluiu um casamento feliz. Em 1555, durante o reinado de Maria, ela fez sua primeira visita à Inglaterra e uma excursão à Torre de Londres; sem dúvida, ela tinha ciência de que, se tivesse se casado com Henrique, poderia ter visitado o local mais cedo.

Maria Tudor acabou se casando — seu marido foi Felipe da Espanha, o filho do imperador. Felipe passou o menor tempo possível na Inglaterra, e Maria morreu, infeliz, sem filhos e sem ninguém para se lamentar por ela, em 1558. Ela foi sucedida por Elizabeth, filha de Ana Bolena. A dinastia que iniciou seu reinado no campo de batalha, em Bosworth, em 1485, acabou em 1603; Elizabeth foi a última da linhagem dos Tudor.

Agradecimentos

Quando me sentei para expressar minha gratidão aos historiadores, curadores, atores e acadêmicos que me deram seu tempo, incentivo e inspiração no decurso de dez anos, descobri que a lista era tão longa e incluía nomes tão distintos que parecia um exercício vulgar de citação de nomes importantes. Então, eu gostaria de dizer apenas que me sinto agradecida a todas essas pessoas, sem esquecer ninguém. Também agradeço às minhas editoras no mundo todo e ao exército invisível que tira pó dos artefatos e guarda os tesouros, e garante, como Tyndale diz, que nem traças nem ferrugem corrompam, e que a passagem do tempo não destrua, o que sobrou do mundo de Thomas Cromwell.

The Mirror & The Light © Tertius Enterprises Ltd., 2020

Todos os direitos desta edição reservados à Todavia.

Grafia atualizada segundo o Acordo Ortográfico da Língua Portuguesa de 1990, que entrou em vigor no Brasil em 2009.

capa
Elisa v. Randow
imagem de capa
Hans Holbein (1497-1543). *Thomas Cromwell*
© The Frick Collection, Nova York
preparação
José Francisco Botelho
Silvia Massimini Felix
revisão
Ana Maria Barbosa
Jane Pessoa

Dados Internacionais de Catalogação na Publicação (CIP)
— —
Mantel, Hilary (1952-)
O espelho e a luz: Hilary Mantel
Título original: *The Mirror & The Light*
Tradução: Ana Ban e Heloísa Mourão
São Paulo: Todavia, 1ª ed., 2021
768 páginas

ISBN 978-65-5692-091-7

1. Literatura inglesa 2. Romance 3. Wolf Hall
I. Ban, Ana II. Mourão, Heloísa III. Título

CDD 823
— —
Índice para catálogo sistemático:
1. Literatura inglesa: Romance 823

todavia
Rua Luís Anhaia, 44
05433.020 São Paulo SP
T. 55 11. 3094 0500
www.todavialivros.com.br

fonte
Register*
papel
Pólen soft 80 g/m²
impressão
Ipsis